Ein heißes Eisen

Archiv der sozialen Demokratie der Friedrich-Ebert-Stiftung
Reihe: Politik- und Gesellschaftsgeschichte, Band 103

Herausgegeben von Anja Kruke und Meik Woyke

Christian Testorf

Ein heißes Eisen

Zur Entstehung des Gesetzes über die Mitbestimmung der Arbeitnehmer von 1976

Diese Studie wurde mit Mitteln
der Hans-Böckler-Stiftung (Düsseldorf)
gefördert.

Bibliografische Information der Deutschen Nationalbibliothek

Die Deutsche Nationalbibliothek verzeichnet
diese Publikation in der Deutschen Nationalbibliografie;
detaillierte bibliografische Daten sind im Internet
über *http://dnb.dnb.de* abrufbar.

ISBN 978-3-8012-4241-1
ISSN 0941-7621

© 2017 by
Verlag J. H. W. Dietz Nachf. GmbH
Dreizehnmorgenweg 24, 53175 Bonn

Reihengestaltung: Just in Print, Bonn · Kempken DTP-Service, Marburg

Umschlagfoto:
Deutscher Gewerkschaftsbund (DGB)

Umschlag: Kempken DTP-Service | Satztechnik · Druckvorstufe · Mediengestaltung, Marburg

Satz: Kempken DTP-Service | Satztechnik · Druckvorstufe · Mediengestaltung, Marburg

Druck und Verarbeitung: CPI books, Leck

Besuchen Sie uns im Internet: *www.dietz-verlag.de*

Inhalt

I   Einleitung

1   Zur Relevanz des Themas: Die Mitbestimmung in Deutschland und Europa

Das Gesetz über die Mitbestimmung der Arbeitnehmer (kurz Mitbestimmungsgesetz) des Jahres 1976, das am 18. März 1976 den Deutschen Bundestag passierte, am 9. April des Jahres vom Bundesrat gebilligt und am 4. Mai 1976 im Bundesanzeiger veröffentlicht wurde, gilt als eines der umstrittensten Gesetzesvorhaben der sozialliberalen Koalition und beendete einen seit Jahren andauernden Kampf zwischen Arbeitgebern, Gewerkschaften und den politischen Parteien, der unter den Kontrahenten und in der Öffentlichkeit mit einer bis dahin kaum gekannten Intensität geführt wurde. Im Zentrum dieses Kampfs stand die Frage nach dem Ausmaß der wirtschaftlichen Mitbestimmung der Arbeitnehmer und der Gewerkschaften in der Privatwirtschaft. Es handelt sich also zunächst um einen klassischen Konflikt zwischen Kapital und Arbeit, der sich in der Mitbestimmung wie in keiner zweiten Frage manifestierte. Mithin stellt das Mitbestimmungsgesetz den bis zum heutigen Tage gültigen Abschluss einer Traditionslinie der Forderung der Arbeitnehmer nach wirtschaftlicher Mitsprache dar, die in dieser weitreichenden Form nur in Deutschland umgesetzt wurde. Andere westeuropäische oder mit Westeuropa vergleichbare Länder verfolgten unterschiedliche Traditionslinien, stellten, wie etwa in Frankreich, den Antagonismus zwischen Arbeitgebern und Arbeitnehmern schärfer heraus und hielten vonseiten der Gewerkschaften eher an sozialistischen Grundvorstellungen fest.

Im Verlauf des deutschen Industrialisierungsprozesses entwickelten sich die Politikfelder Tarifpolitik und Mitbestimmung auseinander und berühren sich formell nur geringfügig, man kann von zwei unterschiedlichen Arenen der Verarbeitung des Konflikts von Kapital und Arbeit sprechen. Unter den ungleich günstigeren Rahmenbedingungen, unter denen die junge Bundesrepublik im Vergleich zur Republik von Weimar startete, konnte sich ein System institutionalisierter industrieller Beziehungen voll entfalten. Unter Globalisierungsbedingungen treten oder traten bis vor wenigen Jahren jedoch die Nachteile des deutschen Modells – starre Arbeitszeiten und ein hoher Grad an Verrechtlichung innerhalb der Tarifbeziehungen sowie ein generell recht hohes Lohnniveau – zum Vorschein und verschaffen den Unternehmern den strategischen Vorteil, allein mit der Drohung von Standortverlagerungen Druck ausüben zu können.[1] Unter diesem Eindruck bestimmten insbesondere im letzten

---

[1]   Vgl. Walther Müller-Jentsch: Die deutsche Mitbestimmung – Ein Auslaufmodell im globalen Wettbewerb?, in: Hans G. Nutzinger (Hg.): Perspektiven der Mitbestimmung. Historische Er-

9

Jahrzehnt sinkende Realeinkommen und eine geänderte Rechtslage am Arbeitsmarkt die Handlungsmöglichkeiten der Arbeitnehmer nachhaltig negativ, was nicht zuletzt zu der günstigen wirtschaftlichen Lage beitrug, in der Deutschland sich heute im Vergleich zu anderen europäischen Volkswirtschaften befindet. Da sein Wandel vom »kranken Mann Europas« hin zu einer der wettbewerbsfähigsten Ökonomien weltweit allerdings von starken sozialpolitischen und außen- sowie binnenökonomischen Verwerfungen begleitet wurde, ein Verweis auf die europäischen Handelsbilanzungleichgewichte mag an dieser Stelle genügen, bleiben die Vor- und Nachteile des »Modells Deutschland« umstritten.[2]

Die Mitbestimmung fällt in den Bereich der industriellen Beziehungen, die in der Bundesrepublik im Vergleich zu anderen Industrieländern der OECD besonders durch Verrechtlichung und starke Regulierung geprägt sind. Sie entwickelte sich in Deutschland aus einer Vielzahl an Einflüssen und bestimmten Faktoren und basiert nicht auf einem in sich geschlossenen, kohärenten Entwicklungspfad. Ihr Ursprung liegt im Kampf gegen den radikalen Liberalismus und die »Herr-im-Haus«-Attitüde der »Ruhrbarone«, der zu Forderungen nach wirtschaftlicher Demokratie als Ergänzung der politischen Demokratie führte. Sie gerät im Zuge der Europäisierung des Wirtschaftsraumes und der Zulassung europäischer Gesellschaftsformen zusätzlich in neues Fahrwasser.[3] Allerdings kann die Einführung der Societas Europeana

---

fahrungen und moderne Entwicklungen vor europäischem und globalem Hintergrund, Marburg 1999, S. 287-303, hier S. 288-301. Siehe ferner zur Mitbestimmung im ökonomischen Strukturwandel der Globalisierung, mit besonderem Augenmerk auf die Rolle des Managements, bei Walter A. Oechsler: Globales Management und lokale Mitbestimmung – Hat das deutsche Regelungssystem eine Zukunft im internationalen Wettbewerb?, in: Thomas Breisig (Hg.): Mitbestimmung – Gesellschaftlicher Auftrag und ökonomische Ressource. Festschrift für Hartmut Wächter, München/Mering 1999, S. 29-45.

2   Das »Modell Deutschland« entsprang dabei einer eigenen Narration der »alten Bundesrepublik«, in der die Vorteile des deutschen Systems in den Mittelpunkt gestellt wurden. Jedoch spätestens seit der Mitte der 1980er-Jahre liefen Narration und Wirklichkeit auseinander und haben sich bis heute nicht gefunden. Angesichts der relativen Stabilität, mit der Deutschland die internationale Finanzkrise durchstanden hat, drohen nun, so RÖDDER, weiterhin bestehende Strukturprobleme durch eine positive Erzählung kaschiert zu werden. Vgl. Andreas Rödder: »Modell Deutschland« 1950–2011. Konjunkturen einer bundesdeutschen Ordnungsvorstellung, in: Tilman Mayer/Karl-Heinz Paqué/Andreas H. Apelt (Hg.): Modell Deutschland (Schriftenreihe der Gesellschaft für Deutschlandforschung 103), Berlin 2013, S. 39-51.

3   Dies wirkte sich auch auf die Forschung zur Europäisierung der Unternehmen und den Effekten einer Einführung von europäischen Gesellschaften (S. E.) aus. Hier wurden die Rolle, der Einfluss und die Kooperation von europäischen Betriebsräten untersucht. So etwa bei Bernd Frick: Mitbestimmung und Personalfluktuation. Zur Wirtschaftlichkeit der bundesdeutschen Betriebsverfassung im internationalen Vergleich, München/Mehring 1997, Wolfgang Lecher/ Bernhard Nagel/Hans-Wolfgang Platzer: Die Konstituierung Europäischer Betriebsräte – Vom Informationsforum zum Akteur? Baden-Baden 1998 sowie Wolfgang Lecher u. a.: Verhandelte Europäisierung: Die Einrichtung Europäischer Betriebsräte – Zwischen gesetzlichem Rahmen und sozialer Dynamik, Baden-Baden 2001, Wilhelm Eberwein/Jochen Tholen/Joachim Schuster: Die Europäisierung der Arbeitsbeziehungen als politisch-sozialer Prozess. Zum Zusammenhang

(S. E.) im Jahr 2004 nicht ausschließlich als Bedrohung für die deutsche Mitbestimmung angesehen werden. Es besteht die Möglichkeit, die jeweils gültigen Regelungen nach einem Wechsel der Rechtsform beizubehalten. In der Regel wird aus einer mitbestimmten AG oder GmbH auch eine mitbestimmte S. E., eine Umgehung der deutschen Gesetze ist nur in den Fällen beobachtet worden, in denen das Unternehmen knapp weniger als 500 bzw. 2.000 Mitarbeiter hatte. Von einem »Trend zur Mitbestimmungsflucht durch die S. E.« kann nicht gesprochen werden.[4] Will man die in Deutschland gelebte Form der Beteiligung der Arbeitnehmer am Unternehmen unter europäischem Recht verankern und eine Harmonisierung der geltenden Gesetze mit übergeordneten europäischen Rechtsvorschriften erzielen[5], wird es auch auf der europäischen Ebene – wie der Entstehungsverlauf der Mitbestimmung in den Nationalstaaten zeigt – weniger auf einen starken Gewerkschaftsverbund oder eine koordinierte Abwehrhaltung der Unternehmensverbände ankommen, sondern auf eine politische Lösung. Diese wäre in erster Linie unter sozialdemokratischer Dominanz von Kommission und Ministerrat realisierbar, denn das typische Muster, nach dem sich ein fundamentaler Wandel in den industriellen Beziehungen nach Kriegen, Wirtschaftskrisen oder großen Arbeitskämpfen einstellt, lässt sich nicht auf die Europäische Union übertragen.[6] Die Wirtschaftskrise des Jahres 2008 etwa betraf, obgleich unbestritten von besonderer Qualität, die einzelnen Staaten Europas doch in recht unterschiedlichem Ausmaß, und vermochte deshalb keine breit angelegte Solidaritätsaktion innerhalb der europäischen Gewerkschaftsbewegung zu erzeugen, aus deren Druck heraus sich ein politisch gewollter Wandel hätte einstellen können. So wird es auf graduelle politische Lösungen ankommen, will man Mitbestimmungsrechte zum Wohle aller Arbeitnehmer der EU-Mitgliedsstaaten übernehmen. Dabei kann es nicht um eine reine Übertragung im Sinne eines Exports deutscher Rechte auf das Ausland gehen, hat die Mitbestimmung doch, so ließe sich zusammenfassen, »ihre Basis nicht im Einzelunternehmen und seinen Wettbewerbsinteressen, sondern in dem umfassenden politischen und institutionellen Kontext der deutschen Gesell-

---

von nationaler und europäischer Ebene am Beispiel von Deutschland, Frankreich, Großbritannien und Italien, München/Mehring 2000 sowie Hermann Kotthoff: Lehrjahre des Europäischen Betriebsrats. Zehn Jahre transnationale Arbeitnehmervertretung, Berlin 2006.

4 Vgl. Böckler-Impuls 3/2014, S. 1.

5 Sehr pointiert unter negativen Vorzeichen eine ältere Sichtweise hierzu bei Peter Jansen: Europäische Regulierung und verbetrieblichte Anarchie. Perspektiven der Mitbestimmung im neuen Europa, in: Nutzinger (Hg.): Perspektiven, S. 305-333, sowie aus juristischer Sicht: Dieter Wienke: Europäische Sozialcharta/Europa-Betriebsräte, in: Hans Pohl (Hg.): Mitbestimmung und Betriebsverfassung in Deutschland, Frankreich und Großbritannien seit dem 19. Jahrhundert (Zeitschrift für Unternehmensgeschichte, Beiheft 92), Stuttgart 1996, S. 145-152.

6 Siehe Klaus Armingeon: Die Regulierung der kollektiven Arbeitsbeziehungen in der Europäischen Union, in: Wolfgang Streeck (Hg.): Staat und Verbände (Politische Vierteljahresschrift, Sonderheft 25/1994), Opladen 1994, S. 207-222.

schaft insgesamt.«[7] Zudem führte die Krise gerade in Deutschland zu einer kaum vermuteten Renaissance des »Modells Deutschland«, einigten sich doch Gewerkschaften und Arbeitgeber etwa auf Kurzarbeit und weitere Maßnahmen zur Überbrückung der Auftragseinbrüche in der Wirtschaft. Diese wirkte sich jedoch hauptsächlich in den Bereichen der Arbeitsbeziehungen auf betrieblicher Ebene aus, zentrale Elemente des bundesrepublikanischen Wirtschaftsmodells, etwa die Verflechtung von Banken und Unternehmen, scheinen verloren. Unternehmen und Anteile an diesen unterliegen weiterhin einem Prozess der Kommodifizierung, der nicht infrage gestellt wird.

In Zeiten der Finanzkrisen von Nationalstaaten, die nicht zuletzt, wenn auch nicht ausschließlich, durch Blasenbildung am Immobilien- und Finanzmarkt ausgelöst wurden, erhält zudem das alte Konzept der Wirtschaftsdemokratie – das, wie noch aufzuzeigen ist, im engen Zusammenhang zur Mitbestimmung steht – neuen Aufwind. Es stellt sich allerdings angesichts der Entgrenzung der Ökonomie, die auch an den Grenzen der Europäischen Union längst keinen Halt mehr macht, die Frage, wie eine effektive Mitbestimmung und eine demokratische Partizipation der Beschäftigten ausgestaltet werden können. Stakeholder-Theorien älteren und jüngeren Datums versuchen, eine Verbindung zwischen Unternehmen und den Stakeholdern, also allen am Unternehmen interessierten und in ihm involvierten Gruppen, herzustellen. Dabei bleibt offen, wie die Öffentlichkeit eingebunden werden kann, die etwa durch Umweltverschmutzung von den Folgen des Produktionsprozesses betroffen ist.[8] Die Gewerkschaften selbst diskutieren eine neue Definition von Wirtschaftsdemokratie unter den Vorzeichen einer globalisierten Ökonomie. Dabei wird durchaus ein Mangel konstatiert, dass »Merkmale und Strukturen eines Systems geschildert und demokratietheoretisch begründet werden, das sich von dem gegenwärtigen Zustand der halbierten Demokratie dadurch unterscheidet, dass demokratische Elemente, Verfahren und Strukturen auch für den Bereich der Wirtschaft entwickelt und eingefordert werden.« Dies geschehe allerdings »häufig in Form von Modellvorstellungen.«[9] In postdemokratischen Zeiten, in denen die formalen Institutionen der Demokratie zwar noch funktionieren, allerdings von liberalisierten Märkten und Finanzmarktakteuren kontinuierlich unterwandert werden, stellen sich neue Fragen der Demokratisierung. Es kommt darauf an, die Beschäftigten bei der Erweiterung bestehender Institutionen wie der Betriebsräte mitzunehmen und auf ihre Vorstellungen Rücksicht zu nehmen. DETJE und SAUER plädieren vor diesem Hintergrund für eine

---

7   Wolfgang Streeck: Korporatismus in Deutschland. Zwischen Nationalstaat und Europäischer Union (Theorie und Gesellschaft 45), Frankfurt a. M./New York 1999, S. 38.
8   Vgl. Sigurt Vitols/Norbert Kluge (Hg.): The sustainable Company. A new approach to Corporate Governance, Brüssel 2011, Sigurt Vitols/Johannes Heuschmidt (Hg.): European company law and the Sustainable Company. A stakeholder approach, Brüssel 2012, hier besonders der Artikel von Andrew Johnston in diesem Band.
9   Werner Fricke/Hilde Wagner: Einführung, in: dies. (Hg.): Demokratisierung der Arbeit. Neuansätze für Humanisierung und Wirtschaftsdemokratie, Hamburg 2012, S. 9-15, hier. S. 9.

»Demokratisierung von unten.« In einer postfordistischen Ökonomie, die nicht mehr auf die Ankurbelung von Massenkonsum ziele und in der unter dem Kostendruck prekäre Arbeitsverhältnisse um sich griffen, könnten die traditionellen Institutionen angesichts der »weißen« Flecken auf der Mitbestimmungskarte nicht mehr gezielt wirken. Die Beschäftigten sollten selbst aktiv werden.[10]

In ihrem bisherigen Arrangement kann die Mitbestimmung als Maßnahme der Demokratisierung der Wirtschaft und damit auch der Gesellschaft allerdings nur bedingt greifen. Mit ihr erzielen im Kern nur diejenigen Arbeitnehmerinnen und Arbeitnehmer eine demokratische Teilhabe, die sich ohnehin in stabilen Arbeitsverhältnissen befinden. Zahlreiche Mitarbeiter kleinerer Betriebe, in Betrieben der Kommunikationsbranche oder auch Mitarbeiter in Unternehmen mit angelsächsischer Wirtschaftstradition, in denen die Solidarisierung von Arbeitnehmern aktiv bekämpft wird, partizipieren nicht an der Mitbestimmung in ihrer derzeitigen Form. Die Mitbestimmung droht auch angesichts der Verflechtung großer Konzerne zu einem zahnlosen Tiger zu mutieren. Werden allerdings nur Teile der im Wirtschaftsleben involvierten Arbeitnehmer von der Mitbestimmung erfasst, fällt es schwer, von einer echten Demokratisierung zu sprechen. Die Mitbestimmung kann eher als Zugewinn an Partizipation bezeichnet werden. Die Mitbestimmung im Aufsichtsrat müsste für eine echte Demokratisierung auf eine breitere Wählerbasis als bislang gestellt werden. Außerdem fehlen gerade in Zeiten einer entgrenzten Ökonomie Ansätze für eine effektive Kontrolle des Geschäftsgebarens von Großunternehmen, die nicht zu strikt und nicht zu lax ausfallen.

So werden Änderungen am bestehenden institutionellen Arrangement der Mitbestimmung im Aufsichtsrat im politischen Raum diskutiert. Sie zielen etwa auf eine Absenkung der Schwellenwerte der Mitbestimmung und auf eine gesetzlich festgelegte Definition zustimmungspflichtiger Geschäfte durch den Aufsichtsrat.[11] Das gesamte System der industriellen Beziehungen in Deutschland gerät außerdem durch weitere Faktoren in Schwierigkeiten, etwa da Arbeitgeberverbände aus dem Tarifsystem ausscheren und sich lediglich als reine Servicedienstleister für ihre Mitglieder

---

10 Richard Detje/Dieter Sauer: Vom Kopf auf die Füße stellen. Für eine arbeitspolitische Fundierung wirtschaftsdemokratischer Perspektiven, in: ebd., S. 55-85. Zur jüngsten Literatur über wirtschaftsdemokratische Konzepte unter dem Aspekt einer demokratischen Ergänzung der Finanz- und Wirtschaftsordnung siehe bei Helmut Martens: Neue Wirtschaftsdemokratie. Herausforderungen und Anknüpfungspunkte im Zeichen der Krise von Ökonomie, Ökologie und Politik, Hamburg 2010 sowie bei Hartmut Meine (Hg.): Mehr Wirtschaftsdemokratie wagen!, Hamburg 2011. Siehe auch den auf einer Tagung basierenden Band von Axel WEIPERT, der historische Aspekte der Demokratisierung und der Wirtschaftsdemokratie Naphtalis aufgreift und versucht, es in linker Diktion in der Zeit zu verorten. Axel Weipert (Hg.): Demokratisierung von Wirtschaft und Staat. Studien zum Verhältnis von Ökonomie, Staat und Demokratie vom 19. Jahrhundert bis heute, Berlin 2014.

11 Stellungnahme des Deutschen Gewerkschaftsbunds zu den BT-Drs. 17/2122 und 17/1413 vom 4. Mai 2011, URL: http://www.dgb.de/themen/++co++12a6e6b6-7a20-11e0-7eb6-00188b4dc422 (abgerufen am 10.12.2016).

ohne Tarifbindung verstehen, betriebliche Tarifverträge reüssieren und die Beschäftigten durch Flexibilisierung der Arbeitsprozesse in einigen Fabriken nahezu komplett dispositionskompatibel sind. Der Missbrauch von Leiharbeit und die ungleiche Bezahlung für vergleichbare Tätigkeiten setzen die Arbeitnehmer zusätzlich unter Druck. Wie auch immer eine Mitbestimmung in Zukunft ausgestaltet wird, müssen diese Prozesse berücksichtigt und dabei das von dem getrennt werden, was auf der betrieblichen und was auf der politischen Ebene reglementiert werden kann bzw. muss.

2 Grundannahmen und Fragestellung der Arbeit

2.1 Korporatismus und Mitbestimmung

Nach dem Zusammenbruch des Deutschen Reichs kamen in der Bundesrepublik alte Institutionen erneut zum Tragen. Die Verfechter einer liberalen Marktwirtschaft wie eines demokratischen Sozialismus mussten akzeptieren, dass es zum Aufbau einer funktionierenden Wirtschafts- und Gesellschaftsordnung alter, ordnender Kräfte bedurfte. Dazu gehörten fest etablierte Gewerkschaften und Arbeitgeberverbände ebenso wie zahlreiche weitere Gruppierungen, etwa Landwirte oder Beamte, die ihre tradierten Statusprivilegien sichern konnten. Als Ergebnis entstand in Deutschland eine vom Einfluss der Verbände tief durchdrungene Marktwirtschaft, die je für sich Einzelinteressen artikulieren und durchsetzen konnten. Daraus resultierte, dass die Märkte nie die Oberhoheit über sämtliche Bereiche des Allgemeinwesens erhielten und dass sich insbesondere die Unternehmen staatlichen Regulierungen gegenübersahen. Das Unternehmen als solches war und ist in der Bundesrepublik in seine soziale Umwelt eingebunden.[12]

Dieses Ansetzen an alte Traditionen wurde in der Wissenschaft mit dem Begriff des Korporatismus umschrieben. In den 1970er-Jahren begann eine breite Diskussion um diesen Forschungsbegriff, die zu einer Erweiterung der Analyse gesamtgesellschaftlicher und gesamtwirtschaftlicher Prozesse führte.[13] Initiiert wurde die Debatte von Philippe SCHMITTER mit seinem 1974 vorgelegtem Artikel »Still the Century of Corporatism?«[14] In diesem Aufsatz sowie in zahlreichen weiteren Publikationen ent-

---

12 Vgl. Streeck: Korporatismus in Deutschland, S. 16-19.
13 Vgl. Helmut Voelzkow: Neokorporatismus, in: Uwe Andersen/Wichard Woyke (Hg.): Handwörterbuch des politischen Systems der Bundesrepublik Deutschland, 5. Aufl., Opladen 2003, S. 425-428, hier S. 425. Umfangreich zu der Herleitung des Korporatismus aus ständestaatlichen Elementen und seine Rolle im System des Faschismus siehe etwa bei Ulrich von Alemann/Rolf G. Heinze: Auf dem Weg zum liberalen Ständestaat? Einführung in die Korporatismusdiskussion, in: dies (Hg.): Verbände und Staat. Vom Pluralismus zum Korporatismus. Analysen, Positionen, Dokumente, Opladen 1979, S. 38-49.
14 Philippe C. Schmitter: Still the Century of Corporatism?, in: Review of Politics 36 (1974), S. 85-131.

wickelte Schmitter den Begriff Korporatismus fort. Als Korporatismus bezeichnet er ein System,

> »dessen wesentliche Bestandteile organisiert sind in einer begrenzten Anzahl singulärer Teilverbände, die nicht miteinander im Wettbewerb stehen, über eine hierarchische Struktur verfügen und nach funktionalen Aspekten voneinander abgegrenzt sind. Sie verfügen über staatliche Anerkennung oder Lizenz, wenn sie nicht sogar auf Betreiben des Staates hin gegründet worden sind. Innerhalb der von ihnen vertretenen Bereiche wird ihnen ausdrücklich ein Repräsentationsmonopol zugestanden, wofür sie als Gegenleistung bestimmte Auflagen bei der Auswahl des Führungspersonals und bei der Artikulation von Ansprüchen oder Unterstützung zu beachten haben«.[15]

Je nachdem, wie weit die Konzeption gefasst werden soll, kann zwischen Korporatismus und Neokorporatismus unterschieden werden. Während unter dem ersten Begriff klassischerweise tripartite Arrangements zwischen Arbeitgebern, Gewerkschaften und Staat subsumiert werden, erweitert der zweite den Rahmen um mögliche Kooperationen zwischen gesellschaftlichen Akteuren untereinander oder mit dem Staat. Dies vollzieht sich in einer komplexen und hoch entwickelten Gesellschaft kapitalistischen Typs.[16] Die zentralen Elemente des Neokorporatismus sind die Integration und die funktionale Repräsentation der Verbände in der staatlichen Sphäre. Hierbei haben sich die deutlichsten Formen im Bereich der Wirtschaftspolitik ausgebildet, etwa in Form von Wirtschaftsräten. Das Präfix »Neo« impliziert eine gewisse Modernität und eine liberale Form des Korporatismus, nicht zuletzt, da er auf einer freiwilligen Beteiligung der Akteure beruht. Diese Freiwilligkeit basiert nicht nur auf dem freiwilligen Ein- und Austritt der Mitglieder in ihren jeweiligen Verband, sondern auch auf der Freiwilligkeit des Verbands an der Teilnahme an der staatlichen Politik. Hierin unterscheidet sich der neue Ansatz vom Korporatismus alten Typs.[17] Ein Charakteristikum korporatistischer Übereinkünfte ist die Einbindung der Akteure an der Umsetzung der von ihnen ausgehandelten Ergebnisse. Ferner sichern sich Verbände durch ihre staatsentlastende Funktion Beteiligungs- und Mitspracherechte als Gegenleistung für die Aufgaben, die sie dem Staat abnehmen. Nach LEHMBRUCH stehe die »strukturelle Transformation der organisierten Interessenvermittlung, der in der politikwissenschaftlichen Forschung mit dem Typusbegriff Korporatismus be-

---

15 Ders.: Interessenvermittlung und Regierbarkeit, in: von Alemann/Heinze (Hg.): Verbände und Staat, S. 92-114, hier S. 95.
16 Vgl. Voelzkow: Neokorporatismus, S. 425 f.
17 Vgl. Rolf G. Heinze: Verbändepolitik und »Neokorporatismus«. Zur politischen Soziologie organisierter Interessen (Studien zur Sozialwissenschaft 46), Opladen 1981, S. 82-85.

zeichnet wird [...] in Zusammenhang mit der tendenziellen Instrumentalisierung der Großorganisationen für staatliche Steuerungsleistungen.«[18]

Die von der ersten Großen Koalition aus CDU und SPD auf Betreiben ihres Wirtschaftsministers Karl Schiller (1911–1994) initiierte Konzertierten Aktion – eine institutionalisierte Form der Koordinierung an sich antagonistischer Gruppen zum Zweck einer abgestimmten Wirtschafts- und Finanzpolitik keynesianischer Prägung[19] – wirkte für die Ausformulierung des Neokorporatismus wie ein praktisch vorweggenommenes Konstrukt der Theorie und erklärt seine nicht unproblematisch enge Anbindung an den Ereignisverlauf.[20] So erklärt Lehmbruch, es habe sich »offenbar [...] vornehmlich um die Regulierung von Verteilungskonflikten [gehandelt], die für die staatliche Verantwortung für wirtschaftliche und gesellschaftliche Stabilität und wirtschaftliches Wachstum relevant sind.«[21] Hierbei stünde der Verteilungskonflikt zwischen Kapital und Arbeit im Mittelpunkt. »Der liberale Korporatismus stellt primär eine neue Form der staatlich gelenkten Regulierung des Klassenkonflikts dar.«[22] Die zentrale Anbindung der Konzertierte Aktion an die Einkommenspolitik sei ein Kernbestand korporatistischer Politikentwicklung gewesen, eine für die politischen Akteure klar attraktivere Form als die Erhebungen von Lohn- oder Preisstopps, die sich jedoch als weitgehend wirkungslos erwies.[23] Aufgrund des raschen Anwachsens des Teilnehmerkreises, der zunächst nur aus Arbeitgebern, Gewerkschaften und Vertretern des BMWi bestand, sowie der konsequenten Nichtberücksichtigung gewerkschaftlicher Forderungen nach einer Erweiterung des Themenkreises, kehrten ineffektive Strukturen in den Gesprächskreis ein. Nachdem sie recht bald ihren anfänglichen Zauber verloren hatte, wurde die Konzertierte Aktion 1977 endgültig aufgegeben, nachdem die Gewerkschaften den Gesprächskreis aufgrund

---

18 Gerhard Lehmbruch: Wandlungen der Interessenpolitik im liberalen Korporatismus, in: von Alemann/Heinze (Hg.): Verbände und Staat, S. 50-71, hier S. 51.

19 Sie konnte jedoch auf historische Vorläufer wie dem vorläufigen Reichswirtschaftsrat der Weimarer Republik zurückblicken. Vgl. Klaus Hildebrandt: Von Erhard zur Grossen Koalition. 1963–1969 (Geschichte der Bundesrepublik Deutschland 4), Stuttgart 1984, S. 288 f. Siehe auch bei Abelshauser, der betont, die Konzertierte Aktion habe kein Novum dargestellt, neu sei lediglich das Element gewesen, dass bestehende informelle Muster ans Tageslicht gerückt und die Akteure somit stärker in die Verantwortung gezogen wurden. Vgl. Werner Abelshauser: Deutsche Wirtschaftsgeschichte seit 1945 (Schriftenreihe der Bundeszentrale für politische Bildung 460), Bonn 2005, S. 412.

20 Der Neokorporatismus orientierte sich in wesentlichen Zügen an solchen Arrangements, wie sie auch in anderen europäischen Staaten, in einer ersten Form 1935 in Schweden, auftauchten. Vgl. Klaus Schubert: Neo-Korporatismus – und was dann?, in: Wichard Woyke: Verbände. Eine Einführung, Schwalbach a. Ts. 2005, S. 9-36, hier S. 10-15.

21 Lehmbruch: Wandlungen, S. 55.

22 Ebd.

23 Ebd., S. 56.

der Klage der Arbeitgeber gegen das Mitbestimmungsgesetz 1976 verlassen hatten.[24] Das Verhandlungssystem zeigte sich als nicht ausreichend belastungsfähig, um die strukturellen Konflikte beider Widerparte genügend zu integrieren. Dennoch blieb die Formel der Konzertierten Aktion positiv behaftet, entsprach sie doch dem auch in der Bevölkerung breit geäußerten Wunsch nach einer abgestimmten Politik aller Akteure, deren Effizienz jedoch fragwürdig bleibt.[25]

STREECK betont die Voraussetzungen, die schon lange vor der Etablierung der Konzertierten Aktion vorliegen mussten. Es seien dies ein relativ zentralisiertes Gewerkschaftswesen und eine weit zurückreichende Tradition des staatlichen Eingriffs in die industriellen Beziehungen, vor allem durch Recht. Dadurch wären die Gewerkschaften in Deutschland auf ein »verantwortliches« Verhalten im liberal-korporatistischen System eingestimmt worden. Dabei habe der Boom nach dem Zweiten Weltkrieg zur Stabilität der Beziehungen beigetragen, konnten doch die Gewerkschaften ihren Mitgliedern wachsende Löhne und Wohlstand erarbeiten, ohne an den »Realitäten« zu scheitern.[26] Sie sahen sich allerdings eigenen Herausforderungen ausgesetzt. Der von Streeck charakterisierte Weg der Professionalisierung, Verwaltung sowie zu Zentralisierung und Formalisierung interner Vorgänge mag dem aufkommenden Informationszeitalter und den damit verbundenen Rationalisierungseffekten geschuldete sein. Für das Verhältnis der Mitglieder zur Gewerkschaft kann jedoch herausgestellt werden, dass »the structure of the relationship between unions and members has so much changed, and the ties between the two have become so weak, that members in many ways no longer appear to belong to the organization at all but rather seem to have become a part of its environment«.[27] Im Unterschied zur pluralistischen Theorie[28] fasst der korporatistische Ansatz den Begriff des Akteurs weiter und sieht ihn nicht nur als Interessenvertreter, sondern als Vermittler von Interessen. Hier wird deutlich, dass Akteure erst eine Position im Verhandlungsprozess finden

---

24 Hierbei fiel das Augenmerk auf die Rolle des Gesprächskreises in der ersten bundesdeutschen »Wirtschaftskrise« von 1966/67, zu deren Überwindung insbesondere eine tarifpolitische Mäßigung der Gewerkschaften beitragen sollte. Der Gesprächskreis sei gar, so urteilt Ambrosius, »als Mittel der Einkommenspolitik« ins Leben gerufen worden. Gerold Ambrosius: Staat und Wirtschaft im 20. Jahrhundert (Enzyklopädie deutscher Geschichte 7), München 1990, S. 49.

25 Vgl. Gerhard Lehmbruch: Die Große Koalition und die Institutionalisierung der Verhandlungsdemokratie, in: Max Kaase/Günther Schmid (Hg.): Eine lernende Demokratie. 50 Jahre Bundesrepublik Deutschland (WZB Jahrbuch 1999), Berlin 1999, S. 41-61, hier S. 59 f.

26 Vgl. Streeck: Organisational Consequences, S. 34.

27 Ebd., S. 73.

28 Dieses Modell basiert auf der Annahme, dass sich gesellschaftliche Gruppen in Verbänden organisieren können und durch gegenseitige Konkurrenz und Kompromissbildungen ein stabiles Gleichgewicht austarierter Interessen bilden, welches als Allgemeinwohl bezeichnet wird. Sonderinteressen könnten sich nicht über einen langen Zeitraum behaupten, da es immer Gegenkräfte geben würde, die ausgleichend wirkten. Die Pluralismustheorien wurden ursprünglich in angelsächsischen Ländern konzipiert und in Deutschland insbesondere von Ernst FRAENKEL eingebracht. Ernst Fraenkel: Deutschland und die westlichen Demokratien, 6. Aufl., Stuttgart 1974.

müssen und diese sich vor dem Hintergrund des durchsetzbar Möglichen wandelt. Die Einzelinteressen der Mitglieder differieren abhängig von der Gewichtung eines Themas. Im Gegenzug üben jedoch die Funktionäre einen nicht unerheblichen Einfluss auf die Willensbildung der Mitglieder aus. Hierbei geht die Theorie davon aus, dass diese beiden Logiken, die Mitgliedschaftslogik auf der einen und die Einflusslogik auf der anderen Seite, letztendlich nicht miteinander vereinbar sind, da sie Interaktionen mit einer jeweils anderen Umwelt voraussetzen. Kurz: Über die Mitgliedschaften organisieren sich bestimmte Gruppen der Gesellschaft, um ihre Interessen zum Ausdruck zu bringen, der daraus entstandene Verwaltungskörper hingegen wird in seinem Einfluss zwischen anderen Akteuren eingebremst und zum Teil aufgerieben und entwickelt nicht selten Positionen, die sich nicht mehr mit denen der Mitglieder decken. Der Ansatz lenkt den Blick auf die innerorganisatorischen Voraussetzungen und begreift Verbandshandeln als permanenten Ausgleichskampf.[29]

In Bezug auf die Mitbestimmung muss man sich allerdings mit der Kritik am Konzept des Korporatismus befassen. Zunächst wäre grundsätzlich anzumerken, das Konzept genüge den Standards einer politischen Theorie nicht und sei deswegen so inflatorisch zur Analyse der Einbindung von Verbänden in die staatliche Sphäre herangezogen worden. Seine Verbindung zum Keynesianismus mag den Blick zu stark auf die makrokorporatistische Ebene gelenkt haben.[30] Wichtiger für den Bezug zur Mitbestimmung ist die, in der Forschung oft vernachlässigte, historische Perspektive.[31] Die Diskussion um den Korporatismus leitet über in die Erforschung der Institutionen und deren Abhängigkeit von bereits eingeschlagenen Pfaden der Entwicklung. Sie schlägt damit eine Brücke zur neuen Institutionenökonomik und zum

---

29 Vgl. Wolfgang Streeck: Einleitung des Herausgebers. Staat und Verbände: Neue Fragen. Neue Antworten?, in: ders. (Hg.): Staat und Verbände, S. 7-34, S. 12 ff. Im Zuge der Forschung wurde verschiedentlich moniert, die Diskussion sei zu stark auf die höchste Ebene von Wirtschaft, Politik und Gesellschaft fixiert und berücksichtige kaum andere Arenen korporatistischer Arrangements. Arthur F. P. WASSENBERG bietet eine vertikale Differenzierung in Makro-, Meso- und Mikrokorporatismus an. So können Übereinkünfte oder die gesetzlich sanktionierte Zusammenarbeit auf der gesamtwirtschaftlichen Ebene (Makro), in einzelnen Wirtschaftssektoren oder regionalen Gebilden (Meso) sowie auf der Ebene der Kommunen, der einzelnen lokalen korporativen Zusammenkünfte und der Unternehmensebene (Mikro), erläutert werden. Der Mesoebene käme eine besondere Rolle zuteil, da sie – wie einige Kuckucksarten ihre Eier in fremde Nester legen – die Kosten, die für die Aushandlungsprozesse auf ihrer Ebene entstehen, auf die Mikro- und die Makroebene verteile. Dies führe auf diesen Ebenen zur Radikalisierung und Polarisierung der Auseinandersetzungen. Wassenberg geht hingegen in seiner Darstellung nicht explizit auf die Unternehmensmitbestimmung ein, sondern verweilt auf der typisch korporatistischen Verbände/Staat-Ebene. Vgl. Arthur F. P. Wassenberg: Neo-Corporatism and the Quest for Control: The Cuckoo Game, in: Lehmbruch/Schmitter: Patterns, S. 83-108, hier S. 85 f.

30 Vgl. Roland Czada: Konjunkturen des Korporatismus: Zur Geschichte eines Paradigmenwechsels in der Verbändeforschung, in: Streeck (Hg.): Staat und Verbände, S. 37-64, hier S. 40-43.

31 Vgl. ebd., S. 52-55.

akteurszentrierten Institutionalismus.[32] Zusammenfassend bleibt für den Korporatismus festzustellen, dass

> »die fehlende Strenge des Konzepts [...] als ein Grund für seine rasche und weite Verbreitung gelten [kann]. Seine Offenheit für aktuelle Themen – Einkommenspolitik, Mitbestimmung, internationaler Wettbewerb und volkswirtschaftliche Modernisierung, sektorale Anpassung, europäische Integration – deutet zudem darauf hin, daß Wirklichkeitsnähe (nicht zu verwechseln mit Problemlösungsfähigkeit) einen Teil seiner Erfolgsgeschichte ausmacht.«[33]

Zudem macht nicht allein die reine Interessenvertretung ein korporatistisches Arrangement aus, sondern der spezifische Charakter der Dreiecksbeziehung sozialer und staatlicher Interessenvermittlung.[34]

2.2 Varianten des Kapitalismus und das deutsche Modell

Der Bezugsrahmen korporatistischer Arrangements ist die kapitalistische Marktwirtschaft. Kapitalismus ist jedoch nicht gleich Kapitalismus und somit kann auch die Mitbestimmung nicht gleich Mitbestimmung sein. Sie fügt sich in unterschiedliche historische Verläufe ein. Diese Feststellung ist deswegen von Bedeutung, da bei aller sozialistischen Rhetorik vonseiten der Gewerkschaften und linker Parteien der Kapitalismus doch immer den Hintergrund bildet, vor dem sich die reale Entwicklung der Mitbestimmung abspielte. Trotz der jeweiligen Besonderheiten können jedoch die verschiedenen kapitalistischen Ökonomien zu Typen zusammengefasst werden. Am prägnantesten brachte Michel ALBERT diese Unterschiede auf den Punkt. Er stellt die amerikanisch-angelsächsische Ökonomie dem von ihm titulierten »rheinischen« Typ gegenüber und gab damit der deutschen Wirtschaft ein prägendes Schlagwort, das eine starke Rezeption in der Wissenschaft und in den Medien gefunden hat.[35] Rheinische Ökonomien finden sich jedoch nicht nur entlang des Rheins, sondern auch Japan rechnet der Autor diesem Kapitalismustyp zu. Demgegenüber wird der angelsächsische Typ nicht allein auf Amerika und Großbritannien reduziert, sondern findet sich

---

32 Vgl. ebd., S. 56 f. Siehe ferner unten.
33 Ebd., S. 58.
34 Vgl. Klaus von Beyme: Institutionelle Grundlagen der deutschen Demokratie, in: Kaase/Schmid (Hg.): Eine lernende Demokratie, S. 19-39, hier S. 34.
35 Siehe hierzu den umfassenden und problemorientierten Forschungsüberblick von Friederike Sattler, die den Rheinischen Kapitalismus als neutrales Analyseinstrument auffasst und von den normativ aufgeladenen Kapitalismusdebatten der 1960er-Jahre abgrenzt. Dabei widmet die Autorin den Binnenlogiken und Akteursbeziehungen ein besonderes Augenmerk. Friederike Sattler: Rheinischer Kapitalismus. Staat, Wirtschaft und Gesellschaft in der Bonner Republik, in: AfS 52/2012, S. 687-724.

mit Abstrichen auch in Australien oder Neuseeland. Der »rheinische Kapitalismus« stellt den Gegenpart zum monetaristischen, liberalen Wirtschaftstyp dar, der unter Ronald Reagan und Margret Thatcher in den 1980er-Jahren reüssierte und das wirtschaftspolitische Denken und Handeln einer ganzen Generation bestimmte und noch heute bestimmt. Trotz seiner, auch medial vermittelten, Dominanz gelang es einer am liberalen Typus orientierten Politik nicht, wirtschaftliche Prosperität für alle Bevölkerungsschichten zu erzielen. Ein Mehr an Ungleichheit verbunden mit sozialen Verwerfungen kennzeichnen ihre Bilanz. Hier sieht Albert den rheinischen Kapitalismus im Vorteil. Er manifestiert kollektive Werte wie die allgemeine Gesundheitsvorsorge, eine Arbeitslosenversicherung und eine höhere Steuerlast als in angelsächsischen Ländern. Stabile Finanzbeziehungen zwischen Banken und Unternehmen sowie die Dominanz von langfristig angelegtem, geduldigen Kapital ergänzen die laut Albert allgemein gelebte und akzeptierte Form eines koordinierten Kapitalismus, der für den Autor in vielerlei Hinsicht dem amerikanischen Modell überlegen ist. Die Fähigkeit zum sozialen Ausgleich zeige sich auch in der Mitbestimmung, insbesondere in der Aufsichtsratsmitbestimmung, die den Charakter der Unternehmen als Gemeinschaften, weniger als Produktionsstätten unterstreiche.[36]

Ein an den Albert'schen Dualismus anknüpfendes Resultat der vergleichenden Kapitalismusforschung der vergangenen Jahre ist die Entwicklung des »Varieties of Capitalism«-Ansatzes (kurz VoC).[37] Ausgehend vom Einzelunternehmen, das als zentrale Bezugsgröße der Analyse herangezogen wird, unterscheiden die Autoren des VoC-Ansatzes zwei Formen kapitalistischer Marktwirtschaften, die Liberal Market Economy (LME) und die Coordinated Market Economy (CME). Das einzelne Unternehmen befindet sich in diesen Ökonomien in einem komplexen Beziehungsgeflecht mehrerer Abhängigkeiten und muss verschiedene Ebenen seines Handelns koordinieren, will es am Markt erfolgreich Produkte und Güter vertreiben. Dazu gehören Fragen der industriellen Beziehungen, der Aus- und Weiterbildung ihrer Mitarbeiter, der Kapitalbeschaffung, der Beziehungen zu Lieferanten und Kunden sowie des Verhältnisses zu den Mitarbeitern und der Absicherung ihrer Loyalität und Einsatzbereitschaft. Unternehmen begegnen diesen Herausforderungen in LME und CME auf unterschiedlichen Wegen.[38] In Deutschland sehen die Autoren des VoC-Ansatzes eine klassische CME und beschreiben die deutsche Wirtschaft als Gegenpart zur wiederum als klassisch erachteten LME, den USA.[39] Die jüngere wirtschaftshisto-

---

36 Vgl. Michel Albert: Kapitalismus contra Kapitalismus, Frankfurt a. M. 1992, S. 114 f.

37 Initiiert mit Peter A. Hall/David Soskice: Varieties of capitalism: The Institutional Foundations of comparative Advantage, Oxford 2001.

38 Vgl. Peter Hall/David W. Soskice: An Introduction to Varieties of Capitalism, in: Bob Hancké: Debating Varieties of Capitalism. A Reader, Oxford/New York 2009, S. 21-74, hier S. 24-32.

39 Einen Überblick über die Diskussion bietet Bob Hancké: Introducing the Debate, in: ders. (Hg.): Debating Varieties of Capitalism, S. 1-17. Obwohl die wirkliche Innovation des Ansatzes, die Analyse einer Ökonomie anhand des Unternehmens als zentralem Bezugspunkt, in der

rische Debatte kreiste um die Frage, ob sich LME und CME gegenseitig beeinflussen oder ob einseitige Exporttendenzen des heutzutage dominierenden amerikanischen Modells die koordinierten Marktwirtschaften unter Druck gesetzt habe.[40]

Die Gesamtheit des deutschen Modells bildete sich bis in die Mitte der 1970er-Jahre aus und wird durch die Mitbestimmung, einen großen Einfluss der Banken auf die Unternehmensfinanzierung und ihr langfristiges finanzielles Engagement,

---

Forschung allgemein anerkannt wird, übten einzelne Autoren deutliche Kritik an VoC. Er sei zu statisch und allein auf die Pfadabhängigkeit reduziert, er überbetone eben die Rolle und die Betrachtung des Unternehmens, er könne nicht Farbschattierungen zwischen den diametralen Polen LME und CME sehen, ignoriere völlig innerwirtschaftliche Transformationsprozesse und beachte nicht die gegenseitigen Abhängigkeiten und Lernprozesse, die zwischen den Modellen stattfänden. Vgl. Bob Hancké/Martin Rhodes/Mark Thatcher: Beyond Varieties of Capitalism, in: ebd., S. 273-300, hier S. 276 f. Streeck kritisiert bereits die Grundannahme des VoC-Ansatzes und bezeichnet Deutschland nicht mehr als klassischen Fall einer koordinierten Marktwirtschaft, nicht zuletzt aufgrund des neoliberalen Zeitgeistes, der auch in CMEs insbesondere im vergangenen Jahrzehnt Einzug erhalten hat. Vgl. Streeck: Re-forming Capitalism, S. 169 f.

40 Dabei interessieren die Forschung natürlich nicht allein die industriellen Beziehungen. Der Einfluss der Kartelle, Syndikate und Trust sowie damit verbunden der Kartellgesetzgebung dies- und jenseits des Atlantiks, die Rolle des Managements, die Produktionstechnologien und der Aufbau einer fordistischen Produktion, die Rückkoppelungen zur Wissenschaft, der Einfluss der amerikanischen Kultur seit dem Ersten und spätestens seit dem Zweiten Weltkrieg sowie der Rolle der Werbung sind allesamt Aspekte, die innerhalb der Amerikanisierungsdebatte zur Sprache kamen. Das Resultat bleibt, knapp zusammengefasst, uneinheitlich. Es kommt auf den Betrachtungsgegenstand an, um herauszufinden, ob eine gegenseitige oder eine einseitige Beeinflussung stattfand. Im Bereich der Medien und der Werbeindustrie sowie vor allem in der kulturellen Dominanz des *American Way of Life* nach 1945 lassen sich leicht Importprozesse aus Amerika ausmachen, während gerade die industriellen Beziehungen und damit der Bereich der Mitbestimmung nach dem Krieg und auch heute noch kaum unter dem Aspekt einer Amerikanisierung diskutiert werden. Auf die gesamte Bandbreite der hier nur holzschnittartig reflektierten Diskussion verweisen Volker R. Berghahn: Das »deutsche Kapitalismus-Modell« in Geschichte und Geschichtswissenschaft, in: ders./Sigurt Vitols (Hg.): Gibt es einen deutschen Kapitalismus? Traditionen und globale Perspektiven der sozialen Marktwirtschaft, Frankfurt a. M./New York 2006, S. 25-43, sowie umfassender Mary Nolan: »Varieties of Capitalism« und Versionen der Amerikanisierung, in: ebd., S. 96-110. Siehe auch bei Volker Berghahn, der in einem Essayband seine Thesen und Artikel zur deutschen Wirtschafts- und Unternehmensgeschichte, zur »Amerikanisierung« und zu europäisch-amerikanischen Kulturbeziehungen zusammengefasst hat. Volker Berghahn: Industriegesellschaft und Kulturtransfer. Die deutsch-amerikanischen Beziehungen im 20. Jahrhundert (Kritische Studien zur Geschichtswissenschaft 182), Göttingen 2010. Julia ANGSTER untersuchte die Beeinflussung der deutschen Arbeiterbewegung seitens der amerikanischen Gewerkschaften, insbesondere nach dem Zweiten Weltkrieg, anhand des Konzepts der Westernisierung, das im Gegensatz zur Amerikanisierung die reziproken Wirkungen in den Mittelpunkt stellt. Die deutschen Gewerkschaften und die SPD seien durch den amerikanischen Einfluss auf westliche, pluralistische und marktwirtschaftliche Werte eingestimmt worden, der sich vor allem aus den biografischen Erfahrungen des Exils und den transatlantischen Verbindungen der Nachkriegszeit gespeist habe. Sie hebt auch die amerikanischen Bemühungen der Vertreter der dortigen Gewerkschaften hervor, unter antikommunistischen Vorzeichen regelrechte europäische Vertretungen aufzubauen. Julia Angster: Konsenskapitalismus und Sozialdemokratie. Die Westernisierung von SPD und DGB (Ordnungssysteme. Studien zur Ideengeschichte der Neuzeit 13), München 2003.

zentrale Lohnverhandlungen und ein Ausbildungssystem mit großem staatlichen Einfluss charakterisiert. Unter dem Stichwort der »Deutschland AG« wurde das deutsche Modell in der Öffentlichkeit und in der Forschung auf eine prägnante Art subsumiert.[41] Aufgrund dieser Bandbreite kann die Frage, ob es *das* deutsche Modell überhaupt gibt, nicht eindeutig beantwortet werden, denn

> »eine sehr spezifische Definition, die zum Beispiel auf die Unternehmensmitbe-stimmung oder das häufige Auftreten von Bankiers als Aufsichtsratsvorsitzende abhebt, würde zeitlich begrenzter sein und fragiler erscheinen als abstrakte Defini-tionen wie Sozialpartnerschaft oder bankendominierte Finanzsysteme. Ähnliches gilt für die Frage, ob es denn verschiedene Gruppen von Industrieländern gibt. Wenn man eine zu enge Definition anwendet, sehen die Länder zu unterschiedlich aus. Benutzt man eine breite Definition [...] sieht man schon einen erheblichen Unterschied zwischen den angelsächsischen Ländern und den ›nicht-liberalen‹ be-ziehungsweise koordinierten oder ›rheinischen‹ Ländern.«[42]

Trotz all seiner vordergründigen Vorzüge – stabile Arbeitsbeziehungen, ein lang-fristiges Engagement der Banken im Unternehmen und sozialem Ausgleich von be-stehenden Lebensrisiken – bewahrte sein Kapitalismusmodell Deutschland nicht vor den Wettbewerbsnachteilen, die in den 1980er-Jahren in den Anpassungsproblemen an das internationale Umfeld kumulierten. Ob es eine Zukunft im globalen Wett-bewerb hat, hängt nicht zuletzt davon ab, ob man eine positive oder negative Sicht-weise einnimmt. Positiv gestimmte Analytiker unterstreichen die Vorteile des deut-schen Systems wie die Stabilität der industriellen Beziehungen oder das langfristige Kapitalengagement der Banken an den Unternehmen, aus der negativen Sichtweise wird hingegen eine gewisse Schwerfälligkeit an Anpassungsprozesse beklagt. Dabei wandelte sich die deutsche Wirtschaft im vergangenen Jahrzehnt bereits deutlicher, als es den Anschein hat. Dieser Wandel fand jedoch innerhalb der bestehenden In-stitutionen statt, zum Beispiel durch die Sicherung von Industriearbeitsplätzen im Rahmen betrieblicher Bündnisse zwischen Betriebsrat und Arbeitgeber, die in der Regel mit Lohnverzicht und Auslagerung untergeordneter Arbeitsbereiche in eigen-

---

41 Die historische Forschung wandte sich der unternehmensbezogenen Perspektive zu und kon-statierte den Mangel, dass das Agieren der Mitbestimmungsakteure im Aufsichtsrat noch recht unbekannt sei. Zwar legte Jansen (☞ Fn. 102, S. 41) eine empirische Untersuchung vor, in der historischen Forschung fanden Prozesse innerhalb von Aufsichtsräten jedoch noch keinen Ein-gang. Siehe Ralf Ahrens/Boris Gehlen/Alfred Reckendrees: Die Deutschland AG als historischer Forschungsgegenstand, in: dies. (Hg.): Die »Deutschland AG«. Historische Annäherungen an den bundesdeutschen Kapitalismus (Bochumer Schriften zur Unternehmens- und Industriege-schichte 20), Essen 2013, S. 7-28, hier S. 25.

42 Sigurt Vitols: Das »deutsche Modell« in der politischen Ökonomie, in: Berghahn/Ders. (Hg.): Gibt es einen deutschen Kapitalismus?, S. 44-59, S. 54.

ständige Gesellschaften einhergingen. Formal unterminieren solche Vereinbarungen das deutsche Mitbestimmungssystem nicht, können in der langfristigen Perspektive jedoch zu seiner schleichenden Ablösung führen.[43]

2.3 Die Mitbestimmung als Institution

Die Notwendigkeit der Betrachtung des institutionellen Kontexts und insbesondere dessen Historisierung wurde von Douglass C. NORTH initiiert, der die These vertrat, dass Vergangenheit sich nur als Geschichte institutioneller Evolution deuten ließe. Institutionen seien von Menschen erdachte und geschaffene Gebilde, die Handeln beschränken und genehmigen, die entweder gesetzlich kodifiziert oder informell von allen anerkannt werden. Der Zweck einer Institution im Gesellschafts- und Wirtschaftsleben bestünde darin, die Unsicherheiten menschlicher Interaktion zu minimieren und Ordnung herbeizuführen. Dabei müssten die Spieler von den Spielregeln getrennt werden, um eine klare Analyse insbesondere der Veränderungen einzelner Institutionen vorzunehmen. Auch wenn North das »Kernproblem der menschlichen Geschichte« in der Erklärung der Entwicklungsverläufe verschiedener Gesellschaften

---

43 Vgl. Anke Hassel: Die Schwächen des »deutschen Kapitalismus«, in: Berghahn/Vitols (Hg.): Gibt es einen deutschen Kapitalismus?, S. 200-214. Die deutsche Form des Kapitalismus steht unter Druck. So nahm seit den 1990er-Jahren die Zahl Unternehmensübernahmen zu. Neue, amerikanisch geprägte Investorengruppen traten auf den Plan, die weniger ein langfristiges Engagement als denn kurzfristige finanzielle Interessen verfolgen und somit ein völlig anderes Investitionsverhalten an den Tag legen als die klassischen Hausbanken, die Privat- und Belegschaftsaktionäre oder der Staat. Als Indikatoren dieser Entwicklung können eine abnehmende Verflechtung der personellen Beziehungen zwischen Banken und Unternehmen im Aufsichtsrat sowie eine Hinwendung der Banken zum Investmentbanking anstelle des traditionellen Kreditgeschäfts angesehen werden. Auch feindliche Übernahmen von Unternehmen, die in früheren Zeiten undenkbar waren und von der sogenannten »Deutschland AG« gut pariert wurden, gehören mittlerweile zum Alltag. Es setzt sich das amerikanische Bild durch, dass ein Unternehmen eine Ware wie andere Güter auch und somit handelbar ist. Die Rückkoppelung dieser Entwicklung auf die Unternehmensmitbestimmung kann jedoch nicht eindeutig gewertet werden. Da sie gesetzlich geregelt wird, bleibt sie als zentrales Element des deutschen Modells der industriellen Beziehungen bestehen. Die Arbeitnehmervertreter in den Aufsichtsräten verhielten sich unter dem Eindruck einer zunehmenden Kapitalmarktkontrolle der Unternehmen ambivalent, konfliktatorisch, wenn sie eine strukturelle Anpassung mit Nachteilen verbunden sahen, und kooperativ, wenn die Sicherung von Arbeitsplätzen auch unter neuen Prozessen realistisch erschien. Vgl. Rainer Zugehör: Die Zukunft des rheinischen Kapitalismus. Unternehmen zwischen Kapitalmarkt und Mitbestimmung (Forschung Soziologie 180), Opladen 2003, S. 171-178. Aufgrund dieser Symbiose zweier Kapitalismusformen plädieren einige Wissenschaftler für einen dritten Weg und sehen die Zukunft der deutschen Wirtschaft und der deutschen Unternehmen, die sich mehrheitlich noch in den Händen weniger Aktionäre befinden, nicht ganz so pessimistisch. Dies liege nicht zuletzt in dem hohen Ansehen der Mitbestimmung in der Bevölkerung, die zu einer ausgeglichenen Balance von Outsider- und Insiderüberwachung im Unternehmen beitrüge. Vgl. Sigurt Vitols: Das »neue« deutsche Corporate Governance-System: Ein zukunftsfähiges Modell?, in: Jürgens u. a. (Hg.): Perspektiven der Corporate Governance, S. 76-93.

ausmacht und diese These internationale Vergleiche impliziert, so können doch die Grundmuster institutionellen Wandels zur Betrachtung innergesellschaftlicher Veränderungsprozesse herangezogen werden.[44]

Auch Wolfgang STREECK befasste sich mit der Notwendigkeit einer Historisierung der Institution in der Geschichte, jedoch unter dem Aspekt der Klärung sozialer und wirtschaftlicher Entwicklungen der Gegenwart. Die Analyse müsse sich, so Streeck, auf eine dynamische Ausrichtung der Forschung hinbewegen. Auf der Grundlage der Kernelemente einer Institution könnten die Veränderungen an einem System sichtbar herausgestellt werden. Dazu müsse angenommen werden, dass institutioneller Wandel nicht die Ausnahme, sondern die Regel einer Entwicklung sei. Die Prämisse laute, »that social science [...] benfits not from ever-advancing abstraction and generalization, but in the contrary, from fitting its theoretical template to the historical specificity of whatever society is dealing with.«[45] Im Gegensatz zu der Prämisse, dass Institutionen sich *per se* in einem Gleichgewicht befänden, das es nach von außen bedingten Veränderungen wieder herzustellen gelte, geht die ein historischer Ansatz von der Annahme aus, dass soziale Systeme sich nicht immer abrupt und ohne Vorankündigung ändern, sondern graduell und kontinuierlich in eine Richtung bewegt werden können. Hierbei spielt der Faktor Zeit eine bedeutende Rolle. Die Zeit wirkt auf soziale Systeme und Institutionen ein in dem Sinne, dass diese Systeme, so die Annahme von THEELEN und Streeck, immer in Bewegung sind und statische Phasen so selten auftreten, dass sie theoretisch zu vernachlässigen wären. Doch auch die Zeitumstände, das »age«, und der jeweilige sehr abstrakte Zeitgeist beeinflussen Institutionen und können ein Grund für Veränderungen sein. Es kommt darauf an, Systeme »in ihrer Zeit« zu verorten.[46] Bei den Forschungen im Rahmen der Sozialwissenschaft erweist sich gerade dieser Aspekt natürlich als äußerst komplex, ist es doch ihr Anspruch, generelle Aussagen über Entwicklungen zu formulieren. Ein statischer Ansatz, bei dem grundlegende Antriebsmomente menschlichen Handelns und der historischen Entwicklung als gegeben angenommen werden, wie etwa im Marxismus, lässt sich einfacher handhaben. Eine politisch-historische Untersuchung, die sich einer Sache widmet, um zu beschreiben, was war, kann die Frage der Zeitumstände in viel spezifischerer Weise erfassen und bewerten. Der von Streeck eingebrachte Einwand unterstreicht die Bedeutung der historischen Forschung für die

---

44 Vgl. Douglass C. North: Institutionen, institutioneller Wandel und Wirtschaftsleistung (Die Einheit der Gesellschaftswissenschaften. Studien in den Grenzbereich der Wirtschafts- und Sozialwissenschaften 76), Tübingen 1992, S. 3-12.

45 Wolfgang Streeck: Institutions in history. Bringing Capitalism back in (MPIfG Discussion Paper 09/8), Köln 2009, S. 7. Siehe auch ders.: Re-Forming Capitalism. Institutional Change in the German Political Economy, Oxford 2009, S. 121-135.

46 Vgl. Streeck: Institutions in history, S. 10 f.

Entwicklung sozialwissenschaftlicher Ansätze.[47] Im Gegensatz zu einem statischen Ansatz, der in eine Richtung weist, lässt der dynamische Ansatz auch die Änderung bis hin zur Revision einmal eingeleiteter Prozesse des Wandels zu. Das macht ihn prinzipiell offener und beweglicher.

Werner ABELSHAUSER pflichtete dem bei und konstatierte einen Mangel an »historischer Tiefenschärfe« im Vergleich der institutionellen Unterschiede einzelner Produktionsregime. Die historische Perspektive sei notwendig, weil sie Aufschluss über die vorhandenen Fähigkeiten gewachsener Rahmenbedingungen und organisatorischer Grundlagen der Wirtschaft gäbe. Da sie auch für das Verständnis institutioneller Wandlungsprozesse unabdingbar sei, rufe sie die Frage nach der Entstehung des deutschen Produktionsregimes hervor, das heißt des spezifisch deutschen Wegs des Kapitalismus mit einem seiner Kernbestandteile Mitbestimmung.[48] Abelshauser untersuchte die Mitbestimmung unter dem Aspekt der Neuen Institutionenökonomie und stellte heraus, dass sie von Anfang an darauf abzielte, Transaktionskosten des Wirtschaftsprozesses durch Konsens und präkonfliktäre Austragung ökonomischer Widersprüche zu minimieren. Neben der gerade in Deutschland besonders ausgeprägten Form der »kooperativen Marktwirtschaft«, wie Abelshauser die deutsche Wirtschaft apostrophiert, sei besonders dieser Aspekt hervorzuheben. Er resümiert, dass der wirtschaftliche Wert der Mitbestimmung »nicht allein in ihrer irenischen und sozialpolitischen Funktion, sondern in ihrem Beitrag zur Stabilisierung und Senkung von Produktions- und Transaktionskosten innerhalb komplexer Markt- und Produktionsprozesse« liege.[49] Darüber hinaus spiegele die institutionalisierte Form der Mitbestimmung als zweite Wurzel den gestiegenen Wert des Faktors Arbeit, hier des qualifizierten Facharbeiters, in der »zweiten wirtschaftlichen Revolution« wider. Die Mitsprache der Arbeitnehmer

---

47 Streeck fasst die Begrifflichkeit Geschichte anhand von sechs Parametern zusammen. »Historisch« zeige sich eine gesellschaftliche Entwicklung, »first, that it is *unique and contingent*, like German unification was in relation to the ›German model‹; second, that it is *irreversible*; third, that it is *given*, in the sense that present actors have to take off from and work with it; fourth, that it is *dynamic and processual* rather then static; fifth, that it is *unpredictable*, and especially not controlled by some equilibrium-producing causal mechanism; and sixth, that it is part of a long-term trend, embedded in a ›course of history‹ over the famous *longue durée*.« Streeck: Re-forming Capitalism, S. 220 [Herv. i. Orig.].

48 Werner Abelshauser: Kulturkampf. Der deutsche Weg in die Neue Wirtschaft und die amerikanische Herausforderung (Kulturwissenschaftliche Interventionen 4), Berlin 2003, S. 19. Zur Replik auf Abelshausers Werk und dessen Verortung in seinem Gesamtœuvre siehe bei David Gilgen/ Christopher Kopper/Andreas Leutzsch (Hg.): Globalisierung und immaterielle Produktion als Herausforderung für Institutionen und Unternehmen: Werner Abelshauser – sein Werk und die Festschrift, in: Dies. (Hg.): Deutschland als Modell? Rheinischer Kapitalismus und Globalisierung seit dem 19. Jahrhundert (Politik- und Gesellschaftsgeschichte 88), Bonn 2010, S. 7-24. Der »Kulturkampf« stelle, so die Autoren, gewissermaßen die Zusammenfassung von Abelshausers Werk dar, in ihm fänden sich seine Arbeiten im organischen Verbund wieder. Siehe ebd., S. 14.

49 Ders.: Vom wirtschaftlichen Wert der Mitbestimmung. Neue Perspektiven ihrer Geschichte in Deutschland, in: Streeck/Kluge (Hg.): Mitbestimmung in Deutschland, S. 224-238, hier S. 235.

könne nicht allein anhand eines deutschen Sonderwegs erklärt werden, sondern wurde vor allem durch die Deutschland stark prägende Wissensorientierung der Wirtschaft vorbestimmt. Da Mitarbeiter als Träger von Wissen und Qualifikationen nicht einfach ersetzt werden können, so die Argumentation von Abelshauser, könnten sie im Falle ihres Wissensabzugs dem Unternehmen Schaden zufügen. Um diese Fragestellung der »nachindustriellen Produktionsphase« zu lösen, erschien eine Einbindung der Arbeiter und Angestellten in unternehmensbezogene Abläufe sinnvoll. Dies erkläre, warum gerade exportorientierte und wissensbasierte Sparten wie die Chemie- oder Elektroindustrie, die »Neuen Industrien«, am Beginn des 20. Jahrhunderts freiwillig Mitbestimmungsausschüsse auf der Grundlage der bestehenden Arbeiterbeiräte einrichteten.[50] So sah sich die deutsche Volkswirtschaft bereits in der Mitte des 19. Jahrhunderts den Herausforderungen einer ersten Globalisierungswelle und im weiteren Zeitverlauf der Verwissenschaftlichung der Produktion ausgesetzt, in der schon die Zeitgenossen sowohl Chancen als auch Gefahren erkannten. Durch die Symbiose von Wissenschaft und Wirtschaft seien spätestens zum Ende des 19. Jahrhunderts mit dem Auftreten der sogenannten Neuen Industrien Pfade von fundamentaler Bedeutung gelegt worden, welche die Entwicklung einer wissensbasierten und auf technischen Innovationen stützenden deutschen Ökonomie bestimmten.[51]

Auch der Schwenk der Wirtschaftspolitik der späten 1870er-Jahre, in der eine einstmals liberale Sichtweise durch einen staatlichen Korporatismus und direkte Interventionen in ökonomische Abläufe abgelöst wurden, habe Gewerkschaften wie Arbeitgeber gleichermaßen geprägt.

> »Der Wunsch nach Mitbestimmung fügte sich nahtlos in diese neue Ordnungspolitik der korporativen Marktwirtschaft ein, auch wenn er – auf allen drei Ebenen der Interessenpolitik – erst in der Weimarer Republik verwirklicht werden konnte. In ihm spiegelte sich der Wunsch nach Anerkennung der gewachsenen Bedeutung des menschlichen Faktors im Produktionsprozeß der aufsteigenden Neuen Industrien.«[52]

Obwohl auch die alten Industrien, also der Bergbau und die Schwerindustrie, sich im weiteren Verlauf der Entwicklung anpassten, liegt hier nach Abelshauser die Grundlage der Mitbestimmung. So könnten die stabilen und kooperativen Beziehungen zwischen dem gut ausgebildeten Facharbeiter und dem Arbeitgeber durchaus als eine Voraussetzung langfristiger Produktivitätsgewinne und der Wettbewerbsfähigkeit in einer diversifizierten Wirtschaft gelten. Der Theorie der *industrial relations* hingegen blieb dieser Gedanke stets fremd. Ganz in liberaler Diktion wird die Mitbestimmung

---

50 Ders.: Der wahre Wert der Mitbestimmung, in: Die Zeit 39/2006.
51 Vgl. Abelshauser: Kulturkampf, S. 12 ff.
52 Ebd., S. 147 f.

als Ermächtigung der Gewerkschaften erachtet, als Monopolist der Arbeit aufzutreten und so den Lohn zu maximieren.[53] Dieses Argument erledigt sich in der Realität allerdings durch die vielen Gegenbeispiele, bei denen Betriebsräte und Aufsichtsratsmitglieder der Arbeitnehmer zu Kompromissen in schwierigen ökonomischen Situationen bereit waren.

FÜRSTENBERG betont im Anschluss, dass die Mitbestimmung sowohl den Arbeitnehmern als auch den Arbeitgebern diene und sich vor allem eine Kontrolle möglicher Transaktionskosten einstelle. Das Unternehmen profitierte von der Plan- und Berechenbarkeit von Strukturveränderungen sowie von dem Zwang zum Kompromiss, der auch die Arbeitnehmer binde. Diesen hingegen böte sich ein größerer Gestaltungsspielraum. Ferner erziele die deutsche Wirtschaft auch mithilfe der Mitbestimmung eine im internationalen Vergleich sehr geringe Streikrate, was sich stabilisierend auf die wirtschaftlichen Abläufe auswirkt. Das Grundproblem sei jedoch eine mögliche »Externalisierung der Kompromisskosten,« also ihre Überwälzung auf Dritte, etwa die Verbraucher oder die Steuerzahler.[54] Die Mitbestimmung in Deutschland kann deswegen als mit einem »Januskopf« geboren bezeichnet werden, da sie zwar zum einen als Ausgleich zwischen Kapital und Arbeit gefeiert wurde, zum anderen die Gewerkschaften jedoch von weiter reichenden Forderungen in Bezug auf die Vergesellschaftung der Wirtschaft abhielt.[55]

Man kann das institutionelle Arrangement, in das die Mitbestimmung eingebunden ist, auch unter Wettbewerbsaspekten betrachten und ihre Geschichte dabei »als eine kontinuierliche Einschränkung der Eigentumsrechte innerhalb der Unternehmen« verstehen. Dabei unterscheidet sich die deutsche Form im Vergleich zur angelsächsischen durch ihre »Zwangsinkorporierung« der Arbeitnehmer. Gefahren für das System ergeben sich aus dem Anstieg der Beteiligung kurzfristigen Finanzkapitals an der Unternehmensfinanzierung und dem Druck durch die Zulassung der S. E., mit der die Frage eröffnet wurde, ob es einen »Markt für Institutionen« gibt. Nach dem Marktmodell müssten ineffiziente Systeme verschwinden, da sich die Akteure bzw. die Unternehmen die Märkte suchen, in denen sie unter den rentabelsten Gesichtspunkten operieren können, weswegen rechtliche Zwänge im Sinne der Reduktion von Transaktionskosten eigentlich unnötig wären. Durch den hohen Grad an Verrechtlichung ist das System in Deutschland zwar relativ sicher, kann aber durch die S. E. potenziell unterwandert werden. Empirische Studien bewiesen jedoch, dass es weniger darauf ankommt, für welches System ein Akteur optiert, sondern darauf, ob er in seiner Entscheidung konsistent ist.[56]

---

53 Vgl. ebd., S. 142-145.
54 Fürstenberg: Thesen, S. 196 f.
55 Leo Kißler: Die Mitbestimmung in der Bundesrepublik Deutschland. Modell und Wirklichkeit, Marburg 1992, S. 31.
56 Paul Windolf: Mitbestimmung im Institutionen-Wettbewerb, in: Jürgens u. a. (Hg.): Perspektiven der Corporate Governance, S. 55-75.

2.4 Ansatz und Fragestellung der Arbeit

Die Mitbestimmung im Aufsichtsrat der Unternehmen ist wie gesehen noch heute hoch umstritten. Demnach bietet es sich an, eine grundständige, auf Quellen basierte Arbeit zu erstellen, welche die Motivationen und Antriebsmuster der Akteure bei deren Entstehung erarbeitet. Eine problemorientierte und auf umfangreichen Quellen aufbauende Darstellung der Entstehungsgeschichte des Gesetzes über die Mitbestimmung der Arbeitnehmer von 1976 liegt bis heute nicht vor. Die Arbeit von Karl Lauschke, der im Jahr 2006 anlässlich des 30-jährigen Jubiläums der Verabschiedung des Mitbestimmungsgesetzes mit seiner dichten und reich illustrierten Entstehungsgeschichte einen ersten Einstieg in das Thema vorlegte, vermag diese Lücke nicht zu füllen. Es entsprach auch nicht der Intention dieser von der Hans-Böckler-Stiftung geförderten Denkschrift, eine umfangreiche Darstellung des Gesetzgebungsvorhabens vorzulegen.[57]

Die Mitbestimmung wird in dieser Arbeit als ein zentrales Element der bundesrepublikanischen Wirtschafts- und Gesellschaftsordnung verstanden. Im Zentrum der Betrachtung steht die Mitbestimmung im Aufsichtsrat von Großunternehmen mit mehr als 2.000 Mitarbeitern. Mitbestimmung im Sinne der Arbeit bedeutet also die Mitbestimmung auf der Unternehmensebene im Aufsichtsrat von Großunternehmen. Die betriebliche Mitbestimmung der Betriebs- und Personalräte kommt nur am Rande zur Sprache. Diese Rechte wurden zunächst im Betriebsverfassungsgesetz von 1952 kodifiziert, in dem ebenfalls eine Beteiligung der Beschäftigten im Aufsichtsrat vorgesehen war, die sich jedoch auf eine reine Drittelbeteiligung beschränkte. Ein Delegationsrecht der Gewerkschaften kannte dieses Gesetz nicht. Neben der Montanmitbestimmung war das Betriebsverfassungsgesetz bis 1976 die einzige rechtlich abgesicherte Form der betrieblichen Einbindung der Belegschaften und galt auch nach der Verabschiedung des Mitbestimmungsgesetzes hinaus für sämtliche Betriebe mit einer Mitarbeiterzahl zwischen 500 und 2.000.[58]

---

57 Vgl. Karl Lauschke: Mehr Demokratie in der Wirtschaft. Die Entstehungsgeschichte des Mitbestimmungsgesetzes von 1976, Düsseldorf 2006, hier insbesondere S. 64 ff. Ein dazugehöriger Dokumentenband fasst die wichtigsten Quellen zusammen. Ders.: Mehr Demokratie in der Wirtschaft. Die Entstehungsgeschichte des Mitbestimmungsgesetzes von 1976. Dokumente. Zusammengestellt von Karl Lauschke, Düsseldorf 2006.

58 Es wurde im Jahr 2004 von dem sogenannten Drittelbeteiligungsgesetz abgelöst, das die wesentlichen Regelungen fortschreibt. Die betrieblichen Mitbestimmungsrechte der Betriebsräte baute der Gesetzgeber 1972 mit der Novellierung des Betriebsverfassungsgesetzes aus. Ihre Mitbestimmung teilte sich ab 1972 an in drei große Fallgruppen: 1. erzwingbare Mitbestimmungsrechte wie dem Beginn und dem Ende der täglichen Arbeitszeit, dem Urlaubsplan, den Auswahlrichtlinien für Einstellungen oder der Erstellung eines Sozialplans, 2. Widerspruchsrechte bei Einstellungen, Umgruppierungen oder Kündigungen und 3. Mitwirkungs- und Informationsrechte in der Personalplanung, der Planung von Betriebsänderungen und der Einrichtung eines Wirtschaftsausschusses bei Unternehmen mit mehr als 100 Mitarbeitern, der als ständiger Ausschuss des

***

Das Ziel der Arbeit ist zunächst eine quellengestützte Aufarbeitung des Gesetzgebungsprozesses in seinen zahlreichen Facetten. Sie möchte einen Beitrag zur Wirtschafts- und Politikgeschichte der Bundesrepublik Deutschland und zur Geschichte ihrer zentralen Akteure der Gewerkschaften und der Arbeitgeber leisten. Ihre Entscheidungs- und Willensbildung steht im Zentrum der Betrachtung und kann so auch als eine Darstellung politischer Sozialgeschichte, aber auch der Geschichte konfliktärer Prozesse verstanden werden. Eine solche Geschichte eines Gesetzesvorhabens sollte sich in eine Ordnung einfügen, mit deren Hilfe seine Entstehung analysiert wird. Dabei sollte »eine solche Analyse […] Aufschlüsse über die Gründe der Entstehung von Institutionen sowie über die Stärke der Komplementaritäten bieten. Die Interessen der am Aufbau dieser Institutionen beteiligten Akteure sowie das Timing der Entstehung verschiedener Institutionen sollen aufschlussreich für die Theorieentwicklung sein.«[59] Sozialwissenschaftliche Arbeiten sollten dies unbestritten leisten, eine in der Tradition der zeithistorischen Politikwissenschaft stehende Arbeit jedoch kann eine Theorie zur Schärfung der Fragestellung heranziehen. Theorien dienen der Abstraktion komplexer Wirklichkeiten, sie generalisieren, lassen Teilbereiche aus, fügen scheinbar Inkomplementäres zusammen. Die politische Geschichtswissenschaft, die Zeitgeschichte, kann sich der Theorie zur Analyse von Grundmustern bedienen und die Forschung mit ihrer Hilfe verifizieren oder falsifizieren. Sie sollte stets ergebnisoffen darstellen, argumentieren und nicht die Resultate im Sinne der Theorie präjudizieren.

In dieser Arbeit dient der Ansatz des akteurszentrierten Institutionalismus, von Fritz W. SCHARPF und Renate MAYNTZ entwickelt, der Herangehensweise der Untersuchung. Ansätze, darauf weist Scharpf hin, können bei der empirischen Überprüfung der Realität zum einen als Richtschnur, zum anderen aber auch als unverzichtbares Element einer Interessen geleiteten Forschung dienen. »In einer überkomplexen Welt«, in der man häufig einzigartige Fälle zu untersuchen habe, müsse man »eine klare Vorstellung davon haben […], wonach wir suchen, wenn wir etwas interessantes entdecken wollen«.[60] Ansätze haben im Gegensatz zu einer feststehenden Theorie nicht das Problem, dass sie aus sich heraus die Wirklichkeit abstrahieren und reduzieren und somit durch den Einzelfall widerlegt werden können. Der Rückgriff auf

---

Betriebsrats rechtzeitig und umfassend über die wirtschaftlichen Angelegenheiten des Unternehmens unterrichtet werden muss. Dieses Gesetz wurde 1988 und 2001 erneut novelliert. Betriebsräte vertreten die gesamte Belegschaft und sind zur Friedenspflicht gezwungen. Vgl. Walther Müller-Jentsch: Mitbestimmungspolitik, in: Wolfgang Schroeder (Hg.): Handbuch Gewerkschaften in Deutschland, 2. Aufl., Wiesbaden 2014, S. 505-534, hier S. 514-521.

59 Vitols: Das »deutsche Modell«, S. 51.

60 Fritz W. Scharpf: Interaktionsformen. Akteurszentrierter Institutionalismus in der Politikforschung, Opladen 2000, S. 63.

einen Ansatz bietet die Möglichkeit, das »Vorwissen« des Betrachters und des Lesers zu strukturieren, das Forschungsinteresse hervorzuheben, die bestimmenden Faktoren von Handeln zu evaluieren und dadurch zu vermitteln. Ansätze zeigen sich offen, da sie wenige Konstanten in ihre Analyse einbauen und dennoch Grundtendenzen miteinander vergleichbar machen, wenn sie in verschiedenen Arbeiten auf vergleichbare Weise angewandt werden.[61] Wenn die Hauptaufgabe der zeitgeschichtlich orientierten Politikwissenschaft die Beschreibung und Bewertung von Entwicklungen der Vergangenheit ist, trägt ein Ansatz, ein Rahmen des Erkenntnis leitenden Interesses, zur Überprüfung der dem Autor eigenen Position bei und vermag zur Objektivität des Urteils beitragen, nicht zuletzt, da der Rezipient das getroffene Urteil anfechten kann. Denn

> »wie der systematische Sozialwissenschaftler untersucht der Historiker die *Strukturen* gesellschaftlicher Verhältnisse. Doch faßt der historische Strukturbegriff Struktur nicht als statische Gegebenheit, sondern als dynamischen Prozeß, in dem sowohl ›Verhältnisse‹ als auch zielgerichtetes menschliches Handeln konstituierende Elemente darstellen. Eine spezifische Aufgabe des Historikers besteht also darin, Intentionen und Entscheidungen von Individuen, gesellschaftlichen Gruppen und Klassen zu erforschen.«[62]

Der Ansatz des akteurszentrierten Institutionalismus setzt im Kern hier an. Die Akteure stehen im Zentrum der Betrachtung, durch ihre Interaktion entsteht gesellschaftliche und strukturelle Veränderung. Sie agieren jedoch in einem komplexen Geflecht, das ihr Handeln strukturiert, dem institutionellen Kontext. Der akteurszentrierte Institutionalismus knüpft an politische Organisationsstrukturen an, die Handlungslogiken für die einzelnen Akteure aufweisen und ihre Durchsetzungsmöglichkeiten limitieren und kanalisieren, beschränkt sich jedoch nicht auf diesen politischen Rahmen.[63] Innerhalb dieses Kontextes untersucht der Ansatz die Interaktionen von komplexen Akteuren.

> »Im akteurszentrierten Institutionalismus wird [...] versucht, analytische Kategorien für die Erfassung theoretisch relevanter Aspekte der einen ganzen Sektor umfassenden Akteurkonstellation zu entwickeln. Dabei können wir uns nicht auf politische Institutionen (oder Akteure) beschränken, sondern beziehen alle re-

---

61 Vgl. ebd., S. 64 f.
62 Peter Borowsky/Barbara Vogel/Heide Wunder: Einführung in die Geschichtswissenschaft I: Grundprobleme, Arbeitsorganisation, Hilfsmittel (Studienbücher Moderne Geschichte 1), 5. Aufl., Opladen 1989, S. 24 f. [Herv. i. Orig.].
63 Vgl. Renate Mayntz/Fritz W. Scharpf: Der Ansatz des akteurszentrierten Institutionalismus, in: Dies. (Hg.): Gesellschaftliche Selbstregelung und politische Steuerung (Schriften des Max-Planck-Instituts für Gesellschaftsforschung 23), Frankfurt a. M./New York 1995, S. 39-72, hier S. 40-43.

levanten Akteure in den jeweiligen gesellschaftlichen Regelungsfeldern mit ein. Dabei wird zugleich die ›Gesetzgeberperspektive‹ vieler politikwissenschaftlicher Untersuchungen vermieden, für die die gesellschaftlichen Regelungsfelder mehr oder weniger amorphe und passive Umwelt bleiben.«[64]

Akteure können anhand von bestimmten Charakteristika erfasst und beschrieben werden. Sie verfügen über ein gewisses Maß an Handlungsoptionen und -ressourcen, wie etwa einen Verwaltungsapparat, mobilisierbare Mitglieder, finanzielle Mittel und Weiteres. Im Zusammenhang der Interaktionsanalyse ist jedoch die institutionell zugewiesene Kompetenz die wichtigste Ressource, über die ein Akteur verfügt. Obwohl es klar ist, dass nur Individuen Handlungen ausführen können, wird mit dem Begriff des »komplexen Akteurs« deutlich, dass diese sich im Namen einer großen Gruppe oder großen Organisation agieren. Dabei können organisationsinterne Entscheidungsverläufe dann außer Acht gelassen werden, wenn das Verhalten eines komplexen Akteurs den Erwartungen entspricht und seine Protagonisten im Sinne etwa der Beschlusslage handeln. Ansonsten bedarf es der Untersuchung sämtlicher interner Interaktionen, die auf die höhere Ebene einwirken. Ein Akteur muss nach außen und innen untersucht werden, um ihn als Gesamtes begreifen zu können. Dies stellt jedoch in der Praxis ein Problem des Zugriffs dar und führt den Ansatz des akteurszentrierten Institutionalismus darüber hinaus wieder auf die individuelle Ebene. Deshalb setzt der Begriff des komplexen Akteurs eben dort an, um individuelles Verhalten aus dem Kollektiv heraus zu erklären.[65] Der Widerspruch zwischen individuellem Verhalten und dem Anspruch und Zielen der Gesamtorganisation kann dadurch entschärft werden, indem die Parallelität der Interessen beider Einheiten betont wird. Zwar lässt sich nur individuelles Verhalten empirisch beobachten und auch bei der Durchsetzung der Mitbestimmung werden nur individuelle Interaktionsmuster herausgearbeitet. Jedoch kann von einer Gleichheit der Ziele von komplexem und individuellem Akteur ausgegangen werden, die sich aus der sozialen Rolle des Einzelnen ergibt. Diese Grundannahme muss jedoch durch das individuelle Verhalten eingeschränkt werden, das von den Zielen der Organisation abweichen kann.[66]

Den Begriff »komplexer Akteur« gilt es des Weiteren zu unterscheiden zwischen den Kategorien »kollektiver Akteur« und »korporativer Akteur«. Kollektive Akteure sind in hohem Maße von dem Willen ihrer Mitglieder abhängig und können so, etwa in Verhandlungen, weniger autonom agieren als korporative Akteure, die über ein hohes Maß an Unabhängigkeit von den Profiteuren verfügen. Korporative Akteure hingegen werden in der Regel von einem Eigentümer oder einer Führungsriege geleitet und schließen eine Beteiligung der Mitglieder, sofern überhaupt Mitglieder auf-

---

64 Ebd., S. 44.
65 Vgl. Ebd., S. 50.
66 Vgl. Scharpf: Interaktionsformen, S. 112 f.

genommen werden, von der Leitung aus oder überlassen ihnen lediglich die Wahl der Führung. Strategieentscheidungen sind in jedem Fall von ihnen abgekoppelt. Auch der Mitarbeiterstab wird typischerweise auf die Entscheidungen der Führung verpflichtet. Diese Eigenschaften verleihen dem korporativen Akteur ein hohes Maß an Autonomie und Effektivität, welches die auf die unmittelbaren Präferenzen der Mitglieder angewiesenen kollektiven Akteure nicht aufweisen können.[67]

* * *

Die hier vorgenommenen theoretischen Überlegungen können in einer zeithistorisch orientierten Arbeit nur teilweise einfließen. Scharpf räumt ein, dass eine Berücksichtigung sämtlicher Aspekte eine Arbeit im Rahmen des akteurszentrierten Institutionalismus alsbald überkomplex werden könnte.[68] Doch ist es dieser Ansatz, der wegleitet vom individualistischen Ansatz, zugespitzt in Treitschkes Bonmot von Männern, die Geschichte machen. In diesem Kontext fragt die Arbeit nach dem Selbstverständnis der Politik, der Gewerkschaften – hier insbesondere des DGB – und der Arbeitgeber als Akteure. Begriffen sie sich als Akteure eines sozialpartnerschaftlichen Gesellschaftsmodells, wie die Bundesrepublik Deutschland typischerweise charakterisiert wird, und zeigten sie in diesem Zusammenhang ein gewissermaßen »pfadabhängiges« Denken?[69] Waren sich die Akteure einer korporatistischen Tradition bewusst und zeigten sich Arbeitgeber, Arbeitnehmer und der Staat jenseits von Öffentlichkeitsbekundungen bereit, eigene Konzepte und Wünsche zugunsten einer anerkannten übergeordneten Idee aufzugeben? Welche Vorstellungen hatten die Akteure von der Marktwirtschaft, vor deren Hintergrund sich der Ausbau der Mitbestimmung vollzog? Was bedeutete ihnen die Mitbestimmung? Was macht den »Erfolg« von Akteurshandeln aus und wie und in welchem Ausmaß gelang es gerade den Gewerkschaften, bei ihren Mitgliedern die eher abstrakte Thematik der Mitbestimmung zu popularisieren?

---

67 Vgl. ebd., S. 101-107.

68 Vgl. ebd., S. 66 f.

69 Pfadabhängigkeit besagt, dass Akteure einmal getroffene, auch irrationale oder produktivitätshemmende Entscheidungen in ihrem weiteren Handeln berücksichtigen und so, durch die Ergänzung weiterer darauf basierender institutioneller Komponenten, eine Gesamtkonfiguration erstellen können, die einer inneren Logik folgt und produktivitätssteigernde Effekte nach sich zieht. Es gibt unterschiedliche Vorstellungen und Erklärungsversuche für pfadabhängiges Akteursverhalten. Allen gemein ist, dass sie die Historizität der Institution betonen und aus dieser heraus zukünftige Entwicklungsrichtungen erklären. In der soziologischen Adaption des Begriffs können rationale Überlegungen der Akteure und systemimmanente Anordnungen auf der Basis einer vorgefundenen Konstellation die Stabilität einer Institution festigen, obwohl diese auf sich ineffektiv wirkt. Vgl. Jürgen Beyer: Pfadabhängigkeit. Über institutionelle Kontinuität, anfällige Stabilität und fundamentalen Wandel (Schriften aus dem Max-Planck-Institut für Gesellschaftsforschung 56), Frankfurt a. M./New York 2006, S. 11-36.

Gleichzeitig will die Arbeit aber auch einen Beitrag zur Geschichte der 1970er-Jahre leisten und nimmt dabei besonders das Verhältnis von SPD und Gewerkschaften in den Blick. Kann man im Kontext der Mitbestimmung überhaupt von einem »sozialdemokratischen Jahrzehnt« der 1970er-Jahre sprechen oder bedarf der jüngst erneut von Bernd FAULENBACH[70] aufgegriffene Topos einer Korrektur? Ab welchem Zeitpunkt verloren gerade die Gewerkschaften und der DGB den Kontakt zu der ihnen nahestehenden Partei SPD? In der zweiten Hälfte der 1970er-Jahre traten zum Teil deutliche Abnutzungserscheinungen der sozialliberalen Koalition hervor, doch der Beginn der sozialliberalen Koalition stand ganz unter dem Eindruck einer Demokratisierungseuphorie, eines neuen Aufbruchs, für den Bundeskanzler Willy Brandt als Person einstand.[71] In diesem Zusammenhang begreift die Arbeit »Demokratisierung« im zeitgenössischen Sinne als das Versprechen nach einem Mehr an Mitsprache und Mitbestimmung in Fragen, die einen bestimmten Personenkreis oder die Gesellschaft als ganze betreffen, also Studierende an Hochschulen, Schülerinnen und Schüler an der Schule oder eben Arbeitnehmerinnen und Arbeitnehmer in der Wirtschaft im Sinne von Willy Brandts Diktum »Mehr Demokratie wagen.« »Reformpolitik in diesen Bereichen [gemeint sind Schule und Universität sowie die Mitbestimmung in der Wirtschaft] stand demnach unter dem Anspruch, Demokratisierung realisieren zu wollen, sie wurde durch die Idee der Demokratisierung gleichsam überhöht.«[72] Fügt sich die Unternehmensmitbestimmung hier ein oder ist sie eher ein Produkt des bereits seit 1973 erlahmenden Reformeifers der sozialliberalen Koalition und einer konservativen Wende in den frühen 1970er-Jahren?[73] Kann anhand dieses vermeintlichen »Kernbereichs partizipatorischer Reformen«[74] das »Verhältnis der Politik ›von oben‹ und des Partizipationsstrebens ›von unten‹«[75] bestimmt werden? Ließen sich die Akteure von einem demokratisierungsemphatischen Zeitgeist leiten?

Auf diese Fragen versucht die Arbeit eine Antwort zu geben. Sie trägt demnach zur Geschichte der SPD ebenso bei wie zur Geschichte der FDP, die in der Historio-

---

70 Bernd Faulenbach: Das sozialdemokratische Jahrzehnt: Von der Reformeuphorie zur neuen Unübersichtlichkeit. Die SPD 1969–1982 (Die deutsche Sozialdemokratie nach 1945 3), Bonn 2011.

71 Vgl. ders.: Die Siebzigerjahre – ein sozialdemokratisches Jahrzehnt?, in: AfS 44 (2004), S. 1-37, hier S. 14-21.

72 Ebd., S. 16.

73 Vgl. Axel Schildt: »Die Kräfte der Gegenreform sind auf breiter Front angetreten«. Zur konservativen Tendenzwende in den Siebzigerjahren, in: AfS 44 (2004), S. 449-478, hier besonders S. 458 ff.

74 Winfried Süß: Sozialpolitische Denk- und Handlungsfelder in der Reformära, in: in: Hans Günter Hockerts (Hg.): 1966–1974. Bundesrepublik Deutschland. Eine Zeit vielfältigen Aufbruchs (Geschichte der Sozialpolitik in Deutschland seit 1945 5), Baden-Baden 2006, S. 157-221, hier S. 172.

75 Faulenbach: Das sozialdemokratische Jahrzehnt, S. 17. Zur Auseinandersetzung mit den innerdeutschen Reformprojekten der sozialliberalen Koalition und mit der These eines »sozialdemokratischen Jahrzehnts« siehe jüngst bei Sonja Profittlich: Mehr Mündigkeit wagen. Gerhard Jahn (1927–1998). Justizreformer der sozial-liberalen Koalition (Reihe Politik- und Gesellschaftsgeschichte 85), Bonn 2010, hier besonders S. 12-16.

grafie der Bundesrepublik bisher wenig beachtet zu sein scheint. Sie fragt, welchen Stellenwert die Mitbestimmung für die Parteien hatte, auch für die CDU, denn die Unternehmensmitbestimmung war ein Problem für alle Parteien, die zum Teil heftige interne Konflikte um sie führen mussten. Gleichzeitig konnten sich die Parteien einer Beantwortung der Frage nicht entziehen. Wieso also beschäftigten sich Gewerkschaften und Parteien über einen Zeitraum von über 10 Jahren hinweg mit der Mitbestimmung, ohne dabei schneller und für alle zufriedenstellender schon in der Zeit der Großen Koalition ein Ergebnis zu erzielen? Die Kommunikation fand während und vor den Verhandlungen zum Gesetz über die Mitbestimmung zum ersten Mal in breitem Ausmaß über die mediale Auseinandersetzung statt. Sowohl die Arbeitgeber als auch die Gewerkschaften nutzten großflächige Anzeigen in der regionalen und überregionalen Presse sowie massenhaft verteilte Broschüren, um die Öffentlichkeit für ihre Position zu gewinnen. Wirkte die öffentliche Einflussnahme auf die Akteure oder bedienten sie sich der Medien gezielt?

* * *

Anhand der Entstehungsgeschichte der Mitbestimmung soll demnach nicht nur ihre Bedeutung für die industriellen Beziehungen in Erinnerung gerufen werden, vielmehr bedarf es als Folge einer Einordnung in das System des »rheinischen Kapitalismus«, obgleich der Begriff nicht zeitgenössisch ist. Damit wird aufgegriffen, weswegen dieses in Deutschland einzigartige Gesetz, das ja gerade der Befriedung des Interessengegensatzes zwischen Kapital und Arbeit dienen sollte, zu einem Tiefpunkt im Verhältnis der Sozialpartner und in der Entwicklung des Systems der industriellen Beziehungen geführt hat, reizte seine Verkündung die Arbeitgeber doch zur Anrufung des Bundesverfassungsgerichts, woraufhin die Gewerkschaften 1977 die Konzertierte Aktion verließen. Die im Verlaufe der Debatte im zeitgenössischen Sprachgebrauch oftmals aufgegriffene Redewendung des »heißen Eisens Mitbestimmung« umschreibt das Konfliktpotenzial des Themas, wie kaum ein anderer Ausdruck es besser vermag. Ein heißes Eisen ist eins, das besser nicht angefasst wird, gleichzeitig kann aber nur ein heißes Eisen geschmiedet und geformt werden. Die Arbeit trägt aufgrund dieser Doppeldeutigkeit ihren Titel.

3 Forschungsüberblick zur Mitbestimmung und zum Mitbestimmungsgesetz 1976

3.1 Die Effizienz der Mitbestimmung

Die Frage nach dem Grade der Beteiligung der Arbeitnehmer und der Rolle der im Betrieb vertretenen Gewerkschaften ist heute so aktuell wie vor ca. 40 Jahren, wurde seit den späten 1990er-Jahren im Zuge veränderter Unternehmensregulierung erneut intensiv diskutiert und erhielt seit der Finanzkrise erneut Auftrieb. Die Frage einer »nachhaltigen« Unternehmensführung, die nicht allein die kurzfristigen Kapitalinteressen der Anleger befriedigt, ist wieder eröffnet.[76] Die Mitbestimmungsdebatte nach der Jahrhundertwende drehte sich dabei auch in dieser Diktion um den wissenschaftlichen Nachweis ihrer Effizienz und ihrer betriebswirtschaftlichen Auswirkungen. Es trat zutage, dass die Mitbestimmung zunächst auf heftigen Widerstand stieß, jedoch nach ihrer Etablierung vonseiten der Arbeitgeber anerkannt und geschätzt wird. Es konnten keine gravierenden Nachteile auf die betriebswirtschaftliche Performanz der Unternehmen ausgemacht werden.[77] Dabei verschoben sich die Argumentationsli-

---

76 So bei Reinhard H. Schmidt: Stakeholder-Orientierung, Systemhaftigkeit und Stabilität der Corporate Governance in Deutschland, in: Ulrich Jürgens u. a. (Hg.): Perspektiven der Corporate Governance. Bestimmungsfaktoren unternehmerischer Entscheidungsprozesse und Mitwirkung der Arbeitnehmer (Schriften zur Governance-Forschung 8), Baden-Baden 2007, S. 31-54, Sebastian Sick: Corporate Governance in Deutschland und Großbritannien. Ein Kodex- und Systemvergleich (Schriften der Hans-Böckler-Stiftung 71), Baden-Baden 2008.

77 Vgl. Streeck: Korporatismus in Deutschland, S. 13-23. Die direkten Auswirkungen der Unternehmensmitbestimmung auf betriebliche Kennziffern des Einzelunternehmens oder auch auf die Gesamtwirtschaft lassen sich indes nur schwer ermitteln. So kann zum Beispiel der Grad des Kapitalabflusses aus Deutschland zwar als Flucht vor der Mitbestimmung, aber auch als Beleg für die Stärke der deutschen Wirtschaft gelten. Auch die im internationalen Vergleich geringe Zahl an Streiktagen dürfte sicherlich aus einem der Vorzüge der Mitbestimmung resultieren, lässt sich jedoch nicht allein aus ihr heraus ableiten. Vielmehr kommt es bei der vergleichenden Analyse einzelner Volkswirtschaften auf die Bündelung der Faktoren an. Für die Forschung zu den Auswirkungen der Aufsichtsratmitbestimmung siehe Theodor Baums/Bernd Frick: Co-determination in Germany: The impact of the Court-Decisions on the Market Value of Firms, in: Economic Analysis 1/1998, S. 144-161, Guiseppe Benelli/Claudio Loderer/Thomas Lys: Labour Participation in Corporate Policy-Making Decisions: West-Gemany's Experience with Co-Determination, in: Journal of Business 60 (1987), S. 553-575, Elmar Gerum/Horst Steinmann/Werner Fees: Der mitbestimmte Aufsichtsrat. Eine empirische Untersuchung, Stuttgart 1988, Martin Höpner/Tim Müllenborn: Mitbestimmung im Unternehmensvergleich. Ein Konzept zur Messung des Einflusspotenzials der Arbeitnehmervertreter im mitbestimmten Aufsichtsrat (MPIfG Discussion Paper 10/3), Köln 2010, Joachim Junkes/Dieter Sadowski: Mitbestimmung im Aufsichtsrat: Steigerung der Effizienz oder Ausdünnung von Verfügungsrechten?, in: Bernd Frick/Norbert Kluge/Wolfgang Streeck: Die wirtschaftlichen Folgen der Mitbestimmung. Expertenberichte für die Kommission Mitbestimmung der Bertelsmann Stiftung und der Hans-Böckler-Stiftung, Frankfurt a. M. 1999, S. 53-88, Michael Gurdon/Anoop Rai: Codetermination and Enterprise Performance: Empirical Evidence from West Germany, in: Journal of Economics and Business 42 (1990), S. 289-302, Frank A. Schmid/Frank Seger: Arbeitnehmermitbestimmung,

nien vor allem auf der Seite der Gewerkschaften.[78] Stand bei der Erstellung des Gesetzes die Demokratisierung der Wirtschaft und damit der Gesellschaft im gewiss auch rhetorischen Interesse der Arbeitnehmerseite, so streichen sie heute insbesondere den ökonomischen Nutzen der Mitbestimmung heraus. Sie befördere die Produktivität der Unternehmen und trage auch zu Innovationstätigkeit bei, wie der DGB in mehreren Studien nachweist.[79]

Mitbestimmungstheoretiker und -praktiker streiten ferner um die Flexibilität der Mitbestimmung unter den Vorzeichen der Globalisierung und wollen bestehende deutsche Rechte entweder abbauen oder erweitern. Die Hauptkonfliktlinie zieht sich dabei entlang der Frage, welchem Kapitalismusmodell die Zukunft gehöre, dem europäisch-westlichen Modell einer koordinierten Ökonomie oder dem liberalen angelsächsischen Typ. Eine eindeutige Antwort, welches Modell unter Globalisierungsbedingungen reüssiert, wird auch in Zukunft allem Anschein nach ausbleiben. Jedoch verlagerte sich in der Gesamtschau der Schwerpunkt der Auseinandersetzung von der Ausweitung der Mitbestimmung mit ihrer Konzentration auf die fordernde Seite hin auf den Fokus einer Zurückdrängung der Mitbestimmung resp. einer Verteidigung der bestehenden Rechte. Die Wahrnehmung wandte sich, durchaus in Verbindung zum Trend der ökonomischen Betrachtung der Gesellschaft und ihrer Institutionen, weg von dem Beharren auf der Mitbestimmung als ein Recht der Arbeitnehmer hin zu dem Wunsch, gar zu der Pflicht, den Nachweis der Effizienz zu liefern.[80]

2006 legte die noch unter Bundeskanzler Gerhard Schröder (SPD) einberufene zweite Kommission zur »Modernisierung der deutschen Unternehmensmitbestimmung,« die wie die erste Kommission 36 Jahre zuvor von Prof. Kurt Biedenkopf (CDU) geleitet wurde, ihren abschließenden Bericht vor. Dieser basierte alleine auf den Empfehlungen der drei in dem insgesamt neunköpfigen Gremium vertretenen Wissenschaftler, die der Mitbestimmung ein grundsätzlich positives Gesamturteil ausstellten. Die Arbeitgeber- und die Arbeitnehmerseite konnten sich nicht auf eine

---

Allokation von Entscheidungsrechten und Stakeholder Value, in: Zeitschrift für Betriebswirtschaft 68/1998, S. 453-475, sowie jüngst Sigurt Vitols: Beteiligung der Arbeitnehmervertreter in Aufsichtsratsausschüssen. Auswirkung auf Unternehmensperformanz und Vorstandsvergütung (Hans-Böckler-Stiftung, Arbeitspapier 163), Düsseldorf 2008.

78 Vgl. Jürgen Kocka: Geschichte und Zukunft der Mitbestimmung (exklusiv online), in: Mitbestimmung 4/2006, URL: http://www.boeckler.de/20163_20168.htm (abgerufen am 10.12.2016).

79 Siehe hierzu die Analyse von Rainald Thannisch: Die ökonomische Effizienz der Mitbestimmung: Eine Betrachtung vor dem Hintergrund der aktuellen politischen Diskussion, URL: http://www.einblick-archiv.dgb.de/hintergrund/2005/14/text01/ (abgerufen am 10.12.2016) und von Sigurt Vitols: Ökonomische Auswirkungen der paritätischen Mitbestimmung: Eine ökonometrische Analyse. Gutachten im Auftrag des DGB Bundesvorstandes, Bereich Mitbestimmung und Unternehmenspolitik, Berlin 2006.

80 Vgl. Martin Höpner: Unternehmensmitbestimmung unter Beschuss: Die Mitbestimmungsforschung im Licht der sozialwissenschaftlichen Forschung (MPIfG Discussion Paper 04/8), Köln 2004, S. 5 f.

gemeinsame Position einigen. Gerade die Arbeitgebervertreter wollten eine generelle Reduzierung des Anteils der Arbeitnehmer im Aufsichtsrat auf ein Drittel der Mitglieder, die sogenannte Drittelbeteiligung, erzielen. Die Positionen lagen in vielen Punkten auseinander.[81] Dies zeigt, wie umstritten die Regelungen dieses Gesetzes noch heute sind und wie unversöhnlich sich Arbeitgeber und Arbeitnehmer in ihrer Form als kollektive Akteure weiterhin gegenüberstehen. Einen letztgültigen Konsens zu finden, erscheint kaum möglich zu sein. Die wissenschaftlichen Gutachter kamen zu dem Schluss, dass die Mitbestimmung nicht nur historisch gewachsen und politisch gewollt, sondern auch notwendig und sachlich richtig sei. Diese Notwendigkeit leite sich aus der besonderen Stellung des Arbeitnehmers in der Organisation »Unternehmen« ab, mithin aus seinem Unterordnungsverhältnis und der Autorität des Arbeitgebers.[82] Eine Zurückdrängung der Mitbestimmung aus den Unternehmen oder eine Reduzierung auf eine reine Drittelbeteiligung lehnten die Sachverständigen ab. Der Gesetzgeber habe die Unternehmensmitbestimmung 1976 nicht mit dem »primären Ziel einer Steigerung der wirtschaftlichen Leistungsfähigkeit der Unternehmen eingeführt, sondern zur Gewährleistung der Rechte der Belegschaften großer Unternehmen auf wirksame Beteiligung an sie betreffenden Entscheidungen.«[83] Trotz ihrer positiven Einschätzung plädierten die Wissenschaftler für eine Flexibilisierung. So solle in Konzernen eine andere als die jeweils gültige Mitbestimmungsregelung getroffen werden können, wenn dies von Vertretern der Leitung und der Arbeitnehmer gewünscht und vereinbart wurde. Auch solle die Größe des Aufsichtsrats angepasst werden können, und zwar sowohl nach unten als auch nach oben, wenn zum Beispiel ausländische Belegschaften mit einbezogen werden sollen.[84] Allen Bestrebungen nach Veränderung zum Trotz wird die Mitbestimmung grundsätzlich positiv eingeschätzt, auch von einer ganzen Bandbreite von Unternehmern und Managern, die sich mithin mit der deutschen Variante der Arbeitnehmerbeteiligung arrangiert haben und dieser zumindest neutral gegenüberstehen.

---

81 Siehe hierzu etwa die Dokumentation der Hans-Böckler-Stiftung zur Entstehung und zum Verlauf der Debatten in der Kommission: Hans-Böckler-Stiftung: Ergebnisse der »Biedenkopfkommission« – Regierungskommission zur Modernisierung der deutschen Unternehmensmitbestimmung, Düsseldorf 2007, URL: http://www.boeckler.de/pdf/bb_zusammenfassung_BiKo_deutsch.pdf (abgerufen am 10.12.2016).

82 Vgl. Kommission zur Modernisierung der Unternehmensmitbestimmung: Bericht der wissenschaftlichen Mitglieder der Kommission mit Stellungnahmen der Vertreter der Unternehmer und der Vertreter der Arbeitnehmer, o. O. 2006, S. 7.

83 Ebd., S. 13.

84 Ebd., S. 20–24.

3.2 Die Mitbestimmung in den Sozial- und Politikwissenschaften

Für die sozial- und politikwissenschaftliche Forschung bildet die Mitbestimmung schon seit langer Zeit ein wesentliches Untersuchungsfeld. In der Bundesrepublik wandte man sich im Grunde seit dem Inkrafttreten des Betriebsverfassungsgesetzes 1952 den Auswirkungen und Effekten der Beteiligung der Arbeitnehmer an wirtschaftlichen Abläufen zu. Zeitgenössische Literatur zur Mitbestimmung wuchs, insbesondere in der Hochphase der Debatten während der Mitte der 1960er-Jahre, in einem »lawinenartig angeschwollenen« Ausmaß an, das selbst Fachleute nur noch schwer überschauen konnten.[85] Ein ähnlicher Befund kann für die Forschungslandschaft getroffen werden. In den letzten Jahrzehnten entstand eine schier unübersichtliche Fülle an Publikationen, sodass ein »Bilanzieren kein leichtes Unterfangen« ist.[86] Die diffuse Lage ergab sich unter anderem daraus, dass die Mitbestimmung für unterschiedliche Wissenschaftsdisziplinen wie die Betriebs- und Industriesoziologie, die Betriebs- und Volkswirtschaftslehre sowie die Juristerei von Interesse ist. Der Forschungsverlauf lässt sich in zwei Perioden einteilen, eine erste Phase von 1952 bis 1989, in der ein gesellschaftspolitischer Anspruch im Mittelpunkt stand, und eine zweite Phase von 1990 bis 2010, in der vorwiegend ökonomische Wirkungen und Fragen der Effektivität der Mitbestimmung behandelt wurden.[87] Bis 1989 kann man die Mitbestimmungsforschung als »Rechtstatsachenforschung«[88] beschreiben, die sich vor allem an den zentralen Gesetzesakten entlang abarbeitet und in der positive Erfahrungen mit der Mitbestimmung im Aufsichtsrat festgestellt wurden.[89] FUNDER widersprach jedoch in einem Mitte der 1990er-Jahre vorgelegten Überblick dem Eindruck, die Mitbestimmungsforschung sei starr entlang von Rechtsakten betrieben worden. »Vielmehr spiegeln sich in den Themenschwerpunkten und Fragestellungen der Studien auch die Veränderungen der Gewerkschafts- und Unternehmenspolitik sowie des Systems der industriellen Beziehungen wider.«[90] Einen weiteren wichti-

---

85 Einen ersten Überblick über die bereits bis zur Mitte der 1960er-Jahre erschienene Literatur zur Mitbestimmung der Arbeitnehmer aus neoliberaler, katholischer, evangelischer und weiterer weltanschaulicher Sicht boten Kunze und Christmann bereits 1964. Der zweibändige Umfang der Publikation mit einem großen Dokumentenband deutet das Ausmaß an, das die Debatte um die Mitbestimmung schon zu dem Zeitpunkt erreicht hatte. Alfred Christmann: Wirtschaftliche Mitbestimmung im Meinungsstreit (hg. v. Otto Kunze), 2 Bde., Köln 1964.

86 Leo Kißler/Ralph Greifenstein/Karsten Schneider: Die Mitbestimmung in der Bundesrepublik Deutschland. Eine Einführung, Wiesbaden 2011, S. 151.

87 Siehe bei Ralph Greifenstein/Leo Kißler: Mitbestimmung im Spiegel der Forschung. Eine Bilanz der empirischen Untersuchungen 1952–2010 (Forschung aus der Hans-Böckler-Stiftung 123), Berlin 2010.

88 Ebd., S. 20.

89 Vgl. ebd., S. 79.

90 Maria Funder: Stand und Perspektiven der Mitbestimmung. Von der institutionenorientierten Mitbestimmungs- zur Industrial-Relations-Forschung. Eine Literaturstudie, Düsseldorf 1995, S. 18.

gen Zweig bildeten zudem die normativ-demokratietheoretischen Untersuchungen, die die Mitbestimmung angelehnt an das Konzept der Wirtschaftsdemokratie in das politische System der Bundesrepublik einordneten, jedoch in der Regel aus gewerkschaftlicher Sicht verfasst wurden.[91] Um etwas Licht in die Forschungslandschaft zu bringen, wurden bereits in den 1980er-Jahren Ergebnisberichte und Überblicksdarstellungen verfasst, in denen die Resultate der Forschung kritisch zusammengefasst und bewertet wurden. Dabei stellte DIEFENBACHER schon zu dem Zeitpunkt fest, dass sich das Klima für die Mitbestimmungsforschung in den vorangegangenen 25 Jahren nicht zum Besten entwickelt habe. Man machte einen gewissen Überdruss an Befragungen aus, der zu einer tiefen Skepsis gerade bei den Befragten selbst gegenüber der wissenschaftlichen Forschung geführt habe. Diese Skepsis bezog sich jedoch nicht allein auf die Mitbestimmungsforschung, sondern auf die gesamte empirische Sozialforschung.[92] Rezensenten betrachteten die Ergebnisse der Untersuchungen aus den 1950er-Jahren aufgrund ihrer methodischen Grundlagen und ihrem »Übergewicht an wissens- und einstellungsbezogenen Fragestellungen« bereits kritisch. Dennoch blieben Desiderate in Fragestellungen und Längsschnittuntersuchungen oder in regionalen und branchenspezifischen Differenzierungen weiterhin bestehen. Problematisch schien darüber hinaus, dass ein Teil der marxistisch-leninistischen Forschung die Mitbestimmung als Teil des Klassenkampfes wertete.[93]

Aufgrund dieser Tatsache, dass »die Mitbestimmung zentraler Gegenstand tagespolitischer Auseinandersetzungen« in den frühen 1970er-Jahren war, ergab sich jedoch das Problem, dass sich »die meisten wissenschaftlichen Aussagen und Ergebnisse […] von interessierter Seite mehr oder weniger gut in bereits vorgefaßte Positionen hineinzwängen [lassen], und das bestimmt nicht unmaßgeblich die jeweilige Rezeption der Forschungsergebnisse.«[94] Die Forschung befand sich bis dato in einem Wandlungsprozess hin zur Industrial-Relations-Forschung, in der die Wandlungsprozesse der Arbeitswelt und ihr Einfluss auf die industriellen Beziehungen hinterfragt wurden. In der wissenschaftlichen Forschung zu den Folgen der Mitbestimmung im Aufsichtsrat standen wie erwähnt insbesondere die Fragen nach ihren wirtschaftlichen Auswirkungen und ihrer Effizienz im Zentrum der Betrachtung. Birger

---

91 Siehe hierzu etwa Wolfgang Däubler: Das Grundrecht auf Mitbestimmung und seine Realisierung durch tarifvertragliche Begründung von Beteiligungsrechten, 2. Aufl., Frankfurt a. M. 1974 sowie auch nicht zuletzt DGB Bundesvorstand (Hg.): Mitbestimmung jetzt – und keine halben Sachen. Referentenmaterial zur Mitbestimmung, 2. Aufl., Düsseldorf 1974. Aus der jüngsten Zeit wäre Alex Demirović: Demokratie in der Wirtschaft. Positionen, Probleme, Perspektiven, Münster i. Westf. 2007, zu nennen.

92 Hans Diefenbacher: Empirische Mitbestimmungsforschung. Eine kritische Auseinandersetzung mit Methoden und Resultaten, Frankfurt a. M. 1983, S. 18 f.

93 Vgl. ebd., S. 45-64. So zum Beispiel Institut für Marxistische Studien und Forschungen (Hg.): Mitbestimmung als Kampfaufgabe. Grundlagen, Möglichkeiten, Zielrichtungen, Köln 1972.

94 Hans Diefenbacher/Hans G. Nutzinger (Hg.): Mitbestimmung: Probleme und Perspektiven der empirischen Forschung, Frankfurt a. M./New York 1981, S. 14 f.

PRIDDAT hingegen legte in Verbindung mit anderen Autoren 2011 eine umfassende Einordnung der Mitbestimmung in die soziale Marktwirtschaft vor und erklärte ihren Zusammenhang zur »Sozialpartnerschaft«, der traditionellerweise in der chemischen Industrie eine besondere Rolle zuteilwird. Im Gegensatz zu den Wirtschaftswissenschaften, in denen die »Mitbestimmung vor allem unter Gesichtspunkten der ökonomischen Effizienz« begriffen würde, und der Arbeits- und Industriesoziologie, welche sie politisch auffasse, sieht Priddat in ihr selbst eine »Kollision von Politik und Ökonomie.« »Während die Arbeitnehmervertreter die Organisation als Betrieb begreifen und Management als Regierung, fasst das Management die Organisation als Unternehmen auf. Beide Kontexte bleiben fundamental inkommensurabel und müssen im Einzelfall stets neu arrangiert werden.«[95] In diesem Sinne wird die Mitbestimmung bei Priddat als Kooperationsinstanz gesehen, die ganz entschieden dazu beiträgt, Vertrauen zwischen den am Unternehmen Beteiligten zu schaffen und somit Verbundenheit zu fördern und die Effizienz zu steigern.

Zum Forschungsgegenstand des Gesetzes über die Mitbestimmung der Arbeitnehmer von 1976 legte Carsten WARLICH 1985 eine rechtswissenschaftliche Untersuchung vor, die ihre Erkenntnisse hauptsächlich aus Gesetzesentwürfen, -texten und Stellungnahmen sowie Rundschreiben und öffentlich zugänglichen Protokollen bezieht. Warlich setzt seiner nach Sachpunkten strukturierten Arbeit zum Ziel, »aus den zum Teil [...] auf rein politischer Ebene geführten Auseinandersetzungen die wesentlichen juristischen Gesichtspunkte herauszuarbeiten.«[96] In der dieser Arbeit eigenen juristischen Sichtweise schließt er, der Wille des Gesetzgebers bei der Interpretation des Mitbestimmungsgesetzes sei in einem zu geringen Ausmaß berücksichtigt worden.[97] Dieser Schluss lässt jedoch das Interesse der Verbände weitgehend außer Acht. Michael SCHRÖDER untersuchte unter politikwissenschaftlicher Perspektive eben diesen Einfluss der Verbände auf die Entstehung des Mitbestimmungsgesetzes von 1976, bezieht sich dabei jedoch hauptsächlich auf die 7. Legislaturperiode des Bundestags und konnte darüber hinaus ebenfalls nicht auf das Material zurückgreifen, das der Zeithistorie zur Verfügung steht. Sein Urteil, die Gewerkschaften hätten »die schwerste Schlappe der Nachkriegszeit hinnehmen müssen«[98] und die Arbeitgeber hätten »ihre Ausgangsposition in einem sehr hohen Maße durchgesetzt,« man könne gar »von einer fast lupenreinen Interessendurchsetzung«[99] sprechen, bedarf der kritischen Überprüfung. Noch vor Abschluss der parlamentarischen Verhandlungen

---

95 Birger P. Priddat: Leistungsfähigkeit der Sozialpartnerschaft in der Sozialen Marktwirtschaft. Mitbestimmung und Kooperation, Marburg 2011, S. 109.
96 Carsten Warlich: Die Entstehung des Mitbestimmungsgesetzes 1976 (Reihe Rechtswissenschaft 14), Pfaffenweiler 1985, S. 1.
97 Ebd., S. 202.
98 Michael Schröder: Verbände und Mitbestimmung. Die Einflussnahme der beteiligten Verbände auf die Entstehung des Mitbestimmungsgesetzes von 1976. Eine Fallstudie, München 1983, S. 273.
99 Ebd., S. 277.

legte Irene RAEHLMANN eine sozialwissenschaftliche Untersuchung über den Widerstreit der Sozialpartner vor. In ihrer Arbeit konturiert sie die Unterschiede von BDA und DGB in Hinblick auf das Menschen- und Gesellschaftsbild und unterstreicht, dass Arbeitgeber, um ihre Machtstellung zu sichern, eher abstraktem Denken und utopischen Vorstellungen abgeneigt seien und ein individualistisches Menschenbild aufweisen, während die Gewerkschaften in der Gesellschaft den, auf Veränderung drängenden Part einnehmen, den Raehlmann vielleicht etwas unreflektiert nachzeichnet.[100] Neben den erwähnten Erträgen der jüngsten Forschung wirtschaftswissenschaftlicher und soziologischer Provenienz diskutierte Felix HÖRISCH die Unternehmensmitbestimmung unter dem Aspekt der Property-Rights-Theorie sowohl in ihrer internationalen Entwicklung, in ihrer Auswirkung auf deutsche Firmen als auch auf die Gesamtwirtschaft und argumentiert dabei in vergleichender Perspektive anhand von statistisch erhobenen Zahlen.[101] Jüngst legte JANSEN eine Studie zur »gelebten Praxis« der Unternehmensmitbestimmung vor, mit der auf der Grundlage von ca. 180 Interviews mit Aufsichtsräten beider Seiten die Forschungslücke, wie im Aufsichtsrat gearbeitet wird, welche Probleme auftauchen und wie sich die Rahmenbedingungen geändert haben, geschlossen wurde. Jansen bekräftigt, dass die Forschung zur Mitbestimmung zwar ein umfangreiches Ausmaß angenommen habe, jedoch gerade die Untersuchungen zum Aufsichtsrat älteren Datums seien, nur die Arbeitnehmerperspektive in den Blick nähmen und die Mitbestimmung gewissermaßen im marxistischen Sinne als Machtfrage und Arena des Konflikts zwischen Kapital und Arbeit begriffen.[102] Ihre Träger sind jedoch in unterschiedlichen Kontexten eingebunden, die nicht allein ein Problem divergierender Interessen darstellen. Im ökonomischen Kontext liegt das Interesse der Anteilseigner allein auf der Sicherstellung des Ertrags und der erfolgreichen Unternehmensperformanz, doch es tritt ein politischer Kontext hinzu, etwa Wirtschaftsförderung oder Umweltschutz, wie der Autor erhellend bemerkt. In diesem Kontext befinden sich alle, wobei die Anteilseigner ihn weniger berücksichtigen und die Interessen der Arbeitnehmer überwiegen, jedoch nicht aus-

---

100 Vgl. Irene Raehlmann: Der Interessenstreit zwischen DGB und BDA um die Ausweitung der qualifizierten Mitbestimmung. Eine ideologiekritische Untersuchung (Schriftenreihe Stiftung Mitbestimmung 6), Köln 1975, hier besonders S. 219-230.

101 Felix Hörisch: Unternehmensmitbestimmung im nationalen und internationalen Vergleich. Entstehung und ökonomische Auswirkungen (Policy-Forschung und vergleichende Regierungslehre 8), Berlin 2009. Der Einfluss der Mitbestimmung auf die Verfügungsrechte der Kapitalseite eines Unternehmens war bereits in den 1980er-Jahren Gegenstand einer Forschung, die sich jedoch nicht auf umfangreiche Datenerhebungen stützen konnte, sondern im Lichte der Property-Rights auf Annahmen basierend argumentierte Rolf Wickenkamp: Unternehmensmitbestimmung und Verfügungsrechte. Die paritätische Aufsichtsratsbesetzung nach dem Mitbestimmungsgesetz von 1976 im Licht der ökonomischen Theorie der property rights (Untersuchungen des Instituts für Wirtschaftspolitik an der Universität zu Köln 54), Köln 1983.

102 Vgl. Till Jansen: Mitbestimmung in Aufsichtsräten, Wiesbaden 2013, S. 8-20.

schließlich, als Partikularinteressen verstehen.[103] So definiert Jansen vier Typen der Arbeit im Aufsichtsrat, die zwischen Kooperation und Konflikt liegen.

3.3 Die historische Verortung der Mitbestimmung

Die historische Forschung hingegen hat sich der Entstehung des Mitbestimmungsgesetzes noch nicht zugewandt, sondern lediglich Teilaspekte und einzelne Akteure beleuchtet. So legte Andrea H. SCHNEIDER eine eingehende Untersuchung der Großen Koalition anhand von Archivmaterialien aus dem Helmut-Schmidt-Archiv (HSA) und weiteren Beständen des Archivs der sozialen Demokratie (AdsD) vor und zog das Fallbeispiel der Mitbestimmung als eines der Gesetze heran, die von hoher politischer Brisanz waren und für die sich Helmut Schmidt besonders engagiert habe.[104] Gleichzeitig stünden die Gesetze zur Mitbestimmung für Vorhaben, die nicht in den Koalitionsgesprächen thematisiert, aber dennoch umgesetzt wurden.[105] Das Desiderat einer Gesamtdarstellung zum Themenkomplex hängt zunächst mit der in Deutschland geltenden Sperrfrist auf Archivalien, die jünger als 30 Jahre sind, zusammen. Allerdings muss man auch erneut einen zeitweisen Verlust des Forschungsinteresses an Themen aus der Arbeitswelt und der Geschichte der Gewerkschaften feststellen, der sicherlich nicht zuletzt an dem Umstand einer noch ausstehenden problemorientierten Darstellung der Entstehungsgeschichte des Mitbestimmungsgesetzes von 1976 beigetragen hat. In der jüngeren Vergangenheit erschienen jedoch eine Reihe von Darstellungen zur Geschichte der Arbeit und der Arbeitsbeziehungen. Der überwiegende Anteil der Autorenschaft definiert sich allerdings nicht explizit als Gewerkschafts- oder Sozialhistoriker, sondern betrachtet die Arbeitergeschichte etwa unter dem Aspekt der Diskursgeschichte.[106] Schon bei grober Betrachtung der Entwicklung fällt die zentrale Bedeutung des Jahres 1976 auf, das laut HASSEL mit der Verabschiedung des Mitbestimmungsgesetzes den Höhe- und zugleich den Wendepunkt der politischen Regulierung markiere. War die Zeit vor 1976 noch von Aufbruch und Aufbau geprägt, verschoben sich im Anschluss die Gewichte auf der Begegnung eines Erosionsprozesses und den Umgang mit neuen Herausforderungen. »Nach 1976 hat es keine groß angelegten Rück- oder Umbaumaßnahmen gegeben, sondern die etablierten Institutionen und Praktiken veränderten ihre Funktion weitgehend innerhalb der bestehenden rechtlichen und politischen Rahmenbedingun

---

103 Vgl. ebd., S. 27-33.

104 Andrea H. Schneider: Die Kunst des Kompromisses. Helmut Schmidt und die Große Koalition 1966–1969, Paderborn u. a. 1999, S. 16.

105 Siehe ebd.

106 Vgl. Kim Christian Primel: Heaps of work. The ways of labour history, in: H-Soz-u-Kult 23.1.2014, URL http://www.hsozkult.de/literaturereview/id/forschungsberichte-1223 (abgerufen am 10.12.2016).

gen.«[107] Deshalb könne das Mitbestimmungsgesetz vor allem als ein Gesetzeswerk verstanden werden, »das auf Verstetigung und gleichzeitig auch deutlich auf die Begrenzung des Mitbestimmungssystems abzielte.«[108] Die wesentlichen Grundlinien der industriellen Beziehungen in der Bundesrepublik wurden unmittelbar nach ihrer Gründung gelegt, denn »zu Beginn der 1950er Jahre existierten bereits die paritätische Mitbestimmung in der Montanindustrie, die Drittelparität in anderen Sektoren, der verfassungsrechtliche Schutz der Gewerkschaften im Grundgesetz [...], ein Betriebsrätegesetz und das Tarifvertragsgesetz.«[109]

Der Aufstieg der Mitbestimmung fällt demnach in die »Prosperitätsphase« nach 1950, die insbesondere die Industriearbeit prägte, bis sie seit den 1970er-Jahren von der stetig steigenden Dominanz des Dienstleistungssektors abgelöst wurde. Den Gewerkschaften galt in diesem Zeitraum der männliche Industriearbeiter als zentraler Bezugspunkt des Handelns, während prekär Beschäftigte oder Frauenarbeit in den Hintergrund traten.[110] In der Mitbestimmung spiegelt sich auch der Ausbau des Staates zu einer Vermittlungsinstanz zwischen gesellschaftlichen Interessen und Gruppen wider, wie es für die Bundesrepublik unter dem Schlagwort Korporatismus charakteristisch wurde. Diese Entwicklung erhielt allerdings mit der Aufkündigung der Konzertierten Aktion seitens der Gewerkschaften nach der angekündigten Klage der Arbeitgeber vor dem Bundesverfassungsgericht nach der Verabschiedung des Mitbestimmungsgesetzes einen Rückschlag.[111] Die Klage sei jedoch, so WOLFRUM, bei Abschluss des Gesetzweges »mitreflektiert« worden. Die Gewerkschaften gerieten aufgrund der massiven Wirtschaftskrise nach dem ersten Ölpreisschock der Geschichte der Bundesrepublik im parlamentarischen Prozess in die Defensive.[112]

Historische Überblicksdarstellungen befassten sich bisher mit dem Oberbegriff der »Mitbestimmung« im weitgefassten Sinne, beziehen also die betriebliche Mitbestimmung oder das gesamte System der Tarifverhandlungen mit ein oder erläutern

---

107 Anke Hassel: Die politische Regulierung industrieller Beziehungen, in: Manfred G. Schmidt/Rainer Zohlnhöfer (Hg.): Regieren in der Bundesrepublik Deutschland. Innen- und Außenpolitik seit 1949, Wiesbaden 2006, S. 315-331, hier S. 316.

108 Ulrich Bamberg u. a.: Aber ob die Karten voll ausgereizt sind ... 10 Jahre Mitbestimmungsgesetz 1976 in der Bilanz (Mitbestimmung in Theorie und Praxis), Köln 1987, S. 34.

109 Hassel: Die politische Regulierung, S. 317.

110 Vgl. Hartmut Kaelble: Sozialgeschichte Europas. 1945 bis zur Gegenwart, München 2007, S. 57-86. Zu den Folgen der Prosperitätsphase im Boom siehe den Überblick bei Gerold Ambrosius/Hartmut Kaelble: Einleitung: Gesellschaftliche und wirtschaftliche Folgen des Booms der 1950er und 1960er Jahre, in: Hartmut Kaelble (Hg.): Der Boom 1948–1973. Gesellschaftliche und wirtschaftliche Folgen in der Bundesrepublik Deutschland und in Europa (Schriften des Zentralinstituts für sozialwissenschaftliche Forschung der Freien Universität Berlin 64), Opladen 1992, S. 7-32, hier S. 17-28.

111 Vgl. Andreas Rödder: Die Bundesrepublik Deutschland 1969–1990 (Oldenbourg Grundriss der Geschichte 19), München 2004, S. 16.

112 Edgar Wolfrum: Die Bundesrepublik Deutschland 1949–1990 (Gebhardt Handbuch der Geschichte 23), 10. Aufl., Stuttgart 2005, S. 407.

den Begriff »Wirtschaftsdemokratie.« Die Mitbestimmung, das wird von zahlreichen Autoren herausgestellt, stelle eine typisch deutsche Form der Beteiligung und Einbindung der Arbeitnehmer in das Wirtschaftsleben dar, sie sei historisch und politisch gesehen »die deutsche Alternative zum Staatssozialismus und zum Unternehmerkapitalismus.«[113] Sie blieb nicht bloß auf die Unternehmensebene beschränkt, sondern sollte von Beginn an auch auf die Gesamtwirtschaft übertragen werden, was sich allerdings nicht als dauerhaft tragfähig erwies. Versuche wie die Konzertierte Aktion oder das Bündnis für Arbeit scheiterten, der Betriebsverfassung hingegen war eine erstaunliche Dauerhaftigkeit beschienen.[114] Das Prinzip Mitbestimmung könne darüber hinaus »als zentraler Ordnungsfaktor der modernen Industriewelt begriffen werden.«[115] Die Kommission Mitbestimmung der Bertelsmann Stiftung und der Hans-Böckler-Stiftung betont die Vielschichtigkeit des historischen Kontexts. Die Mitbestimmung in ihrer heutigen Form ginge auf unterschiedliche und teilweise gegensätzliche Erfahrungen zurück, die

> »vom republikanischen Konstitutionalismus der Paulskirche über den Paternalismus des deutschen Unternehmertums des neunzehnten Jahrhunderts, den Sozialkatholizismus [...], [der] Politik des ›Burgfriedens‹ und [der] Organisation der Kriegswirtschaft im Ersten Weltkrieg und den Syndikalismus der Rätebewegung bis hin zu verschiedenen Versionen eines plan- oder gemeinwirtschaftlichen Sozialismus«

reichten.[116] Dabei müsse ihre Entstehung insgesamt als »Resultat von Kompromissen zwischen unterschiedlichen Motiven und Interessen einerseits und bereits vorhandenen, geschichtlich gewachsenen Institutionen andererseits betrachtet werden.«[117] Leminsky hebt die Verknüpfung zur Entstehung der modernen Gewerkschaftsbewegung im 19. Jahrhundert hervor, deren Dynamik sich nur unter Berücksichtigung der emanzipatorischen Voraussetzungen der Mitbestimmung im Sinne autonomer Interessenvertretung der Arbeitnehmer, der Belegschaften und der Gewerkschaften in ihrem jeweiligen Zeitkontext erfassen lasse. Zwar waren einige Unternehmer aus paternalistischen Motiven heraus zu Beginn der Industrialisierung bereit, ihren Beschäf-

---

113 Friedrich Fürstenberg: Thesen zur Geschichte und Gegenwartslage der Mitbestimmung, in: Nutzinger (Hg.): Perspektiven, S. 193-202, hier. S. 193.

114 Ebd., S. 194.

115 Hans-Jürgen Teuteberg: Ursprünge und Entwicklung der Mitbestimmung in Deutschland, in: Hans Pohl (Hg.): Mitbestimmung. Ursprünge und Entwicklung (Zeitschrift für Unternehmensgeschichte, Beiheft 19), Wiesbaden 1981, S. 7-73, hier S. 70 f.

116 Kommission Mitbestimmung: Die Entwicklung der Mitbestimmung als Institution, in: Wolfgang Streeck/Norbert Kluge (Hg.): Mitbestimmung in Deutschland. Tradition und Effizienz, Frankfurt/New York 1999, S. 239-254, hier S. 239.

117 Ebd.

tigten gewisse Mitspracherechte zuzugestehen, doch »dürfen solche Ansätze nicht mit eigenständigen Konzepten von Mitbestimmung verwechselt werden.«[118] Aus der Ablehnung der Gewerkschaften vonseiten der Unternehmer und des obrigkeitsstaatlichen Kaiserreichs heraus erklären sich die gewerkschaftlichen Hoffnungen auf einen Ausbau der Demokratie. Sie richteten den Kampf der Arbeiterklasse nie allein auf die Verbesserung der Lebens- und Arbeitsbedingungen, sondern wollten von Beginn an eine Umkehrung der wirklichen Machtverhältnisse in Staat, Wirtschaft und Gesellschaft erreichen. Daher rührt die Betonung der Demokratie, die auch auf die Wirtschaft übertragen und stets über die staatliche Politik gedacht wurde. Dabei ging es

> »um eine Demokratisierung und Mitbestimmung für die Arbeiter als Klasse, aber nicht um eine Demokratisierung durch und für die einzelnen Arbeiter selbst. Die Schalthebel sollten über die politischen Parteien, die Gesetzgebung und entsprechende Institutionen in Besitz genommen werden. Die Gewerkschaften hatten deshalb zur Realisierung dieser Forderungen auch keine eigene Umsetzungsstrategie entwickelt.«[119]

Diese Strategie erfolgte erst nach dem Ersten Weltkrieg mit dem Konzept der Wirtschaftsdemokratie von Fritz Naphtali (1888–1961), das noch ganz den beschriebenen Geist atmete und in der Frühphase der Bundesrepublik das Denken von Gewerkschaftsfunktionären prägte. Hoffnungen auf einen Systemwechsel der Wirtschaft herrschten nach dem Zweiten Weltkrieg, wurden jedoch im Zeitverlauf, bedingt durch die Erfolge der Marktwirtschaft, immer unrealistischer. Die Mitbestimmung fand ihren Weg in die Betriebe. Demnach lasse sich eine Entwicklung zunehmender Verbetrieblichung nachweisen. Im Zuge dessen trat die als Element der Demokratisierung gedachte Unternehmensmitbestimmung hinter die betriebliche Mitbestimmung zurück und gedieh zum »verlängerten Arm« der Betriebsräte, die die Arbeitnehmer oft zeitgleich in den Aufsichtsräten vertreten.[120] RICHARDI stellt das Mitbestimmungsgesetz in eine vor allem durch die Soziallehre der katholischen Kirche begründete Tradition, »die zur Lösung der sozialen Frage an die Stelle des Klassenkampfes die Mitbestimmung gesetzt hat« und spätestens seit dem Zweiten Vatikanischen Konzil die Beteiligung aller mit einem Unternehmen verbundenen Individuen an dessen Erfolg forderte. Diese Zielsetzung vorausgesetzt, könne das Mitbestimmungsgesetz als ein Vorschaltgesetz bezeichnet werden, da es nur in das Gesellschaftsrecht der Unternehmung eingreift. Basierend auf dem Aktiengesetz als geistige Grundlage

---

118 Gerhard Leminsky: Gewerkschaften und Mitbestimmung in Deutschland: Historischer Rückblick und Handlungsprospekt für die Zukunft, in: Jörg Abel/Peter Ittermann (Hg.): Mitbestimmung an den Grenzen? Arbeitsbeziehungen in Deutschland und Europa, München/Mehring 2001, S. 39-68, hier S. 41.
119 Ebd., S. 42.
120 Vgl. Kommission Mitbestimmung: Die Entwicklung der Mitbestimmung, S. 240 f.

bliebe jedoch als Problem der Unternehmensmitbestimmung bestehen, dass sie die einer Aktiengesellschaft inhärente Trennung von Verfügungs- und Inhaberrechten nicht auflöse. Die Inhaber, mithin die zum Großteil verstreuten Aktionäre, geben die Property Rights an ein Management ab, das die gesamte Planungskontrolle auf sich vereint. Da das Mitbestimmungsgesetz aber auf der Ebene des Aufsichtsrats ansetze, gehe es in erster Linie von einer Aktiengesellschaft auf Basis eines oder weniger Großaktionäre aus. Für GmbHs und weitere Kapitalgesellschaften ergäben sich aus dieser Grundannahme noch weitere spezifische Probleme der Einflussnahme auf unternehmerische Entscheidungen.[121]

Weitere Darstellungen zum Gesamtkomplex verfolgen einen deskriptiven Ansatz[122] oder vergleichen die deutsche Ausprägung der Mitbestimmung mit anderen europäischen Wirtschaftsnationen und deren Traditionen bzw. setzen diese in einen Bezug zueinander. Dabei wird ebenfalls unterstrichen, dass in Deutschland eine partnerschaftliche Form der Zusammenarbeit von Kapital und Arbeit im Betrieb entstehe, welche die Beteiligten zum Ausgleich zwinge. In Frankreich hingegen herrsche etwa eine liberale Sichtweise vor, die den Unternehmer und seine Verfügungsmacht über das Kapital ins Zentrum der Betrachtung stelle.[123] Die juristische Perspektive der Gesetzgebung zu diesem Komplex wurde ebenfalls historisch gewürdigt.[124] Hans-Joachim BIEBER betont, man könne die Geschichte der Mitbestimmung neben der Frage nach den juristischen Aspekten auch als »Teil eines umfassenden Kampfes um Demokratisierung von Herrschaftsverhältnissen behandeln, der in den alten Industrieländern nicht nur die politische Sphäre im Engeren betrifft, sondern seit dem 19. Jahrhundert Schritt für Schritt auch fast alle gesellschaftlichen Bereiche erfasst hat.«[125] In diesem Sinne würde sich die Etablierung der Unternehmensmitbestim-

---

121 Vgl. Reinhard Richardi: Arbeitsverfassung und Arbeitsrecht, in: Martin H. Geyer (Hg.): 1974–1982. Bundesrepublik Deutschland. Neue Herausforderungen, wachsende Unsicherheiten (Geschichte der Sozialpolitik in Deutschland seit 1945 6), Baden-Baden 2008, S. 235-266, hier S. 250 ff.

122 Horst Thum: Wirtschaftsdemokratie und Mitbestimmung. Von den Anfängen 1916 bis zum Mitbestimmungsgesetz 1976 (Schriftenreihe des DGB Bildungswerkes 12), Köln 1991. Siehe auch die kompakte, jedoch methodisch, inhaltlich und wissenschaftlich wenig überzeugende Arbeit von Michael KAUSCH zur Gesamtthematik, Michael Kausch: Wirtschaftsdemokratie durch Mitbestimmung: Genese und Darstellung eines politisch-ökonomischen Konzepts in der deutschen Wirtschaft, Frankfurt a. M. 1981.

123 So René Lasserre: Mitbestimmung und Betriebsverfassung in Deutschland und Frankreich. Elemente eines historischen und soziologischen Vergleichs, in: Pohl (Hg.): Mitbestimmung und Betriebsverfassung, S. 23-40, hier S. 23 f.

124 Roland Köstler: Das steckengebliebene Reformvorhaben. Rechtsprechung und Rechtsentwicklung zur Unternehmensmitbestimmung von 1922 bis zum Mitbestimmungsgesetz 1976, Köln 1987, sowie Karl-Georg Loritz: Mitbestimmung und Betriebsverfassung in Deutschland aus juristischer Sicht, in: Pohl (Hg.): Mitbestimmung und Betriebsverfassung, S. 57-78.

125 Hans-Joachim Bieber: Zwischen Kasernenhof und Rätesystem. Der schwierige Weg zu gesetzlichen Regelungen industrieller Mitbestimmung in Deutschland vom 19. Jahrhundert bis 1933,

mung nahtlos in die Demokratisierungseuphorie der frühen 1970er-Jahre einfügen. Neben diesen Arbeiten zu Einzelfragen und -themenkreisen der Mitbestimmung in Deutschland oder im Vergleich zu anderen Ländern trat besonders Gloria MÜLLER mit historischen Studien zu ihrer Genese und Entwicklung hervor. Sie hebt hervor, dass die Gewerkschaften aufgrund ihrer Zersplitterung, die sich vor allem auf ihren organisatorischen Aufbau bezog, und in Ermangelung eines konsensfähigen Konzepts keinen schlagkräftigen und überzeugenden Start nach dem Zusammenbruch des Hitlerregimes schaffen konnten.[126] Auch die bereits in der britischen Zone getroffenen Vereinbarungen zur Montanmitbestimmung hätten keineswegs einer grundsätzlichen Offenheit der Briten gegenüber der Mitbestimmung als solcher entsprochen.[127] Eingehend befasste Müller sich mit der Entwicklung der Montanmitbestimmung, die den Gewerkschaften immer als Richtschnur in den Verhandlungen um das Mitbestimmungsgesetz von 1976 galt.[128] Für den Bergbau schließt Norbert RANFT an Müller an und skizziert die Entwicklung der Mitbestimmung in der Schlüsselindustrie der Nachkriegswirtschaft.[129]

Abseits spezifischer Arbeiten älteren und jüngeren Datums beschrieb Klaus SCHÖNHOVEN in seiner Darstellung der Rolle der SPD in der Großen Koalition unter Kanzler Kiesinger (1904–1988) das Verhältnis von SPD und Gewerkschaften in der Frage der Mitbestimmung als ambivalent. Die SPD hätte in der Großen Koalition das realistisch Machbare gesehen und anderen Themen mehr Bedeutung zugemessen, wohl auch, da es in der CDU-Bundestagsfraktion bereits weitverbreitete Ressentiments gegen das im Frühjahr 1967 verabschiedete Mitbestimmungssicherungsgesetz in der Montanindustrie gab. Die Bildung einer Kommission zur Mitbestimmung beim Parteivorstand und der eingebrachte Gesetzentwurf der SPD vom Dezember 1968 nahm der DGB zwar wohlwollend zur Kenntnis, doch dienten diese Maßnahmen dem Zweck, der SPD vor den Wahlen ein schärferes sozialpolitisches Profil zu verleihen. Zu einer echten Annäherung von Partei und Gewerkschaften habe dies nicht geführt.[130] STREECK hingegen sieht die Konzertierte Aktion oder allgemeiner die Etablierung der keynesianischen Wirtschaftspolitik als eine Voraussetzung für die

---

in: Nutzinger (Hg.): Perspektiven, S. 11-125, hier S. 12. Bieber hingegen beschränkt sich in seiner Darstellung auf die Debatten, die um die Mitbestimmung geführt wurden.

126 Vgl. Gloria Müller: Mitbestimmung in der Nachkriegszeit. Britische Besatzungsmacht – Unternehmer – Gewerkschaften (Düsseldorfer Schriften zur Neueren Landesgeschichte und zur Geschichte Nordrhein-Westfalens 21), Düsseldorf 1987, hier S. 275 ff.

127 Vgl. ebd., S. 284 ff.

128 Gloria Müller: Strukturwandel und Arbeitnehmerrechte. Die wirtschaftliche Mitbestimmung in der Eisen- und Stahlindustrie 1945–1975 (Düsseldorfer Schriften zur Neueren Landesgeschichte und zur Geschichte Nordrhein-Westfalens 31), Essen 1991.

129 Norbert Ranft: Vom Objekt zum Subjekt. Montanmitbestimmung, Sozialklima und Strukturwandel im Bergbau seit 1945 (Mitbestimmung in Theorie und Praxis), Köln 1988.

130 Klaus Schönhoven: Wendejahre. Die Sozialdemokratie in der Zeit der Großen Koalition 1966–1969 (Die deutsche Sozialdemokratie nach 1945 2), Bonn 2004, hier S. 356-368.

Durchsetzung der Mitbestimmung, sei es in der betrieblichen mit dem Ausbau der Betriebsverfassung als auch in der unternehmerischen Form.

> »The increasing dependence of the federal government since 1967 on the economic and political cooperation of the unions gave the latter a chance to secure for themselves considerable benefits in return. Among the concessions they were able to extract from the government, particularly in the early 1970s, one of the most important was a far-reaching reform of existing legislation on industrial relations.«[131]

Gemeint sind die Gesetze zur Mitbestimmung.

Mit dem Machtwechsel in Bonn 1969 und insbesondere mit dem neuen Kanzler Willy Brandt wurde für viele Bürgerinnen und Bürger und politische Weggefährten eine »Reformeuphorie« sichtbar. Brandt bündelte die Hoffnungen nach mehr Mitbestimmung und nach dem schwammigen Begriff der Demokratisierung auf sich. Nach Rödder bedeutete die Demokratisierung zunächst wenig außer der Absenkung des aktiven Wahlalters auf 18 Jahre. »Demokratie bezog sich vielmehr in erster Linie auf die gesellschaftliche Vorstellung der ›sozialen Demokratie‹ als eines auf soziale Teilhabe gerichteten, normativen Prinzips. Sie manifestierte sich in der Mitbestimmung – vor allem in der Arbeitnehmermitbestimmung im Arbeitsleben – und Sozialstaat.«[132] Hans-Jürgen Teuteberg bewertet den Zeitraum nach 1969 in seiner kompakten Darstellung über die Entwicklung der Mitbestimmung in Deutschland seit dem frühen 19. Jahrhundert dahingehend, dass die Spielräume der sozialliberalen Koalition und der Kanzler Brandt und Schmidt nicht vergleichbar waren mit denen von Adenauer in der Frage der Montanmitbestimmung, da dieser noch auf wechselnde Mehrheiten hätte bauen können. Die FDP und DP einerseits und die SPD andererseits hätten nicht zu einer Koalition gegen ihn gefunden. Die SPD sei hingegen vom kleinen Koalitionspartner getrieben gewesen.[133] Faulenbach meint, dass »der Druck der Gewerkschaften, die mit ihren Forderungen nach voller Parität gesellschaftspolitisch isoliert waren, auf die SPD, die die Koalition weiterführen wollte, letztlich erfolglos bleiben« musste.[134] Die Kritik von Teilen der Gewerkschaften an der SPD, die in den Verhandlungen nicht mehr herausgeholt hatte, offenbare »ein merkwürdig voluntaristisches

---

131 Wolfgang Streeck: Organizational Consequences of Neo-Corporatist Cooperation in West German Labour Unions, in: Gerhard Lehmbruch/Philippe C. Schmitter (Hg.): Patterns of corporatist policy making, Beverly Hills 1982, S. 29-82, hier S. 37 f.

132 Rödder: Die Bundesrepublik Deutschland, S. 34.

133 Vgl. Teuteberg: Ursprünge, S. 66 f. Der Autor legte auch die bis heute definitive Darstellung zur Entwicklung des Gedankens der Mitbestimmung und ihrer Ausgestaltung bis zum Hilfsdienstgesetz des Jahres 1916 vor. Hans Jürgen Teuteberg: Geschichte der industriellen Mitbestimmung in Deutschland. Ursprung und Entwicklung ihrer Vorläufer im Denken und in der Wirklichkeit des 19. Jahrhunderts (Soziale Forschung und Praxis 15), Tübingen 1961.

134 Faulenbach: Das sozialdemokratische Jahrzehnt, S. 442.

Politikverständnis.«[135] Wiederum andere Darstellungen betonen die enge Verbindung von Gewerkschaften und SPD, insbesondere bei der Novellierung der Betriebsverfassung.[136] Birgit FRESE untersuchte in ihrer Arbeit zu den CDA-Sozialausschüssen auch ihr Verhältnis zur Mitbestimmung und stellt auf umfangreicher Quellenbasis die Diskussionen zwischen dem CDU-Wirtschaftsrat und den Sozialausschüssen dar.[137] Für das Unternehmerlager stellt Volker BERGHAHN heraus, dass diese im Sinne ihres individualistischen Menschenbildes der Vermögensbildung in Arbeitnehmerhand den Vorrang vor der Mitbestimmung einräumten. Diese sei in ihren Augen eine erste Anwandlung von Sozialismus gewesen. Den schrillen Tönen, die einzelne Unternehmer nach den Mitbestimmungsinitiativen der Gewerkschaften von sich gaben, stand jedoch eine gemäßigte Ausdrucksweise der Arbeitgebervertreter entgegen, die sich bemühten, die Stimmung nicht ganz zu vergiften.[138] Im Jubiläumsjahr 2006 legte die HANS-BÖCKLER-STIFTUNG neben dem Tagungsband zur Konferenz »Mehr Demokratie in der Wirtschaft«, die unter großer medialer Beachtung in Berlin stattfand[139], auch eine Ausgabe ihres Magazins »Mitbestimmung« vor, welche die Entstehung des Gesetzes zum Schwerpunkt hat.[140]

4 Quellen

In Bezug auf die Quellenauswahl ist gerade im Zusammenhang zur Mitbestimmung die Fragestellung von immanenter Bedeutung, da zu kaum einem gesellschaftlichen und politischen Problem eine derartige Fülle an Literatur, Artikeln, Kommentaren, Meinungen und Stellungnahmen unterschiedlichster Provenienz veröffentlicht wurde wie zu der Frage, in welchem Ausmaß die Arbeitnehmer an ökonomischen Prozessen beteiligt werden sollen. Zu Beginn der 1970er-Jahre kursierten zahlreiche Modelle zur Mitbestimmung im öffentlichen Raum, die je einen mehr oder minder profunden Beitrag zur Debatte leisteten[141] und die vom DGB zum Teil als Modellschreinerei abgetan wurden.

---

135 Ebd., S. 443.
136 Vgl. Hassel: Die politische Regulierung, S. 318.
137 Siehe Birgit Frese: Anstöße zur sozialen Reform. Hans Katzer, die Sozialausschüsse und ihre Vorschläge zur Schaffung einer partnerschaftlichen Wirtschaftsordnung, Düsseldorf 2000.
138 Vgl. Volker Berghahn: Unternehmer und Politik in der Bundesrepublik Deutschland, Frankfurt a. M. 1985, S. 307-312.
139 Siehe Hans-Böckler-Stiftung (Hg.): Mehr Demokratie in der Wirtschaft: Dokumentation der Jubiläumsveranstaltung vom 30.8.2006. 30 Jahre Mitbestimmungsgesetz von 1976, Düsseldorf 2006.
140 Dies. (Hg.): Der Kampf um den Kompromiss. 30 Jahre Mitbestimmungsgesetz (Mitbestimmung 3/2006), Frankfurt a. M. 2006.
141 Einen Überblick bietet Siegfried Hergt (Hg.): Mitbestimmung. 35 Modelle und Meinungen zu einem gesellschaftspolitischen Problem, 2. Aufl., Opladen 1974.

Die hier getroffene Quellenauswahl spiegelt das Ziel wider, eine möglichst exakte Beschreibung der Akteurskonstellationen vorzunehmen und die Interaktionen zwischen Politik, Gewerkschaften, Arbeitgebern und anderen gesellschaftlichen Gruppen wie den Kirchen sowie die innerverbandlichen Prozesse nachzuzeichnen. Die Qualität und das Vorliegen der Archivbestände wirken jedoch auf die Aussagefähigkeit einer Arbeit, die einen solchen Ansatz wählt, zurück. Da die BDA etwa kein öffentlich zugängliches Archiv unterhält und ihre Altakten auch an kein weiteres Archiv abgab, können interne Entscheidungs- und Diskussionsprozesse nicht anhand von Quellenmaterial primärer Art dargestellt werden. Zwar lassen sich Positionierungen der Arbeitgeber aus der Korrespondenz mit Entscheidungsträgern und der Gewerkschaften entnehmen, doch bleibt aufgrund dieser nicht systematisch überlieferten Dokumente die interne Willensbildung im Unklaren. Diese Lücke konnte erfreulicherweise durch Konsultation des BDI-Archivs zumindest teilweise geschlossen werden, sodass gewisse Rückschlüsse auf das Agieren der Arbeitgeber gezogen werden können.

Dennoch stehen die Gewerkschaften und hier besonders der DGB-Bundesvorstand im Mittelpunkt der Betrachtung.[142] Das gesamte DGB-Archiv im AdsD bildet mit seinen Teilbeständen die erste Quellengrundlage der Arbeit. Hier sind vor allem die Abt. Mitbestimmung, die später in die Abt. Gesellschaftspolitik integriert wurde, die Abt. Vorsitzender sowie die Protokolle des Bundesvorstands von Bedeutung. Darüber hinaus wurden aus dem AdsD zahlreiche Bestände der SPD, von den Parteigremien über die Fraktionsführung und die Bundestagsfraktion bis zu den Nachlässen einzelner Protagonisten wie Helmut Schmidt, Willy Brandt, Herbert Wehner und Walter Arendt konsultiert. Hermann Rappe steuerte Unterlagen aus seinem Privatbesitz bei. Auf der Ebene der Einzelgewerkschaften wurden aus dem Bestand IG Chemie, Papier, Keramik noch unerschlossene Akten aus dem Archiv für soziale Bewegungen (AfsB) herangezogen, um die frühe Positionsfindung der IG Chemie nachzuvollziehen. Aus dem Bereich des staatlichen Schriftguts fanden sich im BA am Standort Koblenz in den Beständen Bundeskanzleramt, BMAS und BMI Überlieferungen zur Mitbestimmung. Im Archiv des Liberalismus (AdL) konnte die Entwicklung des Mitbestimmungsgedankens in der FDP anhand der Bestände Wolfgang Mischnick, Bundesparteitage und Bundeshauptausschuss hergeleitet werden. In allen Akten fand sich Schriftverkehr mit einzelnen Unternehmern und zum Teil mit Arbeitgeberverbänden, die Rückschlüsse auf die Interaktionen zulassen. Dasselbe gilt analog für die kirchlichen Verbände, hier besonders zur EKD. Zu der CDU/CSU und den Sozialausschüssen liegen quellenbasierte Arbeiten vor. Die CDU/CSU-Fraktion als Koalitionspartner im Verhältnis zur SPD konnte anhand von Quelleneditionen erhellt werden.

---

142 Eine Übersicht findet sich in: Archiv der sozialen Demokratie (Hg.): Bestandsübersicht, Bonn 2006, S. 517-525.

Insgesamt standen bei der Auswahl der Quellen Korrespondenzen, interne Vermerke und Vorlagen, Analysen wie etwa die Umfragen zur Wirkung der Mitbestimmungskampagnen des DGB, Protokolle von Sitzungen der verschiedenen Arbeitskreise und Kommissionen und der Vorstände sowie vereinzelte Pressemitteilungen und Presseartikel im Zentrum.

5   Aufbau der Arbeit

Um diese genannten Muster herauszuarbeiten und sinnvoll darzustellen, empfiehlt sich ein chronologischer Aufbau der Untersuchung. Eine Ausrichtung anhand der kritischen und stark diskutierten Fragen im Gesetzgebungsprozess, wie sie etwa Warlich verfolgt[143], erscheint vor diesem Hintergrund wenig plausibel. Es bedarf zunächst einer Klärung der grundlegenden Ideen und Ansätze der Arbeit sowie der Beschreibung der Mitbestimmungsidee. Ein historischer Abriss der Diskussion und der Geschichte der Mitbestimmung in Kapitel II (☞ S. 53 ff.) erläutert den Stand zu Beginn der ersten Initiativen des DGB, die im Zusammenhang zu der geplanten Novellierung des Aktiengesetzes standen. Das anschließende Kapitel III (☞ S. 113 ff.) fasst die Positionen von Parteien, Arbeitgebern und den Gewerkschaften zu Beginn von deren Initiativen zusammen und nimmt in der Gewerkschaftslandschaft insbesondere die Rolle der IG Chemie in den Blick, da diese eine Sonderrolle in der Mitbestimmungspropagierung für sich beanspruchte. Im Anschluss beschreibt Kapitel IV (☞ S. 167 ff.) die Debatten und Verbindungen zwischen Gewerkschaften, Arbeitgebern und Parteien in der Zeit der Großen Koalition. Hier wird die Rolle und Positionierung der CDU betrachtet. In der Zeit reüssierte das technokratische Denken der Wirtschaftspolitik, das nach keynesianischem Muster die Wirtschaftsabläufe planen und gestalten wollte und sich der Konzertierten Aktion als Instrument bediente, doch gelang es den Gewerkschaften trotz deutlich herausgestellter Forderungen in diesem Forum nicht, ihre Mitbestimmungswünsche zur Sprache zu bringen. Kapitel IV (☞ S. 167 ff.) beleuchtet zudem intensiv die gewerkschaftlichen Werbemaßnahmen und die gewerkschaftliche Öffentlichkeitsarbeit, die in einem bis dato nicht gekannten Ausmaß anwuchs.

Nach dem Wechsel der Regierung von Kanzler Kiesinger zu Kanzler Willy Brandt und der sozialliberalen Koalition ergaben sich neue Konstellationen, auf die das daran anschließende Kapitel V (☞ S. 263 ff.) eingeht. Die zentralen Weichenstellungen zu Beginn der 1970er-Jahre markierten die Vorlage des Gutachtens der Biedenkopf-Kommission und der Eintritt der FDP in die neue Regierung. Mit ihr tritt ein neuer Akteur auf, der bis zu diesem Zeitpunkt sämtliche Forderungen nach einem Ausbau der paritätischen Mitbestimmung über den Montanbereich hinaus katego-

---

143 Warlich: Die Entstehung.

risch abgelehnt hatte und dessen innere Diskussionsprozesse entscheidend für den weiteren Gang der Verhandlungen wurden. Auf den Weg gebracht werden sollte der erste Entwurf der Bundesregierung doch erst zu Beginn des Jahres 1974, nachdem erste Gespräche der Koalition im November des Vorjahres stattfanden. Die nun in Gang gesetzten Prozesse sind integraler Bestandteil der Kapitel VI (☞ S. 293 ff.) und VII (☞ S. 349 ff.), welche den parlamentarischen Prozess sowie die politischen Verhandlungen nachzeichnen. An dieser Stelle werden auch die verfassungsrechtlichen Fragestellungen um die Mitbestimmung, die Frage nach ihrem Einklang mit der grundgesetzlich geschützten Eigentumsgarantie und der aus Art. 9 Abs. 3 GG abgeleiteten Koalitionsfreiheit, erörtert. Die thematische Überfrachtung der Mitbestimmung mit komplexen juristischen Fragen wurde vonseiten der Gewerkschaften als Trick der Gegner der Mitbestimmung erachtet, um ihre Mitglieder zu verunsichern und den inneren Zusammenhalt zu schwächen, sofern ein solcher denn überhaupt existierte. Kapitel VII (☞ S. 349 ff.) beleuchtet die Umstände, die zu dem sogenannten »zweiten Koalitionskompromiss« zum Mitbestimmungsgesetz führten. Schließlich werden der Abschluss der Verhandlungen sowie die letzten Parlamentsdebatten betrachtet. Eine Schlussbetrachtung der Arbeit beantwortet die eingangs gestellten Fragen und versucht, die Mitbestimmung in die bundesrepublikanische Politik- und Gesellschaftsgeschichte zu verorten.

II Historischer Abriss der Mitbestimmungsgeschichte in Deutschland

1 Von den ersten Ideen des Vormärz zum Ersten Weltkrieg

1.1 Vor- und Frühkapitalismus und die soziale Lage der Bevölkerung

Die ersten Ansätze des Mitbestimmungsgedankens entwickelten sich im frühen 19. Jahrhundert in Deutschland anhand von Vorbildern, die sie in industriell weiter vorangeschrittenen Staaten Europas vorfanden. Intellektuelle und Denker wie Franz VON BAADER (1765–1841) oder Immanuel WOHLWILL (1799–1847) nahmen durch Auslandsreisen und durch das Studium ausländischer Literatur Gedanken des französischen Frühsozialismus auf und kritisierten die verbreitete liberale Wirtschaftsauffassung. Sie plädierten für die Schaffung von Arbeiterausschüssen, die dem »vierten Stand« als Kontroll- und Mitspracheorgan dienen und eine Beteiligung am Ertrag des Unternehmens garantieren sollten. Diese Vorstellungen korrelierten jedoch in keiner Weise mit der Realität in einem, trotz der einsetzenden industriellen Phase, überwiegend agrarisch und handwerklich geprägten und von kleinstaatlichen Strukturen dominierten Reich, sondern entwarfen gewissermaßen am Reißbrett den Konflikt zwischen Arbeit und Kapital und übertrugen ihn auf eine im Aufbau begriffene Sozialordnung in Deutschland.[1] Zugleich werteten sie, wie etwa bei Baader, den Status der Arbeiter auf und versahen die arbeitende Klasse mit Rechten, die über das Maß der karitativen Mildtätigkeit des absolutistischen Fürstenstaates hinaus reichten. Allerdings zeigten die Autoren ein Bewusstsein für soziale Verwerfungen, die insbesondere durch den Wegfall alter zünftiger Sicherungsnetzwerke verursacht wurden, blieben aber dennoch ganz dem liberalen Fortschrittsdenken verschrieben und sahen in der Selbstverwaltung der Arbeiter die alleinige Lösung zur Überbrückung der Kluft zwischen Abhängigen und Selbstständigen. Dieses Ziel ohne den Ausbruch einer Revolution, vor der sich vor dem Hintergrund der jüngeren französischen Geschichte alle fürchteten, zu erreichen, war das erklärte Ziel der sozialliberalen Autoren.[2]

Sogar die Handwerksgesellen und Fabrikarbeiter, zum Teil noch vom Geist der althergebrachten ständischen Verfassung beseelt, erachteten die Spannungen durchaus für überwindbar und teilten die Auffassung, eine neue Wirtschafts- und Sozialverfassung sei auf evolutionärem Weg zu erreichen. Die Arbeitenden der beginnenden Industrialisierung strebten noch eine Integration in die bürgerliche Ordnung an.

---

1 Vgl. Teuteberg: Ursprünge, S. 9 f.
2 Vgl. ders.: Geschichte, S. 15-23.

Durch die Errichtung von betrieblichen und überbetrieblichen Fabrikausschüssen und Fabrikräten wollte die konstituierende Nationalversammlung der Frankfurter Paulskirche ihnen Gehör verschaffen. Die Debatte darum wurde in ihrem volkswirtschaftlichen Ausschuss geführt, die von deutlichen Kontroversen zwischen liberalen und reaktionären Zunftvertretern sowie sozialliberalen Anhängern einer Arbeiterbeteiligung geprägt war. Der aus den Beratungen resultierende Entwurf einer Reichsgewerbeordnung, der jedoch nur von einer Minderheit der Anwesenden getragen wurde, enthielt zahlreiche Elemente, die sich später in den Forderungen der Gewerkschaften widerspiegeln sollten. Auf der Betriebsebene sollten Fabrikausschüsse den Kontakt zum Arbeitgeber, die Formulierung der Fabrikordnung, die Selbstverwaltung der Unterstützungskassen, die Überwachung der Fabrikkinder sowie die Vertretung in den Fabrikräten übernehmen. Diese Fabrikräte wurden als regional und branchenspezifisch umrissene Ausschüsse von Fabrikinhabern und -arbeitern konzipiert, die unter anderem die Arbeitszeit, die Kündigungsfristen und das Ausbildungswesen regeln sowie für die Überwachung der Unterstützungskassen zuständig sein sollten. Ferner strebten die Verfasser die Errichtung von Kreisgewerbekammern aus Industrie und Handwerk an, die die gewerblichen Gesamtinteressen des jeweiligen Kreises vertreten sollten. Auch hier wurde eine Vertretung der Handwerks- und Fabrikräte festgeschrieben. Die Lohnverhandlungen wollten die Abgeordneten der Versammlung jedoch, überwiegend im liberalen Denken verankert, als Aushandlung auf einem freien Markt geführt wissen.

Die Anlage und Konzeption der Ausschüsse ähnelt in verblüffender Weise denjenigen der späteren Wirtschaftsräte und Arbeiterkammern der Weimarer Republik oder der überbetrieblichen Mitbestimmung, wie sie nach dem Zweiten Weltkrieg in der Bundesrepublik angestrebt wurde. Sie blieb jedoch grundsätzlich der liberalen Gewerbefreiheit und dem im Entstehen begriffenen kapitalistischen System verhaftet. Sozialistische, gar kommunistische Überzeugungen spielten in den frühen Überlegungen zur Partizipation der Arbeitnehmer noch keine Rolle.[3] Ferner können die Räte »als ein Äquivalent zu den politischen Verfassungswünschen«[4] interpretiert werden. Sämtliche Vorstellungen, so utopisch sie auch erschienen, waren vom Geist des Parlamentarismus geprägt. Das Scheitern der Paulskirchenverfassung besiegelte die hochfliegenden Pläne zu Etablierung von Arbeiter- und Fabrikausschüssen.

Die soziale Lage der breiten Bevölkerungsschichten, die von den Überlegungen der liberalen Denker kaum erfasst wurde, verschlechterte sich jedoch zunehmend. Obwohl die Kindersterblichkeit in Deutschland und Europa in der Mitte des 19. Jahrhunderts auf einem hohen Niveau verblieb, wuchs die Bevölkerung stetig an. Diese Dualität führte zu einem hohen Druck auf dem Arbeitsmarkt und zu einer kontinuierlichen Verarmung breiter Schichten, darunter auch die ausgebildeten Gesellen und

---

3   Vgl. ebd., S. 94-114.
4   Ders.: Ursprünge, S. 12.

Meister. Das Bevölkerungswachstum konnte nicht durch Stellen in der Landwirtschaft aufgefangen werden, weswegen die Menschen nun auf die Vermarktung ihrer Arbeitskraft angewiesen waren. Die Industrie in Deutschland konnte jedoch diese Massen nicht auffangen. Somit trat eine Verschlechterung der Einkommenslage und der sozialen Bedingungen der neuen Arbeiter und ihrer Familien ein, die unter dem zeitgenössischen Schlagwort des Pauperismus subsumiert wurde. Die weite Verbreitung der Frauen- und Kinderarbeit kann als deutliches Indiz für die Unterbeschäftigung der Bevölkerung gewertet werden, die gezwungen war, ihre günstigsten Arbeitskräfte arbeiten zu lassen. Die Beschäftigungslage verbesserte sich jedoch seit der Mitte der 1850er-Jahre, insbesondere durch die reüssierende Metallindustrie und den Ausbau der Eisenbahnen, weshalb auch ungelernte Arbeiter eine Anstellung fanden. Die Bedingungen der Arbeit blieben jedoch schlecht. Lange Anmarschwege, 90-Stunden-Wochen und Sonntagsarbeit waren bei Weitem nicht die Ausnahme, sondern eher die Regel in einem unzureichend reglementierten und kontrollierten Arbeitsmarkt, wenn man überhaupt diesen modernen Begriff zur Umschreibung der damaligen Verhältnisse heranziehen kann. Jedoch wurde insbesondere die Frauen- und Kinderarbeit seit 1839 in Preußen peu à peu geregelt, wobei sich die Durchsetzung als schwierig erwies, da die Kontrollmöglichkeiten gering und die Strafen bei Zuwiderhandlung nicht hoch genug angesetzt waren, als dass sie abschreckend gewirkt hätten.[5]

Zur Absicherung der Arbeitenden bildeten sich alsbald Unterstützungskassen der gegenseitigen Hilfe heraus, die an die lange Tradition des Knappschaftswesens anknüpften und oftmals unter der Beteiligung der Arbeiter geführt wurden. Die Mitbestimmung der Arbeitenden bezog sich auf die Selbstverwaltung der Sozialeinrichtungen, die Mitwirkung an der Erstellung der Arbeitsordnungen, die Konfliktschlichtung zwischen Arbeitern und Unternehmern oder die Kontrolle der Lehrlinge. In einigen Unternehmen trat die Berücksichtigung von Arbeitnehmerinteressen im betrieblichen Verbesserungsprozess sowie eine Gewinnbeteiligung hinzu. All diese Partizipationsmöglichkeiten beruhten allerdings einzig auf der freiwilligen Einwilligung der Inhaber und basierten auf dem direkten Verhältnis von Chef und Arbeitenden. Christliche und sozialethische Motivationen, aber auch kalkulatorische Nützlichkeitserwägungen der Unternehmer beflügelten die Gründung der Kassen.[6] Ob man daraus allerdings schließen mag, dass »die damals wie heute immer wieder vorgebrachte Meinung, es handele sich bei der Mitbestimmung um eine reine Gewerkschaftsforderung« historisch nicht akzeptiert werden kann, da »die deutsche Unternehmensgeschichte [...] mit vielen Quellen [belegt], daß die ersten Initiativen zur praktischen Einführung der Mitbestimmung von Unternehmerseite« ausgingen[7],

---

5   Vgl. Friedrich-Wilhelm Henning: Die Industrialisierung in Deutschland 1800 bis 1914 (Wirtschafts- und Sozialgeschichte 2), 5. Aufl., Paderborn u. a. 1979, S. 192-196.
6   Vgl. Teuteberg: Ursprünge, S. 14 ff.
7   Ebd., S. 14.

hängt stark von der Form, der Ebene und der Reichweite der Mitbestimmungswünsche ab. Die einer rein paternalistischen Grundhaltung entsprungenen Mitwirkungsrechte von Arbeitenden in einigen Unternehmen des 19. Jahrhunderts haben wenig mit den umfassenden, sozialistisch und auch christlich-sozial geprägten Mitbestimmungsforderungen späterer Zeit gemein.

Mit dem Anwachsen der Produktionsstätten fand ein Bewusstseinswandel statt, durch den die betriebliche Willensbildung zunehmend als ein gesamtgesellschaftliches Problem aufgefasst wurde. Die damit einhergehende Distanz der Beteiligten vertiefte sich und es bildeten sich keine neuen Formen der Zusammenarbeit aus, wie die Denker des Vormärz sie noch prognostiziert hatten. Die neuen Typen des Industrieunternehmers und des Industriearbeiters standen sich zunehmend unversöhnlich gegenüber. Die Unternehmer boten ein in der Gesamtschau uneinheitliches Bild ihrer sozialen und beruflichen Herkunft, sie rekrutierten sich zum einen aus dem Handwerk, der Landwirtschaft oder dem Militär, zum anderen entstammten sie, und das in einem weitaus höheren Maße, bereits eingesessenen Unternehmerfamilien. Geeint wurden sie jedoch durch das Merkmal, dass sie nahezu komplett höheren Schichten entstammten, somit durch ihre Herkunft und ihren hohen formalen Bildungsgrad einer Elite angehörten und sich als solche empfanden. Diesem Selbstverständnis entsprang der »Herr-im-Haus«-Standpunkt, den besonders die die rheinische Eisen- und Stahlindustrie dominierenden Eigentümer-Unternehmer kultivierten und der auf eine autoritäre Grundhaltung sowie einen tief verwurzelten Hass gegenüber kollektiven Bewegungen der Arbeiterschaft zurückzuführen ist.[8]

Die Arbeiterschaft zeigte sich wesentlich uneinheitlicher. Sie bestand aus einer Mischung aus Tagelöhnern, Kleinbauern und Handwerkern, die deutscher und nicht deutscher Herkunft waren und sich in ihren Qualifikationen stark unterschieden. In den Betrieben wechselte die Belegschaft oft. Diesen Arbeitern ein konzises Klassenbewusstsein zu unterstellen, wäre verfehlt. Es entwickelte sich erst in Verbindung mit dem politischen Kampf um Anerkennung heraus.[9] Die Division von Arbeitnehmern und Arbeitgebern verlief in unterschiedlichen Regionen, Branchen und zeitlichen Abschnitten uneinheitlich, dennoch können die Jahrzehnte zwischen 1840 und 1870 als »eine Art Inkubationszeit«[10] dieses Prozesses bezeichnet werden. Die Antriebsmomente hinter dieser Entwicklung lagen zum einen in dem Selbst- und Elitenbewusstsein der Unternehmer, die sich, wie etwa Alfred Krupp, jede Einmischung in ihre geschäftlichen Belange verbaten, und der Herausbildung der neuen Klasse der Lohnarbeiter, die mit altem traditionellen Handwerk nicht mehr viel gemein hat-

---

8 Vgl. Hans-Ulrich Wehler: Deutsche Gesellschaftsgeschichte. Dritter Band: Von der »Deutschen Doppelrevolution« bis zum Beginn des Ersten Weltkriegs 1849–1914, München 1995, S. 112-117 sowie S. 122.

9 Vgl. ebd., S. 140-151.

10 Bieber: Zwischen Kasernenhof und Rätesystem, S. 24.

ten. Die Fronten verhärteten sich und die scharfe Konfrontation von Arbeitern und Unternehmern zog sich bis 1918 wie ein roter Faden durch das Kaiserreich. Vor dem Hintergrund der gesellschaftlichen und systematischen Bevorzugung der alten Eliten durch das Wahlrecht zum Reichstag und durch das Dreiklassenwahlrecht in Preußen – beide geeignet, um sozialdemokratische Parteien zu benachteiligen – orientierten die neuen Industriellen und »Ruhrbarone« am adligen sowie militärischen Habitus und überspitzten den »Herr-im-Haus«-Standpunkt aufs Äußerste.[11]

Die preußischen Bemühungen einer Errichtung der Mitbestimmung auf der überbetrieblichen Ebene begannen, noch ganz von den Vorstellungen der Paulskirchenverfassung inspiriert, 1850 mit dem Versuch, Gewerberäte zu errichten. Sie waren allerdings kaum verbreitet und mit geringen Kompetenzen ausgestattet, sodass sie auch in der zeitgenössischen Wahrnehmung lediglich als eine Art Zugeständnis der Regierung zur Linderung der sozialen Unruhen angesehen wurden. Ihre Aktivitäten brachen recht bald in den 1860er-Jahren zusammen. Den Gedanken hielt im folgenden Verlauf vor allem der »Verein für Socialpolitik« aufrecht. Bismarcks Versuch einen Volkswirtschaftsrat aufzubauen, scheiterte im Anschluss ebenso wie die Gewerberäte zuvor an der mangelnden Unterstützung der Unternehmen und Parteien.[12] Die Vorstellung von innerbetrieblichen Arbeiterausschüssen blieb weiterhin virulent, insbesondere bei sozialreformerisch eingestellten Ministern wie dem preußischen Handelsminister Hans Hermann Freiherr von Berlepsch (1843–1926). Die kurzzeitige Hinwendung des Kaisers zu den Problemen der Arbeiter und ihrer sozialen Lage eröffnete neue Perspektiven, die 1890 in dem preußischen Antrag an den Deutschen Bundesrat zur Änderung der Gewerbeordnung mündeten. Hiernach sollte jede Fabrik gesetzlich verpflichtet werden, eine Fabrikordnung zu erlassen, die Bestimmungen über die tägliche Arbeitszeit, den Lohn, die Kündigungsfristen oder eventuelle Strafen bei Zuwiderhandlung gegen die Ordnung festhalten sollte. Fabrikordnungen stellten im Deutschen Reich eine verbindliche Vereinbarung zwischen Arbeitern und Unternehmern dar, die jeder Arbeiter bei der Einstellung zu unterzeichnen hatte und in der, neben den allgemeinen Arbeitspflichten, auch Bestimmungen zu sittlichem Verhalten kodifiziert wurden. Zudem behielt sich der Arbeitgeber oftmals vor, über Heiratswünschen seiner Betriebsangehörigen zu entscheiden. Die Ordnungen konnte er jederzeit und ohne Zustimmung der Arbeiter ändern. Hier setzte die Novelle an und wollte Letzteren ein Anhörungs- und Äußerungsrecht vor dem Erlass einer neu-

---

11 Vgl. ebd., S. 32-38. Umfassend zum »Herr-im-Haus«-Standpunkt, zu seiner Herleitung aus dem preußischen Bergwerkswesen und zu seinem Einfluss auf die Arbeitsbeziehungen im Ruhrbergbau siehe bei Bernd Weisbrod: Arbeitgeberpolitik und Arbeitsbeziehungen im Ruhrbergbau. Vom »Herr-im-Haus« zur Mitbestimmung, in: Gerald D. Feldman/Klaus Tenfelde (Hg.): Arbeiter, Unternehmer und Staat im Bergbau. Industrielle Beziehungen im internationalen Vergleich, München 1989, S. 107-162, hier insbesondere S. 110-129.

12 Vgl. Teuteberg: Ursprünge, S. 18 ff.

en Fabrikordnung zusprechen. In Fabriken mit einem bereits bestehenden Arbeiterausschuss tat eine Anhörung der Vorschrift genüge.

Das Gesetz trat am 1. Juli 1891 mit nur unwesentlichen Änderungen gegenüber dem Ursprungsentwurf in Kraft. Besonders hervorzuheben ist, dass es die Ausschüsse festlegten, welche als ständige Vertretung der Arbeitenden im Betrieb anerkannt wurden. Hierzu zählten etwa Vorstände von Betriebskrankenkassen, Knappschaftsälteste, ständige Arbeiterausschüsse sowie von volljährigen Arbeitern in geheimer und unmittelbarer Wahl bestimmte Vertretungen. Die Gewerbenovelle schrieb keinen Zwang zur Wahl von Arbeitnehmerausschüssen vor, im Gegenteil, durch den weiten Kreis der anerkannten Vertretungen wollte sie eine solche Wahl unterbinden, dennoch bedeutet es eine Zäsur in der Genese der deutschen Betriebsverfassung. Mit der Gewerbenovelle wurde erstmals anerkannt, dass die innerbetriebliche Ordnung nicht allein vom Willen des Arbeitgebers abhing und das Arbeitsverhältnis nicht länger eine rein privatrechtliche Angelegenheit darstellte, sondern sich einer allgemein gültigen Rechtsnorm beugen sollte. Dadurch wurde der »Herr-im-Haus«-Standpunkt von Staats wegen aufgeweicht.[13]

Die Intention der Verfasser, die eine freiwillige Errichtung von Arbeiterausschüssen auf der Basis eines gegenseitigen Vertrauens von Arbeitnehmer und Arbeitgeber erzielen wollten, sollte sich jedoch nicht erfüllen. Die Gründe lagen in der Opposition der Arbeitgeber, die sich weigerten, die Arbeitnehmervertreter als gleichberechtigte Verhandlungspartner anzuerkennen und mit ihnen in innerbetrieblichen Fragen zu kooperieren. Zu sehr verstieß das Gesetz gegen ihr Welt- und Selbstbild und entwertete die eigenen betrieblichen Sozialleistungen wie Werkswohnungen, Kranken-, Pensions- und Sterbekassen oder Suppenküchen. Gerade Krupp tat sich hier hervor, der sein Unternehmen ansonsten mit militärischer Straffheit führte und sämtliche sozialdemokratischen Bestrebungen aufs Heftigste bekämpfte.[14] Ferner misstrauten auch die Belegschaften dem neuen Gesetz und wurden darin von linken Theoretikern unterstützt, die die Arbeiterausschüsse überwiegend ablehnten. Sie sahen in ihnen nichts weiter als ein Feigenblatt, das nur dem Interesse der Unternehmer diene, den Konflikt zwischen Kapital und Arbeit zu kaschieren.[15] Die vielerorts geringe Schlagkraft der Ausschüsse entsprang entweder dem Desinteresse der Arbeiter oder der inhaltlichen Überfrachtung mit Themen, die nicht in ihrem Regelungsbereich lagen. Einige Belegschaften wollten das neue Instrument in ihren Händen für umfassende soziale Reformen nutzen.[16] Aufgrund der breiten Ablehnung vonseiten der Unternehmer verstärkte sich bei den Arbeitern der Eindruck, lediglich Menschen zweiter Klasse zu sein. Sie reagierten darauf mit einer zunehmenden Abwehrhaltung in Form

---

13 Vgl. ders.: Geschichte, S. 376-387.
14 Vgl. Bieber: Zwischen Kasernenhof und Rätesystem, S. 38-43.
15 Vgl. Teuteberg: Geschichte, S. 490 ff.
16 Vgl. ebd., S. 394 f.

von Streiks und anderen Aktionen, die wiederum die Arbeitgeber zu einem Ausbau ihrer Disziplinierungsmaßnahmen trieben. Hierzu zählen die sogenannten »Schwarzen Listen«, in denen Gewerkschaftsmitglieder geführt wurden, aber auch der Ausbau der betrieblichen Sozialleistungen und die Gründung von friedlichen gelben Gewerkvereinen sanktionierten indirekt Fehlverhalten.[17] Trotz der Widerstände erlaubte die bayerische Regierung mit dem Bayerischen Berggesetz und im Anschluss daran die preußische Regierung 1905 die Gründung von Arbeiterausschüssen im Bergbau.[18]

Institutionell schlossen sich sowohl die Gewerkschaften sukzessive zu mehr oder weniger geschlossenen Verbänden zusammen. Dabei differenzierte sich die Gewerkschaftslandschaft in richtungsgebundene, politischen Bewegungen nahestehende Gewerkschaften heraus. Die mitgliederstärksten Verbände waren die Freien Gewerkschaften, die politisch der Sozialdemokratie verbunden waren. Nachdem die ersten Gründungen von Gewerkschaften in den 1860er- und 1870er-Jahren regional unterschiedlich entlang von Berufen verliefen und stark an konkrete Streiks und Streikhilfen gebunden war, erlitt die Bewegung in der Zeit der Gültigkeit des sogenannten Sozialistengesetzes von 1878 bis 1890 einen ersten Rückschlag, der jedoch nicht zur völligen Auflösung gewerkschaftlicher Strukturen führte. Nach dem Fall des Sozialistengesetzes 1890 gelang den Gewerkschaften der Durchbruch zur Massenorganisation. Einen maßgeblichen Hintergrund hierfür bildete die Einsicht der Notwendigkeit einer reichsweiten Solidarität angesichts langer und schwieriger Streikauseinandersetzungen mit Aussperrungen seitens der Arbeitgeber. Die Gründung der »Generalkommission der deutschen Gewerkschaften« war eine Antwort auf die seit den 1870er-Jahren verschiedentlich gestellte Frage nach einem einheitlichen Dachverband. Sie war auch eine Antwort auf die Notwendigkeit eines Organisationsaufbaus von Mitgliedergewerkschaften, die eines professionellen Apparats bedurften. Die sozialdemokratisch orientierten Freien Gewerkschaften, die zahlenmäßig stark variierenden Berufsgewerkschaften, verzeichneten im Kaiserreich große Mitgliederzuwächse. Im Gegensatz dazu blieben die liberalen Hirsch-Dunckerschen Gewerkvereine klein, auch da sie mit ihrem wirtschaftsfreundlichen Kurs immer wieder in Konflikt zur Frage des Streiks gerieten.[19] Die Freien Gewerkschaften verhielten sich zu den Arbeiterausschüssen ambivalent, was nicht zuletzt daran lag, dass ihr eigenes Verhältnis zur Sozialdemokratie ungeklärt war. Die SPD im Reichstag agitierte, unter dem Eindruck des Sozialistengesetzes stehend, gegen die Arbeiterausschüsse, da sie überzeugt war, dass eine Veränderung der Klassengesellschaft auf diesem Wege nicht zu erzielen sei. Erst um die Jahrhundertwende entkrampfte sich das Verhältnis der Freien Gewerkschaften zur Sozialdemokratie allmählich und die Position der Ge-

---

17 Vgl. Bieber: Zwischen Kasernenhof und Rätesystem, S. 54 f.
18 Vgl. Michael Schneider: Kleine Geschichte der Gewerkschaften. Ihre Entwicklung in Deutschland von den Anfängen bis heute, 2. Aufl., Bonn 2000, S. 75.
19 Vgl. ebd., S. 69–85.

werkschaften zu den Arbeiterausschüssen fiel weniger harsch aus. Doch bestanden sie darauf, dass hinter einem jeden Ausschuss eine starke Gewerkschaft stehen sollte. Die Änderung der Haltung resultierte im Wesentlichen daraus, dass die Gewerkschaften erkannten, dass sie durch die Ausschüsse wichtige Informationen zur Planung der Tarifpolitik erzielen konnten.[20]

Die Arbeitgeber organisierten sich als Verband sukzessive um die Jahrhundertwende herum und folgten den Industrieverbänden, die sich schon zuvor im Centralverband Deutscher Industrieller (CDI) und im Bund der Industriellen gegründet hatten. Aufgrund des zunehmenden Organisationsgrads der Gewerkschaften reichte eine rein industriebezogene Arbeitsweise der Verbände alsbald nicht mehr aus. Die Unternehmen mussten als Arbeitgeber den tarifpolitischen Forderungen der Gewerkschaften entgegentreten. Zwar traten die ersten Arbeitgeberverbände zunächst als Antistreikvereine auf, die bald nach dem Ende eines akuten Konflikts wieder auseinanderfielen. Doch zu einer Verstetigung der Verbände trugen das Anwachsen der Gewerkschaften und der Ausbau der Sozialversicherung in Deutschland bei. In der Mehrzahl richtete sich der Kampf gegen die Gewerkschaften. Jedoch fand so in zunächst zwei, ab 1913 dann in einem Dachverband, der »Vereinigung der Deutschen Arbeitgeberverbände«, eine Kommunikation unter Unternehmern statt.[21] Insgesamt vertiefte sich aber im Kaiserreich der Konflikt zwischen Arbeitenden und Industriellen in einem vorher unbekannten Ausmaß, das alle Hoffnungen eines Ausgleichs unter liberalen Vorzeichen zunichtemachte.

1.2   Impulse aus der kirchlichen Diskussion

Besondere Impulse in der Debatte über die Integration der Arbeiter in die Wirtschaft und deren Recht auf Mitsprache gingen von der protestantischen Sozialethik aus, die den Begriff der Partnerschaft in den Mittelpunkt stellte. Zwar kamen unter patriarchalischen Vorzeichen in den revolutionären 1840er-Jahren Forderungen nach einem partnerschaftlichen Miteinander auf, etwa bei Johannes Alois PERTHALER (1816–1862)[22], jedoch formulierten protestantische Vertreter den Kooperationsgedanken, der kein Gegen-, sondern ein Miteinander zum Ausgangspunkt setzte, zuerst.

> »Gegen einen autoritären Patriarchalismus im Sinne des Herr-im-Haus-Stand-
> punktes in der Arbeitgeberschaft sowie gegen das konfrontative Klassenkampf-

---

20 Vgl. Werner Milert/Rudolf Tschirbs: Die andere Demokratie. Betriebliche Interessenvertretung in Deutschland, 1848 bis 2008 (Veröffentlichungen des Instituts für soziale Bewegungen 52), Essen 2012, S. 89-94.

21 Vgl. Wolfgang Schröder: Geschichte und Funktion der deutschen Arbeitgeberverbände, in: ders./ Bernhard Weßels: (Hg.): Handbuch Arbeitgeber- und Wirtschaftsverbände in Deutschland, Wiesbaden 2010, S. 26-42, hier. S. 29 ff.

22 Vgl. Teuteberg: Geschichte, S. 36-44.

denken der sozialistischen Arbeiterbewegung hat sich der soziale Protestantismus mehrheitlich um einen Interessenausgleich zwischen Kapital und Arbeit bemüht, der dem unterstellten gleichgewichtigen Anteil beider Seiten am unternehmerischen Handeln entsprechen sollte.«[23]

Das klassische protestantische Gesellschaftsmodell, das gemäß Luther den Patriarchalismus und die soziale Über- und Unterordnung betonte und keinen Spielraum für die Arbeiterfrage ließ, wurde zuerst von Johann Hinrich WICHERN (1808–1881) mit neuen Elementen angereichert, die jedoch den Schutz der Familie zum wichtigsten gesellschaftspolitischen Ziel erhoben. An eine Preisgabe der patriarchalischen Strukturen dachte Wichern jedoch nicht, die Arbeiter sollten vielmehr in diese Ordnung integriert werden.[24] »Dementsprechend konsequent war seine grundlegende Ablehnung jeglicher Form der Emanzipation und Demokratisierung«[25], obwohl er Assoziationen der Arbeiter durchaus befürwortete, die Emanzipation aber aufgrund seines traditionsbehafteten Denkens als Sünde abtat. Dieses Bild brach dann mit Victor Aimé HUBER (1800–1869) auf, der die Genossenschaftsidee verfocht und die Arbeiter durch höhere Löhne in den Stand setzen wollte, durch Eigenkapital Selbsthilfe leisten zu können. Die Arbeitgeber sollten im gänzlich unpatriarchalischen Sinne dabei initiativ wirken. Seine Ideen scheiterten zwar, doch Huber überwand das traditionelle evangelische Gesellschaftsbild, indem er als Erster erkannte, dass unter den

---

23 Traugott Jähnichen/Norbert Friedrich: Geschichte der sozialen Ideen im deutschen Protestantismus, in: Helga Grebing (Hg.): Geschichte der sozialen Ideen in Deutschland. Sozialismus – Katholische Soziallehre – Protestantische Sozialethik. Ein Handbuch, 2. Aufl., Essen 2005, S. 865-1103, hier S. 875.

24 Vgl. Traugott Jähnichen: Patriarchalismus – Partnerschaft – Partizipation. Ein Überblick über die Mitbestimmungsdiskussion in der evangelischen Sozialethik, in: Frank von Auer/Franz Segbers (Hg.): Sozialer Protestantismus und Gewerkschaftsbewegung. Kaiserreich, Weimarer Republik, Bundesrepublik, Köln 1994, S. 271-287, hier S. 272. Wichern betonte insbesondere die Gegenseitigkeit der Interessen. »Wichern geht es [...] nicht darum, jeden sozialpolitischen Reformversuch als solchen abzulehnen, sondern quasi dessen natürliche Grenzen in der organischen Verfasstheit der Gesellschaft aufzuzeigen. [...] So führt dann für Wichern der an sich berechtigte Wunsch unterprivilegierter Klassen nach Durchsetzung ihrer Rechte dazu, daß diese nur gegen die Rechte anderer Klassen durchgesetzt werden können, während die grundsätzliche Abhängigkeit aller Gesellschaftsmitglieder voneinander stets bedingt, daß die Interessen einzelner Klassen immer nur im Ausgleich mit und unter Mitberücksichtigung der Interessen anderer Klassen gesichert werden können.« Stephan Sturm: Sozialstaat und christlich-sozialer Gedanke. Johann Hinrich Wicherns Sozialtheologie und ihre neue Rezeption in systemtheoretischer Perspektive (Konfession und Gesellschaft), Stuttgart 2007, S. 78 f. Aus der umfangreichen Literatur zu Johann Hinrich Wichern, dem Gründer der »Inneren Mission«, aus der später das Diakonische Werk der Evangelischen Kirche hervorging, sei an dieser Stelle der jüngste Forschungsüberblick erwähnt. Volker Herrmann/Jürgen Gohde/Heinz Schmidt (Hg.): Johann Hinrich Wichern – Erbe und Auftrag. Stand und Perspektiven der Forschung (Veröffentlichungen des Diakoniewissenschaftlichen Instituts an der Universität Heidelberg 30), Heidelberg 2007.

25 Jähnichen/Friedrich: Geschichte der sozialen Ideen, S. 903.

industriellen Bedingungen die persönliche Nähe von Arbeitnehmer und Arbeitgeber abhandenkam und durch gegenseitiges Vertrauen ersetzt werden musste.[26] »Mit seiner These der grundsätzlichen Gleichrangigkeit von Kapital und Arbeit steht Huber am Beginn der Mitbestimmungstradition evangelischer Sozialethik.«[27]

Nach der Reichsgründung setzte der antiliberale und antisemitische Pfarrer Adolf STOECKER (1835–1909) neue Impulse im sozialen Protestantismus. Aufgrund seiner Anregungen entwickelte Pfarrer Rudolf TODT (1839–1887) eine Auseinandersetzung mit dem Sozialismus und plädierte für staatlich initiierte und kontrollierte Sozialreformen. Die Ideen dieser Männer richteten sich explizit gegen die Sozialdemokratie, die durch eine neue christlich-soziale Arbeiterpartei neutralisiert werden sollte.[28] Weitere bedeutende Vertreter der protestantisch inspirierten Sozialethik sind Theodor LOHMANN (1831–1905), der als langjähriger sozialpolitischer Mitarbeiter Bismarcks dessen Sozialgesetzgebung dem Protestantismus näher brachte, sowie Friedrich NAUMANN (1860–1919), der als sozialliberaler Pfarrer die Kirche näher an die Sozialdemokratie führte. Den Vorstellungen von Adolf Stoecker lag noch die konservative und alte evangelische Prämisse des »Ganzen Hauses« zugrunde, der erweiterten Familie mit dem Unternehmer als gutem Hausvater, der die Höhe des Lohnes und seine freiwilligen Sozialleistungen in gutmütiger Manier entsprechend den wirtschaftlichen Verhältnissen festlegte. Naumann überwand endgültig diesen Patriarchalismus. Für ihn war die Zeit der Bevormundung der Arbeiter passé, sie sollten eigene Selbstorganisationen gründen und echte Partizipationsmöglichkeiten eingeräumt bekommen. Dazu bedurfte es nach Ansicht des evangelischen Sozialethikers gesetzlicher Grundlagen. Seine Haltung rief nicht zuletzt Spannungen mit den wirtschaftsfriedlichen evangelischen Arbeitervereinen hervor.[29] In der Debatte um die Industrieverfassung zögerte Naumann nicht, das Wort eines »Fabrikparlamentarismus« ins Feld zu führen und sah die Gefahr, dass die politische Demokratie ohne Absicherung im wirtschaftlichen Bereich unterwandert werden könnte, ohne jedoch ein detailliertes Programm zu konzipieren.[30] »Auf der Grundlage einer rechtlichen Anerkennung der Gewerkschaften, die Naumann in ihrer Funktion als Träger des Tarifvertragssystems als we-

---

26 Vgl. ebd., S. 914 ff. Den nachhaltigsten Effekt in der Entwicklung des Genossenschaftswesens erzielte Hubers Zeitgenosse Friedrich Wilhelm Raiffeisen (1818–1888).

27 Jähnichen: Patriarchalismus – Partnerschaft – Partizipation, S. 273.

28 Vgl. ebd., S. 274. Zur Rolle Adolf Stoeckers im Kaiserreich als Agitator, Antisemit, gescheiteter Parteigründer, zu seinem Einfluss auf die Christen in der Weimarer Republik und deren Beitrag zum Aufstieg Hitlers sowie zu seiner Rezeption in der Nachkriegszeit siehe bei Günter Brakelmann/Martin Greschat/Werner Jochmann: Protestantismus und Politik. Werk und Wirkung Adolf Stoeckers (Hamburger Beiträge zur Sozial- und Zeitgeschichte 17), Hamburg 1982.

29 Vgl. Traugott Jähnichen: »Behalten wir die Menschenrechte im Industrialismus?« – Das Wirken Friedrich Naumanns für gewerkschaftliche Partizipationsrechte, in: BzG (43/2001), S. 40-52, hier S. 40 ff.

30 Vgl. ebd., S. 47-51.

sentliche Träger der Demokratie anerkannte, sollte eine demokratische Industrieverfassung aufgebaut werden.«[31]

Der Beginn der katholischen Soziallehre wird mit der Veröffentlichung der Enzyklika »Rerum Novarum« im Jahre 1891 verbunden. Die Gleichsetzung von Soziallehre und Enzyklika resultiert aus dem im 19. Jahrhundert reüssierenden Ultramontanismus, der Rom und sämtliche Lehren des Papstes in den Mittelpunkt stellte. Diese politische Bewegung verband sich mit einer parallel einsetzenden organisatorischen Straffung der Kirche und fand ihren Abschluss in der Ausrufung des Dogmas von der päpstlichen Unfehlbarkeit. Damit war die Kirche geistig stark eingeengt und verpasste es, konstruktiv mit den modernen Denkrichtungen des Liberalismus und des Sozialismus umzugehen, konnte jedoch einheitlich agieren und ein geschlossenes kirchliches Lehrsystem entwickeln.[32] Dennoch stellt Rerum Novarum um Grunde nur den Abschluss eines Diskurses dar, der in den Jahrzehnten zuvor im Widerspruch zwischen sozialromantischem und neuscholastischem Denken geführt wurde.

Viele der ersten Vertreter des sozialen Katholizismus, an exponierter Stelle Wilhelm Emmanuel VON KETTELER (1811–1877), sahen allein die Kirche beauftragt, sich der sozialen Frage im christlich-erzieherischen Sinne anzunehmen, da der Staat in ihren Augen zu schwach und moralisch zu ausgelaugt schien.[33] Besonders die sozialromantische Linie setzte sich für die Restauration der von ihr glorifizierten mittelalterlichen Ständegesellschaft ein. Dieser Haltung wohnte, gerade bei von Ketteler, eine tief verankerte Ablehnung der modernen Gesellschaft inne. Im späteren Verlauf öffnete sich die Richtung dem genossenschaftlichen Gedanken, ohne jedoch die Idee der Standesgesellschaft aufzugeben. Vielmehr dachte Karl Freiherr VON VOGELSANG (1818–1890), der die Sozialromantik zum Abschluss brachte, an eine Art Assoziation von Unternehmern und Arbeitern, die auf der Basis der unternehmerischen Kerninvestition eine Kooperation bilden, in der die Arbeiter jedoch straff und autoritär organisiert sein sollten.[34] Am Ende der Entwicklung setzte sich schließlich die sozialrealistische Linie durch, die für eine Sozialreform entlang des bestehenden ökonomi-

---

31 Dies.: Partnerschaft oder Partizipation. Protestantische Impulse zur Diskussion um die Mitbestimmung, in: Nutzinger (Hg.): Perspektiven, S. 127-150, S. 139. Siehe zu Friedrich Naumann die biografische Studie von Walter Göggelmann: Christliche Weltverantwortung zwischen sozialer Frage und Nationalstaat. Zur Entwicklung Friedrich Naumanns 1860–1903 (Schriften der Friedrich-Naumann-Stiftung, Wissenschaftliche Reihe), Baden-Baden 1987, sowie jüngst zu Naumann in seiner Zeit, in seinem Einfluss auf weitere Theologen, seinem Beitrag zur liberalen Theologie und seinem Verhältnis zum Sozialismus bei Frank Fehlberg: Protestantismus und Nationaler Sozialismus. Liberale Theologie und politisches Denken um Friedrich Naumann (Reihe Politik- und Gesellschaftsgeschichte 93), Bonn 2012, hier S. 317-424.

32 Vgl. Arno Anzenbacher: Christliche Sozialethik. Einführung und Prinzipien, Paderborn u. a. 1998, S. 125-129.

33 Vgl. Franz Josef Stegmann/Peter Langhorst: Geschichte der sozialen Ideen im deutschen Katholizismus, in: Grebing (Hg.): Geschichte der sozialen Ideen, S. 597-862, hier S. 619-624.

34 Vgl. ebd., S. 631-641.

schen Systems eintrat.[35] Ihre deutschen Vertreter waren der Zentrumspolitiker und Mitbegründer des Volksvereins für das katholische Deutschland und des Caritas-Verbandes Franz HITZE (1851–1921) sowie Georg VON HERTLING (1843–1919).

Konkrete Forderungen nach einer Mitbestimmung der Arbeitnehmer ergaben sich in der Frühphase des sozialen Katholizismus nur insofern, dass sie sich auf die Partizipation an einer fiktiven Ständeversammlung bezogen. Daraus ließ sich noch keine Idee einer Sozialpartnerschaft oder gar einer arbeitsrechtlichen Mitbestimmung ableiten. Der Mainzer Bischof Ketteler brachte wie in sehr vielen Teilbereichen der Lehre auch hier neue Aspekte ein, indem er offen für die Genossenschaftsidee und die Beteiligung der Arbeiter am Unternehmen eintrat. Die sozialrealistischen Katholiken räumten allerdings der Gewerkschaft den ersten Rang gegenüber den Arbeiterausschüssen ein.[36] Doch in der auf Rom ausgerichteten katholischen Kirche galt in erster Linie das Wort des Papstes, das traditionell in einer Enzyklika verkündet wird. Rerum Novarum galt bei ihrem Erscheinen 1891 als erste Sozialenzyklika des Vatikans. Die Arbeiterfrage sei, so Rerum Novarum, »geradezu in den Vordergrund der ganzen Zeitbewegung« getreten. Von ihr gingen Gefahren aus, da »eine wühlerische Partei nur allzu geschickt das Urteil irreführt und Aufregung und Empörungsgeist unter den unzufriedenen Massen verbreitet.«[37] Der Papst betonte die aus der Sicht der Kirche zentrale Stellung der Familie als Basis der Gesellschaft, die vor dem Staat geschützt werden müsse, und lehnte sämtliche Ideen des Sozialismus vehement ab. Er rief zur Versöhnung der Klassen auf, da die Natur es gewollt habe, dass »im Körper der Gesellschaft jene beiden Klassen in einträchtiger Beziehung zueinander stehen und ein gewisses Gleichgewicht darstellen. [...] Eintracht ist überall die unerlässliche Vorbedingung von Schönheit und Ordnung.«[38] Sozialismuskritik bedeutete bei Leo XIII. jedoch keine strikte Ablehnung des Staates als solchem. Ihm wurde zuteil, Frieden zu sichern, die Religion und das Recht heiligzuhalten und zu garantieren, dass Handel und Gewerbe gedeihen konnten. Da der Staat für alle gleichermaßen da sein musste, durfte er keine Gruppe bevorzugen. Auch der einfache Besitzlose und der Arbeiter sahen Rerum Novarum als Bürger gleichen Ranges an, weswegen »der Staat [sich] durch öffentliche Maßnahmen [...] in gebührender Weise des Schutzes der Arbeiter annehmen«[39] müsse. Obgleich Streik abgelehnt wurde[40], billigte die Enzyklika den Arbeitern das Recht zu, sich untereinander zu solidarisieren und christliche Unterstützungseinrichtungen auf Gegenseitigkeit zu gründen. Mehrdeutig blieb der Papst

---

35 Vgl. Anzenbacher: Christliche Sozialethik, S. 132-138.
36 Vgl. Stegmann/Langhorst: Geschichte der sozialen Ideen, S. 700-709.
37 Rerum Novarum (1), in: Bundesverband der Katholischen Arbeitnehmer-Bewegung (KAB) Deutschlands (Hg.): Texte zur katholischen Soziallehre. Die sozialen Rundschreiben der Päpste und andere kirchliche Dokumente, 4. Aufl., Kevelaer 1977, S. 31-70, hier S. 32.
38 Rerum Novarum (15), S. 41.
39 Rerum Novarum (27), S. 50.
40 Vgl. Rerum Novarum (31), S. 53 f.

in der Frage, ob die katholischen Arbeitervereinigungen auch als Gewerkschaft auftreten dürften. So formuliert er zwar,

> »als Ziel gelte stets das gesunde Verhältnis zwischen Arbeitern und Lohnherren in Bezug auf Rechte und Pflichten. Zur Erledigung von Beschwerden der einen und der andern Seite sollten Ausschüsse aus unbescholtenen und erfahrenen Männern derselben Vereinigung gebildet werden mit einer durch die Statuten gewährleisteten Geltung ihres Schiedsspruches.«[41]

Ob mit den Lohnherren jedoch Arbeitgeber und Unternehmer gemeint sind, ließ sich allerdings nicht ohne Weiteres aus dem Kontext ableiten.

Über die Frage, ob die katholischen Arbeitervereinigungen auch Gewerkschaften im eigentlichen Sinne sein sollten, entbrannte in den Jahren nach der Veröffentlichung von Rerum Novarum ein leidenschaftlich geführter Streit, der als »Gewerkschaftsstreit« in die Geschichte einging. Den Befürwortern der Gründung von Christlichen Gewerkschaften ging es dabei hauptsächlich darum, ein christliches Gegenpendant zu den Freien Gewerkschaften zu bieten. Ferner zeigte sich ein reines Vereinswesen katholischer Prägung als nicht ausreichende Reaktion, um auf die Bedürfnisse der katholischen Arbeiterschaft nach gewerkschaftlicher Repräsentation. Am Ende des Streits etablierten sich die Christlichen Gewerkschaften als feste Säule der Gewerkschaftslandschaft im Kaiserreich und der Weimarer Republik.[42]

Doch auch evangelische Christen fanden zunehmend Platz in den Reihen der Christlichen Gewerkschaften. Im Kaiserreich stritten sich Sozialkonservative und Sozialliberale im Protestantismus, nahmen allerdings beide den Gedanken der Mitbestimmung positiv auf. Die beiden Richtungen arbeiteten zunächst zusammen, spalteten sich jedoch ab 1896 auf. Viele bewusst evangelische Arbeitnehmer traten einem der im Entstehen begriffenen christlichen Gewerkschaftsverbände bei und verbanden ihre zustimmende Haltung zu Arbeitnehmervertretungen und der Verrechtlichung der Arbeitsbedingungen mit einer patriotischen Grundhaltung zur Monarchie. Ihnen ging es in erster Linie um eine Alternative zum sozialistischen Klassenkampfgedanken, dem sie mit der Bildung von paritätisch besetzten Ausschüssen auf der überbetrieblichen und Arbeiterausschüssen auf der innerbetrieblichen Ebene begegnen wollten. Die Arbeiter sollten ein garantiertes Mitspracherecht in allen Belangen erhalten, die sich aus dem Arbeitsverhältnis ergaben. Auch hier spielte das Stichwort der Partnerschaft eine bedeutende Rolle. Sozialkonservative und sozialliberale Christen unterschieden sich nur in Details, etwa in der konkreten Ausgestaltung der überbe-

---

41 Rerum Novarum (43), S. 64 f.
42 Zum Gewerkschaftsstreit und zur Gründung der Christlichen Gewerkschaften siehe bei Michael Schneider: Die christlichen Gewerkschaften 1894–1933 (Reihe Politik- und Gesellschaftsgeschichte 10), Bonn 1982, hier insbesondere S. 40-48 sowie S. 172-211.

trieblichen Mitbestimmung.[43] Die partnerschaftliche, gewissermaßen »korporative« Grundhaltung der Christlichen Gewerkschaften war verbunden mit einem hohen Maß an Kompromissbereitschaft. So fanden sie sich ohne größere Widerstände mit der preußischen Bergrechtsnovelle von 1905 ab, die entgegen den gewerkschaftlichen Forderungen keine umfassenden Mitbestimmungsrechte enthielt. Sie propagierten nach dem Arbeitskampf im Baugewerbe 1910 sogar die Idee eines Reichseinigungsamts, das, angesiedelt beim Reichswirtschaftsministerium, Streik und Aussperrung im Vorfeld vermeiden oder zügig beenden sollte. Die Frage blieb jedoch bis zum Ersten Weltkrieg offen.[44]

1.3 Das Gesetz über den vaterländischen Hilfsdienst

Wie in anderen Industriestaaten westlichen Typus, so sollten auch in Deutschland die Wirren und Umstände des Ersten Weltkriegs zu einer weiteren Regelung der Industriellen Beziehungen führen. Um die ambitionierten Rüstungspläne der Obersten Heeresleitung erfüllen zu können, wurden 1916 mit dem »Gesetz über den vaterländischen Hilfsdienst« alle deutschen Männer zwischen 17 und 60 Jahren zum Dienst in den kriegswichtigen Betrieben verpflichtet. Als Kompensation der Aufhebung der freien Berufswahl schrieb das Gesetz die Bildung von Arbeiterausschüssen in allen kriegswichtigen Betrieben mit mehr als 50 Mitarbeitern fest. Außerdem erhielten die Arbeiter und Angestellten das Recht zum Stellenwechsel, sofern sich dadurch für sie eine Verbesserung ihrer Arbeitsbedingungen einstellte. Die Arbeiterausschüsse dienten dem Zweck, Anträge, Wünsche und Beschwerden an den Arbeitgeber heranzutragen. Ferner konnten sie mit einem Viertel an Zustimmung ihrer Mitglieder eine Sitzung anberaumen und Einfluss auf die Tagesordnung nehmen.[45] Strittige Fälle

---

43 Vgl. dies.: Patriarchalismus – Partnerschaft – Partizipation, S. 276 f. Das Verhältnis der evangelischen Arbeitnehmer zu den katholisch dominierten Christlichen Gewerkschaften blieb dennoch nicht ohne Spannungen. Ohnehin standen sie innerhalb der Bewegung in der Minderheit, obwohl die meisten Christlichen Gewerkschaften seit 1899 überkonfessionell ausgerichtet waren. Trotz der zahlreichen Übereinstimmungen in der positiven Einstellung zur Monarchie, in dem eher wirtschaftsfriedlichen Charakter, in der Forderung nach Anerkennung der Würde des Arbeiters und in dem Festhalten am kapitalistischen Prinzip befürchteten die Protestanten, zum Anhängsel der katholischen Kirche degradiert zu werden. Vertreter der katholischen Seite wiederum warnten vor religiösen Nachlässigkeiten. Die Christlichen Gewerkschaften profitierten dennoch von der neuen interkonfessionellen Ausrichtung, da es ihnen so gelang, sich schrittweise von der katholischen Kirche und der Bindung an die Zentrumspartei zu lösen. Vgl. Michael Schneider: Evangelische Christen und Christliche Gewerkschaften im Kaiserreich, in: von Auer/Segbers (Hg.): Sozialer Protestantismus, und Gewerkschaftsbewegung, S. 78-91.
44 Vgl. Schneider: Die christlichen Gewerkschaften 1894–1933, S. 344-348.
45 Gesetz über den vaterländischen Hilfsdienst vom 5. Dezember 1916 (Auszug), in: Werner Milert/ Rudolf Tschirbs: Von den Arbeiterausschüssen zum Betriebsverfassungsgesetz. Geschichte der betrieblichen Interessenvertretung in Deutschland (Schriftenreihe des DGB-Bildungswerkes 6), Köln 1991, S. 105 f.

sollten vor einem Ausschuss behandelt werden, der zu gleichen Teilen aus Vertretern des Arbeitgebers und der Arbeitnehmer unter Vorsitz eines Offiziers aus dem Ministerium bestand. In der Praxis ließen es die Industriellen nur selten auf den Gang zur Schlichtungskammer ankommen, da sie ein ungünstigeres Urteil zu erwarten hatten, als ein reines Verhandlungsergebnis erbracht hätte.[46]

Die Unternehmer wurden so zu Kooperation mit den Gewerkschaften gezwungen, weswegen sie auch aufs Heftigste gegen das Gesetz opponierten. Die freien und christlichen Richtungsgewerkschaften hingegen waren an der Formulierung des Gesetzes aktiv beteiligt und unterstützten es nachdrücklich.[47] Die Gewerkschaftsvertreter wussten, dass die Heeresleitung zur Vermeidung von Streiks in kriegswichtigen Industrien auf die Kooperation angewiesen war, und nutzen diesen Umstand strategisch aus, konnten sich jedoch nicht mit der Forderung nach einer völligen Koalitionsfreiheit aller unter das Hilfsdienstgesetz fallenden Arbeiter, das heißt der Möglichkeit zum Beitritt in eine Gewerkschaft, durchsetzen.[48] Das Gesetz hatte jedoch für die Arbeiterbewegung als ganze ambivalente Züge. Auf der einen Seite sorgte es dafür, dass die Gegensätze zwischen den Richtungsgewerkschaften langsam abnahmen, auf der anderen Seite trug es jedoch dazu bei, dass die Spaltung der Sozialdemokratie sich vertiefte. Auch in den Freien Gewerkschaften war das Gesetz umstritten, doch Protest konnte sich, nicht zuletzt aufgrund der Kriegsumstände, nur schwer Bahn brechen. Zudem fanden die Gewerkschaften nun Zugang zu den Großbetrieben über die Arbeiterausschüsse, doch eben diese »entwickelten oftmals betriebsegoistische Zielsetzungen, und manche Unternehmer zogen die Arbeiterausschüsse den Gewerkschaften als Verhandlungspartner vor, gaben wohl auch bewusst den Arbeiterausschüssen im Ringen um Lohnerhöhungen eher nach, um damit insgesamt die Gewerkschaften als ›überflüssig‹ erscheinen zu lassen.«[49]

---

46 Vgl. Teuteberg: Geschichte, S. 508-513.

47 Vgl. Thum: Wirtschaftsdemokratie, S. 25 ff.

48 Vgl. Gerald D. Feldman: Armee, Industrie und Arbeiterschaft in Deutschland 1914 bis 1918, Berlin/Bonn 1985, S. 176 f. Allerdings war das Hilfsdienstgesetz, unter anderem aufgrund der in ihm festgelegten Arbeitspflicht, in der Arbeiterschaft mitnichten unumstritten. Zumal als zusätzliche Gefahr für die Gewerkschaften hinzutrat, dass die neuen Arbeiterausschüsse teilweise eigenständige Ziele verfolgten. Zudem machte das Hilfsdienstgesetz »gerade mit seinem Doppelcharakter das Grundproblem der gewerkschaftlichen Politik im Ersten Weltkrieg deutlich: Die vielfach als Erfolg gewertete Anerkennung der Gewerkschaften war nur um den Preis ihrer fortschreitenden Einbindung in das Herrschaftssystem des Wilhelminischen Kaiserreichs zu erreichen.« Schneider: Kleine Geschichte, S. 132.

49 Schneider: Kleine Geschichte, S. 131.

2 Die Mitbestimmung in der Weimarer Republik

2.1 Von den Arbeiter- und Soldatenräten zum Betriebsrätegesetz

Die revolutionären Neuerungen, die sich nach dem Ende des Ersten Weltkriegs in den Industriellen Beziehungen in Deutschland einstellten, knüpften an das Hilfsdienstgesetz an. Arbeitgeber und Arbeitnehmer gewöhnten sich hierdurch langsam an eine ritualisierte Zusammenarbeit auf gesetzlicher Basis. Doch erst nach dem Zusammenbruch Deutschlands und der Novemberrevolution etablierte sich eine dauerhafte Kooperation beider Widerparte, die sich mit der am 15. November 1918 geschlossenen Übereinkunft in der ZAG manifestierte. Hierin erkannten die Arbeitgeber die Gewerkschaften »als berufene Vertretung der Arbeiterschaft« an und erklärten eine Beschränkung der Koalitionsfreiheit der Arbeiter für unzulässig. Zudem sollten von nun an die Löhne und Gehälter in Tarifverhandlungen ermittelt und der Achtstundentag eingeführt werden.[50] Die Intention zu diesen zuvor undenkbaren Zugeständnissen entsprang der Furcht der Arbeitgeber vor der Umgestaltung in eine sozialistische Wirtschaftsordnung. Eine solche Entwicklung erschien bereits vor dem Ende des Kriegs real, setzte sich doch die allgemeine Erkenntnis durch, dass ein militärischer Sieg Deutschlands nicht mehr zu erzielen war. In den ersten Tagen und Wochen nach dem Abdanken des Kaisers wuchsen ihre Sorgen vor einer Enteignung und Neuordnung der wirtschaftlichen Besitzverhältnisse. Nur in den Gewerkschaften sahen die Unternehmer die Garanten für die Erhaltung der privatkapitalistischen Verhältnisse, obwohl die Ergebnisse der Verhandlungen des Novembers alsbald für Unmut unter weiten Teilen der Industriellen sorgten.[51] Die Idee der ZAG sollte sich recht bald zerschlagen.

Die deutsche Revolution ging von den Kieler Arbeiter- und Soldatenräten aus, die Ende Oktober gegen eine Fahrt in den sicheren Tod meuterten. Sie verbreitete sich wie ein Lauffeuer durch das Land. Bereits in der ersten Hälfte des Novembers übernahmen in allen großen Städten Arbeiter- und Soldatenräte die Kontrolle über das öffentliche Leben und übten diese bis zur Mitte des darauffolgenden Jahres aus. Sie kümmerten sich in erster Linie um die Bewahrung der Ordnung sowie um die Linderung unmittelbarer Kriegsfolgen von Hunger und Not und waren in der Regel mit sozialdemokratischen Partei- und Gewerkschaftsfunktionären besetzt. Obgleich die Räte mit einer Mitbestimmung in den Betrieben nicht viel gemein hatten, prägten sie doch das Bild der Rätebewegung insbesondere bei der radikalen Linken nachhaltig, die eine Räterepublik nach sowjetischem Vorbild in Deutschland ausrufen wollten.

---

50 Correspondenzblatt der Generalkommission der Gewerkschaften Deutschlands Nr. 47, 23. Nov. 1918, S. 425 f.

51 Vgl. Michael Schneider: Unternehmer und Demokratie. Die freien Gewerkschaften in der unternehmerischen Ideologie der Jahre 1918 bis 1933 (Schriftenreihe des Forschungsinstituts der Friedrich-Ebert-Stiftung 116), Bonn-Bad Godesberg 1975, S. 37-42.

Die MSPD wandte sich von Beginn an gegen eine Räterepublik und wollte den Sozialismus auf demokratisch-parlamentarischem Weg verankern, während Spartakisten und USPD auf einer Einheit von politischer und wirtschaftlicher Macht in der Hand der Räte vertrauten, die mit einem imperativen Mandat versehen und bei Zuwiderhandlung gegen die Parteilinie abberufen werden sollten. Die Gewerkschaften hingegen sahen sich als die allein legitimen Vertreter der Arbeiter und Angestellten und fühlten sich in dieser Rolle durch die Räte bedroht. Mit den Wahlen zur Nationalversammlung vom 19. Januar 1919 und der anschließenden Zusammenarbeit der sogenannten Weimarer Koalition aus SPD, Zentrum und DDP wurde der Weg zu einem beständigen Ausbau der Mitbestimmung gelegt, der sich im demokratischen Rahmen vollziehen sollte.[52]

Jedoch vertraten nicht alle Teile der Arbeiterschaft die Linie der Sozialdemokraten und der Freien Gewerkschaften. Vor allem die Berg- und Hüttenarbeiter des Ruhrgebiets, geprägt durch die jahrelange Gängelung, Schikanen im Arbeitsalltag und den »Herr-im-Haus«-Unternehmer, verlangten einen radikalen Umbau der Gesellschaftsordnung und die Enteignung der Ruhrbarone. In der Annahme, die Führung der Gewerkschaften würde ihre grundsätzliche Ausrichtung teilen, konzipierten sie ihre Räte als Organe, die in den Betrieben gewerkschaftliche Funktionen übernahmen, aber auch als Vertretung der Arbeiter dienten. Doch stieß ein solches Rätekonzept auf Ablehnung. Die Gewerkschaften fürchteten die politischen und gesellschaftlichen Konsequenzen einer sozialistischen Revolution, obgleich sie diese stets gefordert hatten. Im Augenblick der deutschen Niederlage und angesichts der schwerwiegenden ökonomischen Probleme erschien der Zeitpunkt jedoch nicht gekommen. Zudem bildete sich unter den Freien Gewerkschaften ein Konzept heraus, in dem der Betriebsrat lediglich die gewerkschaftliche Präsenz im Betrieb garantieren, die eigentliche Mitbestimmung jedoch auf der Bezirks-, Landes-, Reichs- und Branchenebene manifestiert werden sollte.[53] Eine sozialistische Räterepublik stand im kompletten Widerspruch zu den Zielen der Gewerkschaften, als Tarifpartner und alleinige Vertretung der Arbeitnehmer von den Arbeitgebern anerkannt zu werden. In der ZAG sahen sie weite Teile ihrer Forderungen umgesetzt. Auch in der sozialdemokratischen Theorie der Vorkriegszeit wurde ein Konzept der Räte nie umfassend thematisiert. Somit zeigte sich in der Rätebewegung auch eine Unzufriedenheit mit den Gewerkschaften und der Sozialdemokratie, die oftmals als zu formalistisch und staatsbezogen wahrgenommen wurde. Doch traten viele Mitglieder der Räte in eine Gewerkschaft ein, da sie ihre Ziele nicht gegen, sondern mit ihnen realisieren wollten.[54]

---

52 Vgl. Teuteberg: Ursprünge, S. 27-33.
53 Vgl. Bieber: Zwischen Kasernenhof und Rätesystem, S. 79 ff.
54 Vgl. Hans O. Hemmer: Betriebsrätegesetz und Betriebsrätepraxis in der Weimarer Republik, in: Ulrich Borsdorf u. a. (Hg.): Gewerkschaftliche Politik: Reform aus Solidarität. Zum 60. Geburtstag von Heinz O. Vetter, Köln 1977, S. 241-269, hier S. 242-246.

Die Verhandlungen der Nationalversammlung mündeten in der im August 1919 verabschiedeten Weimarer Reichsverfassung. Sie erkannte im Art. 165 die Arbeitnehmervertretungen an und erklärte sie für »berufen, gleichberechtigt in Gemeinschaft mit den Unternehmern an der Regelung der Lohn- und Arbeitsbedingungen sowie an der gesamten wirtschaftlichen Entwicklung der produktiven Kräfte mitzuwirken.« Die Arbeiter und Angestellten erhielten »zur Wahrnehmung ihrer sozialen und wirtschaftlichen Interessen gesetzliche Vertretungen in den Betriebsarbeiterräten sowie in nach Wirtschaftsgebieten gegliederten Bezirksarbeiterräten und in einem Reichsarbeiterrat.«[55] Ferner legte derselbe Artikel fest, dass Bezirkswirtschaftsräte und ein Reichswirtschaftsrat zur Mitwirkung bei der Ausführung der von der Nationalversammlung beschlossenen Sozialisierungsgesetze einberufen werden sollten. Doch sowohl die Bezirksarbeiterräte als auch der Reichsarbeiterrat wurden nicht gebildet. Lediglich der Reichswirtschaftsrat wurde mit der diesbezüglichen Verordnung vom 4. Mai 1920 gegründet, erfüllte jedoch nicht die hohen Erwartungen einer gesamtwirtschaftlichen Mitbestimmung.

Die Ansprüche des Art. 165 konnten nur mit dem Erlass des umstrittenen Betriebsrätegesetzes, das im Januar 1920 verabschiedet wurde, umgesetzt werden. Die Verhandlungen gingen zügig vonstatten, da sich vor allem im Montanrevier Zechen- und Revierräte anschickten, die wirtschaftliche Kontrolle über die Anlagen zu übernehmen und nur durch ein einheitliches Gesetz von weiteren Aktionen abgehalten werden konnten.[56] Die wichtigsten Vertreter von Gewerkschaften und Arbeitgebern zeigten sich bereits mit dem Referentenentwurf aus dem Mai 1919 zufrieden, in dem die konkreten Rechte der Betriebsräte schwammig formuliert waren und die revolutionären Arbeiterräte nicht aufgegriffen wurden. Dass die im Gesetz zusammengefassten Ergebnisse der Verhandlungen gegenüber dem Entwurf nicht konkreter ausfielen, hing im Anschluss auch mit der bürgerlichen Mehrheit im Ausschuss für soziale Angelegenheiten des Reichstags zusammen. Infolgedessen protestierten am 13. Januar 1920 ca. 40.000 Menschen vor dem Reichstag gegen das Gesetz. Nach Zusammenstößen mit der Polizei wurden dabei 42 Arbeiter erschossen.[57] Auch nach seiner Annahme am 18. Januar 1920 mit den Stimmen der Weimarer Mehrheitskoalition rissen die Proteste nicht ab.

Das Betriebsrätegesetz schrieb vor, dass in allen Betrieben mit in der Regel zwanzig und mehr Mitarbeitern Betriebsräte zu wählen waren. In kleineren Betrieben zwischen fünf und 20 Arbeitnehmern sollte ein Betriebsobmann bestimmt werden. Zur Sicherung der jeweiligen spezifischen Gruppeninteressen mussten gemäß ihrer jewei-

---

55 Die Verfassung des Deutschen Reichs vom 11. August 1919, in: Udo Sautter: Deutsche Geschichte seit 1815: Daten, Fakten, Dokumente. Band II: Verfassungen, Tübingen/Basel 2004, S. 145-183, hier S. 179.

56 Vgl. Teuteberg: Ursprünge, S. 34.

57 Vgl. Hemmer: Betriebsrätegesetz, S. 246 f.

ligen zahlenmäßigen Vertretung getrennte Arbeiter- und Angestelltenräte einberufen werden. Formulierte das Gesetz die Wahl- und Verteilungsregularien präzise, ließ es die Aufgaben und Befugnisse der Betriebsräte vage. Die Räte sollte die Betriebsleitung beratend unterstützen, an der Einführung neuer Arbeitsmethoden mitarbeiten, bei Streitigkeiten vermitteln, Dienstvorschriften ausarbeiten oder an der Verwaltung der Betriebs- und Pensionskassen mitwirken. Der Arbeitgeber musste dem Betriebsrat vierteljährlich Auskunft über die Lage und den Gang des Unternehmens sowie, in Betrieben mit mehr als 300 Mitarbeitern, jährlich eine Gewinn- und Verlustrechnung vorlegen. Richtungsweisende Entscheidungen des Unternehmers, etwa über Erweiterung oder Stilllegung einzelner Betriebsstätten, konnte der Betriebsrat nur zur Kenntnis nehmen.[58] Es legte jedoch fest, dass in ein oder zwei Betriebsratsmitglieder in den Aufsichtsrat eines Unternehmens entsandt werden mussten, um die Interessen, Ansichten und Forderungen der Arbeitnehmer zur Geltung zu bringen. Sie nahmen an dem Gremium gleichberechtigt teil.[59] Gemäß der Vorgabe des Betriebsrätegesetzes konkretisierte das »Gesetz über die Entsendung von Betriebsratsmitgliedern in den Aufsichtsrat« vom 15. Januar 1922 die Wahlbestimmungen.[60]

---

58 Reichs-Gesetzblatt Nr. 26 (1920), S. 147-174.

59 Da die links außen stehenden Parteien USPD und KPD ihre Kritik am Betriebsrätegesetz kontinuierlich vorbrachten und nicht sahen, dass es zuvorderst in der Kontinuität einer deutschen Betriebsverfassung als der der Rätebewegung stand, rankten sich insbesondere um dieses Gesetz später historische Gründungsmythen einer verpassten Chance zur Errichtung eines sozialistischen Staates. Diese Mythen wurden bis in die 1968er-Bewegung hinein beständig perpetuiert. Vgl. Milert/Tschirbs: Von den Arbeiterausschüssen, S. 41 ff. Die christlichen Gewerkschaften hingegen begrüßten das Betriebsrätegesetz ausdrücklich, da es ihren Zielen von Gleichberechtigung der Arbeitnehmer in der Gesellschaft bei gleichzeitiger Beibehaltung der Wirtschaftsordnung entsprach. Aufgrund der drohenden Majorisierung durch die Freien Gewerkschaften legten sie jedoch einen besonderen Wert auf den Minderheitenschutz und setzten eine Verwässerung der geplanten Mitsprache des Betriebsrats bei Neuanstellungen durch. In der Praxis des Gesetzes konzentrierten sie sich seit der Mitte der 1920er-Jahre darauf, die friedensstiftenden Elemente auch im tatsächlichen Verhältnis von Arbeitnehmern und Unternehmern umzusetzen und die Arbeiter so im eigenen, christlichen Sinne zu erziehen. Vgl. Werner Plumpe: »Liebesbotschaft gegen Klassenkampf«? Christliche Gewerkschaft und betriebliche Mitbestimmung in der Weimarer Republik, in: von Auer/Segbers (Hg.): Sozialer Protestantismus, S. 149-171, hier S. 160 ff.

60 Reichs-Gesetzblatt Nr. 17 (1922), S. 209 f. Die freien Gewerkschaften wandten sich seit Ende 1920 intensiver der Betriebsrätearbeit zu, ohne dass sie die grundsätzliche Kritik an der Form der Räte gänzlich unterbinden konnten. Wilde Streiks und Forderungen nach reichsweiten Betriebsratskonferenzen traten immer wieder auf. Die Verbreitung und räumliche Verteilung der Betriebsräte war sehr heterogen. Trotz fehlender Statistiken ist in der Gesamtschau anzunehmen, dass vor allem in Mittel- und Großbetrieben mit mehr als 50 Mitarbeitern ein Betriebsrat existierte, der in der Regel von den freien Gewerkschaften dominiert wurde, die Stimmenanteile von über 50 % erzielen konnten. Jedoch unterschieden sich die Ergebnisse deutlich von Region zu Region und Betrieb zu Betrieb. Christliche sowie kommunistische Gewerkschaften hielten eine starke Position im Ruhrbergbau, in der Chemieindustrie gewannen in der Regel Listenvertreter des Facharbeiterverbands vordere Plätze. Zudem beeinflusste der konjunkturelle Wirtschaftsverlauf die Wahlbeteiligung und die Verbreitung der Betriebsräte. Vgl. Werner Plumpe: Die Betriebsräte

Die Mitbestimmung von Betriebsräten im Aufsichtsrat unterwanderten die Unternehmer, wo es ihnen möglich war. Die gesetzlich festgelegten zwei Arbeitnehmervertreter konnten häufig im Vorfeld getroffene Entscheidungen der Ausschüsse des Aufsichtsrats oder des Verwaltungsrats nur noch abnicken, und wenn die Rechtslage es zuließ, lösten einige Unternehmen ihre Aufsichtsräte durch einen Wechsel der Gesellschaftsform sogar ganz auf. Die sozialpolitischen Befugnisse des Betriebsrats waren zwar umfangreicher als die wirtschaftlichen, jedoch gerieten die in den Betriebsvereinbarungen festgeschriebenen sozialen Errungenschaften oft in Konflikt mit den tariflichen Vereinbarungen zwischen Gewerkschaften und Arbeitgebern und mussten sich beugen. Im Falle von Entlassungen einzelner Mitarbeiter konnten die Betriebsräte zwar Einspruch einlegen, nicht jedoch bei einer Massenentlassung in Folge einer Betriebsstilllegung.[61] Dass die Unternehmer in der Weimarer Zeit, insbesondere im Bergbau und in der Schwerindustrie, die Mitsprache der Arbeitnehmer vehement bekämpften, lag allerdings nicht allein an ihrer traditionell konservativen Haltung, sondern auch an der Strukturkrise der Bergbaus und der Eisen- und Stahlindustrie, wie Gehlen herausgearbeitet hat. Hierbei kam auch fehlender innovatorischer Mut zum Tragen.

»Eine Modernisierung der Arbeitsbeziehungen, bei nicht abzusehen war, ob sie betriebswirtschaftlich nutzen würde, stand [...] auf der Agenda der schwerindustriellen Unternehmen nicht an erster Stelle, ja vielmehr nutzten sie die neu installierten Arbeiterbüros, um die Kommunikation zu den Arbeitervertretungen zu monopolisieren, mit dem Ziel, Ansprüche auf betriebliche Mitbestimmung zurückzudrängen.«

Die notwendigen Investitionen wurden zudem durch hohe Kapitaldienste belastet, sodass die Unternehmer versuchen mussten, diejenigen Kosten zu drücken, die sie politisch oder betrieblich beeinflussen konnten, also die Löhne und die Sozialabgaben. Der Widerspruch zwischen betrieblich innovationsfreudigen Unternehmen der »Neuen Industrien« und der alten Industrien übertrug sich im Anschluss auf die

---

in der Weimarer Republik: Eine Skizze zu ihrer Verbreitung, Zusammensetzung und Akzeptanz, in: Christian Kleinschmidt/ders. (Hg.): Unternehmen zwischen Markt und Macht. Aspekte deutscher Unternehmens- und Industriegeschichte im 20. Jahrhundert (Bochumer Schriften zur Unternehmens- und Industriegeschichte 1), Essen 1992, S. 42-60, hier S. 44 ff.

61 Vgl. Hemmer: Betriebsrätegesetz, S. 254-258. Zur Arbeit der Betriebsräte und ihrem Verhältnis zum Unternehmen in der Weimarer Republik im Chemiesektor und dem Bergbau siehe die klassische Darstellung von Werner Plumpe: Betriebliche Mitbestimmung in der Weimarer Republik. Fallstudien zum Ruhrbergbau und zur Chemischen Industrie (Quellen und Darstellungen zur Zeitgeschichte 45), München 1999.

Verbandsebene zwischen dem im Langnam-Verein organisierten Schwerindustriellen und dem RDI.[62]

Das Betriebsrätegesetz trug in vielen Punkten die Handschrift des Hilfsdienstgesetzes und ließ den Bereich der wirtschaftlichen Mitsprache bewusst aus, die im Sinne der Rätekonzeption in den Bezirkswirtschaftsräten und im Reichswirtschaftsrat zum Tragen kommen sollte. Dementsprechend blieben links außen stehende Kritiker bei ihrer Ablehnung des Gesetzes. Die Gewerkschaften nutzten die Betriebsräte dennoch als Zugang zu den Unternehmen und boten ihnen Schulungen und Unterstützungsmaßnahmen an. Ein Großteil des gewerkschaftlichen Führungsnachwuchses sollte sich schon in der Weimarer Republik aus dem Reservoir der Betriebsräte rekrutieren.[63] Die Gewerkschaften ordneten die Institution »Betriebsrat« während der Weimarer Republik stets ihren höherwertigen Zielen einer gesellschaftlichen und wirtschaftlichen Mitbestimmung unter. Die ambivalente Haltung, einerseits mit dem Hilfsdienstgesetz die Gründung von Arbeiterausschüssen vorangetrieben zu haben, andererseits die Betriebsräte im Anschluss fallen zu lassen, gepaart mit der konsequent ablehnenden Haltung der Unternehmer, hatte zur Konsequenz, dass die Betriebsräte unterm Strich nur ein Schattendasein führten. Dazu trug auch ihre Zwitterstellung bei, sollten sie doch laut Gesetz nicht nur die Arbeitnehmer vertreten, sondern ebenfalls die Interessen des Betriebes berücksichtigen. Einige Betriebsräte entwickelten – nicht zuletzt unter dem Druck der wirtschaftlichen Entwicklung – mit der Zeit gar Verständnis für betriebliche Zwänge und unternehmerische Entscheidungen. Das Programm der Wirtschaftsdemokratie, das bereits erste Ergebnisse der Betriebsratsarbeit berücksichtigte, wies den Betriebsräten auch, in der Diktion der Gewerkschaften konsequenterweise, eine nachgeordnete Rolle im Wirtschaftsprozess zu.[64]

2.2 Das Konzept der Wirtschaftsdemokratie

Für die Gewerkschaften stellte das Konzept der Wirtschaftsdemokratie eine Weiterentwicklung sozialistischer Wertvorstellungen dar. Sie reagierten damit zum einen auf die aus ihrer Sicht enttäuschenden Entwicklung der Weimarer Republik, die nicht in einer neuen Wirtschaftsordnung mündete, zum anderen mussten die Gewerkschaftsführungen auch der Kritik ihrer eigenen Mitglieder begegnen, die mit ihren basisdemokratischen Räteorganisationen das Organisationsprinzip infrage stellten. Ein Aus-

---

62 Siehe Boris Gehlen: Unmögliche Sozialpartnerschaft? Unternehmer und Gewerkschaften in der Weimarer Republik. Zur Lernfähigkeit von Organisationen, in: Rolf Walter (Hg.): Geschichte der Arbeitsmärkte. Erträge der 22. Arbeitstagung der Gesellschaft für Sozial- und Wirtschaftsgeschichte (VSWG Beiheft 199), Stuttgart 2009, S. 263-285, Zitat S. 273.

63 Vgl. Bieber: Zwischen Kasernenhof und Rätesystem, S. 87-91.

64 Vgl. Hans Mommsen: Klassenkampf oder Mitbestimmung. Zum Problem der Kontrolle wirtschaftlicher Macht in der Weimarer Republik (Schriftenreihe der Otto Brenner Stiftung 9), Köln/Frankfurt a. M. 1978, S. 22 ff.

weg aus dieser Gemengelage stellte nach heftigen internen Kontroversen ein Weg dar, der einerseits den Rätegedanken aufgriff, andererseits mit der Forderung nach Mitbestimmung eine Zwischenetappe bei der Verwirklichung des Sozialismus formulierte. Mit dieser »theoretischen Innovationsleistung« präzisierten die Gewerkschaften »das abstrakte Sozialismuspostulat der Partei [...], indem sie Formen und Methoden einer gesellschaftlichen Wirtschaftslenkung benannten und den Weg zum Sozialismus als einen demokratischen, nie abgeschlossenen Prozeß beschrieben.«[65] Insbesondere, da die Ansätze der ZAG, der Rätebewegung oder der Sozialisierungsbewegung im Sande verliefen und sich die Gewerkschaften nach Ruhrkampf und Hyperinflation in Deutschland 1923 finanziell und ideell in einer hoffnungslosen Situation befanden, diskutierten sie ab der Mitte der 1920er-Jahre das Konzept der Wirtschaftsdemokratie, das einen Gegenpol zur bestehenden Wirtschafts- und Gesellschaftsordnung bilden sollte. Es bedurfte einer neuen, verbindenden Idee, um die Gewerkschaftsbewegung zu einen und Erosionstendenzen entgegen zu wirken, sanken doch die Mitgliederzahlen bis in die Mitte der 1920er-Jahre deutlich.[66] Der Breslauer Kongress des ADGB beauftragte 1925 eine Reihe von den Gewerkschaften nahestehenden Wissenschaftlern mit der Ausarbeitung eines in sich geschlossenen Konzepts. Die Bemühungen sollten der programmatischen Auszehrung der Gewerkschaften begegnen und auch der Entwicklung neuer Ideale dienen. Deutlich stellte sich heraus, dass dieses Fernziel verbunden sein müsste mit den konkreten Schritten.[67]

Die Erörterungen mündeten 1928 in der programmatischen Schrift »Wirtschaftsdemokratie« des damaligen Leiters der Forschungsstelle Wirtschaftspolitik beim ADGB, Fritz NAPHTALI.[68] Hier griffen die Autoren um Naphtali die revisionistischen Ansätze von Eduard Bernstein auf. Auch bei ihnen durfte die Bewegung nie über dem Ziel stehen, durfte das Prinzip nicht die konkrete Tat verhindern. Als Endziel galt auch Naphtali der demokratische Sozialismus, doch wollte er den Weg dorthin mit weiteren demokratischen Elementen im Wirtschaftsbereich versehen wissen, da politische Demokratie nicht notwendig mit einer wirtschaftlichen Demokratie zusammenhinge. Die Ziele »Sozialismus« und »Wirtschaftsdemokratie« seien untrennbar miteinander verknüpft, beide bedingen jedoch der politischen Demokratie. Auf dem Weg dahin knüpfte Naphtali an die Theorie des »Organisierten Kapitalismus«

---

65 Klaus Schönhoven: Die Vision der Wirtschaftsdemokratie. Programmatische Perspektiven der Freien Gewerkschaften in der Weimarer Republik, in: Hermann Weber (Hg.): Gewerkschaftsbewegung und Mitbestimmung in Geschichte und Gegenwart. Ergebnisse einer polnisch-deutschen Tagung (Mannheimer Schriften zur Politik und Zeitgeschichte 9), Düsseldorf 1989, S. 33-55, hier S. 38.

66 Vgl. Schneider: Kleine Geschichte, S. 165 ff. sowie ferner die Übersicht in: ebd., S. 580.

67 Vgl. Thum: Wirtschaftsdemokratie, S. 36 f.

68 Fritz Naphtali: Wirtschaftsdemokratie. Ihr Wesen, Weg und Ziel (hg. v. Rudolf F. Kuda), 4. Aufl., Köln/Frankfurt a. M. 1977.

an, die maßgeblich von Rudolf Hilferding (1877–1941) formuliert wurde.[69] »Durch Demokratisierung der Wirtschaft zum Sozialismus!«[70], so kann der Ansatz der Wirtschaftsdemokratie bei Naphtali auf den Punkt gebracht werden. Neben der Übertragung demokratischer Elemente auf das Wirtschaftsleben speiste sich das Konzept auch aus dem Begriff des Eigentums, der im Wandel der Zeit stetigen Veränderungen unterlag und aus liberaler oder sozialistischer Sicht jeweils anders gedeutet wurde. Naphtali hatte insbesondere die Auswüchse des »Organisierten Kapitalismus« und die damit verbundene Macht weniger Entscheidungsträger vor Augen und betonte die Verpflichtungen des Eigentums für die Gesellschaft.[71] So wird deutlich, das »weder der Terminus, noch die Elemente der Analyse und der Strategie und auch nicht die Destination des Konzepts der Wirtschaftsdemokratie [...] originäre Schöpfungen von Fritz Naphtali« sind.[72]

Neben den gesamtwirtschaftlichen Bestandteilen der Wirtschaftsdemokratie, die der Autor in der Rätebewegung der Weimarer Republik in Ansätzen erkannte, insbesondere im letztlich nicht erfolgreich umgesetzten Reichswirtschaftsrat, widmete er sich ebenfalls der in dem hier betrachteten Zusammenhang bedeutenden Unternehmens- und Betriebsebene. Ausgangspunkt der Theorie ist ein gedachtes Gemeinwesen der Wirtschaft, das wie in der politischen Demokratie die Stimmen der Einzelnen kollektiviert und somit dem Arbeitgeber oder dem Staat gegenüber zum Ausdruck bringt. Dabei zeigt sich dieses Gemeinwesen nicht notwendigerweise deckungsgleich mit dem Staat und dem politischen Gemeinwesen, sondern kann viele Teilwesen ausbilden.

---

69 Vgl. Heinrich August Winkler: Zu Hilferdings Theorie des Organisierten Kapitalismus, in: ders. (Hg.): Organisierter Kapitalismus. Voraussetzungen und Anfänge (Kritische Studien zur Geschichtswissenschaft 9), Göttingen 1974, S. 9-18, hier S. 13 f. Zu Hilferdings Theorie und ihrer Verortung in der deutschen Wirtschaftsgeschichte siehe die Beiträge von Jürgen Kocka: Organisierter Kapitalismus oder Staatsmonopolistischer Kapitalismus? Begriffliche Vorbemerkungen, in: ebd., S. 19-35 und von Hans-Ulrich Wehler: Der Aufstieg des Organisierten Kapitalismus und Interventionsstaates in Deutschland, in: ebd., S. 36-57. Rudolf Hilferding formulierte seine Gedanken zur »organisierten Wirtschaft« auf dem sozialdemokratischen Parteitag in Kiel 1927 und betonte, ihre Genese sei insbesondere die technologische Entwicklung, und aus der Internationalisierung der Wirtschaft bei gleichzeitigem Ausbau von Schutzzöllen und Kartellen, Syndikaten und Trust. Ziel bleibe nach Hilferding die prinzipielle Ablösung der kapitalistischen Wirtschaftsweise durch die planmäßige Produktion in einer sozialistischen Gesellschaft, jedoch komme es dabei vor allem auf den Auf- und Ausbau eines starken und demokratischen Staats an, der die Wirtschaft leiten solle. Wirtschaftsdemokratie beschrieb er als »die Unterordnung der wirtschaftlichen Privatinteressen unter das gesellschaftliche Interesse.« Demnach müsse der Kampf der organisierten Arbeiterbewegung der weiteren Durchsetzung des sozialistischen Prinzips gelten. Vgl. Rudolf Hilferding: Organisierter Kapitalismus. Referat und Diskussion auf dem sozialdemokratischen Parteitag in Kiel 1927, o. O. o. J.

70 Naphtali: Wirtschaftsdemokratie, S. 29.

71 Vgl. Demirovic: Demokratie, S. 15 f.

72 Hans Willi Weinzen: Gewerkschaften und Sozialismus. Naphtalis Wirtschaftsdemokratie und Agartz' Wirtschaftsneuordnung (Campus Forschung 261), Frankfurt a. M./New York 1982, S. 31.

Wesentlich ist, dass die Institutionen nicht dem Einzelnen, sondern der Allgemeinheit dienen. »Wirtschaftsdemokratie ist erst erreicht, wenn jener freiheitsrechtlichen Entwicklung der Arbeit auch eine *gemeinheitsrechtliche Entwicklung des Eigentums entspricht.*«[73] In diesem Sinne kritisierte Naphtali die in der Weimarer Republik etablierten Grundsätze der Mitbestimmung als unzureichend, da sie nicht auf einem Gemeinwesen basierten und sich gegen die Wirtschaftskraft der Arbeitgeber wandten, jedoch weiterhin auf diese bezogen und von ihr abhängig waren. Deswegen blieb für ihn eine Wirtschaftsordnung, in der »die Loslösung der wirtschaftlichen Gewalt von ihren privaten Nutznießern und ihre Übertragung auf ein Gemeinwesen der Wirtschaft« erstrebt werden sollten.[74] Diese Ordnung umschreibt in groben Zügen den Sozialismus.

Naphtali erläutert die konkrete Ausgestaltung der Wirtschaftsdemokratie nur vage. Die Betriebsräte agieren bei ihm im System des kapitalistischen Wirtschaftens als ein Ausdruck sozialer Selbstverwaltung im Betrieb. Sie stellen somit lediglich eine Übergangslösung auf dem Weg zu einer Wirtschaftsordnung dar, in der ein einzelner Unternehmer ein vonseiten der Allgemeinheit beauftragter Führer eines Betriebs wird. Betriebsräte sind demnach für Naphtali nicht der Ansatz zur Verwirklichung der Wirtschaftsdemokratie. Der Schwerpunkt liegt auf der makroökonomischen Ebene. Somit fehlt in den abschließenden Forderungen eine Unternehmensmitbestimmung, lediglich in monopolartigen Konzernen sollen die Gewerkschaften qua Gesetz an der Geschäftsleitung beteiligt werden, womöglich um in einem weiteren Schritt im Sinne sozialistischer Wirtschaftsvorstellungen die Gesamtführung übernehmen zu können. Die Gewerkschaften sollen das Arbeitsrecht und die Sozialversicherung ausbauen oder eine planmäßige Lohnpolitik entlang der Produktivitätsentwicklung betreiben, was insofern interessant ist, als so keine Umverteilung der Vermögensverhältnisse erzielt werden kann. Die Betriebsräte sollen gesichert und ihre Kompetenzen erweitert werden. Vorschläge in Bezug auf eine paritätische Teilhabe von Arbeitgebern und Arbeitnehmern beziehen sich auf gesamtwirtschaftliche Körperschaften.

Daneben fordert er, die öffentliche Hand zu stärken und ihr eigene Wirtschaftsbetriebe zur Deckung von Gütern allgemeiner Art zuzugestehen. Ferner soll, neben einigen anderen Punkten, die Landwirtschaft gefördert und das Bildungssystem ausgebaut werden.[75] Im Konzept war eine doppelte Strategie angelegt, bestehend aus dem Weg der Staatshilfe und dem Weg der Selbsthilfe. Die Staatshilfe sollte mithilfe der politischen Parteien, der Sozialdemokratie oder einer von ihr dominierten Koalition, die legislativen Vorgaben für den Weg vom organisierten Kapitalismus zum Sozialismus weisen. Den geringeren Teil der Verwirklichung sollte die Arbeiterbewegung selbst umsetzen. Naphtali forderte den konsequenten Ausbau der bestehenden Selbstverwaltung der deutschen Wirtschaft im Bereich der Kohle- und Kaliräte oder

---

73 Naphtali: Wirtschaftsdemokratie, S. 162 f. [Herv. i. Orig.].
74 Ebd., S. 164.
75 Ebd., S. 194 ff.

der Eisen- und Stahlindustrie, wobei er den aufstrebenden Chemiesektor weitgehend außer Acht ließ. Ferner sollten die Gewerkschaftsvertreter in den Räten nicht länger von den Berufs-, sondern von den Dachverbänden benannt werden.[76]

Mit seiner Vagheit vermochte das Konzept der Wirtschaftsdemokratie nicht zu größeren Erfolgen zu gelangen. Die innere Zerrissenheit der Arbeiterbewegung in der Weimarer Republik mag zur geringen Strahlkraft der Ideen Naphtalis beigetragen haben[77], doch liegt der Hauptgrund für das Scheitern im Konzept angelegt. Es war dies die Ausklammerung der betrieblichen Ebene bzw. das Fehlen einer Vorstellung ihrer Weiterentwicklung, die der Wirtschaftsdemokratie letztendlich allein den Status einer abschließenden Theoriediskussion zuwies.[78] Das Konzept war zu sehr auf die Spielregeln des Parlamentarismus zugeschnitten. Widerstand vonseiten demokratiefeindlicher Parteien und Gruppen konnte es nur schlecht integrieren.[79] Zudem passte Naphtali es der gewerkschaftlichen Strategie an, was zur Ablehnung sowohl aufseiten der Unternehmer als auch bei linken Theoretikern führte. Gerade Letztere fanden sich nicht damit ab, dass der Widerspruch zwischen Kapital und Arbeit letztendlich nicht aufgehoben wurde, und sahen in dem Konzept eine Stabilisierung des Kapitalismus.[80] Außerdem wurde es schlicht zu spät aufs Tableau gebracht, denn die wirklichen Chancen der Umsetzung respektive der Neuordnung der Wirtschaft waren zum Zeitpunkt des Erscheinens schon längst passé.[81] So bewerteten lediglich die Freien Gewerkschaften und die Sozialdemokratie die Wirtschaftsdemokratie zunächst positiv.[82] Übernahm die SPD ihren Ansatz zunächst mit einem Parteitagsbeschluss 1929, erwies sich die wirtschaftsdemokratische Programmatik spätestens seit der Wirtschaftskrise am Ende der Weimarer Republik als immer weniger bedeutend. Die schärfste Ablehnung kam dabei vonseiten der kommunistischen Parteien, aber auch gemäßigte linkssozialdemokratische Flügel kritisierten, Naphtali habe den de-

---

76 Vgl. Weinzen: Gewerkschaften, S. 111 ff.

77 Vgl. ebd., S. 123.

78 Vgl. Rudolf F. Kuda: Zur Einführung, in: Naphtali: Wirtschaftsdemokratie, S. 7-21, hier S. 17 f. WINKLER hingegen meint, der »wesentliche Mangel des wirtschaftsdemokratischen Programms« habe »in seiner scheinbaren Geschlossenheit« gelegen. »Allzu global wurde der Marktwirtschaft der Abschied gegeben und der privaten Initiative auf langer Sicht auch dort das Entfaltungsrecht abgesprochen, wo ein relativ unbeschränkter Wettbewerb sich durch Leistung legitimieren konnte. [...] Überhaupt wurden die Gefahren einer umfassenden Bürokratisierung der Wirtschaft in der sozialdemokratischen Diskussion der zwanziger Jahre beharrlich unterschätzt.« Winkler: Hilferdings Theorie, S. 13.

79 Vgl. Schönhoven: Die Vision, S. 47 f.

80 Vgl. Rainer Siegelkow: Wirtschaftsdemokratie, in: Ulrich von Alemann (Hg.): Partizipation – Demokratisierung – Mitbestimmung. Problemstand und Literatur in Politik, Wirtschaft, Bildung und Wissenschaft. Eine Einführung (Studienbücher zur Sozialwissenschaft 19), Opladen 1975, S. 118-137, hier S. 120 f.

81 Vgl. Leminsky: Gewerkschaften und Mitbestimmung, S. 43.

82 Eine Zusammenfassung aller Zustimmungen und Ablehnungen des Konzepts mit zahlreichen und ausführlichen Zitaten findet sich bei Weinzen: Gewerkschaften, S. 121-160.

mokratischen Faktor des Staates überbetont und somit falsch eingeschätzt. Zustimmung erteilten insbesondere die christlichen Gewerkschaften.[83] Von seinem Konzept blieb, dass die Gewerkschaften der sozialdemokratischen Diskussion entscheidende Impulse lieferten, indem sie »das abstrakte Sozialismuspostulat der politischen Arbeiterbewegung« präzisierten. Dabei gingen sie »von einem Menschenbild aus, das Individualismus und Idealismus einkalkulierte und deshalb egoistisches und solidarisches Verhalten als gegebene Antriebskräfte des Handelns akzeptierte. [...] Dabei spielte die Forderung nach Mitbestimmung für die Lohnabhängigen eine zentrale Rolle.«[84]

2.3 Die päpstliche Sozialenzyklika »Quadragesimo anno«

Die katholische Soziallehre hingegen schwankte nach dem Ersten Weltkrieg zwischen der sozialrealistischen und der sozialkorporatistischen Linie. Die Sozialkorporatisten wollten Deutschland auf der Basis einer berufsständischen Ordnung umbauen. Die Sozialrealisten, vor allem der berühmte Jesuit Oswald VON NELL-BREUNING (1890–1991) im Anschluss an Heinrich PESCH (1854–1926)[85], traten für einen gebändigten Kapitalismus ein, zu dem von Nell-Breuning auch die Mitbestimmung zählte.[86] Er und andere Vertreter wie Johannes MESSNER (1891–1984) oder Gustav GUNDLACH (1892–1963) legten den Grundstein für ein kirchliches Denken, das kapitalistisches Gewinnstreben grundsätzlich anerkannte, aber mit einer sozialen Flanke verband.[87]

Die katholischen Arbeitnehmervereine debattierten ebenfalls eine Arbeitnehmerbeteiligung an den Unternehmen in Form von Aktienkapital.[88] Auch die Christlichen Gewerkschaften entwickelten nach dem Ende des Krieges ihre Vorstellung einer Symbiose von Kapitalismus und einer menschengerechten Gesellschaft weiter. Den Sozialismus bekämpften ihre Vordenker nach wie vor, da er ihrer Ansicht nach nicht zu einer Überwindung der Trennung von Arbeiter und Produktionsmitteln beitrug. Den dem Sozialismus innewohnenden Klassengedanken versuchten die Christlichen Gewerkschaften durch die Betonung des Standesgedankens zu überwinden, den sie nun um eine berufsbezogene Perspektive erweiterten. Das Betriebsrätegesetz galt als erster Schritt der Integration der Arbeiter in die Gesellschaft, die allerdings durch andere Maßnahmen vertieft werden sollte. Hierbei galten die Förderung des Kapitalbesitzes in Händen der Arbeiter sowie der Ausbau der gemeinwirtschaftlichen Prinzipien als

---

83 Vgl. Thum: Wirtschaftsdemokratie, S. 46-49.
84 Schönhoven: Die Vision, S. 52.
85 Siehe zu Pesch und dessen Solidarismus-Konzept bei Stegmann/Langhorst: Geschichte der sozialen Ideen, S. 727 ff.
86 Vgl. Anzenbacher: Christliche Sozialethik, S. 142 ff.
87 Siehe Oswald von Nell-Breuning: Kirche und Kapitalismus (Wirtschafts- und Sozialpolitische Flugschriften), Mönchen-Gladbach [1929].
88 Vgl. Jan-Dirk Rosche: Katholische Soziallehre und Unternehmensordnung (Abhandlungen zur Sozialethik 27), Paderborn u. a. 1988, S. 62 ff.

wesentliche Prinzipien. Die Mitbestimmung ergab sich darauf allein aufgrund der Anteile der Arbeiter am Unternehmen. Die Christlichen Gewerkschaften forderten ferner die Beteiligung der Arbeiter auch an den Vorständen von Kartellen, Trusts und Konzernen sowie eine effektive Kartellgesetzgebung. In Abgrenzung zum ADGB lehnten sie bei aller inhaltlichen Übereinstimmung das Konzept der Wirtschaftsdemokratie doch grundlegend ab, da es auf den Sozialismus hinauslaufen sollte. Dennoch führten die Konzepte zu einer partiellen Annäherung beider Seiten.[89]

Der Streit um die Ausrichtung der katholischen Kirche in ihrem Verhältnis zum Kapitalismus spielte sich im Hintergrund der Veröffentlichung der zweiten Sozialenzyklika »Quadragesimo anno« von Papst Pius XI. ab. Ihr Rohentwurf entsprang den Beratungen des »Königswinterer Kreises«, einem Gesprächskreis von jüngeren Sozialethikern und Nationalökonomen.[90] Die Enzyklika musste 1931, im Jahr ihres Erscheinens, ganz neue Fragestellungen beantworten, schließlich war der Sozialismus nicht mehr ein Gespenst, sondern in Russland Realität geworden. Aber auch das westliche Wirtschaftssystem hielt nach wie vor nicht sein Versprechen von Wohlstand für eine breite Bevölkerungsschicht. Trotz seiner scharfen Kritik lehnte der Papst den Kapitalismus aber nicht gänzlich ab, sondern verurteilte nur seine Auswüchse.[91] Eine verbindliche Aussage zur Mitbestimmung traf Pius nicht, allerdings legen seine Äußerungen zu Mitbesitz und Mitverwaltung der Arbeitnehmer am Unternehmen die Vermutung nahe, dass er diese Idee durchaus befürwortete.[92]

3 Industrielle Beziehungen im »Dritten Reich«

Obwohl die NSDAP sich in ihrem Namen auf den Sozialismus bezog, hatte der Parteiführer und spätere Diktator Adolf Hitler nicht nur kein geschlossenes Bild vom Sozialismus, sondern bekämpfte diesen vehement. Für Hitler und die NSDAP galt allein der Vorrang der Partei, unter die sich alle Staatsangehörigen einschließlich der Wirtschaft unterzuordnen hatten. Im Betrieb wie in der Gesellschaft galt das Prinzip von Befehl und Gehorsam. Eigenständige Vertretungen der Arbeitnehmer waren in diesem Weltbild ebenso überflüssig wie Arbeitgeberorganisationen. Formal ließen die Nationalsozialisten das Betriebsrätegesetz zunächst bestehen, um den Aufbau ihres ideologisch aufgeladenen Begriffs der Volksgemeinschaft nicht zu stören, ersetzten

---

89 Vgl. Schneider: Die Christlichen Gewerkschaften, S. 554-562.
90 Siehe Oswald von Nell-Breuning: Wir sozial ist die Kirche? Leistungen und Versagen der katholischen Soziallehre (Schriften der katholischen Akademie in Bayern), Düsseldorf 1972, S. 99-115.
91 Vgl. Lothar Roos: Die Sozialenzykliken der Päpste, in: Anton Rauscher (Hg.): Handbuch der Katholischen Soziallehre. Im Auftrag der Görres-Gesellschaft zur Pflege der Wissenschaft und der Katholischen Sozialwissenschaftlichen Zentralstelle, Berlin 2008, S. 125-142, hier S. 127 f.
92 Quadragesimo anno (65), in: Bundesverband der Katholischen Arbeitnehmer-Bewegung (KAB) Deutschlands (Hg.): Texte, S. 91-152, hier S. 116.

es jedoch bereits im Mai 1933 durch das »Gesetz über den Treuhänder der Arbeit«. Alle Rechte der Betriebsräte gingen dabei auf diese eine Person über, die allein anhand der Weisungen aus dem Reichsarbeitsministerium handelte. Dem Treuhänder standen zwar beratende Sachverständige und betriebliche Vertrauensmänner zur Seite, die er nach Gutdünken ein- und abberufen konnte, letztendlich hielt er jedoch eine große Machtfülle inne. Zur Unterstützung seiner zahlreichen Aufgaben wie der Überwachung und Festsetzung der Tarif- und Arbeitsordnungen oder der Kontrolle sozialpolitischer Betriebsbelange entsandte der Treuhänder Beauftragte in die Betriebe.[93]

Mit dem »Gesetz zur Ordnung der nationalen Arbeit« vom 20. Januar 1934 wurde die bisher praktizierte Mitbestimmung vollends zugunsten des Führerprinzips abgeschafft. Durch die Umformung der Unternehmen in sogenannte Betriebsgemeinschaften, in denen der Unternehmer und die Arbeiter gemeinsam zum Nutzen des Betriebs und zum Nutzen von Volk und Staat arbeiteten, wurden die alten Klassengegensätze über Nacht vom Tisch gewischt. Gemeinnutz stand nun vor betrieblichem Eigennutz. In Betrieben mit über 20 Mitarbeitern wurde ein Vertrauensrat aus Vertrauensmännern gebildet, die dem Betriebsführer zur Seite standen und bei Streitigkeiten schlichten sollten. Diese Vertrauensmänner mussten zwingend Mitglieder der DAF sein. Die Gegensätze zwischen Kapital und Arbeit konnten jedoch auf diese Weise allenfalls kaschiert, aber nicht überwunden werden, wenngleich die Nationalsozialisten versuchten, mithilfe der Betriebsordnungen zentrale Auseinandersetzungen über Löhne und Arbeitszeiten auf der betrieblichen Ebene anzusiedeln. Ihre Ausgestaltung lag zunächst in den Händen des Arbeitgebers, was nicht geeignet war, den »Herr-im-Haus«-Standpunkt zu überwinden. Nicht wenige Arbeitgeber kümmerten sich nicht um die an sich notwendige Einbindung der Vertrauensräte. Die Vertrauensräte ersetzten nicht die Betriebsräte, konnten aber ihren Einfluss insbesondere auf die betriebliche Sozialpolitik in einer Reihe von Betrieben durchaus sichern. Dabei arbeiteten sie teilweise eng mit der DAF zusammen. Die Wahlen zu den Vertrauensräten erfolgten nicht über einzelne Kandidaten, sondern über gemeinsame Listen. Die Ergebnisse der ersten Wahl 1934 wurden nicht publiziert, was ein gewisses Maß an Skepsis gegenüber dem Rückhalt der neuen Vertrauensmänner im nationalsozialistischen Betriebssystem erlaubt. Cum grano salis kann man jedoch sagen, dass die Wahlen kein Plebiszit über die Zufriedenheit der Arbeiter mit dem NS-Regime darstellten, sondern konkrete betriebliche Umstände den Ausgang der Wahlen bestimmten. Ein Jahr darauf kann man hingegen einen »Trend der Ernüchterung« erkennen, da die Zustimmungen zu den Wahlvorschlägen gegenüber dem Vorjahr sanken. In den Folgejahren wurden die Vertrauensratswahlen ab 1936 zunächst verschoben und dann ab 1938 gänzlich aus-

---

93 Vgl. Teuteberg: Ursprünge, S. 40-43. Umfassend zur Deutschen Arbeitsfront und der Betriebspolitik der NSDAP im »Dritten Reich« siehe bei Matthias Frese: Betriebspolitik im »Dritten Reich«. Deutsche Arbeitsfront, Unternehmer und Staatsbürokratie in der westdeutschen Großindustrie 1933–1939 (Forschungen zur Regionalgeschichte 2), Paderborn 1991.

gesetzt, was dafür spricht, dass die Vertrauensräte durchaus eine Gefahr für die von den Nationalsozialisten propagierte Betriebseinheit darstellten.[94]

Die Organisation der gewerblichen Wirtschaft (OgW) wurde per Gesetzerlass vom 27. Februar 1934 als Gegenpart zur DAF aufgebaut und bezog sich allein auf die Unternehmen und Unternehmer. Sie war in fachlich und räumlich gegliederte Reichs- und Bezirksgruppen unterteilt, wobei die Industrie- und Handelskammern bestehen blieben. Ihre Hauptaufgabe war die Koordinierung der Wirtschaftslenkung im nationalsozialistischen Sinne, was insbesondere im späteren Kriegsverlauf bedeutsam wurde. Die DAF und die OgW wurden jedoch bereits 1935 durch verschiedene Maßnahmen wieder enger aneinandergebunden, um der Gefahr zu begegnen, dass zwei parallele Organisationen von Arbeitgebern und Arbeitnehmern die alten Klassengegensätze wieder aufflammen lassen könnten. Bei dieser Gelegenheit riefen der DAF-Leiter sowie das Reichswirtschafts- und das Reichsarbeitsministerium Arbeitsausschüsse ins Leben, die jedoch nicht auf der betrieblichen, sondern auf der fachlichen und regionalen Ebene angesiedelt waren.[95] Die Ambivalenz der NS-Betriebspolitik aus Bekämpfung der Gewerkschaften auf der einen und Betonung des Arbeiters auf der anderen Seite zeigt, so ließe sich mit Klaus HILDEBRAND zusammenfassen, dass das »Dritte Reich«

»trotz seiner unternehmerfreundlichen Politik nicht allein und auch nicht in erster Linie als ein Instrument der Gegenrevolution zu begreifen ist. Zum einen sind gerade im Bereich der Arbeits- und Sozialpolitik gewisse Standesunterschiede einebnende Züge nicht zu übersehen, die ihm eine politische Qualität *sui generis* verliehen und die es nicht primär als arbeitgeberfreundlich oder arbeitnehmerfeindlich erscheinen lassen. Zum anderen begannen Staat und Partei bereits 1933 damit, ihre Macht auch in den Betrieben den Unternehmern gegenüber darzustellen. Denn trotz aller Begünstigung der Arbeitgeber in Lohnfragen [...] war unübersehbar, daß [...] durch die Verpflichtung der Betriebe zu verbesserten sozialen Leistungen der traditionelle ›Herr im Haus‹-Standpunkt der Unternehmer teilweise entscheidender eingeschränkt wurde als durch die Tätigkeit der Gewerkschaften in den Jahren der Weimarer Republik.«[96]

---

94 Vgl. Michael Schneider: Unterm Hakenkreuz. Arbeiter und Arbeiterbewegung 1933 bis 1939 (Geschichte der Arbeiter und der Arbeiterbewegung in Deutschland seit dem Ende des 18. Jahrhunderts 12), Bonn 1999, S. 499-516 (Zitat S. 512). Siehe auch zur Entwicklung der betrieblichen Struktur im Krieg nach 1939 ders.: In der Kriegsgesellschaft. Arbeiter und Arbeiterbewegung 1939 bis 1945 (Geschichte der Arbeiter und der Arbeiterbewegung in Deutschland seit dem Ende des 18. Jahrhunderts 13), Bonn 2014, S. 505 ff.

95 Vgl. Konrad Stollreither: Mitbestimmung. Ideologie oder Partnerschaft? (Schriftenreihe Mensch und Staat), München 1975, S. 49 ff.

96 Klaus Hildebrand: Das Dritte Reich (Oldenbourg Grundriss der Geschichte 17), 6. Aufl., München 2003, S. 9.

4 Die Entwicklung der Mitbestimmung in der Nachkriegszeit

4.1 Die Entwicklung der gewerkschaftlichen Programmatik zum DGB-Grundsatzprogramm

Die Gewerkschaften knüpften nach dem Zweiten Weltkrieg an ihre sozialistischen programmatischen Traditionen an, unterschätzten jedoch die Kräfteverhältnisse in Gesellschaft und Wirtschaft, indem sie von einem nahestehenden Zusammenbruch der kapitalistischen Ordnung ausgingen, vor dessen Hintergrund sie eine zentrale Rolle für sich beanspruchten.[97] Das Scheitern der Weimarer Republik bildete den Ankerpunkt der gewerkschaftlichen Programmatik. In ihren Augen hatten sich sowohl die Unternehmer als auch weite Teile der politischen Klasse aufgrund ihrer Kollaboration mit dem Hitler-Regime diskreditiert. Auf der ersten Konferenz der Gewerkschaften der britischen Zone im März 1946 stellte der spätere Vorsitzende des DGB Hans Böckler (1875–1951) fest, dass nun der »allergrößte Einfluß der Arbeitnehmer auf die Wirtschaft« sein müsse. Es solle nicht ein zweites Mal passieren, dass sie »trotz ihrem ehrlichen Streben letzten Endes doch wiederum die Betrogenen sind.« Ob nun die Zeit einer »Verstaatlichung auf der ganzen Linie« oder »genossenschaftliche Betriebsformen« gekommen sei, ließ er offen, konstatierte jedoch, dass »politische Demokratie, die wir anstreben, für die wir Jahrzehnte hindurch geblutet haben, [...] zur Voraussetzung wirtschaftliche Demokratie« habe.[98] Nur eine weitreichende Entmachtung, so der Tenor, könne eine weitere deutsche Diktatur verhindern. Da eine reine politische Demokratie zur Absicherung einer demokratisch verfassten Gesellschaft nicht ausreiche, müsse sie durch eine Wirtschaftsdemokratie ergänzt werden.[99] Insofern beinhalteten die Forderungen keine neuen Elemente. Im Gegensatz zur Zeit vor 1933 blendeten die Gewerkschaften die Betriebsräte jedoch nicht aus, sondern wollten sie als unterste Stufe in den Gewerkschaftsaufbau integrieren, ohne ihren eigenen Anspruch auf Führung und Stellvertretung der Arbeiterschaft aufzugeben. Dabei ging, sofern man in der frühen Formierungsphase von einer geschlossenen Programmatik sprechen kann, in erster Linie um die Durchsetzung ihrer neu geschaffenen Strukturen von Industrieverband und Einheitsgewerkschaft auch

---

97 Vgl. Rede Böcklers auf der ersten Gewerkschaftskonferenz der britischen Zone, der hier annahm, der Kapitalismus läge »in seinen letzten Zügen.« Er sei im Augenblick aktionsunfähig, die Gewerkschaften seien von der Volksgemeinschaft verantwortlich gemacht, etwa für die geistige Umerziehung des deutschen Volkes. Rede Hans Böcklers am 13. März 1946. Protokoll der ersten Gewerkschaftskonferenz der britischen Zone vom 12. bis 14. März 1946 in Hannover-Linden, o. O. 1946, S. 18.

98 Ebd., S. 19.

99 Heinrich Potthoff: Wirtschaftsdemokratie. Grundlagen und Konsequenzen, in: GMH (36/1985), S. 139-151, hier S. 148 f.

auf der Betriebsräteebene. Gruppenwahlen und Statusdenken sollten nicht erneut zu einer Spaltung der Arbeitnehmer führen.[100]

Der Gedanke der Wirtschaftsdemokratie fand auch unter einer breiten Mehrheit der neu entstandenen Parteien Zustimmung. Sowohl die SPD als auch die CDU unterstützten zunächst die Forderungen nach wirtschaftlicher Mitbestimmung, galten auch bei ihnen die Unternehmer als zutiefst verstrickt in das NS-Regime. Die CDU entwickelte sozialistische Vorstellungen in dem Ahlener Programm des Zonenausschusses der CDU der britischen Zone vom 3. Februar 1947. Sie forderte die Auflösung der Kartelle, Syndikate und Trusts zu selbstständigen Einzelunternehmen, denen jedoch in bestimmten Bereichen die nötige Größe zur Wahrung ihrer Konkurrenzfähigkeit erhalten bleiben sollte. Der Gedanke der Mitbestimmung wurde klar und deutlich formuliert. Zur Neugestaltung des Verhältnisses zwischen Arbeitgebern und Arbeitnehmern im Betrieb formulierte der Zonenausschuss:

»In den Betrieben, in denen wegen ihrer Größe das Verhältnis zwischen Arbeitnehmer und Unternehmer nicht mehr auf einer persönlichen Grundlage beruht, ist ein Mitbestimmungsrecht der Arbeitnehmer an den grundlegenden Fragen der wirtschaftlichen Planung und sozialen Gestaltung sicherzustellen. Dies muß zunächst dadurch geschehen, daß die Arbeitnehmer des Betriebes in den Aufsichtsorganen, z. B. im Aufsichtsrat des Unternehmens, die ihnen zustehende Vertretung haben. Zu diesem Zweck bedarf es einer Reform des Gesellschaftsrechts.«

Ein von der Belegschaft bestimmter langjähriger Betriebsangehöriger eines Unternehmens sollte darüber hinaus einen Platz im Vorstand erhalten, der Vorsitzende des Betriebsrats sollten die sozialen Belange der Arbeitnehmer im Betrieb absichern.[101] Doch bereits bald im Anschluss legte die CDU in den Düsseldorfer Leitsätzen diese Ideen ab.

---

100 Vgl. Siegfried Mielke/Peter Rütters (Bearb.): Gewerkschaften in Politik, Wirtschaft und Gesellschaft 1945–1949 (Quellen zur Geschichte der deutschen Gewerkschaftsbewegung im 20. Jahrhundert 7), Köln 1991, S. 24 ff.

101 Zonenausschuss der CDU für die britische Zone: Ahlener Programm, 3. Februar 1947, URL: http://www.kas.de/upload/themen/programmatik_der_cdu/programme/1947_Ahlener-Programm.pdf (abgerufen am 10.12.2016). Die Bedeutung dieses programmatischen Frühschritts der CDU, insbesondere die in ihr enthaltenen Sozialisierungsforderungen, darf nicht überbewertet werden. Die Parteiführung und namentlich Konrad Adenauer hatte zwar einen maßgeblichen Einfluss auf die Formulierungen des Programms und fertigte weite Teile bereits vor der Beschlussfassung des Zonenausschusses, der kein offizielles Parteiorgan war, aus, jedoch diente die Schrift in erster Linie der Integration des christlich-sozialen Flügels der CDU in die im Entstehen begriffene Partei. Es kann auch ausdrücklich nicht als Anerkennung sozialistischer Weltanschauungen gewertet werden, sondern sollte der Abgrenzung diesen gegenüber dienen. Einen kurzen Überblick zur Entstehung und zur Rezeption des Ahlener Programms bietet Rudolf Uertz: Das Ahlener Programm, in: Die Politische Meinung (1/2010), S. 47-52.

Mit zunehmender Basisferne und dem einsetzenden Aufbau von Verwaltungen und Regierungen im Nachkriegsdeutschland verblasste doch bald das Interesse der im Entstehen begriffenen Gewerkschaften an den Betriebsräten und sie wandten sich programmatisch wieder der Unternehmens- und überbetrieblichen Ebene zu. Sie konzentrierten sich zunächst auf ihre Vertretung in Wirtschaftskammern[102] und formulierten bald ihre Forderungen zur Mitbestimmung im Unternehmen. Hans Böckler trat für die Vertretung von Arbeitnehmern in Aufsichtsräten mit der Begründung ein: »Wir müssen in der Wirtschaft selber sein, also völlig gleichberechtigt vertreten sein, nicht nur in einzelnen Organen der Wirtschaft, sondern in der gesamten Wirtschaft. Also der Gedanke ist der: Vertretung in den Vorständen und Aufsichtsräten der Gesellschaften.«[103] Im August 1946 forderten sie die paritätische Beteiligung der Arbeitnehmer im Unternehmen als der »untersten Organisationseinheit innerhalb der Wirtschaftsverfassung.« Die Auswahl der Vertretung sollte dabei den Gewerkschaften obliegen.[104] Dies umschrieb in Ansätzen das Modell, das in der Montanmitbestimmung verwirklicht wurde.

---

102 Entschließung der 1. Gewerkschaftskonferenz der britischen Zone zur Wirtschaftsdemokratie, in: Mielke/Rütters (Bearb.): Gewerkschaften, S. 713. Umfangreich hergeleitet und demokratietheoretisch fundiert wurde die Wirtschaftsdemokratie in der vom Gewerkschaftlichen Zonensekretariat herausgegebenen Broschüre »Wirtschaftsdemokratie. Vorschlag zum Aufbau einer wirtschaftlichen Selbstverwaltung« des Januar 1947. Da in einer parlamentarischen Demokratie, so der Wortlaut, die gewählten Volksvertreter die Grundzüge der Wirtschaftsordnung bestimmten, die Exekutive jedoch auch einer Kontrolle und Mitwirkung zur Absicherung der beschlossenen Grundsätze bedürfe, ergebe sich, dass den Wirtschaftsverbänden und Gewerkschaften ein Mitbestimmungsrecht zufalle. Die Form der Selbstverwaltung solle in Handels- und Wirtschaftskammern auf der Bezirks-, Landes- und Reichsebene gegliedert werden, die dem Sinn nach nicht mit den bereits bestehenden Industrie- und Handelskammern zu vergleichen wären, sondern einen neuen Typ darstellten, bei dem es nicht länger um Berufs- und Ständeinteressen, sondern »um eine demokratische Wirtschaftspolitik, um die Eingliederung jedes Wirtschaftszweiges allerorts in den großen Plan, in dessen Mittelpunkt nicht das Interesse einer Gruppe, eines Wirtschaftszweiges, ja nicht einmal entscheidend das Interesse der Wirtschaft als Ding an sich mehr steht – sondern der Mensch – das Volk.« Die Kammern sollten dem Willen nach in Kontroll- und Fachbeiräten der Wirtschaftsbehörden und der Verwaltung mitarbeiten, an der Mitwirkung und Festsetzung von Verkaufszeiten, rechtspflegerischen Tätigkeiten, Preisüberwachungen, Wettbewerbsfragen, Börsenaufsicht und Kreditüberwachung beteiligt sein sowie »im Rahmen der Wirtschaftsplanung besondere wirtschaftspolitische Aufgaben der Mitwirkung bei der Bewirtschaftung, Zusammenlegung, Schließung und Kontrolle von Betrieben sowie das wirtschaftliche Sachverständigenwesen« übernehmen. Bei dieser Planung kommt zum Ausdruck, dass sie eher eine Art Mischung aus kapitalistischen und planwirtschaftlichen Elementen darstellten. Die Verfasser räumten demnach ein, dass es sich bei dem Konzept um eine »grundsätzlich neue Einstellung zur Frage der Wirtschaftsdemokratie und zu den überlieferten Auffassungen über die Aufgaben der wirtschaftlichen Kammern« handelte. Vgl. Stellungnahme der Gewerkschaften der britischen Besatzungszone zur Wirtschaftsdemokratie, in: ebd., S. 729-737.

103 Protokoll der ersten Gewerkschaftskonferenz der britischen Zone, S. 33.

104 Entschließung der Gewerkschaftskonferenz der britischen Zone zur Mitwirkung der Arbeitnehmer in der Unternehmensleitung, in: Mielke/Rütters (Bearb.): Gewerkschaften, S. 726.

Die Entstehung der Forderung nach Mitsprache in Aufsichtsorganen hängt mit den besonderen Nachkriegskonstellationen zusammen, mit der Erfahrung von Verfolgung und Ermordung aktiver Gewerkschafter und den, rückblickend teilweise überbewerteten, Verstrickungen von Unternehmern in das Naziregime. Durch die Berücksichtigung der Arbeitnehmer sollte eine wirkliche sozialpolitische Wende eingeleitet werden, da der Unternehmer allein, trotz vereinzelter wohlmeinender Zustimmung einiger Ruhrindustrieller zur Demokratisierung der Wirtschaft, kein Garant gegen einen Rückfall in eine faschistische Gesellschaft boten. Einige Vorstellungen gingen noch weiter und umfassten Forderungen nach einem Fach Gewerkschaftskunde sowie nach der Errichtung eigenständiger Schultypen, die Kenntnisse über die Betriebsratsarbeit, den Wirtschaftskammern und Wirtschaftsparlamenten vermitteln sollten.[105] Allen Modellen der Gewerkschaftsbewegungen in den Besatzungszonen war das Erfordernis einer zentralen Wirtschaftsplanung auf Basis der Vergesellschaftung der Schlüsselindustrien und des Bankwesens, die Einrichtung paritätisch besetzter leitender Körperschaften sowie die Mitbestimmung gemein. Die ersten zwei Ebenen umschreiben die überbetriebliche, die letzte die betriebliche Machtsphäre. Dieser Zweiklang hatte als zentrales Element die Existenz autonomer Gewerkschaften zur Voraussetzung. Der Konsens umspannte, wenngleich unter unterschiedlicher legitimatorischer Herleitung, die christlichen und sozialistischen Richtungen im DGB.[106]

Die skizzierten Grundideen der Gewerkschaften bündelte der DGB auf seinem ersten Kongress 1949 in den einstimmig beschlossenen »Wirtschaftspolitischen Grundsätzen«. Die Delegierten legten fest, dass die Wirtschaftspolitik die volkswirtschaftliche Entwicklung unter Beteiligung der Arbeitnehmer mit dem Ziel der Vollbeschäftigung planen solle, das Prinzip der »Mitbestimmung aller organisierten Arbeitnehmer in allen personellen, wirtschaftlichen und sozialen Fragen der Wirtschaftsführung und Wirtschaftsgestaltung« gelte sowie die Schlüsselindustrien, vor allem die Banken, die Eisen- und Stahlindustrie sowie die großen Chemiekonzerne, in das Gemeineigentum überführt werden sollten.[107] Die Konkretisierung der Demokratisierungsforderung blieb im Verhältnis zur vorangegangenen Debatte jedoch unscharf. Auch in seinem Grundsatzreferat umschrieb Böckler keine näheren Bestimmungen eines zukünftigen Gesetzes. Vielmehr leitete er die Demokratisierung der Wirtschaft, unter Rückgriff auf die Enzykliken Rerum Novarum und Quadragesimo anno, aus ethischen Motiven ab, die es zum Recht und zur Pflicht der Gewerk-

---

105 Vgl. Der Gewerkschaftsbund Süd-Württemberg und Hohenzollern zur Wirtschaftsdemokratie, in: ebd., S. 759 ff., hier S. 760 f.

106 Auch auf der 4. Interzonenkonferenz der Gewerkschaften 1947 wurde eine einmütige Resolution verabschiedet, die diese Elemente beinhaltete. Vgl. Werner Müller: Zur Mitbestimmungsdiskussion in der Nachkriegszeit, in: Weber (Hg.): Gewerkschaftsbewegung, S. 75-94, hier S. 85 f.

107 DGB-Bundesvorstand (Hg.): Protokoll Gründungskongress des Deutschen Gewerkschaftsbundes, München 12.–14. Oktober 1949, Köln 1950, S. 318.

schaften erhoben, die Faktoren Kapital und Arbeit als eine Einheit zu erachten.[108] Die paritätische und verantwortliche Beteiligung des Faktors Arbeit an allen sozialen, wirtschaftlichen und personellen Entscheidungen sollte sichergestellt werden. Ferner verlangten die Gewerkschaften ohne eingehendere Präzisierung, dass »die Aufsichts- rats- und Verwaltungsorgane der Großindustrie nicht mehr ausschließlich durch die Vertreter des Kapitals bestimmt, sondern daß Vertreter der Arbeiterschaft durch ihre gewerkschaftliche Organisation maßgeblich eingeschaltet werden.«[109] Mit diesem Anspruch wurde klar und deutlich eine Beteiligung externer Gewerkschaftsvertre- ter an der Entscheidungsfindung eines Unternehmens formuliert. Das Münchener DGB-Grundsatzprogramm von 1949 passte allerdings zum Zeitpunkt seines Ent- stehens nicht mehr mit den politischen Realitäten zusammen, die sich grundlegend in Richtung einer freiheitlichen, kapitalistischen Wirtschaftsordnung gewandelt hatten.

4.2 Die Position der christlichen Kirchen zur Mitbestimmung

Auch die christlichen Kirchen mussten sich nach dem Zusammenbruch des Deut- schen Reichs zunächst neu finden und ihre Position zum Gesellschafts- und Wirt- schaftssystem entwickeln. Die evangelische Kirche hatte dabei nach dem Krieg ein eher gespaltenes Verhältnis zur neuen Einheitsgewerkschaft und zur organisierten Tätigkeit von Arbeitnehmervertretungen überhaupt, was nicht zuletzt auf das tradi- tionell autoritäre und obrigkeitsbezogene Denken zurückgeführt werden kann. Aller Initiativen einzelner Persönlichkeiten zum Trotz überwand der Protestantismus in der Weimarer Republik nicht seine Verankerung im mittelständischen Bürgertum und bot auf die Arbeiterfrage nur ungenügende Antworten. Die antimoderne Haltung führender Theologen bestand partiell nach dem Krieg fort, obgleich die Kirche zu einer wichtigen moralischen Stütze der Nachkriegsgesellschaft avancierte. Ihre pha- senweise starke Unterstützung des NS-Regimes trat in den Hintergrund.[110]

---

108 Ebd., S. 198 ff.

109 Ebd., S. 322.

110 Vgl. Wolfgang Schroeder: Die gewerkschaftspolitische Diskussion in der evangelischen Kir- che zwischen 1945 und 1955, in: von Auer/Segbers (Hg.): Sozialer Protestantismus, S. 221-243, hier S. 222 ff. Dennoch wandelte sich nach dem Krieg das Demokratieverständnis der Kirche grundlegend, oszillierte aber zwischen dem einseitigen Bekenntnis zu einer christlichen Partei und der Öffnung auch anderen Parteien, insbesondere der Sozialdemokratie gegenüber. Die zweite Richtung schloss an die Barmer Theologische Erklärung von 1934 an und warnte vor einer erneuten Anbindung der Kirche an das Bürgertum. Auch innerhalb der SPD versuchten einzelne Mitglieder wie Adolf Arndt und Ludwig Metzger, die klassischen Ressentiments der Sozialdemokratie gegen die Religion zu überwinden. Eine richtige Annäherung fand jedoch in der unmittelbaren Nachkriegszeit nicht statt. Siehe Martin Möller: Evangelische Kirche und Sozial- demokratische Partei in den Jahren 1945–1950. Grundlagen der Verständigung und Beginn des Dialoges (Göttinger Theologische Arbeiten 29), Göttingen 1984.

Erste Vertreter der evangelischen Kirche wie der Berliner Bischof und spätere Ratsvorsitzende der EKD, Otto DIBELIUS (1880–1967), votierten im Sinne des Ahlener Programms der CDU für eine wirtschaftliche Mitbestimmung der Arbeitnehmer.[111] Der Protestantismus diskutierte, auch unter Beeinflussung der Mitbestimmungserklärung des Bochumer Katholikentages von 1949, eine gesetzliche Verankerung der Mitbestimmung unter den Vorzeichen des klassischen Partnerschaftsgedankens. So führte Eberhard MÜLLER (1906–1989), Direktor der Evangelischen Akademie Bad Boll und Vorsitzender der Kammer für soziale Ordnung der EKD aus, dass eine Erschwernis der unternehmerischen Wirtschaftsführung allein nicht genüge, die Forderungen der Arbeiter abzulehnen, wie auch ein gewerkschaftliches Mitentscheidungsrecht sich nicht allein aus unterstellten volkswirtschaftlichen Vorteilen herleiten lasse. Wichtig sei die Überwindung jeglichen Kollektivismus. Mitbestimmung und Klassenkampf könnten nicht miteinander vereinbart werden. »Mitbestimmungsrecht ist nur genau in demselben Maße möglich, in dem von beiden Seiten eine Einigung über gemeinsame Ziele und eine Bereitschaft zu einer ehrlichen Verständigung in allen auseinanderlaufenden Interessen vorhanden ist.«[112] Geradezu »korporativ« war Müllers Anregung, die »Arbeitgeberverbände und die Gewerkschaften müssen, wenn nicht alle Verhandlungen sinnlos sein sollen, z. B. gemeinsame Studienkreise bilden, um fortlaufend die Reibungsflächen, die in der Wirtschaft bestehen, gemeinsam zu überwinden.«[113] So führte der Rat der EKD in seiner abschließenden Erklärung aus, es sei der Sinn des Mitbestimmungsrechtes, das bloße Lohnarbeitsverhältnis zu überwinden und den Arbeiter als Menschen und Mitarbeiter ernst zu nehmen. Die Organisationen der Arbeitgeber und Arbeitnehmer sollten sich vor allem auf die überbetriebliche Ebene konzentrieren, im Betrieb fördernd zur Seite stehen und das Betriebsrätegesetz von 1920 ausbauen. Alle Formen von Schematismus und Zentralismus sollten vermieden werden.[114] Der Rat betonte somit

»in erster Linie [...] die anthropologische Bedeutung der Mitbestimmung, während die ordnungspolitische Dimension nachgeordnet wurde. [...] Insgesamt ist die Mitbestimmungserklärung durchaus als gesellschaftspolitisch innovativ zu charakterisieren. [...] Einen eigenen Akzent sowohl im Vergleich zu den Vorschlägen der Tarifparteien als auch im Vergleich zum Mitbestimmungsvotum des Katholikentages setzte die Erklärung mit ihrem anthropologisch begründeten Eintreten für weitergehende individuelle Mitbestimmungsmöglichkeiten. [...] Allerdings

---

111 Vgl. Jähnichen/Friedrich: Geschichte der sozialen Ideen, S. 1039 f.
112 Eberhard Müller: Der Mensch im Kollektiv, in: Evangelische Kirche im Rheinland (Hg.): Der Mensch im Kollektiv. Vorträge und Bericht der ersten Arbeitsgruppe des Essener Kirchentags 1950 (Schriftenreihe Kirche im Volk 6), Mülheim a. d. R. 1950, S. 27-38, hier S. 36.
113 Ebd.
114 Vgl. Erklärung »Zur Frage der Mitbestimmung« des Rats der EKD, in: ebd., S. 60.

fehlte in der Erklärung der Gedanke einer gesellschaftlichen Kontrolle ökonomischer Macht.«[115]

Im Nachgang folgten keine expliziten Kommentierungen der kirchlichen Seite zur Entwicklung der Gesetzgebung. Die geringe Strahlkraft der evangelischen Positionen in die Arbeitnehmerschaft hinein liegt auch in ihrem geringen Rückhalt im DGB und an der uneinheitlichen Position gegenüber der Einheitsgewerkschaft.[116]

Für den sozialen Katholizismus lagen andere Umstände der Nachkriegszeit vor. Zum einen blühte das katholische Vereinswesen rasch wieder auf, zum anderen überlebten viele der maßgebenden Theologen und Vordenker die Zeit des Nationalsozialismus. Ferner fand er mit der CDU eine parlamentarische Fürsprecherin seiner Anliegen, nachdem sich die Mehrzahl der Sozialkatholiken aufgrund der bestehenden sozialdemokratischen Ablehnung gegenüber religiösem Denken dem Arbeitnehmerflügel der CDU zuwandte.[117] Das Ahlener Programm war ein lebendiges Zeugnis dieser ersten Jahre, in denen sozialistische Überzeugungen in der CDU in der britischen Zone nach intensiven Diskussionen auf ein christliches Menschenbild zurückgeführt wurden. So fand sich für die wirtschaftliche Mitbestimmung eine breite Zustimmung und nur dieser Aspekt der Entwicklung des Katholizismus nach 1945 kann hier beleuchtet werden. Der Bochumer Katholikentag beschäftigte sich 1949 eingehend mit der Mitbestimmung und verabschiedete nach intensiven Diskussionen eine Schlussformel, in der die Übereinstimmung zwischen katholischen Arbeitern und Unternehmern gefordert wurde. »Das Mitbestimmungsrecht aller Mitarbeitenden bei sozialen, personalen und wirtschaftlichen Fragen [ist] ein natürliches Recht in gottgewollter Ordnung [...], dem die Mitverantwortung entspricht. Wir fordern seine gesetzliche Festlegung.«[118] Umstritten blieb jedoch die naturrechtliche Begründung

---

115 Jähnichen/Friedrich: Geschichte der sozialen Ideen, S. 1060 f.

116 Vgl. Schroeder: Die gewerkschaftspolitische Diskussion, S. 225-236.

117 Vgl. Stegmann/Langhorst: Geschichte der sozialen Ideen, S. 775-781.

118 Die Entschließung des 73. Deutschen Katholikentages, in: Generalsekretariat des Zentralkomitees der Deutschen Katholikentage (Hg.): Gerechtigkeit schafft Frieden. Der 73. Katholikentag vom 31. August bis 4. September 1949 in Bochum, Paderborn 1949, S. 110-118, hier S. 114. Zuvor hatte sich bereits ein Kreis katholischer Arbeitgeber und Arbeitnehmer eingehend mit der Mitbestimmung befasst und seine Ergebnisse in 13 Thesen gebündelt, die von Joseph Kardinal Frings (1887–1978) herausgegeben wurden. Die Initiatoren merkten kritisch an, dass dem Grad der gewährten Mitbestimmung auch dem Grad der auferlegten Mitverantwortung entspreche. Sie könnte kein natürliches und notwendiges Vertrauensverhältnis ersetzen. Gesetzliche Regelungen dürften nicht die eingespielte Form der Mitbestimmung im Betrieb abschaffen, die von den Arbeitern in »freier Willensäußerung« bekundet wurden. Mitwirkung und Mitbestimmung sollten so gestaltet werden, dass sie der Steigerung der Leistungs- und Ertragsfähigkeit dienten, ohne die »der Wirtschaft nötige Beweglichkeit« zu rauben. Allerdings wurde ein Einfluss der Arbeitnehmer im Aufsichtsrat nicht als hinderlich, sondern als notwendig erachtet. Insgesamt atmeten die einleitenden Kapitel den Geist der berufsständischen Ordnung und setzte, wie der gesamte Katholizismus zuvor, auf Kooperation, die Freiwilligkeit beider Seiten und die Höherwer-

der Mitbestimmung, zu der sich auch Papst Pius XII. ablehnend äußerte und betonte, dass sich weder aus der Natur des Betriebes noch aus der Natur des Arbeitsvertrags ein solches Recht ableiten lassen könne.[119] Aller Unstimmigkeiten zum Trotz beeinflusste der Bochumer Katholikentag ohne Zweifel den Gang der Gesetzgebung. Der Katholizismus übte in der Frühphase der Bundesrepublik in Form der CDU-geführten Bundesregierung, die weite Teile der katholischen Soziallehre übernahm und das von katholischer Seite befürwortete Konzept der sozialen Marktwirtschaft verfocht, einen nie dagewesenen Einfluss aus.[120]

4.3 Der Aufbau der Mitbestimmung

Die realhistorische Entwicklung gab den Gewerkschaften in ihren Forderungen nach Mitbestimmung zunächst recht. Nach dem Zusammenbruch des Deutschen Reichs gründeten sich in allen Teilen des besetzten Deutschlands alsbald betriebliche Zirkel und Ausschüsse, die jedoch keine geschlossene inhaltliche Richtung entwickelten. Da sich die neuen betrieblichen Vertretungen insbesondere in der Eisen- und Stahlindustrie des Ruhrgebiets bündelten, ging die Initiative für ein neues Betriebsrätegesetz von der zuständigen britischen Besatzungsmacht aus. Sie fürchtete, den unkontrollierten Neugründungen könnten kommunistische oder nationalsozialistische Bewegungen entspringen. Eine bereits 1945 erlassene Direktive regelte zunächst das Zulassungsprocedere gewerkschaftlicher Zusammenschlüsse, ohne jedoch deren praktische Befugnisse festzulegen. In der Folge begannen die Briten mit der Ausarbeitung eines neuen Gesetzes bezüglich betrieblicher Interessenvertretungen der Arbeitnehmer.[121]

---

tigkeit einer Mitbestimmung in berufsständischen Gremien. Der Kreis schlug Konkretisierungen vor, indem er den Arbeitern Mitbestimmungsrechte in personellen und sozialen Angelegenheiten und abgestufte Mitbestimmungs- und Mitwirkungsrechte in wirtschaftlichen Entscheidungen einräumen wollte. Vor allem sollten die Arbeitgeber verpflichtet werden, die Arbeitnehmer über den wirtschaftlichen Stand des Unternehmens zu unterrichten. Die Ideen des Kreises um Kardinal Frings zeichneten ein sehr differenziertes Bild, konnten jedoch für Gewerkschaften als nicht hinreichend gelten, da sie noch zu sehr im wirtschaftsfriedlichen Denken verhaftet blieben. Siehe Joseph Kardinal Frings (Hg.): Verantwortung und Mitverantwortung in der Wirtschaft. Was sagt die katholische Gesellschaftslehre über Mitwirkung und Mitbestimmung?, Köln 1949, hier insbesondere S. 78-124.

119 Vgl. Stegmann/Langhorst: Geschichte der sozialen Ideen, S. 815 sowie Rosche: Katholische Soziallehre, S. 71.

120 Vgl. Anzenbacher: Christliche Sozialethik, S. 149 ff.

121 Vgl. Müller: Mitbestimmung, S. 53 ff. Grundsätzlich zu den Spannungen zwischen den Alliierten und den daraus zum Teil resultierenden Beschränkungen der britischen Gewerkschaftspolitik sowie der Bedeutung, die die Briten den Gewerkschaften beim Aufbau eines demokratischen Deutschlands beimaßen siehe jüngst bei Anja Ingenbleek: Die britische Gewerkschaftspolitik in der britischen Besatzungszone 1945–1949 (Düsseldorfer Schriften zur Neueren Landesgeschichte und zur Geschichte Nordrhein-Westfalens 84), Essen 2010.

Die Positionen der Gewerkschaften und der Unternehmer zu den britischen Initiativen waren einander nicht fremd. Die Beziehungen der Gewerkschaften zu den Betriebsräten blieben auch nach dem Zweiten Weltkrieg von einer grundsätzlichen Skepsis geprägt, obwohl eine Rätebewegung im Gegensatz zur Situation in der Weimarer Republik keine unmittelbare Bedrohung auf das Organisationsgefüge der Gewerkschaften ausübte.[122] Die Unternehmer hingegen begrüßten überwiegend die Haltung der Gewerkschaften zu den Betriebsräten, da sie sich von ihnen eine stabile und weniger radikale Unterstützung gegen die Enteignungspläne der Alliierten und gegen die oft kommunistischen Bestrebungen der Betriebsräte versprachen. Ihr Vorteil war, dass sie ihre Positionen in nahezu intakten Kommunikationswegen abstimmen konnten, da die Kriegseinwirkungen und die NS-Herrschaft ihre Verbindungen untereinander nicht gekappt hatten. Sie beharrten von Beginn an auf dem Standpunkt, dass neue gesetzliche Regelungen zu Betriebsräten nicht über das Maß von 1920 hinausgehen dürften. Eine Beteiligung von Arbeitnehmervertretern am Aufsichtsrat begrüßten einige Unternehmer wie der Aufsichtsratsvorsitzende der Klöckner-Werke, Karl Jarres (1874–1951), gar, um nicht noch weiteren Forderungen nach einem rechtlichen Anspruch von Betriebsräten oder gar externen Gewerkschaftsvertretern an den Vorständen, also der direkten Leitung des Unternehmens, Vorschub zu leisten. In der Gesamtschau war die Unternehmerschaft jedoch gespalten.[123]

Nach der Abstimmung zwischen den Briten, Franzosen und Amerikanern, in deren Verlauf besonders die Teilnahme von Arbeitnehmern im Aufsichtsrat strittig war, erließ der Alliierte Kontrollrat das Gesetz Nr. 22, das am 10. April 1946 in Kraft trat und in 13 Artikeln den Status und die Aufgaben der neuen Betriebsräte oberflächlich regelte. Im Gegensatz zum Betriebsrätegesetz des Jahres 1920 waren die gewählten Vertreter nicht mehr gezwungen, über ihren Einsatz für die Beschäftigten hinaus auch die Interessen des Unternehmens zu berücksichtigen. Eine Beteiligung am Aufsichtsrat konnte ihnen eingeräumt werden, wurde jedoch nicht verbindlich vorgeschrieben. Bei den Betriebsräten und den Gewerkschaften stieß das neue Gesetz auf Kritik. Ersteren ging es aufgrund der schwammigen Formulierungen eindeutig nicht weit genug, Letztere befürchteten neben einem allgemeinen Rückschritt der Entwicklung der Betriebsratsrechte auch eine weitere Zersplitterung der Gewerkschaftslandschaft und Konflikte zwischen Arbeitgebern und Arbeitnehmern.[124] Durch die Herausgabe von Musterbetriebsvereinbarungen starteten die Gewerkschaften im Anschluss den letztlich gescheiterten Versuch, weitreichende Mitspracherechte der Betriebsräte auf der Basis der vagen Formulierungen umzusetzen. Die Vorlagen schrieben ein konkretes Mitentscheidungsrecht der Arbeitnehmer bei der Produktionsplanung und den

---

122 Vgl. Thum: Wirtschaftsdemokratie, S. 65 f. Zum Verhältnis von Gewerkschaften und Betriebsräten siehe unter anderem bei Milert/Tschirbs: Von den Arbeiterausschüssen, S. 60 ff.
123 Vgl. Müller: Mitbestimmung, S. 76-85.
124 Vgl. ebd., S. 86-97.

Personalentscheidungen fest. Darüber hinaus sollten die Betriebsräte umfassende Informations- und Kontrollrechte erhalten.[125] Die Umsetzung dieser Vereinbarungen erwies sich aufgrund des Widerspruchs der Arbeitgeber und der relativen Schwäche der Betriebsräte als schwer realisierbar. Zudem kämpften viele Arbeitnehmer mit den unmittelbaren Kriegslasten.[126] So bedeutete die in einer Vielzahl von Betrieben etablierte Mitbestimmung nach dem Krieg nicht mehr als eine Mangelverwaltung, die nicht im entferntesten an die Rechte der Betriebsräte der Weimarer Republik heranreichte und kaum zur Umsetzung der wirtschaftspolitischen Forderungen der Gewerkschaften beitrug.[127] Parallel zu ihrem in der Gesamtschau eher begrenzten Einsatz für die Rechte der Betriebsräte bemühten sich die Gewerkschaften zudem um eine Verankerung ihre Vorstellungen von einem Umbau der Wirtschafts- und Gesellschaftsstruktur in den jeweiligen Landesverfassungen. So erhielten etwa die Verfassungen für Bayern und Hessen Artikel, aus denen der Gesetzgeber ein weitreichendes Mitbestimmungsrecht hätte ableiten können, jedoch wurden sämtliche in Richtung Sozialisierung weisende Bestrebungen von der amerikanischen Seite mit einem Veto belegt.[128]

Ähnlich der Betriebsverfassung ging die weitere Ausgestaltung der Mitbestimmung im Aufsichtsrat ebenfalls auf die besonderen Nachkriegsumstände zurück und sollte sich als wegweisend für die spätere Montanmitbestimmung erweisen. Die Eisen- und Stahlindustrie im britischen Besatzungsgebiet wurde am 20. August 1946 unter die Kontrolle der NGISC gestellt, deren Leitung William Harris-Burland* übernahm. Als ausführendes Organ auf deutschem Boden gründete Harris-Burland wenige Wochen später die Treuhandverwaltung im Auftrage der NGISC und besetzte den Leiterposten mit dem ehemaligen Finanzdirektor der Vereinigten Stahlwerke, Heinrich Dinkelbach (1891–1967). Dinkelbach war aus zwei Gründen ein geeigneter Kandidat. Zum einen kannte er viele Industrielle der Stahlbranche und konnte die geplanten Entflechtungsmaßnahmen durch seine Kontakte besser vorantreiben als ein Außenstehender, zum anderen zeigte er eine Zuneigung zur CDU und der katholischen Soziallehre. Zudem galt er, obwohl ehemals NSDAP-Mitglied, als politisch unbelastet.[130]

Den Briten war klar, dass die Entflechtung der Eisen- und Stahlkonzerne und eine partielle Demontage der Produktionsanlagen nur mithilfe und durch die Unterstützung der Arbeiterschaft zu bewerkstelligen war. Sie zeigten sich demnach bereit, den

---

125 Vgl. Muster einer Betriebsvereinbarung vom Zonenausschuss der Gewerkschaften der britischen Zone, in: Mielke/Rütters (Bearb.): Gewerkschaften, S. 186-191.

126 Vgl. ebd., S. 24 ff.

127 Vgl. Bundesvorstand des Deutschen Gewerkschaftsbundes (brit. Besatzungszone): Die Gewerkschaftsbewegung in der britischen Besatzungszone. Geschäftsbericht des Deutschen Gewerkschafts-Bundes (britische Besatzungszone) 1947–1949, Köln o. J., S. 82.

128 Vgl. Teuteberg: Ursprünge, S. 47 f.

* Lebensdaten unbekannt.

130 Vgl. Müller: Mitbestimmung, S. 113-116.

Gewerkschaften große Zugeständnisse zu unterbreiten, wobei sie weiter reichenden Bestrebungen nach einer Beteiligung der Arbeitnehmer an den Vorständen der zu entflechtenden Unternehmen vorweg greifen wollten. Die Auswertung der bisherigen Erfahrungen mit der Betriebsverfassung bestätigte schließlich ihre grundsätzlich ablehnende Haltung gegenüber sozialistischen Anwandlungen. Es entstanden zwar nur in wenigen Betrieben schlagkräftige Räte, die auch inhaltliche Forderungen durchsetzen konnten, doch diese wenigen Räte hielten wie bei AEG in Hamburg zahlreiche Kompetenzen der Kontrolle der Unternehmensleitung inne. Das durfte aus britischer Sicht keine Schule machen. Schon allein deshalb drängte die Zeit, eine einheitliche Regelung für die gesamte Eisen- und Stahlbranche zu finden.[131]

Mitte Dezember 1946 trugen zunächst Harris-Burland und später Dinkelbach den Gewerkschaften ihre Vorstellungen einer Arbeitnehmerbeteiligung vor. Dabei ließen die Pläne nicht bloß eine paritätische Sitzverteilung im Aufsichtsrat der neuen Konzerne zu, sondern ermöglichten prinzipiell auch die Hinzuziehung externer, den Gewerkschaften angehöriger oder ihnen genehmer Personen. Diese begrüßten dann auch die unverhofften Zugeständnisse vonseiten der Briten, betonten aber, dass sie erst der Anfang auf dem Weg zu einer umfassenden Planung und Lenkung der Wirtschaft seien.[132] Die Unternehmer, die trotz ihrer Verbindungsleute in der Treuhandverwaltung nicht unmittelbar in den Entstehungsprozess eingebunden waren, versuchten im Vorfeld der Entscheidung, die Gewerkschaften mit einer eigenen Mitbestimmungsofferte auf ihre Seite zu ziehen, um Unterstützung gegen die Planungen der NGISC zu erhalten. Dieser Vorstoß mag die Gewerkschaften zwar nicht berührt haben, diente aber dem DGB in späteren Auseinandersetzungen um die Montanmitbestimmung als Beleg für die Zugeständnisse, zu denen die Unternehmer bereit gewesen waren.[133]

Die letztlich getroffenen Bestimmungen besagten, dass die Aufsichtsräte der entflochtenen Unternehmen aus je elf Mitgliedern zu bestehen hatten, von denen je fünf die Anteilseigner und die Arbeitnehmer vertraten. Ein neutrales elftes Mitglied entsandte die Treuhand. Wegweisend war die Zusammensetzung der jeweiligen Banken im Aufsichtsrat. Die Unternehmerseite setzte sich aus drei Vertretern der Altkonzerne, einem des neuen Unternehmens und einem Vertreter der öffentlichen Hand zusammen, die Arbeitnehmer wurden von zwei Mitgliedern des Betriebsrats, zwei Gewerkschaftsvertretern und ebenfalls einer Person der öffentlichen Hand repräsentiert. Damit nahmen zum ersten Mal unternehmensfremde Funktionäre Verantwortung für die Geschicke eines Konzerns.[134] Den Briten eilte daraufhin der Ruf voraus, sie hät-

---

131 Vgl. ebd., S. 131-134.
132 Vgl. ebd., S. 137-140. Teuteberg hingegen betont, dass die Gewerkschaften überrascht waren von dem ihnen so unvermittelt zugefallenen Geschenk der Mitbestimmung in der Eisen- und Stahlindustrie. Vgl. ders.: Ursprünge, S. 50.
133 Vgl. Müller: Mitbestimmung, S. 141-145.
134 Vgl. Thum: Wirtschaftsdemokratie, S. 70 f.

ten die Gewerkschaften bevorteilt. Sicherlich stand die Labour-Regierung in London dem Mitbestimmungsgedanken offener gegenüber, als eine konservative Regierung es getan hätte, doch ist der Mitbestimmungsmodus der Eisen- und Stahlindustrie, so MÜLLER, nicht im britischen Außenministerium geplant worden, sondern stellt »vielmehr das Ergebnis der Beratungen zwischen der North German Iron and Steel Control und dem Leiter ihrer deutschen Exekutivbehörde, Heinrich Dinkelbach«[135] dar. Die Entsendung externer Vertreter in den Aufsichtsrat könne hingegen auf die Initiative von Harris-Burland zurückgeführt werden, der einen Gegenpol zu den betrieblichen Arbeitnehmervertretern herstellen wollte. Für die Briten habe es einen Schritt der »politischen Vorsicht« entsprochen, solch umfassende Zugeständnisse zu unterbreiten. Außerdem sahen sie die Regelungen von Beginn an nur als Interimslösung an, bis ein gesamtdeutsches Gesetz verbindliche Vorgaben für alle Betriebe machen sollte.[136] Zudem benötigten die britische Besatzungsmacht für ihre Entflechtungspläne stabile Bündnispartner, die sie nur in den Gewerkschaften sah. Ihre Zustimmung war auch deshalb wichtig, da nur die Gewerkschaften Streiks in dem von Zerstörungen und Kriegsereignissen gebeutelten Wirtschaftszweig unterbinden konnten.[137] Die paritätische Mitbestimmung in Eisen und Stahl fußt also auf mehreren Entwicklungssträngen, von denen einer sicherlich die kontinuierliche Forderung der Gewerkschaften war und ein anderer in den realpolitischen Gegebenheiten zu sehen ist. Darüber hinaus lässt sich zusammenfassen,

> »verstärkten die zu befürchtenden massiven Eingriffe der Besatzungsmächte in die deutsche Wirtschaft und die Schwierigkeiten mit den in verschiedenen Belegschaften vorherrschenden radikalen Kräften die ohnehin schon entgegenkommende Haltung der Unternehmen gegenüber den Gewerkschaften. Das Interesse an einem reibungslosen Produktionsverlauf bewog die britische Besatzungsmacht ihrerseits zu einer Beteiligung der Arbeitnehmerschaft.«[138]

4.4 Auf dem Weg zur Montanmitbestimmung

Die Maßnahmen der britischen Besatzungsmacht nahmen bereits viele inhaltliche Aspekte der 1951 verabschiedeten Mitbestimmung in der Montanindustrie vorweg. Wie das Mitbestimmungsgesetz von 1976, so galt auch die Montanmitbestimmung in seiner Zeit als höchst umstritten und stellte die industriellen Beziehungen auf ein völ-

---

135 Müller: Mitbestimmung, S. 284.
136 Ebd., S. 284 f.
137 Vgl. Thum: Wirtschaftsdemokratie, S. 71 f.
138 Gabriele Müller-List (Bearb.): Montanmitbestimmung. Das Gesetz über die Mitbestimmung der Arbeitnehmer in den Aufsichtsräten und Vorständen der Unternehmen des Bergbaus und der Eisen und Stahl erzeugenden Industrie vom 21. Mai 1951 (Quellen zur Geschichte des Parlamentarismus und der politischen Parteien, Vierte Reihe, Band 1), Düsseldorf 1984, S. XXXVI.

lig neues Fundament. Nicht, weil der Regelungsbereich besonders umfangreich gewesen wäre, sondern weil mit ihr Maßstäbe und Richtungen vorgegeben wurden, die sich in die Köpfe der gewerkschaftlichen Akteure und, im negativen Sinne, auch bei den Unternehmern einbrannten. Dass die industriellen Beziehungen nach der Gründung der Bundesrepublik neu geordnet werden mussten, war allen Fraktionen des Deutschen Bundestags und der neuen konservativ-liberalen Bundesregierung unter Konrad Adenauer (1876–1967) klar. Uneins zeigten sich Politik, Gewerkschaften und Arbeitgeber selbstverständlich über das Ausmaß. Während der DGB unter Führung von Hans Böckler die Regelungen der Montanindustrie eins zu eins auf die Gesamtwirtschaft ausweiten wollte, standen Bundesregierung und Arbeitgeber dem ablehnend gegenüber. Die FDP hatte sich zu keinem Zeitpunkt für eine Mitbestimmung der Arbeitnehmer ausgesprochen und auch die CDU wandte sich spätestens seit 1949 in den Düsseldorfer Leitsätzen dem liberalen Kurs Ludwig Erhards (1897–1977) zu. Nur die Sozialausschüsse CDA unterstützten, unter Bezug auf die grundsätzliche Befürwortung der Mitbestimmung von prominenten Katholiken wie Oswald von Nell-Breuning, ein Mitspracherecht der Arbeitnehmer, formulierten jedoch die wirtschaftlichen Beteiligungsvorstellungen recht unkonkret.[139] Die SPD hingegen unterstützte die Forderungen der Gewerkschaften ohne Einschränkungen. Die Unternehmer, die unmittelbar nach dem Krieg einem Mitbestimmungsrecht der Arbeitnehmer noch grundsätzlich nicht abgeneigt waren, entwickelten mit der einsetzenden wirtschaftlichen Stabilisierung ein neues Selbstbewusstsein und pochten zunehmend auf ihrer ablehnenden Haltung. Vor allem die mittelständischen Betriebe und der Präsident des BDI, Fritz Berg (1901–1979), kritisierten die Pläne der Gewerkschaften mit deutlichen Worten. Hinzu traten Verständigungsschwierigkeiten mit den amerikanischen Besatzern und später mit dem Hohen Kommissariat, denen der Unterschied zwischen dem amerikanischen Board-System, das keine klare Trennung zwischen Aufsichtsrat und Vorstand kennt, und dem deutschen Aktien- und Gesellschaftsrecht nicht geläufig war.[140]

Nicht zuletzt aufgrund ihrer zahlreichen Aufgaben überließ die Bundesregierung es zunächst dem DGB und den Arbeitgeberverbänden, Verhandlungen über eine Mitbestimmung ohne Beteiligung der Politik zu führen, deren Ergebnis nach einem erfolgreichen Abschluss in ein Bundesgesetz überführt werden sollte. Mit dieser Taktik wollte die Bundesregierung das Thema möglichst ohne eigenes Zutun erledigen, zu-

---

139 Besonders gefährlich war die Haltung der deutschen Katholiken für die Gewerkschaften, da ihre Position schnell als Kollektivismus gebrandmarkt wurde. Die Katholiken formulierten eine klare Absage an gewerkschaftlichen Einfluss auf die wirtschaftliche Mitbestimmung. Stattdessen stellte der Sozialkatholizismus seit dem Beginn der 1950er-Jahre ein Miteigentum der Beschäftigten an den Produktionsmitteln in den Mittelpunkt. Vgl. Wolfgang Schroeder: Katholizismus und Einheitsgewerkschaft. Der Streit um den DGB und der Niedergang des Sozialkatholizismus in der Bundesrepublik bis 1960 (Reihe Politik- und Gesellschaftsgeschichte 30), Bonn 1992, S. 119 ff.
140 Vgl. Müller-List (Bearb.): Montanmitbestimmung, S. XXXVIII-XLIV.

mal in der Regierungskoalition in dieser frühen Phase keine einheitliche Linie zu finden war, außenpolitisch jedoch Druck von den Hohen Kommissaren ausgeübt wurde, die eine Regelung in der Mitbestimmungsfrage einforderten.[141] Die Gespräche der Spitzenverbände, die zwischen Januar und März des Jahres 1950 zunächst in Hattingen, später im Mai dann in Bonn und dem Kloster Maria Laach stattfanden, wurden zeitweise sehr konfrontativ und mit scharfen Tönen geführt. Sie scheiterten genau an der Uneinigkeit über eine konkrete Ausgestaltung der betrieblichen Mitbestimmung, während sich beide Seiten auf einen paritätisch besetzten Bundeswirtschaftsrat und ebenso paritätisch besetzte Wirtschafts- und Landwirtschaftskammern hätten verständigen können.[142] In diesen Gesprächen wurde den Gewerkschaften bewusst, da auf die »fortschrittlichen« Kräfte der Unternehmerschaft, auf die sie sich in der Mitbestimmungsfrage seit 1948 gestützt hatten, zusehends weniger Verlass war.[143] Zudem wählte der DGB die im Rückblick falsche Strategie, »von Beginn an mit Minimalvorstellungen [zu] operieren, getreu der keineswegs immer erfolgversprechenden Devise, einen Schritt nach dem anderen zu setzen – wobei der nächstfolgende Schritt immer auf eine Verbesserung des vorausgehenden zusteuern sollte.«[144]

Nun waren die im Bundestag vertretenen Parteien gefragt, parlamentarische Gesetzesinitiativen zu unterbreiten. Den Aufschlag unterbreitete der DGB im April des Jahres 1950, dessen Vorschlag zur Neuordnung der Wirtschaft im Mai von der SPD in nur gering geänderter Form als Gesetzentwurf in den Bundestag eingebracht wurde. Die CDU/CSU hingegen hatte intern Mühe, eine abgewogene Lösung zwischen den christsozialen und wirtschaftsliberalen Flügeln zu finden, von einer Abstimmung der Positionierung mit der FDP ganz zu schweigen. In der noch jungen Union bestand durchaus die Gefahr, dass christlich-soziale Teile der Fraktion für den Entwurf der SPD hätten stimmen können. Deshalb musste die Fraktionsführung dem SPD-Entwurf zuvorkommen, auch auf die Gefahr hin, die eigene Regierung und deren Abwartetaktik zu düpieren. Somit mündete der Entwurf der CDU/CSU-Fraktion in einem

141 Vgl. Horst Thum: Mitbestimmung in der Montanindustrie. Der Mythos vom Sieg der Gewerkschaften (Schriftenreihe der Vierteljahrshefte für Zeitgeschichte 45), Stuttgart 1992, S. 38 ff.

142 Vgl. Niederschrift über die Verhandlungen der Sozialpartner in Hattenheim am 30./31.3.1950, in: Müller-List (Bearb.): Montanmitbestimmung, S. 32-47 [je in der Fassung des Bundeswirtschaftsministeriums und des DGB].

143 Gewiss wirkten hierbei auch traditionalistische Momente des »Herr im Haus«-Standpunkts nach, die mit dem einsetzenden Erfolg der wirtschaftlichen Tätigkeit bei manchen Unternehmerpersönlichkeiten wieder reüssiert haben mögen. Doch im Gegensatz zur Lage in der Republik von Weimar konnte die Bundesrepublik von Beginn an auf den demokratischen Konsens setzen, der auch von der Unternehmerschaft geteilt wurde. Vgl. Michael Schneider: Demokratisierungs-Konsens zwischen Unternehmern und Gewerkschaften? Zur Debatte um Wirtschaftsdemokratie und Mitbestimmung, in: Axel Schildt/Arnold Sywottek (Hg.): Modernisierung im Wiederaufbau. Die westdeutsche Gesellschaft der 50er Jahre (Reihe Politik- und Gesellschaftsgeschichte 33), Bonn 1993, S. 207-222, hier S. 213 f.

144 Müller: Strukturwandel, S. 151.

Kompromiss, der insbesondere bei den Unternehmern auf Unverständnis stieß, da die Fraktion eine Beteiligung von mindestens einem Drittel der Arbeitnehmer am Aufsichtsrat forderte, während die Unternehmer ihren Anteil auf höchstens ein Drittel beschränken wollten. Gleichzeitig arbeitete die Zeit in dem Maße, in dem die politische Konsolidierung der Adenauer-Regierung voranschritt, gegen die Gewerkschaften und für die Unternehmer, da die politische Nähe von Regierung und Unternehmerschaft grundsätzlich ungebrochen blieb. Der im Oktober des Jahres 1950 dem Bundestag zugeleitete Regierungsentwurf fiel aufgrund dessen bereits deutlich hinter die Zugeständnisse zurück, welche die Unternehmer in den Verhandlungen in Bonn und Maria Laach unterbreitet hatten. Diese Gespräche waren endgültig im Juli des Jahres gescheitert.[145]

Dem DGB dämmerte, dass die Strategie der Zusammenarbeit mit den politischen Parteien und den Arbeitgebern nicht zielführend sein würde und Fortschritte nicht allein auf dem Verhandlungswege zu erreichen wären. Deswegen beschloss der geschäftsführende Bundesvorstand zunächst, keine weiteren Gespräche mit den Arbeitgebern anzuregen, die zuletzt eine Drittelparität in Unternehmen mit mehr als 1.000 Mitarbeitern angeboten hatten. Zur Durchsetzung der eigenen Forderungen beschloss das Gremium, dem Bundesausschuss und dem Bundesvorstand den Einsatz gewerkschaftlicher Kampfmittel zu empfehlen, wobei der DGB nicht an einen Generalstreik, sondern »aus Zweckmäßigkeitsgründen« an kleinere Teilstreiks dachte. Eine Abkehr von der Forderung nach einer paritätischen Mitbestimmung konnte bereits zu diesem Zeitpunkt nicht mehr erfolgen, zu viel hing davon ab.[146] Trotz vereinzeltem Widerspruch zeigten sich Bundesausschuss und Bundesvorstand in dem auf der Sitzung des Bundesausschusses vom 17./18. Juli 1950 gefassten Beschluss »gewillt, gewerkschaftliche Kampfmittel zur Durchsetzung dieser Ziele anzuwenden«, jedoch ohne dabei ein konkretes Datum vorzugeben.[147]

Die Vorzeichen, unter denen die anstehenden Verhandlungen über eine Mitbestimmung geführt wurden, änderten sich jedoch plötzlich mit der Verkündung des Schuman-Plans am 9. Mai 1950. Der Schuman-Plan sah die Schaffung eines gemeinsamen Markts für Kohle und Stahl und die Unterstellung der Montanindustrien unter eine gemeinsame Kontrollbehörde vor.[148] Wichtig ist im Zusammenhang zur Mit-

---

145 Vgl. Thum: Mitbestimmung, S. 43-48.
146 Vgl. Protokoll der 26. Sitzung des geschäftsführenden Vorstandes des Deutschen Gewerkschaftsbundes (Auszug) vom 15. 7.1950, in: Müller-List (Bearb.): Montanmitbestimmung, S. 134 f.
147 Beschluss des Bundesvorstandes und des Bundesausschusses des Deutschen Gewerkschaftsbundes zum Mitbestimmungsrecht vom 18.7.1950, in: ebd., S. 137 f.
148 An dieser Stelle können nur die Rückwirkungen des Plans auf die Verhandlungen über die Mitbestimmung erörtert werden, nicht das komplexe außenpolitische Wirkungsfeld, in dessen Rahmen die Adenauer-Regierung die Politik der Westbindung verfolgte. Siehe in Auswahl hierzu überblicksartig bei Wilfried Loth: Der lange Weg nach Europa. Geschichte der europäischen Integration 1939–1957, 3. Aufl., Göttingen 1996, und eingehend bei Matthias Kipping: Zwischen Kartellen und Konkurrenz. Der Schuman-Plan und die Ursprünge der europäischen Einigung

bestimmung in sehr allgemeiner Formulierung, dass die Bundesregierung zwar die Politik der Westbindung vorgab und den Plan als Chance sah, die Souveränität des deutschen Staats teilweise wieder zu erlangen, dabei jedoch weiterhin auf eine sehr klare und zuweilen ideologisch geleitete Entflechtungspolitik der Alliierten stieß, die die Gefahr in sich barg, dass dabei am Markt nicht überlebensfähige Montankonzerne entstanden. So insistierte Adenauer, seitdem er sich in die Verhandlungen um die Neuordnung im September des Jahres 1950 eingeschaltet hatte, auf einem Verbund von Kohle und Eisen in den entflochtenen Konzernen.[149] Die Vorbereitungen der Pläne fanden in der Stahltreuhänderverwaltung und in der Deutschen Kohlenbergbauleitung statt, an denen die Gewerkschaften jeweils beteiligt waren. Die Bundesregierung hatte bis zu ihrer Einschaltung im Zuge der Verhandlungen um die Montanunion keinen Einfluss auf diese beiden Kreise und die darin entwickelten Neuordnungspläne, gewann jedoch nun Oberwasser. Adenauer konnte mit einem Scheitern drohen, wenn die Bundesregierung nicht an der Debatte um die Neuordnung beteiligt würde. Die Gewerkschaften hingegen hatten sich von Beginn an für eine weitreichende Entflechtung und die Trennung von Eisen und Stahl eingesetzt. Als nun die Gefahr drohte, dass die Eigentumsstrukturen der Alteigentümer der Montankonzerne durch Entschädigung und späteren Aktientausch wiederhergestellt und die neu geordneten Konzerne nach dem deutschen Aktienrecht gegründet werden sollten, mussten sie aktiv werden, um wenigstens die von den Briten implementierte Mitbestimmung im Montanbereich zu sichern.[150] Am 27. Oktober 1950 einigten sich die Deutschen Kohlenbergbauleitung und die Stahltreuhändervereinigung, unter maßgeblichem Druck der Bundesregierung und der Altkonzerne, darauf, einen wirtschaftlichen Verbund von Kohle und Eisen grundsätzlich zuzulassen. Die Gewerkschaften waren bereit, dies mitzutragen und an einer bundeseinheitlichen Neuordnungskonzeption konstruktiv mitzuarbeiten, sofern die Montanmitbestimmung und der Posten des Arbeitsdirektors gesichert würden. Um ihre Forderung zu unterstreichen, hatten sie noch weiterhin das Druckmittel des Streikbeschlusses vom Juli des Jahres in der Hand. Der DGB-Bundesvorstand ging von der Annahme aus, dass eine Durchsetzung der Mitbestimmung im Montanbereich die Verhandlungen um eine Mitbestimmung in der gesamten Wirtschaft erleichtern würde. Ferner würde die Mitgliedschaft, so betonte Böckler, es nicht nachvollziehen, wenn die Gewerkschaften in dieser »Existenzfrage der Gewerkschaftsbewegung« klein beigeben würden.[151] Tatsächlich drohten die Ge-

---

1944–1952 (Schriften zur Wirtschafts- und Sozialgeschichte 46), Berlin 1996, sowie bei Klaus Schwabe (Hg.): Die Anfänge des Schuman-Plans 1950/51. Beiträge des Kolloquiums in Aachen, 28.–30. Mai 1986 (Veröffentlichungen der Historiker-Verbindungsgruppe bei der Kommission der Europäischen Gemeinschaften 2), Baden-Baden 1988.

149 Vgl. Thum: Mitbestimmung, S. 56-61.

150 Vgl. Müller-List (Bearb.): Montanmitbestimmung, S. L ff.

151 Protokoll der 11. Sitzung des Bundesvorstandes des Deutschen Gewerkschaftsbundes vom 21.11.1950 (Auszug), in: ebd., S. 165-169, hier S. 167.

werkschaften, bis die Regelung für die Mitbestimmung in der Montanindustrie gefunden wurde, immer wieder damit, ihre Mitarbeit an einem einheitlichen Entflechtungsplan zu beenden. Die Bundesregierung konnte jedoch nur durch eine geschlossene Linie in den Entflechtungsverhandlungen erfolgreich sein und stand auch vonseiten der Unternehmer unter Druck, um deren Zustimmung sie ebenfalls kämpfen musste.

> »Das relativ kurzfristige Interesse der Bundesregierung an einer Zusammenarbeit mit den Gewerkschaften war von dem Bestreben motiviert, durch geschlossen Widerstand auf der deutschen Seite die alliierten Entflechtungsbehörden zu einer Revision ihrer Entflechtungspläne zu bewegen, um damit wiederum die Voraussetzungen für die Zustimmung der verschiedenen Interessengruppen am Schumanplan zu schaffen.«[152]

Unter diesen Voraussetzungen standen die Zeichen für die Gewerkschaften günstig, ihre Forderung durchzusetzen. Allerdings befand sich der DGB, in dessen Vorstand und Führungsriege eine Reihe proeuropäischer Gewerkschafter vertreten waren, in einer misslichen Lage, da die ihm nahestehende SPD unter Kurt Schumacher den Schuman-Plan kategorisch ablehnte, da er in ihren Augen die Spaltung Deutschlands zementierte.[153] Zudem stand zu erwarten, dass der geplante Wehrbeitrag auf erheblichen Widerstand vieler Gewerkschaftsmitglieder stoßen würde. So waren in dieser Ausgangslage sowohl die Bundesregierung, die ihr Schicksal mit dem Prozess der Westbindung verbunden hatte, als auch der DGB »zum Erfolg verdammt, der seinen sichtbaren Ausdruck in der Zustimmung des DGB zum Schumanplan und EVG und in der Konzession der paritätischen Mitbestimmung in der Montan-Industrie seitens des Bundeskanzlers fand.«[154] Die Gesamtlage zeigte sich als überaus diffizil, da auch innerhalb der CDU-Bundestagsfraktion einflussreiche Abgeordnete des wirtschaftlichen Flügels gegen den Schuman-Plan opponierten und die von den Alliierten geplante Trennung von Kohle und Eisen ablehnten. In dieser Situation ergriff der DGB, trotz großer Bedenken vonseiten der IG Metall, Partei für den Kanzler, der sich inzwischen persönlich in die Verhandlungen um die Montanmitbestimmung eingeschaltet hatte. »Seine Rückdeckung für den in Bedrängnis geratenen Bundeskanzler und die betroffenen Industriezweige ließ sich der Gewerkschaftsbund durch

---

152 Thum: Mitbestimmung, S. 69.

153 Kurt Klotzbach: Die deutsche Sozialdemokratie und der Schuman-Plan, in: Schwabe (Hg.): Die Anfänge des Schuman-Plans, S. 333-344.

154 Hans-Erich Volkmann: Der DGB, Adenauer und der Schuman-Plan, in: ZfG 44 (1996), S. 223-246, S. 227. Ob auch die stillschweigende Tolerierung der Pläne zu einem deutschen Wehrbeitrag, die im August 1950 lanciert wurden, eine Rolle in den Verhandlungen um die Mitbestimmung gespielt haben, kann allerdings nicht mit letzter Sicherheit gesagt werden, obgleich einige Anhaltspunkte dafürsprechen. Vgl. Müller-List: Montanmitbestimmung, S. LIII ff.

deren Votum für die Montanmitbestimmung, das allerdings erst vor dem Hintergrund konkreter Streikvorbereitungen zustande kam, honorieren.«[155]

Für einen Streik zur Sicherung der Mitbestimmung in der Montanindustrie, also in allen Betrieben, die unter das Gesetz Nr. 27 der Alliierten Hohen Kommission fielen, hatten die Mitglieder der IG Metall in einer Urabstimmung am 29. und 30. November 1950 mit einer Unterstützung von fast 96 % votiert. Die Mitgliedschaft der IG Bergbau folgte diesem Beschluss in ihrer Urabstimmung vom 17. bis 19. Januar 1951 bei annähernd gleich hoher Zustimmung. In beiden Fällen kündigten die Gewerkschaftsführungen schon weit im Vorfeld an, den Streikbeschluss des DGB-Bundesausschusses zu unterstützen.[156] Bei aller partiellen Zusammenarbeit lehnte Adenauer doch gerade diese Streikbeschlüsse vehement ab, wollte er doch nicht das frei gewählte Parlament unter Druck der Arbeitnehmer gesetzt sehen.[157] Trotzdem verfehlte der Druck seine Wirkung nicht. Vor allem die Empfehlung des Hauptvorstands der IG Metall an die Mitglieder, ihre Arbeitsverträge kollektiv zum 31. Januar zu kündigen, um eventuellen Schadensansprüchen der Unternehmen entgegenzuwirken, verschreckte die Unternehmer und unterstrich die Entschlossenheit der Gewerkschaft. Die Streikankündigung stellte den Höhepunkt der Krise dar.[158] Auf vielfachen Wunsch hin schaltete sich der Bundeskanzler nun im Januar 1951 persönlich zur Vermittlung ein. Vor allem die persönlichen Verhandlungen zwischen Adenauer und Böckler trugen entschieden zu dem Nimbus bei, die Durchsetzung der Mitbestimmung sei ein Erfolg des gewerkschaftlichen Kampfwillens gewesen. Dabei erleichterte gerade die Rückstellung einer allgemein gültigen Mitbestimmung seitens des DGB zugunsten der Sicherung des einmal erreichten Standards die Gemengelage ungemein. Böckler betonte, dass man »den Kreis der Gegener [sic!] so klein wie möglich halten soll und erst das eine erreichen müsse, um dann zum nächsten zu gehen. Im übrigen ist der Vorsitzende [Böckler] der Auffassung, daß, wenn bei Eisen, Stahl und Kohle die Mitbestimmung durchgeführt ist, sich das Ziel in den anderen

---

155 Ebd., S. 237.

156 Vgl. Müller-List (Bearb.): Montanmitbestimmung, S. LV f.

157 Diese Position vertrat Adenauer in einem Briefwechsel mit Böckler, in dem er betonte, dass »das Rechtsbewußtsein und die Rechtsordnung [...] den Arbeitern das Streikrecht in allen Fragen des Tarifvertrags zugestanden [haben]. Der angekündigte Streik geht aber über diesen Rahmen hinaus.« Der Bundeskanzler befürchtete gar einen Konflikt mit der staatsrechtlichen Grundordnung, sollte die IG Metall von der Streikmöglichkeit nach dem positiven Votum ihrer Mitglieder in der Urabstimmung Gebrauch machen. Böckler entgegnete, er sehe einen politischen Streik, nichts anderes wäre ein Streik für die Montanmitbestimmung gewesen, durch Art. 9 Abs. 3 GG gedeckt. Diese Auseinandersetzung, mag sie auf den ersten Blick auch als Randnotiz erscheinen, verdeutlicht die fragile Lage der frühen Bundesrepublik, in der sowohl die Verfassungsorgane als auch die Verbände ihren Platz noch nicht gefunden hatten. Siehe »Briefwechsel zwischen Bundeskanzler Konrad Adenauer (CDU) und dem Vorsitzenden des Deutschen Gewerkschaftsbundes Hans Böckler (November/Dezember 1950)«, in: Thum: Wirtschaftsdemokratie, S. 144-151.

158 Vgl. Müller-List (Bearb.): Montanmitbestimmung, S. LVI f.

Industrien um vieles leichter erreichen lässt.«[159] Die Verhandlungen der Sozialpartner unter der Führung von Kanzler Adenauer, der allerdings nicht selbst an den Sitzungen teilnahm, endeten trotz zwischenzeitlicher Irritationen am 25. Januar 1951 mit einem Ergebnis, das in den wesentlichen Punkten dem letztlich erlassenen Gesetz des Bundestags glich. Der DGB-Bundesausschuss verzichtete Ende Januar aufgrund des Gesetzentwurfs auf die angekündigten Streikmaßnahmen. Der Entwurf durchlief im Anschluss den parlamentarischen Weg und wurde in Details, insbesondere auf Druck der FDP abgeändert. Die Änderungen betrafen die Bestellung des Arbeitsdirektors, die Betriebsgröße, ab der das Gesetz gelten sollte, und die Rechte der Gewerkschaften. So verhinderte der kleine Koalitionspartner etwa den im Referentenentwurf vorgesehen direkten Einfluss des DGB auf die Bestellung der Arbeitnehmervertreter.[160]

Das am 21. Mai 1951 erlassene Gesetz sah schließlich die folgenden Regularien vor, die den Gewerkschaften auch in späteren Jahren stets als Leitlinie der Mitbestimmung galt. Demnach bestand der Aufsichtsrat aus elf Mitgliedern und setzt sich aus vier Vertretern der Anteilseigner und vier Vertretern der Arbeitnehmer mit jeweils einem weiteren Mitglied und einem zusätzlichen neutralen Mitglied zusammen. Neutrale Mitglieder dürfen weder den Arbeitgeber- noch den Arbeitnehmervereinigungen angehören oder bei ihnen beschäftigt sein. Auf der Bank der Arbeitnehmervertreter müssen zwei Beschäftigte des Betriebs Platz nehmen, die von den Betriebsräten nominiert werden, zwei weitere werden von der im Betrieb vertretenen Gewerkschaft und ihrer jeweiligen Spitzenorganisation vorgeschlagen. Betriebsräte und Gewerkschaften müssen sich in ihren jeweiligen Vorschlägen abstimmen. Die Hauptversammlung wählt sämtliche Mitglieder, ist aber an die Vorschläge gebunden. Darüber hinaus sieht das Gesetz einen Arbeitsdirektor im Vorstand vor, der nicht gegen die Stimmen der Mehrheit der Arbeitnehmervertreter gewählt werden darf. Er stellt eine Verbindung zwischen Arbeitnehmern und Vorstand her, da er vom gewerkschaftlichen Vertrauen getragen ist. Der neutrale »elfte Mann« im Aufsichtsrat wird durch die das entsprechende Wahlorgan, bei einer AG etwa durch die Hauptversammlung, auf Vorschlag der zehn übrigen Aufsichtsratsmitglieder gewählt.[161]

Wie bereits skizziert, feierten die Gewerkschaften die Durchsetzung der Montanmitbestimmung als einen großen Erfolg ihrer Entschlossenheit. Daraus resultierte ein vielfach rezipierter Mythos, »der auf Jahrzehnte hinaus das Selbstverständnis und die Geschichtsschreibung der Gewerkschaften beherrschte.«[162] Es gilt hingegen zu betonen, dass die Gewerkschaften diesen Erfolg offensichtlich nur vor dem Hinter-

---

159 Protokoll der 5. Sitzung des Bundesausschusses des Deutschen Gewerkschaftsbundes vom 12.1.1951 (Auszug), in: Müller-List (Bearb.): Montanmitbestimmung, S. 211-217, hier S. 216.

160 Vgl. Müller-List (Bearb.): Montanmitbestimmung, S. LXIII-LXIX.

161 Vgl. Gesetz über die Mitbestimmung der Arbeitnehmer in den Aufsichtsräten und Vorständen der Unternehmen des Bergbaus und der Eisen und Stahl erzeugenden Industrie vom 21.5.1951, in: ebd., S. 526-529.

162 Thum: Mitbestimmung, S. 86 f.

grund einer spezifischen historischen Gemengelage aus Schuman-Plan und Nach-
frageboom nach Eisen- und Stahlerzeugnissen seit dem Beginn des Koreakriegs
durchsetzen konnten, und das nicht zuletzt um den Preis der völligen Aufgabe des
Ziels der Wirtschaftsdemokratie und einer Neuordnung der Wirtschafts- und Gesellschaftsordnung im Rahmen einer überbetrieblichen Mitbestimmung. Zwischen
der Vorkriegsprogrammatik und der Montanmitbestimmung kann im Grunde nur
ein sehr »lockerer Bezug« hergestellt werden.[163] Die Mitbestimmung stünde zwar,
so RANFT, in einer »Tradition des Kampfes um demokratische Wirtschaftsverfassung
und soziale Gerechtigkeit, aber erst die Erfahrungen des Dritten Reiches und die Verhältnisse nach 1945 [...] haben zu Forderungen nach gleichberechtigter Vertretung im
Unternehmen geführt.«[164] Und nicht nur dies, auch eine Debatte um die Ausweitung
der geplanten Vorschriften auf den Chemiesektor unterbanden der Vorstand des DGB
und Böckler persönlich, um nicht die greifbar nahe Montanmitbestimmung zu gefährden und den politischen Gegner unnötig zu reizen.[165] Überhaupt muss die Frage
gestellt werden, ob das Konzept der Wirtschaftsdemokratie in den Köpfen der Akteure wirkte oder ob es sich beim Kampf um die Montanmitbestimmung nicht eher
um eine thematisch begrenzte und verbissen geführte Auseinandersetzung handelt, in
der vor allem der DGB alles andere als einen souveränen Eindruck hinterließ. Denn
Adenauer konnte durch die bewusste Bevorzugung der mitgliederstarken und politischen aktiven Gewerkschaften IG Metall und IG Bergbau offenbar »Widerstandska-
näle [...] kanalisieren und [...] absorbieren, um die Gewerkschaften insgesamt für ein
Stillhalten gegenüber der Außen- und Wirtschaftspolitik der Bundesregierung«[166] zu
gewinnen. Müller widerspricht dieser These jedoch und betont, der Streikbeschluss
der Gewerkschaften habe seine Wirkung nicht verfehlt. Im Gegenteil, er habe erst
Bewegung in die starren Verhandlungsfronten gebracht und die Bundesregierung
und die Unternehmerseite zum Einlenken auf die gewerkschaftlichen Positionen gebracht. Die anfangs geschlossen ablehnende Haltung der Unternehmer sei, von wenigen Hardlinern wir Hermann Reusch (Gutehoffnungshütte) abgesehen, daraufhin
zusammengebrochen. Müller bekräftigt, dass durch die Betonung der Zeitumstände
der einzelne Akteur in den Hintergrund träte.[167]

---

163 Müller: Strukturwandel, S. 111.
164 Ranft: Vom Objekt zum Subjekt, S. 22 f.
165 Vgl. ebd., S. 86-91.
166 Ebd., S. 92 f.
167 Vgl. Müller: Strukturwandel, S. 161 f.

4.5   Das Betriebsverfassungsgesetz von 1952

Dass die Zeitumstände die Akteure dominieren können, lässt sich allerdings nicht einfach von der Hand weisen und sollte dem DGB bereits im Jahr darauf vor Augen geführt werden. Die anfängliche Überzeugung Böcklers, ein Gesetz für die Eisen- und Stahlindustrie werde als Maßstab für die übrige Wirtschaft dienen, erwies sich als Fehleinschätzung. In den anstehenden Debatten um die Ausgestaltung des Betriebsverfassungsgesetzes zeigte sich, dass die Kooperation der zwei antagonistischen Parteien DGB und CDU/FDP nur von kurzer Dauer war. Der DGB hoffte, die weitreichenden Regelungen der Montanmitbestimmung über diesen Weg auch in den weiteren Wirtschaftsbranchen umsetzen zu können, erlitt allerdings in dieser Frage Schiffbruch, von dem sich die Gewerkschaften im Anschluss nur schwer erholten konnten. Wie Hans Böckler, der im Februar 1951 unmittelbar nach dem Abschluss der Verhandlungen zum Montanmitbestimmungsgesetz verstarb, so gingen auch die ihm nachfolgenden Gewerkschafter davon aus, Adenauer würde ihr Entgegenkommen in den Fragen der Entflechtung und der Westintegration honorieren. Wie jedoch im Vorfeld angekündigt, sah die Bundesregierung die Montanmitbestimmung keineswegs als Beispiel für weitere Industriezweige oder gar die gesamte Wirtschaft an. Bereits im Herbst des Jahres zeigte sich, dass eine Erweiterung der Regelungen nicht umsetzbar sein würde. Im Zuge der Entflechtung des IG-Farben-Konzerns in Einzelgesellschaften lehnte Adenauer persönlich es ab, den Arbeitnehmern mehr als eine Drittelbeteiligung am Aufsichtsrat zuzugestehen. Die anschließenden Verhandlungen mit der IG Chemie ergaben dann eben jenes Ergebnis. Der Posten des Arbeitsdirektors konnte nicht gesichert werden. Die Bundesregierung übernahm im Anschluss die Regelungen zur wirtschaftlichen Mitbestimmung in ihren Entwurf zu einem Betriebsverfassungsgesetz, die für alle Betriebe mit mehr als 500 Mitarbeitern gelten sollten.

Der DGB protestierte aufs Schärfste gegen den Entwurf und mobilisierte Schwerpunktstreiks und Demonstrationen unter dem Motto »Dieser Entwurf darf nicht Gesetz werden«, an denen sich mehrere Hunderttausend Mitglieder beteiligten.[168] Nach dem sogenannten »Zeitungsstreik« der IG Druck und Papier vom 27. bis 29. Mai

---

[168] Vgl. Milert/Tschirbs: Von den Arbeiterausschüssen, S. 71 f. In einem Briefwechsel zwischen dem neuen DGB-Vorsitzenden Christian Fette und dem Bundeskanzler betonte Adenauer erneut seine Ablehnung von Streiks zur Durchsetzung gewerkschaftlicher Forderungen, wie bereits zwei Jahre zuvor in der Korrespondenz mit Böckler. In diesem Zusammenhang verwies er süffisant auf die Bundestagswahlen des folgenden Jahres hin. »Hier bietet sich«, so Adenauer, »dem Deutschen Gewerkschaftsbund eine Möglichkeit, auf dem in unserer Verfassung vorgesehenen Wege seine Auffassung über eine einheitliche und fortschrittliche Betriebsverfassung durchzusetzen.« Brief des Bundeskanzlers Adenauer an den DGB-Vorsitzenden Christian Fette vom 16. Mai 1952, in: ebd., S. 183 ff, hier S. 184. Tatsächlich versuchte der DGB nach dem enttäuschenden Ergebnis des Betriebsverfassungsgesetzes 1953 mit der Kampagne »Für einen besseren Bundestag« der SPD zu einem Stimmengewinn zu verhelfen, was allerdings kräftig misslang und im Nachhinein wesentlich zur Abspaltung der christlichen Gewerkschafter vom DGB beitrug.

ließ sich Adenauer von dem Aktionswillen der Gewerkschaften zu einem neuen Gesprächsangebot bewegen, zudem wurden die parlamentarischen Verhandlungen unterbrochen. Der DGB sagte darauf alle weiteren Protestaktionen ab, verkalkulierte sich jedoch. Parallel zu den neuen Verhandlungen, die inhaltlich keinen Fortschritt brachten, schuf die Bundesregierung mit der Verabschiedung des Entwurfs zu einem separaten Personalvertretungsgesetz für den öffentlichen Dienst bereits Fakten. Die Gewerkschaften hatten stets darauf bestanden, dass die private Wirtschaft und der öffentliche Sektor nicht getrennt behandelt werden sollten, und wurden von diesem Vorgehen überrumpelt. Neue Proteste unterblieben allerdings. Bereits Mitte Juli wurde das neue Gesetz vom Bundestag mit den Stimmen der Koalition aus CDU, FDP und DP verabschiedet, wobei sich die sieben den CDA-Sozialausschüssen angehörigen Abgeordneten der CDU der Stimme enthielten.[169]

Betriebsräte konnten nach dem neuen Betriebsverfassungsgesetz in allen Betrieben mit mehr als fünf Mitarbeitern gegründet werden. Arbeitgeber und Betriebsräte sollten im Sinne des Sozialfriedens »vertrauensvoll und im Zusammenwirken mit den im Betrieb vertretenen Gewerkschaften und Arbeitgebervereinigungen zum Wohle des Betriebs und seiner Arbeitnehmer unter Berücksichtigung des Gemeinwohls« zusammenarbeiten. Der Betriebsrat durfte in Fragen der Arbeitszeit und der Umsetzung der Tarifverträge im Betrieb mitbestimmen und konnte, in größeren Betrieben mit mehr als 20 Mitarbeitern, auch an Personalentscheidungen mitwirken. In wirtschaftlichen Angelegenheiten gingen die Rechte des Betriebsrats jedoch nicht über einen Anspruch auf Unterrichtung hinaus, der durch einen Wirtschaftsausschuss erst in Betrieben mit mehr als 100 Mitarbeitern wahrgenommen werden konnte. Von einer Mitbestimmung der Arbeitnehmer im Aufsichtsrat konnte ebenfalls nicht gesprochen werden. Ihnen wurde ein Drittel der Sitze in Unternehmen mit mehr als 500 Mitarbeitern reserviert. Somit konnten die Betriebsräte Entscheidungen weder herbeiführen noch in ihrem Sinne verändern und mussten sich auf die Rolle als Beobachter beschränken.[170]

Die Enttäuschung über die weit hinter den Erwartungen zurückgebliebenen gesetzlichen Regelungen saßen bei den Gewerkschaften, insbesondere an der Basis, tief und wurden nicht zuletzt mit dem fehlenden Kampfgeist und der Zaghaftigkeit der DGB-Führung erklärt. Die Kritik konzentrierte sich auf den Vorsitzenden Christian Fette (1895–1971), der im Oktober 1952 auf dem DGB-Kongress abgewählt und

---

169 Vgl. Schneider: Kleine Geschichte, S. 275 ff. Das Betriebsverfassungsgesetz wurde jedoch zu einer harten Belastungsprobe für das Verhältnis von DGB und CDA, die dem Gewerkschaftsbund vorwarfen, die Niederlage durch die Konzentration auf die parlamentarischen Prozesse mit herbeigeführt zu haben, was nicht zuletzt die Abspaltung zur KAB vertiefte. Dass sich die CDA jedoch nicht von dem Gedanken der Einheitsgewerkschaft entfernten und sich klar gegen die Gründung des CGB positionierten, verdanken sie vor allem ihrem Vorsitzenden Jakob Kaiser, der eine Zersplitterung der Gewerkschaften wie in der Weimarer Republik unbedingt verhindern wollte. Vgl. Tilman Mayer: Jakob Kaiser. Gewerkschafter und Patriot. Eine Werksauswahl, Köln 1988, S. 122 ff.
170 Bundesgesetzblatt 1/1952, S 681 ff.

durch den Vorsitzenden der IG Metall Walter Freitag (1889–1958) ersetzt wurde. Aufgrund der Fixierung auf das Personal unterblieb jedoch eine genaue Analyse der Ursachen der Niederlage. Die Gründe lagen tiefer, denn »mag Fette auch nicht das Format Böcklers gewonnen haben, so scheint er doch eher zum Sündenbock für eine verfehlte Gewerkschaftsstrategie gemacht worden zu sein; denn die unterparitätische Regelung des Betriebsverfassungsgesetzes war bereits mit der Hinnahme des gesonderten Mitbestimmungsgesetzes für den Montanbereich vorprogrammiert.«[171] Nicht nur dies, auch die Rahmenbedingungen hatten sich entschieden gewandelt, denn das Scheitern der Gewerkschaften »hing ebenso mit der zunehmenden Stabilisierung der politischen und wirtschaftlichen Verhältnisse in der Bundesrepublik zusammen, die es der Regierung Adenauer mehr und mehr erlaubten, auf Konfrontationskurs zu der Gewerkschaften zu gehen.«[172]

4.6 Gesetze und Abkommen zur Sicherung der Mitbestimmung

Nachdem die Montanmitbestimmung vom Bundestag beschlossen war, hatten die Gewerkschaften jedoch im Nachhinein Mühe, die erreichten Ergebnisse zu sichern. Die Abwehrangriffe der Arbeitgeber ließen trotz des erzielten Kompromisses nicht auf sich warten. Insbesondere die Ruhrindustriellen, in deren Denken autokratische Züge des »Herr-im-Haus«-Standpunkts nachklangen, sahen die Mitbestimmung weiterhin als Fremdkörper an und verbaten sich grundsätzlich eine wie auch immer ausgestaltete Mitsprache der Arbeitnehmer in den Aufsichtsräten ihrer Industrie. 1955 bezeichnete der Generaldirektor der Gutehoffnungshütte Oberhausen, Hermann Reusch, sie als »Ergebnis einer brutalen Erpressung durch die Gewerkschaften«, was einen 24-stündigen Proteststreik im Revier auslöste, an dem sich über 800.000 Arbeiter beteiligten.[173] Seine Aussage stellte allerdings nur den Höhepunkt einer Debatte um die Sicherung der Mitbestimmung in den Holding- und Dachgesellschaften der Montanindustrie dar, die seit dem Erlass des Gesetzes 1951 schwelte und erst im Jahr 1956 vorübergehend gelöst wurde. Das Mitbestimmungsgesetz ließ diese Stelle offen, obwohl schon in den Verhandlungen von einzelnen Vertretern des DGB

---

171 Schneider: Kleine Geschichte, S. 279.
172 Thum: Wirtschaftsdemokratie, S. 88. Eine klassische Deutung, die den »Sieg« der Gewerkschaften im »Kampf um die Mitbestimmung« unterstreicht und hier die Kausalität zur Montanmitbestimmung herstellt, findet sich bei Bernd Otto: Der Kampf um die Mitbestimmung, in: Heinz-Oskar Vetter (Hg.): Vom Sozialistengesetz zur Mitbestimmung. Zum 100. Geburtstag von Hans Böckler, Köln 1975, S. 399-426, hier S. 421-425. Zeitgenössisch skeptisch, wenn auch nicht besonders reflektiert, kritisierte Theo Pirker bereits den Mythos vom Sieg der Gewerkschaften, die im Grunde eigentlich heilfroh gewesen sein, dass sie diesen »Glaubenskrieg um die Mitbestimmung« nicht ausfechten mussten. Theo Pirker: Die blinde Macht. Die Gewerkschaftsbewegung in Westdeutschland. Teil 1 – 1945-1952: Vom »Ende des Kapitalismus« zur Zähmung der Gewerkschaften, München 1960 (Nachdruck Berlin 1979), hier insbesondere S. 180-187.
173 Vgl. Lauschke: Mehr Demokratie, S. 13 f.

moniert wurde, dass sich den Gesellschaften hier eine Möglichkeit böte, die Mitbestimmung zu umgehen. Zudem verschärfte das Betriebsverfassungsgesetz mit seiner Drittelbeteiligung die Lage zusätzlich, da die Rechtsprechung im Falle der Mannesmann AG entschieden hatte, dass es grundsätzlich auf den Geltungsbereich der Eisen- und Stahlindustrie ausgedehnt werden durfte. Der IG Metall und dem DGB gelang es zwar, auch aufgrund des Entgegenkommens einiger Stahlindustrieller, etwa bei Krupp und Hoesch, im Rahmen gesonderter Vereinbarungen die Mitbestimmung zu sichern, das grundlegende Problem bestand jedoch weiter.[174]

Vier Jahre später verabschiedete der Bundestag das Mitbestimmungsergänzungsgesetz, das am 7. August 1956 in Kraft trat. Es betraf alle Dachgesellschaften, die Unternehmen beherrschten, in denen das Montanmitbestimmungsgesetz Anwendung fand, wobei der Montanbereich den Schwerpunkt der Konzernaktivitäten darstellen musste. Auch in den Holdinggesellschaften sollte nun die paritätische Mitbestimmung plus einem neutralen elften bzw. in dem Fall 15. Mann angewendet werden. Einen Arbeitsdirektor sah Gesetz ebenfalls vor, der allerdings mit einer einfachen Mehrheit der Mitglieder des Aufsichtsrats bestellt werden konnte und demnach nicht zwangsläufig die Zustimmung der Arbeitnehmervertreter bedurfte.[175] Wiederum bei Mannesmann stellten sich daraufhin Komplikationen bei der Implementierung der Gesetzesvorgaben ein, da die Konzernleitung bestritt, als Röhrenproduzent überhaupt in den Geltungsbereich des Gesetzes zu fallen. Schließlich fanden die Beteiligten jedoch eine einvernehmliche Lösung.[176]

Komplikationen traten bereits einige Jahre nach Verabschiedung des Mitbestimmungsergänzungsgesetzes auf. Bei Mannesmann hatte sich am Ende der 1950er-Jahre die konzerninterne Lage gewandelt, da das Unternehmen im Zuge der Rezentralisierung rechtlich eigenständiger Töchter wieder zurück unter das Dach des Konzerns führen wollte. Durch diese Restrukturierung wurden Konzerne wie Mannesmann zwar Unternehmen im Sinne des Mitbestimmungsgesetzes von 1951, da die schwächere Holding-Novelle auf sie als Folge nicht mehr angewandt werden konnte, allerdings entfiel nun die Mitbestimmung auf der mittleren Ebene der einzelnen Tochtergesellschaften. Die Gewerkschaften waren von diesem Schritt alarmiert, da so die Montanmitbestimmung in zahlreichen vormals eigenständigen Unternehmen gefährdet war. Zudem hatte sich Mannesmann keine zwei Jahre zuvor mit dem DGB, der IG Metall und der IG Bergbau auf die Sicherung der Mitbestimmung in den Röhrenwerken geeinigt, obwohl diese nicht unmittelbar der Eisen- und Stahlindustrie zuzurechnen waren. Eine einseitige Änderung der Unternehmensstruktur ohne Zustimmungsrechte der Arbeitnehmer kam den Gewerkschaften wie eine Aufkündigung gültiger Verträge gleich und sie hatten alle Mühe, Schlimmeres zu verhindern.

---

174 Vgl. Müller: Strukturwandel, S. 218-240.
175 Vgl. ebd., S. 280 f.
176 Vgl. ebd., S. 284-290.

In der Stahlindustrie hingegen traten weniger Konflikte auf, da Unternehmen wie Klöckner oder Hoesch die Gewerkschaften in ihre Restrukturierungsprozesse einbanden, um Konflikte mit den Arbeitnehmern zu vermeiden. Bei Klöckner entsprach dies sogar dem ausdrücklichen Wunsch der Konzernleitung, die vor dem Hintergrund der negativen Erfahrungen bei Mannesmann davon absah, allzu großen Druck auf die IG Metall auszuüben. Man ließ sich mit der Ausformulierung eines Abkommens mit den Gewerkschaften Zeit, allerdings stand der Konzern aufgrund steuerlicher Rahmenbedingungen unter Zeitdruck, seinen geplanten Umbau alsbald zu vollziehen, weswegen man im Aufsichtsrat ohne die Zustimmung der Arbeitnehmervertreter dafür votierte. Ihnen blieb nur, eine rechtlich konsequenzlose Erklärung gegen den Umbau abzugeben. Der gesamte Prozess verlief indes nicht reibungslos. Die Vorstände der drei Werke standen unter dem Druck von BDA und BDI, die verhindern wollten, dass für die restliche Wirtschaft Fakten geschaffen würden. Klöckner, Hoesch und die Iselder Hütte hatten jedoch gemeinsam ein Interesse daran, sich nicht mit den Belegschaften zu überwerfen und zeigten sich bereit, die Mitbestimmung auch in den umgewandelten Unternehmen zu sichern, wobei sie sich jedoch nicht vorbehaltlos den Wünschen der Gewerkschaften, etwa nach einer Aufstockung des Aufsichtsrats von 15 auf 21 Mitglieder, anschlossen.[177] Das nach seinem Entstehungsort benannte Lüdenscheider Abkommen mit einer Laufzeit von zehn Jahren legte am Ende fest, dass in den drei Unternehmen in den jeweils übertragenen Werken Direktorien und Beiräte gebildet wurden, deren Bildung nach den Grundsätzen der Montanmitbestimmung erfolgte. Die Direktorien übernahmen dabei die Funktionen der Vorstände, die Beiräte die Funktionen der Aufsichtsräte.[178]

Das Abkommen hatte in der Folge eine gewisse Signalwirkung für andere Unternehmen wie die Hüttenwerke Oberhausen und Krupp, in denen ähnliche Verfahren zur Anwendung kamen. Bei Krupp einigte man sich im Halterner Abkommen 1960 mit den Gewerkschaften auf eine Mitbestimmung in der mittleren Ebene im strukturell gestrafften Konzern. Dabei muss man betonen, dass die Arbeitgeber

>um ihre wirtschaftlichen Pläne umzusetzen, [...] unter den gegebenen Bedingungen durchaus bereit [waren], in der Frage der Mitbestimmung Zugeständnisse zu machen. Durch die befristeten, also auch wieder kündbaren Vereinbarungen, die darüber getroffen wurden, vermieden sie zugleich, sich einem feststehenden und für alle verbindlichen gesetzlichen Zwang unterwerfen zu müssen.«[179]

---

177 Vgl. ebd., S. 330-346.
178 Vgl. Lüdenscheider Abkommen vom 19. August 1959, in: Ranft: Vom Objekt zum Subjekt, S. 578-587.
179 Karl Lauschke: Die halbe Macht. Mitbestimmung in der Eisen- und Stahlindustrie 1945 bis 1989, Essen 2007, S. 203.

5 Die Mitbestimmung in den 1950er-Jahren: Zwischenfazit

Die Genese der Mitbestimmungsgedanken nach dem Zweiten Weltkrieg kann im Gegensatz zum Konzept der Wirtschaftsdemokratie nicht mit einer einzelnen Person verbunden werden. Dennoch lohnt es sich, Theoretikern wie Viktor AGARTZ (1897–1964)[180] Beachtung zu schenken. Agartz legte die elaborierteste Programmatik mit seinem Konzept der Wirtschaftsneuordnung vor, das jedoch erst in der Mitte der 1950er-Jahre zur vollen Reife gelangte und somit auf die unmittelbaren Positionen der Gewerkschaften nach dem Krieg nur bedingt Einfluss ausübte. Im Unterschied zur Konzeption von Naphtali beschränkte Agartz sich auf die Demokratisierung der Wirtschaft im engeren Sinne und bezog nicht das Bildungswesen oder die Arbeitsverhältnisse ein. Auch wollte er seinen Weg nicht als zum Sozialismus strebend verstanden wissen, obgleich diese Leitvorstellung auch ihn prägte. Einig waren sich Naphtali und Agartz darin, dass eine breit angelegte Planung der Wirtschaftsabläufe von zentraler Bedeutung war, die von Formen der Mitbestimmung auf der betrieblichen Ebene flankiert werden sollte. Als Recht der Arbeitnehmer leitete Agartz sie aus der Stellung des Betriebs als nachgeordnete Instanz der gesellschaftlichen Ordnung ab. Ein deutliches Augenmerk legte er auf die Wirtschafts- und Handelskammern, da die betriebliche Mitbestimmung immer von der Gefahr eines Betriebssyndikalismus begleitet würde. Aus demselben Grund fordert Agartz zwar die Einführung einer paritätischen Mitbestimmung im Aufsichtsrat, sah jedoch auch diese als nachgelagert gegenüber der allgemeinen Planung an. In jedem Fall sollte aber die Teilnahme von Gewerkschaftsvertretern in Aufsichtsorganen sichergestellt sein, da nur auf diese Weise ein reiner Betriebsegoismus vermieden würde und gesamtgesellschaftliche oder regionale Wirtschaftsabläufe ihre gebührende Berücksichtigung fänden.[181]

Die gesamte Konzeption der Wirtschaftsneuordnung bestand aus zahlreichen weiteren Elementen, die Agartz bis in die Mitte der 1950er-Jahre durch Reden und Artikel entwickelte und ergänzte. Die Vergesellschaftung der Schlüsselindustrien, eine gesamtwirtschaftliche Planung, eine demokratische Selbstverwaltung der Wirtschaft, die betriebliche und überbetriebliche Mitbestimmung, neue gemeinwirtschaftliche und genossenschaftliche Unternehmensformen und die politische Regulierung der Märkte stellten die zentralen Elemente des Konzepts dieses in weiten Bereichen der Gewerkschaften gut vernetzten Theoretikers dar.[182] Seine Pläne fanden jedoch aufgrund der realen Gegebenheiten in der zum Zeitpunkt ihrer Entstehung bereits

---

180 Viktor Agartz, 1946 Leiter des Zentralamts für Wirtschaft der britischen Besatzungszone, 1947 Leiter des Amts für Wirtschaft der Bizone in Minden, 1948–1955 Leiter des WWI.

181 Vgl. Weinzen: Gewerkschaften und Sozialismus, S. 170-178.

182 Vgl. Michael R. Krätke: Gelenkte Wirtschaft und Neue Wirtschaftsdemokratie. Viktor Agartz‹ Vorstellungen zur Neuordnung der Wirtschaft, in: Reinhard Bispinck/Thorsten Schulten/Peter Raane (Hg.): Wirtschaftsdemokratie und expansive Lohnpolitik. Zur Aktualität von Viktor Agartz, Hamburg 2008, S. 82-106, hier S. 92-100.

voll entwickelten kapitalistischen Wirtschaft in der Bundesrepublik keine Berücksichtigung, schon gar nicht in der Alltagspolitik. Deutlich wird im direkten Vergleich, dass das Konzept der Wirtschaftsdemokratie als »Theorie und politisches Programm zur Veränderung des Kapitalismus in Richtung einer sozialistischen Gesellschaftsordnung«, die Neuordnungsvorstellungen jedoch eher als programmatische Aspekte einer neuen Wirtschaftspolitik nach dem ohnehin konstatierten Ende des Kapitalismus verstanden werden kann. Die Ideen der Neuordnung blieben in ihrer konkreten Umsetzung und ihren realisierbaren Handlungsmöglichkeiten zu ungenau.[183]

Der allgemeine Zeitgeist sprach in der Mitte der 1950er-Jahre bis zur Mitte der 1960er-Jahre nicht eben für eine Politik der Verstaatlichung im Sinne sozialistischer Zielsetzungen. Das »Wirtschaftswunder« entfaltete mit einer stetig sinkenden Arbeitslosigkeit und einsetzender Vollbeschäftigung ihre volle Blüte. Breite Teile der Bevölkerung partizipierten nun am Wohlstand, wenn auch die Vermögensverteilung weiterhin zugunsten der Gewinneinkommen verlief. Der sich verschärfende Ost-West-Gegensatz zwang die Gewerkschaftsführer, in beinahe jeder Rede ihren prinzipiellen Antikommunismus zu betonen. Nicht zuletzt setzte die SPD, die traditionelle Verbündete des DGB und seiner Einzelgewerkschaften, ab Mitte der 1950er-Jahre zu ihrem Reformprozess an, der 1959 im Godesberger Programm mündete. Politische Debatten um die Rentenreform, die Wiederbewaffnung oder vor allem um die Frage der Notstandsgesetzgebung banden den DGB intern und in der Auseinandersetzung mit der SPD.[184] Die Gewerkschaften engagierten sich nach den negativen Erfahrungen mit der Mitbestimmung auf ihrem ureigensten Feld der Tarifpolitik, auf dem sie stetige Erfolge vorzuweisen hatten. Gefördert durch die gute Konjunktur und die relativ günstigen Verteilungschancen bildeten sich die jährlichen Lohnrunden als festes Element der bundesrepublikanischen Nachkriegsordnung heraus. Die schrittweise Reduzierung der Arbeitszeit, die schließlich nach einigen Zwischenschritten in der 40-Stunden-Woche in der Metallindustrie ihren vorläufigen Höhepunkt fand, bildete den zweiten Kern der Tarifpolitik. Diese Kombination trug entschieden dazu bei, »dass in weiten Kreisen der Bevölkerung die marktwirtschaftliche Ordnung Anerkennung fand; und die Arbeitgeber akzeptierten in ihrer Mehrheit die Gewerkschaften als Ordnungsfaktor – und dies umso leichter, als die Gewerkschaften in ihrer konkreten Politik auf weit gehende Systemveränderungsziele verzichteten.«[185]

---

183 Vgl. Thum: Wirtschaftsdemokratie, S. 61 f.
184 Vgl. Helga Grebing: Gewerkschaften: Bewegung oder Dienstleistungsorganisation – 1955 bis 1965, in: Hans-Otto Hemmer/Kurt Thomas Schmitz (Hg.): Geschichte der Gewerkschaften in der Bundesrepublik Deutschland. Von den Anfängen bis heute, Köln 1990, S. 149-182, hier S. 155 ff. Zur Notstandsgesetzgebung siehe Michael Schneider: Demokratie in Gefahr? Der Konflikt um die Notstandsgesetze: Sozialdemokratie, Gewerkschaften und intellektueller Protest (1958–1968) (Politik und Gesellschaftsgeschichte 17), Bonn 1986.
185 Schneider: Kleine Geschichte, S. 284.

Die pragmatische Grundhaltung des DGB bündelte das Aktionsprogramm zum 1. Mai 1955, mit dessen Ausarbeitung eine Programmkommission vom 3. ordentlichen DGB-Kongress 1954 beauftragt wurde. In dem Ende März vom Bundesvorstand und Bundesausschluss beschlossenen Programm legten sich die Gewerkschaften auf die 40-Stunden-Woche, höhere Löhne und Gehälter bei gleicher Entlohnung von Mann und Frau, bessere soziale Sicherungen und einen verbesserten Arbeitsschutz fest, alles in allem recht konkrete Ziele, deren Umsetzung innerhalb einer absehbaren Perspektive möglich erschien. Nur in der Frage der Mitbestimmung verblieb das Programm, abgesehen von der konkreten Forderung zur Sicherung der Montanmitbestimmung, in alten Traditionslinien verhaftet, formulierte es doch allgemein, dass »nur die uneingeschränkte Gleichberechtigung allein die Grundlage der Demokratie, des sozialen Fortschritts und des wirtschaftlichen Wohlstandes bilden« und nur durch »ein uneingeschränktes Mitbestimmungsrecht auf betrieblicher und überbetrieblicher Ebene [...] eine Neugestaltung unseres wirtschaftlichen und gesellschaftlichen Lebens erreicht werden« könne.[186] Der DGB verbreitete das Aktionsprogramm mit einem enormen publizistischen Aufwand. Es wurde im Mai 1955 an 15 Millionen Haushalte versandt sowie als Sonderdruck der Bundes- und den Landesregierungen, den politischen Parteien, den diplomatischen Vertretungen, den Kirchen sowie weiteren Gruppen aus Gesellschaft und Wissenschaft übergeben. Ferner bildete der DGB eine Kommission zur Durchführung des Aktionsprogramms, die unter der Leitung von Otto Brenner einen ständigen Weiterentwicklungs- und Kontrollprozess anstoßen sollte.[187]

In dem Programm, das von vereinzelten Seiten aufgrund seiner Nüchternheit kritisiert wurde, kam der unter den Vorzeichen einer vermeintlich erfolgreichen kapitalistischen Ordnung eingeleitete »Paradigmenwechsel« der gewerkschaftlichen »Grundvoraussetzungen« zum Ausdruck. »Sie sahen sich nicht mehr mit einem krisenanfälligen [...] kapitalistischen Systems [sic !] konfrontiert, sondern gingen von der Existenz eines relativ krisenfreien, prosperierenden Kapitalismus aus, den es zu nutzen und zu reformieren galt.«[188] Auch die Mitbestimmung als solche erfuhr in der Reformierungsphase der Gewerkschaften eine neue Wertschätzung. Zwar bildete sie weiterhin den Mittelpunkt gewerkschaftlicher Ordnungsvorstellungen, »aber anders als zuvor wird sie nicht mehr als Element einer vertikal gestuften Wirtschaftsdemokratie begriffen, sondern als ein Instrument zur gleichberechtigten Beteiligung der Arbeitnehmer und ihrer Gewerkschaften an der Gestaltung der Wirtschaft.«[189]

---

186 Aktionsprogramm des DGB zum 1. Mai 1955, in: DGB-Bundesvorstand (Hg.): Geschäftsbericht 1954–1955, Düsseldorf o. J., S. 72-80, hier S. 79.
187 Vgl. ebd., S. 81 f.
188 Grebing: Gewerkschaften, S. 175.
189 Reinhard Richardi: Arbeitsverfassung und Arbeitsrecht, in: Michael Ruck/Marcel Boldorf (Hg.): 1957–1966. Bundesrepublik Deutschland. Sozialpolitik im Zeichen des erreichten Wohlstandes (Geschichte der Sozialpolitik in Deutschland seit 1945 4), Baden-Baden 2007, S. 153-194, hier S. 159.

Der DGB und insbesondere Hans Böckler erachteten die Mitbestimmung als legitimes Anrecht der Gewerkschaften und versuchten bis zum Schluss, wenigstens einen Teil ihrer Forderungen zu retten. Eine separate Lösung für den Montanbereich lag in dem Fall nahe, da sie mit relativ geringem Aufwand durchzusetzen war. In der späteren Auseinandersetzung um die Ausgestaltung der Betriebsverfassung traten dann die vom Korea-Boom und Westbindungsprozess nicht länger verdeckten Unterschiede zutage. Das Selbstverständnis der Bundesregierung hatte sich längst zu einem marktliberalen Ethos weiterentwickelt. Die Sozialisierungsforderungen des Ahlener Programms, auf die sich die DGB-Vertreter beriefen, erschienen vor dem Hintergrund des wirtschaftlichen Erfolgs der Bundesrepublik Makulatur. Der Bundestag spielte in dem Verfahren nur eine untergeordnete Rolle und die Interessen der Arbeitgeber können auf der Seite der Bundesregierung angesiedelt werden. Die prägenden Begriffe lauteten »Mitbestimmung«, vielleicht entfernt »Wirtschaftsdemokratie« und »Sozialisierung«, auf der einen und »Marktwirtschaft« sowie »Herr-im-Haus« auf der anderen Seite.

Die realpolitischen Gegebenheiten formierten für den Montanbereich ein ganz spezifisches Arrangement beider Seiten, das eine neue Form der Mitbestimmung in Deutschland hervorbrachte, die keinen historischen Rückbezug zu ihren älteren Vorformen aufweist und nicht einmal den Kernforderungen der Gewerkschaften aus der Weimarer Zeit entsprach. Vielmehr legten die Briten einen institutionellen Pfad, den die Arbeitgeber akzeptieren mussten und die Gewerkschaften zunächst widerwillig annahmen. In diesem Lichte muss auch die Bewertung des Korporatismusdiktums nüchtern ausfallen. Der anfängliche Ansatz Adenauers, die Verhandlungen zum Mitbestimmungsgesetz den »Sozialpartnern« zu überlassen, entsprach zwar ganz dem korporativen Handlungsmodus von Interessen, doch die Verhandlungen scheiterten an der Frage der Aufsichtsratsmitbestimmung, während für weit korporatistischere Formen wie einem Bundeswirtschaftsrat, den auch Adenauer unterstützte und für den es ein österreichisches Vorbild gab[190], eine Übereinkunft in Sicht war. Im An-

---

190 Österreich kann unter den europäischen Ländern als das Land bezeichnet werden, in dem der Korporatismus am stärksten ausgebaut ist. Einen Meilenstein in der Entwicklung der korporativen Beziehungen wurde nach dem Zweiten Weltkrieg 1947 mit der Etablierung des gemeinsamen Wirtschaftsausschusses gesetzt, der 1957 in der noch heute aktiven Paritätischen Kommission für Lohn- und Preisfragen mündete. Die Akteure der Sozialpartnerschaft schufen jedoch nach dem Krieg nur scheinbar ein Novum, denn wie in Deutschland, so lässt sich auch der österreichische Korporatismus auf tradierte ständische Denkmuster zurückführen, deren Ursprung insbesondere in der verspäteten Industrialisierung der überwiegend agrarisch geprägten Kaisermonarchie liegen und aufgrund derer liberale Anschauungen kaum reüssieren konnten. So wurden schon in der zweiten Hälfte des 19. Jahrhunderts allenthalben Kommissionen und Beiräte zur Beratung wirtschaftlicher und sozialer Fragen gegründet, zumeist auf regionaler Ebene. Vgl. Olaf Schneider: Demokratie – Sozialismus – Sozialpartnerschaft: ein historisch-ökonomischer Vergleich der Stunde Null zwischen Deutschland und Österreich, in: Hans Diefenbacher/Hans G. Nutzinger (Hg.): Mitbestimmung in Europa. Erfahrungen und Perspektiven in Deutschland, der

schluss musste eine politische Lösung gefunden werden, bei der gerade die Arbeit-geberseite Teile ihres Einflusses einbüßte.

Kann also eine generelle Rücksichtnahme auf Verbandsinteressen vonseiten des Staats noch unterstellt werden, so entsprechen die Verhandlungswege und Konflikt-lösungsmechanismen nur bedingt einem korporatistischen Paradigma, das implizie-ren würde, dass die jeweilige Gegenseite die Forderungen der anderen prinzipiell anerkannt hätte. Das Betriebsverfassungsgesetz unterstreicht die zurückhaltende Bewertung des Korporatismusdiktums. Die Rechte der Betriebsräte blieben hinter denen zurück, die das Gesetz von 1920 ihnen zuwies. Die Unternehmensmitbestim-mung fiel mit der Drittelbeteiligung überschaubar aus. Die Bundesregierung ließ sich nur auf massiven Druck hin auf Gespräche mit den Gewerkschaften ein, berücksich-tigte ihre Forderungen jedoch in keiner Weise, sondern verpflichtete die Betriebsräte im Gegenteil sogar zu einem betriebsfriedlichen Verhalten. Allerdings legten die Ge-setze unzweifelhaft Pfade, die das Denken in Folge maßgeblich beeinflussen sollten. Zum einen schrieb das Betriebsverfassungsgesetz die Trennung von Gewerkschaft und Betriebsrat und die alleinige Vertretung der Gewerkschaften in tarifpolitischen Fragen fest, zum anderen wirkte die Montanmitbestimmung auf die Gewerkschafts-funktionäre wie eine Triebfeder, mit der von nun an Forderungen nach mehr Mitbe-stimmung in den Aufsichtsräten begründet wurden.

Schweiz und Österreich (Konzepte und Formen der Arbeitnehmerpartizipation 4), Heidelberg 1991, S. 23-55, hier S. 23-27.

III »Mitbestimmung – eine Forderung unserer Zeit«: Die Positionen zur Mitte der 1960er-Jahre

1 Am Beginn der Auseinandersetzungen

1.1 Aufschlag durch die Aktienrechtsreform: Der DGB findet sein Konzept

Für eine Durchsetzung der mitbestimmungspolitischen Forderungen des DGB bestand seit der Mitte der 1950er-Jahre wie gesehen kein Spielraum. Auch wurde die Frage, abgesehen von ritualisiert vorgetragenen Wiederholungen in Reden auf Bundeskongressen und zum 1. Mai, von der DGB-Spitze nicht aktiv forciert. Die Lage wandelte sich jedoch, als der Bundestag das Gesetzgebungsverfahren zu einer Novellierung des Aktienrechts einleitete. Die Diskussion über eine Anpassung des Aktienrechts an die Anforderungen größerer Gesellschaften zog sich seit der Mitte der 1950er-Jahre immer wieder durch Regierung und Bundestag, ohne jedoch zu einer bedeutenden Öffentlichkeitswirksamkeit zu gelangen. Notwendige Änderungen an dem bis dato gültigen Aktiengesetz aus dem Jahr 1937[1] ergaben sich aus der geplanten Anpassung an neue wirtschaftliche Verhältnisse, die insbesondere eine Stärkung der Eigentümerrechte, also der Rechte der Aktionäre, gegenüber dem Vorstand und eine transparentere Publizität erforderlich machten. Die Bundesregierung kündigte deshalb in ihrer Regierungserklärung nach der Bundestagswahl 1957 an, in der laufenden Legislaturperiode einen Entwurf zu einem neuen Aktiengesetz vorzulegen.[2]

Der DGB begleitete das Verfahren ab Oktober 1957 durch den Ausschuss Aktienrechtsreform beim Bundesvorstand unter der Leitung des späteren DGB-Vorsitzenden Ludwig Rosenberg (1903–1977), der jedoch persönlich selten zugegen war. Zu Beginn ihrer Tätigkeit nahm der Kreis an, dass Fragen des Mitbestimmungsrechts im Rahmen des Gesetzgebungsverfahrens eher nicht aufgegriffen würden. Man wollte sich darauf konzentrieren, eine Ausweitung der Rechte der Hauptversammlung einer AG zuungunsten der Rechte des Aufsichtsrats zu verhindern. Von daher wurde der Entwurf in den anstehenden Gesprächen im Bundesjustizministerium nicht mit der Forderung nach einer Ausdehnung der Mitbestimmung verbunden, denn »solange nicht von anderer Seite eine Änderung der geltenden mitbestimmungsrechtlichen Vorschriften gefordert wird, [soll] von unserer Seite keine Änderung einzelner Bestimmungen an-

---

1 Reichsgesetzblatt I, S. 104.
2 Vgl. Begründung zum Entwurf eines Aktiengesetzes. BT-Drs. III/1915, hier S. 92-96.

gestrebt werden.«[3] Da der im ersten Schritt vorgelegte und den beteiligten Gruppen zur Verfügung gestellte Referentenentwurf die AG in rein gesellschaftsrechtlichen Aspekten weiterentwickeln wollte, sah es der Ausschuss zunächst nicht für zweckmäßig an, dem eine völlig neue Unternehmensverfassung entgegenzusetzen.

Angesichts der Komplexität der Materie übergaben die Mitglieder die Prüfung der mitbestimmungsrelevanten Fragen einem gesonderten Arbeitskreis II, die Arbeitskreise I und III thematisierten das Publizitäts- und das Konzernrecht.[4] Der Arbeitskreis II legte dem Gesamtausschuss nach intensiven Beratungen am 16. Juli 1959 einen breit angelegten Bericht vor, der sämtliche kritikwürdigen und positiven Aspekte des Referentenentwurfs bündelte. Insbesondere die geplante Publizitätspflicht wurde als begrüßenswert bewertet, Detailregelungen zur Gründung des ersten Aufsichtsrats einer neuen AG oder zu dessen Zusammensetzung hingegen deutlich zurückgewiesen. Auch zu der später wichtigen Frage der Berücksichtigung der leitenden Angestellten äußerten sich die gewerkschaftlichen Sachverständigen in ihren ersten Sondierungen ablehnend, da die DGB-Vertreter eine überproportionale Einbeziehung der mitgliederschwächeren DAG ablehnten.[5] Auch die Spitzenverbände der Arbeitgeber kritisierten den Entwurf als eine tief greifende Störung des Wirtschaftslebens und bezogen sich dabei vor allem auf das vorgesehene Anfechtungsrecht des Jahresabschlusses für einen einzelnen Aktionär oder eine Gruppe von Aktionären sowie dessen Feststellung durch die Hauptversammlung. Auch die Auskunftspflicht bei Kapitaleinsatz oder -erhöhung einer bestimmten AG an einer anderen Kapitalgesellschaft um mehr als 20 % wollten die Arbeitgeber nicht hinnehmen.[6]

Die gesamte Diskussion verlief zudem vor dem Hintergrund eines zunehmenden Konzentrationsgrades in der Wirtschaft, der sich gerade in der Eisen- und Stahlindustrie vollzog und die Gewerkschaften besonders alarmierte, da sie eine Restauration alter Machtverteilungen befürchteten. Mit jeder Eingliederung vormalig selbstständiger Unternehmen unter das Dach eines Konzerns schwand ihr Einfluss aufgrund der schwindenden Anzahl an Aufsichtsräten und das Montanmitbestimmungsgesetz, keine zehn Jahre alt, verlor sukzessive seine Bedeutung. Für die Gewerkschaften stellte der eindeutig messbare Verlust an Mandaten einen aussagefähigen Gradmesser für Konzentrationsvorgänge dar. Es war eben ihr Hauptanliegen, durch Kontrolle und Mitbestimmung wirtschaftliche Machtzusammenballungen zu überwachen. Parallel zu der Frage des Aktienrechts bzw. eng damit verknüpft forcierte der DGB nun seine Stellungnahmen zur Konzentration in der Wirtschaft und fand dabei auch bei der

---

3   Niederschrift über eine Besprechung über Probleme der Aktienrechtsreform am 17.10.57, in: DGB-Archiv im AdsD, Abt. Mitbestimmung, 24/2310.

4   Niederschrift über die Sitzung des Gesamtausschusses Aktienrechtsreform am 20. November 1958, in: ebd.

5   Vgl. Ausschuss Aktienrechtsreform. Bericht des Arbeitskreises II, in: DGB-Archiv im AdsD, Abt. Mitbestimmung, 24/2314.

6   Vgl. Pressedienst der Deutschen Arbeitgeberverbände 18/59, 10. März 1959.

CDU/CSU Gehör. Die Fraktion brachte zusammen mit der DP eine Anfrage in den Bundestag zum Ausmaß der Wirtschaftskonzentrationen ein. Doch obwohl sich die Vorstellungen des DGB im Verlauf der Zeit konkretisierten und in weiteren Schreiben an die Bundestagsfraktionen vorgebracht wurden, nahm sich der Bundestag letztendlich trotz einer Debatte allein der Novellierung des Aktienrechts an.[7]

Ganz ohne eine umfassende Konzeption einer Unternehmensverfassung konnte der im DGB gebildete Gesamtausschuss jedoch nicht operieren, schließlich stellte ein kodifiziertes Beteiligungsrecht der Arbeitnehmer in sozialistischer Diktion weiterhin einen Fixpunkt der Vorstellungen des DGB dar. Zudem war es das erklärte Ziel aller Teilnehmer, eine umfassende Unternehmensverfassung zu entwickeln, in der die Mitbestimmung grundsätzlich und vor allem unabhängig von der Rechtsform des Unternehmens, ob nun privat- oder kapitalrechtlich, institutionalisiert werden sollte. So verlegte man die Erörterung einer über das bestehende Recht hinausreichenden Mitbestimmung wiederum in die Arbeitskreise. Otto Kunze (1904–1982), Justiziar des DGB, skizzierte anlässlich der Sitzung am 1. Dezember 1959 die gewerkschaftlichen Ideen einer Unternehmensverfassung. Ihre Basis habe sie, so Kunze, weniger in der Errichtung einer öffentlichen Kontrolle am Unternehmen, auch nicht in einer Mitbestimmung *per se*, sondern sie ergebe sich bereits aus dem Leitprinzip des »sozialen Rechtsstaats«, der in der Staatsrechtslehre aus den Artikeln 20 und 28 des GG abgeleitet wird. Hieraus resultiere, dass Unternehmen ab einer gewissen Größe einer Verfassung bedürfen, da sie von gesamtwirtschaftlicher Bedeutung seien. Neben den klassischen Faktoren Arbeit und Kapital träte insofern auch der Faktor »öffentliches Interesse« als gleichberechtigter Faktor hinzu, der alle sonstigen pluralistischen Interessen im Unternehmen erfasst, die nicht Kapital und Arbeit beträfen. Der Faktor Öffentlichkeit sei erst durch das Montanmitbestimmungsgesetz und seiner entsprechenden Sicherungsgesetze zum Tragen gekommen. Nun wäre es an der Zeit, alle Gesellschaftsformen zu erfassen das Recht und in diesem Sinne weiterzuentwickeln. Im Rahmen einer Aktienrechtsreform legte er dem Ausschuss nahe, auf vier Stufen ein Unternehmensverfassungsrecht zu entwickeln. Hierbei sollte die Reform des Aktienrechts die Stufe eins, eine entsprechende Mitbestimmung die Stufe zwei und die Erarbeitung eines Gesetzentwurfs für »große und bedeutende Unternehmen aller Rechtsformen«, der die fünf Elemente obligatorischer Aufsichtsrat, Begrenzung von dessen Mandaten, Mitbestimmung, Publizitätspflicht und Konzernrecht enthalten solle, die Stufe drei darstellen. Schließlich stünde auf der vierten und letzten Stufe ein »vollständiges System [...] welches auch das gesamte Gesellschaftsrecht regele.«[8]

Die Ausschussmitglieder stimmten den Ausführungen vorbehaltlos zu. Im Vorgriff der zu erwartenden Argumentationslinien der Arbeitgeber begrüßten sie die

---

7 Vgl. Müller: Strukturwandel, S. 353-359.
8 Niederschrift über die Sitzung der Arbeitskreise I und II Aktienrechtsreform am 1. Dezember 1959, in: DGB-Archiv im AdsD, Abt. Mitbestimmung, 24/2310.

Herleitung des Mitbestimmungsgedankens aus dem GG, da sie sich nicht aus einseitigen Interessen der Gewerkschaften ergebe, sondern aus gültigen Prinzipien des Rechtsstaats. Die gewerkschaftlichen Vertreter machten sich somit bereits zu Beginn ihrer Mitbestimmungsoffensiven verfassungsrechtliche Motivationen zu eigen. Die Hauptaufgabe sahen die Teilnehmer darin, die Ausdehnung der qualifizierten Mitbestimmung auf Großunternehmen aller Wirtschaftsbereiche und die Einführung der Mitbestimmung auch für die Hauptversammlung der AG zu forcieren. Die Meinungen hatten sich gedreht. Die Umsetzung der Mitbestimmung sollte nun doch mit den geplanten Änderungen am Aktienrecht verbunden werden. Zudem verdeutlicht die Diskussion in diesem zentralen Ausschuss, dass die Umsetzung des Gedankens »Mitbestimmung« von Beginn an Gesetze geknüpft wurde. Der Adressat jedweder Bemühungen musste demnach der Bundesgesetzgeber sein.

Die versammelten Gewerkschaftsvertreter und den Gewerkschaften nahestehenden Personen diskutierten in einem weiteren Schritt die Frage nach der richtigen Verortung der Mitbestimmung und schlossen, dass eine Mitbestimmung im Aufsichtsrat im Grunde an der falschen Stelle sei. Über die Hauptversammlung einer AG, und nur um diese Rechtsform drehten sich die Erörterungen, könne eine wirkliche Mitentscheidung der Arbeitnehmer und der Gewerkschaften an der Politik und der Ausrichtung eines Unternehmens erzielt werden. Die Teilnehmer behandelten die Thematik eng entlang der 1955 vorgelegten Vorschläge der Studienkommission des Deutschen Juristentages zur Reform des Unternehmensrechts und bezogen sich in ihren Erörterungen häufig auf diese juristischen Untersuchungen.[9] Sogenannte »Mammut-

---

9   Die wirtschafts- und sozialrechtliche Abteilung des 39. Deutschen Juristentages beschloss 1951, eine Kommission zur Überprüfung des Unternehmensrechts unter dem Aspekt der Mitbestimmung zu gründen. Dabei ging die einstimmig gefällte Entschließung von einem grundsätzlichen Interesseneinklang der Sozialpartner aus. »Die Juristen dürfen sich nicht darauf beschränken, die von den Sozialpartnern vorgeschlagenen Lösungen oder gewonnenen Ergebnisse auf ihre Gesetzmäßigkeiten nach geltendem Recht zu überprüfen. Vielmehr sollen sich die deutschen Juristen beiden Sozialpartnern schon im Stadium der Verhandlungen zur Verfügung stellen, um beratend und ausgleichend die Versuche zur Herbeiführung einer den wirtschaftlichen und sozialen Frieden sichernden Lösung zu unterstützen.« Walter Schmidt: Einleitung, in: Studienkommission des Deutschen Juristentages: Untersuchungen zur Reform des Unternehmensrechts. Teil I (Berichte der Ausschüsse I und II), Tübingen 1955, S. 1-4, hier S. 1. In der Kommission wurden drei Ausschüsse errichtet, von denen sich die ersten beiden mit Fragen der Mitbestimmung auseinandersetzten. Der erste Ausschuss, in dem unter anderem Otto Kunze Mitglied war, befasste sich mit der Reform des Unternehmensrechts. Aufgrund seiner Zusammensetzung aus Vertretern von Arbeitgebern und Gewerkschaften konnten sich die Teilnehmer ebenso wenig auf eine normative Abgrenzung von Größenwerten eines »gemeinwichtigen Unternehmen« einigen, wie sie eine grundsätzliche Einigung über die Mitbestimmung als solche erzielten. Zwar erfolgten die Erörterungen im Rahmen der bestehenden Wirtschaftsordnung und auf der rechtlichen Grundlage des Eigentums und stellten das Mitbestimmungsrecht nicht grundsätzlich infrage. Jedoch führte »innerhalb des Ausschusses [...] der Gedankenaustausch über die ideellen Grundlagen des Mitbestimmungsrechts zu keiner Gemeinsamkeit der Anschauungen«, wobei die Teilnehmer in der öffentlichen Bekundung Wert auf die Feststellung legten, dass keiner ideologisch voreingenommen

unternehmen«, also Unternehmen mit mehr als 10.000 Mitarbeitern und einer Bilanz-summe von 200 bis 300 Millionen DM, sollten einem umfassenden Unternehmens-recht, unterliegen, wobei ein Unternehmen einer solchen Größe auch weniger als 10.000 Mitarbeiter hätte haben können. Die Diskutanten konnten sich nur schwer auf einheitliche Richtlinien zur Abgrenzung der einzelnen Typen einigen. Betriebs-wirtschaftliche Kennzahlen standen in dieser Frage im Zentrum. Die Forderung nach einer Umsetzung einer Verfassung für die Wirtschaft aus einem eigenen Recht der Arbeitnehmer auf Mitsprache heraus, gar unter Verweis auf die deutsche Vergangen-heit, wurden in dem beinahe ganz von Juristen besetzen Kreis nicht erhoben. Man schien auf die argumentative Durchsetzungskraft nach allen Seiten hin bedacht.[10]

Zur Verankerung der neuen Unternehmensverfassung entwickelte der Ausschuss eine neue Form der Beteiligung von Arbeitnehmern und Öffentlichkeit in Größt-unternehmen. Eine Vertreterversammlung als Ersatz der Hauptversammlung soll-te, so wurde nach einigen Diskussionsschritten in der letzten Fassung betont, aus 73 Personen bestehen. Die Arbeitnehmer und die Anteilseigner hätten je 30 Vertreter erhalten, wobei ganze 15 Mitglieder auf der Seite der Arbeitnehmer von den Gewerk-schaften bestellt werden sollten. Beiden Seiten wurde die Möglichkeit eingeräumt, je fünf weitere Mitglieder zu wählen. Drei unabhängige weitere Mitglieder sollten die unternehmensferne Öffentlichkeit repräsentieren und von den 70 gemeinsam gewählt werden. Der Ausschuss hielt es für zwingend notwendig, dank einer ungeraden Zahl in der Vertreterversammlung, bei jeder Abstimmung eine Entscheidung herbeiführen

---

und dadurch beeinträchtigt war. In dem Bewusstsein, dass ein juristischer Kreis keiner politischen Lösung vorgreifen konnte, diskutierte der Ausschuss zwei Modelle, die eine Mitbestimmung der Arbeitnehmer in rechtlich klarer und unstrittiger Form in das Unternehmensrecht integrieren sollten. Der erste Vorschlag galt für »Unternehmen erheblicher Größe«, also 50 Millionen Mark Grundkapital und 10.000 Mitarbeitern und wird von DGB-nahen Mitgliedern vorgebracht wor-den sein. Er sah die Ersetzung der Hauptversammlung durch eine Vertreterversammlung vor, in der das »öffentliche Interesse« und die Arbeitnehmer ein Stimmrecht erhalten sollten. Er wurde innerhalb des Ausschusses sehr kritisch betrachtet und stieß auf grundsätzliche verfassungsrecht-liche Bedenken. Die zweite Idee sah vor, den Arbeitsdirektor abzuschaffen und den Aufsichtsrat unter Beibehaltung der bestehenden Mitbestimmungsregeln zu stärken. Auch dies traf nicht an die Zustimmung aller Mitglieder, sodass letztendlich keiner der Vorschläge zu einer Beschluss-fassung gelangte. So kam am Ende deutlich zu Tage, dass eine Lösung nur auf politischem Wege erfolgen und man sich auf der Basis neutralen Rechts nicht auf eine gemeinsame Linie einigen konnte. Vgl. Kurt Ballerstedt: Unternehmen mit besonderer gesamtwirtschaftlicher Bedeutung unter Berücksichtigung des Konzernrechts, in: ebd., S. 7-58, hier besonders S. 43-48.

10 Eine dem Protokoll der Sitzung vom 1. Dezember 1959 beigefügte Notiz unbekannter Provenienz bringt weitere Defizite der Mitbestimmung aus der Sicht des DGB zum Ausdruck. Der Verfasser notierte, dass sie neben dem Manko der fehlenden Vertretung von Arbeitnehmern unter anderem die Bestimmung des zentralen Unternehmenszwecks völlig der Kapitalseite überlasse, eine rein mechanische Form der Parität enthalte und weiterhin zwischen Arbeitern und Angestellten trenne. Zudem sei das Verhältnis von Belegschaft und Gewerkschaften grundsätzlich zum Nachteil der gemeinsamen Interessensartikulation geregelt. Siehe Anmerkungen zum Protokoll Aktienrechts-reform, Sitzung vom 1.12.1959, in: DGB-Archiv im AdsD, Abt. Mitbestimmung, 24/2310.

zu können[11], doch gerade die Anlage der Vertreterversammlung hätte ungewöhnlich viel Spielraum für uneinheitliche Ergebnisse zugelassen und entsprach auf keiner Seite einer paritätischen Mitbestimmung. Die Teilnehmer stimmten grundsätzlich überein, »daß Vertreter des ö. I. [öffentlichen Interesses] im Unternehmen unabhängige, fachlich qualifizierte Persönlichkeiten sein müßten, die nicht im Wege dirigistischer Einflußnahme in irgendeiner Form von der öffentlichen Gewalt gewählt oder entsandt werden dürften.«[12] Sie sprachen sich also eben gegen eine tripartistische Konstruktion aus. Sie beriefen sich auch auf das Aktiengesetz von 1937, das, wenngleich in nationalsozialistischer Diktion, ein öffentliches Interesse an einer Unternehmung anerkannte. Bedenken, die Einbeziehung öffentlicher Vertreter käme einer Enteignung der Verfügungsrechte der Aktionäre gleich, teilten die Mitglieder insofern, als Schwierigkeiten bei Kapitalerhöhungen entstehen könnten. Doch sogar hier gingen die Überlegungen so weit, dass auch die Arbeitnehmerseite an den Entscheidungen zu Kapitalbeschlüssen beteiligt werden sollte. Allerdings stellten einige Teilnehmer erstmals die Frage nach der politischen Durchsetzbarkeit eines solch weitreichenden Gesetzes[13], zumal die Vertreterversammlung die praktizierte Form der Mitbestimmung nicht ersetzen sollte.

Sämtliche Vorbereitungsarbeiten an der Unternehmensverfassung ruhten jedoch nach der Vorlage eines Entwurfs zum Aktiengesetz seitens der Bundesregierung am 13. Juni 1960.[14] Der Ausschuss begründete intern die Forderung nach einer Umsetzung der Mitbestimmung im Rahmen des Aktiengesetzes mit der in § 70 des Aktiengesetzes festgeschriebenen Verpflichtung des Vorstandes zum Allgemeinwohl, die unbestritten noch geltendes Recht war, mit den als positiv eingeschätzten Erfahrungen mit der Montanmitbestimmung, mit der zwingenden Ableitung des Rechtsstaatlichkeitsgebots aus dem GG »in realistischer Erkenntnis der wirtschaftlichen Gegebenheiten«, sowie schließlich mit dem verfassungsrechtlichen Gebot der Gleichbehandlung wesensmäßig gleicher Tatbestände, die es erforderlich machten, eine Anpassung des bestehenden Mitbestimmungsrechts in der Montanindustrie an die übrige Wirtschaft

---

11 Vgl. Niederschrift über die Sitzung des Gesamtausschusses Aktienrechtsreform vom 5. Juli 1960, in: ebd.

12 Niederschrift über die Sitzung des Gesamtausschusses Aktienrechtsreform vom 8.3.1960, in: ebd. Siehe auch Niederschrift über die vorangegangene Ausschusssitzung vom 12.1.1960, in: ebd.

13 Niederschrift über die Sitzung des Gesamtausschusses Aktienrechtsreform vom 8.3.1960.

14 BT-Drs. III/1915. Der DGB musste allerdings in einer internen Überprüfung feststellen, dass bereits im Ausformulierungsprozess des Regierungsentwurfs weite Teile der Änderungsvorschläge aus den Arbeitskreisen nicht übernommen wurden. Lediglich die von den Gewerkschaften angeregte Bestimmung ein, dass über Sitzungen des Aufsichtsrats ein Sitzungsprotokoll angefertigt werden müsse und ein reines Beschlussprotokoll nicht genüge, floss in den Entwurf mit ein. Vgl. Aktenvermerk. Feststellung zu der Frage, inwieweit der Regierungsentwurf eines Aktiengesetzes den Vorschlägen der Arbeitskreise des Ausschusses »Aktenrechtsreform« [sic!] gefolgt ist vom 16. und 17. Mai 1960, in: DGB-Archiv im AdsD, Abt. Mitbestimmung, 24/2314.

vorzunehmen.[15] Alles in allem überwogen die juristischen Argumente bei Weitem. Die Begründung sollte von Beginn an so unangreifbar wie eben möglich ausfallen.

Die ausformulierte Stellungnahme des DGB zu dem Entwurf datiert vom 1. November des Jahres und wurde zehn Tage später allen Abgeordneten des Bundestags zugestellt. Der DGB kritisierte grundsätzlich die Anlage des Gesetzentwurfs, der sich »auf den ausgetretenen Pfaden des hergebrachten Gesellschaftsrechts« bewege und lediglich versuche, die Verhältnisse der Gesellschafter untereinander zu regeln, nicht jedoch das Unternehmen als Ganzes erfasse und die Interessen der Arbeitnehmer als im Grunde unternehmensfremd ansehe. Der DGB forderte eine größere Publizität, eine stärkere Stellung der Arbeitnehmervertreter im Aufsichtsrat inklusive ihrer Berücksichtigung bei der Bildung von Aufsichtsratsausschüssen sowie ein Verbot sogenannter stiller Reserven bei den Gegenständen des Anlagevermögens. Eine umfassende Unternehmensverfassung unter Einbeziehung von Größtunternehmen sprach die Stellungnahme zwar an, wollte sie aber nicht im Rahmen des Aktiengesetzes verwirklicht wissen, sondern in einem einheitlichen Gesetz für alle Unternehmen gleich ihrer Rechtsform festlegen.[16]

Schon während der Ausarbeitungsphase und auch im weiteren Diskussionsverlauf traten Kontroversen zwischen den Vertretern des DGB und der IG Bergbau um die Mindestzahl an Arbeitnehmern auf, ab der das Montanmitbestimmungsgesetz auf die übrigen Wirtschaftsbereiche übertragen werden sollte. Während die DGB-Juristen aus gesellschaftspolitischen und wirtschaftssoziologischen Erwägungen heraus auf der Zahl 2.000 bestanden, wollten die Vertreter der IG Bergbau an der für den Montanbereich gültigen Zahl von 1.000 festzuhalten. Auch die NGG widersprach dieser Zahl unter Verweis auf die Verhältnisse im Bereich der Nahrungsindustrie, in der dominierende Unternehmen auch weniger als 2.000 Mitarbeiter haben könnten.[17] In der ersten Fassung der Stellungnahme vom 1. November 1960 wurden diese Änderungen entsprechend berücksichtigt.

Die Frage war damit jedoch nicht geklärt. Der Ausschuss Aktienrechtsreform arbeitete nach der Vorlage der Stellungnahme an dem Entwurf zur Änderung des Montanmitbestimmungs- und des Mitbestimmungsergänzungsgesetzes, also mithin an dem kohärenten Mitbestimmungsgesetz, das den eigentlichen Diskussionsauftakt

---

15 Vgl. Niederschrift über die Sitzung des Gesamtausschusses Aktienrechtsreform am 12. August 1960, in: DGB-Archiv im AdsD, Abt. Mitbestimmung, 24/2310.

16 DGB-Bundesvorstand (Hg.): Stellungnahme des Deutschen Gewerkschaftsbundes zum Regierungsentwurf eines Aktiengesetzes und eines Einführungsgesetzes zum Aktiengesetz, Düsseldorf 1960, hier besonders S. 6 ff. Die entsprechenden ausformulierten Änderungsvorschläge legte der DGB im Februar des Folgejahres vor. Siehe DGB-Bundesvorstand (Hg.): Änderungsvorschläge des Deutschen Gewerkschaftsbundes zum Regierungsentwurf eines Aktiengesetzes und eines Einführungsgesetzes zum Aktiengesetz, Düsseldorf 1961.

17 Siehe Schreiben IG Bergbau und Energie vom 21. September 1960 und Telefax Gewerkschaft NGG vom 20. September 1960 an die Hauptabteilung Wirtschaftspolitik des DGB, in: DGB-Archiv im AdsD, Abt. Mitbestimmung, 24/2415.

bildete. Da die Teilnehmer davon ausgingen, dass das nach der Bundestagswahl 1961 neu gebildete Bundeskabinett bereits zu Beginn 1962 den Entwurf zum Aktiengesetz verabschieden würde, fühlte sich der Ausschuss unter Zeitdruck, die Arbeiten schnell abzuschließen und einer rechtlichen Prüfung zu unterziehen. Die Formulierungen gehen auf Wolfgang Spieker (1931–2009), dem langjährigen Leiter des WWI zurück, der dem Ausschuss zum 23. November 1961 eine erste Fassung vorlegte. Das Problem der Größenabgrenzung bedurfte einer erneuten Erörterung.

Bereits im August hatte der Gesamtausschuss diese Frage diskutiert und festgestellt, dass die Trennung zwischen Mammut- und Großunternehmen nicht so scharf zu ziehen war, wie anfänglich gedacht. Die Anzahl an Unternehmen deckte sich weitgehend. Dies verleitete einige Diskutanten zu der Annahme, dass es angesichts der bereits gültigen Grenze von 1.000 Mitarbeitern nach dem Modell der Montanindustrie kaum möglich sein würde, innerhalb der Gewerkschaften einen Konsens über höhere Grenzwerte der Beschäftigtenzahlen herzustellen. Unter Verweis auf die Erfahrungen in den vorangegangenen Gesetzesverhandlungen sprachen sie sich dafür aus, die Bemessungsgrundlagen von Groß- und Größtunternehmen bewusst zu reduzieren, da die Grenze während der Verhandlungen ohnehin verschoben würde. Es wurde jedoch kritisiert, dass eine Debatte über die gewerkschaftlichen Vorschläge mit »interessierten Partnern« nur möglich sei, wenn die Werte nicht zu niedrig angesetzt würden. Der Ausschuss einigte sich, die Merkmale zwischen beiden Unternehmenstypen so zu ziehen, dass ein Großunternehmen mindestens 2.000 Mitarbeiter, 100 Millionen DM Umsatz und eine Bilanzsumme von 50 Millionen DM, ein Größtunternehmen hingegen mindestens 20.000 Mitarbeiter, eine Milliarde Umsatz und eine Bilanzsumme von 500 Millionen DM haben sollte. Diese Angaben galten für den Bereich Industrie und Handel, den Bankensektor klammerte man aufgrund von Abgrenzungsproblemen aus. Je zwei von drei Merkmalen sollten in zwei aufeinanderfolgenden Geschäftsjahren erfüllt sein. Da der Ausschuss davon ausging, dass sich eine allgemein verbindliche Regelung für die gesamte Wirtschaft auch auf den Montanbereich erstrecken würde, wäre eine Befreiung einiger mitbestimmter Unternehmen nach dem Wegfall des Montanmitbestimmungsgesetzes zunächst in Kauf genommen worden.[18]

Auf dieser Grundlage entschieden die Mitglieder im November gegen die Stimme des Vertreters der IG Bergbau, dass das Merkmal 2.000 Mitarbeiter in den Entwurf aufgenommen werden solle, da betriebswirtschaftlich vertretbare Relationen keine andere Zahl zuließen, die SPD-Fraktion zudem diesen Wert als unterste Grenze ansah und auch »objektive und wohlwollende Beurteiler« keine andere Möglichkeit in Betracht zogen. Die Montanmitbestimmung sollte durch einen Sonderpassus in

---

18 Vgl. Niederschrift über die Sitzung des Gesamtausschusses Aktienrechtsreform am 12. August 1960.

der bestehenden Form gesichert werden.[19] Taktische Überlegungen der politischen Durchsetzbarkeit der eigenen Forderungen spielten demnach in die Grenzziehung der Merkmale teilweise eine Rolle, doch insbesondere der DGB war sich über die Notwendigkeit im Klaren, dass ein Unternehmen einer gewissen Größe bedurfte, um mitbestimmungsrelevant zu sein. Die IG Bergbau beharrte jedoch auf ihrer Haltung, eine Anhebung der Grenze von 1.000 auf 2.000 Mitarbeiter käme einem Eingeständnis des Scheiterns der bestehenden Regelung gleich und würde schon im Vorfeld sämtliche gewerkschaftlichen Argumente diskreditieren.[20] Zudem sei eine Größe von 2.000 im Bundestag nicht durchsetzbar.[21] Rosenberg hielt nach interner Abstimmung dagegen, eine Reduzierung der angezeigten Werte würde den Kreis der erfassten Unternehmen von derzeit etwa 150 bis 200 auf mehr als 1.000 erweitern, was bedeute, dass der DGB »den gesamten unternehmerischen Mittelstand« gegen sich hätte. Entscheidend für die Erarbeitung des Reformausschusses sei auch, dass »man von Großunternehmen im Sinne einer wirtschaftlichen Macht erst sprechen kann, wenn sie unter Berücksichtigung der übrigen Kriterien [...] wenigstens 2.000 Beschäftigte haben.«[22]

Strittig blieb zudem das Verfahren zur Bestellung des Arbeitsdirektors. Sie sollte auch weiterhin, soweit waren sich alle Beteiligten selbstverständlich einig, nicht gegen die Mehrheit der Arbeitnehmerseite erfolgen. Man rang jedoch um das Quorum. Zweidrittel- und Dreiviertelzustimmungsquoten des Aufsichtsrats für alle Vorstände wurden zunächst eingebracht, Letztere insbesondere von der IG Bergbau vertreten, die eine Dreiviertelmehrheit für den im Grunde eher unwahrscheinlichen Fall einführen wollte, dass Anteilseigner, DAG und CDG sich in einem Aufsichtsrat gegen den DGB verschwören würden.[23] Kontrovers wurde auch das geplante Verfahren zur Wahl der Arbeitnehmervertreter im Aufsichtsrat diskutiert. Eine Urwahl, die von einigen Seiten angeregt wurde, schied aufgrund der zu erwartenden Komplexität bereits im Vorfeld aus. Die IG Bergbau plädierte für die Beibehaltung des im Mitbestimmungsgesetz von 1951 festgelegten Verfahrens, nach dem die Aufsichtsratsmitglieder durch die Betriebsräte gewählt wurden.[24] Parallel dazu schrieb das Mitbestimmungsergänzungsgesetz jedoch ein Wahlmännerverfahren vor, für das sich die IG Metall starkmachte. Sie befürchtete einen Verlust an Einfluss auf die zu wählenden Auf-

---

19 Vgl. Niederschrift über die Sitzung des Gesamtausschusses Aktienrechtsreform am 23. November 1961, in: DGB-Archiv im AdsD, Abt. Mitbestimmung, 24/2312.

20 Vgl. Schreiben von Heinrich Gutermuth und Heinz Kegel an Ludwig Rosenberg, Otto Kunze, Willi Michels und [Olaf] Radke vom 22. Januar 1962, in: DGB-Archiv im AdsD, Abt. Mitbestimmung, 24/2311.

21 Vgl. Schreiben von Heinz Kegel an Ludwig Rosenberg vom 28. Februar 1962, in: ebd.

22 Schreiben von Ludwig Rosenberg an den Hauptvorstand der IG Bergbau vom 2. Februar 1962, in: ebd.

23 Vgl. Schreiben von Max Frey an Otto Kunze, [Vorn. unbek.] Gester, Karl-Heinz Sohn und Wolfgang Spieker vom 7. Dezember 1961, in: ebd.

24 Vgl. Schreiben von Heinrich Gutermuth und Heinz Kegel an Ludwig Rosenberg vom 15. Januar 1962, in: ebd.

sichtsräte, da gerade die Gesamtheit der Betriebsräte sich durchaus gegen den DGB hätte zusammenschließen können, so die These. Die Verbundenheit des Betriebsrats als eigenständigem Gremium zur Gewerkschaft war zum Zeitpunkt der Debatten um den Gesetzentwurf nicht in dem Maße breit gefestigt wie in späteren Zeiten. Zudem trat taktisches Kalkül hinzu, galt es doch zu vermeiden, dass die kleinere DAG einen im Verhältnis zur Mitgliederzahl höheren Einfluss auf die Bestellung der Aufsichtsräte erhielte. So entschied man nach eingehenden Verhandlungen, die Wahlen nach den in § 6 des Mitbestimmungsgesetzes festgelegten Grundsätzen durchführen zu wollen.[25] Da die Anzahl der Betriebsräte in Großunternehmen schnell die 1.000er-Marke überschreiten konnte, sollte die Zahl der wählenden Betriebsräte jedoch bei 300 gedeckelt werden, um eine gewisse Praktikabilität zu gewährleisten. Zudem sprach man sich dafür aus, das Repräsentationsverhältnis nicht an der Stärke und Zusammensetzung der Betriebsräte auszurichten, sondern an der Größe der Belegschaften der einzelnen Betriebe. Somit konnte aus Sicht des DGB eine übermäßige Berücksichtigung der kleineren Gewerkschaft DAG und des CDG unterbunden werden. Ansonsten galten die weiteren Bestimmungen des § 6 des Mitbestimmungsgesetzes. Auch der Arbeitsdirektor sollte nach den gültigen Prinzipien bestellt werden.[26]

Die IG Metall stimmte schließlich diesem Votum ebenso zu wie sich die IG Bergbau mit einer Anhebung des Grenzwertes von 1.000 auf 2.000 Mitarbeiter abfand, der auch in der Neuauflage der bereits publizierten Stellungnahme des DGB zum Aktiengesetz vom 1. November 1960 korrigiert wurde. Entgegen den ursprünglichen Vorstellungen entschied der Gesamtausschuss zunächst, dass die Gesamtheit der Betriebsräte den Wahlkörper zur Aufsichtsratswahl bilden sollte, sofern er nicht die Zahl von 300 als Richtwert überstieg. Dieser Passus wurde allerdings im Verlauf des weiteren Gedankenaustausches wiederum auf Drängen der IG Bergbau ebenfalls gestrichen.[27] Detailregelungen bedurften darüber hinaus einer eigenen Wahlordnung. Zudem hielt der

---

25 Hiernach wählen die Betriebsräte in geheimer Wahl die betriebsangehörigen Vertreter, müssen aber mit der im Betrieb vertretenen Gewerkschaft Rücksprache halten. Die Gewählten werden dem separaten Wahlorgan vorgeschlagen, das nach eigenem Recht oder einer unternehmensweit gültigen Satzung zustande kommt und auch für die Wahl der externen Gewerkschaftsvertreter im Aufsichtsrat zuständig ist. Die Gewerkschaften und deren Spitzenverbände haben ein Einspruchsrecht gegenüber den betrieblichen gewählten Vertretern falls sie der Ansicht sind, dass die Gewählten nicht in der Lage sind, zum Wohl des Unternehmens oder der gesamten Volkswirtschaft im Aufsichtsrat mitzuarbeiten. In der Praxis lief und läuft dieses komplexe Verfahren darauf hinaus, dass auch die betrieblichen Angehörigen der Zustimmung der DGB-Gewerkschaften bedürfen.

26 Vgl. Niederschrift über die Sitzung des Unterausschusses zur Klärung der Frage, nach welchen Prinzipien das Verfahren zur Bestellung der unternehmensangehörigen Arbeitnehmervertreter im Gesetzentwurf zur Änderung des Mitbestimmungsrechts der Arbeitnehmer geregelt werden soll am 15. Dezember 1961, in: DGB-Archiv im AdsD, Abt. Mitbestimmung, 24/2310.

27 Vgl. Schreiben von Otto Kunze an die Mitglieder des Unterausschusses Wahlverfahren des Gesamtausschusses Aktienrechtsreform vom 24. September 1962, in: DGB-Archiv im AdsD, Abt. Mitbestimmung, 24/2312.

DGB an dem Prinzip der Gruppenwahl zwischen Angestellten und Arbeitern fest, da er bei einer Einführung der reinen Mehrheitswahl befürchtete, dass der Bundestag nach der Vorlage seines Gesetzentwurfs nur über einen verstärkten Minderheitenschutz und nicht über die Sache der Mitbestimmung an sich debattieren würde.[28]

Die Arbeiten an dem Entwurf zu einem einheitlichen Mitbestimmungsgesetz wurden Mitte 1962 abgeschlossen. Der Entwurf glich in seiner endgültigen Fassung der Montanmitbestimmung auf frappierende Weise, wenngleich mit den skizzierten Abstrichen. Als Grenze, ab der das Gesetz greifen sollte, wurde der bekannte Dreiklang aus einer Beschäftigtenzahl von mindestens 2.000, einer Bilanzsumme von mindestens 50 Millionen DM und einem Jahresumsatz von mindestens 100 Millionen DM gewählt. Zwei dieser drei Kriterien sollten in zwei aufeinanderfolgenden Jahren vorliegen. Besondere Bestimmungen für Kreditinstitute und Versicherungen gingen auf die jeweiligen Verhältnisse in diesen Sektoren ein. Aufgrund der in Deutschland praktizierten Trennung zwischen Kapital- und Personengesellschaften griffen die Bestimmungen nur in einer AG, GmbH und einer bergrechtlichen Gewerkschaft mit eigener Rechtspersönlichkeit. Die Zusammensetzung des Aufsichtsrats entsprach derjenigen des Montansektors, wobei auf der Arbeitnehmerbank neben dem neutralen Mitglied je ein Arbeiter und ein Angestellter und zwei Vertreter der »Spitzenorganisationen der in den Betrieben des Unternehmens oder des Konzerns vertretenen Gewerkschaften«, also namentlich des DGB, angehören sollten. Überstieg das Unternehmen oder der Konzern die Größe von 20.000 Arbeitnehmern, die Bilanzsumme von 500 Millionen DM und den Umsatz von einer Milliarde Mark, so musste der Aufsichtsrat zwingend aus 21 Mitgliedern bestehen, allen übrigen Unternehmen wurde die Möglichkeit eingeräumt, freiwillig die Mindestzahl von elf Mitgliedern auf 15 oder 21 unter Berücksichtigung des Proporzes anzuheben. Im Vorstand sollte ein Arbeitsdirektor Platz nehmen, der nicht gegen die Stimmen der Arbeitnehmer gewählt werden durfte. Das Montanmitbestimmungsgesetz sollte nach der Verkündung des neuen Mitbestimmungsgesetzes außer Kraft treten, die bisherigen Bestimmungen für die Montanindustrie doch in Kraft bleiben, was sicherlich einer der schwierigsten Punkte in dem Entwurf war.[29]

Die Debatte hatte seit dem Auftakt vier Jahre zuvor einen stark juristischen Einschlag erhalten, der sich teilweise in Details verlor. Da dies durchaus als Mangel empfunden wurde, sollte die Begründung des DGB zum Entwurf die gesellschaftspolitische Forderung nach mehr Mitbestimmung im Sinne einer Demokratisierung wieder aufgreifen, da auch die Vorlage hierfür aus rechtspolitischer Perspektive ver-

---

28 Vgl. Niederschrift über die Sitzung des Gesamtausschusses Aktienrechtsreform am 16. Januar 1962, in: ebd.

29 Vgl. Entwurf eines Gesetzes über die Mitbestimmung der Arbeitnehmer in Großunternehmen und Großkonzernen (Mitbestimmungsgesetz), in: DGB-Bundesvorstand (Hg.): Aktienrechtsreform und Mitbestimmung. Stellungnahmen und Vorschläge, Düsseldorf o. J., S. 40-50.

fasst wurde.[30] In der endgültigen Fassung verwies der DGB dann zwar auf die gewandelte Bedeutung der Montanindustrie für die Gesamtwirtschaft und die mit dem Entwurf umgesetzte Angleichung der Unterschiede zwischen Unternehmensrecht auf der einen und Konzernrecht auf der anderen Seite, blieb jedoch in der Formulierung technisch und in der Sprache kühl. Auch an dieser Stelle fand sich kein Verweis auf die gesellschaftliche Notwendigkeit einer Mitbestimmung der Arbeitnehmer.[31] Zudem bestand über das weitere strategische Vorgehen zunächst Unklarheit. Wenn der Gesetzentwurf in den Bundestag eingebracht würde, so einige Befürchtungen, könnte dies durchaus auch Verschlechterungen beim bestehenden Mitbestimmungsrecht mit sich bringen. Diese Einschätzung teilten angesichts der Mehrheitsverhältnisse auch einige Abgeordnete der SPD.[32] DAG und CDG könnten Vorschläge zum Minderheitenschutz zulasten des DGB einbringen. Willi Michels (1919–2003), IG Metall, betonte, das Gespräch über den Entwurf müsse auf jeden Fall mit der Gewissheit geführt werden, dass alle Gewerkschaften hinter dem Vorschlag des Gesamtausschusses stünden. »Andernfalls werde man leicht ein Fiasko erleben, wie seinerzeit bei der parlamentarischen Beratung des Betriebsverfassungsgesetzes. Eine solche Belastung dürfe sich die Gewerkschaftsbewegung nicht noch einmal leisten.«[33] Aus diesem Grund tat man sich bei der Konsensfindung schwer.

Strategische Überlegungen stellte auch Wolfgang Spieker in einem Grundsatzreferat vor dem NGG-Hauptvorstand an. Neben seinen überaus aufschlussreichen Darlegungen etwa zur Entwicklung[34] und zu den Vor- und Nachteilen der Mitbestimmung

---

30 Vgl. Aktennotiz von Karl-Heinz Sohn an Otto Kunze vom 22. Mai 1962, in: DGB-Archiv im AdsD, Abt. Mitbestimmung, 24/2311. Siehe auch weitere Zuschriften aus dem DGB-Bezirk Niedersachsen und von Einzelpersonen ebd.

31 Siehe Begründung zum Entwurf eines Gesetzes über die Mitbestimmung der Arbeitnehmer in Großunternehmen und Großkonzernen (Mitbestimmungsgesetz), in: DGB-Bundesvorstand (Hg.): Aktienrechtsreform, S. 50-59, hier besonders S. 50 f.

32 Vgl. Schreiben der Parlamentarischen Verbindungsstelle des DGB an den DGB-Bundesvorstand, Hauptabteilung Wirtschaftspolitik vom 16. Februar 1962, in: DGB-Archiv im AdsD, Abt. Mitbestimmung, 24/2311.

33 Niederschrift über die Sitzung des Unterausschusses zur Klärung der Frage, nach welchen Prinzipien das Verfahren zur Bestellung der unternehmensangehörigen Arbeitnehmervertreter im Gesetzentwurf zur Änderung des Mitbestimmungsrechts der Arbeitnehmer geregelt werden soll am 15. Dezember 1961.

34 So arbeitete Spieker etwa den Wandel der Vorstellung des DGB heraus, in dessen Folge die Sozialisierung hinter die Mitbestimmung zurücktrat und diese nun als »die Grundlage der Wirtschaftspolitik« erachtet wurde, und die Eigentumsfrage, »der absolute Vorrang der Forderung nach Sozialisierung in all ihren vielfältigen Erscheinungsformen«, entdogmatisiert würde. Man habe sich von dem Glauben entfernt, dass nur eine Vergesellschaftung die Anliegen der Arbeitnehmerbewegung verwirklichen könne. Die Kontrolle wirtschaftlicher Macht könne, so Spieker, sowohl durch direkte als auch durch indirekte Mittel erfolgen. Den Wandel begründete er indirekt mit der politischen Großwetterlage. Hätte man zur Besatzungszeit noch die Großunternehmen und das produzierende Gewerbe in Gemeineigentum überführt, so hätte sich an der grundsätzlich privatwirtschaftlichen Orientierung der Bundesregierung dennoch nichts geändert. Allgemeiner

für die Gewerkschaften führte er aus, dass durch die Mitbestimmung eine institutionelle Verankerung des Freiheitsraums des Arbeiters möglich wäre. Man könne sich eben nicht allein auf den guten Willen des einzelnen, womöglich christlich geprägten Unternehmers verlassen, wie es von der christlichen Sozialethik und in dieser Folge auch von den Medien gerne suggeriert werde. Wohl nicht zufällig an die Vertreter der NGG gerichtet, rief er zur Bescheidenheit in den Forderungen auf. Die wirtschaftliche Mitbestimmung bedürfe der Basis im Unternehmen und werde nach erfolgreicher Umsetzung eine gewisse Ausstrahlungskraft entwickeln. Interessanterweise plädierte Spieker neben den gesetzlichen Regelungen für eine institutionelle Absicherung der Mitbestimmung durch Tarifvertrag. Nach § 1 des Tarifvertragsgesetzes sei dies nicht möglich[35], doch könne man beim Gesetzgeber auf eine Neufassung drängen und die Tarifautonomie erweitern. Die Entschließung des DGB-Bundeskongresses von 1962 zur Mitbestimmung richtete sich nur an den Gesetzgeber[36] und entsprängen so der »Tradition der deutschen Gewerkschaften aus der alten Staats- und Gesellschaftsverfassung.« Das Lüdenscheider Abkommen habe gezeigt, dass eine Absicherung der Unternehmensmitbestimmung durch Tarifvertrag möglich sei. Man müsse aber an das Unternehmen herantreten, die Gewerkschaft sei »gewissermaßen Drittinteressent«. Spieker hob unter den vielen Vorzügen einer Mitbestimmungsinitiative der kleinen Möglichkeiten »auf breiter Front« hervor, dass der Gesetzgeber sich eher an einmal

---

gesprochen wandte er ein, dass in dieser seiner Zeit weltanschauliche Gegensätze weitgehend zu Interessengegensätzen geworden seien, die es zu verwirklichen gelte. Deswegen sei man in der Wahl der Mittel flexibler. Die Ausführungen Spiekers, so aufschlussreich, ausführlich und interessant sie auch sind, stellen jedoch eine Einzelposition innerhalb des DGB dar. Siehe Mitbestimmung heute, Probleme und Chancen – Referat des Kollegen Dr. Spieker am 28. Juni 1963 gehalten vor dem Hauptvorstand der Gewerkschaft Nahrung-Genuß-Gaststätten, in: DGB-Archiv im AdsD, Abt. Mitbestimmung, 24/2401.

35 »(1) Der Tarifvertrag regelt die Rechte und Pflichten der Tarifvertragsparteien und enthält Rechtsnormen, die den Inhalt, den Abschluss und die Beendigung von Arbeitsverhältnissen sowie betriebliche und betriebsverfassungsrechtliche Fragen ordnen können.« § 1 Tarifvertragsgesetz vom 9. April 1949 in der Fassung der Bekanntmachung vom 25. August 1969, BGBl. I S. 1323. Für eine übergeordnete Mitbestimmung ließ diese Bestimmung in der Tat keinen Spielraum.

36 In der von der IG Metall initiierten Entschließung heißt es: »Der Bundeskongress [...] erwartet vom Parlament eine umfassende gesetzliche Neuregelung des wirtschaftlichen Mitbestimmungsrechts im Rahmen einer grundlegenden Reform des Unternehmensrechts. Mit ihr muß die qualifizierte Mitbestimmung der Arbeitnehmer über die Montanindustrie hinaus auf alle Großunternehmen ausgedehnt werden. Dabei müssen alle Rechtsformen und Wirtschaftszweige erfasst werden.« Der ursprüngliche Wortlaut »Groß- und Mammutunternehmen« wurde nach kurzer Debatte und Intervention von Ludwig Rosenberg in Großunternehmen abgeändert. Die Antragskommission hatte zuvor empfohlen, den Passus komplett zu streichen, was aber auf Bedenken stieß. Die Vertreter der IG Metall und des DGB zeigten sich besorgt um das Bild in der Öffentlichkeit, wenn der DGB eine Ausdehnung der Mitbestimmung auf alle Unternehmen gefordert hätte. So nahm der Kongress die Änderungswünsche zurück, verabschiedete sich allerdings schrittweise von der Idee der Unternehmensverfassung. Siehe DGB-Bundesvorstand (Hg.): Protokoll des 6. ordentlichen Bundeskongresses vom 22. bis 27. Oktober 1962 in Hannover, Köln [1962], S. 480-484 sowie S. 945 ff. (Zitat S. 946).

erreichten tariflichen Errungenschaften orientieren würde, das Mitbestimmungsbe-
wusstsein bei den Mitgliedern verankert würde und sich die gewerkschaftliche Tarifpolitik dem englischen und angloamerikanischen Muster annähern und die Gewerkschaften von ihrer stark staatsrechtlichen Tradition befreien würde.[37] Insbesondere
der letzte Gedanke ist interessant, da Spieker eine Abkehr des geläufigen Denkens
hin zu einem Mehr an korporatistischen Mustern formuliert. Offensichtlich verortete
er Aushandlungswege eben nicht auf der Staatsebene, sondern bei den Tarifparteien
und sah die angelsächsische Gewerkschaftspolitik als die langfristig erfolgreichere an.
Jedoch debattierten weder er noch andere Gewerkschafter diese Aspekte eingehender.
Das Hauptaugenmerk lag klar auf einer gesetzlichen Umsetzung der Forderungen
des DGB.

Eine weitere und wichtige Stütze, auch für die folgende Öffentlichkeitskampagne
des DGB, stellte die Denkschrift »Mitbestimmung – eine Forderung unserer Zeit« dar,
die der DGB Mitte des Jahres 1966 vorlegte. In ihr schlugen sich die inhaltlichen
Veränderungen nieder, die den Diskussionsprozessen entsprangen. Nachdem sich der
Gewerkschaftsbund im Jahre 1963 ein erstes Grundsatzprogramm gegeben hatte, dessen Entstehung eng im Zusammenhang mit dem Godesberger Programm der SPD zu
sehen ist, bedurfte das 1955 beschlossene Aktionsprogramm einer Überarbeitung, um
die konkreten Forderungen des DGB nicht allein nach mehr Mitbestimmung, sondern
auch in den tarif- und sozialpolitischen Aspekten zu bündeln und zu erweitern. Die
Vorbereitungen hierzu begannen nach dem außerordentlichen Bundeskongress des
DGB 1963 und wurden unter der Leitung von Otto Brenner (1907–1972) geführt.
Die Vorschläge der Gewerkschaften aus mitbestimmungspolitischer Sicht waren, der
Intention eines Aktionsprogramms gemäß, von recht konkretem Inhalt und fanden
in unterschiedlicher Form ihren Niederschlag in der Endfassung der Neuauflage. Die
IG Metall unterbreitete einen Passus, nach dem ein dem »Lüdenscheider Abkommen«
vergleichbares Gesetz die Mitbestimmung in Betriebsabteilungen sichern sollte, die zuvor selbstständige Töchter eines Konzerns waren. Die ÖTV pochte auf einer Verbesserung des Personalvertretungsgesetzes, analog zum stets als unzureichend bezeichneten
Betriebsverfassungsgesetz. Neben der IG Bergbau und der IG Chemie meldete sich
erneut die NGG zu Wort mit dem Ruf nach Mitbestimmung in allen Großbetrieben,
die dem Betriebsverfassungsgesetz unterlagen, wohl da der geplante Grenzwert von
2.000 Mitarbeitern im Nahrungs- und Gaststättengewerbe selten erreicht wurde.[38]
Der entsprechende Passus der Endfassung lautete hingegen schlicht »Mitbestimmung
der Arbeitnehmer am Arbeitsplatz, im Betrieb, im Unternehmen und in der gesam-

---

37 Siehe Mitbestimmung heute, Probleme und Chancen – Referat des Kollegen Dr. Spieker am
    28. Juni 1963 gehalten vor dem Hauptvorstand der Gewerkschaft Nahrung-Genuß-Gaststätten.
38 Vgl. Bisherige Forderungen im Aktionsprogramm und Vorschläge zur Überarbeitung des Ak-
    tionsprogramms unter Berücksichtigung der Anträge des Außerordentlichen Bundeskongresses
    des DGB im November 1963, in: DGB-Archiv im AdsD, Abt. Vorsitzender, 5/DGAI002008.

ten Wirtschaft muß die politische Demokratie ergänzen. [...] Alle Großunternehmen müssen Arbeitsdirektoren und paritätisch besetzte Aufsichtsorgane haben.«[39]

Mit der Aktualisierung des Aktionsprogramms legten die Verantwortlichen jedoch nur einen ersten Zwischenschritt ein, der gleichwohl eine Öffentlichkeitswirksamkeit nicht verfehlte. Doch obgleich der DGB die Kampagne zur Mitbestimmung nach der Bundestagswahl maßgeblich vorantrieb, war er sich noch nicht über die konkreten inhaltlichen Forderungen einig. Die Ergebnisse des Arbeitskreises Aktienrechtsreform waren zwar sehr weit vorangeschritten, aber eher einem eingeweihten Kreis interner Funktionäre vertraut. Es bedurfte zudem noch eines offiziellen Beschlusses des DGB-Bundesvorstands. In der Abt. Wirtschaftspolitik wurde für die Sitzung des Bundesvorstands eine Vorlage erstellt, in der die Hauptforderungen des DGB zusammengefasst wurden. Die jahrelangen Verhandlungen des Ausschusses Aktienrechtsreform hatten ergeben, dass eine Größenordnung von 3.000 Beschäftigten, 75 Millionen DM Bilanzsumme und 150 Millionen DM Umsatz der Definition eines Großunternehmens am besten entsprach. Zudem vertrat auch die den Gewerkschaften zugeneigte betriebswissenschaftliche Literatur diese Werte. Ferner strebten die Verfasser der Vorlage noch die Forderung nach einer umfassenden Unternehmensverfassung an, wollten den Arbeitsdirektor wie auch den restlichen Vorstand per qualifizierter Mehrheit durch den gesamten Aufsichtsrat wählen lassen und die betrieblichen Arbeitnehmervertreter durch den Betriebsrat, jeweils separat für Arbeiter und Angestellte.[40] Woher die Grenze von 3.000 Beschäftigten plötzlich kam, lässt sich nicht genau rekonstruieren, allerdings ist es, nach dessen eigenem Bekunden, auf das Betreiben des IG-Chemie-Vorsitzenden Wilhelm Gefeller (1906–1983) zurückzuführen, dass dieser Wert später wieder auf die ursprünglich vorgesehenen 2.000 Mitarbeiter korrigiert wurde.[41]

Zur Intensivierung der Medienarbeit und zur fachlichen Betreuung der Diskussion beschloss der Bundesvorstand in seiner Sitzung vom 5. Oktober 1965 zunächst die Gründung einer Kommission Aktion Mitbestimmung[42], der neben der Koordinierung der Werbemaßnahmen auch die Ausarbeitung der Denkschrift oblag, in der die Forderungen des DGB hergeleitet und umfassend erläutert werden sollten.[43] Die strategische Arbeit wurde ab 1964 in der Abteilung Wirtschaftspolitik und der Abteilung Mitbestimmung vorbereitet. In ihr wurde festgelegt, man werde sich

---

39 Aktionsprogramm des DGB vom 19. März 1965, in: Wolther von Kieseritzky (Bearb.): Der Deutsche Gewerkschaftsbund 1964–1969 (Quellen zur Geschichte der deutschen Gewerkschaftsbewegung im 20. Jahrhundert 13), Bonn 2006, S. 178-182, hier S. 181 f.

40 Vgl. Ausweitung der qualifizierten Mitbestimmung. Vorlage für die Sitzung des DGB-Bundesvorstandes am 5. Oktober 1965, in: DGB-Archiv im AdsD, Abt. Mitbestimmung, 24/2380.

41 Vgl. Niederschrift über die Beiratssitzung der IG Chemie am 23. November 1965, in: AfsB, IG CPK, Hauptvorstands- und Beiratssitzungen 30. Okt. 65 bis 31. Dez. 66.

42 Vgl. Protokoll der 30. Sitzung des Bundesvorstandes am 5. Oktober 1965, in: von Kieseritzky (Bearb.): Der Deutsche Gewerkschaftsbund, S. 213-221, hier. S. 215.

43 Siehe DGB-Nachrichtendienst 304/65 vom 27. Oktober 1965.

»aus einer ganzen Anzahl von Gründen in den nächsten Monaten schwergewichtig der Mitbestimmung annehmen. [...] Auch mit den Kollegen der Industriegewerkschaften und des WWI haben wir uns verständigt, daß wir nunmehr unsere eigene Konzeption gründlich klären, eine stichhaltige Begründung erarbeiten und prüfen werden, wie wir taktisch am zweckmäßigsten vorgehen.«[44]

Die Vorstellungen mündeten in der Kommission Aktion Mitbestimmung, die unter dem Vorsitz des damaligen Leiters der Abteilung Wirtschaftspolitik, Wilhelm Haferkamp (1923–1995), zum ersten Mal am 26. Oktober 1965 zusammentrat. Als erste Maßnahme erfüllte sie ihre vom Bundesvorstand übertragene Aufgabe und beschloss, seinen Leitlinien folgend als Großunternehmen zukünftig solche Unternehmen zu bezeichnen, die mehr als 2.000 Mitarbeiter, 75 Millionen DM Bilanzsumme und 150 Millionen DM Jahresumsatz vorwiesen. Sie sollte greifen, wenn zwei der drei Merkmale in zwei aufeinanderfolgenden Jahren vorlagen und nur in Kapitalgesellschaften umgesetzt werden. Die Forderung nach einer Unternehmensverfassung für Größtbetriebe wurde endgültig fallen gelassen.[45] Der Bundesvorstand thematisierte die Vorlage in seiner Sitzung drei Tage darauf und schloss sich den Vorgaben an. Die Montanmitbestimmung sollte in ihrer gültigen Form bestehen bleiben, einen Beschluss über die Fragen des Arbeitsdirektors und die Wahl des Aufsichtsrats stellte der Bundesvorstand jedoch zurück. Ferner wurde das WWI beauftragt, den Ausschuss »Unternehmensverfassung« bestehen zu lassen.[46] Mit einer ersten Fassung der Denkschrift beschäftigte sich die Kommission Aktion Mitbestimmung zu Beginn des Jahres 1966. Die endgültige Fassung legte der DGB-Bundesvorstand anlässlich des DGB-Bundeskongresses im Mai des Jahres vor.

---

44 Schreiben von Karl-Heinz Sohn an Ludwig Rosenberg vom 25. September 1964, WP-Sh/Sl, in: DGB-Archiv im AdsD, Abt. Vorsitzender, 5/DGAI002007. Hier heißt es weiter: »Auf welche Bereiche sich unsere Aktivität erstrecken wird, geht auch daraus hervor, daß die Kammer für soziale Ordnung der EKD einen Ausschuß bilden wird, der sich nur mit Mitbestimmungs- und Unternehmensverfassungsfragen beschäftigen soll.«

45 Siehe auch Ergebnisprotokoll über die Sitzung der Kommission Aktion Mitbestimmung am 26. Oktober 1965, in: DGB-Archiv im AdsD, Abt. Mitbestimmung, 24/2380. Nach einer Rechnung des WWI wären mit den beschlossenen Merkmalen 316 AGs und GmbHs von einem neuen Mitbestimmungsgesetz erfasst worden, verglichen mit 453 Unternehmen, die nach den zuvor diskutierten Größenwerten der Mitbestimmung unterlegen hätten. Das WWI zeigte sich dementsprechend skeptisch und riet dazu, die Folgen der neuen Merkmale sowohl im Hinblick auf die Methode als auch auf die praktische Auswirkung zu berücksichtigen. Eine präzisere Auszählung kam zu dem Ergebnis, dass 396 Einzelunternehmen über den Grenzwerten lagen, darunter 252 AGs, 103 GmbHs, 7 bergrechtliche Gewerkschaften, 11 Kreditinstitute und 23 Versicherungen. Vgl. Schreiben von Karl Zimmermann an Karl-Heinz Sohn vom 31. Januar und 3. Februar 1966, in: ebd.

46 Vgl. Protokoll der 31. Sitzung des Bundesvorstandes am 29. Oktober 1965, in: von Kieseritzky (Bearb.): Der Deutsche Gewerkschaftsbund, S. 222-225, hier S. 223 ff.

In der Denkschrift begründete der DGB die gewerkschaftlichen Mitbestimmungsforderungen erstmals in einer geschlossenen Konzeption. Neben der erneuten Betonung, dass nur durch die Integration der Arbeitnehmer in die wirtschaftliche Ordnung die Demokratie dauerhaft gesichert werden könne, verwies der DGB auf sein Grundsatzprogramm von 1963, in dem die Forderung nach Mitbestimmung einen prominenten Platz in der Präambel und im wirtschaftspolitischen Teil einnahm. In dem Grundsatzprogramm bekannte sich der Gewerkschaftsbund zu den Grundzügen der Marktwirtschaft und den allgemeinen Zielen der Wirtschaftspolitik. Das gesamte Programm entwickelt ein Verständnis von der Gewerkschaft als gestaltende, bewegende Kraft und nicht als eine Gegenmacht zu den bestehenden wirtschaftlichen und gesellschaftlichen Umständen. Als Ziele gab der DGB die Vollbeschäftigung bei stetigem Wirtschaftswachstum, eine gerechte Einkommens- und Vermögensverteilung, einen stabilen Geldwert, Verhinderung von Missbrauch wirtschaftlicher Macht und eine internationale wirtschaftliche Zusammenarbeit aus. Insbesondere zur Sicherstellung der ersten zwei Ziele schlug der DGB eine volkswirtschaftliche Rahmenplanung vor, die in Form eines Nationalbudgets der volkswirtschaftlichen Gesamtrechnung unter Beteiligung der Gewerkschaften entspringen sollte. Der Mitbestimmung schrieb das Grundsatzprogramm nicht allein eine Demokratisierungsfunktion zu, sondern betonte darüber hinaus zum ersten Mal in dieser Form den Aspekt der Kontrolle wirtschaftlicher »Macht«. Dazu sollte auch die Neuordnung der Unternehmensverfassung dienen, die jedoch im Programm nur eine Randnotiz blieb. Der DGB forderte im Grundsatzprogramm die Mitbestimmung in den Aufsichtsräten aller Großunternehmen in paritätischer Form und die Berufung eines Mitglieds in den Vorständen und Geschäftsführungen, das nicht gegen die Mehrheit der Arbeitnehmervertreter bestellt werden konnte, vulgo eines Arbeitsdirektors.[47]

Die Denkschrift von 1966 schloss sich der durch das Grundsatzprogramm vorgezeichneten Linie an. Die deutsche Form der Mitbestimmung, so hoben die Verfasser hervor, stelle das Gegenstück zum Klassenkampf französischer und italienischer Gewerkschaften und zum marktorientierten Verhalten der amerikanischen »Business Unions« dar. Beide Länder würden zwar eine gewisse Form der Mitbestimmung kennen, in den USA etwa durch die teilweise sehr umfassenden tarifvertraglich abgesicherten Rechte der gewerkschaftlichen Vertreter im Betrieb, die bis zur Einsicht in die Geschäftsbücher und zur Mitsprache bei der Investitionsplanung reichen konnten, in der französischen Wirtschaft durch den ausgeprägten Einfluss des Staates auf die

---

47 Siehe Grundsatzprogramm des DGB, in: DGB-Bundesvorstand (Hg.): Protokoll des außerordentlichen Bundeskongresses des DGB vom 21. bis 22. November 1963, Köln [1963], S. 450-477, hier besonders S. 450 ff. und 459 f. Siehe auch Hans Otto Hemmer: Stationen gewerkschaftlicher Programmatik. Zu den Grundsatzprogrammen des DGB und ihrer Vorgeschichte, in: Erich Matthias/Klaus Schönhoven (Hg.): Solidarität und Menschenwürde. Etappen der deutschen Gewerkschaftsgeschichte von den Anfängen bis zur Gegenwart, Bonn 1984, S. 349-367, hier besonderes S. 358 f.

Privatwirtschaft und die sozialisierten Wirtschaftsbereiche, doch dies sei im Vergleich zur deutschen Situation ein entschiedener Nachteil. Amerikanischen Gewerkschaften gelänge es, durch ihre Macht im Betrieb den »Preis für Arbeit« in die Höhe zu treiben, französische Arbeitnehmer griffen sehr häufig zum Streikmittel und könnten so das gesamte Wirtschaftsleben schnell zum Erliegen bringen.[48] Unter anderem aus dieser Begründung heraus forderte der DGB in seiner Denkschrift die Ausweitung der Mitbestimmung in vergleichbarer Form zur Montanindustrie. Die Größenmerkmale entsprachen den vom Bundesvorstand festgesetzten Werten und die Zusammensetzung des Aufsichtsrats den gültigen Bestimmungen aus dem Montanbereich. In puncto Arbeitsdirektor blieb die Denkschrift offen und forderte lediglich, dass sie die gleiche Rechtsstellung wie die anderen Vorstandsmitglieder haben sollten.[49]

Der DGB konnte zu dem Zeitpunkt auch keine detaillierteren Vorschläge unterbreiten, da ein genaues Procedere zur Einsetzung des Arbeitsdirektors noch intern abgestimmt werden musste. Nach damals geltendem Recht gab es zwei Möglichkeiten. Das Mitbestimmungsgesetz von 1951 sah vor, dass der Arbeitsdirektor nicht gegen die Stimmen der Mehrheit der Arbeitnehmer gewählt werden durfte, somit also spezielle Regelungen vorlagen. Im Mitbestimmungsergänzungsgesetz wurde hingegen die gleiche Vorgehensweise für alle Mitglieder des Vorstands gewählt, die sämtlich einer qualifizierten Mehrheit zu Wahl bedurften. Bei der Entscheidung für einen adäquaten Weg kam es jedoch nicht so sehr auf die Wahl an sich an, sondern auf die Stellung des Arbeitsdirektors im Vorstand. Er hätte sowohl als Vertreter der Arbeitnehmer – also

---

48 DGB-Bundesvorstand (Hg.): Mitbestimmung – eine Forderung unserer Zeit, Bielefeld (1966), S. 10 ff. Rosenberg schrieb zur selben Gelegenheit an Fritz Erler und bat ihn, das wirtschaftsfriedliche Verhalten der Gewerkschaften in seiner Rede zur Regierungserklärung von Erhard deutlich auszusprechen. »Man sollte einmal der deutschen Regierung und den deutschen Unternehmen die Frage stellen, welche Art von Gewerkschaften sie sich eigentlich wünschen. Die amerikanischen Gewerkschaften mit ›closed shop‹ und ›union shop‹, [...] die englischen Gewerkschaften, die etwa 2.500 Streiks pro Jahr wegen aller möglichen Anlässe durchführen; die französischen Gewerkschaften, die ständig den Verkehr und das ganze Wirtschaftsleben durch größtenteils politische Streiks stilllegen; oder vielleicht sogar die DAF.« Schreiben des DGB-Vorsitzenden, Rosenberg, an den Vorsitzenden der SPD-Bundestagsfraktion, Erler, zur Lage der Gewerkschaften vom 15. November 1965, in: von Kieseritzky (Bearb.): Der Deutsche Gewerkschaftsbund, S. 228 f., hier S. 229. Diese grundlegenden Unterschiede bedeuteten jedoch nicht, dass der amerikanische Gewerkschaftsbund AFL-CIO die deutschen Gewerkschaften nicht unterstützte. So beantwortete etwa der zuständige Gewerkschaftssekretär Henry Rutz eine Anfrage des Deutschen Industrieinstituts bezüglich der Meinung der amerikanischen Gewerkschaften zur Mitbestimmung in Deutschland mit einer großen Zustimmung und hob die eigenen Erfolge in Form von Tarifverträgen, gewerkschaftlich unterstützen Gesetzen und Gerichtsentscheiden hervor, darunter auch denjenigen, durch den die Gewerkschaften Einblick in die Bücher der Unternehmen erhielten. Eine Kopie des Schreibens erhielt Ludwig Rosenberg zur Kenntnisnahme. Siehe Abschrift des Schreibens von Henry Rutz an Dr. Hildegard Waschke, Deutsches Industrieinstitut, vom 6. Januar 1966 sowie von Henry Rutz an Ludwig Rosenberg vom 2. Februar 1966, in: DGB-Archiv im AdsD, Abt. Vorstandssekretariat, 5/DGAI001123.

49 DGB-Bundesvorstand (Hg.): Mitbestimmung – eine Forderung unserer Zeit, S. 13 f.

als Beauftragter der Belegschaft im Vorstand in scharfer Abgrenzung zu den übrigen Mitgliedern als Vertreter der Kapitalseite – als auch als voll integriertes Vorstandsmitglied mit gleichwertigen Rechten und Pflichten implementiert werden können.[50] Zwischen diesen Varianten schwankte der DGB und einigte sich erst zu Beginn des Jahres 1967 darauf, die wesentlichen Elemente des Montanmitbestimmungsgesetzes in seinen Gesetzentwurf aufzunehmen. Die Zusammensetzung des Aufsichtsrats und die Bestellung des Arbeitsdirektors sollten nach dessen Prinzipien erfolgen.[51]

1.2 Die Rolle der IG Chemie in der Konzeptionsphase

Eine Vorreiter-, wenn nicht gar eine Sonderrolle in der gewerkschaftlichen Programmatik nahm die IG Chemie ein. Sie wollte bereits in den ersten Jahren der Bundesrepublik Deutschland in der Chemieindustrie eine Mitbestimmung ähnlich des Montanmodells einführen, konnte sich jedoch nicht durchsetzen, zu sehr waren der Bundesregierung, Bundestag und der DGB auf die Eisen- und Stahlindustrie fixiert. Zudem unterbanden das noch gültige Besatzungsrecht und die Vorstellungen der Alliierten eine umfassende Lösung.[52] Doch innerhalb der Gewerkschaft, die nach der Gründung der Bundesrepublik noch dem auf Veränderung der Wirtschaftsstruktur und auf Vergemeinschaftung von Schlüsselindustrien drängenden Flügel des DGB zuzurechnen war, stand die Forderung seitdem im Raum und wurde kontinuierlich erhoben. Im Juni 1964 wollte die IG Chemie nun vor dem Hintergrund der guten wirtschaftlichen Lage die Gelegenheit zur Ausweitung der vollen Mitbestimmung auf die Großchemie und die Mineralölindustrie nutzen. Dabei wollte sie weder eine grundlegende Revision des Münchener Programms des DGB zustimmen, noch auf das Ziel der Überführung von Schlüsselindustrien in Gemeineigentum verzichten, zu denen die chemische Industrie nicht zuletzt aufgrund ihres Konzentrationsgrades gezählt wurde. Deswegen sprach sich die IG Chemie bereits im März 1963 für einen nachhaltigen Ausbau der Mitbestimmung in wirtschaftlichen Fragen aus.[53] Für die IG-Chemie-Gewerkschafter blieb das Thema nun eines der wichtigsten im Zusammenhang mit der Debatte über das 1963 beschlossene DGB-Grundsatzprogramm.[54]

---

50 Vgl. Das Verfahren der Bestellung und Abberufung des Arbeitsdirektors. Vorlage zur Sitzung der Kommission Aktion Mitbestimmung am 18. Januar 1967, in: DGB-Archiv im AdsD, Abt. Mitbestimmung, 24/2402.

51 Vgl. Protokoll der 8. Sitzung des Bundesvorstandes vom 7. Februar 1967, in: von Kieseritzky (Bearb.): Der Deutsche Gewerkschaftsbund, S. 404-413, hier S. 406.

52 Vgl. Hermann Weber: Die Industriegewerkschaft Chemie, Papier, Keramik und die Mitbestimmung, in: ders. (Hg.): Gewerkschaftsbewegung und Mitbestimmung, S. 125-136, hier S. 127-133.

53 Vgl. Entschluss des Beirats der IG Chemie zur gewerkschaftspolitischen Situation vom 5. März 1963, in: AfsB, IG CPK, Hauptvorstands- und Beiratsprotokolle vom 1. Januar 1963 bis 30. September 1965, Bl. 1.

54 Vgl. Niederschrift der Beiratssitzung der IG Chemie vom 10. Juli 1963, in: AfsB, IG CPK, Hauptvorstands- und Beiratsprotokolle vom 1. Januar 1963 bis 30. September 1965, Bl. 2-6.

Der Hauptvorstand befasste sich zum ersten Mal Mitte 1964 intensiv mit der Mitbestimmung. Ihr Vorsitzender Wilhelm Gefeller (1906–1983) führte aus, man leite nun »gewiss eine Epoche unserer Organisation ein, die eine sehr bedeutsame werden kann. Es ist ganz selbstverständlich, dass wir uns etwas einfallen lassen müssen um hier zum Zuge zu kommen, und vor allen Dingen müssen wir uns viele und gute Verbündete für diese Aufgabe suchen.«[55] Diese Verbündeten sah er in den christlichen Kirchen, in der IG Metall und in Teilen der CDU-Sozialausschüsse. Gefeller zeigte sich zuversichtlich, dass die Konstellation der Bundestagswahl 1965 eine günstige Gelegenheit für die IG Chemie bieten könnte, ihre Vorstellungen über eine Mitbestimmung in der chemischen Industrie umzusetzen. Deswegen, so war es Konsens im Vorstand, sollte die Gewerkschaft nun aktiv werden.[56] Dazu brauchte sie Unterstützung und Öffentlichkeit. »Wenn es überhaupt eine Chance geben soll, die eine oder andere Partei für diese Dinge als Bundesgenossen zu gewinnen, dann ist es die Zeit vor der Wahl. Wir müssen zur Bildung von Aktionsteams kommen, Stimmung machen für unser Anliegen und unsere Kollegen zu politisieren versuchen.«[57] Auch das internationale Berufssekretariat sagte seine Unterstützung zu, »da die Frage der Demokratisierung der Wirtschaft in vielen der Internationale angeschlossenen Ländern sehr aktuell« war.[58] Auf eine Lösung durch Tarifvertrag hoffte die Gewerkschaft jedoch nicht. »Ich halte es bei der bisher gezeigten Haltung der Vertreter der chemischen Industrie für vollständig ausgeschlossen, die Mitbestimmung durch Tarifverträge zu regeln.« Das Management der großen Betriebe sei in der Vergangenheit nie bereit gewesen, mit der IG Chemie diese Frage zu erörtern.[59]

Gefeller sicherte sich in einer gemeinsamen Sitzung von Parteivorstand mit sozialdemokratischen Gewerkschaftschefs am 30. Juni 1964 die Unterstützung der SPD, aufgrund derer er schloss, dass die politische Konstellation sich nun geändert habe und nun eine Realisierungschance bestand, obgleich eine Lösung in der laufenden Legislaturperiode nicht greifbar erschien. »Es ist durchaus möglich, eine Mehrheit der Parlamentarier zu gewinnen und mehr als eine Mehrheit der Parlamentarier für die Novellierung des Mitbestimmungsgesetzes für die chemische Industrie brauchen wir nicht.«[60] Ferner wollte man Personengesellschaften erfassen, ohne aber die rechtlichen Probleme, mit denen sich der DGB schwertat, ansatzweise zu beleuchten.

---

55 Niederschrift der Hauptvorstandssitzung der IG Chemie vom 19. Juni 1964, in: AfsB, IG CPK, Hauptvorstands- und Beiratsprotokolle vom 1. Januar 1963 bis 30. September 1965, Bl. 2.
56 Vgl. ebd.
57 Ebd., Bl. 3.
58 Niederschrift der Beiratssitzung der IG Chemie vom 13. und 14. November 1964, in: AfsB, IG CPK, Hauptvorstands- und Beiratsprotokolle vom 1. Januar 1963 bis 30. September 1965, Bl. 1.
59 So Wilhelm Gefeller anlässlich der gleichen Sitzung. Ebd., Bl. 3.
60 Niederschrift der Beiratssitzung der IG Chemie vom 13. und 14. November 1964, Bl. 6.

Die Begründung der IG Chemie war eine rein politische. Sie sah nur in ihrem Organisationsbereich reelle Umsetzungschancen gegeben, da der Organisationsgrad etwa bei Banken und Versicherungen zu gering sei. Wenn mit der Mitbestimmung das Ziel verfolgt werden solle, so ein internes Papier des Verantwortlichen Helmut Wickel, »die entscheidenden Sektoren der deutschen Wirtschaft unter Mitbestimmungskontrolle, d. h. unter gewerkschaftliche Kontrolle« zu bringen, so böte die Begrenzung auf die Großchemie und Erdölindustrie günstige Chancen aufgrund der fortlaufenden Veränderungen des Sektors und der Gefahr, dass »entscheidende Machtpositionen in der deutschen Wirtschaft unter ausländischen Kapitaleinfluß geraten.«[61] Grundsatzfragen politischer Weltanschauungen ließ man außen vor, da sie die Argumentation auf der praktischen Ebene erschweren würden. Da tarifpolitisch in dem Bereich nichts zu machen sei, käme die Schaffung eines neuen Gesetzes für die Chemie- und Erdölindustrie, die Ausdehnung der Montanmitbestimmung auf diese Betriebe durch eine entsprechende Ergänzungsnovelle oder eine Novelle zum Betriebsverfassungsgesetz infrage.[62] Ferner sah auch die IG Chemie eine groß angelegte Öffentlichkeitskampagne ähnlich der, die später vom DGB durchgeführt wurde, als unbedingt notwendig an. In den Materialien für Referenten hob der Vorstand hervor, dass in der Argumentation das Augenmerk auf die heutigen Herausforderungen und weniger auf historische Rückblenden gelegt werden solle. Es ginge um den Schutz der Arbeitnehmer vor den Folgen des technischen Fortschritts, die klare Verneinung eines Angriffs auf die Eigentumsordnung der Bundesrepublik und ihre Integration in eine neue Unternehmensverfassung. Neben der Größe und der Dominanz dreier Unternehmen wurden auch die Kapitalverflechtungen in der Mineralölindustrie ins Feld gebracht, in der zu einem hohen Grade ausländisches Kapital floss, das keinerlei Kontrolle unterlag. Dieses Szenario befürchtete die Gewerkschaft auch in der chemischen Industrie.[63]

---

61 Die chemische Industrie und die Mineralölverarbeitung entwickelten in der zweiten Hälfte der 1950er-Jahre eine besondere Dynamik und wiesen die höchsten Steigerungsraten innerhalb des produzierenden Gewerbes auf. Dieser Trend setzte sich bis zur Mitte der 1960er-Jahre kontinuierlich fort. Vgl. Sachverständigenrat zur Begutachtung der gesamtwirtschaftlichen Entwicklung (Hg.): Jahresgutachten 1965/66, Stuttgart/Mainz 1965, S. 53 sowie ders. (Hg.): Jahresgutachten 1966/67, Stuttgart/Mainz 1966, S. 54.

62 Siehe Exposé betr. Mitbestimmung in der Chemie vom 14. September 1964, Wi/I, in: AfsB, IG CPK, Mitbestimmung in der Chemie 1964–1968, Bl. 1-6.

63 Vgl. Referentenmaterial Mitbestimmung vom 30. März 1965, Wi/I, in: AfsB, IG CPK, Mitbestimmung DGB – IG CPK 1964–1969, Bl. 1-13. Die Erläuterungen zum Referentenmaterial sprachen davon, dass eindeutige Symptome vorlägen, dass der Mitbestimmungsgedanke an Popularität gewonnen habe, was auch auf die »überraschend günstige Aufnahme unserer sozusagen unter der Hand eingeleiteten Kampagne für Mitbestimmung in der Chemie und Mineralölindustrie« zurückgeführt wurde. Die Arbeitnehmer spürten vor dem Hintergrund der schweren Krise im Bergbau, dass es möglich sei, durch Mitbestimmung soziale Erschütterungen zu vermeiden. In den Erläuterungen unterstrich die Gewerkschaft, dass man aufgrund der Haltung der Arbeitgeber keine Chance sah, die Forderungen durch Tarifvertrag zu erreichen. Die IG Chemie bestritt zudem, dass Unternehmer Eigentümer seien, weswegen die Mitbestimmung auch nicht in das

Umfragen unter den Mitgliedern schienen dem Hauptvorstand in seinen Anstrengungen recht zu geben. Einer nicht repräsentativen Studie zufolge sprachen sich nahezu alle Befragten für eine Ausweitung der Mitbestimmung in der chemischen Industrie aus, wobei die Zustimmung unter den Arbeitern höher lag als unter den Angestellten. Der prozentuale Zuspruch zu den vier Varianten der Vertretung im Aufsichtsrat durch Gewerkschafter, besonders geschulte Arbeitnehmervertreter, Betriebsräte sowie Betriebsrat und Gewerkschaft gemeinsam war jedoch nahezu gleich verteilt, wobei die alleinige Repräsentation durch Gewerkschafter mit 14 % noch den geringsten Zuspruch fand. Von den organisierten Befragten war niemand der Meinung, dass alle Arbeitnehmer mitbestimmen sollten. Die Angestellten neigten in der Mehrzahl dazu, geschulte Vertreter zu entsenden.[64]

Im Verhältnis zum DGB stellte sich nun die Frage, wie man die Ideen abgrenzen und koordinieren konnte. Der DGB verfolgte zum Zeitpunkt des IG-Chemie-Aufschlags das Ziel, eine allgemeine Mitbestimmung im Rahmen der Aktienrechtsreform zu verwirklichen. Beide Seiten waren zunächst bestrebt, gemeinsame Taktiken zu entwickeln. Neben der Prüfung der gesetzlichen Realisierungschancen und der kritischen Beurteilung von tarifvertraglichen Lösungen zählten dazu die Zusammenstellung eines Argumentationskatalogs, die Klärung der Gesamtkonzeption und die Aufstellung eines Kampagnenzeitplans. Die Veröffentlichung von Gesprächen eines den Gewerkschaften zugeneigten Professorenkreises, der den Forderungen offensichtlich eine gewisse Legitimität verleihen sollte, rundete das Vorhaben ab.[65] Im Grundsatz fand sich jedoch keine Übereinstimmung. Der DGB wollte durch eine allgemeine Ausweitung der Mitbestimmung vermeiden, dass immer wieder die Frage nach der Definition einer Schlüsselindustrie auftauchte[66], während die IG Chemie aller Abstimmungsbemühungen zum Trotz für eine Umsetzung in ihrem Organisationsbereich eintrat. Zwar ließ die entsprechende Entschließung ihres Beirats interpretatorischen Spielraum, jedoch war die Intention klar und deutlich.[67] Nachdem

---

Eigentumsrecht eingreife. »Moderne Unternehmen sind praktisch öffentliche Institutionen. Die Besitzverhältnisse spielen eine untergeordnete Rolle.« Die Verfassung der Unternehmen sei hoffnungslos veraltet und auch die Mitbestimmung sei, anknüpfend an die auch im DGB geführten Diskussionen, noch nicht das Ende. Siehe Erläuterungen zum Referentenmaterial Mitbestimmung vom 23. April 1965, in: AfsB, IG CPK, Mitbestimmung in der Chemie 1964–1968.

64 Vgl. Äußerungen zur Mitbestimmung und zum Betriebsverfassungsgesetz im Organisationsbereich der Chemie vom Mai 1965, in: AfsB, IG CPK, Mitbestimmung in der Chemie 1964–1968.

65 Zum Professorenkreis sollten unter anderem der SPD-Politiker Prof. Dr. Bruno Gleitze (1903–1980) und der Jesuit Hermann Josef Wallraff (1913–1995) gehören. Vgl. Arbeitsplan zur Konkretisierung der Realisierung der Mitbestimmungsvorstellungen im Bereich der IG Chemie von Karl-Heinz Sohn vom Oktober 1964, in: AfSB, IG CPK, Mitbestimmung DGB – IG CPK 1964–1969.

66 Vgl. Aktennotiz über eine Besprechung betr. Mitbestimmung am 7. Oktober 1964, Wi/I, in: AfsB, IG CPK, Mitbestimmung in der Chemie 1964–1968, Bl. 1 f.

67 Der Beirat entschloss: »Die Regelungen in der Montan-Industrie sind erfolgt, als diese Industrie eine unbezweifelbare Schlüsselposition in der gesamten Wirtschaft innehatte. Diese Schlüssel-

Wilhelm Gefeller bereits dem GBV über die Pläne seiner Gewerkschaft informiert hatte[68], betonte er in der Aussprache im DGB-Bundesvorstand, dass sich die IG Chemie in voller Übereinstimmung mit dem DGB-Grundsatzprogramm sehe und sich streng daran halten werde. Man wolle lediglich einen Vorstoß dort unternehmen, wo es möglich sei. Der Bundesvorstand und insbesondere Wilhelm Haferkamp begrüßten zunächst bzw. nach außen den Vorstoß für die Chemie- und Mineralölindustrie und sagten ihre Unterstützung zu, sofern weitere Schritte im Bundesvorstand besprochen würden. Um die Entscheidungsfindung zu forcieren, käme auch eine Regelung ähnlich dem Lüdenscheider Abkommen in Betracht, was allerdings von Gefeller als unrealistisch eingeschätzt wurde. Rosenberg hob darauf ab, dass »der durchaus realisierbare Plan der IG Chemie ein Teil der Gesamtkonzeption ist, und daß man sich aus diesem Grunde die Art des Vorgehens genau überlegen müsse.«[69]

Doch das Vorpreschen der IG Chemie störte die Verantwortlichen im DGB. Ludwig Rosenberg und Wilhelm Haferkamp intervenierten im Parteivorstand der SPD und bewegten den Parteivorsitzenden Willy Brandt (1913–1992) zu einer Rücknahme seiner Unterstützung.[70] In diesem Sinne schrieb Brandt dann an Gefeller, dass »nach Meinung der insoweit Sachkundigen sogar die Gefahr [besteht], daß eine versuchte Initiative von interessierten Kreisen dazu benutzt werden könnte, den gegenwärtigen Zustand zu verschlechtern. Deswegen sollte man von Aktionen absehen, die sich noch auf die Arbeit des jetzigen Bundestags beziehen.«[71] Er bekräftigte zudem, dass die Mitbestimmungsfrage im Zusammenhang mit einer Reform der gesamten Unternehmensverfassung stünde und eine sozialdemokratische Bundesregierung die Initiative zur Gründung einer Kommission aus Sachverständigen ergreifen werde. Die Frage be-

---

position hat sich in immer stärkerem Maße zu der chemischen Industrie hin verlagert. Die in dieser Industrie vollzogene Rekonzentration und Expansion haben Machtzusammenballungen erstehen lassen, die zu einer ernsten Gefahr werden, wenn sie weiterhin unkontrolliert bleiben. Um zu verhindern, daß die politische Demokratie durch machtvolle Gebilde der Wirtschaft gefährdet wird [...], sind alle demokratischen Kräfte aufgerufen, die Mitbestimmung als wirksames Gegengewicht zu bejahen und zu fördern. [...] Der Beirat richtet den dringenden Appell an alle Kräfte [...], die ergriffenen Initiativen der Industriegewerkschaft Chemie-Papier-Keramik zu unterstützen.« Entschließung des Beirats der IG Chemie vom 13. November 1964, in: AfsB, IG CPK, Hauptvorstands- und Beiratsprotokolle vom 1. Januar 1963 bis 30. September 1965. In der vorangegangenen Diskussion um die Entschließung stellten einige Funktionäre zudem ihre Bereitschaft heraus, für die Mitbestimmung notfalls nach dem Vorbild der IG Metall und IG Bergbau auch streiken zu wollen.

68 Vgl. Protokoll der 95. Sitzung des GBV vom 7. Dezember 1964, in: DGB-Archiv im AdsD, Abt. Vorsitzender, 5/DGAI000107, Bl. 5.

69 Vgl. Protokoll der 22. Sitzung des DGB-Bundesvorstandes am 8. Dezember 1964, in: von Kieseritzky (Bearb.): Der Deutsche Gewerkschaftsbund, S. 136-145, hier S. 137 ff, Zitat S. 139.

70 Vgl. Protokoll der Sitzung des SPD-Parteivorstands vom 22./23. Januar 1965, in: AdsD, SPD-Parteivorstand, Bl. 8 f.

71 Schreiben von Willy Brandt an Wilhelm Gefeller vom 26. Januar 1965, in: AdsD, SPD-Parteivorstand, Sitzungen des Präsidiums, Mappe 245, Bl. 3316 ff.

dürfe, so Brandt, einer genügenden Öffentlichkeit und einer breiten politischen Basis. Eher nüchtern stellte er abschließend fest, dass der Einfluss der SPD im nächsten Bundestag und die Zusammensetzung der nächsten Bundesregierung darüber entscheiden würden, welche Fortschritte in den kommenden Jahren möglich wären.[72] Auch in einem Gespräch zwischen Gefeller und dem SPD-Fraktionsvorsitzenden Fritz Erler (1913–1967) musste die IG Chemie feststellen, dass die SPD aus wahltaktischen Gründen keineswegs bereit war, sich für eine »Lex Chemie« einzusetzen. Im Falle der Regierungsübernahme wollte sich die Partei für die Mitbestimmung einsetzen, nur zum gegenwärtigen Zeitpunkt sah sie keinen Spielraum.[73] SPD-Schatzmeister Alfred Nau (1906–1983) wies darauf hin, es entspreche der Taktik von Wilhelm Haferkamp, »die Sache hinzuhalten.« Das SPD-Präsidium beauftragte Alex Möller (1903–1985), in Zusammenarbeit mit dem DGB und der IG Chemie, diese »hochpolitische Frage, die man nicht Experten überlassen könne«, wie er selbst betonte, weiter zu bearbeiten.[74] Haferkamp bat Gefeller, mehr als Hinweis denn als Bitte gemeint, »um deine weitere Beteiligung [...] und um die aktive Unterstützung durch deine Organisation, die für unsere gemeinsamen Bemühungen von wesentlicher Bedeutung waren und sind.«[75] Der Hauptvorstand ließ sich jedoch zunächst nicht beirren und wollte den eingeschlagenen Weg weiter verfolgen. Es gäbe keinen Grund, zum Rückzug zu blasen und auch in eine eventuelle Kampagne des DGB wollte man sich nicht einschalten lassen. »Wir müssen am Drücker bleiben und weiterhin nach Bundesgenossen suchen.«[76] Die Anzeichen sprachen allerdings schon längst gegen eine eigenständige Lösung für die chemische Industrie.

1.3 Der Arbeitskreis Mitbestimmung der BDA

Wie es bei jedem komplexen Gesetzesvorhaben der Fall ist, hinter dem wichtige Anliegen und besondere Interessen stehen, bedurfte es der Einflussnahme auf gesellschaftliche Gruppen und einer Verbreitung der eigenen Thesen, um aus dem eigenen Anliegen ein kollektives Anliegen zu formieren. So bat etwa die Geschäftsführung des Deutschen Industrieinstituts bereits im November 1959 zahlreiche Unternehmen und Unternehmer angesichts der »nicht ungeschickten Propaganda« der Sozialdemokratie

---

72 Siehe ebd.
73 Vgl. Niederschrift über die Hauptvorstandssitzung der IG Chemie vom 1. Februar 1965, in: AfsB, IG CPK, Hauptvorstands- und Beiratsprotokolle vom 1. Januar 1963 bis 30. September 1965, Bl. 2.
74 Protokoll der Sitzung des SPD-Präsidiums am 11. Januar 1965, in: AdsD, SPD-Parteivorstand, Sitzungen des Präsidiums, Mappe 243, Bl. 3254 f. Möller schied allerdings noch im Verlauf des Jahres aus dem Präsidium aus.
75 Telegramm von Wilhelm Haferkamp an Wilhelm Gefeller vom 19. Januar 1965, in: AfsB, IG CPK, Mitbestimmung DGB IG CPK 1964–1968.
76 Niederschrift über die Hauptvorstandssitzung der IG Chemie vom 1. Februar 1965, Bl. 3.

vor den anstehenden Bundestagswahlen, eine Patenschaft über die Zustellung des institutseigenen Unternehmerbriefs zu übernehmen, »durch die den meinungsbildenden Schichten des Bürgertums wie Ärzten, Rechtsanwälten, Richtern, Lehrern und Geistlichen«, mithin »Persönlichkeiten, die durch ihren Beruf mit weiten Bevölkerungskreisen in Berührung kommen, [die] Gedanken des Unternehmertums« vertraut gemacht werden sollten.[77] Die Arbeitgeber stellten sich somit frühzeitig auf die Abwehr der gewerkschaftlichen Forderungen ein. Prominente Unternehmer wiesen bereits zu Beginn der 1960er-Jahre den Wunsch nach Ausbau der wirtschaftlichen Mitbestimmung in öffentlichen Vorträgen, Reden und Artikeln scharf zurück. Um den Forderungen des DGB mit Nachdruck zu begegnen und einheitlich zurückzuweisen, gründeten die Arbeitgeber den Arbeitskreis Mitbestimmung unter der Leitung von Hanns-Martin Schleyer (1915–1977).[78] Ob es jedoch dem Ziel des Arbeitskreises entsprach, den von Arbeitgeberpräsidenten Hans Constantin Paulsen eingeleiteten Entspannungskurs mit den Gewerkschaften fortzusetzen, wie Bührer betont, bleibt fraglich. »Die Ursachen dieses allmählichen Einstellungswandels mögen teils branchen-, teils generationenbedingt gewesen sein. Jedenfalls entstand nach und nach ein Klima, in dem auf Unternehmerseite die Bereitschaft zum Dialog mit den Gewerkschaften wuchs.«[79] Für das Thema Mitbestimmung gilt diese Aussage mit Sicherheit nicht.

Im Vorfeld der ersten gewerkschaftlichen Öffentlichkeitskampagnen fand am 24. September 1965 ein Mittagessen des sogenannten »Hessischen Kreises« statt, zu dem der Vorstandssprecher der Dresdner Bank, Erich Vierhub (1902–1998), eingeladen hatte. Hanns-Martin Schleyer sprach zu diesem Anlass über das Thema »Was wird aus der Mitbestimmung?« und führte zunächst aus, dass das Recht auf Mitbestimmung seiner Zeit von der britischen Besatzungsmacht deswegen umgesetzt worden war, da in England Labour regierte. Er sparte nicht an schrillen Tönen. Sollten die Ideen der Gewerkschaften umgesetzt werden, so Schleyer, würde das im Endergebnis zu wirtschaftlichen Zuständen führen, wie sie aus Jugoslawien bekannt waren. Er bedauerte, dass sich insbesondere die Kirchen den Mitbestimmungswünschen gegenüber aufgeschlossen zeigten, und warnte vor einem möglichen »Stufenplan« der Gewerkschaften, nach dem sukzessive auch kleinere Unternehmen erfasst werden sollten. In

---

77 Schreiben der Geschäftsführung des Deutschen Industrieinstituts an das Gussstahlwerk Oberkassel [u. a.] vom 11. Januar 1960, in: DGB-Archiv im AdsD, Abt. Wirtschaftspolitik, 24/1762. Diese Form der Einflussnahme reizte den DGB dazu, die Einzelgewerkschaften zu bitten, »unsere Mitglieder in den Aufsichtsräten der Industrie-Unternehmungen und unsere Arbeitsdirektoren und Betriebsräte von dieser Art der Verwendung betrieblicher Mittel zu unterrichten« und »ihre Aufmerksamkeit der Spenden und ähnlichen Zuwendungen der Industrie mehr als bisher« zu widmen. Rundschreiben der Abt. Wirtschaftspolitik des DGB an die Mitglieder des Bundesvorstands und die Vorsitzenden der DGB-Landesbezirke vom 19. Januar 1960, in: ebd.

78 Zur Biografie von Schleyer siehe Lutz Hachmeister: Schleyer. Eine deutsche Geschichte, München 2004.

79 Werner Bührer: Unternehmerverbände, in: Wolfgang Benz (Hg.): Die Geschichte der Bundesrepublik Deutschland 2. Wirtschaft, Frankfurt a. M. 1989, S. 140-168, hier S. 152.

der anschließenden Aussprache zeigten sich die anwesenden Unternehmer jedoch uneins, einige sprachen sich für ein offensiveres Vorgehen gegen die Mitbestimmung überhaupt, also auch gegen die Montanmitbestimmung, aus, andere bekannten sich zu einer starken Beteiligung der Belegschaften, ohne dabei jedoch explizit die Ideen der Gewerkschaften zu unterstützen. Schleyer schloss, dass man das Betriebsverfassungsgesetz ernst nehmen und der moderne Unternehmer sich bemühen solle, mit seinen Arbeitern in einer vertrauensvollen Weise zu verkehren. Für eine Initiative gegen das bestehende Mitbestimmungsgesetz sah er jedoch keinen Raum, da es an einem Aufhänger für eine solche Forderung fehle.[80]

Auch die von der Ausweitung der Mitbestimmung unmittelbar bedrohte Chemieindustrie versuchte über ihren Verband, die Mitgliedsfirmen zu informieren und auf die ablehnende Haltung einzuschwören. Dabei sparte er ebenfalls nicht mit alarmierenden Tönen, etwa zu Äußerungen von Bundesarbeitsminister Hans Katzer (1919–1996).[81] Angesichts der Abwehrhaltung der Arbeitgeber und der grundsätzlich unterschiedlichen Ziele zu Beginn der Auseinandersetzungen um die Mitbestimmung verwundert es auch nicht, dass auf der Ebene der jeweiligen Spitzen von BDA und DGB seit dem Aufschlag des DGB in Sachen Aktiengesetz keine Gespräche über die Mitbestimmung der Arbeitnehmer stattfanden. Die Spitzengremien thematisierten hauptsächlich aktuelle Fragen der Lohn- und Einkommensverteilung und des Schlichtungswesens sowie um die Einbindung beider Seiten in die Konzertierte Aktion, wohl im stillschweigenden Einvernehmen, dass eine Annäherung in dieser hochkontroversen Frage ohnehin nicht zu erzielen war.[82]

Ihre programmatische Linie fasste die BDA in der im Oktober 1965 vorgelegten Stellungnahme »Wirtschaftliche Mitbestimmung und freiheitliche Gesellschaft« zusammen. Die BDA klammerte sich an den ursprünglichen Stufenplan des DGB fest und unterstellte ihm, den Plan weiter zu verfolgen und nur aus taktischen Gründen in der Öffentlichkeit davon abgerückt zu sein. Die Arbeitgeber behaupteten, die Gewerkschaften würden das finale Ziel eine Vergesellschaftung nach dem Modell für Mammutunternehmen verfolgen.[83] Die Forderungen des DGB wiesen sie unter Verweis auf die marktwirtschaftliche Ordnung und die internationale Verflechtung der Unternehmen, die von sich aus eine Konsumentenmitbestimmung erzeugen würden,

---

80 Siehe Vermerk über ein Gespräch des Hessischen Kreises am 24. September 1965, in: DGB-Archiv im AdsD, Abt. Mitbestimmung, 24/2402.

81 Vgl. Schreiben des Hauptgeschäftsführers des Verbands der Chemischen Industrie an die Geschäftsleitungen der Mitgliedsfirmen vom 22. Februar 1966, in: DGB-Archiv im AdsD, Abt. Mitbestimmung, 24/2380.

82 Siehe Korrespondenz von BDA und DGB sowie die überlieferten Gesprächsprotokolle und -notizen von Spitzengesprächen zwischen DGB und BDA, in: DGB-Archiv im AdsD, Vorstandssekretariate, 5/DGAI001818 und 5/DGAI001819.

83 Siehe Arbeitskreis Mitbestimmung (Hg.): Wirtschaftliche Mitbestimmung und freiheitliche Gesellschaft. Eine Stellungnahme des Arbeitskreises Mitbestimmung bei der Bundesvereinigung der Deutschen Arbeitgeberverbände, 2. Aufl., o. O. 1966, S. 15-20.

zurück. In Verbindung mit der rechtsstaatlichen Ordnung der Bundesrepublik verhindere dieses Prinzip allein eine machtmissbräuchliche Stellung der Großunternehmen.[84] Scharf gingen sie mit der vermeintlichen Machtstellung der Gewerkschaften ins Gericht, betonten den gewerkschaftlichen Organisationsgrad der Bundestagsabgeordneten und das Ungleichgewicht in den Tarifbeziehungen, das nach der Umsetzung der wirtschaftlichen Mitbestimmung entstünde.[85] Die unternehmerische Argumentation hob auf das »Gleichgewicht der Kräfte« ab, an deren Aushebelung die Gewerkschaften kein Interesse haben könnten, da »aus der Geschichte und aus den gegenwärtigen Verhältnissen im Ausland [...] nur zu bekannt [ist], daß überall da, wo die Gewerkschaften Bestandteil der öffentlichen Gewalt sind, kollektivistische Ordnungssysteme vorherrschen.«[86]

In diesem Zusammenhang stellten die Arbeitgeber auch die Gefahr der Eigentumsordnung vor Augen. »Das Recht, privates Eigentum an allen zugänglichen vermögenswerten Gegenständen zu erwerben, zu denen auch die Produktionsmittel gehören, unterscheidet diese Gesellschaftsordnungen [der abendländischen Industriestaaten] grundsätzlich von östlich-kommunistischen Ordnungsvorstellungen.«[87] Mit dem Grundgesetz sei die Mitbestimmung demnach nicht vereinbar. Damit einher ging die demonstrative Betonung und gar schon Überbewertung der geltenden Ordnung der Betriebsverfassung, in der BDI und BDA den richtigen Weg zum Ausgleich der Interessen von Arbeitgebern und Arbeitnehmern zum Wohle des Betriebs sahen. In Abgrenzung zu den Plänen des DGB forderten sie ihren konsequenten Ausbau und bedienten sich dabei ähnlicher partnerschaftlicher Gedanken, wie sich auch für die christlichen Kirchen, insbesondere für die evangelische Kirche, charakteristisch waren. In dem Maße, in dem die Arbeitgeber die Unternehmensmitbestimmung ablehnten, propagierten sie zur Kompensation, die Vorzüge des Betriebsverfassungsgesetzes, das es auszubauen und zu stärken gelte. Trotz der Tatsache, dass es auch in Unternehmerkreisen nicht unumstritten war und nicht in allen Betrieben zur Anwendung kam, lobten die Vertreter der BDA es geradezu als Meilenstein des deutschen Wirtschafts- und Sozialsystems.

> »Die empirisch-soziologischen Untersuchungen [...] haben gezeigt, welcher großen Wertschätzung sich der Betriebsrat innerhalb der Belegschaften erfreut und wie beträchtlich sein Anteil an der Aufrechterhaltung des sozialen Friedens in den Betrieben ist. Deshalb bekennen wir uns uneingeschränkt zu diesem Betriebsverfassungsgesetz, das in der gesamten westlichen Welt kein ebenbürtiges Vorbild hat,

---

84 Siehe ebd., S. 23-27.
85 Vgl. ebd., S. 28-32.
86 Ebd., S. 33.
87 Ebd., S. 37.

zu einem Gesetz, das die soziale Partnerschaft und die Menschenwürde des Arbeitnehmers zu seinen Grundprinzipien erhoben hat.«[88]

Zudem erleichterte es aus der Sicht der Arbeitgeber »die innerbetriebliche Verständigung über notwendige produktionstechnische, personelle und kostenmäßige Anpassungsmaßnahmen.«[89] Dieser Gedanke bot sich zudem an, um einen Keil zwischen die Arbeitnehmerschaft und ihre Gewerkschaften zu treiben.

Für die Arbeitgeber war es außerordentlich bedeutsam, dass die Mitbestimmung nicht in die Freiheiten des Unternehmers eingriff, selbstständig Entscheidungen über die Entwicklung seines Unternehmens zu treffen. In ihrer Vorstellungswelt widersprach eine wirtschaftliche Mitbestimmung fundamental dem schöpferischen Geist, der als unabkömmlich für einen zivilisatorischen Fortschritt bezeichnet wurde. Sie blieben dabei stark an dem Modell des Eigentümer-Unternehmers vom Typ ancien des 19. Jahrhunderts verhaftet, der allerdings in der diversifizierten deutschen Industrie der 1960er-Jahre kaum mehr als allein gültiges Muster unternehmerischer Initiative gelten konnte.[90] In diesem Zusammenhang war es nur folgerichtig, dass die politische und die wirtschaftliche Demokratie nicht zu vergleichen und schon gar nicht zu vereinbaren waren. Die befürchtete Bürokratisierung der Unternehmen und die damit verbundene Verlangsamung seiner Entscheidungsprozesse formulierte der Industriekurier in sehr zugespitzter Form, indem er schrieb: »Die Demokratisierung der Wirtschaft ist so unsinnig wie eine Demokratisierung der Schulen, der Kasernen und der Zuchthäuser.«[91] Zudem diene sie nicht der Beteiligung aller, sondern führe nur zu einer Machtansammlung der Gewerkschaftsfunktionäre, ein immer wieder vorgebrachtes Argument in der Kontroverse.[92]

Anlässlich der Vorstellung der Stellungnahme der Arbeitgeber im Rahmen einer Pressekonferenz fasste der Präsident der BDA, Siegfried Balke (1902–1984) die Kritikpunkte der BDA zusammen und hob hervor, dass es nach der Auffassung der Unternehmer »keinen Kompromiss« geben könne, da hier »eine Existenzfrage des freien Unternehmertums« berührt werde. »Die Unternehmer [sind] der Auffassung, dass es in dieser Debatte um die Erhaltung oder Beseitigung der marktwirtschaftlichen und

---

88 Hanns-Martin Schleyer: Referat auf dem Wirtschaftstag der CDU/CSU 1967 in Bonn, in: Deutsches Industrieinstitut: Mitbestimmung in der Diskussion III. Unternehmer und unternehmerische Organisationen zur Mitbestimmung, Köln 1969, S. 8.

89 Siegfried Balke: Erklärung zum 15. Jahrestag der Verabschiedung des Betriebsverfassungsgesetzes am 11. Oktober 1952, in: ebd., S. 3.

90 Vgl. Michael Schneider: Unternehmer und soziale Demokratie. Zur unternehmerischen Argumentation in der Mitbestimmungsdebatte der sechziger Jahre, in: AfS 13 (1983), S. 243-288, hier S. 256 ff.

91 Industriekurier vom 7. Oktober 1965.

92 Vgl. Schneider: Unternehmer und soziale Demokratie, S. 273-276.

der freien gesellschaftlichen Ordnung überhaupt geht.«[93] Mitbestimmung gehe zudem an den Interessen der Verbraucher vorbei, die in einer Marktwirtschaft das alleinige Entscheidungsrecht über das Wohl und Wehe eines Unternehmens und seines Erfolgs hätten. »Markt ist bei uns gleich Verbraucher und die vornehmste Aufgabe der deutschen Wirtschaft ist es, den Verbraucherwünschen zu entsprechen.«[94] Hinzu trat die Argumentation, dass durch die Mitbestimmung die pluralistische Gesellschaft als solche außer Kraft gesetzt würde, da den Gewerkschaften unbotmäßige Anteile an Einfluss zufallen würden.[95] Die Argumentation der Spitzenverbände mag in den Köpfen zahlreicher Unternehmer zwar plausibel geklungen haben, doch auch die BDA musste ihre Landesverbände auf die Mitarbeit einschwören, um »sich der politischen Auseinandersetzung um die Mitbestimmungsfragen anzunehmen und die Bundesvereinigung in ihrem Bemühen zu unterstützen.«[96] Hierzu sollten die Landesverbände ein Team von Rednern zusammenstellen, das aus Unternehmern und aus geeigneten Mitgliedern der Landesvorstände bestehen sollte. »Hierfür müssen vor allem namhafte Unternehmer gewonnen werden, die aus der Überzeugungskraft ihrer Berufserfahrung heraus die wirksamsten Interpreten sind. Die hierfür geeignesten Mitglieder der Geschäftsführung aller Verbände müssen ebenfalls zur Verfügung stehen.«[97]

---

93 Einleitende Bemerkungen von Prof. Dr. Siegfried Balke auf der Pressekonferenz der BDA am 15. Oktober 1965 in Bonn, in: DGB-Archiv im AdsD, Abt. Mitbestimmung, 24/2401.

94 Stellungnahme von Wolfgang Eichler, Hauptgeschäftsführer der Bundesvereinigung der deutschen Arbeitgeberverbände, im WDR am 13. Oktober 1965, in: DGB-Archiv im AdsD, Abt. Mitbestimmung, 24/2398.

95 In diesem Sinne führte etwa Hermann Reusch aus, eine pluralistische Gesellschaft setze das Vorhandensein von Interessengruppen zwar voraus, allerdings müssten Spielregeln und Grundsätze beachtet werden, ohne die sie nicht funktionsfähig sei. Dazu gehöre, »daß alle Beteiligten lernen müssen, ihr Einzelinteresse nicht mit dem zu verwechseln, was dem Wohl aller am dienlichsten ist. [...] Leider kommt es immer mehr in Mode, bei jeder sich bietenden Gelegenheit nach der schützenden Hand des Staates zu rufen.« Dementsprechend mache die Mitbestimmung die Unternehmensleitung zum Austragungsort politischer Auseinandersetzungen. »Der Partner, mit dem der Eigentümer seine Verfügungsgewalt zu teilen hat, ist Repräsentant des Partikularinteresses der organisierten Arbeitnehmer, und dieser Repräsentant scheitert im Ernstfall gerade an der Aufgabe, die er vielleicht erfüllen sollte: am Interessenausgleich der Partner.« So würden die klaren Fronten zerstört, die zwischen Arbeitgebern und Arbeitnehmern bestehen müssten, was in letzter Konsequenz auch einer Abschaffung der Tarifautonomie gleichkäme. Wirtschaft und Politik. Vortrag von Herrn Bergassessor a. D. Dr. phil. Dr. Ing. eh. Hermann Reusch, Vorsitzender der Landesvereinigung der industriellen Arbeitgeberverbände Nordrhein-Westfalens e. V., vor der Jahresmitgliederversammlung am 24. März 1965 in Düsseldorf, in: ebd.

96 Rundschreiben der BDA an die Vorsitzenden und Hauptgeschäftsführer der Landesverbände, Mitglieder des Arbeitskreises Mitbestimmung, Mitglieder des Jugendbildungsausschusses und die Fachspitzenverbände [in Abschrift] vom 15. Juli 1965, in: DGB-Archiv im AdsD, Abt. Vorsitzender, 5/DGAI001819.

97 Ebd.

2 Agieren im parlamentarischen und »vorparlamentarischen« Raum

2.1 Die Positionen der Parteien und deren Kontakt zu den Akteuren

2.1.1 Liberales Credo: Die klassische FDP und der DGB

Gerade in der Mitbestimmungsfrage zeigten sich die unterschiedlichen Positionen der Parteien wie in kaum einer anderen Debatte. Die FDP verstand sich hierbei zunächst als die Speerspitze liberaler und marktwirtschaftlich orientierter Politik und lehnte jedwede Mitbestimmungsforderungen vonseiten des DGB ab, wollte gar das bestehende Mitbestimmungsrecht teilweise beschneiden, obgleich sie sich in ihrem Wangerooger Wirtschaftsprogramm in der britischen Zone von 1948 und in programmatischen Schriften anderer Landesverbände unmittelbar nach dem Krieg für die Beibehaltung des Betriebsrätegesetzes von 1920 ausgesprochen hatte. Die FDP Württemberg-Badens forderte gar explizit die Erweiterung der Mitbestimmung, doch schon 1952 bekräftigte die nun zur Bundespartei geschlossene FDP ihre Bekämpfung jedweder marxistischen Strömungen, auch vor dem Hintergrund der Mitbestimmungsgesetzgebung des Bundestags in den Vorjahren und dem Einfluss der Gewerkschaften hierauf. In den Folgejahren wiederholte die Partei die Wichtigkeit der Betriebsräte, wies jedoch zugleich den gewerkschaftlichen Einfluss auf die Betriebe, gar in institutionalisierter Form, entschieden zurück.[98]

Etwa seit Mitte 1963 registrierte der DGB eine teilweise Annäherung der FDP an die Gewerkschaften, die aus ihrer Sicht im Zusammenhang mit ihren Bestrebungen zu sehen war, sich zu einer Volkspartei mit einem Arbeitnehmerflügel auszuweiten. Hier tat sich Wolfgang Mischnick (1921–2002), Bundesminister für Vertriebene und Flüchtlinge a. D. und stellvertretender Vorsitzender der FDP-Bundestagsfraktion, hervor und befürwortete einen Gedankenaustausch mit dem DGB über die Mitbestimmung. Auch traten Teile der Partei wie der Liberale Studentenbund für eine Öffnung der Partei in dieser Frage ein.[99] Gleichwohl blieben ihre exponierten Vertreter bei ihrer ablehnenden Haltung und konzentrierten sich in ihrer Kritik auf die Punkte Korrektur des Minderheitenschutzes für Angestellte und Überprüfung der Aufgaben von betriebsfremden Mitgliedern im Aufsichtsrat.[100] Auf ihrem Parteitag

---

98 Vgl. Peter Juling: Programmatische Entwicklung der FDP 1946 bis 1969. Einführung und Dokumente (Studien zum politischen System der Bundesrepublik Deutschland 19), Meisenheim am Glan 1977, S. 10-18 sowie 41-45.

99 Vgl. Aktennotiz Abt. Vorsitzender vom 28. Oktober 1963 über eine Tagung der Friedrich-Naumann-Stiftung vom 10.–12. Oktober 1963 zum Thema FDP und Gewerkschaften, in: DGB-Archiv im AdsD, Abt. Wirtschaftspolitik, 24/2522.

100 So Wolfgang Mischnick in einem Statement im WDR am 14. Oktober 1965. Vgl. Äußerungen von Vertretern der Parteien des Bundestages zum Thema Mitbestimmung im WDR vom 14. Oktober 1965, in: DGB-Archiv im AdsD, Abt. Mitbestimmung, 24/2398.

im Juni 1966 bekräftigte die FDP erneut ihre Position. Obgleich die scharfe Ablehnung, die der vormalige Parteivorsitzende Thomas Dehler in seiner Rede zum Ausdruck brachte, nicht gänzlich mit der Gesamtmeinung zu verwechseln war, wie den
anwesenden Gewerkschaftsvertretern in vertraulichen Gesprächen versichert wurde,
so forderte die Partei doch in ihrer vom Vorstand initiierten Entschließung, dass »die
freiheitliche Gesellschaftsordnung nicht kurzsichtig durch die Einführung der paritätischen Mitbestimmung zerstört« würde.[101]

2.1.2 1965: Grundsätzliche Übereinstimmung und erste Differenzen zwischen SPD und DGB

Zwischen der SPD und dem DGB fanden sich, wenig überraschend, die dichtesten
programmatischen Übereinstimmungen der Parteien. In dem für die SPD so wichtigen Godesberger Programm von 1959 bekannte sie sich zur Mitbestimmung und
stellte diese in den Kontext der Demokratisierung.

»Die Arbeiter und Angestellten, die den entscheidenden Beitrag zum Ergebnis der
Wirtschaft leisten, sind bisher von einer wirksamen Mitbestimmung ausgeschlossen. Demokratie aber verlangt Mitbestimmung der Arbeitnehmer in den Betrieben und in der gesamten Wirtschaft [...] Die Mitbestimmung in der Eisen- und
Stahlindustrie und im Kohlenbergbau ist ein Anfang zu einer Neuordnung der
Wirtschaft. Sie ist zu einer demokratischen Unternehmensverfassung für die Großwirtschaft weiter zu entwickeln.«[102]

Auf ihrem Parteitag in Karlsruhe 1964 konkretisierte die SPD dieses Ziel, indem
sie beschloss »eine umfassende gesetzliche Neuregelung des wirtschaftlichen Mitbestimmungsrechts im Rahmen einer grundlegenden Reform des Unternehmensrechts [...] anzustreben. Durch diese Reform muß die qualifizierte Mitbestimmung
über die Montanindustrie hinaus auf alle Großunternehmen ausgedehnt werden.«[103]

Im Wahlkampf zur Bundestagswahl 1965 räumte die SPD der Mitbestimmung
jedoch keine Priorität ein, da sie eine schlechtere Position in den Auseinandersetzungen befürchtete. Der DGB in Gestalt von Rosenberg und Haferkamp unterstützte
diese Einschätzung.[104] Nach der Bundestagswahl vom 19. September 1965, die für

---

101 Vgl. Bericht der Parlamentarischen Verbindungsstelle des DGB an den Geschäftsführenden Bundesvorstand zum Bundesparteitag der FDP in Nürnberg am 6. und 7. Juni 1966, in: DGB-Archiv
im AdsD, Abt. Wirtschaftspolitik, 24/2522.

102 SPD-Bundesvorstand (Hg.): Grundsatzprogramm der SPD. Beschlossen vom außerordentlichen
Parteitag der SPD in Bad Godesberg vom 13. bis 15. November 1959, [Köln] o. J., S. 17 f.

103 Ders.: Protokoll des Parteitags der SPD vom 23. bis 27. November 1964 in Karlsruhe, Hannover/
Bonn [1964], S. 1022.

104 Vgl. Protokoll der Sitzung des SPD-Parteivorstands vom 22./23. Januar 1965, Bl. 8.

die SPD unbefriedigend ausfiel, sprachen die parlamentarischen Gegebenheiten gegen einen neuen Anlauf in der Frage der Mitbestimmung. Das Verhältnis zu den Gewerkschaften gestaltete sich zudem in der gesamten Bandbreite als schwierig.[105] Dementsprechend nüchtern reagierte die Führung der SPD dann auch auf die angekündigte Initiative des DGB. Man wolle jetzt erst mal abtasten und abwarten, um zu sehen, wie man weiterkomme.[106] Wichtig erschien dem Parteivorstand, neben dem DGB die weiteren Arbeitnehmerorganisationen wie die DAG und den Beamtenbund nicht außer Acht zu lassen. So räumte der Fraktionsvorsitzende Erler freimütig ein, alles, was die SPD im Bundestag zustande bringen könne, sei »den Boden aufzulockern, damit etwas sachlicher debattiert wird, und nicht die eine Seite gleich sagt ›Kommt überhaupt nicht in Frage‹.«[107]

Einen ersten öffentlichkeitswirksamen Aufschlag unternahm der SPD-Politiker Karl Schiller (1911–1994), zu dem Zeitpunkt noch Senator für Wirtschaft und Kredit in Berlin. Er regte, stellvertretend für die Pläne und Beschlüsse der Partei, die Bildung einer Sachverständigenkommission an, in der die Probleme rund um die Mitbestimmung erörtert werden sollten. Ganz im Sinne seiner technokratischen Denkweise sollte die »Royal Commission« aus »allen repräsentativen Stimmen der Unternehmer, der Gewerkschaften und der Wissenschaft« zu je einem Drittel bestehen und die bisher gesammelten Erfahrungen mit der Montanmitbestimmung prüfen und auswerten. Dabei übernahm Schiller interessanterweise keine gesellschaftspolitische Argumentation, sondern verblieb in dem ihm eigenen technischen Denken von Wirtschaft und Gesellschaft.[108] So formulierte er als Bedingung für die Arbeit der Kommission, ihre Vorschläge sollten der »freiheitlichen Ordnung entsprechen«, den unternehmerischen Investitionswillen in seiner Eigendynamik fördern, »der Bekämpfung des Machtmissbrauchs in der Wirtschaft dienen« und zugleich »geeignet sein, die Wettbewerbsfähigkeit unserer Industrie zu stärken.« An die Adresse von BDA und DGB gerichtet führte Schiller aus, wer sage, dass schon alles geregelt sei, mache es sich zu leicht und wer jetzt neue ordnungspolitische Vorschläge unterbreite, werde »sicherlich nicht das Recht des Bundestages und der Bundesregierung in Zweifel ziehen, einmal den ganzen Fragenkreis in allen seinen Zusammenhängen genauestens zu analysieren. […] Und daß er, der Gesetzgeber, allein das letzte Wort haben sollte, darüber sind wir uns wohl

---

105 Vgl. Protokoll der Sitzung des SPD-Parteivorstands vom 22. September 1965.

106 So Fritz Erler in einem Telefongespräch mit Wilhelm Haferkamp. Siehe Protokoll der Sitzung des SPD-Präsidiums am 19. Oktober 1965, in: AdsD, SPD-Parteivorstand, Sitzungen des Präsidiums, Mappe 300, Bl. 4274.

107 Interview mit Fritz Erler im ZDF vom 5. Juni 1966, in: AdsD, SPD-Bundestagsfraktion 5. WP, Mappe 607, Bl. 2.

108 Zu Karl Schiller, dem wohl einflussreichsten Wirtschaftsminister in der Geschichte der Bundesrepublik nach Ludwig Erhard siehe die biografischen Werke von Torben Lütjen: Karl Schiller (1911–1994). »Superminister« Willy Brandts (Reihe Politik- und Gesellschaftsgeschichte 76), Bonn 2007, hier besonders S. 201-219 sowie Uwe Bahnsen: Karl Schiller, Hamburg 2008.

alle einig.«[109] Der DGB begrüßte die Initiative als einen vernünftigen Vorstoß für ein sachliches Gespräch. Schiller selbst erreichte bei Willy Brandt, dass er den Bundespräsidenten mit der Thematik vertraut und ihm »diese wichtige gesellschaftspolitische Aufgabe schmackhaft« machte und die vorgesehene Zusammensetzung andeutete. »Wir müssen ja sehen, daß wir den Boden für die ganze Angelegenheit auflockern. Ein derartiges Gespräch zwischen dem Bundespräsidenten und Dir wäre daher sicherlich nützlich.«[110]

Die SPD und der DGB sahen sie Notwendigkeit, sich auch im Hinblick auf den Parteitag und den Bundeskongress besser abzustimmen und die gemeinsame Arbeit zu intensivieren.[111] Man traf sich anschließend im kleinen Kreis in Bonn, um die gemeinsamen Stellungnahmen zur Regierungserklärung von Kanzler Ludwig Erhard (1897–1977) abzusprechen. An der Besprechung nahmen vonseiten der SPD die maßgeblichen Politiker ihrer Zeit teil, Willy Brandt, Herbert Wehner, Alex Möller, Karl Schiller, Fritz Erler und Helmut Schmidt.[112] Doch erst bei einer gemeinsamen Tagung in Bergneustadt im Januar 1966 fand zum ersten Mal ein intensiver Gedankenaustausch über entstandene Probleme statt. Zwischen SPD und Gewerkschaften zeigten sich Spannungen und Entfremdungstendenzen, die mit der Öffnung der Partei für neue Wählerschichten in Verbindung gebracht wurden. Hieraus resultierten, so Otto Brenner, politische Differenzen, denen man nicht allein mit reinen organisationspolitischen Maßnahmen beikommen könne. Es sei »einfach unverkennbar, daß die Taktik der Partei sich von der offenen Identifizierung mit der Politik der Gewerkschaften immer weiter entfernt hat.«[113] Brenner kritisierte unterlassene Sympathiebekundungen der Partei im Streik in der Metallindustrie 1963 in Baden-Württemberg, unterschiedliche Standpunkte in der Notstandsfrage und

»wenn, um ein letztes Beispiel zu nennen, auf dem Parteitag von Karlsruhe eine Entschließung zur Mitbestimmung gegen den offensichtlichen Widerstand der Parteiführung angenommen wird und die im vergangenen Jahr begonnene gewerkschaftliche Kampagne für die Ausweitung der paritätischen Mitbestimmung auf alle Großunternehmen keine überzeugende Unterstützung findet.«[114]

---

109 Äußerungen von Vertretern der Parteien des Bundestages zum Thema Mitbestimmung im WDR vom 14. Oktober 1965. Siehe auch dpa-Meldung 160 se/ha vom 18. Oktober 1965.
110 Schreiben von Karl Schiller an Willy Brandt vom 29. Juni 1966, in: AdsD, SPD-Präsidium, Bl. 5139 f.
111 Vgl. Protokoll der Sitzung des SPD-Parteivorstands vom 12./13. November 1965, in: AdsD, SPD-Parteivorstand, Bl. 2.
112 Schreiben von Fritz Erler an Ludwig Rosenberg vom 26. Oktober und 8. November 1965, in: DGB-Archiv im AdsD, Abt. Vorsitzender, 5/DGAI001799.
113 Referat Otto Brenners auf der Tagung in Bergneustadt am 29. Januar 1966, in: AdsD, Nachlass Herbert Wehner, 1/HWAA000260, Bl. 11.
114 Ebd., Bl. 12.

Brenner warf der SPD, wie andere Gewerkschafter auch, einen zu deutlichen An-
biederungskurs an die CDU vor und meinte, die SPD hätte bei einer konsequenten
Zusammenarbeit mit den Gewerkschaften bei der zurückliegenden Bundestagswahl
besser abschneiden können. Vor bedeutsamen Entscheidungen sollten sich das Präsidium und führende Gewerkschaftsvorsitzende zukünftig zusammenfinden, um eine
gemeinsame Linie abzustecken.[115] Zur Überwindung der Differenzen schlug Brenner in seinem mit allen Beteiligten abgesprochenen Vortrag[116] vor, dieser Entwicklung durch die Bildung neuer Arbeitsgemeinschaften auf allen Gliederungsebenen
entgegen zu wirken, um gerade mit Betriebsräten ins Gespräch zu kommen. Ferner bedürfe es einer gründlichen Aussprache über die Notstandsgesetzgebung und
die Mitbestimmung. »Hier wird es darauf ankommen, der Partei ein klares Bild der
gewerkschaftlichen Vorstellungen zu vermitteln und sie dazu zu bewegen, uns die
größtmögliche Unterstützung zu geben.«[117]

2.1.3 Die CDU/CSU zwischen ordoliberal und christlich-sozial

Der CDU hingegen stand ihr ordoliberaler Kanzler Ludwig Erhard vor, der als vormaliger Wirtschaftsminister geradezu als Personifizierung der sozialen Marktwirtschaft galt. Wenig überraschend zeigte er für die Mitbestimmungsforderungen der
Gewerkschaften kaum Sympathien, wurde jedoch bereits früh informiert, dass »das
Kernstück des neuen Aktionsprogramms des DGB« die Mitbestimmung sei, um die
es »in den kommenden Monaten zwischen Arbeitgeberverbänden und dem DGB zu
harten Auseinandersetzungen kommen dürfte.«[118] An seiner ablehnenden Haltung
ließ der Bundeskanzler keine Zweifel. Er fürchtete negative Auswirkungen auf die
internationale Wettbewerbsfähigkeit Deutschlands und behauptete, die Forderungen
der Gewerkschaften würden 70 % der deutschen Wirtschaft unter die Mitbestimmung stellen. »Er führte sogar die Baisse an der Börse auf die Mitbestimmungsforderung zurück.«[119]

Die Regierungserklärung nach der Wahl 1965 blies in das gleiche Horn.

»Aus grundsätzlichen rechtlichen, volkswirtschaftlichen und politischen Erwägungen kann sich die Bundesregierung zu einer Ausdehnung der Mitbestimmung
über den Montanbereich hinaus nicht verstehen. Andererseits wendet sie sich aber

---

115 Ebd., Bl. 13 ff.
116 Vgl. Protokoll der Sitzung des SPD-Präsidiums vom 21. Januar 1966, Bl. 4613.
117 Referat Otto Brenners am 29. Januar 1966, Bl. 19.
118 Vorlage Referat II/3 für den Bundeskanzler vom 24. März 1965, in: BA, B136/6588, Bl. 2.
119 Aktennotiz über das Gespräch vom 28. Oktober 1965 zwischen Fritz Erler und Karl Mommer
   sowie Ludwig Erhard und Ludger Westrick, in: SPD-Bundestagsfraktion 5. WP, Mappe 141,
   Bl. 1.

gegen Bestrebungen, die dem bewussten und erkennbaren Zweck einer Aushöhlung der gegenwärtigen qualifizierten Mitbestimmung dienen.«

Erhard nahm offensichtlich diese Passage auch nur auf Drängen von Arbeitsminister Hans Katzer in die Erklärung auf. Das Kanzleramt regte an, auf den Vorschlag einer Sachverständigenkommission nach dem Muster von Schiller gar nicht erst einzugehen, um der SPD keine Wahlkampfmunition zu liefern. Außerdem räumte die CDU der Vermögensbildung in Arbeitnehmerhand ohnehin den Vorrang ein.[120]

Diese Position unterstrich das CDU-Präsidium in einem Gespräch mit dem DGB-Bundesvorstand im Oktober des Folgejahres und verwies dabei auf die negativen Umfrageergebnisse, die ein geringes Interesse der Arbeitnehmer an der Mitbestimmung belegten. Zudem hätten Emnid-Befragungen der Arbeitgeber ergeben, dass »das Betriebsklima unter dem Betriebsverfassungsgesetz besser [...] als dort [sei], wo die Montanmitbestimmung herrscht.«[121] In der CDU-Fraktion war das Bild aber bei Weitem nicht so klar, wie man aufgrund der Positionierung des Kanzlers schließen könnte. Der Mitbestimmungsexperte und vormalige Bundesschatzminister Hans Wilhelmi (1899–1970) etwa betonte die gegenüber den Arbeitgebern die gegenseitige Beeinflussung von Kirche und Politik. Die Mehrheit der CDU-Fraktion habe keine abgeschlossene Haltung zur Mitbestimmung, ließe sich aber von der kirchlichen Meinung durchaus beeindrucken. Demgegenüber stünden zwei kleinere Blöcke der Fraktion des rechten und des linken Flügels, deren grundsätzliche Ansichten schon vorgeformt wären. Während der Bundeskanzler und der Bundesminister für besondere Aufgaben als Chef des Bundeskanzleramts Ludger Westrick (1894–1990) die gewerkschaftlichen Vorschläge ablehnten, sympathisiere Adenauer mit der Mitbestimmung. Wilhelmi empfahl den Arbeitgebern, Zugeständnisse in der Eigentumspolitik an den linken Flügel der CDU zu machen, um ihn so von den Mitbestimmungsvorstellungen zu entfernen.[122]

2.2 Von der gescheiterten Aktienrechtsreform zu ersten Kampagnen 1965

Die Debatte des Bundestags zur Aktienrechtsreform verlief im Verlauf der Legislaturperiode im Sande und gewann erst durch die Wahl von Hans Wilhelmi zum Vorsitzenden des Rechtsausschusses des Bundestags wieder an Auftrieb. Diesen Anlass wollte sich auch der DGB zunutze machen und versuchte ein letztes Mal vor der anstehenden Bundestagswahl, die Mitbestimmung durch die Hintertür über das Aktiengesetz zu verankern. Dementsprechend leitete Wilhelm Haferkamp die Vorschlä-

---

120 Vgl. Frese: Anstöße zur sozialen Reform, S. 172 f.
121 Aufzeichnung der Zusammenkunft des CDU-Präsidiums mit dem DGB-Bundesvorstand vom 21. Oktober 1966, in: BA, B136/6588, Bl. 1.
122 Siehe Vermerk über ein Gespräch des Hessischen Kreises am 24. September 1965.

ge des DGB zu Beginn des Jahres 1965 dem Rechtsausschuss zu, ohne jedoch damit die Beratungen nachhaltig beeinflussen zu können.[123] Allerdings war dem DGB klar, dass substanziellen Änderungen am Gesetzentwurf kurz vor Abschluss des Gesetzgebungsverfahrens nicht mehr durchsetzbar waren, schließlich war es gerade Wilhelmi, der bereits im Laufe der Verhandlungen gedroht hatte, die Mitbestimmung im negativen Sinne zum Thema zu machen, falls vonseiten der Gewerkschaften über die SPD Forderungen nach ihrer Ausweitung kämen.[124]

Die Vertreter der DGB einigten sich letztlich in einem persönlichen Gespräch mit der CDU, ihre Änderungswünsche aufgrund der Zeitnot in den beinahe abgeschlossenen Verhandlungen über das Aktiengesetz zurückzuziehen. Der DGB stimmte dem allerdings, so Justiziar Otto Kunze, nur unter der Bedingung zu,

> »daß, wenn schon in diesem Bundestag über die Fragen der Mitbestimmung und der Unternehmensrechtsreform nicht mehr verhandelt werden könne, er alsbald nach dem Zusammentreten des neuen Bundestags ohne Rücksicht auf den Ausfall der Wahl Verhandlungen mit den zuständigen Abgeordneten über die gesetzgeberische Verwirklichung seiner Pläne aufnehmen könne«,

was die anwesenden CDU-Abgeordneten Hans Katzer als Vertreter der CDA-Sozialausschüsse und Wilhelmi zusagten.[125]

In einem Festvortrag anlässlich des 10-jährigen Bestehens der Hans-Böckler-Gesellschaft am 15. April 1964 erklärte Wilhelm Haferkamp dann zum ersten Mal öffentlich, dass die Gewerkschaften die Ausdehnung der Mitbestimmung auf alle Großunternehmen fordern werden.[126] Einige Zeit später wiederholte er die Forderung auf einer Betriebsrätekonferenz der IG Bergbau in Essen, betonte allerdings gleichzeitig,

---

123 Schreiben von Wilhelm Haferkamp an Hans Wilhelmi vom 6. Januar 1965 mit Anlage »Vorschlag des DGB zur Änderung und Ergänzung eines Regierungsentwurfes eines Aktiengesetzes«, in: DGB-Archiv im AdsD, Abt. Mitbestimmung, 24/2312.

124 Siehe Aktenvermerk von Karl-Heinz Sohn über ein Telefongespräch mit Georg Kurlbaum am 11. Januar 1965, in: ebd. Gleichlautend äußerte sich Wilhelmi vor einem Kreis hessischer Unternehmer. Er habe sich als ein Vertreter des rechten Flügels der CDU gegen jeden Versuch gewehrt, auf einem Umwege Mitbestimmungsakzente in irgendein Gesetz einzuschmuggeln. Siehe Vermerk über ein Gespräch des Hessischen Kreises am 24. September 1965. Die SPD-Fraktion betonte jedoch, dass sie im Falle einer Unterstützung der CDU-Arbeitnehmervertreter für eine Ausweitung der Mitbestimmung im Rahmen des neuen Aktiengesetzes tätig geworden wäre und ihr ablehnende Haltung in den Ausschüssen abgelegt hätte. Vgl. Aktenvermerk Karl-Heinz Sohn über ein Gespräch mit Hans Matthöfer am 7. Januar 1965 über die Weiterbehandlung der Mitbestimmungsvorschläge im Deutschen Bundestag, in: DGB-Archiv im AdsD, Abt. Mitbestimmung, 24/2312.

125 Niederschrift über die Besprechung von Vertretern des Deutschen Gewerkschaftsbundes mit Vertretern der Christlich-Demokratischen Union über Fragen der Aktienrechtsreform am 27. Januar 1965, in: ebd.

126 Vgl. Die Mitbestimmung in den Grundsatzprogrammen der deutschen Gewerkschaften. Festvortrag von Wilhelm Haferkamp, Mitglied des DGB-Bundesvorstandes, anlässlich der Veranstaltung

die Frage sei so bedeutsam, dass er sie nicht zum Gegenstand des laufenden Bundestagswahlkampfs machen wollte.[127] Die Zeit wäre dafür ohnehin zu knapp gewesen,
zudem fehlte der Rückhalt im Parlament. Im Wahlkampf 1965 stand das Thema »Ge-
sundheitspolitik« sowie die positive Besetzung des Kanzlerkandidaten Willy Brandt
im Zentrum der SPD.[128]

Nach der Bundestagswahl war der DGB nun fest entschlossen, das Thema Mitbestimmung auf die politische Agenda zu setzen. Schon zuvor bereitete die Abteilung Werbung im DGB eine Vorlage für eine Werbekampagne vor. Aufgrund ihrer
Mitbestimmungsinitiativen der zurückliegenden Jahre verwundert es nicht, dass aus-
gerechnet eine Kundgebung der IG Chemie am 6. Oktober 1965 als eigentliche Ini-
tialzündung der Kampagne des DGB zugunsten der Mitbestimmung angesehen werden kann. Ludwig Rosenberg legte in einem Grundsatzreferat die Vorstellungen der
Gewerkschaften mit Nachdruck dar. Besonders stellte er die Demokratisierung der
Wirtschaft als Ergänzung und Vollendung der politischen Demokratie heraus, denn,
»wenn es wahr ist, daß die Wirtschaft unser Schicksal ist, so ist es notwendig, daß wir
alle über unser Schicksal mitbestimmen.«[129] Die moderne Wirtschaft mache es erforderlich, eine gegenseitige Kontrolle von wirtschaftlicher und politischer Macht auszuüben, damit Deutschland nicht noch einmal der Gefahr des Missbrauchs dieser Macht
ausgesetzt werde. Auch die Entwicklung der Technik und die daraus resultierenden
Gefahren könne man nur durch eine Integration der Arbeitnehmer in die Wirtschaft
Herr werden, so Rosenberg weiter. Er erneuerte das Gesprächsangebot an alle interessierten Kreise. »Wir werden alle Argumente ernsthaft prüfen, alle Vorschläge sachlich
wägen – genau wie wir erwarten, daß *unsere* Argumente und Vorschläge sachlich und
ernsthaft geprüft werden.«[130] Gegen die Gegner der Mitbestimmung wolle man versuchen, sich mit allen gesetzlichen Mitteln durchzusetzen.

Die Kundgebung zog ein breites Echo in der Medienlandschaft nach sich und
wurde in zahlreichen Kommentaren positiv wie negativ gewürdigt, wobei Rundfunk
und Fernsehen den Forderungen der Gewerkschaften eher zuneigten. Die Bedeutung, so eine Analyse der Abt. Wirtschaftsbeobachtung der IG Chemie, läge allerdings nicht in den Pro- und Kontraargumenten als solchen, sondern in der angeregten

---

»10 Jahre Hans-Böckler-Gesellschaft« am 15. April 1964 in Köln, in: DGB-Archiv im AdsD,
    Abt. Wirtschaftspolitik, 24/5046.
127 Vgl. Unsere Bemühungen für eine Ausweitung der qualifizierten Mitbestimmung. Material für
    die Arbeit der Kommission Aktion Mitbestimmung, in: DGB-Archiv im AdsD, Abt. Mitbestim-
    mung, 24/2380.
128 Vgl. Kurt Klotzbach: Der Weg zur Staatspartei. Programmatik, praktische Politik und Organi-
    sation der deutschen Sozialdemokratie 1945–1965 (Die deutsche Sozialdemokratie nach 1945 1),
    Bonn 1996, S. 588-596.
129 Ludwig Rosenberg: Wir fordern die Erweiterung der Mitbestimmung. Referat anlässlich der
    Kundgebung »Mitbestimmung« der IG Chemie, Papier, Keramik am 6. Oktober 1965 in Dort-
    mund, o. O. o. J., S. 5.
130 Ebd., S. 4 f. [Herv. i. Orig.].

Diskussion, der sich sogar Erhard in seiner Regierungserklärung nicht habe entziehen können. Die Entwicklung verlief jedoch nicht nur zugunsten des DGB. Insbesondere das Schlagwort des »Gewerkschaftsstaates«, das von der Unternehmerseite in der öffentlichen Debatte lanciert wurde, sei gefährlich, da so eine »gefühlsmäßige Aversion gegen bürokratische Institutionen« erweckt würde. Ferner fragten einige Kommentatoren, warum die Gewerkschaften gerade so kurz nach der Wahl ihren Aufschlag wagten und wie sie ihre Ziele durchsetzen wollten, wenn das Mittel des in Deutschland verbotenen politischen Streiks doch ausfiel. Dahinter stand die Befürchtung, dass die Arbeitsdirektoren die Diskussion in die Betriebe tragen und dort somit für Unruhe sorgen könnten. Eine weitere Gefahr lag in der Unterstellung der Unternehmer, der DGB verfolge einen Stufenplan, um die Mitbestimmung auch in kleineren Unternehmen einzuführen. Dahinter vermuteten die Analysten ein Kalkül der Unternehmer, »weil sie damit am ehesten eine Solidarität der Arbeitgeber zu erreichen« hofften.[131] Entgegen den Überlegungen, die im Rahmen der Aktienrechtsreform angestellt wurden, erklärte der DGB daraufhin, keinen Stufenplan zur Umsetzung der Mitbestimmung zu verfolgen, sondern durch die »prinzipielle Forderung nach Ausweitung der qualifizierten Mitbestimmung […] eine sachliche und von Detailfragen unbelastete Diskussion mit allem Kräften unserer Gesellschaft, die die Mitbestimmung der Arbeitnehmer in der Wirtschaft grundsätzlich bejahen«, ermöglichen zu wollen.[132] Wilhelm Haferkamp unterstrich dies wenige Tage später in einem Radiointerview. Zudem verneinte er, dass eine Ausdehnung über den festgelegten Rahmen der Großunternehmen hinaus, wie es ja der ursprünglichen Intention entsprach, vom DGB vorgesehen sei. Dies sei diffamierendes Gerede seitens der Arbeitgeber.[133]

Aus strategischer Sicht war dem Bundesvorstand klar, dass nur der Gesetzgeber eine klare Regelung verwirklichen könnte, eine bilaterale, etwa auf tariflicher Basis, getroffene Vereinbarung mit den Arbeitgebern schloss der DGB aus. Ferner müssten die Forderungen demnach notwendigerweise von Beginn der neuen Legislaturperiode gegenüber den politischen Instanzen vertreten werden, damit nicht Zeitnot später als vorgeschobenes Argument die parlamentarische Arbeit scheitern lasse. Zudem bedürfe es der Mobilisierung von Kräften, bei denen mit einer Unterstützung der Pläne zu rechnen sei sowie einer umfassenden Einflussnahme auf die öffentliche Meinung und die Aufklärung der Mitgliedschaft.[134] Haferkamp betonte, der Fokus der kom-

---

131 Abt. Wirtschaftsbeobachtung der IG Chemie. Analyse der kritischen Kommentare zur Dortmunder Kundgebung vom 19. November 1965, in: DGB-Archiv im AdsD, Abt. Mitbestimmung, 24/2401.

132 DGB-Nachrichtendienst 282/65 vom 8. Oktober 1965.

133 Siehe Ausführungen zur Mitbestimmung von Wilhelm Haferkamp, Geschäftsführendes Vorstandsmitglied des DGB, im WDR am 12. Oktober 1965, in: DGB-Archiv im AdsD, Abt. Mitbestimmung, 24/2398.

134 Vgl. Ausweitung der qualifizierten Mitbestimmung. Vorlage für die Sitzung des DGB-Bundesvorstandes am 5. Oktober 1965.

menden Arbeit läge auf der Aufklärung der Öffentlichkeit und auf die Fortführung von Gesprächen mit den Parteien, Kirchen und Wissenschaftlern. Einer öffentlichen Erörterung konkreter Vorschläge stand der Bundesvorstand jedoch kritisch gegenüber, da sie einen Schaden für die gesamte Aktion befürchteten. Die nun vom DGB lancierte Kampagne zielte ganz darauf ab, eine grundsätzliche Befürwortung der Mitbestimmung in der Öffentlichkeit zu erzielen, die sich nicht an einzelnen Grenzwerten oder der Ausgestaltung des Aufsichtsrats zerreiben sollte. Zudem wurde die Bedeutung eines gemeinsamen Vorgehens der Gewerkschaften betont. Der Bundesvorstand beschloss, für die Kampagne 479.500 DM aus dem Werbeetat zur Verfügung zu stellen.[135] Die Beschlussvorlage zur Sitzung räumte ein, dass auch die Mitglieder kaum Kenntnisse über den Inhalt der Forderung hatten. Die erste Öffentlichkeitskampagne sollte Grundlinien und Basisinformationen vermitteln und helfen, Ressentiments abzubauen. Hierzu sah der DGB Anzeigen in Boulevardmedien, Tages- und Wochenzeitungen und politischen Magazinen vor. Zudem wurden Anzeigen in der Gewerkschaftspresse geschaltet.[136]

Welche Bedeutung der Faktor Öffentlichkeit für die Gewerkschaften, aber auch für die Arbeitgeber, einnehmen musste, verdeutlicht die aus Sicht des DGB negative Berichterstattung über die Mitbestimmung im Verlauf des Jahres 1965. So durchzog etwa ein grundsätzlich negativer Ton über die gewerkschaftliche Position den umfangreichen, unter der Leitung von Friedrich Nowottny (geb. 1929) erstellten Fernsehbeitrag des Saarländischen Rundfunks im Abendprogramm der ARD, der am 28. April des Jahres ausgestrahlt wurde. Die Mitbestimmung wurde als »eine Art Glaubensbekenntnis« des orthodoxen Flügels der Gewerkschaften dargestellt, die sich »weder in den Lohntüten [...] noch in den Gehaltsabrechnungen« niederschlage und auch nicht zu einem besseren Betriebsklima beitrage. Sie schaffe »bisher nicht dagewesene Fronten unter den Belegschaften sowie zwischen ihnen und den von Gewerkschaften in die Verwaltungen hineingeschleusten Funktionären.«[137] Die Gegner der Mitbestimmung kamen im Bericht deutlich häufiger zu Wort als ihre Befürworter, soziale Leistungen eines Unternehmens wurden in negativem Sinne in Zusammenhang zur Aufsichtsratsbeteiligung von Arbeitnehmern gesetzt. Zudem äußerte sich auch der Vorsitzende der DAG, Rolf Spaethen (1909–1985), in ablehnender Form. Reportagen wie diese

---

135 Vgl. Protokoll der 30. Sitzung des Bundesvorstandes vom 5. Oktober 1965, in: von Kieseritzky (Bearb.): Der Deutsche Gewerkschaftsbund, S. 213-221, hier S. 214 ff. Der gesamte Werbeetat bzw. die Ausgaben für Werbung beliefen sich im Berichtsjahr 1966 laut Kassenbericht auf 3.329.042,56 DM. Auf erste Tranche der Aktion Mitbestimmung entfielen somit 14,4 % der Gesamtausgaben für Werbung. Vgl. Bundesvorstand des Deutschen Gewerkschaftsbundes (Hg.): Geschäftsbericht 1965–1968, Bochum o. J., S. 52.

136 Vgl. Schreiben der DGB-Werbeabteilung an die Mitglieder des DGB-Bundesvorstandes vom 19. August 1965, in: DGB-Archiv im AdsD, Abt. Werbung – Medienpolitik, 5/DGAM000027.

137 Filmbericht »Der Kollege im Aufsichtsrat – Eine Zwischenbilanz der Mitbestimmung« vom 29. April 1965, in: DGB-Archiv im AdsD, Abt. Mitbestimmung, 24/2402.

mussten den DGB alarmieren. Die Kommission »Aktion Mitbestimmung« beschloss, zunächst »in Fortsetzung der bisher praktizierten sachlichen Linie, schwerpunktmäßig interne Gespräche mit den im Bundestag vertretenen Parteien, Kirchen usw.« aufzunehmen.[138] Das prinzipielle Angebot, auf allen Ebenen stets zu einem offenen und sachlichen Gespräch zur Verfügung zu stehen, sollte die Offenheit unterstreichen.

Der DGB musste also von Beginn seiner Offensive an einen Schwerpunkt auf die öffentliche Meinung und deren Beeinflussung legen. Dabei bedurfte es der Wirkung nach innen zu den einzelnen Mitgliedern und nach außen, um ein positives Grundklima in der Gesellschaft zu erzeugen, ohne das jedwede Anstrengungen als vergebens erachtet wurden. Die Priorität lag auf der Mitgliederinformation. Die DGB-Werbeabteilung verdeutlichte in einer Vorlage, dass die Arbeitnehmer und die Bevölkerung die Mitbestimmung zwar für eine grundsätzlich gute und begrüßenswerte Sache hielten, allerdings keine genaue und fassbare Vorstellung von dem Begriff hatten. Viele konnten den großen gesellschaftlichen Zusammenhang, in den sie von der DGB-Führung eingeordnet wurde, nicht einschätzen, hatten keine genaue Ahnung von den Vorteilen, die sie ihnen bot, und legten ihren persönlichen Schwerpunkt auf die soziale Sicherheit. Diese Ergebnisse seien allerdings, so die Autoren, nicht besonders verwunderlich und schon allein durch die schlechte Rangfolge der Mitbestimmungsforderung im Aktionsprogramm des DGB bedingt. Der mangelhafte Kenntnisstand treffe weniger auf organisierte Arbeitnehmer zu, doch auch unter ihnen machten 25 % aller Befragten eine falsche oder keine Angabe auf die Frage, ob sie schon etwas von der Mitbestimmung gehört hätten bzw. ob sie wüssten, wobei es sich dabei handelt.[139]

Die Werbeabteilung fand in ihrer Analyse dieser Ausgangslage für die anstehenden Herausforderungen klare Worte. Demnach würden sich Gesetzgeber und Parteien mit der Mitbestimmung nur dann ernsthaft beschäftigen, wenn die Forderungen der DGB von der Arbeitnehmerschaft getragen würde und in der Öffentlichkeit Unterstützung fänden. Die Sympathie von Wissenschaftlern, kirchlichen Kreisen, Schriftstellern und weiteren gesellschaftlichen Gruppen sei zwar wichtig, aber akademisch und deswegen in der Breite unwirksam. Ferner stünden die Arbeitnehmer dem Problem eher passiv gegenüber und die Mitbestimmungsforderung sähe sich zudem einer geschlossenen Front der Arbeitgeber gegenüber, von der die Gefahr ausginge, dass sie diffamiert, emotional negativ besetzt und abgewertet würde.[140] Der DGB hatte es offensichtlich versäumt, seinen Mitgliedern die Erfolge der Vergangenheit näherzubringen und ein kontinuierliches Interesse an der Mitbestimmung aufrechtzuerhalten. Der Bundesvorstand hatte die Frage zuvor zu keiner Zeit in größerem Umfang

---

138 Ergebnisprotokoll über die Sitzung der Kommission Aktion Mitbestimmung am 26. Oktober 1965.

139 Vgl. Mitbestimmung und Bewußtsein: Ergebnisse von Umfragen. Vorlage für die Mitglieder der Kommission Aktion Mitbestimmung vom 9. November 1965, in: DGB-Archiv im AdsD, Abt. Mitbestimmung, 24/2402.

140 Siehe Werbeplan Aktion Mitbestimmung vom 15. April 1966, in: ebd.

etwa durch Publikationen begleitet. Auch die Mitbestimmungspläne im Rahmen der Aktienrechtsreform wurden in erster Linie von eingeweihten Zirkeln aus Gewerkschaften und Politik diskutiert und eigneten sich aufgrund ihrer technischen und trockenen Verfahrensweisen auch nicht für eine Emotionalisierung und Popularisierung. Aufgrund dieser Defizite musste der DGB in einem ersten Schritt gewissermaßen zu einem kollektiven Akteur in der Öffentlichkeit heranreifen, um die Forderung nach einer Ausdehnung der Mitbestimmung überhaupt glaubhaft vertreten zu können.

Um dies Ziel zu erreichen, mussten alle Gewerkschaftsmitglieder gezielt und vor allem mit einer Stimme angesprochen werden. Eine zentral durchgeführte Referentenschulung, Broschüren und umfassendes Werbematerial wurden dabei als besonders wichtig erachtet.[141] Bereits zu Beginn des Oktobers 1965 richtete die Werbeabteilung des DGB in einem Schreiben an alle Redakteure der Gewerkschaftspresse und die jeweiligen Presseabteilungen die Bitte, den DGB in dem Anliegen um die Mitbestimmung zu unterstützen. Die Abteilung stellte dafür Sonderdienste und weiteres Material zur Verfügung.[142] Sie arbeitete ferner einen umfassenden und einheitlichen Werbeplan aus, dessen Etat auf 1,5 Millionen DM festgesetzt und dem Solidaritätsfond der Gewerkschaften entnommen wurde.[143]

Die Verantwortlichen gingen davon aus, dass sich die Popularisierung der Forderungen über einen längeren Zeitraum erstrecken würde und deshalb einer langfristigen Planung bedürfe. Inhaltlich käme es darauf an, die Verbindung zwischen Sicherheit des Arbeitsplatzes und dem »allgemeinen sozialen Schutzbedürfnis in unserer Zeit der rasanten technischen Entwicklung« zu zeigen und besonders die betrieblichen Funktionäre und der Mitgliedschaft anzusprechen. Die Kampagne verfolgte die zentralen Ziele Emotionalisierung und Informationsvermittlung. »Die Meinungsträger in der Organisation sind so zu informieren, daß sie allen Diskussionen gewachsen sind und den an sie gestellten Aufgaben der exakten Weitergabe und Interpretation von Nachrichten nachkommen können. Im Anschluss daran muß die Masse der Mitglieder in knapper und anschaulicher Form Informationen über Wesen und Funktion der Mitbestimmung erhalten.« Außerorganisatorisch kam es darauf, an, dass »die Sympathiewerbung [...] vor allem darauf angelegt [ist], die ideellen Gehalte der Mitbestimmung so herauszustellen, daß sie von allen akzeptiert werden kann.« Ziel war, dass der Gegner sich der Argumente der Gewerkschaften erwehren sollte, nicht umgekehrt.[144] Dazu ge-

---

141 Vgl. Ergebnisprotokoll über die Sitzung der Kommission Aktion Mitbestimmung am 8. Dezember 1965, in: ebd.

142 Schreiben von Werner Hansen an die Redakteure der Gewerkschaftspresse am 8. Oktober 1965, in: DGB-Archiv im AdsD, Abt. Mitbestimmung, 24/2398.

143 Vgl. Protokoll der 10. Sitzung des Bundesausschusses vom 16. März 1966, in: von Kieseritzky (Bearb.): Der Deutsche Gewerkschaftsbund, S. 260-266, hier S. 263.

144 Siehe Werbeplanung Aktion Mitbestimmung, am 3. November 1965 mit Rundschreiben an den Geschäftsführenden Bundesvorstand des DGB verschickt, in: DGB-Archiv im AdsD, Abt. Mitbestimmung, 24/2380 (Zitat ebd.).

hörten Broschüren in leicht verständlicher Form, Flugblätter, Plakate und dergleichen, regelmäßige Informationen der Betriebe, aber auch große Presseanzeigen, etwa in der BILD-Zeitung, die von 60 % der Arbeitnehmer gelesen wurde.[145] Demgemäß stellten die Inserate in Illustrierten und Programmzeitschriften, überregionalen Publikationen und der Boulevardpresse mit insgesamt 865.000 DM größten Posten dar, die zwischen Mai und Oktober 1966 in unterschiedlichen Medien geschaltet wurden, um das Interesse kontinuierlich wachzuhalten. Zwei Drittel des Etats wurden bereits in diesem Jahr verbraucht. Die Slogans der Kampagne vermittelten allesamt das gewünscht positive Bild der Mitbestimmung. Der Globaltitel »Mitbestimmung – eine Forderung unserer Zeit« fand sich in allen Anzeigen wieder und wurde ergänzt durch provokante und Interesse weckende Überschriften wie »Die da oben machen doch, was sie wollen ...«, »Der Stärkere hat immer Recht« oder »Ist der Profit König?« In der überregionalen Presse trat zudem das Element der Demokratisierung des Wirtschaftslebens und damit die Ergänzung der politischen durch die wirtschaftliche Demokratie hinzu.[146]

Die wesentlichen Elemente der Kampagne wurden in der Werbeabteilung erstellt, die zum Zeitpunkt der Beschlussfassung im Bundesausschuss bereits sämtliche Druckvorlagen erstellt und die entsprechenden Anzeigen in Zusammenarbeit mit der Kommission Aktion Mitbestimmung gestaltet hatte. Nur ein Titel aus der Anzeigenserie für Illustrierte mit der Überschrift »... der Kommissar war machtlos« erregte Widerspruch, etwa von IG-Metall-Funktionär Willi Michels (1919–2003). Dieser Begriff lasse darauf schließen, dass es sich bei der Mitbestimmung um ein Besatzungsrecht handele, was auch die Arbeitgeber in diffamierender Hinsicht beständig hervorhoben. Deswegen gründeten Vertreter der IG Bergbau, der IG Chemie und der IG Metall einen kleinen Kreis aus Betriebsfunktionären, der die betrieblichen Aspekte der Werbekampagne erörtern sollte.[147] In der IG Chemie waren die Vorbehalte gegen eine

145 Vgl. Vorlage Werbeplan Aktion Mitbestimmung für die 10. Sitzung des DGB-Bundesausschusses vom 4. Januar 1966, in: DGB-Archiv im AdsD, Abt. Mitbestimmung, 24/2402.

146 Vgl. Übersicht Werbemaßnahmen 1967 für die Aktion Mitbestimmung der ACON Gesellschaft für Werbung und Kommunikation mbH sowie die Plakatvorlagen »Eine Idee setzt sich durch – Mitbestimmung« und »Eine Idee des zwanzigsten Jahrhunderts – Mitbestimmung«, in denen es unter anderem heißt: »Ideen: Leuchtzeichen auf dem Wege der Menschheit. Im Anfang von vorausschauenden Menschen gesetzt, eröffnen sie neue und größere Horizonte. Ideen sind Wirklichkeiten von morgen. Alle Menschen sollen frei und gleich an Rechten sein – welche andere Forderung wurde mehr verfemt? Doch die Idee setzt sich durch. Im Wirtschaftsleben heißt sie: Mitbestimmungsrecht. Wer Werte schafft, soll dort vertreten sein, wo die Entscheidungen fallen.« Diese anspruchsvollen, möglicherweise gar hochtrabenden Worte zielten in erster Linie auf die Gegenseite ab. Der DGB versuchte auf diesem Wege, nicht in eine defensive Abwehrhaltung in der öffentlichen Auseinandersetzung zu geraten, sondern die Arbeitgeber zu zwingen, sich gegen eine wie auch immer verstandene »Demokratisierung« der Gesellschaft stemmen zu müssen. Diese und weitere Unterlagen in: DGB-Archiv im AdsD, Abt. Mitbestimmung, 24/2380.

147 Vgl. Aktennotiz – Anzeige Mitbestimmung vom 17. März 1966, in: ebd. In der IG Chemie meldeten sich vereinzelt kritische Stimmen zu Wort und machten die allgemeine Wirtschaftslage verantwortlich für ein Erlahmen des Interesses an der Mitbestimmung, zumal die Krise im Bergbau

eigenständige Lösung noch nicht gänzlich erfolgreich. Wilhelm Gefeller meinte noch Ende Oktober 1966, kurz vor Ende der Regierung Erhard, unter Zustimmung seines Vorstandes, dass man sich selbst an die Parteien wenden sollte, »wenn der DGB oder die Kommission Mitbestimmung in dieser Frage nichts unternehmen.«[148]

Insgesamt gelang es dem DGB, mit der ersten Welle der Öffentlichkeitsarbeit das Interesse an der Mitbestimmung und an den bis dato kaum bekannten gewerkschaftlichen Positionen in der Bevölkerung zu wecken. Die Arbeitgeber mussten nachziehen, um nicht völlig ins Hintertreffen zu geraten. Sie waren sich im Klarem, dass ihre ablehnende Haltung vor allem moralisch angreifbar war.

2.3 Einflussnahme auf Kirchen und deren Positionen zur Mitbestimmung

2.3.1 Die katholische Kirche

Der Kampf um die Mitbestimmung war von Beginn an ein Kampf um die Deutungshoheit über die öffentliche Meinung. Sowohl die Unternehmer als auch der DGB waren davon überzeugt, dass diese entscheidend von den großen christlichen Kirchen Deutschlands beeinflusst würde, und legten von daher einen besonderen Wert auf gute Kontakte. War das Verhältnis von Kirche und Gewerkschaft in der Vergangenheit wie gesehen eher antagonistisch geprägt und hatte vor allem die Gründung des CGD Ende 1955 zu Zerwürfnissen mit dem DGB geführt[149], so setzte man nun auf die Kirchen, um die eigene Position in der Öffentlichkeit zu legitimieren.

---

klargemacht habe, dass auch durch sie Arbeitsplätze nicht garantiert würden. Deswegen war das Element der Krise für die Popularisierung der Forderung von zentraler Bedeutung. Man befürchtete, dass in dem erwarteten Aufschwung nach 1968 die Arbeitnehmer unmittelbar das Interesse verlieren würden. »Es muß gezeigt werden, wie schlimm die Krise sich ausgewirkt hätte, wenn wir keine Montanmitbestimmung hätten. Nur dadurch kann ein sich ausbreitender Defaitismus [sic!] überwunden und mehr Mitbestimmung, sozusagen als Lehre für jedermann, aus den jüngsten kritischen Wirtschaftserfahrungen, gezogen werden. [...] Das müsste aber bald geschehen, nicht erst 1968, wenn die Krise wahrscheinlich überwunden sein wird.« Deswegen müsse der unmittelbare Zusammenhang zwischen den Problemen des Arbeitsplatzes und dem technischen und strukturellen Wandel herausgestellt werden, insbesondere in den Materialen für gewerkschaftliche Schulungen. Siehe Vorschläge für die Informationsarbeit über die Mitbestimmung von Helmut Wickel vom 20. Juli 1967, in: AfsB, IG CPK, Mitbestimmung DGB IG CPK 1964–1969 (Zitate ebd., Bl. 2).

148 Niederschrift über die konstituierende Sitzung des Hauptvorstands der IG Chemie am 27./28. Oktober 1966, in: AfsB, IG CPK, Hauptvorstands- und Beiratssitzungen vom 1. Okt. 1965 bis 31. Dez. 1966.

149 Aufgrund der unterschiedlichen ökonomischen und kulturellen Prämissen standen sich die Christlich-Sozialen und der DGB in der Nachkriegszeit, vor allem aber seit 1952, skeptisch bis ablehnend gegenüber. Die Konfliktlinien verliefen entlang politischer Fragen wie des deutschen Beitrags zur Wiederbewaffnung oder entlang grundsätzlicher Fragen der gewerkschaftspolitischen Ausrichtung, wie sie sich in den Kontroversen um die Neuordnungsvorstellungen von Viktor Agartz zeigten. Die Christsozialen votierten gegen eine dezidiert linke Ausrichtung des

Die Kirchen tendierten zur Unterstützung der gewerkschaftlichen Forderungen, soweit man von einer geschlossenen Meinung sprechen kann. So beschäftigte sich die katholische Kirche in ihrer Reformphase während des Zweiten Vatikanischen Konzils mit den Arbeits- und Lebensbedingungen der Menschen. Papst Johannes XXIII. (1881–1963) vollzog in seinen Sozialenzykliken »Mater et Magistra« und »Pacem in terris« eine Wende zu einem allgemeinen verständlicheren Stil der Argumentation, der nicht länger der neuscholastischen, naturrechtlich inspirierten Linie folgte, ohne jedoch dabei inhaltliche Ansprüche zu revidieren.[150] Der Papst ging ausdrücklich auf die Mitbestimmung ein und formulierte, in der menschlichen Natur sei das Bedürfnis angelegt, dass der produktive Mensch auch über die Dinge mitbestimmen wolle, um zu einer vollen Entfaltung ihrer Persönlichkeit zu gelangen.[151] Denn »die weitergehende Verantwortung, die heute in verschiedenen Wirtschaftsunternehmen den Arbeitern übertragen werden soll, entspricht durchaus der menschlichen Natur; sie liegt aber auch im Sinn der geschichtlichen Entwicklung von heute in Wirtschaft, Gesellschaft und Staat.«[152] Arbeiter forderten daher zu Recht die Teilhabe am Unternehmen, doch

> »wie diese Teilnahme näher bestimmt werden soll, ist wohl nicht ein für allemal auszumachen. Das ergibt sich vielmehr aus der konkreten Lage des einzelnen Unternehmens. [...] In jedem Fall aber sollten die Arbeiter an der Gestaltung der Angelegenheiten ihres Unternehmens aktiv beteiligt werden. Das gilt sowohl für private als auch für öffentliche Unternehmen. Das Ziel muß in jedem Fall sein, das Unternehmen zu einer echten menschlichen Gemeinschaft zu machen.«[153]

Wie seine Vorgänger unterbreitete auch dieser Papst keine konkreten Vorschläge, jedoch äußerte er sich unmissverständlich wie nie zuvor zugunsten der Gewerkschaften und der Mitbestimmungsfrage, die er zudem in den zeitgenössischen Kontext einbettete.

Auch das von Johannes XXIII. einberufene Zweite Vatikanische Konzil (1962–1965) hob in seiner Pastoralkonstitution Gaudium et Spes, die 1965 verabschiedet wurde, die Bedeutung der Arbeit hervor und führte aus:

> »In den wirtschaftlichen Unternehmen stehen Personen miteinander in Verbund, d. h. freie, selbstverantwortliche, nach Gottes Bild geschaffene Menschen. Darum sollte man unter Bedachtnahme auf die besonderen Funktionen der Einzelnen, sei

---

DGB und unterstützten mehrheitlich die marktwirtschaftliche Ordnung. Diese Kombination der Konflikte mündete im Oktober 1955 in der Gründung der CGD. Siehe Schroeder: Katholizismus und Einheitsgewerkschaft, S. 181 ff.

150 Vgl. Anzenbacher: Christliche Sozialethik, S. 151 f.

151 Mater et Magistra (82), in: Bundesverband der Katholischen Arbeitnehmer-Bewegung (KAB) Deutschlands (Hg.): Texte, S. 201-270, hier S. 223.

152 Mater et Magistra (93), S. 226.

153 Mater et Magistra (91), S. 225.

es der Eigentümer, der Arbeitgeber, der leitenden oder der ausführenden Kräfte, und unbeschadet der erforderlichen einheitlichen Werkleitung die aktive Beteiligung aller an der Unternehmensgestaltung voranbringen; die geeignete Art und Weise der Verwirklichung wäre näher zu bestimmen.«[154]

Das Konzil argumentierte von sozialethischer Warte und sprach sich so grundsätzlich für die Mitbestimmung aus. Die geeignete Form ihrer Umsetzung musste aber notwendigerweise eine juristische Frage bleiben. Allerdings liegt die Annahme nahe, dass die Konzilsväter einen subsidiären Ansatz verfolgen und die konkrete Ausgestaltung zuerst auf der untersten Unternehmensebene verorten wollten.[155] Deutlich wurde, dass das Unternehmen als einen Verbund aufgefasst wurde, in dem jede Personengruppe Anteil an dessen Gestaltung erhalten sollte. Die katholische Sozialwissenschaft legte die Dokumente in der Folge sehr unterschiedlich aus und erkannte in ihnen sowohl eine Pro- als auch eine Kontraposition zur paritätischen Mitbestimmung. Ähnliche Lesarten bildeten sich auch bei der KAB und dem Bund Katholischer Unternehmer heraus. Die christlichen Gewerkschaften nahmen eine Zwitterstellung ein, indem sie für eine Mitbestimmung eintraten, sie jedoch aus dem persönlichen Anspruch des Menschen ableiteten.[156]

Das Schrifttum, das aus katholischer Provenienz in den späten 1960er-Jahren zur Thematik entstand, soll an dieser Stelle nicht in Gänze erörtert werden.[157] Allerdings

---

154 Die pastorale Konstitution über die Kirche in der Welt von heute »Gaudium et spes« (68), in: Karl Rahner/Herbert Vorgrimler: Kleines Konzilskompendium. Sämtliche Texte des Zweiten Vatikanums, 34. Aufl., Freiburg i. Br./Basel/Wien 2007, S. 423-552, hier S. 523.

155 Vgl. Franz Klüber: Die Mitbestimmung im Urteil des II. Vatikanischen Konzils, in: GMH (17/1966), S. 193-196.

156 Vgl. Stegmann/Langhorst: Geschichte der sozialen Ideen, S. 819-825. Die ablehnende Meinung, der sich die katholischen Unternehmer anschlossen, vertrat die Auffassung, dass die Mitbestimmung einen Verstoß gegen das naturrechtlich hergeleitete Eigentumsrecht darstellte. Die privatwirtschaftliche Initiative würde gehemmt und eine einheitliche Unternehmensleitung erweise sich als unmöglich. Die Befürworter argumentierten in erster Linie aus der Würde des Menschen und der Würde der Arbeit heraus. Sie schlossen sich weitgehend der Argumentation der Gewerkschaften an und hoben die Gefahren der Trennung von Management und Kapital hervor. Vgl. Rosche: Katholische Soziallehre, S. 71-75.

157 Siehe hierzu etwa den unter anderem von Nell-Breuning, Otto Kunze und Ludwig Preller verfassten Bericht zur Unternehmensverfassung, der 1966 fertiggestellt und zwei Jahre darauf im Zuge der Einberufung der Kommission zur Mitbestimmung veröffentlicht wurde. Der Bericht bot auf der Grundlage sozialethischer und juristischer Argumente eine umfassende Herleitung für die Mitbestimmung in Größtunternehmen mit 10.000 und mehr Mitarbeitern. Da er Forderungen enthielt, die über das vom DGB vorgesehene Maß hinausgingen, beschloss die zuständige Kommission Aktion Mitbestimmung, den Bericht nicht unter seiner Ägide zu veröffentlichen, sondern in der Form, »daß der rein wissenschaftliche Charakter der Studie außer Zweifel steht und der Deutsche Gewerkschaftsbund mit dem Inhalt des Berichts nicht identifiziert werden kann.« Schreiben von Ludwig Rosenberg an Oswald von Nell-Breuning, Kurt Ballerstedt, Erik Boettcher, Karl Hax und Ludwig Preller vom 19. Dezember 1967, in: DGB-Archiv im AdsD, Abt. Mitbestimmung, 24/2395. Zum

sei kurz auf den Jesuiten Oswald von Nell-Breuning verwiesen, dessen Name bereits erwähnt wurde. Er widmete ein Großteil seiner wissenschaftlichen Tätigkeit nach 1945 der Mitbestimmung und übte mit seinen Ideen einen großen Einfluss auf die Gewerkschaften aus. In seinen zahlreichen Schriften versuchte Nell-Breuning, ein theoretisches und theologisches Fundament der Mitbestimmung zu legen. Er ging von der Gleichwertigkeit von Arbeit und Kapital aus, denn eine Teilung der Rechte, »die grundsätzlich den einen stärker macht als den anderen, so daß er in der Lage ist, die Rechte des anderen kaltzustellen und ihn zur Ohnmacht zu verurteilen, ist keine ehrliche und redliche Teilung, sondern eine *Farce*.«[158] Mit Aussagen wie diesen rannte er beim DGB natürlich offene Türen ein, sodass der Kontakt zwischen dem Jesuitenpater und den Gewerkschaften nach 1945 eng und fruchtbar war. Nell-Breuning betonte, dass sich erst auf der Unternehmensebene »die ganze Tragweite dessen, worum es bei der Mitbestimmung geht«, enthülle[159], da sie eine Antwort auf die Kernfrage darstelle, wer in einem Unternehmen die Leitung innehalten sollte, Kapital oder Arbeitnehmer, die beide gleichberechtigte Interessen hätten.[160] Deshalb unterstützte er die Forderungen des DGB nachdrücklich, ja, sie blieben für Nell-Breuning sogar hinter dem Stand seiner Erkenntnisse zurück. Er zeigte aber Verständnis, »wenn der DGB glaubt, die politische Lage sei für Verwirklichung dieser Erkenntnisse noch nicht reif, und sich deshalb darauf beschränkt, das zu fordern, wofür er bei den Politikern Verständnis zu finden hofft.«[161] Der Jesuit hob sich von anderen katholischen

---

Bericht siehe Erik Boettcher u. a.: Unternehmensverfassung als gesellschaftspolitische Forderung. Ein Bericht, Berlin 1968. Zur Literatur siehe ferner Anton Rauscher (Hg.): Mitbestimmung. Referate und Diskussion auf der Tagung katholischer Sozialwissenschaftler 1968 in Mönchengladbach (Veröffentlichungen der Katholischen Sozialwissenschaftlichen Zentralstelle Mönchengladbach), Köln 1968, sowie Götz Briefs (Hg.): Mitbestimmung? Beiträge zur Problematik der paritätischen Mitbestimmung in der Wirtschaft, Stuttgart 1967. Die Diskussion der katholischen Sozialethik fasst Josef Oelinger zusammen, der in seiner Darstellung allerdings die Stellungnahmen der Verbände außen vor lässt. Josef Oelinger: Wirtschaftliche Mitbestimmung. Positionen und Argumente der innerkatholischen Diskussion, Köln 1967.

158 Oswald von Nell-Breuning: Mitbestimmung (Theorie und Praxis der Gewerkschaften), 3. Aufl., Frankfurt a. M. 1968, S. 18 [Herv. i. Orig.]. Siehe auch den Anschlussband hierzu, in dem sich Nell-Breuning mit den Argumentationen der unterschiedlichen Akteure der Mitbestimmungsdiskussion auseinandersetzt. Ders.: Streit um Mitbestimmung (Theorie und Praxis der Gewerkschaften), Frankfurt a. M. 1968.

159 Nell-Breuning: Mitbestimmung, S. 29.

160 Vgl. ebd., S. 37 ff.

161 Ders.: Mitbestimmung – Wer mit wem?, Freiburg i. Br./Basel/Wien 1969, S. 159. An dieser Stelle finden sich auch zahlreiche weitere publizistische Äußerungen des Autors zur Thematik. Nell-Breunings Worte hatten in der Öffentlichkeit Gewicht und seine Person wurde gerne instrumentalisiert. Das zeigte sich exemplarisch an Aussagen, die ihm während der ersten Hochphase der Auseinandersetzungen um die Mitbestimmung in Pressemitteilungen zugeschoben wurden und die verlauteten, er hätte einen »sensationellen Stellungswechsel« in dieser Frage vollzogen. Der Jesuit sah sich genötigt, darauf mit einer Pressemitteilung zu reagieren, in der er erneut seine konsequente Haltung zugunsten einer über die Montanmitbestimmung hinausreichenden Lösung unter-

Autoren dadurch ab, dass er die Beschlüsse des Zweiten Vatikanums sehr extensiv zugunsten der wirtschaftlichen Mitbestimmung auslegte.

2.3.2 Die evangelische Kirche

Wie die katholische, so diskutierte auch die evangelische Kirche seit den frühen 1960er-Jahren das Für und Wider der Mitbestimmung erneut sehr intensiv. Die Mitbestimmung selbst wurde gewürdigt, wenn sie denn im Interesse eines partnerschaftlichen Umgangs von Arbeitgebern und Arbeitnehmern im Betrieb verstanden werde. Der evangelischen Arbeitnehmerschaft ging es zu keiner Zeit um einen Umsturz wirtschaftlicher Verhältnisse, nein, »in der Anerkennung notwendiger Führungsstrukturen bejaht die Sozialethik auch bei der Betrachtung der Betriebs- und Unternehmensverfassung das Rentabilitätsstreben und die daraus folgenden wirtschaftlich-technischen Konsequenzen.«[162] Die Kirchenvertreter betonten jedoch die soziale Bindung des Eigentums im modernen Großbetrieb. Sie führe zur Gleichberechtigung von Arbeit und Kapital, was als eine der wesentlichen Voraussetzungen für den Fortbestand der Demokratie angesehen wurde. Hier deckte sich die Argumentation mit der der Gewerkschaften. Deutlich kam die traditionelle Ablehnung des Klassengedankens zum Vorschein, denn gerade die Institutionalisierung eines partnerschaftlichen Verhältnisses von Arbeitgebern und Arbeitnehmern bedeute, dass sein revolutionärer Kern abgebaut werde und die gemeinsame Verantwortung für das Unternehmen beide Seiten binde. Partnerschaft meine eben die gegenseitige Anerkennung und den fairen Umgang miteinander, dürfe aber nicht missverstanden werden als Spannungslosigkeit. Sie setze ein faktisches Gleichgewicht der Partner voraus. Die paritätische Teilhabe an der Willensbildung im Unternehmen sei ein elementarer Beitrag ihrer Verwirklichung. Durch die Änderung der Unternehmensverfassung würde der Betrieb als soziales Gebilde anerkannt, und obgleich dies kein Allheilmittel sei, bürge eine rein auf die betriebliche Ebene beschränkte Arbeitnehmervertretung die Gefahr des Betriebsegoismus und der Missachtung gesamtwirtschaftlicher Zusammenhänge.[163]

---

strich. »Mich vor der Öffentlichkeit zu diskreditieren und überdies einen Keil zwischen mich und die Gewerkschaften zu treiben, dürfte ja der Zweck dieser Falschmeldung gewesen sein«, schrieb Nell-Breuning daraufhin an Ludwig Rosenberg, der in seinem Antwortschreiben bedauerte, dass der populäre Theologe nicht bei der Kölner Mitbestimmungskundgebung des DGB am 12. März teilnehmen konnte. Siehe Briefwechsel zwischen Ludwig Rosenberg und Oswald von Nell-Breuning vom 2. und 4. März 1968 (in Abschrift) sowie Erklärung von Oswald von Nell-Breuning vom 2. März 1968 (in Abschrift), in: DGB-Archiv im AdsD, Abt. Vorsitzender, 5/DGAI000014.

162 Mitbestimmung in evangelischer Sicht. Materialzusammenstellung für Referenten vor internen Veranstaltungen und Landestagungen, in: DGB-Archiv im AdsD, Abt. Mitbestimmung, 24/2380, S. 5. Die Zusammenstellung wurde aufgrund von negativen Erfahrungen mit der Arbeitgeberseite mit dem eindeutigen Vermerk versehen, dass es sich nur um eine persönliche Information des Empfängers handele, die nicht, auch nicht auszugsweise, zur Veröffentlichung bestimmt war.

163 Siehe ebd., S. 10 ff.

Die Grundlinien deckten sich somit in weiten Teilen mit den Positionen des DGB, wenn auch unter christlichen Vorzeichen. Dennoch wollten sich die evangelischen Vertreter zu keinem konkreten Modell der Mitbestimmung eindeutig bekennen, sondern lediglich andere Vorschläge unter den skizzierten ethischen Gesichtspunkten bei gleichzeitiger Anerkennung der bestehenden Ordnung bewerten.[164]

Dieselbe, gewissermaßen tief korporatistische Argumentation bekräftigte auch Eberhard Müller. »Zu einem Ausgleich in Vernunft, der nicht nur ein Ausgleich der Macht ist, kann man nur kommen, wenn die einzelnen Gruppen ihre Selbstgerechtigkeit in Grenzen halten und auch gleichzeitig in der Lage sind, vom anderen her zu denken. Deswegen ist ein Dienst der Versöhnung dort besonders notwendig, wo die Gegenspielerschaft unerlässlich ist.«[165] Die Gewinnmaximierung als bestimmendes Ziel der Wirtschaft fände ihre Grenze in der Eigentumsverpflichtung, die einer institutionellen Absicherung bedürfe. Die Interessen von Wirtschaftlichkeit auf der einen und das Interesse an Menschlichkeit auf der anderen Seite müssten sich gegenseitig ergänzen und die Waage halten. In diesem Sinne sei die Aufgabe der Mitbestimmung eine Machtverteilung und einen Ausgleich herbeizuführen, sie dürfe jedoch nicht dazu benutzt werden, die Aufgaben der Tarifparteien auf die betriebliche Ebene zu verlagern. Ziel sei es, durch die Beteiligung im Aufsichtsrat dafür Sorge zu tragen, dass der Arbeitnehmer in seiner ganzen menschlichen Existenz respektiert würde. Um die dafür erforderliche Sachkunde zu gewährleisten, folgerte Müller, dass auf der Bank der Arbeit Vertreter der Betriebsräte, der Gewerkschaften und Menschen mit besonderen Kenntnissen auf dem Feld der Arbeitspsychologie und Arbeitsphysiologie sitzen müssten. Einen 50-prozentigen Anteil der einen oder anderen Gruppe lehnte er jedoch ab.[166] Dieses »Ja, aber« ließ den Arbeitgebern trotz der von Müller bekundeten Befürwortung einer gewerkschaftlichen Beteiligung am Aufsichtsrat noch einen gewissen argumentativen Spielraum.

Die Arbeitgeber antizipierten die Lage schon vor der Bundestagswahl in klaren Worten.

»Die politische Diskussion um diese Frage, die nach der Bundestagswahl mit erheblicher Intensität entfacht werden wird, vollzieht sich jedoch vorerst nicht im parlamentarischen, sondern im vorparlamentarischen Raum. Die Auseinandersetzung mit Parlament, Regierung und der Spitze des Deutschen Gewerkschaftsbundes ist im Wesentlichen Aufgabe der Bundesvereinigung. Das Mitbestimmungs-

---

164 Vgl. ebd., S. 15 f.
165 Eberhard Müller: Zur sozialethischen Begründung der Mitbestimmung, in: Evangelische Aktionsgemeinschaft für Arbeitnehmerfragen (Hg.): Mitbestimmung. Forderungen, Einwände, Erwägungen. Bericht über die Verhandlungen zum Hauptthema der Vollversammlung der Evangelischen Aktionsgemeinschaft für Arbeitnehmerfragen in Deutschland am 23. April 1966 in Duisburg-Wedau, Bad Boll 1966, S. 15-22, hier. S. 19.
166 Siehe ebd., S. 19 ff.

problem wird aber im ganzen Lande sowohl von Presse, Rundfunk, Fernsehen wie bei zahlreichen Bildungseinrichtungen, insbesondere in den Führungsgremien beider Kirchen, diskutiert werden.«[167]

Von daher sahen die Arbeitgeber es als unbedingt notwendig an, auf die Entscheidungsfindung der Kirchen schon in ihrer Entstehungsphase Einfluss zu nehmen und die Gelegenheit zur Aussprache zu nutzen. Es sei erforderlich,

> »daß in allen Landesverbänden – soweit dies nicht bereits der Fall ist – Arbeitskreise zwischen den Vorständen und interessierten Herren der Landesvereinigungen einerseits und den maßgeblichen Vertretern der betreffenden Landeskirchen andererseits gebildet werden. Diesem Kreis sollten auf Unternehmerseite vor allem auch solche Herren angehören, die in den kirchlichen Gremien mitwirken oder wenigstens bekannt sind. In diesen Arbeitskreisen muß die Frage der Mitbestimmung in den nächsten Monaten ein Schwerpunktthema sein.«[168]

Öffentliche Seminare, Veranstaltungen mit Sozialpfarrern, Vikaren und weiterem kirchlichen Personal sowie der Austausch mit kirchlichen und gesellschaftlichen Gruppen sollten die Bemühungen der BDA ergänzen. Im Ganzen fuhr sie dieselbe Strategie, auf die sich auch der DGB festgelegt hatte.

Die Kontaktaufnahme der Arbeitgeber zur evangelischen Kirche gestaltete sich jedoch problematisch. Obwohl vonseiten der Evangelischen Aktionsgemeinschaft für Arbeitnehmerfragen in Deutschland Offenheit gegenüber einer Diskussion bestand, traten bereits zum Ende 1965 Irritationen zwischen beiden Seiten auf. So suggerierten etwa einseitige Presseverlautbarungen im Schnelldienst des Deutschen Industrieinstituts über Tagungen des Arbeitskreises Kirche/Wirtschaft, dass der evangelische Landesbischof von Hannover eine ablehnende Haltung zur Thematik eingenommen habe, obwohl dieser allein die Gefahr zum Ausdruck brachte, dass es im Verlauf der Diskussion zu einer Bildung außerparlamentarischer Instanzen kommen könne und der Typus des Unternehmers nicht zur Disposition stehen sollte.[169] Ferner stellte die Arbeitsgemeinschaft fest, dass »die Arbeitgeber [...] anscheinend großen Wert darauf [legen], eine weitere Stellungnahme der Kirchen zum Fragenkomplex Mitbestimmung zu verhindern.« Es gelte darum, »einen möglichen publizistischen Mißbrauch der zwischen Vertretern der Unternehmerschaft und der Kirche geführten Gespräche

---

167 Rundschreiben der BDA an die Vorsitzenden und Hauptgeschäftsführer der Landesverbände u. a. [in Abschrift] vom 15. Juli 1965.
168 Ebd.
169 Vgl. Kurz-Nachrichten-Dienst der BDA 62 vom 17. August 1965 (in Abschrift), in: DGB-Archiv im AdsD, Abt. Mitbestimmung, 24/2402.

zu verhindern.«[170] Aufmerksam um die eigene Neutralität bedacht, wies die Arbeitsgemeinschaft darauf hin, dass es

> »sicher nicht im Interesse der BDA [liege], wenn der Eindruck entstehen würde,
> daß Gespräche mit Vertretern aus dem Bereich der Kirche und ihrer Industrie- und
> Sozialarbeit nur aus verbandspolitischen Erwägungen heraus geführt werden. Der
> Sinn der von uns gesuchten Zusammenarbeit zwischen Kirche und Unternehmer-
> schaft liegt ja gerade in der vertrauensvollen gegenseitigen Konsultation zu Auf-
> fassungen zu bestimmten Sachfragen [...], die sich wahrscheinlich auch weniger für
> eine publizistische Auswertung eignen.«[171]

Die Landesaktionsgemeinschaften wurden gebeten, Äußerungen aus dem Unterneh-
merbereich, die das Verhältnis zur Kirche und zu ihrer Rolle in der Diskussion um
die Mitbestimmung betrafen, sorgsam zu registrieren und die entsprechenden Verlautbarungen auf ihren Wahrheitsgehalt zu prüfen.[172] Die kirchlichen Arbeitnehmervertreter nahmen an,

> »daß das öffentliche Hochspielen von Gegenpositionen eine übertriebene Drama-
> tisierung ist, an der aber den Arbeitgebern besonderes liegt. [...] Es gehört damit
> sicher auch zur Strategie der Arbeitgeber, daß seit einigen Monaten verschärft in
> der den Arbeitgebern nahestehenden Publizistik [...] die gewerkschaftlichen For-
> derungen bekämpft werden. Die Behandlung der Frage in dieser Publizistik ist
> weniger sachlich, sondern von vornherein auf Polemik eingestellt.«[173]

Zwischen dem DGB und der evangelischen Kirche entspannte sich die Situation in
den 1960er-Jahren zunehmend, nachdem die Kirche sich 1955 grundsätzlich zur Mit-

---

170 Schreiben der Geschäftsführung der Evangelischen Aktionsgemeinschaft für Arbeitnehmerfragen
an die Vorsitzenden und Geschäftsführer der Landesaktionsgemeinschaften und weitere Empfänger vom 30. September 1965 (in Abschrift mit Anlagen), in: ebd.

171 Schreiben der Geschäftsführung der Evangelischen Aktionsgemeinschaft für Arbeitnehmerfragen
an den Hauptgeschäftsführer der BDA, Eichler, vom 27. September 1965 (in Abschrift), in: ebd.

172 Das schien der evangelischen Kirche besonders deshalb notwendig, da zum einen eine vollständige Abklärung aller sozialethischen Aspekte noch einige Zeit benötigte, zum anderen, da alles
vermieden werden sollte, was die kirchlichen Meinungsäußerungen untereinander hätte neutralisieren können. Vgl. Schreiben der Geschäftsführung an die Vorsitzenden und Geschäftsführer
der Landesaktionsgemeinschaften vom 30. September 1965. Auch der Verband der Chemischen
Industrie nutzte intern jede noch so kleine negative Äußerung von Vertretern der evangelischen
Kirche, wie etwa von Eberhard Müller, zur Unterstreichung der eigenen Positionen. Siehe Schreiben des Hauptgeschäftsführers des Verbands der Chemischen Industrie an die Geschäftsleitungen
der Mitgliedsfirmen vom 22. Februar 1966.

173 Schreiben der Geschäftsführung der Evangelischen Aktionsgemeinschaft für Arbeitnehmerfragen
an die Vorsitzenden und Geschäftsführer der Landesaktionsgemeinschaften und weitere Empfänger vom 8. November 1965, in: DGB-Archiv im AdsD, Abt. Mitbestimmung, 24/2380.

arbeit evangelischer Arbeitnehmer in Einheitsgewerkschaften bekannt hatte. Präses Kurt Scharf (1902–1990) fasste das beiderseitige Verhältnis so zusammen: »Wenn die Gewerkschaft sich an die Kirche als Gesprächspartnerin wende, so an eine Kirche, die Treuhänderin ewiger Wahrheit sei. Wenn die Kirche sich an die Gewerkschaft wende, so deshalb, weil sie die hohe Bedeutung des Deutschen Gewerkschaftsbundes für die gesellschaftliche, ökonomische und kulturelle Zukunft ganz Deutschlands erkenne.«[174] Es gab ständige Arbeitskreise, Kontakte auf höchster Ebene und regelmäßige Tagungen beider Seiten. Außerdem nahmen Nachwuchskräfte beider Organisationen an Lehrgängen der jeweils anderen Seite teil.[175]

Das bedeutete jedoch nicht, dass kein inhaltlicher Dissens aufkam. Die evangelische Kirche stand einer Institutionalisierung der Mitbestimmung zunächst skeptisch gegenüber und zielte auf eine einvernehmliche Lösung aller Kontrahenten. Als Richtschnur galt der Typus des »sozialen Unternehmers.« Am DGB-Entwurf zum Mitbestimmungsgesetz kritisierte etwa der sozialethische Ausschuss der evangelischen Kirche im Rheinland, dass er sich ausschließlich durch institutionelles Denken auszeichne, nicht aber durch den Inhalt.

> »Es wird keine soziale Konzeption einer Unternehmensführung offengelegt, es scheint nicht um eine andere, eine neue Substanz zu gehen, sondern vielmehr darum, daß andere Personen und Institutionen in Aktion treten. […] Die institutionelle Lösung bietet sich an, vor allem, wenn man an den Gesetzgeber denkt. Sie soll auch nicht abgewertet werden. Aber sie reicht nicht aus. Es muß dazu gesagt werden, was anders gemacht werden soll.«[176]

In Erwiderung wertete der DGB, hier vertreten durch Alfred Christmann vom WWI, den Faktor Institution neutral. Es ging nicht um die Schaffung neuer Institutionen, deren skeptische Betrachtung er der Kirche durchaus zugestand, sondern um eine Einführung der Mitbestimmung in die bestehenden Unternehmensorgane. Die Kirche argumentiere an der Sache vorbei.

> »Es wäre […] verfehlt, gegen jede Institutionalisierung ein Veto einzulegen. Nun geschieht das ja nicht generell, auch nicht in der evangelischen Sozialethik. Interes-

---

174 Auszug aus der Ansprache des Vorsitzenden des Rates der EKD, Präses D. Kurt Scharf, anläßlich des Empfanges des Bundesvorstandes [des DGB] für die Vertreter der EKD am 7. Dezember 1965, ND 354/95 vom 7. Dezember 1965, S. 2.

175 Beispiele von konkreten Arbeitsbeziehungen zwischen der Evangelischen Kirche und dem DGB. Vorlage zum DGB-Empfang für Vertreter der EKD am 7. Dezember 1965 vom 1. Dezember 1965, in: DGB-Archiv im AdsD, Abt. Vorsitzender, 5/DGAI001860.

176 Schriftwechsel zur Mitbestimmung zwischen Klaus Lefringhausen und Alfred Christmann vom Juni 1965, in: DGB-Archiv im AdsD, Abt. Vorsitzender, 5/DGAI001859, S. 1 f. Der Schriftwechsel wurde anschließend publiziert.

santerweise jedoch sehr häufig, wenn es um die Sicherung von neuen Rechten der Arbeitnehmer geht. Wer hat bisher gehört, daß man etwa gegen die Stärkung der Eigentümer, der freien Unternehmer eingetreten ist. [...] Von evangelischer Seite [sind] immer noch ideologische Restbestände einer Gesellschaftslehre feststellbar [...], die einer unbefangenen Sachlichkeit beim Gespräch zwischen Gewerkschaften und evangelischer Soziallehre im Wege stehen.«[177]

Kirche und Gewerkschaft sprachen nicht auf der gleichen Ebene. Während die Kirche, ihrem Auftrag und ihrem Anspruch gemäß, vor allem auf ethische Gesichtspunkte abhob, behandelte Christmann die Frage eher juristisch.[178]

Der DGB und die Arbeitgeber trafen sich im Oktober und November 1965 mit Vertretern der evangelischen Industrie- und Sozialarbeit zu ausführlichen Gesprächen über die Mitbestimmung. Die kirchlichen Arbeitnehmervertreter sahen sich nicht als »dritte Sozialpartner«, da sie nicht für eigene Interessen eintraten, hielten es aber für legitim, sich mit der Thematik zu befassen, da es »um den Menschen geht.« Die grundsätzlich zustimmende Haltung stand jedoch schon weit im Vorfeld dieser Gespräche fest, unterstrich sie doch, dass

> »die Kirche [...] sich dafür einzusetzen [hat], daß in der Wirtschaft die überkommene Verabsolutierung der ökonomischen Effizienz überwunden wird. Im Unternehmen darf der Mensch nicht nur als Arbeitskraft in seiner Funktion akzeptiert, sondern muss auch als Persönlichkeit respektiert werden. Das ist nicht nur durch Appelle möglich, sondern muss auch institutionell gesichert sein.«[179]

Die Argumente des DGB zogen somit an einigen Stellen. Die kirchliche Seite richteten zu den jeweiligen Terminen zudem umfangreiche Fragenkataloge an die Gegenseite, deren Beantwortung zur internen Meinungsbildung herangezogen wurde.

Nach intensiven Auseinandersetzungen und der umstrittenen Fixierung der Sozialethik auf den Faktor Eigentum[180], legte der Rat der EKD 1968 eine abschließende Studie der Kammer für soziale Ordnung zu den sozialethischen Erwägungen der Mitbestimmung vor. Sie sah sich zu einer unmissverständlichen Antwort aufgefordert, da die Stellungnahme aus dem Jahr 1950 dazu geeignet war, jeweils von Arbeitgebern und Gewerkschaften instrumentalisiert zu werden. Auch gelegentlich gestreute Zitate von Bischöfen und Pfarrern zu Einzelaspekten der Mitbestimmung konnte die evan-

---

177 Ebd., S. 4 f.
178 Vgl. ebd., S. 6 ff.
179 Allgemeine Unterlage zur Widerspiegelung der Fragestellungen der kirchlichen Beratungsgremien, in: DGB-Archiv im AdsD, Abt. Mitbestimmung, 24/2380.
180 Vgl. Jähnichen: Patriarchalismus – Partnerschaft – Partizipation, S. 284 f.

gelische Kirche nicht länger dulden.[181] Gerade interne Gespräche mit Vertretern der BDA und des DGB sahen die Sozialethiker deshalb als Verpflichtung für die Kirche an, sich vor voreiligen Schlüssen zu hüten, denn

> »die Entscheidung, was künftig unter dem Stichwort Mitbestimmung für eine bessere sachliche und vertrauensvolle Zusammenarbeit von Arbeitgebern und Arbeitnehmern zu schaffen ist, muß die Regierung zusammen mit den Vertretungen der Arbeitgeber und Arbeitnehmer treffen, soweit es sich um gesetzliche Regelungen handelt. Auch diese Frage gehört in die eindeutige Zuständigkeit der weltlichen Institutionen [...]. Die Kirche ist auch hier nicht Schiedsrichter.«[182]

Die Kammer tat sich im Vorfeld schwer mit den Formulierungen, am Ende trugen jedoch alle Mitglieder die Studie nahezu einstimmig mit.[183] Die Kirche sah sich zu einer umfangreichen Stellungnahme herausgefordert, da es »sich nicht nur um ein wirtschaftliches, rechtliches und politisches, sondern im tiefsten Grund um ein sozialethisches Problem«[184] handelte. Ausgehend von dem Partnerschaftsgedanken und der Anerkennung marktwirtschaftlicher Prinzipien stellte die Studie fest, dass dort, »wo die Rechte der Kapitaleigner und der Arbeitnehmer aufeinander angewiesen sind«, beiden Seiten Mitbestimmungsrechte zuständen.[185] »Ein Wirtschaftsunternehmen wird von den Arbeitnehmern nicht weniger mitgetragen als von den Kapitaleignern. Es stellt daher keine Minderung der den Kapitaleignern zustehenden Rechte dar, wenn die Arbeitnehmer an den für sie wichtigen Entscheidungen [...] durch ihre Vertreter mitbeteiligt sein wollen.«[186] Bei der Umsetzung müsse jedoch das rechte Maß gefunden werden, nicht zuletzt, da eine zu harte Mitbestimmung, die den Interessen der Kapitaleigner zuwiderläuft, eine Verlagerung ins europäische Ausland zur Folge haben könnte.[187] Die Autoren kamen den Forderungen des DGB sehr weit entgegen, etwa indem sie in Anschluss an Müller ein gewerkschaftliches Vertretungsrecht, unter der Voraussetzung, dass die Gewerkschaftler vom Vertrauen der Betriebsangehörigen getragen würden, grundsätzlich positiv bewerteten.[188] »Eine Verteilung der Aufsichtsratsitze, die der Arbeitnehmerseite das notwendige Gewicht gibt unter gleich-

---

181 Vgl. Anregungen für die Ansprache von Herrn Präses D. Kurt Scharf beim Empfang des DGB am 7. Dezember 1965 vom 24. November 1965, in: DGB-Archiv im AdsD, Abt. Vorsitzender, 5/ DGAI001860, S. 5 f.
182 Ebd., S. 7.
183 Vgl. Rat der EKD (Hg.): Sozialethische Erwägungen zur Mitbestimmung in der Wirtschaft der Bundesrepublik Deutschland. Eine Studie der Kammer für soziale Ordnung, Hamburg 1968, S. 7 f.
184 Ebd., S. 14.
185 Ebd., S. 48.
186 Ebd.
187 Vgl. ebd., S. 54 f.
188 Vgl. ebd., S. 67 f. und S. 96 f.

zeitiger Rücksichtnahme auf die gesellschaftlich wichtigen Funktionen des Kapitals und die internationale Verflechtung der Unternehmen«[189], solle angestrebt werden. Allerdings reiche dies allein nicht aus, sondern müsse durch eine Stärkung der Rechte des Aufsichtsrats in Personalfragen und eine Aufwertung der Personalabteilungen ergänzt werden[190], den Begriff Arbeitsdirektor verwendete die Studie jedoch nicht. In der Zusammensetzung des Aufsichtsrats, der eigentlichen Kernfrage sämtlicher Mitbestimmungsideen und -vorschläge, zeigte sich das Gremium uneins, es jedoch auch nicht die Aufgabe der Kammer, »diese Frage zu entscheiden, sondern ihre Bedeutung sachlich darzustellen.«[191] Die Mehrheit der Kammer trat für ein leicht unterparitätisches Modell ein, in dem diejenigen Arbeitnehmervertreter, die auf Basis des Betriebsverfassungsgesetzes zur reinen Parität fehlten, von Arbeitnehmern und Kapitaleignern gemeinsam gewählt werden sollten.[192] In der Realität wäre ein solches Modell wahrscheinlich wenig praktikabel gewesen. Der Studie kommt jedoch das Verdienst zuteil, auf »einer prinzipiellen Ebene die für den Mehrheitsprotestantismus typische Konzipierung der Wirtschaftsethik unter vorrangiger Berücksichtigung der Eigentumsrechte überwunden«[193] zu haben. Sie setzte wichtige Impulse für die weitere Diskussion, in deren Verlauf sich die evangelische Kirche auch langsam vom Begriff der Partnerschaft trennte und diesen durch den Begriff der Partizipation ersetzte.[194]

Rosenberg betonte, dass die »die in der EKD-Denkschrift enthaltenen sozialethischen Erwägungen zur Mitbestimmung in der Wirtschaft« grundsätzlich zu begrüßen seien. »Sie erkennen die Parität grundsätzlich an, machen aber mangelhafte institutionelle Lösungsvorschläge für den Aufsichtsrat.«[195] Daraus schloss der DGB, dass sich »bestimmte konservative Strömungen innerhalb der Sozialkammer durchgesetzt haben.«[196] In der Diskussion über die Denkschrift wollte er jedoch nicht in Erscheinung treten. Man zog indirekte Gespräche und Arbeitsessen mit Journalisten, Sozialpfarrern und weiteren Kontaktpersonen zur Verbesserung der Öffentlichkeitsarbeit vor.[197]

---

189 Ebd., S. 81.

190 Vgl. ebd.

191 Ebd., S. 95.

192 Vgl. ebd., S. 93. Diese Kompromisshaltung deckt sich mit den Ergebnissen der innerkatholischen Debatte, die in der Frage der Sitzverteilung ebenfalls keine einheitliche Linie fand. Ein gewerkschaftliches Beteiligungsrecht im Aufsichtsrat lehnten die katholischen Sozialwissenschaftler jedoch klarer und einheitlicher ab als die Vertreter des Protestantismus. Besonders Götz Briefs wies immer wieder auf die Gefahren der Interessenkollision der Gewerkschaft als Tarifpartei und ihrer unternehmenspolitischen Bindung hin. Vgl. Oelinger: Wirtschaftliche Mitbestimmung, S. 14 ff.

193 Jähnichen/Friedrich: Geschichte der sozialen Ideen, S. 1076.

194 Vgl. ebd.

195 Protokoll der 7. Sitzung des DGB-Bundesausschusses vom 11. Dezember 1968, in: DGB-Archiv im AdsD, Abt. Vorsitzender, 5/DGAI00404, S. 2.

196 Notiz über die Sitzung des Arbeitsausschusses zur Durchführung der Mitbestimmungskampagne vom 18. November 1968, in: DGB-Archiv im AdsD, Abt. Mitbestimmung, 24/2349.

197 Vgl. Notiz über die Sitzung des Arbeitsausschusses zur Durchführung der Mitbestimmungskampagne vom 25. November 1968, in: ebd.

IV   Erste Anläufe: Die Große Koalition 1966–1969 und die Mitbestimmung

1   Kampf um die Öffentlichkeit, Kampf um die Politik

1.1   Die Masse der Arbeitnehmerschaft? Die Werbemaßnahmen des DGB

Die Werbemaßnahmen der Aktion Mitbestimmung, die die Werbeabteilung des DGB mit einem hohen Einsatz personeller und finanzieller Ressourcen im Verlauf des Jahres 1966 auf den Weg brachte, waren zwar ohne Zweifel bedeutend, konnten jedoch nur ein Anfang sein. Eine zweite Welle ab Anfang 1967 verfolgte nun das Ziel, das geweckte Interesse aufrechtzuerhalten. Dabei konzentrierte sich die Abteilung auf die Öffentlichkeitsarbeit, da die interne Informationsvermittlung zunächst gut anlief und in die Hände der Einzelgewerkschaften übergeben wurde. Im Zentrum stand die Ansprache der meinungsbildenden Kreise der Bevölkerung. Dem sollte insbesondere der Nachdruck der Denkschrift dienen, die nach einer ersten Auflage von insgesamt 20.000 Exemplaren nun 75.000-fach vervielfältigt wurde, um Fachschulen und Universitäten beliefern zu können. Zudem standen die meinungsbildende Presse wie FAZ, Welt, Süddeutsche Zeitung und Die Zeit sowie der Spiegel, auf den alleine Anzeigen im Wert von 160.000 DM entfielen, im Fokus der vorgesehenen Maßnahmen für 1967.[1]

Trotz der intensiven Arbeit war jedoch ein sinkendes Interesse der Gewerkschaften an der Ausweitung der qualifizierten Mitbestimmung zu beobachten, was auf das Desinteresse der Mitglieder und die angeblich verminderten Aktivitäten des DGB zurückgeführt wurde. Demnach schien es unverzichtbar, eine erneute Kampagne zu starten, mit der kommuniziert werden sollte, »daß die Mitbestimmung nicht allein von der Organisation, sondern mit Nachdruck auch von der großen Masse der Arbeitnehmerschaft gefordert wird.« Das positive Image der Mitbestimmung sollte erhalten und ausgebaut werden. »Gesetzgeber und Parteien müssen die Entschlossenheit der Arbeitnehmer und ihrer Gewerkschaften spüren, in dieser Frage konsequent und unnachgiebig zu bleiben.«[2] Insofern basierte die Kampagne auf der

---

1   Vgl. Übersicht Werbemaßnahmen 1967 für die Aktion Mitbestimmung der ACON Gesellschaft für Werbung und Kommunikation mbH.

2   Vorlage für die Sitzung des DGB-Bundesausschusses am 3. November 1967, in: DGB-Archiv im AdsD, Abt. Mitbestimmung, 24/2380. Die negative Einschätzung der ersten Werbemaßnahmen deckt sich mit den Berichten, die aus dem Kreis der Sachbearbeiter für Mitbestimmungsfragen an den DGB gerichtet wurden. Als Gründe machten etwa die IG Chemie oder die IG BAU das

Annahme einer Verbindung zwischen individuellem Wahlverhalten und der positiven Einstellung der Parteien zur Mitbestimmung nach.[3] Jedoch läge es nun an den gewerkschaftlichen Organisationen selbst, »diesen Plan mit Leben zu erfüllen, um der politischen Öffentlichkeit die Ernsthaftigkeit der gewerkschaftlichen Forderung deutlich zu machen.«[4] Der Schwerpunkt lag nun auf der Kommunikation mit Mitgliedern und Betriebsräten. Zentrale Mitbestimmungsveranstaltungen, Arbeitstagungen, Informationen für die Belegschaften, eine Verbesserung der innergewerkschaftlichen Arbeit und die Intensivierung der gewerkschaftlichen Bildungsmaßnahmen sollten die gängige Öffentlichkeitsarbeit ergänzen. Die Werbemaßnahmen des neuen »Aktionsplans Mitbestimmung« zielten vor allem auf Funktionäre und Mitglieder, mussten aber auch die gesamte Öffentlichkeit berücksichtigen. Erneut wurde ein Betrag von 1,5 Millionen DM erforderlich.[5]

Auch intern stellte sich der Gewerkschaftsbund neu auf. Nachdem Friedhelm Farthmann (geb. 1930) im Juni 1966 die Leitung der Abteilung Mitbestimmung des DGB von Karl-Heinz Sohn (geb. 1928) übernommen hatte, traten vereinzelt Funktionäre der Einzelgewerkschaften, zum Beispiel von der Gewerkschaft der Eisenbahner Deutschlands, mit der Bitte an ihn heran, den Kreis der Sachbearbeiter zur Mitbestimmung neu zu beleben.[6] Man traf sich wieder von April 1967 an zu Arbeits-

---

erlahmte Interesse seitens der Politik und auch der Gewerkschaften aus. Auch die konjunkturelle Flaute und die indifferente Haltung der europäischen Gewerkschaften in der EWG trugen ihren Teil dazu bei, dass die öffentliche Debatte Mitte des Jahres 1967 einschlief. Aus dem Sachbearbeiterkreis traten infolgedessen Bitten an die Werbeabteilung des DGB heran, man möge doch die Zusammenhänge zwischen der Mitbestimmung und der Konjunktur in einfachen Worten verdeutlichen. Gemeinsame Position aller war, dass der DGB nun verstärkt nach innen arbeiten müsse und auch die Betriebsräte und die Aufsichtsräte der mitbestimmten Unternehmen mit umfassenden und regelmäßigen Informationen versorgen müsse. Vgl. Zuschriften an den DGB-Bundesvorstand, in: DGB-Archiv im AdsD, Abt. Mitbestimmung, 24/2339.

3   So Otto Brenner, vor dem DGB-Bundesvorstand. Siehe Protokoll der 14. Sitzung des DGB-Bundesvorstands am 5. September 1967, in: von Kieseritzky (Bearb.): Der Deutsche Gewerkschaftsbund, S. 511-522, hier S. 518.

4   Schreiben von Friedhelm Farthmann an die Vorstände der Gewerkschaften und Industriegewerkschaften und die DGB-Landesbezirke vom 8. September 1967, in: DGB-Archiv im AdsD, Abt. Werbung – Medienpolitik, 5/DGAM000027.

5   Vgl. Vorlage für die Sitzung des DGB-Bundesausschusses am 3. November 1967. Der Bundesausschuss bestätigte die Planungen anlässlich der genannten Sitzung im Zusammenhang mit weiteren Finanzbeschlüssen. Die geforderten 1,5 Millionen DM wurden wie im Jahr zuvor dem Solidaritätsfond der Gewerkschaften entnommen. Vgl. Protokoll der 4. Sitzung des DGB-Bundesausschusses am 3. November 1967, in: von Kieseritzky (Bearb.): Der Deutsche Gewerkschaftsbund, S. 558-573, hier S. 571 f.

6   Siehe dazu die Korrespondenz in: DGB-Archiv im AdsD, Abt. Mitbestimmung, 24/2338. Der Sachbearbeiterkreis zu Mitbestimmungsfragen trat in den 1950er-Jahren bis 1962 in unregelmäßigen Abständen zusammen, um aktuelle Fragen zur Betriebsverfassung und zur Mitbestimmung der gewerkschaftlichen Aufsichtsräte zu erörtern. Hauptsächlich ging es um einen Austausch über Probleme im Alltag und den Stand der Umsetzung der Mitbestimmung auf der Basis der bis dato gültigen Gesetze. Gelegentlich tauschte sich der Kreis auch über die Neubesetzung von vakanten

tagungen mit dem Ziel, Maßnahmen vorzubereiten, die für die Weiterführung der Mitbestimmungsdiskussion erforderlich schienen. Somit gesellte sich zu dem ohnehin unübersichtlichen Kommissions- und Arbeitskreisgebaren des DGB eine weitere Arbeitsgruppe aus Vertretern der DGB-Gewerkschaften und der Landesverbände hinzu, die wiederum eigene, informelle Kompetenzen innehatte. In der ersten Tagung thematisierte die Gruppe zunächst den Sachstand der Diskussion und verschaffte sich einen Überblick über die eingeleiteten Werbemaßnahmen. Der Berichterstatter des DGB, Bernd Otto (geb. 1940), trennte in modernem Sinne zwischen Werbung und Public Relations. Sympathiewerbung und Imagebildung, informative Werbung zu Tagesfragen und Ereigniswerbung durch Kongresse und öffentliche Tagungen stellten in der Konzeption getrennte, aber dennoch einheitliche Strategien im Rahmen der Mitbestimmungskampagne dar, die von Ende 1967 an, so herrschte unter den Teilnehmern Einmütigkeit, die Aktivierung der Mitgliedschaft ins Zentrum rückte. Denn erst eine umfassende Information der Arbeitnehmer schaffe, so Otto, die Voraussetzung dafür, dass der Mitbestimmungsgedanke als gesellschaftspolitisches Anliegen ins Bewusstsein gerückt würde. Die Arbeitnehmer sollten in Stand gesetzt werden, auch politische Aktivitäten zu entwickeln, etwa durch die Formulierung von Resolutionen. In der Diskussion wurde folgerichtig ein besonderer Wert auf die Ausbildung von Mitbestimmungsreferenten gelegt. Der DGB-Bundesvorstand schärfte den Sachbearbeitern ein, dass nur ein einheitliches Vorgehen Erfolg zeigen würde. Die Teilnehmer begrüßten demnach auch die Fortführung der Arbeitstagungen.[7]

Die vom DGB-Bundesvorstand beschlossene Intensivierung der Kampagne für die Mitbestimmung wurde in Folge in die Hände des Sachbearbeiterkreises gelegt. Durchschlagende Ergebnisse erzielte das Gremium jedoch zunächst nicht. Besonderes in der wichtigen Frage der Referentenausbildung zeigte die Koordinierung Mängel und Nachholbedarf. So sollten die Einzelgewerkschaften für die Auswahl geeigneter Personen zuständig sein und die DGB-Landesbezirke den inhaltlichen Ausbildungsteil übernehmen, um somit die Aktivitäten zu ergänzen, die bereits von großen Gewerkschaften durchgeführt wurden. Zudem erkannte man eine Notwendigkeit von Schulungen der aktiven Aufsichtsratsmitglieder. Gerade an dieser Stelle intensivierte die seit dem Bundeskongress 1966 personell aufgewertete Abteilung Mitbestimmung

---

Posten aus, wobei diese Frage im Kern in der parallel tagenden Kommission Mitbestimmung erörtert wurde. Die Sachbearbeiter unterrichteten sich über durchgeführte Schulungsmaßnahmen für Betriebsräte und bereiteten Publikationen sowie Umfragen zu betrieblichen Erfahrungen vor. Inhaltliche Debatten über den Sinn, Zweck und die Zielrichtung der Mitbestimmung führte das Gremium allerdings selten. Die Arbeit des Ausschusses bis zum Jahr seiner vorläufigen Einstellung 1962 ist überliefert in: DGB-Archiv im AdsD, Abt. Mitbestimmung, 24/1342, 24/2322 und 24/2337.

7   Siehe Protokoll der Arbeitstagung der Sachbearbeiter des Referats »Mitbestimmung« beim DGB-Bundesvorstand, bei den Einzelgewerkschaften und den DGB-Landesbezirken am 11. April 1967 in Düsseldorf, in: DGB-Archiv im AdsD, Abt. Mitbestimmung, 24/2338.

des DGB die Maßnahmen, um nach dem erwarteten Gesetzesbeschluss auf die erforderliche Anzahl an qualifizierten Aufsichtsratsmitgliedern zurückgreifen zu können. Aus dem Kreis der Sachbearbeiter heraus bildete sich ein Arbeitsausschuss, der sich allein der Ausbildungsfrage widmete. Vor dem Hintergrund, dass allein 1.200 betriebliche Arbeitnehmervertreter als potenzielle Aufsichtsräte gezählt und vordringlich ausgebildet wurden, drängte die Zeit für eine baldige Umsetzung der Pläne innerhalb der kommenden zwei Jahre. Um ein Optimum an Koordinierung zu erzielen, sollten die Arbeitnehmer an den DGB-Bundesschulen anhand eines einheitlichen Lehrplans unterrichtet werden, um die »in der Vergangenheit recht unbefriedigende Aufsichtsratsschulung« zu verbessern und den Erfordernissen anzupassen, die sich aus der Forderung nach Ausweitung der Mitbestimmung ergäben.[8] Zudem sollte in jedem Lehrgang an einer der DGB-Schulen, ausdrücklich unabhängig vom Thema, ein halber Tag für die Behandlung der Mitbestimmung vorgesehen werden.[9]

Dabei war die Ausgangslage des DGB im Grunde genommen sehr gut. Zur Popularisierung seiner Forderungen stand ihm eine Vielzahl an Multiplikatoren zur Verfügung. So konnten etwa Stipendiaten und Altstipendiaten der Stiftung Mitbestimmung als potenzielle Referenten herangezogen und Kontakte zu Mitgliedern geknüpft werden, »die im öffentlichen Leben oder an sonstiger Stelle meinungsbildend tätig sind […] mit dem Ziel der Information und der Verbreitung unserer Aktionsmöglichkeiten.«[10] Auch die Hans-Böckler-Gesellschaft wurde um Mitarbeit gebeten, damit ihre Mitarbeiter als Schulungsleiter tätig werden.[11] Persönliche Kontakte zu Redakteuren der Rundfunk und Fernsehanstalten, zur Presse, Pressedienste für die Gewerkschaftszeitungen, Referenten des WWI und die Mitteilungen des WWI sowie Kontakte zu politischen Parteien ergänzten das Bild.[12] Der WDR zeigte sich den Gewerkschaften gegenüber tendenziell geneigt und griff bei Berichterstattungen zur Wirtschafts- und Sozialpolitik häufig auf ihren Rat zurück.[13] Für die gewerkschaftseigene Presse wurde ein einheitlicher Redaktionsplan zur Mitbestimmung aufgestellt, dessen Verlauf die schrittweise Hinleitung zu den Forderungen der Gewerkschaften darlegte.[14] Zudem lag mit der Mitbestimmungsdenkschrift, die in mehreren Sprachen

---

8 Vgl. Schreiben von Erhard Schumacher, Abt. Mitbestimmung, an Ludwig Rosenberg vom 26. September 1967, in: DGB-Archiv im AdsD, Abt. Mitbestimmung, 24/2338.
9 Vgl. Aktennotiz WP-SC/Re. vom 25. September 1967, in: ebd.
10 Aktenvermerk WP-Ot/Re. vom 18. September 1967, in: ebd.
11 Vgl. Aktennotiz von Erhard Schumacher vom 13. September 1967, in: ebd.
12 Vgl. Übersicht Kontaktprogramm I: Aktionsplan Mitbestimmung, in: ebd.
13 Vgl. Notiz über die Besprechung zwischen Vertretern der nordrhein-westfälischen Industrie und Herren des Westdeutschen Rundfunks am 9. Dezember 1968, in: DGB-Archiv im AdsD, Abt. Werbung – Medienpolitik, 5/DGAM000057, S. 5 f. Die Arbeitgeber beklagten hingegen, dass sie mit ihren Anliegen seltener durchdrangen.
14 Dieser Verlauf deckt sich mit der gesamten Argumentationslinie des DGB. Die Mitbestimmung wurde als Grundlage der Demokratie angesehen, auf deren Basis die ungenügenden Rechte der Arbeitnehmer fußten. Ihre Ausweitung sei ein Gebot der Stunde, auch auf der überbetrieblichen

publiziert wurde, der Schriftenreihe, den Filmen und Tonbildschauen, Massenprospekten, Broschüren und Prospekten sowie Argumentationskatalogen für Funktionäre und Betriebsräte mittlerweile eine Fülle an Materialien vor.[15]

Die Maßnahmen stockten jedoch. Sowohl die Referentenakquise als auch die stets beschworene einheitliche Informationsvermittlung bereiteten der Abteilung Mitbestimmung Kopfschmerzen. Wichtige Landesbezirke wie Niedersachsen, Nordmark, Nordrhein-Westfalen und Saarland hatten im Verlauf des Jahres 1967 noch keine Schulungen durchgeführt und auch die Einzelgewerkschaften nahmen die Referentenausbildung nur ungenügend in Angriff.[16] Interessanterweise stellte Bernd Otto in dieser Situation den Gedanken der überbetrieblichen Mitbestimmung erneut zur Debatte, nachdem er in der Zwischenzeit den politischen Realitäten geopfert worden war. Er knüpfte an einen entsprechenden Beschluss des DGB-Bundeskongresses an[17] und wollte zunächst intern eine Diskussion über einen Bundeswirtschaftsrat oder paritätisch besetzte Arbeitskammern in Gang bringen.[18] Zum gegenwärtigen Zeitpunkt hätte eine öffentliche Popularisierung dieser alten Forderung allerdings wie

---

Ebene, wozu die Politiker Stellung beziehen müssten. Da die Montanmitbestimmung sich bewährt habe, seien die Argumente der Arbeitgeberverbände auch nichts weiter als Polemik und böten keinen Ersatz für eine objektive Diskussion, da schließlich auch Wissenschaftler die Ausweitung der Mitbestimmung forderten und die Kirchen mit diesem Gedanken sympathisierten. International sei die Demokratisierung der Wirtschaft eine Forderung aller freien Gewerkschaften in Europa. Aus diesen Gründen sei nun der Gesetzgeber am Zug, eine Entscheidung zu treffen, nicht zuletzt, da auch Aushöhlungstendenzen die gültigen Rechte unterwanderten. Diesem Muster folgend wurden die Redaktionen der Gewerkschaftspresse mit strukturierten Informationen beliefert. Siehe Übersicht Redaktionsplan Aktion Mitbestimmung vom 4. Dezember 1967, in: DGB-Archiv im AdsD, Abt. Mitbestimmung, 24/2338.

15 Vgl. Aktion Mitbestimmung – Werbemittel (vorhanden und in Vorbereitung) vom 1. Juni 1967, in: DGB-Archiv im AdsD, Abt. Werbung – Medienpolitik, 5/DGAM00027.

16 Vgl. Ergebnisprotokolle der Arbeitstagung der Sachbearbeiter für Mitbestimmungsfragen bei den Einzelgewerkschaften und DGB-Landesbezirken vom 5. Oktober 1967 und vom 19. Januar 1968, in: ebd., sowie zudem Notiz über die Sitzung des Arbeitsausschusses zur Durchführung der Mitbestimmungskampagne vom 28. Oktober 1968, in: DGB-Archiv im AdsD, Abt. Mitbestimmung, 24/2349.

17 Der Ansatz der Entschließung folgte dem Geist der Zeit, hob sie doch maßgeblich auf die Planung und Berechnung der Wirtschaftstätigkeit ab. »Jede vorausschauende und planmäßige Wirtschaftspolitik ist auf die verantwortliche Mitarbeit der Gewerkschaften angewiesen. Dieser Verantwortung müssen die Möglichkeiten der Mitbestimmung entsprechen. In der Bundesrepublik muß die überbetriebliche Mitbestimmung in paritätisch aus Arbeitnehmervertretern und Unternehmensvertretern besetzten Organen verwirklicht werden.« In der Entschließung forderte der DGB »durch umfangreiche Bildungs- und Schulungsmaßnahmen alle für Mitbestimmungsfunktionen vorgesehenen Arbeitnehmervertreter [auf, sich] noch intensiver als bisher mit den Zielen der Mitbestimmung vertraut zu machen und auf ihre Tätigkeit vorzubereiten.« Entschließung E 166, in: DGB-Bundesvorstand (Hg.): Protokoll des 7. ordentlichen Bundeskongresses vom 9. bis 14. Mai 1966 in Berlin, Köln [1966], S. 130-134 (Anhang Anträge), hier S. 132 f.

18 Vgl. Bernd Otto an die Abt. Wirtschaftspolitik des DGB vom 18. September 1967, in: DGB-Archiv im AdsD, Abt. Mitbestimmung, 24/2338.

Wasser auf die Mühlen der Gegner gewirkt. Deswegen beeilten sich die übrigen Vertreter des DGB zu erklären, dass es sich dabei nicht um eine offizielle Konzeption des Bundesvorstandes handelte.[19] Somit wandelte sich der Sachbearbeiterkreis, das zeigt die Behandlung dieses Einwurfs exemplarisch, von einer Austauschrunde zu aktuellen Fragen zu einem Medium, das der Koordinierung der Maßnahmen nach außen und innen und der Kontaktaufnahme des DGB-Bundesvorstands mit seinen Gliederungen und Mitgliedsgewerkschaften diente. Angesichts der Bedeutung des Themas blieb zunächst kaum ein Vertreter fern, obwohl die Einzelgewerkschaften und Landesbezirke die Fahrtkosten nach Düsseldorf allein tragen mussten. In den weiteren Sitzungen sank die Zahl der Teilnehmer jedoch und es blieb der Eindruck, dass der Bundesvorstand als treibende Kraft hinter den Terminen fungierte.

Im Bundesvorstand breitete sich eine kämpferische, wenn nicht gar verbissene Grundhaltung aus. Trotz aller Kampagnen sah man deren Ziel noch nicht erreicht, denn »deutlicher als bisher müssen alle sozialen Gruppen erkennen, daß die gewerkschaftliche Forderung von den Arbeitnehmern getragen wird.«[20] Der Druck und die Unruhe der Arbeiterschaft müssten so wachsen, dass den Parteien keine Möglichkeit mehr bliebe, sich ihrer »Verpflichtung gegenüber den Arbeitnehmern und dem sozialen Auftrag des Grundgesetzes zu entziehen.«[21] Allein, es gab keinen Druck, der aus sich heraus entstanden war und somit konnte es im Grunde keine entsprechende Verpflichtung »der Politik« geben.

Die Abteilung Werbung arbeitete parallel an der Weiterentwicklung der Mitbestimmungskampagne und veränderte dabei sukzessive den Charakter der eingesetzten Werbemittel. Setzte der DGB 1967 noch auf die Kraft des gedruckten Worts, versuchte man ab dem Folgejahr, mit dem Einsatz von Visualisierungsmaßnahmen Identitätsbildung und Breitenwirkung zu erzielen. Zusätzlich zu den ohnehin geschalteten Anzeigen in regionalen und überregionalen Tages- und Wochenzeitungen, die als neues Element die persönliche Stellungnahme eines Vorsitzenden einer DGB-

---

19 Vgl. Ergebnisprotokoll der Sachbearbeiter für Mitbestimmungsfragen vom 19. Januar 1968. Auch Otto Kunzes Vorbereitung eines Buchs zur Unternehmensverfassung sorgte für »Bedenken, daß [...] die Mitbestimmungsdiskussion mit neuen, unerwarteten Akzenten versehen wird.« Notiz über die Sitzung des Arbeitsausschusses zur Durchführung der Mitbestimmungskampagne vom 15. Oktober 1968, in: DGB-Archiv im AdsD, Abt. Mitbestimmung, 24/2349. Der Bundesvorstand sah jedoch stetig wachsenden Handlungsbedarf aufgrund der Beschlusslage des Bundeskongresses 1968 und befasste sich Anfang 1969 mit der Thematik unter Einbeziehung der Frage nach Arbeiterkammern. Die Gründung solcher Kammern lehnte der Vorstand nach der Diskussion ab, da sie als zu große Gefahr für die gewerkschaftliche Arbeit angesehen wurden, ja die Gewerkschaften gar außerhalb des Feldes der Tarifpolitik überflüssig machen würden. Vgl. Protokoll der 30. Sitzung des Bundesvorstandes vom 4. Februar 1969, in: von Kieseritzky (Bearb.): Der Deutsche Gewerkschaftsbund, S. 802-810, hier S. 804 ff.

20 Protokoll der 19. Sitzung des Bundesvorstandes vom 6. Februar 1968, in: von Kieseritzky (Bearb.): Der Deutsche Gewerkschaftsbund, S. 618-631, hier. S. 626.

21 Ebd.

Gewerkschaft, des DGB-Vorsitzenden und seiner Stellvertreter oder des Leiters der Abteilung Mitbestimmung enthielten, fanden Plakatierungen an Bahnhöfen und U-Bahn-Stationen statt. Der Insertion in Zeitschriften und Zeitungen, besonders in der Bild-Zeitung, räumte der DGB den Vorrang ein, denn »wenn die Gewerkschaften eine wirksame Politik betreiben wollen, müssen sie auch sicherstellen, dass Mitglieder, Funktionäre, Arbeitnehmer und Öffentlichkeit ausreichend über die Organisation, über ihre Zielvorstellungen und über die Erfolge informiert werden.«[22] Da Funk und Fernsehen den Gewerkschaften verschlossen blieben und der Werbefilm an Bedeutung verloren hätte, fiele den Anzeigen und Plakaten eine hervorragende Rolle für die Ansprache der Öffentlichkeit zu. »Einen besseren, preiswerteren und schnelleren Weg, mit ihren Botschaften an die Millionen Umworbener heranzukommen, gibt es für die gewerkschaftliche Werbung nicht.«[23]

Für die neuen Maßnahmen zusammen veranschlagte die Abteilung Werbung erneut 1,5 Millionen DM. Nun mussten jedoch neue Formen der Ansprache gefunden werden, um eine zweite Stufe der »Aufklärungsarbeit« einzuleiten. Diese zielte darauf, möglichst viele Personen von dem Wert der Idee durch vertiefte Informationen zu überzeugen und vorhandene Ressentiments abzubauen. Insbesondere der selbstständige und unselbstständige Mittelstand, der möglicherweise von der Gegenkampagne der Arbeitgeber verunsichert wurde, sollte beeinflusst werden. »Im Hinblick auf die zukünftigen Chancen einer Realisierung der Mitbestimmung erscheint es bedeutsam, diese Personen zumindest zu ›neutralisieren‹. Dieser Aufgabe muß sich die gesamte Öffentlichkeitsarbeit in Zukunft vordringlich widmen.«[24] Die Zielgruppe sollte mit sachlicher Information angesprochen werden.

Bis zur Bundestagswahl konzentrierte sich der DGB auf »Erinnerungswerbung«, um den Gedanken in den Köpfen der Menschen aufrechtzuerhalten und die erwartete neue Mitbestimmungskampagne der Arbeitgeber abzufedern. Hierzu wurde zu den bewilligten 1,5 Millionen DM ein weiterer Betrag von 2.634.500 DM eingesetzt, mit dem vor allem in 47 Regionalzeitungen mit einer Gesamtauflage von sieben Millionen Exemplaren Inserate und Textanzeigen geschaltet wurden. Zudem dachte man über Ansteckplaketten, Aufkleber, Schallfolien, Streichhölzer, Wandkalender und sogar über eine Zeppelinwerbung im Wert von 530.000 DM nach.[25] Diese eher ungewöhnlichen Werbemittel wurden jedoch als unseriös zurückgewiesen. Stattdessen plädierte der Arbeitskreis zur Durchführung der Kampagne dafür, die freigesetzten Mittel der Reserve zuzuführen, um »unvorhergesehen auftretende polemische An-

---

22 Vorlage »Die Bedeutung der Insertion für die gewerkschaftliche Werbung«, in: DGB-Archiv im AdsD, Abt. Werbung – Medienpolitik, 5/DGAM000062.

23 Ebd.

24 Übersicht »Aktion Mitbestimmung. Bisherige Werbemaßnahmen – zusätzlich mögliche Werbemaßnahmen« vom 23. August 1968, in: DGB-Archiv im AdsD, Abt. Mitbestimmung, 24/2349.

25 Vgl. Vorlage der Abt. Werbung/Abt. Mitbestimmung an die Mitglieder der Kommission zur Durchführung des Aktionsprogramms vom 20. September 1968, in: ebd.

griffe der Arbeitgeber mit sachlichen Argumenten abzuwehren.«[26] Die neue Kommission Aktionsprogramm[27], die jetzt die werberelevanten Entscheidungen traf, schlug dem Bundesvorstand daraufhin vor, besonders in der regionalen Presse Anzeigen zu schalten, da hier auch die Unternehmer stark inserierten. Von den neuen Werbemedien blieben die Streichholzbriefchen und die Wandzeitungen als Elemente übrig. Zusätzlich wurden die Mittel für Regionalkundgebungen und Veranstaltungen der Hans-Böckler-Gesellschaft aufgestockt. Anstatt der von der Abteilung Werbung angesetzten mehr als 2,6 Millionen DM sollte der Bundesvorstand dem Bundesausschuss die Bewilligung von zwei Millionen DM »zur Ergänzung, Ausweitung und Vertiefung der Aktion Mitbestimmung vom Herbst 1968 bis zum Herbst 1969 aus dem Solidaritätsfond«[28] empfehlen.[29]

Aus den Kreisen der Mitglieder wurde teilweise eine Ausweitung der Mitbestimmung auf alle Arbeitnehmer gefordert. »In der Mitgliedschaft stoßen die gewerkschaftlichen Mitbestimmungsvorschläge allgemein auf Sympathien, aber immer wieder wird von Vertretern der Mehrheiten in Versammlungen, die nicht unter die qualifizierte Mitbestimmung fallen, gefragt: Was tut der DGB für uns?«[30] Ende des Jahres 1968 kam dem DGB zum ersten Mal in den Sinn, in der Öffentlichkeit stärker zu vermitteln, dass »die deutsche Forderung nach Mitbestimmung Teil eines weltweiten Demokratisierungsprozesses von Wirtschaft und Gesellschaft ist.«[31] Offensichtlich wirkten die allgemeinen Protestbewegungen der späten 1960er-Jahre und das neue Bürgerbewusstsein auf die Positionsbildung ein. Zunehmend tat sich auch die ULA mit eigenen Konzepten zur Mitbestimmung hervor und strebte eine Vertretung der leitenden Angestellten im Aufsichtsrat an, was für den DGB bedeutete, dass die Parität zwischen Anteileignern und Arbeitnehmern durch die Anwesenheit einer dritten Gruppe ausgehöhlt würde.[32] Die Abteilung Werbung musste all dies berücksichtigen.

---

26 Vorschläge des Arbeitskreises Mitbestimmung zum Werbeplan »Aktion Mitbestimmung« vom 28. August 1968 sowie Notiz über das Ergebnis der Besprechung des Arbeitskreises Durchführung der Mitbestimmungskampagne vom 26. August 1968, in: ebd.

27 Die Kommission Aktion Mitbestimmung ging Anfang 1967 in der Kommission Aktionsprogramm auf, da sie »einen Teil der ihr übertragenen Aufgaben« erledigt hatte und die Mitglieder der beiden Kommissionen nahezu identisch waren. Vgl. Protokoll des 8. Sitzung des Bundesvorstands vom 7. Februar 1967, S. 407.

28 Vorlage der DGB-Werbeabteilung an die Mitglieder des Bundesvorstands vom 7. Oktober 1968, in: DGB-Archiv im AdsD, Abt. Mitbestimmung, 24/2380.

29 Der DGB-Bundesausschuss kam diesem Anliegen in seiner 7. Sitzung nach. Vgl. Protokoll der 7. Sitzung des Bundesausschusses vom 11. Dezember 1968, S. 11.

30 Schreiben Werner Hansen an die Mitglieder des geschäftsführenden Bundesvorstandes vom 22. Oktober 1968, in: DGB-Archiv im AdsD, Abt. Mitbestimmung, 24/5755.

31 Protokoll über die Sitzung der Sachbearbeiter für Mitbestimmungsfragen bei den Einzelgewerkschaften und den DGB-Landesbezirken vom 4. November 1968, in: ebd.

32 Vgl. Aktenvermerk von Erhard Schumacher an Günther Stephan vom 23. Juni 1969, in: DGB-Archiv im AdsD, Abt. Mitbestimmung, 24/2395.

Um die gewünschte Breitenwirkung zu erzielen, führte der DGB nun schrittweise Groß- und Regionalveranstaltungen durch, nicht zuletzt, da die Einzelgewerkschaften dies wünschten.[33] Den Auftakt bildete eine Großkundgebung in Köln am 12. März 1968, auf der der Gesetzentwurf zur Mitbestimmung öffentlich vorgestellt wurde. Die Kundgebung löste einen großen Wirbel in der Presselandschaft aus, der DGB wertete sie als publizistischen Erfolg. Nun wurden beinahe alle Schritte unter dem Aspekt der Verwertbarkeit in der Presse und der öffentlichen Erscheinung betrachtet. Kritische Artikel in konservativen Zeitungen begegnete der DGB mit Leserbriefen und die Regional- und Provinzpresse wurde mit Spezialdiensten versorgt.[34] Zudem bat der Bundesvorstand bei der Gelegenheit die Landes- und Kreisvorstände um eine genaue Pressebeobachtung und gezielte direkte Reaktionen. Denn obwohl ganz offensichtlich das Gegenteil der Fall war, konnte die Forderung nach Mitbestimmung nach Ansicht des DGB

»nicht mehr totgeschwiegen oder als Forderung ›nur der Funktionäre‹ abgetan werden. Wir müssen deshalb alles tun, um unsere Forderung […] zum Hauptthema unserer Veranstaltungen und Gegenstand ständiger Aufklärung der Bevölkerung zu machen. […] Wir müssen in der nahen Zukunft eine gezielte und aufwändige Gegenpropaganda der Unternehmer und der ihnen nahestehenden Presse erwarten und können uns nicht damit begnügen, das nur zu registrieren.«[35]

Kämpferische Appelle wie diese sollten für Geschlossenheit in den Reihen sorgen.

Weitere Regionalveranstaltungen folgten in Hannover, Stuttgart, Hamburg, Mannheim, Bremen und weiteren Großstädten[36], bis März 1969 fanden insgesamt 15 Kundgebungen statt.[37] Die Veranstaltung in Hannover zeigte allerdings, dass die örtlichen Ebenen der Einzelgewerkschaften entgegen den Absprachen mit dem DGB nicht oder nur sehr widerwillig bereit waren, die Kosten für die Busfahrten, Spesen und Lohnausfälle zu übernehmen, obwohl der Bundesvorstand die kompletten übri-

---

33 Vgl. Ergebnisprotokoll der Sachbearbeiter für Mitbestimmungsfragen vom 19. Januar 1968.

34 Vgl. Vermerk über ein Gespräch zu Pressereaktionen aus der Kölner Mitbestimmungsveranstaltung vom 18. März 1968, in: DGB-Archiv im AdsD, Abt. Vorsitzender, 5/DGAI001125. Die Äußerungen Rosenbergs auf der Kundgebung reizten den Unternehmer und späteren Bundespostminister Christian Schwarz-Schilling (geb. 1930) zu einem längeren und scharfen Statement, das auch in der FAZ in vollem Umfang veröffentlicht wurde, woraufhin Rosenberg seinerseits bei der FAZ auf Veröffentlichung seines Antwortschreibens drängte. Siehe gesammelten Schriftverkehr, in: DGB-Archiv im AdsD, Abt. Vorsitzender, 5/DGAI000014.

35 Schreiben von Ludwig Rosenberg an die Landesbezirksvorstände des DGB und die DGB-Kreisvorstände vom 25. März 1968, in: ebd.

36 Siehe Übersicht Aktion Mitbestimmung. Bisherige Werbemaßnahmen – zusätzlich mögliche Werbemaßnahmen vom 23. August 1968.

37 Vgl. Terminplanung Mitbestimmung 1968/69, in: DGB-Archiv im AdsD, Abt. Werbung – Medienpolitik, 5/DGAM00027.

gen Kosten trug und die Firma ACON die Bewerbung in der Lokalpresse arrangierte.[38] Doch der Bundesvorstand erhöhte gegen Ende des Jahres 1968 in der Fläche das Engagement und forderte die DGB-Bezirke und -Kreise auf, in ihren jeweiligen Gliederungen Mitbestimmungsaktionen und -veranstaltungen durchzuführen. Bis Mitte des Jahres 1969 zählte man alleine 78, zum Teil in Planung befindliche, Konferenzen für Betriebs- und Personalräte, 159 Delegierten- und Mitgliederversammlungen, 160 öffentlichen Veranstaltungen sowie von 112 Arbeitstagungen, Seminare und Wochenendseminare für unterschiedliche Personengruppen. Hinzu traten Pressekonferenzen in den Regionen, Kontakte zu Studierendengruppen, zusätzliche Aktionen der Einzelgewerkschaften, Arbeitskreise und sonstige Seminare im Rahmen der allgemeinen Bildungsarbeit. In den Kreisen lag ein Schwerpunkt auf der Zusammenarbeit mit den Kirchen, die zum Teil in gemeinsamen Seminaren mündete. Spitzenreiter war der DGB-Kreis Donnersberg im Landesbezirk Rheinland-Pfalz, der zwischen Oktober 1968 und Mai 1969 allein 29 Vorträge, Gespräche und gemeinsame Abende mit den Kirchen anbot. Im Kreis Goslar-Zellerfeld allein fanden 35 Belegschaftsversammlungen zur Mitbestimmung statt. Allerdings entwickelten zahlreiche Kreise erst nach der Aufforderung durch den Bundesvorstand ihre Aktivitäten.[39] Im Hintergrund wachte die Abteilung Mitbestimmung stets über das Vorgehen und überprüfte die durchgeführten Maßnahmen. Das Bild fiel durchwachsen aus. Zwar gelang es im Großen und Ganzen, die innergewerkschaftliche Diskussion zu beleben, doch die Aktivitäten der Ortsverwaltungen entsprachen nicht den Erwartungen. Auch das Problem fehlender Referenten konnte über eineinhalb Jahre nach der eingeleiteten Intensivierung der Kampagnen mit der personellen Verstärkung der Abt. Mitbestimmung nicht behoben werden. Wenig überraschend bildete die IG Metall die einzige Ausnahme.[40]

Nachdem die Aktivitäten des Sachbearbeiterkreises der Mitbestimmungsverantwortlichen mehr und mehr im Sande verliefen, gründete sich um die Abteilung Mitbestimmung im August 1968 ein neuer »Arbeitskreis zur Durchführung der Mitbestimmungskampagne.« Der Gründung voran stand die Annahme, dass im Herbst

---

38 Vgl. Schreiben Werner Hansens an die Vorsitzenden der Gewerkschaften und Industriegewerkschaften vom 30. Juli 1968 sowie ders. an alle DGB-Landesbezirke, DGB-Kreise und die Mitglieder der Kommission Aktionsprogramm vom 30. Juli 1968, in: DGB-Archiv im AdsD, Abt. Mitbestimmung, 24/2380.

39 Nicht in der Übersicht berücksichtigt wurden die nicht näher definierten zahlreichen Einzelveranstaltungen, Hinweise auf die Mitbestimmungskampagne des DGB vor Abendveranstaltungen, nicht näher erläuterte Abendveranstaltungen und weitere Angebote. Siehe Vereinfachte Übersicht der geplanten bzw. vorgesehenen und schon terminierten Veranstaltungen in den DGB-Kreisen im Halbjahr 1968/69 im Rahmen der Aktion Mitbestimmung vom 27. September 1968, in: DGB-Archiv im AdsD, Abt. Vorsitzender, 5/DGAI001124, sowie die dazugehörige Korrespondenz mit den DGB-Bezirken und -Kreisen und den DGB-Einzelgewerkschaften, in: ebd.

40 Vgl. Protokoll über die Sitzung der Sachbearbeiter für Mitbestimmungsfragen bei den Einzelgewerkschaften und den DGB-Landesbezirken vom 4. November 1968.

nach dem Ende der Ferienzeit die »entscheidende Phase der Mitbestimmungsdiskussion« begann, in der

> »die Unternehmer und ihre Verbände mit einem beispiellosen finanziellen Einsatz versuchen werden, die Mitbestimmungsforderungen der Gewerkschaften zu diskriminieren und abzuwerten. Hinzu kommt, daß auch von unserer Seite neue Impulse erfolgen müssen, um den politischen Parteien für die Bundestagswahl 1969 die Nachhaltigkeit und Ernsthaftigkeit unserer Vorstellungen deutlich zu machen.«[41]

Zur Unterstützung der Abt. Mitbestimmung sollte dieser kleine Kreis von fachlich einschlägigen Funktionären direkt auf negative Presseberichterstattungen reagieren, kurzfristige Stellungnahmen zu Einzelaspekten abgeben und parallel einen Plan zur verstärkten Aktivierung der Einzelgewerkschaften erarbeiten, was hauptsächlich auf das weiterhin bestehende Problem fehlender Referenten für Mitglieder- und Aufsichtsratsschulungen abhob. Der Kreis war unter anderem mit den Mitarbeitern der Abteilung Mitbestimmung, mit Heinz Christmann, Gerhard Leminsky vom WWI und Wolfgang Spieker von der IG Metall, also sämtlich Verantwortliche, die bereits seit den Erörterungen im Zuge der Aktienrechtsreform mit der Thematik befasst waren, besetzt. Hinzu traten Vertreter der Hans-Böckler-Gesellschaft, der Abt. Wirtschaftspolitik und der Presseabteilung des DGB.[42] Die erste Sitzung fand am 19. August statt, im Anschluss traf man sich wöchentlich. Inhaltlich bereitete die Runde Pressemitteilungen und -artikel vor, die sich mit den Argumenten der Arbeitgeber auseinandersetzten, etwa zum Zusammenhang von Mitbestimmung und Kapitalflucht oder der Vertretung von Anteilseignern durch betriebsfremde Personen. Ferner reagierten die Teilnehmer auf missliebige Presseartikel mit Gegendarstellungen und Leserbriefen.[43] Dabei wurden auch kleinere Zeitungen wie die »Neue Bildpost«,

---

41 Vermerk von Georg Neemann vom 13. August 1968, in: DGB-Archiv im AdsD, Abt. Mitbestimmung, 24/2349.
42 Vgl. ebd.
43 Besonders ein Artikel von Karl-Heinz Sohn in der Zeitschrift »Der Volkswirt« alarmierte die Verantwortlichen beim DGB. Sohn, der 1966 vom DGB zu Krupp gewechselt war und dort die Leitung der volkswirtschaftlichen Abteilung übernommen hatte, vertrat die Auffassung, die Gewerkschaften beschwörten mit ihrem Festhalten an der paritätischen Mitbestimmung »den totalen Konflikt« herauf. Er trat für ein Modell ein, in dem sich die Arbeitnehmerbank aus zwei Betriebsangehörigen, zwei Gewerkschaftern und zwei vom Aufsichtsrat gewählten Personen, »denen eine besondere Aufgeschlossenheit personal- und sozialpolitischen Problemen gegenüber nachgesagt werden müßte«, zusammensetzen sollte. Siehe Karl-Heinz Sohn: Gegen den totalen Konflikt, in: Der Volkswirt 35 (1968), S. 24 f. Diesen Gedanken aus der Feder eines Gewerkschafters griffen die Arbeitgeber und die gewerkschaftskritische Presse natürlich nur zu gern auf. Vgl. Notiz über die Sitzung des Arbeitsausschusses zur Durchführung der Mitbestimmungskampagne vom 16. September 1968, in: DGB-Archiv im AdsD, Abt. Mitbestimmung, 24/2349.

ein katholisches Boulevardmagazin mit geringer Auflage, nicht außer Acht gelassen und so lange bearbeitet, bis Gegendarstellungen veröffentlicht wurden.[44] Auch die Zeitung »Christ und Welt« stimmte ähnliche Töne an, zeigte sich jedoch von den Eingaben des DGB recht unbeeindruckt.[45]

Neben der Presseschau und entsprechenden Reaktionen versuchte der Ausschuss, die eigenen Redakteure zu unterrichten und somit »Voraussetzungen« zu schaffen, dass »keine unüberlegten Veröffentlichungen oder Stellungnahmen die gewerkschaftliche Position schwächen.«[46] Zudem widmete sich der Kreis dem Referentenproblem, verbesserte bereits auf den Weg gebrachte Publikationen und brachte neue Impulse in die Diskussion und die Kampagne ein. So war es etwa ein Ziel, die Arbeitgeber zu einer Aussage über die Parität zu bewegen, dabei jedoch die Frage der außerbetrieblichen Arbeitnehmervertreter »aus taktischen Gründen« runterzuspielen. Auch die parallel laufende Debatte um die Vermögensbildung in Arbeitnehmerhand sollte von der Mitbestimmungsauseinandersetzung getrennt werden.[47] Als neue Zielgruppe kamen nun auch Lehrerinnen und Lehrer ins Gespräch, um den Bemühungen der Arbeitgeber in den Schulen zu begegnen.[48] All diese Einzelaspekte dienten in erster Linie dem Ziel einer positiven Imagebildung für die Gewerkschaften und wurden fast ausschließlich auf ihre Außenwirkung hin überprüft. Auch die DGB-Kreise und Bezirke wurden vom Bundesvorstand angehalten, die Presse zu beobachten und unliebsame Artikel mit Leserbriefen und Kontaktaufnahme zu den Redaktionen zu erwidern.[49]

In diesem Zusammenhang trat die Frage nach der Mitbestimmung in gewerkschaftseigenen Unternehmen auf, die von enormer Bedeutung für die öffentliche Wahrnehmung Glaubwürdigkeit und der Ernsthaftigkeit der DGB-Forderungen war. Hier ging es insbesondere um die Mitbestimmung in der Bank für Gemeinwirtschaft, der Neuen Heimat und der coop-Gruppe. Die Mitbestimmungsverantwortlichen lehnten zunächst eine Bevorzugung von Arbeitnehmern in gemeinwirtschaftlichen Betrieben gegenüber der restlichen Arbeiterschaft ab. Noch zu Beginn 1968 stellte die Kommission Aktionsprogramm nach eingehender Diskussion fest, dass in der Gemeinwirtschaft dieselben Prinzipien zur Anwendung kommen sollten, die auch

---

44 Vgl. Notiz über die Sitzung des Arbeitsausschusses zur Durchführung der Mitbestimmungskampagne vom 9. und 16. September 1968, in: ebd.

45 Vgl. Notiz über die Sitzung des Arbeitsausschusses zur Durchführung der Mitbestimmungskampagne vom 23. September 1968 sowie Leserbrief von Erhard Schumacher an die Redaktion »Christ und Welt« vom 17. Oktober 1968, in: ebd.

46 Notiz über die Sitzung des Arbeitsausschusses zur Durchführung der Mitbestimmungskampagne vom 15. Oktober 1968, in: ebd.

47 Vgl. Notizen über die Sitzungen des Arbeitsausschusses zur Durchführung der Mitbestimmungskampagne vom 23. und 30. September 1968, in: ebd.

48 Protokoll über die Sitzung des Arbeitsausschusses zur Durchführung der Mitbestimmungskampagne vom 11. November 1968, in: ebd.

49 Vgl. Protokoll der 5. Sitzung des Bundesausschusses vom 29. März 1968, in: von Kieseritzky (Bearb.): Der Deutsche Gewerkschaftsbund, S. 646-660, hier. S. 647 f.

für die übrige Wirtschaft galten. »Forderungen, die darüber hinausgehen können erst Berücksichtigung finden, wenn sie entweder gesetzlich verankert oder in anderen Bereichen verwirklicht sind.«[50] Die Runde debattierte die Frage zunächst nur, weil der Vorstand der HBV Druck ausübte.[51] Der DGB drohte jedoch an dieser Stelle in eine Glaubwürdigkeitsfalle zu geraten, den Gewerkschaften wurde Doppelzüngigkeit vorgeworfen. Deswegen änderte der DGB seine Ansicht.[52] »Eine Verwirklichung der Mitbestimmung in den gewerkschaftseigenen Unternehmen würde der Diskussion um die Ausweitung der Mitbestimmung eine wesentliche Hilfe sein, da zahlreiche gegnerische Anti-Mitbestimmungsargumente hinfällig würden.«[53] Nach intensiven Erörterungen der rechtlichen Ausgestaltung, die vor allem in der Kommission Aktionsprogramm erfolgten, beschloss der Bundesvorstand am 4. Februar 1969 die Einführung der qualifizierten Mitbestimmung in gemeinwirtschaftlichen Betrieben.[54] Einige gemeinwirtschaftliche Unternehmen wie etwa die BfG AG oder die Neue Heimat hatten bereits zuvor Mitbestimmungsrechte der Arbeitnehmer auf der Basis von Betriebsvereinbarungen eingeführt.[55]

Die hohen Beträge, die der DGB in die Popularisierung der Mitbestimmungsprogrammatik steckte[56], bedurften der kontinuierlichen Evaluierung. Die Abteilung

---

50 Protokoll über die Sitzung der Kommission zur Durchführung des Aktionsprogramms vom 5. Februar 1968, in: DGB-Archiv im AdsD, Sekretariat Bernhard Tacke, 5/DGCY000002, Bl. 3.

51 Ihr Vorsitzender Heinz Vietheer (1921–1996) bat als Mitglied der Kommission den Kreis darum, die Mitbestimmung in gemeinwirtschaftlichen Unternehmen aufzugreifen. Protokoll über die Sitzung der Kommission zur Durchführung des Aktionsprogramms vom 15. Januar 1968, in: ebd., Bl. 2.

52 Vgl. Vorlage bzgl. der Einführung der qualifizierten Mitbestimmung in den gewerkschaftseigenen Unternehmen für die Sitzung des Bundesvorstandes am 4. Februar 1969, in: DGB-Archiv im AdsD, Abt. Vorsitzender, 5/DGAI000461.

53 Notiz über die Sitzung des Arbeitsausschusses zur Durchführung der Mitbestimmungskampagne vom 30. September 1968.

54 Siehe Anlage 2 zum Protokoll der 30. Sitzung des Bundesvorstandes »Mitbestimmung in gemeinwirtschaftlichen Unternehmen«, in: von Kieseritzky (Bearb.): Der Deutsche Gewerkschaftsbund, S. 811.

55 Vgl. zusammengestellte Stellungnahmen der gemeinwirtschaftlichen Unternehmen des DGB vom 20. Februar 1969 zum Schreiben der Kommission zur Durchführung des Aktionsprogramms vom 9. Dezember 1969, in: DGB-Archiv im AdsD, Abt. Mitbestimmung, 24/2380. Walter Hesselbach (1915–1993), Vorstandsvorsitzender der BfG, schlug gar vor, dass die Vorstände von zwei Dritteln des Aufsichtsrats einberufen werden sollten, da es kein Vorstandsmitglied geben dürfe, »das sich nicht den Zielen der Gemeinwirtschaft verpflichtet fühlt.« Schreiben von Walter Hesselbach an den DGB-Bundesvorstand vom 23. Dezember 1968, in: ebd. Diese Anregung wurde jedoch nur zögerlich aufgenommen, da sie zum einen konkrete Probleme im Bankensektor, für den auch andere Gesetze außer dem Aktiengesetz galten, hervorgerufen hätte und sie zum anderen im Widerspruch zum Konzept des DGB stand. Vgl. Protokoll der Sitzung der Kommission zur Durchführung des Aktionsprogramms vom 24. Januar 1969.

56 Am 5. November 1968 empfahl der Bundesvorstand dem Bundesausschuss, ein weiteres Mal zwei Millionen DM aus dem Solidaritätsfond der Gewerkschaften für Werbemaßnahmen bis zum Herbst 1969 zu bewilligen. Siehe Protokoll der 27. Sitzung des Bundesvorstandes vom

Werbung des DGB hatte bereits seit 1963 zunächst halbjährlich, später jährlich das »Gewerkschaftsbarometer« in Auftrag gegeben, mit dem die Einstellung von Mitgliedern und Nichtmitgliedern zu Gewerkschaften und der allgemeinen sozialen und wirtschaftlichen Lage untersucht wurden. Hinzu trat in den späten 1960er-Jahren eine Vielzahl an weiteren Umfragen und Analysen, mit denen der DGB die Wirksamkeit der eigenen Werbemaßnahmen ermittelte. Dies erschien umso erforderlicher, als sich trotz der geschilderten Werbemaßnahmen wiederholt zeigte, dass selbst leitende Funktionäre des DGB und der Einzelgewerkschaften über die Grundzüge der Kampagne nicht ausreichend unterrichtet waren.[57] Deshalb lag der primäre Blick der Untersuchungen auf der Überprüfung der eigenen Position und weniger auf der strategischen Ausrichtung.[58]

Die Umfragen stellten den Bemühungen ein ambivalentes Zeugnis aus. Die Gewerkschaftsbarometer attestierten dem DGB einen kontinuierlichen Vertrauensverlust in der Bevölkerung, der 1967 einen Höhepunkt fand. Den unmittelbaren Hintergrund bildeten augenscheinlich die Erfahrungen mit der ersten Krise der Wirtschaft nach dem Zweiten Weltkrieg, die rückblickend betrachtet eher als eine blasse Abkühlung der Konjunktur zu bewerten ist. Das Absinken des realen Bruttoinlandsprodukts um 0,3 % und der über Nacht eingetretene Anstieg der Arbeitslosigkeit wirkte in den Köpfen wie eine Aufkündigung des Nachkriegsversprechens von Wohlstand und stetigem Wachstum. Ressentiments gegen die etablierten Parteien und Massenorganisationen breiteten sich aus, wovon unter anderem die NPD profitierte. Leichtem Alarmismus verfallend machte sich im Anschluss daran Ludwig Rosenberg Gedanken um den Fortbestand der Demokratie, um eine »Demokratie ohne Demokraten«, in der die Menschen zunächst Gemütlichkeit und Harmonie suchten, und rechnete indirekt mit den strukturkonservativen Adenauer-Jahren ab.[59] Er ging dabei auch mit dem DGB, den Gewerkschaften und ihren Funktionären hart ins Gericht, die

---

5. November 1968, in: von Kieseritzky (Bearb.): Der Deutsche Gewerkschaftsbund, S. 768-784, hier S. 779 f. Im März des Folgejahres beantragte die Kommission zur Durchführung des Aktionsprogramms noch einmal 500.000 DM, da sie mit einer neuen Kampagne der Unternehmer rechnete, der es zu begegnen galt. Der Bundesausschuss stellte die Mittel daraufhin zur Verfügung. Siehe Protokoll der 8. Sitzung des Bundesausschusses vom 1. April 1969, in: ebd., S. 837-848, hier S. 847. Der Etatentwurf zur Kampagne sah von Mai 1968 bis März 1969 Ausgaben in Höhe von 648.679,11 DM vor, davon als größtem Posten 110.000 DM für Plakatierungen in 277 Städten an 414 Bahnhöfen auf Vorplatz- und Bahnsteigsäulen und in Berliner U-Bahnhöfen sowie 456.164 DM für Anzeigen in Tages- und Wochenzeitungen. Vgl. Etataufteilung Mitbestimmung 1968/69, in: DGB-Archiv im AdsD, Abt. Werbung – Medienpolitik, 5/DGAM000027.

57 Vgl. Notiz über die Sitzung des Arbeitsausschusses zur Durchführung der Mitbestimmungskampagne vom 21. Oktober 1968, in: DGB-Archiv im AdsD, Abt. Mitbestimmung, 24/2349.

58 Vgl. Konzept für eine empirische Untersuchung von Problemen der Mitbestimmung im Montanbereich, in: DGB-Archiv im AdsD, Abt. Werbung – Medienpolitik, 5/DGAM000027, S. 5.

59 Hierbei spielten auch die Lebenserfahrungen von Rosenberg im britischen Exil während der Zeit des NS-Regimes eine Rolle. Siehe Frank Ahland: Ludwig Rosenberg. Der Bürger als Gewerkschafter, Witten 2002.

betriebsblind seien und Ideen an den Vorstellungen der Mitgliedschaft vorbei entwickelten. Der DGB könnte keine Schlagfähigkeit beweisen, wenn die Verwirklichung von Ideen an den Vorstellungen einzelner Gewerkschaften scheitern würde. Seiner Meinung nach gab es deswegen bloß einen geringen Spielraum, aus den Umfragen Konsequenzen zu ziehen. Beschlüsse des Bundeskongresses seien sinnlos, wenn der DGB sie nicht umsetzten könne und die Autonomie der Einzelgewerkschaften vieles nicht zuließe.[60] Der große Tanker DGB konnte nach der Einschätzung seines Vorsitzenden also nicht so frei agieren, wie es auf einigen Themenfeldern nötig war.

Entgegen der Kritik von Rosenberg ging die Idee der Mitbestimmung jedoch im Wesentlichen auf die gescholtenen Funktionäre zurück; man kann sogar von einer Funktionärskampagne sprechen. Aufgrund der Vermittlungsdefizite schloss der Bundesvorstand, dass der Zusammenhang zwischen Mitbestimmung und Arbeitsplatzsicherung deutlicher unterstrichen werden müsste. Strategisch interessant war die Erkenntnis, dass es kaum Meinungsunterschiede zwischen organisierten und unorganisierten Arbeitern gab, was auf einen geringen Einfluss der Gewerkschaftspresse schließen ließ. Entscheidend war, so schloss zumindest Otto Brenner, »die Rolle der Massenkommunikationsmittel mit ihren Möglichkeiten zur Beeinflussung und Manipulation der öffentlichen Meinung. [...] Dieselben Kollegen, die aus der Bildzeitung ihr Wissen bezogen haben, sprächen dann im Bildzeitungsstil gegen ihre Organisation und ihre Interessenvertreter.«[61] Offenbar bestanden große Diskrepanzen zwischen der Selbsteinschätzung der Funktionäre und dem Bild der Gewerkschaft in der Öffentlichkeit. »Wenn man die Untersuchungsergebnisse betrachtet, so wollen die Leute also mehr pragmatische Gewerkschaften. Wir wollen aber mehr als pragmatische

---

60 Protokoll der 19. Sitzung des Bundesvorstandes vom 6. Februar 1968, S. 622 ff. Die Abteilung Werbung arbeite zum Mai 1968 auf Beschluss des Bundesvorstands eine Analyse der Lage der Gewerkschaften aus, in der sie nicht mit Selbstkritik sparte. Die demokratische Struktur des DGB berge Stärken und Schwächen zugleich. Rasche und notwendige Entscheidungen könnten nicht zeitnah umgesetzt werden, wogegen die Arbeitgeber ihre Kräfte konzentrierten und sich strukturell und strategisch dem großen EWG-Markt anpassen würden. Während sich in der Wirtschaft der Prozess der Konzentration unaufhaltsam vollziehe, verharrten die Gewerkschaften weiter in ihrer Zersplitterung. Zudem entziehe der Tertiarisierungsverlauf ihnen den Boden. Rückläufige Mitgliederzahlen, Schwierigkeiten bei der Organisation von Jugendlichen und Frauen, Konservativismus und eine schwerfällige Bürokratie zeichneten ein düsteres Bild der gewerkschaftlichen Zukunft. Es herrsche ein Übergewicht an Funktionärseinfluss und eine Unterrepräsentation der Mitglieder, um nur einige Punkte zusammenzufassen. Siehe »Planen die Gewerkschaften für die Zukunft?« Vorlage der Abt. Werbung vom Mai 1968, in: DGB-Archiv im AdsD, Abt. Werbung – Medienpolitik, 5/DGAM000062. Vertiefende Untersuchungen, ein neues Aktionsprogramm des Münchener Bundeskongresses 1969, eine verstärkte Öffentlichkeits- und eine bessere Informationsarbeit sollten der Behebung der Probleme dienen. Zudem seien die Gewerkschaften »an der Schwelle des kybernetischen Jahrhunderts« noch falsch programmiert. Eine Reform der Organisationsstrukturen wurde zwar angeregt, war aber jedoch zum Zeitpunkt am Ende der 1960er-Jahre kaum durchzusetzen. Vgl. Vorschläge für Maßnahmen zur Verbesserung der Position des DGB und seiner Gewerkschaften vom 30. August 1968, in: ebd.

61 Protokoll der 19. Sitzung des Bundesvorstandes vom 6. Februar 1968, S. 621.

Gewerkschaften sein.«[62] Selbst- und Fremdwahrnehmung in Einklang zu bringen, schien das große übergeordnete Ziel aller Werbe- und Kommunikationsmaßnahmen der Gewerkschaften zu sein, auch wenn dies nicht offen ausgesprochen wurde. In gewisser Weise nahmen die Kampagnen des DGB so die Demokratisierungswelle vorweg, welche die Gesellschaft in den folgenden Jahren erfasste und zu deutlichen Mitgliederzuwächsen in fast allen Gewerkschaften führte.

Bereits ein Jahr darauf erntete der DGB die Früchte seiner mühevollen und teuren Arbeit. Zeigte die Gewerkschaftsbarometer 1966 noch ein weitverbreitetes Desinteresse an der Mitbestimmung[63] und deckten Repräsentativstudien vom Beginn desselben Jahres auf, das ein Drittel der Bevölkerung den Begriff nicht richtig zuordnen konnte[64], änderte sich die Lage zwei Jahre darauf. Die Arbeitnehmer, ob organisiert oder nicht, verorteten die Mitbestimmung jetzt an dritter Stelle der Prioritätenliste hinter den Forderungen nach sicheren Arbeitsplätzen und einer besseren Alterssicherung. Vor allem fand die Mitbestimmung dann eine große Zustimmung, wenn sie mit der Sicherung von Arbeitsplätzen konnotiert wurde. 57 % der Befragten stimmten der Feststellung zu, dass die Mitbestimmung sich hierfür eigne, 70 % stimmten der allgemeinen Forderung zu. 68 % aller Befragten und 82 % der Mitglieder sprachen sich für die Ausdehnung der qualifizierten Mitbestimmung auf die gesamte Wirtschaft aus.[65] Die Werbeverantwortlichen nahmen diese Entwicklung zufrieden zur Kenntnis.[66] Allerdings merkte die Studie kritisch an, dass »ein Drittel aller Arbeitnehmer

---

62 Ebd., S. 622.

63 Nur fünf Prozent der Bevölkerung zählten die Mitbestimmung zu den Aufgaben der Gewerkschaften, nur jeder Fünfte kannte die Forderung überhaupt, zudem wurde die bisherige Mitbestimmungspolitik von der Mehrzahl der Befragten als wenig erfolgreich erachtet. Allerdings versprachen sich 44 % aller Arbeitnehmer von der Mitbestimmung eine Verbesserung der wirtschaftlichen und gesellschaftlichen Verhältnisse, wobei die Mitglieder der IG Bergbau, der IG Chemie und der IG Metall hier herausstachen. Eisenbahner und Mitglieder der Postgewerkschaft stimmten dieser Einschätzung tendenziell nicht zu. Vgl. Gewerkschaftsbarometer 1966 (Kurzfassung) vom Mai 1967, in: DGB-Archiv im AdsD, Sekretariat Werner Hansen, 5/DGDD000027, S. 15 f.

64 Die Befragung zeigte zudem, dass es nur einen geringen Unterschied zwischen Mitgliedern und Nichtmitgliedern gab, was dem DGB erneut die geringe Reichweite der eigenen Presse vor Augen führte. Dabei hatte der kontinuierliche Informationsfluss Priorität, da noch 1960 mehr Menschen die Idee der Mitbestimmung richtig bewerteten und auch eine Vielzahl der Befragten, sogar in den betroffenen Industrien, nur eine ungefähre Vorstellung der bis dato gültigen Gesetzeslage hatten. Der besser informierte Personenkreis urteilte positiver über die Mitbestimmung als die weniger Informierten. Unwissenheit musste demnach, so schlossen die Autoren der Umfrage, den gewerkschaftlichen Bestrebungen schaden. Grundsätzlich erfuhren sie aber eine gewisse Wertschätzung in der Bevölkerung, das Image hielt sich im stabilen oberen Bereich, wie auch andere Befragungen ergaben. Vgl. Repräsentativuntersuchung Mitbestimmung – Gewerkschaftsvermögen (Frühjahr 1966), in: ebd.

65 Vgl. Gewerkschaftsbarometer 1968 (Kurzfassung) vom Januar 1969, in: DGB-Archiv im AdsD, Abt. Werbung – Medienpolitik, 5/DGAM000062, S. 7 ff.

66 Vgl. Protokoll über die Sitzung des Arbeitsausschusses zur Durchführung der Mitbestimmungskampagne vom 11. November 1968.

(32 %) entweder seine objektive Interessenlage nicht klar erkennt oder sich dagegen ausspricht.«[67] Auch die Mitglieder konnten zu einem guten Fünftel nicht überzeugt werden.

Diese grundsätzlich guten Zahlen waren den Verantwortlichen im DGB jedoch nicht genug und sie brachten beständig neue Argumente hervor, warum weitere Anstrengungen im Bereich der Öffentlichkeitsarbeit nötig waren. Ähnlich gelagert war die Situation in der Chemie, die von der IG Chemie separat untersucht wurde. Aufgrund des politischen Drucks und der Festlegung der Gewerkschaft, dass sie einen Anspruch auf die Mitbestimmung in ihrem Bereich hätte, notfalls am DGB vorbei, sah sie sich natürlich unter besonderem Rechtfertigungsdruck. Aus diesem Grund legte die IG Chemie eine eigene Untersuchung vor, mit welcher sie die grundsätzlich positive Einstellung vor allem ihrer Mitglieder zur Mitbestimmung unterstrich. Wenig überraschend stimmten die Funktionäre der Forderung ihrer Gewerkschaft am meisten zu. Ferner lagen die positiven Werte bei den Facharbeitern und technischen Angestellten höher als bei den kaufmännischen und den un- bzw. angelernten Arbeitern. Konkret nach der »erweiterten Mitbestimmung«, also der Unternehmensmitbestimmung, gefragt, zeigte sich wiederum, dass sie wesentlich unbekannter sowohl unter den Mitgliedern als auch unter Nichtmitgliedern war.[68] Es scheint, als sei die abstrakte Forderung nach mehr Mitbestimmung in der Gesellschaft unter den Arbeitern durchaus geteilt, in ihrer konkreten Ausgestaltung aber nur leidlich bekannt und durchaus skeptisch gesehen worden.

Die Ergebnisse einer weiteren gezielten Mitbestimmungsumfrage des IfSS von Dezember 1968 ließen aus Sicht des DGB ebenfalls Spielraum für Verbesserungen erkennen.[69] In der Gesamtschau kristallisierte sich zudem heraus, dass eine Mehrheit

---

67 Gewerkschaftsbarometer 1968 (Kurzfassung), S. 9.
68 Vgl. IG Chemie-Papier-Keramik (Hg.): Die Einstellung der Arbeitnehmer zur Mitbestimmung in Großbetrieben des Organisationsbereichs der IG Chemie-Papier-Keramik. Kurzfassung der Untersuchungsergebnisse einer Repräsentativbefragung des Instituts für Selbsthilfe und Sozialforschung e. V. Köln, Hannover 1966.
69 So nannten zwar von den 385 Befragten, von denen 70 % Mitglied einer Gewerkschaft waren, auf die Frage, welche Forderung der DGB in letzter Zeit gestellt hatte, 53 % die Mitbestimmung an erster Stelle, gefolgt von 13 %, die finanzielle Dinge wie Lohnerhöhungen und Vermögensbildung angaben. Die Tatsache, dass an erster Stelle 13 %, an zweiter und dritter Stelle aber 35 % und gar 63 % »weiß nicht/keine Angabe« ankreuzten, verdeutlicht den Erfolg des DGB. Allerdings gaben nur 50 % der Befragten an, dass ihnen die Erweiterung der Mitbestimmung sehr wichtig war, für 36 % war sie noch wichtig. Für 98 % stand die Sicherung der Arbeitsplätze und der Rationalisierungsschutz, beides zentrale Themen am Ende der 1960er-Jahre, im Mittelpunkt. Nur 24 % benannten korrekt das Thema der Großveranstaltung des DGB am 12. März des Jahres in Köln. Auch der konkrete Inhalt der Mitbestimmungsforderung war den meisten Befragten immer noch nicht geläufig, sondern sie antworteten mit allgemeinen Angaben wie »mehr Mitsprache, Mitwirkung, Mitbestimmung der Arbeitnehmer allgemein«. Und gerade mal sechs Prozent wussten, dass sich die Auseinandersetzung um die Mitbestimmung im Aufsichtsrat drehte, 28 % dachten, damit seien bestimmte Sachbereiche wie die Arbeitsplatzgestaltung oder

der Bevölkerung skeptisch gegenüber einer politischen Positionierung des DGB war. Hier tat sich für den Gewerkschaftsbund ein echtes Problem auf, hatte er doch an sich selbst den Anspruch erhoben, eine gestalterische Aufgabe im politischen Gefüge der Bundesrepublik zu übernehmen. Die Frage, ob der DGB überhaupt Stellungnahmen zu Fragen außerhalb der Arbeitswelt und der Tarifpolitik einnehmen sollte, war seit der Gründung der Bundesrepublik umstritten.[70] Die Gewerkschaften nahmen unter Verweis auf die Interdependenz aller Vorgänge in einer komplexen Gesellschaft für sich in Anspruch, politische Positionen beziehen zu dürfen. Diese Ansicht teilten jedoch nur wenige Menschen. Auch innerhalb der eigenen Mitgliedschaft meinte »noch nicht einmal jeder vierte, dass die Gewerkschaften sich zu wenig um Politik kümmern. Für die Mehrheit engagieren sich die Gewerkschaften zu viel [...] Hier wird die Gewerkschaft auf den Bereich zurückverwiesen, den ihr die liberale Theorie zuweist.«[71] Da die Arbeitgeber das Szenario des Gewerkschaftsstaats an die Wand malten, ließen diese Ergebnisse den DGB auch in der Frage der Mitbestimmung aufhorchen. Letztere wurde zwar, so ermittelte es eine weitere Intensivstudie 1969, als wichtig erachtet, jedoch zeigten unter den Nichtmitgliedern 34 % kein Interesse. »Hier wird die weitverbreitete Passivität deutlich, die Einstellung: sich ja nicht zu engagieren.«[72] Im DGB waren die mit viel Aufwand und finanziellen Mitteln verfolgten Umfragen zudem umstritten. Nicht wenige Funktionäre fürchteten negative Ergebnisse, die nicht in das Konzept passten, zumal sich Erhebungen nur sehr schwer geheim halten ließen.[73]

Der Strom der Werbung für die Mitbestimmung riss auch 1969 nicht ab[74], ihre Analyse fiel jedoch verhalten aus. Sie sei zu abstrakt und anonym, betone zu wenig die Vorteile der Mitbestimmung für den einzelnen Arbeitnehmer und sei zu akademisch formuliert. Am Beginn der 1970er-Jahre käme es darauf an, die »Strömungen

---

soziale Angelegenheiten gemeint. Die überwiegende Anzahl der Befragten hielt die Erweiterung der Mitbestimmung jedoch für eine sinnvolle Sache und war auch bereit, die Gewerkschaften im privaten Bereich zu unterstützen. 76 % hatten zudem schon eine Anzeige des DGB in einer Zeitung gelesen. Vgl. Ergebnisse der Randauszählung Mitbestimmungsaktion ›68 des Deutschen Gewerkschaftsbundes des Instituts für Selbsthilfe und Sozialforschung e. V. vom Dezember 1968, in: DGB-Archiv im AdsD, Abt. Mitbestimmung, 24/2395.

70 Die Debatte wurde in den Gewerkschaftlichen Monatsheften, dem Theorieorgan des DGB, zwischen Götz Briefs und Wolfgang Abendroth ausgefochten und fand einen ersten Höhepunkt in der Frage der Wiederbewaffnung der Bundeswehr und der Stationierung atomarer Waffen auf dem Hoheitsgebiet der Bundesrepublik und der Ausrüstung der Bundeswehr mit Atomsprengköpfen unter amerikanischer Verfügungsgewalt. Vgl. Schneider: Kleine Geschichte, S. 299-314, sowie Grebing: Gewerkschaften, S. 151 ff.

71 DGB-Intensivstudie. Erster Überblick über wichtige Ergebnisse vom April 1969, in: DGB-Archiv im AdsD, Abt. Werbung – Medienpolitik, 5/DGAM000062, S. 10.

72 Ebd., S. 16.

73 Vgl. Protokoll der Sitzung der Kommission zur Durchführung des Aktionsprogramms vom 24. Januar 1969, Bl. 9 ff.

74 Siehe Übersicht der Werbemaßnahmen im Rahmen der Aktion Mitbestimmung vom 1. Juli 1969, in: DGB-Archiv im AdsD, Abt. Vorsitzender, 5/DGAI001436.

der Zeit« aufzufangen und »den gewerkschaftlichen Bestrebungen zunutze« zu machen.[75] Auch deshalb schickte der DGB Mitte des Jahres 1969 Exemplare der Broschüre »Mitbestimmung – Mündigkeit '69« an 160.000 Lehrer.[76] Die Broschüre versuchte, den Bogen zwischen der Mitbestimmung und der Aufklärung von Schülern und Studierenden an den Universitäten zu spannen und stellte somit einen Konnex zur allgemeinen »Demokratisierungswelle« der Gesellschaft her. Allein, besonders überzeugend fiel die Argumentation nicht aus, standen die Kreise gesellschaftliche Aufklärung und Mitbestimmung im Betrieb doch recht unvermittelt nebeneinander. Auch in dieser Publikation bestand der Schwerpunkt in der Vermittlung der DGB-Anliegen in zielgruppengerechter Wortwahl für Lehrerinnen und Lehrer.[77] Gegen Mitte des Jahres 1969 ließ sich der DGB-Bundesvorstand noch einmal von den Kreisen und Landesbezirken über den Stand vor Ort unterrichten und forderte sie auf, bis zur Bundestagswahl im September 1969 Podiumsveranstaltungen mit den Kandidaten der einzelnen Parteien zu veranstalten. Hierfür wurden erneut finanzielle Hilfen und Zuschüsse gewährt.[78]

1.2 Die BDA steuert entgegen

Wie bereits gesehen, verharrten die Arbeitgeber in einer grundsätzlichen Ablehnung gegenüber der wirtschaftlichen Mitbestimmung, hoben aber die positiven Aspekte der Arbeit von Betriebsräten hervor, was Funktionären wie Hanns-Martin Schleyer einen progressiven Anstrich verlieh und ihm den Ruf eines gemäßigten, sozialpartnerschaftlich orientierten Vertreters der jüngeren Unternehmergeneration einbrachte. Grundsätzlich wähnten sie sich jedoch auf einem gesamtgesellschaftlichen Rückschritt und beklagten, dass sie in der Großen Koalition mit ihren Politikvorstellungen nicht mehr in dem Maße durchdringen konnten, wie es noch unter Adenauer und Erhard der Fall war. Zahlreiche Gesetzgebungsverfahren führten, so wurde bemängelt, zu einer Belastung der Wirtschaft mit höheren Abgaben, etwa die Lohnfortzahlung im Krankheitsfall. Klagen über die Machtlosigkeit der Verbandsvertreter wurden zunehmend öffentlich angestimmt.[79]

---

75 Siehe Kurzprotokoll über die Sitzung des DGB-Werbeausschusses am 23. Juni 1970, in: DGB-Archiv im AdsD, Abt. Werbung – Medienpolitik, 5/DGAM000062.

76 Vgl. Vorlage der DGB-Werbeabteilung an die Mitglieder der Kommission zur Durchführung des Aktionsprogramms vom 2. Februar 1970, in: DGB-Archiv im AdsD, Abt. Werbung – Medienpolitik, 5/DGAM000027.

77 Vgl. DGB-Bundesvorstand (Hg.): Mitbestimmung. Mündigkeit ›69, Wiesbaden 1969.

78 Rundschreiben von Heinz O. Vetter und Georg Neemann an die Kreisvorsitzenden des DGB vom 16. Juni 1969, in: DGB-Archiv im AdsD, Abt. Vorsitzender, 5/DGAI001589. Siehe auch den Schriftverkehr und die Nachweise über einzelne Diskussions- und Funktionärsveranstaltungen, vorzugsweise mit Bundes- und Landtagsabgeordneten in den DGB-Kreisen, in: ebd.

79 Vgl. Süß: Sozialpolitische Denk- und Handlungsfelder, S. 195-199.

In dieser aufgeheizten und für die Arbeitgeber unübersichtlichen Lage wirkte die Mitbestimmungsforderung des DGB wie ein Menetekel und ihre Öffentlichkeitsarbeit konzentriert sich daher die argumentative Abwehr. Sie reagierten auf die massiven Anstrengungen des DGB mit einer Kampagne, die dem Aufwand der Gegenseite in keiner Hinsicht nachstand, sparten nicht mit alarmistischen Meldungen, um die eigene Front zusammenzuschweißen und folgten damit ähnlichen Linien, wie sie auch vom DGB gezogen wurden. So behaupteten die Unternehmer, dass die Tragweite der gewerkschaftlichen Vorstellungen Unternehmen mit rund 50 % der in der Industrie tätigen Arbeitnehmer erfassen würden, die 70 % aller Erzeugnisse herstellen würden. Der eigenen erfolgreichen Pressearbeit sei es zu verdanken, dass die Gewerkschaften in der Öffentlichkeit, insbesondere bei den »meinungsbildenden gesellschaftlichen Gruppen« zunehmend weniger Verständnis fänden und der Widerstand trotz der Parteitagsbeschlüsse der SPD auch in der Politik wachse. Die Gewerkschaften würden in der Erkenntnis, dass es langfristig für sie immer schwieriger werde, ihre Anstrengungen in der zweiten Hälfte des Jahres 1968 intensivieren und dezentrale Kundgebungen durchführen, auf die die Unternehmer dezentral antworten müssten. »Die kommende Auseinandersetzung wird zunächst – und zwar mit aller Härte – im politischen Raum geführt werden. Es daher nicht nur gegenüber den politischen Parteien, sondern auch im vorparteilichen Raum eine Fülle von Maßnahmen notwendig werden, um unsere Standpunkte in überzeugender Form darzulegen.«[80] Doch aus dem Arbeitgeberlager kamen vereinzelte Stimmen, die eine tarifvertragliche Regelung befürworteten und die starre Haltung der BDA kritisierten, wie etwa Horst Knapp, stellvertretender Vorsitzender von Gesamtmetall.[81]

Auch die Unternehmer legten großen Wert auf eine einheitliche Koordinierung ihrer Aktivitäten unter der Leitung des Arbeitskreises Mitbestimmung. Speziell zur Abwehr der gewerkschaftlichen Kampagne gründete ein Kreis einflussreicher Industrieller um Hanns-Martin Schleyer im September 1968 die »Aktionsgemeinschaft Sicherheit durch Fortschritt«. Im Vorstand wirkte auch Philipp von Bismarck (1913–2006) mit, der spätere Vorsitzende des CDU-Wirtschaftsrats.[82] Weitere Mitglieder waren unter anderem Werner Bahlsen (1904–1985) und Alphons Horten (1907–2003), die so gemeinsam mit der BDA in Anlehnung an die Termini der Zeit eine »Konzertierte Aktion« von Unternehmern bildeten. Erst nach der Gründung dieser Aktionsgemeinschaft verfügten die Arbeitgeber, deren erste Spendenaufrufe schleppend angenommen wurden[83], über genügend Kapital und die Unterstützung zahlreicher

---

80 Abschrift eines Schreibens der BDA, BDI und DIHT, vertreten durch Siegfried Balke (BDA), Fritz Berg (BDI), Ernst Schneider (DIHT) und Hanns-Martin Schleyer (BDA), [an die betroffenen Unternehmen] vom 5. Juli 1968, in: DGB-Archiv im AdsD, Abt. Mitbestimmung, 24/5755.

81 Vgl. FAZ vom 31. August 1968.

82 Vgl. Schreiben der Aktionsgemeinschaft Sicherheit durch Fortschritt vom 7. September 1968, in: DGB-Archiv im AdsD, Abt. Mitbestimmung, 24/5755.

83 Vgl. Industriekurier vom 10. September 1968, S. 4.

Unternehmen, sodass sie Mitte August 1968 wie der DGB rund 1,5 Mio. DM für Plakatierungen und Anzeigen zwischen September und Oktober bereitstellen.[84] Die wichtigste Aufgabe nach außen hin war, die breite Öffentlichkeit über die vermeintlichen Gefahren der Parität zu informieren. Standpunkte müssten vor allem in dem redaktionellen Teil der Tagespresse vertreten werden. »Wir müssen noch mehr als bisher darum bemüht sein, daß kein Bericht über eine gewerkschaftliche Mitbestimmungsveranstaltung erscheint, ohne daß gleichzeitig durch eine Stellungnahme von Arbeitgeberseite die Dinge zurechtgerückt werden.«[85]

Die Kampagne der Arbeitgeber mit ihrem Kernslogan »Mündige brauchen keinen Vormund« wirkte indes wie eine Steilvorlage an die Gewerkschaften, die sich den Spruch zu eigen machten und mit dem Zusatz »Deshalb Mitbestimmung« versahen. Mit relativ geringem Aufwand konnten sie eine maximale Wirkung erzielen und das zentrale Anliegen der Arbeitgeber, die Machtlüsternheit der Funktionäre herauszustellen, entkräften. In der Tat war dieser Idee insofern verfehlt, als es einer gewissen Kenntnis der Thematik bedurfte, um den Slogan überhaupt richtig einordnen zu können. Wie die vorherigen Umfragen deutlich zeigten, wusste ein Großteil der Bevölkerung gar nicht um den Inhalt der Mitbestimmung. Der Trick wäre gar nicht unbedingt nötig gewesen, denn auch ohne das Zutun des DGB stellte sich in einer Umfrage heraus, dass 45 % der Befragten die Gewerkschaften als Urheber des Slogans ausmachten und nur 9 % ihn den Arbeitgebern zuschrieben. Besonders häufig wurde der Satz, dessen Verbreitung eher beschränkt war, darüber hinaus mit den Zielen der außerparlamentarischen Opposition verbunden und weniger mit der Mitbestimmung.[86]

Bereits 1969 verblasste die Strahlkraft der ohnehin nicht sonderlich erfolgreichen BDA-Kampagnen und die Meinungen teilten sich. Eine Gruppe wollte überhaupt nichts mehr unternehmen, eine weitere nur auf die Tätigkeiten des DGB reagieren und eine Dritte auf jeden Fall die antigewerkschaftliche Werbung fortführen. Lediglich die Argumentation gegen die betriebsfernen Gewerkschafter im Aufsichtsrat zeigte einen gewissen Erfolg, der vor allem bei den Betriebsräten in der Chemieindustrie auf Anklang stieß. Zudem gingen einige Arbeitgeber dazu über, den Austausch in Betriebsversammlungen zu unterbinden.[87]

---

84 Vgl. Industriekurier vom 17. August 1968, S. 4.
85 Hanns-Martin Schleyer: »Die Aufgaben der Arbeitgeberverbände in der Mitbestimmungsdiskussion«. Rede auf der Geschäftsführerkonferenz der BDA vom 8.–10. Mai 1969, in: DGB-Archiv im AdsD, Abt. Gesellschaftspolitik, 24/1386.
86 Vgl. Anti-Mitbestimmungskampagne der Aktionsgemeinschaft Sicherheit durch Fortschritt. Gegenmaßnahmen des DGB. Assoziationstest des Werbeslogans, in: DGB-Archiv im AdsD, Sekretariat Bernhard Tacke, 5/DGCY000002. Die Untersuchung räumte allerdings selbstkritisch ein, dass sie nicht repräsentativ sei, da nur ungefähr 200 Personen in einem Schnellverfahren befragt wurden.
87 Vgl. Protokoll der Sitzung der Kommission zur Durchführung des Aktionsprogramms vom 14. März 1969, in: DGB-Archiv im AdsD, Abt. Vorsitzender, 5/DGAI001436, Bl. 2 f.

2 Mitbestimmungssicherung und Mitbestimmungskommission: Die neue Koalition in Bonn

2.1 Von der Gründung der Koalition zum ersten Mitbestimmungssicherungsgesetz

Nachdem sich die Regierung Erhard überlebt hatte und die bisherige CDU/FDP-Koalition mit dem Austritt der FDP-Minister aus der Bundesregierung zerbrochen war, schlug die Stunde der SPD, die nun durch die Beteiligung an der Regierungsverantwortung zum ersten Mal in der Geschichte der Bundesrepublik die Geschicke auf Bundesebene mitgestaltete. Aufgrund des Drucks vonseiten der Gewerkschaften griffen die Verhandlungspartner den Gedanken der Mitbestimmung in den Koalitionsgesprächen auf, wobei den Parteien im Oktober 1966 alles andere als klar war, dass die Entwicklung auf eine Große Koalition hinauslaufen würde. Dabei war man sich der Sprengkraft der Mitbestimmungsforderung des DGB bewusst. In der vertraulichen Vorlage der SPD für die Gespräche mit der CDU tauchte die Mitbestimmung nicht expressis verbis auf[88], allerdings legte sich die SPD in ihrem Achtpunkteplan an die neue Bundesregierung vor dem Bundestag auf die Gründung der »Royal Commission« fest.[89]

Dieser Achtpunkteplan bildete für die Sozialdemokraten die Basis für die Koalitionsverhandlungen mit CDU und FDP. Mit ihm stellte die Partei eine sachorientierte, pragmatische Politik ins Zentrum. Die Mitbestimmung wurde in den gemeinsamen Sitzungen der Verhandlungskommissionen an verschiedenen Stellen gestreift. Es war Karl Schiller, der während der Erörterungen zur Wirtschafts- und Sozialpolitik seinen Vorschlag der Royal Commission aufs Tableau brachte und auch in den Gesprächen mit der FDP diese Frage anschnitt. Der designierte Kanzler Kurt-Georg Kiesinger (1904–1988) stellte, auf Ausgleich bedacht, die Frage zurück und erklärte, sie müsse noch gründlich geprüft werden, während Schiller betonte, dass das industrielle Klima zwar am wichtigsten sei, die Mitbestimmung aber auch eine Rolle spiele.[90] Der vormalige christdemokratische Bundesarbeitsminister Theodor Blank (1905–1972) führte aus, das »heiße Eisen« Mitbestimmung »müsse der Prüfung überlassen werden für die Zeit, wenn sich die Regierungsverhältnisse wieder konsolidiert haben.« Einer Si-

---

88 Die Punkte umfassten die Stabilitätspolitik, die Finanzreform und damit verbunden die Neuordnung der Gemeindefinanzen, im Öffentlichen Dienst die Wiederherstellung der Besoldungseinheit von Bund und Ländern, eine Verlängerung der Legislaturperioden des Bundestages und der Landtage auf einheitlich fünf Jahre sowie die Zusammenlegung von Kommunal- und Landtagswahlen innerhalb eines Bundeslandes auf einen Termin, die Notstandsverfassung und den Ausbau der Politischen Bildung in Deutschland. Siehe Punktation als Arbeitsgrundlage für die Koalitionsverhandlungen (handschriftl. Vermerk: Vertraulich), in: HSA, 1/HSAA005077.

89 Die SPD formulierte die Punkte am 8. November 1966 vor dem Bundestag als Aufgaben, vor denen jede neue Bundesregierung stehen würde. Vgl. Aufgaben einer neuen Bundesregierung, in: ebd., S. 7 f.

90 Vgl. Notizen von den Diskussionen der Verhandlungskommission der SPD mit den Verhandlungskommissionen der CDU/CSU und FDP (ohne Datum), in: HSA, 1/HSAA005077, S. 22.

cherung der Montanmitbestimmung im Zuge der Konzentrationen in der Wirtschaft stünde die CDU nicht im Wege. Blank betonte, dass Unternehmer und Gewerkschaften sich bisher in solchen Fällen noch immer auf die Fortführung der Mitbestimmung geeinigt hätten.[91] Der bewusste Verzicht auf eine weitere Behandlung der Frage verdeutlicht allerdings, dass sich die Beteiligten der Unüberwindlichkeit der Gegensätze frühzeitig bewusst waren. Die Einberufung der Mitbestimmungskommission schien unstrittig, jedoch verdeutlichte der CDU/CSU-Fraktionsvorsitzende Rainer Barzel (1924–2006), dass »eine Ausdehnung der Mitbestimmung [...] nicht Gegenstand unserer Politik sein« könne.[92] Im CDU-Bundesvorstand bemerkte Kiesinger die Zurückhaltung, die die SPD seiner Meinung nach in der Frage an den Tag gelegt hatte, und unterstrich die Zweijahresfrist, die ausdrücklich eingeräumt wurde.[93]

Während also mit der CDU eine gewisse Einigkeit bestand, dass an den bestehenden Gesetzen nicht gerüttelt werden sollte, zeigten sich in den Gesprächen mit der FDP – seien sie nun mit ernsthaften Absichten vonseiten der SPD geführt worden oder nicht – die starken Differenzen, die sich aus der Haltung der FDP in der Mitbestimmungsfrage ergaben. Hier lag besonderer Sprengstoff. Im Hinblick auf die Mitbestimmung führten die FDP Vertreter aus, dass eine sozialliberale Koalition im Falle ihrer Bildung sich darüber klar sein müsse, dass »sie drei Jahre halten müsse. Es wäre schrecklich, wenn sie vorzeitig auseinander ginge.«[94] Die FDP sagte klar und deutlich, dass sie bis 1969 keine gesetzgeberische Mitbestimmungsinitiative erwartete, das Thema wollte man bestenfalls laufen lassen. In beiden Verhandlungsrunden steckte die SPD sich allerdings lediglich das Ziel, eine Regierungskommission zu gründen. Von einem Druck in Richtung auf eine verbindliche Regelung der Mitbestimmung im Sinne der Forderungen des DGB konnte keine Rede sein. Dennoch favorisierten Teile der SPD eine »kleine Koalition« mit der FDP. Willy Brandt selbst hielt dies zunächst für erwägenswert und auch weite Teile der Fraktion mussten von einer Großen Koalition erst überzeugt werden.[95] Doch neben dem Risiko der Kanzlerwahl und

---

91 Ebd., S. 56. Blank weiter: »Glauben Sie, wir würden den harten Schrumpfungsprozeß durchstehen (Stahl), wenn wir nicht das System der Mitbestimmung in der Montanindustrie hätten? Ich möchte den Leuten nur sagen, habt keine Angst, wir wollen Euch das Erreichte nicht nehmen.« Ebd., S. 62.

92 Ebd., S. 63.

93 Vgl. Protokoll der Sitzung des CDU-Bundesvorstands vom 29. November 1966, in: Günter Buchstab (Bearb.): Kiesinger: »Wir leben in einer veränderten Welt.« Die Protokolle des CDU-Bundesvorstands 1965–1969 (Forschungen und Quellen zur Zeitgeschichte 50), Düsseldorf 2005, S. 375-419, hier. S. 384 f.

94 Protokoll der Gespräche der Verhandlungskommissionen der SPD und FDP vom 22. und 25. November 1966, in: HSA 1/HSAA005077, S. 24.

95 Vgl. Schneider: Die Kunst des Kompromisses, S. 30 f. Einen konzisen Einblick in die Hintergründe und Triebfedern der Regierungsbildung, die an dieser Stelle nur auf die Kontroverse um die Mitbestimmung angerissen werden können, bietet der Überblick bei Hans-Günther Hockerts: Rahmenbedingungen: Das Profil der Reformära, in: ders. (Hg.): 1966–1974 (Geschichte der Sozialpolitik seit 1945 5), S. 1-155, hier S. 3-18. Die Große Koalition sei vor allem ein Kind zweier-

der fraglichen bis hin zur unmöglichen Durchführbarkeit von Verfassungsreformen sprach gegen ein solches Bündnis, dass sich der latente Konflikt mit Teilen der Gewerkschaften verstärken würde und sich Chancen für die sich in der Gründungsphase befindende kommunistische Partei böten. Zudem befürchtete man, dass sich der niedere katholische Klerus wieder partiell der CDU zuwenden würde und das katholische Wählerreservoir der SPD verschlossen bliebe.[96]

Auch in der Sitzung des Parteivorstands am 25. November wurden die möglichen Konflikte mit den Gewerkschaften und die Differenzen in der Sozialpolitik angesprochen. So fragte etwa Georg Leber (1920–2012), der eher dem gemäßigten Spektrum des DGB angehörende damalige Vorsitzende der IG Bau und späterer Bundesminister, wie denn eine SPD/FDP-Regierung gegenüber den sozial- und gesellschaftspolitischen Forderungen von Otto Brenner, Oswald von Nell-Breuning und Hans Katzer dastehen würde. Die Mehrzahl der Anwesenden sprach sich für die Große Koalition aus.[97] Die Bundestagsfraktion trug den Beschluss nach intensiver Debatte unter Abwägung zahlreicher Pro- und Kontraargumenten schließlich mit. In der Aussprache wies Karl Schiller auf Nachfrage noch einmal ausdrücklich auf die Schwierigkeiten einer Übereinkunft mit der FDP in Sozial- und Wirtschaftsfragen hin. »Einige Mitglieder der FDP-Verhandlungskommission versuchten, uns in eine langwierige philologische Diskussion über den Begriff der Mitbestimmung zu verstricken. Erst ganz zum Schluss erklärten sie sich zu einem halbherzigen Ja bereit.«[98] Auch in der Strukturpolitik und in der Haltung zur Konzertierten Aktion konnte sich die FDP nicht zu einer positiven Haltung entschließen, obwohl »wir ihr mit Engelszungen zugeredet haben.«[99]

---

lei Krisen gewesen, der Krise der Regierung Erhard und der Krise der Wirtschaft, die zu einer Art Schockstarre der gesamten Gesellschaft führte, wenngleich die leichte Rezession des Jahres 1966 bei Weitem nicht die Intensität späterer wirtschaftlicher Talfahrten erreichte. Zudem bedurfte es Lösungen für die Krise im Ruhrbergbau sowie in den Fragen der Neuordnung des Bund-Länder-Verhältnisses und der Notstandsgesetzgebung, die zwischen den Koalitionären relativ unstrittig war. Doch ohne das kollektive Gefühl einer weitverbreiteten Krise wäre ein so drastischer Koalitionswechsel, der das altbewährte Wechselspiel von Regierung und Opposition außer Kraft setzte, nicht möglich gewesen. Hockerts betont auch die hinter den Personen liegenden gesellschaftlichen Kräfte einer durch Lohnzuwächse und soziale Sicherungsinstrumente peu à peu entproletarisierten Arbeiterschaft, des Wandels der SPD im Zuge des Godesberger Programms oder den Aufstieg des Keynesianismus als Alternative zur traditionellen linken Ideologie. Diese Gemengelage paarte sich, so Hockerts, mit der Krise der Unionsparteien, die zu einem in Stillstarre verharrenden Kanzlerwahlverein degenerierte und die durch den komplizierten Ausgleich einzelner konfessioneller und landsmannschaftlicher Aspekte zudem gebunden waren.

96 Siehe Plus- und Minuspunkte fünf möglicher Regierungen vom 23. November 1966, in: HSA, 1/HSAA005077, Bl. 3.

97 Handschriftliche Notizen der Sitzung des Parteivorstandes der SPD vom 25. November 1966, in: ebd.

98 So Karl Schiller vor der Bundestagsfraktion der SPD. Protokoll der Fraktionssitzung vom 26. November 1966, in: AdsD, SPD-Bundestagsfraktion 5. WP, Mappe 43, S. 25.

99 Ebd.

In der vom neuen Kanzler Kurt Georg Kiesinger verlesenen Regierungserklärung der neuen Bundesregierung hieß es letztlich zur Mitbestimmung: »Die Bundesregierung wird eine Kommission unabhängiger Sachverständiger berufen und sie mit der Auswertung der bisherigen Erfahrungen bei der Mitbestimmung als Grundlage weiterer Überlegungen beauftragen. Die Bundesregierung lehnt Bestrebungen ab, die den bewußten und erkennbaren Zweck einer Aushöhlung der Mitbestimmung verfolgen.«[100] Im BMAS bereitete man zwar eine weitergehende Formulierung vor, gemäß derer »ein sofortiges Handeln der Regierung angekündigt worden wäre«[101], allerdings fand diese keinen Eingang in den Text.

Nachdem die beiden großen Parteien eine gemeinsame Regierung gebildet hatten, mussten sie direkt die erste Feuerprobe in Sachen Mitbestimmung bestehen. Die Mitbestimmung in der Montanindustrie sah sich seit der Mitte der 1960er-Jahre zum wiederholten Male neuen Herausforderungen gegenüber. Bedurfte sie bereits 1956 umfassender und für die Gewerkschaften unvorteilhafter Ergänzungsgesetze, so traten nun neue Fragen bei den Rheinischen Stahlwerken (Rheinstahl) auf. In diesem Unternehmen hatten sich im Verlauf der Jahre die Betätigungsfelder hin zur Weiterverarbeitung von Stahlprodukten gewandelt, sodass sie nicht mehr unmittelbar dem Montanmitbestimmungsgesetz zugezählt werden konnten. Fiel nämlich die Montanquote, also der Anteil der Erzeugung von Eisen und Stahl am Umsatz, in zwei aufeinander folgenden Jahren auf unter 50 %, galten fortan die Bestimmungen des Betriebsverfassungsgesetzes. Zwar konnten zu Beginn der 1960er-Jahre auch bei Rheinstahl im Zuge von Restrukturierungen notwendig gewordene Ergänzungsverträge geschlossen werden, doch die Ausweitung der Geschäfte zwang die IG Metall nun zu neuen Antworten, zumal die Unternehmensleitung offen ankündigte, sich aus dem Geltungsbereich des Ergänzungsgesetzes zurückzuziehen und ohnehin eine politische Antwort hören wollte.[102]

Einen Vorschlag für eine solche Antwort lieferte die IG Metall im Juni 1966, als sie dem DGB und der SPD einen Gesetzentwurf unterbreitete, mit dem sie verhindern wollte, dass Holdinggesellschaften, die am 1. Januar 1966 unter die Holding-Novelle fielen, wegen einer gesunkenen Montanquote nicht mehr von der Montanmitbestimmung erfasst wurden. Die IG Metall ging zunächst von einem problemlosen Gesetzgebungsverfahren aus, allerdings traten bald verfassungsrechtliche Bedenken auf, da sich das Gesetz eindeutig auf ein einziges Unternehmen bezog und damit der Gleichheitsgrundsatz des GG möglicherweise nicht erfüllt war. Das Arbeitsministerium schlug deswegen eine zeitliche Befristung der geplanten Gesetzesänderungen auf fünf Jahre vor, dem der DGB und die IG Metall auch zustimmten. Die Priorität des

---

100 Bulletin des Presse- und Informationsamts der Bundesregierung 157 vom 14. Dezember 1966, S. 1268.
101 Frese: Anstöße zur sozialen Reform, S. 177.
102 Vgl. Lauschke: Die halbe Macht, S. 204 ff.

DGB lag ohnehin auf einem allgemein gültigen Gesetz. Der Vorstand von Rheinstahl lehnte zwar eine privatrechtliche Vereinbarung mit der IG Metall und dem DGB ab, da er in der Hochphase der Auseinandersetzungen um die Mitbestimmung keinen Präzedenzfall schaffen wollte, zeigte sich jedoch einer gesetzlichen Einigung gegenüber offen.[103]

Die Zeit drängte, denn Ende März 1967 mussten die Wahlen für den Aufsichtsrat eingeleitet werden, damit die auf Ende Juli 1967 terminierte Hauptversammlung ordnungsgemäß durchgeführt werden konnte. Die CDU/CSU- und die SPD-Fraktion beantragten deshalb schon am 21. Februar ein Gesetz, das die Mitbestimmung in Betrieben sichern sollte, die unter das Mitbestimmungsergänzungsgesetz fielen.[104] Der SPD ging es darum, diese Angelegenheit zügig über die Bühne zu bringen und eine komplizierte und langwierige Ausschussarbeit zu vermeiden[105], was allerdings auf eine zögerliche Haltung der CDU/CSU-Fraktion stieß.[106] Schon im Wirtschaftsausschuss des Bundestags mussten die SPD-Vertreter vollständig vertreten sein und eventuelle »Verzögerungstaktiken durchkreuzen«[107], da die CDU, namentlich Rainer Barzel, Bedenken angemeldet hatte. Um den Druck zu erhöhen, kündigte die SPD einen eigenen Initiativentwurf an.[108] Barzel lenkte jedoch nach einem Gespräch mit SPD-Fraktionschef Helmut Schmidt ein und sprach sich für das Sicherungsgesetz aus, wofür er von der eigenen Fraktion heftig kritisiert wurde. Zudem kam Gegenwind,

---

103 Vgl. Müller: Strukturwandel, S. 410-415. So unterstrich Willi Michels im Rechtsausschuss der SPD-Fraktion, dass das Verhältnis von Vorstand der Rheinischen Stahlwerke und der IG Metall grundsätzlich sehr gut sei, man aber dennoch davon ausgehen könne, dass der Vorstand die Mitbestimmungsgesetze korrekt anwenden würde. Durch eventuelle Gerichtsverfahren, die im Zuge einer anderen Taktik in der Frage aufkämen, würden diese guten Beziehungen sicherlich getrübt werden. Siehe Protokoll der 32. Sitzung des Arbeitskreises Rechtswesen vom 7. März 1967, in: SPD-Bundestagsfraktion 5. WP, Mappe 958, Bl. 2 f.

104 BT-Drs. V/1458. Im Wortlaut lautete der Antrag auf Änderung des § 16 des Ergänzungsgesetzes zum Montanmitbestimmungsgesetz »§§ 5 bis 13 sind auf das herrschende Unternehmen erst anzuwenden, wenn in fünf aufeinanderfolgenden Geschäftsjahren die Voraussetzungen des § 3 vorliegen. §§ 5 bis 13 sind nicht mehr anzuwenden, wenn in fünf aufeinanderfolgenden Geschäftsjahren die Voraussetzungen des § 3 nicht mehr vorliegen.« Es gab auch Vorstellungen in der SPD, den festgelegten Prozentsatz des Montananteils eines Unternehmens zu verringern, doch diese Idee wurde von der CDU blockiert.

105 Vgl. Protokoll der Fraktionssitzungen vom 14. und 21. Februar 1967, in: AdsD, SPD-Bundestagsfraktion 5. WP, Mappen 53 (S. 12) und 55 (S. 2). Vgl. auch Protokoll der Sitzung des Arbeitskreises Wirtschaftspolitik der SPD-Fraktion vom 21. Februar 1967, in: ebd., Mappe 462.

106 Vgl. Protokoll der Fraktionssitzung vom 7. März 1967, in; AdsD, SPD-Bundestagsfraktion 5. WP, Mappe 57, S. 4.

107 Vgl. Protokoll der Sitzung der Arbeitsgruppe Wirtschaft der SPD-Fraktion vom 7. März 1967, in: AdsD, SPD-Bundestagsfraktion 5. WP, Mappe 465, Bl. 1 f.

108 Die SPD wollte in ihrem Entwurf eine strikte Sicherung in allen Betrieben durchführen, die am 1. Januar 1966 unter die Mitbestimmung fielen, was mit der CDU nicht zu machen war. Vgl. Abschrift eines Schreibens von Josef Stingl an die Mitglieder der Besprechungsgruppe betr. Änderung des Mitbestimmungsgesetzes vom 17. Februar 1967, in: BA, B136/8759.

wenig überraschend, vonseiten des CDU-Wirtschaftsrats und aus der eigenen Regierung.[109] In den Verhandlungen, die vonseiten der CDU von Josef Stingl (1919–2004) geführt wurden, erklärte sich die SPD bereit, auf eine generelle Sicherung der Mitbestimmung zu verzichten und im Sinne des Entwurfs aus dem BMAS für eine Fünfjahresfrist einzutreten.

Die kontroverse Diskussion in der CDU-Fraktion zu diesem Ergebnis spiegelte wider, dass sie sich noch nicht mal im Ansatz auf eine gemeinsame Position verständigt hatte und erst einen Ausgleich zwischen Abgeordneten der Wirtschaft und der Arbeiterschaft, deren Wahlkreise im Ruhrgebiet lagen, finden musste. Das Abstimmungsergebnis fiel mit 39 Ja- zu 33 Neinstimmen denkbar knapp aus.[110] Auch die FDP witterte die Gelegenheit, die Koalitionsfraktionen gegeneinander auszuspielen und wollte im Plenum einen Antrag auf Beschlussfähigkeit des Bundestags stellen, dem die SPD-Fraktion jedoch auf Helmut Schmidts Initiative durch geschlossene Anwesenheit entgegen wirkte.[111] Zudem fegte die Koalition ihre verfassungsrechtlichen Einwände hinweg, indem sie das Gesetz keiner vorherigen Prüfung durch den Rechtsausschuss unterzog.

Die Koalition brachte am 21. Februar einen gemeinsamen Antrag zur Änderung des Mitbestimmungsergänzungsgesetzes in den Bundestag ein.[112] Die im Koordinierungsgespräch getroffenen Vereinbarungen zur Sicherung der Mitbestimmung bedurften nach einer Prüfung durch den Arbeitskreis für Rechtswesen der SPD-Fraktion einer Nachbesserung in Bezug auf die Fristen.[113] Eine solche Prüfung hätte eine Wahl des Aufsichtsrats bei Rheinstahl überschnitten und sämtliche Strategien zunich-

---

109 So meldete Bundesschatzminister Kurt Schmücker (1919–1996), auf Nachfrage von Kiesinger um Stellungnahme gebeten, Bedenken an und verwies auf die Beschlusslage der CDU von 1950, die besagte, dass Mitbestimmung durch Eigentumsbildung zu erzielen sei. Der Aushöhlung der gängigen Praxis sollte durch freiwillige Vereinbarungen begegnet werden, jedenfalls bis zur Prüfung des Gesamtkomplexes durch die zu gründende Regierungskommission. Schmücker sprach damit stellvertretend für eine ganze Reihe von Bundestagsabgeordneten und weite Teile der Union. Vgl. Schreiben von Kurt Schmücker an Kurt-Georg Kiesinger vom 30. Januar 1967 sowie von der BDA an Hans Katzer vom 21. Februar 1967 und dem CDU-Wirtschaftsrat an Kurt-Georg Kiesinger vom 21. Februar 1967, in: ebd.

110 Vgl. Protokoll der Sitzung der CDU/CSU-Bundestagsfraktion vom 21. Februar 1967, in: Stefan Marx (Bearb.): Die CDU/CSU-Fraktion im Deutschen Bundestag. Sitzungsprotokolle 1966–1969. Erster Halbband Dezember 1966 bis März 1968 (Quellen zur Geschichte des Parlamentarismus und der politischen Parteien 11/V), Düsseldorf 2011, S. 103-140, hier S. 115-124 sowie S. 128 ff.

111 Vgl. Schreiben Helmut Schmidt an Ludwig Rosenberg, Otto Brenner und Walter Arendt vom 17. März 1967, in: DGB-Archiv im AdsD, Abt. Vorsitzender, 5/DGAI000014. Schmidt hatte in der Fraktionssitzung vom 14. März um die »volle Präsenz der Fraktion bei dieser schwierigen Abstimmung« gebeten. Protokoll der Fraktionssitzung vom 14. März 1967, in: AdsD, SPD-Bundestagsfraktion 5. WP, Mappe 58, S. 5.

112 BT-Drs. V/1458.

113 Es hätte bei einer Verabschiedung des Ergänzungsgesetzes nach Ostern 1967 Probleme mit der Hauptversammlung der Rheinischen Stahlwerke gegeben, die den neuen Aufsichtsrat nach den

tegemacht.[114] Auch der federführende Ausschuss für Arbeit des Bundestags beeilte sich und erteilte nach nur einer Sitzung seine Zustimmung zur Vorlage. Um ein verfassungsrechtlich unbedenkliches Gesetz vorzulegen, nahm der Ausschuss eine Anregung des Bundesarbeitsministeriums auf und führte als Stichtag den 31. Dezember 1966 ein.[115] Doch auch andere Gründe spielten für die Verabschiedung des Gesetzes eine Rolle. So fasste das BMAS zusammen, durch dieses Gesetz würde der

>Zündstoff für heftige Auseinandersetzungen um die Mitbestimmung in diesem Jahr beseitigt und die Arbeit der nach der Regierungserklärung zu berufenden Sachverständigenkommission kann sich in einer ideologisch entspannten Atmosphäre vollziehen. Ein Wegfall der qualifizierten Mitbestimmung bei Rheinstahl in diesem Frühjahr würde dagegen nach Überzeugung des BMA den Streit um die Mitbestimmung für die Dauer der Legislaturperiode virulent halten und darüber hinaus die Bereitschaft der Gewerkschaften, bei der konzertierten Aktion mitzuwirken, erheblich beeinträchtigen.«[116]

Die CDU hingegen legte großen Wert darauf, dass mit dem Gesetz keinerlei Präjudizierung eintrat.[117] Schmidt fasste zusammen, »daß ohne Übertreibung gesagt werden kann, daß die große Koalition hier ihre erste gewerkschaftspolitische Probe bestanden hat.«[118]

2.2 Die Einsetzung der Regierungskommission zur Auswertung der Mitbestimmung

Die Gründung einer Regierungskommission zur Auswertung der bisherigen Erfahrungen mit der Mitbestimmung im Montanbereich war ein elementarer Bestandteil der Regierungserklärung der Großen Koalition. Sie sollte dem Ausgleich der Interessen dienen und auf wissenschaftlicher Basis eine vernünftige Herleitung der Mitbestimmung erbringen, diente allerdings zugleich für die Bundesregierung lange als Schutzschild, hinter dem sie sich vor einem gesetzgeberischen Verfahren verstecken konnte. Und obwohl sowohl der DGB als auch die BDA die Einberufung der Kom-

---

gültigen, die Mitbestimmung aushebelnden Bestimmungen bestellt hätte. Vgl. Schreiben von Martin Hirsch an Rainer Barzel vom 8. März 1967, in: HSA, 1/HSAA005079.

114 Vgl. Müller: Strukturwandel, S. 416 f.

115 Vgl. Protokoll Nr. 32 des Ausschusses für Arbeit (19. Ausschuss), 5. WP, Bl. 32/15 f.

116 Vermerk für die Kabinettssitzung am 18. Januar 1967 vom 13. Januar 1967, in: BA, B136/8759.

117 Vgl. Marx (Bearb.): Die CDU/CSU-Fraktion, S. XLIV.

118 HSA, 1/HSAA005079. Der Brief von Schmidt, der vertrauliche Einschätzungen der Lage erhielt und auch mit Kritik an der FDP nicht sparte, geriet allerdings an die Presse und wurde am 18. April im Industriekurier abgedruckt, was die SPD-Fraktion zu der Annahme verleitete, dem Industriekurier sei jedes Mittel recht, um die Große Koalition zu stören. Siehe Schreiben von Heinz Frehse an Ludwig Rosenberg vom 21. April 1967, in: ebd.

mission unterstützten, kam für sie eine aktive Beteiligung im Sinne einer Mitarbeit gemäß der Intention von Karl Schiller nicht infrage. Beide Seiten verhielten sich ambivalent. Zwar wollten sie die Kommission, der DGB mehr als die BDA, stellten jedoch bald, nachdem die Idee durch Schiller lanciert wurde, klar, dass sie sich nicht beteiligen würden. Einzelne Mitglieder im DGB-Bundesvorstand sahen in der Kommission gar »eine Beerdigung erster Klasse«[119] der Mitbestimmung.

Im BMWi verfolgte man gemäß der Intention des Ministers eine gleichwertige Beteiligung der Sozialpartner, wohingegen das BMAS die Sachlage nüchterner beurteilte und eine Einbindung interessierter Verbände von Beginn an skeptisch gegenüberstand. Die Unabhängigkeit der Kommission sei, so das BMAS, im Falle einer Mitarbeit der Sozialpartner nicht gewährleistet. »Sie werden erfahrungsgemäß weitgehend die Interessen ihrer Organisation vertreten bzw. sogar deren Weisungen unterliegen. Bei einer Beteiligung der Arbeitgeber- und Arbeitnehmerseite könnte auch die Frage aufgeworfen werden ob nicht auch anderen an dem Gegenstand der Untersuchung interessierte Kreise (zu denken wäre z. B. auch an die öffentliche Hand) zu berücksichtigen wären.« Zwar wäre es positiv zu bewerten, wenn eine dreigliedrige Kommission in ihrer Fragestellung zu einem gewissen Konsens käme, allerdings könne man »vor dieser Vorstellung im Hinblick auf die besondere Problematik des Untersuchungsgegenstandes« nicht ausgehen. Schlimmstenfalls könnten sich die Gegensätze noch verschärfen. Somit kam auch eine Dreigliedrigkeit, wie sie etwa analog zur Konzertierten Aktion hätte angelegt werden können, nicht infrage, da dies »eine Konzeption der Bundesregierung zur Mitbestimmungsfrage« vorausgesetzt hätte.[120] Allerdings schlug die Referentenebene zunächst vor, bei der Auswahl der Professoren auch auf Politologen, Soziologen und Moraltheoretiker, hier den Jesuitenpater Prof. Hermann Josef Wallraff (1913–1995) oder Eberhard Müller, zurückzugreifen.[121]

Da Schiller anfangs nicht sonderlich aktiv in Sachen Kommission auftrat, seine Mitarbeiter aber mit den Gewerkschaften in Kontakt standen, drängte man im BMAS auf baldige inoffizielle Gespräche mit der BDA und dem DGB, »damit nicht der Eindruck entsteht, das BMWi sei in der Angelegenheit aktiver als wir.«[122] Wilhelm Haferkamp verdeutlichte darauf im Ministerium die Auffassung des DGB, der eine reine Professorenkommission für zweckmäßiger hielt und dabei einen gewissen Prozentsatz von mitbestimmungsfreundlichen Personen in dem Gremium vertreten sehen wollte.[123] Bei der Besetzung der Posten achtete man daraufhin auf die Ausge-

---

119 Protokoll über die Sitzung der Kommission zur Durchführung des Aktionsprogramms vom 3. April 1967, in: DGB-Archiv im AdsD, Sekretariat Bernhard Tacke, 5/DGCY000002, Bl. 6.

120 Siehe Vorlage betr. Bildung einer Sachverständigenkommission zur Untersuchung der Mitbestimmungsprobleme vom 21. April 1967, in: BA, B149/9874, Bl. 3 f.

121 Vermerk III a 2-3366/66 betr. Sachverständigenkommission vom 9. Januar 1967, in: BA, B149/9874.

122 Vermerk betr. Sachverständigenkommission vom 18. Januar 1967, in: ebd.

123 Vgl. Vermerk betr. Mitbestimmungskommission vom 24. Februar 1967, in: ebd.

wogenheit von Befürwortern, Gegnern und neutralen Personen.[124] Im April ergriff der Wirtschaftsminister doch die Initiative und traf sich zu einem ersten Gespräch mit Arbeitsminister Katzer, dem er vorschlug, die Einberufung seiner Kommission auf Grundlage eines Bundesgesetzes durch den Bundespräsidenten vorzunehmen.[125] Die Sozialpartner sollten sich »nicht aus der Verantwortung stehlen.« Die Bundesregierung sei im Gegensatz zur Frage der Mitbestimmungssicherung »in einer glänzenden Position, da die Regierungserklärung insoweit eine klare Aussage enthält.« Ob Schillers Aussage, die Bundesregierung solle zudem durch den vorgelegten Bericht ermächtigt werden, noch in der laufenden Legislaturperiode konkrete Schritte einzuleiten, ernst gemeint war oder nicht, bleibt dahingestellt. Katzer hingegen verdeutlichte die Position der weiteren Akteure, die bei einer eigenen Mitarbeit die Frage nach dem rechten Proporz stellen würden. Man kam überein, dass die Kommission sich nicht allein mit der Frage einer Übertragung des Gesetzes von 1951 auf die restliche Wirtschaft, sondern mit der Mitbestimmung im Allgemeinen befassen sollte.[126]

Schiller und das BMWi wollten die Sozialpartner jedoch weiterhin in der Kommission sehen, obwohl sich mittlerweile beide Seiten deutlich gegen eine Mitarbeit ausgesprochen hatten. Deswegen kam aus dem BMAS der Vorschlag, ihnen einen Status als ständige Berater einzuräumen, denn

»sollten die Beratungen der Kommission zu einer übereinstimmenden oder stark angenäherten Willensbildung der Sozialpartner führen, so würde diese durch die Beteiligung der Vertreter [...] ebenso gefördert wie bei einer förmlichen Mitgliedschaft. Sollte dies jedoch nicht der Fall sein, würde die Kommission zwar durch die ständigen Berater mit den divergierenden Ansichten der Sozialpartner konfrontiert, aber nicht in der Gefahr stehen, daß die Arbeit wegen derartiger Divergenzen unter den Mitgliedern erschwert oder unmöglich gemacht würde.«[127]

---

124 Vgl. Schreiben des Leiters der Abt. III im BMAS an den Minister vom 16. Mai 1967, in: BA, B149/9874.

125 Im Ministerium sah man diese Vorgehensweise kritisch. »Für eine Einsetzung durch Gesetz spräche eindeutig der so zu erreichende spektakuläre Effekt. Es fragt sich allerdings, ob ein so nüchternes und im Grunde aussageloses Ereignis für einen solchen Effekt geeignet ist.« Ferner fehle es an einer zwingenden Notwendigkeit für einen solchen Schritt, da die Arbeit der Kommission zeitlich begrenzt war und ursprünglich noch in der laufenden Legislaturperiode abgeschlossen werden sollte. Es hätte zudem gegen die Regierungserklärung verstoßen, da der Bundeskanzler an dieser Stelle lediglich von einer Berufung der Kommission sprach und eine Gesetzesvorlage zeitliche Verzögerungen bedeutet hätte. Eine Berufung durch den Bundespräsidenten war ohnehin eher unüblich. Vgl. Vorlage betr. Sachverständigenkommission vom 21. April 1967.

126 Siehe Gedächtnisvermerk über Mitteilung des Herrn Ministers betreffend ein Gespräch mit Bundeswirtschaftsminister Schiller am 14. April 1967, in: BA, B149/9874.

127 Schreiben III a 2 – 1551/67 des Bundesministers für Arbeit und Sozialordnung an den Bundesminister für Wirtschaft vom 7. Juni 1967, in: ebd.

Schiller hingegen erklärte sich nicht mit diesem Vorschlag einverstanden und verzögerte die Vorbereitungen so noch weiter. Auch das Angebot Katzers für ein persönliches Gespräch lehnte er ab, auch da die SPD-Bundestagsfraktion seinen Plan zuvor unterstützt hatte.[128] Aus diesem Grund unterrichtete Katzer in einem Schreiben den Bundeskanzler im Anschluss unter Absprache mit Schiller über die Meinungsverschiedenheiten, die zwischen beiden Häusern bestanden, und bat um Lösung des Problems durch einen Beschluss des Bundeskabinetts.[129] Anlässlich der sich im Prozess befindlichen Abstimmungen bekräftigte der DGB erneut seine ablehnende Haltung gegenüber einer drittelanteiligen Besetzung. »Es liegt nahe, daß bei einer solchen Zusammensetzung die Gruppen mit Kontroversen Auffassungen (Gewerkschafts- und Arbeitgebervertreter) sich bemühen würden, so viele Vertreter der Gruppe der Wissenschaftler zu gewinnen, daß sie Mehrheitsvoten herbeiführen könnten.«[130] Auch das Präsidium der BDA teilte nach intensiver Debatte die Haltung des DGB und drängte auf eine alsbaldige Besetzung der Kommission, da sie Initiativen aus den Reihen der CDU/CSU-Fraktion zugunsten des Betriebsverfassungsgesetzes befürchtete.[131] Der DGB setzte sich besonders dafür ein, dass die Kommission keinen Auftrag erhielt, Empfehlungen auszusprechen, weil er Wert darauf legte, dass die Frage der Mitbestimmung durch ein neutrales Gutachten nicht aus dem politischen Bereich gelöst wurde.

Ironischerweise beschäftigten die eingetretenen Verzögerungen die Bundestagsfraktion der SPD Karl Schillers, die sich in einer mündlichen Anfrage durch den damaligen MdB und späteren Bundesminister Hans Matthöfer (1925–2009) an das BMAS im Juni nach der Sachlage erkundigte.[132] Nun musste Kiesinger reagieren, nachdem er und andere in der CDU, wie Brandt vor der Fraktion bekundete, sich monatelang gegen die Einberufung der Kommission gewehrt hatten.[133] Man spielte auf Zeit. Da seit der Regierungserklärung bis Mitte 1967 keine Bewegung entstanden war, drängte der DGB die Regierung, die Kommission endlich zu berufen.[134] Mittler-

---

128 Vgl. Vermerk III a 2 – 1551/67 II über die fernmündliche Mitteilung des BMWi an das BMAS vom 14. Juni 1967, in: ebd.

129 Vgl. Schreiben des Bundesministers für Arbeit und Sozialordnung an den Bundeskanzler vom 16. Juni 1967, in: ebd.

130 Schreiben des DGB-Bundesvorstands an den Bundesminister für Arbeit und Sozialordnung vom 20. Juni 1967, in: ebd.

131 Vgl. Vermerk über ein Telefonat mit Herrn Bauernfeind, BDA, vom 12. Juli 1967, in: ebd.

132 BT-Drs. V/1618.

133 Vgl. Protokoll der Sitzung des SPD-Parteivorstands vom 12. November 1967, in: AdsD, SPD-Parteivorstand, Bl. 3.

134 Vgl. Stellungnahme des DGB zur Belastung der Rentner und zur Mitbestimmung, in: von Kieseritzky (Bearb.): Der Deutsche Gewerkschaftsbund, S. 523. Doch kritisierte der DGB auch die SPD für ihre Untätigkeit, was gerade Helmut Schmidt provozierte, denn »das Engagement der SPD für gewerkschaftliche Forderungen (Mitbestimmung), darf keine Einbahnstraße sein. Die Mitbestimmung ist eines [sic!] der Bereiche, die oft ohne Grund zwischen SPD und Gewerkschaften strittig sind.« Protokoll der Fraktionssitzung vom 3. Oktober 1967, in: AdsD, SPD-Bundes-

weile lagen zudem Vorschläge von den CDA-Sozialausschüssen zur Mitbestimmung vor, die zu einer gewissen Unruhe beitrugen. Die SPD verpasste es nicht, Kiesinger darauf aufmerksam zu machen, »er solle Sorge dafür tragen, das Katzer keinen freien Auslauf mit seinen Äußerungen erhalte wegen der Folgen, die solche Reden nach sich ziehen.«[135] Katzer hingehen erhöhte auch den Druck auf Kiesinger[136], der dann im Oktober die Mitglieder des GBV zu einem Gespräch zusammen mit ihm und den Ministern Schiller, Leber, Katzer und Strauß einlud. Hier verdeutlichte der DGB noch einmal seine Haltung, dass eine gesellschaftspolitische Entscheidung nicht durch eine Kommission gefällt werden könne und er nicht bereit war, als vollwertiger Teilnehmer in dieser Kommission mitzuarbeiten. Die Gewerkschafter bevorzugten ein Gremium bestehend aus unabhängigen Sachverständigen. Dieselbe Einschätzung teilte auch die BDA. Offenbar wollte man sich nicht in unbefriedigende Kompromisse hineinziehen lassen, zumal der DGB davon ausging, in der laufenden Legislaturperiode kein Gesetz über eine paritätische Mitbestimmung erreichen zu können. Schiller hingegen unterstrich noch einmal nachdrücklich seinen Vorschlag und versuchte, die Sozialpartner zur Mitarbeit zu bewegen, womit er jedoch allein auf weiter Flur stand.[137]

Das Bundeskabinett behandelte die Einberufung der Kommission in seiner Sitzung am 8. November 1967. Angesichts der politischen Ereignisse erschien nun Eile geboten. So schrieb Katzer an Kiesinger in Bezug auf die Kabinettsvorlage im Vorfeld: »Wegen der politischen Dringlichkeit und der gebotenen Vertraulichkeit habe ich diese Vorlage nicht auf dem geschäftsordnungsmäßig vorgeschriebenen Weg eingebracht. Auch war der Bundesminister für Wirtschaft bei ihrer Ausarbeitung nicht beteiligt. Aus diesem Grund rege ich an, daß Sie die Angelegenheit von sich aus und außerhalb der offiziellen Tagesordnung durch das Kabinett behandeln lassen.«[138] Die konkrete Besetzung stand zunächst noch nicht fest, »um jede mögliche Präjudizierung der Entscheidung des Kabinetts in dieser entscheidenden Frage durch etwaige Indiskretionen zu vermeiden.«[139] Es kursierten lediglich die Namen derjenigen Professoren, die bereits seit einigen Monaten im Gespräch waren. Zudem hatte auch Kiesinger Bedenken angemeldet. Eine Beteiligung der Sozialpartner kam auch im Bundeskanzleramt

---

tagsfraktion 5. WP, Mappe 71, S. 3. Auch im BMAS registrierte man, dass der DGB die Verzögerungen nicht einseitig dem Hause anlastete. Vgl. Vermerk betr. Mitbestimmungskommission vom September 1967, in: BA, B149/9874.

135 Protokoll der Sitzung des SPD-Präsidiums vom 30. August 1967, in: AdsD, Protokolle SPD-Präsidium, Bl. 5883.

136 Vgl. Schreiben des Bundesministers für Arbeit und Sozialordnung an den Bundeskanzler vom 27. September 1967, in: BA, B149/9874.

137 Vgl. Protokoll der 16. Sitzung des Bundesvorstandes vom 2. November 1967, sowie Protokoll der 4. Sitzung des Bundesausschusses vom 3. November 1967, in: von Kieseritzky (Bearb.): Der Deutsche Gewerkschaftsbund, S. 558-573, hier S. 559.

138 Schreiben des Bundesministers für Arbeit und Sozialordnung an den Bundeskanzler vom 7. November 1967, in: BA, B149/9874.

139 Ebd.

überhaupt nicht infrage. Da das Bundeskabinett sich aus den genannten Gründen nicht auf eine Besetzung eignen konnte und die Frage der Beteiligung externer, vor allem christlicher Wissenschaftler noch nicht geklärt war, startete die SPD-Fraktion unter der Federführung von Ernst Schellenberg (1907–1984) eine weitere Anfrage an die Bundesregierung, erhielt aber nur allgemeine Antworten.[140] Nach der letztendlichen Beschlussfassung bestand die Kommission nun aus neun Mitgliedern, die durch ihr wissenschaftliches Renommee als qualifiziert galten. Sie tagte unter der Leitung von Prof. Dr. Kurt Biedenkopf (geb. 1930).[141] Die Kommission hatte zum Ausgleich der widerstrebenden Interessen ausdrücklich den Auftrag, sachkundige Personen, etwa aus dem Bereich der Kirche, hinzuzuziehen.[142] Im Vorfeld bekundeten sachfremde Verbände wie der Zentralverband des Deutschen Handwerks ihr Interesse an einer Mitarbeit.[143] Auch Hans Matthöfer versuchte, auf die Besetzung Einfluss zu nehmen.[144] Die Voraussetzungen für die Zustimmung zur Person des Vorsitzenden standen jedoch fest: »Unparteilichkeit und in Sachen Mitbestimmung nicht einseitig festgelegt. Zustimmung der vier vom Kabinett bestimmten Bundesminister Katzer, Leber, Schiller und Schmuecker erforderlich.«[145] Vor Biedenkopf sollte eigentlich Prof. Dr. Dr. Alfred Hueck (1889–1975)[146], ein bekannter Gegner der paritätischen Mitbestimmung, den Vorsitz übernehmen, er lehnte jedoch aufgrund seines hohen Alters ab.[147] Der DGB entsandte Otto Kunze und Wolfgang Spieker als Berater.[148]

---

140 Vgl. Protokoll der Fraktionssitzung vom 7. November 1967, in: AdsD, SPD-Bundestagsfraktion 5. WP, Mappe 76, S. 1. Vgl. BT-Drs. V/2236.

141 Weitere Mitglieder waren die Professoren Kurt Ballerstedt, Erich Gutenberg, Harald Jürgensen, Wilhelm Krelle, Ernst-Joachim Mestmäcker, Rudolf Reinhard, Fritz Voigt und Hans Willgerodt. Es fanden sich also demnach je drei Vertreter der Rechtswissenschaft und der Wirtschaftswissenschaften und je einer der Betriebswirtschaftslehre und der Fachrichtung Industrie- und Gewerbepolitik.

142 Sozialpolitische Informationen I/8 vom 4. Dezember 1967.

143 Siehe Schreiben des Zentralverbands des Deutschen Handwerks an den Bundesarbeitsminister vom 27. Juni 1967, in: BA, B149/26726, Band 1.

144 Hans Matthöfer wollte Peter von Oertzen in die Kommission mit aufgenommen wissen, bekam aber auf sein Schreiben keine Reaktion. Siehe Schreiben von Hans Matthöfer an den Bundesarbeitsminister vom 7. Juni 1967, in: ebd.

145 Fernschreiben vom 22. November 1967, in: ebd.

146 Es handelt sich um den Rechtswissenschaftler Alfred Hueck, der in München lehrte und Mitglied der Bayrischen Akademie der Wissenschaften war. Alfred Hueck verfasst 1934 zusammen mit zwei weiteren Autoren den Kommentar zum nationalsozialistischen »Gesetz zur Ordnung der nationalen Arbeit«. Vgl. Kürschners Deutscher Gelehrten-Kalender, 11. Ausgabe, Berlin 1970, S. 1254.

147 Siehe Vermerk betr. Professor Hueck, München vom 21. November 1967, in: BA, B149/26726, Band 1.

148 Gerade die IG Metall hatte dabei auf eine eigenständige Vertretung der Einzelgewerkschaften gepocht, da es in der Vergangenheit zu Auseinandersetzungen mit Otto Kunze in der Frage des Arbeitsdirektors gekommen war. Deswegen unterbreitete sie den Vorschlag Wolfgang Spieker. Vonseiten des DGB wurde darauf hingewiesen, dass Kunze in der Kommission den Standpunkt

Von der DAG trat ihr stellvertretender Vorsitzender Günter Apel (1927–2007) hinzu. Die Arbeitgeber benannten Gisbert Kley (1904–2001), Wolfgang Heintzler und Ernst-Gerhard Erdmann (geb. 1925). Über ihren konkreten Status bestand zunächst Unklarheit, da die Berater zwar keine Mitglieder waren, sich jedoch laut Geschäftsordnung von den übrigen Befragten der Kommission abheben sollten. Ihnen wurde eingeräumt, ihre Ansichten vor einer Beschlussfassung über gemeinsame Stellungnahmen darzulegen. Auf diesem Weg sollte die »für eine erfolgversprechende Behandlung des Auftragsgegenstandes notwendige Unabhängigkeit der Kommission von den Vertretern der Sozialpartner gewährleistet« werden.[149] Schwierigkeiten ergaben sich bereits im Zuge der Vorbereitungen für die Konstituierung, die durch den Bundeskanzler vorgenommen werden sollte. Die Professoren waren auf Unabhängigkeit sowohl von der Politik als auch von den gesellschaftlichen Akteuren bedacht und wollten ohne Teilnahme der Berater einberufen werden, was jedoch von diesen, namentlich von Wolfgang Eichler von der BDA, nicht akzeptiert werden konnte.[150] Offensichtlich spielten öffentlichkeitswirksame Effekte eine Rolle.

Kurt Biedenkopf, damals Professor für Handels-, Wirtschafts- und Arbeitsrecht an der Ruhr-Universität Bochum, meldete sich schon vor seiner Berufung zum Kommissionsvorsitzenden in Artikeln und Aufsätzen zur Mitbestimmungsproblematik zu Wort. In der »Zeit« schrieb er anlässlich des DGB-Bundeskongresses 1966, dass eine Versachlichung der Diskussion, wie man sie von der Bildung von Expertengremien erwarten würde, voraussetze, dass man sich der ordnungspolitischen Kritik der Gewerkschaften an der Marktwirtschaft stellen müsse, ohne darin eine Negation ihrer selbst zu sehen. Nur so könne auf einer Ebene diskutiert werden und »nur dann aber besteht die Aussicht, die Gewerkschaften von der Leistungsfähigkeit der vorhandenen, noch nicht voll entwickelten Institutionen der freien Marktwirtschaft zu überzeugen. Diese Überzeugung ist Voraussetzung für eine politische Verständigung über das Organisationsschema und die Zuständigkeitsordnung unserer Wirtschaft.«[151] Durch ihre Anerkennung der Grundsätze der sozialen Marktwirtschaft hätten die Gewerkschaften, gemeint ist das Grundsatzprogramm des DGB von 1963, bereits eine wesentliche Basis für Verständigung geschaffen, auf deren Grundlage das Problem der Mitbestimmung anhand ihrer Zweckmäßigkeit und nicht vom Grundsätzlichen her debattiert werden müsste. Biedenkopf räumte der Publizität des Verfahrens eine besondere Bedeutung ein, die sich gerade in einer Mitbestimmung durch

des DGB zu vertreten hat. Vgl. Protokoll der 17. Sitzung des Bundesvorstands, in: von Kieseritzky (Bearb.): Der Deutsche Gewerkschaftsbund, S. 578-595, hier S. 588.

149 Schreiben von Kurt Biedenkopf an die übrigen Kommissionsmitglieder vom 11. Dezember 1967, in: BA, B149/50841. Siehe auch Vermerk über die Mitbestimmungskommission zur Teilnahme der Berater an den Arbeiten der Sachverständigenkommission vom 8. Dezember 1967, in: BA, B149/26726, Band 1.

150 Vermerk betr. Mitbestimmungskommission vom 22. Januar 1968, in: BA, B149/50841.

151 Kurt Biedenkopf: Mitbestimmung – warum eigentlich?, in: Die Zeit 21/1966, S. 36.

Tarifvertrag zeige. Die Parität stelle jedoch eine »teilweise Beseitigung der Publizität der Sozialpartnerschaft dar, sie sei gar »die große Koalition der Wirtschaftsdemokratie« und würde »unter dem Gesichtspunkt der Identifikation aus ähnlichen Gründen gesucht.«[152] Sie negiere die Rolle des Marktes als dem alleinigen Gradmesser für Erfolg und Nichterfolg. »Im Prinzip – und darauf kommt es an – billigt die paritätische Mitbestimmung eine Ordnung, in der das Unternehmen für die primäre Produktionsentscheidung zuständig ist und die Verantwortung für diese Entscheidung allein im Unternehmen realisiert werden kann.«[153] Der Konsument werde so entmündigt. Somit stand seine Meinung bereits im Vorfeld der Einberufung in Grundzügen fest.

2.3 Die Diskussion um die Mitbestimmung in der CDU

2.3.1 Das soziale Feigenblatt? Die CDA gegen den Wirtschaftsrat

Die Auseinandersetzungen zwischen dem wirtschaftsliberalen bzw. wirtschaftsnahen Flügel und dem Arbeitnehmerflügel innerhalb der CDU entwickelten sich nicht erst seit dem Beginn der Großen Koalition zum Kristallisationspunkt harter Kontroversen. Bereits in Zusammenhang mit der Novellierung des Aktienrechts zeigten sich auch später bestimmenden Grundlinien. Auf der einen Seite standen die Gegner einer Ausweitung der Mitbestimmung, unter denen sich so mancher fand, der grundsätzliche Bedenken geltend machte und die gültigen Gesetze ganz abgeschafft sehen wollte. Demgegenüber befürworteten die Sozialausschüsse, auf der Grundlage des christlichen Gesellschaftsbildes argumentierend, die Mitbestimmung und orientierten sich dabei insbesondere an katholischen und evangelischen Sozialtheoretikern. Der Unterschied zum DGB lag weniger im Ziel als im weltanschaulichen Ansatz. Die Sozialausschüsse fanden sich dabei in der misslichen Lage zwischen eigenem Anspruch und der Disziplin zur eigenen Partei und – bis 1966 – zur FDP gefangen. Dass sie formalrechtlich, wie der Wirtschaftsrat der CDU, eigenständige Gebilde und finanziell unabhängig von der Partei waren, fällt nicht ins Gewicht. Bedeutender sind die Parteizwänge und das Umfeld, in denen beide Seiten agierten. Umstritten auch innerhalb der Sozialausschüsse war jedoch die Frage, ob und wenn ja bis zu welchem Grade die Gewerkschaften an der Mitbestimmung beteiligt werden sollten.

Auf dem Bundesparteitag der CDU 1965 trafen die diametralen Ansichten zum ersten Mal seit 1953 aufeinander, dem Jahr, in dem die CDU sich zuvor das letzte Mal mit der Mitbestimmung auf einem Parteitag befasst hatte. Es wurden die bekannten Pro- und Kontrapositionen ausgetauscht, die den Verlauf der Debatte nun bestimmen sollten. Der Kompromiss zwischen beiden Seiten besagte, dass die CDU »für eine wei-

---

152 Siehe ebd.
153 Ebd., S. 37.

tere Gestaltung der Mitbestimmung [...] neue Überlegungen« anstellen wolle.[154] Bis Mitte 1965 versuchten die Sozialausschüsse und ihr Vorsitzender Hans Katzer, einen Ausgleich im Rahmen eines Gesprächskreises von CDA und Wirtschaftsliberalen zu erzielen, was jedoch misslang, da gerade die Vertreter der chemischen Industrie eine Ausweitung der Mitbestimmung im Grunde nur verhindern wollten.[155] Die Mitbestimmungsgegner in der CDU trafen sich zunächst Anfang Februar 1966 in Wiesbaden zum sogenannten Forum 66, einem Kongress von Junger Union und Wirtschaftsrat der CDU und bekräftigten die ablehnende Haltung und ihre ideelle Nähe zu den Arbeitgebern erneut in den im Januar 1967 beschlossenen »Bonner Leitsätzen.«

Für Aufsehen und Irritationen sorgte dazwischen die sogenannte Offenburger Erklärung der Sozialausschüsse. Nach intensiver Diskussion auf dem Bundestag der CDA in Offenburg nahmen die Delegierten mit breiter Mehrheit die Erklärung an, in der sie sich klar für die Mitbestimmung der Arbeitnehmer aussprachen. Hier heißt es: »Die Idee der Partnerschaft ist nach wie vor die Grundlage unserer Ordnung. Ausfluß der Partnerschaft ist die Mitbestimmung. [...] Die weitere Gestaltung der Mitbestimmung ist zu prüfen.« Sie forderten ausdrücklich die »gleichberechtigte Stellung der Arbeit in den Aufsichtsorganen der Großunternehmen.«[156] Der Wirtschaftsrat kritisierte im Anschluss die Sozialausschüsse und Hans Katzer persönlich für seine einseitige Auslegung der Parteitagsbeschlüsse aus dem Jahr 1965, in denen sie angeblich eine Aussage zugunsten der Mitbestimmung gesehen hätten.[157] Währenddessen setzten Teile der CDU/CSU-Bundestagsfraktion in einer Gruppeninitiative an, im Hinblick auf die Betriebsratswahlen 1968 die Minderheitenrechte im Betriebsverfassungsgesetz auszubauen, um »das Vertretungs- und Wirkungsmonopol des DGB aufzulockern.«[158] Barzel befürchtete, dass eine solche Initiative die SPD ermutigen würde, weitergehende Anträge zur Mitbestimmung vorzulegen und wirkte demnach erfolgreich auf die Fraktion ein, die Vorlage des Antrags zu untersagen.[159]

Sowohl die SPD als auch die CDU waren in der Frage nach den Rechten von Betriebsräten gewissermaßen gefangen zwischen ihren jeweiligen außerparlamentarischen Hauptunterstützern oder jenen, die sie als solche erachteten. Die SPD konnte vor dem Hintergrund des Konflikts um die Notstandsgesetze eine weitere Ausein-

---

154 So Hans Katzer in seiner zusammenfassenden Rede auf dem Parteitag. CDU Deutschland: Niederschrift des 13. CDU-Bundesparteitags 1965 in Düsseldorf, Bonn 1965, S. 642 f.

155 Vgl. Frese: Anstöße zur sozialen Reform, S. 170 f.

156 Offenburger Erklärung. Ein Beitrag der Sozialausschüsse der CDA zur Diskussion des Parteiprogramms der CDU, beschlossen auf der 12. Bundestagung am 9. Juli 1967 (Soziale Ordnung), S. 6 f.

157 Vgl. Schreiben von Klaus H. Scheufelen an Kurt-Georg Kiesinger vom 26. September 1967, in: BA, B136/8759.

158 So Theodor Blank in der Sitzung der CDU/CSU-Fraktion am 30. Juni 1967. Protokoll der Sitzung der CDU/CSU-Bundestagsfraktion vom 30. Juni 1967, in: Marx (Bearb.): Die CDU/CSU-Fraktion, S. 437-448, hier S. 439 f.

159 Vgl. ebd., S. 448.

andersetzung mit dem DGB nicht wagen und musste so die starke Stellung der Gewerkschaften im Betriebsverfassungsgesetz unterstützen, die CDU hingegen setzte sich aufgrund ihrer Zusagen an christliche Gewerkschaften und die DAG für einen wirksamen Minderheitenschutz ein und unterstrich dies nach heftigen Kontroversen im November 1967 in einem Antrag zur Änderung des Betriebsverfassungsgesetzes, aus dem aber sämtliche Passagen gestrichen wurden, die nicht zum Thema Minderheitenschutz gehörten.[160] Die CDU/CSU-Fraktion debattierte zuvor sehr kontrovers die Frage, wie man sich im Falle einer Gesetzesvorlage der SPD zur Ausweitung der allgemeinen Mitbestimmung verhalten solle. Die Führung äußerte die Befürchtung, dass Teile der Unionsfraktion einem solchen Entwurf zustimmen könnten. »Hält dann unsere Mehrheit ein Nein geschlossen aus?«, fragte Barzel in die Runde und verwies mehrfach darauf, dass man sich geeinigt hatte, keine Schritte über die Einberufung der Regierungskommission hinaus einzuleiten. Würde die CDU jedoch nun auf einem Feld der Mitbestimmung aktiv, widerspräche sie der Regierungserklärung, die sich gegen jede Bestrebung einer erkennbaren Aushöhlung gewandt hatte, und reizte so die SPD, ihrerseits Initiativen zu ergreifen. Dies hatte der sozialdemokratische Sozialexperte Schellenberg, ohne Autorisierung von Schmidt, bereits signalisiert, um die CDU unter Druck zu setzen, ohne dass die SPD im Oktober 1967 überhaupt in der Lage war, einen solchen Entwurf vorzulegen.[161] Barzels Sorgen richteten sich auf den Arbeitnehmerflügel seiner Fraktion, der die Bedeutung von Wählern aus der Arbeitnehmerschaft für die Union hervorhob und sich deswegen gegen ein Junktim von Vorlage zum Minderheitenschutz bei gleichzeitiger Ablehnung einer weiteren Behandlung der Mitbestimmung wandte.[162] Am Ende unterstrich die CDU/CSU-Fraktion in ihrem Beschluss, dass sie sich einem eventuellen Gesetzentwurf der Fraktion der SPD zur Mitbestimmung nicht anschließen werde.[163]

CDU und CSU zeigten sich ohnehin zerrissen genug. Um die Widersprüche zu lösen, richtete die CDU im Vorfeld des Programmparteitags 1968 eine Mitbestimmungskommission unter der Leitung von Ernst Benda (1925–2009) ein, der neben Katzer noch fünf weitere Mitglieder der Sozialausschüsse und sechs des Wirtschaftsflügels angehörten. Sie sollte die divergierenden Interessen einfangen und kanalisieren, allerdings war der Vorsitzende alles andere als eine neutrale Person in Sachen Mitbestimmung und hatte sich schon zuvor in Aufsätzen und Artikeln ablehnend geäußert. Nachdem durch die Offenburger Erklärung eine neue Lage eingetreten war, scheiterte die Benda-Kommission im Oktober aufgrund von Meinungsverschiedenheiten und gegenseitigen Anschuldigungen. Angesichts der mittlerweile sehr auf-

---

160 Vgl. ebd., S. XLV f. Vgl. auch BT-Drs. V/2234.
161 Vgl. Protokoll der Sitzung der CDU/CSU-Fraktion vom 10. Oktober 1967, in: ebd., S. 473-517, hier S. 485 f.
162 Vgl. ebd., S. 490 f.
163 Vgl. ebd., S. 498.

geheizten Stimmung in der Union kam diese Entwicklung wenig überraschend.[164] Für die entstandene Unruhe wurde jedoch nicht zuletzt der DGB als Verursacher gebrandmarkt. »Ich beobachte mit einiger Sorge, wie bei uns innerparteiliche Diskussionen laufen, wobei diejenigen Mitglieder, die in der Mitbestimmungsfrage nicht den totalen Machtanspruch bestimmter gewerkschaftlicher Kreise akzeptieren, sofort als antiquiert und reaktionär abgestempelt werden« fasste Helmut Kohl (geb. 1930), damals Landesvorsitzender der CDU in Rheinland-Pfalz, die Stimmung zusammen. Er wollte nicht zulassen, dass die Sozialdemokraten auch »im katholischen Bereich vorankommen«, und verknüpfte dies, in einiger Verkennung der Tatsachen, mit der Person Georg Lebers, dem er aufgrund seiner Wahl in das ZdK einen entscheidenden Einfluss auf die mitbestimmungsfreundlichen Stellungnahmen der Kirche unterstellte. »Es ist so, daß man ihm in der Mitbestimmungsfrage nicht zutraut, daß er den Kurs des DGB steuert. Ich bin aber dennoch der Meinung, daß er ihn steuert.«[165]

Die CDA-Sozialausschüsse entwickelten, dem Auftrag der Offenburger Bundestagung gemäß, parallel zum DGB eigene Pläne zur Mitbestimmung und zur Unternehmensverfassung. Im Gegensatz zu einigen Vertretern der Gewerkschaften betonten sie ausdrücklich ihre Bejahung der sozialen Marktwirtschaft und distanzierten sich auch indirekt vom Ahlener Programm der CDU, indem sie »sowohl Stellung und Funktion der freien Unternehmer, wie auch die Ordnungsbedeutung des privaten Eigentums« anerkannten. Für Größt- und Großbetriebe sollte analog zu den Vorstellungen des DGB eine gestaffelte Unternehmensverfassung geschaffen werden, wobei die Grenzwerte deutlich höher angesetzt wurden. Großunternehmen sollten mindestens 4.000 Mitarbeiter, einen Jahresumsatz von 200 Mio. DM und eine Bilanzsumme von 100 Mio. DM aufbringen, wohingegen ein Größtunternehmen erst ab 20.000 Beschäftigten, einer Milliarde Umsatz und einer Bilanzsumme von 500 Mio. deutlich größer definiert wurde, als es der DGB-Entwurf vorsah. Ansonsten glichen sich die Vorschläge durchaus. Auch der christliche Arbeitnehmerflügel wollte die Hauptversammlung durch eine sogenannte Unternehmensversammlung ersetzen. Zudem wäre die Vertretung eines stimmberechtigten, aber nicht näher beschriebenen »öffentlichen Interesses« hinzugetreten. Die Versammlung, deren Aufgaben denen der regulären Hauptversammlung nach dem geltenden Aktienrecht glichen, sollte eine Größe 300 Personen nicht überschreiten. Die Arbeitnehmervertreter sollten in geheimer Wahl unter Berücksichtigung der adäquaten Repräsentation von Arbeitern und Angestellten durch die Belegschaft gewählt werden. Ein Unternehmensrat hätte den Aufsichtsrat ersetzt und mindestens 21 Mitglieder gehabt, zu deren konkreter Zusammensetzung die Sozialausschüsse lediglich Modelle vorlegten, ein ausdrückliches Bekenntnis zur Parität und damit zum Herzstück der gesamten Debatte aber ver-

---

164 Vgl. Frese: Anstöße zur sozialen Reform, S. 180-183.
165 Siehe Protokoll der Sitzung des CDU-Bundesvorstandes vom 4. Dezember 1967, in: Buchstab (Bearb.): Kiesinger: »Wir leben in einer veränderten Welt«, S. 707-789, hier S. 720 ff.

missen ließen. Besonders weit ging die CDA mit ihrer Forderung, auch in Personalgesellschaften die dargelegte Unternehmensverfassung verbindlich vorzuschreiben.[166]

Dem CDU-Wirtschaftsratsvorsitzenden Klaus Heinrich Scheufelen (1913–2008) gingen diese Pläne viel zu weit und er betonte öffentlich, dass sie nicht der Mehrheitsmeinung in der CDU entsprächen. Besonderen Anstoß nahm er daran, dass sie zum Teil noch über das bekannte Maß des DGB hinausreichten und auch den Gedanken der selbst im DGB umstrittenen Unternehmensversammlung aufgriffen.[167] Die CDA ihrerseits verschärfte nun auch den Ton gegenüber dem Wirtschaftsrat. Ihr Hauptgeschäftsführer Karl-Heinz Hoffmann (geb. 1928) schrieb in der Welt der Arbeit:

> »Ebenso wie die plötzliche Liebe der Unternehmer zur breiten Eigentumsstreuung dient das törichte Gerede, die Arbeitnehmer wollten keine Mitbestimmung, der Vernebelung des eigentlichen Problems. Was Arbeitnehmer wollen, vermögen jene, die den Arbeitnehmern am engsten verbunden sind, besser zu beurteilen als andere, die über wirtschaftliche Machtmittel verfügen.«[168]

Doch die Spannungen innerhalb der CDU machten sich nicht nur in Zeitungsartikeln, sondern auch in handfesten Personalentscheidungen bemerkbar. Nachdem bereits im November 1967 Hans Katzer auf dem Parteitag nicht in den Bundesvorstand gewählt worden war, fiel nun auch noch der CDA-Kandidat Russe bei der Neuwahl des Vorsitzenden des Arbeitskreises Sozial- und Gesellschaftspolitik der Fraktion gegen den mitbestimmungskritischen Kandidaten Hermann Götz mit einer deutlichen Abstimmungsniederlage durch. Viele Beobachter machten danach einen Bedeutungsverlust der Sozialausschüsse aus.[169]

2.3.2 Der CDU-Parteitag 1968: Interner Schlagabtausch

Die Debatte um die Mitbestimmung führte zu offen ausgetragenen Konflikten in der CDU, vor allem in den traditionellen Hochburgen der CDA an Rhein und Ruhr.[170] Im Hinblick auf den anstehenden Parteitag, auf dem sich eine offene Auseinandersetzung um die Mitbestimmung bereits im Vorfeld ankündigte, versuchten Teile des Bundesvorstands, die Partei insgesamt auf eine gemeinsame Linie im Sinne des 1965er-Parteitags einzuschwören, da sie in der Frage einen hochexplosiven Spreng-

---

166 Siehe Entwurf der CDA-Sozialausschüsse zur Ausgestaltung der Rechte des Arbeitnehmers in Betrieb, Unternehmen und Wirtschaft. GK-Informationen 13/68 vom 30. März 1968.
167 Vgl. Frese: Anstöße zur sozialen Reform, S. 185 ff.
168 Welt der Arbeit vom 2. August 1968, S. 1.
169 Vgl. Frese: Anstöße zur sozialen Reform, S. 189. Siehe hierzu auch Protokoll der Sitzung der CDU-Fraktion vom 25. Juni 1968, in: Marx (Bearb.): Die CDU/CSU-Fraktion, Bd. 2, S. 958-1009, hier S. 967.
170 Vgl. FAZ vom 14. Oktober 1968.

stoff für die CDU und – Alarmismus verfallend – eine Möglichkeit der Solidarisierung zwischen dem SDS und den Gewerkschaften sahen. Kiesinger gab freimütig zu, er habe zu Beginn der Koalition mit der SPD gehofft, das Thema im Laufe der Legislaturperiode wegzubekommen und müsse nun mit ansehen, wie es in die eigene Partei hineingetragen wurde, die Regierung unter Druck setzte und sogar Einfluss auf die Kandidatenauswahl der CDU nahm. Gleichzeitig war eine Aussage der Partei im Hinblick auf die anstehende Bundestagswahl enorm wichtig, weswegen unterschiedliche Positionen, vor allem denen des Wirtschaftsrats und der CDA, als besonders misslich erschienen. »Wenn wir so fortfahren und alle unbequemen Fragen ausklammern, so daß in der Tat eine revolutionäre Situation entsteht, dann können wir gleich den Laden zumachen.«[171] Allerdings musste die CDU darauf bedacht sein, dass die CDA mit ihren Beschlüssen zur Mitbestimmung weiterhin ihr Gesicht wahren konnte. Gleichzeitig wurde sie jedoch für ihre Nähe zum DGB, in der auch finanzielle Abhängigkeiten vermutet wurden, deutlich kritisiert. Wie die Geschichte weitergehen sollte, war für Kiesinger eine

> »Frage, die mich seit langem plagt. Ich sehe da noch kein rechtes Licht. […] Natürlich müssen wir das Ganze sehen in der politischen Landschaft, die sich bildet […]. Für mich war es sehr interessant, daß ein maßgebender Sozialdemokrat – wir hatten ein paar Gläser Wein getrunken, und da lösten sich die Zungen – sagte: Ach, das Ganze ist eine Funktionärsangelegenheit. Viel wichtiger ist für den Arbeiter, daß er einen Mindesturlaub von vier Wochen kriegt usw.«[172]

Die CDU nahm sich daraufhin vor, nach dem Scheitern der Benda-Kommission einen weiteren Arbeitskreis zu gründen, um zu einem »modernen und guten Ergebnis« zu kommen. Zu groß war die Furcht, dass die Partei die Zeichen der Zeit missdeuten und »als die einzige restaurative, verschimmelte und altmodische Kraft erscheinen« würde.[173]

In welchem Ausmaß die Pläne des DGB gerade die CDU in Bedrängnis brachten, spiegelt die Diskussion im Bundesvorstand wider, der im September die Vorlage eines Aktionsprogramms für den anstehenden Bundesparteitag erörterte. Denn inzwischen war innerhalb der Partei eine außerordentlich komplizierte Gemengelage unterschiedlichster Positionen entstanden, die miteinander nur schwerlich in Einklang zu bringen waren und in der Öffentlichkeit, vor allem im Hinblick auf die Wahl zum nächsten Bundestag, ein den Tatsachen entsprechendes Bild der Zerrissenheit hinterließ. Da

---

171 So Helmut Kohl im CDU-Bundesvorstand. Protokoll der Sitzung des CDU-Bundesvorstands vom 21. Juni 1968, in: Buchstab (Bearb.): Kiesinger: »Wir leben in einer veränderten Welt«, S. 926-999, hier S. 955 f. Vgl. für den kompletten Zusammenhang ebd., S. 950-966.
172 Protokoll der Sitzung des CDU-Bundesvorstands vom 21. Juni 1968, S. 959 f.
173 Ebd., S. 964.

waren zum einen die Sozialausschüsse, die sich auf ihre Form der Unternehmensverfassung festgelegt hatten, der Wirtschaftsrat, der alle Pläne ablehnte und die Junge Union, die auf ihrem Deutschlandtag im Oktober 1968 den Vorstellungen des DGB eine klare und eindeutige Absage erteilte.[174]

Dennoch rang die Partei im Hinblick auf die bevorstehenden Wahlen um eine gemeinsame Position. Scheufelen fasste die Lage so zusammen:

> »Auf der einen Seite haben wir die Sozialdemokratie und die Gewerkschaften, die mit einer großen Aktion die Ausdehnung der Montanmitbestimmung wollen. Auf der anderen Seite lehnt die FDP die Mitbestimmung ab. Die Mitbestimmung ist also zu einer der zentralen Fragen geworden. Wenn wir sagen, wir prüfen; dann werden die Sozialdemokraten sagen, die CDU kann sich in dieser Richtung nicht entscheiden. Die Leute, die das wollen, werden also die Sozialdemokraten wählen. Von der FDP aus wird man sagen: Die CDU ist für die Montanmitbestimmung. Unsere Haltung wird uns also immer zu unserem Nachteil ausgelegt werden.«[175]

Ironischerweise verlangte nun gerade der Vertreter der Wirtschaft eine Klärung, obwohl man sich zwei Jahre zuvor noch vehement für eine Vertagung der Debatte starkgemacht hatte. Die Redebeiträge verdeutlichten den Druck, der auf der Partei lastete, die sich nicht entscheiden wollte, ob eine inhaltliche Festlegung sinnvoll wäre oder nicht. So wurde befürchtet, dass durch ein Unterlassen einer Debatte diese »unter einem schweren Trauma und mit einer ganz schweren Paralyse bestimmter Kreise in dieser Partei« weitergeführt werden würde. Zudem wusste man um »keine zweite Frage, die in der Lage ist, in einem solchen Umfang – bis zur Sprengwirkung – in der Partei zu wirken.« Hinzu trat die von Kohl offen geäußerte Skepsis gegenüber der Standhaftigkeit der eigenen Bundestagsfraktion bzw. des Arbeitnehmerflügels, den er verdächtigte, einem Antrag der SPD zuzustimmen. Interessant ist zudem, dass man im DGB, der von der CDU im Verbund mit der SPD gesehen wurde, den Gegner sah. Die Sozialausschüsse hatten aufgrund der innerparteilichen Diskussion ihre Formulierungen der Offenburger Erklärung ja bereits abgemildert und waren auf ein allgemeines Mitbestimmungsrecht in der Wirtschaft umgeschwenkt. Sie zeigten sich darüber hinaus bereit, der im Bundesvorstand umstrittenen Losung »Ob eine weitere Mitbestimmung bei Großunternehmen möglich und sinnvoll ist, muß sorgfältig geprüft werden« zuzustimmen.[176] In der Endfassung der Vorlage lautete der entsprechende Passus, dass eine Prüfung »insbesondere auf der Grundlage des Berichts, den die von der Bundes-

---

174 Vgl. Zehn Leitsätze zur Mitbestimmung vom 6. Oktober 1968. Siehe bei Hans Edgar Jahn (Hg.): CDU und Mitbestimmung. Der Weg zur Mitbestimmungsformel der CDU auf dem Parteitag 1968, Stuttgart 1969, S. 21 f.

175 Protokoll der Sitzung des CDU-Bundesvorstands vom 20. September 1968, in: Buchstab (Bearb.): Kiesinger: »Wir leben in einer veränderten Welt«, S. 1052-1228, hier S. 1209.

176 Vgl. ebd., S. 1210-1222 (Zitate ebd.).

regierung eingesetzte Kommission zu erstatten hat« erfolgen soll.[177] Der erste Entwurf hierzu enthielt noch nicht die Formulierung einer »Unternehmensverfassung«, die erst auf Betreiben der rheinischen CDU aufgriffen und vom Bundesvorstand trotz Widerspruchs aus zahlreichen Landesverbänden gebilligt wurde.[178]

Der DGB war sich der Bedeutung des CDU-Parteitags in Berlin im November 1968 bewusst und sondierte im Vorfeld Möglichkeiten der Einflussnahme. Von einer angedachten Mitbestimmungskundgebung während des Parteitags sah man allerdings ab. Der DGB konnte es bereits als Erfolg verbuchen, dass die CDU sich so intensiv mit der Thematik auseinandersetzen musste.[179] Auf dem Parteitag kam es anlässlich des Tagesordnungspunktes zum Aktionsprogramm und den darin enthaltenen Forderungen zur Mitbestimmung zu einer leidenschaftlich geführten Kontroverse zwischen Befürwortern und Gegnern, die sich in zahlreichen Änderungsanträgen, die in fünf große Untergruppen gebündelt wurden, widerspiegelte. Katzer hob in seinem Beitrag auf den Zeitgeist ab, dem sich auch die Union nicht verschließen dürfe, und knüpfte so an die Argumentation an, die auch Kiesinger im Bundesvorstand bereits vertreten hatte.

> »Blicken wir auf die Universitäten, auf die Pädagogischen Hochschulen, die politischen Parteien, und blicken wir nicht zuletzt auf die Vorgänge in den Kirchen! Überall spüren wir den Drang zur aktiven Mitverantwortung, zum Mitdenken. Überall ist man dabei, neue Formen zu entwickeln […]. Man ist dabei, überkommene Strukturen zu ersetzen. Das müssen wir sehen und erkennen.«[180]

Heftige Kritik an der Vorlage kam wenig überraschend von Ludwig Erhard, der in seiner Rede vor allem die Ungleichbehandlung von Arbeitnehmern in Klein-, Mittel- und Großunternehmen beklagte.[181] Unisono teilten alle Diskutanten die Auffassung, dass das Betriebsverfassungsgesetz ausgebaut werden müsse. Entsprechend lautete der Passus des Berliner Programms der CDU. Ferner hieß es:

---

177 Jahn (Hg.): Die CDU und die Mitbestimmung, S. 161.
178 Vgl. ebd., S. 20 f.
179 Vgl. Notiz über die Sitzung des Arbeitsausschusses zur Durchführung der Mitbestimmungskampagne vom 23. September 1968, in: DGB-Archiv im AdsD, Abt. Mitbestimmung, 24/2349. Auf dem Parteitag im Jahr zuvor spielten Fragen der Arbeitswelt nur am Rande eine Rolle und tat sich die Schwäche des Arbeitnehmerflügels der CDU auf. Zwar entsprang schätzungsweise ein Fünftel der Delegierten dieser Richtung, sie traten jedoch nicht als geschlossene Gruppe in Erscheinung, was sich vor allem in den Abstimmungsniederlagen zum Präsidium und Vorstand der Partei niederschlug. Vgl. Bericht von Kurt Hirche an den GBV über den Bundesparteitag der CDU in Braunschweig am 22./23. Mai 1967 vom 24. Mai 1967, in: DGB-Archiv im AdsD, Abt. Vorsitzender, 5/DGAI002069.
180 CDU (Hg.): Die CDU diskutiert die Mitbestimmung. Die Aussprache über die Mitbestimmung auf dem Berliner Parteitag der CDU im November 1968, Bonn o. J., S. 25.
181 Vgl. ebd., S. 88 ff.

»Bei einer Neuordnung des Unternehmensrechts darf ein überbetriebliches Einflußmonopol zugunsten von organisierten Interessen nicht zugelassen und die wirtschaftliche Leistungsfähigkeit der Unternehmen auch im internationalen Wettbewerb nicht beeinträchtigt werden. Angesichts dieser Zielsetzung kann eine schematische Übertragung des Modells der Montan-Mitbestimmung nicht befürwortet werden.«[182]

Trotz dieser deutlichen Einschränkungen bewertete Katzer das Ergebnis durchaus als einen Erfolg für die Sozialausschüsse, obgleich konstatiert werden muss, dass »wie bereits nach dem Düsseldorfer Parteitag drei Jahre zuvor, […] bei den Sozialausschüssen das Wunschdenken die Sicht für die Realität ein wenig zu vernebeln [schien].«[183] Im Nachgang zum Parteitag gründete die CDU/CSU eine Reihe von Kommissionen, beim Bundesvorstand, innerhalb der CDU/CSU-Bundestagsfraktion und in der CSU-Landesgruppe, die allesamt »paritätisch« aus Vertretern der beiden Flügel besetzt waren, allerdings angesichts des zu erwartenden Ergebnisses der Regierungskommission wenig neue Impulse in die Diskussion einbrachten.[184]

2.4 Zwischen Sympathie und Realitäten: Die Rolle der SPD

2.4.1 Die Debatte auf dem Parteitag 1968

Erste Vorstellungen einer neuen sozialdemokratischen Politik, unter anderem zur Mitbestimmung, entwickelte der Parteivorstand in dem Entwurf »Sozialdemokratische Perspektiven im Übergang zu den siebziger Jahren«, der vor dem Parteitag in Nürnberg 1968 den Parteigliederungen zu Stellungnahmen zur Verfügung gestellt wurde.[185] In der Vorlage hieß es, die Mitbestimmung sei »von grundlegender Bedeutung für die gleichberechtigte Stellung der Arbeitnehmer in unserer Gesellschaft und damit auch für die Bewältigung der Aufgaben, die sich […] aus dem technischen Fortschritt und der Automation ergeben.« Die Parteiführung kündigte »Reformvorschläge für die Verbesserung der Stellung der Arbeitnehmer in der Betriebsverfassung« an, von einer allgemeinen Mitbestimmung war nicht die Rede.[186] Da die SPD in der Koalition Verpflichtungen einging, die lediglich eine Sicherung der Mitbestimmung und die Gründung der Regierungskommission vorsahen, wollte der Parteivorstand auf dem Parteitag Anträge, »die die Vorlage bzw. gar Verabschiedung eines Gesetzes über die Ausdehnung der paritätischen Mitbestimmung noch in dieser Legislatur-

---

182 Ebd., S. 175.
183 Frese: Anstöße zur sozialen Reform, S. 196.
184 Vgl. ebd., S. 197.
185 Sozialdemokratische Perspektiven im Übergang zu den siebziger Jahren (Tatsachen – Argumente 235/68).
186 Siehe ebd., S. 27.

periode verlangen« unterbinden.[187] In diese Richtung weisende Anträge wurden befeuert durch einen Brief Ludwig Rosenbergs an alle Delegierten mit der Bitte, sie mögen die Notstandsgesetze ablehnen und sich für eine allgemeine Mitbestimmung einsetzen. In seiner Antwort stellte die Willy Brandt die Kommission beim Parteivorstand heraus und verdeutlichte damit indirekt, dass eine Gesetzesinitiative der sozialdemokratischen Bundestagsfraktion nicht gewünscht war und die Gewerkschaften ihre Vorstellungen in der Partei einbringen sollten.[188]

Auf dem Parteitag wurde die Mitbestimmung in der Arbeitsgemeinschaft B »Gesellschaftsordnung und Gesellschaftspolitik« behandelt. Die SPD beriet die diversen Anträge zu zahlreichen Fragestellungen dieses äußerst politischen Parteitags, der mitten in die Hochphase der Auseinandersetzungen um die Notstandsgesetze und in die Studentenrevolten fiel, in drei großen Arbeitsgemeinschaften, die Anträge bündelten, zusammenfassten und weiterleiteten. Bereits in der vorgegangenen Generalaussprache um die »Perspektiven« bemühte sich der Vorstand, die Delegierten auf die Beschlusslage des Parteitags von Dortmund einzuschwören, der die Einberufung einer Regierungskommission zur Auswertung der Erfahrungen mit der Mitbestimmung gefordert hatte. Doch schon an dieser Stelle schlugen die ersten Gegentöne aus der Richtung der Gewerkschaften, vertreten durch Willi Michels, entgegen.[189] Auch mag bei einigen Delegierten die von Jochen Steffen (1922–1987) in seiner eindrucksvollen Rede vertretene »Erkenntnis, daß Wirtschaftspolitik immer auch Gesellschaftspolitik und Gesellschaftspolitik immer auch Wirtschaftspolitik sein muß«[190] nachhaltigen Eindruck hinterlassen haben. Befürworter der Mitbestimmung sprachen vor dem Hintergrund ihrer eigenen Erfahrungen in den Betrieben und traten für die Parität ein. Dass gerade auch Betriebsräte sich für die Aufsichtsratsmitbestimmung engagierten, ist vor allem auf die bis dato nicht geübte Praxis der Sozialpläne und den nicht mit heutigen Maßstäben vergleichbaren Kündigungsschutz zurückzuführen. Auch die Fortentwicklung der Lohnfortzahlung im Krankheitsfall befand sich noch im ministeriellen und politischen Abstimmungsprozess. Vom Impetus, mit dem sich die sozialliberale Koalition an ihre letztlich weitestgehend gescheiterte Gesetzgebung zum Arbeitsrecht machte[191], ahnte noch niemand etwas. Führt man sich zudem vor Augen, dass von der Großen Koalition kaum Impulse in Sachen Arbeitsschutz gesetzt

187 Vorlage zu den »Perspektiven« für die Sitzung des Parteivorstandes am 28. Februar 1968 von Horst Ehmke vom 27. Februar 1968, in: AdsD, SPD-PV, Sitzungen Januar–Februar 1968.

188 Vgl. Schreiben von Willy Brandt an Ludwig Rosenberg vom 16. März 1968, in: AdsD, SPD-PV, Sitzungen März 1968.

189 Siehe Redebeiträge von Karl Schiller und Willi Michels am 18. März 1968. SPD-Parteivorstand: Parteitag der SPD vom 17. bis 21. März 1968 in Nürnberg, Hannover/Bonn o. J., S. 226 f. sowie S. 231 ff.

190 Ebd., S. 383.

191 Ein Überblick hierzu bei Reinhard Richardi: Arbeitsverfassung und Arbeitsrecht, in: Hockerts (Hg.): 1966–1974. (Geschichte der Sozialpolitik seit 1945 5), S. 225-276, hier S. 248 ff.

wurden und die von Willy Brandt geförderte Humanisierung des Arbeitslebens erst mit den beginnenden 1970er-Jahren zum Tragen kam[192], so lässt sich zum Teil die Begeisterung der Delegierten des Parteitags für die Mitbestimmung erklären.

Bereits im Vorfeld des Parteitags kündigte sich eine Abstimmung über die Mitbestimmung an, die nicht im Sinne des Parteivorstands war.[193] Auch die Diskussion in der Arbeitsgemeinschaft wies klar in diese Richtung und spiegelte die Unzufriedenheit der Delegierten mit der reinen Kommissionslösung wider.[194] Aufgrund der nun entstandenen Problematik beauftragte der Vorstand Karl Schiller und weitere mit der Ausarbeitung eines neuen Entschließungsentwurfs[195], der als neuer Antrag vorgelegt den Stand der bisherigen Diskussion bündelte und gerade vom Bezirk Westliches Westfalen unterstützt wurde. Hier befanden sich besonders viele Mitbestimmungsbetriebe. Dieser Antrag gab, so die Begründung, »auch das Vertrauensverhältnis zwischen Gewerkschaften und der Sozialdemokratischen Partei im besonderen Maße« wieder. »Die Mitbestimmungsfrage ist nicht eine Frage der Gewerkschaften; sie sollte eine Frage der gesamten Sozialdemokratischen Partei sein.«[196] Doch sollte man sich, so Brandt, nichts vormachen.

> »Die Einplacierung in das gesamte Regierungs- oder Wahlprogramm [zur kommenden Bundestagswahl] muß sehr genau überlegt werden, und zwar aus folgendem Grunde. Wir wissen alle um die Kräfteverhältnisse im jetzigen Bundestag, und auch die größten Optimisten werden nicht erwarten, daß wir mit dem Entwurf, der noch in dieser Legislaturperiode eingebracht wird, die Bäume ausreißen. Wenn man das nächste Mal stärker sein will, muß man die Akzente so setzen und das Problem so aktualisieren, daß wir nicht wider Willen geschwächt in den nächsten Bundestag hineingehen.«[197]

Hinzu trat das Gegenargument Europa. Eine Vereinheitlichung der Mitbestimmung auf europäischer Ebene im Sinne der Deutschen wurde als sehr schwer umsetzbar angesehen, da ja noch nicht mal die Gewerkschaften untereinander einig waren. »Wir können da nicht mit dem Kopf durch die Wand. Wir können nicht auf der einen Seite

---

192 Siehe hierzu bei Dietrich Bethge: Arbeitsschutz, in: ebd., S. 277-330.
193 Dem Parteitag lagen 72 Anträge unterschiedlicher Gliederungen der Partei zum Themenkomplex Mitbestimmung vor, die grundsätzlich alle die Bundestagsfraktion und die Partei aufforderten, in der Sache aktiv zu werden und mit mehr oder weniger deutlichen Worten die Vorlage von Plänen oder konkreten Gesetzentwürfen zu fordern. Siehe SPD-Parteivorstand: Parteitag der SPD vom 17. bis 21. März 1968 in Nürnberg. Ergänzungsband zum Protokoll, Bad Godesberg o. J., S. 241-271.
194 Siehe Protokoll des SPD-Parteitags 1968, S. 417-440.
195 Vgl. Protokoll der Sitzung des SPD-PV vom 20. März 1968, in: AdsD, SPD-PV, Sitzungen März 1968.
196 So Werner Figgen für den PV und für den Bezirk Westliches Westfalen. Ebd., S. 813.
197 Protokoll des SPD-Parteitags 1968, S. 816.

sagen: wir sind für Fortentwicklung der europäischen Integration! Und auf der anderen Seite sagen: die sollen sich gefälligst nach uns richten! Hier stecken viel mehr Probleme, als aus manchen Reden, die im Land gehalten werden, erkennbar wird, leider.«[198] Zudem sei die Sache so: »Wer eine gesetzliche, durch den Gesetzgeber herbeigeführte Erweiterung der Mitbestimmung will, der muß den Sozialdemokraten mindestens 45 % der Stimmen und 49 % der Mandate im Deutschen Bundestag verschaffen. Das ist die einzige Möglichkeit.«[199] Der Antrag wurde nach langer und intensiver Debatte nahezu einstimmig angenommen. Hier wurde an die Bundestagsfraktion gerichtet die Erwartung des Parteitags ausgesprochen, dass noch in der laufenden Legislaturperiode Gesetzesentwürfe zur Neufassung des Betriebsverfassungsgesetzes und einer Erweiterung der paritätischen Mitbestimmung auf alle Großunternehmen und -konzerne der übrigen Wirtschaft einbringe und ferner unverzüglich einen Entwurf vorlege, der die Sicherung der Mitbestimmung in der Montanindustrie zum Inhalt hatte. Die Kommission beim Parteivorstand wurde angehalten, »durch ihre Arbeiten die Bundestagsfraktion zu gesetzgeberischen Schritten« instand zu setzen.[200]

2.4.2 Atmosphärische Störungen im Verhältnis zum DGB

Das Verhältnis der Gewerkschaften zur Partei kühlte in den späten 1960er-Jahren noch einmal merklich ab. Taten sich bereits vor dem Eintritt der SPD in die Regierungsverantwortung Risse zwischen beiden Seiten auf[201], so vergiftete sich die Stimmung zusehends. Im Zuge des wirtschaftlichen Abschwungs trieb die Arbeiter und Angestellten die Sorge um den eigenen Arbeitsplatz um. Ihre Interessenvertreter standen selbst einer massiven Krise gegenüber, die sich nicht zuletzt in den zahlreichen Mitgliederumfragen widerspiegelte. Vor diesem Hintergrund mag in der harschen Kritik der Gewerkschaften an der SPD auch ein gehöriger Anteil an eigener Unsicherheit und mangelnden Selbstbewusstseins angesichts der instabilen Wirtschaftslage, die alle Akteure vor Herausforderungen stellte und neue Antworten provozierte, gesteckt haben. Eine zusätzliche Belastung, die zu tiefen Zerwürfnissen insbesondere im Verhältnis zur IG Metall führte, waren die seit Jahren schwelenden Konflikte um die Notstandsfrage, die jetzt mit der Regierungsbeteiligung der SPD einer Antwort bedurften. Auch die SPD erkannte die Spannungen. »Bei vielen hauptamtlichen sozialdemokratischen Gewerkschaftern besteht in der letzten Zeit der dringende Wunsch das politische Gespräch mit der Partei zu führen [sic!].«[202]

---

198 Redebeitrag von Helmut Schmidt. Ebd., S. 837.

199 Ebd., S. 838.

200 Siehe Antrag 423. Ebd., S. 1074.

201 Vgl. Kap. III 2.1.2 (☞ S. 143 ff.).

202 Vorschläge des Arbeitnehmerreferats zur Aktivierung der Arbeitnehmer im politischen und gewerkschaftlichen Bereich, in: HSA, 1/HSAA005220, S. 14.

Zwei Tendenzen waren zu beobachten. Die erste Gruppe wollte mit der Partei in Kontakt und Dialog treten und ihr konkrete und positive Hinweise geben, während die zweite Gruppe die Gründung eines eigenständigen Arbeitnehmerflügels in der SPD forcierte. Eine Lösung der Frage sah man in dem Ausbau gemeinsamer Konferenzen für Arbeitnehmer, Angestellte und Frauen.[203] Entgegen der Vorstellung der Parteiführung, vor allem Helmut Schmidt reagierte empört, bildeten sich jedoch Ende 1967 die ersten Arbeitsgemeinschaften für Arbeitnehmerfragen in Rheinland-Pfalz. Der DGB-Landesvorsitzende Julius Lehlbach (1922–2001) ergriff die Initiative und stieß dabei auf großen Anklang bei weiteren hauptamtlichen Gewerkschaftern. Die SPD bekämpfte diese als satzungswidrigen Separatismus gebrandmarkten Gründungen, die ohne die mediale Berichterstattung womöglich im Sande verlaufen wären, von Anfang an, konnte sich allerdings auf Dauer nicht durchsetzen.[204] Ferner versuchte die Parteiführung, in Konferenzen und Einzelgesprächen mit den DGB-Gewerkschaften die Fronten zu klären und gemeinsame Arrangements im Hinblick auf die anstehende Bundestagswahl zu finden. Hierbei wirkten die in der Partei verankerten aktiven Gewerkschaftsfunktionäre und -vorsitzenden auf einen gemäßigteren Umgang miteinander ein.[205] Zur DAG, die sich zum wiederholten Male über eine Vernachlässigung und die einseitige Fixierung seitens der SPD auf den DGB beklagt hatte, baute man auf ihren Wunsch hin den Kontakt aus.[206]

Auf den Konferenzen mit den Einzelgewerkschaften kam der Vertrauensverlust deutlich zur Sprache, die Unzufriedenheit mit der Rolle der SPD als Volkspartei in der Großen Koalition und der – aus Sicht vieler Gewerkschafter – falschen Gesetzgebung, die von der SPD betrieben wurde. Einigen Gewerkschaftern war nicht ganz bewusst, dass der alte Bündnispartner – ein gerne stilisiertes Bild – sich in einer neuen Rolle befand und Kompromisse schließen musste. Diese Einschätzung teilte zuvorderst Ludwig Rosenberg. Viele prominente Vertreter der SPD gefielen sich, so Rosenberg, darin, sämtliche Forderungen des DGB von vornherein als abwegig zu erachten.

»Gespräche mit der Partei sind schon seit langem [...] nicht erfreulich. Es werden nur Vorwürfe gemacht, und man erwartet, daß wir in vorschriftsmäßigem Jubel

---

203 Vgl. ebd., S. 15 ff.
204 Vgl. Schönhoven: Wendejahre, S. 562 ff.
205 Vgl. Protokoll der Klausurtagung des Präsidiums der SPD vom 1. und 2. August 1967, in: AdsD, Protokolle SPD-Präsidium, Bl. 5873 ff.
206 Die DAG, die einzige große und namhafte Gewerkschaft, die nicht nach dem Industrieverbandsprinzip organisiert war, kämpfte im Grunde seit ihrer Gründung um ihre politische Relevanz in der Bundesrepublik. Ihr gelang es auch in neuralgischen Fragen wie dem Recht auf Minderheitenschutz in der Betriebsverfassung nur teilweise, die Politik in ihrem Sinne zu beeinflussen. Sie musste darauf hinweisen, dass »Kontakte zum DGB und zu den Industriegewerkschaften wichtig sind, der Kontakt zur DAG aber ebenso notwendig ist und nicht vernachlässigt werden darf.« Siehe Protokoll der Sitzung des SPD-Präsidiums mit dem DAG-Vorstand, in: AdsD, Protokolle SPD-Präsidium, Bl. 5793 f.

ausbrechen, wenn von dort was gesagt oder getan wird. [...] Es ist leider wahr, daß der linke Flügel der CDU (Katzer usw.), ob aus Taktik oder was sonst, bessere Kontakte zu uns pflegt und unsere Anliegen in der Öffentlichkeit positiver aufgreift als unsere Genossen. Vergleiche Äußerungen zur Mitbestimmung und anderen Fragen.«

Rosenberg zeigte offensichtlich ein anderes Verständnis von der Partei und sah in ihr in erster Linie den alten Bündnispartner, der sich nicht von den Gewerkschaften entfernen dürfe. »Taktik und Pragmatismus – so wichtig sie sind – [dürfen] kein Ersatz für Konzeption und klare Fronten [sein].« Hart ging er mit denjenigen SPD-Politikern ins Gericht, die seiner Meinung nach nur durch Selbstgefälligkeit auffielen und weder zum Eingeständnis eigener Fehler noch zu einem vernünftigen Gespräch mit den Gewerkschaften in der Lage seien, da sie ihre Forderungen als »unglückliche Rückstände aus der Steinzeit der Arbeiterbewegung« ansähen. Die in diesem überspitzten Brief an den damaligen Ludwigshafener Oberbürgermeister dargelegte ambivalente Haltung ist vielleicht charakteristisch für das gesamte Auftreten des DGB. Zwar unterstützte Rosenberg die Große Koalition aufgrund der Beteiligung der SPD und möglicherweise auch, weil er sich wirkliche gesellschaftspolitische Fortschritte erhofft hatte. Allerdings forderte er auch klare Bekenntnisse der eignen Partei zu den Gewerkschaften. Dass diese Einstellung gewisse Schwierigkeiten in sich barg, lag auf der Hand.[207] In gemeinsamen Sitzungen machten die Gewerkschafter ihrem Unmut über den Eintritt der SPD in die Regierung Luft und sahen in erster Linie die Nachteile ihrer Politik, die sie als an der betrieblichen Realität vorbeigehend kritisierten. Sie sprachen auch die spezifischen Probleme ihres jeweiligen Organisationsbereichs an.[208]

Im Zusammenhang mit der Analyse der Landtagswahlen in Baden-Württemberg, die unmittelbar nach dem Parteitag stattfanden und in denen die SPD eine Niederlage erlitt, stritt die Partei über die Konsequenzen, die sich aus dem vermeintlichen Kontaktverlust zur Arbeitnehmerschaft ergaben. Klar war, dass sie sich in der Hochphase der Großen Koalition in einer Unsicherheitskrise befand, die nicht zuletzt von den Gewerkschaften verschärft wurde. Einige unter ihnen hatten noch das alte Bild von der SPD als Klassenpartei.[209] Um das Verhältnis weiter zu entkrampfen und grundlegend

---

207 Vgl. Schreiben von Ludwig Rosenberg an Werner Ludwig vom 4. Juni 1968, in: DGB-Archiv im AdsD, Abt. Vorsitzender, 5/DGAI000014.
208 Vgl. Kurzprotokoll des Gesprächs des SPD-Präsidiums mit dem Hauptvorstand und den Bezirksleitern der IG Metall am 9. November 1967 sowie vom Gespräch mit dem Geschäftsführenden Hauptvorstand und den Bezirksleitern der IG Chemie vom 10. November 1967, in: AdsD, SPD-Parteivorstand, PV-Protokolle September–Dezember 1967, sowie Kurzprotokoll des Gesprächs zwischen dem SPD-Präsidium und dem Hauptvorstand und Bezirksleitern der ÖTV am 24. November 1967, in: AdsD, SPD-Präsidium, Protokolle des SPD-Präsidiums, Bl. 6022-6025.
209 Vgl. Protokoll der Sitzung des SPD-PV vom 9. Mai 1968, in: AdsD, SPD-PV, Protokolle April–Juni 1968.

zu erneuern, beschloss die SPD in Nürnberg die Gründung eines Gewerkschaftsrats. Doch gerade die Mitbestimmungsfrage bedurfte darüber hinaus eines intensivieren Austausches. Zu diesem Zweck entschloss der Parteivorstand bereits am 1. Dezember 1967, eine Kommission zu gründen, die sich mit den Fragen der Mitbestimmung und des Betriebsverfassungsgesetzes befassen sollte. Schmidt persönlich saß diesem hochkarätig besetzten Kreis vor.[210] Und obwohl die Parteiführung dem Parteitag die Einberufung der Kommission als wichtigen Schritt auf dem Weg zur Verwirklichung der paritätischen Mitbestimmung verkaufte und diese Feststellung im letztlich beschlossenen Antrag deutlich unterstrich, verfolgte die SPD dabei von Beginn an das Ziel, eine Profilierung im Hinblick auf das Wahljahr 1969 zu erzielen. Die Protagonisten sahen den Schwerpunkt in der Betriebsverfassung, da »die überwiegende Masse der Wählerschaft unter der Forderung nach Mitbestimmung nichts anderes versteht als die Forderung nach mehr Rechten« in diesem Rahmen. »Nur ein sehr kleiner Teil der gewerkschaftlich organisierten Arbeitnehmer hat darüber hinaus positive Vorstellungen von der Mitbestimmung im qualifizierten Sinne auf der Ebene von Vorständen und Aufsichtsräten. Diese Bewusstseinslage muss natürlich in einer Wahlkampagne durch die Partei sorgfältig bedacht werden.«[211] Helmut Schmidt räumte ein, dass der Kreis der Teilnehmer zu groß geraten sei. Seiner ursprünglichen Intention war, eine wirklich kleine Gruppe zu bilden. »Die nunmehr sehr grosse Zahl der aus dem gewerkschaftlichen Raum zu Berufenden könnte jetzt den Eindruck erwecken, als ob der Vorsitzende des DGB dabei bewusst oder unbewusst negligiert worden sei.«[212]

2.4.3 Im Unterausschuss Mitbestimmung: Das Konzept der Fraktion

Die SPD befand sich seit ihrer Regierungsbeteiligung, spätestens aber seit dem Parteitagsbeschluss zur Mitbestimmung in einer Bredouille. Zum einen hatte sie im Bundestag der Bildung einer Regierungskommission zur Auswertung der Erfahrungen mit der Mitbestimmung zugestimmt, zum anderen musste sie sich nun für ein allgemeines Gesetz starkmachen. Diesen Konflikt aufzulösen, war eine der Aufgaben, denen sich die Kommission Mitbestimmung und Unternehmensverfassung beim Parteivorstand

---

210 Auf den Einwand der Juristen innerhalb der SPD, es sei kein juristischer Sachverstand in der Kommission vertreten, trat später noch Otto Kunze hinzu. Vgl. Protokoll der 49. Sitzung des Arbeitskreises Rechtswesen vom 5. Dezember 1967, in: SPD-Bundestagsfraktion 5. WP, Mappe 961, Bl. 10.

211 Schreiben von Helmut Schmidt an Ludwig Rosenberg vom 8. Dezember 1967, in: SPD-Parteivorstand, Sekretariat Alfred Nau, 2/PVAI000642, Bl. 2.

212 Ebd., Bl. 3. In der Tat beschloss der PV, die Teilnehmerzahl auf 18 festzulegen. Vonseiten der Gewerkschaften nahmen unter anderem Hermann Brandt, Otto Brenner, Karl Buschmann, Wilhelm Gefeller, Heinz Kluncker und Georg Neemann an den Beratungen teil. Die Partei entsandte in Auswahl Hans-Jürgen Junghans, Hans Matthöfer und Alex Möller. Siehe Tischvorlage zur Sitzung des SPD-PV am 1. Dezember 1967, in: AdsD, SPD-Parteivorstand, Protokolle September–Dezember 1967.

gegenübersah. Zur Erleichterung der Arbeit teilte sich die Kommission in verschiedene Untergruppen auf, bei deren Besetzung mit den Gewerkschaften Rücksprache gehalten wurde. Die Untergruppe »Mitbestimmung auf Unternehmensebene« traf sich zum ersten Mal am 17. April 1968. Dieser Gruppe saß der Leiter des Arbeitskreises Wirtschaftspolitik der SPD-Bundestagsfraktion Hans-Jürgen Junghans (1922–2003) vor, weitere Mitglieder waren Vertreter von DGB, DAG und BfG. Diese Kreise sollten eine offene Aussprache führen und jeder Einzelne sich als Mitglied der SPD begreifen und nicht als Abgesandte des DGB, der DAG oder allen anderen Organisationen.[213]

Vonseiten des DGB bestand unverhohlene Skepsis an den Plänen der SPD. Friedhelm Farthmann verdeutlichte, dass es doch alle wüssten, »es ist uns doch vielfach gesagt worden, die SPD als Führungsspitze hat an der Mitbestimmung gar kein Interesse und halb zog sie hin, halb fiel er hin. Gerade die SPD könnte in dieser Situation [...] glaubwürdige Politik betreiben«, indem sie die Sicherung der Mitbestimmung vorziehen würde.

> »Ich finde, der Mitbestimmungsstandpunkt der SPD könnte an Glaubwürdigkeit erheblich gewinnen, wenn wir in diesem Teilbereich, der koalitionspolitisch in diesem Teilbereich völlig ungefährlich ist, der Mitbestimmungssicherung möglichst schnell kommen. Ganz davon abgesehen, wenn wir nicht vor der Sommerpause damit kommen, das heißt, das [sic!] spätestens nach der Sommerpause das Gesetz entwurfmäßig eingebracht werden kann, es gar nicht realisierbar ist.«[214]

Helmut Schmidt, der der ersten Sitzung des Ausschusses ebenfalls für einige Stunden beiwohnte und seine Mitbestimmungsvorstellungen an dieser Stelle sehr offen ausführte, war sich allerdings aus taktischen Gründen über das weitere Vorgehen nicht sicher, zum einen, weil die CDU nur mit »Bauchgrimmen« zustimmen würde und zum anderen, weil er nicht den Eindruck erwecken wollte, sich die Sicherung der Mitbestimmung nur »als Badehose« vorzuknöpfen, »um an das eigentliche Problem erst verzögert ranzugehen. Den Eindruck möchte ich nicht machen.«[215] Zudem gingen die Vorschläge des DGB zur Sicherung der Mitbestimmung über den Rahmen der bestehenden hinaus, was von der CDU nicht mitgetragen würde. Sie sei nur zur Besitzstandswahrung verpflichtet. Schmidt wusste, dass eine Sicherung der Mitbestimmung vom Koalitionspartner geschluckt werden müsste.[216] Zudem fragte er sich, wie man die Sicherungsgesetze sinnvoll einbringen konnte, ohne die Initiative der SPD untergehen zu lassen und den Widerspruch zwischen Regierungskommission auf der

---

213 Aufzeichnung der Sitzung der Arbeitsgruppe »Mitbestimmung auf Unternehmensebene« am 17. April 1968, in: SPD-Bundestagsfraktion 5. WP, Mappe 609, Bl. 3.
214 Ebd., Bl. 21 f.
215 Ebd., Bl. 24.
216 Siehe ebd., Bl. 28.

einen und Fraktionsinitiative auf der anderen Seite zu durchbrechen. Denn auf die Biedenkopf-Kommission hatte die SPD keinen Einfluss und hätte die thematisierten Fragen nur indirekt lancieren können.

Das Problem der SPD und im Speziellen der Fraktion war, dass sie den Auftrag erhalten hatte, einen Gesetzentwurf auf den Weg zu bringen, ohne eine eigene Position entwickelt zu haben. Und obwohl Schmidt wusste, dass er im Bundestag nichts erreichen würde[217], setzten er und die Bundestagsfraktion sich für die Mitbestimmung ein, zum einen

> »weil wir im Kern glauben, ohne die gigantischen Vorstellungen des Gewerkschaftsbundes bisher ernsthaft zu teilen, daß das noch etwas Notwendiges ist, Mitbestimmung, und zweitens, weil für uns die zwanzig oder dreißigtausend ehrenamtlichen und hauptamtlichen leitenden Funktionäre der Gewerkschaften [...] ein ganz wichtiger Teil unserer Wählerschaft ist, wenn wir die nicht davon überzeugen können, daß wir im Grunde, daß wir im Kern, ihrer Meinung sind, die dann vor den Kopf stoßen, was wir uns wiederum nicht leisten können, weil wir uns dann wieder soundso viele Wähler abspenstig machen. [...] Aus dieser Darstellung der psychologisch taktischen Lage ergibt sich dann, daß wir zwischen Szylla und Charybdis stehen, gegenüber der allgemeinen Wählerschaft dürfen wir nicht zurückgehen in den Forderungen [...], gegenüber unseren dreißigtausend [...] dürfen wir nicht zu wenig machen. Das ist das eigentliche Problem.«

Eben deswegen verbot es sich, den Entwurf des DGB zu kopieren, weil die SPD so den linken Flügel der CDU gegen sich aufgebracht hätte. »Das will ich ja nicht, ich will mit denen doch wenigstens soweit spielen, dass die CDU in innere Schwierigkeiten kommt.«[218]

In der weiteren Wählerschaft konnten nach Schmidts Einschätzung allerdings weder die SPD noch der DGB irgendetwas mit dem Thema Unternehmensmitbestimmung erreichen, im Gegenteil, dem DGB sei es trotz seiner großen Anstrengungen nicht gelungen, irgendeine Resonanz zu erzeugen. Dass die SPD und Schmidt persönlich nicht bereit waren, die Pläne des DGB zu kopieren, hatte er bereits im Jahr zuvor klar zum Ausdruck gebracht. Ein reines Mitbestimmungsgesetz würde es ohnehin nur von einer SPD-Alleinregierung geben, und auch dann nicht in der Form, wie man sich das wünschen würde, da die SPD »nicht der verlängerte Arm des Beirats der IG Chemie, genauso wie umgekehrt nicht die IG Chemie oder die IG Metall oder der

---

217 Schmidt wörtlich: »Die CDU wird die ernsthafte Beratung verweigern. Das wird also ein Ausschuss-Begräbnis bekommen, all die dummen Rechnereien von Gewerkschaftskollegen, die sich einbilden, der linke Flügel der CDU würde da, das ist alles dummes Zeug, das sind alles Demagogen im gewerkschaftlichen Lager, die wissen genau, daß das nicht stimmt. Die CDU macht das nicht.« Ebd., Bl. 32.

218 Ebd., Bl. 33.

Deutsche Gewerkschaftsbund nicht der verlängerte Arm der sozialdemokratischen Partei sein kann und sein darf.«[219] Die SPD müsse eben auch andere Gesichtspunkte mitberücksichtigen. Von der von Schiller in die Debatte eingebrachten Royal Commission hielt der Fraktionsvorsitzende nichts.[220]

Die inhaltliche Arbeit des Unterausschusses war geprägt von erneuten intensiven Debatten zur generellen Einordnung der Mitbestimmung und zu Einzelaspekten ihrer Ausgestaltung, wie sie auch bereits im DGB einige Jahre zuvor geführt wurden. Zudem beschäftigten sich die Mitglieder mit der geplanten Beschränkung von Aufsichtsratstantiemen sowie der Neufassung der Publizitätspflicht. Ein Kernanliegen für die SPD war es, eine Definition eines Großunternehmens zu finden und alle Großunternehmen im Rahmen eines sogenannten Rechtsformzwangs in Kapitalgesellschaften zu fassen. Ferner wollte gerade Schmidt den Begriff der Demokratisierung konkretisiert wissen.

> »Ich unterstreiche sehr Demokratisierung. Eine Mitbestimmung, in der jemand in den Aufsichtsrat entsandt wird, der von niemand dazu gewählt ist, mache ich persönlich nicht mit. Das will ich hier ganz deutlich sagen. Niemand, ich unterschreibe keinen Gesetzentwurf mit meinem Namen, in der jemand in einen Aufsichtsrat entsandt wird, der von niemandem dazu in geheimer Wahl gewählt wird. Das würde nämlich nur heißen, das Depot-Stimmrecht der Banken bei der Besetzung von Aufsichtsräten zu duplizieren und in die Hände von Gewerkschaftszentralen zu legen.«[221]

Deswegen sei Begrenzung der Tantiemen auf 5.000 bzw. 6.000 Mark im Jahr wie es der DGB vorschlug ein psychologisch ungeheuer wichtiger Punkt für die Wählerschaft, gerade für die sozialdemokratische. Der Vorwurf, mit der paritätischen Mitbestimmung würde ein neues Establishment geschaffen, werde so entkräftet. Zugleich machte Schmidt sich für einen eigenen sozialdemokratischen Gesetzentwurf stark, damit sich die SPD nicht allein »zum Lautsprecher von Otto Brenner« mache.[222]

> »So in der Richtung denke ich mir den Gesetzentwurf der Sozialdemokraten. Er wird dann immer noch abgelehnt von der CDU, aber dann ist es ein Gesetzentwurf, mit dem ich in den Wahlkampf hineingehen kann, und wo ich auch gegenüber meinen zwanzig- oder dreißigtausend Gewerkschaftsfunktionären sagen kann, bitte, Genossen, ihr habt Euch was ausgedacht, und wir waren och nich

---

219 Niederschrift über die Beiratssitzung der IG Chemie am 23./24. November 1967, in: AfsB, IG CPK, Hauptvorstands- und Beiratssitzungen III 1.1.67 bis 30.6.68, Bl. 12.
220 Vgl. ebd., Bl. 17.
221 Zwischenbericht der Arbeitsgruppe Mitbestimmung, Bl. 35.
222 Vgl. ebd., Bl. 36.

doof, wir haben uns och was ausgedacht [sic!]. Das ist vielleicht sogar, wenn Ihr mal die Gesamtsituation einer Partei, die nicht nur Gewerkschaftswähler erstrebt, sondern auch noch andere Wähler erstrebt, sogar vielleicht etwas gefährlich.«[223]

In diesem Sinne arbeitete der Unterausschuss weiter an einem Gesetzentwurf, der allerdings aufgrund der Zeitnot und Komplexität des Themas zunächst in Thesenform als eine Art Zwischenschritt ausgefertigt wurde. Zum Demokratisierungspostulat und dessen Bedeutung für die Mitbestimmung fanden keine Grundsatzdiskussionen statt, vor allem aufgrund der Intervention von Friedhelm Farthmann. Man blieb pragmatisch. Die Teilnehmer erörterten lediglich die instrumentarische Ausgestaltung der Wahlen im Hinblick auf eine mittelbare oder unmittelbare Wahl der Aufsichtsräte. Hier waren die Meinungen geteilt. Während die einen eine gewisse Repräsentanz der Wahlen als notwendig erachteten, lehnten andere eine direkte Wahl der Vertreter kategorisch ab. Farthmann etwa hielt dies

»für ein Verhängnis in jeder Hinsicht. Erstens sind das dann rein demagogische Wahlen, da kommen die dran, die dann sagen, Kollegen, ich sorge dafür, daß hier kein Arbeitsplatz stillgelegt wird und da kommen die durch, die vorher sagen, wir geben unsere Tantiemen für den Vietnam-Krieg und so. Das hat keinen Zweck, wobei hinzukommt, daß das kostenmäßig eine solche Belastung für die Unternehmen ist, das steht in keinem Verhältnis.«[224]

Die weiteren Aspekte, bei denen man sich auf Auseinandersetzungen mit den Unternehmern und der CDU einstellen musste, der Status des Arbeitsdirektors etwa, die Tantiemenbegrenzung und die Größenmerkmale konnten ohne größeren Dissens abgehakt werden.

In den Beratungen spiegelte sich die Komplexität der Materie wider, die neben den politischen Fragen auch zahlreiche juristischer Art berührte, bis hin zur Verfassungskonformität. Unter Rückgriff auf den juristischen Sachverstand von Otto Kunze wurde erneut einen Rechtsformzwang geprüft, also eine Pflicht, alle Unternehmen ab einer gewissen Größe zwangsweise in die Rechtsform der AG oder zumindest einer Kapitalgesellschaft mit einem Aufsichtsorgan umzuwandeln. Die Idee des Verfassungszwangs kennzeichnete den anderen Reformweg. Hierbei ging es um die Schaffung eines Unternehmensverfassungsrechts, das formal die geltenden Rechtsformen bestehen lassen, jedoch jedes Großunternehmen zwingen wollte, sich eine eigene Verfassung zu geben. »Der eigentliche Unterschied zum Rechtsformenzwang liegt darin, daß über den Weg der Reform des Verfassungsrechts eine spezielle

---

223 Ebd., Bl. 37.
224 Ebd., Bl. 62.

Sachregelung für jede einzelne Rechtsform möglich wird, die politisch-psychologisch dosiert werden kann und damit ein elastisches Vorgehen erlaubt.«[225]

Vor allem die Rechtsform der Großverlage Springer und Augstein, die trotz ihrer Größe und ihres Einflusses nach wie als Personengesellschaften organisiert waren, stieß den Gewerkschaftern und Helmut Schmidt auf. Ein Rechtsformzwang hätte den Weg zu einer Publizitätspflicht von Großunternehmen sowie, damit verbunden, zu einer verbindlichen Mitbestimmung wesentlich erleichtert und wäre auch allgemein verständlicher gewesen. Doch trotz einer intensiven Aussprache in zweiten Sitzungen konnte sich der Ausschuss, im Gegensatz zu den Vorschlägen der CDA, nicht auf einen Vorschlag einigen. Abgesehen davon, dass ein Formzwang als politisch und technisch kaum durchsetzbar erschien, hätte es die Fraktion schlicht überfordert, noch vor den Bundestagswahlen eine ausgefeilte Vorlage in den Bundestag einzubringen, mit der eine politische Auseinandersetzung geführt werden konnte. Da im Zusammenhang zu den Themen Mitbestimmung und Unternehmensverfassung technische Fragen ohnehin in Hinterzimmern besprochen würden, setzte man sich an dieser Stelle nicht mit Verve für eine Entscheidung ein, obwohl allen bewusst war, dass es sich, ähnlich wie bei der Frage der Aufsichtsratsvergütung, um eine sehr grundsätzliche Frage handelte. Letztendlich konnte sich der Ausschuss nicht einigen, ob nun ein Rechtsformzwang oder eine besondere Verfassung für jede einzelne Rechtsform der geeignete Weg sei.[226]

Erneut kam, angefacht durch ein entsprechendes Modell der CDA-Sozialausschüsse, die Debatte auf, ob denn der Aufsichtsrat überhaupt das geeignete Mitbestimmungsgremium wäre, oder ob die Arbeitnehmer nicht besser in der Hauptversammlung vertreten wären. Auch hier konnten sich die SPD-Vertreter auf kein Modell einigen. Zu groß waren die Diskrepanzen zwischen den Argumenten, die eher die unternehmerische Sichtweise im Blick hatten, und jenen, vor allem vonseiten des DAG-Mitarbeiters Jürgen Steinert, die demokratietheoretische Aspekte vorbrachten. Die höchst unwahrscheinliche politische Durchsetzbarkeit und grundsätzliche Bedenken, etwa aufgrund der hohen Fluktuation der Belegschaft, trugen ihr Übriges dazu bei, dass diesem Gedanken nicht intensiv nachgegangen und er an die paral-

---

225 Zwischenbericht der Arbeitsgruppe Mitbestimmung auf Unternehmensebene zu Händen der Kommission für Fragen der Mitbestimmung und des Betriebsverfassungsgesetzes für die Sitzung am 24. Juni 1968 vom 21. Juni 1968, in: SPD-Parteivorstand, Sekretariat Alfred Nau, 2/ PVAI000643, S. 9.

226 Vgl. Protokoll der Sitzung der Arbeitsgruppe Mitbestimmung auf Unternehmensebene vom 25./26. Mai 1968, Bl. 34-56 sowie vom 22./23. August 1968, in: SPD-Bundestagsfraktion 5. WP, Mappe 609, Bl. 15-29. In diesem Sinne widersprach Farthmann in einer Sendung des RIAS auch der Behauptung vonseiten Wolfgang Pohle, CDU-MdB und persönlich haftender Gesellschafter der Friedrich Flick KG (1903–1971), der DGB plane eine solche Zwangsform für Großunternehmen. Vgl. Aufzeichnung des RIAS-Abendstudios vom 5. Juni 1968, in: SPD-Bundestagsfraktion 5. WP, Mappe 611, Bl. 9 f.

lel tagende Arbeitsgruppe Betriebsverfassung delegiert wurde.[227] Zusammenfassend stellte der Ausschuss fest, dass man nach eingehender Prüfung solcher Vorschläge immer wieder zu dem Schluss käme, dass »eine praktikable Lösung, die die Arbeitsfähigkeit einer interessenpluralistisch zusammengesetzten Anteilseignerversammlung verbürgt, bisher nicht gefunden worden ist. Aus diesem Grund sollte von einer Beteiligung der Arbeitnehmer in der Anteilseignerversammlung abgesehen werden.«[228] Dieselbe Diskussion kam im Zusammenhang zur Frage nach der richtigen Größe und der Beteiligung der Öffentlichkeit bzw. des öffentlichen Interesses am Aufsichtsrat auf. Ein Gremium, in dem mindestens 15 Personen säßen, hätte leicht mit dem Argument des Pöstchengeschachers abgetan werden können und hätte zudem zu politischen Komplikationen geführt.[229] Gerade innerhalb der SPD-Fraktion war dieses Thema, auch aus wahltaktischen Gründen, ein großes Anliegen.[230]

Um die demokratische Wahl der Arbeitnehmervertreter im Aufsichtsrat sicherzustellen und dabei ein gewisses Maß an Praktikabilität zu wahren, schlug die SPD die Einführung einer im Umfang gestaffelten Unternehmensversammlung der Arbeitnehmer vor, die ab einer Belegschaft von mehr als 100 Beschäftigten aus zwischen 20 und 50 Mitgliedern bestehen sollte, ab einer Belegschaft von mehr als 5.000 sollte pro angefangene 100 Mitarbeiter je ein Mitglied hinzutreten. Die Versammlung sollte in erster Linie als Wahlorgan für die Aufsichtsratsmitglieder fungieren, umfangreiche Informations- und Erörterungsrechte über die wirtschaftliche Lage des Unternehmens erhalten und somit gegebenenfalls den Wirtschaftsausschuss des Betriebsrats ablösen. Ein analoges System wurde für Konzerne vorgesehen. Als neues Element am Ende der Diskussion stand der Vorschlag, den Aufsichtsrat aus mindestens 15 bis 21 Mitgliedern im Verhältnis 4:4:3 bzw. 8:8:5 aus Anteilseignern, Arbeitnehmern und Öffentlichkeit zusammenzusetzen.

»Die Vertreter der Arbeitnehmer ihrerseits bestehen je zur Hälfte aus Beschäftigten des Unternehmens (unternehmensangehörige Arbeitnehmervertreter) und solchen, die nicht im Unternehmen beschäftigt sind; unter den Arbeitnehmervertretern müssen Arbeiter und Angestellte angemessen vertreten sein [...] Bezüglich der Arbeitnehmervertreter, die nicht im Unternehmen beschäftigt sind, haben die

---

227 Vgl. Protokoll der Sitzung der Arbeitsgruppe Mitbestimmung auf Unternehmensebene vom 6. Juni 1968, in: SPD-Bundestagsfraktion 5. WP, Mappe 609.

228 Überblick über den gegenwärtigen Stand der internen Diskussion über die »Mitbestimmung auf Unternehmensebene« vom 21. November 1968, in: SPD-Bundestagsfraktion 5. WP, Mappe 608, S. 8.

229 Vgl. Aufzeichnung der Sitzung der Arbeitsgruppe Mitbestimmung auf Unternehmensebene vom 16. Juni 1968, in: SPD-Bundestagsfraktion 5. WP, Bl. 11 ff.

230 Vgl. Aufzeichnung der Sitzung der Arbeitsgruppe Mitbestimmung auf Unternehmensebene vom 22./23. August 1968, Bl. 12 ff.

Spitzenorganisationen der in den Betrieben des Unternehmens vertretenen Gewerkschaften das alleinige Vorschlagsrecht.«

Die Wahl sollte nach den Grundsätzen der Unternehmensversammlung erfolgen. Die Vertreter der Öffentlichkeit sollten nach langen Diskussionen nicht von Parlamenten, sondern von dem Rumpfaufsichtsrat der Anteilseigner und Arbeitnehmer mit Zweidrittelmehrheit gewählt werden. Dabei sah die SPD grundsätzlich auch eine Wahl von Angehörigen gesellschaftlicher Gruppen vor.[231]

Es blieb die Frage im Raum, wie sich diese Überlegungen mit denen des DGB deckten, gerade in Bezug auf mögliche Änderungen im Gesellschaftsrecht. Hierzu lotete Junghans, vermutlich mit Vertretern der IG Chemie, Überschneidungen und Gefahren aus. Die Einführung einer Unternehmens- bzw. Konzernversammlung wurde als vertretbar erachtet, einig war man sich zudem, dass die Betriebsräte in jedem Fall, ggf. aufgestockt um Ersatzmitglieder, das Wahlorgan bilden müssten. Ein Vorschlag für Kandidaten sollte von mindestens 100 Arbeitnehmern getragen werden, um Minderheiten nicht über Gebühr zu bevorzugen, wobei man offenbar nicht die leitenden Angestellten als Gruppe im Sinn hatte. Die außerbetrieblichen Vertreter konnten ebenfalls vom so zusammengesetzten Wahlorgan berufen werden. In Ergänzung zu den Erörterungen der SPD sahen die Gewerkschaftsvertreter es als unumgänglich an, dass einzelne Mitglieder nach der Größe der von ihnen repräsentierten Gruppen ein differenziertes Stimmrecht in der Unternehmensversammlung erhalten sollten. Auch bei der Zusammensetzung des Aufsichtsrats ergaben sich Dissens und Einigkeit. Das neutrale Mitglied elfte bzw. 15. oder 21. Mitglied blieb unverzichtbar, die weiteren neutralen Mitglieder hätten schlicht kooptiert werden können. Am ehesten hätte man abschließend in Bezug auf den Arbeitsdirektor auf einen Nenner kommen können.[232]

In der IG Chemie wurden die Pläne der Fraktion sehr positiv aufgenommen. Nach dem harten Nein von Fritz Erler aus dem Jahre 1965, was nachhaltig Eindruck hinterlassen hatte, sei nun Tauwetter eingetreten. Die SPD habe erkannt, dass die Mitbestimmung eine zentrale Frage sei, zu deren Verwirklichung sie beizutragen hat. Allerdings könne man bei dem schleppenden Gang der »parlamentarischen Maschinerie« damit rechnen, dass bis zur Wahl kein Ergebnis erzielt würde und der neu gewählte Bundestag von vorne beginnen müsste. »Sollte sich die sozialdemokratische Partei mit unserer Hilfe echt engagieren, dass wir zu der Überzeugung kommen, sie macht die Mitbestimmung zu ihrer eigenen Sache, dann könnten wir hoffen.«[233]

---

231 Siehe Überblick über den internen Stand der Diskussion, S. 13 ff. (Zitate ebd.).

232 Vgl. Überlegungen, welche Bestandteile des gewerkschaftlichen Entwurfs eines Mitbestimmungsgesetzes vom 12.3.1968 einerseits und der Vorstellungen der SPD-Unterkommission Unternehmensverfassung andererseits einander angenähert werden können, Besprechung am 12. November 1968, in: AfsB, IG CPK, Partei vom 1.1.1954 bis 1969.

233 Niederschrift über die Hauptvorstandssitzung der IG Chemie am 10. Juni 1968, in: AfsB, IG CPK, Hauptvorstands- und Beiratssitzungen III ab 1.1.67 bis 30.6.68.

Der Sachstand der Beratungen der SPD-Fraktion wurde allerdings bereits im Vorfeld bekannt, was nicht zuletzt an den eigenen Leuten lag. Öffentlichen Stellungnahmen führender SPD-Politiker zur Mitbestimmung stießen gerade beim DGB auf Kopfschütteln, der das Thema lieber in den dafür eingesetzten Kommissionen behandelt wissen wollte. In diesem Sinne schrieb ein frustrierter Ludwig Rosenberg an Willy Brandt, dass »man über die weitere Ausgestaltung der paritätischen Mitbestimmung und ihrer Einzelheiten sicherlich verschiedener Meinung sein«, man aber »wohl nicht eine Kommission einsetzen [könne], die einen gemeinsamen Beschluß fassen soll, und bevor diese Kommission entschieden hat, diese ihre Entscheidung einseitig vorwegnehmen.«[234] Helmut Schmidt und Heinz Ruhnau (geb. 1929) hatten zuvor öffentlich die Pläne lanciert, nach denen die SPD den Aufsichtsrat zu 80 % paritätisch und zu 20 % von der Öffentlichkeit besetzen wollte. Rosenberg sah durch solche Äußerungen öffentliche Streitigkeiten zwischen dem DGB und der SPD aufkommen, was nach einstimmiger Auffassung durch die Institution des Gewerkschaftsrats unterbunden werden sollte. Diskussionen gehörten für Rosenberg in den Kreis der Kommissionen, um danach mit einer Stimme nach außen zu treten. »Hat denn eine solche Mitbestimmungs-Kommission überhaupt einen Sinn, wenn man [...] die Diskussion [...] in der Presse führt? Dann können wir ja gleich mit der Presse anfangen und uns später einmal zusammensetzen und darüber beraten, wer die beste Presse gehabt hat. Ich verstehe das einfach nicht mehr, und ich finde, daß man völlig überflüssige Konflikte konstruiert, die mit ganz geringem guten Willen vermieden werden könnten.« Solche Erklärungen provozierten den Widerspruch der Gewerkschaften geradezu.[235] Im selben Sinne schrieb auch Otto Brenner an Willy Brandt.[236]

Rosenbergs Denken war durchzogen von der Überzeugung, dass Partei und Gewerkschaften zusammen Lösungen für wichtige Fragen finden könnten. Dass diese Partei sich in einer politischen Arena befand, unterschiedlichste Interessen auszugleichen hatte und auch schlicht eigene Profilierung betrieb, spielte für den DGB-Vorsitzenden eine eher untergeordnete Rolle. Doch genau hierauf hob Schmidt in seiner Antwort ab, in der er den Vorwurf zurückwies, er habe sich zur Frage der Vertreter der Öffentlichkeit im Unternehmen geäußert. Schmidt vertrat den Standpunkt, dass »Demokratisierung der Unternehmen [...] bedeuten muß, daß der Arbeitnehmer seinen Repräsentanten wählt. Für diese Einstellung ist darüber hinaus die taktische Notwendigkeit maßgebend, dem linken Flügel der CDU-Fraktion im Bundestag gegen die Masse seiner eigenen Fraktion eine Zustimmung zu unseren Plänen zu ermöglichen.« Er habe sich aufgrund bohrender Nachfragen in der Pressekonferenz ob

---

234 Schreiben von Ludwig Rosenberg an Willy Brandt vom 27. September 1968, in: DGB-Archiv im AdsD, Abt. Vorsitzender, 5/DGAI000014.

235 Siehe ebd., S. 2 f.

236 Siehe Schreiben von Otto Brenner an Willy Brandt vom 27. September 1968, in: HSA, 1/ HSAA005100.

der Unterschiede zwischen DGB und SPD zu der Aussage hinreißen lassen.[237] Auch Ruhnau ruderte gegenüber Brenner und Rosenberg zurück und fühlte sich falsch wiedergegeben.[238]

Auf der Basis der Erörterungen lud die SPD am 22. Oktober 1968 auf Beschluss des Präsidiums führende Unternehmer wie Otto A. Friedrich (1902–1975), persönlich haftender Gesellschafter der Flick KG und späterer BDA-Präsident, Walter Hesselbach von der BfG, den späteren Bundesbankpräsidenten Karl Klasen (1909–1991) oder den Schmidt-Vertrauten Philip Rosenthal (1916–2001) in die Parteikommission ein.[239] Hinter der Einbindung von Unternehmern steckte die taktische Absicht, »den Wahlkampf in Bezug auf die Mitbestimmung so [zu] führen, daß uns nicht vorgeworfen werden kann, wir hätten lediglich das Establishment um einige Köpfe vermehrt.«[240] Friedrich, in dessen Unternehmen die Montanmitbestimmung gängige Praxis war, erteilte den Ideen wenig überraschend eine Absage und merkte an die SPD gerichtet kritisch an, dass die Diskussion um die Mitbestimmung deutlich vereinfacht würde, wenn sie nicht als Idealmaß dargestellt würde, sondern als eine Ausnahmeregelung, die in ihrer Zeit und unter besonderen Voraussetzungen geboren wurde. Die Unternehmer lehnten in Gänze insbesondere eine Beteiligung der Öffentlichkeit am Aufsichtsrat im Verhältnis von 4:4:3 und an der vorgesehenen Unternehmensversammlung ebenso ab wie die Parität, standen einer Regelung für den Arbeitsdirektor jedoch offen gegenüber. Auch eine Bestellung des Vorstandes mit Zweidrittelmehrheit des Aufsichtsrats wurde positiv aufgenommen.[241]

---

237 Schreiben von Helmut Schmidt an Ludwig Rosenberg (gleichlautend an Otto Brenner) vom 4. Oktober 1968, in: ebd.

238 Schreiben von Heinz Ruhnau an Ludwig Rosenberg (gleichlautend an Otto Brenner) vom 9. Oktober 1968, in: ebd.

239 Mit Rosenthal, einem der SPD nahestehenden Unternehmer, der im Jahr darauf der Partei beitrat und nach seinem Einzug in den Bundestag unter Karl Schiller Parlamentarischer Staatssekretär im Wirtschaftsministerium wurde, führte Schmidt eine rege Korrespondenz. Der Unternehmer aus der Familie der Porzellandynastie setzte sich stark für den Ausbau der Vermögensbildung von Arbeitnehmern ein und bot sich auch mehrfach an, an dem Sitz seiner Firma ein Symposium zur Mitbestimmung zwischen Unternehmern und Gewerkschaftern mit der Politik durchzuführen. Dabei ging es auch dem prinzipiell offenen Unternehmer darum, die Unternehmensmitbestimmung in der geplanten Form zu verhindern, in erster Linie, da sie den Entscheidungsspielraum verenge und den Unternehmen angesichts der Herausforderungen aus Osteuropa ihrer Flexibilität beraube. Vgl. Schreiben von Philipp Rosenthal an Helmut Schmidt vom 1. Januar und 1. April 1968, in: HSA, 1/HSAA005230.

240 Schreiben von Helmut Schmidt an Philip Rosenthal vom 11. April 1968, in: ebd.

241 Siehe Protokoll der Sitzung der Kommission für Fragen der Mitbestimmung und des Betriebsverfassungsgesetzes am 22. Oktober 1968, in: SPD-Bundestagsfraktion 5. WP, Mappe 613.

2.4.4 Die Mitbestimmungsinitiative der SPD-Bundestagsfraktion

Das Gesamtpaket »Unternehmensverfassung« der SPD-Fraktion bestand aus vier getrennten Entwürfen, dem 2. Gesetz zur Sicherung der Mitbestimmung, dem Entwurf zur Beschränkung der Aufsichtsratstantiemen, der Novellierung des Betriebsverfassungsgesetzes sowie dem Entwurf zur qualifizierten Mitbestimmung.[242] Die Intention der SPD war klar. »Durch das, was im Parlament geschieht, wollen wir nach innen und außen unsere eigene Zielsetzung klarmachen, insbesondere auf dem Gebiet der gesellschaftspolitischen Reformen, der Arbeitnehmerfragen und auf allen Gebieten, die den kleinen Mann angehen.«[243] Ein Element dieser Strategie sah die Fraktion in den Entwürfen zur Mitbestimmung. Sie hoben sich von anderen Reformplänen der Großen Koalition ab, da die SPD sie als eigene Initiative in den Bundestag einbrachte. Gerade dieses Mittel wollte man jedoch zum Ende der Legislaturperiode hin sparsam einsetzen, um dem Eindruck entgegenzutreten, »die SPD sei in der Großen Koalition der Juniorpartner gewesen.«[244] Einer Kabinettsinitiative wurde grundsätzlich als vorrangig erachtet. Doch aller strategischen Überlegungen zum Trotz hatten die Gewerkschafter des DGB grundsätzlich Recht mit ihrer Einschätzung, dass die SPD ihr Wohl und Wehe nicht von der Mitbestimmung abhängig machen würde. Denn obwohl die Meinungsforschung ermittelte, dass qualifizierte Kräfte unter Arbeitern und Angestellten der SPD eher zugeneigt waren als ungelernte Kräfte, bestanden in der Wahrnehmung der SPD auch in dieser Gruppe keine konkreten Vorstellungen über die DGB-Forderungen. Da die Mitbestimmung zudem auch in einer Rangfolge der Prioritäten weit hinten angesiedelt war, hielt Helmut Schmidt es für einen Fehler, sie zum zentralen Wahlkampfthema küren.[245]

Ein Teil des Paketes bestand in einer erneuten Vorlage zur Wahrung des Status quo der Mitbestimmung in der Eisen- und Stahlindustrie, das 2. Sicherungsgesetz. Produktionsverschiebungen unter anderem bei den Hüttenwerken Siegerland, der

---

242 Dabei durchkreuzte der Entwurf zum Betriebsverfassungsgesetz die zeitlichen Überlegungen der Partei, musste doch zuerst eine Einigung in der Frage des Minderheitenschutzes zwischen der DAG und dem DGB erzielt werden. Deswegen konnte die SPD-Fraktion nicht mehr vor dem CDU-Parteitag mit fertigen Gesetzentwürfen in die Öffentlichkeit treten, was allerdings von Schmidt zuvor als unbedingt notwendig erachtet wurde, denn »wir können es uns keineswegs leisten, in den Deutschen Bundestag mit einem Antrag zu gehen, der bloß Thesen enthält, es besteht vielmehr bei allen Initiativen die feste Absicht, vollständige Gesetzentwürfe vorzulegen. […] Wir dürfen es den Gegnern unserer Vorlagen nicht erlauben, unsere Initiativen durch bloße Thesen-Form als ein angebliches Schein-Gefecht abzuwerten.« Schreiben von Helmut Schmidt an Willy Brandt (und weitere Empfänger) vom 4. Oktober 1968, in: HSA, 1/HSAA005320.

243 Protokoll über die Sitzung des Fraktionsvorstands vom 23. September 1968, in: SPD-Bundestagsfraktion 5. WP, Mappe 228, Bl. 1.

244 Ebd.

245 Vgl. Protokoll der Sitzung der SPD-Fraktion vom 25. November 1968, in: SPD-Bundestagsfraktion 5. WP, Mappe 109, S. 5 f.

Luitpoldhütte und der Rasselstein AG in Neuwied stellten die Montanmitbestimmung erneut infrage. Zudem begrenzten zahlreiche Unternehmen an der Ruhr ihre Tätigkeit auf das Walzen von Stahl und gliederten die Produktion aus. Einen ersten Gesetzentwurf legte die IG Metall vor, der an die Änderungen des Mitbestimmungsergänzungsgesetzes anknüpfte und eine neue Karenzfrist vorschlug. Die eindeutige und saubere Lösung, einen bestimmten Stichtag festzulegen, galt als verfassungsmäßig bedenklich. Deswegen griff Wolfgang Spieker, der den Entwurf ausgearbeitet hatte, zu einem Trick und knüpfte an die Zugehörigkeit zu den Berufsgenossenschaften an. Alle Betriebe, die sich der Eisen- und Stahlerzeugung und der Verformung von Stahl zurechneten und in entsprechend organisiert waren, sollten erfasst werden[246], was zur Konsequenz hatte, dass nicht nur der Abgang von Unternehmen aus der Mitbestimmung verhindert, sondern auch evtl. Neuzugänge möglich wurden.[247]

Die IG Metall und der DGB setzten in ihren Entwürfen knappe Zeitspannen an, da sie davon ausgingen, dass

»es keinen Zweck hat, noch auf 10 oder 20 Jahre zu kalkulieren, sondern daß eine 5-Jahresfrist ausreicht in dem Sinne, dann muß das Für und Wider der Mitbestimmung gefallen sein, und wenn das Wider für die Mitbestimmung fällt, dann ist auch die Mitbestimmung bei Kohle und Stahl nicht mehr zu halten, dieser Konsequenz müssen wir klar ins Auge sehen.«[248]

Um die Mitbestimmung zu sichern, mussten der DGB und die IG Metall somit zu immer komplizierteren Methoden greifen. Die Einbeziehung der Berufsgenossenschaftszugehörigkeit, des vorwiegenden Betriebszwecks und der Fristen drückten die Notwendigkeit aus, eine verfassungskonforme Lösung zu finden, ohne der CDU die Möglichkeit zu geben, eine Ausweitung der Mitbestimmung durch die Hintertür abzulehnen.[249] Die Schwierigkeiten, die durch die Veränderungen im Montanbereich hervorgerufen wurden, ließen somit eine allgemeine paritätische Mitbestimmung nötiger denn je erscheinen. Auch aus diesem Grunde verband die SPD die politisch erreichbare Sicherung der Mitbestimmung mit den aussichtslosen Erweiterungsinitia-

---

246 Vgl. Entwurf eines zweiten Mitbestimmungssicherungsgesetzes mit Begründung vom 20. September 1967, in: SPD-Bundestagsfraktion 5. WP, Mappe 216.

247 Vgl. Vorlage Qualifizierte Mitbestimmung in der Eisen- und Stahlindustrie, in: ebd., Bl. 2.

248 So Friedhelm Farthmann in der Sitzung des Arbeitsgruppe Mitbestimmung auf Unternehmensebene. Protokoll der Sitzung der Arbeitsgruppe vom 25./26. Mai 1968, Bl. 7.

249 Vgl. ebd., Bl. 9 ff. Innerhalb der SPD fand der Gewerkschaftsentwurf zunächst prominente Unterstützung. Der Arbeitskreis Rechtswesen der SPD befürwortete ihn, da die IG Metall und der DGB klare Rechtspositionen fanden. Auch aus politischen Aspekten sprachen sich einige Mitglieder dafür aus, eher eine einwandfreie Lösung in den Bundestag einzubringen, da die Wähler ohnehin nicht damit rechneten, dass die Mitbestimmungsentwürfe der SPD eine Chance auf Verwirklichung hätten. Vgl. Protokoll der 72. Sitzung des Arbeitskreises Rechtswesen vom 16. Oktober 1968, in: SPD-Bundestagsfraktion 5. WP, Mappe 965, Bl. 4 f.

tiven. Ein separates Sicherungsgesetz hätte die Übersicht erschwert und ein psychologisch falsches Signal in Richtung der aktiven Gewerkschafter gesetzt.[250] Deswegen brachte die Fraktion die Gesetzentwürfe als Gesamtes in den Bundestag ein.

Die Fraktion beschäftigte sich in einer beinahe ganztägigen Sondersitzung am 25. November 1968 erstmals in einer eingehenden Aussprache mit dem Paket. Hier spiegelten sich die Konflikte zwischen den Gewerkschaftern und den Politikern wider. Während die Neukonstruktion der Vorstandswahlen, nach der auf einen eigenen Arbeitsdirektor zugunsten einer Zweidrittelwahl aller Vorstände verzichtet werden sollte, auf Zustimmung bei den Gewerkschaften stieß, lehnten Letztere die Unternehmensversammlung ab und wollten das Wahlmännergremium des Montanmitbestimmungsgesetzes beibehalten. Aktive Gewerkschafter wie Willi Michels und Georg Neemann (1917–1993), beide Mitbestimmungspraktiker von IG Metall und DGB, befürchteten einen schwindenden Einfluss der Gewerkschaften auf die Auswahl der Aufsichtsräte und Schwierigkeiten für die Kandidaten, sich bei einer Direktwahl bekannt zu machen. Dennoch wurde der Vorschlag der Arbeitsgruppe »bei deutlicher Mehrheit […] gegen eine ansehnliche Minderheit« angenommen.[251] Auf eine Zusammensetzung der Aufsichtsräte konnte die Fraktion sich zunächst nicht einigen. Zu stark unterschieden sich die Ideen, der Grad der Einbeziehung von Öffentlichkeit bedurfte noch weiterer Erörterungen. Gerade in diesem Aspekt zeigte sich, wie stark die SPD bemüht war, eigenständige Ideen zu entwickeln und wie schwer sich das Leben damit machte. Helmut Schmidt etwa legte wie schon in zahlreichen Sitzungen zuvor großen Wert auf die Dechiffrierung von »Gewerkschaftsdeutsch«, insbesondere in dem Konflikt zwischen Arbeitnehmern und Arbeitgebern.[252] Die Fraktion fasste am 25. November lediglich erste Tendenzbeschlüsse, auf deren Grundlage die Arbeitskreise Sozialpolitik, Wirtschaftspolitik, Rechtswesen und Innenpolitik mit der Formulierung von Gesetzentwürfen beauftragt wurden.[253] Die endgültige Beschlussfassung erfolgte nach vorheriger Konsultation des Gewerkschaftsrats, die aber keine inhaltlichen Änderungen erbrachte.[254]

---

250 Vgl. Protokoll der Sitzung der SPD-Fraktion vom 25. November 1968, Bl. 8.

251 Vgl. ebd., Bl. 18-22.

252 Vgl. ebd., Bl. 23-27. Auch aus den Landesbezirken regte sich Widerspruch zu den Plänen der SPD im Bundestag. In den Ländern, in denen Wahlkämpfe anstanden, befürchteten die Landesvorstände Belastungen. Vgl. Vermerk betr. Parlamentsinitiativen der Fraktion für das letzte Arbeitsjahr der Legislaturperiode, in: SPD-Bundestagsfraktion 5. WP, Mappe 228, Bl. 8.

253 Helmut Schmidt legte die Position der SPD in einem ARD-Fernsehgespräch am 27. November öffentlichkeitswirksam dar, wozu es allerdings einer Absprache mit der Fraktion bedurfte. Die in der Fraktion vertretenen Gewerkschafter sollten auf Drängen von Willy Brandt hin nicht durch die Ergebnisse der Besprechung mit dem Gewerkschaftsrat voreingenommen werden. Vgl. Vermerk für Helmut Schmidt vom 11. November 1968, in: HSA, 1/HSAA005100.

254 In der Sitzung trafen jedoch die Fronten zwischen der DAG- und der DGB-Position in der Frage der Vertretung von Minderheiten aufeinander. Trotz aller grundsätzlicher Einigkeit vermerkt das knapp gehaltene Protokoll dazu, dass sich eine Mindermeinung »für eine stärkere Berücksichti-

Die Fraktion diskutierte die schwierigen Punkte – Größenordnung der Betriebe mit qualifizierter Mitbestimmung, die Zusammensetzung des Aufsichtsrats, die Rolle der Arbeitsgruppen und die Wahl der Arbeitsgruppensprecher – in der Sitzung am 10. Dezember aus.[255] Das Protokoll der Fraktionssitzung vom selben Tag ist nicht überliefert. Ein Auszug aus dem Protokoll spiegelt jedoch die Diskussion um die Wahl der Aufsichtsratsmitglieder wider. Demnach wollte Helmut Schmidt es im Wesentlichen beim Modell der Montanmitbestimmung belassen, wohingegen der Arbeitskreis der Partei nach intensiver Debatte einen Kompromissvorschlag vorlegte, nach dem jede Seite zunächst jeweils vier Vertreter gewählt hätte, die dann je ein Mitglied für ihre Seite kooptiert hätten. Diese Zehn hätten dann einen neutralen elften Mann mit zwei Dritteln gewählt. Es gab jedoch weitere Vorschläge, die eine Beteiligung der Politik im Aufsichtsrat vorsahen. Schmidt kam es zum einen darauf an, den Christlich-sozialen und der KAB die Tür nicht vollends zuzuschlagen und zum anderen die Tendenzbeschlüsse der Fraktion zu wahren. Alles andere schaffe tausend Kommentare von Unternehmern und Gewerkschaftern, ohne dass jemand erkenne, dass »das in Wirklichkeit nicht irgendeine Hintertür oder irgendwas Neues schafft.« Die Fraktion nahm den Antrag von Schmidt an und einigte sich somit auf das beschriebene Modell.[256] »Schmidt bemühte seine ganze Kunst als geschickter Politiker, gewandter Redner und einflußreicher Vorsitzender und drängte die Fraktion zu einem positiven Beschluss.«[257]

Im Anschluss an die Beschlussfassung gab der Vorstand der Partei eine Broschüre heraus, deren Gestaltung sich nahtlos in den Wahlkampf einführen sollte.[258] Der endgültige Entwurf zur Unternehmensverfassung übernahm die vom DGB festgelegten Grenzwerte von 2.000 Arbeitnehmern, 75 Mio. DM Bilanzsumme und 150 Mio. DM Umsatz. Das Gesetz sollte auch auf Unternehmen im Geltungsbereich des Montanmitbestimmungsgesetzes Anwendung finden, allerdings äußerte sich der Entwurf nicht deutlich, ob die dort bestehenden Grenzwerte ausgesetzt oder eingehalten würden, da sich der Begriff des Großunternehmens auf § 1 Abs. 1 des Entwurfs bezog,

---

gung des Minderheitenschutzes bei der Vertretung der Arbeitnehmer im Aufsichtsrat« aussprach. Ferner hieß es, dass »zur Frage des Minderheitenschutzes unter Aufrechterhaltung der gegenseitigen Standpunkte keine einheitliche Meinung erzielt« wurde. Kontroversen traten auch in den Grenzwerten der paritätischen Mitbestimmung und der Unternehmensverfassung auf. Siehe Kurzprotokoll über die Sitzung des Gewerkschaftsrates beim Parteivorstand am 6. Dezember 1968, in: DGB-Archiv im AdsD, Abt. Vorsitzender, 5/DGAI001802.

255 Vgl. Protokoll der Sitzung des Fraktionsvorstands vom 10. Dezember 1968, in: SPD-Bundestagsfraktion 5. WP, Mappe 238, Bl. 2.

256 Siehe Dokument 68 b: Fraktionssitzung vom 10. Dezember 1968 (Auszug), in: Bettina Tüffers (Bearb.): Die SPD-Fraktion im Deutschen Bundestag. Sitzungsprotokolle 1966–1969 (Quellen zur Geschichte des Parlamentarismus und der politischen Parteien 8/IV), Düsseldorf 2009, S. 515 ff.

257 Schneider: Die Kunst des Kompromisses, S. 129.

258 Vgl. Schreiben von Helmut Schmidt an Alfred Nau vom 5. Dezember 1968, in: SPD-Parteivorstand, Sekretariat Alfred Nau, 2/PVAI000643.

die Mitbestimmungsunternehmen aber in § 1 Abs. 2 aufgeführt wurden. Die Vertreter der Arbeitnehmer im Aufsichtsrat sollten von der Unternehmensversammlung gewählt werden, weitere Kompetenzen wies die SPD jedoch nicht explizit aus. Ab einer bestimmten Größe des Unternehmens musste der Aufsichtsrat aus 21 Mitgliedern bestehen, ansonsten aus elf oder 15. Jede Seite sollte bei einer Größe von elf Mitgliedern je ein weiteres Mitglied für die jeweilige Seite wählen, das so entstandene Zehnergremium wählte das weitere elfte Mitglied mit einer Zweidrittelmehrheit.[259] Die weiteren Mitglieder durften analog zum Montangesetz in keinem wirtschaftlichen und beruflichen Verhältnis zum Unternehmen stehen und keine Repräsentanten von Spitzenorganisationen sein. Die Gewerkschaften hatten jedoch ein Vorschlagsrecht für die Hälfte der Arbeitnehmervertreter, mussten aber mit dem Betriebsrat Rücksprache halten und doppelt so viele Bewerber vorschlagen, wie Posten zu vergeben waren. Die Richtlinien galten auch für Konzerne.[260] Gleichzeitig brachte die Bundestagsfraktion ein zweites Mitbestimmungssicherungsgesetz ein.[261] Letztendlich lässt sich resümieren, dass »die Taktik des Fraktionsvorstandes und vor allem des Fraktionsvorsitzenden [...] aufgegangen [war]; die Fraktionsführung wollte nämlich dringend vermeiden, daß sich die SPD-Fraktion definitiv, detailliert und konkret festlegte, um auf diesem Wege verhandlungsfähig gegenüber den Sozialausschüssen der CDU zu bleiben.«[262] Diese ostentativ dargestellte Offenheit lag in taktischen Motiven begründet und entsprach in keiner Weise einem ernsthaften Interesse an einer gesetzlichen Regelung der Mitbestimmung.

In der Aussprache zu den Gesetzentwürfen der SPD im Bundestag ergriff Helmut Schmidt das Wort und hob in seiner Rede besonders auf den Demokratisierungseffekt ab[263], ein Wunsch in der Bevölkerung, der sich auch in den Forderungen nach mehr Mitsprache an den Hochschulen zeigte. »Wer allzu lange die notwendigen Reformen verhindert, wer allzu lange darüber redet, ohne etwas zu tun [...], staut in einem solchen gesellschaftlichen Bereich viele richtige Gedanken auf, Gefühle auf, erzeugt Ressentiments und ist mit Schuld daran, wenn es später zu sehr unerwünschten Entwicklungen kommt.«[264] Der Fraktionsvorsitzende griff in seiner weiteren Begründung die Argumentationslinien des DGB auf, indem er ausführte, die SPD hätte

---

259 Bei einer Größe von 15 sah der Entwurf sechs und sechs plus je ein weiteres Mitglied plus die 15. Person vor, bei einem Aufsichtsrat von 21 Personen acht und acht plus je zwei weitere Mitglieder plus die 21. Person vor.
260 BT-Drs. V/3657.
261 BT-Drs. V/3660.
262 Schneider: Die Kunst des Kompromisses, S. 129.
263 So wurde es auch in der Sitzung des Fraktionsvorstands beschlossen. Vgl. Protokoll der Sitzung des Fraktionsvorstands vom 14. Januar 1969, in: SPD-Bundestagsfraktion 5. WP, Mappe 239, Bl. 2.
264 Deutscher Bundestag, Stenographische Berichte Band 68. Bericht der 210. Sitzung des Deutschen Bundestags am 22. Januar 1968. S. 11337.

in ihrem Godesberger Programm den Wandel des Wirtschaftsuntertans zum Wirtschaftsbürger verlangt, da

> »es auf Dauer der Demokratie und dem Selbstverständnis der Bürger in der demokratischen Gesellschaft nicht frommen kann, wenn man dem Bürger sagt: Im politischen Leben bist Du gleichberechtigt [...], aber in deiner Arbeitswelt ist die Sache anders, da hast Du einen geringeren Rang als andere. Auf die Dauer wird das niemand verstehen. Man kann das noch eine Zeit zurückhalten, das gebe ich zu. Aber auf die Dauer wird das niemand verstehen, daß die Welt in mehrere Sphären geteilt wird.«[265]

Allein, dass die Mitbestimmung im Grunde nicht zu dieser Sphäre zuzurechnen war, mag er geahnt haben, in die Begründung passte es aber gut hinein. Am Schluss seiner Rede appellierte Schmidt sowohl an Arbeitnehmer und Arbeitgeber gewandt dafür,

> »den Raum, den die Gesetzgebung bisher frei gelassen hat – wir haben das in unserer internen Diskussion den ›staatsfreien Raum‹ genannt; das ist aber kein guter Ausdruck – stärker als bisher auszunutzen. Ich denke an solche Vereinbarungen wie bei Klöckner, oder ich denke an das Lüdenscheider Abkommen, oder ich denke an die Rationalisierungsabkommen der letzten Zeit. Hier ist sehr viel Möglichkeit für eine frei vereinbarte Gestaltung auch in dem Felde der Mitbestimmung. Wir möchten eigentlich nicht, daß der Staat alles und jedes hier ordnet.«[266]

Der DGB war jedoch nach wie vor der Meinung, dass sein Mitbestimmungsmodell ausgereifter und rechtlich sicherer war.[267] Zudem bargen die Vorschläge der SPD ein gewisses Konfliktpotenzial, da in Teilen des DGB der Eindruck entstanden war, dass die Betriebsräte zwischen die Gewerkschaften gesetzt wurden, um diese vom Betrieb fernzuhalten.[268]

---

265 Ebd., S. 11339.
266 Ebd., S. 11347 f. Auf Beschluss des Präsidiums wurden die Reden von Helmut Schmidt und Hans Matthöfer inklusive der Zwischenrufe von CDU und FDP in der Reihe »Tatsachen und Argumente« aufgenommen um zu belegen, »wie CDU/CSU und FDP versucht haben, die Sache zu verschieben.« Protokoll der Sitzung des Präsidiums vom 23. Januar 1969, in: AdsD, SPD-Präsidium, Bl. 1.
267 Vgl. Protokoll der Sitzung der Kommission zur Durchführung des Aktionsprogramms vom 24. Januar 1969, in: DGB-Archiv im AdsD, Abt. Vorsitzender, 5/DGAI001436, Bl. 6 f.
268 Vgl. Protokoll der 7. Sitzung des DGB-Bundesausschusses vom 11. Dezember 1968, S. 8.

2.5 Die FDP im Wandel: Der Aufstieg des sozialliberalen Gedankens

Gegen Ende der 1960er-Jahre setzte die FDP, die nun nicht mehr an der Bundesregierung beteiligt war, zu einem Wandlungsprozess an, der gerade für die Entwicklung der Mitbestimmung von essenzieller Bedeutung war. Die Partei versuchte, ihr soziales Profil zu schärfen. Dabei war die Entwicklung des sozialliberalen Gedankens an sich unstet und vielfältig. In ihm vermischten sich sozialreformerische, sozialaufklärerische und wie gesehen auch christlich-protestantische Motive wie bei Friedrich Naumann, die zu einer sehr heterogenen Theorieentwicklung beitrugen, deren Rezeption in der modernen Industriegesellschaft eine eher periphere Rolle einnahm. Es waren gerade die Vertreter sozialliberaler Ideen, die sich frühzeitig für eine Verständigung zwischen Arbeitern und Bürgertum einsetzten, die eine Verbindung zwischen dem kapitalistischen System und dem gewerkschaftlichen Organisationsrecht suchten und wie Schulze-Delitzsch das Genossenschaftswesen propagierten. Doch die soziale Richtung litt an der mangelnden Begriffsschärfe und der Vielfältigkeit liberaler Ideen sowie am Widerspruch zum ordoliberalen und marktradikalen Gedanken, der sich in der Weimarer Zeit klassischerweise bei Friedrich A. HAYEK (1899–1992) und Ludwig VON MISES (1881–1973) fand.[269]

Nach dem Krieg gingen die sozialliberalen Vorstellungen im Zuge der ordoliberalen Politik Ludwig Erhards und der wirtschaftlichen Prosperitätsphase der Bundesrepublik weitgehend verloren. Die FDP, anfällig für wirtschaftsnahe Einflussnahme, war außerdem in sich gespalten zwischen Nationalliberalen im Westen und den Ausgleich suchenden Kreisen in Hamburg und Baden; auch bildeten ihre klassischen Milieus in sich keine homogene und geschlossene Gruppe. Mit Ausnahme von einzelnen Vertretern in Hamburg einte die Partei nur die Ablehnung jedweder sozialistischen Experimente. Geschickt nutzten diverse Ruhrindustrielle Spenden an die FDP als Mittel, um die Wirtschaftsinteressen der Großindustrie mit einem politischen Forum zu versehen. So entwickelte sich nach und nach das Bild einer Partei der Marktwirtschaft, die jedoch in großkapitalistischer und mittelständischer Interessenpolitik verhaftet blieb und sozialpolitische Maßnahmen nur insofern akzeptierte, als sie nicht im Widerspruch zu marktwirtschaftlichen Prinzipien standen. Erste Öffnungen aus dieser starren Lage, die innerparteilich für Verdruss sorgte, zeigten sich mit der Wahl der ersten sozialliberalen Koalition in Nordrhein-Westfalen im Dezember 1966, mit der die FDP ihr eigenständiges Profil zwischen CDU und SPD suchte, ihr bürgerliches Image langsam abstreifte und erste zaghafte Schritte in Richtung einer aktiven

---

269 Vgl. Günter Trautmann: Einleitung: Der soziale Liberalismus – Eine parteibildende Kraft?, in: Karl Holl/Günter Trautmann/Hans Vorländer (Hg.): Sozialer Liberalismus, Göttingen 1986, S. 9-16. Siehe auch Peter Theiner: Friedrich Naumann und der soziale Liberalismus im Kaiserreich, in: ebd., S. 72-83.

Rolle des Staates in der Gesellschaftspolitik unternahm, die jedoch aufgrund der alten Kreise der Nationalliberalen vorerst ins Stocken kamen.[270]

Nach dem Ende der christlich-liberalen Koalition in Bonn befand sich die FDP in einer tiefen personellen und inhaltlichen Krise. Die Vorherrschaft der alten national-liberalen Garde um Erich Mende (1916–1998) wurde von einer aufstrebenden jungen Generation von Reformern um Karl-Hermann Flach (1929–1973), Werner Maihofer (1918–2009) und Walter Scheel (geb. 1919) nicht länger geduldet. Man muss sich ver-gegenwärtigen, dass die FDP nach 1966 mit dem Rücken zur Wand stand. Die Große Koalition setzte an, das Wahlrecht zu reformieren und ein Mehrheitswahlrecht nach englischem Vorbild einzuführen, was den Todesstoß für die kleineren Parteien be-deutet hätte. Der Koalitionswechsel der CDU zur SPD führte der FDP deutlich vor Augen, dass sie verzichtbar war. In der CDU genossen die Liberalen zum Ende der christlich-liberalen Koalition aus einer Reihe von Gründen kein gutes Ansehen mehr. Kurzum, es musste etwas passieren, die FDP bedurfte einer neuen inhaltlichen Posi-tionierung, um den Eindruck der einseitigen Wirtschaftspartei zu korrigieren und sich für Koalitionsmöglichkeiten mit der SPD auch im Bund zu öffnen, ohne dabei erneut in eine andere Abhängigkeit zu fallen. Doch die personelle Neuorientierung der FDP konnte nur schwerlich als Linksruck verstanden werden, dafür fiel die Metamorphose zu durchwachsen aus.[271] »Entscheidend für das Überleben der Liberalen während der Großen Koalition war der Mut, die Selbstsicherheit, mit der man sich in der Runde umsah, war der Wille, zur Macht, an die Regierung zu kommen, mit dem man zu neuen Ufern aufbracht.«[272] Der Wille zur Macht war die eine, eine grundsätzlich neue Orien-tierung in der Ostpolitik die andere Voraussetzung für ein Regierungsbündnis mit der SPD, die jedoch in der Partei hoch umstritten blieb und im Grunde erst mit der er-folgreichen Bundestagswahl 1972 als geschlossene FDP-Position verankert wurde.[273]

Die neue Offenheit für gesellschaftliche Themen bedeutete gleichwohl zunächst nicht, dass sich die FDP in ihrer Oppositionsphase offensiv auf die Gewerkschaf-ten zubewegt hätte. Auch die »Reformer«, die auf dem Parteitag 1968 gewählt wur-den, setzen keine Akzente in Richtung des DGB. Gerade der neue Parteivorsitzende Scheel klammerte in seiner Rede die Sozial- und Arbeitspolitik weitgehend aus. Der DGB zählte Scheel und Genscher ohnehin zu der konservativen Riege der Partei, die sich zwar linken Strömungen öffnete, ihre eigene Mitte dabei jedoch nicht aufs Spiel setzen wolle.[274] Vereinzelte Stimmen auf diesem Parteitag sprachen sich jedoch

---

270 Vgl. Hans Vorländer: Der Soziale Liberalismus der F.D.P. Verlauf, Profil und Scheitern eines soziopolitischen Modernisierungsprozesses, in: ebd., S. 190-226, hier S. 194-202.

271 Vgl. Arnulf Baring: Machtwechsel. Die Ära Brandt-Scheel, Stuttgart 1982, S. 95 ff.

272 Ebd., S. 99.

273 Vgl. Ulrich Wildermuth: Von der FDP zur F.D.P., in: Wolfgang Mischnick (Hg.): Verantwortung für die Freiheit. 40 Jahre F.D.P., Stuttgart 1989, S. 194-214, hier insbesondere S. 203 ff.

274 Vgl. Bericht von Kurt Hirche an den GBV über den 19. Bundesparteitag der FDP vom 29.–31. Janu-ar 1968 vom 1. Februar 1968, in: DGB-Archiv im AdsD, Abt. Vorsitzender, 5/DGAI002068, Bl. 2.

zumindest für die Mitbestimmung aus und zeigten sich außerordentlich froh, »endlich einmal etwas anderes über die Mitbestimmung gehört [zu] haben als die stereotype Ablehnung, die doch bisher auf unseren Parteitagen weitgehend vorgeherrscht hat.«[275] Auch könne Mitbestimmung durch Bildung zu einer echten Partnerschaft in den Betrieben beitragen.[276] Die Rede von Ralf Dahrendorf (1929–2009) wirkte in den Statements deutlich nach und lockerte den Boden für eine neue Definition der industriellen Beziehungen auf. Dahrendorf lehnte zwar die Montanmitbestimmung rundweg ab, ermahnte aber die FDP, eine »liberale Politik der industriellen Beziehungen« zu entwickeln, die jedoch keine Politik der Mitbestimmung sein könne. »Wir brauchen heute zugleich klare Führung und wirksame Kontrolle.«[277] Im Zentrum der Rede Dahrendorfs stand allerdings nicht die wirtschaftliche Mitbestimmung, sondern die Möglichkeit der Teilhabe durch Bildung und die Erweiterung des Bildungsbegriffes, ein altes und traditionell liberales Ansinnen. Dass die Mitbestimmung mittlerweile, ob dank der Offensive des DGB oder nicht, auch für die FDP ein Thema werden musste, zeigte sich zudem in der anschließenden Pressekonferenz zum Parteitag, in der zahlreiche Fragen an Scheel und Genscher in Bezug darauf unter dem Aspekt einer möglichen Koalitionsfähigkeit der FDP gerichtet wurden.[278]

Die Gewerkschaften kamen jedoch auf dem Parteitag nicht zur Sprache. »Während auf früheren Parteitagen doch hin und wieder sei es in einem Referat oder in einem Diskussionsbeitrag die Gewerkschaften erwähnt oder auch kritisiert wurden, konnte man im Verlauf dieses Parteitags den Eindruck gewinnen, als ob sie überhaupt nicht existieren, ja als ob echte sozialpolitische Probleme kaum vorhanden seien.«[279] Diese Einschätzung wurde von sozialpolitisch versierten FDP-Politikern wie Hansheinrich Schmidt (Kempten) (1922–1994), der eine wichtige Rolle im Entstehungsprozess des Mitbestimmungsgesetzes spielte, geteilt. Er stellte fest, dass

»alle Anstrengungen der FDP, ganz besonders in den letzten Jahren ein stärkeres sozialpolitisches Profil nach außen zu zeigen, […] in der Öffentlichkeit aber vor allem auch in unseren Mitgliederkreisen noch sehr wenig deutlich geworden sind. […] Hängengeblieben ist leider auch bei einem großen Teil unserer Mitglieder, daß wir sozialpolitisch zu wenig getan haben, ja, daß wir einfach dagegen waren.«

---

275 Beitrag des Delegierten Schmucker. Wortprotokoll des FDP-Bundesparteitags vom 29.–31. Januar 1968, in: AdL, A1-363, Bl. 34.

276 Vgl. ebd., Bl. 55 ff.

277 Ralf Dahrendorf: Politik der Liberalität statt Bündnis der Unbeweglichkeit. Rede zum 19. Bundesparteitag der Freien Demokraten in Freiburg am 30.1.1968. Nachdruck aus liberal 2 (1968), o. O. o. J., S. 6.

278 Vgl. Wortprotokoll der Pressekonferenz am 31. Januar 1968, in: AdL, A1-365, Bl. 74 ff.

279 Bericht von Kurt Hirche an den GBV über den 19. Bundesparteitag der FDP, Bl. 3.

Um unzufriedene SPD-Wähler an die FDP zu binden, müsste die FDP ihr sozialpolitisches Profil schärfen und herausstellen.[280] Allerdings instrumentalisierte die FDP zunächst die Uneinigkeit der Großen Koalition und versuchte, das vermeintliche taktische Spiel der SPD dahinter zu entlarven. Man nahm an, die Sozialdemokraten würden sich nur für die Mitbestimmung einsetzen, um den Gewerkschaften einen Ausgleich für die enttäuschende Haltung in der Notstandsfrage zu bieten. Dabei könne man zudem »Minister Katzer attackieren, der mit seinem CDU-Flügel die SPD erst angestachelt habe.«[281]

Eine erste umfassende Diskussion über die Mitbestimmung führte die FDP auf ihrem Parteitag 1969 auf der Grundlage eines Antrags der Jungdemokraten, der den Umbau der Hauptversammlung in eine Unternehmensversammlung unter Einbindung aller Gruppen, die zum Unternehmen in einem Verhältnis standen, zum Inhalt hatte. Diese sehr weitreichenden Forderungen wurden natürlich von den wirtschaftsnahen Teilen der Partei rundweg abgelehnt.[282] Am Ende der Debatte zogen die Jungdemokraten ihren Antrag zurück, hatten jedoch erreicht, dass der Diskussionsprozess in der Partei nun in vollem Gange war. Scheel selbst bekräftigte erneut in seiner Rede seine Ablehnung des Montanmodells, wegen »seiner syndikalistischen Konzeption, weil Führung in den Unternehmen nicht mehr nach Leistung, sondern nach Organisationszugehörigkeit bestimmt würde, weil Aufgaben der Allgemeinheit nicht von Betrieben wahrgenommen werden können, die Einzelinteressen zu vertreten haben. Das ist die Ordnung, in der wir leben und wir wollen sie uns nicht untergraben lassen.«[283] Der Parteitag im Jahr darauf beschloss auf Antrag des Bundesvorstands, ein Programm zu entwickeln, das die Reform der Unternehmensverfassung zum Ziele haben sollte. Der Bundeshauptausschuss der Partei, das höchste Gremium zwischen den Parteitagen, sollte dabei eingebunden werden.[284]

Die Modernisierung der FDP verlief also nicht gradlinig, sondern vollzog sich erst in der personellen Erneuerung, der anschließenden schwierigen Phase der Wahlverluste und der programmatischen Neuausrichtung und innerparteilichen Bestätigung des neuen Kurses, die in der vorgezogenen Neuwahl 1972 ihre Bestätigung fand. Dabei kann aber nicht außer Acht gelassen werden, dass sich die Ziele der neuen FDP-

---

280 Schreiben von Hansheinrich Schmidt an Walter Scheel und Wolfgang Mischnick vom 2. Oktober 1968, in: AdL, A40-114, Bl. 74-76, hier Bl. 74 f.

281 Kurzprotokoll der Sitzung der FDP-Bundestagsfraktion am 2. April 1968, in: AdL, A40-790, Bl. 4.

282 Vgl. Wortprotokoll des Parteitags der FDP 1969, in: AdL, A1-391, Bl. 34-66.

283 Wortprotokoll des FDP-Bundesparteitags vom 23.–25. Juni 1969, in: AdL, A1-388, Bl. 20.

284 Vgl. Antrag 43 zum Parteitag der FDP 1970, in: AdL, A1-408, Bl. 77. Auch im Bundeshauptausschuss kam das Thema Mitbestimmung bereits zur Sprache. Deutlich wurde, dass es der FDP auf breiter Front gegen die Einbeziehung von Verbandsinteressen und »Funktionären«, aber auch gegen einen zu großen Einfluss der Banken ging. Mitbestimmung von unten war das Schlagwort, das der FDP in der frühen Phase ihrer Positionsfindung entscheidend schien. Vgl. Wortprotokoll der Sitzung des FDP-Bundeshauptausschusses vom 28. April 1969, in: AdL, A12-75, Bl. 39 ff.

Führung nur bedingt mit denen der Außerparlamentarischen Opposition deckten, die FDP nur teilweise von einem gesamtgesellschaftlichen Reformeifer ergriffen wurde bzw. diesen ergriff. In Teilen blieb sie die bürgerliche Honoratiorenpartei, die sie schon vorher war. Auch der rasche Aufstieg des Intellektuellen Dahrendorf in den Bundesvorstand stand nur partiell für einen wirklichen Schnitt mit der Vergangenheit.[285] Ein wesentliches Element des Modernisierungsprozesses der FDP lag im veränderten Wählerpotenzial vor allem im Bereich der Angestellten und der qualifizierten Facharbeiter. Diese Gruppen wandten sich verstärkt den Liberalen zu, die diese Schichten mit einer neuen Ansprache weg von der reinen Interessenvertretung hin zu den politisch bewussten Wählerschichten absorbierten. Während die Bundestagsfraktion eher die klassischen Milieus ins Auge nahm, pflegte die Partei das Image der Modernität. Hieraus ergab sich eine nicht ungefährliche Mischung verschiedenster Richtungen, wobei in der Fraktion die konservativen Kräfte dominierten. Welche Sprengkraft die Zerrissenheit der FDP mit sich brachte, bezeugen die zahlreichen Aus- und Übertritte einzelner Abgeordneter in den Landtagen und im Bundestag.

3 Das Verhältnis der Akteure zueinander und zur Politik

3.1 Europa als Bedrohung: Die europäische Dimension der Mitbestimmung

Im politischen Abstimmungsprozess innerhalb der Großen Koalition stand der DGB mit seinen Vorstellungen also im Grunde auf verlorenem Posten, was nicht zuletzt daran lag, dass er nicht offensiv mit einem eigenen Gesetzentwurf zur Mitbestimmung vorpreschte. Die Zögerer innerhalb der eigenen Reihen wurden sich jedoch allmählich zweierlei Gefahren wirklich bewusst, die ihre Vorstellungen hätten zunichtemachen können. Zum einen verfingen sich die Zugeständnisse, zu denen die BDA in öffentlichen Bekundungen bei einer Erweiterung der Rechte von Betriebsräten bereit war, in der Bevölkerung und auch bei vielen Parlamentariern.[286] Zum anderen entwickelte

---

285 Vgl. Vorländer: Der Soziale Liberalismus, S. 202 ff.
286 Allerdings widersprach Arbeitgeberpräsident Balke, selbst CSU-Mitglied und MdB bis 1969, in der Frage um den Gruppenantrag der CDU/CSU-Fraktion zur Ausweitung der Minderheitenrechte in der Betriebsverfassung der gesamten Richtung grundlegend. »Ein halbes Dutzend Eventualhaushalte und ähnliche Maßnahmen ändern nichts an der Tatsache, daß in der Wirtschaft kein Vertrauen darauf besteht, daß sich Investitionen, und was dazugehört, und die Erhaltung von Arbeitsplätzen lohnen. Dazu kommt die Unsicherheit [und] [...] die geraumer Zeit immer wieder vorgebrachten Angriffe gegen den Eigentumsbegriff in der Wirtschaft. Und ich sehe auch in dem vorliegenden Antrag genau wieder dieselbe Tendenz, diesen Begriff, der in unserer Verfassung verankert ist, auszuhöhlen. Da hilft keine rhetorische Kosmetik, der Eindruck ist entstanden. Und ich muß Ihnen ganz offen sagen, der hier zur Debatte stehende Antrag hat wie eine Kriegserklärung an die gewerbliche Wirtschaft gewirkt.« Diese verbissene Haltung, mit der er zumindest in der Debatte um den Antrag zur Betriebsverfassung allein dastand, spiegelt die

sich mit dem drohenden Ungemach auf der europäischen Ebene im Zuge der Öffnung der Binnenmärkte ein Umstand, der die Theoretiker und Mitbestimmungsaktivisten im DGB wirklich umtrieb.

Es war nicht so, dass der DGB diese Frage nicht bedacht hätte. Schon in der Ausarbeitungsphase, als es noch keine geschlossene Konzeption gab, drängte Rosenberg, der seit Beginn seiner gewerkschaftlichen Tätigkeit in verschiedenen internationalen Kontexten tätig war, auf die Berücksichtigung Europas. Ihn beschäftigte,

> »wie man unsere Kollegen im Ausland, insbesondere in der EWG, veranlassen kann, irgendwelche Formen der Mitbestimmung, möglichst ähnlich den unseren, bei sich durchzuführen und sich nicht nur auf die überbetriebliche Mitbestimmung zu beschränken. Ich fürchte nämlich, dass [sic!] wenn ähnliches in diesen Ländern nicht geschieht, im Zuge der EWG evtl. die Mitbestimmung in der Bundesrepublik verwässert oder sogar unbrauchbar gemacht werden kann und in keinem Falle ihre Ausdehnung möglich sein wird.«[287]

Nachdem der Europarat bald nach seiner Gründung Grundzüge einer Europäischen Aktiengesellschaft besprochen hatte, nahm diese Idee mit den Überlegungen des niederländischen Professors Pieter Sanders (1912–2012) ab 1959 konkretere Formen an, die allerdings keine Mitbestimmungsregeln beinhalteten.[288] Erste Anzeichen für eine Europäisierung der Unternehmensformen traten 1964 auf, als die EWG-Kommission den Gläubigerschutz stärken und die Publizitätsvorschriften angleichen wollte. Hieraus ergaben sich unmittelbare Eingriffsrechte in das nationale Gesellschaftsrecht der Mitgliedsstaaten. Für den DGB bedeutete dies, dass auf supranationaler Ebene ein weiterer Akteur hinzutrat, der die Verwirklichung der bis dato noch bei Weitem nicht konsensfähigen Mitbestimmung zusätzlich erschweren konnte. Es kam also in einem ersten Schritt darauf an, die Kommission nicht zu allzu großem Eifer zu ermutigen

---

harten Konfrontationslinien wider, die gerade innerhalb der CDU/CSU für Verdruss sorgten. Siehe Protokoll der Sitzung der CDU/CSU-Fraktion vom 30. Juni 1967, S. 442.

287 Schreiben von Ludwig Rosenberg an Karl-Heinz Sohn vom 18. August 1964, in: DGB-Archiv im AdsD, Abt. Vorsitzender, 5/DGAI002007. Seiner Anforderung, eine Neuauflage der Mitbestimmungsschrift für Ausländer zu verlegen, die »nicht nur die deutschen Verhältnisse [...], sondern auch eine Art Werbung für die Idee der Mitbestimmung« darstelle, kam die Abteilung dann in einer relativ schlichten und gewohnt textlastigen Form nach. Siehe Ludwig Rosenberg: Das Mitbestimmungsrecht der Arbeitnehmer in Deutschland. Eine Darstellung für ausländische Freunde, Düsseldorf o. J.

288 Vgl. Gunther Mävers: Die Mitbestimmung der Arbeitnehmer in der Europäischen Aktiengesellschaft (Studien zum ausländischen, vergleichenden und internationalen Arbeitsrecht 12), Baden-Baden 2002, S. 87 ff.

und den neuen Vorstoß allein auf die Publizität zu beschränken. Hierzu machte der DGB seinen Einfluss im Europäischen Wirtschafts- und Sozialrat geltend.[289]

Doch ungeachtet der Tatsache, dass eine politische Lösung in weiter Ferne war, zwang der wirtschaftliche Konzentrationsprozess die europäischen Gewerkschaften dazu, über den jeweiligen nationalen Rahmen hinaus wirtschaftspolitisch zu denken und gesellschaftspolitisch zu planen. Dies betraf die wichtige Frage nach der Mitbestimmung in europäischen Handelsgesellschaften. Die Idee kursierte seit Anfang der 1960er-Jahre im politischen Raum und befand sich seit März 1965 auf Initiative der französischen Regierung im internationalen Abstimmungsprozess.[290] Mit der neuen Rechtsform sollte die zwischenstaatliche Fusion und die Gründung gemeinsamer Tochtergesellschaften ermöglicht werden, um vor allem gegenüber der amerikanischen Wirtschaft den Boden für lebensfähige europäische Großunternehmen zu bereiten.

Für die Gewerkschaften hatte sich die Mitbestimmung im politischen Prozess als das »schwerwiegendste Kriterium« bei der Vereinheitlichung der nationalen Vorschriften in europäisches Recht herausgestellt.[291] So war bereits im März 1965 beim Europäischen Gewerkschaftssekretariat ein Ausschuss zu Fragen der Demokratisierung der Wirtschaft gegründet worden, der auf wesentliches Betreiben des DGB einberufen wurde.[292] Aus der entsprechenden Vorlage ging die Furcht des DGB hervor, dass im Zuge der europäischen Einigung und der absehbaren Neugestaltung der Betriebs- und Unternehmensverfassung im Rahmen einer europäischen Handelsgesellschaft eine Harmonisierung nicht auf dem höchstmöglichen Niveau erfolgte.[293] Deswegen suchte der DGB alsbald Kontakt zum Bundesjustizministerium.[294] Der DGB versuchte, die anderen Gewerkschaften der EWG mit der deutschen Situation vertraut zu machen, wenngleich diese sich reserviert zeigten, »weil sie sich mit dem Problem der Richtungsgewerkschaften, d. h. vor allem der kommunistischen Gewerkschaftsorganisationen, auseinandersetzen müssen.«[295] Nicht überraschend traten Bedenken bezüglich des Widerspruchs zwischen den traditionellen Aufgaben einer Gewerk-

---

289 Vgl. Stellungnahme zum Vorschlag der fachlichen Gruppe für Wirtschaftsfragen des Wirtschafts- und Sozialausschusses über Fragen der Harmonisierung des europäischen Gesellschaftsrechts vom 2. November 1964, in: DGB-Archiv im AdsD, Abt. Mitbestimmung, 24/701. Siehe auch Stellungnahme des Wirtschafts- und Sozialausschusses CES 303/64 vom 28. Oktober 1964.

290 Vgl. Informatorische Aufzeichnung der Kommission der Europäischen Gemeinschaften P – 29/I, Juni 1970.

291 Vgl. Protokoll über die Sitzung der Kommission zur Durchführung des Aktionsprogramms vom 15. Januar 1968, Bl. 6.

292 Vgl. Schreiben des Europäischen Gewerkschaftssekretariats an die Mitgliedsgewerkschaftsbünde vom 30. März 1965, in: DGB-Archiv im AdsD, Abt. Mitbestimmung, 24/698.

293 Vgl. Die wirtschaftliche Mitbestimmung der Arbeitnehmer in der Bundesrepublik Deutschland auf Betriebs- und Unternehmensebene aus Sicht des DGB vom 4. März 1965, in: ebd.

294 Vgl. Aktenvermerk betr. Handelsgesellschaft europäischen Typs vom 20. Mai 1965, in: DGB-Archiv im AdsD, Abt. Mitbestimmung, 24/700.

295 Schreiben von Karl-Heinz Sohn an Heinz Gerster vom 23. April 1965, in: DGB-Archiv im AdsD, Abt. Mitbestimmung, 24/698.

schaft und ihrer Einbindung in das System der Mitbestimmung auf, weswegen der DGB nur »mit Mühe und Not« im europäischen Aktionsprogramm der Gewerkschaften einige Sätze unterbringen konnte, die in Richtung einer Demokratisierung der Wirtschaft im Sinne einer gleichberechtigten Teilhabe der Arbeitnehmer zielten. Für die deutsche Seite stand die Gefahr im Raum, dass eine europäische Handelsgesellschaft noch nicht mal den Mitbestimmungsstand des Betriebsverfassungsgesetzes sichern würde, denn international gab es keine dem deutschen Recht vergleichbare Situation, weder in der EWG noch in der EFTA. Betriebsräte, die im Übrigen sämtlich auf der Grundlage von Gesetzen etabliert wurden, waren in fast allen Ländern in unterschiedlichen Ausbaustufen und mit abgestuften Rechten vorgesehen, eine Mitbestimmung im Aufsichtsrat kannten aber nur wenige der vergleichbaren Länder, schon gar nicht in paritätischer Form. Sehr häufig wie im Falle Italiens beschränkte sich die Teilhabe auf Staatsbetriebe. Initiativen, an der bestehenden Lage etwas zu ändern, traten in nennenswertem Umfang nur in den Niederlanden auf.[296] Deutschland zeigte an dieser Stelle einen singulären Entwicklungsverlauf, der den DGB argumentativ in Bedrängnis brachte.

Vor diesem Hintergrund nahm der Ausschuss zunächst eine Bestandsaufnahme der jeweiligen nationalen Regelungen auf. Die DGB-Vertreter unterrichteten ihre Kollegen aus den EWG-Staaten des Weiteren über die deutsche Form der Mitbestimmung und versuchten, sie im Rahmen von Seminaren durch Konfrontation im Montanbetrieb von der Praxis der deutschen Mitbestimmung zu überzeugen.[297] Sie stießen allerdings an die Grenzen der jeweiligen nationalen Traditionslinien, die natürlich sowohl die Vorstellung von der Aufgabe der Gewerkschaft als auch deren Selbstbild prägten. Diese Vorgaben begrenzten die Handlungsmöglichkeiten einer effektiven Mitbestimmung – oder besser Mitwirkung – und beschränkten die geistige und politische Selbstständigkeit der Gewerkschaften. Der DGB war der maßgebliche Antrieb in der internationalen Debatte. So wurden »am Beispiel des deutschen Systems der Mitbestimmung einige grundsätzliche Fragen herausgearbeitet […], die an jedes existierende oder erstrebte System zu stellen sind.«[298] Diese grundsätzlichen Fragen umfassten etwa das Verhältnis von gewerkschaftlicher Struktur zur Beteiligung an den wirtschaftlichen Entscheidungen. Der direkte Einfluss der Gewerkschaften auf den Betrieb, der besonders in Belgien zum Tragen kam, wurde von den Arbeitnehmervertretern der Länder außerhalb Deutschlands stark hervorgehoben, jedoch stellte sich schon die Frage, »ob ein Mitbestimmungssystem nach deutschem Muster ein

---

296 Vgl. Vorlage Internationaler Vergleich des Mitbestimmungsrechts, in: ebd.

297 Was natürlich nicht ohne eine Übernahme der Kosten für die Studienreise seitens des DGB erfolgen konnte. Vgl. Aktenvermerk betr. Sitzung über Fragen der Mitbestimmung im Europäischen Gewerkschaftssekretariat in Brüssel am 30. April 1965 sowie Schreiben von Karl-Heinz Sohn an Walter Hölkeskamp und Günter Feiler vom 17. Mai 1965, in: ebd.

298 Kurzprotokoll über die Sitzung des Ausschusses »Demokratisierung der Wirtschaft« am 1. Juni 1965, in: DGB-Archiv im AdsD, Abt. Mitbestimmung, 24/700, Bl. 1 f.

Ersatz für institutionalisierte Rechte der Gewerkschaften im Betrieb sein kann.« Vor allem im Hinblick auf die Unabhängigkeit der Gewerkschaften, der Effektivität der Mitbestimmung als solcher und der Beteiligung gab es massive Einwände. Die Besprechungsprotokolle geben dies indirekt deutlich wieder.

> »Jedes auf Demokratisierung des Betriebes und der Unternehmung angelegte System der ›Beteiligung‹ gerät zunächst in den Widerspruch mit der autoritären und durch tiefgehende Konflikte gekennzeichneten Sozialstruktur des Betriebes. Es stellt sich daher die Frage, ob das Ziel jeder ›Beteiligung‹ nur in der Veränderung dieser Struktur durch Kanalisierung der Konflikte und Abwehr der autoritären Ansprüche besteht, oder ob eine Aufhebung dieser Struktur durch eine Art ›Sozialpartnerschaft‹ möglich ist.«[299]

Gerade von der belgischen Seite kam deutlicher Widerspruch zu den Vorstellungen des DGB über eine gesetzliche Reglementierung. Die belgischen Gewerkschaften schöpften ihre Kraft aus ihrer Mitgliederstärke und ihrer Stellung im Gesamtgefüge des belgischen Staates, direkten Einfluss auf die Politik und Aushandeln von Exklusivvorteilen für Mitglieder inbegriffen. Mit gesetzlichen Rahmenbedingungen hatte man in der Vergangenheit nur negative Erfahrungen gemacht und sah sich somit außerstande, sich darauf einzulassen. Zudem durften dort »die traditionellen Doktrinen der Gewerkschaftsbewegung nicht vernachlässigt werden. Diese ungeschriebenen Überlieferungen sind mächtig, weil sie Grenzen setzen, über die man nicht gehen darf.«[300] Alles in allem zeigte sich hier eine Form gewerkschaftlicher Betätigung, die wenig bis gar nicht kompatibel mit korporatistischen Mustern sein konnte und deutlich antagonistische Züge aufwies. Damit ging einher, dass die Rechte der Betriebsräte und deren tatsächliche Durchsetzungskraft im Vergleich zu anderen Staaten der EG begrenzt waren.

> »Wir haben immer Angst vor der aus der Mitbestimmung herrührenden Möglichkeit eines Betriebsegoismus gehabt. Aber unser Haupteinwand richtet sich gegen die Integration von Arbeitnehmervertretern in ein kapitalistisches System; sie würde unsere Kollegen ihren Kampfgeist verlieren lassen […]. Und wir fügen hinzu, daß es ungesund und ungerecht ist, Arbeitnehmerdelegierte den Konsequenzen der Unternehmensführung auszusetzen, ohne ihnen wirkliche Leitungsvollmachten zu geben.«[301]

---

299 Einige grundsätzliche Frage, die an jedes System der Beteiligung der Arbeitnehmer und der Gewerkschaften an der Beratung, Entscheidung und Lösung wirtschaftlicher und sozialer Fragen zu stellen sind, in: ebd., Bl. 2. Erstes Zitat siehe ebd., Bl. 1.
300 Arbeitsdokument über die Demokratisierung der Wirtschaft in Belgien, in: ebd., Bl. 3.
301 Das Unternehmen und der FGTB, in: ebd., Bl. 7.

Belgien sticht an dieser Stelle zwar besonders hervor, stand jedoch nicht allein da. In das französische System mit seiner starken Fixierung auf die nationale Wirtschaftspolitik oder in das System der Niederlande mit ihrer Betonung der einzelnen Wirtschaftszweige fügte sich die deutsche Mitbestimmung ebenfalls nicht ein. Somit erreichte der DGB lediglich, dass sich die Kollegen positiv zum grundsätzlichen Ziel der Wirtschaftsdemokratie und zu deren Ausbau äußerten, nicht jedoch zur speziell deutschen Form. In den weiteren Handlungsideen für die Arbeit des Ausschusses zur Demokratisierung tauchte dann auch eine Forderung nach mehr Mitbestimmung nicht auf. Man wollte sich auf die Untersuchung der Frage der Wirtschaftsdemokratie in der EG und der Bedeutung der unternehmerischen Betätigung der Gewerkschaften widmen.[302]

Im Wirtschaft- und Sozialrat der EG, in dem eine parallele Debatte stattfand, traten zudem Probleme mit der Force Ouvrière auf, die sich für das französische System einsetzte und nur nach lebhaften Diskussionen davon abgebracht wurde. Jedoch standen nun auch Mischformen von gesetzlicher Verankerung und tariflich erzielter Mitbestimmung im Raum, dem jedoch die Deutschen eben nicht weiter nachgingen.[303] Am vorläufigen Ende der internen Überzeugungsarbeit stand der Beschluss des Exekutivausschusses des IBFG, dass er der Gründung einer europäischen Handelsgesellschaft nur zustimmen könne, »wenn eine befriedigende Regelung für die Vertretung der Arbeitnehmer in den Organen der europäischen Gesellschaft getroffen wird und die bestehenden nationalen Mitbestimmungsrechte der Arbeitnehmer und ihrer Organisationen auf keinen Fall angetastet werden.«[304] Der DGB hatte sich also zumindest insofern durchgesetzt, als der Status quo fixiert wurde; damit er gewann auch auf der nationalen Ebene im Streit mit den Arbeitgebern wieder gewisse argumentative Vorteile zurück.[305]

Eine von der Europäischen Kommission einberufene Fachgruppe zur Schaffung einer europäischen Handelsgesellschaft unter Vorsitz von Prof. Sanders entwickelte eigene Lösungsvorschläge, da sie mittlerweile bemerkt hatte, welche Sprengkraft in der Frage der Mitbestimmung auf der europäischen Ebene lag. Sanders legte in seinem im Dezember 1966 präsentierten Vorentwurf zum Statut verschiedene Varianten dar, die Abstufungen zwischen einer strikten Anwendung der deutschen oder der französischen Regelung beinhalteten, je nachdem, wie viele Arbeitnehmer welcher

---

302 Siehe Bericht des Ausschusses »Demokratisierung der Wirtschaft« beim Europäischen Gewerkschaftssekretariat an den Exekutivausschuss des Europäischen Gewerkschaftssekretariats vom 6. Juni 1966, in: ebd.

303 Vgl. Schreiben von Manfred Lahnstein an Friedhelm Farthmann vom 8. Mai 1967, in: DGB-Archiv im AdsD, Abt. Mitbestimmung, 24/708.

304 Beschluss des Exekutivausschusses der Europäischen Gewerkschaften vom 19. Oktober 1967, in: ebd.

305 Vgl. Stellungnahme zur Frage der Vertretung der Arbeitnehmer in den Organen der Europäischen Handelsgesellschaft von Heinz O. Vetter vom 30. November 1967, in: ebd.

Nationalität beschäftigt gewesen wären.[306] Sie zielten allesamt auf die Lösung des spezifisch deutschen Falls ab, hätten aber durch ihre komplizierten Mechanismen dazu führen können, dass etwa die belgischen Gewerkschaften entgegen ihrem Willen in ein neues System hätten gepresst werden können. Somit konnte weder der DGB noch irgendein anderer Gewerkschaftsbund eine solche gemischte oder differenzierte Lösung akzeptieren.[307] Ferner setzte die EWG nach der Vorlage des Sanders-Berichts eine eigene Sachverständigenkommission zur Frage der Europäischen Gesellschaft unter dem Vorsitz von Prof. Lyon-Caen ein. Zur Europäischen Handelsgesellschaft als solcher konnten sich die EWG-Gewerkschaften schon auf eine gemeinsame Position verständigen. Sie votierten unter anderem für einen besseren Gläubigerschutz, den Ausbau von Konsultations- und Informationsrechten für die Betriebsräte und der Verbesserung der Publizität, ein Thema, das auch in Deutschland noch auf der Tagesordnung stand. Auch über einen generellen Ausbau der Teilnahme an den Vorbereitungen wichtiger Unternehmensentscheidungen bestand Einigkeit. Die italienische, belgische und französische Seite wollte jedoch nur zu Einzelfällen unternehmerische Belange äußern, nicht aber unter Zwang stehen, zu allen Fragen eine Stellungnahme abgeben zu müssen. Die Rolle der Gewerkschaften im Betrieb sollte grundsätzlich gestärkt werden. Zur Überwindung der Differenzen in der Frage der Aufsichtsratsmitbestimmung diskutierten die Gewerkschafter verschiedene Varianten. Eine Abschaffung der deutschen Mitbestimmung stand nicht zur Debatte und wäre angesichts der starken Stellung, die der DGB im IBFG innehielt, auch nicht machbar gewesen, selbst wenn der Rest Europas gewollt hätte. Es blieben also als Lösungsvorschläge die Bewahrung nationaler Rechte oder eine einheitliche Form für alle Länder. Da dies aus den skizzierten Gründen schwierig war, schwankte man zwischen verschiedenen Ideen, unter anderem der Einführung der Parität in sehr großen Gesellschaften mit mehr als 15.000 Mitarbeitern, unter eventueller Berücksichtigung von Umsatz und Bilanzsumme, eine typische DGB-Lösung.[308]

Im DGB bestand weiterhin »Einmütigkeit darüber, daß durch alle Bestrebungen zur Angleichung des europäischen Gesellschaftsrechts für die deutsche Mitbestimmung eine tödliche Bedrohung entstehen kann, wenn es nicht gelingt, im ganzen EWG-Bereich zumindest auf Gewerkschaftsseite einen einheitlichen Standpunkt zu erzielen.«[309] Der DGB konnte jedoch nicht ohne Weiteres eine eigene Stellungnahme zur europäischen Ebene ausarbeiten. »Die Schwierigkeit ist auch in unserer Situation zu sehen, weil die Gefahr vorhanden ist, daß, solange die Mitbestimmung in der Bun-

---

306 Vgl. zu den Einzelheiten der Sanders-Vorschläge bei Mävers: Die Mitbestimmung, S. 98 ff.

307 Vgl. Entwurf für einen Bericht an den Exekutivausschuss zur Frage der Mitbestimmung, in: DGB-Archiv im AdsD, Abt. Mitbestimmung, 24/708, Bl. 8-11.

308 Vgl. Ergebnisprotokoll der Klausurtagung des Arbeitsausschusses »Demokratisierung der Wirtschaft« vom 14. November 1967, in: ebd.

309 Stellungnahme des DGB zur Mitbestimmung in der Europäischen Handelsgesellschaft vom 3. Dezember 1968, in: DGB-Archiv im AdsD, Abt. Vorsitzender, 5/DGAI000461, S. 1.

desrepublik nicht durch Gesetz geregelt ist, Vorstellungen des DGB für die Europäische Handelsgesellschaft für die Mitbestimmung in der Bundesrepublik präjudiziert werden können.«[310]

In der Folgezeit konnte man jedoch zumindest Teilerfolge erzielen. Bei den französischen Sozialisten stieß die deutsche Debatte auf Interesse.[311] Durch die Kontaktaufnahme mit den niederländischen Gewerkschaftsbünden NVV und NKV und dem italienischen Verband CISL setzen sich deutsche Denkanstöße durch, die zu einer Überarbeitung der Positionen beider Seiten führten. Die NVV/NKV schlug für die Aktiengesellschaften eine Regelung vor, nach der Arbeitnehmer in den Aufsichtsräten eine gesicherte Beteiligung bekommen sollten, die jedoch in technischen Einzelaspekten unklar blieb.[312] Die CISL ergänzte, dass sich die nationalen Gewerkschaftsorganisationen für die Wahl der Vertreter in den europäischen Handelsgesellschaften abstimmen und gemeinsame Listen einreichen sollten. Sie lehnte aber eine Verantwortung des Aufsichtsrats für die Bestellung der Vorstandsmitglieder ab, die von der NVV eingeplant wurde, und wollte durch ein kompliziertes Wahlverfahren allen Seiten gerecht werden. Das Vorschlagsrecht zur Wahl aller Aufsichtsratsmitglieder sollte einem europäischen Organ übertragen werden, das zu je einem Drittel aus Vertretern der Gewerkschaften, der Arbeitgeberorganisationen und öffentlicher Institutionen bestehen sollte. Die Bestellung sollte dann paritätisch im Betrieb erfolgen.[313]

Trotz der konträren Position verbuchte es der DGB als Erfolg, dass sich die Gewerkschaftsbünde überhaupt mit der Thematik auseinandergesetzt und eine zustimmende Haltung eingenommen hatten. Er unterstrich jedoch, dass beide Lösungen nicht ausreichend seien und stellte den Gewerkschaften der anderen EWG-Länder deswegen ein Dokument zu, welches die deutschen Mindestforderungen für eine Mitbestimmung in der Europäischen Handelsgesellschaft enthielt.[314] Letztendlich konnte man sich jedoch nicht auf einem gemeinsamen Nenner treffen, der ein aktives und progressives Element in die Debatte eingebracht hätte. Vor dem Hintergrund der deutschen Situation und des langsam an Fahrt gewinnenden Bundestagswahlkampfs konnte und wollte sich der DGB keinen Rückschritt erlauben, was dazu führte, dass »es im Augenblick nicht möglich sei, die Bemühungen zur Suche nach einer gemein-

---

310 Protokoll der Sitzung der Kommission zur Durchführung des Aktionsprogramms vom 4. November 1968, in: DGB-Archiv im AdsD, Sekretariat Bernhard Tacke, 5/DGCY000002, Bl. 3.

311 Vgl. die Übersicht der SPD-Bundestagsfraktion der wichtigsten gesetzlichen Grundlagen sowie der Einstellung der wichtigsten gesellschaftlichen Gruppen zur Mitbestimmung für »unsere französischen Freunde« vom 15. November 1966, in: SPD-Bundestagsfraktion 5. WP, Mappe 607.

312 Vgl. Vorschläge des NVV und des NKV für die Vertretung der Arbeitnehmer in den Organen der niederländischen Aktiengesellschaften, in: DGB-Archiv im AdsD, Abt. Mitbestimmung, 24/2340.

313 Vgl. Vorschläge der italienischen CISL über die Vertretung der Arbeitnehmer in den Europäischen Handelsgesellschaften, in: ebd.

314 Vgl. Stellungnahme des DGB zur Mitbestimmung in der Europäischen Handelsgesellschaft vom 3. Dezember 1968.

samen Konzeption der Freien Gewerkschaften mit Erfolg fortzusetzen«[315], obgleich noch im Juli 1968 eine grundlegende Einigkeit im Sinne der Demokratisierung der Wirtschaft erzielt worden war, die vom DGB etwas euphemistisch als Hinweis auf eine Parität im Aufsichtsrat gedeutet wurde.[316]

Die politische Ebene Europas stellte für die Gewerkschaften wiederum ein getrenntes Feld dar. Erste Ideen und einen Grundriss der Thematik der Europäischen Handelsgesellschaft entwickelte die EWG-Kommission 1966 in einem Memorandum zur Industriepolitik[317], das auf Unternehmerseite auf großen Anklang stieß. In einer gemeinsamen Sitzung der Kommission mit dem Präsidium der UNICE stellte Fritz Berg sogleich heraus, dass die Industriepolitik der Gemeinschaft auf »der Verantwortung des Unternehmers, der in seinen wesentlichen Entscheidungen über seine Tätigkeit frei bleiben muss«, beruhen sollte[318], was als eine unverhohlene Absage an die Mitbestimmung interpretiert werden konnte. In Gesprächen mit dem Bundesjustizministerium zeigten sich die Arbeitgeber bereit, in der Europäischen Handelsgesellschaft eine Drittelbeteiligung zu akzeptieren, weitergehende Forderungen lehnten sie aber ebenso wie in Deutschland auch in Europa ab und verwiesen auf die unterschiedlichen Rechtslagen. Gleichwohl sollte die Frage nicht durch Fortbestand der nationalen Rechte ausgeklammert werden, da sonst die Gefahr bestünde, dass sich die neuen Gesellschaften in den Ländern mit den günstigsten Bedingungen niederließen.[319] Die Bundesregierung war sich jedoch der Problemkreise, zu denen auch der Zugang zu Gesellschaft und die Herausgabe obligatorischer Namensaktien gehörten, bewusst und drängte auf eine Ausarbeitung des Statuts ohne Berücksichtigung der strittigen Fragen.[320]

Auf der politischen Ebene nahmen die Verhandlungen Fahrt auf. 1966 konstituierte sich eine Arbeitsgruppe von Regierungssachverständigen unter Vorsitz von Prof. Goldmann aus Frankreich, die zum Auftrag hatte, offene Fragen im Zusammenhang zu internationalen Fusionen von Gesellschaften zu erörtern und Empfehlungen zu unterbreiten. Die internationalen Zusammenschlüsse von Unternehmen erwiesen sich im Zusammenhang mit den Mitbestimmungsregelungen als schwieriger zu handhaben als die einheitliche Gesellschaftsform, denn hier stellte sich die Sachlage in zwei Richtungen, einmal bei Fusionen nach und bei Fusionen von Deutschland aus. Während die Übernahme einer ausländischen durch eine deutsche Gesellschaft

---

315 Protokoll der Sitzung des Exekutivausschusses am 5. Dezember 1968, in: DGB-Archiv im AdsD, Abt. Mitbestimmung, 24/2340.

316 Vgl. ND 227/68 vom 11. Juli 1968.

317 Siehe Exekutivsekretariat der EWG: Denkschrift der Kommission der Europäischen Wirtschaftsgemeinschaft über die Schaffung einer Europäischen Handelsgesellschaft (Sonderbeilage zum Bulletin 9/10-1966), o. O. o. J.

318 Einführungsansprache von Herrn Berg in der gemeinsamen Sitzung der Kommission mit dem Präsidium der UNICE, in: BA, B136/8065, Bl. 2.

319 Vgl. Abschrift des Schreibens von BDA, BDI und DIHT an die Bundesminister für Arbeit und Sozialordnung, Justiz und Wirtschaft vom 25. September 1967, in: ebd.

320 Vgl. BT-Drs. V/3053.

unproblematisch war, lag die grundsätzliche Gefahr für die Mitbestimmung in der Übernahme einer deutschen Gesellschaft durch eine ausländische, auf die die deutschen Gesetze aus rechtlichen und unternehmensorganisatorischen Gründen keine Anwendung finden konnten.[321]

Vereinzelte Vertreter des DGB wollten einem ersten klärenden Gespräch im Justizministerium nach dem Koalitionswechsel in Bonn 1966 aus Angst vor einer politischen Malaise zunächst gar nicht beiwohnen, schätzten sie doch die Gefahr, mit »entsprechenden, zur Zeit notwendigerweise völlig unzulänglichen ›Lösungsvorschlägen‹[322]« identifiziert zu werden als zu hoch ein. Stattdessen verdichtete sich die kompromisslose Haltung des Gewerkschaftsbundes auf Betreiben von Friedhelm Farthmann, der keine Verzichtsmöglichkeit sah, und auf den Druck der Vorsitzenden und Vorstandsmitglieder der IG Metall und der IG Bergbau.[323] Auch im Zusammenhang zum europäischen Einigungsprozess lehnte der DGB alles, was unterhalb der qualifizierten Mitbestimmung lag, ab. Gegen die Europäische Handelsgesellschaft wollte man sich so lange sperren, bis die in Europa nicht überall übliche Trennung der Unternehmensleitung in Vorstand und Aufsichtsrat eingeführt würde. Für die anstehenden Verhandlungen kam man überein, zunächst auf die Probleme bei der Umsetzung der Vereinheitlichung nationaler Rechte zu einem europäischen Recht hinzuweisen, hier gerade auf die steuerrechtlichen Probleme. Allerdings befanden sich die Vorschläge in diesen Fragen schon in einem weit fortgeschrittenen Stadium, sodass der DGB so keine wirkliche Argumentationskraft entfalten konnte. In den Gesprächen im Justizministerium, an denen der DGB selbstverständlich genauso teilnahm wie die Vertreter der BDA, trafen dieselben Konfrontationslinien aufeinander, die auch in der nationalen Debatte das Feld bestimmten. Die Gewerkschaften wollten die Parität, die Arbeitgeber erklärten sich mit der Drittelbeteiligung einverstanden, lehnten aber jede darüber hinausgehende Vorstellung ab. Beide Seiten zeigten sich einig in der Ablehnung von Kompromissvorschlägen seitens der Politik, etwa in Form einer Implementierung besonderer Organe für die Mitbestimmung.[324] Auch in Einzelgesprächen im Arbeitsministerium machten die Vertreter des DGB klar, dass sie nicht bereit waren, ihre Haltung zu relativieren. Sie lehnten sogar Vorschläge, die in Richtung des Lüdenscheider Abkommens zielten, mit dem Hinweis ab, dass sie die Parität zur Voraussetzung hatten.[325]

---

321 Schreiben 3505-12-33026/66 des Bundesministers der Justiz an den Bundesverband der Deutschen Industrie und weitere Empfänger vom 6. Dezember 1966, in: DGB-Archiv im AdsD, Abt. Mitbestimmung, 24/708.

322 Vermerk betr. Mitbestimmung in einem vereinten Europa, in: ebd., Bl. 4.

323 Vgl. Schreiben von Wilhelm Haferkamp an Ludwig Rosenberg vom 31. Januar 1967, in: ebd.

324 Vgl. Vermerk über eine Sitzung in Aachen am 20. Januar 1967 vom 14. März 1967 und Vermerk über das Gespräch bezüglich der Mitbestimmung im Rahmen der Vereinheitlichung europäischen Gesellschaftsrechts vom 8. Februar 1967, in: ebd.

325 Vermerk über ein Gespräch der Kollegen Farthmann und Spieker mit Herrn Ministerialdirektor Fitting und Herrn Regierungsdirektor Dr. Klein am 3. April 1967 vom 4. April 1967, in: ebd.

Von der Politik kam jedoch das klare Signal, dass die Verhandlungen weit fortgeschritten waren und von deutscher Seite aus nicht an der Mitbestimmung scheitern würden. Horst Ehmke (geb. 1927), damaliger Staatssekretär im Justizministerium, ging aber soweit auf den DGB zu, dass die deutsche Delegation das Problem zunächst zurückstellte. Einen Abschluss konnte er allerdings nicht verhindern und war auch nicht aus Rücksichtnahme auf die Gewerkschaften dazu gewillt. Er richtete die dringende Bitte an den DGB, seine Haltung noch einmal zu überdenken. Es kann also keineswegs von einer Unterstützung seitens der SPD gesprochen werden. »Erschreckend war jedoch die Skepsis, die etwa der SPD-Staatssekretär Ehmke gegenüber der Mitbestimmung in grundsätzlicher Weise äußerte.«[326] Der DGB sah sich jedoch außerstande, Änderungen an seinem mühsam abgestimmten Konzept vorzunehmen und drängte, wissend, dass seine Handlungsspielräume gleich null waren, die deutschen Delegierten dazu, Sonderregelungen für Deutschland auszuhandeln. Zwar nahm man einen Sanders-Vorschlag auf, demgemäß die Mitbestimmung dort gelten sollte, wo 25 % und Beschäftigte deutscher Nationalität waren. Als Verhandlungslinie legte der DGB jedoch fest, alle Bestrebungen hart abzulehnen, die auf eine Relativierung der Parität hinausliefen.[327]

3.2 Der Gesetzentwurf des DGB und die politischen Realitäten

Die Frage, ob der DGB einen eigenen Gesetzentwurf zur Mitbestimmung vorlegen soll oder nicht, war lange umstritten. Im Grunde wussten alle Beteiligten, ob Politiker, Arbeitgeber oder Gewerkschaftsfunktionäre, um die Forderungen, die spätestens seit den frühen 1960er-Jahren auf dem Tisch lagen und sich aller intensiven Verhandlungen und ausgefeilten juristischen Überlegungen zum Trotz im Grunde nur in Nuancen wandelten. Angesichts der veränderten politischen Lage seit Ende 1966 debattierte der DGB im hochkarätig besetzten Kreis der Kommission Aktion Mitbestimmung nun das weitere Vorgehen. Wilhelm Gefeller von der IG Chemie ergriff erneut die Initiative. Es sei die Zeit gekommen, so Gefeller, auch im parlamentarischen Raum initiativ zu werden und den Gesetzgeber direkt anzugehen. Deswegen sollte die Kommission so schnell wie möglich einen Gesetzentwurf zur Vorlage für die Bundesregierung ausarbeiten. Ludwig Rosenberg hingegen schätzte die allgemeine Lage negativ ein und blieb dieser Haltung auch bis zum Ende seiner Amtszeit als DGB-Vorsitzender treu. Es käme darauf an, in der Öffentlichkeit nicht nachzulassen und die Positionen der Gewerkschaften besser bei den Mitgliedern zu verankern. Die

---

326 Vermerk über ein Gespräch im Bundesjustizministerium am 4. Januar 1968 zum Problem der Bedrohung der Mitbestimmung infolge der Schaffung einer europäischen Handelsgesellschaft vom 8. Januar 1968, in: ebd., Bl. 3.

327 Vgl. Vermerk über ein Vorgespräch und ein Gespräch im Bundesjustizministerium mit Vertretern der beteiligten Bundesministerien am 9. Februar 1968 vom 13. Februar 1968, in: ebd.

politische Situation böte auch nach der Bildung der neuen Bundesregierung wenig Möglichkeiten zur Durchsetzung der gewerkschaftlichen Forderungen, zudem würden die aktuellen wirtschaftlichen Schwierigkeiten dazu beitragen, dass kein wirklicher Fortschritt erzielt werden könne. Das Interesse der Arbeitnehmer würde sich zunehmend auf ihre persönliche Lage richten. Dieser negativen Bewertung schlossen sich zahlreiche Teilnehmer an und folgerten, dass ihr Ziel nur in einem länger dauernden Prozess verwirklicht werden könne.[328]

Der DGB beschloss also zunächst die bereits dargelegten Werbemaßnahmen zur Propagierung seiner Forderungen und musste dabei berücksichtigen, dass in der Bevölkerung vor dem Hintergrund der wirtschaftlichen Krise Fragen der Arbeitsplatzsicherheit viel bedeutender waren als abstrakte Dinge, unter denen sich niemand so richtig etwas vorstellen konnte. »Wir können nicht verlangen, daß sich der kleine Mann auf der Straße für die Mitbestimmung einsetzt. […] Die Gewerkschaften müssen selbst erst mal zeigen, daß sie noch Interesse an der Mitbestimmung haben.«[329] Vor diesem Hintergrund blieb die Frage offen, wie der DGB sich aufstellen sollte. Vonseiten der IG Chemie war die Marschrichtung klar, sie wollte politisch aktiv werden und war bereit, diesen Weg bei längerem Zögern seitens des restlichen DGB alleine zu gehen. Wilhelm Gefeller setzte sich mit seiner Haltung allerdings erst nach und nach durch, da einige Gewerkschafter im DGB die Zeit noch immer nicht reif sahen für einen solch weitreichenden Schritt. In der Auseinandersetzung fehlte es den Gegnern einer politischen Offensive nicht an Kundgebungen, sondern an Unruhe aus den Betrieben. Diese Unruhe musste der DGB mithilfe des Aktionsplans Mitbestimmung erst erzeugen[330], oder wie Rosenberg stellvertretend für viele hervorhob, eine wesentliche Aufgabe sei die »planmäßige und zielbewusste Durchdringung des Beschäftigten mit der Idee der Mitbestimmung. Die Männer und Frauen in den Betrieben müssen die Mitbestimmung wollen. Die entscheidende Frage ist daher: wie kann dieses Ziel am schnellsten erreicht werden?«[331] Treffender kann das gesamte Vorgehen der Funktionäre nicht zusammengefasst werden. Doch genau dieser Punkt sorgte für Bedenken hinsichtlich der politischen Überzeugungskraft.

Aufgrund der europapolitischen Entwicklungen und der drohenden Pleite innerhalb der Mitgliedschaft änderten die Skeptiker im DGB ihre Meinung und stimmten

---

328 Vgl. Ergebnisprotokoll der Sitzung der Kommission Aktion Mitbestimmung am 3. November 1966, in: DGB-Archiv im AdsD, Abt. Mitbestimmung, 24/2380. Auch Willy Brandt bekräftigte dies im Nachhinein ein Jahr darauf und forderte die Gewerkschaften auf, in der Öffentlichkeitsarbeit nicht nachzulassen, da wohl kaum damit zu rechnen sei, dass im Bundestag eine Mehrheit für die Mitbestimmung gefunden werden könne. Siehe Kurzprotokoll des Gesprächs zwischen dem SPD-Präsidium und der IG Metall vom 9. November 1967, in: SPD-Präsidium, Bl. 5.

329 Ergebnisprotokoll der Sitzung der Kommission Aktion Mitbestimmung am 3. November 1966.

330 Vgl. Protokoll der Sitzung der Kommission zur Durchführung des Aktionsprogramms vom 4. September 1967, in: DGB-Archiv im AdsD, Sekretariat Bernhard Tacke, 5/DGCY000002, Bl. 2 f.

331 Ebd., Bl. 4.

der Erstellung eines Gesetzentwurfs zu, um die politischen Forderungen eindeutig zu unterstreichen. Denn sobald ein Entwurf vorläge, so die Einschätzung, gäbe es für die Politik kein Ausweichen mehr und sie müsse Stellung beziehen, egal ob positiv oder negativ. Außerdem habe der DGB einen Novellierungsentwurf zur Betriebsverfassung vorgelegt. »Wenn für die Frage der Mitbestimmung auf Unternehmensebene kein Gesetzentwurf erscheint, muß der Eindruck entstehen, daß den Gewerkschaften eine Reform der betrieblichen Mitbestimmung zur Zeit wichtiger erscheint.«[332] Da die Vorbereitungen für eine zentrale Kundgebung bereits in vollem Gange waren und dieser Anlass als gute Gelegenheit einer öffentlichkeitswirksamen »Übergabe« des Entwurfs bot, drängte zudem die Zeit.

Der Bundesvorstand billigte den Entwurf in seiner Sitzung im Februar 1968 und stellte fest, »worauf vor allem in den nächsten Monaten Wert gelegt werden muß, ist: Der Sachverständigenkommission, dem Parlament und der Öffentlichkeit immer wieder vor Augen zu führen, daß die Arbeitnehmer und ihre Gewerkschaften die Ausweitung der Mitbestimmung für wichtig halten und daß sie fest entschlossen sind, sie durchzusetzen.«[333] Erfolg wurde klar dadurch definiert, dass sich der Bundestag der Sache annahm. »Wir sind uns alle darüber im klaren, daß eine Ausweitung der qualifizierten Mitbestimmung nur über den Gesetzgeber führen kann. Alles, was wir tun, muß von dieser Voraussetzung ausgehen und darauf abgestellt sein.«[334] Darum erschien die Vorlage eines Entwurfs nun zwingend geboten. Ludwig Rosenberg kritisierte die zögerliche Haltung der Parteien, insbesondere der SPD, und die Festlegung der Politik auf den Kreis von Sachverständigen. Dieser könne nichts Neues erbringen, »da das eine wirklich gesellschaftspolitische Frage ist, die man ja erst mal politisch entscheiden muss, bevor Sachverständige einem sagen können, welches der beste Weg wäre. Aber die Entscheidung ist eine politische.«[335]

Der DGB stellte seinen Gesetzentwurf zu einem Mitbestimmungsgesetz erstmals am 12. März 1968 auf einer Großkundgebung in der Kölner Sporthalle der Öffentlichkeit vor. Der Entwurf basierte im Wesentlichen auf demjenigen des Jahres 1961, unterschied sich jedoch in drei Punkten. Zum Ersten mussten die Größenwerte entsprechend der Beschlusslage des Bundesvorstands angepasst werden, zum Zweiten bedurfte es der Angleichung an das bestehende Recht. GmbHs und bergrechtliche Gewerkschaften, die in dem Ursprungsentwurf durch eine einfache Übertragung der Regelungen noch von der Mitbestimmung erfasst wurden, unterlagen auch nach ak-

---

332 Siehe Vorlage für die Sitzung der Kommission zur Durchführung des Aktionsprogramms am 5. Dezember 1967 vom 14. November 1967, in: DGB-Archiv im AdsD, Sekretariat Bernhard Tacke, 5/DGCY000002.

333 Protokoll der 19. Sitzung des Bundesvorstandes am 6. Februar 1968, in: von Kieseritzky (Bearb.): Der Deutsche Gewerkschaftsbund, S. 618-631, hier S. 626.

334 Ebd., S. 625.

335 Ludwig Rosenberg, Vorsitzender des DGB, zu Fragen der Mitbestimmung. Interview mit dem HR vom 19. März 1968, in: DGB-Archiv im AdsD, Abt. Vorsitzender, 5/DGAI001125, S. 4.

tuellem Recht nicht der Publizitätspflicht im aktienrechtlichen Sinne. Um die Diskussion um die Mitbestimmung nicht durch eine mögliche Debatte um die Publizitätspflicht insgesamt zu überlasten[336], wählte der DGB in seinem neuen Entwurf in § 5 ein Verfahren, das sich an § 4 des Mitbestimmungsergänzungsgesetzes anlehnte und die Prüfung der Größenwerte dem Abschlussprüfer übertrug.[337] Gänzlich neu war, dass mit § 21 privatrechtliche Vereinbarungen von Mitbestimmungsregelungen in der sogenannten Mittelinstanz, also in unselbstständigen Betrieben und Betriebsteilen nach Vorbild des Lüdenscheider Abkommens, ausdrücklich zugelassen wurden.[338] Diese Passage liegt jedoch nicht in einer Öffnung des DGB hin zu tariflichen Regelungen begründet, sondern in der Tatsache, dass es angesichts »der Vielfalt der Unternehmensstrukturen […] ausgeschlossen [erscheint], eine Mitbestimmungsregelung auf der mittleren Ebene zwingend vorzuschreiben.«[339]

Aller Anstrengung zum Trotz schätze man die Lage nüchtern ein und war bereit, genau wie drei Jahre zuvor lieber gar kein als ein unzureichendes Gesetz zu akzeptieren. Es dürfe

> »auf gar keinen Fall, weder in der Mitgliedschaft noch in der Öffentlichkeit, der Eindruck erweckt werden […], als müsse die Entscheidung über die Ausweitung der Mitbestimmung – koste es, was es wolle – noch in der jetzigen Legislaturperiode des Bundestages erreicht werden. In Anbetracht der gegebenen politischen Situation erscheint es als außerordentlich gefährlich, auf kurzfristige Mitbestimmungserfolge zu spekulieren. Resignation in der Mitgliedschaft und Radikalisierung bestimmter Teile der Arbeitnehmer werden sonst zwangsläufig die Folge sein.«[340]

Ob dem DGB angesichts der wirtschaftlichen Umstände zum Ende des Jahres 1968 tatsächlich die Resignation der Mitglieder aufgrund eines ausbleibenden »Erfolgs« in der Auseinandersetzung um die Mitbestimmung entgegengeschlagen wäre, sei dahingestellt.

Auf der politischen Ebene versuchte der DGB, neben seinen bestehenden Verbindungen zur SPD, mittels Interventionen bei Kiesinger und weiteren Spitzenpolitikern, eine Thematisierung der Mitbestimmung im Rahmen des Kreßbronner Kreises der

---

336 Vgl. Schreiben Friedhelm Farthmann an die Mitglieder der Kommission zur Durchführung des Aktionsprogramms vom 31. Januar 1968, in: DGB-Archiv im AdsD, Abt. Mitbestimmung, 24/2380.

337 Siehe DGB-Bundesvorstand (Hg.): Entwurf eines Gesetzes über die Mitbestimmung der Arbeitnehmer in Großunternehmen und Großkonzernen (Mitbestimmungsgesetz), Düsseldorf 1968, S. 5.

338 Siehe ebd., S. 11.

339 Schreiben Friedhelm Farthmann an die Mitglieder der Kommission zur Durchführung des Aktionsprogramms vom 31. Januar 1968.

340 Notiz über die Sitzung des Arbeitsausschusses zur Durchführung der Mitbestimmungskampagne vom 18. November 1968, in: DGB-Archiv im AdsD, Abt. Mitbestimmung, 24/2349.

Koalitionsspitzen zu erreichen[341]; er konnte jedoch keinen Erfolg verbuchen. Zwar sollte das Thema auf die Tagesordnung gebracht werden[342], wurde dann jedoch nicht intensiv erörtert.[343] Ob der Kreßbronner Kreis überhaupt das Gewicht hatte, das man ihm seinerzeit zusprach, oder ob nicht doch zu viel in diesen kleinen Kreis der Koalitionäre hineininterpretiert wurde, soll an dieser Stelle nicht diskutiert werden.[344] In Sachen Mitbestimmung ging von dieser Runde kein bedeutender Impuls aus. Das lag nicht zuletzt daran, dass die CDU/CSU-Fraktion bei ihrer Haltung blieb, nicht tätig zu werden und das Gutachten der Kommission abzuwarten.[345] Die Einsetzung der Kommission war »das, was in dieser Legislaturperiode gesehen wird. Hier wollen wir eine sehr klare programmatische Aussage machen. Es hat keinen Zweck, wenn man das im trüben und dunkeln läßt.«[346] Sie machte unmissverständlich klar, dass eine Initiative zur Erweiterung der paritätischen Mitbestimmung von der SPD allein getragen werden müsse.[347] Doch nach dem CDU-Parteitag und dessen Beschlüssen zur Mitbestimmung boten sich nun günstige Gelegenheiten, die CDU öffentlich vor sich herzutreiben. Schmidt etwa hatte

»nicht den Eindruck, daß unsere Entwürfe im Widerspruch zu den Feststellungen des CDU-Aktionsprogramme [sic!] stehen werden, die im übrigen ja auch vom DGB-Bundesvorstand als Fortschritt gelobt worden sind. Wir werden die CDU beim Wort nehmen; die CDU kann beweisen, wieviel ihre Berliner Beschlüsse wert sind, indem sie unseren Entwürfen zustimmt oder sie ablehnt.«[348]

Der Beschluss des Parteitags warf zudem seinen Schatten auf die Regierung. Kiesinger zeigte sich besorgt über die Komplikationen, die er implizierte und versuchte, von Katzer die Zusage zu erreichen, dass die CDU-Sozialausschüsse die Entscheidung der SPD ablehnen würden. Ferner ersuchte er Barzel, die CDU/CSU-Fraktion in einer Art Vorabstimmung zu den parlamentarischen Verhandlungen zu einem geschlosse-

---

341 Vgl. Schreiben von Ludwig Rosenberg und Bernhard Tacke an Kurt Georg Kiesinger vom 5. August 1968, in: von Kieseritzky (Bearb.): Der Deutsche Gewerkschaftsbund, S. 729 f.

342 Vgl. Vermerk für Willy Brandt, Herbert Wehner und Helmut Schmidt vom 25. März 1968, in: HSA, 1/HSAA005078.

343 Vgl. Schneider: Die Kunst des Kompromisses, S. 99.

344 Zum Forschungsstand siehe ebd., S. 94.

345 Vgl. Schreiben von Rainer Barzel an Helmut Schmidt vom 10. Oktober 1967, in: HSA, 1/HSAA005079.

346 So Kiesinger vor dem CDU-Bundesvorstand. Protokoll der Sitzung des CDU-Bundesvorstands vom 4. Dezember 1967, S. 716.

347 Vgl. Protokoll der Fraktionssitzung vom 25. Juni 1968, in: AdsD, SPD-Bundestagsfraktion 5. WP, Mappe 98, S. 7.

348 Ausführungen von Helmut Schmidt anlässlich der Fraktionssitzung der SPD-Bundestagsfraktion. Informationen der Sozialdemokratischen Fraktion im Deutschen Bundestag 550 vom 12. November 1968.

nen Negativvotum zu bewegen. Beide Vorschläge des Kanzlers wurden abschlägig beschieden. Kiesinger erhielt auch Druck vonseiten der Wirtschaftskreise der CDU und der BDA, deren Präsident Balke ihm in einem Telefonat mit dem Entzug der Unterstützung drohte für den Fall, dass die CDU nicht mit allen Mitteln gegen die SPD opponierte.[349]

Ob sich die SPD jedoch so einseitig, wie es hier anklang, zugunsten des DGB aussprach, kann bezweifelt werden. Rosenberg beschwerte sich etwa bei Helmut Schmidt, dass »Schiller die Unternehmer geradezu dazu drängt, Gegenvorschläge zur Mitbestimmung zu machen, die selbstverständlich – wenn überhaupt – sehr viel weniger erfreulich sein werden als die der SPD und obwohl wir schließlich nicht von allem und jederzeit restlos begeistert sein können.«[350] Gegen Schiller selbst kamen Spitzen von der Union. So verlautbarte Barzel am Rande eines Gesprächs mit Wirtschaftsbossen während der Hannover Messe gefragt nach seiner Einschätzung über die Politik des Wirtschaftsministers

»Meine Herren, mit mir haben Sie jetzt eine Stunde über die Mitbestimmung diskutiert. Haben Sie mit dem schon einmal darüber gesprochen? Aber den laden Sie in jede Betriebsversammlung, zu jedem Jubiläum, jedem Verbandstag ein. […] Und morgen wird er wieder schlangenbeschwörerisch hier vor der Messe tätig sein, und Sie werden dann alle dasitzen, denken Sie immer, wenn der guckt, aus dem linken Auge guckt: Mitbestimmung! Dann wissen Sie den richtig einzuordnen.«[351]

Im Bundestag machten Gerüchte die Runde, dass es eine interne Koalitionsabsprache gab, nach der bis zur Bundestagswahl 1969 keine Veränderungen der bestehenden Mitbestimmung vorgenommen würden. Kiesinger verneinte dies bei seinem ersten Auftritt in der SPD-Fraktion, doch sei das Thema

»ein Koalitionsproblem, das ist so ähnlich wie meinetwegen Wahlrechtsreform für 69. Wenn eine der beiden Fraktionen hier eine Initiative ergreifen will, muss das natürlich vorher koalitionspolitisch abgeklärt werden, weder die CDU noch die SPD sollte dabei zu einem Alleingang anzetteln zu müssen [sic!]. Es ist beiderseits gut, daß die Meinungen in dieser Frage geteilt sind, das ist ja auch ein altes Problem.«[352]

---

349 Vgl. Aktennotiz für Willy Brandt, Herbert Wehner und Helmut Schmidt vom 25. März 1968, in: HSA, 1/HSAA005230.

350 Schreiben Ludwig Rosenbergs an Helmut Schmidt vom 20. März 1969, AdsD, SPD-Präsidium, Sitzung des Präsidiums vom 13. April 1969 (Anlagen).

351 Vgl. Protokoll der Sitzung der CDU/CSU-Fraktion vom 6. Mai 1969, in: Marx (Bearb.): Die CDU/CSU-Fraktion, Bd. 2, S. 1407-1496, hier S. 1410.

352 Stenographische Aufzeichnung der Sitzung der SPD-Fraktion im Bundestag vom 14. Dezember 1968, in: AdsD, SPD-Bundestagsfraktion 5. WP, Mappe 80, S. 18 f.

Es standen jedoch die wichtigen Fragen der Lohnfortzahlung im Krankheitsfall für Arbeiter sowie die Verabschiedung des Zweiten Mitbestimmungssicherungsgesetzes an. Der DGB übte dabei besonderen Druck auf den CDU-Arbeitnehmerflügel aus. »Du weisst sicherlich«, so Rosenberg an Schmidt, »wie sehr wir sie in allen diesen Fragen bedrängen – wobei Du dich darauf verlassen kannst, dass Bernhard Tacke und andere Kollegen aus diesem Lager nicht zurückhaltend sind.«[353] Dies zeigte Erfolg. Die politisch weniger umstrittene Lohnfortzahlung im Krankheitsfall konnte zum Ende der Legislaturperiode verabschiedet werden, was allerdings nicht einer Annäherung von DGB und den Sozialausschüssen gleichkam.[354] Katzer kritisierte den neuen DGB-Vorsitzenden Heinz-Oskar Vetter für seine vermeintliche Nähe zur SPD.

»Du nimmst für dich in Anspruch, ›daß die Gewerkschaften den politischen Parteien öffentlich einmal die Meinung ganz unverblümt sagen, wenn es eben die Interessen der Arbeitnehmer erfordern‹. Aber offenbar gilt das immer nur an die Adresse der CDU/CSU. Das gilt offenbar nicht für die Äußerungen von Professor Schiller auf dem Nürnberger Parteitag zur Mitbestimmung. [...] Ich möchte nicht in einer Zeit, in der ich glaubte, Zeichen eines hoffnungsvollen Wandels zu sehen, zu Äußerungen gezwungen werden, die von Gegnern der Einheitsgewerkschaften mißbraucht werden könnten.«[355]

Vetter hingegen führte die entstandenen Diskrepanzen unter anderem auf die Rolle des DGB zurück. »Wie Du weißt, kann der DGB nur den großen Rahmen der Gewerk-

---

353 Schreiben Ludwig Rosenbergs an Helmut Schmidt vom 20. März 1969, in: AdsD, SPD-Präsidium, Sitzung des Präsidiums vom 13. April 1969 (Anlagen). In einem weiteren Schreiben, dass Schmidt zur Unterrichtung vorlag, wandte sich Rosenberg an alle Vorsitzenden im DGB und stellte fest, dass »es sich dabei im Parlamenten wesentlich um die Haltung unserer Kollegen handeln wird, die in der CDU/CSU-Fraktion den Arbeitnehmerflügel bilden, und es sollte unsere Aufgabe sein, in geeigneter Form ihre Bemühungen um eine den gewerkschaftlichen Forderungen entsprechende Lösung dieser Frage zu fördern. Es muß Euch überlassen bleiben, in welcher Form Ihr an Eure Kolleginnen und Kollegen [...] herantreten könnt, um zu erreichen, daß sich [...] einsetzen und sie darauf aufmerksam macht, daß sie in dieser Frage tatsächlich für das Gelingen unseres Vorhabens eine wesentliche Verantwortung tragen.« Schreiben Ludwig Rosenbergs an die Vorsitzenden der Gewerkschaften und Industriegewerkschaften vom 21. März 1969, in: ebd.

354 Die Verabschiedung der Lohnfortzahlung im Krankheitsfalle, die ursprünglich gar nicht auf der Agenda der Großen Koalition stand, diente vor allem der SPD zur Schärfung ihres sozialpolitischen Profils im Hinblick auf die anstehende Bundestagswahl. Bestanden zwischen den Sozialausschüssen und dem DGB in diesem Punkt Einigkeiten, so wurde die Auseinandersetzung auf der politischen Ebene viel konfrontativer geführt. Mehrere Kampfabstimmungen im Bundestag waren nötig, bis das Gesetz verabschiedet wurde. Hierbei spielte gerade der Arbeitnehmerflügel der CDU/CSU-Fraktion eine unrühmliche Rolle, da er sich der Fraktionsdisziplin mehrfach unterordnete, was innerhalb der SPD erneut den Eindruck stärkte, dass ein solcher Flügel überhaupt nicht existent war. Vgl. Schneider: Die Kunst des Kompromisses, S. 188-193.

355 Schreiben von Hans Katzer an Heinz-Oskar Vetter vom 2. Juli 1969, in: DGB-Archiv im AdsD, Abt. Vorsitzender, 5/DGAI001749.

schaftspolitik bestimmen. Wie dieser Rahmen ausgefüllt wird, hängt oft von persönlichen Einstellungen einzelner ab.«[356]

Bei Kanzler Kiesinger konnte der DGB nichts mehr erreichen. Zwar streifte man anlässlich einer Besprechung zu Beginn des Jahres 1969 neben vielen anderen Punkten erneut die Mitbestimmungsthematik, erhielt jedoch nur wieder die Antwort, dass die Regierungserklärung verbindlich sei und die Bundesregierung es wegen der Wichtigkeit des Themas für unerlässlich hielt, das Gutachten der Regierungskommission abzuwarten. Die Gesetzentwürfe der SPD von 1968 wurden ohnehin nicht zum Anlass genommen, in irgendeiner Weise initiativ zu werden, da sie externe Gewerkschaftsvertreter in die Aufsichtsräte zuließen.[357] Besonders auf diese Tatsache, dass alle drei im Bundestag vertretenen Parteien einen Schwerpunkt auf die Rolle der betrieblichen Arbeitnehmervertreter legten, musste der DGB möglichst einheitlich reagieren. Da die Politik sich bis zur Bundestagswahl auf die Gesetze zur Betriebsverfassung und Personalvertretung, das Tantiemenbegrenzungs- und ein zweites Mitbestimmungssicherungsgesetz konzentrieren wollte, sah sich der DGB in der unerfreulichen Situation, »politischer Gefahren und Konsequenzen.«[358] Realpolitisch war ohnehin kein einziges Gesetz mehr durchzusetzen. Die Fraktionsabsprachen ergaben im April, dass nur das Umwandlungs- und das Publizitätsgesetz, also die ideologisch nicht aufgeladenen Gesetze, in einer extra dafür eingerichteten Arbeitsgruppe besprochen würden. Die weiteren Gesetze wurde von der CDU/CSU hinausgezögert und auch in Sachen Tantiemenbegrenzung zeigte sie keinen Einigungswillen.[359] Letztlich konnte nur das Publizitäts- in Verbindung mit dem Umwandlungsgesetz verabschiedet werden. In der Gesamtschau muss das Urteil, die Ausdehnung der Mitbestimmung habe dem Ziel der SPD entsprochen, relativiert werden. Auch »der scharfe Kommandoton, den Schmidt während der Bundestagsdebatte zur Mitbestimmung an den Tag legte«, charakterisierte noch lange nicht »das große Interesse der SPD an diesem Gesetzeswerk.«[360] Dennoch wäre kein Kompromiss möglich gewesen. Nicht, weil es für beide Partner bedeutet hätte, »Grundsatzpositionen zu verlassen«[361], sondern weil die Aufsichtsratsmitbestimmung als solche einfach kein Thema war. Insofern fügt sich die Mitbestimmung par excellence in den Befund ein, die Große Koalition habe über drei Verständigungsmittel verfügt: Kompromiss, Junktim und Ausklammern. War

---

356 Schreiben von Heinz-Oskar Vetter an Hans Katzer vom 23. Juli 1969, in: ebd.

357 Vgl. Vermerk zum gegenwärtigen Stand der Mitbestimmungsdiskussion vom 22. Januar 1969 sowie Vermerke für den Bundeskanzler für das Gespräch mit den Gewerkschaften vom 27. Januar 1969, in: BA, B136/6588.

358 Vgl. Notizen über die Sitzungen des Arbeitsausschusses zur Durchführung der Mitbestimmungskampagne vom 9. Dezember 1968, in: DGB-Archiv im AdsD, Abt. Mitbestimmung, 24/2349.

359 Vgl. Protokoll der Sitzung der SPD-Fraktion vom 22. April 1969, in: Tüffers (Bearb.): Die SPD-Fraktion, S. 603-609, hier S. 604.

360 Schneider: Die Kunst des Kompromisses, S. 132.

361 Ebd.

das Interesse am Fortbestand der Koalition berührt, zeigten die Akteure eine große Bereitschaft zu Kompromissen und gegenseitigem do-ut-des-Handeln ein. Im Falle der Mitbestimmung war jedoch Ausklammern der einzige Lösungsweg, denn »jeder offene Konfliktaustrag hätte den Lebensnerv des prekären Bündnisses bedroht.«[362]

3.3 Konflikte mit den Arbeitgebern, Konflikte im DGB

Angesichts dieser Gesamtlage überrascht es nicht, dass im Verhältnis zu den Arbeitgebern keinerlei Entspannung oder gar Annäherung zu verzeichnen war. Versuchte der DGB zu Beginn der Großen Koalition noch, die Mitbestimmung in Gesprächen zu lancieren und stieß dabei auf Widerstand der BDA, die allenfalls einer allgemeinen Aussprache zustimmen konnten[363], klammerten die Sozialpartner in den Folgejahren die Frage der Mitbestimmung ebenso wie das kontroverse Feld der Tarifpolitik aus ihren Spitzengesprächen aus und wandten sich Themen zu, bei denen ein gewisser Grundkonsens vorausgesetzt werden konnte, etwa in der Haltung zur Konzertierten Aktion oder zur Jugendarbeitslosigkeit. Auch die Stabilitätspolitik im Rahmen der Konjunkturentwicklung der Bundesrepublik wurde besprochen, wobei BDA und DGB auch an dieser Stelle keine Übereinkunft in gemeinsamen Positionen fanden.[364]

Öffentlich betrieben die Arbeitgeber immer offener Stimmung gegen den DGB. Hanns-Martin Schleyer betonte etwa nach dem SPD-Parteitag 1968, dass der DGB »auch ohne das System der gewerkschaftlichen Mitbestimmung [...] ein Machtfaktor allererster Ordnung« sei. »Seinem massiven Druck gelang es, den SPD-Parteitag auf den Kurs der gewerkschaftlichen Mitbestimmungsforderungen zu bringen.«[365] Es läge jetzt an der SPD zu klären, welchen Weg sie gehen wolle, den der Volkspartei oder den der alten Gewerkschaftspartei.[366] Der Ton in der Auseinandersetzung verschärfte sich zunehmend. Der »Arbeitgeber« sprach zu Beginn 1969 davon, die Gesetzentwürfe von SPD und DGB unterschieden sich »wie Zyankali von Arsen« und die SPD habe sich auf gewerkschaftlichen Druck hin ihrer Eigenständigkeit beraubt.[367] Den vorläufigen Höhepunkt stellte die Anzeige »25 mal Nein zur Mitbestimmung« dar.[368] Die Verbissenheit der öffentlichen Auseinandersetzung zwischen der BDA und dem DGB zeigt sich exemplarisch an der Einleitung gerichtlicher Schritte seitens der Arbeitgeber gegen den DGB wegen dessen Aufgreifens des Slogans »Mündige

---

362 Vgl. Hockerts: Rahmenbedingungen, S. 50 f. Zitat ebd.
363 Vgl. Aktennotiz der Abt. Wirtschaftspolitik für Ludwig Rosenberg vom 13. Februar 1967, in: DGB-Archiv im AdsD, Abt. Vorsitzender, 5/DGAI001970.
364 Vgl. Korrespondenz und Protokolle über die Gespräche, in: DGB-Archiv im AdsD, Abt. Vorsitzender, 5/DGAI001824.
365 Anlage zum PDA Nr. 7 vom 3. April 1968, S. 2.
366 Siehe ebd., S. 3.
367 Der Arbeitgeber 21/1969, S. 31.
368 Der Arbeitgeber 21/1969, S. 64 f.

brauchen keinen Vormund«.[369] An eine gemeinsame Aktion und Gespräche war in dieser Situation nicht zu denken.

Im Gegenteil, sofern der DGB in Erwägung zog, durch Tarifverträge der Einzelgewerkschaften Mitbestimmungsrechte im Betrieb zu verbessern, geschah dies unter dem Aspekt der Imagebildung. »Da das Tarifvertragsgesetz eine gesetzliche Handhabe dazu bietet, könnten sich solche Maßnahmen in der politischen Diskussion günstig auswirken. In der Öffentlichkeit würde dadurch der Eindruck erweckt, daß die Gewerkschaften alle ihre Möglichkeiten ausschöpfen und sich nicht allein auf den Gesetzgeber verlassen.«[370] An einer tarifvertraglichen Lösung der Problematik hatten die Arbeitgeber ohnehin kein Interesse, ähnlich wie 17 Jahre zuvor im Kampf um die Montanmitbestimmung. »Dass allein der Gesetzgeber für eine Regelung der von den Gewerkschaften geforderten Mitbestimmung zuständig sein könnte, sollte nicht erst betont werden müssen.« Deswegen würden sich Gedankengänge innerhalb des DGB, die Mitbestimmung über Streik zu erzielen, aus verfassungsrechtlichen Gründen verbieten Vetter hatte in einem Interview mit dem Sender Freies Berlin und in einer Pressekonferenz anlässlich des DGB-Kongresses diese Möglichkeit ins Spiel gebracht[371], allerdings kann man davon ausgehen, dass er sich ohnehin mit dieser Idee nicht hätte durchsetzen können.

Intern taten sich im DGB zunehmend Spannungen auf. Zum einen bestand nach wie vor das Problem, dass in den eigenen Reihen zu wenig Überzeugungskraft vorhanden war und weiterhin Referenten fehlten. Die übrigen Forderungen des Aktionsprogramms traten zugunsten der Mitbestimmung in den Hintergrund, was im Widerspruch zu den Vorstellungen der Mitglieder stand, die allen Kampagnen zum Trotz für ihre eigene Situation die etwa die Lohnfortzahlung im Krankheitsfall und die Absenkung des Renteneintrittsalters als wesentlich wichtiger erachteten.[372] Zum

---

369 Vgl. Notiz über die Sitzung des Arbeitsausschusses zur Durchführung der Mitbestimmungskampagne vom 7. Oktober 1968, in: DGB-Archiv im AdsD, Abt. Mitbestimmung, 24/2349.

370 Ebd.

371 Schreiben von Siegfried Balke an Heinz-Oskar Vetter vom 2. Juni 1969, in: DGB-Archiv im AdsD, Abt. Vorsitzender, 5/DGAI001970.

372 Das ergab eine Umfrage von Leserinnen und Lesern der Gewerkschaftspresse, die aufgefordert wurden, ihre Meinung zum Aktionsprogramm des DGB kundzutun. Die Zuschriften, die wenig überraschend in der Mehrzahl von der IG Metall kamen, verdeutlichten, dass die Mitglieder auf die Herabsetzung des Rentenalters besonderen Wert legten, mit weitem Abstand gefolgt von der Lohnfortzahlung. Auch konkrete Forderungen aus dem Arbeitsalltag, etwa, dass der Samstag nicht als Urlaubstag angerechnet werden sollte, fanden sich unter den ersten Drei der Rangfolge. Vgl. Auswertung von Zuschriften (mit Briefanlagen oder Sonderbemerkungen) der Rangfolgeantworten zum DGB-Aktionsprogramm, in: DGB-Archiv im AdsD, Abt. Vorsitzender, 5/DGAI001436. Eine in zwei Wellen bis Mai 1969 durchgeführte Panel-Befragung bestätigte diesen Befund. Zwar blieb die Mitbestimmung in den Köpfen der Befragten haften, jedoch erachtete nur die Hälfte sie für wichtig bis sehr wichtig. Ganz vorne rangierte die Sicherung der Arbeitsplätze und die Lohnfortzahlung im Krankheitsfall. Zudem konnte eine Mehrzahl der Leute nach wie vor keine konkreten Angaben über den Inhalt der Mitbestimmung machen. Das bestätigte die

anderen preschte die IG Chemie erneut vor und kündigte in ihrem Pressedienst am 9. Mai 1968 eine »Weltkonferenz der Gewerkschaften« der ICF zur Demokratisierung und Mitbestimmung an.[373] Rosenberg verurteilte solche Einzelgänge abseits des DGB und versuchte, die IG Chemie und Wilhelm Gefeller auf die gemeinsame Sache zu verpflichten. Konferenzen wie diese müssten im Rahmen des Bundes stattfinden, denn

> »wenn das nämlich nicht mehr üblich sein sollte, sehe ich wirklich nicht mehr ein, welche Aufgaben der DGB dann noch haben soll. [...] Außerdem haben wir eine Kommission zur Durchführung des Aktionsprogramms [...] und was hat es eigentlich für einen Sinn, sich in solchen Fragen woher öffentlich festzulegen und diese Kommission in dieselbe Lage zu versetzen, in die man so gern den GBV zu versetzen beliebt, nämlich vor vollendete Tatsachen zu stellen.«[374]

Gefeller hingegen hatte sich schon häufiger beklagt, dass maßgebende Kollegen im Bundesvorstand sich in der Frage der Mitbestimmung nicht so eingesetzt haben, wie er es erwartete.[375]

Dennoch hielt Rosenberg auf der Konferenz, die am 28. und 29. November 1968 in Frankfurt am Main unter der Beteiligung von etwa 250 Delegierten stattfand, eine programmatische Rede, in der die Gelegenheit nutzte, die Europäisierung des Wirtschaftsraums anzusprechen und die Einigkeit der Gewerkschaften hervorzuheben. Als zentrales Motiv ließ er sich von der Modernität der Wirtschaft leiten, in die sich eine Unternehmensverfassung einfügen würde. »Wir sind durch Erfahrung und durch Überlegung davon zutiefst überzeugt, daß eine moderne Gewerkschaftsbewegung in einer modernen Industriegesellschaft und in einem demokratischen Staat sich nicht davor drücken kann, Verantwortung für das Wohl der Wirtschaft und damit das Gesamtwohl zu übernehmen.«[376] Dieser Gedanke setze sich, so Rosenberg, auch international durch. Jedoch betonte der ICF-Generalsekretär Charles Levinson (1920–1997) in seiner Rede auch die unterschiedlichen Erscheinungsformen von sozialer

---

allgemeine Erfahrung, dass »die Inhalte politischer Streitfragen (›issues‹) im Zeitverlauf diffuser werden. Die Hinwendung der Befragten zu allgemeinen Beschreibungen und Erklärungen ist darüber hinaus eine Folge der allgemeinen Diskussion in der Öffentlichkeit: sowohl von den generischen Verbänden aus als auch von politischen Parteien, Kirchen usw. wurden die verschiedensten Gegenvorschläge und Modifizierungen unterbreitet.« Die Verquickung all dieser Argumente und Kampagnen diente demnach eher der Verwirrung als denn der Aufklärung der Bevölkerung. Grundsätzlich standen die Arbeitnehmer der Mitbestimmung weiterhin positiv gegenüber. Siehe Ergebnisse der Panelbefragung zur Mitbestimmungsaktion '68 des Deutschen Gewerkschaftsbundes vom 6. Mai 1969, in: ebd. (Zitat S. 5).

373 Pressedienst der IG Chemie, Papier, Keramik IV/24 vom 9. Mai 1968.

374 Schreiben Ludwig Rosenberg an Wilhelm Gefeller vom 31. Mai 1968, Rbg/Tp., in: DGB-Archiv im AdsD, Abt. Vorsitzender, 5/DGAI000014, S. 2 f.

375 Vgl. Niederschrift über die Beiratssitzung der IG Chemie vom 23./24. November 1967, Bl. 20.

376 IG Chemie Pressedienst IV/56 vom 28. November 1968.

Partnerschaft und von Mitwirkungs- und Kontrollrechten der Arbeitnehmer und die Vorbehalte, die es anfangs in der internationalen Bewegung in Bezug auf die Übertragbarkeit der Mitbestimmung gab.[377] Für den DGB und die IG Chemie war es allein wichtig, dass Levinson die Unterstützung des ICF für die Forderungen der deutschen Gewerkschaften unterstrich und in einen internationalen Kontext einband.[378]

In Deutschland hatte die DAG zwischenzeitig ihre programmatische Linie zur Mitbestimmung abgesteckt. Ihre schien eher auf Konsens ausgerichtet zu sein. So schloss sich die Angestelltengewerkschaft zwar den Größenmerkmalen des DGB an, sah jedoch keine strikte Parität im Sinne der Montanmitbestimmung vor, sondern schlug die schon in anderen Kreisen debattierte Einbeziehung von Vertretern des öffentlichen Interesses vor. Arbeitnehmer und Kapitalvertreter sollten zu gleichen Teilen vertreten sein, wobei die DAG ihrem Wesen nach eine institutionalisierte Repräsentation der Angestellten vorsah. Bei der Wahl der unternehmensfremden Arbeitnehmervertreter legte die DAG großen Wert darauf, dass eine echte Wahl stattfinden sollte, und lehnte ein Direktionsrecht strikt ab. Die Arbeitnehmer aller Betriebsstätten eines Großunternehmens sollten eine Arbeitnehmervertreterversammlung bilden, der neben der Wahl der Aufsichtsräte weitere Rechte wie die Entgegennahme des Geschäftsberichts und das Recht auf Stellungnahmen zu prinzipiellen Rechtsgeschäften des Unternehmens zugebilligt wurden. Ihre Größe wurde derjenigen des Unternehmens angepasst. Im Gegensatz zum DGB wollte die DAG keinen eigenen Arbeitsdirektor bestellen, sondern alle Vorstandsmitglieder mit einer Zweidrittelmehrheit wählen. Allerdings sollte ein Mitglied des Vorstands zwingend für Personal- und Sozialangelegenheiten zuständig sein.[379]

Ferner musste der DGB zusehen, dass die DAG in ihrer Konzeption zur Mitbestimmung den in der SPD intensiv diskutierten und letztendlich verworfenen Rechtsformzwang aufnahm. Der DGB hatte sich damit nicht anfreunden können, doch nun trat die Frage auf,

»ob es der DGB aus gewerkschaftspolitischen Gründen hinnehmen kann, daß die DAG in einem so entscheidenden Punkte eine weitergehende Forderung erhebt. Bei der Prüfung dieser Frage muß man sich allerdings auch darüber klar sein, daß die Forderung nach einem derartigen Rechtsformenzwang das Mitbestimmungsanliegen mit zusätzlichen Gegenargumenten belastet, die bisher vermieden werden konnten.«[380]

---

377 IG Chemie Pressedienst IV/54 vom 28. November 1968.

378 Zur Konferenz siehe auch die Dokumentation der ICF: Industrial Democracy. International Conference Frankfurt (Main) – November 1968. Special Edition, o. O. 1969.

379 Vgl. DAG-Bundesvorstand (Hg.): Thesen zur Mitbestimmung, Hamburg 1968, S. 13-27.

380 Vorlage von Friedhelm Farthmann für die Sitzung der Kommission zur Durchführung des Aktionsprogramms am 24. Januar 1969, in: DGB-Archiv im AdsD, Abt. Vorsitzender, 5/DGAI001436.

Der DGB verfolgte diesen Gedanken allerdings nicht weiter, auch aufgrund dessen, dass die Mitbestimmungsvorstellungen der DAG öffentlich kaum Anklang fanden. Auch von bisher unbekannter Seite drohte die Position des DGB zunehmend aufgeweicht zu werden. Im Verlauf der Diskussion erhoben sich vermehrt Stimmen, die dafür plädierten, den leitenden Angestellten eine eigene Vertretung auf der Arbeitnehmerbank im Aufsichtsrat einzuräumen. Diese Bestrebungen verfolgten nach Ansicht der Gewerkschafter

»primär den Zweck, die Position der Arbeitnehmer gegenüber den Kapitalgebern aufzusplitten und zu schwächen. Trotzdem darf nicht verkannt werden, daß derartige Tendenzen eine gewisse Popularität haben [...]. [Es] sollte von der Angestelltenarbeit her überlegt werden, ob man diese Bemühungen nicht dadurch abfangen könnte, daß man den leitenden Angestellten innerhalb der gewerkschaftlichen Organisation eine eigene Repräsentationsmöglichkeit mit weitgehender Autonomie sichert.«[381]

Diese Frage betraf vor allem die chemische Industrie. Im DGB bearbeiteten die Abt. Gesellschaftspolitik und die Abt. Angestellte das Feld weiter, um den Plänen der ULA zuvor zu kommen.[382] Das Problem der leitenden Angestellten sollte sich zu einem der Hauptprobleme der nächsten Jahre entwickeln.

3.4 Eine neue Arena: Die Gewerkschaften in der Konzentrierten Aktion

Ein zentrales Instrument der großkoalitionären Politik von SPD und CDU, mit dem die Regierung versuchte, die Wirtschaft zu steuern, war die von Schiller initiierte Konzertierte Aktion, ein Gesprächskreis aus Vertretern der Wirtschaft, der Gewerkschaften, der Bundesregierung und des Sachverständigenrats zur Begutachtung der gesamtwirtschaftlichen Entwicklung. Die Vertreter trafen sich am 14. Februar 1967 zum ersten Mal. Die Konzertierte Aktion stellte den Versuch dar, den Interessengegensatz der Teilnehmer in organisatorischer Form auszutragen. Sie sollten auf der Grundlage von allen zur Verfügung stehenden Daten rationale wirtschaftspolitische Entscheidungen treffen. Schiller wollte ein Bündnis zur umfassenden Lenkung der Wirtschaft kreieren.[383] Die Konzertierte Aktion wurde im Stabilitätsgesetz im § 3 kodifiziert.[384]

---

381 Mitbestimmung und leitende Angestellte. Vorlage für die Sitzung der Kommission zur Durchführung des Aktionsprogramms am 1. September 1969, in: ebd.

382 Vgl. Protokoll der Sitzung der Kommission zur Durchführung des Aktionsprogramms vom 1. September 1969, in: ebd., Bl. 5 f.

383 Vgl. von Kieseritzky (Bearb.): Der Deutsche Gewerkschaftsbund, S. 51-54.

384 Hier heißt es: »(1) Im Falle der Gefährdung eines der Ziele des § 1 stellt die Bundesregierung Orientierungsdaten für ein gleichzeitiges aufeinander abgestimmtes Verhalten (konzertierte Ak-

Die Gewerkschaften zeigten schon vor der Gründung der Großen Koalition Interesse an einer Gesprächsrunde, wie sie der Sachverständigenrat im Vorfeld in seinem Jahresgutachten 1965/66 vorgeschlagen hatte.[385] Ihre grundsätzliche Bereitschaft zur Mitarbeit in der Konzertierten Aktion, an der vor allem die jeweiligen Vorsitzenden und Vertreter des DGB teilnahmen, bestand demnach. Auch die Unternehmer begrüßten zunächst die Etablierung einer Gesprächsrunde. Vor allem BDA Präsident Balke zeigte sich im Gegensatz zu den Vertretern des BDI und des DIHT der Konzertierten Aktion gegenüber aufgeschlossen.[386] Die ersten Vorgespräche mit Vertretern einflussreicher Einzelgewerkschaften und Vorstandsmitgliedern des DGB fanden am 22. Dezember 1966, also unmittelbar nach der Regierungsbildung, im BMWi statt. In der anschließenden Diskussion im DGB-Bundesvorstand äußerten bereits einzelne Vertreter die Befürchtung über einen negativen Einfluss auf die Tarifautonomie.[387] Die Lohnpolitik stand aber von Beginn an im Mittelpunkt der Gespräche, wie es der Intention der Konzertierten Aktion entsprach.[388] Ein Grundproblem in der Konzertierten Aktion war jedoch, neben dem alles überlagernden Streit um die Lohnleitlinien und Orientierungsdaten der Lohnpolitik, die sowohl Arbeitgeber als auch der DGB als Eingriff in die Tarifautonomie ablehnten, die Frage nach dem Beginn der sogenannten »zweiten Phase der Konzertierten Aktion«, in der nach der Überwindung der akuten Rezession über die von Schiller versprochene »soziale Symmetrie« gesprochen werden sollte. Die Einleitung dieser Phase wurde den Gewerkschaften zwar vor der Gründung der Konzertierten Aktion zugesagt, eine Erweiterung der Themengebiete um die Sozial- und Gesellschaftspolitik oder die Mitbestimmung, die der DGB im Verlauf des Jahres 1967 zunehmend forderte[389], stieß jedoch im BMWi und bei den Arbeitgebern nicht auf Resonanz.[390] Zwar bekannten sich deren Vertreter zu der Notwendigkeit, über weitere Themen wie die Gewinne, den Verbrauch oder

---

tion) der Gebietskörperschaften, Gewerkschaften und Unternehmensverbände zur Erreichung der Ziele des § 1 zur Verfügung. Diese Orientierungsdaten enthalten insbesondere eine Darstellung der gesamtwirtschaftlichen Zusammenhänge im Hinblick auf die gegebene Situation.« Gesetz zur Förderung der Stabilität und des Wachstums der Wirtschaft vom 8. Juni 1967.

385 Vgl. Schönhoven: Wendejahre, S. 137 f. Der Sachverständigenrat sprach noch von einer »konzertierten Stabilisierungsaktion«, die auf eine Begegnung der Inflation gerichtet sein sollte. Sachverständigenrat zur Begutachtung der gesamtwirtschaftlichen Entwicklung: Jahresgutachten 1965/66, S. 113.

386 Vgl. Berghahn: Unternehmer, S. 298 ff.

387 So Wilhelm Haferkamp (1923–1995), im DGB-Bundesvorstand bis 1967 zuständig für den Bereich Wirtschaftspolitik. Protokoll der 7. Sitzung des DGB-Bundesvorstandes vom 10. Januar 1967, in: von Kieseritzky (Bearb.): Der Deutsche Gewerkschaftsbund, S. 386-396, hier S. 388-391.

388 Vgl. Abelshauser: Wirtschaftsgeschichte, S. 415.

389 Vgl. Vorschläge für ein gewerkschaftliches Gesamtprogramm, in: von Kieseritzky (Bearb.): Der Deutsche Gewerkschaftsbund, S. 502-506.

390 Vgl. Schönhoven: Wendejahre, S. 339 ff.

die Investitionen zu reden[391], in der Frage nach der Mitbestimmung biss der DGB
jedoch auf Granit.[392] Die BDA sah durch die Mitbestimmungsforderung insgesamt
eine Belastung für die Konzertierte Aktion. Da die Wirtschaftsordnung so aufgeweicht würde, mache es wenig Sinn, in einem Gesprächskreis über Einzelaspekte zu
diskutieren, wenn das generelle Vertrauen der Unternehmen in ihre Stabilität unterwandert würde.[393]

Auch Schiller widersprach einer Diskussion über Mitbestimmung oder anderer
gesellschaftspolitische Fragen. In einer gemeinsamen Sitzung des Bundesvorstands
mit dem Minister und dem parlamentarischen Staatssekretär im BMWi, Klaus Dieter
Arndt (1927–1974), verdeutlichten die Vertreter der Gewerkschaften die Belastungen
für die Zusammenarbeit, die sich aus der Missachtung des Versprechens der sozialen Symmetrie ergäben, und kritisierten das ambivalente Verhalten der Arbeitgeber,
die jede Form der Themenerweiterung durch Negativkataloge abblocken würden.
Schiller jedoch erteilte den Forderungen nach Ausweitung der Gesprächsthemen
vor dem Hintergrund der einsetzenden positiven Entwicklung, die »am Wendepunkt der Konjunktur« nicht gestört werden sollte, eine Absage. Die Gewinnlage
der Unternehmen sollte nicht gefährdet werden. Jedoch versuchten Arndt und er, die
Konzertierte Aktion als eine Art »überbetrieblicher Mitbestimmung« zu verkaufen,
vermochten mit dieser Einschätzung jedoch nicht recht zu überzeugen.[394] Schiller
räumte ein, dass in der Konzertierten Aktion auch über gesellschaftspolitische Fragen
gesprochen werden müsste. Die Bereitschaft der Gewerkschaften, die Orientierungsdaten der Bundesregierung zu berücksichtigen, hinge auch von der Besserstellung
des Arbeitnehmers im Betrieb und Gesellschaft ab. Die Mitbestimmung fasste der
Wirtschaftsminister allerdings nicht hierunter, sondern wollte zunächst die Vermögensbildung der Arbeitnehmer thematisieren.[395] Auf Rosenbergs Einwand hin lenkte
er dann ein und wollte »im kleineren Kreis über die gesellschafts- und wirtschaftspolitischen Probleme« sprechen, zu denen auch das Verhältnis von Mitbestimmung und
der von den EWG-Staaten gewünschten Europäischen Handelsgesellschaft zählte.[396]

---

391 Vgl. Joachim Bretschneider: Lohnpolitik und Konzertierte Aktion: Der Standpunkt der Arbeitgeberverbände, in: GMH 20/1969, S. 329-337, hier S. 332.

392 Dies bekräftigte der BDI-Vorsitzende Berg in einer der Sitzungen der Konzertierten Aktion. Die
Absicherung gegen Rationalisierungsfolgen, Strukturfragen, Arbeitsplatzsicherung und Fragen
der Ausbildung waren alles Aspekte, über die er sich ein Gespräch hätte vorstellen können, die
Mitbestimmung jedoch nicht. Vgl. Bericht über das 5. Gespräch im Rahmen der Konzertierten Aktion am 9. November 1967, in: von Kieseritzky (Bearb.): Der Deutsche Gewerkschaftsbund, S. 574-578, hier S. 577.

393 Anlage zum PDA Nr. 7 vom 3. April 1968, S. 3 f.

394 Protokoll der 16. Sitzung des DGB-Bundesvorstandes vom 2. November 1967, in: von Kieseritzky (Bearb.): Der Deutsche Gewerkschaftsbund, S. 546-557, hier S. 550-555.

395 Schreiben Karl Schiller an Ludwig Rosenberg vom 19. Februar 1968, in: DGB-Archiv im AdsD,
Abt. Vorsitzender, 5/DGAI000014.

396 Vgl. Schreiben Karl Schiller an Ludwig Rosenberg vom 1. März 1968, in: ebd.

Insgesamt hinterließ Schiller jedoch den Eindruck eines »Neoliberalen mit sozialem Einschlag.«[397]

Die Hinhaltetaktik der Unternehmensverbände und des Wirtschaftsministers reizte Rosenberg erstmals zu Beginn 1968 dazu, den Austritt aus der Konzertierten Aktion anzuregen, was allerdings im DGB-Bundesvorstand abgelehnt wurde.[398] Doch die Kritik an der Einbindung sollte nicht abklingen und äußerte sich auf den Gewerkschaftstagen dieses Jahres. Auf dem IG-Metall-Gewerkschaftstag konnte ein Antrag zum Austritt aus der Konzertierten Aktion erst nach dem Eingreifen des Vorsitzenden Otto Brenner abgewehrt werden.[399] Auch im DGB-Bundesausschuss kamen im Frühjahr 1969 die Vorbehalte in Bezug auf die Gesprächsthemen und die Lohnpolitik der Gewerkschaften zum Ausdruck.[400] Die Gewerkschaften forderten im Bundestagswahljahr neben weiteren sozialen Verbesserungen wie die Verdoppelung des Arbeitnehmerfreibetrags oder die Förderung des privaten Wohnungsbaus die Umsetzung der »sozialen Symmetrie« und drohten mit einem Scheitern der Konzertierten Aktion.[401] Die Kritik der Mitglieder an den Zugeständnissen der Gewerkschaftsführungen innerhalb der Konzertierten Aktion wurde also bereits im Mai 1969 überdeutlich. ABELSHAUSER resümiert, dass der »hartnäckige Kampf der Gewerkschaftsseite gegen Projektionsziele« zwar die Diskussion bestimmte, am Kern der Auseinandersetzung in der Konzertierten Aktion aber vorbeiging.[402]

Überhaupt manifestierte sich in der Konzentrieren Aktion wie in keiner anderen Form die Genese des technokratischen Denkens in der Wirtschaftspolitik, mit der die Trennung von Staat und Wirtschaft langfristig aufgehoben wurde.[403] Gleichzeitig galt sie schon zur Zeit ihrer Etablierung als typische Erscheinungsform des Korporatismus und diente sowohl der Wissenschaft als auch der Politik als das Synonym

---

397 So Heinz Kluncker im DGB-Bundesausschuss. Protokoll der 4. Sitzung des DGB-Bundesausschusses vom 3. November 1967, in: von Kieseritzky (Bearb.): Der Deutsche Gewerkschaftsbund, S. 558-573, hier S. 564.

398 Vgl. Protokoll der 18. Sitzung des DGB-Bundesvorstandes vom 16. Januar 1968, in: ebd., S. 603-617, hier S. 604-607.

399 Vgl. IG Metall für die Bundesrepublik Deutschland (Hg.): Protokoll des 9. ordentlichen Gewerkschaftstages, Frankfurt a. M. o. J., S. 263 f. sowie S. 274.

400 Vgl. Protokoll des 8. Sitzung des DGB-Bundesausschusses vom 1. April 1969, in: von Kieseritzky (Bearb.): Der Deutsche Gewerkschaftsbund, S. 873-848, hier S. 841-845. Trotz der nicht erreichten »sozialen Symmetrie« schloss Rosenberg auf dieser Sitzung einen Austritt aus der Konzertierten Aktion aus, bezeichnete sie allerdings als einen »wirtschaftspolitischen Teilbezirk« mit nur »begrenztem Wirkungsgrad«, der nicht die Gesamtgesellschaftspolitik erfasse. Ebd., S. 845.

401 Vgl. Schönhoven: Wendejahre, S. 346 f.

402 Abelshauser: Wirtschaftsgeschichte, S. 415 f.

403 Vgl. Tim Schanetzky: Sachverständiger Rat und Konzertierte Aktion: Staat, Gesellschaft und wissenschaftliche Expertise in der bundesrepublikanischen Wirtschaftspolitik, in: VSWG 91/2004, S. 310-331. Siehe auch ders.: Die große Ernüchterung. Wirtschaftspolitik, Expertise und Gesellschaft in der Bundesrepublik 1966 bis 1982 (Wissenschaftskultur und gesellschaftlicher Wandel 17), Berlin 2007.

für das »Modell Deutschland«, in dem Konflikte in einer geregelten und rationalen Weise ausgefochten wurden. Alle beteiligten Akteure betonten bis zum Ende der Runde 1977 und noch darüber hinaus ihre Wichtigkeit und auch das – problematische – stetige Anwachsen des Teilnehmerkreises deutet auf eine gewisse Strahlkraft hin oder zumindest darauf, dass niemand im Abseits stehen wollte. Dennoch kann der Konzentrierten Aktion schon recht früh ein Scheitern attestiert werden. In den Fragen der Lohnpolitik, das eigentliche Nerventhema der Gespräche, da nur über dieses Mittel die gewollte rationale Wirtschaftsentwicklung eingeleitet werden konnte, sperrten sich sowohl die Gewerkschaften als auch die Arbeitgeber einem Konsens. Beide Seiten wollten sich nicht in ihre tarifliche Hoheit hineinregieren lassen. Im Verlauf der 1970er-Jahre wurden Konflikte, direkt nachdem Schmidt von Schiller nach dessen Rücktritt das Amt des Finanz- und Wirtschaftsministers übernommen hatte, immer offener angesprochen und fanden auch Eingang in die Kommuniqués, die nach jeder Sitzung veröffentlicht wurden. Ein solches Vorgehen war unter Schiller völlig unmöglich. Dementsprechend ist es zutreffend, von der Konzentrierten Aktion als Geburtsstunde und auch gleichzeitig als Ende des modernen Korporatismus zu sprechen, da nach ihrem Ende nur noch thematische Gesprächskreise, etwa zu Fragen des Gesundheitswesens oder zum Arbeitsmarkt, einberufen wurden, nicht jedoch ein Kreis, der ausdrücklich das große Ganze zum Inhalt hatte.[404]

---

404 Vgl. Andrea Rehling: Die konzertierte Aktion im Spannungsfeld der 1970er-Jahre: Geburtsstunde des Modells Deutschland und Ende des modernen Korporatismus, in: Knut Andresen/Ursula Bitzegeio/Jürgen Mittag (Hg.): Nach dem Strukturbruch? Kontinuität und Wandel von Arbeitsbeziehungen und Arbeitswelt(en) seit den 1970er-Jahren (Reihe Politik- und Gesellschaftsgeschichte 89), Bonn 2011, S. 65-86.

V Neue Konstellationen: Die Ausgangslage der sozialliberalen Koalition 1969–1971

1 Die FDP, die SPD und die Mitbestimmung

1.1 Die Mitbestimmung als Teil eines gesellschaftlichen Demokratisierungsprozesses?

Das neue Bündnis aus SPD und FDP hatte sich bereits im Vorfeld seiner Entstehung angekündigt. Nicht allein die Wegmarke der Wahl Gustav Heinemanns (1899–1976) zum dritten Bundespräsidenten der Bundesrepublik kann dafür als Indiz herangezogen werden, sondern auch die zunehmend gereizte Stimmung innerhalb der Großen Koalition, die zu ihrem Ende hin die gemeinsame Arbeit erschwerte. Außerdem hatte die sozialliberale Koalition unter Ministerpräsident Heinz Kühn in Nordrhein-Westfalen bereits gezeigt, dass eine Zusammenarbeit von SPD und FDP möglich war. Im Wahlkampf zur Bundestagswahl setzte die SPD schwerpunktmäßig auf die »modernen« Elemente ihrer Politik und grenzte sich von der CDU/CSU ab.[1] Im Mittelpunkt standen die Deutschland- und Ostpolitik sowie die Wirtschafts- und Sozialpolitik, die jeweils von den zuständigen SPD-Ministern im Kabinett repräsentiert wurden. Hier griff die SPD auf ihr in der Tat beeindruckendes Personalangebot zurück, dessen Kompetenz und Popularität sich in der Form weder zuvor noch danach vorfanden.

Der Wahlkampf fügte sich in eine besondere gesellschaftliche Gemengelage ein, die von einer neuen Aufbruchstimmung beflügelt wurde. Schichten und Gruppen, die sich bisher nicht artikuliert hatten, ergriffen nun das Wort und forderten von neuem Selbstbewusstsein getragen mehr Mitsprache. Alte Autoritäten wurden hinterfragt, man kritisierte die Rolle der Vätergeneration im NS-Staat. Die Verkrustungen der alten Republik sollten aufgebrochen werden. Unbestritten bildeten die sogenannten 68er, die ihre Ursprünge in den Protestbewegungen der USA seit der Mitte der 1960er-Jahre hatten, die Basis für die neuen Bewegungen in der Bundesrepublik, obwohl auch in Deutschland die radikalen Studentenunruhen alsbald nach der Verabschiedung der Notstandsgesetze und dem Zusammenbruch des Pariser Mais und des Prager Frühlings abebbten.[2]

---

1 Herbert Wehner jedoch verhinderte im Wahlkampf den völligen Bruch zur CDU/CSU, da er sich die Option der Verlängerung des großen Bündnisses offenhalten wollte. Vgl. Klaus Schönhoven: Herbert Wehner und die Große Koalition (Reihe Gesprächskreis Geschichte 69), Bonn 2006, S. 27 ff.
2 Siehe hierzu exemplarisch bei Manfred Görtemaker: Kleine Geschichte der Bundesrepublik Deutschland (Schriftenreihe der Bundeszentrale für politische Bildung 380), Bonn 2002, S. 192-211.

Der eigentliche Wertewandel ergriff die Bundesrepublik jedoch bereits in den 1960er-Jahren. Die Spiegel-Affäre trug ihren Teil zu einem neuen Bewusstsein von demokratischen Rechten in der Zivilgesellschaft bei, die sich in einer Art »zweiten formativen Phase der Bundesrepublik« bündelten. Bedingt durch die Bindung an den Westen und in Abgrenzung zum kommunistischen Ostblock orientierten sich sowohl die beiden großen Parteien als auch die Bevölkerung an westlichen, amerikanischen Werten, die als eine Art Kulturtransfer verstanden werden können. Die Parteien mussten bereits in den 1960er-Jahren das geänderte gesellschaftliche Meinungsklima auffangen und integrieren, was nicht zuletzt zur Entstehung der Großen Koalition beitrug. Im Anschluss an den amerikanischen »Konsensliberalismus« breitete sich die Anerkennung des gesellschaftlichen Pluralismus aus, in dem sich die Parteien eingliederten. Der Antitotalitarismus schuf eine Situation, in der »ideelle Einflüsse zur Geltung gelangen, die im Verlauf von etwa zwei Jahrzehnten wesentliche Wertorientierungen in der westdeutschen Gesellschaft umformten und in einen gesamtwestlichen Wertekonsens integrierten. In den 60er Jahren wurde das allseits fühlbar.«[3]

Nach Ronald Ingleharts zeitgenössischer Betrachtung wandten sich in den späten 1960er-Jahren breite Teile der Bevölkerung nach der Befriedigung der unmittelbaren Sicherheitsbedürfnisse neuen gesellschaftlichen, postmaterialistischen oder »postbourgeoisen« Werten zu, die zu einer Änderung des Wahlverhaltens beitrugen.[4] Auch die Haltung zu Normen und Leitbildern änderte sich gravierend. Werte wie Disziplin, Zuverlässigkeit und Gehorsam traten zugunsten individualistischer Werte wie Emanzipation, Partizipation und Lebensqualität zurück, vorwiegend in jüngeren Teilen der Bevölkerung. Damit einher ging, dass der Wert der Arbeit in den Hintergrund trat und die Freizeit und das Familienleben als wichtiger eingeschätzt wurden. Wie in anderen europäischen Ländern, so stieg in der Bundesrepublik das Interesse an Politik sprunghaft an. Allerdings verlief der Wandel, unter dem Eindruck der Vergangenheit des Nationalsozialismus, schärfer zwischen den Generationen getrennt.

---

3 Anselm Doering-Manteuffel: Westernisierung. Politisch-ideeller und gesellschaftlicher Wandel in der Bundesrepublik bis zum Ende der 60er Jahre, in: Axel Schildt/Detlef Siegfried/Karl Christian Lammers (Hg.): Dynamische Zeiten. Die 60er Jahre in den beiden deutschen Gesellschaften (Hamburger Beiträge zur Sozial- und Zeitgeschichte 37), Hamburg 2000, S. 311-341, S. 341.

4 Vgl. Ronald Inglehart: The silent Revolution in Europe: Intergenerational Change in Post-industrial Societies, in: American Political Science Review 65 (1971), S. 991-1017. Siehe auch ders.: The silent Revolution. Changing Values and Political styles among Western Publics, Princeton 1977. Neben der politisch umstrittenen Elisabeth Noelle-Neumann und Helmut Klages gehört Inglehart noch heute zu den maßgeblichen Forschern des Wandels von Werteinstellungen, auf den sich Autoren unterschiedlicher Fachrichtungen beziehen. Zu der jüngsten Forschung zum Wertewandel und zur Kritik an Ingleharts Annahmen siehe bei: Helmut Thome: Wandel gesellschaftlicher Wertvorstellungen aus der Sicht der empirischen Sozialforschung, in: Bernhard Dietz/Christopher Neumaier/Andreas Rödder (Hg.): Gab es den Wertewandel? Neue Forschungen zum gesellschaftlich-kulturellen Wandel seit den 1960er Jahren (Wertewandel im 20. Jahrhundert 1), München 2014, S. 41-67.

Kunst und Medien griffen diese Entwicklungen auf und verstärkten sie zudem.[5] Es handelte sich jedoch »mehr um einen Vorgang der Entnormativierung, des Abbaus bzw. Akzeptanzverlustes vorhandener Normen, als um die Konstitution vergleichbar verbindlicher neuer Normen.«[6]

Politisch profitierte die SPD von dieser gesamtgesellschaftlichen Gemengelage. Sie erschien wie keine zweite Partei als der Garant zur Verwirklichung des Anspruchs nach Demokratisierung und Willy Brandt verkörperte den neuen Geist als Kontrapunkt zum »CDU-Staat« wie kein Zweiter. Unterstützt wurde die Partei von einer Gruppe prominenter Wissenschaftler und Schauspieler, die sich öffentlich zur SPD bekannten und für sie im Wahlkampf aktiv wurden. Die paritätische Mitbestimmung jedoch spielte im Wahlkampf nur eine untergeordnete Rolle, allerdings schwang sie symbolhaft mit in dem generellen Wunsch nach mehr Mitbestimmung in allen Belangen des gesellschaftlichen Lebens. »Das politische, soziale und geistige Umfeld, in dem Willy Brandt das Amt des Regierungschefs übernahm, [ließ] den Wechsel nicht nur als routinemäßigen institutionellen Vorgang, sondern als Auftakt einer weitreichenden Erneuerung von Politik, Wirtschaft und Gesellschaft erscheinen.«[7]

Im Wahlergebnis spiegelt sich die Öffnung der SPD in alle gesellschaftlichen Richtungen. Zwar gelang es ihr nicht, stärkste Kraft zu werden, aber die Öffnung zu den Kirchen, insbesondere zur katholischen Kirche, erschloss ihr neue konfessionell gebundene Arbeiterschichten und der sehr populäre Wirtschaftsminister Karl Schiller konnte die Partei in den Mittelschichten, bei Angestellten und Beamten, verankern.[8] Ein Schlüssel ihres Erfolges lag darin, dass viele Menschen mit der Partei die Hoffnung nach einem Aufbruch verbanden, der sich jedoch nur zögerlich einstellte und der SPD, wie die Kämpfe in der Partei in München um 1972 bald zeigen sollten, große Probleme bereitete. So offen die Partei war, so sehr barg sie das Risiko heilloser Zerstrittenheit. Schon wenig später wurde die SPD »in großen Teilen das Forum, in dem die prinzipielle Auseinandersetzung mit Staat, Demokratie und (Reichweite der) Politik stattfand.«[9]

Bezüglich der Mitbestimmungsforderung ließ sich seit der Mitte der 1960er-Jahre ein Trend nachweisen, der eine breite gesellschaftliche Bejahung aufwies. Allerdings verbanden sich die abstrakten Wünsche nach Mitsprache in der jungen Bevölkerung nicht mit den konkreten Anliegen des DGB, obgleich der DGB bereits 1966 die Mitbestimmung in der Denkschrift als »Forderung unserer Zeit« bezeichnet hatte und sich damit gewissermaßen, zumindest proklamatorisch nach außen, an die Spitze einer Bewegung gestellt hatte. Wie gesehen, galt das jedoch nur nach außen, in der internen Erörterung spielte der Demokratieimpetus wenn überhaupt nur eine unterge-

---

5 Vgl. Wolfrum: Die Bundesrepublik Deutschland, S. 319-329.
6 Rödder: Die Bundesrepublik Deutschland, S. 29.
7 Görtemaker, Kleine Geschichte, S. 213.
8 Vgl. Faulenbach: Das sozialdemokratische Jahrzehnt, S. 59 f.
9 Thomas Ellwein: Krisen und Reformen. Die Bundesrepublik seit den sechziger Jahren (Deutsche Geschichte der neuesten Zeit vom 19. Jahrhundert bis zur Gegenwart), München 1989, S. 82.

ordnete bis gar keine Rolle. Mitbestimmung avancierte in den späten 1960er-Jahren zu einem Modebegriff der Zeit, wurde jedoch mit Interesse an der Politik bzw. mit einem Drängen in die Politik konnotiert. Das allgemeine Interesse an politischen Fragen, das sich in Diskussionen im Familien- und Freundeskreis, im Verfolgen der Nachrichtenberichterstattung und dem Besuch politischer Veranstaltungen ausdrückte, stieg bis Ende 1969 auf 41 % Zustimmung von 27 % noch im Jahre 1960 an. Auch die Bereitschaft zum Engagement in der Politik nahm zu und die Wertschätzung von Personen, die politische Arbeit betreiben, kletterte zwischen 1965 und 1976 um 35 %. Ebenfalls konnte die Sozialforschung einen Anstieg der Zustimmung zur Demokratie als solcher und zu demokratischen Grundprinzipien verzeichnen. Auch der Glaube, dass die Demokratie die beste aller möglichen Staatsformen für die Bundesrepublik ist, erreichte in den 1970er-Jahren einen Höhepunkt.[10]

Allerdings schien es einen schichtspezifisch signifikanten Unterschied zu geben, der auch als ein Schlüssel zur Erklärung der Schwierigkeiten des DGB gelten kann, sein Ansinnen bei Arbeitern und Angestellten zu popularisieren. Besonders Studierende und junge Menschen zeigten sich partizipatorischen und obrigkeitskritischen Ideen gegenüber offen. In diesen Milieus änderten sich auch die Werte zugunsten postmaterieller Einstellungen, wie sie von Inglehart ausgemacht wurden, am deutlichsten.[11] In der Gesamtschau lässt sich festhalten, die Wünsche nach

»Gleichberechtigung und Selbstbestimmung, Teilhabe und Mitbestimmung setzen sich immer mehr auf Kosten von Traditionen und Autoritäten durch. [...] Ganz unabhängig von der Frage, ob der politische Wertewandel geplant oder nicht geplant sei, ist eine sachliche Kontinuität nicht zu übersehen: das steigende politische Interesse der Bevölkerung, das für die ersten zwanzig Jahre der Bundesrepublik kennzeichnend ist, geht nahtlos über in die zunehmende Wertschätzung von Teilhabe und Mitbestimmung, die für die letzten zehn Jahre charakteristisch ist.«[12]

Studierende, die die Debatte hauptsächlich führten, wurden jedoch genau nicht von der Unternehmensmitbestimmung angesprochen, waren sie doch weder ihr Subjekt noch ihr Objekt. Insofern wäre zu fragen, ob nicht der DGB mit seiner massiven Mitbestimmungswerbung seit Ende 1966 den politischen Prozess in gewisser Weise beflügelt hat oder ob dies autonom von der gesellschaftlichen Entwicklung vonstattenging. Da der DGB späterhin die Universitäten ins Visier nahm, mag es einen bestimmten Effekt auf den studentischen Diskurs gegeben haben, doch blieb als Grundproblem,

---

10 Vgl. Heiner Meulemann: Werte und Wertewandel. Zur Identität einer geteilten und wieder vereinten Nation (Grundlagentexte Soziologie), Weinheim/München 1996, S. 93-107.

11 Vgl. zur den Unterschieden zwischen Akademikern und Nichtakademikern bei Klaus Schönhoven: Aufbruch in die sozial-liberale Ära. Zur Bedeutung der 60er Jahre in der Geschichte der Bundesrepublik, in: Geschichte und Gesellschaft 25 (1999), S. 123-145, hier. S. 142 ff.

12 Ebd., S. 125.

dass die Debatte um Mitbestimmung in Schichten geführt wurde, die formal mit der Aufsichtsratsmitbestimmung schlicht nichts zu tun hatten. Die Forderung nach einer umfassenden Demokratisierung, umfasste zwar sämtliche gesellschaftlichen Teilbereiche, somit auch die Wirtschaft, blieb jedoch akademisch geprägt. In zahlreichen studentischen Zirkeln lag ihr im Kern die marxistische Gesellschaftstheorie zugrunde. Im Zentrum stand die Abschaffung der Fremdbestimmung durch Märkte und Unternehmer, ein Ziel, mit dem man nicht zuletzt die Hoffnung auf eine Verwirklichung des Sozialismus an sich verknüpfte.[13] Ein Grundproblem vor allem der späteren Diskussion war, dass die Debatte in studentischen Zirkeln einen stark antikapitalistischen Geist atmete, die Mitbestimmung im Aufsichtsrat aber eben genau diesen zur Voraussetzung hat.[14] Die Gewerkschaften selbst bezogen ihre Demokratisierungsforderung auf den Staat, setzen also somit auf eine »Demokratisierung von oben«[15], was nicht eben vorteilhaft für eine Einbindung in die Euphorie der 1970er-Jahre war.

1.2 Die Bildung der sozialliberalen Regierung und die Mitbestimmung

In der Wahlnacht am 28. September 1969 sah es zunächst nicht so aus, als könnte ein neues Bündnis die Große Koalition ablösen. Die FDP fuhr ein enttäuschendes Ergebnis ein und fiel von vormals 9,5 auf 5,8 % der Stimmen, die CDU wurde mit 46,1 % stärkste Kraft.[16] Kiesinger wähnte sich schon als Gewinner und wollte mit einer kleinlauten FDP ein neues Bündnis eingehen, als überraschenderweise Willy Brandt noch am Abend die Initiative ergriff und, nachdem er zahlreiche Telefonate geführt hatte, erklärte, dass die SPD ein sozialliberales Bündnis anstrebe. Innerhalb der eigenen Partei stieß er damit so manchen Protagonisten, allen voran Wehner und Schmidt, vor den Kopf, die ein solch beherztes Vorgehen des Parteivorsitzenden nicht kannten. Vor allem Wehner konnte sich nicht mit einer kleinen Koalition anfreunden, schwenkte aber, vor Fakten gesetzt, ein.[17]

Bereits zwei Tage nach der Wahl traf Brandt in Bochum mit Gewerkschaftern zusammen, um erste Entscheidungen in der Sozial- und Wirtschaftspolitik vorzubereiten. In dem Gespräch, an dem unter anderem Heinz Oskar Vetter, Otto Brenner, Walter Arendt und Karl Hauenschildt teilnahmen, herrschte Einvernehmen, dass die Gewerkschaften ihre Mitbestimmungsforderungen in vollem Umfang aufrechterhiel-

---

13 Siehe zur neuesten Forschung Philipp B. Bocks: Mehr Demokratie gewagt? Das Hochschulrahmengesetz und die sozial-liberale Reformpolitik 1969–1976 (Reihe Politik- und Gesellschaftsgeschichte 94), Bonn 2012, hier insbes. S. 14-21.
14 Vgl. hierzu auch Ellwein: Krisen und Reformen, S. 85 ff.
15 Vgl. Gerhard Leminsky: Demokratisierung und Gewerkschaften, in: Borsdorf u. a. (Hg.): Gewerkschaftliche Politik, S. 219-239.
16 Vgl. Rödder: Die Bundesrepublik Deutschland, S. 32.
17 Vgl. zu den Hintergründen des Zustandekommens der neuen Koalition bei Baring: Machtwechsel, S. 166-176.

ten, auch wenn eine parlamentarische Basis fehlte. Ferner bekräftigten sie ihre Erwartungen, dass die SPD an ihren Beschlüssen festhalten und ein Gesetz verabschieden solle, das den Ideen der Gewerkschaften entsprach. Bis dahin sollte nichts geschehen, was als negativer Ausschluss der Mitbestimmung verstanden werden konnte. Die SPD sagte zu, ein zweites Mitbestimmungssicherungsgesetz auf den Weg zu bringen.[18]

In den zügig geführten Koalitionsverhandlungen kamen SPD und FDP in Bezug auf die Mitbestimmung überein, dass das Betriebsverfassungs- und das Personalvertretungsgesetz auf der Grundlage der von beiden Seiten in den Bundestag eingebrachten Entwürfe[19] reformiert werden sollten. Dabei galt es, den weitreichenden Entwurf der SPD mit dem der Liberalen zu verbinden, die im Grunde nur den Schutz der Minderheiten, insbesondere der Angestellten, ausbauen wollten, ohne dabei den als zu radikal erachteten Organisationen wie der DKP Aktionsmöglichkeiten zu bieten.[20] In der Aufsichtsratsmitbestimmung konnte man sich nur darauf verständigen, die Vorlage des Berichts der von der Großen Koalition eingesetzten Regierungskommission abzuwarten.[21] Für die FDP kam eine Übernahme des Montanmodells nicht infrage. Die SPD hatte den Gewerkschaften schon im Vorfeld der Bundestagswahl signalisiert, dass sie nicht bereit war, Bedingungen für die FDP aufzustellen. Anlass für diese Zurechtweisung war eine Äußerung Vetters, die SPD dürfe die Mitbestimmung nicht auf dem Altar künftiger Verhandlungen mit der FDP opfern.[22] Helmut Schmidt wies jedoch im Namen der Verhandlungsführung darauf hin, dass in der FDP »in Sachen Mitbestimmung keine solide gemeinsame Plattform [...] vorhanden ist. Aber wir würden einen großen Fehler machen, das jetzt im Augenblick alles ausbeuten zu wollen. Das führt nämlich zu gar nichts. Das muß zu Mauern führen bei einem Teil der FDP Kollegen.«[23]

In der Fraktion jedoch schien diese Rücksichtnahme auf Verdruss zu stoßen, schließlich bemerkt das Ergebnisprotokoll der Sitzung vom 3. Oktober, dass »die in der Koalition geschlossenen Kompromisse keineswegs einen Verzicht auf die eigenen Forderungen, insbesondere in Sachen Mitbestimmung, bedeuten.«[24] Willy Brandt be-

---

18 Siehe Vermerk über ein Gespräch am 30. September 1969, in: WBA, A8-61.

19 Der DGB geißelte den FDP-Entwurf als »so reaktionär, daß er in einigen Punkten sogar die bestehende Rechtslage verschlechtert.« Notiz über die Sitzung des Arbeitsausschusses zur Durchführung der Mitbestimmungskampagne am 31. März 1969, in: DGB-Archiv im AdsD, Abt. Vorsitzender, 5/DGAI001425.

20 Vgl. Ergebnis der Koalitionsverhandlungen am 30. September 1969 von Hans-Jürgen Wischnewski, in: WBA, A8-61.

21 Vgl. Bericht Helmut Schmidts vor dem SPD-Parteirat am 13. Oktober 1969, in: AdsD, SPD-PV, Protokolle Parteivorstand und Parteirat September–Dezember 1969, Bl. 9.

22 Vgl. Kurzprotokoll über die Sitzung des Gewerkschaftsrates vom 1. September 1969, in: HSA, 1/HSAA009894.

23 Ebd., Bl. 12.

24 Ergebnisprotokoll über die Sitzung der SPD-Fraktion vom 3. Oktober 1969, in: AdsD, SPD-Fraktion im Bundestag 5. WP, Mappe 138, Bl. 6.

tonte in seinem Bericht ausdrücklich, dass in dieser Angelegenheit kein Punkt vereinbart worden wäre, den die Gewerkschaften nicht hätten mittragen können. Er hob darauf ab, dass »der Begriff Mitbestimmung weiter als bisher gesehen werden muss.«[25] Auch die FDP-Bundestagsfraktion drohte, dass ein Abweichen der SPD diesbezüglich einem »Koalitionsfall« gleichkäme, sodass sich eine weitere Aussprache über den Punkt erübrigte. Dem Gewerkschaftsrat der SPD blieb nichts weiter, als diese Bedingung der FDP zu akzeptieren, aber man konnte immerhin erreichen, dass in der Regierungserklärung von Brandt keine »Negativformulierungen« aufgenommen wurden.[26]

Teilweise wurde die harte Linie der FDP durch ein Entgegenkommen in sozialpolitischen Fragen kompensiert, über die im Gegensatz zur Situation 1966 überhaupt gesprochen werden konnte. Die Liberalen stimmten der Dynamisierung der Kriegsopferrenten und der Erhöhung der Beitragsbemessungsgrenze in der Krankenversicherung sowie weiteren sozialpolitischen Verbesserungen zu.[27] Im DGB war man bereit, der neuen Regierung eine »faire Startchance« einzuräumen, sah sie aber schon bald in Fragen der Betriebsverfassung vor erheblichen Sachproblemen stehen.[28] Diese Unvereinbarkeiten sorgten bereits frühzeitig für Verstimmung und verdeutlichten dem SPD-Vorsitzenden Brandt, dass er sich partiell von den Vorstellungen der Gewerkschaften lösen musste.

Gegenüber dem Arbeitgeberpräsidenten Otto A. Friedrich äußerte der noch nicht gewählte Kanzler in einem vertraulichen Gespräch die Sorge, was mit der paritätischen Mitbestimmung geschehen werde. Die Aufschiebung einer jedweden Aktion seitens der Koalition konnte zwar ohne Probleme auf die Zeit nach der Vorlage des Biedenkopf-Berichts verschoben werden, doch danach müsste dieser und damit das Thema als solches behandelt werden. Friedrich erwiderte dem Kanzler auf dessen Frage, was von der Idee aus Teilen der FDP einer Dreiteilung des Aufsichtsrats in Eigentümer, Management und Arbeitnehmer zu halten sei, in klaren Worten, dass er »jede Regelung, die dem Eigentümer nur eine Parität oder gar weniger als die Parität im Aufsichtsrat einräume, unbedingt ablehne und daß ich diesen Standpunkt bereits in der Aussprache der SPD-Kommission mit einigen Unternehmern im vergangenen November klar ausgesprochen« hatte. Die Auswahl des richtigen Führungspersonals

---

25 Ebd., Bl. 3. Gleichlautend unterstrich Brandt nach seiner Wahl zum Bundeskanzler in einem Interview mit dem Spiegel: »Mir gefällt an der Mitbestimmungsdiskussion nicht, daß man sie einengt allein zu einer Diskussion der Frage, wie man in der Großwirtschaft die Aufsichtsräte zusammensetzt. Das eigentliche Mitbestimmungs-Thema heißt, unseren demokratischen Staat lebendiger zu machen, den Gegensatz zwischen Untertan und Obrigkeit zu überwinden, die Entscheidungsvorgänge transparent machen. Und was den wirtschaftlichen Bereich angeht, bitte sehr, die SPD hat ihr Modell im Dezember 1968 vorgelegt.« Der Spiegel 44/1969, S. 31.

26 Vgl. Kurzprotokoll über die Sitzung des Gewerkschaftsrates vom 12. Oktober 1969, in: HSA, 1/ HSAA009894.

27 Vgl. Süß: Sozialpolitische Denk- und Handlungsfelder, S. 164.

28 Siehe Notiz über die Sitzung des Arbeitsausschusses Mitbestimmung vom 20. Oktober 1969, in: DGB-Archiv im AdsD, Abt. Vorsitzender, 5/DGAI001425.

gehöre zu den Kernaufgaben des Aufsichtsrats, das sich bei einer Beteiligung des Managements selbst gewählt hätte. Brandt hingegen sah die Dinge politisch und fragte sich, wie er mit den Gewerkschaftsansprüchen fertigwerden sollte.[29]

In der Regierungserklärung von Kanzler Brandt spiegelte sich die gesamte Forderung nach einem Mehr an Demokratie, die, wie gesehen, die Gesellschaft erfasst hatte. Dabei ging er auf wirtschaftliche Aspekte nur insofern ein, als er erklärte, dass die neue Bundesregierung das Betriebsverfassungsgesetz stärken würde, wie es der Sprachregelung am Ende der Koalitionsverhandlungen entsprach. Die Regierungserklärung von Brandt kann als »Brennpunkt« des Demokratiediskurses angesehen werden, der seit den 1950er-Jahren in der intellektuellen Auseinandersetzung zunehmend an Bedeutung gewann, in den 1960er-Jahren reüssierte und schließlich »den Charakter eines ideologisch aufgeladenen Deutungsstreits annahm.« Gelehrte politische Soziologen wie Ralf Dahrendorf und Jürgen Habermas (geb. 1929) stritten um die Rolle der Demokratie in der Gesellschaft und ihren Stellenwert für das politische Gemeinwesen. Umfangreiche Diskurse über die Einbeziehung etwa des Militärs und insbesondere der Bildungseinrichtungen führten zu einer kaum noch überschaubaren Fülle an Literatur und politischen Texten. Doch gerade nach den gewaltsamen Aufeinandertreffen zwischen Polizei und Studenten in den Osterunruhen 1968 und dem vorangegangenen Tod des Studenten Benno Ohnesorg wandte sich vielfach das Blatt und die Gegner einer reinen Demokratisierung auf breiter Front artikulierten sich hörbarer als zuvor. Letztere Gruppe wurde vor allem von dem Politologen Wilhelm Hennis (1923–2012) vertreten.[30]

Doch die »Gründungsurkunde der sozial-liberalen Koalition« war zwar »in vieler Hinsicht ein Dokument des Neuanfangs«[31], in Sachen Unternehmensmitbestimmung blieb sie jedoch ein Dokument des Stillstands. Brandt beließ es bei der Ankündigung, dass der Bericht der Biedenkopf-Kommission geprüft werden würde. Im Gegensatz zu den Erklärungen seiner Amtsvorgänger nahm die Sozialpolitik aber einen verhältnismäßig breiten Raum ein und griff auch Elemente des Demokratisierungstopos auf.[32]

Der DGB beurteilte diese Elemente vorsichtig positiv und hob auf die Sicherung der paritätischen Mitbestimmung in bedrohten Betrieben ab[33], verhielt sich allerdings

---

29 Siehe Notizen von Otto A. Friedrich betr. Gespräch mit dem SPD-Parteivorsitzenden Herrn Willy Brandt am 9. Oktober 1969 vom 14. Oktober 1969, in: WBA, A8-165 (Zitat ebd.).
30 Vgl. Moritz Scheibe: Auf der Suche nach der demokratischen Gesellschaft, in: Ulrich Herbert (Hg.): Wandlungsprozesse in Westdeutschland. Belastung, Integration, Liberalisierung 1945–1980 (Moderne Zeiten. Neue Forschungen zur Gesellschafts- und Kulturgeschichte des 19. und 20. Jahrhunderts I), Göttingen 2002, S. 245-277.
31 Süß: Sozialpolitische Denk- und Handlungsfelder, S. 171.
32 Deutscher Bundestag: Stenographische Protokolle 6. WP, Bd. 71, S. 20-34.
33 Vgl. Notiz über die Sitzung des Arbeitsausschusses Mitbestimmung vom 3. November 1969, in: DGB-Archiv im AdsD, Abt. Vorsitzender, 5/DGAI001425.

ansonsten relativ ruhig. Vertreter der CDA-Sozialausschüsse warfen ihm nun vor, sich nach dem Wechsel der Koalition in Bonn zurückgezogen zu haben. So kritisierte ihr stellvertretender Vorsitzender Gerhard Orgaß (geb. 1927): »Bundeskanzler Brandt hat seine Regierungserklärung abgegeben. Ich bin fest davon überzeugt, daß wir schon längst verschiedene Protestmärsche auf Bonn erlebt hätten, wenn der Bundeskanzler einer CDU/FDP-Regierung solche lahme gesellschaftspolitische Aussagen zur Mitbestimmung in seiner Regierungserklärung gemacht hätte.«[34] Der DGB und seine Bosse dürften nicht politische Anhängsel der SPD, sondern müssten unabhängige Arbeitnehmervertreter sein.

1.3 Die Freiburger Thesen der FDP von 1971

Die Gründung der sozialliberalen Koalition in Bonn wäre nicht möglich gewesen, wenn der kleinere Partner FDP nicht wie gesehen in den Jahren zuvor einen Wandlungsprozess durchlebt hätte, an dessen Ende sich die Partei offen für gesellschaftliche Veränderungen zeigte und überhaupt einen Zugang zur Gesellschaftspolitik fand. Die Diskussion um die Programmatik der FDP war damit jedoch noch nicht beendet. Angesichts des schlechten Wahlergebnisses bei der Bundestagswahl 1969 sah man es in der Partei jedoch als notwendig an, mit einer Programmdiskussion erst nach den folgenden Landtagswahlen zu beginnen. Nachdem sich die FDP im November in Hessen stabilisiert hatte, bedurfte es nun einer Klärung insbesondere der gesellschaftspolitischen Ziele der FDP.[35] Diese kamen in der Wahlplattform 1969 aus der Sicht mancher Mitglieder noch zu kurz.[36] Der Programmkommission zur Erarbeitung eines Grundsatzprogramms unter Leitung von Werner Maihofer gelang es, die widerstrebenden Vorstellungen zu integrieren und den Bundesvorstand dabei zu einer gesellschaftspolitischen Schwerpunktsetzung zu bewegen. Dabei erschien es außerordentlich wichtig, gerade die extrem pronroncierten Positionen in der Partei in den Diskussionsprozess einzubinden. Dennoch regte sich durchaus Kritik ob einer zu einseitigen Auswahl ihrer Mitglieder, und obwohl der Vorsitz der Kommission großen Wert auf eine konsensuale Meinungsfindung ohne Mehrheitsprinzip legte, er-

---

34 SPP 3/1970, S. 3.
35 Vgl. ebd., S. 206 ff.
36 Zur Mitbestimmung positionierten sich die Liberalen zunächst eher oberflächlich. Neben der klaren Absage an die paritätische Mitbestimmung, die keine Mitverantwortung und Mitwirkung der Arbeitnehmer in den Betrieben schaffe und nur neue Machtkonzentrationen fördere, forderte die FDP, die Möglichkeiten des Betriebsverfassungsgesetzes auszuschöpfen und betriebliche Minderheiten rechtlich aufzuwerten. Unternehmen mit mehr als 100 Mitarbeitern sollten einen technisch-wirtschaftlichen Ausschuss wählen, der im Konzept den Wirtschaftsausschuss ersetzte. Das alles bezeichnete die Partei allerdings nur als Teile einer Reform der Unternehmensverfassung, auf die die Wahlplattform jedoch nicht weiter einging. Vgl. Praktische Politik für Deutschland – Das Konzept der F.D.P., in: Juling: Programmatische Entwicklung, S. 200-209, hier S. 203 f.

hoben sich gerade bei der Mitbestimmung und der Vermögensbildung Stimmen, die sich dem Kompromiss auf keinen Fall anschließen konnten.[37]

Eine erste umfassende Aussprache über die Thesen, die dem Parteitag seitens der Kommission vorgelegt werden sollten, fand im September 1971 im Bundeshauptausschuss statt. Die Delegierten debattierten, neben den zahlreichen weiteren gesellschaftspolitischen Fragen, auch über die Mitbestimmung und das für die FDP richtige Modell. Maihofer setzte sich mit Nachdruck für seinen 4:2:4-Vorschlag ein, also eine Zusammensetzung des Aufsichtsrats aus vier Anteilseignern, zwei leitenden Angestellten und vier Arbeitnehmervertretern. Die Grundüberlegung dieser Idee war, so Maihofer freimütig, dass es zum einen unmöglich für die FDP sei, nachdem sie gegen die Parität eingetreten war, nun auf ein Zweifaktorenmodell umzuschwenken. »Das hätte kein Mensch draußen und kein Mensch drinnen verstanden. Die kleine Nuance, daß das eine fremde und das andere eine eigene Mitbestimmung ist, begreift ja niemand.« Zum anderen käme jedoch politisch »völlig außer Betracht etwa ein disparitätisches Zwei-Faktoren-Modell, ob das nun 8:7, 7:6 oder 6:5 heißt. Ich bitte sie, dann brauchen wir den ganzen Aufwand nicht. Dann können wir es gleich schon sagen wie bestimmte Kreise in der CDU.« Unter der Prämisse, dass die Partei antreten wolle, um die Montanmitbestimmung abzuschaffen, sei es völlig indiskutabel, für eine institutionell qualifizierte Mitbestimmung anzutreten. »Das hätte doch wirklich ein wildes Gelächter verursacht.« Demnach blieb nur ein Dreifaktorenmodell übrig. Die maßgebliche Frage lautete, ob Disparität gewollt war und ob demnach die leitenden Angestellten weder der einen noch der anderen Seite zugeordnet werden sollten oder ob sie neutral wären. Maihofer zufolge triebe diese Gruppe nichts »so auf die Barrikade« als ihre eindeutige Zuordnung. Nur das 4:2:4-Modell garantiere eine überzeugende Ablösung der Montanmitbestimmung, ohne dabei von allen Seiten ausgelacht zu werden und die leitenden Angestellten an die Kapitalseite zu binden.[38]

In der Partei traf Maihofer jedoch auf breite Skepsis der Delegierten, die in der »Fremdbestimmung« des Montanmitbestimmungsmodells den Kern des Problems erkannten und sich nicht auf eine bestimmte Zusammensetzung des Aufsichtsrats festlegen wollten, solange der Wahlmodus noch nicht klar war. Otto Graf Lambsdorff (1926–2009), Speerspitze des wirtschaftsliberalen Flügels der Partei, sprach sich direkt für eine Disparität zugunsten der Anteilseigner aus in dem Wissen, dass »das ein Standpunkt ist, der nicht mehr geteilt wird und sich nicht mehr durchsetzt.« Die FDP solle nicht immer auf Modellen herumreiten, sondern sich auf die betriebliche Ebene und die Betriebsverfassung konzentrieren. Zustimmung erhielt Lambsdorff unter anderem von dem hessischen Abgeordneten und Vorsitzenden des Bundesfachausschus-

---

37 Vgl. den mündlichen Bericht zum Entstehungshintergrund von Werner Maihofer auf der Sitzung des Bundeshauptausschusses im September 1971. Wortprotokoll der Sitzung des FDP-Bundeshauptausschusses vom 25. September 1971, in: AdL, A12-99, Bl. 40-45.
38 Siehe ebd., Bl. 63-66 (Zitate ebd.).

ses für Wirtschaft der FDP, Dieter Fertsch-Röver (1924–2007), der zugleich Mitglied im Vorstand der BDA war. Die Anteilseigner trugen, so Fertsch-Röver, das Substanzrisiko im Falle eines Untergangs des Unternehmens und hätten somit wesentlich mehr zu verlieren als die Arbeitnehmer. Deswegen dürften sie nicht überstimmt werden.[39] Andere setzten sich dafür ein, eine neue Form von Mitbestimmung zu finden, die den Interessen der Kapitaleigner eher gerecht würde und sie funktionell vor Fehlentscheidungen im Aufsichtsrat schütze. Mischnick schlug vor, die Vermögensbildung in Arbeitnehmerhand zu berücksichtigen und Klein- sowie Belegschaftsaktionären einen Sitz im Aufsichtsrat einzuräumen.[40]

Der Mangel an programmatischer Konsistenz wurde von der FDP 1971 auf dem Parteitag in Freiburg, der vom 25. bis 27. Oktober stattfand, mit dem Beschluss der sogenannten Freiburger Thesen behoben. Auf dem auch medial stark beachteten Parteitag kam es zu harten Auseinandersetzungen zwischen Alt- und Sozialliberalen, doch am Ende stand die Partei so geschlossen da, wie es nur wenige für möglich gehalten hatten.[41] Die Thesen standen im Zeichen der Demokratisierungseuphorie der frühen 1970er-Jahre, die sie »am Anfang der zweiten Phase einer von der bürgerlichen Revolution ausgehenden Reformbewegung« wähnten. »Diese neue Phase der Demokratisierung und Liberalisierung […] entspringt aus einem gewandeten Verständnis der Freiheit, das dem modernen Liberalismus die neue politische Dimension eines nicht mehr nur Demokratischen, sondern zugleich im Sozialen Liberalismus erschließt.«[42] Dennoch bedeutete »diese Erweiterung des traditionellen Verständnisses liberaler Freiheitsrechte als Staatsabwehrrechte und politische Partizipationschancen um wirtschaftliche und soziale Teilhaberechte […] einen tief greifenden Bruch mit bisherigen liberalen Positionen.«[43] Demokratischer Kontrolle bedürfe auch das Eigentum an den Stellen, an den es zur Herrschaft über Menschen führe. Die FDP bekannte sich grundsätzlich zur Mitbestimmung, die gar einen der Kernpunkte der Freiburger Thesen darstellte.[44] In ihrer konkreten Ausgestaltung zeigte sich die Widersprüchlichkeit der neuen FDP. Obwohl sie sich von dem althergebrachten Bild des Eigentümer-Unternehmers mittelständischer Prägung verabschiedete, ging es sowohl dem reformerischen als auch dem radikal-liberalen Flügel um die Stärkung der einzelnen Betriebsangehörigen und um die Zurückdrängung des gewerkschaftlichen Einflusses. In der Ablehnung des Montanmodells waren sich alle einig. Doch hatte die SPD mittlerweile ein Konzept vorgelegt und auch das Gutachten der Regierungskommission unter der Leitung

39 Siehe ebd., Bl. 231-235 (Zitate ebd.).
40 Vgl. ebd., Bl. 255 f.
41 Vgl. Hartmut Hausmann: Die Freiburger Thesen, in: Mischnick (Hg.): Verantwortung, S. 215-228, hier S. 228 f.
42 Karl-Hermann Flach/Werner Maihofer/Walter Scheel: Die Freiburger Thesen der Liberalen, Reinbek b. Hamburg 1972, S. 58.
43 Süß: Sozialpolitische Denk- und Handlungsfelder, S. 190.
44 Siehe ebd., S. 71.

von Kurt Biedenkopf war bereits publiziert, sodass die Liberalen einen Brückenschlag wagen mussten, um Koalitionsmöglichkeiten jenseits der CDU nicht zu gefährden.

Der Streit drehte sich um das richtige Maß. Zur Debatte standen zwei verschiedene Modelle, deren Spannbreite von deutlich unterparitätisch bis paritätisch reichte, das Modell von Maihofer und das Modell des nordrhein-westfälischen Wirtschaftsministers Horst Ludwig Riemer (geb. 1933), das eine Verteilung von 6:4:2 vorsah. Die Bundestagsfraktion musste Wert darauf legen, dass zwar auf der einen Seite die Mehrheit der Kapitaleigner gewahrt würde, auf der anderen aber die Wege zu einer formalen Parität nicht verschlossen blieben.[45] Im Unterschied zu anderen Parteien bekannte sich die FDP klar zur Integration der leitenden Angestellten in die Mitbestimmungsgesetzgebung. »Dies erscheint notwendig wegen der besonderen Interessenlage und dem Selbstverständnis der leitenden Angestellten sowie ihrer besonderen Stellung und Aufgabe im Betrieb.«[46] Dieser Faktor Disposition sollte im Modell der FDP auch im Unternehmen gleichwertig neben die Faktoren Kapital und Arbeit treten, Letzterer nicht explizit getrennt zwischen Arbeitern und Angestellten. Die leitenden Angestellten galten einerseits als Arbeitnehmer, da sie als ein Teil einer ausdifferenzierten Berufswelt erachtet wurden, die weiterhin vom Gegensatz zwischen Kapital und Arbeit geprägt war. Man versprach sich von einer Integration des Faktors Disposition nicht allein eine Antwort auf die veränderten Strukturen, sondern auch eine Berücksichtigung das Rentabilitätsinteresse des Unternehmens. Diese Argumentation widersprach jedoch andererseits der Behauptung, die leitenden Angestellten wären Arbeitnehmer. »Sie sind unternehmerisch sachverständige, weder auf der Seite Kapital noch Arbeit festgelegte Personen. Im Konfliktfall sind sie nicht nur an fairen Kompromissen zwischen Kapitalgebern und Arbeitnehmern interessiert, sondern darüber hinaus vor allem anderen orientiert an den Interessen des Unternehmens als Ganzem.« Obgleich inhaltlich somit nicht stringent, zeichneten die Thesen ein positives Bild des dispositiven Faktors. Externe Vertreter im Aufsichtsrat, egal welcher Richtung, sah die Partei nicht vor, da das öffentliche Interesse am Unternehmen durch die Einflüsse des liberalen Marktes hinreichend gewährleistet sei. Interessanterweise fand auch die FDP keine Regelung zur Lösung einer Pattsituation, da sie annahm, dass Arbeitnehmer und Anteilseigner zum Wohle des Unternehmens unter Einigungsdruck stehen würden. Der Vorsitzende sollte mit einer Zweidrittelmehrheit bestimmt werden oder bei Nichteinigung jährlich zwischen beiden Gruppen wechseln. In Bezug auf die Verteilung der Mandate setzte sich das Riemer-Modell knapp durch und galt danach als offizieller Beschluss der Partei. Alles in allem erschien das FDP-Modell weniger elaboriert und wesentlich pragmatischer als die Vorschläge der anderen Parteien und des DGB.[47]

---

45 Vgl. Vorländer: Der Soziale Liberalismus, S. 209-212.
46 Flach/Maihofer/Scheel: Die Freiburger Thesen, S. 95.
47 Vgl. ebd., S. 99-108, Zitat S. 104.

Das Riemer-Modell sorgte doch recht bald nach seiner Verabschiedung für Irritationen, da es besagte, dass der Vorstand des Unternehmens nicht gegen die Stimmen der Arbeitnehmervertreter im Aufsichtsrat bestellt werden konnte. Hiervon waren die zwei leitenden Angestellten ausdrücklich ausgenommen, was bedeuten konnte, dass jedwede Personalentscheidung von den vier Arbeitnehmern hätte blockiert werden können. Riemer hatte diese Idee ausdrücklich bestätigt, was natürlich das Image der FDP als der Wirtschaft nach wie vor nahestehende Partei angekratzt hätte. Stimmen in der Partei forderten eine Einbeziehung der zwei leitenden Angestellten in die Vorstandsbestellung.[48]

Die Neupositionierung gestattete es der FDP, sich innerhalb der Regierungskoalition zu profilieren und sich gegenüber der Opposition im Bundestag, die mit polarisierenden Anträgen auffiel, abzugrenzen. Somit konnten liberale Akzente gesetzt werden; in der Frage der Mitbestimmung nahm die Partei aber, wie in weiteren sozialpolitischen Feldern auch, aller Wandlungen zum Trotz eine »Bremser-Rolle« ein. Nachdem die Ostverträge, das wohl wichtigste Band der Einigung zwischen den Koalitionspartnern, verabschiedet waren, breitete sich zunehmend Skepsis ob der Tragfähigkeit des Bündnisses aus, zumal die ökonomischen Herausforderungen und die durch den Terrorismus entstandenen politischen Belastungen die Regierung banden und für eine Reformpolitik nur noch wenig Raum ließen.[49] Zudem unterbanden geringe personelle Ressourcen eine aktive Rolle der FDP. Es fehlte schlicht an sozialpolitisch versierten Abgeordneten, die den neuen Kurs in die Bundestagsfraktion hätten tragen können. Die programmatische Grundlage des Freiburger Programms verblieb ferner, von einigen Aspekten wie der Mitbestimmung und der Vermögensbildung abgesehen, recht abstrakt und es blieb unklar, welche konkreten gesetzgeberischen Schlüsse zu ziehen waren.[50]

1.4 Die Novellierung des Betriebsverfassungsgesetzes und erneute Mitbestimmungssicherungsgesetze

Angesichts der als unüberwindlich erscheinenden Hürden zwischen SPD und FDP in der Mitbestimmungsgesetzgebung konzentrierte sich die neue Koalition in Bonn zunächst auf die Novellierung des Betriebsverfassungsgesetzes. In der hier erfolgten Aufwertung der Betriebsratsarbeit spiegelt sich auch der Wandel der Wertschätzung seitens der Gewerkschaften, die den Betriebsräten im DGB-Grundsatzprogramm von 1963 den gleichen Rang wie der Unternehmensmitbestimmung eingeräumt hatten und sich somit der betrieblichen Ebene im Sinne einer »realistisch an gesellschafts-

---

48 Vgl. Vermerk für Wolfgang Mischnick vom 28. Oktober 1971, in: AdL, A40-404, Bl. 14 ff.
49 Jürgen Dittberner: Die FDP. Geschichte, Personen, Organisation, Perspektiven. Eine Einführung, 2. Aufl., Wiesbaden 2010, S. 46 f.
50 Vgl. Süß: Sozialpolitische Denk- und Handlungsfelder, S. 190 f.

politischen Zielen« orientierten Politik zuwandten. Auf Druck des DGB setzte der Bundestag in den 1960er-Jahren sukzessive Verbesserungen wie die Verlängerung der Amtszeit der Betriebsräte um, die in der Summe zu einer weiteren Professionalisierung ihrer Arbeit führten. Das bedeutete allerdings nicht, dass alle Kritikpunkte der Gewerkschaften ausgeräumt waren. Vor allem die IG Metall stieß sich am Postulat der in § 49 festgelegten »vertrauensvollen Zusammenarbeit« zwischen Betriebsrat und Arbeitgeber und der Friedenspflicht. Ihre Initiative innerhalb des DGB zugunsten einer Verschärfung des Dualismus von Arbeitgebern und Arbeitnehmern scheiterte doch am heftigen Widerstand der christlich-demokratischen Kollegen. Somit legte der DGB in seinem Gesetzentwurf zur Novellierung des Betriebsverfassungsgesetzes keine grundlegend neue Ordnung vor, sondern bewegte sich im Rahmen des bis dato größtenteils erfolgreich austarierten Systems der industriellen Beziehungen in der Bundesrepublik.

Im Unterschied zur Situation 1952 tat der DGB hier jedoch die ersten Schritte und machte sich zum Fürsprecher der Anerkennung der betrieblichen Interessenvertretung von Arbeitnehmern. Innerhalb der Großen Koalition aus CDU/CSU und SPD verlief jedoch eine scharfe Linie zwischen Befürwortern und Gegnern der Mitbestimmung, die vor allem aufseiten der CDU auf einen Ausbau der Minderheitenrechte pochten, um die Position der DGB-Gewerkschaften zu schwächen. Somit konnten substanzielle Verbesserungen bis 1969 nicht erreicht werden. Um den Druck in Sachen Betriebsverfassung nicht abflauen zu lassen, legte der DGB 1970 eine überarbeitete Fassung seines Novellierungsentwurfs vor, in dem er mehr Bezug auf den Einzelnen im Betrieb nahm und dem Betriebsrat Mitspracherechte bei Einstellungen, Versetzungen und Umgruppierungen zugestand. Das Konzept der Mitbestimmung am Arbeitsplatz, das durch Arbeitsgruppen unterhalb der Betriebsratebene gestützt werden sollte, fand jedoch im DGB keine Mehrheit.[51]

In den mühevollen Verhandlungen um die Ausgestaltung der Betriebsverfassung konnte die SPD der FDP jedoch nur teilweise Zugeständnisse hinsichtlich der betrieblichen Mitbestimmung in personellen Einzelfragen abringen. In der Einstellung leitender Angestellter, über die nicht mitbestimmt werden durfte, beim Grade des Gewerkschaftseinflusses und der Beibehaltung des Gebots der vertrauensvollen Zusammenarbeit von Arbeitgeber und Betriebsräten blieb es weitgehend beim Alten.[52] Die Gewerkschaften zeigten sich jedoch mit dem Ergebnis zufrieden, konnten sie doch

---

51 Vgl. Milert/Tschirbs: Die andere Demokratie, S. 462–470.
52 Vgl. Vorlage für Bundeskanzler Brandt zur Vorbereitung auf das Koalitionsgespräch am 26. Oktober 1970 vom 22. Oktober 1970, in: BA, B136/8760, hier Anlage 2. Die Gewerkschaften übten an diesen Zugeständnissen zum Teil massive Kritik, vor allem im Hinblick auf den Minderheitenschutz, die unzureichende Mitwirkung des Betriebsrats in wirtschaftlichen Angelegenheiten und die in ihren Augen zu weit gefassten Regelungen für Tendenzbetriebe, also konfessionell und weltanschaulich gebundene Betriebe sowie Verlagshäuser. Zum Teil stimmte die Bundesregierung der Kritik auch zu, sah sich jedoch außer Stande, mehr als das Erreichte umzusetzen. Vgl. Vorlage

große Teile ihrer Vorstellungen durchsetzen, auch zur eigenen Überraschung. Eine geplante Großkundgebung zugunsten eines besseren Betriebsverfassungsgesetzes wurde aufgrund der erzielten Erfolge kurzfristig abgesagt, man beließ es bei einer Erklärung des Bundesausschusses des DGB. Einige Punkte wie etwa die explizite Berücksichtigung der Interessen der leitenden Angestellten wurden jedoch weiterhin kritisch gesehen.[53] Nachdem der Bundesrat, in dem die CDU/CSU-regierten Länder eine Mehrheit hatten, sich mehrheitlich gegen die Vorlage der Bundesregierung ausgesprochen hatte, drohte die Novellierung zu scheitern. In letzter Minute lenkte der Bundesrat im Dezember 1971 ein, auch aufgrund des öffentlichen Drucks der Gewerkschaften, die zu Protesten in den unionsregierten Bundesländern aufgerufen hatten.

Das neue Betriebsverfassungsgesetz konnte am 19. Januar 1972 in Kraft treten. Es brachte wesentliche Verbesserungen vor allem bei der Mitbestimmung des Betriebsrats in personellen und sozialen Angelegenheiten durch neue Veto- und Zustimmungsrechte. In wirtschaftlichen Angelegenheiten gingen die Rechte jedoch weiterhin nicht über eine Unterrichtung und Beratung hinaus, wobei dies durch eine Verstetigung der Strukturen auf stabilere Grundlagen als zuvor gestellt wurde. Die neuen Rechte wurden umfassend im § 87 kodifiziert und sahen unter anderem vor, dass der Betriebsrat bei Fragen der Lohnauszahlung und der betrieblichen Lohngestaltung, der Festsetzung von Akkord- und Prämiensystemen, der Durchführung von Aus- und Weiterbildung oder der Aufstellung der allgemeinen Urlaubsgrundsätze mitzubestimmen habe. Neu war auch die Einführung einer verbindlichen Schlichtungsstelle. Die Gewerkschaften verbuchten es als großen Erfolg, dass sie nun nach § 2 ausdrücklich ein Zugangsrecht zum Betrieb hatten, was für die Zusammenarbeit zwischen ihnen und dem Betriebsrat von grundlegender Bedeutung war. Auch die Anzahl der Freistellungen und deren Grenzwerte wurden zugunsten der Arbeitnehmer verändert. Dass sich die Novellierung in der Form einstellte, lag nicht zuletzt daran, dass es keinen grundlegenden Dissens zwischen den Gewerkschaften und den Parteien gab und daran, dass die Reform von der Union und Teilen der Arbeitgeber mitgetragen wurde.[54] Der DGB erkannte das novellierte Gesetz auch deswegen problemlos an, da die neue Regierung schon zuvor eine ganze Reihe sozialpolitischer Veränderungen wie die Einführung von vermögenswirksamen Leistungen im Öffentlichen Dienst oder eine Verbesserung des Kindergeldes herbeigeführt hatte, was sie vor den Gewerkschaften nicht müde wurde zu betonen.[55]

---

für den Bundeskanzler zum Gespräch mit Gewerkschaftsvorsitzenden am 8. Februar 1971 vom 5. Februar 1971, in: BA, B136/8761.

53 Vgl. Protokoll der 1. Sitzung des Bundesausschusses nach dem ao. Bundeskongress vom 14./15. Mai 1971, in: DGB-Archiv im AdsD, Abt. Vorsitzender, 5/DGAI000445. Zu den leitenden Angestellten siehe ausführlich unten.

54 Vgl. Milert/Tschirbs: Die andere Demokratie, S. 472 ff.

55 Vgl. Kurzprotokoll über die Sitzung des Gewerkschaftsrates vom 30. September 1970, in: HSA, 1/HSAA009894, Bl. 3.

Zwischenzeitlich musste sich der Bundestag erneut mit der Frage der Sicherung bestehender Mitbestimmungsformen in der Montanindustrie beschäftigen. Da der Strukturwandel der Eisen- und Stahlindustrie vor allem im Ruhrgebiet weiter anhielt, fielen durch Verschmelzungen, Stilllegungen und anderer Maßnahmen nicht allein die Holdinggesellschaften, sondern auch zahlreiche produzierende Betriebe aus dem Geltungsbereich des Montanmitbestimmungsgesetzes. Der IG Metall lag demnach daran, den Status quo der unter das Gesetz von 1951 fallenden Unternehmen weitgehend zu sichern, wie es 1967 bereits mit dem ersten Sicherungsgesetz gelungen war. Sie hatte jedoch in der nun vorliegenden Situation einige Mühe, mit ihrer Argumentation durchzudringen, nicht zuletzt bei der SPD, die eine erste Initiative 1967 zunächst zwei Jahre ohne weitere Bearbeitung liegen ließ. Hieran trug die IG Metall durchaus eine Mitverantwortung, da sie in ihrem Gesetzentwurf zum ersten Mal den Geltungsbereich von Eisen und Stahl klar umriss, der im Montanmitbestimmungsgesetz noch recht vage geblieben war. Ihre neue Definition hätte den Kreis der erfassten Unternehmen klar erweitert und ging über die im Montanunionvertrag genannten Produkte hinaus, was aus Sicht der SPD eher in der Biedenkopf-Kommission erörtert werden sollte.[56]

Der im Arbeitsministerium erstellte Gesetzentwurf – Arbeitsminister war der Bergarbeitergewerkschafter Walter Arendt – griff diese Vorstellung der IG Metall nicht auf und beließ es bei der offenen Festlegung. Unternehmen, die die Herstellung von Roheisen und Rohstahl komplett eingestellt hatten und zudem keine Eisenprodukte der Walzerzeugung herstellten, fielen nun nicht mehr unter die Mitbestimmung. Zugleich schrieb er das 1956 erlassene Montanmitbestimmungsergänzungsgesetz fort und verringerte die Quote des Anteils an Montanerzeugung in einem Konzern von 50 auf 40 %. Die Novellierung wurde am 29. November 1971 verkündet und galt befristet bis zum 31. Dezember 1975.[57] Durch die Fortschreibung des Montanmitbestimmungsgesetzes griff der Bundestag die historische Dimension der Montanmitbestimmung auf, die auf dem integrierten Hüttenwerk der 1950er-Jahre beruhte, allerdings in der Zwischenzeit aufgrund des technischen Wandels und der wirtschaftlichen Probleme in der Eisen- und Stahlindustrie überholt war.[58] Allen Beteiligten war klar, dass eine dauerhafte Konservierung veralteter Strukturen die Mitbestimmung im Montansektor irgendwann ad absurdum führen würde.

---

56 Vgl. Müller: Strukturwandel, S. 418 ff. Siehe auch Lauschke: Die halbe Macht, S. 209.
57 Siehe BT-Drs. VI/1785.
58 Vgl. Müller: Strukturwandel, S. 423.

2 Der Bericht der Biedenkopf-Kommission

2.1 Das Modell der Sachverständigen: Keine Parität im Aufsichtsrat

Das Kernanliegen der Großen Koalition in Sachen Mitbestimmung war die Einsetzung einer Regierungskommission zur Auswertung der bisherigen Erfahrungen mit der Mitbestimmung. Sie sollte wie gesehen eine wissenschaftlich neutrale Überprüfung der Auswirkungen der Mitbestimmung von Arbeitnehmern im Unternehmen sowie daraus abgeleitete Handlungsempfehlungen vorlegen. Zur Begleitung des Arbeitsprozesses wurde im Büro von Kurt Biedenkopf an der Ruhr-Universität Bochum ein Evidenzbüro eingerichtet, dessen Besetzung ebenfalls unter Rücksichtnahme auf die Empfehlungen von Arbeitgebern und Gewerkschaften stattfand. Die 19 Sitzungen waren vertraulich. Im Frühjahr und Sommer des Jahres 1969 nahmen Arbeitgeber und Gewerkschaften nicht an den Sitzungen teil, da sich die Kommission zunächst intern abstimmte. In den weiteren 14 Sitzungen waren ihre Vertreter jedoch zugegen. Die Geschäftsordnung sah ein solches Vorgehen explizit vor. Besonderen Wert legten die Gutachter auf die Befragungen und Anhörungen von Praktikern der Mitbestimmung des Montanbereichs und aus dem Geltungsbereich des Betriebsverfassungsgesetzes, deren Erfahrungen die Grundlage für die Ergebnisse und Bewertungen der Kommission bildeten. Eine Anonymisierung der Befragung trug dabei nach Ansicht der Verfasser wesentlich zur Offenheit der Antworten bei. Dieses Vorhaben wurde um eine schriftliche Befragung in 62 Unternehmen des Montanbereichs und 373 Unternehmen aus dem Bereich des Betriebsverfassungsgesetzes ergänzt, die mit einer Rücklaufquote von 86,3 % auf ein hohes Interesse stießen.[59]

Die Ergebnisse der im Januar 1970 vorgelegten Untersuchungen schienen die Einschätzungen des DGB zu bestätigen und widerlegten die alarmistischen Warnungen aus dem Unternehmerlager. Dass die Mitbestimmung im Aufsichtsrat anzusetzen habe, darüber zeigten sich die Praktiker einig. Bestätigt wurde die Vermutung, dass die unternehmensinternen Arbeitnehmervertreter zu einer betriebsbezogenen Sichtweise neigten und außerbetriebliche Faktoren weniger berücksichtigten als externe Vertreter, was den DGB in seiner Argumentation stärkte. Zudem bewerteten die Unternehmen die Anwesenheit von Gewerkschaftern überwiegend positiv, eben weil sie einen anderen Blick einbrachten und korrigierend auf die Beschlussfassung einwirkten. Die Belegschaften sahen diesen Faktor jedoch nicht in der Form und gaben im Geltungsbereich des Betriebsverfassungsgesetzes meistens internen Leuten den Vortritt, was vor allem zu direkten Informationsflüssen führte. Dabei stieß die Montanmitbestimmung auf einen größeren Anklang und wurde grundsätzlich so weit befürwortet, dass man sich eine Abwesenheit von Arbeitnehmern kaum vorstellen

---

59 Sachverständigenkommission zur Auswertung der bisherigen Erfahrungen mit der Mitbestimmung: Mitbestimmung im Unternehmen. Bericht der Sachverständigenkommission, Stuttgart u. a. 1970, S. 13 ff.

konnte. Qualitativ verblieb der Eindruck, dass in Unternehmen mit einer hohen Zahl an Angestellten die Kooperationsbereitschaft im Aufsichtsrat stieg.

Trotz des positiven Urteils über die Rolle der Arbeitnehmer ergaben die Ergebnisse zum Nachteil des DGB keine übermäßige Dominanz der Banken und eine Einflussnahme ihrerseits auf die Unternehmensstrategie. Etwa die Hälfte der Unternehmen kannte keinen Vertreter einer Bank im Aufsichtsrat. Skeptisch bewerteten die Befragten die Rolle des Neutralen. Von seinem Letztentscheidungsrecht machte er so gut wie nie Gebrauch, sondern nahm eher in Konflikten eine vermittelnde Rolle ein. Im Übrigen wollten sowohl Anteilseigner- als auch Arbeitnehmervertreter das neutrale Mitglied, das in vielen Fällen keine ausreichenden Kenntnisse zur Bewertung komplexer wirtschaftlicher Fragen hatte, nicht über Gebühr belasten.

Ein weiterer Vorteil für den DGB ergab sich aus dem Umstand, dass der Vorwurf, die Arbeitnehmervertreter würden Koppelungsgeschäfte anstreben, also ihre Zustimmung zu bestimmten Geschäften nur in Verbindung mit sachfremden Zugeständnissen erteilen, nicht ausgemacht wurde. Die viel beschworenen Verzögerungen in den Entscheidungsprozessen ließen sich nachweisen, es fanden sich auch keine Belege, dass Rentabilitätsprinzipien einer Unternehmung preisgegeben wurden, weder von betriebsinternen noch von betriebsexternen Personen. Auch in dem von heftigen Krisen und Anpassungsprozessen geschüttelten Montansektor konnte keine negative Einflussnahme auf die unternehmensstrategische Planung beobachtet werden. Unternehmen aus dem Geltungsbereich des Betriebsverfassungsgesetzes berichteten von ähnlichen Erfahrungen, allerdings ließ sich die dortige Kooperationsbereitschaft auf die zahlenmäßige Unterlegenheit rekurrieren. Entgegen den Befürchtungen standen die Arbeitnehmervertreter den langfristigen Zielen, den Investitionen und auch der Dividendenausschüttung der Unternehmen nicht im Weg, wurden aber bei Konzentrations- und Abbauprozessen durchaus zu einem retardierenden Faktor, bis die Sicherung der Arbeitsplätze oder die soziale Absicherung der Entlassenen gewährleistet wurde. Gerade die internen Vertreter ließen sich von der Maxime der Besitzstandswahrung leiten. Deutlicher Zwiespalt zeigte sich in der Bewertung des Bestellverfahrens für den Arbeitsdirektor, das auch unterhalb der separat befragten Direktoren nicht konsensfähig war. Ein extra bestelltes Vorstandsmitglied für Personal- und Sozialfragen, das auch der Zustimmung der Arbeitnehmervertreter bedurfte, hielten jedoch alle Teilnehmer für sinnvoll.

Geradezu eine Lanze für den DGB brach die Kommission in ihrer Beurteilung der Kommunikationsfähigkeit und Vertrauenswürdigkeit der Arbeitnehmer. Vertrauensbrüche im Sinne der Preisgabe wichtiger und geheimer Informationen, insbesondere an Gewerkschaftsstellen, könnten zwar nicht verhindert werden, genauso wenig ließe sich aber der umgekehrte Fall unterbinden, in dem Vertreter der Anteilseigner Informationen verrieten. Auch für das Szenario des »Gewerkschaftsstaates«, also der koordinierten Steuerung zahlreicher Unternehmen durch einheitliche Vorgaben an die Arbeitnehmervertreter seitens der Gewerkschaftsvorstände, fand die Kommission keine Belege. Die Mitglieder im Aufsichtsrat pochten viel zu sehr auf ihre Unabhängigkeit. Die positive Bewertung resultiert auch aus der Feststellung, dass ein Missbrauch wirtschaftlicher Macht von Großunternehmen von allen Seiten nicht gesehen wurde, auch nicht nach dem vollzogenen Rekonzentrationsprozess in der Montanindustrie. Auch eine negative Auswirkung auf die Beschaffung mit frischem Kapital am Markt konnte nicht festgestellt werden.[60]

Die Kommission sprach sich auf der Grundlage der Erhebungen für einen Ausbau der Mitbestimmung aus. Allerdings leitete sie die Notwendigkeit dazu aus dem »besonderen rechtlichen, wirtschaftlichen und sozialen Charakter des Arbeitsverhältnisses« sowie aus der »Zugehörigkeit des Arbeitnehmers zum Unternehmen« ab.[61] Die positive Entscheidung wurde in erster Linie aus dem Wert der Persönlichkeit hergeleitet, die ihre Basis in der in Art. 1 GG verankerten unverletzlichen Würde der Person als konstitutiven Teil einer jeden Gesellschaft fand. Die Gutachter wiesen darauf hin, dass sich hieraus das gesamte Rechtssystem ableite und sich die Würde des Menschen auch in weiteren gesetzlichen Bestimmungen wiederfände. Auch die christlichen Konfessionen unterstützten diesen Ansatz. Die Mitbestimmung in Deutschland, die sich sowohl in ihrer Form als auch in ihrer Tragweite von der anderer Industrienationen marktwirtschaftlichen Typs massiv abhob, sei Teil der deutschen Sozialordnung und eine Besonderheit der Wirtschaftsordnung, die auf historischen und politischen Erfahrungen beruhe. »Das Resultat solcher Erfahrungen ist eine spezifische Einstellung zum Problem der Organisations- und Leitungsgewalt gegenüber Menschen, eine Sensibilität gegenüber organisatorischen Abhängigkeiten, die sich auch dann nicht eliminieren lässt, wenn es um die rechtliche Organisation zweckgebundener Veranstaltungen geht.«[62] Diese Herleitung rekurrierte offensichtlich auf die totalitären Erfahrungen Deutschlands mit dem Hitler-Regime. Ein seit vielen Jahrzehnten praktizierter Entwicklungspfad der Mitbestimmung durch Betriebs- und Wirtschaftsräte mag die Kommission zwar implizit im Sinn gehabt haben, expressis verbis sprach sie ihn aber nicht an. Auch galt ihr der Tarifvertrag nicht als adäquate Basis, um eine institutionell abgesicherte Mitbestimmung zu organisieren, da auf diese Weise zu sehr in die unternehmerische Leitungsmacht eingegriffen würde. In diesem Zusammenhang wurde auch der Begriff Demokratisierung relativiert. Wenn damit die Würde des Menschen und die Grundsätze der Selbstbestimmung umschrieben würden, wäre diese Formel verwendbar. Im Sinne einer wirklichen demokratischen Entscheidungsgewalt der Arbeitnehmer im Unternehmen könne sie jedoch nicht verstanden werden, ihre Umsetzung wäre »undurchführbar und illusionär.«[63]

---

60 Vgl. ebd., S. 54-97.
61 Ebd., S. 99.
62 Ebd., S. 101.
63 Vgl. ebd., S. 110-117, Zitat S. 116.

Zu den Vorzügen der Mitbestimmung zählte die Kommission neben ihrer Funktion als Ergänzung des bestehenden Arbeitsrechts auch ihre gesellschaftlichen Auswirkungen. »Der durch die Mitbestimmung begründete Zwang zur Kooperation und damit zur Berücksichtigung auch anderer als der unmittelbaren eigenen Gesichtspunkte und Interessen verändert die Denk- und Verhaltensweisen von Personen und wirkt sich damit auch gesellschaftlich und politisch aus.« Beide Seiten würden lernen, aufeinander zuzugehen und die jeweils andere Sichtweise als legitim anzuerkennen. Damit einher ginge eine Öffnung der Gewerkschaften für marktwirtschaftliche Prinzipien.[64]

In ihren Empfehlungen ließ sich das Gremium jedoch von der Maxime leiten, dass die Mitbestimmung zwar die gewünschten Effekte hervorbringen sollte, allerdings ohne den Leitungs- und Organisationsprozess im Unternehmen und die privatrechtlichen Grundlagen und Eigentümerstruktur zu beeinträchtigen und zu beschneiden. Sie müsse ferner mit den Grundsätzen der Marktwirtschaft vereinbar sein. Unter Berücksichtigung dessen empfahl die Kommission eine relative Vermehrung der Arbeitnehmervertreter im Aufsichtsrat unter Beibehaltung eines geringen Übergewichts der Anteilseigner. Gewerkschaftsvertreter waren ausdrücklich erwünscht und sollten durch die jeweilige Gewerkschaft nominiert, aber wie die weiteren Arbeitnehmer durch die Belegschaft gewählt werden. Ferner sprach sich der Kreis für eine Wahl weiterer Aufsichtsratsmitglieder durch die Mehrheiten beider Seiten aus und kam insofern dem DGB entgegen. Im Vorstand sollte ein Mitglied allein für Personalangelegenheiten zuständig sein, das allerdings nach den gleichen Regeln wie die übrigen Vorstände berufen wurde. Die Zusammenarbeit von Betriebsrat, Gesamtbetriebsrat und Vorstand sollte institutionell abgesichert werden.

Zu den Wahlverfahren, die aus gewerkschaftspolitischen Gründen sehr umstritten waren, äußerte sich die Kommission nur insofern, als dass sie Minderheiten ab einer gewissen Größe Vorschlagsrechte für die Kandidatenaufstellung gewährte. Besonders umstritten blieb die Möglichkeit, auch den leitenden Angestellten einen Zugang zum Aufsichtsrat zu ermöglichen. Die Kommission schlug an dieser Stelle ein aktives und passives Wahlrecht vor, ohne jedoch eine Vertretung dieser Personengruppe explizit zu fordern. Ob die Wahl in Urwahl oder durch ein Gremium erfolgen sollte, überließ man den jeweiligen Belegschaften. Angewendet werden sollten die Empfehlungen auf Betriebe von mindestens 1.000 bis 2.000 Mitarbeitern. Hier ließ der Abschlussbericht die Uneinigkeit der Kommissionsmitglieder in dieser Frage erkennen. Die Maßstäbe Umsatz und Bilanzsumme bildeten hingegen nach Ansicht des Kreises keine geeignete Grundlage für die Abgrenzung zum Betriebsverfassungsgesetz, einig zeigte man sich mit den Gewerkschaften aber in dem Punkt, dass eine Anwendung nur für Kapitalgesellschaften infrage käme.[65]

---

64 Vgl. ebd., S. 119 ff, Zitat S. 121.
65 Vgl. ebd., S. 171-174.

In puncto Parität geriet die Kommission natürlich mit ihrer Argumentation unter Zugzwang. Zwar erkannte sie diese Kernforderung des DGB als sozialethisches Postulat an, konnte sich jedoch nicht restlos davon überzeugen, dass »ein so verstandenes Paritätsprinzip eine allgemeine sachgerechte Richtlinie für die Beantwortung der mit der Mitbestimmung der Arbeitnehmer im Aufsichtsrat gestellten gesellschafts- und unternehmensrechtlichen Fragen sein kann.« Im Aufsichtsrat käme es auf ein »flüssiges Zusammenspiel unter der Maxime des Erfolgs an, wobei die Wahrung der sozialen Gesichtspunkte selbstverständlich mit zum ›Erfolg‹ gehört.« Der Aufsichtsrat sei eben kein rein neutrales Organ der Überwachung, sondern griffe in vielfältiger Weise in die Unternehmensgeschicke ein.[66] Aus den bisherigen Erfahrungen mit der Person des 11. Mannes ließen sich nach Ansicht der Gutachter keine allgemein gültigen Regelungen ableiten, die eine Übertragung dieses Prinzips auf die übrige Wirtschaft rechtfertigten. Auch unter der Maßgabe, dass die beiden Gruppen im Konfliktfall ihrem Partikularinteresse folgen würden, könne die Position des Neutralen nur damit begründet werden, dass er sich ausschließlich dem Unternehmensinteresse unterordne, was »weniger eine moralische als vielmehr eine Frage der Information und der Einsicht ist. Diese Vermutung hält die Kommission für zu wenig sicher begründet.«[67] Die Entscheidung für ein leichtes Übergewicht der Anteilseigner trafen die Sachverständigen aus der Erwägung heraus, dass ein Unternehmen sich primär an der Rentabilität zu orientieren habe, die eher von den Eigentümern berücksichtigt würde. Ferner spreche dafür, dass sie das Haftungsrisiko übernähmen, was bei den Arbeitnehmern nicht unmittelbar der Fall sei. Ihre Haftung, also der Verlust von Arbeitsplätzen, werde durch staatliche Maßnahmen in der Regel ausgeglichen. Die Kommission schlug am Beispiel eines Zwölfergremiums vor, dass sechs Mitglieder von den Anteilseignern, vier von den Arbeitnehmern, darunter zwei von den Gewerkschaften vorgeschlagenen, und zwei weiteren, von beiden Gruppen mit Mehrheit gewählten, kooptierten Mitgliedern bestehen sollte. Das Vorschlagsrecht für die Kooptierten sollte beim Vorstand liegen, was eine gewisse Widersprüchlichkeit in sich auswies. Interessant und für die weiteren Debatten wichtig war die Empfehlung, auf Ausnahmen für sogenannte Tendenzbetriebe zu verzichten.[68]

---

66 Vgl. ebd., S. 181. Zitate ebd.
67 Ebd., S. 182.
68 Vgl. ebd., S. 207.

2.2 Reaktionen auf das Gutachten

2.2.1 Der DGB

Obgleich der DGB klar erkannte, dass die Einsetzung der Kommission der eigentliche politische Kompromiss war, würdigte er ihre Arbeit und attestierte ihren Mitgliedern »äußerste Objektivität, insbesondere bei der Erforschung der Tatsachen.«[69] Die Vorlage des Berichts brachte den DGB jedoch, wie Vetter es formulierte, in eine »verzwickte Lage«, da er auch der einen Seite die Gesellschafts- und Wirtschaftsordnung aufrechterhielt, auf der anderen Seite jedoch als fairer und gutwilliger Versuch gesehen werden könne, eine Auflösung der Gegensätze zu suchen. »Eine sicher recht interessante Frage wäre, was wir getan haben würden, wenn uns ein solches Modell vor zwei Jahren auf den Tisch gelegt worden wäre.«[70] Eine einheitliche Antwort auf den Bericht fiel zunächst schwer[71], sodann äußerte sich der DGB aber zufrieden mit dem Gutachten, da es die Notwendigkeit der Mitbestimmung über den Rahmen des Betriebsverfassungsgesetzes hinaus anerkannte und die meisten Argumente, die gegen die Forderungen angebracht wurden, entkräftete. Dies bezog sich insbesondere auf die befürchtete Fernsteuerung der Unternehmen durch die Gewerkschaften, der Verschleppung von Entscheidungen, der Verhinderung von Initiativen, der Investitionshemmung und der Verknüpfung sachfremder Kopplungsgeschäfte. Selbstverständlich akzeptierte der DGB den Verzicht auf die Parität und den Posten des Arbeitsdirektors nicht, obgleich die Bemühungen der Kommission, den Arbeitnehmern durch kleine Sonderrechte und Verbesserungen entgegenzukommen durchaus gewürdigt wurden.[72] Das Wort »Kompromiss« mochte der DGB jedoch nicht in den Mund nehmen, schon gar nicht sollte von einer »politische[n] Kompromissformel« gesprochen, sondern der logische Bruch in der Argumentation unterstrichen werden. Das alleinige Abstellen auf den Grundsatz der Rentabilität widerspreche »modernen theoretischen und praktischen Erkenntnissen. [...] Zwar müssen wir das Rentabilitätsprinzip als Steuerungsinstrument der Wirtschaftsabläufe ein einer Marktwirtschaft akzeptieren. [...] Jedoch bildete das Rentabilitätsstreben nicht den alleinigen Faktor für unternehmerische Ini-

---

69 Otto Kunze: »Die Regierungskommission – Entstehung, Auftrag, Arbeitsweise«. Referat gehalten in der öffentlichen Veranstaltung der Hans-Böckler-Gesellschaft in Düsseldorf am 7. April 1970, in: DGB-Archiv im AdsD, Abt. Werbung – Medienpolitik, 5/DGAM000027, S. 6.
70 Protokoll der Sitzung des DGB-Bundesvorstands vom 3. Februar 1970, in: Klaus Mertsching (Bearb.): Der Deutsche Gewerkschaftsbund 1969–1975 (Quellen zur Geschichte der deutschen Gewerkschaftsbewegung im 20. Jahrhundert 16), Bonn 2013, S. 185-210, hier S. 199.
71 Vgl. Auszug aus Protokoll über die 2. Sitzung des Bundesausschusses, in: DGB-Archiv im AdsD, Sekretariat Bernhard Tacke, 5/DGCY000223, Bl. 2.
72 Vgl. Vorlage für die Sitzung des Bundesausschusses vom 4. März 1970, in: DGB-Archiv im AdsD, Abt. Gesellschaftspolitik, 5/DGAK000030.

tiativen.«[73] Es ging nun darum, die neue Phase der Diskussion einzuläuten, die durch die erstmalig unvoreingenommene Behandlung der Thematik entstanden war.

Der Schwerpunkt der künftigen Auseinandersetzungen lag jetzt auf der institutionellen Gestaltung, bei der es auf die Funktionsfähigkeit und die Effektivität der Regelungen ankam. Nun betonte der DGB, dass es ihm um ein »integrales Modell« der Vertretung ging, in dem Arbeitnehmer und Kapitalgeber gemeinsam die Träger des Unternehmensinteresses seien und das Management gleichberechtigt kontrollierten. Die Grundmaxime lautete »Bestimmen, wer bestimmen soll.« Im Gegensatz zu einem theoretisch auch denkbaren dualistischen Modell, in dem die Arbeitnehmer spät informiert würden und im Zweifel blockieren könnten, sobald ihre Interessen berührt würden, böte das integrale Modell den Vorteil, dass die unternehmerische Leitungsmacht anerkannt würde, ohne die Arbeitnehmer zu vernachlässigen. Entscheidungen hätten so eine höhere Legitimität.[74] Entsprechend formulierte es dann Heinz O. Vetter in seinem Grundsatzreferat vor der Hans-Böckler-Gesellschaft. In seiner Kritik an der von der Kommission vorgeschlagenen unterparitätischen Besetzung des Aufsichtsrats orientierte Vetter sich an marktwirtschaftlichem Denken und widersprach der Auffassung, die Anteilseigner neigten eher als Arbeitnehmer zur Berücksichtigung von Rentabilitätsinteressen. »Die Arbeitnehmer und ihre Repräsentanten wissen aber, daß die erste und wichtigste Voraussetzung für die Erhaltung der Arbeitsplätze in einer marktwirtschaftlichen Ordnung darin besteht, die Rentabilität des Unternehmens zu garantieren.«[75] Es dränge sich der Eindruck auf, dass andere Überlegungen eine Rolle gespielt hätten, etwa die Suche nach einem politischen Kompromiss oder in der vermeintlichen Gefährdung der Tarifautonomie durch die Parität.[76] Der Kommissionsbericht trüge zudem in keiner Weise zu einer Annäherung der Positionen der Kontrahenten bei. Aus der Sicht des DGB blieben die Arbeitgeber auch auf der Basis der ermittelten Ergebnisse bei ihrer ablehnenden Haltung.

> »Wer dies täglich neu erleben muß, dem scheint ein Gespräch zwischen der Bundesvereinigung der Deutschen Arbeitgeberverbände und dem DGB ohne Tabus und ohne Vorbedingungen zurzeit nicht oder schon nicht mehr möglich zu sein. Jedenfalls habe ich Herrn Vizepräsidenten Dr. Schleyer so verstanden, als ob unsere bedingungslose Abkehr von der Parität im Aufsichtsrat die unerläßliche Voraussetzung für jede Verhandlung zu sein habe.«[77]

---

73 Schreiben zur Vorbereitung der Grundsatzrede von Heinz O. Vetter von Erhard Schumacher an [Wilhelm] Kaltenborn vom 19. März 1970, in: ebd.

74 Vgl. Die gewerkschaftlichen Vorstellungen zur Mitbestimmung vom 26. Februar 1970, in: ebd.

75 Heinz O. Vetter: »Der Mitbestimmungsbericht – Analyse, Kritik, Folgerungen«. Referat gehalten in der öffentlichen Veranstaltung der Hans-Böckler-Gesellschaft in Düsseldorf am 7. April 1970, in: DGB-Archiv im AdsD, Abt. Werbung – Medienpolitik, 5/DGAM000027, S. 23.

76 Siehe ebd., S. 24.

77 Ebd., S. 6.

Vetter bekräftigte nach der Vorlage des Kommissionsberichts die Forderung nach Parität. »Jede Unterschreitung der Parität bleibt lediglich eine Vorstufe zur Mitbestimmung der Arbeitnehmer.«[78] Auch die Mitbestimmungsverantwortlichen im DGB unterstützten naturgemäß diese Haltung und sahen von einer offiziellen Verlautbarung des DGB ab. Es sollte nur auf der Basis der Parität verhandelt werden, denn ein wie auch immer geartetes Entgegenkommen hätte nach Ansicht der Funktionäre den politischen Handlungsspielraum eingeengt.[79]

Einige Aspekte stießen jedoch auf Kompromissbereitschaft. Wären die Vorschläge die Basis einer politischen Position gewesen, so hätte der Gewerkschaftsbund dem Wahlverfahren und auch der Zusammensetzung der Arbeitnehmerseite zugestimmt. Auch bei der Bestellung der außerbetrieblichen Arbeitnehmervertreter relativierte der DGB seine Position dahingehend, dass er erkannte, dass »ein Festhalten an unserem Vorschlag unpopulär« wäre. Im Unterschied zur Biedenkopf-Kommission, die den Spitzenorganisationen kein Vorschlagsrecht einräumen wollte, bestand er darauf, dass nur diese ein Entsendungsrecht unter Rücksprache mit dem Betriebsrat erhielten. Ferner forderte der DGB, auch sogenannte Tendenzbetriebe, also konfessionell oder weltanschaulich gebundene Firmen und Institutionen, in die Mitbestimmung einzubeziehen. Ein weiterer Unterschied lag in den Größenmerkmalen, bei denen die Gewerkschaften an ihrem gesamtwirtschaftlichen Konzept festhielten, der Bericht jedoch von betriebswirtschaftlichen Gesichtspunkten ausging. Im Ergebnis jedoch »ist der Unterschied nicht sehr groß.«[80]

In einer Aussprache des DGB-Bundesvorstands mit dem Fraktionsvorstand der SPD nach der Vorlage des Gutachtens im Juni 1970 ließen es sich die Gewerkschafter jedoch nicht nehmen, ihren Zweifel über die Bindung an den kleinen Koalitionspartner zum Ausdruck zu bringen. Dies betraf nicht nur die Mitbestimmung, auch bei der Neuordnung des Tarifvertragsrechts durch eine Erweiterung um die negative Koalitionsfreiheit sah man sich durch die FDP gegängelt. Den Gewerkschaften wäre seit 20 Jahren Stück für Stück alles weggenommen worden und nun müsse man zusehen, wie sich die »eigene« Partei binden ließe und Lösungen für die drängenden Fragen blockiert würden, was gerade in Bezug auf das Tarifwesen »ein unerträgliches, immer schwieriger werdendes Klima« bereite. Wehner blieb darauf nur die Bemerkung, dass es ohne die 30 Stimmen der FDP gar keine Regierung mit der SPD gäbe. Die Sozialdemokraten müssten hier auch die CDU-Opposition mitberücksichtigen, die durchaus mitbestimmungsfreundliche Anträge einbringen konnte, um die Regierung vor sich herzutreiben. Vetter versprach jedoch, dass die Gewerkschaften nicht mithilfe der

---

78 Ebd., S. 33.

79 Vgl. Notiz über die Sitzung des Arbeitsausschusses zur Durchführung der Mitbestimmungskampagne vom 13. April 1970, in: DGB-Archiv im AdsD, Abt. Vorsitzender, 5/DGAI001425.

80 Vgl. Gegenüberstellung der Vorschläge der Biedenkopf-Kommission und der Vorstellungen des DGB zur Mitbestimmung auf Unternehmensebene, in: ebd.

CDA-Sozialausschüsse auf wechselnde Mehrheiten setzen würden. Das Biedenkopf-Gutachten müsste in allen Facetten ausgelotet werden, in der jetzigen Phase sollte sich der Bundestag aber auf das Betriebsverfassungsgesetz konzentrieren.[81]

2.2.2 Die BDA und die Chemieverbände

Die BDA kritisierte in ihrer Stellungnahme erwartungsgemäß den Bericht. Unerwartet deutlich griffen die Arbeitgeber die Methodik der Kommission an, die den Grundsätzen empirischer Sozialforschung widersprechen würde, sowohl im Hinblick auf das Auswahlverfahren als auch auf die Befragungstechnik. Die alleinige Berücksichtigung von Aufsichts- und Betriebsräten sowie Vorständen reichte der BDA nicht aus, man hätte mindestens noch die mittlere Führungsebene und die Belegschaften mit einbeziehen sollen. Der Verzicht auf eine zusätzliche empirische Absicherung der als zu komplex und umfangreich bemängelten Befragungen ließen es unmöglich erscheinen, in der zur Verfügung stehenden Zeit eine vollständige, vergleichbare und methodisch haltbare Beantwortung anzufertigen.

Trotz der generellen Ablehnung des Kommissionsansatzes folgerte die BDA, dass eine gewerkschaftliche Fernsteuerung der Unternehmen möglich, dass Fraktionsbildung ein typisches Verhalten der Arbeitnehmervertreter im Aufsichtsrat und dass im Montanbereich die Verzögerung und Vertagung von Entscheidungen weitaus häufiger anzutreffen sei. Positiv wurden die für die Arbeitgeber günstigen Aspekte im Hinblick auf sogenannte Koppelungsgeschäfte, der Erstellung von Sozialplänen oder dem Konflikt zwischen der Mitbestimmung und der Tarifautonomie beurteilt. Die BDA bezeichnete es als schwerwiegende Unzulänglichkeit des Berichts, dass die Auswirkungen der paritätischen Mitbestimmung hinsichtlich der Führungsauswahl nicht problemadäquat vertieft wurden. Selbstverständlich sahen die Arbeitgeber in ihrer Stellungnahme die Notwendigkeit einer Parität eindrucksvoll widerlegt und sahen das von der Kommission verteidigte Vertretungsrecht der Arbeitnehmer allein durch das Betriebsverfassungsgesetz erreicht. Ihr Rentabilitätsinteresse läge im Übrigen allein in der Sicherung der Arbeitsplätze begründet und sei demnach ein Folgeinteresse. In Konflikten, in denen die Rentabilität langfristig nur durch einen Verlust an Arbeitsplätzen gesichert werden könne, würden die Arbeitnehmer blockieren. Doch trotz der Vorbehalte bot der Bericht auch für die BDA »in vielfacher Hinsicht zukunftsweisende Hinweise für eine weitere Auseinandersetzung um die Mitbestimmung.«[82]

---

81 Siehe Protokoll über die Aussprache des Bundesvorstandes des Deutschen Gewerkschaftsbundes mit dem Fraktionsvorstand der SPD am 1. Juni 1970, in: AdsD, SPD-Bundestagsfraktion 6. WP, Mappe 145.

82 BDA: Stellungnahme des Arbeitskreises Mitbestimmung zum Bericht der Sachverständigenkommission, in: DGB-Archiv im AdsD, Abt. Gesellschaftspolitik, 5/DGAK000030, Zitat Bl. 1.

Otto A. Friedrich schloss, dass nun die Sozialpartner aufgerufen seien, Stellung zu nehmen »und, wenn es sinnvoll erscheint, auch Gespräche miteinander zu führen. Aber dies kann […] erst dann geschehen, wenn jeder Partner dieses Ergebnis mehrjähriger Arbeit selbst gründlich studiert und mit eigenen Erfahrungen, Zielen und Verpflichtungen in Beziehung gebracht hat.« Für die Arbeitgeber sei entscheidend, dass die Gewerkschaften nicht weiterhin das Montanmodell als unverrückbares Ziel aufrechterhielten und jedes Entgegenkommen nur als Geländegewinn betrachteten.[83] Kanzler Brandt gegenüber zollte er jedoch seinen Respekt für den politischen Ausgleich, den Biedenkopf zwischen den divergierenden Interessen der beteiligten Professoren hergestellt hatte. Die Unternehmer seien, so Friedrich, sicher zu Zugeständnissen bereit, »wenn alles, also auch die Montanindustrie, auf eine Linie gebracht werden könnte und damit an der Front der Mitbestimmung Frieden für 10 Jahre geschaffen werden könnte.« Die gelte jedoch nicht im Falle der Aufrechterhaltung der Idealvorstellung einer Parität im Aufsichtsrat.[84]

Entgegen dieser Behauptung blieben Einzelverbände wie etwa der Chemieverband starr in ihrer Ablehnung und behaupteten entgegen der Klarstellung des Berichts, dass »Fernsteuerungen in der Vergangenheit versucht wurden und bei einer Verwirklichung der Mitbestimmungsforderungen des DGB in Zukunft jederzeit möglich und zweifellos erfolgreich wären.« Zudem habe es sehr wohl sogenannte Koppelungsgeschäfte gegeben und es sei das Ziel der Gewerkschaften, den Entscheidungsprozess im Unternehmen nach ihren Vorstellungen zu verändern. Ebenfalls entgegen der klaren Aussage, dass eine Drittelbeteiligung zu gering sei, behaupteten die Chemieunternehmen, die Kommission habe die Regelungen des Betriebsverfassungsgesetzes im Prinzip bestätigt.[85]

Die Ergebnisse der Biedenkopf-Kommission wurden so, wenig überraschend, völlig unterschiedlich gedeutet und bewertet. Der BDI sah sich in der Ablehnung der gewerkschaftlichen Forderungen bestätigt. »Für die weitere Auseinandersetzung um die Mitbestimmung sollte dieses Votum der Kommission die Diskussionsbasis darstellen.« Das Thema Parität sei so aufgrund der Differenzen in den Parteien zunächst zu den Akten gelegt worden.[86]

---

83 Einleitende Bemerkungen des BDA-Präsidenten Otto A. Friedrich auf der Pressekonferenz der BDA am 4. Februar 1970, in: DGB-Archiv im AdsD, Abt. Gesellschaftspolitik, 24/1386.

84 Siehe Notiz von Otto A. Friedrich über ein Besuch bei Bundeskanzler Brandt am 21. Januar 1970 vom 22. Januar 1970, in: WBA, A8-165.

85 Vgl. Chemie zur Mitbestimmung Nr. 10, Juli 1970, in: DGB-Archiv im AdsD, Abt. Gesellschaftspolitik, 5/DGAK000030. Diese Informationen wurden von den Firmenleitungen an alle Angestellten in leitenden Positionen verteilt.

86 Siehe Vorlage zur Mitbestimmung der Abt. Sozialwirtschaft vom 7. April 1971, in: BDI-Archiv, HGF-Büro, Karton 83.

2.2.3 Die Bundesregierung und die Parteien

Die Ansprache von Kanzler Brandt anlässlich der Übergabe des Gutachtens fiel bewusst knapp und nüchtern aus, wollte er doch nichts vorwegnehmen.[87] Zudem bedurfte es zunächst der Ausarbeitung einer ministeriellen Stellungnahme seitens der Bundesregierung. Der Prozess hierzu offenbart die inhaltliche Nähe der Akteure auf ministerieller Ebene innerhalb der sozialliberalen Koalition. So konstatierte man im BMAS, es erscheine »bemerkenswert, daß die vom BMI in der Ressortbesprechung zum BMA-Entwurf geltend gemachten Bedenken ziemlich genau dem Tenor der BDA-Stellungnahme entsprochen haben.«[88] In Ministerien und Kanzleramt zog nach dem Wechsel der Bundesregierung ein neuer Stil ein, der sich exemplarisch an den Vorlagen und Zusammenfassungen für Kanzler und Minister zeigte. So wurde etwa die Stellungnahme der BDA zum Bericht als »wertende und nicht ganz zutreffende Aussage« qualifiziert.

> »Ferner wird Kritik an den Hearings der Kommission geübt mit dem Tenor, daß hier anerkannte Grundsätze empirischer Sozialforschung verletzt worden seien. In diesem Zusammenhang zitiert die BDA einen Fragebogen, der den Hearings jedoch nicht zugrunde gelegen hat; sie stützt sich dabei mangels exakten Wissens auf falsche Sekundärinformationen.«[89]

Aussagen wie diese lassen die Vermutung zu, dass es der BDA nicht oder nicht mehr gelang, an das Kanzleramt in dem Maße vorzudringen, wie es noch unter Ludwig Erhard möglich war. Trotz der sich schon abzeichnenden reservierten Haltung der Regierung in Sachen Mitbestimmung nahm die Argumentation des DGB im BMAS ein höheres Gewicht ein, im BMI hingegen versuchte Innenminister Hans-Dietrich Genscher (geb. 1927), eine grundsätzliche Kritik an dem Gutachten in die Stellungnahme der Bundesregierung einfließen zu lassen[90], konnte sich jedoch am Ende damit nicht durchsetzen.

Nach der Vorlage des Berichts stellte sich nun insbesondere für die SPD die Frage, wie sie damit umgehen sollte, war sie doch nicht allein Regierungs- und Kanzlerpartei, sondern auch dem DGB verpflichtet. So gründete sie zur näheren Erörterung der Kommissionsergebnisse eine eigene Arbeitsgruppe, in dem auch zahlreiche Funktionäre der Gewerkschaften, unter anderem Friedhelm Farthmann und Erich Schumacher,

---

87 Vgl. Bulletin des Presse- und Informationsamtes der Bundesregierung 10/1970, S. 93.
88 Schreiben von Referat IV/4 an Kanzleramtsminister Ehmke vom 4. Dezember 1970, in: BA, B136/8760.
89 Vorlage 800 20 – Mi 9/70 von Referat IV/4 für den Bundeskanzler vom 16. Dezember 1970, in: BA, B136/8760.
90 Vgl. Kabinettsvermerk zur Stellungnahme der Bundesregierung zum Bericht der Mitbestimmungskommission vom 30. November 1970, in: ebd.

Platz nahmen. Denn nachdem die Partei auf ihrem Saarbrücker Parteitag 1970 noch einmal einstimmig die Forderung nach der Parität bekräftigt hatte[91], stand sie nun im Bundestag vor dem Problem der Koalitionsdisziplin, auf der anderen Seite machte der DGB Druck, die Regierung solle »nun endlich mehr Aktivitäten in gesellschaftspolitischen Fragen und weniger Rücksichtnahme auf den Koalitionspartner FDP«[92] zeigen.

Nicht allein im Arbeitsausschuss stellte sich nun die Frage, ob es sinnvoll wäre, noch in der laufenden Legislaturperiode einen Anlauf zum Ausbau der Mitbestimmung unterhalb der Paritätsgrenze zu erreichen. Man wähnte nämlich gewisse Anzeichen, dass die FDP einer Reform unterhalb dieser Grenze zustimmen würde. Die SPD konnte jedoch auch nach eingehender Debatte keine Einigung darüber erzielen. Für einen solchen Schritt sprach, dass das Anliegen dadurch ernsthaft unterstrichen würde, sofern es als vorläufig bezeichnet und nach der Übernahme der ungeteilten Regierungsverantwortung durch die Sozialdemokraten, von der die Befürworter offenbar ausgingen, vervollständigt worden wäre. Ferner stelle die Lösung von Biedenkopf schon eine enorme Verbesserung dar. Sollte die SPD in die Opposition zurückgedrängt werden, hätte sie wenigstens dies erreicht. Gegen den Kompromiss wurde vor allem eingewandt, dass »durch die Bemühungen der Gewerkschaften das Verlangen nach Mitbestimmung in der Arbeitnehmerschaft relativ stark und lebendig« sei. Es herrschte die Sorge, dass nach einem Kompromiss alle Bemühungen vergebens gewesen wären und die politische Kraft auf absehbare Zeit erlahme. Ferner würde der Gedanke der Mitbestimmung als solcher abgewertet. Deshalb erschien es sinnvoller, im laufenden Bundestag die ganze Energie auf die Durchsetzung der Entwürfe zum Betriebsverfassungsgesetz, zum 2. Mitbestimmungssicherungsgesetz und zum Personalvertretungsgesetz zu legen, wodurch »der ernsthafte Willen zur inneren Reform am ehesten in der Öffentlichkeit und der Arbeitnehmerschaft glaubhaft« werde. Ein Verzicht auf Schritte in Richtung der Biedenkopf-Lösung werde der Partei ohne Weiteres abgenommen, da sie auf die Parität festgelegt und die negative Haltung der FDP bekannt sei. Zwar gab es die Möglichkeit, die Lösung der Kommission mit der geplanten durchgreifenden Reform der Betriebsverfassung und der wirksamen Sicherung der Montanmitbestimmung zu verbinden, das ändere jedoch nichts an der Grundproblematik, zumal es nicht mehr ausgeschlossen war, dass die CDU die Kommissionsansätze aufgreifen und eigene Vorschläge unterbreiten könnte.[93]

---

91 Antrag 701 »Entschließung zur Mitbestimmung«, in: SPD-Parteivorstand: Parteitag der SPD vom 11. bis 14. Mai 1970 in Saarbrücken, Bonn 1970, S. 1122 f.

92 Das unterstrich Vetter in Gesprächen mit dem Bundeskanzler und verschiedenen Ministern zur gewerkschaftlichen Lage. Protokoll der Sitzung des DGB-Bundesvorstands vom 7. September 1970, in: Mertsching (Bearb.): Der Deutsche Gewerkschaftsbund, S. 306-320, hier S. 307.

93 Siehe Zum taktischen Vorgehen der SPD-Bundestagsfraktion in der Mitbestimmungsfrage vom 26. Oktober 1970, in: DGB-Archiv im AdsD, Abt. Gesellschaftspolitik, 5/DGAK000030. Teile der Vorlage gehen auf Anregungen seitens der IG Metall zurück, die wenige Wochen zuvor ein Gespräch mit Bundesarbeitsminister Walter Arendt führte, in dem sie die genannten Punkte

Diese Argumentation trug ganz unverkennbar die Handschrift des DGB und des Verfassers der Notiz, Friedhelm Farthmann. Hier gelang es dem Gewerkschaftsbund, seine Vorstellungen über ein adäquates Vorgehen nach der Vorlage des Biedenkopf-Berichts in der SPD zu verankern. Auch die Untergruppe »Unternehmensverfassung« beschloss für die Stellungnahme der Partei, dass die SPD grundsätzlich aufgrund des Biedenkopf-Berichts keinen Anlass sah, sich von ihrem Modell aus dem Jahr 1968 zu distanzieren. Zudem regte die Gruppe an, mit der FDP zu klären, ob eine Teileinführung der Parität in Größtunternehmen mit mehr als 20.000 Mitarbeitern, einer Bilanzsumme von 750 Mio. DM oder einem Umsatz von mehr als 1,5 Mrd. DM möglich sei. »Eine Initiative auf dieser Basis könnte nach Auffassung der Arbeitsgruppe eine Offensive der CDU/CSU abfangen.«[94] Denn nach der Vorlage des Berichts wurde die neue CDU/CSU-Opposition im Bundestag sofort aktiv und ließ anfragen, wie die Bundesregierung nun weiter vorgehen wolle, vermutlich um sie zur Vorlage eines Zeitplans zu zwingen. Dafür war jedoch der rechte Zeitpunkt alles andere als gekommen. Die Regierung wollte und musste sich aus internen Gründen zunächst der Novellierung des Betriebsverfassungsgesetzes widmen. Nach außen ließ sich dieses Vorgehen »sehr gut damit begründen, daß es undurchführbar wäre, zwei so umfassende und gesellschaftspolitisch so bedeutsame Gesetzgebungsvorhaben gleichzeitig abzuwickeln.«[95] Die Beantwortung der Fragen wurde dann entsprechend allgemein gehalten.[96] Die CDA kritisierten in ihrer Stellungnahme, dass die Biedenkopf-Kommission das öffentliche Interesse, für das sie sich in ihrem Modell eingesetzt hatten, nicht berücksichtigte und hielten demonstrativ an ihrer Idee fest. Zum Bericht selbst äußerten sich die Sozialausschüsse tendenziell eher ablehnend, da auch sie die Preisgabe der Parität kritisierten. Grundsätzlich war man nicht gewillt, von den eigenen Vorstellungen, vor allem von der Berücksichtigung des öffentlichen Interesses, abzurücken. Nötigenfalls sollten nun andere Gesetze wie etwa das Kartellrecht hinzugezogen werden.[97]

---

unterstrich. Vgl. Schreiben von Wolfgang Spieker an Friedhelm Farthmann vom 20. Oktober 1970, in: ebd.

94   Vermerk von Hans-Jürgen Junghans für Herbert Wehner vom 1. Dezember 1970, in: AdsD, SPD-Bundestagsfraktion 6. WP, 2/BTFF000415.

95   Vgl. Schreiben III a 2 – 851/70 des Bundesministers für Arbeit und Sozialordnung an den Chef des Bundeskanzleramtes vom 13. März 1970, in: BA, B136/8760.

96   Vgl. BT-Drs. VI/588.

97   Vgl. Frese: Anstöße, S. 206-211.

VI Die Mitbestimmung wird auf den Weg gebracht – Erstes Ringen der Koalition bis 1974

1 Vor Beginn der Koalitionsverhandlungen – Die Konfliktherde

1.1 »Todesstoß«? Die Fortführung der Diskussion auf europäischer Ebene

D ie Verhandlungen über ein europäisches Unternehmensrecht wurden zu Beginn
der 1970er-Jahre in zwei getrennten Rechtskreisen diskutiert, zum einen anlässlich des Goldman-Abkommens zur internationalen Fusion nationaler Aktiengesellschaften und zum anderen im Zusammenhang mit dem Statut einer Europäischen
Handelsgesellschaft (S. E.). Zur Sicherung der deutschen Mitbestimmung schlug die
deutsche Verhandlungsdelegation in Brüssel bereits 1968 vor, europäische Fusionen
nur in einer einheitlichen Handelsgesellschaft zuzulassen, wobei sich dabei von dem
Gedanken ausging, dass eine entsprechende Regelung unmittelbar bevorstand. Da
dies nicht eintrat und die übrigen Mitgliedsländer dieser Regelung auch nicht zustimmten, musste der Schwerpunkt nun darauf liegen, im politischen Prozess eine
Übergangslösung bis zur Schaffung einer Europäischen Handelsgesellschaft ins Spiel
zu bringen. Bundesjustizminister Gerhard Jahn (1927–1998) brachte als Kabinettsvorlage am 16. Februar 1970 den Vorschlag ein, dass Fusionen aus Deutschland ins
Ausland – und nur dies war umstritten – zulässig sein sollten, wenn Unternehmen,
die der Mitbestimmung unterlagen, diese weiter anwenden würden. Andere deutsche
Gesellschaften sollten nur nach Abschluss einer vertraglichen Vereinbarung mit den
zuständigen Gewerkschaften und der übernehmenden ausländischen Gesellschaft fu-
sionieren dürfen.[1] Der Goldman-Vorschlag sah aufgrund der vielfachen nationalen
Differenzen vor, es bei der jeweiligen nationalen Mitbestimmung zu belassen und ihr
somit die grenzüberschreitende Wirkung zu nehmen. Dabei hätten die Betriebsräte in
gewisser Weise die Befugnisse übernommen, die ihnen im Aufsichtsrat der dann nicht
mehr existenten Gesellschaft zugestanden hätten.[2]

Die Diskussion stockte, da die Bundesregierung in sich nicht einig war. Die SPD
und mit ihr Jahn wollten die sich bietenden Möglichkeiten nutzen, eine progressive

---

1 Vgl. Schreiben des Bundesministers der Justiz an den Chef des Bundeskanzleramts als Kabinettsvorlage vom 16. Februar 1970, in: BA, B136/8066.
2 Vgl. Vorschlag des Präsidenten der Arbeitsgruppe, Prof. Goldman, Paris, in: BA, B106/63387.

Haltung einzunehmen, die FDP jedoch mauerte und war auf keinen Fall bereit, einer Lösung zuzustimmen, die über den deutschen Rahmen hinausweisen würde. Entsprechende Weisungen aus dem FDP-geführten BMI versuchten, Vorlagen für diesbezügliche Übereinkünfte zu erschweren.[3] Genscher schrieb an Jahn, dass die bisherigen Verhandlungen über die Regelung der Mitbestimmung bei internationalen Fusionen gezeigt hätten, dass eine Mitbestimmungsregelung im Rahmen der EHG von den Partnern abgelehnt würde. Demnach kam für Genscher nur die Trennung der Mitbestimmung von den Verhandlungen oder die Beibehaltung des geltenden internationalen Privatrechts, wonach jeweils das Recht der aufnehmenden Gesellschaft anzuwenden war, in Betracht.[4] Das BMI und Genscher übernahmen damit fast eins zu eins den Wortlaut der BDI-Erklärung, die noch einen Schritt weiterging und in dem geplanten Übereinkommen überhaupt keine Mitbestimmungsregelung vorsah. Im BMI wahrte man die Interessen der deutschen Wirtschaft.[5] Jahn hingegen erhöhte den Druck auf das BMI, eine abgestimmte Position der Bundesregierung zu erzielen, damit die Verhandlungen nicht noch weiter verzögert wurden. Keineswegs schien er bereit, einen Verlust der Mitbestimmung bei einer Fusion einer deutschen Gesellschaft ins Ausland zu akzeptieren.[6]

Allerdings hatte man in der Bundesregierung den Eindruck, dass auch der DGB eine starre Haltung an den Tag legte. Er wollte nicht durch eine europäische Lösung und eine Festlegung auf die Drittelbeteiligung die deutsche Gesetzgebung beeinflusst wissen. Deswegen sollten der deutsche und der europäische Kreis unbedingt getrennt werden, um die durch die deutsche ambivalente Haltung hervorgerufene Blockade zu lösen. Auch bot sich hier die Chance, dass sich weitere europäische Staaten mit einem deutschen Vorschlag beschäftigen mussten und somit eine eigene Debatte über die Mitbestimmung in ihrem Land führten. Das bedeutete jedoch sowohl einen Dämpfer für den DGB als auch für die FDP, namentlich für Innenminister Genscher. Eine Lösung stellte die Einführung der Drittelbeteiligung dar, bei der gleichzeitig über den vorzugebenden Rahmen hinausgreifende Rechte gelten sollten, wenn mehr als 50 % der Beschäftigten in einem Land mit stärkeren Rechten tätig wären, also in Deutschland. Theoretisch wären darüber hinaus tarifvertragliche Lösungen möglich gewesen, hier machte sich allerdings die FDP die Argumentation der Unternehmer zu eigen,

---

3   Vgl. Notiz an Parlamentarischen Staatssekretär vom 14. Juli 1970, in: BA, B136/8066. Siehe auch Vermerk der FDP-Fraktion im Deutschen Bundestag, Arbeitskreis II, an Minister Genscher vom 19. März 1970, in: BA, B106/63387.

4   Siehe Schreiben von Hans-Dietrich Genscher an Gerhard Jahn, ZII1-M113 940/3, vom 21. Mai 1970, in: BA, B106/63387.

5   Vgl. Schreiben des BDI an Hans-Dietrich Genscher vom 27. April 1970, in: ebd.

6   Vgl. Schreiben von Gerhard Jahn an Hans-Dietrich Genscher, 3505 – 12, vom 24. Juli 1970, in: ebd.

die befürchteten, dass so eine Mitbestimmung auch durch Streiks hätte erzielt werden können.[7]

Der Entwurf der Europäischen Kommission für eine S. E., der Mitte des Jahres 1970 vorgelegt wurde, sah eine Beteiligung der Arbeitnehmer am Aufsichtsrat von einem Drittel durch gewählte Vertreter vor, wobei bei einer Anzahl von mehr als drei Mitgliedern sich unter diesen mindestens eine Person befinden sollte, die nicht in einer Betriebsstätte einer S. E. beschäftigt sein durfte. Durch die Satzung der S. E. konnte eine über ein Drittel hinausreichende Beteiligung festgelegt werden, wenn sie von der Mehrheit der Arbeitnehmer getragen wurde. Die Kommission war sich der Tatsache bewusst, dass einige europäische Gewerkschaften eine solche Mitarbeit grundsätzlich ablehnten. Sie sah für diesen Fall die Möglichkeit vor, Aufsichtsräte ohne Beteiligung der Arbeitnehmer zu bilden.[8] Dieser Vorschlag, der sich vor allem auf betriebsfremde Personen bezog, musste den DGB vor dem Hintergrund der deutschen Diskussion alarmieren und die FDP provozieren. »Dieser Vorschlag widerspricht der FDP-Forderung, Arbeitnehmervertreter auf den Kreis der Betriebsangehörigen zu beschränken. Es ist denkbar, daß dieses Bedenken zunächst nur taktisch vorgeschoben ist und daß sich dahinter eine prinzipielle Ablehnung jeder Mitbestimmungsforderung auf europäischer Ebene verbirgt.«[9] Der EBFG forcierte einen Ansatz, der je ein Drittel Anteilseigner- und Arbeitnehmervertreter plus dem restlichen Drittel kooptierter Mitglieder vorsah, was faktisch einer Parität gleichgekommen wäre. Entsprechend war auch seine Beschlusslage, die sich auch ausschließlich auf die Schaffung einer S. E. fokussierte.[10] Der DGB schloss sich grundsätzlich dieser Haltung an und lehnte ebenso ein Regierungsabkommen nach dem Muster von Prof. Goldman ab, vor allem, wenn es als schneller Ersatz für eine geregelte Gesetzgebung herangezogen würde.[11] Auf der anderen Seite betonte die Kommission unter Vizepräsident Haferkamp, dass »sich zwischen unserem Vorschlag und der Stellungnahme des Europäischen Gewerkschaftsbundes eine Brücke schlagen läßt, so daß hier ein nützlicher taktischer Ansatz gegeben sein dürfte«, da es angesichts der Gesamtlage »wenig erfolgversprechend wäre, wenn die Bundesregierung von den deutschen Mitbestimmungsvorstellungen ausgehen würde.«[12]

In einer ersten allgemeinen Aussprache zur Industriepolitik in der EG von BMWi, BDI, DIHT und DGB unterstrich die Bundesregierung, dass sie zwar die Mitbe-

---

7   Vgl. Vermerk für den Bundeskanzler für das Mitbestimmungsgespräch am 21. September 1970 vom 16. September 1970, in: BA, B136/8056.

8   BT-Drs. VI/1109. Details hierzu bei Mävers: Die Mitbestimmung, S. 107-117.

9   Vermerk für Frau. PstS Dr. Focke vom 11. August 1970, in: BA, B136/8066.

10 Vgl. Forderungen des EBFG zur Mitwirkung der Arbeitnehmer in der Europäischen Aktiengesellschaft vom 17. März 1970, in: DGB-Archiv im AdsD, Abt. Gesellschaftspolitik, 24/704.

11 Vgl. Schreiben von Walter Braun an Heinz-Oskar Vetter vom 4. November 1970, in: DGB-Archiv im AdsD, Abt. Gesellschaftspolitik, 5/DGAK000031.

12 Schreiben von Manfred Lahnstein an Otto Kersten vom 19. November 1970, in: ebd.

stimmung als »unverzichtbares Recht der deutschen Arbeitnehmer« betrachtete, sie aber angesichts des schwierigen und erkennbar langen Prozesses bis zur Ratifizierung eines Statuts für eine S. E. zu einer Befürwortung von »elastischen Formen« der Unternehmenskooperation neigte. Angesichts der Gefahr, die von solch lockeren Rechtsakten ausging, wirkte die Ankündigung, dass »die Bundesregierung jede Chance wahrnehmen würde, um Rechtsformen ausfindig zu machen, die die Frage der Mitbestimmung ausklammern«, wie aufziehendes Ungemach.[13]

In einem Gespräch zwischen Bundeskanzler Brandt und weiteren Bundesministern mit Otto Brenner traf man nach ausführlicher Erörterung den Kompromiss, eine deutsche Initiative in Brüssel erst nach der Verabschiedung der deutschen Regierungsentwürfe und deren Zuleitung an den Bundestag zu starten und vorher ein Koalitionsgespräch einzuberufen.[14] Auch Vetter unterstrich gegenüber Jahn, dass er die Beschlusslage des DGB beachtet wissen wolle, sah allerdings die Gefahr, dass »die Bundesregierung unter dem Druck der anderen europäischen Partner und mit Rücksicht auf die FDP von unseren Vorstellungen abweicht.«[15] Diese Einschätzung kam nicht von ungefähr, denn Genscher machte bereits im Vorfeld klar, dass er es nicht für erreichbar halte, eine Einigung zu erzielen, die nicht eine Minderung der deutschen Rechte bei Fusionen ins Ausland zur Folge habe. Er plädierte für die Übernahme der Goldman-Ideen, denn eine Regelung müsse verhindern, dass

»Verlagerungen deutscher Firmen in das Ausland aus Mitbestimmungsgründen erfolgen. Sie muß aber auch sicherstellen, daß ausländische Firmen nicht wegen der Mitbestimmung zum Nachteil der deutschen Wirtschaft auf eine Fusion mit deutschen Firmen verzichten. Letzteres dürfte nur erreichbar sein, wenn man die im Ausland sitzende Gesellschaft nicht zwingt, das deutsche Mitbestimmungsmodell zu übernehmen.«[16]

Für Jahn ergab sich daraus die schwierige Lage, dass er an keiner Front weiterkam. Er konnte weder eine weitere Vertagung dieser Frage in Brüssel noch bei dem Vorsitzenden der Sachverständigengruppe auf europäischer Ebene, Prof. Goldman, erreichen. »Ich muss aber darauf hinweisen, daß mir ein weiterer Aufschub einer Klärung der deutschen Haltung ohne entscheidende sachliche und politische Nachteile nicht mehr

---

13 Kurzinformation für Alfons Lappas von Volker Jung betr. einer Aussprache im BMWi zur Industriepolitik am 9. Juli 1970 vom 10. Juli 1970, in: DGB-Archiv im AdsD, Abt. Gesellschaftspolitik, 5/DGAK000031.

14 Vgl. Vermerk über ein Mitbestimmungsgespräch mit Otto Brenner am 21. September 1970 vom 22. September 1970, in: ebd.

15 Vorlage für die Sitzung der Kommission zur Durchführung des Aktionsprogramms am 30. September 1970, in: DGB-Archiv im AdsD, Sekretariat Bernhard Tacke, 5/DGCY000223.

16 Schreiben Z II 1 – M 113 940/3 des Bundesministers des Inneren an den Bundesminister der Justiz vom 15. Oktober 1970, in: BA, B136/8066.

möglich zu sein scheint.«[17] Nur durch eine Weiterleitung von Anträgen ohne Aussprache an den Ministerrat konnte man noch etwas Zeit gewinnen.

Eine Lösung blieb schwierig und es bedurfte weiterer Koalitionsabsprachen, die auf Drängen von Jahn zu Standen kamen und sich allein auf das Goldman-Abkommen bezogen. Das Justizministerium vertrat weiterhin die Kabinettsvorlage vom 16. Februar. Die Zeit drängte, da die Bundesregierung Anfang April definitiv gezwungen wurde, sich zu äußern. Dies hätte die Gelegenheit geboten, sich zum Fürsprecher einer den Vorstellungen des DGB entsprechenden Regelung zu machen und eventuellen Rückschlägen, die sich durch einen zu erwartenden Beitritt Großbritanniens zur EWG und der damit verbundenen Stärkung der Mitbestimmungsgegner ergäben, vorzubeugen.[18] Solche taktischen Überlegungen verhallten jedoch im Nirgendwo. Jahn räumte ein, dass

> »alle bisherigen Versuche, eine europäische Mitbestimmungslösung auf Ressortebene zu erarbeiten, an den Meinungsverschiedenheiten mit dem BMI gescheitert [sind]; Gesprächsbereitschaft war dort über den status quo der deutschen Mitbestimmungsregelung hinaus nicht vorhanden. Andererseits hat sich aber auch der DGB sehr weitgehend auf die paritätische Mitbestimmung festgelegt.«[19]

Das verdeutlicht die Schwierigkeiten der Bundesregierung, zwischen den divergierenden Interessen eine Lösung zu finden, in der sie ihr Gesicht wahren konnte.

Für den DGB waren sowohl die Goldman-Lösung als auch die Drittelbeteiligung indiskutable Ansätze. Eine reine Verhandlungslösung für die Mitbestimmung, wie von Jahn vorgesehen, kam jedoch weder für die Arbeitgeber noch für den DGB in Betracht, der sich im Falle eines Scheiterns von internationalen Fusionen in der Gefahr sah, die Verantwortung dafür angelastet zu bekommen. Die Kombination von Drittelbeteiligung und Verhandlungsweg per Statut erschien im Kanzleramt als ein Weg, allen Seiten gerecht zu werden, da sie zwar den deutschen Mindeststandard garantierte, aber auch den Weg für ein Mehr offenhielt. Gleichzeitig sparte dieser Weg als Reminiszenz an die FDP bzw. die Unternehmen ein Präjudiz zukünftiger Regelungen aus.[20] Am Rande dieser Mittelwege fanden sich die Extrempositionen einer reinen paritätischen Mitbestimmung auf europäischer Ebene, die international nicht durchsetzbar war, auf der einen und der Goldman-Vorschlag auf der anderen

---

17 Schreiben von Gerhard Jahn an Horst Ehmke, Karl Schiller, Walter Arendt und Hans-Dietrich Genscher vom 4. November 1970, in: ebd.

18 Vgl. Vorlage für Frau Parl. Staatssekretär betr. Mitbestimmung im europäischen Bereich vom 17. Dezember 1970, in: ebd.

19 Vgl. Vermerk für den Bundeskanzler für das Koalitionsgespräch am 2. März 1971 vom 26. Februar 1971 sowie zugehörige Anlage betr. Mitbestimmung im Rahmen des Goldman-Abkommens, in: ebd. Zitat aus Anlage, Bl. 1 f.

20 Vgl. ebd.

Seite. Unter den gegebenen Umständen kamen also für die Bundesregierung nur die Drittelbeteiligung und die Verhandlungslösung als wirkliche Optionen in Betracht, wobei gegenüber dem DGB nur Letztere hätte vertreten werden können, da sie die Beibehaltung des Status quo ermöglichte.

Im Koalitionsgespräch am 2. März, an dem unter anderem Brandt, Wilhelm Haferkamp als Vizepräsident der EG-Kommission und die Minister Walter Arendt (1925–2005) als neuer Bundesarbeitsminister, Genscher und Scheel teilnahmen, wurde zunächst vereinbart, dass ein Mittelweg aus Verhandlungs- und Drittellösung gefunden werden sollte. Hierzu führte der DGB-Bundesvorstand noch am selben Tag Gespräche mit der FDP, die auf Anregung von Genscher angeboten wurden.[21] Die letztlich vereinbarte Kabinettsvorlage, welche die Vorlage des Vorjahres ablöste, sah vor, dass bis zu einer endgültigen Schaffung einer europäischen Handelsgesellschaft Fusionen ins Ausland nur dann möglich wären, wenn mit den Gewerkschaften eine Vereinbarung zur Mitbestimmung getroffen und in der Satzung des Unternehmens verankert wurde. Hier waren die Möglichkeiten vorgesehen, die Bestellung einer bestimmten Zahl von Vertretern der Arbeitnehmer im Aufsichtsrat vorzunehmen, ein besonderes Organ der Arbeitnehmer zu schaffen, das bei bestimmten Vorgängen seine Zustimmung erteilen musste, sowie als letzte Möglichkeit die Befugnisse des Betriebsrats zu erweitern.[22]

Für die Fraktion der FDP gingen diese im BMJ vorbereiteten Schritte jedoch zu weit, da sie ein implizites Delegationsrecht der Gewerkschaften in die Aufsichtsorgane beinhalteten. Dadurch würden sie anders als bislang als allgemeiner Ordnungsfaktor legitimiert, was, so befürchtete man, Rückwirkungen auf die laufende innerdeutsche Diskussion haben konnte. Das wollte FDP-Fraktionsführer Mischnick unbedingt vermeiden[23] und schlug dem Bundeskanzler nach einer Aussprache seiner Fraktion vor, dem Betriebsrat das Recht einzuräumen, bei Fusionen über den Grad der Mitbestimmung verhandeln und dabei die in dem Unternehmen vertretenen Gewerkschaften hinzuziehen zu dürfen.[24] Innerhalb der Bundesregierung sah man es jedoch als unbedingt notwendig an, mit dem DGB ein zusätzliches Gespräch zu führen. Ein ursprünglich für April terminiertes Treffen von Brandt, Vetter und Brenner sagten jedoch die Gewerkschafter aus »Terminschwierigkeiten« ab. Im Kanzleramt vermutete man andere Gründe für diese Absage. Zum einen stand der DGB-Bundeskongress bevor, vor dem sich die DGB-Vertreter nicht festlegen wollten. Zum anderen hatte

---

21 Vgl. Protokoll der Sitzung betr. Regelung der Mitbestimmung im Übereinkommen über die internationale Fusion von Aktiengesellschaften im Rahmen der Europäischen Gemeinschaften vom 4. März 1970, in: ebd.

22 Anlage zur Kabinettsvorlage vom 2. April 1971, in: ebd.

23 Vgl. Schreiben von Wolfgang Mischnick an Hans-Dietrich Genscher vom 5. April 1971, in: BA, B106/63387.

24 Vgl. Schreiben von Wolfgang Mischnick an Willy Brandt vom 19. April 1971, in: AdL, A40-418, Bl. 11 f.

der Exekutivausschuss des EBFG am 1. April unter Vorsitz von Brenner beschlossen, dass die angeschlossenen Mitgliedsverbände der sechs EWG-Staaten ihre jeweiligen Regierungen anschreiben sollten, um eine einheitliche Vertretung aller Arbeitnehmer in den Organen fusionierter Gesellschaften und weiterer Rechte zu fordern. Dieser Beschluss war im Wesentlichen auf Drängen des DGB zustande gekommen.[25] Trotzdem wollte man auf die Zustimmung des DGB und von Heinz-Oskar Vetter nicht verzichten, »weil hierdurch innenpolitische Schwierigkeiten durch die Gewerkschaften, u. a. auch im Hinblick auf die weitere Beratung des Betriebsverfassungsgesetzes, vermieden werden können.« Zudem war die deutsche Verhandlungsgrundlage in der vorliegenden Form »das Maximum, was der FDP in dieser Frage abzuringen war.«[26] Daraufhin wurde die Einbringung der Kabinettsvorlage noch einmal verschoben.

Da die Regierung europapolitisch unter Zugzwang geriet und die Verhandlungen nun schon seit drei Jahren regelrecht blockierte, musste eine schnelle Lösung her, um in dieser integrationspolitisch wichtigen Frage nicht ins Abseits zu geraten. Die Rücksichtnahme auf die Anliegen des DGB bedeutete jedoch nicht, dass man im Kanzleramt dessen Rolle nicht kritisch sah. Innerhalb des EBFG, der ohnehin nur einen kleinen Teil der europäischen Gewerkschaften repräsentierte und in dem die in Frankreich und Italien wichtigen mitbestimmungsfeindlichen kommunistischen Gewerkschaften keine Mitglieder waren, konnte der DGB nur dank großer Anstrengungen eine einheitliche Linie durchsetzen. »Der DGB, der aus taktischen Gesichtspunkten innenpolitische Motivationen mit integrationspolitischer Absicherung verquickt, verficht damit eine Haltung des ›Alles oder Nichts‹, die der Situation nicht gerecht wird.« Ferner war das Programm der Bundesregierung nicht einseitig auf eine paritätische Mitbestimmung festgelegt.

> »Der DGB kann daher nur auf der europäischen Ebene Siege erringen und sich als Vorkämpfer fortschrittlicher Gesellschaftspolitik etablieren. Eine Nicht-Entscheidung deutscherseits kann von FDP wie DGB als Sieg ihrer Position interpretiert werden. [...] Vizepräsident Haferkamp teilt die taktischen Überlegungen und sieht Gefahren angesichts der inflexiblen DGB-Haltung gerade aus europäischer Warte wie als DGB-Mann. Er wird versuchen, Vetter auf dem DGB-Kongress am 15. Mai entsprechend zu beeinflussen.«[27]

Das Gespräch zwischen Brandt und Vetter zeigte nicht die erhoffte Wirkung. Vetter fürchtete, die EBFG-Einigung zu gefährden, wenn er nun der deutschen Verhand-

---

25 Vgl. Unterrichtung des Bundeskanzlers betr. Gespräch mit Herrn Vetter und Herrn Brenner vom 22. April 1970, in: BA, B136/8066.
26 Anlage zum Schreiben vom 22. April 1971, in: ebd.
27 Vermerk für den Bundeskanzler für ein Gespräch mit Heinz-Oskar Vetter anlässlich des Flugs zur Mai-Kundgebung in Hannover vom 28. April 1971, in: ebd.

lungsposition zustimmte.[28] Nachdem der DGB in Vorgesprächen seine starre Haltung noch einmal untermauert und unter anderem die Befürchtung geäußert hatte, durch ein Abkommen könnte der Zwang zur Schaffung einer S. E. schwinden, konnte nur ein weiteres persönliches Gespräch die verfahrene Lage lösen. Hier erreichten Vetter, Brenner und Hauenschild, die Vorkämpfer im DGB in Sachen Mitbestimmung, dass den Gewerkschaften an der europäischen Regelung keine »Mitverantwortung« auferlegt wurde. Fusionen aus Deutschland ins Ausland sollten nur in der Rechtsform der Europäischen Handelsgesellschaft oder auf der Basis analoger Regelungen möglich werden. Sofern dies in Brüssel nicht durchsetzbar wäre, sollte das Goldman-Abkommen zeitlich befristet eingerichtet werden und der EBFG bei europäischen Zusammenschlüssen die Zustimmung zu den Mitbestimmungsregelungen erteilen, nicht der DGB wie in der ursprünglichen Vorlage vorgesehen. Auf dieser Grundlage signalisierte der DGB zumindest eine interne Tolerierung der deutschen Position in Brüssel[29], obgleich der Bundesvorstand in einem Telegramm an Brandt die scharfe Ablehnung eines Übereinkommens noch einmal unterstrich und auf die Notwendigkeit der Schaffung einer Europäischen Handelsgesellschaft verwies. Im Kanzleramt sah man dieses Telegramm jedoch nur als eine »organisationsinterne Pflichtübung« an.[30]

Trotz aller Rücksichtnahme auf die DGB-Position zeigt doch gerade die Behandlung der europapolitischen Frage der Mitbestimmung, dass Politik und Gewerkschaften sich in unterschiedlichen Sphären wähnten und bewegten. Handschriftlich notierte Kanzleramtschef Ehmke dazu: »Wenn es nicht dicker kommt, können wir damit leben. In der öffentlichen Diskussion ist es notfalls für uns auch ohnehin leichter.«[31] Im EBFG opponierte man allerdings weiterhin und wies nachdrücklich darauf hin, dass das von der Kommission vorgesehene 2:1-Verhältnis in keiner Weise durch Äußerungen des EBFG anerkannt werden dürfe.[32] Unterstützung erhielt der DGB hierbei von ungewohnter Seite, da der Dachverband der belgischen christlichen Gewerkschaften, wohl unter dem Eindruck des christlichen Gedankens der Partnerschaft, im Januar 1971 einen Grundsatzbeschluss zugunsten einer eng an das Modell

---

28 Vgl. Unterrichtung für AL IV vom 3. Mai 1971, in: ebd.
29 Vgl. Vermerk für die Kabinettssitzung am 19. Mai 1971, in: ebd. Im Kanzleramt fand zwei Tage zuvor ein Gespräch mit dem DGB statt, in dem er seine Position vermutlich mitteilte. Friedhelm Farthmann hatte dem Bundesvorstand zuvor unterbreitet, diese Konsultation abzusagen, um Auseinandersetzungen mit der Regierung zu vermeiden. Man einigte sich dann darauf, keine Verhandlungen zu betreiben, sondern sich nur zum Zwecke des Informationsaustauschs zu treffen. Vgl. Schreiben von Unterabteilungsleiter ZII an Minister Genscher vom 13. Mai 1971, in: BA, B106/63387.
30 Siehe handschriftlichen Vermerk auf einem Telegramm von Heinz-Oskar Vetter an Willy Brandt vom 18. Mai 1971, in: BA, B136/8066.
31 Vermerk vom 19. Mai 1971, in: ebd.
32 Vgl. Protokollnotiz der Sitzung des EBFG-Ausschusses Demokratisierung der Wirtschaft am 18. und 19. März 1971, in: DGB-Archiv im AdsD, Abt. Gesellschaftspolitik, 5/DGAK000031.

des DGB angelehnten Mitbestimmung traf und sich auch für die Verpflichtung zur Einrichtung eines Aufsichtsrats nach deutschem Vorbild aussprach.[33]

Die Brüsseler Sachverständigengruppe verhandelte im Juli, dass jede aus einer internationalen Fusion hervorgehende nationale Aktiengesellschaft eine Mitbestimmung einführen muss, auch im Falle, dass zuvor keiner der beteiligten Staaten eine Mitbestimmung kannte. Sie sollte sich an den Vorschlägen für die S. E. orientieren und mindestens eine Drittelbeteiligung, auf freiwilliger Basis auch ein höheres Quorum, im Aufsichtsrat enthalten. Gegen den deutschen Hauptvorschlag wandten die anderen fünf Delegationen ein, dass die dortigen Vorschläge sie zur Einführung nationaler Mitbestimmungsgesetze zwangen, was als nicht hinnehmbar abgelehnt wurde.[34] Diese Haltung bekräftigte insbesondere Italien im Zuge der Beratungen, die im Dezember 1971 sowie im Februar und April des Folgejahres stattfanden, mit Nachdruck, während sich die belgische, französische und luxemburgische Delegation der Goldman-Position anschlossen, nach der als Ausgleich für wegfallende Mitbestimmungsrechte im Zuge einer Fusion bestimmte Konsultations- und Informationsrechte der Arbeitnehmer treten sollten. Belgien ergänzte diesen Vorschlag, um die Gründung von europäischen Betriebsräten zu ermöglichen. Die Niederlande unterstützten zwar die deutsche Seite, wollten jedoch in einigen Fällen der Fusion von Deutschland in die Niederlande die eigenen Mitbestimmungsvorgaben beachtet sehen.[35]

Zwischen den Gewerkschaften breitete sich ein Dissens über die Bedeutung Europas im Allgemeinen aus. Der DGB sprach sich über sein WSI nun dafür aus, das Statut der S. E. als Staatsvertrag zwischen den Regierungen zu unterstützen und nicht als Initiative der Kommission, da er so eine höhere demokratische Legitimität durch Ratifizierung der Einzelparlamente sah. Dem widersprachen unter anderem Vertreter der IG Metall mit dem Hinweis, dass sich die Gewerkschaften stets für eine stärkere Rolle der Kommission im Sinne einer vertieften Integration der EG starkgemacht hätten.[36] Anlässlich der geplanten Publikation der DGB-Stellungnahme zum Kommissionsvorschlag, die in ihren Grundzügen im WSI vorbereitet wurde[37], rückte der DGB jedoch von dem Weg der Regierungsebene ab und kehrte auf Betreiben der IG Metall zur Ausgangsposition zurück. Der DGB begrüßte in den komplexen unternehmensrechtlichen Ansatz der Kommission, der auch Aspekte des Konzernrechts, der Pu-

---

33 Vgl. Bericht betr. Mitbestimmung im Unternehmen im Ausland der Deutschen Vertretung bei der EG in Brüssel vom 15. März 1971, in: ebd.

34 Vgl. Schreiben 9522/312 – 31 516/71 des Bundesministers der Justiz vom 24. September 1971, in: BA, B136/8066.

35 Vgl. Schreiben 9522/312 – 32 152/71 des Bundesministers der Justiz vom 11. Januar 1972, in: BA, B106/63387 sowie Schreiben 9522/312 – 31 179/72 des Bundesministers der Justiz vom 30. Mai 1972, in: BA, B136/8066.

36 Vgl. Protokoll der Sitzung des Ausschusses Demokratisierung der Wirtschaft am 20. und 21. Juni 1972, in: DGB-Archiv im AdsD, Abt. Gesellschaftspolitik, 5/DGAK000046, Bl. 3.

37 Vgl. Vorlage für die Sitzung des GBV vom 25. August 1972, in: DGB-Archiv im AdsD, Abt. Gesellschaftspolitik, 24/710.

blizitätspflichten und des Steuerrechts einbezog und unterstützte die Prämisse, dass Arbeitnehmer überhaupt ein Repräsentationsrecht erhielten. Von der Forderung nach Parität und einem speziellen Arbeitsdirektor rückte man aber dennoch nicht ab. Auch sah er die Voraussetzungen für die Gründung von europäischen Betriebsräten nicht hinreichend erfüllt.[38]

Ferner blieb ein Grundproblem bestehen. »Die Forderung, das Statut der EAG vom Europäischen Parlament verabschieden zu lassen, ist unter den gegebenen politischen Bedingungen die Blockierung dieses Projekts auf unabsehbare Zeit.«[39] In der Stellungnahme unterstrich der Gewerkschaftsbund nun die Bedeutung der Rechtsgrundlage und übte Fundamentalkritik an den fehlenden demokratischen Strukturen der EWG.[40] Die IG Metall und auch das EBFG-Sekretariat insistierten hingegen darauf, nicht in eine fundamentale Ablehnung zu geraten.

> »Es wäre [...] nicht ganz logisch, wenn wir z. B. die Herstellung der Freizügigkeit der Arbeitnehmer gemäss [sic!] den Artikeln 48–51 als Tatbestand akzeptieren, Harmonisierungsvorhaben der Kommission aber, für die der Artikel 235 die Rechtsgrundlage bildet, ablehnen würden. Es ist sicher richtig, dass insbesondere in einer nationalen Stellungnahme auf die unserer Auffassung nach mangelhaften demokratischen Strukturen der Gemeinschaft hingewiesen werden muss [sic!]. Andererseits aber können wir, entsprechend unserem bisherigen Verhalten, daraus keine kategorischen Aussagen ableiten.« Ein Regierungsabkommen von Staaten wäre eben kein europäisches Recht.[41]

Dass der DGB in seiner Stellungnahme gerade die Frage der S. E. so ausdrücklich mit dem Hinweis auf das Demokratiedefizit der EWG verknüpfte, kann nur unter dem Aspekt der Hinhaltetaktik bzw. des Zeitgewinns gesehen werden.

Grundsätzlich spielte die Zeit jedoch für den DGB, denn auch andere Länder ließen sich nun von dem Zug der Zeit anstecken, entwickelten Mitbestimmungsinitiativen und brachten Gesetzentwürfe in ihre jeweiligen nationalen Parlamente ein. Besonders exponierte sich die sozialdemokratisch geführte schwedische Regierung, die mit einem am 1. April 1973 in Kraft getretenen Gesetz überhaupt eine Mitbestimmung im Aufsichtsrat eingeführt hatte. Es gab den Gewerkschaftsvertretern allerdings mehr Macht, als es in Deutschland der Fall war, wenngleich keine Parität etab-

---

38 Vgl. Stellungnahme des DGB zum Vorschlag der Kommission der Europäischen Gemeinschaften für eine Verordnung des Rates über die Schaffung einer Europäischen Aktiengesellschaft, in: ebd., Bl. 1 ff.

39 Schreiben von Karl-Heinz Friedrichs (IG Metall) an Detlef Hensche vom 31. August 1972, in: ebd.

40 Vgl. Stellungnahme des DGB zum Vorschlag der Kommission, Bl. 11 f.

41 Schreiben von Walter Braun (EBFG) an Detlef Hensche vom 9. Oktober 1972, in: DGB-Archiv im AdsD, Abt. Gesellschaftspolitik, 24/710.

liert wurde.[42] Auch in Dänemark öffnete sich die Regierung den Ideen einer Demokratisierung der Wirtschaft, legte aber mehr Wert auf das Miteigentum der Arbeiter, die auch eine gewisse Repräsentation im Vorstand erhalten sollten. Dieser Weg wurde auch in Norwegen verfolgt, wo den Arbeitnehmern aber einer Gesellschaftsgröße von 50 Arbeitnehmern der Zugang zum Vorstand gewährt werden sollte. Die norwegischen Gewerkschaften betonten die betrieblichen Aspekte, verknüpften sie aber mit einem klaren Eintreten für die Wirtschaftsdemokratie. In Großbritannien hingegen blieb der TUC skeptisch gegenüber der Mitbestimmung.[43] In der Schweiz übernahmen der SGB und weitere Gewerkschaftsbünde wichtige Elemente der deutschen Konzeption, setzten sich für ein schweizerisches Modell der Mitbestimmung ein und verknüpften dies in der Öffentlichkeit mit dem gesellschaftlichen und internationalen Demokratisierungsimpetus.[44]

Die europapolitische Entwicklung stockte doch zusehends, nicht zuletzt aufgrund der Erweiterung der EG um Dänemark, Irland und das Vereinigte Königreich. Die Bundesregierung erklärte angesichts der schwierigen Gesamtlage, dass sie sich auf der anstehenden Pariser Gipfelkonferenz der Staats- und Regierungschefs im Oktober 1972[45] für eine Ausdehnung der »qualifizierten Beteiligung der Arbeitnehmer an der Willensbildung und Entscheidung von Unternehmen« einsetzen würde. Sie zog diese weiche Formulierung dem Begriff der paritätischen Mitbestimmung vor, da diese auf der europäischen Ebene »noch nicht entscheidungsreif« war und so ausgeklammert werden konnte, ohne die eigene Position zu schwächen. Die Regierung sah es als taktisch klüger an, »zunächst Vorstöße bei der Harmonisierung des Unternehmensverfassungsrechts zu unternehmen, die fast unbemerkt erfolgen könnten.«[46] Staatssekretärin Focke (geb. 1922) erteilte dem DGB auch in anderen Vorschlägen, etwa in dem Gedan-

---

42 Vgl. Informationsdienst des Kgl. Schwedischen Ministeriums des Äußeren »Gesetzlich geregelte Demokratisierung der Industrie«, in: DGB-Archiv im AdsD, Abt. Gesellschaftspolitik, 24/1354.

43 Vgl. Vorlagen für den Bundesvorstand vom 24. April 1973, in: ebd.

44 Vgl. Übersichten und Redemanuskripte zu den Vorstellungen ausländischer Gewerkschaften und Gewerkschaftsbünde, in: DGB-Archiv im AdsD, Abt. Gesellschaftspolitik, 24/751.

45 Im Oktober 1972 trafen sich zum ersten Mal die Staats- und Regierungschefs der neun Mitgliedsund Beitrittsstaaten der EG und die Kommission zu einer Gipfelkonferenz über die Zukunft der Gemeinschaft, vor allem in Wirtschafts- und Währungsfragen, aber auch in puncto der Weiterentwicklung der Sozialpolitik im europäischen Rahmen. In der Schlusserklärung unterstrichen die Staaten, dass die Wirtschaftspolitik und die wirtschaftliche Expansion kein reiner Selbstzweck sei, sondern der Verringerung der Lebensunterschiede diene. Hieran sollten auch die Sozialpartner beteiligt werden, um vor allem im Feld der Beschäftigung und Berufsbildung gemeinsame Politiken zu entwerfen. Vgl. Bulletin der EG 10/1972, S. 9-27. Zum Ausbau der Sozialpolitik auf europäischer Ebene und dessen Begleitung durch die Gewerkschaften siehe bei Stefan Remeke: Gewerkschaften als Motoren der europäischen Integration: Der DGB und das soziale Europa von den Römischen Verträgen bis zu den Pariser Gipfelkonferenzen (1957–1974), in: Mitteilungsblatt des Instituts für soziale Bewegungen 42 (2009), S. 141-164.

46 Vermerk über ein Gespräch mit Staatssekretärin Focke am 15. August 1972 vom 16. August 1972, in: DGB-Archiv im AdsD, Abt. Gesellschaftspolitik, 5/DGAK000046, Bl. 3.

ken einer gemeinsamen Beschäftigungspolitik auf der Basis neu zu errichtender Regionalfonds und mithilfe des Europäischen Sozialfonds, eine Absage. Dies lag, so meinte man, »offensichtlich nach wie vor an der mangelnden Bereitschaft [...], zusätzliche Fonds in der Europäischen Gemeinschaft zu finanzieren.«[47] Dies zeugte nicht eben von einer ausgeprägten Verve, mit der die Regierung Brandt sich in Europa für die Mitbestimmungsanliegen des DGB einsetzte. Die politische Räson überwog gegenüber den programmatischen und persönlichen Verbindungen zu den Gewerkschaften.[48]

Dies wurde dem DGB in einem weiteren Gespräch im BMJ direkt vor Augen geführt. In den Verhandlungen zum Goldman-Abkommen rückten die deutschen Vertreter ohne Rücksprache mit den Gewerkschaften von der Haltung ab, grundsätzlich eine Festlegung auf die Drittelbeteiligung abzulehnen. Der DGB meinte, dies sei in den langen Beratungen und dem Spitzengespräch zwischen der Bundesregierung und dem DGB vom Frühjahr 1971, vereinbart worden. Lediglich in den Fällen, in den ein ausländisches Unternehmen mit einem deutschen fusionierte, sollte die Mitbestimmung erhalten bleiben. Man wähnte als Ursache für diesen Fehler eine fehlgedeutete Gesprächsnotiz aus dem Kanzleramt, die als Grundlage für die Kabinettsvorlage diente.[49]

Vor diesem Hintergrund wirkten auch die Ankündigungen, die Regierung würde die Position des DGB in einem besonderen Maße berücksichtigen, etwas hohl.[50] Allerdings widmete sie sich ihrem Anspruch gemäß sozialen Belangen auch in Europa in einem höheren Maße, als dies unter den Vorgängerregierungen der Fall war, und regte den internationalen Austausch von Betriebsräten und Vertrauensleuten an. Zudem teilte die Bundesregierung weitgehend die Auffassung des DGB in der Frage um die Europäische wirtschaftliche Interessengemeinschaft (EWI)[51], mit der ein eher

---

47 Ebd., Bl. 1.

48 Ein weiteres Problem schien zudem die mangelnde Koordinierung der europapolitischen Aktionen des DGB zu sein. Aufgrund der zahlreichen Politikfelder, die von der europäischen Ebene berührt wurden und durch die Beschlüsse der Gipfelkonferenzen von 1969 und 1972 berührt werden würden, entschied man sich, die Aufgaben in einer Abteilung Europäische Integration zu bündeln, deren Hauptgebiet die Steuerung und Koordinierung der Aktivitäten des DGB war. Die Abteilung konnte jedoch nur mäßige Wirksamkeit entfalten und wurde drei Jahre später bereits aufgelöst. Siehe Jürgen Mittag/Maren Zellin: Grenzen in der Koordination europäischer Gewerkschaftspolitik: Die Episode der Abteilung Europäischer Integration des DGB, in: Mitteilungsblatt des Instituts für soziale Bewegungen 42 (2009), S. 165-185.

49 Vgl. Vermerk über ein Gespräch mit Ministerialdirektor Dr. Krieger im Bundesjustizministerium am 15. Februar 1973 vom 23. Februar 1973, in: DGB-Archiv im AdsD, Abt. Gesellschaftspolitik, 24/710.

50 Vgl. dazu den Schriftverkehr mit den Bundesministern Jahn, Schmidt und Friedrichs sowie mit Bundeskanzler Brandt auf ein Begleitschreiben von Vetter zur Übersendung der DGB-Stellungnahme, in: ebd.

51 Die EWI ging auf eine erneute Initiative der EG-Kommission zurück, die 1971 einen Vorentwurf hierzu vorlegte, der die Grundprinzipien der französische »Groupement d'intérêt économique« auf die europäische Ebene übertrug. Diese 1967 in Frankreich etablierte Rechtsform gestattete es Unternehmen, in einem bestimmten Bereich miteinander zu verbinden, ohne dabei ihre eigene Rechtsform zu verlieren, etwa durch gemeinsame Export- und Importbüros, die gemeinsame Nut-

lockeres, zeitlich oder gegenständlich begrenztes Bündnis von rechtlich eigenständigen Unternehmen zum Zwecke gemeinsamer Politiken und Kostenersparnisse geschaffen werden sollte, das gerade an kleinere und mittelständische Firmen adressiert war.[52] Die EBFG und der DGB nahmen auch an dieser Stelle erneut eine ablehnende Haltung ein, da sie befürchteten, dass die EWI durch geschickte Konstrukte als europaweiter Konzern fungieren könnte, der an mangelnden Publizitätsvorschriften litt. Zudem sah die Kommission naturgemäß auch an dieser Stelle keine Mitbestimmung vor. Skeptisch machte die Gewerkschafter, dass die UNICE eine beinahe durchweg positive Stellungnahme einbrachte und sich in Europa mit voller Kraft für den Vorschlag einsetzte.[53] Dementsprechend klar argwöhnten sie, das Interesse der Unternehmer an der lockeren Form läge daran, dass sie dem unbequemen Weg einer S. E. aus dem Weg gehen wollten.[54] Intern räumte der DGB allerdings zum ersten Mal ein, dass es in der Tat gerechtfertigt wäre, »ein zusätzliches Instrument für kurzfristige oder sachlich begrenzte gemeinsame Tätigkeiten zu schaffen. Für vorübergehende Projekte würde die Europäische Aktiengesellschaft nicht in Frage kommen.« Da es nur auf die gesellschafts- und mitbestimmungsrelevanten Bestimmungen ginge, wollte man nur positive Forderungen stellen, ohne die EWI abzulehnen und erhoffte sich davon, dass die Tätigkeitsbereiche so negativ abgegrenzt würden, dass das Statut für die Europäische Aktiengesellschaft nicht unterlaufen würde.[55] Unterstützung erfuhr der DGB hierin eben von der Bundesregierung, die sich weitgehend der gewerkschaftlichen Positionen annahm, gerade in der Gestaltung der EWI als Konzernspitze. Auch erkannte sie an, dass der Anwendungsbereich der EWI so eingeschränkt werden müsse, dass »sowohl die Verwendung der EWI als Ersatz für eine der Publizität unterliegenden Gesellschaftsform als auch eine mitbestimmungsrechtlich relevante Ausgestaltung der EWI wirksam ausgeschlossen sind.«[56]

---

zung von Datensystemen und weiteren Gemeinschaftsaufgaben. Dabei unterlag die Groupement keiner besonderen, strengen Regelung und genoss steuerliche und gesellschaftsrechtliche Vergünstigungen. Zwingend war nur, dass die Gesellschafter weiterhin hafteten und die Gesellschaft keine handelsfähigen Titel ausgeben durfte. Vgl. Auszug aus dem Aussenwirtschaftsdienst des Betriebs-Beraters Mai 1969/Heft 5, in: DGB-Archiv im AdsD, Abt. Gesellschaftspolitik, 24/711.

52 Im grundlegenden Artikel 2 der Vorlage hieß es, dass der ausschließliche Zweck der Europäischen wirtschaftlichen Interessengemeinschaft sei »die Erleichterung und Förderung der wirtschaftlichen Tätigkeit ihrer Mitglieder, die Verbesserung und Steigerung der Ergebnisse dieser Tätigkeit. Sie darf nicht die Erzielung und Verteilung von Gewinn zum Zweck haben. [...] Die Herstellung von Gütern ist ihr verboten.« Vorentwurf einer Verordnung zur Schaffung einer »Europäischen wirtschaftlichen Interessengemeinschaft«, XIV/335-1/71-D, in: ebd.

53 Vgl. Schreiben von Walter Braun an Detlef Hensche vom 24. März 1972, in: ebd.

54 Vgl. Bericht über einen Anhörungstermin bei der Generaldirektion XIV der Europäischen Kommission am 21. Februar 1972 vom 23. Februar 1972, in: ebd.

55 Vgl. Schreiben von Detlef Hensche an Walter Braun vom 3. Februar 1972, in: ebd.

56 Schreiben 3501-10-30880/72 des Bundesministers der Justiz an den DGB vom 5. Mai 1972, in: ebd.

In Europa hatte sich zur Mitte des Jahres 1973, auch aufgrund der Problematik der Vereinheitlichung der Mitbestimmung, eine sehr unübersichtliche Gemengelage an Vorschlägen und Kommissionen zum europäischen Gesellschaftsrecht ausgebildet. Neben dem Expertenausschuss für die internationalen Fusionen und dem Kommissionsvorschlag für ein Statut einer S. E., der weiterhin lediglich eine Drittelbeteiligung der Arbeitnehmer vorsah, lagen im Bereich der Koordinierung des nationalen Gesellschaftsrechts inzwischen fünf Richtlinienvorschläge vor. Hierbei handelte es sich darum, die in den Gemeinschaftsrichtlinien enthaltenen gesellschaftsrechtlichen Bestimmungen in nationales Recht zu transferieren, ohne dadurch europäisches Recht entstehen zu lassen. Beinhalteten die ersten vier Richtlinien allgemeine Fragen der gegenseitigen Anerkennung von Gesellschaften, der Offenlegung und Rechnungslegung, der Gründungsbestimmungen, dem Aktionärsschutz sowie der Fusion, schlug die Kommission in ihrem fünften Vorschlag in den Mitgliedstaaten eine einheitliche Struktur Organe der AG vor, die der deutschen Trennung in Aufsichtsrat, Vorstand und Hauptversammlung entsprach. Die Vertretung der Arbeitnehmer sollte wie im Betriebsverfassungsgesetz auch ab einer Belegschaft von 500 mit mindestens einem Drittel erfolgen.[57] Als Alternative sah die Kommission das holländische Modell vor, in dem bei regelmäßiger Ergänzung des Aufsichtsrats auch Personen berücksichtigt werden konnten, die das Vertrauen der Arbeitnehmer besaßen. Darüber hinaus arbeitete die Kommission an einer Regelung des Konzernrechts.[58]

Es gelang dem DGB und dem EBG[59] im Zusammenhang zur Diskussion um den fünften Richtlinienvorschlag nicht, die Skepsis und Ablehnung der übrigen Gewerkschaftsbünde zu zerstreuen. Konsterniert stellte Walter Braun (1916–??*), Generalsekretär des EBG, fest, dass auch eine erneute Sitzung des Ausschusses Demokratisierung der Wirtschaft im Oktober 1973 keinen weiteren Schritt in Richtung einer gemeinsamen Haltung brachte. So sei es »den Vertretern der Arbeitgeber immer wieder ein leichtes, jede unserer Äußerungen mit einem Hinweis auf die Uneinigkeit bei uns

---

57 BT-Drs. 7/363. Der DGB begrüßte das klare Bekenntnis zum Trennsystem von Vorstand und Aufsichtsrat und die grundsätzliche Zustimmung zur Anwesenheit von Arbeitnehmervertretern, lehnte die Drittelbeteiligung jedoch ab. Vgl. Stellungnahme des DGB zum Vorschlag der Kommission betr. der Strukturrichtlinie, in: DGB-Archiv im AdsD, Abt. Vorsitzender, 5/DGAI000483.

58 Vgl. Vorlage »Erläuterungen zu den Vorschlägen der Europäischen Kommission, die auf dem Gebiet des Gesellschaftsrechts der Schaffung neuen europäischen Rechts oder Koordinierung des nationalen Rechts dienen« vom 19. Juli 1973, in: DGB-Archiv im AdsD, Abt. Gesellschaftspolitik, 24/704.

59 Der Europäische Gewerkschaftsbund (European Trade Union Congress) wurde am 9. Februar 1973 als Nachfolger der EBFG gegründet. Zur Geschichte der europäischen Gewerkschaftsbünde und Berufssekretariate siehe Willy Buschak: Der Europäische Gewerkschaftsbund und die Europäischen Gewerkschaftsverbände, in: Uwe Optenhögel/Michael Schneider/Rüdiger Zimmermann (Hg.): Europäische Gewerkschaftsorganisationen. Bestände im Archiv der sozialen Demokratie und der Bibliothek der Friedrich-Ebert-Stiftung, Bonn 2003, S. 9-19.

* Das Sterbedatum konnte nicht ermittelt werden.

selbst abzuwerten.« Braun kritisierte das »unbewegliche Denken« der belgischen und italienischen Kollegen, die weiterhin dieselben Argumente wie vor sechs Jahren verwendeten. »Diese Diskussionen sind neuerdings so steril geworden, dass man keinerlei Bereitschaft erkennt, über andere Vorstellungen nachzudenken, als sie im eigenen Programm enthalten sind. Das bedeutet für den FGTB: Arbeiterkontrolle. Nur kann niemand erklären, was und wie kontrolliert werden soll.« Einen richtigen Ausweg aus der verfahrenen Situation wusste Braun auch nicht, allerdings »könnte es unter Umständen gut sein – wenn dies technisch möglich wäre –, eine Lösung zu finden, bei der die absoluten Mitbestimmungsgegner nicht verpflichtet werden, um ihnen Zeit zu lassen, auf dem Wege über die Erfahrungen der anderen zu anderer Einsicht zu kommen.« Die ganze Thematik sollte nun an den Exekutivausschuss überwiesen werden. Im Demokratisierungsausschuss waren die Möglichkeiten einfach erschöpft, zur Frage der Struktur noch zur Vertretung der Arbeitnehmer im Aufsichtsrat eine Stellungnahme abgeben zu können, obwohl das im Wirtschafts- und Sozialausschuss der EWG dringend nötig erschien. An Aufgeben wollte Braun jedoch nicht denken, das würde hauptsächlich den Unternehmern ins Konzept passen und die Wirtschafts- und Währungsunion unvollständig lassen.[60]

Die Vertreter aus England, Dänemark, der Schweiz und Luxemburg erklärten sich mit den generellen Linien des EGB einverstanden, hoben jedoch auf an die jeweiligen Situationen vor Ort angepasste Regelungen in Bezug auf den Einfluss der Gewerkschaften bei der Bestellung der Aufsichtsräte und den Kompetenzen des Aufsichtsrats als solchem ab. Es lag insbesondere an Belgien, dass keine gemeinsame Linie gefunden wurde. Angesichts der befürwortenden Haltung des belgischen christlichen Gewerkschaftsbunds lehnte der FGTB-Mann Roger Piette sogar Sonderregelungen ab, die es den belgischen Gewerkschaften gestattet hätten, auf eine Mitbestimmung zu verzichten. Er fürchtete, dass die christlichen Kollegen, dem partnerschaftlichen Gedanken folgend, die Mitbestimmung einführen würden. Die ideologische, kapitalismusfeindliche Haltung der belgischen freien Gewerkschaften führte zu einer starren Blockade.[61] Allerdings schlossen sich im Laufe des Jahres auch die nordischen Länder der Kritik an, da sie sich mit der Trennung von Vorstand und Aufsichtsrat nicht zufriedengaben. Die Beratungen gelangten damit zu einem vorläufigen Stillstand.[62]

---

60 Siehe Schreiben von Walter Braun an Heinz-Oskar Vetter vom 24. Oktober 1973, in: DGB-Archiv im AdsD, Abt. Gesellschaftspolitik, 5/DGAK000047. Zitate ebd.

61 Vgl. Ergebnisprotokoll der Sitzung des Ausschusses »Demokratisierung der Wirtschaft« am 10. Oktober 1973, in: ebd.

62 Vgl. Protokoll der Sitzung des Ausschusses »Demokratisierung der Wirtschaft« am 29. April 1974, in: DGB-Archiv im AdsD, Abt. Gesellschaftspolitik, 24/704. Die Verhandlungen zur S. E. stockten im Nachgang. Die Kommission legte 1975 einen überarbeiteten Vorschlag für eine S. E. vor, nicht zuletzt aufgrund der massiven Dissens zwischen den Mitgliedsstaaten der EWG über die Mitbestimmung. Obwohl die neue Version zahlreiche Änderungen enthielt, behielt sie die Dritteilung des Aufsichtsrats in Arbeitnehmer, Anteilseigner und neutrale Personen bei. So nimmt es nicht Wunder, dass sie im Anschluss in der Versenkung verschwand und seit Anfang

1.2 Die Debatte um die Mitbestimmung in der CDU

Bereits im Vorfeld der Veröffentlichung des Berichts der Biedenkopf-Kommission hatte die CDU erneut eine eigene Kommission gegründet, die über die Neufassung der programmatischen Aussagen zur Mitbestimmung des Berliner Programmparteitags debattierte. Im Zuge des Diskussionsprozesses fiel das vormalige Alleinstellungsmerkmal der CDA, die Vertretung des öffentlichen Interesses im Unternehmen zugunsten des Managements in einem neu zu bildenden Verwaltungsrat, angelehnt an das amerikanische Board-System. So wäre ein Aufsichtsrat aus 40:40:20, wobei die 20 Prozent die Vorstandsmitglieder darstellten, gebildet worden. Im DGB verfolgte man diese Idee durchaus mit Interesse, konnte aber erneut keine positive Wertung abgeben, da auch in dem neuen CDA-Modell die Parität nicht erfüllt war. Die Interessen der Vorstandsmitglieder wurden als nahezu identisch mit denen der Anteilseigner angesehen. Die Skepsis überwog auch aus Gründen der Abkapselung des Unternehmens von der Außenwelt und der möglichen Einbindung der Arbeitnehmer in Managementtätigkeiten, die vor allem im europäischen Kontext als nicht durchsetzbar galten.[63] Die Kollegen der CDA ihrerseits griffen auf diese Konstruktion zurück, um zunächst die notwendige Mehrheit innerhalb der CDU zu gewinnen. Ihnen schwebte nicht die Übernahme des Board-Systems vor, sondern die Stärkung der Rechte des Aufsichtsrats. Ferner setzten sie sich weiterhin für die Parität ein und baten den DGB um rechtliche Schützenhilfe, da in der CDU ihr neu gewählter Generalsekretär und vormaliger Kommissionsvorsitzender Kurt Biedenkopf den Parteivorstand davon überzeugen konnte, dass die Parität gegen die Tarifautonomie verstoße. Der DGB sicherte Unterstützung zu und bat ebenfalls darum, die CDA mögen das Thema leitende Angestellte auf dem CDU-Parteitag behandeln.[64] Die CDU/CSU hatte jedoch noch immer keine abschließende Meinung zur Thematik entwickelt. Es lag auch hier wieder an den Sozialausschüssen, einen konstruktiven Vorschlag im Hinblick

---

der 1980er-Jahre vom Rat nicht weiter verfolgt wurde. Die Mitbestimmung trug demnach ganz entscheidend dazu bei, dass auf der europäischen Ebene in den 1970er-Jahren kein Fortschritt im wirtschaftlichen Einigungsprozess erzielt wurde. Obwohl die Kommission weiterhin in einer Strukturrichtlinie und in einem speziellen Grünbuch zur Mitbestimmung der Arbeitnehmer in einer S. E. Initiativen ergriff, um das Thema im Gang zu halten, erreichte sie letztendlich keine Fortschritte. Erst im Zuge der Ende der 1980er-Jahre aufkommenden Diskussion um die Vollendung des Binnenmarkts nahmen auch die Konkretisierungen zur S. E. an Fahrt auf. Der Verlauf des politischen Prozesses soll an dieser Stelle nicht referiert werden, es bleibt lediglich der Verweis, dass die entsprechende EG-Verordnung über die S. E. im Oktober 2001 erlassen und im Dezember 2004 vom Deutschen Bundestag in nationales Recht übertragen wurde. Vgl. zu den Einzelheiten bis 2001 bei Mävers: Die Mitbestimmung.

63 Vgl. Notiz über die Sitzung des Arbeitsausschusses zur Durchführung der Mitbestimmungskampagne vom 14. September 1970, in: DGB-Archiv im AdsD, Abt. Vorsitzender, 5/DGAI001425.

64 Vgl. Vermerk über ein Gespräch mit Vertretern der CDA vom 30. Oktober 1973, in: DGB-Archiv im AdsD, Abt. Vorsitzender, 5/DGAI001215.

auf den nächsten Parteitag 1971 zu unterbreiten und auf den DGB einzuwirken, sich nicht allein an die SPD zu binden. Der Kontakt zu den Gewerkschaften wurde auch als unbedingt notwendig erachtet, um innerhalb der eigenen Partei die Forderungen durchsetzen zu können.[65]

Auf dem Parteitag 1971, der vom 25. bis 27. Januar in Düsseldorf stattfand, legte sich die CDU nach kontroverser Debatte, in der vor allem der hessische Landesvorsitzende Alfred Dregger (1920–2002) und Katzer aufeinandertrafen, auf ein Modell für den Aufsichtsrat, bestehend aus sieben Anteilseignern und fünf Arbeitnehmern, fest, das die Mittelstandsvereinigung der CDU und diverse Landesverbände vorgelegt hatten.[66] Die CDA erklärte jedoch, dass ihr Modell damit keineswegs vom Tisch sei, sie aber einstweilen den Vorschlag der Biedenkopf-Kommission unterstützen würden. Innerhalb der christlich-konservativen Parteien stand die CSU zudem klar aufseiten der Gegner einer Erweiterung der Mitbestimmung, da sie noch nicht einmal die Arbeitnehmervertretung durch Gewerkschaftsangehörige anerkennen wollte. Zwar konnte im Beschluss der CDU/CSU-Bundestagsfraktion aus Sicht der CDA das Schlimmste verhindert werden[67], dennoch befand sich der Arbeitnehmerflügel nach dem Düsseldorfer Parteitag allenthalben auf dem Rückzug und befürchtete, die CDU werde sich Schritt für Schritt in eine wirtschaftsliberale Partei verwandeln. Um ihre Gradlinigkeit zu unterstreichen, stimmten die Abgeordneten der Sozialausschüsse im Bundestag gegen die eigene Fraktion der Regierungsvorlage zur Novellierung des Betriebsverfassungsgesetzes zu.[68]

Auch das Katzer-Horn-Modell, auf das sich die CDA in der Zwischenzeit im Vorfeld des Hamburger Parteitags der CDU 1973 im April desselben Jahres verständigt hatten, fand beim DGB keine Zustimmung, da es weiterhin beinhaltete, das dualistische europäische zugunsten des angelsächsischen Board-Systems zu ersetzen. Abgesehen davon, dass es als unrealistisch eingeschätzt wurde, aus Anlass der Mitbestimmung eine solche Kehrtwende zu vollziehen, lehnte der DGB das Board-System aus grundsätzlichen Erwägungen ab, da der geplante Verwaltungsrat zugleich Geschäftsführungs- und Kontrollorgan war, was neben den allseits bekannten Problemen asymmetrischer Informationsweitergabe aus mitbestimmungspolitischer Sicht nicht trag-

---

65 Vgl. Frese: Anstöße zur sozialen Reform, S. 209 f.

66 Vgl. CDU Deutschland: Niederschrift des 18. CDU-Bundesparteitags 1971 in Düsseldorf, Bonn 1971, S. 573.

67 Der Entwurf der CDU/CSU-Bundestagsfraktion verknüpfte die betriebliche mit der unternehmensbezogenen Mitbestimmung. In Bezug auf die Vertretung der Arbeitnehmer im Aufsichtsrat wurde eine 7:5-Bildung in Unternehmen mit mehr als 2.000 Mitarbeitern vorgesehen, unter denen Gewerkschaftsangehörige sein konnten, jedoch nicht zwingend mussten. Auch sah die CDU explizit die Vertretung einzelner Gruppen wie etwa der leitenden Angestellten vor. Die Arbeitnehmervertreter sollten per Urwahl von allen Unternehmensangehörigen bestimmt werden. Die einzelnen Bestimmungen jedoch waren eher oberflächlich und hätten sicherlich noch in einem gesonderten Gesetz konkretisiert werden müssen. BT-Drs. VI/1806, hier § 123-127.

68 Vgl. Frese: Anstöße, S. 211-233.

bar erschien. Die ehrenamtlichen Mitbestimmungsträger sollten im kapitalistischen Wirtschaftssystem eben nicht in die tägliche Geschäftspolitik, sondern nur in deren Kontrolle einbezogen werden. Zudem wusste man, dass andere europäische Gewerkschaften eine solche Form der Mitbestimmung niemals unterstützen würden.[69]

Grundsätzlich trug die CDA jedoch die Diskussion um die Mitbestimmung in die CDU hinein und erreichte schrittweise weitere Erfolge. So änderte die für konservative Positionen bekannte Junge Union ihre Haltung und ging auf die CDA zu, indem sie die Idee des Board-Systems und den Grundsatz der Parität übernahm. So konnte die Arbeitnehmervereinigung in der Partei weiter an Boden gewinnen, was vor dem anstehenden Parteitag 1973, der nach einer zweijährigen Diskussionspause erneut über die Mitbestimmung zu befinden hatte, von überaus hoher Bedeutung war. Im CDU-Bundesvorstand setzte sich zwar zunächst Kurt Biedenkopf mit seiner Vorlage eines Modells durch, das einen paritätischen Aufsichtsrat mit Stichentscheid der Anteilseignerseite bei der Bestellung der Vorstandsmitglieder vorsah. Dieser Vorschlag wurde jedoch sowohl von der CDA als auch vom Wirtschaftsrat der CDU als unausgegoren zurückgewiesen. Der CDA gelang es im Anschluss in einer Reihe von Gesprächen und Regionalkonferenzen, unter anderem in den mächtigen Regionen im Rheinland, den Druck auf die Partei zu erhöhen. Die Vorlage des Bundesvorstands für den Parteitag sah eine leicht geänderte Variante des Biedenkopf-Vorschlags vor, wurde aber in Bezug auf die Vorstandsbestellung entschärft.

Der CDU-Vorstand sah sich nun genötigt, in Hamburg zu einer Entscheidung zu kommen und die »Zeit der Modelle« abzuschließen, wie es der Parteivorsitzende Kohl formulierte. Dass die CDA auf dem Parteitag dann in der Abstimmung unterlag, kann weniger auf eine fehlende Unterstützung zurückgeführt werden, als auf die Tatsache, dass die unterschiedlichen Pläne in der Zwischenzeit eine solche Detailtiefe erreicht hatten, die von den meisten Delegierten nicht in Gänze durchschaut und nur noch von Experten überblickt wurde. So nimmt es nicht Wunder, dass die Delegierten ihre Entscheidung weniger auf der Grundlage der vorliegenden Varianten trafen, sondern mit einem Vertrauensbeweis für den neu gewählten Vorstand verknüpften. Dies wurde zudem von Helmut Kohl geschickt instrumentalisiert.[70] So beschloss die CDU, das Unternehmensrecht weiterzuentwickeln und zu einer Verbindung von Aufsichtsrat und Vorstand zu kommen; bis diese Forderung jedoch umgesetzt war, sollte eine modifizierte Fassung der Mitbestimmung gelten. Der Aufsichtsrat sollte zu gleichen Teilen aus beiden Gruppen unter Einbeziehung der leitenden Angestellten gebildet werden, zwei außerbetriebliche Arbeitnehmervertreter konnten von den Gewerkschaften vorgeschlagen werden, wobei jedoch alle Arbeitnehmer von der Belegschaft gewählt werden sollten. Pattsituationen in Sach- und Geschäftsfragen sollte

---

69 Vgl. Vermerk für Martin Heiß vom 30. April 1973, sowie Entwurf einer Presseerklärung vom 8. Mai 1973 in: DGB-Archiv im AdsD, Abt. Gesellschaftspolitik, 24/2336.

70 Vgl. Frese: Anstöße, S. 233–247.

der Vorstand allein lösen, darüber jedoch im Geschäftsbericht Rechenschaft ablegen, bei der Wahl des Vorstands hielt der Vorsitzende des Aufsichtsrats die letzte Stimme inne. Seine Wahl wiederum erfolgte mit Zweidrittelmehrheit des Aufsichtsrats, falls diese nicht zustande kam durch Beschluss der Hauptversammlung.[71]

Mit diesem Beschluss zog die CDU nach jahrelanger Debatte einen Schlussstrich. Er gilt zugleich als das Maximum dessen, was innerhalb der CDU durch die CDA zu erreichen war. Dabei wurde die Forderung nach dem Ausbau der Mitbestimmung auch hier nur bedingt mit dem Impetus einer Demokratisierung verknüpft; vielmehr war sie allein der Rücksichtnahme auf die Interessen der Arbeitnehmer verpflichtet, die als im DGB und dem CGB gebündelt erachtet wurden. Von Demokratisierung war nicht die Rede, sondern alleine von einer effektiven Integration der Arbeitnehmer in das System der sozialen Marktwirtschaft, das dezidiert nicht überwunden werden sollte, auch nicht nach den Vorstellungen der CDA. Adolf Müller, Vorstandsmitglied der CDA fasste zusammen:

>»Allen denjenigen, die die Ordnung beschwören, möchte ich sagen: Wir wollen keine Systemveränderung. Mitbestimmung wird immer nur innerhalb der gesamten Ordnung, nicht aber gegen diese Ordnung wirksam sein können. [...] Uns geht es nicht um ein bedingungsloses Anpassen an Linke, sonstige Modernisten oder auch den oft beschworenen Zeitgeist. Man kann aber nicht ohne Schaden für die Mehrheit, die man braucht, über die Köpfe der betroffenen Arbeitnehmer Politik machen. [...] Unsere Antwort ist das Prinzip der Partnerschaft, ist die offene, solidarische Gesellschaft.«[72]

1.3 Neue Öffentlichkeitskampagnen und Konflikte

1.3.1 Kampagnen und Streitigkeiten mit der ÖTV

Der DGB setzte auch nach dem Ende der Großen Koalition seine Öffentlichkeitsarbeit fort, stellte sich jedoch selbstkritisch die Frage nach der Sinnhaftigkeit einer weiteren Kampagne. Die Forderung nach mehr Mitbestimmung stand nun seit fünf Jahren im Raum und fand nur aufgrund von aufwändigen Öffentlichkeitskampagnen den Grad an Popularität, den sie Ende der 1960er-Jahre erreichte. Doch die Umfragen unter den Mitgliedern verdeutlichten dem DGB immer wieder, dass die Mitbestimmung sich zwar einer gewissen Zustimmung erfreute, andere Themen ihnen jedoch wichtiger erschienen. Deswegen erweiterte der Gewerkschaftsbund zögerlich das

---

71 Vgl. CDU Deutschland: Niederschrift des 22. CDU-Bundesparteitags 1973 in Hamburg, Bonn 1973, S. 513 f.

72 Vgl. hierzu auch die Redebeiträge von Katzer und anderen Befürwortern einer Neuordnung des Unternehmensrechts und der Mitbestimmung, in: ebd., S. 264-321, Zitat S. 300.

Themenspektrum und griff den Aspekt »Flexibilisierung des Renteneintrittsalters« in der öffentlichen Plakatierung und in Anzeigen auf. Die hierfür aufgewandten Mittel von 250.000 DM standen jedoch in keinem Verhältnis zur Mitbestimmungskampagne.[73] Denn es gab mittlerweile keine Alternative mehr zur Fortsetzung der Werbung. Im Falle eines öffentlichen Nachlassens fürchtete der DGB sowohl um seine gesellschaftspolitische Relevanz als auch darum, dass sämtliche bisherigen Anstrengungen vergebens gewesen wären. Zu groß war die Gefahr, dass die Mitbestimmung in der Bevölkerung in Vergessenheit geriet zugunsten allgemeiner Forderungen, vor allem in der Hochphase der Lohnbewegungen zu Beginn der 1970er-Jahre zugunsten der Tarifpolitik. Zudem würde »das Interesse der für uns wichtigen Personengruppen [...] erlahmen, die Thematik wäre in gefährlicher Weise nur auf die Funktionäre beschränkt und damit von der Öffentlichkeit isoliert.«[74]

Die Strategen im DGB wussten zudem um die Grenzen der eigenen Bemühungen, denn trotz aller Anstrengungen konnte man nicht davon ausgehen, dass größere Arbeitnehmergruppen zu spontanen Aktionen wie etwa Demonstrationen zugunsten der Mitbestimmung aufrufen würden.[75] Ferner litt die Kampagne unter dem negativen Image der Gewerkschaften, dass sich Ende der 1960er-Jahre verbreitete. Das Wort vom Gewerkschaftsstaat, der sich im Würgegriff der Funktionäre befände, griff zunehmend um sich. Der DGB versuchte zwar, diesem Trend mit einer mehr sach- als personenbezogenen Werbung entgegenzutreten, doch das von den Arbeitgebern als Feind schlechthin gezeichnete Bild des Funktionärs schien sich in den Köpfen mancher Arbeitnehmerinnen und Arbeitnehmer festzusetzen. Deswegen verfestigte sich die Überzeugung, dass eine Mitbestimmungskampagne des DGB nur im Zusammenhang zu einem positiven Ansehen der Gewerkschaften von Erfolg gekrönt sein konnte.[76]

Weiterhin diskutierte man vor dem Hintergrund der schleppenden Erfolge eingehend den Einsatz von Streiks. Die im kollektiven Gedächtnis als erfolgreich gespeicherte Streikandrohung 1951 mag dabei eine Rolle gespielt haben, obgleich sich alle Funktionäre hätten sicher sein können, dass ein politischer Streik in der Rechtsprechung des Bundesarbeitsgerichts als illegal erachtet worden wäre. Auch kurzfristige Warnstreiks hätten höchstwahrscheinlich vor Gericht keinen Bestand gehabt.[77] Den-

---

73 Vgl. Werbeplan für Maßnahmen zur Popularisierung der Forderung des DGB für eine flexible Altersgrenze (ohne Datum), in: DGB-Archiv im AdsD, Sekretariat Bernhard Tacke, 5/ DGCY000223.

74 Überlegungen zur weiteren Publizierung der Forderung nach Ausweitung der Mitbestimmung (ohne Datum), in: ebd., Bl. 4.

75 Vgl. Vorschläge für die weitere publizistische Strategie zum Thema Mitbestimmung (ohne Datum), in: DGB-Archiv im AdsD, Abt. Gesellschaftspolitik, 24/1782.

76 Vgl. Notiz über die Sitzung des Arbeitsausschusses zur Durchführung der Mitbestimmungskampagne vom 12. Mai 1969 und 2. Juni 1969, in: DGB-Archiv im AdsD, Abt. Vorsitzender, 5/ DAGI001425.

77 Vgl. Notiz über die Sitzung des Arbeitsausschusses Mitbestimmung vom 16. Juni 1969 und 14. Juli 1969, in: ebd.

noch blieb dieser Gedanke gerade in der Abt. Gesellschaftspolitik des DGB aktuell. Sie nahm an, dass der Gedanke der Mitbestimmung an sich allein zu theoretisch war und erst durch »konkrete Erlebnisse – sowohl der derzeitigen Mißstände im Betrieb und Unternehmen als auch der eigenen Möglichkeit, diese Mißstände zu beseitigen« die erforderliche Einsatzbereitschaft zu wecken vermochten. »Gelingt es den Belegschaften und ihren Vertretern, auf dieser Ebene gemeinsam mit den Gewerkschaften Erfolge zu erringen, so wird dies zugleich zu einer allgemeinen Hebung des Mitbestimmungsbewußtseins beitragen und überdies vollendete Tatsachen schaffen, die auch durch den Gesetzgeber nicht mehr rückgängig gemacht werden können.«[78]

Um die Betriebsfunktionäre der potenziellen Mitbestimmungsbetriebe für den Gedanken der paritätischen Mitbestimmung zu gewinnen, wurden die erfolgreich angelaufenen und besonders kostensparenden gegenseitigen Besuche von Betriebsräten aus der Montanindustrie und der übrigen Wirtschaft sowie die Vorträge von Arbeitsdirektoren fortgesetzt. Zudem plante der DGB, die Hans-Böckler-Gesellschaft weiter in die Vortragsarbeit einzubinden. Auch hier ergänzten Arbeitsdirektoren aus dem Bereich von Eisen und Stahl die wissenschaftlichen Referenten mit anschaulichen Beispielen aus der Praxis, um die Vorteile der Aufsichtsratsmitbestimmung zu vermitteln.[79] Der Schwerpunkt lag nach wie vor auf der internen Kommunikation mit Mitgliedern und mit Betriebsräten, Anzeigen in Tages- und Kaufzeitungen sah man im Gegensatz zu den vorherigen Kampagnen eher als ergänzendes Element an. Um die Finanzierung auf sichere Beine zu stellen, beschloss die Kommission Aktionsprogramm die Bildung eines Fonds, in den alle Einzelgewerkschaften anteilig im Verhältnis zu den potenziellen Mitbestimmungsunternehmen in ihrem Organisationsbereich einen Beitrag einzahlen sollten. Mit diesem Zusatzfonds wurden die Kosten für die internen Maßnahmen und für den Druck von Standardpublikationen bestritten und gleichzeitig eine weitere Zentralisierung der Planung und Vereinheitlichung des Auftretens vorangetrieben.[80]

Die Gründung des Fonds war allerdings umstritten, da weder die ÖTV noch die HBV vorbehaltlos bereit waren, in den Fonds einzuzahlen. So erhob der ÖTV-Vertreter Einspruch gegen den für sie festgelegten Betrag von 120.000 DM »für Maßnahmen, die nicht im speziellen Interesse der ÖTV liegen.« Vetter versicherte, dass auch andere Forderungen des DGB durch den Fonds berücksichtigt würden und er nicht allein der Propagierung der qualifizierten Mitbestimmung diene, doch erst nachdem die Vorstände der Einzelgewerkschaften ihre Zustimmung erteilt hatten, sollte er gegründet werden.[81]

---

78 Vorschläge für weitere Maßnahmen zur Durchsetzung unserer Mitbestimmungsforderung, in: DGB-Archiv im AdsD, Abt. Gesellschaftspolitik, 24/1782.

79 Vgl. Vorschlag für eine weitere Beteiligung der Hans-Böckler-Gesellschaft an der Aktion Mitbestimmung, in: DGB-Archiv im AdsD, Sekretariat Bernhard Tacke, 5/DGCY000223.

80 Vgl. Vorlage für die Mitglieder des Bundesvorstandes vom 5. Mai 1970, in: DGB-Archiv im AdsD, Sekretariat Bernhard Tacke, 5/DGCY000223.

81 Vgl. Auszug aus dem Protokoll über die 9. Sitzung des Bundesvorstandes am 5. Mai 1970, in: ebd.

Die Befüllung des Fonds lief schleppend an. Da der DGB aber erneut 1,5 Mio. DM aus dem Solidaritätsfonds der Gewerkschaften zur Verfügung gestellt hatte, war die Finanzierung einer Anzeigenserie im Herbst 1970 zu Kosten von 645.000 DM gesichert. Auf die organisationsinternen Maßnahmen entfielen 511.000 DM, für die Neuauflage von Standardpublikationen wurden 449.000 DM veranschlagt.[82]

Mit der ÖTV traten ohnehin Probleme auf, da sie ihr eigenes Modell für eine Mitbestimmung im öffentlichen Dienst und für ein Personalvertretungsgesetz vortrug und auch der neuen SPD-Regierung unterbreitete. Mit Nachdruck musste der DGB betonen, dass »Mitbestimmungsmodelle ausschließlich vom DGB veröffentlicht werden sollten. […] Es sollte alles vermieden werden, was in der Öffentlichkeit den Eindruck gewerkschaftlicher Uneinigkeit hervorrufen könnte«[83] und eine Präjudizierung in jedweder in Hinsicht auch im wirtschaftlichen Bereich bedeuten konnte. Im DGB echauffierte man sich besonders über das nicht abgestimmte Verhalten. »Für die Zukunft wäre es auch sicherlich zweckmäßiger, wenn derartige grundsätzliche Fragen vorher im Interesse der Einheitlichkeit unseres politischen Handelns mit dem DGB abgestimmt werden könnten.«[84]

Das von der ÖTV vorgelegte Modell betraf nur einen Teil des öffentlichen Dienstes, nämlich nur die Verwaltungen, die in ihrer Zielrichtung privaten Wirtschaftsunternehmen gleichkamen, also kommunale Eigenbetriebe oder Sparkassen. In Anlehnung an die Vorstellungen des DGB sollten die Verwaltungsräte paritätisch besetzt werden und im Vorstand, der Werksleitung oder der Geschäftsführung eine Art Arbeitsdirektor für das Personal- und Sozialwesen zuständig sein. Die Größenmerkmale entsprachen denen des DGB, auch was die Abgrenzung zum Betriebsverfassungsgesetz betraf. Dem Verwaltungsrat wurden die wesentlichen Entscheidungen über das Führungspersonal, Verschmelzungen, Aus- und Umgestaltung des Betriebs und weitere Entscheidungen von ähnlicher Tragweite zugesprochen. Großsparkassen mit mehr als 500 Beschäftigten sollten hingegen bereits eine paritätische Besetzung des Aufsichtsrats erhalten.[85]

Im DGB stießen das angestrebte Prinzip der Urwahl und die unausgegorenen Vorschläge zur Parität – eine neutrale Person war nicht ausdrücklich vorgesehen – auf Widerspruch.[86] Auch die Idee der ÖTV, über den Tarifvertrag eine Ausdehnung der

---

82 Vgl. Kosten- und Terminplan betr. Maßnahmen zur weiteren Informations- und Öffentlichkeitsarbeit zum Thema Mitbestimmung Herbst 1970–1. Mai 1971, in: ebd.

83 Notiz über die Sitzung des Arbeitsausschusses Mitbestimmung vom 24. November 1969, in: DGB-Archiv im AdsD, Abt. Vorsitzender, 5/DGAI001425.

84 Schreiben von Heinz O. Vetter an Karl-Heinz Hoffmann vom 24. Oktober 1969, in: DGB-Archiv im AdsD, Abt. Gesellschaftspolitik, 24/914.

85 Vgl. ÖTV (Hg.): Mitbestimmung im öffentlichen Dienst. Zur Diskussion gestellt: Drei Modellentwürfe der Gewerkschaft Öffentliche Dienste, Transport und Verkehr, Stuttgart [1969], S. 9-18.

86 Vgl. Schreiben von Friedhelm Farthmann an Heinz. O. Vetter vom 25. November 1969, in: DGB-Archiv im AdsD, Abt. Gesellschaftspolitik, 24/913.

Drittelbeteiligung zu erzielen, wurde im DGB abgelehnt, da dies eine Änderung des Tarifvertragsgesetzes zur Folge gehabt hätte, deren Umsetzung »zur Zeit nicht mehr politische Chancen als die Ausdehnung der paritätischen Mitbestimmung selbst« hatte.[87] Erneut bedurfte es der Gründung zweier Kommissionen sowohl im DGB als auch in der ÖTV, um den aufgeworfenen Problemen nachzugehen. Der Arbeitskreis des DGB hob wenig überraschend darauf ab, keine Vereinbarungen unterhalb der Parität abzuschließen. Diesen Umstand sah man schon als gegeben an, wenn der Oberbürgermeister einer jeweiligen Stadt als neutrale Person im Verwaltungsrat fungierte, da er als oberster Aufsichtsherr und Vertreter der Anteilseigner gar nicht hätte neutral agieren können. Ähnlich argumentierte man in Bezug auf die Größenmerkmale und auf das Wahlverfahren, das nicht dem Prinzip der Urwahl weichen sollte. All diese Modifikationen, Relativierungen und partiellen Änderungen wurden als Rückschritt, als Nachteil für den DGB und die eigene Konzeption gewertet.[88]

Zusätzlich wurde die gesamte Frage dadurch kompliziert, dass die Gewerkschaft HBV und die Deutsche Postgewerkschaft mit eigenen Vorstellungen hervortraten und auch die jeweiligen Landesgesetze über das kommunale Eigentum und die kommunale Verfassung zu beachten waren. Der DGB gab letztendlich als Konzession zu, dass die für die übrige Wirtschaft angestrebten Größenmerkmale im öffentlichen Dienst anders lauten konnten, da sich die Mitbestimmung hier nicht auf alle Bereiche erstreckte und die demokratisch legitimierten Gemeindeparlamente ihrerseits Vetorechte hätten.[89] Für kommunale Betriebe, die als AG oder GmbH geführt wurden, sollten ohnehin die Regelungen des DGB-Entwurfs von 1968 gelten.

Die SPD zeigte sich in der Frage der Mitbestimmung in öffentlichen Unternehmen uneins. Innerhalb der Partei stießen die Ideen der ÖTV zunächst auf Anklang und positive Rückmeldung seitens des kommunalpolitischen Ausschusses beim PV.[90] Doch während die eigens gebildete SPD-Arbeitsgruppe »Mitbestimmung in öffentlichen Unternehmen« sich für die Parität im Verwaltungsrat mit eingeschränkten Rechten aussprach, votierte der kommunalpolitische Ausschuss schließlich nur für eine Drittelbeteiligung. Die Befürworter der Parität befürchteten vor dem Hintergrund einer bereits eingeführten Parität in verschiedenen Betrieben, dass die Partei von der Entwicklung überrollt werden würde. Die Gegner unterstrichen hingegen, das kommunale Unternehmen andere Ziele verfolgen würden als Privatunternehmen.[91] Der DGB hatte auf das Ergebnis dieses Arbeitskreises, mit dem er aufgrund der Relativie-

---

87 Schreiben von Erich Schumacher an Heinz O. Vetter vom 5. Januar 1970, in: ebd.

88 Vgl. Vorlage Mitbestimmung im öffentlichen Dienst vom 13. Oktober 1971, in: DGB-Archiv im AdsD, Abt. Gesellschaftspolitik, 24/914.

89 Vgl. Vorlage Mitbestimmung in kommunalen Eigenbetrieben vom 17. Dezember 1971, in: ebd.

90 Vgl. Protokoll der Sitzung des SPD-Präsidiums vom 27. November 1969 sowie Entschließung des Kommunalpolitischen Ausschusses beim PV vom 17. November 1969, in: AdsD, Protokolle des SPD-Präsidiums November–Dezember 1969.

91 Vgl. Vermerk über die Sitzung im PV am 29. März 1971, in: HSA, 1/HSAA005742.

rung der Parität überhaupt nicht einverstanden sein konnte, keinen Einfluss, denn er wurde sehr zur eigenen Verwunderung gar nicht erst zu einer Teilnahme an den Beratungen eingeladen. Auch eine schlussendliche Intervention von Vetter bei Wehner nach der Vorlage des Berichts ergab keine geänderte Haltung der Partei. Die Anliegen des DGB wurden an dieser Stelle klar missachtet.[92]

1.3.2 Vertiefte Differenzen zum Unternehmerlager

Das Verhältnis zwischen Gewerkschaften und Unternehmern bzw. den ihnen nahestehenden Verbänden und Vereinigungen stand zu Beginn der 1970er-Jahre nicht zum Besten und wurde durch Äußerungen in der Öffentlichkeit von beiden Seiten nicht eben in eine günstige Richtung gelenkt. Nachdem der Vorsitzende des Wirtschaftsrats der CDU, Philipp von Bismarck (1913–2006), auf der Bundestagung der Mittelstandsvereinigung der CDU am 9. Juni 1974 gesagt hatte, dass Vetter in die Geschichte als einer der gefährlichsten Feinde gewerkschaftlicher Freiheit eingehen werde, trat der DGB-Vorsitzende daraufhin aus der Kammer für soziale Ordnung der Evangelischen Kirche aus, da er sich vorgeblich außerstande sah, mit von Bismarck zusammen weiter in Gremien zusammenzuarbeiten.[93] Auch schlichtende Versuche des Kammervorsitzenden, der sich, obgleich die Äußerungen nicht in einem Kontext zur Kirche gefallen waren, zur persönlichen Vermittlung anbot, konnten Vetter nicht umstimmen.[94]

Ohnehin kamen aus dem Unternehmerlager zunehmend schrille Töne, die auf ihr ambivalentes und, vor allem in weiten Teilen des traditionell eingestellten Mittelstands, ablehnendes Verhältnis zur sozialliberalen Koalition zurückzuführen sind. Unternehmer wie Fritz Berg, für markige Sprüche bekannt, malten in schillernden Farben den Untergang der sozialen Marktwirtschaft an die Wand und steigerten sich in Hysterie hinein. Doch nach dem Wahlsieg von 1972 und der Bestätigung von Willy Brandt als Kanzler blieb keine andere Wahl, als sich mit den Gegebenheiten zu arrangieren und zumindest nach außen hin einen gemäßigteren Ton anzuschlagen. An der grundsätzlichen Präferenz für die CDU/CSU ließen »die« Unternehmer jedoch keine Zweifel aufkommen.[95] BDI-Präsident Hans-Günther Sohl (1906–1989) bemühte sich weiterhin, die paritätische Mitbestimmung als einen ersten Schritt hin zu jugoslawischen Verhältnissen zu skizzieren und berief sich dabei auf angebliche Pläne innerhalb des DGB. »Es geht nicht an, dass bei einer Patt-Situation ein neutraler Mann entscheidet.« Dennoch seien die Unternehmer nicht grundsätzlich gegen die Mitbestimmung, sondern bejahten sie. Es ging um das »Wie«. Bei den Gewerkschaf-

---

92 Vgl. Schreiben von Heinz O. Vetter an Herbert Wehner vom 10. November 1970, in: DGB-Archiv im AdsD, Abt. Gesellschaftspolitik, 24/914.

93 Vgl. Schreiben von Heinz Oskar Vetter an Eberhard Müller [vom 15. August 1974], in: DGB-Archiv im AdsD, Abt. Vorsitzender, 5/DGAI001862.

94 Vgl. Schreiben von Eberhard Müller an Heinz-Oskar Vetter vom 23. August 1974, in: ebd.

95 Vgl. Bührer: Unternehmerverbände, S. 154 ff.

ten hingegen verspürte Sohl eine Abkehr von partnerschaftlichem Denken und neue Klassenkampfparolen aufziehen.[96] Irritationen zwischen der Bundesregierung und den Arbeitgebern traten zudem auf, da BDA-Präsident Friedrich in der Öffentlichkeit behauptete, Kanzler Brandt würde mit seinen Betriebsbesuchen den Wahlkampf in die Betriebe tragen, wogegen dieser sich verwahrte und unterstellte, die Haltung der Arbeitgeber zu einer sozialdemokratisch geführten Bundesregierung sei eine andere als zu den Vorgängerregierungen.[97]

So nimmt es auch wenig Wunder, dass zwischen den beiden »Sozialpartnern« keine Annäherung in Sachen Mitbestimmung festzustellen war. Es mag eher der gemeinsamen Teilnahme an der Konzertierten Aktion als dem Klima der frühen 1970er-Jahre geschuldet sein, dass man sich nach längerer Pause wieder zu Spitzengesprächen traf. Ein Spitzengespräch in erweiterter Runde im Juli 1971 hatte etwa zum Ziel, die Einkommensentwicklung der Bundesrepublik zu ergründen.[98] Doch auch beim kleineren Koalitionspartner FDP hatte die BDA keinen leichten Stand. Anlässlich des Versands eines Sonderrundschreibens der BDA an Industrie- und Handelskammern im Zusammenhang mit dem Mitbestimmungssicherungsgesetz, in dem die FDP stark kritisiert wurde, wähnten Teile der FDP-Fraktion, die BDA würde »ein sehr undurchsichtiges Spiel« betreiben. Man fragte sich, ob sie denn so naiv sei zu glauben,

---

96 Siehe Interview mit Hans-Günther Sohl, in: Der Spiegel 28/1973, S. 42-48, hier S. 46. Siehe auch Bundesverband der Deutschen Industrie (Hg.): Jahresbericht 1972/73, Köln 1973, S. 61 f. Ähnlich äußerte sich auch der Schleyer erneut anlässlich einer Arbeitgeberveranstaltung in Bremen, auf der er zum Thema »Das Verhältnis der Sozialpartner heute« referierte, der Partnerschaftsgedanke bleibe das verbindliche Prinzip für die Unternehmer. Auch er konstatierte einen Trend zu zunehmender Distanzierung. Trotz der Bereitschaft der Arbeitgeber zur Suche nach Lösungs- und Ausgleichsmöglichkeiten müssten sie auch in der Öffentlichkeit ihren politischen Standpunkt »mit dem ordnungsbewussten Teil der Bevölkerung verteidigen.« KND 29 vom 24. April 1973.

97 Vgl. Schreiben von Willy Brandt an Otto A. Friedrich vom 23. Oktober 1972, in: BA, B136/8765.

98 Da die Tarifbewegungen seit Ende der 1960er-Jahre von nicht abreißenden Diskussionen um die Entwicklung der Preise beeinflusst waren, bemühten sich Arbeitgeber und Gewerkschaften, die Ursache für die Preissteigerungen zu ergründen. Dies lag in beiderseitigem Interesse, wollten sie doch aus dem Fokus der Öffentlichkeit heraustreten und einen wissenschaftlichen Nachweis für die Richtigkeit ihrer Argumentation im Zusammenhang von Lohnsteigerungen und Preisen bieten. Zu diesem Zweck gründete sich im Juni 1971 nach Beschluss auf einem Spitzengespräch von DGB und BDA im Mai desselben Jahres ein »Ständiger Ausschuss zur Untersuchung der Kosten- und Ertragsrechnung.« Er tagte im Verlauf des Juni und Juli vier Mal und legte zum Abschluss ein Papier vor, das vor allem die Unterschiede beider Parteien belegte. Den direkten Nachweis zwischen Lohnkostenerhöhungen und Preissteigerungen vermochte keine der Seiten zu bringen. Ein weiteres Treffen der Spitzen beider Verbände konnte auch keine Einigung erzielen. Das Grundproblem war die unterschiedliche Auffassung über die Erhebung der Datenlage, die lediglich zur gemeinsamen Ansicht führte, dass der Gesetzgeber für bessere Statistiken sorgen sollte. Vgl. Gemeinsamer Expertenkreis des Deutschen Gewerkschaftsbundes und der Bundesvereinigung der Deutschen Arbeitgeberverbände, Vorlage zum Spitzengespräch am 16.7.1971, in: DGB-Archiv im AdsD, Sekretariat Günter Stefan: 5/DGCU000204. Vgl. auch Gemeinsames Kommuniqué des Spitzengesprächs zwischen dem DGB und den Arbeitgeberverbänden vom 16. Juli 1971, in: DGB-Archiv im AdsD, 5/DGAI001824.

dass mit dem Beschluss eines unterparitätischen Aufsichtsrats die Diskussion um die Parität beendet wäre und ob sie wirklich denke, dass die CDU/CSU bereit wäre, die Montanmitbestimmung prinzipiell abzuschaffen.[99] Die Arbeitgeber schienen zu Beginn der 1970er-Jahre mit ihren Anliegen nur schwer zur Politik durchzudringen.

1.4 Die Frage der leitenden Angestellten

Für den DGB trat nun ein spezielles Problem zunehmend ins Blickfeld. Seitdem die FDP die leitenden Angestellten als »Faktor Disposition« in die Diskussion eingebracht hatten und auch die Biedenkopf-Kommission sich mit der Frage ihrer Vertretung befasst hatte, kursierte dieser Vorschlag und drohte zu einer ernsten Bedrohung für das Anliegen zu werden, eine volle Parität zu erzielen. Dabei war es der DGB selbst, der sich bereits 1971 in einer breit angelegten Kampagne dieser Gruppe öffnete und mit Anzeigen in überregionalen Tageszeitungen und Wirtschaftsblättern die Übersendung eines »Musterarbeitsvertrags für leitende Angestellte und Führungskräfte« anbot, worauf er weit über 12.000 Anfragen erhielt. Ergänzende Maßnahmen wie die Errichtung eines Arbeitskreises »Leitende Angestellte« zeugen von dem Bemühen, auf diese Arbeitnehmer attraktiv zu wirken, aber auch Einfluss auf die Verhandlungen zur Novellierung des Betriebsverfassungsgesetzes zu nehmen.[100]

Das Entgegenkommen des DGB lag auch darin begründet, dass die Gruppe der leitenden Angestellten aufgrund der fortschreitenden Diversifizierung der Unternehmen sowie der partiellen Verwissenschaftlichung der Produktion ein starkes Wachstum erlebte. Fusionen und internationale Verflechtungen trugen ihr Übriges dazu bei, dass Führungspersonen eine bedeutendere Rolle im Betrieb einnahmen. Der Kreis speiste sich unter anderem aus Bildungsaufsteigern, die einem bildungsfernen familiären Hintergrund entstammten und durch ein Studium an einer Universität fachliche Kompetenzen erhalten hatten. Gerade sie bezogen ihr Selbstbewusstsein und ihren Anspruch auf Mitsprache oder besser Mitbestimmung aus traditionellen Werten, vor allem aus dem Wert der Leistungsbereitschaft. Im Zuge der Novellierung des Betriebsverfassungsgesetzes brachten sie ihre Forderungen nach einer gesetzlich legitimierten Teilhabe zur Sprache, konnten sich jedoch nicht durchsetzen. Allerdings traten auch keine Verschlechterungen ein. Im Anschluss traten die leitenden Angestellten in einen intensiven Diskurs über die eigene Selbsteinschätzung und ihre Rolle in der Gesellschaft, der verdeutlichte, dass der Wille nach Mitsprache nicht von den Verbänden allein getragen, sondern in der Mitte der Angestellten selbst gelegt wurde.[101]

---

99 Siehe Vermerk von Geschäftsführer des AK III betr. Mitbestimmungsfortgeltungsgesetz vom 17. Mai 1971, in: AdL, A40-417.
100 Vgl. Protokoll der 16. Sitzung des Bundesvorstands vom 2. Februar 1971, in: Mertsching (Bearb.): Der Deutsche Gewerkschaftsbund, S. 357-365, hier. S. 360 ff.
101 Dies belegen unter anderem die zahlreich vorliegenden Zuschriften leitender Angestellter von Betrieben, insbesondere der chemischen Industrie, in den Beständen des DGB und des BDI.

Dabei ist jedoch gerade vor dem Hintergrund der Ergebnisse der Wertewandelforschung Vorsicht geboten, denn die Zustimmung zur Mitbestimmung »bedeutete historisch-semantisch für die leitenden Angestellten etwas anderes als für die Gewerkschaften oder für die sozialliberale Regierung. Die Mitbestimmungsidee der leitenden Angestellten war nicht gesellschaftlich, sondern ausschließlich bezogen auf die eigene Gruppe gedacht.« Hier fand eine Symbiose von Leistungsgedanken und Selbstentfaltung statt, die sich aus völlig anderen Grundannahmen als denen der Gewerkschaften speiste und mit dem Postulat der Wirtschaftsdemokratie wenig bis nichts zu tun hatte.[102] Allerdings muss an dieser Stelle erneut die Frage aufgeworfen werden, ob denn nicht die Gewerkschaften mit ihrer massiven Mitbestimmungswerbung den Gedanken der Mitsprache auch unter den leitenden Angestellten selbst gesät hatten.

Im DGB musste man zunächst eine Begrifflichkeit finden, was überhaupt unter einem leitenden Angestellten zu verstehen war. Angesichts der unterschiedlichen Zusammenhänge, in denen der Terminus in diversen Gesetzen und Verordnungen auftauchte, erschien dies nicht leicht. So umschrieben die Arbeitszeitordnung, das Kündigungsschutzgesetz und das Arbeitsgerichtsgesetz eine solche Personengruppe, ohne jedoch den Begriff explizit zu verwenden. Die deutlichste Abgrenzung fand sich im Betriebsverfassungsgesetz, das bereits in seiner Fassung von 1952 bestimmte, dass die leitenden Angestellten – hier tauchte der Begriff auf – nicht als Arbeitnehmer im Sinne des Gesetzes galten, sofern sie zum Einstellen und Entlassen berechtigt waren oder sie Generalvollmachten und Prokura innehatten. Allerdings folgte hieraus weder eine einheitliche Bewertung in der Rechtsprechung, noch ließ sich der Schluss ziehen, dass etwa Prokuristen in jedem Fall als Nichtarbeitnehmer gelten konnten. Nach der Novellierung 1972 änderte sich die Sachlage nur insofern, dass die leitenden Angestellten ausdrücklich als Arbeitnehmer anerkannt wurden, die jedoch von den Regelungen des Betriebsverfassungsgesetzes ausgenommen wurden. Der DGB hatte im Gesetzgebungsprozess dafür plädiert, nur Angestellte in Arbeitgeberfunktion ausdrücklich auszunehmen. Hintergrund war die Furcht des DGB vor einer Spaltung der Arbeitnehmerschaft, für deren Einigung sich die Gewerkschafter nach 1945 stets eingesetzt hatten, gerade diejenigen, denen die Krisenerfahrung der Weimarer Republik noch präsent war.[103]

Wichtig war in dem Zusammenhang, dass nach der Montanmitbestimmung leitende Angestellte für die Wahl der Angestelltenvertreter durchaus in Betracht kamen, sofern sie die genannten Voraussetzungen erfüllten. Aus der Sicht des DGB wäre in einem neuen Mitbestimmungsgesetz der Begriff zum ersten Mal mit Leben gefüllt

---

102 Siehe Bernhard Dietz: Wertewandel in der Wirtschaft? Die leitenden Angestellten und die Konflikte um Mitbestimmung und Führungsstil in den siebziger Jahren, in: ders./Neumaier/Rödder (Hg.): Gab es den Wertewandel?, S. 169-197, Zitat S. 196.

103 Zum prosopografischen und kollektiv-biografischen Zugang zu der Gewerkschaftsgeneration der »Funktionäre« siehe bei Ulrich Borsdorf: Deutsche Gewerkschaftsführer – biografische Muster, in: ders. u. a. (Hg.): Gewerkschaftliche Politik, S. 11-41, hier besonders S. 32 ff.

und zu einem rechtlich relevanten Tatbestand erkoren worden. Zudem schätzten viele leitende Angestellte zwar die Flexibilität und die freie Gehaltsverhandlung mit dem Arbeitgeber sowie ihre vertragliche Sonderstellung, zählten sich aber, so erhob es der DGB in einer Umfrage Ende 1970, nicht zur Arbeitgeberseite, sondern betrachteten sich als Arbeitnehmer mit wichtigen Funktionen. Am deutlichsten äußerten sie den Wunsch nach einer automatischen Lohnanpassung.[104]

Aus diesen Gründen bewertete der DGB das Entgegenkommen der Arbeitgeber auf die ULA, die sie anfänglich noch missachtet hatten, als Zeichen eines gestiegenen politischen Bewusstseins der Angestellten, das es zu nutzen galt. »Die BDA hat insbesondere erkannt, welch brillante politische Chance darin lag, die leitenden Angestellten für sich zu gewinnen: nämlich endlich die Spaltung der Arbeitnehmerschaft herbeizuführen, die seit 20 Jahren trotz zahlreicher Bemühungen nicht geglückt war.«[105] Trotzdem würden auf die Frage, was denn die passende Vertretung dieser Personengruppe wäre, die Gewerkschaften vor den berufsständischen Vereinigungen genannt. Die leitenden Angestellten verlangten nach Mitsprache im Rahmen des Betriebsverfassungsgesetzes. Nach Ansicht des DGB speiste sich der Ansatz der Arbeitgeber aus ihrem Interesse an einer Spaltung der Gesellschaft und der Herausbildung einer saturierten Mittelschicht, deren sozioökonomische Stellung von den Oberschichten abhängig war.[106] Hieraus ergab sich die Gefahr, dass eine Berücksichtigung externer Gewerkschafter nicht nötig erschien, da die leitenden Angestellten den »Sachverstand« repräsentieren würden.

Im Ergebnis führte also jede Regelung, die die leitenden Angestellten eine eigene Gruppenrepräsentation zuwies, zum einen zu Konsequenzen für das Betriebsverfassungsgesetz und zum anderen zur Spaltung des Prinzips der Einheitsgewerkschaft. Neben dem Kampf um die Parität trat nun dieses Feld der Auseinandersetzung hinzu, das bislang als Problem gar nicht in Erscheinung getreten war. Auch hier drängten die Gewerkschaften voll und ganz auf die Aufklärung der Mitglieder auf allen Gliederungen.[107] Eine klare Haltung zum Problem der leitenden Angestellten entwickelte sich jedoch nicht zwangsläufig, sondern war das Ergebnis interner Debatten, in denen letztendlich die Abt. Gesellschaftspolitik reüssierte, die seit dem DGB-Bundeskongress 1969 und der Neuorganisation des Bundesvorstands für die Mitbestimmung zuständig war. Die Abt. Angestellte des DGB nahm eine andere Haltung ein und war bereit, den Status der leitenden Angestellten als Realität im Bewusstsein der Betroffenen und im Betrieb anzuerkennen. Daraus ergaben sich Gruppenrechte und eine Beteiligung im Aufsichtsrat, wenn auch die Abt. Angestellte alle Mitglieder durch

---

104 Vgl. Vorlage Versuche zur Abgrenzung eines Personenkreises der »Leitenden Angestellten« vom 20. März 1973, in: DGB-Archiv im AdsD, Abt. Gesellschaftspolitik, 24/689, Bl. 2-14.
105 Ebd., Bl. 15 f.
106 Vgl. ebd., Bl. 17 ff.
107 Vgl. Vorlage Mitbestimmung und leitende Angestellte vom 6. Juni 1973, in: DGB-Archiv im AdsD, Abt. Gesellschaftspolitik, 5/DGAK000055.

den Betriebsrat wählen lassen wollte.[108] Das wäre die einzig mögliche Kompromissvariante gewesen, die sich der DGB hätte vorstellen können. Schlussendlich setzten sich diejenigen durch, die in der Vertretung von Standesinteressen eine Gefahr für die gewerkschaftliche Einheit sahen, und schworen so den DGB auf eine unversöhnliche Linie ein.[109]

Die Arbeitgeber hingegen gaben vor, die leitenden Angestellten vor falschen Arrangements bewahren zu wollen, deren Karriere sie in einem paritätischen mitbestimmten Betrieb mit einem von den Gewerkschaften abhängigen Arbeitsdirektor vom Mitgliedsbuch abhängig wähnten.[110] In diesem Sinne unterstrichen sie in ihrer Erklärung zur Mitbestimmung, die sie anlässlich der Regierungserklärung veröffentlichten, dass sie eine »ausgewogene Struktur der Arbeitnehmerseite« anstrebten. Dies beinhaltete eine Berücksichtigung der Besonderheiten und der Nähe zur Unternehmensleitung, die sich aus der Stellung der leitenden Angestellten ergäben. Ferner ergab sich durch die Novellierung der Betriebsverfassung eine neue Lage, da eine Reihe von Bestimmungen in die unternehmerische Entscheidungskompetenz eingriffen, weswegen der Gesamtkontext zu sehen sei.[111]

2 Die Verhandlungen der sozialliberalen Koalition ab 1972

2.1 Die Mitbestimmung in den Koalitionsverhandlungen nach der Bundestagswahl 1972

Die zweite Regierungserklärung von Kanzler Brandt nach dem Wahlsieg bei der Bundestagswahl vom 19. September 1972, die Brandt am 18. Januar 1973 im Bundestag abgab, las sich anders als die noch ganz vom Fortschrittsparadigma geprägte Erklärung des Jahres 1969. Sie griff die in weiten Teilen der Bevölkerung verankerte Skepsis gegen einen rein auf ökonomischen Erfolgen beschränkten Begriff von Fortschritt auf. Brandt thematisierte Fragen der Umweltzerstörung und führte das Schlagwort der »Lebensqualität«, das in den Vereinigten Staaten erfunden wurde, in die deutsche Debatte ein, wandte sich also »postmateriellen« Werten zu und versuchte, diese in

---

108 Vgl. Vorlagen der Abt. Gesellschaftspolitik und der Abt. Angestellte betr. Leitende Angestellte in Betriebs- und Unternehmensverfassung vom 9. Februar 1973, in: DGB-Archiv im AdsD, Abt. Gesellschaftspolitik, 24/1782.

109 Vgl. Entwurf einer gemeinsamen GBV-Vorlage der Abteilungen Angestellte, Sozialpolitik und Gesellschaftspolitik vom 16. Februar 1973, in: ebd. Der Bundesvorstand bestätigte die Vorlage nach eingehender Diskussion über den Sinn einer gezielten Ansprache leitender Angestellter, gegen die sich insbesondere Heinz Kluncker wandte, in seiner Sitzung im Juni. Vgl. Protokoll der Sitzung des DGB-Bundesvorstands vom 5. Juni 1973, in: Mertsching (Bearb.): Der Deutsche Gewerkschaftsbund, S. 722-732, hier S 722 ff.

110 Vgl. Argumentationshinweise für die Mitbestimmungsauseinandersetzung aus unternehmerischer Sicht, in: DGB-Archiv im AdsD, Abt. Gesellschaftspolitik, 24/1386, Bl. 10 f.

111 Siehe PDA Nr. 9 vom 29. März 1973.

seine politische Agenda zu integrieren. Gleichzeitig musste es dem Kanzler natürlich darum gehen, das Bündnis zur FDP zu festigen, nachdem die innere Klammer der Neuen Ostpolitik weitgehend abgearbeitet war. Dabei versuchten Teile von SPD und FDP, mit überhöhenden Formeln wie der »neuen Mitte« und der »Synthese von Liberalismus und Sozialismus« eine Art »historischer« Verbundenheit zu schaffen.[112] Allein, in der Unternehmensmitbestimmung blieb von dieser Euphorie nichts übrig. Zwar erklärte Brandt vor dem Bundestag, der Ausbau der Mitbestimmung sei eine Hauptaufgabe der neuen Regierung. Doch jedermann wüsste, so Brandt, dass es zwischen den Regierungsparteien unterschiedliche Auffassungen gäbe, wolle man das Unternehmensrecht im Sinne der Mitbestimmung der Arbeitnehmer weiterentwickeln, wobei die Regierung »von dem Grundsatz der Gleichberechtigung und Gleichgewichtigkeit von Arbeitnehmern und Anteilseignern« ausging.[113]

Die Aussage des Kanzlers blieb bewusst offen, da die in der Wahl 1972 bestätigte Koalition den Klärungsprozess bislang nicht vorangebracht hatte. Die FDP hatte in der Zwischenzeit ihren Freiburger Parteitag abgehalten, dessen Mitbestimmungsbeschluss, wie Wolfgang Mischnick in der 4. Verhandlungsrunde der Koalitionsgespräche Anfang Dezember 1972 unterstrich, schon für sich ein Kompromiss gewesen sei und die zentralen Anliegen der Direktwahl der Arbeitnehmervertreter und der Berücksichtigung der leitenden Angestellten beinhaltete. In der FDP-Fraktion zeichnete sich auch bereits nach der Wahl 1972 ein erster Schwenk weg von der sozialliberalen Richtung des Freiburger Parteitags ab. Neu in den Bundestag eingezogene »Fraktionsfreunde und Teile des Bundesvorstands« versuchten, die Minderheitsmeinung von Freiburg zu aktivieren, so Hansheinrich Schmidt (Kempten) (1922–1994), in der Fraktion für Sozialpolitik zuständig. Deswegen solle die FDP keinesfalls über die Vorstellungen des Parteitags hinaus Forderungen stellen. Das Freiburger Modell könne nicht als Koalitionsmodell gelten, doch als Ausweg böte sich an, die Mitbestimmung auf paritätische Art unter Einbeziehung des Faktors Disposition zu lösen. Ferner dürften die Organisationen der Arbeitnehmer, also der DGB, kein direktes Entsenderecht erhalten.[114] Wehner hingegen hob hervor, dass »für die SPD weder ›Biedenköpfe‹, noch ein Mehrklassenwahlrecht infrage kommen« könne. Zwischen diesen Positionen befand sich nur wenig Spielraum. Nach längerer Aussprache einigte man sich, dass beide Partner bis Ende 1973 ihre jeweiligen Vorschläge verabschieden sollten. Die Formel der »Gleichberechtigung und Gleichwertigkeit von Anteilseignern und Arbeitnehmern« wurde ebenfalls in dem Koalitionsgespräch gefunden.

Zur Lösung dieses schwierigen Problems spielte die Koalition verschiedene Varianten und Herangehensweisen durch. Beispielsweise hätte man zunächst in bun-

---

112 Vgl. Hans Günter Hockerts: Rahmenbedingungen, S. 79 f.
113 Deutscher Bundestag: Stenographische Protokolle 7. WP, Band 81, S. 121-134.
114 Vgl. Schreiben von Hansheinrich Schmidt (Kempten) an Wolfgang Mischnick, persönlich, vom 21. November 1972, in: AdL, A40-49, Bl. 1 f.

deseigenen Unternehmen mit verschiedenen Modellen der Mitbestimmung Erfahrungen sammeln, den Grundsatz der Parität durch Vetorechte aufrechterhalten oder im Betriebsverfassungsgesetz durch eine Novellierung die Aufnahme von leitenden Angestellten in den Betriebsrat vorsehen können. Zudem wäre in Betracht gekommen, in einzelnen Branchen mit der Ausweitung der Mitbestimmung zu beginnen. Einig war man sich darüber hinaus, dass die Montanmitbestimmung nicht erneut über das Jahr 1975 hinaus verlängert werden sollte.[115] Ferner wollte man im Sinne des Beschlusses der Pariser Gipfelkonferenz für die Mitbestimmung der Arbeitnehmer innerhalb der Gemeinschaft eintreten und den Gedanken einer überbetrieblichen Mitbestimmung prüfen[116], wobei aber nicht an einen Bundeswirtschaftsrat gedacht wurde. »Es muss vieles offen bleiben in der Regierungserklärung, um die Dinge nicht vorzeitig festzuziehen; es sollte aber nicht alles offen bleiben.«[117]

Die FDP stimmte zu, dass das Thema in der Regierungserklärung angesprochen wird, behielt sich aber für die Aussprache die Darstellung der eigenen Position vor. Auch auf der ersten gemeinsamen Sitzung ihres Bundesvorstands mit der Bundestagsfraktion nach der Wahl, auf der die Resultate der Koalitionsverhandlungen besprochen wurden, stellte sich schnell heraus, dass die Frage der Mitbestimmung für Kontroversen sorgen würde. Man habe bezogen auf dieses Thema »keine Endlösungen für politische Probleme« vereinbart, um sich die Bewegungsfreiheit zu erhalten, sagte Walter Scheel mit Blick auf die Kritiker in den eigenen Reihen, die wie Horst Ludwig Riemer bereits befürchteten, dass Walter Arendt sich zulasten der FDP hatte durchsetzen können. Auf Wunsch der FDP wurde ein verbindlicher Termin für eine Gesetzesvorlage aus der schriftlich festgehaltenen Vorlage, die aber kein Koalitionsvertrag darstellte, wieder herausgenommen.[118]

Die offensichtliche Sprengkraft ließ sich auch in der ersten Sitzung der SPD-Fraktion ablesen. Auf den Einwand von Abgeordneten und Gewerkschaftsfunktionären wie Hermann Buschfort (1928–2003) und anderen, die konkrete Vorstellungen von Maihofer und Biedenkopf ablehnten, entgegnete Wehner, dass seine Aussage, es werde kein Mehrklassenwahlrecht geben, jede Namensnennung überflüssig mache.[119] Doch ebenso zeichnete sich frühzeitig ab, dass auch in der SPD das Lager nicht geschlossen aufseiten der Gewerkschaften stand. So schrieb etwa Helmut Schmidt, nun neuer Bundesfinanzminister, an den Unternehmer Heinz Horn (geb. 1930), dass es

---

115 Vgl. Notiz über die 4. Sitzung der Verhandlungsdelegation der SPD und der FDP am 6. Dezember 1972, in: WBA, A8-97, Bl. 1 f. (Zitat ebd.).

116 Vgl. Vermerk über Gespräche am 23. und 28. November sowie am 5. und 6. Dezember 1972, in: WBA, A8-98, Bl. 6.

117 Vermerk für Willy Brandt von Horst Ehmke vom 4. Dezember 1972, in: WBA, A8-100.

118 Vgl. Protokoll der gemeinsamen Sitzung von Bundesvorstand und Bundestagsfraktion am 11. Dezember 1972 vom 12. Dezember 1972, in: AdL, A41-40, Bl. 10-14, hier Bl. 10 ff.

119 Siehe Protokoll der konstituierenden Sitzung der SPD-Fraktion vom 29. November 1972, in: AdsD, SPD-Bundestagsfraktion 7. WP, 2/BTFG000001.

sich lohne, weiter über den Grundgedanken des Dreifaktorenmodells nachzudenken. »Der entscheidende positive Ansatzpunkt dieser Idee liegt doch wohl darin, daß die Gefahr einer von Arbeitgeber- und Arbeitnehmerseite bestimmten Zweiparteienfront im Aufsichtsrat von vornherein wesentlich gemildert und stattdessen ein gewisser institutioneller Zwang zu einem höheren Maß an Kooperation ausgeübt wird.«[120]

2.2 Gespräche und Einflussnahme der Akteure

2.2.1 »Nähe und wachsende Distanz« zur SPD

Innerhalb des DGB verstärkten solche Erörterungen den Abwehrreflex, keinerlei Mitsprache der leitenden Angestellten zuzulassen, auch dann nicht, wenn die Wahl durch die Betriebsräte oder die Gesamtbelegschaft erfolge. Dies bekräftigte der Bundesausschuss erneut in seiner Sitzung vom 6. Juni. Aufgrund der Festlegung in der Sache blieb aus Sicht maßgeblicher Funktionäre nur die Flucht nach vorn im Sinne öffentlichkeitswirksamer Veranstaltungen und Kundgebungen, denn anderenfalls »besteht die Gefahr, daß wir im Zuge der bevorstehenden Regierungsverhandlungen überrollt werden.«[121] Deswegen bereitete der DGB eine neue Kampagne vor, die sich auf den beiden Ebenen öffentliche Kundgebungen und Bildung betrieblicher Arbeitskreise zur Bewusstseinsbildung der Arbeitnehmer bewegen sollte. Die Gefahr dabei lag jedoch – das wurde klar gesehen – darin, dass sich die Ziele dieser Aktion auch gegen Tendenzen in der SPD richteten und letztendlich eine Vertagung des Gesetzes in die kommende Legislaturperiode bedeuteten.

> »Es ist nicht auszuschließen, daß diese kompromißlos harte Haltung Konsequenzen für die Koalition hat. Es darf […] nicht der Eindruck entstehen, daß wir unsere Maßnahmen auf Sparflamme, gleichsam mit heruntergehaltener Schwurhand, anlaufen lassen, um dann letztlich doch einem Kompromiß zu unseren Lasten zuzustimmen. Ein späteres Zurückweichen nach bereits angelaufener Kampagne des DGB wäre gewerkschaftspolitisch von unabsehbaren Folgen.«[122]

Trotzdem blieb die SPD »als die größere und uns nahestehende Regierungspartei« die erste Ansprechpartnerin und die Kontaktadresse für Einflussnahme. Ihr gegenüber traute sich Vetter ein offenes Wort und teilte Holger Börner (1931–2006), dem

---

120 Schreiben von Helmut Schmidt an Heinz Horn vom 19. Februar 1973, in: AdsD, SPD-Bundestagsfraktion 7. WP, 2/BTFG000599.
121 Vermerk für Heinz-Oskar Vetter vom 28. August 1973, in: DGB-Archiv im AdsD, Abt. Gesellschaftspolitik, 24/1782, Bl. 2.
122 Ebd., Bl. 3.

1972 gewählten Bundesgeschäftsführer mit, die Vermögensbildung könne er vor sich herschieben, die Mitbestimmung nicht.[123]

Zunächst zeichnete sich auch innerhalb der SPD mit der Gründung der AfA eine für die Gewerkschaften erfreuliche Entwicklung ab. Den Hintergrund hierfür bildete die innerparteiliche Entwicklung, die bei vielen Arbeitnehmern zunehmend auf Unverständnis stieß. Den überladenen Theoriediskussionen in einem komplexen Sprachduktus, die gerade von den Jusos angezettelt wurden, konnte und wollte das Gros der SPD-Mitglieder schon länger nicht mehr folgen. Aus diesem Grunde unterstützte der Parteivorstand nach anfänglichem Zögern die aus der Betriebs- und Frauenarbeit entstandenen AfA und ASF. Erste Schritte zur Gründung der AfA wurden bereits in der Zeit der Großen Koalition eingeleitet und dann zu Beginn der 1970er-Jahre verstetigt. Neben dem Unbehagen gegenüber der Theoretisierung der Partei spielte auch die betriebliche Auseinandersetzung mit den Kommunisten eine Rolle.[124]

Für den DGB lag in der Schaffung eines organisierten Arbeitnehmerflügels in der SPD jedoch eine Gefahr. Trotz der durchaus begrüßenswerten Rücksichtnahme auf die »schweigende Mehrheit« der abhängig Beschäftigten, die »bislang in der parteipolitischen Szenerie oft genug mit Statistenrollen abgefunden« wurden, fürchteten vereinzelte Gewerkschafter, dass das Pendel nun von der »reinen Lehre« umschlagen würde in einen »ebenso reinen Pragmatismus, der vor lauter Tagespolitik und taktischem Kalkül die gesellschaftspolitischen Ziele aus den Augen verliert.« In der Suche nach Alternativen zur innerparteilichen Auseinandersetzung um Richtung und Strategie der SPD suchte die Parteiführung, so meinte man, nach strategischen Reserven in den in Betriebsgruppen organisierten Arbeitnehmern. Es sprächen genug Anzeichen dafür, dass der Parteivorstand diese als »Instrument in einem ihr genehmen Sinne benutzen will.« Dies gelte vor allem in der Mitbestimmungsfrage, in der der Zwiespalt zwischen parteipolitischer oder parteitaktischer und der gewerkschaftlichen Orientierung besonders manifest war.

»Bei dem derzeitigen kaum entwickelten Meinungsbildungsstand zu den wesentlichen Grundzügen einer Mitbestimmungsregelung ist angesichts der schwankenden und unsicheren Haltung in breiten Teilen der SPD-organisierten Arbeitnehmer gegenwärtig kaum damit zu rechnen, daß sich nennenswerter Widerstand gegen gewerkschaftspolitisch gefährliche Kompromißlösungen regen wird.«

Diese Kompromisse sah der Beobachter vor allem in den Ausführungen Helmut Schmidts auf der Arbeitnehmerkonferenz vorbereitet. Dem könnte nur durch eine

---

123 Siehe Kurzprotokoll des Gesprächs mit dem Vorsitzenden des DGB, Heinz-Oskar Vetter, am 15. März 1972, in: HSA, 1/HSAA005756.
124 Vgl. Faulenbach: Das sozialdemokratische Jahrzehnt, S. 317 ff.

größere Einflussnahme auf die Arbeitsgemeinschaft entgegengetreten werden.[125] In der Tat wiederholte Schmidt seine schon zuvor geäußerte These, dass die SPD Wähler benötigte, um die Mitbestimmung umzusetzen. Pragmatisch wie eh und je betonte er zwar, dass es manches gebe, auf das man sich nicht einlassen könne, aber anderes eben auch nicht. Als deutlicher Seitenhieb auf den DGB unterstrich Schmidt, dass nicht alles, was zusammen gedanklich entwickelt wurde, zu einer unverrückbaren politischen Gesamtbedingung erklärt werden dürfe.[126]

Der DGB versuchte jedoch, in Diskussionen und Resolutionen auf allen Partei-konferenzen und in den neuen Arbeitnehmerkonferenzen, die mittlerweile für die Beeinflussungsstrategie des DGB eine größere Bedeutung einnahmen als allgemeine Parteitage, die Partei durch konkrete Beschlüsse zur Mitbestimmung auf eine kom-promisslose Haltung festzulegen. Haupt- und ehrenamtliche Funktionäre der Par-tei sollten mit Material versorgt und zu Gesprächen eingeladen werden.[127] Dennoch wusste man um die begrenzte Reichweite solcher Aktionen, weswegen erneut die Frage nach einem Streik aufkam. »Die Gewerkschaften werden gegebenenfalls ge-zwungen sein, zu Demonstrationen und demonstrativen Arbeitsniederlegungen auf-zurufen. […] Erst die Androhung und Ergreifung dieses letzten Druckmittels wird Eindruck auf die Regierung machen.« Dies müsse bis zum Äußersten durchgezogen werden, denn ansonsten würde der DGB eine ähnlich unglückliche Figur wie 1952 bei der Verabschiedung des Betriebsverfassungsgesetzes abgeben.[128]

Dieses Drohpotenzial blieb der Politik natürlich nicht verborgen, die frühzei-tig eine Ausnahmeregelung für den Montanbereich signalisierte, wohl wissend, dass genau hier das größte gewerkschaftliche Mobilisierungspotenzial lag. Deswegen konnten sich auch wichtige Vorsitzende wie Adolf Schmidt (1925–2013) von der IG Bergbau und Karl Hauenschild nicht mit dem Gedanken einer zentralen Groß-kundgebung anfreunden, die auf der Wunschliste der Sekretäre im Bundesvorstand ganz oben stand und die sie noch vor der ersten AfA-Konferenz in Duisburg im Oktober 1973 veranstalten wollten. Dort sollten Vetter, der IG-Metall-Vorsitzende Eugen Loderer (1920–1995) und ein Betriebsratsvorsitzender aus dem Bereich der IG Chemie auftreten, um die wichtigsten und in Sachen Mitbestimmung aktivsten

---

125 Siehe Bericht von Siegfried Balduin an Heinz O. Vetter von der Arbeitnehmerkonferenz des Be-zirks Westliches Westfalen am 26. Mai 1973 in Dortmund vom 6. Juni 1973, in: DGB-Archiv im AdsD, Abt. Gesellschaftspolitik, 24/1353.

126 Siehe Referat von Helmut Schmidt auf der Arbeitnehmerkonferenz des Bezirks Westliches West-falen am 26. Mai 1973 in Dortmund, in: ebd.

127 Vgl. Vorlage Mitbestimmungs-Aktivitäten 1973/74 vom 1. Juni 1973, in: ebd.

128 Siehe Vorlage betr. Mitbestimmung für Heinz-Oskar Vetter vom 31. August 1973, in: DGB-Archiv im AdsD, Abt. Gesellschaftspolitik, 24/1782.

Gewerkschaften in Erscheinung treten zu lassen.[129] Der Bundesvorstand entschloss sich jedoch, die Veranstaltung abzusagen.[130]

Innerhalb der Mitgliedschaft machte sich daraufhin, so berichtete die Abt. Gesellschaftspolitik an den Bundesvorstand, Frustration über das mangelnde Engagement des DGB in Sachen Mitbestimmung breit. Die Absage der zentralen Kundgebung, die über die Medien den Willen des DGB hätte transportiert sollen, wirkte nach und so machte die Abteilung weiter Druck.

>Seit Anfang dieses Jahres finden [...] die Mitbestimmungsdiskussionen nicht in den Gewerkschaften und geführt von den Gewerkschaften, sondern in den politischen Parteien statt. Überspitzt formuliert: Die CDU befasst sich – jedenfalls öffentlichkeitswirksam – mehr mit der Mitbestimmung als ihre eigentlichen Urheber, die Gewerkschaften und der DGB.«

Eine zentrale Großveranstaltung sei allein aus Gründen der gewerkschaftlichen Selbstdarstellung unumgänglich, wenn der Vorstand denn die Konfrontation mit der Regierung scheue.[131] Gleiches berichteten die Landesbezirke, wobei natürlich fraglich ist, ob in diesem Fall zuerst die Henne oder das Ei, sprich zuerst der Basiswille nach einer zentralen Kundgebung oder Gedanke seitens der Funktionäre, da war.[132]

Dennoch war der Kontakt zur SPD sehr eng, allein schon, da zahlreiche maßgebliche Gewerkschafter in der Regierung und im Parlament saßen. Mit Walter Arendt bekleidete der vormalige Vorsitzende der IG Bergbau den Posten des Bundesarbeitsministers, Georg Leber (1920–2012) saß als Verteidigungsminister im Kabinett, Friedhelm Farthmann, bis 1971 Leiter der Abt. Mitbestimmung bzw. nach 1969 der Abt. Gesellschaftspolitik beim DGB, zog 1971 als Nachrücker in den Bundestag ein, nachdem er bei der Wahl 1969 für ein Mandat kandidiert hatte. Hermann Rappe (geb. 1929), damals Leiter der Hauptabteilung Jugend bei der IG Chemie, wurde 1972 in den Bundestag gewählt und übernahm den Vorsitz der Arbeitsgruppe der SPD-Fraktion zur Mitbestimmung, um nur die wichtigsten Personen zu nennen. Zusätzlich waren zahlreiche Parlamentarier gewerkschaftlich organisiert, sodass das Schreckgespenst des »Gewerkschaftsstaates« – von den Arbeitgebern beständig wie-

---

129 Hauenschild ging es jedoch darum, den Kanzler nicht vor der Arbeitnehmerkonferenz, auf der er auch sprechen sollte, in eine unangenehme Situation zu bringen. Vgl. Schreiben von Gerd Muhr an Heinz-Oskar Vetter vom 26. September sowie Vorlage zur Mitbestimmungskampagne für Heinz-Oskar Vetter vom 28. September 1973, in: ebd.

130 Vgl. Beschlussprotokoll der Klausurtagung des Bundesvorstands vom 1. bis 3. Oktober 1973, in: Mertsching (Bearb.): Der Deutsche Gewerkschaftsbund, S. 763-768, hier S. 767.

131 Vorlage für Heinz-Oskar Vetter vom 26. November 1973, in: DGB-Archiv im AdsD, Abt. Gesellschaftspolitik, 24/1782.

132 Vgl. Schreiben des DGB-Landesbezirks Nordrhein-Westfalen an den DGB-Bundesvorstand vom 26. November 1973, in: ebd.

derholt – sich zu Beginn der 1970er-Jahre zu verwirklichen schien. Diese personelle Verzahnung zwischen Politik und Gewerkschaften trug erheblich zu dem Eindruck bei, dass sich die Bundesrepublik in der Rückschau in einem »sozialdemokratischen Jahrzehnt« befunden hätte. In der Gesamtschau zeichnete sich das Verhältnis von SPD und Gewerkschaften jedoch durch »Nähe und wachsende Distanz«[133] und eine zunehmende Komplexität aus, die auch mit den Veränderungen der Mitgliedschaft auf beiden Seiten zusammenhing.

Die richtungspolitische Differenz zwischen »linken« und »rechten« Gewerkschaften, zwischen »Ordnungsfaktor« und »Gegenmacht«[134] gestaltete das Verhältnis zur ebenfalls in sich gespaltenen SPD schwierig. Die Frage nach der Position der Gewerkschaften zur Mitbestimmung war eng verknüpft mit dem Selbstverständnis gewerkschaftlicher Politik und der gewerkschaftlichen Daseinsberechtigung. Gerade die neuen Linken, die sich größtenteils bei den Jusos sammelten, warfen den Gewerkschaften gerne vor, eine Integrations- und Anpassungspolitik zu verfolgen und sich nicht im Interesse der Arbeitnehmer zu engagieren.[135] Für den DGB beruhte dieser Vorwurf auf einer mangelhaften Durchleuchtung der Handlungsbedingungen: Gewerkschaften würden in einer kapitalistischen Wirtschaftsordnung nie in der Lage sein, ein striktes Konzept der Gegenmacht zu verfolgen, da sie die Erfolge ihrer Mitglieder sofort wieder aufs Spiel setzen würden. Es ginge vielmehr darum, »im Bereich der den Gewerkschaften zugänglichen Handlungsfelder (Tarifpolitik, Mitbestimmung etc.) Ziele zu setzen, die neben vorrangigen systemimmanenten Erfolgen zugleich die Plattform für gesellschaftliche Veränderung bieten.« Die Mitbestimmung drehe sich um die Änderung der Machtverhältnisse im Betrieb und Unternehmen, die Vorliebe der Jusos für die Mitbestimmung am Arbeitsplatz sei dagegen unpolitisch und im Grunde bürgerlich. »Im Gegenteil, die Strategie der Arbeitgeber beweist zu welch gefährlicher Zufriedenheit Mitbestimmungsrechte einzelner Arbeitnehmer oder Arbeitsgruppen führen kann.« Erst auf der Basis eigener Machtpositionen könnten die Gewerkschaften den Arbeitsvollzug reformieren, wobei es dabei eher um eine Frage der Humanisierung der Arbeit ginge.[136] Vor diesem Hintergrund plädierte vor allem Heinz-Oskar Vetter für ein politisches Mandat der Gewerkschaften.[137] Gerade in der Frage der Mitbestimmung machte der DGB seinen »politisch-gesellschaftlichen

---

133 Faulenbach: Das sozialdemokratische Jahrzehnt, S. 321.
134 Siehe Eberhard Schmidt: Ordnungsfaktor oder Gegenmacht. Die politische Rolle der Gewerkschaften, Frankfurt a. M. 1971.
135 Siehe hierzu zusammenfassend die linksakademische Kritik an den Gewerkschaften und ihrer angeblich verfehlten Politik der Sozialpartnerschaft und der Nichtberücksichtigung der Mitbestimmung am Arbeitsplatz bei Fritz Vilmar: Politik und Mitbestimmung. Kritische Zwischenbilanz – integrales Konzept, Kronberg 1977.
136 Siehe Vorlage für Heinz O. Vetter für ein Gespräch des GBV mit dem Bundesvorstand der Jungsozialisten am 16. November 1973 vom 15. November 1973, in: DGB-Archiv im AdsD, Abt. Gesellschaftspolitik, 24/1353.
137 Vgl. Schneider: Kleine Geschichte, S. 340 ff.

Geltungsanspruch«[138] geltend, konnte jedoch gleichzeitig aus der Nähe zur SPD und den personellen Verflechtungen kein Kapital schlagen.

Graue Wolken, die das Verhältnis von SPD und Gewerkschaften überschatteten, kündigten sich bereits zu Beginn der 1970er-Jahre an. Parallel zur Novellierung des Betriebsverfassungsgesetzes arbeitete das BJM an einer Überarbeitung des GmbH-Gesetzes mit dem Ziel, die Rechtsform der GmbH & Co. KG ebenfalls durch das GmbH-Gesetz zu erfassen. Der DGB forderte im Kern eine rechtliche Gleichbehandlung der Mitbestimmung in der GmbH und der GmbH & Co. KG und eine Beschneidung der Kompetenzen der Gesellschafterversammlung. Man sah sich außerstande, eine rein gesellschaftsrechtliche GmbH-Reform unter Ausklammerung der Unternehmensverfassung zu akzeptieren.

> »Wir können eine solche zweite Auflage der Aktienrechtsreform von 1965, die wir seinerzeit heftig kritisiert haben, nicht schweigend hinnehmen, ohne das Gesicht zu verlieren. Wir müssen daher bei unserer Forderung an die Bundesregierung bleiben, im Zuge einer GmbH-Rechtsreform zugleich die Stellung des Aufsichtsrats aller mitbestimmten GmbH's zu stärken.«[139]

Diesbezüglich angesetzte Gespräche zwischen Brandt und Vetter wurden vom Kanzler abgesagt und Justizminister Jahn machte unmissverständlich klar, dass er auf die Forderung des DGB nicht eingehen werde und seine Gesetzesvorlage im Sinne des Referentenentwurfs im Kabinett einbringen werde. Politisch versuchte die Bundesregierung, die Zustimmung des DGB mit der Einberufung einer Kommission zur Reform des Unternehmensrechts zu erkaufen. Eine solche Sachverständigenrunde stieß zwar auf Zustimmung, jedoch nur unter der Maßgabe, dass die Zusammensetzung und der Auftrag gewährleisteten, dass am Ende den Gewerkschaften genehme Ergebnisse stehen und die Mitglieder in Mehrheit politisch auf ihrer Linie lagen. Im Ministerium wurden die Vorstellungen des DGB natürlich zurückgewiesen, sodass der DGB über den Arbeitskreis Wirtschaft versuchte, die Vorlage des Entwurfs zu verhindern.[140] Diese Randepisode kann als Beleg herangezogen werden, dass es den Gewerkschaften eben nicht ohne Weiteres gelang, in dem Maße Einfluss auf die Regierung auszuüben, wie es ihnen zeitgenössisch zugesprochen wurde. Besonders mit dem unter Gerhard Jahn sozialdemokratisch geführten BJM gab es häufiger Querelen. Hatte Jahn zeitgleich in der Frage der S. E. schon nicht die Unterstützung der gewerkschaftlichen Positionen gezeigt, die sich die Gewerkschaften wünschten, so

---

138 Faulenbach: Das sozialdemokratische Jahrzehnt, S. 324.

139 Vgl. Vermerk für Heinz-Oskar Vetter vom 13. Oktober 1971, Gp-Hen/Lr, in: DGB-Archiv im AdsD, Abt. Vorsitzender, 5/DGAI001215 (Zitat ebd., Bl. 3).

140 Vgl. Vermerk für Heinz-Oskar Vetter, Friedhelm Farthmann und Heinz Gester vom 15. Oktober 1971, Gp-Hen/Lr, in: ebd.

brachte er auch den Entwurf zur Novellierung des GmbH-Gesetzes nach der Bundestagswahl erneut in unveränderter Form in den Bundestag ein mit der Begründung, sie stelle eine wünschenswerte Vorstufe für eine einheitliche unternehmensrechtliche Lösung dar.[141]

Doch nicht nur Jahn, sondern auch Herbert Ehrenberg und Walter Arendt zweifelten an der Führungsfähigkeit des DGB, wie sie in einem vertraulichen Gespräch zur Vermögensbeteiligung mit Vertretern des BDI, ob taktisch intendiert oder nicht, bekundeten. »Sie hatten beide große Schwierigkeiten aus dem Vorstand des DGB Namen zu nennen, die einflußreich und verantwortlich die Politik des DGB tatsächlich repräsentieren könnten.« Es fielen lediglich die Namen Hauenschild und Brenner. Arendt und Ehrenberg bekundeten, sie würden nach Lösungen suchen, die Sozialpolitik im Rahmen der bürgerlich-freiheitlichen Grundordnung zu halten, offenbar, so interpretierte es der BDI, aus Angst vor den radikalen Linken. Das schien auch sachlich geboten, denn, so Arendt, »der Arbeiter mit seinem Einfamilienhaus und seinem Einkommen ist im Grunde seines Herzens von Natur aus konservativ.« Er wollte den informellen und vertraulichen Kontakt zum BDI halten.[142]

2.2.2 Neupositionierung zur FDP trotz Differenzen

Mit der FDP musste der DGB trotz der inhaltlichen Neupositionierung der Partei das Gespräch suchen, ohne allerdings direkt kontroverse Themen anzusprechen. Man wollte die Gesprächsmöglichkeiten sondieren, was auch im Interesse der Liberalen lag, die nach eigenem Bekunden ihre mit dem Freiburger Parteitag eingeleitete Öffnung fortentwickeln wollten. Gemeinsame Arbeitsgruppen sollten nach dem Willen beider Seiten ausloten, was in Sachen Mitbestimmung möglich war, wenngleich die kontroversen Punkte von Beginn an bekannt waren.[143]

Für den DGB, der sich auf ein auch in der Presselandschaft stark rezipiertes erstes Gespräch im Februar 1973 intensiv vorbereitete, befand sich die FDP in einem begrüßenswerten Wandlungsprozess; er stellte fest, »sie erkennt zunehmend den gesamtgesellschaftlichen Erfordernissen und Bedürfnissen ihren Rang zu.« Doch sah der DGB die Struktur der Wähler und der Mitgliedschaft der Partei als ursächlich für gewisse konservative Elemente, denn gerade die in der FDP organisierten, überdurchschnittlich wohlhabenden Gruppen gerieten »zunehmend zwischen die Mühlsteine der sich verschärfenden gesellschaftlichen Widersprüche und Mißstände. Sie sind ebenso wie die übrige Arbeitnehmerschaft wachsenden Gefährdungen ihrer Arbeits- und Le-

---

141 Vgl. Vermerk über ein Gespräch mit Ministerialdirektor Krieger am 15. Februar 1973.

142 Vgl. Vermerk von Fritz Neef vom 12. Juli 1971 (handschriftlicher Vermerk »Streng vertraulich«), in: BDI-Archiv, HGB-Büro, Karton 83.

143 Vgl. Vermerk über das Gespräch zwischen Vertretern des DGB und der FDP am 21. Februar 1973 vom 6. März 1973, in: DGB-Archiv im AdsD, Abt. Gesellschaftspolitik, 5/DGAK000054.

bensbedingungen ausgesetzt.« In diesem Zusammenhang wurde auch der Einsatz
für die Belange der leitenden Angestellten verortet. In der Frage der Vertretung von
außerbetrieblichen gewerkschaftlichen Personen im Aufsichtsrat sah man die »starre
Front« bei Zugeständnissen im Wahlverfahren im Auflockern.[144]

Führende FDP-Vertreter unterstrichen diese Einschätzung dadurch, dass sie in
der Öffentlichkeit die offene Haltung der Partei betonten, und stellten heraus, dass
die verfahrene Mitbestimmungsdiskussion erst durch die FDP wieder an Dynamik
gewonnen hatte.[145] Der FDP-Vorsitzende Scheel schrieb Anfang März an das Präsidium seiner Partei, dass die FDP von den im Bundestag vertretenen Parteien sich in
der günstigsten Lage befände, da ihr knapp beschlossenes, aber gültiges Modell den
Vorzug hätte, den Gegebenheiten im Betrieb zu entsprechen. Weder die SPD noch
die CDU/CSU hätten ein Modell, das als Grundlage einer praktikablen Lösung dienen könnte. Scheel zeigte sich optimistisch, dass »auch die interessierten Gruppen
unserer Gesellschaft den Gedankengängen der FDP auf diesem Gebiete Geschmack
abgewinnen können.« Dies gelte – unter bestimmten Voraussetzungen – auch für die
Gewerkschaften. Einen Erfolg werde die FDP aber nur verzeichnen können, wenn
sie behutsam vorginge. Deswegen müsse man zunächst Gespräche mit den Gewerkschaften und später auch mit den Verbänden der Unternehmer führen, nicht mit dem
Ziel, Kompromisse zu vereinbaren, sondern um sich gegenseitig füreinander zu öffnen und diesen Gruppen die Ziele der FDP zu erläutern. »Verhandlungen über einen
möglichen Kompromiss zu Gesetzesinitiative können naturgemäß nur mit dem Koalitionspartner geführt werden.« Vor diesem Hintergrund sei es angesichts der auffla-
ckernden Diskussion in der Partei besonders wichtig, jetzt nicht intern zu diskutieren.
Dies würde die eigene Position nur schwächen. Man solle sich hüten, neue Modelle
zu entwerfen und den gefundenen Kompromiss infrage zu stellen. Deswegen müsse
natürlich auch der Umgang der SPD mit der Frage beobachtet werden, insbesondere
der der Jusos. Scheel versicherte, wohl als Besänftigung in die Partei gedacht, dass er
reagieren werde, sollte sich die SPD von gemeinsamen Positionen trennen.[146]

---

144 Siehe Unterlage für das Gespräch mit dem Bundesvorstand der FDP am 21. Februar 1973, in: ebd.
(Zitate ebd.).

145 Siehe etwa Interview mit Werner Maihofer, in: Die Welt, 10. Februar 1973, WAZ-Gastkommen-
tar von Hans-Dietrich Genscher vom 9. Februar 1973 oder Walter Scheel: Nicht ausklammern.
Mitbestimmung: zum Kompromiß bereit, in: Die Zeit 7/1973, S. 27. Die Öffentlichkeitsoffensi-
ve diente hauptsächlich dem Zweck, die durch den FDP-Landesvorsitzenden von Nordrhein-
Westfalen, Horst-Ludwig Riemer, zuvor ausgelösten Irritationen zu zerstreuen. Riemer forderte
im Vorfeld der Gespräche mit dem DGB, nur sein auf dem Parteitag 1971 knapp beschlossenes
6-4-2-Modell könne als Ergebnis der Koalitionsverhandlungen angesehen werden und solle auch
auf den Montanbereich übertragen werden. Führende FDP-Vertreter sahen sich daraufhin genötigt, Riemer zur Räson zu rufen. Vgl. Der Spiegel 8/1973, S. 27 f.

146 Siehe Schreiben von Walter Scheel an die Mitglieder des Präsidiums vom 9. März 1973, in: AdL,
A40-62, Bl. 32-36, Zitate ebd.

Offen für beide Seiten zu sein und somit die Situation überspielen, dass die FDP sich gewissermaßen ebenso zwischen den Stühlen befand wie die SPD und die CDU/CSU auch, war das Gebot der Stunde. Um den Gewerkschaften entgegen zu kommen, schlug Hansheinrich Schmidt (Kempten) vor, einen schon einige Jahre zuvor besprochenen Ansatz erneut aufs Tableau zu bringen. Schmidt wollte über die Zusammensetzung der Kapitalbank sprechen, um das 6:4:2-Modell der FDP weiter zu einem 4:2:4:2-Modell zu entwickeln, das dann auch mit 2 Sitzen im Aufsichtsrat den Interessen der Kleinaktionäre Rechnung getragen hätte, die bisher nur über das Depotstimmrecht der Banken vertreten waren. Dies sei, so Schmidt, ein Ansatz, die starre Front der Ablehnung des FDP-Modells von der Sache her zu durchbrechen.[147]

Im September 1973 trafen sich DGB und FDP auf der Grundlage des Arbeitsergebnisses zweier Expertengruppen erneut zu einer längeren Aussprache.[148] Die FDP verdeutlichte, dass sie sich zwar zu dem in der Regierungserklärung festgelegten Grundsatz der Gleichgewichtigkeit von Arbeitnehmern und Anteilseignern bekannte, aber anders, als es der DGB interpretierte. Sie widersprach nicht der Forderung nach einer Beteiligung von Gewerkschaftsvertretern im Aufsichtsrat, sie sollten sich allerdings der Wahl stellen. Aus technischen Gründen hätte die FDP auch einer indirekten Wahl anstatt einer direkten zustimmen können, wobei sie sich nicht mit der vom DGB favorisierten Lösung einer Wahl durch die Betriebsräte anfreunden konnte. Unüberwindbarer Dissens bestand in der Anwesenheit von leitenden Angestellten auf der Arbeitnehmerbank. Die FDP war nicht bereit, von ihrem Dreifaktorenmodell abzurücken und gab zu bedenken, dass unter den leitenden Angestellten ein kritisches Potenzial herangewachsen war, das nicht übergangen werden dürfe und von dem die Gewerkschaften langfristig profitieren würden. Beschwichtigend lenkten die Politiker, unter ihnen Scheel, Genscher, Maihofer und Graf Lambsdorff, ein, dass sie keine weitere Novellierung des Betriebsverfassungsgesetzes im Sinn hätten und somit keine Gründung sogenannter Sprecherausschüsse zur Debatte stand. Auch der Fortbestand der Montanmitbestimmung sei nicht ausgeschlossen, was jedoch einem vergifteten Angebot entsprach.[149]

Im Vorfeld hatten einzelne Vertreter der FDP den Vorschlag unterbreitet, den Arbeitnehmern nicht näher definierte verschärfte Quoren für bestimmte Entscheidungen im Aufsichtsrat einzuräumen, wenn sie sich im Gegenzug mit der Sonder-

---

147 Vgl. Schreiben von Hansheinrich Schmidt (Kempten) an Wolfgang Mischnick vom 5. Januar 1973, in: AdL, A40-66, Bl. 90 ff.

148 Das Gespräch wurde von einer gemeinsamen Arbeitsgruppe am 5. Mai 1973 vorbereitet, das lediglich der Klärung, nicht der Kompromissfindung diente. Vgl. Protokoll der Sitzung des DGB-Bundesvorstands vom 8. Mai 1973, in: DGB-Archiv im AdsD, Abt. Vorsitzender, 5/DGAI000537.

149 Siehe Ergebnisvermerk über die Besprechung zwischen Vertretern des DGB und der FDP am 15./16. September 1973 über die Themen Mitbestimmung und Vermögensbeteiligung, in: DGB-Archiv im AdsD, Abt. Gesellschaftspolitik, 24/1782.

stellung der leitenden Angestellten abgefunden hätten. Der DGB lehnte das ab. Mit Ausnahme dieses Punktes zeigte sich die FDP Mitte 1973 in beinahe allen strittigen Punkten bereit, auf den DGB zuzugehen und den Konsens zu suchen, sei es in der Frage des Arbeitsdirektors, der Rechtsform, der Größenkriterien oder des Wahlverfahrens, gerade im Hinblick auf die Repräsentation außerbetrieblicher Arbeitnehmervertreter, an der es »nicht scheitern werde.«[150]

2.2.3 Die politische Einflussnahme der Arbeitgeber und der ULA

Wenig überraschend traf sich die FDP selbstverständlich auch zum Austausch von Meinungen mit der BDA zu Spitzengesprächen, allerdings war es die BDA, die offenbar wiederholt darum bitten musste, einen Termin hierfür zu erhalten.[151] Die Arbeitgeber legten Ende 1972 in einer längeren Aussprache fest, in der öffentlichen Diskussion keine eigenen Vorschläge oder Modelle zu lancieren. Die Strategie zielte darauf, die Differenzen zwischen der SPD und der FDP für sich zu nutzen und alles zu versuchen, »eine Entscheidung in der Mitbestimmungsfrage hinauszuschieben.« Eine rasche Einigung in der Koalition sahen sie zurecht als wenig aussichtsreich, die »derzeit weder auf der Basis des SPD- (d. h. DGB-)Modells noch auf derjenigen des FDP-Modells« möglich sei. Trotz allem Streit zwischen der SPD und dem DGB über den richtigen Weg sahen die Arbeitgeber die beiden Akteure offenbar als deckungsgleiche Parteien an, die an einem Strang zogen. Im Sinne der Konfrontation hielt man es für klüger, die FDP in ihrem Widerstand zu unterstützen, allerdings ohne dabei das Riemer-Modell zu propagieren. Es war Schleyer, der jedwede Ideen innerhalb der Unternehmerschaft bezüglich einer Änderung dieser Haltung konsequent abblockte. Die mehrjährigen Kontakte zwischen der BDA und der ULA wurden als besonders nützlich empfunden, im Zusammenhang zur Mitbestimmung jedoch nicht, um ein koordiniertes Vorgehen zu wählen, sondern um die SPD indirekt zu attackieren, die sich gegen die im Riemer-Modell vorgesehene Etablierung von Sprecherausschüssen für leitende Angestellte verwahrte. Die Arbeitgeber nahmen Ende 1972 auch die verfassungsrechtlichen Aspekte in den Blick und beschlossen, vorsorglich Untersuchungen hinsichtlich diverser Mitbestimmungsmodelle und ihrer Konformität mit dem GG anzufertigen.[152]

---

150 Vermerk für Heinz-Oskar Vetter betr. Gespräch zwischen Vertretern von FDP und DGB vom 7. Mai 1973, in: DGB-Archiv im AdsD, Abt. Gesellschaftspolitik, 24/2034.

151 Vgl. Schriftverkehr von Mai und August 1973 zwischen Walter Scheel und Otto A. Friedrich, in: AdL, A35-94.

152 Siehe Aufzeichnung betr. Heutige Sitzung des Arbeitskreises Mitbestimmung vom 4. Dezember 1972, in: BDI-Archiv, HGF-Büro, Karton 83. In dieser Sitzung legte der Kreis auf Bitte von Schleyer zudem fest, dass in Zukunft keine Protokolle mehr verschickt werden sollten, da hierbei zu oft Indiskretionen vorgekommen seien.

Die ULA hingegen intensivierte ihre Lobbyarbeit in der FDP. Noch während der laufenden Koalitionsverhandlungen im Dezember 1972 trafen sich ihre Vertreter am 6. Dezember mit Mischnick zu einem halbstündigen Gespräch, um die FDP über ihre Politik für die leitenden Angestellten zu unterrichten. Man blicke, so die ULA, »auf eine langandauernde und vertrauensvolle Zusammenarbeit« zurück, die sich nicht zuletzt auf das positive Wahlergebnis der FDP ausgewirkt habe. »Das bringt Ihre Partei und unsere Organisation in noch größere interessenmäßige Nähe.«[153] Da der Parteivorsitzende Scheel persönlich nicht zugegen sein konnte, drängte die ULA jedoch auf ein erneutes Treffen, das unbedingt geboten sei.[154]

Im April 1973 trafen sich der Vorstand der ULA und bedeutende Vertreter der FDP, unter ihnen Genscher, Mischnick, Friedrichs, Flach und Maihofer, auf Wunsch der ULA zu einem weiteren Meinungsaustausch. Das Präsidium der FDP hatte diesen Wunsch zuvor sehr positiv aufgenommen.[155] Zwischenzeitlich erreichte Schmidt (Kempten) bei Arendt, dass das BMA die ULA auf die Liste der in Gesetzesvorhaben anzuhörenden Verbände setzte und damit in Vorgespräche einbezog. Die FDP-Fraktion gründete eine eigene Arbeitsgruppe »Leitende Angestellte«, bestehend aus Mitgliedern der Partei und Vertretern der ULA, um das Thema zu diskutieren und ein Signal an die Verbände zu senden, dass man sich um sie kümmerte und sich ihrer Belange annahm.[156] Politisch spielte bei dieser Gründung auch die Erwägung eine Rolle, dass »die CDU mit ihrem Arbeitskreis leitende Angestellte sehr rege ist und ihn in einem Turnus von 6–8 Wochen zusammentreten läßt [...] und die Vertreter der ULA und ihre Mitgliedsverbände regelmäßig einlädt.«[157]

Im September leitete die Angestelltenorganisation dann den Fraktionen des Bundestags ihre Stellungnahme zu den Vorstellungen der Parteien zu, in der sie bewusst auf den Vorschlag eines eigenen Modells verzichtete, damit unter dem Begriff Mitbestimmung nicht allein die Aufteilung von Aufsichtsratsmandaten zu verstehen sei. Sie bekannte sich zum »unabdinglich notwendigen« System der sozialen Marktwirtschaft und gegen eine Umverteilung von Macht im Sinne einer neuen »Organisationsmacht«, bezogen auf den DGB und die Gewerkschaften. Ferner sollten die zu wählenden Personen dem Betrieb entstammen und die Montanmitbestimmung abgeschafft werden. Und obwohl der Aufsichtsrat grundsätzlich kein Ort der Vertretung von Gruppeninteressen sei, sei es jedoch gleichzeitig unbestreitbar für die Wirklichkeit der Aufsichtsräte, dass die einzelnen Gruppierungen ihre Interessen vertreten, was von der

---

153 Schreiben von Walter Schwarz an Walter Scheel vom 28. November 1972, in: AdL, A35-105, Bl. 54 f.

154 Siehe Schreiben von Walter Schwarz an Walter Scheel vom 26. Januar 1973, in: ebd., Bl. 49 f.

155 Vgl. Schriftverkehr zwischen der ULA und dem Präsidium der FDP, in: AdL, A38-373, Bl. 81 f.

156 Vgl. Schreiben von Hansheinrich Schmidt (Kempten) an Wolfgang Mischnick vom 5. April 1973 und an Walter Arendt vom 4. Mai 1973, in: AdL, A40-66, Bl. 66 ff.

157 Vermerk von AK III vom 2. Januar 1973, in: AdL, A35-105, Bl. 47 f.

ULA auch als legitim anerkannt wurde. Den leitenden Angestellten als eine zu den Seiten Kapital und Arbeit hin offene Gruppe käme dabei eine besondere Rolle zu.

>Einmal haben sie aus ihrem sozialen Bezug und aus der täglichen Leistungsgemeinschaft Verständnis für die berechtigten Forderungen der Arbeitnehmerschaft, andererseits können sie hinsichtlich der langfristigen Notwendigkeiten des Unternehmens abwägen. Leitende Angestellte sind fachlich wie persönlich in der Lage, sachgerechte Entscheidungen im Aufsichtsrat zu fördern.<

Die Vertreter der jeweiligen Gruppe sollten nach den Vorstellungen der ULA ihre eigenen Vertreter vorschlagen dürfen. Aus rechts- und verfassungsrechtlichen Gründen müsse der Faktor »Ideen«, also der Faktor Disposition, auf der Nichteigentümerseite angesiedelt werden. Die Definition, wer zu diesem Kreis gehöre, solle dem Betriebsverfassungsgesetz entnommen werden, und auch wenn sie unternehmerische Funktionen wahrnehmen, so gehörten die leitenden Angestellten doch zum kontrollierenden Teil der Unternehmensgemeinschaft. Nur solche Personen, die nach § 105 AktG grundsätzlich nicht von Vorstandstätigkeiten ausgenommen waren und im Innenverhältnis eines Geschäftsbereichs handeln durften, sollten nicht das passive Wahlrecht genießen.[158]

2.3 Beginn der Koalitionsverhandlungen im September 1973

Parallel zu den Gesprächen mit dem DGB begann die Koalition, Details zum Mitbestimmungsgesetz auszuhandeln.[159] Erste Ergebnisse lagen bis Mitte Oktober 1973 vor und sahen unter anderem bei einem paritätisch besetzten Aufsichtsrat sowohl den Verzicht auf eine neutrale Person als auch die Unzulässigkeit eines Stichentscheids des Vorsitzenden vor. Im Falle eines Abstimmungspatts sah man zunächst eine komplizierte, aber doch ausgeglichene Regelung vor, die die Interessen beider Seiten zu berücksichtigen suchte. Der Aufsichtsrat sollte für die Dauer seiner Amtszeit aus der

---

158 Siehe Stellungnahme der ULA zur unternehmensbezogenen Mitbestimmung vom 13. September 1973, in: AdL, A40-66, Bl. 73-78.

159 Im Vorfeld hatte bereits der nordrhein-westfälische Ministerpräsident Heinz Kühn (1912–1992) ein Modell lanciert, das schon in den Koalitionsverhandlungen Ende 1972 gestreift, aber nicht erörtert wurde. Demnach gehörten dem Aufsichtsrat je vier Kapital- und Arbeitnehmervertreter an, die je einen leitenden Angestellten kooptierten. Der Widerspruch aus den Reihen der FDP ließ solche Gedankenspiele nicht zu. Kühn wollte damit auch die gereizte Atmosphäre zwischen Riemer und Vetter lösen, indem er beide Seiten am 13. Februar zu einem Gespräch in die Staatskanzlei einlud. Vgl. Auszug aus der Tonbandaufzeichnung der Fragestunde mit Ministerpräsident Heinz Kühn am 7. Februar 1973, in: DGB-Archiv im AdsD, Abt. Gesellschaftspolitik, 5/ DGAK000054. Vgl. auch FAZ vom 8. Februar 1973. Die ULA protestierte gegen diesen Vorschlag prompt bei der FDP. Siehe Telegramm der ULA an die FDP-Bundestagsfraktion vom 8. Februar 1973, in: AdL, A38-373, Bl. 85 ff.

Gruppe der Anteilseigner einen Vorsitzenden und aus der Gruppe der Arbeitnehmer seinen Stellvertreter wählen, wobei der Vorsitz jährlich wechseln sollte, wenn die Satzung des Unternehmens nichts anderes bestimmte. In jeden Fall musste sie aber einen regelmäßigen Wechsel vorsehen, außer der Aufsichtsrat einigte sich mit zwei Dritteln auf eine Person, gleich welcher Gruppe. Einen Stichentscheid sahen die Koalitionäre für die zweite Abstimmung vor, wenn dies mit jeweiliger Mehrheit von beiden Gruppen beschlossen wurde. Die externen Vertreter, die zu einem Drittel bei einem 18-köpfigen bzw. zu vier von zehn bei einem 20-köpfigen Gremium Platz nahmen, mussten sich ebenso wie die betrieblichen Angehörigen der Wahl stellen, denn für jeden zu wählenden Posten sollten zwei Kandidaten antreten. Zudem legte die Koalition schon früh fest, dass Wahlmänner zum Einsatz kämen, die entweder in Gruppen- oder in gemeinsamer Wahl geheim bestimmt werden sollten. Die unternehmensangehörigen Arbeitnehmervertreter wurden gemäß ihrem Zahlenverhältnis zwischen Arbeitern und Angestellten aufgeteilt, wobei jede Gruppe mindestens einen Sitz erhalten sollte. Ob weitere Mitglieder im Sinne von § 5 Abs. 3 Betriebsverfassungsgesetz in den Aufsichtsrat einziehen könnten und wie diese gewählt würden, mithin also die Frage nach der Repräsentanz leitender Angestellter, blieb zunächst offen.[160]

Vetter hatte im Vorfeld in einem Schreiben an Brandt die Haltung des DGB, insbesondere in Bezug auf die Frage der leitenden Angestellten, dargelegt und seinen Eindruck von den vorherigen Gesprächen mit der FDP mitgeteilt. Er unterstrich, dass es dem DGB nicht darum ging, diese Gruppe generell aus dem Aufsichtsrat herauszuhalten, sie sollten nur über die Betriebsräte gewählt werden. Leitende Angestellte mit Arbeitgeberfunktion sollten jedoch nicht einbezogen werden. In dem politisch durchsichtigen Ziel der Standesvertretung von bestimmten Gruppen sah der DGB eine Gefahr der Schwächung der Arbeitnehmerschaft als ganzer. »Sollte der Gesetzgeber […] Sonderrechte einführen, so würde er damit eine Entwicklung einleiten, die in den nächsten zwanzig Jahren nicht mehr aufgehalten, geschweige denn korrigiert werden kann.« Vetter unterstrich, dass »der DGB und seine Gewerkschaften« eine solche Sonderstellung »kompromißlos ablehnen.« Sollte dies verabschiedet werden, würde sich eine erhebliche Unruhe in den Betrieben einstellen.[161]

Brandt entgegnete nicht direkt, sondern traf sich am 10. Oktober 1973 mit Vertretern des DGB. Der Kanzler äußerte in der Sitzung seinen Eindruck, dass der DGB lieber kein Gesetz wolle als eines, das sich nicht eng an der Montanmitbestimmung orientierte, und machte klar, dass es auch innerhalb der SPD maßgebliche Personen gäbe, die etwa mit dem vom DGB vorgeschlagenen Wahlverfahren nicht einverstanden

---

160 Vgl. Aufzeichnung über die Mitbestimmungsgespräche zwischen Vertretern der Koalitionsparteien am 2., 13. und 28. September sowie am 14. Oktober 1973, in: AdsD, SPD-Bundestagsfraktion 7. WP, 2/BTFG000600.

161 Siehe Schreiben von Heinz-Oskar Vetter an Bundeskanzler Willy Brandt vom 21. September 1973, in: BA, B136/8765, Zitate ebd.

waren. Die Gewerkschafter zeigten Brandt gegenüber ein eher uneinheitliches Bild. Während Günther Stephan (geb. 1922) als das für Angestellte zuständige Mitglied im GBV einen kompromisslosen Wortbeitrag einbrachte, ruderte Karl Hauenschild zurück mit dem Hinweis, man könne nicht sicher sein, dass »die Arbeitnehmerschaft 1976 bei ihrer Wahlentscheidung von einer Lösung der Mitbestimmungsfrage ausgehen werde.«[162] Ungeachtet diverser Prüfsteine zog er ein Gesetz in der laufenden Legislaturperiode vor.

Manfred Lahnstein (geb. 1937), Abteilungsleiter Wirtschaft im Kanzleramt, erfuhr in vertraulichen Gesprächen mit dem DGB jedoch, dass »die differenzierenden Äußerungen von Eugen Loderer und Karl Hauenschild zum Thema leitende Angestellte bei Ihrem Gespräch mit dem Bundesvorstand des DGB nicht überbewertet werden dürften.« In Wirklichkeit entspräche die DGB-Haltung weiterhin der harten Linie, die Vetter in seinem Brief an Brandt dargelegt hatte. Zudem verwiesen die Gesprächspartner darauf, dass »Hans Katzer zu jeder interfraktionellen Initiative (bis hin zur Übertragung des Montanmodells) für den Fall bereit erklärt hat, daß der CDU-Parteitag kein paritätisches Modell beschließt (womit zu rechnen ist).«[163] Besonders der christdemokratische stellvertretende DGB-Vorsitzende Gerd Muhr (1924–2000) schien für solche »taktischen Spielchen« offen zu sein, die für die Koalition natürlich von unkalkulierbarem Risiko waren.[164]

Aufgrund der indifferenten Signale bat der Kanzler Eugen Loderer in der Sitzung vom 10. Oktober um eine schriftliche Klarstellung der Haltung der IG Metall, die in der Folgewoche ganz im Sinne der Haltung des DGB erfolgte. Loderer wiederholte die gängigen Forderungen in Bezug auf die Parität, das Wahlverfahren und die Sonderrepräsentation einzelner Belegschaftsteile und schloss an die Ausführungen von Vetter vom September an. Er betonte »mit Nachdruck, daß die IG Metall und die von ihr vertretenen Arbeitnehmer keinen Vorschlag außerhalb des von mir umrissenen Rahmens akzeptieren können. Mein Eindruck verstärkt sich, daß innerhalb der Arbeitnehmer und ihrer Organisationen die Enttäuschung über die Diskrepanz zwischen programmatisch erklärter und realer Politik wächst.« Die Qualität des Mitbestimmungsgesetzes werde das Verhältnis zwischen der Bundesregierung und den Gewerkschaften maßgeblich beeinflussen.[165]

---

162 Kurzprotokoll der Mitbestimmungsdiskussion mit Bundeskanzler Willy Brandt vom 10. Oktober 1973, in: Mertsching (Bearb.): Der Deutsche Gewerkschaftsbund, S. 768-771, hier S. 770 f.

163 Siehe Notiz Abteilungsleiter IV an BK und Chef-BK vom 16. Oktober 1973, vertraulich, in: BA, B136/8765.

164 Wehner machte in einer handschriftlichen Notiz auf das Verhalten von Muhr in der Frage der Rentenreform aufmerksam und warnte davor, einem Rat von ihm zu folgen bzw. sich darauf zu verlassen. Es laufe stets auf das Spiel mit den wechselnden Mehrheiten hinaus. Siehe Notiz von Herbert Wehner an Willy Brandt, in: ebd.

165 Siehe Schreiben von Eugen Loderer an Bundeskanzler Willy Brandt vom 18. Oktober 1973, in: ebd.

Die SPD hingegen signalisierte dem DGB noch im November 1973, dass sie zwar eine Anwesenheit der leitenden Angestellten im Aufsichtsrat nicht verhindern könne, ein Vorschlagsrecht dieser Gruppe für eigene Vertreter aber nicht hinnehmen werde.[166] In einem ersten inoffiziellen Gespräch des DGB mit dem SPD-Fraktionsvorstand am 26. November 1973 erneuerte Vetter seine Forderungen und betonte, dass darunter zwar einige sicherlich kompromissfähig seien, die Parität, die Rolle der leitenden Angestellten und die Besetzung der Arbeitnehmerbank jedoch nicht. Die SPD-Fraktion zeigte sich demgegenüber zwar aufgeschlossen, konnte sich allerdings nicht sämtliche Punkte zu eigen machen. Nach außen war es klar, dass die leitenden Angestellten, der neue Kernpunkt der Auseinandersetzungen, keine eigene Vertretung erhalten sollten. Die anfängliche Planung sah vor, am Beispiel eines 20-köpfigen Aufsichtsrats neun Vertreter jeder Seite mit je einem weiteren Mitglied zu vervollständigen, das ohne Bindung an irgendwelche Gruppen frei gewählt werden sollte. Die FDP jedoch bestand auf einem Gruppenvorschlagsrecht, was de facto auf eine eigenständige Repräsentation hinauslief. Ob die von Arbeitsminister Arendt unterstrichene Kampfbereitschaft, die Mitbestimmung würde eher scheitern, als dass die SPD ein Gruppenrecht akzeptieren würde, ernst gemeint war oder nicht, sei allerdings dahingestellt. Die Wahl der Aufsichtsratsmitglieder musste durch ein spezielles Gremium erfolgen, da die FDP eine Wahl durch die Betriebsräte, wie sie der DGB im Sinn hatte, nicht mittrug. Zudem sah sie als Grenze, ab der die Mitbestimmung griff, eine Belegschaftszahl von 2.000 vor und ließ somit aufgrund der Auswirkungen der zu erwartenden Regelung ihre in den Freiburger Thesen proklamierte Grenze von 1.500 fallen. Der SPD schwebte im Übrigen ein verbindliches Gesetz für die gesamte Wirtschaft vor. Der DGB unterstützte diese Ideen nur dann, wenn sichergestellt wurde, dass anstelle eines leitenden Angestellten auch eine Persönlichkeit des öffentlichen Lebens zum weiteren Mitglied hätte berufen werden können. Im Verhältnis von Internen zu Externen kam es deswegen auf eine möglichst ausgewogene Verteilung an, da ein Übergewicht der betrieblichen Arbeitnehmer aus Erfahrung dazu führe, dass in vielen Fällen unternehmensangehörige Kollegen zum Arbeitsdirektor berufen würden, was mit Betriebsegoismus assoziiert wurde.[167]

Am 1. Dezember 1973 trafen sich die Spitzen von SPD und FDP, Brandt, Scheel, Arendt, Maihofer, Friedrichs, Kühn und Genscher, zum Gespräch im Kanzleramt und räumten die vorläufig letzten Hemmnisse einer Übereinkunft aus dem Weg.[168] Bei den Gesprächen käme es, so Mischnick im Vorfeld in der Sitzung des Fraktions-

---

166 Vgl. Vermerk für Heinz-Oskar Vetter über ein Gespräch mit Karl Wienand vom 9. November 1973, in: DGB-Archiv im AdsD, Abt. Gesellschaftspolitik, 24/1782.

167 Vgl. Vermerk betr. Besprechung zwischen Vertretern des DGB und des SPD-Fraktionsvorstandes am 26. November 1973 vom 3. Dezember 1973, in: DGB-Archiv im AdsD, Abt. Vorsitzender, 5/DGAI001215.

168 Über das Gespräch ist keine Aufzeichnung überliefert. Auch das Protokoll des Parteivorstands vermerkt nur knapp, das Herbert Wehner einen Bericht erstattete. Vgl. Information der Sozial-

vorstandes, darauf an, festzustellen, was für die SPD machbar sei und was die FDP durchsetzen könne.[169] In Sinne dieses Ergebnisses versuchte Walter Arendt vermittelnd einzugreifen und schlug Vetter gegenüber vor, dass ein Modell eines 20-köpfigen paritätisch besetzten Aufsichtsrats mit drei Angestelltenvertretern, von denen einer aus dem Kreis der leitenden Angestellten gemäß § 5 Abs. 3 Betriebsverfassungsgesetz stammen sollte; dieser würde frei ohne Bindung an Vorschläge gewählt werden und wäre somit Arbeitnehmervertreter. Doch auch das konnte der DGB nicht akzeptieren, und zwar auch aus der Sorge heraus, keinen Vertreter zu finden, auf den sich die Arbeitnehmer verlassen konnten und der sich als ein solcher definierte. Die Erfahrungen der Gewerkschaften mit leitenden Angestellten zeigten in eine andere Richtung, sie hatten in den meisten Unternehmen niemanden finden können, der absolut sicher auf der Seite der Arbeitnehmer stand.[170] Deswegen konnte ein Kompromiss nur bedeuteten, den Vorschlag von Walter Arendt aufzugreifen und aus der Muss- eine Kannbestimmung zu machen.[171] Außerdem insistierte der DGB darauf, die Arbeitnehmerbank zu gleichen Teilen mit internen und externen Vertretern zu besetzen.[172] Im Vorfeld hatte sich aber auch eine 9:2:9-Lösung abgezeichnet. Diese zwei leitenden Angestellten sollten vom zunächst 18-köpfigen Aufsichtsrat aus vier Vorschlägen gewählt werden.[173]

2.4 Die erste Grundlage vom 19. Januar 1974 und die Reaktionen

Eine erste Diskussionsgrundlage legte die Koalition am 19. Januar 1974 vor. Sie enthielt folgende Kernregelungen. Der Vorsitzende und sein Stellvertreter sollten je aus der Gruppe der Arbeitnehmer und der Anteilseigner gewählt werden. Bei einer Wahl mit zwei Dritteln und mehr waren beide Personen für die Dauer einer Amtszeit ge-

---

demokratischen Fraktion im Deutschen Bundestag 801 vom 3. Dezember 1973 sowie SPD-Pressedienst 231 vom 3. Dezember 1973.

169 Vgl. Kurzprotokoll über die Sitzung des Fraktionsvorstandes am 30. November 1973, in: AdL, A41-9, Bl. 6 f.

170 Gerade in den für die Mitbestimmung besonders wichtigen Bereichen der Chemie- und metallverarbeitenden Industrie konnten sich die Gewerkschaften nicht darauf verlassen, für ihnen nahestehende Kandidaten genügend Stimmen für einen Vorschlag zu mobilisieren. Von 110 von der Mitbestimmung in der von der Koalition geplanten Form erfassten Unternehmen hätte die IG Chemie zum Beispiel allenfalls in fünf bis 10 Unternehmen in der Gruppe der leitenden Angestellten eine verlässliche Person im Aufsichtsrat platzieren können. Vgl. Aktennotiz für Heinz-Oskar Vetter betr. Mitbestimmungskompromiß der Koalition vom 25. Januar 1974, in: DGB-Archiv im AdsD, Abt. Gesellschaftspolitik, 5/DGAK000040.

171 Vgl. Vermerk betr. Mitbestimmung, hier Kompromißerwägungen für Heinz-Oskar Vetter vom 7. Dezember 1973, in: DGB-Archiv im AdsD, Abt. Gesellschaftspolitik, 24/1782.

172 Vgl. Vorlage Mitbestimmung: hier Denkbare Kompromißformeln, in: DGB-Archiv im AdsD, Abt. Vorsitzender, 5/DGAI001215.

173 Vgl. Vermerk von Hansheinrich Schmidt (Kempten) an Wolfgang Mischnick vom 15. November 1973, in: AdL, A40-66, Bl. 13 f.

wählt, bei Nichterreichen dieser Quote wechselte der Vorsitz regelmäßig zwischen den Gruppen. Im Falle einer Stimmengleichheit bei einer Abstimmung erhielt der Vorsitzende einen Stichentscheid, wenn dies von der Anteilseigner- und Arbeitnehmerbank jeweils mit Stimmenmehrheit beschlossen wurde. Somit verzichteten die Koalitionäre auf einen neutralen Mann, dessen Einrichtung sich vor allem aus Sicht der FDP nicht bewährt hatte. Weiter kam man überein, dass einem 20-köpfigen Aufsichtsrat drei Vertreter der Gewerkschaften angehören sollten, die sich dem allgemeinen Wahlprocedere durch ein Gremium aus Wahlmännern stellen sollten. Die Aufsichtsräte sollten nicht in der von der FDP favorisierten Urwahl, sondern durch ein Wahlmännergremium bestimmt werden, das nach dem Vorbild des Montan-Mitbestimmungsergänzungsgesetzes von 1956 gestaltet wurde. Demnach wurden die zu besetzenden Plätze auf die drei Gruppen entsprechend ihres zahlenmäßigen Verhältnisses verteilt, wobei ein Zehntel aller Arbeitnehmer bzw. ein Zehntel einer jeden Gruppe und der Betriebsrat Vorschläge einreichen konnten. Vorschlagsberechtigt für die jeweiligen Posten waren je ein Fünftel der im Unternehmen vertretenen Gruppen bzw. 100 Personen. Im ersten Wahlgang bedurfte es einer qualifizierten, im 2. Wahlgang einer relativen Mehrheit, für den auch neue Vorschläge unterbreitet werden konnten, die nur von einem Zwanzigstel Unterstützung finden mussten. Die Mitbestimmung griff in Unternehmen mit regelmäßig mehr als 2.000 Mitarbeitern, weitere Kriterien kamen nicht in Betracht. Neu war allerdings, dass auch Versicherungsvereine auf Gegenseitigkeit, Erwerbs- und Wirtschaftsgenossenschaften und die GmbH & Co. KG in das Gesetz einbezogen wurden.[174]

In der SPD-Fraktion zeigte sich eine breite Zustimmung für den Kompromiss, der auf der Grundlage der SPD-Vorschläge aus dem Jahr 1968 und dem Riemer-Modell des Freiburger Parteitags der FDP gefunden wurde. Sowohl die Verhandlungsführer als auch weite Teile der Diskutanten in der Fraktion lobten das Ergebnis als großartigen Erfolg der Koalition. Die SPD-Abgeordneten rechneten im Vorfeld nicht damit, dass die FDP sich so weit bewegen würde, und erkannten an, dass sie nach diesem Resultat keinen Spielraum mehr hatte. Das Mitbestimmungsgesetz wurde auch im Zusammenhang mit den Plänen zur Einführung der Vermögensbildung und zur Reform des Bodenrechts gesehen. Überwiegend herrschte die Einschätzung vor, nicht zuletzt von Helmut Schmidt, dass man den Entwurf gar nicht ablehnen könne, da es ansonsten gar kein Gesetz in der laufenden Legislaturperiode geben würde.

Genau hierfür trat jedoch das Sprachrohr des DGB in der Fraktion Friedhelm Farthmann ein. Er lehnte, ganz Gewerkschafter, den Kompromiss rundweg ab und

---

174 Vgl. Mitbestimmungs-Einigung der Koalitionsparteien SPD und FDP, in: DGB-Archiv im AdsD, Abt. Gesellschaftspolitik, 5/DGAK000041. Die Koalition hatte sich bereits in einem Gespräch am 6. Dezember mit der sogenannten »10:10«-Regelung befasst und in den Grundzügen beschlossen. Vgl. Arbeitsunterlagen zum Koalitionsgespräch am 6. Dezember 1973, in: WBA, A8-102.

blieb bei der Haltung, lieber kein Gesetz zu akzeptieren als eines in der vorliegenden Form. Nur wenige Parlamentarier schlossen sich ihm an. Die abschließende positive Erklärung der Fraktion wurde schließlich mit neun Enthaltungen und einer Gegenstimme angenommen.[175] Unter besonderem Rechtfertigungsdruck standen natürlich die exponierten gewerkschaftsangehörigen Fraktionsmitglieder. Hermann Rappe etwa erläuterte in einem längeren Schreiben an Funktionäre seiner Gewerkschaft seine Beweggründe, die ihn in den Verhandlungen geleitet hatten. Rappe führte aus, dass ein Kompromiss im Wesentlichen über ein Entgegenkommen in der Frage der leitenden Angestellten zu erzielen war, darüber habe es von Anfang an keinen Zweifel gegeben. Zudem sei der Ausgangspunkt der Gesetzentwurf der SPD aus dem Jahre 1968 gewesen, nicht die Ideen und Vorschläge des DGB. Das Gesetz müsse aufgrund entgegengerichteter Diskussionen in den FDP-Landesverbänden nun schnell auf den Weg gebracht werden, Rappe befürchtete ansonsten weitere Rückschläge.[176]

Vetter intervenierte nach Bekanntwerden der Beschlüsse direkt bei Brandt, um seinen Protest und die Enttäuschung des DGB kundzutun und die SPD an die Beschlüsse der AfA zu erinnern.[177] Er sah alleine, dass »sich die ursprüngliche FDP-Position gegenüber den Vorstellungen der SPD eindeutig durchgesetzt« hatte und dass drei von vier DGB-Grundsätzen »auch nicht ansatzweise verwirklicht« wurden. Ferner erschwere das komplizierte und unüberschaubare Wahlverfahren die Mitbestimmung unnötig. Für Vetter »als Gewerkschafter und als Sozialdemokrat« war der Kompromiss nicht annehmbar.[178]

Brandt hob in seiner Antwort darauf ab, dass im Verlaufe des Gesetzgebungsprozesses eine Lösung gefunden werden müsse, die von »allen demokratischen und reformwilligen Kräften in unserem Lande bewußt mitgetragen werden kann.« Trotz der Würdigung des kritischen Urteils des DGB bat Brandt, die

»Befürchtungen hinsichtlich der behaupteten Sonderstellung der leitenden Angestellten im Lichte des Gesetzestextes erneut sorgfältig und vorbehaltlos zu überprüfen. Dabei dürfen Sie davon ausgehen, daß die wesentlichen Punkte der Mitbe-

---

175 Vgl. Protokoll der Sitzung der SPD-Fraktion vom 22. Januar 1974, Bl. 3-11.

176 Siehe Schreiben von Hermann Rappe an die Mitglieder des Gesamtvorstands, Bezirke, Verwaltungsstellen, Sekretäre im Hause und die Schule Bad Münder der IG Chemie vom 31. Januar 1974, in: AfsB, IG CPK, Mitbestimmung.

177 Zuvor musste Vetter Brandt bitten, ihm für die Beratschlagung im DGB-Bundesvorstand »eine unverzügliche schriftliche Information aus dem zuständigen Ministerium« zur Verfügung zu stellen und ihn daran erinnern, dass »die sozialdemokratische Partei und Bundestagsfraktion keine verbindlichen Beschlüsse fassen, bevor nicht die Stellungnahme des DGB und seiner Gewerkschaften vorliegt.« Fernschreiben von Heinz-Oskar Vetter an Willy Brandt vom 22. Januar 1974, in: DGB-Archiv im AdsD, Abt. Gesellschaftspolitik, 5/DGAK000041.

178 Schreiben von Heinz-Oskar Vetter an Willy Brandt vom 22. Januar 1974, in: ebd.

stimmungsregelung im Koalitionspapier klar festgelegt sind. Auslegungsakrobatik kann und wird es gerade hier nicht geben.«[179]

Ernüchternd für den DGB war auch der fehlende Rückhalt, der sich in der Fraktion abzeichnete. »Eine überwiegende Zahl der gewerkschaftlich organisierten Bundestagsabgeordneten der SPD-Fraktion soll die ausgehandelte Mitbestimmungsregelung für das ›optimal Erreichbare‹« halten. Es ist daher nicht anzunehmen, daß sie gegen das Modell vorgehen würden, auch wenn dies von den Gewerkschaften gewollt sein sollte.«[180] Dies wirkte umso bedrohlicher, als aus Teilen der Belegschaften, insbesondere aus Tendenzbetrieben und aus einzelnen Landesverbänden die klare Ansage kam, dass die in der Presse bekannt gewordenen Regelungen für die Gewerkschaften nicht tragbar seien.[181]

Die ULA sah dies selbstverständlich anders und kritisierte, dass der Entwurf weiterhin einer Minderheit der leitenden Angestellten die Möglichkeit gäbe, einen dem DGB nahestehenden Vertreter zu wählen. Die Äußerungen von Herbert Wehner, es komme nur darauf an, einen passenden Kandidaten des DGB zu finden, stachele den DGB an, demokratische Spielregeln zu missachten. Die ULA zeigte sich enttäuscht, dass die FDP sich auf diese Art von Kompromiss in Bezug auf das Wahlverfahren eingelassen hatte, und wollte anhand des Beispiels der Bayer AG, eines exponierten Falles mit hohem ULA-Organisationsgrad, nachweisen, dass sie sich in der Mehrheit befand und der DGB durch eine harte Linie im letzten Wahlgang doch ihm genehme Vertreter in den Aufsichtsrat befördern konnte.[182] Angesichts der neuen Lage zum Ende des Jahres 1973 suchte die ULA zunächst ein erneutes Spitzengespräch mit der FDP-Führung am Rande des Dreikönigstreffens der FDP[183], um dann Ende Januar Mischnick eine umfassende Stellungnahme zuzuleiten, in der sie ihren Unmut über die Quorenregelungen für die Vorschlagsrechte darlegte.

Die ULA forderte, dass 50 % einer Gruppe den Kandidaten benennen sollten, der dann dem Wahlmännergremium zur Wahl vorgeschlagen werde, nicht 20 % wie vorgesehen. »Ein Nominierungsrecht bereits für eine Minderheit von Leitenden Angestellten würde [...] gerade den Teil der Leitenden Angestellten begünstigen, der sich nicht für eine moderne und sachbezogene Unternehmenspolitik einsetzt.« Der Zusatz »oder 100 leitende Angestellte« sollte insbesondere fallen, da er die 20-%-Regelung

---

179 Schreiben von Willy Brandt an Heinz-Oskar Vetter vom 31. Januar 1974, in: ebd. Die reservierte Reaktion des DGB und seine verhalten ausgeprägte Kompromissbereitschaft wurden auch im Präsidium der SPD registriert und diskutiert. Vgl. Protokoll der Sitzung des SPD-Präsidiums vom 5. Februar 1974, in: AdsD, SPD-Präsidium, Mappe 248.

180 Schreiben der DGB-Verbindungsstelle an den DGB-Bundesvorstand vom 24. Januar 1974, in: DGB-Archiv im AdsD, Abt. Gesellschaftspolitik, 5/DGAK000041.

181 Vgl. die entsprechenden Eingaben und Resolutionen ebd.

182 Vgl. ULA-Nachrichten vom 1. Februar 1974.

183 Vgl. Schreiben der ULA an Walter Scheel vom 27. Dezember 1973, in: AdL, A38-373, Bl. 64 f.

in sehr großen Unternehmen völlig unterlaufe und somit dazu führe, dass nicht gewünschte Personen gewählt würden. Nur leitende Angestellte »mit modernen und sachbezogenen Ansichten, und nur diese« hätten in einem Aufsichtsrat Wert. Um sicherzustellen, dass der genehme Kandidat auch in den Aufsichtsrat kommt, schlug die ULA für den Fall einer Ablehnung des Kandidaten durch das Wahlmännergremium vor, dass automatisch derjenige Kandidat als gewählt gelte, der im Nominierungsverfahren die meisten Stimmen erhalten hatte. Mit anderen Worten, eine Wahl durch ein Gremium wäre überflüssig geworden, da so oder so der von den leitenden Angestellten als Gruppe bestimmte Kandidat in den Aufsichtsrat gekommen wäre. »Eine solche Lösung hat übrigens Minister Genscher in unserem Stuttgarter Gespräch als probat vorgeschlagen.« Das Quorenargument schien der ULA auch insofern von Bedeutung, als der DGB angesichts der unsicheren Rechtslage in Versuchung gerate, für eine extensive Auslegung des § 5 Abs. 3 des Betriebsverfassungsgesetzes einzutreten, um seine ohnehin bereits organisierten Mitglieder einzubeziehen. »Auch dieses Argument spricht für eine Erhöhung der Quoren.« Von der »ehrlichen Lösung« die der ULA von der FDP zugesagt wurde, sei der erste Kompromiss noch weit entfernt.[184] Die ULA fürchtete also, dass der DGB seine Kandidaten durchsetzen würde, die als pauschal ungeeignet für den Aufsichtsrat disqualifiziert wurden. Mischnick sicherte zu, die Anregungen zu den Quorenregelungen im Rahmen der nun anlaufenden Beratungen zu berücksichtigen.[185]

Zusätzliche Kritik erhielt die FDP in zahlreichen Zuschriften von Verbänden und Gruppen leitender Angestellter in der Chemieindustrie, die eine traditionelle Domäne der leitenden Angestellten darstellte.[186] Einzelne Unternehmerpersönlichkeiten kritisierten die FDP für die Preisgabe ihrer Positionen, was jedoch von Mischnick teilweise deutlich zurückgewiesen wurde. Er verstehe nicht, so Mischnick in einem Schreiben an den Unternehmer und FDP-Bundesvorstandsmitglied Karl Atzenroth (1895–1995), »wie in der Öffentlichkeit jetzt oft die Behauptung aufgestellt werden kann, mit der gefundenen Lösung zur Mitbestimmung werde man einen Gewerkschaftsstaat errichten. So falsch dieses Argument bereits bei der Einführung der Montan-Mitbestimmung war […] so falsch ist es jetzt auch wieder.«[187]

Die Reaktion der BDA fiel, wie zu erwarten war, negativ aus. Die Koalitionsvorstellungen bedeuteten eine grundlegende Weichenstellung, die nur mit der Entscheidung für die soziale Marktwirtschaft zu vergleichen wäre, und führten zu einem syndikalistischen Sozialismus gewerkschaftlicher Prägung. Das zeige sich auch daran, dass die Gewerkschaften in den Verhandlungen ihre Macht angeblich soweit durch-

---

184 Siehe Schreiben der ULA an Wolfgang Mischnick vom 25. Januar 1974, in: ebd., Bl. 57-62.
185 Vgl. Schreiben von Wolfgang Mischnick an die ULA vom 1. Februar 1974, in: ebd., Bl. 55 f.
186 Siehe Zuschriften und Schriftverkehr in: AdL, A38-380.
187 Schreiben von Wolfgang Mischnick an Karl Atzenroth vom 1. Februar 1974, in: AdL, A38-168, Bl. 10 ff.

setzen konnten, dass ihre Kernforderungen in Bezug auf die Parität, die Beteiligung von Gewerkschaftsvertretern und die leitenden Angestellten im Grunde erfüllt wurden. Paritätische Mitbestimmung bedeute aus Sicht von Schleyer die Überführung der Wirtschaft in ein gewaltiges Kartell, »das durch nichts anderes kontrolliert wäre als durch die Hoffnung auf eine freiwillige Bereitschaft der Gewerkschaften, auf eine Koordination und zentrale Geltendmachung ihrer Macht zu verzichten.«[188] Auch seitens einzelner Unternehmer erreichten die FDP zahlreiche Beschwerden über den Kompromiss, die allesamt Befürchtungen um die Funktionsfähigkeit der deutschen Wirtschaft zum Ausdruck brachten und die These vom »Gewerkschaftsstaat« untermauerten. Ein offizielles Schreiben der BDA oder eine Bitte um ein Gespräch ist jedoch nicht überliefert.[189]

Die nun in der Diskussion befindliche Vorlage enthielt nach wie vor zahlreiche Streitpunkte, die noch nicht ausgeräumt waren und für Verstimmungen innerhalb der Koalition sorgten.[190] Aufgrund des Drucks auf die FDP sah die SPD jedoch die dringende die Notwendigkeit, alsbald das parlamentarische Verfahren einzuleiten, um eventuelle Rückzieher in den eigenen Reihen zu vermeiden.[191] Dabei wurde im Parteivorstand unterstrichen, dass die Mitbestimmung nicht so wichtig sei, um daraus die »Achillesferse« der Koalition zu machen oder besser machen zu lassen; auch sah man nicht ein, neue Aspekte der Gesetzgebung als angeblich lebenswichtig in den Vordergrund zu rücken. Außerdem schwang die Furcht mit, die Gewerkschaften könnten eine »Über-Parität« erhalten, die dann vom Bundesverfassungsgericht gekippt würde.[192] Einig war sich der SPD-Vorstand darin, dass nun schleunigst eine Kabinettsvorlage formuliert werden musste, wobei Probleme in Bezug auf das Wahlverfahren

---

188 PDA 4/1974 vom 28. Januar 1974. Siehe den Kommentar von Schleyer unter der Unterschrift »Unannehmbar«, in: Der Arbeitgeber 3/1974, S. 70.

189 Siehe den Schriftverkehr in: AdL, A35-94.

190 Teile der Vorlage wurden offenbar im Vorfeld bereits dem Spiegel zugespielt, dessen Berichterstattung jedoch nach den Worten der SPD auf gezielten Gerüchten aus den Reihen der FDP basierte und jeder sachlichen Grundlage entbehrte. Siehe Der Spiegel 1/2 (1974), S. 20. Vgl. Aktennotiz für Heinz-Oskar Vetter betr. Mitbestimmung vom 16. Januar 1974, in: DGB-Archiv im AdsD, Abt. Gesellschaftspolitik, 5/DGAK000041. Siehe hierzu auch den Schriftverkehr von Vetter mit dem im Spiegel-Artikel zitierten Abgeordneten Wilhelm Nölling sowie dem Bezirksleiter Rheinland-Pfalz-Saar der IG Chemie, Hans Schweitzer, in: DGB-Archiv im AdsD, Abt. Gesellschaftspolitik, 5/DGAK000042. Die im Spiegel-Artikel aufgestellte Behauptung, dass eine Verknüpfung zwischen der Vermögensbildung in Arbeitnehmerhand und der Konzessionsbereitschaft der FDP in Sachen Mitbestimmung bestand, entsprach jedoch der Wahrheit, wie der DGB aus vertraulichen Gesprächen mit Abgeordneten der SPD-Arbeitsgruppen erfuhr, ohne jedoch genaue Kenntnisse über den Inhalt zu erhalten, da deren Mitglieder Stillschweigen vereinbart hatten. Vgl. Aktennotiz für Heinz-Oskar Vetter betr. Vermögensbildung vom 16. Januar 1974, in: ebd.

191 Vgl. Protokoll der Sitzung des SPD-Präsidiums vom 29. Januar 1974, in: AdsD, SPD-Präsidium, Mappe 245.

192 Vgl. Handschriftliche Notizen [von Herbert Wehner] zur Sitzung des Parteivorstands am 8. Februar 1974, in: AdsD, SPD-Bundestagsfraktion 7. WP, 2/BTFG000602.

und auf die Stellung der Tendenzbetriebe, die nicht Gegenstand der Erörterung vom
1. Dezember waren, gesehen wurden. Kritisch mahnten einige Stimmen an, dass man
die FDP nicht unnötig reizen sollte.[193]

In der Tat: Der Kompromiss vom Januar hatte den Haken, dass er von den Koalitionspartnern unterschiedlich substanziell interpretiert wurde und in elementaren
Fragen nur Grundlinien, aber keine endgültigen Details beschlossen wurden. So fehlte etwa weiterhin eine überzeugende Lösung zur Auflösung einer Pattsituation, die
in letzter Konsequenz bei einer Totalblockade weiterhin von der Hauptversammlung,
also den Anteilseignern, aufgelöst wurde.

Diese Details bedurften der weiteren Klärung. Unter diesen Vorzeichen begannen
nun Ende Januar 1974 die interministeriellen Abstimmungsprozesse sowie die Erstellung des Referentenentwurfs einer Gesetzesvorlage. In den ersten Ressortbesprechungen auf Abteilungsleiterebene, die am 1. Februar stattfanden, kamen die sachlichen
Fragen auf den Tisch, die einer politischen Klärung bedurften. Die FDP-geführten
Ministerien BMI und BMWi forderten eine Einbeziehung auch der leitenden Angestellten mit Unternehmerfunktion gemäß § 105 Aktiengesetz bei der Zusammenstellung des Aufsichtsrats, einem passiven Wahlrecht für Prokuristen gleichkam. Auf
die massive Kritik der ULA hin wollten sie zudem das Vorschlagsrecht der leitenden
Angestellten in ein Vorschlagsmonopol umwandeln, stellten den Kompromiss für die
Wahl der Wahlmänner infrage und wollten die vorgesehene Abberufung von Aufsichtsratsmitgliedern nicht in den Händen des Betriebsrats sehen. Ferner beanstan-
dete man das Quorum für den 2. Wahlgang zum Aufsichtsrat, strebte eine Änderung
von einem Zwanzigstel auf ein Zehntel an und wollte auch bei Pattentscheidungen in
Personalfragen auf die Hauptversammlung zurückgreifen.[194]

Dabei zeigten die FDP-Ressorts ein besser koordiniertes Vorgehen als die SPD-
geleiteten Ministerien, die durch »ungeschicktes Verhalten« Kernstücke des Kompromisses erneut infrage gezogen hatten. Im Kanzleramt achtete man deswegen auf
Referentenebene darauf, dass »aus den SPD-geführten Ressorts [...] nur Vertreter
entsandt werden, die die politische Tragweite ihrer Äußerungen übersehen.«[195] Ministerialdirektor Karl Fitting (1912–1990) behauptete in der Runde entgegen den
Einschätzungen des BMI, dass man bereits eine Einigung in den strittigen Fragen
erzielt hätte, inklusive des Patts und der Tendenzbetriebe. Fitting verwarf auch unter
Verweis darauf, dass dies CDU-Überlegungen seien, den Gedanken eines Letztend-
scheidungsrechts der Hauptversammlung. Die Vertreter des BMI wollten jedoch
erfahren haben, so berichteten sie zumindest vertraulich an Genscher, dass man im

---

193 Siehe Protokoll der Sitzung des Parteivorstands vom 8. Februar 1974, in: HSA, 1/HSAA006019,
   Bl. 6-9.
194 Vgl. Vorlage Referat IV/3 an den Chef-BK vom 1. Februar 1974, vertraulich, in: BA, B136/8774.
195 Vgl. Vorlage Referat IV/3 an den Parlamentarischen Staatssekretär vom 4. Februar 1974, vertraulich, in: ebd.

BMJ sehr wohl davon ausging, dass eine Pattauflösung im Vorstand unerlässlich sei. »BM Jahn zeige Verständnis für diese Auffassung, sehe sich aber gehindert, gegen den Kompromiß anzugehen.«[196] Es wuchs auch der zeitliche Druck, da die Fristen für die Zuleitung zum Bundesrat eine Vorlage zum 22. Februar nötig machten, sodass der Entwurf unbedingt in der Kabinettssitzung am 20. Februar verabschiedet werden musste. Aufgrund dessen kam es darauf an, dass nun »peinlich genau« der Eindruck verhindert werden musste, dass die SPD geneigt war, die Verhandlungen erneut zu eröffnen, zumal die »Verzögerungstaktik der FDP« die Gefahr, dass alles zerredet würde, noch mal erhöhte.[197]

Maihofer in seiner Funktion als Bundesminister für besondere Aufgaben drängte nun an allen Fronten auf starke Berücksichtigung der FDP-Positionen und stellte zentrale Ergebnisse bei den Tendenzbetrieben, der Einbeziehung von Prokuristen, dem Minderheitschutz, den er bei bereits drei Wahlmännern beginnen lassen wollte, und eben bei der Gruppenwahl der Wahlmänner infrage. Gerade die Gruppenwahl und die Verstärkung des Minderheitenschutzes stellten für die SPD-Ressorts rote Linien dar, die nicht überschritten werden konnten. Die Diskussionspunkte entwickelten sich dabei sehr tückisch. So forderte Maihofer etwa eine Neufassung der Passagen zur Abberufung der Aufsichtsratmitglieder, in der sichergestellt werden sollte, dass leitende Angestellte nur auf Antrag von leitenden Angestellten abberufen werden konnten. Bei Zustandekommen einer solchen Regelung wäre eine Parität jedoch gar nicht erst zustande gekommen, da die leitenden Angestellten nicht vom Vertrauen aller Arbeitnehmer abhängig gewesen wären.[198] Diese Vorstellungen entsprachen in weiten Teilen den Änderungswünschen, die in der FDP-Fraktion erstellt wurden.[199]

Die SPD-Verhandlungsführer und Vertreter der SPD-geführten Ministerien mussten demnach große Achtsamkeit walten lassen, um nicht in den zahlreichen Detailänderungswünschen grundlegende Überzeugungen zu opfern. Dahinter stand, wie man im Kanzleramt vermutete, der handfeste Streit innerhalb der FDP zwischen »linken« und »rechten« Anhängern der Partei.[200] Zudem laste ein hoher Druck der Wirtschaft

---

196 Vermerk über die Abteilungsleiterbesprechung für BM Genscher vom 1. Februar 1974, in: BA, B106/63568.
197 Vgl. Vorlage Referat IV/3 an den Chef-BK vom 6. Februar 1974, in: BA, B136/8774. Vgl. die diese Einschätzung bestätigende Aktennotiz für Verhalten bei Ressortgesprächen in Sachen Mitbestimmungsgesetzentwurf, in: BA, B106/63568.
198 Vgl. Vorlage Referat IV/3 vom 7. Februar 1974, in: BA, B136/8774.
199 Vgl. Vorlage »Wichtige Änderungsvorschläge zum BMA-Entwurf eines Gesetzes über die Mitbestimmung der Arbeitnehmer – Stand 7.2.1974«, in: AdL, A40-415, Bl. 21 f.
200 Innerhalb der Fraktion versuchten einige Gegner, durch gezielte Verlautbarungen an die Presse Misstrauen zu streuen und interne Absprachen, vor allem in Bezug auf schwierige Fragen wie die Höhe der Quoren, zu torpedieren. Dies erschwerte natürlich Verhandlungsführern wie Schmidt (Kempten) die Zusammenarbeit mit dem Koalitionspartner. Vgl. Schreiben von Hansheinrich Schmidt (Kempten) an Wolfgang Mischnick vom 1. Februar 1974, in: AdL, A40-65, Bl. 71.

auf ihr.[201] Führende Politiker der FDP, darunter auch Maihofer, hatten den Eindruck, von Arendt und seinen zuständigen Beamten bei der Erstellung des Gesetzentwurfs »nicht korrekt interpretiert worden zu sein«, was von den Gegnern der Mitbestimmung ausgenutzt wurde, um den gesamten Kompromiss zu Fall zu bringen. Es läge am Kanzler, so Abteilungsleiter Lahnstein, sich in dieser Situation einzuschalten, eine Lösung zu präsentieren und diese auch durchzusetzen, wobei eine erneute Verzögerung in Kauf genommen werden müsste. Bei dem Kompromiss ginge es für weite Teile der FDP um die Frage »Wie kann bei formaler Parität effektive Parität verhindert werden?« Die zwei Ansatzpunkte dafür, so Lahnstein in seiner erhellenden Vorlage, lägen zum einen in der Funktion des leitenden Angestellten und seines Schutzes als Minderheit und zum anderen in dem faktischen Übergewicht der Kapitaleignerseite im Aufsichtsrat bei der Pattauflösung oder im Verhältnis von Aufsichtsrat, Vorstand und Hauptversammlung. »Essential« sei die zweite Lösung, nicht die erste. »Beim Leitenden Angestellten gibt es Kompromißmöglichkeiten. Außerdem haben hier die anderen Arbeitnehmer und die Gewerkschaften eine große faktische Einfluß- und Integrationschance.«[202] Innerhalb der FDP ergriff der neue Wirtschaftsminister Hans Friedrichs (geb. 1937) besonders Partei für die Interessen der Wirtschaft, gerade in Details der Pattregelung.[203] Im BMI stellte man sich auf eine »harte Auseinandersetzung« in der Frage der Pattauflösung ein. Die Behandlung der leitenden Angestellten war schon von Anbeginn für das BMA »eine Prestigefrage ersten Ranges«, in der es aber durchaus Spielraum für Verhandlungen gab[204], die jedoch sehr detailreich waren und einer breiten Öffentlichkeit überhaupt nicht hätten vermittelt werden können. Insgesamt bestand »die Gefahr, daß das BMA Beschleunigung und damit Zugeständnisse in allen Einzelfragen fordert, wenn es sich in zentralen Fragen zum Nachgeben veranlaßt sieht.«[205] Im BMI wandte man sich entschieden gegen den Wunsch aus dem BMA, das Patt im Aufsichtsrat zum »System« zu machen. Mitbestimmung solle im Rahmen eines funktionierenden marktwirtschaftlichen Systems verwirklicht werden. Ein systematisches Patt würde der gesamten gesellschaftsrechtlichen Struktur in der Bundesrepublik und in der EG entgegenstehen. Dies bedeute auch ein zusätzliches

---

201 So hatte sich der Verband der privaten Krankenkassen an die FDP gewandt und machte darauf aufmerksam, dass acht Versicherungsunternehmen mit insgesamt 73 % Marktanteil von der Mitbestimmung betroffen wären, in denen aufgrund der Konstruktion der Versicherungsvereine auf Gegenseitigkeit eine Überparität drohe. Für die Fraktion der FDP Grund genug, sich für Sonderregelungen für die Versicherungswirtschaft auszusprechen. Vgl. Vermerk für Wolfgang Mischnick betr. Mitbestimmung vom 15. Februar 1974, in: AdL, A40-415, Bl. 17.
202 Vgl. Vorlage AL IV an den BK über den Parlamentarischen Staatssekretär vom 8. Februar 1974, vertraulich – persönlich, in: BA, B136/8774.
203 Vgl. Vorlage Referat IV/3 für Abteilungsleiter IV vom 13. Februar 1974, in: ebd.
204 Siehe Vorlage MR Dr. Neumann vom 8. Februar 1974, in: BA, B106/63568.
205 Ebd., Bl. 3.

Hindernis für die EG-Harmonisierung.[206] Im BMI brachte man sich in Stellung, um das BMA, das durchaus als Hauptgegner bezeichnet werden kann, taktisch den Wind aus den Segeln zu nehmen. Besonders groß schien die Gefahr, dass die Erfolge des BMI in wichtigen Punkten durch Erfolge des BMA in Details relativiert würden. Den Gedanken jedoch, das Patt bei der Vorstandsbestellung durch ein Vorschlagsrecht des Vorstands aufzulösen, verwarf man auch im BMI, da er, so wurde befürchtet, zu einer Übervertretung der Gewerkschaften führen könne. Diese Idee wurde dann nicht weiter verfolgt.[207] In dem politischen Spitzengespräch, das am 18. Februar stattfand, konnten die Details der angestrebten Regelung ohnehin nicht zur Sprache kommen.

---

206 Siehe Stellungnahme Referat V I 1 – 111 901 A/10 betr. Entwurf eines Mitbestimmungsgesetzes vom 8. Februar 1974, in: ebd., Bl. 3.

207 Vl. Vorlage betr. Paritätische Mitbestimmung, hier: Auflösung der Pattsituation bei Vorstandsbestellungen, in: ebd.

VII Hinter verschlossenen Türen:
Die Verabschiedung der Mitbestimmung
1974–1976

1 Der Regierungsentwurf vom 20. Februar 1974

1.1 Die Inhalte des ersten Entwurfs

Am Ende der Verhandlungen trafen beide Koalitionspartner eine Einigung, die zwar in wichtigen Punkten von den Ideen des DGB abwich, andere Kernaspekte aber berücksichtigte. Die Mitbestimmung griff in Unternehmen ab einer Beschäftigtenzahl von regelmäßig mehr als 2.000; weitere Kriterien wie die Bilanzsumme oder der Jahresumsatz galten nicht, da hiermit angeblich schlechte Erfahrungen gemacht wurden und die Beschäftigtenzahl als bester Indikator für die Betriebsgröße galt.[1] Betriebe, die »unmittelbar und überwiegend politischen, koalitionspolitischen, konfessionellen, karitativen, erzieherischen, wissenschaftlichen oder künstlerischen Bestimmungen oder Zwecken der Berichterstattung oder Meinungsäußerung« dienten, Tendenzbetriebe im Sinne des § 118 Betriebsverfassungsgesetz von 1972, erfasste das Gesetz im Gegensatz zum Entwurf vom Januar nicht mehr. Der Aufsichtsrat wurde im Verhältnis 10:10 gebildet[2], wobei von den Arbeitnehmervertretern sieben aus dem Unternehmen und drei von den Gewerkschaften Platz nahmen. Leitende Angestellte traten explizit als eigenständige Gruppe auf und sollten wie die übrigen Gruppen durch ein Wahlmännergremium die Vertreter aus ihren Reihen bestimmen und ihrem zahlenmäßigen Verhältnis nach repräsentiert sein, laut § 15 des Entwurfs jedoch mindestens mit einem Sitz im Aufsichtsrat. Überhaupt war der Ansatz, zuerst ein Gremium zu bilden und die Wahlen nicht direkt durchzuführen sehr umstritten, zumal die Vorschriften des Entwurfs kompliziert ausfielen.[3] Die Gewerkschaftsver-

---

1 Vgl. Protokoll der Sitzung der SPD-Fraktion vom 22. Januar 1974, in: AdsD, SPD-Bundestagsfraktion, 5/BTFG000043, Bl. 4.

2 Bei einer Beschäftigtenzahl von unter 10.000 aus 12 im Verhältnis 6:6, bei einer Größe zwischen 10.000 und 20.000 aus 16 im Verhältnis 8:8.

3 Nach § 11 des Entwurfs entfiel in Unternehmen mit 30.000 wahlberechtigten Arbeitnehmern auf je 60 Arbeitnehmer ein Wahlmann, für je 2.000 weitere trat eine Person hinzu. Sollten in einem Betrieb des Unternehmens mehr als 30 Wahlmänner zu wählen sein, verminderte sich deren Zahl um die Hälfte, bei mehr als 120 um ein Drittel. Die einzelnen Delegierten erhielten demnach mehr Stimmen. Sofern in einem Betrieb mindestens neun Wahlmänner zu wählen waren, entfiel auf die Arbeiter, Angestellten und leitenden Angestellten je mindestens ein Wahlmann, was jedoch nicht galt, soweit im Betrieb mehr als fünf Arbeiter, Angestellte oder leitende Angestellte wahlberechtigt waren. Sollte auf keine der Gruppe mindestens ein Wahlmann entfallen, galten diese

treter sollten sich wie andere Kandidaten einem Wahlmännergremium nach Vorbild des Mitbestimmungsergänzungsgesetzes stellen. Je ein Fünftel der Arbeiter, der Angestellten und der leitenden Angestellten waren vorschlagsberechtigt für die Arbeitnehmervertreter im Aufsichtsrat, in jedem Fall genügten aber 100 Personen einer jeden der drei Gruppen. Im ersten Wahlgang bedurfte es einer absoluten Mehrheit der Wahlmänner, im zweiten einer relativen. Der Vorsitzende des Aufsichtsrats und sein Stellvertreter wurden aus der Mitte des Aufsichtsrats mit Zweidrittelmehrheit gewählt, jeweils eine der beiden Gruppen Arbeitnehmer und Anteilseigner mussten entweder den Vorsitz oder den stellvertretenden Vorsitz innehaben. Im Falle einer Nichtwahl mit zwei Dritteln wechselte der Vorsitz im Turnus von zwei Jahren. Im Vorstand war ein Mitglied vorwiegend für Personal- und Sozialangelegenheiten zuständig, ein Arbeitsdirektor nach dem Montanvorbild war nicht vorgesehen, was jedoch nicht weiter ins Gewicht fiel, da alle Vorstandsmitglieder mit einer Zweidrittelmehrheit bestellt wurden.[4] Entstand eine Pattsituation im Aufsichtsrat, erhielt der Vorsitzende in der konkreten Situation einen Stichentscheid, sofern dies vom Aufsichtsrat beschlossen wurde. Der Beschluss konnte nicht gegen die Mehrheit einer der beiden Bänke im Aufsichtsrat getroffen werden.[5]

Eine Vorlage aus dem Kanzleramt, in der die »Dollpunkte« der Verhandlungen von einem nicht namentlich erwähnten Autor, vermutlich von Abteilungsleiter Lahnstein, aufgeführt wurden, verdeutlicht die Kompromissfindung. Die SPD war in der Frage der Vorstandsbestellung entgegengekommen. Die FDP setzte sich für ein Letztentscheidungsrecht der Hauptversammlung ein, was Arbeitsminister Arendt als unannehmbar abgelehnt hatte. Gleichzeitig sah man hierin aber auch eine Verhandlungsmasse. Das Quorum für die Vorschlagsberechtigung zur Wahl der Wahlmänner wurde von dem geplanten ein Zehntel auf ein Fünftel erhöht. In der Vorlage war die Sprache von mindestens 100 einer jeden Gruppe, während der Gesetzentwurf dann von genügend 100 sprach. An dieser Stelle hatte Arbeitsminister Arendt die Einigung vom 19. Januar in der Tat überinterpretiert und zeigte sich zu Kompromissen bereit. Strittig blieb darüber hinaus die Definition der leitenden Angestellten, bei der die

---

für die Wahl als Arbeitnehmer der Hauptverwaltung, andernfalls als Arbeitnehmer des größten Betriebes im Konzern.

4 Bei der Bestellung des Vorstands waren in dem gestuften Verfahren im ersten Wahlgang zunächst zwei Drittel der Stimmen des Aufsichtsrats nötig, im zweiten eine einfache Mehrheit auf der Grundlage eines Vorschlags eines gemeinsamen Ausschusses beider Seiten. Wenn auch dann keine Bestellung zustande kam, konnte der alte Vorstand neue Kandidaten vorschlagen, die der Zustimmung einer einfachen Mehrheit bedurften. In der vierten und letzten Stufe entschied dann die Hauptversammlung auf der Grundlage von Vorschlägen des Aufsichtsratsvorsitzenden und seines Stellvertreters. In dieser Phase der Personalfindung wären die Arbeitnehmer demnach nicht mehr beteiligt gewesen.

5 Vgl. Entwurf eines Gesetzes über die Mitbestimmung der Arbeitnehmer (Mitbestimmungsgesetz – MitbestG), in: DGB-Archiv im AdsD, Abt. Gesellschaftspolitik, 24/1782 (Zitate ebd.). Vgl. auch Bulletin 26 vom 23. Februar 1974, S. 241 ff.

FDP, wissentlich, dass es dem Sinne des Aktiengesetzes widersprach, auch Prokuristen und Generalbevollmächtigte einbeziehen wollte. Sie hätten ebenfalls einen Sitz im Aufsichtsrat bekommen und sich somit selbst kontrolliert. Auch die sogenannte »Potenzierungsklausel«, also die Vermeidung eines potenzierten Einflusses der Anteilseignerseite in miteinander über Kapitalbeteiligungen verbundenen Unternehmen, war ein Streitpunkt.[6]

1.2 Die Reaktionen auf den Gesetzentwurf

1.2.1 Differenzen zwischen DGB und SPD

Gegenüber dem Vorentwurf vom Januar stellte diese zweite Fassung aus Sicht der Gewerkschaften einen weiteren Rückschritt dar. Er band das Wahlmännerprinzip noch enger an die Gruppenrechte und gab es zugunsten eines Vorschlagsrechts des Betriebsrats auf, was zur Folge hatte, dass die Gewerkschaften nicht mal mehr die theoretische Chance besaßen, ihnen genehme leitende Angestellte in den Aufsichtsrat zu hieven. An eine Wahl der Aufsichtsratsmitglieder durch die Betriebsräte dachte man ohnehin nicht länger. Der Widerstand gegen Details wie dem abgestuften Verfahren der Vorstandsbestellung ließ erkennen, wie unbedingt die Gewerkschafter eine Waffengleichheit von Arbeitnehmern und Anteilseignern in Form der Parität herstellen wollten. Durch den Bezug auf § 5 Abs. 3 des Betriebsverfassungsgesetzes konnten auch leitende Angestellte mit Unternehmerfunktion und Personalverantwortung in den Aufsichtsrat auf der Seite der Arbeitnehmer gewählt werden, was der DGB nach § 105 Aktiengesetz als unzulässig ansah. Zudem bekam diese kleine Gruppe mit mindestens einem Sitz in Relation zu ihrer Gesamtzahl eine zu hohe Repräsentation.[7] Durch das Missverhältnis der internen und externen Arbeitnehmervertreter bestünde die Gefahr, dass »die Gewerkschaften an den Rand des Mitbestimmungs- und damit des betrieblichen Geschehens gedrängt werden.«[8] Der DGB kritisierte, dass Tendenzbetriebe sowie die Rechtsform der GmbH & Co. KG jetzt ausdrücklich ausgenommen wurden. In der Frage des Stichentscheids schlugen die Gewerkschaften vor, im Konfliktfalle einen Ausschuss zu bilden, der einen Vorschlag unterbreitet, der

---

6 Vgl. Vorlage Streitpunkte (ohne Datum), in: BA, B136/8774.

7 Bei den Stahlwerken Peine-Salzgitter etwa erhielten 72 leitende Angestellte von insgesamt rund 18.000 Arbeitnehmern einen eigenen Sitz im Aufsichtsrat. Auch bei Hertie, Horten oder Opel Rüsselsheim entsprach das Verhältnis von leitenden Angestellten zur Gesamtbelegschaft etwa 0,1 %. Zudem konnten Prokuristen, die in einem Teilbetrieb eines Konzerns angestellt waren, in den Konzernaufsichtsrat berufen werden. Vgl. Vorlage: Die gewerkschaftlichen Mitbestimmungsforderungen und die Regelungen des Regierungsentwurfs vom 6. März 1974, in: DGB-Archiv im AdsD, Abt. Gesellschaftspolitik, 24/2409.

8 Vermerk betr. zweite Fassung des Entwurfs eines Gesetzes über die Mitbestimmung der Arbeitnehmer vom 21. Februar 1974, in: DGB-Archiv im AdsD, Abt. Gesellschaftspolitik, 5/DGAK000042.

wiederum nur mit einer Dreiviertelmehrheit abgelehnt werden konnte. So sollte der Zwang zu einer Einigung sichergestellt werden.[9]

Walter Arendt stellte den Entwurf am 16. Februar in einer außerordentlichen Sitzung des DGB-Bundesausschusses vor und hob auf die Kompromisslösung ab. Auf Nachfragen räumte er ein, dass es nicht möglich war, die Quote der außerbetrieblichen Arbeitnehmervertreter über die im Entwurf vorgesehenen Grenzen anzuheben, da der Organisationsgrad nicht in allen Betrieben so groß war, dass sich daraus eine höhere Repräsentanz der Gewerkschaftsvertreter rechtfertigen ließe. Zudem läge es an den Gewerkschaften, die leitenden Angestellten in eine einheitliche Arbeitnehmerpolitik einzubinden.[10] Die anschließende interne Diskussion verdeutlichte, welch große Schwierigkeiten mittlerweile mit der Frage nach der Rolle der leitenden Angestellten aufgetreten waren. Zogen die Gewerkschaften den Kreis zu eng, liefen sie Gefahr, rein unternehmerfreundliche Personen in den Aufsichtsräten wiederzufinden und damit die Parität auszuhebeln, ein weiter Kreis barg jedoch organisationspolitische Gefahren für die Betriebsverfassung und die gewerkschaftliche Mitgliedschaft als solcher. Durch ein weiteres Aufblühen der Sprecherausschüsse konnte sich dieser Personenkreis derart verselbstständigen, dass die DGB-Gewerkschaften jeden Einfluss verloren. Andererseits unternahm man zaghafte Versuche, die leitenden Angestellten gewerkschaftlich zu binden. Eugen Loderer befürchtete, aufgrund der Erfahrungen mit dem Betriebsverfassungsgesetz wären die Grundzüge des neuen Gesetzes über die Mitbestimmung »für alle Zeiten festgeschrieben«, weswegen die IG Metall eine eigene, radikalere Beschlussvorlage vorlegte. Einzelne Diskutanten wie etwa Ernst Breit oder Karl Hauenschild zeigten jedoch ein grundlegendes Verständnis für den Entwurf und erklärten sich bereit, mit dem Wahlmännerprinzip oder der Anzahl der außerbetrieblichen Aufsichtsratsmitglieder zu leben. Breit gab zu bedenken, es sei nicht abzusehen, unter welchen politischen Bedingungen ein für die Gewerkschaften günstigeres Gesetz entstehen könnte. Die leitenden Angestellten und der Umgang mit ihnen bildeten aber die Demarkationslinie, über die niemand schreiten wollte.[11] Der

---

9   Vgl. Stellungnahme des DGB zum Entwurf der Bundesregierung eines Gesetzes über die Mitbestimmung der Arbeitnehmer vom 22. Februar 1974, in: ebd. Siehe nach einem erneuten Beschluss des DGB-Bundesausschusses auch ND 51/74 vom 6. März 1974. Geschlossen war diese Haltung jedoch nicht. So hatte etwa Rudolf Sperner, der Vorsitzende der IG Bau, bevor die ablehnende Erklärung des DGB beschlossen war, den Regierungskompromiss als einen ersten Schritt zur Verwirklichung der vollen Mitbestimmung gefeiert und fühlte sich durch den Wortlaut persönlich angegriffen. Vgl. Vermerk von Detlef Hensche an Heinz-Oskar Vetter vom 5. März 1974, in: DGB-Archiv im AdsD, Abt. Gesellschaftspolitik, 24/1782, Bl. 1.

10 Vgl. Protokoll über die außerordentliche Sitzung des DGB-Bundesausschusses vom 16. Februar 1974, in: Mertsching (Bearb.): Der Deutsche Gewerkschaftsbund, S. 828–834, hier. S. 828 ff.

11 Vgl. ebd., S. 829–834. Auch im Gewerkschaftsrat verteidigten die SPD-Politiker den Entwurf und erläuterten, dass die Grenze von 2.000 Mitarbeitern aufgestellt wurde, da die SPD auf einer paritätischen Regelung bestand und die FDP deswegen von der 1.500er-Grenze der Freiburger Thesen abgerückt sei. Gegen die Kritik blieb Brandt nur die trotzige Entgegnung, dass die FDP

im Anschluss auf der Basis der Vorlagen der IG Metall und des DGB formulierte und bei einer Enthaltung angenommene Beschluss lehnte den Gesetzentwurf nicht radikal ab, sondern hob die Forderungen der Gewerkschaften hervor.[12]

Diese geschlossene Ablehnungshaltung des DGB konnte sich nicht ohne vorherige interne Klärungen entwickeln. Zuvor gemäßigte Gewerkschafter wie Loderer, Hauenschild und Adolf Schmidt standen zunehmend unter Druck und wurden zumindest in ihren öffentlichen Äußerungen auf eine ablehnende Haltung gegenüber dem Regierungsentwurf festgelegt, da man im DGB davon ausging, noch immer den Entwurf zu seinen Gunsten ändern zu können.

> »Eugen Loderer steht zusätzlich unter Druck, weil auf dem IG-Metall-Kongreß im Herbst Wahlen anstehen. In der IG-Metall verstärkt sich deshalb die Tendenz, die Mitarbeit am Mitbestimmungsmodell überhaupt abzulehnen. Von da aus ist es dann auch nicht mehr weit bis zur Feststellung, die Politik dieser Bundesregierung sei arbeitnehmerfeindlich.«[13]

Entsprechend äußerte er sich in einem Leitartikel in der Zeitung *Metall* Anfang März.[14]

Vetter ließ seinen Frust in einem längeren Schreiben in deutlichen Worten bei Kanzler Brandt ab. Der Vorsitzende zeigte sich »als Gewerkschafter und Sozialdemokrat« enttäuscht, dass die Regierung den Boden gemeinsamer Beschlusslagen verlassen hatte. »Es kann doch nicht übersehen werden, daß mit dem Entwurf Positionen aufgegeben werden, die jahrzehntelang in Sozialdemokratie und Gewerkschaften unangefochten als gesellschaftspolitisches Herzstück galten.« In Bezug auf die Angestelltenproblematik helfe auch der wohlmeinende Rat nicht weiter, die Gewerkschaften müssten sich nur mehr um diesen Personenkreis kümmern. »Er kommt der Empfehlung gleich, die Herren Quandt, Flick und Oetker gewerkschaftlich zu organisieren.« Hier und in der Parität lag die nicht kompromissfähige Substanz der Forderungen.[15]

Die SPD-Führung ihrerseits kritisierte das Verhalten des DGB scharf und bedauerte, dass in der Sitzung des Gewerkschaftsrats vom Februar[16], in der hauptsächlich

---

weite Teile ihrer Vorstellungen nicht durchsetzen konnte. Vgl. Protokoll über die Sitzung des Gewerkschaftsrates vom 19. Februar 1974, in: HSA, 1/HSAA009894.

12 Vgl. ND 38/1974 vom 18. Februar 1974.

13 Vorlage Referat IV/3 an BK über Chef-BK und Abteilungsleiter IV vom 3. März 1974, in: BA, B136/8775.

14 Vgl. Metall-Pressedienst XXII/43 vom 4. März 1974.

15 Vgl. Schreiben von Heinz-Oskar Vetter an Willy Brandt vom 28. Februar 1974, in: DGB-Archiv im AdsD, Abt. Gesellschaftspolitik, 5/DGAK000042 (Zitate ebd.).

16 Die Sitzung wurde auf Anregung von Heinz Ruhnau einberufen, der negative Rückwirkungen auf den Wahlkampf zur Bürgerschaft in Hamburg befürchtete, »denn am Tage danach [der Sitzung des DGB-Bundesausschusses] werden die Springer-Zeitungen sich sicher mit großem Ge-

bildungs- und wirtschaftspolitische Fragen besprochen wurden, kein Gewerkschafter seine Meinung geäußert hatte, aber unmittelbar nach der Sitzung die Entschließung gegen den Gesetzentwurf veröffentlicht wurde. In der Tat vermerkt das Protokoll der Sitzung nur Kritik von Eugen Loderer, ansonsten schien man auf sachbezogene Nachfragen beschränkt zu bleiben.[17] Brandt fragte gar, ob er angesichts dessen und vor dem Hintergrund des Tarifabschlusses im Öffentlichen Dienst[18] den Vorsitz des Gewerkschaftsrats innehalten sollte.[19]

Auch in der Fraktion blies den Verhandlungsführern der Gegenwind stärker ins Gesicht. Arendt verteidigte die Änderungen, die sich im Abstimmungsprozess der Ministerien ergeben hatten und ging ausführlich auf die komplizierten Wahlquoren ein, die mit der Berücksichtigung leitender Angestellter verknüpft waren. Obgleich »der Zwang zur Einigung« der Gruppen sich »wie ein roter Faden« durch den Gesetzentwurf zog, sahen sich SPD und FDP verpflichtet, keine weißen Flecken in der Gesetzgebung zu hinterlassen. Die Einbeziehung der Tendenzbetriebe wurde laut Arendt in den Gesprächen aufgrund verfassungsrechtlicher Bedenken im Hinblick auf Art. 5 Abs. 2 des GG nicht weiter erörtert.[20] Gegenüber dem BMI äußerte sich

---

nuß der Meinungsverschiedenheit zwischen dem DGB und der SPD widmen.« Deswegen sollte die SPD »mindestens den Versuch unternehmen, den DGB zu einer Formel zu bewegen, mit der am Ende alle leben können.« Schreiben von Heinz Ruhnau an Willy Brandt vom 5. Februar 1974, in: WBA, A11.1-26.

17 Vgl. Protokoll der Sitzung des Gewerkschaftsrates vom 19. Februar 1974.

18 Im Februar 1974 setzte sich die Gewerkschaft ÖTV an die Spitze einer gesamtgewerkschaftlichen Lohn- und Tarifbewegung, die seit den späten 1960er-Jahren mit hohen Abschlüssen von zum Teil deutlich über 10 % eine Dynamik erreicht hatten, die weder zuvor noch nach dieser Phase in der Bundesrepublik erreicht wurde. Dass der öffentliche Dienst dabei zu Beginn des Jahres 1974 eine Vorreiterrolle übernahm und nicht wie sonst üblich die IG Metall, hatte eine besondere politische Implikation, da Kanzler Brandt, der wirtschaftspolitisch nicht besonders versiert war, sich zuvor im Bundestag für einen maßvollen Lohnabschluss ausgesprochen hatte. Zwischenzeitlich erlebte die Bundesrepublik ihren bis dato größten Schockmoment, nachdem bedingt durch den Anstieg des Ölpreises als Folge des Jom-Kippur-Krieges das wirtschaftliche Wachstum, Mantra und Gründungsmythos der Republik zugleich, über Nacht erlahmte. Seit diesem Moment kannte auch Deutschland das Phänomen der Massenarbeitslosigkeit. Der Konflikt wurde in der Öffentlichkeit auf ein Duell zwischen Brandt und dem ÖTV-Vorsitzenden Kluncker zugespitzt. Er trug zu dem Nimbus bei, der Gewerkschaftsvorsitzende mit demselben Parteibuch wie der Kanzler habe im Vorhinein zu dessen Sturz im Mai 1974 beigetragen. Die ÖTV setzte sich am Ende, nachdem sie am 10. Februar den ersten flächendeckenden Streik im öffentlichen Dienst seit der Gründung der Bundesrepublik eingeleitet hatte, mit einer Lohnerhöhung von 11 %, mindestens aber 170 Mark, durch. Vgl. für den Gesamtzusammenhang Christian Testorf: Welcher Bruch? Lohnpolitik zwischen den Krisen: Gewerkschaftliche Tarifpolitik von 1966 bis 1974, in: Andresen/Bitzegeio/Mittag (Hg.): »Nach dem Strukturbruch«, S. 293-315.

19 Vgl. Protokoll der Sitzung des SPD-Präsidiums vom 5. März 1974, in: AdsD, SPD-Präsidium, Mappe 249.

20 Diese Einschätzung teilte die ministerielle Referentenebene. Ein Abrücken vom Tendenzschutz, der in § 118 BetrVG festgelegt war, führe in jedem Fall zu verfassungsrechtlichen Risiken. »Die Übernahme einer im Kern inhaltsgleichen Vorschrift in den Entwurf [des Mitbestimmungsgeset-

der Bundesarbeitsminister kompromissbereit. In der augenblicklichen Phase ging er davon aus, dass es sowohl in der Pattfrage als auch bei den Tendenzbetrieben eine den Wünschen des BMI entsprechende Lösung geben könne. Nur in dem Punkt des Quorums für den Kandidatenvorschlag der leitenden Angestellten sah er Probleme, da er sich hierfür auch persönlich engagiert hatte. Aus Sicht des BMI war »gerade dieser Punkt ein Zeichen für die Fairness der Gesetzgebung.« Man könne es nicht zulassen, dass »eine Gesetzgebung geradezu zum Mißbrauch gegen den Geist einer Bestimmung verlocken soll.«[21]

Die SPD-Führung legte Wert darauf, dass der Entwurf noch am 20. Februar vom Kabinett beschlossen und im Anschluss in den Bundestag eingebracht wurde, um das Gesetz, so die Planung, am 1. Januar 1975 in Kraft zu setzen. Hintergrund war das Auslaufen des Mitbestimmungsfortgeltungsgesetzes, das nach Ansicht der Verfassungsjuristen nicht erneut hätte verlängert werden können. Zudem wären »die qualifizierten und tüchtigen Mitglieder der Fraktion in der Lage, aus diesem schlechten Entwurf noch etwas Gutes zu machen.« Kritisch ging Arendt mit den Vorstellungen einiger Gewerkschafter in der Fraktion ins Gericht, die auf einem Delegationsrecht der Gewerkschaften bei paritätischer Besetzung bestanden. Er plädierte dringend dafür, das Machbare umzusetzen und wehrte sich entschieden gegen indirekt vorgetragene Vorwürfe, er oder die Verhandlungskommission hätten nicht genug erreicht. Der Kernkritikpunkt der Gegner des Entwurfs in den eigenen Reihen war die nicht gewahrte Parität. Es erschien schwer, wenn nicht gar unmöglich, ein Quorum von einem Fünftel an leitenden Angestellten für den Wahlmännerkörper zu finden, die den Arbeitnehmern zugeneigt seien und sich zudem auch nach außen als solche bekannten. Der Vorschlag von Januar hatte noch ein Zwanzigstel vorgesehen. Echte Parität käme auf diese Art, so Skeptiker wie Hermann Buschfort und Norbert Gansel, nicht zustande. Grundsätzlich wandte sich das Blatt in der Sitzung der Fraktion zugunsten einer negativeren Einstellung gegenüber dem Ergebnis vom Januar und Fraktionsführer Wehner musste daran erinnern, dass die Fraktion »ein Stück des Parlaments« sei und der Entwurf erst vom Kabinett eingebracht werden müsse, damit man ihn in den Ausschüssen verändern könne. Zahlreiche Diskutanten stellten das Gesetzesvorhaben zur Mitbestimmung in einen Zusammenhang zu den gesellschaftlichen Reformvorhaben überhaupt. Walter Arendt unterstrich, man möge »ihm nicht erzählen, daß, wenn wir in dieser Frage nicht einen Schritt vorankämen, wir dann in anderen gesellschaftspolitischen Fragen eine herzliche Übereinstimmung herbeiführen könnten.« Ähnlich äußerten sich weitere Parlamentarier. Die letztlich mit gro-

---

zes] erweist sich deswegen als zuverlässigste Vorkehrung dagegen, daß die sozialstaatlich legitimierte Unternehmensmitbestimmung in grundrechtlich und institutionell geschützte Bereiche der Tendenzträger vorstößt.« Verfassungsrechtliche Bemerkungen zum Entwurf eines Mitbestimmungsgesetzes, VI1-111 901 A/10 vom 8. Februar 1974, in: DGB-Archiv im AdsD, Abt. Gesellschaftspolitik, 5/DGAK000060, hier Bl. 2.

21 Vermerk für Hans-Dietrich Genscher [vermutlich 7. Februar 1974], in: BA, B106/63569.

ßer Mehrheit angenommene Entschließung besagte, dass die Fraktion das Kabinett auffordere, den Gesetzentwurf vorzulegen, aber offen für Verbesserungsvorschläge sei, die während der Beratungen im Bundestag berücksichtigt werden könnten. Dies wurde nicht zuletzt aus Rücksichtnahme auf den DGB ausdrücklich so formuliert.[22]

1.2.2 Scharfe Ablehnung der Arbeitgeber

Aus Sicht der Arbeitgeber und des BDI brachte auch der neue Kompromiss der Bundesregierung vom 20. Februar 1974 keine Fortschritte und blieb unannehmbar. Besonders kritisierten sie die Regelung in Bezug auf das Letztentscheidungsrecht der Eigentümer, die in der Praxis nicht ausreichen werde, die Funktionsfähigkeit der Unternehmen zu sichern.[23] Der Entwurf paralysiere eine sinnvolle Unternehmensführung in den betroffenen Unternehmen aufgrund der in ihm angelegten Pattsituation, die sich sowohl aus der Wahl des Aufsichtsratsvorsitzenden als auch aus der Bestellung der Vorstandsmitglieder sowie aus den zustimmungspflichtigen Geschäften des Aufsichtsrats ergeben würden. Gerade hierbei lehnten die Unternehmer den Einfluss der Gewerkschaften ab, die ihre Kandidaten nach Parteibuch und Gefälligkeit aussuchen und Rechtsgeschäften nur ihre Zustimmung erteilen würden, sofern sie eine Kompensation dafür erhielten. Das wäre keine Mitbestimmung, sondern Gewerkschaftsbestimmung, die für den Führungsnachwuchs der Wirtschaft Freiheitseinbußen und Konformitätszwang bedeute. Ferner könne es »ohne Gleichgewichtigkeit der Machtposition im Tarifkampf [...] auf die Dauer auch keine Tarifautonomie mehr geben oder der Staat wird zugrunde gerichtet.«[24] Somit argumentierte der BDI gewissermaßen auch aus Furcht um den Bestand der Demokratie, einer Demokratie, deren Etablierung die Vorläufer des Verbands in der Vorkriegszeit argwöhnisch, wenn nicht ablehnend, beobachtet hatten. Der Unternehmerverband war auf seine Weise in der Bundesrepublik angekommen.[25]

Die BDA betonte in ihrer abschließenden Stellungnahme vom November 1974 die vermeintliche Überparität, die sich aus der Gesamtlage der Gewerkschaften im Wirtschafts- und Gesellschaftssystem der Bundesrepublik nach der Umsetzung der Mitbestimmung ergäbe. Das Betriebsverfassungsgesetz, die Nähe der Gewerkschaften zur Regierung sowie die umfassende Sozial- und Arbeitsgesetzgebung müssten ebenso berücksichtigt werden. »Insgesamt ist es der Bundesregierung nicht gelungen, die Sorge auszuräumen, daß der von ihr eingebrachte Gesetzentwurf nichts anderes

---

22 Siehe Protokoll der Sitzung der SPD-Fraktion vom 19. Februar 1974, in: AdsD, SPD-Bundestagsfraktion, 2/BTFG000045, Bl. 2-29. Zitate ebd.

23 PDA 8/1974 vom 21. Februar 1974.

24 Siehe BDI: Jahresbericht 1973/74, Köln 1974, S. 17 ff. (Zitat S. 19).

25 Zur Geschichte der Wirtschaftsverbände in Deutschland und ihrer Rolle in der Weimarer Republik siehe überblicksartig Werner Bührer: Geschichte und Funktion der deutschen Wirtschaftsverbände, in: Schroeder/Weßels (Hg.): Handbuch Arbeitgeber- und Wirtschaftsverbände, S. 43-65.

ist als die koalitionspolitische Umsetzung einer letztlich ideologisch und machtpolitisch motivierten Forderung der Gewerkschaften.«[26] Wenn aber »Veränderungen der dynamischen Sozialwirklichkeit [...] gesetzliche Regelungen im Interesse der Arbeitnehmer« erforderlich seien, müsse ein klares Übergewicht der Anteilseigner in jedem Fall erhalten bleiben. Ferner dürften die Träger der Mitbestimmung nur aus dem Unternehmen selbst kommen und die leitenden Angestellten, institutionell gesichert, ihre eigene Vertretung erhalten.[27]

1.3 Einflussnahme auf die Politik

1.3.1 Das Urteil des Bundesarbeitsgerichts zu den leitenden Angestellten

Nachdem nun der Regierungsentwurf vorlag, berief die SPD-Fraktion eine Koordinierungsgruppe zur Umsetzung des Gesetzesvorhabens ein, an der unter anderem Hermann Buschfort, Friedhelm Farthmann und Adolf Schmidt teilnahmen.[28] Sie sollte für die Gewerkschaften als Ansprechpartner dienen, damit sie ihre Interessen, in der Fraktion gebündelt, festen politischen Partnern anvertrauen konnte. Zudem lag es an den gewerkschaftlichen Abgeordneten, im Folgenden mit der FDP zu verhandeln. Für den DGB stellte sich, da er seine grundsätzliche Opposition gegen die Regierungspläne beschlossen hatte, die Frage nach der angemessenen Reaktion und der einzuläutenden gewerkschaftlichen Maßnahmen. Zusätzlich zu Briefen und publizistischen Beiträgen von Vetter und anderen Vorsitzenden sollten die Landesvorsitzenden in den SPD-regierten Ländern die jeweiligen Ministerpräsidenten anschreiben und nach einem einheitlichen Schema die Ablehnung begründen, Verbesserungsvorschläge unterbreiten und die CDU-Kritik am Entwurf konterkarieren.[29]

Im Parlament konzentrierte sich der DGB auf die Koalitionsfraktionen, namentlich auf die Fraktionsvorstände, die Fraktionsarbeitskreise und die Bundestagsausschüsse. Gewerkschaftlich organisierte Abgeordnete wollte man zuletzt ansprechen und die einzelnen Parlamentarier der Koalition in ihren Wahlkreisen zu gezielten Diskussionen verpflichten. Die organisationsinternen Maßnahmen beinhalteten nun konsequenter als zuvor die vier »Essentials« der Mitbestimmungsforderung.[30] Auf der politischen Ebene kamen als mögliche Tauschgeschäfte infrage, das geplante Letztentscheidungsrecht der Hauptversammlung durch den Arbeitsdirektor zu

---

26 BDA (Hg.): Stellungnahme des Arbeitskreises Mitbestimmung zum Entwurf eines Gesetzes über die Mitbestimmung der Arbeitnehmer, Bundestagsdrucksache 7/2172, Köln 1974, S. 11.

27 Ebd., S. 31 f. (Zitat S. 31).

28 Vgl. Protokoll der Sitzung der SPD-Fraktion vom 12. März 1974, in: AdsD, SPD-Bundestagsfraktion, 2/BTFG000047, Bl. 37.

29 Siehe hierzu die Korrespondenz in DGB-Archiv im AdsD, Abt. Gesellschaftspolitik, 24/644.

30 Gesprächsnotiz vom 28. Februar 1974, in: DGB-Archiv im AdsD, Abt. Gesellschaftspolitik, 24/1782.

kompensieren, die Einbeziehung der GmbH & Co. KG und der Presseunternehmen voranzutreiben, oder mögliche Öffnungsklauseln für abweichende vertragliche Regelungen zu prüfen, wobei man an die bereits praktizierte Mitbestimmung in gemeinwirtschaftlichen Unternehmen und im öffentlichen Dienst dachte. Die Verantwortlichen im DGB konnten sich darüber hinaus vorstellen, das Gruppenrecht durch einen Minderheitenschutz für leitende Angestellte zu ersetzen, sodass sich unter den Vertretern der Angestellten garantiert ein leitender Angestellter befinden sollte, der aber von allen gleichermaßen gewählt würde. Soweit hätte man mit sich reden lassen.[31] Innerhalb der SPD fand der DGB, wenig überraschend, nur Rückhalt bei der AfA. Sie kritisierte ebenfalls den Stichentscheid und die Sonderstellung der leitenden Angestellten und beauftragte eine Kommission, um den Gesetzentwurf zu durchleuchten und Änderungsvorschläge zu unterbreiten.[32]

Dabei spielte dem DGB die Rechtsprechung des BAG vermeintlich in die Hände. Es beschloss in einem Grundsatzurteil vom 4. März 1974, dass nach § 5 Abs. 3 des Betriebsverfassungsgesetzes die Aufgaben eines als leitend definierten Angestellten als im Wesentlichen eigenverantwortlich zu verstehen seien. Diese Eigenverantwortlichkeit bezog sich auf die Entscheidungskompetenz des Arbeitnehmers, der für die Folgen und Ergebnisse seiner Tätigkeit einstehen musste. Das Gericht sah es als unzulässig an, den Begriff »Bestand und Entwicklung« des Betriebs, zu dessen Wesensgehalt die Aufgaben der umstrittenen Personengruppe gehörten, zu trennen. Auch die weiteren Bestimmungen des Abs. 3 seien so unscharf, dass daraus nicht der Schluss gezogen werden könne, dass erhebliche Teile der oder gar sämtliche Angestellte eines Betriebs als leitend eingestuft würden. Denn weder die gesetzliche Lage noch der allgemein gültige Sprachgebrauch noch die allgemeine Vorstellung über den Inhalt einer leitenden Tätigkeit rechtfertigten eine klare Grenzziehung. Ferner könne auch das Selbstverständnis der Gruppe nicht herangezogen werden, da es in sich zu heterogen und deswegen sehr weitgreifend beschrieben würde.

> »Der Zweck der Sonderstellung der leitenden Angestellten kann nach dem Gesamtzusammenhang der gesetzlichen Konzeption des Betriebsverfassungsgesetzes selbst nur sein, dem gleichsam natürlichen Interessengegensatz zwischen Unternehmer (Arbeitgeber) und Arbeitnehmerschaft, repräsentiert durch den Betriebsrat, und damit der Polarität der Interessen Rechnung zu tragen. Da die leitenden Angestellten wesentliche Unternehmerfunktionen wahrnehmen, können sie nicht gleichzeitig für den Unternehmer handeln und zum Betriebsrat wählen oder gar gewählt werden, um unter Umständen in einer Person diesen Interessengegensatz auszutragen.«

---

31 Vgl. Vermerk betr. Regierungsentwurf eines Mitbestimmungsgesetzes – Liste von Gesprächspunkten vom 4. Juli 1974, in: DGB-Archiv im AdsD, Abt. Gesellschaftspolitik, 5/DGAK000042.
32 Vgl. SPD-Pressemitteilungen 86/74 vom 1. März 1974.

Daraus ergäbe sich der Grundgedanke, dass die Funktion des Angestellten darauf zu prüfen sei, ob er Tätigkeiten im unternehmerischen Sinne ausübe. Dabei sei in jedem Fall aber auf die besonderen Umstände des einzelnen Unternehmens zu achten, da auch Fälle denkbar seien, in denen die Aufgaben derart zerteilt wären, dass zwar de facto jeder leitende Angestellte entsprechende Aufgaben übernähme, diese jedoch nicht mehr für den Bestand und die Entwicklung des Unternehmens maßgeblich wären. Es käme insgesamt auf die Nähe des Angestellten zum Unternehmer an.[33]

Das Kanzleramt wartete für eine politische Festlegung zunächst die sorgfältige Analyse der Urteilsbegründung ab, da »eine derartige Festlegung nach unserer Erfahrung nur die Auffassung des kleineren Koalitionspartners wiedergeben würde.«[34] Das Urteil konnte nämlich aus Sicht der Gewerkschaften den negativen Effekt haben, dass es im Falle einer Übertragung der Definition der leitenden Angestellten auf den Bereich des Mitbestimmungsgesetzes alle Personen ohne Unternehmerfunktion als normale Arbeitnehmer behandelte, obwohl im Gesetzentwurf die Anwesenheit dieser Gruppe auf der Arbeitnehmerbank im Aufsichtsrat verankert war. Dies hätte bei konsequenter Umsetzung bedeutet, dass zwingend Prokuristen als Arbeitnehmer gegolten hätten und die Parität damit verloren gewesen wäre. Doch bereits einen Monat später schätzte das Kanzleramt die Folgen des Urteils weitaus nüchterner ein. Es habe bei Weitem nicht die Bedeutung, die ihm ursprünglich zugewiesen wurde, da es weder eine praktikable Definition der leitenden Angestellten bot, noch sich unmittelbar auf Prokuristen und ähnliche Gruppen bezog. Eine Veränderung der politischen Lage hatte sich ohnehin nicht ergeben, vielmehr wurden die alten Gegensätze bestätigt und die koalitionspolitischen Erwägungen zementiert. Deutlich wurden die Sachdifferenzen erneut in den Ressortbesprechungen zur Stellungnahme der Bundesregierung gegenüber den Einwänden des Bundesrats, in denen das BMI es ablehnte, einen Passus einzufügen, der auf eine generelle Überprüfung des Gesetzentwurfs im Lichte des Urteils abzielte, wie es an sich gängige Praxis gewesen wäre.[35] Stattdessen einigten sich Genscher und Arendt darauf, das Urteil nicht weiter zu erwähnen. Jedoch wollten Teile der SPD eine Neudefinition des Begriffs der leitenden Angestellten in die Debatte einbringen mit dem Ziel, auch außertarifliche Angestellte einzubeziehen. Sie versuchten in Gesprächen, die FDP hier zu einer Änderung ihrer Haltung zu bewegen. Dafür hatten sie die vorsichtige Zustimmung des DGB, der der SPD eine Annäherung

---

33 Siehe Beschluss des I. Senats vom 5. März 1974 betreffend leitende Angestellte, 1 ABR 19/73, in: Entscheidungen des Bundesarbeitsgerichts Band 26. Herausgegeben von den Mitgliedern des Gerichtshofs, Berlin/New York 1980, S. 36-60 (Zitat S. 57). Siehe auch: Die Quelle 5/1974, S. 217 ff.

34 Vorlage Referat IV/3 an BK über Chef-BK und Abteilungsleiter IV vom 7. März 1974, in: BA, B136/8775.

35 Vgl. Gegenäußerung der Bundesregierung zu der Stellungnahme des Bundesrates, in: BA, B106/63569. Mit dieser Stellungnahme wurden die hauptsächlich von den CDU-regierten Bundesländern erhobenen Einwände gegen das Mitbestimmungsgesetz abgewiesen und eine Zustimmungspflicht des Bundesrats erfolgreich bestritten.

signalisierte. Die SPD-Fraktion und die AfA trafen dabei jedoch auf eine gespaltene FDP, die auf dem Genscher-Flügel der Wirtschaft zugeneigt, auf dem Maihofer-Flügel den potenziellen Wählergruppen der AT-Angestellten offen war. Der liberale Flügel hatte in der Zwischenzeit in der FDP wieder die Oberhand gewonnen, obgleich die FDP versuchte, inhaltliche Differenzen nur in den Gremien und in der Fraktion zu diskutieren, um nicht »ein vergleichbar zerstrittenes Bild wie die SPD« zu liefern. Man kam zunächst überein, den Kompromiss als einzig sinnvolle Lösung zu vertreten.[36]

Da also abzusehen war, dass an den Grundsätzen der Koalitionseinigung keine Änderungen erfolgen würden, erschien es aus Sicht des Kanzleramts angebracht, Gespräche mit der FDP so lautlos wie möglich zu führen und die Bedeutung des BAG-Urteils herunterzuspielen, um keine weiteren Enttäuschungen zu provozieren. Um den Kontakt zur Fraktion und der Koordinierungsgruppe Mitbestimmung nicht zu verlieren und im Gesetzgebungsverfahren die Rückkoppelung zur Partei- und Koalitionsspitze sicherzustellen, sollten der Chef des Bundeskanzleramts Horst Grabert (1927–2011) und Staatssekretär Karl Ravens (geb. 1927) auf die SPD-Fraktion zugehen. Zudem musste eine koalitionsinterne Sprachregelung gefunden werden.[37] Das war auch im Hinblick auf die erste Lesung im Bundestag vonnöten, zumal aus der Fraktion Querschüsse, insbesondere von Friedhelm Farthmann, kamen.[38]

1.3.2 Getrübtes Verhältnis von Gewerkschaften und Sozialdemokratie

Das Verhältnis zur Sozialdemokratie litt unter der Kompromissfindung, mit der die SPD versuchte, die Regierung handlungsfähig zu halten. »In der Öffentlichkeit wird nicht deutlich, daß für die sozialdemokratische Partei politische Ziele existieren, die nicht mehr kompromißfähig sind; typisches Beispiel: Mitbestimmung.« Unverständnis erntete die Partei dafür, dass sie sich nicht von der Politik der Regierung abgrenzte und Kompromisse als Erfolge verkaufte, anstatt sie als zeitlich befristet und aufgezwungen darzustellen. Realitätsfremd schien die Einschätzung, dass zahlreiche Reformen am Widerstand der Unternehmer scheiterten, da nicht genug gesellschaftlicher Druck aufgebaut wurde. Verbissen blieb der DGB dabei, dass »eine breit angelegte Mitbestimmungskampagne der Gewerkschaften, unterstützt von der SPD, im vergangenen Jahr die Weichen anders gestellt hätte. Allein die parlamentarische Mehrheit in Bonn hilft gesellschaftliche Widerstände nicht zu überwinden.« Es läge alleine an der Partei, ihre Strategie zu überdenken, die Gewerkschaften könnten es

---

36 Vgl. Kurz- und Beschlußprotokoll der Sitzung der Fraktion am 12. März 1974, in: AdL, A41-48, Bl. 8 f.

37 Vgl. Vorlage Referat IV/3 an den BK über Chef-BK betr. Mitbestimmung, hier: Konsequenzen aus dem Beschluss des Bundesarbeitsgerichts vom 5. März 1974 vom 26. April 1974, in: BA, B136/8775.

38 Vgl. Informationsvermerk Referat IV/3 an Parlamentarischer Staatssekretär über Chef-BK betr. Mitbestimmung vom 24. Mai 1974, in: BA, B136/8776.

sich aus Gründen der Glaubwürdigkeit keineswegs erlauben, von ihrer bisherigen Politik abzurücken.[39] Mit dieser starren und im Grunde unpolitischen Haltung waren Enttäuschungen geradezu vorprogrammiert.

Ob diese Haltung der Abt. Gesellschaftspolitik allerdings als symptomatisch für den gesamten DGB zu bezeichnen ist, sei dahingestellt. In einem Gespräch, zu dem der neue Kanzler Helmut Schmidt sehr bald nach seiner Wahl mit Vertretern des DGB und zahlreichen Vorsitzenden der Einzelgewerkschaften geladen hatte, betonten beide Seiten die Zugehörigkeit zueinander. Für Schmidt und Vetter war es völlig selbstverständlich, dass die Gewerkschaften ihnen angemessene Repräsentation im neuen Kabinett erhielten, wobei der Kanzler jedoch betonte, dass sich die Kollegen nun in einer anderen Rolle wiederfinden würden. Die Berücksichtigung von Gewerkschaftern in seinem Kabinett – Arendt, Leber, Gscheidle und Matthöfer –, verstand er als Ausdruck der Verbesserung des Verhältnisses zum DGB. In Sachen Mitbestimmung äußerte Schmidt die Hoffnung, dass im Zuge der parlamentarischen Verhandlungen Änderungen möglich seien, und bat die Gewerkschaften darum, die Erfolge der Regierung anzuerkennen und zu propagieren. Vetter räumte ein, dass eine Durchsetzung der Mitbestimmung sehr schwierig sei, und äußerte Bedenken hinsichtlich der Aktivierung der Arbeitnehmer, die sich als schwer gestalte. Die Aussprache zeigte, dass die Gewerkschafter mit der neuen Regierung unter Kanzler Schmidt die Hoffnung auf einen Neuanfang verbanden, da der Schwerpunkt nun auf der Innenpolitik lag, nachdem unter Brandt das Primat der Außenpolitik galt. Auch der ebenfalls zum Gespräch geladene Genscher gab sich konziliant und unterstrich, die FDP stünde zur Regierungserklärung, auch wenn ihm die Zugeständnisse in der Mitbestimmung schwerfielen, was nicht zuletzt auf seine Skepsis gegenüber der Organisationsmacht zurückzuführen war.[40]

Von der CDU-Bundestagsfraktion hingegen konnte der DGB trotz ihrer positiven Beschlusslage keine Unterstützung erwarten, was bedeutete, dass sie etwa die fehlende Parität bei der Vorstandsbestellung und die Sonderstellung der leitenden Angestellten nicht substanziell kritisierte. Zwar konnte der DGB bei den Sozialausschüssen, namentlich bei Norbert Blüm und Albrecht Hasinger (1935–1994), ein gewisses Verständnis für die Forderung nach einer Wahl durch die Betriebsräte erzielen, jedoch standen die Aussichten auf ein nachdrückliches Eintreten zugunsten der Gewerkschaften auch in diesem Punkt schlecht.[41] Erwartungsgemäß lehnte der Bundesvorstand der CDU den Gesetzentwurf der Koalition ab, vor allem aufgrund des komplizierten Wahlverfahrens, der mangelnden Repräsentation der einzelnen

---

39 Siehe Vorlage betr. Verhältnis Gewerkschaften – SPD vom 2. Mai 1974, in: DGB-Archiv im AdsD, Abt. Gesellschaftspolitik, 24/1391 (Zitate ebd.).

40 Vgl. Aktennotiz über ein Gespräch des DGB-Bundesvorstandes mit Bundeskanzler Schmidt am 18. Mai 1974 vom 21. Mai 1974, in: DGB-Archiv im AdsD, Abt. Gesellschaftspolitik, 24/2409.

41 Vgl. Vermerk über ein Gespräch mit Norbert Blüm und Albrecht Hasinger am 29. Juli 1974 vom 1. August 1974, in: DGB-Archiv im AdsD, Abt. Gesellschaftspolitik, 5/DGAK000042.

Gruppen und der einseitigen Bevorzugung des DGB und seiner Gewerkschaften.[42] Die CDA hingegen griff die gewerkschaftlich organisierten Abgeordneten scharf an, da sie die Parität aufgaben.[43]

Der DGB ging aufgrund der zunehmend schwierigen Situation dazu über, eine erneute Offensive in der Öffentlichkeit zu starten. Auf einer sorgsam vorbereitenden Kundgebung am 7. Mai 1974 in der Grugahalle in Essen, zu der nur »vernünftige Gewerkschaftskollegen« eingeladen wurden, die dem Zweck der Veranstaltung nicht abträglich waren[44], betonte der Vorsitzende, die FDP hätte »die Mitbestimmungsfrage zum bevorzugten Exerzierfeld ihrer antigewerkschaftlichen Grundhaltung hier, ihrer Gralshüterrolle für unternehmerische Privilegien dort, gemacht. Sie hat das getan, weil ihr zaghaft begonnener Wandel zur Reformpartei stets auf modischen Oberflächenkorrekturen beschränkt geblieben war.« Die Öffnung zur Mitbestimmung sei von vornherein als »Vehikel für Fischzüge« missbraucht worden. »Hier, in der politischen Borniertheit der freidemokratischen Parteistrategen, liegt das eigentliche Dilemma der aktuellen Mitbestimmungsdiskussion.«[45] Im Zentrum der Veranstaltung stand aber der zuvor erfolgte Rücktritt von Kanzler Brandt, zur Mitbestimmung kam inhaltlich nichts Neues.[46]

1.3.3 Die Arbeitgeber bleiben auf Konfrontationskurs

Die BDA wiederum übte scharfe Kritik an der Bundesregierung, die mit der Weiterverfolgung des Vorhabens ihre ideologische Befangenheit beweise und die Konzentration nicht wie versprochen auf »die brennenden Probleme der Geldentwertung, der Sicherung der Arbeitsplätze und des politischen Radikalismus« lenke.[47] Die BDA war bereits am 26. März mit einer Großkundgebung in Köln gegen die Vorschläge der Bundesregierung zur Mitbestimmung und Vermögensbildung angetreten. Linke und gewerkschaftsnahe Gegendemonstranten störten ihren Verlauf massiv, was die Veranstalter aber nicht irritierte, machten sie doch nicht von ihrem Hausrecht Gebrauch und sprachen keine Platzverweise aus.[48] Vielmehr nutzten die Arbeitgeber die Zeichen des politischen Radikalismus in ihrem Sinne.

---

42 Erklärung des Bundesvorstands der CDU zu den Koalitionsbeschlüssen zur Mitbestimmung, in: DGB-Archiv im AdsD, Sekretariat Martin Heiß, 5/DGCS000012.

43 CDA-Informationen vom 23. Januar 1974.

44 Vgl. Aktennotiz betr. Veranstaltung des Bundesvorstands am 7.5.1974 in der Grugahalle in Essen vom 3. April 1974, in: DGB-Archiv im AdsD, Abt. Gesellschaftspolitik, 24/749.

45 Redemanuskript von Heinz-Oskar Vetter vom 7. Mai 1974, in: ebd.

46 Vgl. Bericht betr. Mitbestimmungskundgebung DGB in der Essener Grugahalle am 7. Mail 1974 vom 8. Mai 1974, in: BA, B136/8776.

47 PDA 22/1974 vom 20. Juni 1974.

48 Vgl. Stimmungsbericht von Referat IV/3 an Chef-BK über Abteilungsleiter IV vom 26. März 1974, in: BA, B136/8775.

Die einheitlich ablehnende Haltung der Unternehmer war zwischen BDI und BDA abgestimmt. Da die Arbeitgeber einen langen politischen Prozess einkalkulierten, kam es darauf an, in der Unternehmerschaft klar zu machen, dass »das Ringen um das Mitbestimmungsgesetz noch nicht gelaufen sei.« Deswegen machten BDI und BDA weder Zugeständnisse, noch legten sie einen eigenen Entwurf vor. Sie hielten es für erfolgversprechender, »konsequent im Einzelnen zu der Regierungsvorlage Stellung zu nehmen.« BDI-Präsident Hans-Günther Sohl (1906–1989) meinte gar, dass im Falle eines Gesetzes über die Mitbestimmung auch ein Gewerkschaftsgesetz verabschiedet werden müsse, um den Einfluss der Gewerkschaften in der Wirtschaft zu begrenzen.[49]

BDI-Geschäftsführer Fritz Neef (1913–1979) wähnte einen »Package-Deal« der Gewerkschaften mit der neuen Bundesregierung unter Kanzler Schmidt, in der sich eine Vielzahl vormaliger hauptamtlicher Gewerkschafter befand. Neef meinte, Schmidt hätte sie an sich gebunden, um ihnen im Gegenzug für eine Mäßigung ihrer Lohnforderungen in der schwierigen konjunkturellen Lage zu Beginn des Jahres 1974 und den anstehenden Lohnrunden 1975 eine Kompensation durch die Mitbestimmung anzubieten. Obgleich eine solche Paketlösung nicht der Realität entsprach, kam es Neef darauf an, angesichts der aufziehenden erneuten Diskussion um den Gesetzentwurf im Verein mit der BDA ein gemeinsames taktisches Vorgehen zu wählen und die eigene Rolle zu definieren. Es sei neben dem eigenen »leidenschaftlichen Protest« auch der Kritik des DGB geschuldet, dass das Gesetz in der vorliegenden Form wahrscheinlich nicht Realität werden würde. Deutlich formulierte Neef die Unsicherheiten der Unternehmer angesichts der Einbindung der Gewerkschaften in die Bonner Regierung. Die Gewerkschaften »wollen politische Macht auf sich vereinen, und zwar im Grunde unlimitiert. Wenn man genau hinsieht, weit über die Vorstellung einer Gleichgewichtigkeit von Kapital und Arbeit hinaus. Es besteht fast kein Gebiet mehr, in dem sie […] ihren Geltungs- und Übergewichtsanspruch nicht

---

49 Siehe Niederschrift der BDI-Präsidialsitzung vom 18. März 1974, in: BDI-Archiv, A-230, Bl. 5 ff. (Zitate ebd.). Der Gedanke eines Gewerkschaftsgesetzes wie ihrer Einbeziehung in das Gesetz gegen Wettbewerbsbeschränkungen wurde im BDI in der Tat ernsthaft geprüft, aber dann angesichts mangelnder politischer Realisierbarkeit schnell verworfen. Zudem befürchtete die BDA, neben dem Eingriff in die Tarifautonomie, ebenfalls von einem solchen Gesetz erfasst zu werden. Virulent wurde diese Erörterung zum einen, da sich die Unternehmer generell auf dem Rückzug befanden und zum anderen, da in den USA eine Unterwerfung der Gewerkschaften unter das Kartellgesetz diskutiert wurde. Da die Gewerkschaften aber, so die Ansicht, mit dem Export ihrer »Mitbestimmungsideologie« in Europa Erfolg hatten, kam eine solche Initiative zusätzlich nicht in Betracht. Den Rechten und Einflussmöglichkeiten der Gewerkschaften durch ein Mitbestimmungsgesetz könne man besser begegnen, indem die bekannten Meinungsverschiedenheiten der Parteien weiter geschürt würden. Siehe Vorlage BDI-Abt. Sozialwirtschaft betr. Überlegungen zu einem Gewerkschaftsgesetz vom 14. März 1974, in: BDI-Archiv, HGF-Büro 205, Karton 142.

anmelden und deutlich machen.«[50] Der BDI beschloss, in der Öffentlichkeit keine von der BDA abweichende Meinung zu vertreten und sich in diesem Sinne nicht an Modelldiskussionen zu beteiligen.[51]

2   Der Gesetzentwurf im Parlament

2.1   Die Plenardebatte vom 20. Juni 1974

Nachdem der Antrag von fünf christlich-demokratisch regierten Bundesländern im Bundesrat, dem Bundestag den Gesetzentwurf nicht vorzulegen[52], von der Bundesregierung zurückgewiesen wurde und sie ihre Auffassung, das Gesetz sei nicht vom Bundesrat zustimmungspflichtig, durchgesetzt hatte[53], brachte die Bundesregierung den endgültigen Entwurf des Mitbestimmungsgesetzes am 29. April 1974 in den Bundestag ein.[54] Er wurde am 20. Juni 1974 in erster Lesung im Parlament behandelt und von Arbeitsminister Arendt begründet. Arendt verteidigte, entgegen seiner inneren Überzeugung, den Entwurf als einen wesentlichen Schritt zur Vervollkommnung der Mitbestimmung in Deutschland, die er in eine historische Tradition seit der Weimarer Republik einordnete. Es wäre nun an der Zeit, den nach 1945 ausgestellten »Wechsel«, also das Versprechen auf mehr Mitbestimmung, einzulösen, zumal sich die Gewerkschaften als stabiler Garant beim Aufbau der Wirtschaftsordnung der Bundesrepublik erwiesen hätten. Deswegen solle der klassische Dualismus von Anteilseignern und Gläubigern im Unternehmen überwunden und um den Faktor Arbeit ergänzt werden. Arendts Behauptung, die Forderung nach mehr Mitbestimmung sei von »der Arbeitnehmerschaft und ihren Organisationen« erhoben worden, entsprach jedoch wie gesehen so nicht den Tatsachen. Er bedauerte, dass die Arbeitgeberseite sich nie zum Ausbau der Mitbestimmung bekannt hatte, im Gegensatz zu zahlreichen politischen Parteien und gesellschaftlichen Gruppen. Erst die sozialliberale Koalition habe die Kraft, das »heiße Eisen« anzupacken. Im Verlauf seiner Rede ging Arendt auf die Bestimmungen des Entwurfs ein und verteidigte sie gegenüber der lebhaft vorgetragenen Kritik seitens der CDU-Abgeordneten, die jedoch zwischen Ablehnung aufgrund der fehlenden Parität und Ablehnung aufgrund des Entwurfs als solchem

---

50 Ausführungen von Dr. Neef zu Punkt 1. der Tagesordnung »Bericht und Aussprache über die wirtschaftspolitische Lage«. Anlage zur Niederschrift der Präsidialsitzung am 20. Mai 1974, in: BDI-Archiv, A-230, Bl. 1 f.

51 Vgl. Ergebnisvermerk der Hauptabteilungsleitersitzung am 22. Juli 1974, in: BDI-Archiv, HGF-Büro 206, Karton 142.

52 Vgl. Stellungnahme des Bundesrates, Anlage 2 zu BT-Drs. 7/2172, gemäß Beschluss des Bundesrats in seiner 404. Sitzung vom 4. April 1974, Verhandlungen des Bundesrates. Stenografische Berichte.

53 Vgl. Anlage 3 zu BT-Drs. 7/2172.

54 Vgl. BT-Drs. 7/2172.

schwankte. Die CDU-Fraktion zeigte an dieser Stelle erneut ihre Uneinheitlichkeit und bewies, dass die Entscheidung vom Hamburger Parteitag nicht der Weisheit letzter Schluss war und offene Fragen blieben. Arendt war überzeugt, dass die komplizierten Regelungen der Entscheidungsfindung bei der Vorstandsbestellung, die im Falle einer totalen Blockade einer Seite auf einen Entscheid der Hauptversammlung hinausliefen, in der Praxis nie zur Anwendung kommen würden. Auch bezüglich der Wahl der leitenden Angestellten hob der Arbeitsminister darauf ab, dass diese Gruppe zwar das Vorschlags-, nicht aber das Wahlrecht für ihre Vertreter innehatte, wie es auch für die anderen Gruppen galt. Er ließ ausdrücklich offen, dass der Entwurf in den Ausschüssen des Bundestags aufgrund des Urteils des BAG noch Veränderungen erfahren könnte. Bemerkenswerterweise konterte Arendt, der Vorwurf, Mitbestimmung führe zum Gewerkschaftsstaat, würde von den Leuten erhoben, die wiederum »gegen die immer mehr zunehmenden wirtschaftlichen Machtkonzentrationen in unserem Land nichts einzuwenden haben und die auch keinerlei Besorgnis darüber äußern, dass heute in den Aufsichtsräten vieler Unternehmen weithin eine koordinierte Macht der Banken an die Stelle des Aktionärswillens getreten ist.« Es widerspräche dem Selbstverständnis der Gewerkschaften, die Mitbestimmung als Instrument zentraler Wirtschaftssteuerung zu benutzen. Am deutlichsten schieden sich die Geister in der Debatte in der Frage der Urwahl, die von der Opposition heftig eingefordert und als urdemokratisch bezeichnet wurde, für Arendt nicht weniger als ein Manöver, unbedingte Kritik zu äußern. Abschließend rief Arendt den Gewerkschaften ins Gewissen, dass dieser Entwurf im Gegensatz zu allen anderen Vorstellungen und Wünschen den entscheidenden Vorteil böte, dass er politisch realisierbar sei. Die Unternehmer hingegen sollten nicht allein schlicht gegen die Mitbestimmung sein, sondern sie als Chance verstehen.[55] Den Demokratisierungsimpetus der Regierung brachte der IG-Bergbau-Vorsitzende und Abgeordnete Adolf Schmidt auf den Punkt:

»Wir wollen, dass die Demokratie in den Herzen und in den Hirnen von noch mehr Menschen noch leidenschaftlicher verankert wird. Deswegen machen wir die Mitbestimmung. Unsere Gesellschaft soll am Rand und an der Schnittfläche der Weltgegensätze eine solche Faszination auslösen, dass sie nicht nur bei uns, sondern weit über unsere Grenzen hinaus positiv wirkt.«[56]

Gegen die CDU wandte Hermann Rappe als Sprecher der SPD-Bundestagsfraktion in der Aussprache ein, die Partei hätte mit den Hamburger Grundsätzen ihre »uralte Position der Partnerschaftsideologie erneut betont. Damit soll der natürliche Interessengegensatz wegideologisiert werden. [...] Die Haltung der CDU ist denkbar einfach.

---

55 Siehe Verhandlungen des Deutschen Bundestags 7. WP, 110. Sitzung vom 20. Juni 1974, S. 7460-7468.
56 Ebd., S. 7517.

Sie hat sich die Aufgabe gestellt, die Ausweitung der Mitbestimmung zu verhindern – schlicht und ergreifend –, und nichts anderes.«[57] Im Anschluss ging Rappe auf die Einzelfragen des Gesetzentwurfs ein und ließ es nicht aus, sich gegen die CDU/CSU abzugrenzen. Von ihr sei »absolut nichts zu erwarten, es sei denn ablenkende Polemik.«[58]

Der FDP-Abgeordnete Kurt Spitzmüller hob, wie zu erwarten war, in seinem Redebeitrag die besondere Rolle der leitenden Angestellten hervor, die von der FDP nicht erfunden, sondern vorgefunden worden sei und deswegen in die Mitbestimmung im Unternehmen integriert werden müsse. Vorschlägen der CDU-Fraktion, mit wechselnden Mehrheiten die Urwahl der Aufsichtsratsmitglieder durchzusetzen, erteilte auch die FDP eine klare Absage. Die Koalitionsräson überwog bei Weitem die politischen Inhalte. Spitzmüller wertete die Reaktionen der einzelnen Verbände und interessierten Gruppen wie der Gewerkschaften, der Arbeitgeber und der leitenden Angestellten, die jeweils zu viel oder zu wenig Mitbestimmung sahen, als Beleg dafür, dass »das Koalitionsmodell die richtige Mitte, die ausgewogene Mitte zwischen den gegensätzlichen Interessenstandpunkten« gefunden hatte.[59]

Für den wirtschaftsliberalen Flügel der CDU trat Franz Ludwig Schenk Graf von Stauffenberg ans Rednerpult. Sein Beitrag brachte die innere Zerrissenheit der Fraktion zum Ausdruck. Er lehnte die Mitbestimmung in der vorliegenden Form kategorisch ab und geißelte sie als Machtkonzentration in den Händen der Gewerkschaften, die einer echten Mitbestimmung der Arbeitnehmer im Wege stünde und die Rentabilitätsinteressen der Unternehmen missachte. Zudem könne niemand bezweifeln, dass in der bundesrepublikanischen Gesellschaft ein tief greifender Wandel hin zu einer Arbeitnehmergesellschaft stattgefunden habe, in der Arbeiter und Angestellte zugleich leitungsbefugt und weisungsgebunden seien. Dies berücksichtige der Entwurf der Bundesregierung in keiner Weise. Gegenvorschläge unterbreitete Graf Stauffenberg jedoch nicht.[60]

Im Kontrast dazu trat Norbert Blüm als Vertreter der Sozialausschüsse mit Verve für die Mitbestimmung ein, übte jedoch auch hier an die FDP gerichtet massive Kritik an der fehlenden Urwahl und betonte, dass Mitbestimmung im Sinne der Partnerschaft nur mit der Vermögensbildung zusammen zu denken wäre. Klassenkampf versus Partnerschaft war die Maxime bei Blüm. Abgerundet wurde das nicht geschlossene Bild der CDU-Fraktion durch den Beitrag von Philipp von Bismarck, der in Bezug auf Blüm anmerkte, Parität sei kein Ordnungsprinzip, sondern ein Teil der Wertordnung der sozialen Marktwirtschaft. »Man kann das vergleichen mit Mann und Frau: In der Verfassung steht, sie sind gleichberechtigt. Aber sie sind, das wissen wir doch alle, nicht gleich. Sie haben verschiedene Funktionen. Wir wissen doch, dass

---

57 Ebd., S. 7497.
58 Ebd., S. 7500.
59 Ebd., S. 7504.
60 Siehe ebd., S. 7506-7512.

genau wie bei den Unternehmen auch jeder Mensch nicht nur Person ist, sondern Funktion.« Bezogen auf die Parität kann man von Bismarcks sibyllinische Äußerungen nur dahingehend deuten, dass er seine Ablehnung im Sinne der Funktionsteilung als Stärkung der Arbeitnehmer sah, denn »Proporz bedeutet doch in Wirklichkeit eine Verminderung von Verantwortung.«[61]

Insgesamt kamen in der lebhaft geführten Debatte beinahe sämtliche Für- und Gegenargumente zur Sprache. Zum Greifen schien, dass auch innerhalb der Koalition noch nicht alle strittigen Punkte ausgeräumt waren und in den anstehenden Beratungen weitere Konkretisierungen erfolgen müssten, so Friedhelm Farthmann, der profilierteste Gegner des Kompromisses innerhalb der Koalitionsfraktion.[62]

2.2 Im Ausschuss für Arbeit und Sozialordnung

2.2.1 Vorbereitungen in Zusammenarbeit mit den Gewerkschaften

Nach der Bundestagsdebatte musste sich nun der Bundestagsausschuss für Arbeit und Sozialordnung mit dem Entwurf des Mitbestimmungsgesetzes befassen. Hierfür wurden zunächst drei Hearings angesetzt. Koalitionsintern brachte man die Hearings auf den Weg, in der Hoffnung, bis Anfang 1975 das Gesetz beschließen zu können, um die Sache noch vor den anstehenden Landtagswahlen zu lösen.[63] Der DGB traf sich mit SPD-Abgeordneten der Mitbestimmungsarbeitsgruppe zu Gesprächen zur Vorbereitung der Hearings, zu denen die SPD lediglich Spitzenorganisationen, darunter auch die ULA, einladen wollte. Bereits im Vorfeld stand fest, dass Verhandlungen mit der FDP erst im Anschluss erfolgen sollten. Die SPD versprach sich davon einen »Punktgewinn«, für den Zeitverluste in Kauf genommen wurden. Man hielt es aber für erforderlich, das Gesetz noch 1975 zu beschließen, auch um die ersten Aufsichtsratswahlen mit den 1975 anstehenden Betriebsratswahlen zu verbinden.[64]

Für die SPD übernahm der 1974 in den Bundestag gewählte Hermann Rappe die Verhandlungsführung. Er berichtete in der Fraktionsarbeitsgruppe über zahlreiche Streitpunkte. So war das Problem der Auflösung von Pattsituationen ungelöst. Die FDP legte großen Wert auf den Stichentscheid der Hauptversammlung, der nach Rappe auf die Bestellung aller Vorstandsmitglieder mit Ausnahme des Arbeitsdirektors auch umgesetzt werden konnte. Deutlich äußerten die SPD-Vertreter ihre Skepsis in Bezug auf die Kompromissfähigkeit des liberalen Koalitionspartners in Sachen leitende Angestellte. Denkbar war höchstens, eine Wahl dieses Personenkreises erst für Großunternehmen ab 10.000 Mitarbeitern vorzusehen. Der DGB aber wollte mit aller Kraft

---

61 Ebd., S. 7539.
62 Siehe ebd., S. 7530.
63 Vgl. Vermerk V/1 für Chef-BK vom 27. Juni 1974, in: BA, B136/8776.
64 Vgl. Vermerk Referat IV/3 betr. Sachstand Mitbestimmung vom 29. August 1974, in: ebd.

verhindern, dass das Vorschlagsrecht der Gruppen umgesetzt wurde, damit auch die Betriebsräte konkurrierende Kandidaten einbringen konnten und lancierte erneut die Idee, leitende Angestellte im Gesetz durch AT-Angestellte, also solche Personen, deren Bezahlung sich nicht nach Tarif richtete, zu ersetzen. Über allem stand die Garantie für den DGB, dass nur arbeitnehmernahe Personen in den Aufsichtsrat gewählt werden sollten. Die SPD-Vertreter sahen jedoch kaum Chancen, diese Ideen durchzusetzen.[65]

Eine Ursache der mangelnden Kompromissfähigkeit des DGB lag darin begründet, dass die Einzelgewerkschaften einer Änderung des Begriffs der leitenden Angestellten ablehnend gegenüberstanden. Tarifpolitische Erwägungen unterschiedlichster Art bewogen eine ganze Bandbreite von Gewerkschaften von der IG Metall bis zur NGG dazu, diese Idee, die im Kern die Erweiterung der einzubeziehenden Angestellten beinhaltete, abzulehnen. Befürchtungen hinsichtlich der Auswirkungen auf die Definition des leitenden Angestellten im Sinne des Betriebsverfassungsgesetzes standen im Weg. Einzig die HBV, in deren Organisationsbereich zahlreiche AT-Angestellte arbeiteten, konnte dem Gedanken etwas abgewinnen, da sie annahm, dass die Arbeitgeber ihrerseits ein gewisses Interesse entwickeln könnten, den Geltungsbereich der Tarifverträge nach oben auszudehnen. »Insgesamt ergibt sich somit nach der Umfrage der Abteilung Angestellte der Eindruck, daß auf seiten der Einzelgewerkschaften wenig Neigung besteht, daß unsererseits in der leitenden Angestellten-Frage mit Kompromißvorschlägen aufgewartet werden soll.«[66] Was die Tendenzbetriebe betraf, sah man kaum Möglichkeiten der Durchsetzung der Gewerkschaftsposition, jedoch weniger aufgrund der FDP-Position, sondern aufgrund verfassungsrechtlicher Bedenken, die zu ungeheuren zeitlichen Verzögerungen führen konnten. Um den Bundesrat außen vor zu lassen, der als weiterer Vetospieler das gesamte Gesetzgebungsverfahren verkompliziert hätte, konnten Stiftungen nicht in die Mitbestimmung einbezogen werden, da das Stiftungsrecht auf Landesrecht basierte.[67]

Weiterhin beflügelt durch das Urteil des Bundesarbeitsgerichts vom März des Jahres drängte der DGB darauf, dass die SPD-Vertreter Sonderregelungen nur »massiv genug in Frage stellen« sollten. Als Kompromiss kämen die bereits angesprochenen Vorschläge in Bezug auf das Vorschlagsrecht und die Unternehmensgröße in Betracht, eine Änderung des Begriffs der leitenden Angestellten in AT-Angestellten konnte der DGB wie gesehen nicht mehr vorbringen.[68] Dass in der Koordinierungsgruppe von

---

65 Vgl. Vermerk über ein zweites Gespräch mit der Mitbestimmungsarbeitsgruppe der SPD-Fraktion am 4. Juli 1974, in: DGB-Archiv im AdsD, Abt. Gesellschaftspolitik, 24/2034.

66 Vermerk betr. Mitbestimmungsgesetz – AT-Angestellte vom 15. August 1974, in: DGB-Archiv im AdsD, Abt. Gesellschaftspolitik, 24/1822.

67 Vgl. Vermerk über ein zweites Gespräch mit der Mitbestimmungsarbeitsgruppe der SPD-Fraktion am 4. Juli 1974.

68 Siehe Vermerk betr. Mitbestimmung, hier: Gespräch mit der Mitbestimmungs-Arbeitsgruppe der SPD-Fraktion am 25. September vom 20. September 1974, in: DGB-Archiv im AdsD, Abt. Gesellschaftspolitik, 24/1822 (Zitat ebd.).

DGB und SPD keine Einigungen erzielt wurden, lag nicht zuletzt an den SPD-Abgeordneten wie Rappe oder Olaf Sund, die in ihr die Aufgabe sahen, Gespräche zu führen und Diskussionsgrundlagen zu finden, im Gegensatz zu Farthmann, der unbedingt Beschlussfassungen herbeiführen wollte, damit jedoch allein stand. Rappe ging sogar einen Schritt weiter in die andere Richtung und meinte, die Gruppe sei nicht legitimiert, die Willensbildung der Fraktion vorwegzunehmen.[69] Deutlich war, dass man im Grunde an allen Ecken und Enden vor dem Beginn der Hearings nicht vorankam.

Der Diskussion nicht zuträglich waren die Verlagerungen der Schwerpunkte der Gewerkschaften selbst, die etwa den Arbeitsdirektor nun kritisch sahen, da normalerweise Betriebsratsvorsitzende in diese Position aufstiegen. Daran konnten die Gewerkschaften kein Interesse haben. Die Arbeitsgruppe der SPD-Bundestagsfraktion hatte als Kompensationsgeschäft für den Stichentscheid im Sinn, einen Arbeitsdirektor im Sinne der Montanmitbestimmung zu implementieren. Die Gewerkschaftssekretäre beschlossen jedoch nach interner Klärung, einen derartigen Kompromiss nicht zu fördern, da die Funktion des Arbeitsdirektors aufs Engste mit der Zusammensetzung der Arbeitnehmerbank verknüpft war. Da nicht abzusehen war, dass die außerbetrieblichen Vertreter der Gewerkschaften zu gleichen Teilen bzw. zu einem Übergewicht im Aufsichtsrat Platz nahmen, befürchtete man, dass der Arbeitsdirektor nicht die nötige Unabhängigkeit vom Betriebsrat erzielen würde und die Bindung an die Gewerkschaften verlieren könnte. Erste Forderungen von Betriebsräten nach Besetzung des Postens des Personaldirektors zeichneten sich bereits ab. »Als Folge wird daher ein für die allgemeine Gewerkschaftspolitik und die Mitbestimmungspraxis gefährlicher Betriebssyndikalismus befürchtet.«[70]

Das alles dominierende Problem blieb aber das der leitenden Angestellten. Auch hier zeigte es sich nicht gerade hilfreich, dass der DGB keine echte Kompromisslinie fand. Vetter betonte zwar, der DGB habe in den letzten Monaten Ruhe erzeugt, um der SPD-Fraktion einen gewissen Spielraum zu geben, doch nun wurde die Situation ernster.[71] Rappe entgegnete daraufhin, dass die FDP nicht umfallen werde und dass es langfristig wichtiger sei, die Zweidrittelmehrheit in der Vorstandsbestellung zu sichern. Im Übrigen könne man nur nach außen offen kämpfen, weil die Koalition abgestützt werden müsse, die internen Koalitionsbemühungen könnten nicht transparent gemacht werden. Nach der Wahl 1976 könne eine Novellierung des Gesetzes

---

69 Vgl. Protokoll der Sitzung der Koordinierungsgruppe Mitbestimmung am 27. September 1974 vom 30. September 1974, in: SPD-Bundestagsfraktion 7. WP, 2/BTFG000599.

70 Vermerk für Heinz-Oskar Vetter betr. Mitbestimmung vom 26. August 1974, in: DGB-Archiv im AdsD, Abt. Gesellschaftspolitik, 24/2034.

71 Es war auch Rappe, der die Frage der leitenden Angestellten als Kompensation für einen vollwertigen Arbeitsdirektor umsetzen wollte und diesen Punkt frühzeitig für erledigt erklärte und somit laut Farthmann in der Fraktion den Eindruck verbreitete, dass an dem Entwurf ohnehin nichts mehr zu ändern sei. Schreiben von Friedhelm Farthmann an Heinz-Oskar Vetter vom 20. September 1974, in: DGB-Archiv im AdsD, Abt. Gesellschaftspolitik, 24/2034.

erfolgen, wenn die SPD eine absolute Mehrheit erreichen würde, doch zuvor seien der SPD die Hände gebunden und zeitliche Verzögerungen brächten keine Vorteile. Vetter hingegen schätzte das Verhalten der SPD-Parteispitze nüchterner ein, wollte aber meinen, dass sie einen härteren Umgang mit der FDP pflege, die als kleinerer Koalitionspartner niemanden zu irgendwas zwingen könne. Er wolle die FDP in der Frage »frontal angehen, um die Belastung zu proben.« Für Rappe hingegen war die Sache im Grunde bereits erledigt.[72]

Nach eingehender Diskussion kam man in der Koordinierungsgruppe zu dem Schluss, dass in den anstehenden Verhandlungen das Vorschlagsrecht dahingehend geändert werden sollte, dass 100 Arbeitnehmer Kandidaten für den Aufsichtsrat benennen konnten. Ein alleiniges Recht für den Betriebsrat wurde als nicht durchsetzbar erachtet. Ferner sollte noch einmal der Tendenzschutz erörtert werden. Als weniger wichtig wurden das Vorschlagsrecht des DGB und der Einzelgewerkschaften für die außerbetrieblichen Arbeitnehmervertreter oder die Stärkung der Kompetenzen des Aufsichtsrats als solchem angesehen. Zudem stellte man den wechselnden Aufsichtsratsvorsitz zur Disposition, um ein zusätzliches Verhandlungsmoment zu erhalten.[73] Die zunehmend kämpferische Stimmung innerhalb der Mitbestimmungskommission, gerade von Farthmann und dem AfA-Flügel, wurde auch im Kanzleramt registriert. Dennoch sah man es nicht als sinnvoll an, vor dem Hearing aus dem Amt heraus Druck auf die Fraktion auszuüben. Erst im Anschluss wollte man darauf drängen, dass der Zeitplan nicht »durch die Eröffnung neuer Kriegsschauplätze in Frage gestellt wird.«[74]

Im DGB-Bundesvorstand meldeten sich zunehmend die Stimmen zu Wort, die für eine gemäßigte Vorgehensweise plädierten. So empfahl etwa Philipp Seibert (1915–1987), Vorsitzender der GdED, »unter Hinweis auf die Haltung der IG Metall eine elastische Politik des DGB in dem bevorstehenden Mitbestimmungshearing, die eventuell später notwendig werdende Korrekturen nicht ausschließt.« Unterstützung erhielt er von Armin Clauss (geb. 1938), Landesvorsitzender des DGB in Hessen, und von Karl Buschmann (1914–1988), GTB-Vorsitzender, die ebenfalls eine realistische Sicht anmahnten und betonten, dass die vier Essentials des DGB ohnehin nicht durchgehalten werden könnten und die Argumentation des DGB in der Mitgliedschaft nicht verstanden würde. Interessanterweise wandte Vetter daraufhin ein, dass es auf die politische Situation in Bonn ankäme und nicht auf die Haltung der Öffentlichkeit. Ebendiese Mitglieder, die in den Jahren zuvor mit viel Aufwand und Geld von der Idee der Mitbestimmung überzeugt oder vermeintlich überzeugt wurden, spielten nun in der heißen Auseinandersetzung keine bedeutende Rolle mehr. Auch Karl Hau-

---

72 Protokoll der Sitzung der Koordinierungsgruppe Mitbestimmung am 25. September 1974 vom 26. September 1974, in: SPD-Bundestagsfraktion 7. WP, 2/BTFG000599 (Zitate ebd.).

73 Vgl. Protokoll der Sitzung der Koordinierungsgruppe Mitbestimmung am 27. September 1974 vom 30. September 1974, in: SPD-Bundestagsfraktion 7. WP, 2/BTFG000599.

74 Vermerk Referat IV/3 über AL IV und Chef BK betr. Information zum Verlauf der Mitbestimmungsberatungen in der SPD-Fraktion vom 25. September 1974, in: BA, B136/8776.

enschild sprach sich erneut für eine »kritische Würdigung« des Entwurfs aus und erinnerte daran, dass »die Mitbestimmung von bestimmten politischen Gruppierungen als Tarnkappe für weitergehende politische Vorstellungen behauptet wird.«[75]

Zudem sandten die Gewerkschaften, allen voran die IG Metall weiterhin zwiespältige Signale aus, erklärte Loderer doch im Gespräch mit Arendt, er würde ein Gesetz akzeptieren, um dann öffentlich das genaue Gegenteil davon zu behaupten.[76] In der Abt. Gesellschaftspolitik bot sich zur Lösung der Lage die Möglichkeit an, die Rolle der leitenden Angestellten mit dem neutralen Mann zu verknüpfen. So dachte man daran, dem Aufsichtsrat neben dem Neutralen zwei weitere Mitglieder zur Seite zu stellen, unter denen sich leitende Angestellte befinden könnten oder müssten, die jedoch nicht im Unternehmen beschäftigt sein durften. Beide sollten sowohl von Arbeitnehmern als auch Anteilseignern kooptiert werden. Diese Lösung erschien den Verantwortlichen als realistisch und hätte im Gegenzug ein Entgegenkommen in der Frage des Wahlverfahrens vorausgesetzt, auch in Richtung einer Urwahl, die jedoch zwingend zur Voraussetzung hatte, das Gruppenrecht der leitenden Angestellten zu Fall zu bringen.[77] Der DGB versuchte nun, in Gesprächen die wenigen gewerkschaftlich organisierten MdB der FDP für seine Position zu gewinnen[78] bzw., einen Vorschlag aus der SPD-AfA aufgreifend, die gesetzlich garantierte Sondervertretung der leitenden Angestellten auf Großunternehmen mit mehr als 10.000 Mitarbeitern zu beschränken. Zudem sollte die Parität durch Abschaffung des auf Drängen von Genscher eingeführten Stichentscheids des Aufsichtsratsvorsitzenden erzielt werden.[79]

Die parlamentarischen Beratungen sollten noch im November eingeleitet werden, um im Juni und Juli des Folgejahres die ersten Aufsichtsräte neu zu bilden. Die Novembertermine waren aus Sicht von Hermann Rappe zudem insofern wichtig, als die SPD im Falle einer zu erwartenden Klage der Arbeitgeber vor dem Verfassungsgericht von einer besseren Ausgangsposition im Wahlkampf zur Landtagswahl in Nordrhein-Westfalen ausgehen konnte.[80] In der Koalition zeigte man sich einig, dass die Hearings zunächst abgewartet und danach weitere Gespräche im kleineren Kreis geführt werden sollten. Für Wehner hatte es absolute Priorität, dass bei diesem Gesetz nicht mit wechselnden Mehrheiten abgestimmt werden durfte, sondern die Regierung eine

---

75 Vgl. Kurzprotokoll der Klausurtagung des DGB-Bundesvorstandes am 30. September und 1. Oktober 1974, in: Mertsching (Bearb.): Der Deutsche Gewerkschaftsbund, S. 905-917, hier S. 906 ff. (Zitat ebd.).

76 Vgl. Vermerk Referat IV/3 betr. Sachstand Mitbestimmung vom 29. August 1974.

77 Vgl. Vorlage für Heinz-Oskar Vetter betr. Mitbestimmungsgesetz, hier Kompromisslinien, in: DGB-Archiv im AdsD, Abt. Gesellschaftspolitik, 5/DGAK000060.

78 Vgl. den vorbereitenden Schriftverkehr, in: DGB-Archiv im AdsD, Abt. Gesellschaftspolitik, 24/2034.

79 Vgl. Vermerk betr. eines Gesprächs mit FDP-Bundestagsabgeordneten am 19. September 1974 vom 17. September 1974, in: ebd.

80 Vgl. Schreiben von Hermann Rappe an Herbert Wehner vom 17. Oktober 1974, in: SPD-Bundestagsfraktion 7. WP, 2/BTFG000599.

eigene Mehrheit im Bundestag erhielt.[81] Diese Einschätzung bekräftigte die Runde erneut während der laufenden Hearings, die für alle Beteiligten zum Verdruss länger dauerten als geplant. Man wollte an dem eingebrachten Entwurf zunächst nichts ändern. Sowohl FDP als auch SPD sahen es als höchst erforderlich an, Änderungen nur gemeinsam vorzunehmen.[82]

Auf der europäischen Ebene hatte sich das Europäische Parlament zwischenzeitig die Forderungen des EGB zu eigen gemacht. Es sah in einem im Juli 1974 gefällten Beschluss eine Mitbestimmung in der Europäischen Aktiengesellschaft bei faktischer Parität unter Beteiligung außerbetrieblicher Vertreter und ohne Berücksichtigung leitender Angestellter vor. Da der Beschluss keinen Stichentscheid vorsah, wurde die Frage der Pattauflösung bewusst offengelassen. Dieser Beschluss wurde im April 1974 vom Rechtsausschuss des EP eher zufällig vorbereitet, da die sozialistische Fraktion vollständig anwesend war, die Gegner der Parität in der Europäischen Aktiengesellschaft jedoch nicht.[83] Entgegen den Erwartungen bestätigte das Parlament in Straßburg dann im Juli diesen Beschluss, der natürlich noch keine Auswirkungen auf die Beschlussfassung des Rates über die Europäische Aktiengesellschaft hatte. Er wurde möglich, weil neben der sozialistischen Fraktion auf holländischen und italienischen Druck auch die Christdemokraten für eine Mitbestimmung im Sinne des EGB gestimmt hatten.[84]

Der DGB hatte mit seinen europäischen Bemühungen erzielt, was er erreichen wollte und konnte in seiner abschließenden Stellungnahme zu den Verhandlungen des Bundestagsausschusses für Arbeit und Sozialordnung schreiben, dass »ein Mitbestimmungsgesetz der Bundesrepublik Deutschland, das hinter dem Beschluß des Europäischen Parlaments zurückbleibt [...], nunmehr die weitere Fortentwicklung des Europäischen Unternehmensrechts erschweren« würde.[85]

2.2.2 Koordinierung der Position der Arbeitgeber

In der internen unternehmerischen Diskussion spielten die ökonomischen Unwägbarkeiten nach dem Ölpreisschock 1973 eine übergeordnete Rolle, sodass man die Abwehr der Mitbestimmungsforderung seitens der Unternehmer auch im Zusammenhang mit den Befürchtungen vor einer Überbelastung der deutschen Wirtschaft

---

81 Vgl. Protokoll über das Koalitionsgespräch vom 7. Oktober 1974, in: HSA, 1/HSAA009368, Bl. 2.

82 Vgl. Protokoll über das Koalitionsgespräch vom 4. November 1974, in: ebd.

83 Vgl. Vorlage Referat IV/1 für Abteilungsleiter IV vom 19. April 1974, in: BA, B136/8775.

84 Vgl. Vermerk IV/1 für BK vom 19. Juli 1974, in: BA, B136/8776.

85 Zusammenfassende Stellungnahme zu den Fragekomplexen, die im Anhörungsverfahren vor dem Bundestagsausschuss für Arbeit und Sozialordnung am 16. Oktober sowie am 4. und 7. November 1974 angesprochen worden sind, in: DGB-Archiv im AdsD, Abt. Gesellschaftspolitik, 24/1822, Bl. 36.

und der als unzureichend bewerteten Investitionsneigung in Deutschland sehen muss. Das Problem lag im psychologischen Bereich, besonders bei den Unternehmen der Mineralölverarbeitung, der Elektroindustrie und der Chemie, in denen »Investitionen in Milliardenhöhe« aufgehalten würden. Eine einfache Umkehr der bisherigen Stabilitätspolitik der Bundesregierung, die in Verbindung mit der Rolle der Unternehmer in der Konzertierten Aktion debattiert wurde, genügte nicht. Kein Anleger sei bereit, so der BDI, sich langfristig wirtschaftlich zu engagieren, ohne zu wissen, wie die Verfügungsgewalt über seine Mittel in der Zukunft ausgestaltet sei. Auch deswegen lehnten die Arbeitgeber die Mitbestimmung ab.[86] Eigene Modelle zur Mitbestimmung legten sie auch aus diesem Grund nicht vor. Änderungen an dem vorliegenden, kompromissbehafteten Entwurf hätten aus Sicht der Arbeitgeber nur über eine Bewusstseinsänderung bei Abgeordneten erreicht werden können. Deswegen sollten rechtliche Einwände zunächst zugunsten politischer Einwände zurückgestellt und alles auf den Kampf gegen die Parität konzentriert werden, die in Verbindung mit dem Streikrecht, der Tarifautonomie und der vielfältigen Rechtsposition der Arbeitnehmer in der Wirtschaft zu deren »Überparität« führe. Eine Gefahr sah man im BDI in der noch ausstehenden Definition der leitenden Angestellten. Man befürchtete, dass die Verhandlungen eine zweigeteilte Lösung ergeben würden, ein eng gezogener Kreis für das Betriebsverfassungsgesetz und ein weit gezogener für die Unternehmensmitbestimmung. Der BDI rechnete jedoch schon nach der ersten Lesung im Bundestag nicht damit, dass das Gesetz noch 1975 verabschiedet werden würde, sodass man einen zeitlichen Spielraum einplanen konnte. Die interne Auswertung der Bundestagsdebatte konzentrierte sich in erster Linie auf die Aussagen der CDU, wobei deren Unentschlossenheit die Sachlage für die Arbeitgeber nicht einfacher machte, hatten sie doch als einzig verlässliche Stütze die in der Koalition befindliche FDP.[87] Nur bei der FDP fanden sie offenbar die erwartete Unterstützung: »Aufgrund vielfältiger Kontakte mit Politikern wurde deren Erwartung angesprochen, daß BDI und BDA den Entwurf scharf ablehnen, und ein äußerster Widerstand der Wirtschaft gegenüber dem Entwurf wurde ausnahmslos befürwortet, wobei alle Möglichkeiten, noch Verbesserungen zu erzielen, ausgenutzt werden sollten.«[88]

Nachdem die Arbeitgeber im August 1974 erfahren hatten, dass Kanzler Schmidt das Gesetzgebungsverfahren beschleunigen wollte und das Gesetz »offenbar möglichst bald vom Tisch haben« wollte, entschied man sich, an der ablehnenden Haltung festzuhalten. Denn »auch wenn späterhin noch Kompromißvorschläge eingebracht werden, [...] wird das niemals in dem Sinne geschehen, daß die Verbände, wenn diese Vorschläge angenommen werden, dann mit dem Ergebnis einverstanden wären.« Man zweifelte, ob das in der Diskussion befindliche Tauschgeschäft zwischen Arendt

---

86 Vgl. Protokoll der BDI-Präsidialsitzung vom 29. Juli 1974, in: BDI-Archiv, A-230, Bl. 6 f.
87 Vgl. Vorlagen zum Stand der Mitbestimmungsdiskussion vom 19. und 25. Juli 1974, in: ebd.
88 Ebd., Bl. 12.

und Genscher, Arbeitsdirektor gegen Gruppenwahl der leitenden Angestellten, die Situation verbessern würde. Auch schätzten sie zunächst die Verwirklichungschancen der bereits in der FDP erörterten Idee eines Stichentscheids für den Aufsichtsratsvorsitzenden als gering ein, nachdem die CDU dies in ihren Hamburger Beschlüssen aufgenommen hatte. Besonders wichtig schien ihnen, dass der Vorsitzende des Aufsichtsrats von der Hauptversammlung gewählt würde, was von der FDP in Aussicht gestellt wurde.[89]

Der BDI versuchte zudem intensiv, die CDU für sich zu instrumentalisieren. Der CDU ginge es, so Dichgans in einem längeren Schreiben an CDU-Generalsekretär Biedenkopf, gerade im Lichte der Mitbestimmung darum, wie sie 1976 eine Mehrheit erringen und »Herr Katzer 1976 Arbeitsminister werden« könne. Da es hoffnungslos sei, die Koalition von ihrem Hamburger Modell zu überzeugen, solle sie besser den Hebel anlegen und die Wünsche der FDP aufgreifen, sozusagen um diese vor sich herzutreiben. Hierbei seien ihre Forderungen nach Urwahl, Gruppenwahl der leitenden Angestellten und die Verhinderung von Gewerkschaftsvertretern im Aufsichtsrat »am stärksten publikumswirksam.« Dichgans sezierte detailliert die Argumente der Gewerkschaften und empfahl, sich nicht in »Subtilitäten, die vielleicht die zuhörende Hausfrau nicht erreichen« zu verzetteln, sondern auf einleuchtende Aussagen zu setzen. »Ich halte ein Eingehen auf die Forderungen der FDP unter dem Aspekt, wie man Herrn Katzer zum Ministersessel verhelfen kann, für so durchschlagend, daß ich den Versuch eine Einigung in der CDU/CSU [in Bezug auf die Rolle der leitenden Angestellten; C. T.] zu bekommen, für nicht aussichtslos halte.«[90] Katzer sollte bei seinen vermeintlichen Ambitionen getroffen werden. »Wir müssen doch daran interessiert sein, einen Vorschlag zu machen, den die FDP nicht ablehnen kann, ohne das Gesicht und ihre Wähler zu verlieren und der auf diese Weise einen Keil zwischen die Koalitionsparteien treibt.« Taktisch geschickt bot Dichgans eine Mitarbeit des BDI an der Vorbereitung von Anträgen der Bundestagsfraktion der CDU an, die dann auch in die entsprechenden Ausschüsse eingebracht werden sollten. Zudem sollte in öffentlichen Reden der CDU durch die Vorbereitung eines Rednerdienstes die Entmündigung der Arbeitnehmer durch die Mitbestimmung angeprangert und technische Rechtsfragen, von denen die Zuhörer nicht verstehen würden, ausgeklammert werden.[91] Ob diese Ideen jedoch unmittelbar auf Zuspruch von Biedenkopf stießen, kann nicht mit Sicherheit gesagt werden. Die innere Zersplitterung der CDU sahen die Arbeitgeber jedoch mit Sorge, auch im Hinblick auf die Ausschussberatungen.[92]

---

89 Siehe Aktenvermerk betr. Besprechung Sohl/Schleyer/Erdmann/Dichgans vom 20. August 1974, in: BDI-Archiv, HGF-Büro, Karton 50.

90 Schreiben von Hans Dichgans an Kurt Biedenkopf vom 22. August 1974, in: ebd.

91 Siehe ebd.

92 Vgl. Vermerk von Hans Dichgans betr. Präsidialsitzung der BDA vom 10. Oktober 1974, in: ebd.

Ganz in der festgelegten Diktion der Arbeitgeber griff BDA-Präsident Schleyer im Laufe der Auseinandersetzungen öffentlich zu einem immer schärferen Tonfall gegen die SPD und die Gewerkschaften. Letztere versuchten, durch die Mitbestimmung die Unabhängigkeit der Arbeitgeber als Tarifpartner zu beseitigen, durch zentral kontrollierte Vermögensfonds die Kontrolle über die Unternehmen zu gewinnen, die Forderung eines Verbots der Aussperrung voranzutreiben und somit die Waffengleichheit der Tarifpartner zu unterwandern und mittels Preiskontrollen und staatlicher Investitionslenkung die freie Marktwirtschaft auszuhebeln. In der SPD sah er dabei eine Art Erfüllungsgehilfin der Gewerkschaften.[93]

Die vorgegebene Linie der Arbeitgeber, die im BDI in Bezug auf die anstehenden Beratungen des Ausschusses ausformuliert wurde, hob demgegenüber ganz auf die Funktionsunfähigkeit des Gesetzentwurfs ab. Im Kern sahen sie die Parität als ein Instrument der jeweiligen Solidarisierung der beiden Gruppen im Aufsichtsrat, die zur Konfrontation führe und wichtiger würde als »das individuelle Urteil der einzelnen Sachfrage.« Sachfremde Konzessionen aus Rücksichtnahme auf die Stimmung der Arbeitnehmer im Betrieb würden um sich greifen und dazu beitragen, dass radikal auftretende Vertreter bessere Chancen hätten als gemäßigte. Über den Umweg des Aufsichtsrats sicherten sich die Gewerkschaften die Parität im Vorstand des Unternehmens, da sie Zustimmungen zu Personalfragen mit Sachfragen verbinden würden. All das führe zum sattsam bekannten Übergewicht der Arbeitnehmer, die über die Arbeitsdirektoren in die Arbeitgeberverbände einwirkten. »Im Endzustand würde das geplante Gesetz Vertrauensleute der Gewerkschaften in alle Arbeitgeberverbände hineinbringen.« Überparität zeige sich auch in der Betriebsverfassung, durch Parität in Töchtern großer Konzerne und selbstverständlich im politischen Raum, da die Arbeitnehmer zahlenmäßig gegenüber den Arbeitgebern in der Mehrheit seien. Das schrecke Kapitalgeber ab und blockiere zudem die europäische Einigung, da in anderen Ländern der EWG eine entsprechende Mitbestimmungsregelung nicht gewünscht würde. »Jahr für Jahr schwächt ein Gesetz nach dem anderen die Position der Unternehmen: immer neue Lasten, immer neue Einschränkungen. Eine wachsende Zahl von Unternehmen steht unter dem Eindruck, daß hier ein Prozeß im Gange ist, der sie völlig verdrängen will.«[94] Die Krise der Marktwirtschaft und die Untergangsstimmung, die von den Arbeitgebern verbreitet wurde, fand in der Mitbestimmung demnach ihren symbolischen Ausdruck. Sie wurde als Fanal einer auf Umwälzung des Systems gezielten Politik erachtet.

Strategisch blieb es, gerade für Dichgans, dabei, auf keinen Fall ein eigenes Modell in den Beratungen des Ausschusses vorzulegen. Bezogen auf Sohl, der sich offenbar zuvor die Frage gestellt hatte, wie eine Patentlösung denn aussehen könnte, »die zum

---

93 PDA 35/1974 vom 30. September 1974.
94 Siehe Punktation zum Gesetzentwurf Mitbestimmung von Hans Dichgans (handschriftlicher Vermerk Neef) vom 2. Oktober 1974, in: BDI-Archiv, HGF-Büro, Karton 50 (Zitate ebd.).

Schluß bei allen Beteiligten ein überraschendes Aha-Erlebnis« ausgelöst hätte, lehnte der Hauptgeschäftsführer einen solchen Vorschlag vehement ab, er gehöre »in den Bereich der Christkindchenwelt.« Die Kernfrage sei, ob die Arbeitgeber sich mit der Parität im Aufsichtsrat abfinden könnten, wenn es denn zur Wahl des Vorsitzenden durch die Hauptversammlung käme. Öffentliche Erklärungen dieser Art würden die Position der Arbeitgeber sowohl im laufenden Verfahren als auch für die Zukunft schwächen. Es ging vielmehr darum, die bürgerlichen Wähler und die FDP »aufzuscheuchen« und plausible Lösungen zu unterbreiten. Deswegen lag die erste Priorität auf der Wahl des Vorsitzenden durch die Hauptversammlung plus einen Stichentscheid für diesen. Auf dieser Position sollte man beharren und sich auch nicht im Falle von Was-wäre-wenn-Fragen zu einer Zustimmung hinreißen lassen.[95]

2.2.3 Die öffentlichen Beratungen des Ausschusses

Die öffentlichen Beratungen des Ausschusses für Arbeit und Sozialordnung begannen am 16. Oktober 1974, waren ursprünglich für drei Beratungstage angesetzt und wurden von Ernst Schellenberg (1907–1984) geleitet. Die erste Verhandlungsrunde stand ganz im Zeichen der Bewertung des vorliegenden Entwurfs durch die beteiligten Akteure. Zugegen waren Vertreter des DGB, der BDA, des BDI, der DAG, der ULA und des CGB, der jedoch in den Statements und den anschließenden Fragen kaum eine Rolle spielte. Zudem benannten die Bundestagsfraktionen verschiedene Sachverständige aus der Wirtschaft, aus Vorständen und Aufsichtsräten montanmitbestimmter Unternehmen sowie Betriebsräte, leitende Angestellte und Arbeitsdirektoren. Außerdem nahmen der Präsident des BAG Gerhard Müller (1914–1997) sowie ein weiterer Richter des BAG teil.

Sowohl Vetter als auch Schleyer wiederholten in ihren Eingangsbewertungen die bekannten Argumente, die aus ihrer Sicht gegen den Entwurf der Bundesregierung sprachen. Interessant ist in der Hinsicht, welches Verständnis der Partnerschaft der Akteure beide Seiten im kooperativen System der Marktwirtschaft offenbarten. Vetter unterstrich, angesprochen auf das sehr zugespitzt formulierte Referentenmaterial des DGB zur Mitbestimmung, dass er den Partnerschaftsgedanken als »Ideologie« verstand, mit der die wahren Interessenkonflikte im Betrieb und im Unternehmen kaschiert werden sollten. Ihm ging es um eine echte Partnerschaft im Sinne einer Teilung der Tätigkeit im Unternehmen und damit einer »echten« Mitverantwortung. Doch sowohl Vetter als auch weitere Vertreter des DGB wie Detlef Hensche und Angehörige montanmitbestimmter Unternehmen und Betriebsräte der Drittelmitbestimmung unterstrichen, dass es ihnen nicht um eine Systemkritik und einen Umbau des Systems ging. »Der DGB«, so Vetter, »lehnt Endzielvorstellungen in der gesellschaftlichen Entwicklung ab. Wir wollen Wandlung da, wo es notwendig erscheint, aber keine

---

95 Siehe Vermerk von Hans Dichgans für Dr. Neef vom 3. Oktober 1974, in: ebd.

Zementierung bereits in der Zielsetzung.« Hier offenbarten sich die unterschiedlichen Auffassungen vor allem zwischen den Vertretern der katholischen Soziallehre, die den Partnerschaftsgedanken »erfunden« hatte, und den Gewerkschaften, die sich in den 1960er-Jahren von linken Überzeugungen verabschiedet hatten und im Grunde auf das Gleiche hinauswollten, ohne das Ziel so zu benennen. Auch der DGB wollte, dass die Unternehmen rentabel wirtschaften und am Markt bestehen. Es läge im ureigensten Interesse der Gewerkschaften, sich um die Sicherheit der Arbeitsplätze zu kümmern. Vor dem Hintergrund der nach dem Ölpreisschock 1973 einsetzenden Wirtschaftsflaute blieb bald auch nichts anderes übrig, als so zurückhaltend zu formulieren. Schleyer hingegen sah die Partnerschaft vor allem im Betriebsverfassungsgesetz verwirklicht und nahm als gegeben an, dass die Parität im vorliegenden Entwurf bereits enthalten sei. Ihm ging es um die Aufrechterhaltung der wirtschaftlichen Ordnung und die Vermeidung einer »Überparität« der Gewerkschaften, die vor allem durch die Kombination von Mitbestimmung und Tarifautonomie in der Lage wären, das Wirtschaftssystem nach Gutdünken zu beeinflussen und letztendlich zu lenken. Gewerkschaftsstaat und Funktionsunfähigkeit der Unternehmen und der Industrie als Ganzes waren die Schlagworte, mit denen die Arbeitgeberseite in den Anhörungen das Gesetz bekämpfte, ohne dabei jedoch wie intern festgelegt einen eigenen Entwurf vorzulegen. Darauf habe man, so Schleyer öffentlich, bewusst verzichtet, um den mittlerweile 58 kursierenden Vorschlägen nicht noch einen 59. hinzuzufügen. Die Vertreter des Unternehmerlagers hoben vor allem auf die Beeinträchtigung der Wirtschaftstätigkeit durch die Mitbestimmung ab.

Die gesamte Debatte krankte natürlich daran, dass keine Seite wirklich belastbare und verifizierte Argumente anbringen konnte, sondern die meisten Beiträge nebulös und spekulativ blieben. Weder die Gewerkschaften noch die Arbeitgeber konnten mit absoluter Sicherheit sagen, was aus der deutschen Wirtschaft werden würde, wenn das Gesetz käme. Dabei stand besonders das Investitionsverhalten ausländischer Investoren im Fokus zahlreicher Fragen und Redebeiträge. Die Grenzen waren dabei indessen nicht ganz scharf zu ziehen. So fand zum Beispiel Vetter Unterstützung für seine Argumentation aus unternehmerischen Kreisen. Ernst Wolf Mommsen (1910–1979), Vorstandsvorsitzender bei Krupp, notierte in Vorbereitung auf das Hearing für Vetter seine Bedenken gegen eine Integration der leitenden Angestellten in den Aufsichtsrat, die sich in erster Linie aus der Interessenkollision ergäben. Der leitende Angestellte im engeren Sinne sei ein Teil der Unternehmensführung und könne nicht etwa Sitzungen und Beschlüsse des Aufsichtsrats vorbereiten und sodann mit darüber abstimmen. Der Gesichtspunkt, dass durch eine Einbeziehung dieser Gruppe die Eigentümerseite eine Verstärkung erhielte, sei »nach meiner Auffassung Utopie.« Außerdem werde der leitende Angestellte in Loyalitätskonflikte einbezogen.[96] Mommsen war jedoch

---

96 Schreiben von Ernst Wolf Mommsen an Heinz-Oskar Vetter vom 6. November 1974, in: DGB-Archiv im AdsD, Abt. Gesellschaftspolitik, 24/1822. Für seine mitbestimmungsfreundliche Hal-

nicht repräsentativ für das Unternehmerlager und gut mit Bundeskanzler Schmidt bekannt. Im Hearing betonte der Krupp-Vorstand den Erfolg der Montanmitbestimmung, stand damit aber als Unternehmer wenig überraschend alleine da.

Die Vertreter der leitenden Angestellten, die im ersten Hearing ebenfalls umfangreich befragt wurden, verdeutlichten, dass sie ihre Mittlerrolle zwischen Unternehmerfunktion und Arbeitnehmer durchaus berücksichtigten, jedoch eindeutig auf der Arbeitnehmerbank Platz zu nehmen hätten. Gleichzeitig nahmen sie aber für sich in Anspruch, unabhängig zu sein und sich schon gar nicht in einer Zwangssolidarität mit den Gewerkschaften zu befinden. Die ULA war gerne bereit, »freiwillig auch uns in die Solidarität der Arbeitnehmerseite einzustellen. Wogegen wir uns im Grunde genommen wenden […] ist der Versuch einer Zwangssolidarisierung per Wahlrecht oder nach sonstigen Vorstellungen.«[97]

Im zweiten Hearing am 4. November waren die Entscheidungs- und Willensbildungsprozesse im Aufsichtsrat, mithin also die zentrale Frage der Parität, Gegenstand der Erörterung. Im Zentrum stand dabei, wie die von allen befürchtete Pattsituation aufgelöst werden kann. Die Gewerkschaften hielten am Montanmodell fest, die Arbeitgeber unter Schleyer forderten ein deutlich einfacheres Modell als im Entwurf vorgesehen, das gleichzeitig ein Übergewicht des Eigentums sichern sollte. Andere Ideen wollten die Arbeitgeber gar nicht erst diskutieren. Das angelsächsische Board-System fand als Lösung nicht die Zustimmung der Unternehmer. Bemerkenswerterweise schlug der Vertreter des CGB, Bernhard Koch, im zweiten Hearing erneut als mögliche Lösung des Patts das Doppelstimmrecht des Aufsichtsratsvorsitzenden vor, eine Idee, die der CGB bereits an anderer Stelle lanciert hatte. Die übrigen Sachverständigen der Verbände hielten sich in dieser Frage zurück und überließen die Entscheidung der Politik. Vereinzelte Vertreter der Wirtschaft schlossen sich der CGB-Idee jedoch im Hearing an, bezogen sich dabei allerdings auf die Bestellung des Vorstandes und gaben freimütig zu, dass aus ihrer Sicht die Beteiligung der leitenden Angestellten klar dem Zweck diene, die formale Parität zugunsten der unternehmerischen Entscheidung einzuschränken. Am zweiten Tag sprachen einzelne Sachverständige zudem die verfassungsrechtlichen Probleme der Mitbestimmung an, ohne dabei jedoch auch an dieser Stelle auf Lösungen zu verweisen. Der Ausschuss thematisierte bei gleicher Gelegenheit den Zusammenhang zur europäischen Diskussion, ohne diese Frage jedoch umfassend zu erörtern.[98]

---

tung erntete Mommsen von weiten Teilen der Unternehmerschaft Kritik und Unverständnis, gegen die er sich in einem längeren Leserbrief in der FAZ verwahrte und seinen Standpunkt noch einmal verdeutlichte. Vgl. FAZ vom 24. Oktober 1974.

97 Vgl. Stenographisches Protokoll der 51. Sitzung des Ausschusses für Arbeit und Sozialordnung des Deutschen Bundestags, 7. WP, 16. Oktober 1974.

98 Vgl. Stenographisches Protokoll der 52. Sitzung des Ausschusses für Arbeit und Sozialordnung des Deutschen Bundestags, 7. WP, 4. November 1974.

Im Folgenden beschäftigte sich der Ausschuss mit der kontroversen Frage der Rolle der leitenden Angestellten. Betont zurückhaltend äußerten sich die zunächst befragten Vertreter des BAG Müller und Auffahrt, wonach es schlichtweg nicht möglich sei, eine allgemein gültige Definition zu finden, die auf alle Wirtschaftsbereiche gleichermaßen anzuwenden sei. Rechtlich besonders kompliziert erschien es, den Personenkreis im Hinblick auf die Abgrenzung der leitenden Funktion zu ziehen. Auch das Urteil des BAG vom März hatte aus Sicht der Juristen keine Klarstellung der Sachlage erbracht. Mehrere der Arbeitnehmerseite zugewandte Sachverständige argumentierten, dass durch die Einbeziehung leitender Angestellter ein erster Schritt in Richtung eines angelsächsischen Board-Systems gegangen würde, da die Trennung von Kontrolle und Aufsicht zur Ausführung im Vorstand nicht mehr gegeben sei. Die Vertreter der angesprochenen Gruppe gaben freimütig zu, dass »eine Überparität zugunsten der Arbeitgeber« eintreten wird. Denn »solange man Mitbestimmung nur versteht als das Auswiegen zwischen Kapital und Arbeit«, wie es der DGB mache, »bewegt man sich eigentlich noch auf dem Felde des Marxismus. Wir sind der Meinung, dass Mitbestimmung ansetzen muss in den personalen Interessen der Belegschaftsangehörigen.«[99]

Die Teilnehmer des dritten Hearings beschränkten sich auf die Darstellung dessen, was ohnehin allen Beteiligten bekannt war. Gleiches galt für die Pro- und Kontraargumente in Bezug auf das Wahlverfahren, das insbesondere von den Vertretern der leitenden Angestellten abgelehnt wurde. Der DGB trat für seinen Vorschlag einer Wahl durch die Betriebsräte an, wollte aber im Falle, dass dieser nicht angenommen würde, der Urwahl den Vorzug geben. Vereinzelte Sachverständige schlugen eine Zweiteilung des Wahlprozederes vor, getrennt zwischen kleineren Unternehmen, in denen eine Urwahl möglich wäre, und größeren, in denen auf ein Gremium zurückgegriffen werden könnte. Die BDA kündigte an, das Bundesverfassungsgericht anrufen zu wollen, wenn das Gesetz in der vorliegenden Form vom Bundestag beschlossen würde. Aufgrund der Länge des Verfahrens vermutete man vonseiten der Regierung eher, dass »die Form der öffentlichen Anhörung – das Fernsehen war ganztägig anwesend – [...] Abgeordnete aller Parteien verführt haben [dürfte], ihre Argumente noch einmal als Fragen publikumswirksam aufzurollen, um ihren Standpunkt später als Gutachter-Meinung zitieren zu können.«[100]

---

99 Stenographisches Protokoll der 55. Sitzung des Ausschusses für Arbeit und Sozialordnung des Deutschen Bundestags, 7. WP, 7. November 1974, S. 10.

100 Vgl. Vorlage Referat IV/3 für BK über AL IV und Chef BK betr. Gesetz über die Mitbestimmung der Arbeitnehmer, hier: Ergebnisse der öffentlichen Informationssitzung des BT-Ausschusses für Arbeit und Sozialordnung am 16. Oktober sowie am 4. und 7. November 1974 vom 19. November 1974, in: BA, B136/8776.

2.3 Die verfassungsrechtlichen Bewertungen des Regierungsentwurfs

Mit den verfassungsrechtlichen Fragen traten völlig neue Aspekte hinzu, die bisher im Kalkül des DGB nur am Rande beachtet wurden. In den 1960er-Jahren durchgeführte Prüfungen der Verfassungskonformität der DGB-Mitbestimmungspläne kamen zu durchweg positiven Ergebnissen. Der DGB wähnte sich also auf der sicheren Seite, jedoch nahm die Debatte im Zuge der Konkretisierung des Gesetzes eine neue Dynamik auf, die einen »verstärkten verfassungsrechtlichen Flankenschutz«[101] dringend notwendig erscheinen ließ. Besonders der Einwand, die Mitbestimmung unterwandere die Koalitionsfreiheit nach Art. 9 Abs. 3 GG, der seit den 1960er-Jahren in der Rechtswissenschaft verstärkt rezipiert wurde, wuchs zu einer bedeutsamen Gefahr für die gewerkschaftliche Argumentation heran. Die Verfechter dieses Ansatzes nahmen an, dass die Gewerkschaften durch die Mitbestimmung einen massiven Einfluss auf die Bestellung der Vorstände ausübten, die ihrerseits in Arbeitgeberverbänden mitwirkten, die daraufhin nicht mehr gegnerunabhängig, das heißt personell von dem sozialen Gegenspieler Gewerkschaft unabhängig, seien. Das daraus resultierende Übergewicht der Gewerkschaften verstoße gegen die Verfassung.[102]

Diese Einschätzung teilten auch die von der Bundesregierung mit der Erstellung von Gutachten zur Verfassungskonformität des Regierungsentwurfs beauftragten Gutachter Thomas Raiser und Rupert Scholz.[103] Raiser ging von der Parität »als

---

101 Vermerk betr. Verfassungsmäßigkeit des Regierungsentwurfs eines Mitbestimmungsgesetzes vom 2. Juli 1974, in: DGB-Archiv im AdsD, Abt. Gesellschaftspolitik, 24/740.

102 Vgl. Vermerk betr. Verfassungsrechtliche Probleme der Mitbestimmung vom 12. September 1974, in: ebd., Bl. 1. Wesentlich zur Verbreitung der qualitativen wie quantitativen Überlegenheit der literarischen Einschätzung einer Verfassungswidrigkeit nach Art. 9 Abs. 3 des GG trug die Stellungnahme von ZÖLLNER und SEITER bei, die zudem Auswirkungen auf die negative Koalitionsfreiheit der einzelnen Arbeitnehmer aufzeigten, die durch ihren Sitz im paritätisch besetzten Aufsichtsrat zur Mitgliedschaft in der Gewerkschaft gezwungen werden könnten. Unternehmen hingegen könnten durch die Mitbestimmung in ihrer positiven Koalitionsfreiheit eingeschränkt werden, da die Gefahr bestünde, dass der Aufsichtsrat beschließe, dass ein Unternehmen aus dem Arbeitgeberverband austreten solle. An dieser Stelle fanden sich weitere Verweise auf Literatur kritisch-konservativer Juristen, die für eine Abschaffung des Streikrechts der Gewerkschaften in paritätisch mitbestimmten Aufsichtsräten eintraten. Siehe Wolfgang Zöllner/Hugo Seiter: Paritätische Mitbestimmung und Artikel 9 Abs. 3 Grundgesetz, Köln u. a. 1970, S. 9-16 sowie die Stellungnahme zur Gegnerunabhängigkeit S. 34 ff. Siehe ferner ablehnend bei Peter Pernthaler: Qualifizierte Mitbestimmung und Verfassungsrecht (Schriften zum Öffentlichen Recht 202), Berlin 1972, sowie Ernst Rudolf Huber: Grundgesetz und wirtschaftliche Mitbestimmung, Stuttgart u. a. 1970.

103 Die Gutachten wurden ursprünglich aufgrund des Wunschs des BMA an das BMJ um verfassungsrechtliche Unterstützung während der parlamentarischen Verhandlungen angefertigt und waren nicht zur Vorlage in den entsprechenden Ausschüssen vorgesehen. Scholz wurde auf Anregung von Otto Kunze ins Gespräch gebracht. Im interministeriellen Abstimmungsprozess gestaltete sich die Suche nach geeigneten Verfassungsjuristen, deren Meinung nicht bereits im Vorfeld feststand, als besonders schwierig. Vgl. Vorlage betr. Entwurf eines Gesetzes über die Mitbestim-

längst geforderte und auch von den Entwürfen intendierte, wenngleich auch (noch) nicht erreichte Gerechtigkeitsidee und politische Absicht der Mitbestimmung« aus.[104] Schwierigkeiten verfassungsrechtlicher Art ergäben sich aus der Anpassung des Entwurfs an das Gesellschafts- und Arbeitsrecht, dem nur schlecht prognostizierbaren Einfluss auf die Wirtschaftsordnung und der Frage, welche Grundrechte berührt würden.[105] In Bezug auf das Eigentumsrecht nach Art. 14 GG stellte das Gutachten fest, dass eine Parität eben nicht »den Entzug der Herrschaftsrechte, die Entmachtung der Anteilseigner, sondern deren Bindung an eine gleichgewichtige Herrschaft der Arbeitnehmer« bedeute. Sie »erstreckt sich auch nicht auf die Disposition über den Gesellschaftsanteil selbst, der unverändert veräußerlich ist [...], sondern auf die gesellschaftsrechtlich vermittelte Disposition über das Unternehmen.«[106] Aus der bis dato gültigen Rechtsprechung des Bundesverfassungsgerichts zu diversen Einzelfällen könne man ableiten, dass der Vermögensschutz höher bewertet wurde als die Mitverwaltungsrechte und sich eine soziale Verpflichtung des Eigentums aus Art. 14 ergäbe.[107] Daher sei »der Schutz der mit dem Gesellschaftsanteil verbundenen unternehmerischen Dispositionsbefugnis im Licht der Auslegung von Art. 14 GG durch das Bundesverfassungsgericht nur schwach ausgeprägt.«[108]

In Bezug auf die Koalitionsfreiheit nach Art. 9 Abs. 3 GG nahm Raiser an, dass Tarifverhandlungen bei vollständiger Parität in die Betriebe verlagert würden, vor allem, da die Arbeitnehmer Einsicht in die wirtschaftliche Lage der Unternehmen hätten. Die Anteilseigner auf sich gestellt bildeten eine wesentlich schwächere Kraft, zumal wenn sie, etwa in Publikumsgesellschaften, nur schwach organisiert seien. Dies verforme das historisch eingespielte Verhältnis von Arbeitgebern und Gewerkschaften.[109] Dennoch gelangte der Autor angesichts der Rechtsprechung des Bundesverfassungsgerichts zum fraglichen GG-Artikel zu der Auffassung, es werde »die paritätische Mitbestimmung grundsätzlich als eine im Lichte dieses Grundrechts dem Tarif-

---

mung der Arbeitnehmer, hier Beauftragung von Gutachtern durch das BMJ vom 14. Oktober 1974, in: BA, B136/8776.

104 Die Vereinbarkeit der Entwürfe eines Gesetzes über die Mitbestimmung der Arbeitnehmer (Mitbestimmungsgesetz) mit dem Grundgesetz. Gutachten vorgelegt von Prof. Dr. Thomas Raiser, Gießen, in: DGB-Archiv im AdsD, Abt. Gesellschaftspolitik, 24/2391, Bl. 31.

105 Vgl. ebd., Bl. 32-35.

106 Ebd., Bl. 42.

107 Siehe ebd., Bl. 47-52.

108 Ebd., Bl. 60. Gefahren entstünden in diesem Fall laut Raiser nur, indem die Arbeitnehmer und ihre Organisationen sich anschickten, in hohem Ausmaß Anteile an einem Unternehmen zu erwerben und so eine Überparität zu erzeugen. Dies könne durch Stimmrechtsbeschränkungen verhindert werden. Vgl. ebd., Bl. 65. Diese wären allerdings normale Anteilseigner im Sinne des Gesellschaftsrechts. Woraus dann eine nicht verfassungskonforme Gefahr der Missachtung der Rechte von Anteilseignern ohne gewerkschaftlichen Hintergrund entstand, die ja nach wie vor ihre Anteile frei hätten veräußern können, ließ der Autor offen.

109 Siehe ebd., S. 79 f.

vertragswesen äquivalente Erscheinungsform der Koalitionsfreiheit bezeichnen.«[110] Die These der Gegnerfreiheit ließe sich jedoch in einem paritätischen mitbestimmten Unternehmen nicht von der Hand weisen.

> »Angesichts der Doppellegitimation der Vorstandsmitglieder und ihrer Funktion als gegenüber den Interessengegensätzen der Gruppe neutrales Unternehmensorgan spricht alle Erfahrung und Wahrscheinlichkeit dafür, daß sie die Interessen der Anteilseigner in Tarifverhandlungen und Arbeitskämpfen nicht mit dem notwendigen Nachdruck und Konfrontationswillen vertreten werden.«[111]

Sei diese Ansicht richtig, müssten Konsequenzen gezogen werden, zum Beispiel indem Vorstände keine Tarifverhandlungen führen dürften oder tarifliche Entscheidungsbefugnisse auf die Gesellschafterversammlung übertragen würden. Ob die Entwürfe in der vorliegenden, nicht paritätischen Form auch von diesen Gedanken betroffen wären, hinge von der Gesellschaftsform ab.[112] Raiser ließ also entscheidende Fragen zum Regierungsentwurf offen, da er sich hauptsächlich auf die Vereinbarkeit eines paritätischen Mitbestimmungsgesetzes mit dem GG konzentrierte.

Im BMJ war man über die Haltung von Raiser und Scholz, der dieselbe Argumentation verfocht[113], überrascht und stellte fest, dass die kritischen Punkte der Gutachten »isoliert betrachtet die parlamentarischen Behandlungen belasten könnten. Welches Motiv die Wissenschaftler dazu veranlasst hat, bleibt unklar.«[114] Deshalb drängte man zunächst darauf, dass die Gutachten nur der ministeriellen Meinungsbildung und nicht der Veröffentlichung dienen sollten. Die Doppelzüngigkeit der Gutachten, die einerseits wie gewünscht für eine Parität eintraten, diese aber andererseits an Bedingungen knüpften, stieß im BMAS und BMJ auf Ablehnung.[115] Überraschenderweise teilte auch die Referentenebene im BMI die in den Gutachten geäußerten Bedenken nur eingeschränkt und schätzte die Gefahr einer Überparität der Gewerkschaften als vernachlässigbar ein. Dies treffe, wenn überhaupt, nur in dem Fall zu, in dem Arbeitnehmer Anteile an Unternehmen erwerben, was ihnen wie jedermann zustünde. Dieser Zusammenhang ändere sich nur, wenn der Gesetzgeber sich zu einer

---

110 Ebd., S. 92.

111 Ebd., S. 98.

112 Siehe ebd., S. 102.

113 Das Gutachten wurde im Nachgang veröffentlicht. Siehe Rupert Scholz: Paritätische Mitbestimmung und Grundgesetz. Verfassungsrechtliche Fragen zur gesetzlichen Einführung der paritätischen Unternehmensmitbestimmung (Schriften zum Öffentlichen Recht 257), Berlin 1974.

114 Vorlage betr. Entwurf eines Gesetzes über die Mitbestimmung der Arbeitnehmer vom 14. Oktober 1974. Der Inhalt beider Gutachten wurde jedoch recht bald publik und in der Tagespresse wiedergegeben. Vgl. FAZ vom 28. und 31. Oktober 1974, Die Welt vom 29. Oktober 1974 sowie Süddeutsche Zeitung vom 30. Oktober 1974.

115 Vgl. Vorlage betr. Entwurf eines Gesetzes über die Mitbestimmung der Arbeitnehmer vom 14. Oktober 1974.

umfassenden Vermögensbildung in Arbeitnehmerhand entschließe. Zudem stünde es der Anteilseignerseite, mithin der Hauptversammlung, frei, Regelungen zu treffen, die eine Gegnerfreiheit und -unabhängigkeit der mitbestimmten Unternehmen verbürgen, etwa indem das mit dem Tarifwesen betraute Vorstandsmitglied sich mit der Anteilseignerversammlung und dem Aufsichtsrat rückkoppeln müsse. Trotz einiger Einwände in Bezug auf das Wahlverfahren kam man im BMI zum Schluss, dass den Vorschlägen der Gutachter, den Gesetzentwurf aus verfassungsrechtlicher Sicht in einigen Einzelpunkten zu ändern, nicht entsprochen werden müsste.[116]

Für zusätzliche Irritationen sorgte ein Gutachten von Prof. Wengler im Auftrag der amerikanischen Handelskammer, das zu dem Schluss kam, die Mitbestimmung verstoße gegen die im deutsch-amerikanischen Handelsvertrag von 1954 festgelegten Rechte amerikanischer Aktionäre.[117] Die Gutachten von Scholz und Raiser sowie die Studie der amerikanischen Handelskammer brachten den politischen Prozess in Aufruhr und veranlassten das BMAS, ein »Entlastungsgutachten« zu Art. 9 Abs. 3 bei Prof. Raisch, Bonn, in Auftrag zu geben.

Die ministerielle Ebene trug Kanzler Schmidt ihre grundsätzlichen Bedenken gegenüber den Gutachten vor, die zwar auf der einen Seite in dem Gesetzentwurf keine Parität erkannten, in ihrer Argumentation aber genau darauf abstellten. Dem Kanzler wurde angeraten, vor den Beratungen des Ausschusses keine Kommentare abzugeben und auch in Koalitionsgesprächen den Inhalt der Gutachten nicht anzureißen, solange keine exakte Gegenargumentation vorläge.[118] Da zu erwarten war, dass die parlamentarischen Beratungen von verfassungsrechtlichen Fragen bestimmt sein würden, mussten sich alle Ressorts untereinander abstimmen, wobei die Federführung im BMAS oder BMJ, also in sozialdemokratisch geführten Ministerien, liegen sollte.

Die weiteren von Professoren verschiedener Provenienz erstellten Gutachten zur Vereinbarkeit des Gesetzentwurfs mit der Verfassung kamen wenig überraschend zu den von den Auftraggebern intendierten Ergebnissen. So stellten die von der FDP benannten Gutachter Mestmäcker und Zacher die Verfassungskonformität des Entwurfs im Hinblick auf Art. 9 Abs. 3 (Koalitionsfreiheit) und Art. 14 (Eigentumsschutz) massiv infrage und kritisierten die zu erwartende Entscheidungsunfähigkeit des Aufsichtsrats und den Entzug des Dispositionsrechts der Anteilseigner. Zudem sahen sie eine Unvereinbarkeit zur Tarifautonomie, da die Gewerkschaften durch ihre

---

116 Siehe Bemerkungen zu den verfassungsrechtlichen Einwänden gegen den Regierungsentwurf eines Mitbestimmungsgesetzes in den Rechtsgutachten der Professoren Scholz und Th. Raiser vom 9. Dezember 1974, in: DGB-Archiv im AdsD, Abt. Gesellschaftspolitik, 24/740.

117 Siehe hierzu die Korrespondenz zwischen der American Chamber of Commerce in Germany und dem Kanzleramt sowie die ablehnenden Stellungnahmen seitens der Bundesregierung dazu, in: BA, B136/8776.

118 Vgl. Vorlage Referat IV/3 für BK über AL IV und Chef-BK betr. Verfassungsrechtliche Gutachten zur Mitbestimmung vom 17. Oktober 1974, in: BA, B136/8776.

Vertreter im Aufsichtsrat an umfassende Informationen gelangten, die den Grundsatz der Gleichheit beeinträchtigten. Auch das Wahlsystem der Wahlmänner bevorzuge in unangemessener Weise die großen Gewerkschaften, was zu einem gewerkschaftlichen Einfluss führe, der verfassungsrechtliche Gefahren heraufführe. »Der demokratische Rechtsstaat kann eine so erhebliche Machtstellung nicht weiterentwickeln, ohne die Frage nach den notwendigen, möglichen und sachadäquaten Kontrollen aufzuwerfen. Dieses Problem wird im Regierungsentwurf ausgespart.«[119] Auch das besondere Treueverhältnis zwischen Aufsichtsrat und Gesellschaftern verbiete es, das private Verbandsrecht derart zu unterlaufen und diese inhaltliche Veränderung der Mitgliedschaftsrechte der Aktionäre und Anteilseigner anzustreben, die einen Kernbereich der Grundrechte berühren. »Der Gesetzgeber hat [...] nicht die Befugnis, grundrechtlich geschützte Freiheitsbereiche selbst obsolet zu machen, auch nicht mit Hilfe einer Gesetzgebung, die damit begründet wird, daß die Funktion von Grundrechten auf andere Weise ›äquivalent‹ erfüllt werden.«[120] Zudem stünde der Entwurf in einem Widerspruch zum Art. 12 GG der freien Berufswahl, indem er den Anteilseignern den maßgeblichen Einfluss auf die Bestellung der Unternehmensleiter entziehe.[121]

Diese rechtswissenschaftlichen Argumentationen beschworen zweierlei Gefahren für den DGB herauf. Zum einen waren sie geeignet, die mühevoll mehr oder weniger überzeugten Mitglieder zu verwirren und zu demotivieren, zum anderen bargen die komplexen juristischen Gedanken das Potenzial, sich in den Köpfen der Entscheidungsträger festzusetzen. Aufgrund dessen gab der DGB eigene Rechtsgutachten in Auftrag, mit deren Hilfe er die Verfassungskonformität nachzuweisen suchte. Allerdings stellte sich diese Idee als problematisch heraus.

»Die sich mehr und mehr zur herrschenden Meinung entwickelnde Gegenauffassung ist indessen mit ihren Bemühungen weitgehend erfolgreich gewesen, diesen Wissenschaftlern den Makel der fehlenden Neutralität bzw. der Gewerkschaftshörigkeit anzuhängen. Der dabei ausgeübte politische Druck geht so weit, daß ›honorige‹ Wissenschaftler, die persönlich unsere Auffassung teilen, vor entsprechenden Publikationen zurückscheuen, weil sie um ihren Ruf, ›neutral‹ zu sein, fürchten.«[122]

---

119 Hans F. Zacher: Thesen zur Verfassungsmäßigkeit des Regierungsentwurfs eines Mitbestimmungsgesetzes, in: SPD-Bundestagsfraktion 7. WP, 2/BTFG000604, Bl. 5.

120 Ernst-Joachim Mestmäcker: Stellungnahme zu den Fragen des Bundestagsausschusses für Arbeit und Sozialordnung, ob der vorliegende Gesetzentwurf der Bundesregierung über die Mitbestimmung der Arbeitnehmer mit Art. 9 Abs. 3 und Art. 14 GG vereinbar ist, in: ebd., Bl. 13. f.

121 Ebd., Bl. 17.

122 Vorlage betr. Mitbestimmung und Grundgesetz vom 23. September 1974, in: DGB-Archiv im AdsD, Abt. Gesellschaftspolitik, 5/DGAI000060, Bl. 3.

Ein schließlich von Prof. Franz Jürgen Säcker für den DGB verfasstes Gutachten wies den vermeintlichen Bruch mit dem GG unter anderem mit dem Hinweis ab, dass der Arbeitnehmerseite eben nicht das volle Recht zugestanden werde, ihre Bank nach eigenen Vorstellungen zu bilden. Sie müsse die leitenden Angestellten integrieren, selbst wenn dies in einem zahlenmäßigen Missverhältnis stand. Auch die skizzierte Regelung der Vorstandsbestellung, die in letzter Stufe der Hauptversammlung das Recht auf die Auswahl übertrug, unterwandere die Parität ebenso wie die Zustimmung zu Sachentscheiden bei genehmigungspflichtigen Rechtsgeschäften. Im Gegenteil, die Schlüsselposition, die den leitenden Angestellten zugewiesen wurde, hebe ihrerseits die Koalitionsfreiheit des GG auf, da sie eine relativ kleine Gruppe rechtlich verselbstständige.[123] Ferner dürfe man die Verfassungsnormen des Art. 9 Abs. 3 nicht »als Bollwerk gegen sozialen Fortschritt«, sondern auch als »dynamisches Grundrecht«, das Raum für Forderungen nach Veränderungen der Arbeits- und Wirtschaftsbedingungen lasse, interpretieren.[124] Einzig dürfe der Gesetzgeber nicht »die effektiven Gestaltungschancen der Koalitionen dadurch aushöhlen, daß er ihnen die vom Grundgesetz zugesprochenen Aufgaben andersartigen Zusammenschlüssen zuweist oder der koalitiven Regelung einfach versperrt.«[125] Daraus resultiere, dass den Gewerkschaften zwingend ein Einfluss auf die Auswahl der außerbetrieblichen Vertreter zustünde. Da die Mitbestimmungsidee und die Tarifautonomie sich kontradiktorisch entgegenstünden, sei auch die These, mit der Mitbestimmung werde ein klassenkämpferisches Ziel verfolgt und der Klassenkampf in die Betriebe getragen, nicht haltbar. Das sei schon allein deswegen unmöglich, da grundlegende Weichenstellungen weiterhin von der Hauptversammlung allein getroffen wurden.[126]

In der zusammenfassenden Stellungnahme zum Bundestagshearing hob der DGB die geschichtliche Bedeutung des Art. 9 Abs. 3 GG hervor. Die dort verbriefte Vereinigungsfreiheit sei nach Sinn und rechtlichem Zweck ein Schutzrecht der Arbeitnehmer, das zwar auch Arbeitgeber genießen konnten, das jedoch missinterpretiert würde, wenn man es im Sinne einer Vorherrschaft der Eigentümer im Unternehmen auslege. Historisch nicht ganz korrekt führte man an, dass es

»über dies [...] angesichts der Programmatik von Parteien und Gewerkschaften bei der Schaffung des Grundgesetzes keinem Zweifel unterliegen [kann], daß die allgemeine Einführung der bereits seit 1947 in den Stahlunternehmen praktizierten

---

123 Siehe Koalitionsfreiheit und Mitbestimmung. Rechtsgutachten, vorgelegt dem Bundesvorstand des DGB [Vorabfassung], in: DGB-Archiv im AdsD, Abt. Gesellschaftspolitik, 24/742, Bl. 67-79. Zahlreiche handschriftliche Anmerkungen unbekannter Provenienz in der Vorlage deuten jedoch darauf hin, dass man sich im DGB mit dem Gesamttext nicht gänzlich zufrieden zeigte.
124 Ebd., Bl. 86.
125 Ebd., Bl. 94 f.
126 Ebd., Bl. 114 ff.

Mitbestimmung auch im Hinblick auf das Grundrecht der Koalitionsfreiheit verfassungskonform ist.«[127]

Die Gegnerfreiheit sei entwickelt worden, um die Gewerkschaften vor wirtschaftsfriedlichen gelben Gewerkschaften zu schützen. Tarifpolitisch wurde angemerkt, dass nicht mitbestimmte Unternehmen sich dem Gebot der Rentabilität unterwerfen müssten, was bedeute, dass sich kein Widerspruch ergebe. Die Praxis der Montanmitbestimmung bestätige, dass die Tarifpolitik in den Aufsichtsräten überhaupt keinen Platz fände und auch Vorstände weder unter Druck gesetzt noch für ihr tarifpolitisches Verhalten gemaßregelt wurden.[128] Das GG sei, wie mehrmals vom Bundesverfassungsgericht bestätigt, hinsichtlich der Wirtschaftsverfassung für die Bundesrepublik grundsätzlich offen angelegt. Die juristischen Argumente aus der gegnerischen Richtung beriefen sich aus Sicht des DGB allein auf eine marktwirtschaftliche »Verstümmelung« des GG, die den Gewerkschaften einen in diesem Sinne fest umrissenen Platz zuwies, den sie nicht verlassen bzw. überschreiten sollten. Es könne »nicht angehen«, dass die Koalitionsfreiheit »nunmehr zu einer Ewigkeitsgarantie mitbestimmungsfreier unternehmerischer Vorherrschaft werden soll.«[129] In Verbindung mit dem Streikrecht daraus eine Überparität der Gewerkschaften abzuleiten, sei historisch falsch und politisch motiviert. »Nicht von ungefähr ist in der Vergangenheit niemand auf die Idee gekommen, einen zu geringen Einfluß der Gewerkschaften als unterparitätischen Zustand für verfassungswidrig zu erklären.«[130] Der DGB beauftragte im Anschluss ein weiteres Gutachten von Prof. Ekkehart Stein, das allerdings erst 1976 veröffentlicht wurde und auf die Beratungen keinen entscheidenden Einfluss ausüben konnte.[131]

Die juristische Bewertung des Entwurfs, oder besser die dadurch gestiftete Verwirrung, störte auch die SPD. Wehner betonte gegenüber der FDP, dass es weder in der Fraktionsführung der SPD noch bei deren Vertretern im Ausschuss für Arbeit und Sozialordnung Neigungen gab, auf das Montanmodell überzugehen, das ja ebenfalls noch keiner Überprüfung durch das Bundesverfassungsgericht unterzogen wurde.[132] Die FDP-Fraktion hingegen unterstrich die Bedeutung der Gutachten von Scholz und Raiser gegen die Regierungsvorlage. Sie seien für die weiteren Gesetzgebungsarbeiten erheblich.[133] Da diese Frage in der Zwischenzeit vor allem aufgrund der Bedenken der

---

127 Zusammenfassende Stellungnahme zu den Fragekomplexen, Bl. 17.

128 Siehe ebd., Bl. 18 f.

129 Vorlage betr. Mitbestimmung und Grundgesetz vom 23. September 1974, Bl. 5.

130 Ebd., Bl. 7.

131 Ekkehart Stein: Qualifizierte Mitbestimmung unter dem Grundgesetz. Zur verfassungsrechtlichen Problematik einer allgemeinen Einführung des Montanmodells (Theorie und Praxis der Gewerkschaften), Köln/Frankfurt a. M. 1976.

132 Vgl. Protokoll über das Koalitionsgespräch vom 4. November 1974.

133 Vgl. Vermerk für Wolfgang Mischnick von AK III der FDP-Fraktion betr. Mitbestimmung vom 20. Dezember 1974, in: AdL, A40-414, Bl. 24.

FDP, die die verfassungsrechtlichen Einwände nicht zuletzt für ihre politische Linie nutzte, neben der Rolle der leitenden Angestellten zum zweiten Kernproblem avanciert war, berief der Ausschuss für Arbeit und Sozialordnung ein viertes Hearing ein. Am 19. Dezember wurden dabei jedoch keine Sachverständigen von Gewerkschaften und Arbeitgebern befragt, sondern nur die von den Parteien bestellten Juristen. Nicht zuletzt auf Vorschlag des DGB wurden die Professoren Raisch, Simitis, Konrad Hesse und Häberle von der SPD eingeladen, außerdem konnte durch Intervention bei Norbert Blüm noch der mitbestimmungsfreundliche Prof. Säcker auf der CDU-Liste durchgesetzt werden.[134] Da jedoch auch mitbestimmungskritische Professoren an dem Hearing teilnehmen, fiel die Beurteilung der Rechtslage so unterschiedlich aus, dass sich jede politische Seite in dem Hearing wiederfinden konnte. Jedoch warnten auch die wohlgesonnenen Wissenschaftler, die sich wie Peter Raisch besonders mit dem Zöllner/Seiter-Gutachten auseinandersetzten und dieses intensiv kritisierten, vor einer Überparität der Arbeitnehmer und ihrer Gewerkschaften durch eine Kombination von Tarifgesetz und paritätischer Mitbestimmung.[135]

Aus Sicht der Arbeitgeber verlief das Hearing sehr zufriedenstellend. Zwar waren die Gutachter bei der Bewertung der Eigentumsgarantie des GG noch gespalten, aber »am Nachmittag, als das Problem der Tarifautonomie behandelt wurde, änderte sich das Bild eindeutig zu unseren Gunsten.«[136] Daraus zog man den Schluss, dass die FDP nun in der öffentlichen Auseinandersetzung diesen Aspekt nicht mehr unbeachtet lassen könne. In diesem Sinne schrieb Dichgans darauf auch an Genscher und Mischnick, um diese Bedenken zu unterstreichen und auf die Verunsicherung der FDP zu setzen.[137]

---

134 Vgl. Vermerk für Heinz-Oskar Vetter vom 15. November 1974, in: DGB-Archiv im AdsD, Abt. Gesellschaftspolitik, 5/DGAK000060.

135 Siehe die dem Protokoll der Sitzung des Bundestagsausschusses für Arbeit und Sozialordnung vom 19. Dezember 1974 beigefügten Vorschläge und Thesen der wissenschaftlichen Gutachter zum Gesetzentwurf der Bundesregierung zur Vereinbarkeit des Entwurfs mit den Artikeln 14 und 9 Abs. 3 des GG, Protokoll der 62. Sitzung, S. 76-125. Die als Entlastungsgutachten gedachte Schrift von Raisch wurde im Anschluss an das Dezember-Hearing vom BMAS veröffentlicht. Raisch setzte sich hier kritisch mit den Ergebnissen des Hearings auseinander, deren eindeutige Trennung in Pro und Kontra wenig rechtswissenschaftliche Erkenntnisse gebracht habe und eine methodische Rückbesinnung erforderlich machten. Der Autor wiederholte seine Kritik an der Meinung von Zöllner/Seiter, die er als wissenschaftlich unhaltbar abtat. Siehe Peter Raisch: Mitbestimmung und Koalitionsfreiheit. Die Vereinbarkeit der paritätischen Mitbestimmung mit der durch Art. 9 Abs. 3 Grundgesetz garantierten Koalitionsfreiheit. Rechtsgutachten im Auftrag des Bundesministers für Arbeit und Sozialordnung (Schriftenreihe des Bundesministers für Arbeit und Sozialordnung 22) Stuttgart u. a. 1975.

136 Siehe Schreiben von Hans Dichgans an Hans-Günther Sohl vom 20. Dezember 1974, in: BDI-Archiv, HGF-Akten, Karton 50.

137 Vgl. Schreiben von Hans Dichgans an Hans-Dietrich Genscher vom 14. Januar 1975, in: ebd.

3 Der zweite Koalitionskompromiss

3.1 Wissenschaftliche Tagung und eine letzte Öffentlichkeitskampagne

Die juristischen Spitzfindigkeiten gegen die Mitbestimmung erwiesen sich seit 1974 zunehmend als Problem für den DGB. Deswegen trat die Abteilung Gesellschaftspolitik bereits Ende des Jahres in Kontakt mit verschiedenen, den Gewerkschaften wohlgesonnenen Rechtswissenschaftlern, um sich über Verfassungsfragen der Mitbestimmung auszutauschen. Als Ergebnis hielt der Kreis fest, dass es vor allem einer Aufarbeitung der historischen und verfassungssystematischen Zusammenhänge der Entstehung des GG und der Rechtsprechung des Bundesverfassungsgerichts zum Problem der Gegnerfreiheit bedürfe, auf das Raiser und Scholz in ihren Gutachten hinwiesen. Die Argumente der ablehnenden Rechtswissenschaft versuchte man im DGB vor allem mit den bisherigen Erfahrungen mit der Montanmitbestimmung zu widerlegen. So würden die Beschäftigten zwar besser über Vorgänge im Unternehmen in Kenntnis gesetzt und soziale Belange in Ergänzung zur Betriebsverfassung fänden eher Gehör, dennoch könnten auch die Arbeitnehmer Rentabilitätsgesichtspunkte von am Markt operierenden Unternehmen nicht gänzlich außer Acht lassen. Aus diesem Grunde verliere der Schutzgedanke der Tarifverträge und der Betriebsverfassung auch im mitbestimmten Unternehmen nicht seine Bedeutung. Zudem könnten die Kapitalgeber dem Unternehmen jederzeit die Gelder entziehen, was ebenfalls zu einer Asymmetrie der Verhältnisse beitrug. Zum Problem der Eigentumsgarantie des GG wies man auf die Grenzen des Eigentums hin, die vor allem von Kunze entwickelt wurden.[138]

Der DGB wollte seinen Standpunkt mit einer öffentlichen Tagung zu Rechtsfragen der Mitbestimmung zur Diskussion stellen und gleichzeitig untermauern. Ein reines Professorenkolloquium, wie es zuvor das WSI veranstaltet hatte, reichte jedoch nicht aus, um den verfassungsrechtlichen Fragen zu begegnen, die sich als ernsthafte, da scheinbar unpolitische, Bedrohung für die eigenen Argumente erwiesen hatten.[139] Die Tagung sollte insbesondere die juristische Auffassung widerlegen, dass die Mitbestimmung gegen das Grundrecht auf Koalitionsfreiheit verstoße, ein Argument, das auf der Grundlage bestimmter politischer Weltanschauungen vor allem aus der konservativen Richtung hergeleitet wurde. Mit den Ergebnissen unternahm der DGB einen letzten Versuch, Persönlichkeiten zu erreichen, »die in der nächsten Zeit für die verfassungsjuristische und verfassungspolitische Auseinandersetzung [...] von Bedeutung sind«, also Bundestagsabgeordnete, Richter am Bundesverfassungs- und Bundesarbeitsgericht, Rechts- und Wirtschaftswissenschaftler sowie Journalisten.[140]

---

138 Siehe Problemskizze zur Diskussion am 29./30. Oktober 1974 zu Verfassungsfragen der Mitbestimmung, in: DGB-Archiv im AdsD, Abt. Gesellschaftspolitik, 5/DGAK000060.

139 Vgl. Tischvorlage für die Sitzung des Bundesvorstandes am 5. November 1974 vom 31. Oktober 1974, in: DGB-Archiv im AdsD, Abt. Gesellschaftspolitik, 5/DGAK000060.

140 Vgl. Aktenvermerk betr. Öffentliche Tagung Mitbestimmung und Grundgesetz, Gp-Schw/Sl vom 29. November 1974, in: ebd., Bl. 1 f.

Man plante zwar, auch kritische Stimmen aus der Wissenschaft in die Konferenz zu integrieren, wollte aber dennoch einigermaßen gewährleisten, dass sie im Sinne der Gewerkschaften argumentierten, weswegen für individuelle Vorgespräche ein zeitlicher Vorlauf nötig erschien. Heinz-Oskar Vetter hingegen schien nicht von Beginn an von der Notwendigkeit einer solchen Konferenz überzeugt zu sein und wollte bis mindestens nach dem Professorenhearing vor dem Ausschuss für Arbeit und Soziales mit den Vorbereitungen warten, was die Sache unnötig nach hinten schob.[141] So konnte der ursprünglich vorgesehene Termin März 1975 am Ende nicht gehalten werden. Nach internen Erörterungen kam man zum Schluss, dass der Eindruck vermieden werden sollte, erneut in eine politische Offensive überzugehen. Im Zentrum standen die aktuellen Probleme in Verbindung mit der juristischen Debatte, etwa der Bankeneinfluss, Konzentrationsprozesse in der Wirtschaft durch personelle Konzentration mehrerer Aufsichtsratsmandate und dergleichen.[142]

Die Tagung fand dann Anfang Oktober 1975 statt. Hier hielten diejenigen Juristen Reden und Ansprachen, die den DGB auch im Hearing vor dem Bundestagsausschuss unterstützt hatten, aber auch kritische Stimmen wie die von Peter Pernthaler und Ernst-Joachim Mestmäcker meldeten sich in Podiumsdiskussionen zu Wort. Zwar mag die Konferenz insgesamt eine »beeindruckende Demonstration von Sachverstand, Diskussionsfähigkeit, differenziertem Urteil und Gestaltungswillen«[143] belegen, auf den Prozess der Gesetzgebung nahm sie aber keinen Einfluss mehr, dafür kam sie schlicht zu spät. Im Anschluss führte der DGB am 8. November eine Großkundgebung in Dortmund unter Beteiligung von 25.000 Mitgliedern durch, auf der Vetter in seinem Hauptreferat die bekannten Forderungen der Gewerkschaften wiederholte.

Parallel unternahmen der DGB und die BDA noch einmal eine Öffentlichkeitskampagne. Mit einer Infokarte in allgemein verständlicher Form, die in einer Auflage von 1,5 Millionen Exemplaren in den Betrieben verteilt wurde, versuchte der DGB, verfassungsrechtliche Bedenken bei den Arbeitnehmern zu zerstreuen.[144] Ein weiteres Flugblatt, das an die DGB-Kreise verschickt wurde, ging gezielt auf eine 14 Tage zuvor erfolgte Aktion der BDA ein, die in vielen Großstädten ihrerseits durch ein Faltblatt Stimmung gegen die Mitbestimmung gemacht hatte. Sie verteilte in breiter Auflage ein Flugblatt, das die Stellungnahme der BDA zusammenfasste. Das Faltblatt sollte – nach eigenem Bekunden – »die in breiten Bevölkerungskreisen vorhandene Skepsis gegen den Regierungsentwurf nachhaltig verstärken und gleichzeitig das Urteil über die Aus-

---

141 Vgl. Vorlage von Wilhelm Kaltenborn betr. geplante Tagung Mitbestimmung und Grundgesetz vom 6. Dezember 1974, in: ebd.

142 Vgl. Aktenvermerk betr. Wissenschaftliche Konferenz Mitbestimmung und Grundgesetz vom 27. Februar 1975, in: ebd.

143 Hans-Otto Hemmer: Das große Angebot an die Gesellschaft, in: Mitbestimmung 3/2006, S. 26-31, hier S. 31.

144 Vgl. Vorlage für den GBV vom 26. Februar 1975, in: DGB-Archiv im AdsD, Abt. Gesellschaftspolitik, 24/749.

wirkungen einer paritätischen Mitbestimmung schärfen.«[145] Der DGB schaltete erneut Anzeigen in Programmzeitschriften, um einen breiten Leserkreis zu erträglichen Kosten zu erreichen, denn der Werbeetat umfasste nun die gesamten Kosten des Aktionsprogramms und wurde nicht allein für die Mitbestimmungspropaganda verwendet. Die Popularisierungsmaßnahmen wurden in der Zwischenzeit auf ein als notwendig akzeptiertes Maß reduziert, dennoch verschlangen die Kosten für die Anzeigen von ca. 270.000 DM ein Viertel des Ansatzes für die Mitbestimmungskampagne.[146] Ob die Werbemaßnahmen des DGB und der BDA überhaupt eine Wirkung zeigten, kann nicht mit Sicherheit gesagt werden. Zwar wiesen die von den Gewerkschaften in Auftrag gegebenen Umfragen wie gesehen einen durchaus positiven Trend auf, doch eine Allensbach-Umfrage aus dem Jahr 1974 belegte das weiterhin stark verbreitete Desinteresse der Arbeitnehmer an der Mitbestimmung, wobei die Darstellung der Ergebnisse nicht unbedingt neutral und ausgewogen, sondern klar gegen die Mitbestimmung positioniert ausfiel.[147] Auch eine weitere Umfrage unterstrich eine weiterhin bestehende Unkenntnis über die Sachlage. Unter 2.000 befragten Personen gaben 41 % an, dass sie keine Meinung hatten oder sich nicht äußern wollten. Eine Lösung des Problems hielten auch nur 21 % für erforderlich, wohingegen die Preisstabilität mit 83 % als deutlich wichtiger beurteilt wurde. Allerdings wurde der Regierungskompromiss besser bewertet als das Modell der Opposition.[148]

3.2 Die Koalitionsverhandlungen

3.2.1 Die Zeit drängt: Die Situation zu Beginn des Jahres 1975

Parallel zu den Hearings trafen sich die Spitzen der Koalition im November 1974 zu einem Gespräch über verschiedene Themen, bei dem unter anderem die Mitbestimmung zur Sprache kam. An dem Zwang einer schnellen Einigung hatte sich nichts geändert, im Gegenteil. Ein Scheitern des Gesetzes galt als Scheitern der von Willy Brandt begonnen Reformpolitik an sich. Helmut Schmidt hatte in seiner Regierungserklärung die Fortsetzung der Politik der inneren Reformen angekündigt. »Eine Vertagung der Mitbestimmung würden selbst Kritiker des Gesetzentwurfs nicht verstehen, weil auch sie mit der Einführung der Mitbestimmung rechnen und sich auf die

---

145 Rundschreiben der BDA an die Mitglieder des Vorstands und weitere Empfänger vom 11. Dezember 1974, in: BA, B106/63569.

146 Vgl. Vorlage für den GBV, Vors.-V/Sl vom 26. Februar 1975, in: ebd.

147 Vgl. Allensbacher Berichte 31/1974. Der DGB konterte mit Erhebungen des infas, nach denen 77 % aller Befragten die Mitbestimmung als sehr wichtig bzw. wichtig bezeichneten und 44 % es befürworteten, dass die Gewerkschaften ihren ganzen Einfluss geltend machen sollten, um die Politik zu einem Mitbestimmungsgesetz zu bewegen. Vgl. ND 288/74 vom 31. Oktober 1974.

148 Vgl. Umfrage des Instituts für angewandte Psychologie und Soziologie, in: DGB-Archiv im AdsD, Abt. Gesellschaftspolitik, 24/749.

Anwendung des Gesetzes vorbereiten.« Um der Gefahr zu begegnen, dass die Koalition ein zerrissenes Bild lieferte und um die Verzögerungen der FDP zu vereiteln, legte man im Gespräch eine Gruppe aus den Koalitionsfraktionen fest, die bis Dezember 1974 konkrete Lösungsvorschläge der noch offenen Fragen erarbeiten sollte. Diese Lösung sollte noch vor Weihnachten auf höchster Ebene abgesegnet werden, um ein koordiniertes Gesetzesverfahren auf den Weg zu bringen.[149] Als mögliches Tauschobjekt kam die von der SPD nicht gewünschte Urwahl gegen die von der FDP favorisierte Form der Rolle der leitenden Angestellten in Betracht. In allen anderen strittigen Punkten sahen die Karten der SPD gegenüber einer starren FDP nicht besonders gut aus. Zudem stand seit der Vorlage der beiden Gutachten die rechtliche Frage im Raum.[150] Die FDP entfernte sich immer mehr von dem Ursprungsentwurf und bekräftigte öffentlich ihren Willen, bereits abgeschlossene Aspekte erneut zur Debatte zu stellen.[151] Ein Motiv hierfür mag eine Reihe von verlorenen Wahlen gewesen sein, die Partei fürchtete um ihr Profil. Gerade vor diesem Hintergrund erhöhte man im Kanzleramt den Druck, auch um vor den Wahlen in Nordrhein-Westfalen im Frühjahr 1975 fertig zu werden. Dies unterstrich der Chef des Kanzleramts Manfred Schüler im Koalitionsgespräch am 4. November.[152]

Am Ende der Verhandlungen des Bundestags war die Politik im Grunde an keiner Stelle weitergekommen. Fest stand lediglich, dass bei den Koalitionsfraktionen der Wunsch bestand, das Gesetz in der laufenden Legislaturperiode zu verabschieden und dass der DGB seine Ideen nicht würde durchsetzen können, was nicht zuletzt einer allgemeinen Reformmüdigkeit zugeschoben wurde.[153] Als positives Fazit aus den Hearings, speziell vom Dezember, zog man, dass eine hohe Anzahl an Sachverständigen und insgesamt zwölf Verfassungsjuristen ihre Auffassung dargelegt hatten. Das bot für die Koalition den entscheidenden Vorteil, dass kaum ein Aspekt nicht zur Sprache kam und sie demnach über eine volle politische Handlungsfähigkeit verfügte. Noch im Januar wollte sie das Resultat der Hearings in einem gesonderten Gespräch erörtern.[154] Die Beteiligten gingen weiterhin von einer schnellen Lösung aus und wollten, um die Thematik aus dem Landtagswahlkampf in Nordrhein-Westfalen

---

149 Vgl. Vorlage Referat IV/3 für BK über AL IV und Chef-BK betr. Mitbestimmung, hier: Vorschläge für Koalitionsgespräch am 4.11.1974 vom 29. Oktober 1974, in: BA, B136/8776 (Zitat ebd.).
150 Vgl. Anlage hierzu, in: ebd.
151 Vgl. z. B. Interview mit Otto Graf Lambsdorff, in: *Die Zeit* vom 1. November 1974. Graf Lambsdorff hatte bereits im Oktober im Handelsblatt einen Artikel lanciert, der sich kritisch mit dem beabsichtigten Gesetz und Detailfragen befasste und sich damit bereits den Zorn von Teilen der SPD herbeigezogen. Siehe Schreiben von Herbert Ehrenberg an Otto Graf Lambsdorff vom 23. Oktober 1974, in: AdL, A38-223, Bl. 23 f.
152 Vgl. Sprechzettel Chef BK für Koalitionsgespräch am 4. November 1974, in: ebd.
153 Vgl. Protokoll der Sitzung des DGB-Bundesvorstandes vom 3. Dezember 1974, in: Mertsching (Bearb.): Der Deutsche Gewerkschaftsbund, S. 929-940, hier S. 932.
154 Vgl. Protokoll über das Koalitionsgespräch vom 18. Dezember 1974, in: HSA, 1/HSAA009368, Bl. 6.

herauszuhalten, eine Einigung im Frühjahr 1975 erzielen, obgleich Schmidt intern bereits für eine Verschiebung plädiert hatte.[155] Vereinzelte Querschüsse aus der FDP, etwa aus Rheinland-Pfalz, änderten nichts am Vertrauen von Schmidt in die Führung der Partei und in Vizekanzler Genscher. Anfang des Jahres ging der Kanzler davon aus, dass eine Einigung mit der FDP in drei bis vier Wochen zu erreichen sei.[156]

Die Querschüsse irritierten jedoch nicht nur in der SPD, sondern sorgten auch in der Fraktion der FDP für Verdruss. Mischnick und Genscher mussten vor versammelter Mannschaft an die Loyalität aller Abgeordneten erinnern, insbesondere an den in der Kritik stehenden Otto Graf Lambsdorff gerichtet. FDP-Generalsekretär Martin Bangemann (geb. 1934) unterstrich, im Sinne der Gesamtpartei sprechend, dass es der FDP seiner Ansicht nach genau wie der SPD gestattet sei, Änderungen am Kompromiss zu fordern, insbesondere bei der Einführung der Urwahl. Wenn die FDP sich an dieser Stelle nicht durchsetze, sei ihr, so Bangemann, das wichtige Thema des Verbandswesens aus der Hand geschlagen. »Ein Erfolg in der Mitbestimmung sei für die FDP – anders als für die SPD – nicht zuletzt wegen ihrer kritischen Wählerschaft, von existenzieller Bedeutung.« Allerdings hatte die zu forcierte Forderung nach der Urwahl in der Öffentlichkeit den negativen Charakter einer Verhinderung der Mitbestimmung an sich, der unbedingt vermieden werden müsse. Über allem schwebte die Furcht vor eine Aufhebung eines neuen Gesetzes durch das Bundesverfassungsgericht im Wahljahr 1976.[157]

Es war demnach nicht so, dass die Liberalen eine völlige Bewegungsfreiheit in den anstehenden Verhandlungen besessen hätten. Deutlich wurde jedoch, dass der wirtschaftsliberale Flügel der FDP Oberwasser gewonnen hatte und dass die SPD mehr von der FDP abhängig sei als umgekehrt. Das Argument der drohenden Verfassungsklage strahlte mehr und mehr an Kraft aus. Deswegen diskutierte man intern verschiedene Varianten, um den Anteilseignern zu einer Stimme mehr zu verhelfen. Ein erster Vorschlag sah vor, auf den § 28 der Vorstandsbestellung zu rekurrieren und das Letztentscheidungsrecht in der vierten Instanz der Hauptversammlung zuzugestehen, die über einen weiteren Mann für die Anteilseigner entscheiden sollte. Ein solch kompliziertes Verfahren schien aufgrund der Koalitionsarithmetik und aus optischen Gründen unvermeidbar. Im Hintergrund dieses Vorschlags stand die Erfahrung mit dem Montanmitbestimmungsgesetz. Hier wurde häufig der neutrale Mann aus den Reihen der Gewerkschaften gewählt, während im Gegenzug die Anteilseigner den Vorsitzenden des Aufsichtsrats bestimmten. Den Arbeitgebern schien dieser Vorschlag jedoch

---

155 Vgl. Schriftverkehr zwischen Helmut Schmidt, Hans-Dietrich Genscher und Walter Arendt vom Dezember 1974, in: AdsD, Nachlass Walter Arendt, 1/WAAA000068.
156 Vgl. Protokoll der Sitzung der SPD-Bundestagsfraktion vom 14. Januar 1975, in: AdsD, SPD-Fraktion 7. WP, 2/BTFG000088, Bl. 1 f.
157 Siehe Kurz- und Beschlußprotokoll der Sitzung der Fraktion am 14. Januar 1975, in: AdL, A41-46, Bl. 64 ff. (Zitat ebd.).

unannehmbar, sie hielten am Doppelstimmrecht fest[158], obgleich man ihm »zähneknirschend« zugestimmt hätte. Der zusätzliche Mann schien wichtiger als der Vorsitz im Aufsichtsrat.[159] Die FDP schien aber vor dem Hintergrund des Urteils des Bundesverfassungsgerichts zur Fristenlösung im Schwangerschaftsabbruch[160] unbedingt gewillt, nicht ein weiteres Risiko einzugehen, dass ein wichtiges Gesetz in Karlsruhe kassiert würde. Diesen Umstand nutzte die BDA geschickt aus, indem sie nachdrücklich betonte, dass nur ein »dritter Mann, der eindeutig der Unternehmerseite zugeordnet sei, die Verfassungswidrigkeit beheben könne.« Deswegen riet sie dringend davon ab, irgendetwas zu sagen, was als Kompromissangebot der Wirtschaft gewertet werden könnte. In diesem Sinne schrieb Dichgans an Sohl, »die vielen Telefongespräche, die der ihnen bekannte Graf geführt hat, hätten den Eindruck erweckt, die Wirtschaft sei notfalls auch mit weniger zufrieden, dieser Eindruck müsse bekämpft werden.«[161]

3.2.2 Die Verhandlungsführer zwischen Politik und Verbänden

Die FDP setzte außerdem ihre Vorstellungen zugunsten der leitenden Angestellten zunehmend unverhohlener um und versuchte, parteipolitisch zu punkten. Ein neuer Vorschlag sah vor, für diese Gruppe eine Sonderregelung zu treffen, die besagte, dass Wahlvorschläge von mehr als der Hälfte der leitenden Angestellten unterbreitet werden mussten und nicht wie bei den Angestellten und Arbeitern von einem Zehntel oder 100 Personen. So sollten »saubere« leitende Angestellte in den Aufsichtsrat gehievt und »unsinnige« Kandidaturen verhindert werden. Durch diese Herangehensweise versprach man sich, eine »Aktionseinheit« von ULA und DAG herzustellen und somit bei der DAG Boden gut zu machen. Zudem konnte das Modell für die SPD akzeptabler sein als ein eigenständiges Gruppenrecht. Aufgrund rechtlicher Bedenken wegen der Ungleichbehandlung und der Unpraktikabilität einer 50 %-Quote in sehr großen Unternehmen blieb jedoch weiterhin die Möglichkeit einer Gruppenwahl.[162] Die Gruppenwahl bot den Vorteil, dass das Problem Urwahl versus Wahlmänner weniger virulent wurde, und war für die FDP insofern wichtig, als sie hoffte,

---

158 Vgl. Vermerk »Die FDP hat am letzten Wochenende eingehend über Mitbestimmung getagt ...«
     [o. D., vermutlich Anfang Januar 1975], in: BDI-Archiv, HGF-Büro, Karton 50.
159 Vgl. Vermerk von Hans Dichgans an Neef vom 28. Januar 1975, in: ebd.
160 Der Bundestag hatte im April 1974 nach langen und intensiven Debatten, die vor allem in der SPD
     leidenschaftlich geführt wurden, die Fristenlösung beim Schwangerschaftsabbruch mit der Reform des § 218 des Strafgesetzbuches mit der Mehrheit der sozialliberalen Koalition beschlossen,
     wobei 19 Parlamentarier aus dem Regierungslager mit nein stimmten. Das Bundesverfassungsgericht entschied am 25. Februar 1975, dass die Fristenlösung verfassungswidrig war, woraufhin die
     Koalition ein Reformgesetz erließ. Vgl. Faulenbach: Das sozialdemokratische Jahrzehnt, S. 210 ff.
161 Schreiben von Hans Dichgans an Hans-Günther Sohl vom 31. Januar 1975, in: BDI-Archiv,
     HGF-Büro, Karton 50.
162 Vgl. Vermerk für [Hansheinrich] Schmidt vom AK III der FDP-Fraktion betr. Mitbestimmung,
     Wahlverfahren vom 5. Februar 1975, in: AdL, A40-414, Bl. 12 f.

den Einfluss des DGB im Unternehmen zu verringern. Ein Kompromiss, die Urwahl in Unternehmen mit weniger als 10.000 Mitarbeitern einzuführen, erschien bereits Ende 1974 in Betracht zu kommen. Die FDP diskutierte, für die Gruppenwahl Zugeständnisse hinsichtlich der Auflösung der Pattsituation bei der Vorstandsbestellung einzugehen.[163] Das schien auch für Genscher durchaus im Bereich des Möglichen zu liegen, bekannte er doch, dass es der FDP nicht um eine Stärkung der Organisationsmacht der Gewerkschaften ging. »Aus diesem Grunde sind in den Gesprächen mit dem Koalitionspartner für uns die Fragen der Funktionsfähigkeit des Unternehmens und des Wahlverfahrens zum Aufsichtsrat die entscheidenden Punkte.«[164]

Die SPD musste dem liberalen Koalitionspartner ein Angebot unterbreiten. Sogar »Hardliner« wie Friedhelm Farthmann sahen mittlerweile ein, dass Kompromisse nötig waren. Farthmann wäre bereits im September 1974 bereit gewesen, auf die Parität zu verzichten, wenn denn die leitenden Angestellten kein gesondertes Gruppenrecht in Form einer eigenständigen Wahl erhalten hätten. »Ich persönlich«, so Farthmann gegenüber Kanzler Schmidt, »wäre deshalb bereit für den Verzicht der FDP auf die Sonderstellung der leitenden Angestellten jeden Preis zu zahlen, auch wenn dadurch die Parität unterschritten würde.« Farthmann schlug dementsprechend vor, das exklusive Vorschlagsrecht bei der Wahl der Arbeitnehmervertreter für die einzelnen Gruppen als auch für die Vertreter der Gewerkschaften zu beseitigen und die Delegiertenwahl durch eine direkte Wahl zu ersetzen. Ferner sollten im Aufsichtsrat mindestens ein Arbeiter, ein Angestellter und ein leitender Angestellter sitzen, die jedoch allein vom Betriebsrat oder von je 100 Beschäftigten vorgeschlagen werden sollten. Natürlich hätte Farthmann am liebsten auch das Letztentscheidungsrecht der Hauptversammlung bei der Bestellung des Vorstands fallen gesehen. Dafür schlug er vor, auf den wechselnden Aufsichtsratsvorsitz zu verzichten. Diese Kompromissvorschläge würden auch vom DGB als ein wesentlicher Fortschritt angesehen, »wenngleich sich der DGB damit in der Öffentlichkeit selbstverständlich nicht identifizieren kann.« Graf Lambsdorff hatte diesen Vorschlag, zumindest Farthmann gegenüber, akzeptiert, konnte dabei jedoch bei Genscher und Friedrichs nicht durchdringen und bat deswegen Schmidt, sich der Sache anzunehmen.[165] Die Darstellung Farthmanns, dass er den Rückhalt des DGB hatte, entsprach der Wahrheit. Auch Detlef Hensche war bereit, eine Urwahl zu akzeptieren, wenn nur das Gruppenwahlrecht der leitenden Angestellten fiele. Vetter hatte ein Einverständnis erklärt, auf dieser Basis weiter miteinander zu sprechen.[166]

---

163 Vgl. Vermerke für Wolfgang Mischnick betr. Mitbestimmung, Wahlverfahren und Pattauflösung, in: ebd., Bl. 26 ff.

164 Schreiben von Hans-Dietrich Genscher an Peter Jürgen Lüders vom 26. Februar 1975, in: AdL, N52-40, Bl. 13.

165 Siehe Schreiben von Friedhelm Farthmann an Helmut Schmidt vom 8. Januar 1975, in: DGB-Archiv im AdsD, Abt. Gesellschaftspolitik, 5/DGAK000042 (Zitate ebd.).

166 Vgl. Schreiben von Detlef Hensche an Heinz-Oskar Vetter vom 10. Januar 1975, in: ebd.

Verhandlungsführer Rappe ergriff im Laufe des Frühjahres weitere Gelegenheiten, sich mit Vertretern einzelner Gewerkschaften zu besprechen und unterschiedliche Einschätzungen einzufangen, unter anderem von der DAG. Auch hier lag das Interesse in erster Linie an der Verabschiedung des Gesetzes, wobei die Angestellten-Gewerkschaft wenig überraschend eine Änderung des Wahlverfahrens mit dem Ziel einer reinen Gruppenwahl wünschte. Rappe entgegnete, man könne in den Gruppen Vorwahlen veranstalten, die die doppelte Kandidatenzahl erbringen müssten. Allerdings machten sich die DAG-Vertreter nicht den Wunsch der FDP nach einer alleinigen Wahl der leitenden Angestellten durch die eigene Gruppe zu eigen, sondern wollten eine Integration in die Gruppe der Angestellten erreichen und diesbezüglich auch mit der FDP sprechen, zu der die DAG einen besseren Zugang als andere Gewerkschaften hatte. Interessanterweise konnte die DAG sich zur Lösung der Pattsituation ein doppeltes Stimmrecht des Aufsichtsratsvorsitzenden im dritten Wahlgang bei der Vorstandswahl und im zweiten Durchlauf bei Sachentscheidungen vorstellen.[167] Wie schon mehrfach zuvor wurde das Doppelstimmrecht erneut lanciert. Auch die ULA suchte ein Gespräch mit der SPD, obgleich man sich im Klaren war, dass der Kontakt aufgrund der engen Verbindungen zum DGB schwer hergestellt werden konnte. Ob dem Gesprächswunsch mit der Parteispitze stattgegeben wurde, lässt sich nicht genau rekonstruieren.[168] Allerdings traf sich Verhandlungsführer Rappe im März des Jahres mit sechs Vertretern der ULA, von denen sich vier offen als Anhänger der FDP erklärten. In dem offenen Gespräch erläuterten sie, dass es ihnen einzig und allein um die Frage der Gruppenwahl ging, andere Punkte wie etwas das Patt stellten für die ULA kein politisches Problem dar, was jedoch der Argumentation widersprach, die sie ein halbes Jahr zuvor öffentlich im Ausschuss für Arbeit und Sozialordnung vertreten hatte. Rappe schlug erneut vor, die Situation durch die Einführung von Vorwahlen zu lösen, wofür sich die Gegenseite durchaus offen zeigte.[169]

Natürlich stand Rappe weiterhin im engen Kontakt mit Vetter. Der DGB-Chef und er hatten mehrere Unterredungen im Frühjahr und tauschten Gedanken aus. Hierin zeigte sich Vetter kompromissbereiter, als es nach außen den Anschein hatte, und schien vor allem Lösungen der Pattsituation gegenüber offen, die allerdings eine Parität – gedacht war an eine Kommission unter Beteiligung eines neutralen fünften Manns – beinhaltete. Diese Idee war von Rappe ins Spiel gebracht worden. Man hätte diese Variante auch dahingehend modifizieren können, dass in der Kommission der jeweilige Vorsitzende das doppelte Stimmrecht erhalten hätte, allerdings zwingend unter Beibehaltung des wechselnden Aufsichtsratsvorsitzes. Nach Vetter sollte das

---

167 Vgl. Schreiben von Hermann Rappe an Herbert Wehner vom 9. April 1975 sowie an Holger Börner vom 20. Mai 1975, in: Privatbesitz Hermann Rappe.
168 Vgl. Schreiben der ULA an den SPD-PV vom 13. Dezember 1974, in: AdsD, SPD-Präsidium, Mappe 1 zur Sitzung des Präsidiums vom 13. Januar 1975.
169 Vgl. Schreiben von Hermann Rappe an Herbert Wehner vom 18. März 1975, in: Privatbesitz Hermann Rappe.

Gesetz weder hieran noch am Wahlverfahren scheitern, wobei die Verbindung von Urwahl und Gruppenwahl als nicht akzeptabel erachtet wurde und die reine Gruppenwahl für den DGB nicht annehmbar erschien. Überhaupt müsse man jetzt Druck machen, zumal Vetter unter Verweis auf das angespannte Verhältnis zwischen Kanzler Schmidt und Walter Arendt befürchtete, dass Arendt seine ihm gegenüber geäußerten Rücktrittsgedanken in die Tat umsetzen könnte.[170]

Dies vernahmen auch die Arbeitgeber, die wussten, dass der wechselnde Aufsichtsratsvorsitz für Arendt ein »Prestigepunkt erster Ordnung« sei und dass der Minister beim Kanzler mit großer Unterstützung rechnen könne, da er parteiintern auf Arendt stark angewiesen sei. BDI und BDA – ihre Meinungen deckten sich nach wie vor – betonten weiterhin, die Wirtschaft brauche unter allen Umständen den Vorsitz im Aufsichtsrat und ein Übergewicht, am besten »in Form eines Stichentscheids eines Vorsitzenden in dieser Qualifikation.« Aus der Politik, vermutlich auch hier erneut von der FDP, erhielten sie Zustimmung, allerdings waren sie zunehmend skeptisch, ob ein Gang nach Karlsruhe zum Bundesverfassungsgericht von Erfolg gekrönt sein würde.[171] Gleichlautend erfuhr auch Hermann Rappe am Rande einer Tagung mit dem BDI, dass die Arbeitgeber nicht in jedem Fall eine Klage gegen das Gesetz in Erwägung zogen, sondern im Falle einer Lösung der Pattsituation durchaus bereit waren, davon Abstand zu nehmen. In diesem Zusammenhang schlugen sie auch weitere vertrauliche Gespräche vor, auf die Rappe jedoch nach eigenem Bekunden nicht näher einging.[172]

Der BDI musste sich kurzzeitig intern mit Meinungsverschiedenheiten auseinandersetzen, denn einzelnen Mitgliedsverbänden schwebte vor, eine Art »dritte Bank«[173] im Aufsichtsrat zu etablieren, was die einheitliche Ablehnung der Arbeitgeber gefährdet hätte. Das Unternehmerlager hatte sich zwischenzeitig klar darauf festgelegt, dass im 20-köpfigen Aufsichtsrat 21 Stimmen zu verteilen sein sollten, also eine Stimme Übergewicht zugunsten der Anteilseigner installiert werden sollte.[174] BDI und BDA

---

170 Vgl. Schreiben von Hermann Rappe an Herbert Wehner vom 7. März 1975, in: Privatbesitz Hermann Rappe.

171 Vgl. Notiz über eine Besprechung am 22. März 1975, in: BDI-Archiv, HGF-Büro, Karton 50.

172 Vgl. Schreiben von Hermann Rappe an Herbert Wehner vom 7. März 1975.

173 Die »dritte Bank« wurde von dem Arbeitskreis Mitbestimmung des VDMA ins Gespräch gebracht. Der VDMA wollte eine dritte Bank aus drei sogenannten neutralen Männern bilden, von denen je einer der Unternehmens- und der Arbeitgeberseite zugeordnet und der dritte völlig neutral sein sollte. Diese Männer sollten vom paritätisch besetzen Aufsichtsrat aus einer vom Vorstand und den leitenden Angestellten zusammengestellten Liste gewählt werden. Nur somit könne die Parität erreicht werden, die angesichts der politischen Lage nicht zu vermeiden sei. Allerdings war der VDMA intern gespalten in dieser Randepisode, sodass es dem BDI nur zu leicht gelang, ihn wieder auf die Linie zu bringen, dass ein institutionelles Übergewicht der Anteilseigner vonnöten sei. Vgl. Vermerk betr. Mitbestimmung und Vermögensbildung vom 5. Februar 1975, in: BDI-Archiv, HGF-Büro Karton 50.

174 Vgl. Schreiben von Hans Dichgans an Engelbert van de Loo vom 10. März 1975 sowie Vermerk von Hans Dichgans vom 3. März 1975, in: ebd.

waren sich in diesem Sinne Mitte des Jahres sicher, dass die Regierung in der Frage der Pattauflösung eher nachgeben würde als im Bereich der leitenden Angestellten.[175]

Ein Problem insbesondere für die SPD war, dass die Vorsitzenden der Einzelgewerkschaften in vertraulichen Gesprächen ihre Zustimmung zu den Plänen erteilten, sie dann im DGB-Bundesvorstand und in der eigenen Organisation aber widerriefen. So sagte Eugen Loderer in einem Gespräch Mitte Mai 1975 über die Hauptprobleme Wahlverfahren, Pattauflösung und wechselnder Aufsichtsratsvorsitz der SPD seine Unterstützung zu. Die Koalition müsse das Gesetz jetzt machen, da die Lage in späteren Zeiten viel schwieriger werden würde. Hierbei dachte er offenkundig an die veränderten Einschätzungen innerhalb der FDP. Die Stellungnahmen der IG Metall wolle man nicht so dramatisch werten, da Loderer, sobald das Thema öffentlich diskutiert wurde, auf die Beschlüsse der Gewerkschaft verweisen müsse. Er war sich aber im Klaren, dass mehr nicht zu erwarten war. Loderer sicherte zudem zu, dass ein Antrag der IG Metall zur Mitbestimmung auf dem im selben Jahr anstehenden Kongress des DGB auf seine Initiative hin entschärft werden würde.[176] Karl Hauenschild äußerte sich gleichlautend. Vetter, Loderer und Hauenschild stimmten überein, dass ein Fehlschlag in der Mitbestimmung harte Forderungen im anstehenden Wahlkampf hervorbrächte, die einen erneuten Kompromiss nur erschweren würde, und ermunterten die SPD, jetzt ein Gesetz zu machen. In diesem Sinne wollte Vetter auch mit Arendt sprechen.[177]

Der vorgesehene Zeitrahmen, zum Frühjahr fertig zu werden, erwies sich aufgrund der offenen Punkte als zunehmend unrealistisch. Zudem hatte die Koalition eine Synopse der Ergebnisse der Hearings in Auftrag gegeben, die auf sich warten ließ.[178] Bis Mitte Mai war man nicht vorangekommen und gab die Verhandlungen an die Fraktionsführungen ab. Der Koalitionskreis unter Beteiligung von Vertretern der Bundesregierung und des Bundeskanzlers zog sich zunächst aus den Debatten zurück. Jedoch sollte noch vor der Sommerpause 1975 Klarheit geschaffen werden.[179] Auf dem DGB-Bundeskongress im Mai bekräftigte Schmidt vor den Delegierten den Willen der Bundesregierung, zügig ein Gesetz zu verabschieden und mahnte die Hardliner erneut an. »Wenn die Mitbestimmung jetzt scheitern sollte – ich brauche das nur im Konjunktiv zu sagen, denn sie wird nicht scheitern –, gäbe es auf absehbare Zeit voraussichtlich über Kohle und Stahl hinaus keine Chance.« Die verfassungs-

---

175 Vgl. Notiz über ein Gespräch von Arbeitgeberpräsidenten am 2. Juni 1975, in: ebd.
176 Siehe Schreiben von Hermann Rappe an Herbert Wehner vom 20. Mai 1975, in: Privatbesitz Hermann Rappe.
177 Vgl. Schreiben von Hermann Rappe an Holger Börner vom 20. Mai 1975.
178 Eine erste Vorlage aus dem BMA wurde von Schmidt als wenig praktikabel und zu lang kritisiert. In der Tat schien eine insgesamt 27-seitige Gegenüberstellung der hinlänglich bekannten Argumente für eine Entscheidung im Koalitionskreis wenig geeignet. Siehe Gegenüberstellung der Aussagen der Sachverständigen zum Regierungsentwurf eines Mitbestimmungsgesetzes vom 8. Januar 1975, in: AdsD, Nachlass Walter Arendt, 1/WAAA000068.
179 Vgl. Protokoll über das Koalitionsgespräch vom 5. Mai 1975, in: HSA, 1/HSAA009369, Bl. 3.

rechtlichen Fragen schienen Schmidt, nachdem der »Theaterdonner der Übereifrigen« verhallt war, lösbar. Der Kanzler war bemüht, Zuversicht zu verbreiten.[180]

Allerdings traten erneute Spannungen innerhalb der Koalition auf, die vonseiten der SPD auf Äußerungen von FDP-Vertretern, insbesondere von Otto Graf Lambsdorff, zum Stand der Verhandlungen zurückgeführt wurden. In der Koalitionsrunde beklagte sich Schmidt über die öffentlichen Auftritte und musste daran erinnern, dass man erst vor die Presse treten wollte, wenn ein gewisser Stand der Klärung erreicht sei.[181] Auch in den Augen von Wehner fachten die »unverschämten« Äußerungen von Graf Lambsdorff die Diskussion erneut an und konnten in eine Situation führen, in der sowohl Arbeitgeber als auch Gewerkschaften sich aus unterschiedlichsten Motiven auf eine Ablehnung der Vorschläge fixierten, »wodurch schließlich alle Möglichkeiten versperrt würden.«[182]

Aufgrund einer Erkrankung Schmidts blieben die Arbeiten zeitweise stecken und die Schwierigkeiten, eine Einigung zu finden, galten offenkundig weiterhin. Der Kanzler äußerte sich unzufrieden über die Arbeit einiger Parlamentarischer Staatssekretäre. Die Regierung stand vor der Frage, ob sie noch vor dem DGB-Kongress 1975 eine neue, überarbeitete Vorlage auf den Weg bringen sollte, sah sich aber zeitlich dazu außerstande. Man vereinbarte als Sprachregelung, nach außen den festen Willen zu vertreten, die drei in der Diskussion befindlichen Anpassungen vorzunehmen.[183] Für die FDP sprachen diese zeitlichen Umstände für eine für sie günstige Lösung. Aufgrund der zunehmend schwierigeren wirtschaftlichen Lage sei es, so Genscher, angesichts der herrschenden nüchternen Betrachtungsweise der richtige Augenblick für eine zügige Behandlung der Thematik. Doch erneut störten einzelne Verlautbarungen von Fraktionsmitgliedern die Führung der Fraktion, die sich um ein einheitliches Bild sorgte und ihre Verhandlungsposition geschwächt sah. Wieder wurde Graf Lambsdorff ausdrücklich erwähnt.[184]

3.2.3 Spannungen in der Koalition

Als zusätzliche Belastung stellte sich der Umgang mit Bundesarbeitsminister Arendt heraus. Er wollte, dass die Bundesregierung die Gesetzesvorlage in einer Kabinettssitzung behandelte, die nicht zuletzt seine Handschrift tragen sollte und fürchtete um sein persönliches Ansehen. Es war bekannt, dass er nach wie vor Teile der gewerk-

---

180 Siehe DGB-Bundesvorstand (Hg.): Protokoll des 10. ordentlichen Bundeskongresses vom 25. bis 30. Mai 1975 in Hamburg, o. O. 1975, S. 228 (Zitat ebd.).

181 Vgl. Protokoll über das Koalitionsgespräch vom 13. Mai 1975, in: ebd., Bl. 3.

182 Protokoll der Sitzung der SPD-Bundestagsfraktion vom 13. Mai 1975, in: AdsD, SPD-Fraktion 7. WP, 2/BTFG000101, Bl. 4.

183 Vgl. Protokoll über das Koalitionsgespräch vom 13. Mai 1975, in: HSA, 1/HSAA009369, Bl. 4.

184 Vgl. Kurz- und Beschlußprotokoll der Sitzung der Fraktion am 13. Mai 1975, in: AdL, A41-54, Bl. 2 f.

schaftlichen Mitbestimmungsvorstellungen vertrat. Rücktrittsgedanken standen im Raum und das Verhältnis zu Kanzler Schmidt galt als belastet.[185] Der Arbeitsminister hatte bereits im Vorfeld mit eigenen Vorschlägen zur Auflösung der Pattsituation bei der Bestellung des Vorstands und bei Sachentscheidungen aufgewartet und sich damit recht weit festgelegt. Seinen Überlegungen zugrunde lag, dass »die Gleichgewichtigkeit der Mitbestimmung keineswegs so deutlich verlassen wird, wie dies bei Annahme der FDP-Vorstellungen der Fall sein würde.« Um das im Raum stehende, von allen Seiten kritisierte Letztentscheidungsrecht der Hauptversammlung zu umgehen, schlug Arendt vor, im Falle einer verpassten Zweidrittelmehrheit ein zusätzlich vom Vorstand bestimmtes Vorstandsmitglied zu den Wahlen hinzuzuziehen. Die Bildung eines gesonderten Aufsichtsratsausschusses blieb weiterhin bestehen. Er räumte allerdings ein, dass eine solche Lösung nicht ganz konfliktlos sein konnte und sich zwangsläufig gewisse Parallelen zum angloamerikanischen Board-System ergaben, sah dies aber als weniger problematisch an. Analog sollte diese Idee auch bei Sachentscheidungen gelten. »Dadurch würde […] die Stellung des Vorstands gegenüber dem Aufsichtsrat verstärkt werden; denn anders als bisher könnte er seine Vorstellungen auch gegen eine geschlossene Hälfte des Aufsichtsrats regelmäßig durchsetzen.« In Bezug auf das Wahlverfahren und die Einführung der Gruppenwahl sah Arendt hingegen keinen Raum für eine Verständigung mit der FDP, da sie ihre Freiburger Thesen – eine Entsendung von leitenden Angestellten durch die Gruppe selbst – voll durchsetzen und die SPD ihre Position – keine Sondervertretung – aufgeben würde. Kompromissvorschläge wären erst denkbar, wenn die FDP auf diese Gruppe als eigenständigen Faktor verzichten würde.

> »Die Hoffnung auf einen solchen Verzicht erscheint indessen unrealistisch. Im übrigen meine ich aber: Wenn wir schon der FDP in den entscheidenden Punkten der Pattauflösung entgegenkommen, so sollte sie dafür Verständnis haben, daß das Wahlverfahren des Reg[ierungs]Entw[urfs] unverändert bleiben muß.«[186]

In einer Vorlage unbekannten Datums konkretisierte Arendt seine Idee. Demnach sah er eine Gruppenwahl aller Angestellten vor, in der die leitenden Angestellten jedoch Sonderrechte erhielten. Arendt sah ein, dass er eine verbindliche Teilnahme dieser Gruppe im Aufsichtsrat nicht würde verhindern können, und sicherte ihnen Plätze nach ihrem zahlenmäßigen Anteil im Unternehmen zu, mindestens jedoch einen Platz, für den die Leitenden Angestellten Vorschläge unterbreiten durften. Sollte ein

---

185 Die Differenzen zwischen Kanzler und Minister waren schon seit Längerem bekannt und interessierten auch die Presse zunehmend. Vgl. Notiz von Hermann Rappe an Herbert Wehner vom 12. März 1975, in: Privatbesitz Hermann Rappe.
186 Siehe Schreiben von Walter Arendt an Helmut Schmidt vom 4. Februar 1975, in: AdsD, Nachlass Walter Arendt, 1/WAAA000068 (Zitate ebd.).

Kandidat im ersten Wahlgang nicht die Mehrheit der abgegebenen Stimmen erhalten, könnten für den zweiten Wahlgang neue Vorschläge gemacht werden, die jedoch auch von den Angestellten und leitenden Angestellten gemeinsam unterzeichnet werden sollten.[187]

Wehner verdeutlichte Arendt, dass es richtiger sei, wenn die beiden Fraktionsvorsitzenden, also er und Mischnick, zum Abschluss der Überlegungen über die Ausschuss- und weitere Plenarbehandlung des Gesetzentwurfs kommen und die Bundesregierung nur von den Modifikationen in Kenntnis gesetzt würde. Kanzler und Minister könnten sich dann zur gegebenen Zeit dazu äußern. Es lag nun an Wehner, die SPD-Fraktion für seine Kompromisslösungen zu gewinnen oder zu scheitern, wovon er gewiss nicht ausging. Diese Situation wäre nicht zu vergleichen mit dem anderen Szenario, in dem der Arbeitsminister seine Zustimmung verweigere und sich daraus Konsequenzen für die Bundesregierung und den Kanzler ergäben. Wehner setzte Arendt damit deutlich unter Druck, sich zurückzunehmen und ihm die restlichen Verhandlungszüge zu übergeben. Mit Mischnick und Schmidt vereinbarte er erst einmal Stillschweigen über das weitere Vorgehen und wollte die Vorbereitungen in der Sommerpause voranbringen.[188]

Auf der Grundlage dieses Gesprächs trafen sich Wehner, Arendt und Mischnick drei Tage später zu einem Dreiergespräch, in dem vor allem die konträren Ansichten des SPD-Manns Arendt und des FDP-Fraktionsvorsitzenden aufeinandertrafen. Zunächst kam die Wahl des Aufsichtsratsvorsitzenden und dessen Stellvertreters aufs Tableau, bei der Arendt direkt fragte, ob es der FDP nicht doch möglich sei, die Montanregelung zu übernehmen und falls dies nicht der Fall sei, ein 10:9-Verhältnis zu akzeptieren und den Anspruch auf Parität aufzugeben. Diese Frage dürfte einer lakonischen und konfrontativen Intention zugrunde gelegen haben. Mischnick berief sich auf die Freiburger Thesen, in denen beschlossen worden war, das Montanmodell überhaupt abzulösen, wollte aber im Umkehrschluss auch nicht, dass der stellvertretende Aufsichtsratsvorsitzende als nur von Arbeitnehmern gewählt erscheine. Gleichzeitig, und das war die Maxime der FDP, sollte nicht an den Anteilseignern vorbei entschieden werden können. Arendt sprach sich daraufhin, ob bewusst provozierend oder ernst gemeint, dafür aus, den Vorsitzenden des Aufsichtsrats immer von den Anteilseignern zu stellen. Er wollte dem Vorwurf vorbeugen, den Sachverhalt einfach anders zu etikettieren und durch mehrere Wahlgänge und ein Letztentscheidungsrecht der Hauptversammlung das Übergewicht der Anteilseigner nur zu verschleiern. Mischnick hingegen ruderte in diesem Punkt zunächst zurück und meinte, »die Voraussetzungen für die sachliche Arbeit wären größer, wenn zunächst versucht

---

187 Vgl. Vorlage zum Wahlverfahren des Mitbestimmungsgesetzes ohne Datum (handschriftlicher Vermerk W. A.), in: Privatbesitz Hermann Rappe.

188 Vgl. Schreiben von Herbert Wehner an Helmut Schmidt vom 22. Juni 1975, in: Privatbesitz Hermann Rappe, ebenfalls überliefert in: AdL, A47-800.

würde, gemeinsam zu wählen. Das wäre auch für spätere positive Änderungen günstiger, statt von vornherein zu bestimmen, der Vorsitzende müsse von der Anteilseignerseite sein.«[189]

Ferner wandte man sich der Rolle der leitenden Angestellten zu. Die FDP konnte sich, so zumindest ihr Fraktionsvorsitzender, tatsächlich vorstellen, diese Gruppe als »minderheitengeschützten Bestandteil der Gruppe der Angestellten« zu bezeichnen. Mischnick signalisierte Beweglichkeit, wenn denn die Voraussetzungen im Wahlverfahren gegeben waren, und wollte den Ideen seiner Partei gemäß die Urwahl zur Regel und die Wahl durch Wahlmänner nur auf Antrag zulassen. Arendt verwies auf Radikalisierungstendenzen und einen vermeintlichen Vorteil der »C-Gewerkschaften« in den Betrieben. Analog zum Betriebsverfassungsgesetz, das allerdings nicht übertragbare Annahmen beinhaltete, kam in der Diskussion eine Staffelung nach Größenmerkmalen auf, die jedoch nicht weiter konkretisiert wurden. Ferner erörterten die Spitzen, wer denn überhaupt als leitender Angestellter infrage käme. Die FDP diskutierte noch, ob die Unterscheidung zwischen tariflichen und außertariflichen Angestellten laufen sollte, was jedoch die Gefahr barg, dass die Unternehmen den Kreis der leitenden Angestellten durch Umwandlung in AT-Beschäftigungsverhältnisse ausweiteten, aber auch die Chance bot, den Kreis der Angestellten damit klarer zu definieren. War man sich in der Einschätzung der Chancen dessen einig, so konnte der grundsätzliche Dissens, ob die Vertreter der leitenden Angestellten Vertreter im Aufsichtsrat aus ihrer eigenen Gruppe oder aus der Gesamtgruppe der Angestellten gewählt werden sollten, nicht gelöst werden. Arendt argumentierte, es sei verfassungsrechtlich schwierig, wenn für diesen Personenkreis andere Quoren gelten als für die weiteren zwei Gruppen, doch Mischnick insistierte, dass, durch welche konkrete Regelung auch immer, verhindert werden müsse, dass eine andere Person als die von der Minderheit der leitenden Angestellten getragene in den Aufsichtsrat gelänge.[190]

Hier lag ein Widerspruch, denn es stimmten auf diese Weise zwar die leitenden über die übrigen Angestellten ab, aber die Angestellten nicht über die leitenden – und genau deswegen dachte der Arbeitsminister laut, auch im Gespräch mit Mischnick und Arendt, über Rücktritt nach. »Es handelt sich um eine historische Geschichte. Deshalb wäre es auch nicht unwahrscheinlich, dass ich den Hut nähme. Es wäre doch merkwürdig, wenn ich stumm in der Fraktion sitzen würde.« Einerseits wolle er nicht »in einem Boot mit Farthmann sitzen«, sprich nur Nein sagen, andererseits konnte er gerade diesen Punkt nicht mit seiner Auffassung vereinbaren. Für ihn würde es nicht besser werden, er habe »das Maul halten müssen, während andere viel geredet haben.« Er könne nicht mehr glaubwürdig für die Koalition werben. Mischnick meinte dar-

---

189 Aufzeichnungen von Herbert Wehner über ein Gespräch mit Walter Arendt und Wolfgang Mischnick am 25. Juni 1975 für Helmut Schmidt vom 29. Juni 1975, in: Privatbesitz Hermann Rappe, ebenfalls überliefert in: AdL, A47-800.
190 Vgl. ebd. (Zitate ebd.).

aufhin, dass Arendt es doch bereits als Erfolg verbuchen könnte, dass die FDP die Anwesenheit von Gewerkschaftsvertretern hingenommen habe und dass das kein Thema mehr sei. Klar war, dass sowohl Mischnick als auch Wehner den Arbeitsminister am Rücktritt hindern wollten, auch und vor allem, um den Kanzler nicht zu demontieren. Ferner beschloss man, dass vor der Sommerpause keine weiteren Beschlüsse im großen Kreis getroffen werden sollten.[191]

3.2.4 Im Herbst 1975: Die Mitbestimmung wird beschlossen

Die Probleme überdauerten die Sommerpause und harrten weiterhin einer Lösung. Anfang September schrieb Wehner an den Vorsitzenden des Arbeitskreises IV Sozialpolitik der SPD-Fraktion, Eugen Glombig (1924–2004), mit der Bitte, das Thema Mitbestimmung vorerst von der Agenda zu setzen und Hermann Rappe nicht wie geplant im Ausschuss über den Stand der Dinge sprechen zu lassen. Er und Mischnick hatten sich in höchstmöglicher Diskretion verpflichtet, »alle Möglichkeiten auszuloten, um den Gesetzentwurf für die Beratungen im federführenden Ausschuß wie in den mitberatenden Ausschüssen gegen alle erdenklichen Versuche, den Gesetzentwurf verfassungsgerichtlich zu Fall zu bringen, zu sichern« und waren noch nicht so weit, dem Bundeskanzler einen Vorschlag hierzu zu unterbreiten. In der Phase hoher Arbeitsbelastung durch die Beschlüsse der Regierung zur Konsolidierung der Finanzwirtschaft und der sozialen Sicherung wäre es »sehr verdienstvoll«, jetzt die Debatte nicht öffentlich zu führen, bevor Mischnick und Wehner »die Möglichkeiten bis zum Grunde ausgelotet haben.«[192]

Wehner und Mischnick rissen im September des Jahres das Ruder endgültig an sich und degradierten die Ausschüsse zu Statisten in der letzten Phase der Kompromissfindung. Auch zu Walter Arendt bestanden weiterhin Differenzen, Wehner bot ihm jedoch an, an den Gesprächen mit Mischnick teilzunehmen, um die Mitbestimmung »bald übereinstimmend aus dem Verhau zu heben, in dem sie sich zur Zeit noch befindet.«[193] Wehner riet dem Kanzler zudem, mit dem Arbeitsminister zu sprechen, um die »das Ganze belastende Kabinettsfrage nochmals zu erörtern« und ihn zu bewegen, mit den Fraktionsspitzen ein Gespräch in positiver Bereitschaft zu suchen und von seinen Rücktrittsgedanken Abstand zu nehmen. Schmidt solle dazu beitragen, dass das Thema in der heißen Phase nicht »zerredet« wird, wie es sich in ersten Ansätzen bei einzelnen Vertretern der FDP zeigte.[194] Um die verfassungsrechtlichen Bedenken des

---

191 Vgl. ebd. (Zitate ebd.).
192 Schreiben von Herbert Wehner an Eugen Glombig vom 4. September 1975, in: Privatbesitz Hermann Rappe.
193 Schreiben von Herbert Wehner an Walter Arendt vom 4. September 1975, in: Privatbesitz Hermann Rappe.
194 Vgl. Schreiben von Herbert Wehner an Helmut Schmidt vom 4. September 1975, in: Privatbesitz Hermann Rappe.

Vorschlags aus dem BMA zur Auflösung der Pattsituation durch ein Vorstandmitglied beiseite zu räumen, schlug die FDP vor, dieses Vorstandmitglied eng an die Hauptversammlung zu binden, etwa es hätte direkt von dieser abberufen werden können.[195]

Doch in der FDP schien Verwirrung aufgrund der zahlreichen Modelle eingetreten zu sein. So empfahl ein Parteigremium in einer Resolution zur Europapolitik zum Beispiel die Übernahme des paritätischen Mitbestimmungsmodells des Europäischen Parlaments für die S. E. auf alle grenzüberschreitenden Unternehmen in der EG, was einer Einbeziehung beinahe aller Unternehmen gleichkam. Der parteiinterne Protest in der Fraktion ließ nicht auf sich warten.[196] Bestand im Oktober zunächst Einvernehmen, die Sache nach Möglichkeit noch vor den Parteitagen der Koalitionsparteien zu klären, meldete Mischnick alsbald Zweifel an, ob es nicht besser sei, erst später zu einer Regelung zu kommen.[197]

In der SPD schien man sich jedoch einig, nicht vom Zeitplan abzurücken, denn »wenn ohne Vorklärung die beiden Parteitage stattgefunden haben, ist nichts mehr drin«, wie es Brandt gegenüber Vetter formulierte; außerdem bat er ihn, in der »leidigen Frage« der leitenden Angestellten dazu beizutragen, dass eine Formel gefunden wird, mit der sich leben lässt.[198] In Bezug hierauf stand weiterhin die Frage der Abgrenzung im Raum. Die FDP trat wie gesehen für eine möglichst enge Definition des Begriffs ein. Dementsprechend schlug sie als Lösungsmöglichkeit vor, eine Ergänzung des § 5 Abs. 3 im Betriebsverfassungsgesetz vorzunehmen, um die durch das Urteil des BAG entstandene Rechtsunsicherheit aufzuheben. Demnach sollte im Gesetz die Vermutung geäußert werden, dass ein Angestellter ein leitender Angestellter ist, wenn er ein bestimmtes Jahreseinkommen, 50 % und mehr der Beitragsbemessungsgrenze der gesetzlichen Rentenversicherung, überschreitet. Diese Idee schien insofern interessant, als der Betriebsrat im Zweifel in der Beweislast wäre, die Einstellung einer Person als leitend zu widerlegen, auch wenn ihr Gehalt über einer bestimmten Grenze läge. Alternativ wäre eine Verankerung im Mitbestimmungsgesetz möglich gewesen. Der Stichentscheid des Aufsichtsratsvorsitzenden hingegen schien bereits Anfang November ausgemacht zu sein, beschäftigte die FDP-Fraktion sich doch schon mit Detailregelungen, etwa zur schriftlichen Stimmabgabe und zur Bestellung des Stellvertreters.[199] Gleichlautendes vernahm auch der DGB, in dessen Vorstand Vetter sich

---

195 Vgl. Vermerk von Hansheinrich Schmidt (Kempten) an Wolfgang Mischnick vom 22. August 1975, in: AdL, A40-64, Bl. 25.

196 Vgl. Vermerk betr. Leitlinien liberaler Europapolitik vom 26. September 1975, in: AdL, A40-413, Bl. 44 f.

197 Vgl. Protokoll über die Koalitionsgespräche vom 6. und 13. Oktober 1975, in: HSA, 1/HSAA009369.

198 Siehe handschriftliches Schreiben von Willy Brandt an Heinz-Oskar Vetter vom 10. Oktober 1975, in: WBA, A11.10-166.

199 Vgl. Vermerk betr. Mitbestimmung für Wolfgang Mischnick mit Anlagen, in: AdL, A40-413, Bl. 35-41.

darüber beklagte, dass die SPD keinerlei Informationen weiterleiten würde im Gegensatz zur FDP, die die Arbeitgeber genau unterrichte.[200]

Anfang Dezember 1975 einigten sich die Spitzen der Koalition auf die letzten Details und räumten die noch offenen Fragen aus dem Weg. Der Sachstand sah demnach so aus, dass die FDP sich mit ihrer Position zu den leitenden Angestellten, auch in Bezug auf das Vorschlagsrecht, durchgesetzt hatte, was angesichts der Umstände niemanden mehr überraschen durfte. Offen blieb, wie der Kreis der Wählenden gezogen werden sollte. Für den DGB konnte es, wenn überhaupt, nur darum gehen, einen möglichst großen Kreis von wählenden Personen, sprich auch außertariflich Beschäftigte, einzubeziehen, damit wenigstens die theoretische Chance bestand, dass auch in DGB-Gewerkschaften Organisierte einen Wahlvorschlag unterbreiten konnten. Dies stand jedoch im Widerspruch zu den Bemühungen, die Tarifverträge nicht weiter auf außertarifliche Angestellte auszudehnen. Es war demnach zu erwarten, dass lediglich Vorschläge der ULA, bestenfalls noch der DAG, Aussicht auf Erfolg hatten. Die Auflösung des Patts war hingegen durch den Stichentscheid des Vorsitzenden vollständig aus dem Weg geräumt. Zugleich stand fest, dass er nicht gegen die Mehrheit der Anteilseigner bestellt werden durfte. So sicherte die Koalition den von der FDP vor allem aus verfassungsrechtlichen Gründen geforderten Überhang der Anteilseigner. Anfang Dezember stand eine Lösung der Probleme Arbeitsdirektor und Urwahl allerdings noch aus. Für den DGB schienen jedoch beide Fragen nicht mehr von absoluter Priorität zu sein.[201]

Der BDI hingegen hatte sich schon länger damit abgefunden, dass ein Gesetz über die Mitbestimmung kommen würde und man dies nicht mehr werde verhindern können. Zahlreiche namhafte Manager der deutschen Wirtschaft wie etwa Eberhard von Brauchitsch (1926–2010) signalisierten, dass sie keinen prinzipiellen Widerstand leisten würden, der BDI wurde jedoch von seinen mittelständischen Mitgliedern zu polemischen Aussagen gedrängt. Offenbar gab es zwischen dem BDI und der BDA Differenzen in dieser Hinsicht. Der BDI zeigte sich nach eigenem Bekunden Gewerkschaftsvertretern gegenüber offen für Gespräche mit den Gewerkschaften, lehnte aber politische Bestrebungen in der FDP, die auf ein Verbändegesetz zielten, ab.[202] Der

---

200 Vgl. Kurzprotokoll über die 4. Sitzung des Bundesvorstands am 4. November 1975, in: DGB-Archiv im AdsD, Abt. Vorsitzender, 5/DGAI000537.

201 Vgl. Vermerk betr. Koalitionsvereinbarung über die Mitbestimmung vom 1. Dezember 1975, in: DGB-Archiv im AdsD, Abt. Gesellschaftspolitik, 5/DGAK000042.

202 Vgl. Schreiben von Heinz Markmann an Heinz-Oskar Vetter vom 6. November 1975, in: DGB-Archiv im AdsD, Abt. Vorsitzender, 5/DGAI001970. Vor allem in der FDP diskutierten weite Kreise der Partei seit Anfang der 1970er-Jahre, auch vor dem Hintergrund der Mitbestimmungsgesetzgebung, ein Verbändegesetz, das das Verhältnis der Verbände zum Staat und untereinander regeln sollte. Ziel war es nicht zuletzt, die Parteien aus einer vermeintlichen Zange zu befreien, in der sie sich zwischen den Verbänden befänden. Besonderen Auftrieb erhielt die Debatte mit der Wahl von Martin Bangemann zum Nachfolger von Karl-Hermann Flach als Generalsekretär der FDP. Aufgrund der zahlreichen rechtlichen und definitorischen Schwierigkeiten ebbte der

Bundeskanzler erklärte gegenüber dem BDI in einer längeren Aussprache im November, dass das Mitbestimmungsgesetz nun verabschiedet würde, dass es aber nicht den Namen »paritätische Mitbestimmung« verdienen würde.[203] Insofern konnten sich die Arbeitgeber sicher sein, dass eine ihrer Kernbefürchtungen als ausgeräumt galt. Angesichts der Gesamtlage kamen für den DGB direkte Verhandlungen mit der BDA über ein außerparlamentarisches Abkommen über die Mitbestimmung weiterhin nicht infrage. Die Auflösung der Pattsituation war für die BDA die Kardinalfrage der Mitbestimmung, über die Frage der leitenden Angestellten hätte sie sogar mit sich reden lassen. Doch diese und andere Fragen erörterten Vetter und Schleyer nur im inoffiziellen Gedankenaustausch, offizielle Begegnungen zwischen Gewerkschaften und Arbeitgebern gab es aber wie in den Vorjahren weiterhin nicht und sie waren auch nicht angedacht. Eine gleichlautende Meldung im Spiegel entsprach nicht den Tatsachen, wie der DGB in einer Pressemitteilung betonte.[204]

3.2.5 Der Kompromiss zwischen SPD, DGB und den Gewerkschaften

Am Ende der Koalitionsverhandlungen stand ein Kompromiss, der sich grundsätzlich an der Fassung vom 20. Februar des Vorjahres orientierte, jedoch in einigen Punkten deutlich abwich. An dem Umfang der erfassten Unternehmen änderte sich ebenso wenig wie an der zahlenmäßigen Zusammensetzung des Aufsichtsrats an sich. Als neues Element trat das Wahlsystem hinzu: Die Arbeitnehmervertreter, sowohl die innerbetrieblichen als auch diejenigen der Gewerkschaften, sollten in einem Unternehmen mit

---

Vorstoß jedoch bald ab und die Partei distanzierte sich von der Idee. Vgl. Ulrich von Alemann: Liberaler Korporatismus? Die Diskussion der FDP um ein Verbändegesetz, in: ders./Heinze (Hg.): Verbände und Staat, S. 118-138.

203 In der dreistündigen Besprechung des Bundeskanzlers mit Vertretern des BDI und Schleyer belegt die für Schmidt typische Art des offenen und direkten Wortes. Schmidt ging ausführlich auf die weltwirtschaftliche Lage und deren Rückwirkungen auf die Bundesrepublik nach dem Ölpreisschock 1973 ein. Er berichtete von den Gipfeltreffen in Rambouillet und den dort getroffenen Vereinbarungen zur Bekämpfung der Arbeitslosigkeit sowie der weltweiten Rezession im »schwärzesten Jahr in der wirtschaftlichen Nachkriegsgeschichte Deutschlands.« Zudem kamen die Steuer- und Rentenreformen und die für den Korporatismus in Deutschland kennzeichnende Selbstverwaltung in der Sozialversicherung zur Sprache, die Schmidt mit klaren Worten kritisierte. Sie habe in der Vergangenheit insbesondere in der Krankenversicherung nicht zu einer Dämpfung der Kostenexplosion geführt, die der öffentlichen Hand das Leben schwermache. Sowohl Arbeitgeber als auch Arbeitnehmer hätten nicht viel dazu beigetragen, dass eine Mäßigung etwa der Bezüge von Zahnärzten eingetreten wäre. Schmidt verteidigte jedoch die Gewerkschaften gegen vereinzelte, aber nicht unbedingt repräsentative Angriffe seitens der Teilnehmer, und unterstrich ihre Bedeutung für den wirtschaftlichen Erholungsprozess der Bundesrepublik nach dem Krieg. Das Gespräch ist als 71-seitiges Wortprotokoll vollständig im BDI-Archiv überliefert, in: BDI-Archiv, A 234.

204 Vgl. Der Spiegel 41/1975, S. 22, ND 261/75 vom 7. Oktober 1975 sowie Kurzprotokoll über die Sitzung des DGB-Bundesvorstands am 7. Oktober 1975, in: DGB-Archiv im AdsD, Abt. Vorsitzender, 5/DGAI000537.

mehr als 8.000 Mitarbeitern in einem Wahlmännerorgan nach dem Grundsatz der Verhältniswahl gewählt werden. In Unternehmen mit weniger als 8.000 Arbeitnehmern galt das Prinzip der Urwahl, es sei denn, die Betriebsangehörigen beschlossen mehrheitlich ein Wahlmännerprinzip. Arbeiter und Angestellte wählten jeweils getrennt die Vertreter ihrer Gruppe, wobei die leitenden Angestellten an der Wahl der Gruppe der Angestellten teilnahmen, jedoch einen garantierten Platz im Aufsichtsrat erhielten. Beide Gruppen konnten jedoch getrennt voneinander beschließen, die Wahl gemeinsam durchzuführen. Je ein Fünftel oder 100 Angehörige einer jeden Gruppe waren berechtigt, Vorschläge für die Posten zu unterbreiten, wobei die leitenden Angestellten aus ihrer Mitte mindestens zwei Kandidaten vorschlugen. Kam ein Wahlmännerorgan zum Einsatz, erhöhte sich dessen Zahl je 60 Arbeitnehmer um eins, in Großunternehmen erhöhte sich diese Zahl entsprechend der Gesamtbelegschaft. Die Plätze wurden unter Berücksichtigung des Minderheitenschutzes auf die unterschiedlichen Gruppen gemäß ihrer Anzahl verteilt. Die Arbeiter und Angestellten wählten die Wahlmänner in getrennten Gruppen nach dem Grundsatz der Verhältniswahl, wobei ein Zehntel oder 100 einen Vorschlag machen durften. Die denkwürdigste Änderung des Ursprungsentwurfs betraf den Vorsitzenden des Aufsichtsrats. Um eine verfassungskonforme Regelung zu erzielen, erhielt er in einer Pattsituation einen reinen Stichentscheid durch Doppelstimmrecht, ohne dass zuvor der Aufsichtsrat eine Zustimmung erteilen musste, die nicht gegen die Mehrheit einer Gruppe umgesetzt werden konnte. Zudem musste der Aufsichtsratsvorsitzende mit einer Zweidrittelmehrheit bestellt werden, im Falle einer Nichtbestellung wählten die Anteilseigner den Vorsitzenden und die Arbeitnehmer seinen Stellvertreter. Der restliche Vorstand musste ebenfalls zunächst mit zwei Dritteln ins Amt gehoben werden, im Falle einer Nichteinigung trat jedoch ein Vermittlungsausschuss bestehend aus dem Aufsichtsratsvorsitzenden, seinem Stellvertreter und je einem Vertreter der Anteilseigner und der Arbeitnehmer zusammen.[205]

Arbeitsminister Arendt bemühte sich in seiner Vorlage für die Bundestagsfraktion der SPD, den Kompromiss in seinen einzelnen Bestandteilen zu verteidigen bzw. zu rechtfertigen, um auch die letzten Skeptiker in den eigenen Reihen zu überzeugen. Die zugrunde liegende Ausgangslage sei die geänderte politische Einschätzung der FDP sowie die in den Hearings vor dem Bundestagsausschuss für Arbeit und Sozialordnung zum Ausdruck gebrachten verfassungsrechtlichen Risiken gewesen. Damit musste die SPD umgehen. Sie ließ sich jedoch, anders als der DGB, von der Annahme leiten, dass eine Einigung im Aufsichtsrat die Regel und nicht die Ausnahme werden würde, und berief sich auf Erfahrungen mit der Montanmitbestimmung, in der sich ein ähnlich kooperatives Miteinander ausgebildet hatte. Für das vom DGB gewünschte Wahlverfahren, das »nie eine Frage der Ideologie« war, machten sich die Verhandlungsführer ohnehin nicht mit Verve stark. Die Gruppenwahl wurde als

---

205 Vgl. Zusammengefasste Darstellung der künftigen Mitbestimmung, in: AdsD, SPD-Fraktion 7. WP, 2/BTFG000606.

Konzession an die FDP bewertet, die akzeptierte, dass die leitenden Angestellten gemeinsam mit allen Angestellten gewählt wurden, um das von der SPD abgelehnte »Drei-Klassen-Wahlrecht« zu umgehen. Auch den sogenannten Arbeitsdirektor bewertete Arendt positiv, denn »kein Arbeitsdirektor kann auf Dauer sinnvoll tätig sein, wenn er nicht das Vertrauen der Vertreter der Arbeitnehmer besitzt.« Das Argument, dass in der Montanindustrie stets ohne Mehrheiten der Arbeitnehmer Personen auf diesem Posten saßen, die ihr Vertrauen besaßen, lief jedoch ins Leere, denn die Druckmöglichkeiten waren und sind im Montanmodell deutlich größer.[206] Die SPD-Bundestagsfraktion bzw. deren Verhandlungsführer waren demnach überzeugt von dem neuen Gesetz, wichen in der Begründung jedoch teilweise deutlich von Aussagen der Vorjahre ab. Doch die Aussichtslosigkeit, nach der getroffenen Regelung in der Zukunft eine paritätische Mitbestimmung zu erreichen, auch wenn die Begründung der SPD dieses Ziel ausrief, war offensichtlich.

Im Anschluss an Arendt unterstrich Herbert Wehner in seinem abschließenden Statement vor der SPD-Bundestagsfraktion, dass die Veränderungen am Ursprungsentwurf aus verfassungsrechtlichen Erwägungen heraus erfolgten. Arendt zeigte, gewissermaßen zur Beruhigung, zunächst die Punkte auf, die unverändert geblieben waren, um dann auf die Änderungen in Bezug auf die Pattauflösung, das Wahlverfahren und den Arbeitsdirektor einzugehen. In der Aussprache verteidigte insbesondere Adolf Schmidt den Entwurf mit den Worten, die jetzige Lösung sei die »bedeutendste gesellschaftliche Veränderung«, seitdem er dem Parlament angehörte. Auch Hermann Rappe betonte, es sei falsch, die leitenden Angestellten einseitig der Arbeitnehmerseite zuzuschlagen, da hier auch ein Wählerpotenzial für die SPD läge. Im Übrigen könne man mit dem Kompromiss bei den Gewerkschaften leben. Sämtliche Verhandlungsführer versuchten in der Fraktion, die getroffenen Regelungen zu rechtfertigen, unter anderem mit zum Teil ungewöhnlichen Argumenten, die nicht mehr denen entsprachen, die noch Jahre zuvor aus dem Munde von SPD-Politikern verlautet wurden. So mahnte Schmidt – der sich von Beginn an nicht für die DGB-Pläne eingesetzt hatte – die Gewerkschaften, dass sie sich auch um die leitenden Angestellten bemühen sollten, sozusagen als Resultat aus dem vorliegenden Entwurf. Zudem läge dieser Entwurf von allen bisherigen am dichtesten an der Parität, was jedoch im direkten Vergleich nicht der Tatsache entsprach.[207] Der Beschluss, die von Arendt dargelegten Modifikationen am Entwurf dem Ausschuss für Arbeit und Sozialordnung und den mitberatenden Ausschüssen zur Annahme zu empfehlen, wurde mit acht Gegenstimmen bei fünf Enthaltungen gefasst.[208]

---

206 Siehe Die neue Koalitionseinigung in der Mitbestimmung – Inhalt und Wertung –, in: AdsD, SPD-Fraktion 7. WP, 2/BTFG000606 (Zitate ebd.).

207 Siehe Protokoll der Sitzung der SPD-Fraktion vom 9. Dezember 1975, in: AdsD, SPD-Bundestagsfraktion 7. WP, 2/BTFG000117.

208 Vgl. Informationen der SPD-Fraktion im Deutschen Bundestag 1051 vom 9. Dezember 1975.

In der FDP verwies man auf die eigenen Erfolge. In einer gemeinsamen Sitzung des Fraktionsvorstands mit dem Präsidium der Partei erläuterte Genscher das Verhandlungsergebnis und betonte, dass seine Partei sich bei dem Wahlverfahren voll durchgesetzt hätte, die Auflösung des Patts eine praktikable Lösung sei und man nun des Weiteren auf zusätzliche Forderungen verzichten sollte. Die FDP habe ebenfalls erreicht, dass eine Ergänzung bzw. Erweiterung der Mitbestimmung, wie die SPD in einem Parteitagsbeschluss angedacht hatte[209], keinen Niederschlag im Gesetz fand, ebenso wenig wie eine Erwähnung der AT-Angestellten. Graf Lambsdorff, als Kritiker der Mitbestimmung, sicherte zu, er werde das Ergebnis öffentlich unterstützen. Dennoch taten sich einige Mitglieder der Fraktion schwer, die gefundene Regelung zu akzeptieren, wollten sich aber in die Fraktionsdisziplin einbinden, nicht zuletzt, da Mischnick daran erinnerte, dass die SPD sehr viele Zugeständnisse gemacht hatte.[210] Die Fraktion behandelte das Ergebnis offenbar nicht. Die Beratungen im Ausschuss für Arbeit und Sozialordnung sollten dann im Januar anlaufen und zügig abgeschlossen werden. Für die FDP bestand zwischen dessen Beschlüssen und den noch zu erlassenden Wahlordnungen ein Junktim, das heißt, ein Fall des gesamten Gesetzes schien bei Nichteinigung möglich.[211] Die Verunsicherung war trotz der Einigung greifbar. So nutzten Vertreter der CDU öffentliche Diskussionsveranstaltungen der ULA nur zu gerne als Gelegenheit, um die Koalition in der Frage der Sprecherausschüsse im Betriebsverfassungsgesetz vor sich herzutreiben, die ja auch für die Unternehmensmitbestimmung wichtige Implikationen beinhaltete. Allein, dass solche »Querschläger« vonseiten der Opposition so kurz vor Abschluss die Verhandlungsführer der Koalition beunruhigten und sofort sichergestellt werden musste, dass »auch die FDP dies auf keinen Fall mitmacht«, belegt, welche Hindernisse zu überwinden waren, um zu einer Einigung zu gelangen.[212]

Der DGB-Bundesvorstand fasste in einer Sondersitzung am 11. Dezember 1975 einen ablehnenden Beschluss, der jedoch die Fakten indirekt anerkannte, hieß es doch, dass man alles daran setzen wolle, damit die Forderungen nach der Verabschiedung des Gesetzes irgendwann voll erfüllt würden.[213] Der Beschluss über diese Pressemit-

---

209 Der Parteitag beschloss 1975, die paritätische Mitbestimmung sowie weitgehende Rechte des Betriebsrats in den SPD-eigenen Druck- und Verlagshäusern einzuführen. Die weiteren Anträge zur paritätischen Mitbestimmung in der Wirtschaft und zu Bundeswirtschaftsräten wurden allesamt als Material an die Bundestagsfraktion überwiesen, um sich nicht den politischen Handlungsmöglichkeiten zu berauben. Siehe SPD-Bundesvorstand (Hg.): Parteitag der SPD vom 11.–15. November 1975 in Mannheim, o. O. 1975, S. 1273-1284.

210 Vgl. Kurzprotokoll über die gemeinsame Sitzung des Fraktionsvorstandes und des Parteipräsidiums am 9. Dezember 1975 vom 11. Dezember 1975, in: AdL, A41-16, Bl. 1 ff.

211 Vgl. Vermerk von Hansheinrich Schmidt (Kempten) für Wolfgang Mischnick vom 16. Dezember 1975, in: AdL, A40-64, Bl. 4.

212 Vgl. Schreiben von Hermann Rappe an Herbert Wehner vom 11. Dezember 1975, in: Privatbesitz Hermann Rappe.

213 Vgl. ND 321/75 vom 11. Dezember 1975.

teilung fiel gegen zwei Stimmen.[214] Das hielt Vetter jedoch nicht davon ab, Wehner nach Abschluss der Verhandlungen in einem längeren Schreiben erneut Änderungs- und Korrekturwünsche zu unterbreiten. Die zehnseitige Abhandlung kann als letzter Rundumschlag gewertet werden, mit dem Vetter »nicht nur unter gesellschaftspoliti- schen, sondern auch aus organisationspolitischen und Praktikabilitätsgesichtspunkten erhebliche Bedenken« anmeldete. Neben den grundsätzlichen Einwänden kritisierte der DGB-Vorsitzende die schwache Position des Aufsichtsrats im GmbH-Recht, das im Zuge der Mitbestimmungsdiskussion zwar korrigiert werden sollte, aber letztlich doch in seiner alten Fassung blieb. Da Vetter annahm, dass die Arbeitnehmer auf- grund der fehlenden Parität konsequent überstimmt würden, plädierte er dafür, »im Gesetzgebungsverfahren wie bei der späteren öffentlichen Würdigung des Gesetzes realitätsgerechtere Sprachregelungen« zu finden. Besonderes Augenmerk richtete er auf das geplante Wahlverfahren, das Minderheiten begünstige, die sich, ob nun als DAG, CGB oder in freien Listen, gegen den DGB organisieren und mit ein Fünftel, ein Viertel oder ein Drittel plus einer Stimme Mehrheit ihre Kandidaten zum Erfolg bringen könnten. Auch Koalitionen zwischen der DAG und der ULA seien denkbar. Das alles sei gegen den DGB gerichtet und von allen Gesetzen zur Mitbestimmung die bisher schlechteste Regelung, da sie den Gedanken der Einheitsgewerkschaft rela- tiviere und entwerte. Die zweistufige Listenwahl eröffne »Splitter- und Chaotengrup- pen die Möglichkeit, das Wahlverfahren für ihre gewerkschaftsfeindliche Agitation zu gebrauchen.« Der Übergang von einem Mehrheits- zu einem Verhältniswahlrecht habe sich ohne größeres Aufsehen in der Öffentlichkeit vollzogen, sodass sich im DGB der Eindruck aufdrängte, dass

> »bei der SPD-Fraktion kein allzu grosser [sic!] Widerstand zu überwinden war. Sofern dafür massgeblich [sic!] war, dass die weitreichenden gewerkschaftspoli- tischen Auswirkungen nicht erkannt wurden, sollten Änderungen dringend an- gestrebt werden […]. Sollten jedoch die Forderungen der DAG nach Einführung der Verhältniswahl für das Einschwenken der SPD-Bundestagsfraktion ursäch- lich gewesen sein, so stellt sich für die SPD die gewerkschaftspolitische Frage, in welchem Maße sie bereit ist, die DAG auf Kosten des DGB und des Prinzips der Einheitsgewerkschaft zu stärken bzw. am Leben zu erhalten.«

Ein Missbrauch des Nominierungsrechts der Gewerkschaften sei ebenfalls durch die Aufstellung von Honoratioren, Ministerialbeamten oder betriebsangehörigen Ge- werkschaftsmitgliedern nicht auszuschließen. Der zweite große Kritikpunkt zielte auf die Stellung des Arbeitsdirektors, die laut Vetter allenfalls terminologische Be- deutung hatte. Die Kompetenzen dieses Vorstandsmitglieds entsprachen in der Tat

---

214 Vgl. Kurzprotokoll über die außerordentliche Sitzung des DGB-Bundesvorstands am 11. De- zember 1975, in: DGB-Archiv im AdsD, Abt. Vorsitzender, 5/DGAI000537.

nicht mehr denen, die im Regierungsentwurf von 1974 vorgesehen waren. So war nicht mehr die Rede von einer expliziten Zuständigkeit für Personal- und Sozialangelegenheiten. In Bezug auf die leitenden Angestellten herrschte die Furcht vor einer weiteren Ausbreitung der »Standesorganisationen« vor.[215]

Ein in derselben Akte[216] befindlicher Vermerk eines anonymen Verfassers, der vermutlich für Herbert Wehner aufgesetzt wurde, spricht jedoch eine andere Sprache und verdeutlicht, dass es der SPD offenbar nicht mehr wichtig war, welche Argumente der DGB in die Waagschale warf. Der DGB beurteile den Entwurf, so der Verfasser, »betont negativ, formal-juristisch und in gewisser Hinsicht auch kleinmütig.« Die Sozialdemokraten sahen die durch die neue Mitbestimmungsregelung eingeleitete Entwicklung wesentlich weniger pessimistisch und erwarteten gerade für Großunternehmen einen kooperativen Verhandlungsstil. Es erscheine »kaum wahrscheinlich, daß der Aufsichtsrat auf Dauer in zwei Stimmblöcke polarisiert sein wird [...] und daß die Anteilseigner den Stichentscheid als Dauerinstrument einsetzen werden.« Die Verhältniswahl, die vom DGB zu negativ eingeschätzt würde, sei vor allem aus Rücksicht auf die FDP in die neue Fassung des Entwurfs integriert worden.

> »Die Verhältniswahl wurde in den neuen Koalitionskompromiß übernommen, nach dem z. T. übertriebene und realitätsfremde Berechnungen zum ursprünglichen Wahlverfahren [...] insbesondere bei der FDP ihren Eindruck nicht verfehlt hatten (Schlagwort: 29 % DGB-Arbeitnehmer können über 50 % der Sitze im Wahlmännerorgan und damit alle Aufsichtsratssitze besetzen).«

Zudem sei die FDP »aus der Natur der Sache« eine Verfechterin der Verhältniswahl und das eingangs vorgesehene Wahlverfahren vom DGB nie geschätzt worden, sodass es schwergefallen sei, es zu verteidigen. Da der DGB und die IG Metall übersähen, dass 80 % der Unternehmen ein Aufsichtsrat mit zwölf oder 16 Mitgliedern installierten, malten sie die Gefahr durch das neue Wahlsystem zu schwarz. In kleineren Aufsichtsräten waren höhere Erfolgsquoten für freie Listen nötig, um zu reüssieren. »Die großen und gut organisierten Gewerkschaften des DGB [...] können sich doch gar nicht so gering einschätzen, hier die erforderlichen Quoten für sich nicht erreichen zu können. Wenn es eine Gefahr gibt, dann für die HBV; aber hier könnte auch eine Mehrheitswahl wenig helfen.« Die vom DGB kritisierte unklare Stellung der Spitzenorganisationen im Gesetz wollte die SPD den gewerkschaftsinternen Beratungen überlassen, anstatt eine allgemeine Formulierung zu suchen, die den Dachverband einseitig bevorzugt hätte. Die Möglichkeit, dass gewerkschaftliche Vertreter aus dem Unternehmen stammen konnten, habe man zwar gesehen, aber »sie wurde aber nicht

---

215 Siehe Schreiben von Heinz-Oskar Vetter an Herbert Wehner vom 2. Februar 1976, in: AdsD, SPD-Fraktion 7. WP, 2/BTFG000606 (Zitate ebd.).
216 AdsD, SPD-Fraktion 7. WP, 2/BTFG000606.

als so entscheidend angesehen, um deshalb eine Einigung mit der FDP zu gefährden. Die FDP hatte bekanntlich zunächst jegliche Beteiligung von Vertretern der Gewerkschaften abgelehnt.« Gleiche pessimistische Annahmen träfen auf den Arbeitsdirektor zu. Der Verfasser sah es als unrealistisch an, dass dieser Posten tatsächlich gegen den Willen der Arbeitnehmerseite besetzt werden würde. Die Gefahr, dass Verbände der leitenden Angestellten in den Betrieben um sich greifen würden, schätzte man gar als »übertrieben ängstlich« ein, was nicht weniger bedeutet, als dass es als vernachlässigenswertes Argument erachtet wurde.[217]

Mehr oder weniger in letzter Minute versuchte auch Eugen Loderer, durch Eingabe bei Herbert Wehner eine Änderung der Bezeichnung Arbeitsdirektor, die seiner Meinung nach den Namen nicht verdient hatte, sowie des Wahlverfahrens zu erzielen. Zweck seines Schreibens war, eine einheitliche Wahl aller Vertreter im Aufsichtsrat durch sämtliche Belegschaftsangehörige zu vermeiden, da das vorgesehene Verfahren die Gefahr in sich barg, dass kleine »Wahlvereine« mit mehr als einem Fünftel bzw. einem Drittel der Stimmen ihre Kandidaten durchdrückten.[218] Angesichts der vertraulichen Zustimmung von Loderer kann der Brief jedoch allenfalls als aus organisationspolitischen Gesichtspunkten geschrieben bewertet werden.

Der Brief von Vetter ließ den Fraktionsvorsitzenden offenbar jedoch nicht unbeeindruckt und so lud Wehner ihn im Beisein von Rappe und Olaf Sund noch einmal zu einem ausführlichen Gespräch ein, in dem einzelne Teilaspekte der von Vetter angesprochenen Punkte erörtert wurden. Die SPD-Vertreter insistierten darauf, dass das Ergebnis der Verhandlungen ein politisches gewesen sei, bei dem die Verfassung mitberücksichtigt, aber nicht ausgelotet worden sei. Diese Frage sei nicht gestellt worden. Die Fraktion machte dem DGB unmissverständlich klar, dass es »kein Gesetz sein könnte, dass primär den organisationspolitischen Interessen des DGB entgegen kommen könnte.«[219] Doch auch in der Partei regte sich auf den letzten Metern noch Kritik an dem Vorhaben. Im Parteirat und Parteivorstand musste Wehner kritische Stimmen überzeugen oder zurechtweisen, die sich für Maximalforderungen aussprachen. Konkret im Zusammenhang zum Wahlverfahren der Vertreter der Gewerkschaften und der leitenden Angestellten im Aufsichtsrat gefragt, bestätigte Wehner, dass der DGB, von grundsätzlicher Ablehnung abgesehen, mit den vorliegenden Regelungen einver-

---

217 Vorlage betr. »Mitbestimmung, hier Schreiben von H.-O. Vetter vom 2.2.1976 und von E. Loderer vom 3.2.1976«, in: AdsD, SPD-Fraktion 7. WP, 2/BTFG000606 (Zitate ebd.). Auch im Privatbesitz von Hermann Rappe befindet sich das gleichlautende Schreiben von Vetter an Wehner. Die handschriftlichen Anmerkungen, vermutlich von Rappe beigefügt, bestätigen die Kritik, die in der SPD an den Eingaben des DGB-Vorsitzenden geübt wurde. Einzig in die befürchtete Politisierung der Wahlkämpfe wurde in den Anmerkungen zu dem Schreiben geteilt.

218 Schreiben von Eugen Loderer an Herbert Wehner vom 3. Februar 1976, in: AdsD, SPD-Bundestagsfraktion 7. WP, 2/BTFG000358.

219 Vgl. Vermerk vom Chef des Bundeskanzleramts an Bundeskanzler Schmidt vom 25. Februar 1976, in: HSA, 1/HSAA006248.

standen sei. Ein eigener Gesetzentwurf der SPD-Fraktion sei von ihm von vornher-ein als unsinnig abgelehnt worden. Die Fraktion habe jetzt die Aufgabe, das Gesetz durchzubringen und da würden Neinstimmen die FDP unter Umständen reizen, in entscheidenden Punkten Veränderungen zu fordern. Im Zusammenhang mit dem be-vorstehenden Wahlkampf galt es nun, die Erfolge der sozialliberalen Koalition nicht zu zerreden. Die am 6. Februar 1976 erfolgte Wahl von Ernst Albrecht (geb. 1930) mit Stimmen der FDP zum neuen niedersächsischen Ministerpräsidenten sorgte natürlich im Wahljahr für Verunsicherung bei der SPD. Deswegen war es gerade für die SPD wichtig, nicht allein die Vorhaben in der nächsten Legislaturperiode aufzuzählen, son-dern auch auf die Gemeinsamkeiten mit der FDP hinzuweisen, wollte man weiterhin eine Regierung bilden.[220]

Hier spielte die Mitbestimmung in Abgrenzung zur CDU/CSU eine vielleicht ent-scheidende Rolle. Schmidt appellierte vor der versammelten Bundestagsfraktion, die Mitbestimmung nicht zu einer »Einigkeitssoße mit der schwarzen Fraktion« verkom-men zu lassen. »Ich kann nur den Wunsch hinzufügen, sich nicht dadurch täuschen zu lassen, dass Herr Biedenkopf dem Herrn Kohl eingeredet und vorgerechnet hat: jetzt ist es leider unausweichlich, jetzt müssen wir Christen auf den Wagen springen und auch dafür sein.«[221] Der Hintergrund dieser Äußerung war, dass die CDU ihrer Frak-tion empfohlen hatte, der Vorlage der Regierung zuzustimmen, nachdem der Streit der Koalition die Auseinandersetzungen in der CDU/CSU über das Jahr 1975 hinweg ka-schiert hatte.[222] Dabei standen die CDA-Vertreter nun unter einem besonderen Druck, da sie auf der einen Seite ihre jahrelange Position aufrechterhalten wollten, auf der anderen aber an die Mehrheiten in der CDU gebunden waren. Nicht zuletzt lehnte die CSU die Mitbestimmung weiterhin ab. Maria Weber (1919–2002), das CDU-Mitglied im DGB-Bundesvorstand, schrieb in diesem Sinne an Hans Katzer, sie erwarte, dass die CDU-Gewerkschafter nun Änderungsanträge in den Bundestag einbrächten und konsequent und gegen alle Widerstände der paritätischen Mitbestimmung treu bleiben sollten, die sie seit dem Bochumer Katholikentag innehielt. Geschehe dies nicht, »sehe ich für mich keinen Sinn mehr darin, im DGB den Kopf für die CDU hinzuhalten. Meine Entscheidung über unsere weitere Zusammenarbeit hängt also weitgehend vom Verhalten der Vertreter der CDA im Parlament ab.«[223] Katzer entgegnete, dass er zwar zunächst die Unterstützung für einen Gruppenantrag gegen die Mitbestimmungsvor-lage der Regierung erhalten hatte, dann aber in einer Sitzung der CDU-Führung am 11. Dezember hinein eine Information über den Beschluss des DGB-Bundesvorstands

---

220 Siehe Protokoll über die gemeinsame Sitzung des Parteirates, Parteivorstandes und der Kontroll-kommission am 20. Februar 1976, in: HSA, 1/HSAA006219, Bl. 9 ff.

221 Politischer Bericht von Bundeskanzler Helmut Schmidt vor der SPD-Bundestagsfraktion am 13. Januar 1976, in: AdsD, SPD-Fraktion 7. WP, 2/BTFG000120, Bl. 16.

222 Vgl. Frese: Anstöße, S. 248 f.

223 Schreiben von Maria Weber an Hans Katzer vom 19. Dezember 1975, in: DGB-Archiv im AdsD, Sekretariat Martin Heiß, 5/DGCS000100.

platzte, in der sich der DGB mit der Vorlage indirekt einverstanden erklärte. Dieser Beschluss habe die Position Katzers entschieden erschwert. »Unter diesen Umständen schien es mir zwingend erforderlich, daß die Union für ein Ja votiert, denn ein gespaltenes Nein würde in der Öffentlichkeit niemand verstehen.« Auch in den Verhandlungen des Bundestagsausschusses für Arbeit und Soziales sollten sich CDU-Vertreter auf Beschluss hin mit eigenen Anträgen zurückhalten. »Man war ganz allgemein der Auffassung, daß die Union an einer Zustimmung – zumal nach der Erklärung des DGB – nicht vorbeikomme.«[224] Die CDA-Vertreter stimmten im Bundestagsausschuss wie die weiteren Mitglieder der CDU zu, erklärten aber gleichzeitig, dass sie weiterhin die volle Mitbestimmung fordern würden.[225]

Da die Differenzen zwischen SPD und Gewerkschaften beidseitig als belastend empfunden wurden, kamen Brandt und Vetter überein, zukünftig einen intensiveren Kontakt zu pflegen. Als Ausgleich für die von der SPD forcierte Erweiterung des Gewerkschaftsrats über den Kreis der DGB-Gewerkschafter hinaus sicherte Brandt zu, »zukünftig bei gegebenen Anlässen im kleineren Kreis mit Spitzenvertretern des DGB Gespräche zu führen.«[226] Für die SPD bedurfte es natürlich der Absicherung der Koalitionsergebnisse in die Gewerkschaften hinein. Diesbezüglich plante der Parteivorstand die Durchführung einer Mitbestimmungsfachkonferenz im Mai 1976 in Leverkusen, »um deutlich zu machen, daß das neue Mitbestimmungsgesetz im Gesamtzusammenhang der Mitbestimmung der Arbeitnehmer eingeordnet werden muß.«[227] Hierzu sollten jeweils Walter Arendt das neue Gesetz, ein Betriebsratsvorsitzender die Mitbestimmungsmöglichkeiten der Arbeitnehmer, ein Arbeitsdirektor die Einflussmöglichkeiten im Aufsichtsrat und ein Gewerkschafter, nicht zufällig wurde Karl Hauenschild ins Spiel gebracht, die Stellung der Gewerkschaften darlegen. Das Präsidium beschloss jedoch, mit der Durchführung bis nach Inkrafttreten des Mitbestimmungsgesetzes zu warten.[228] Im Vorfeld hatten die Vorbereitungen der SPD hierfür zu Irritationen bei Vetter geführt, dem die Intention der Veranstaltung nicht klar war und der auch nicht daran teilnehmen wollte. Schmidt musste nach Anregung von Holger Börner intervenieren, um bei Vetter den Eindruck zu erwecken, man »kümmere« sich um ihn.[229] Zudem sollte diese Konferenz ohnehin erst dann stattfinden, wenn das Gesetz im Bundesgesetzblatt veröffentlicht worden war.[230]

---

224 Schreiben von Hans Katzer an Maria Weber vom 7. Januar 1976, in: ebd.

225 Vgl. Frese: Anstöße, S. 250 f.

226 Protokoll der Sitzung des SPD-Präsidiums vom 8. März 1976, in: AdsD, SPD-Präsidium, Sitzung vom 8. März 1976, Mappe 30.

227 Vorlage für die Sitzung des Präsidiums am 16. März 1976 zum TOP 3a, in: AdsD, SPD-Präsidium, Sitzung vom 16. März 1976, Mappe 31.

228 Vgl. Protokoll der Sitzung des SPD-Präsidiums vom 16. März 1976, in: ebd., Bl. 8.

229 Vgl. Vorlage für Bundeskanzler Schmidt vom 25. Februar 1976, in: HSA, 1/HSAA006248.

230 Tatsächlich fand sie dann am 3. Juni 1976 unmittelbar nach Inkrafttreten des Mitbestimmungsgesetzes im Bundeshaus in Bonn statt. Vgl. diesbezüglichen Schriftverkehr ebd.

Die Arbeitgeber stellten nach Abschluss der Verhandlungen mehr oder weniger zufrieden fest, dass die im Vergleich zum Regierungsentwurf beschlossenen Änderungen aus ihrer Sicht das »Ergebnis des geschlossenen Widerstandes der Wirtschaft [seien], dessen Richtigkeit vor allem im Ablauf des Anhörungsverfahrens vor dem Bundestag« seine Bestätigung gefunden habe. Die Möglichkeiten einer weiteren Änderung des Kompromisses wurden jedoch als sehr gering eingeschätzt. Gerade in den Bezug auf den Arbeitsdirektor müsse man sich mit der Lage abfinden. Zudem sei es theoretisch sogar denkbar, dass ein Arbeitnehmer Aufsichtsratsvorsitzender werden könnte. Sohl unterstrich, dass »die Auswirkungen der Mitbestimmung auch von dem Verhalten der Unternehmer selbst abhängig seien. Im übrigen solle man sich nicht scheuen, alle noch vorhandenen rechtlichen Möglichkeiten voll auszuschöpfen.«[231] Diese bezogen sich auf die Ausgestaltung der Rolle des Arbeitsdirektors sowie auf die Übertragung von Stimmrechten nicht anwesender Mitglieder des Aufsichtsrats auf Anwesende, um das Übergewicht der Anteilseigner in jeder Lage zu wahren. Die Haltung der Unternehmerschaft insgesamt schwankte jedoch zwischen Erleichterung, Nachdenklichkeit und Ablehnung.[232]

4 Das Gesetz über die Mitbestimmung der Arbeitnehmer

4.1 Die Bundestagsdebatte am 18. März 1976 und die Gesetzesregelungen

Anfang März versicherten die Parteispitzen Kanzler Schmidt in einer Generalaussprache zu unterschiedlichen politischen Themen, dass das Mitbestimmungsgesetz »glatt läuft und keine Probleme aufwirft.«[233] Vor dem Hintergrund, dass die Koalition nach langem Ringen eine Lösung gefunden hatte, in der sich alle wiederfanden, begab sie sich am 18. März in die zweite und dritte Lesung im Bundestag, die auf der Grundlage der Bundestags-Drucksache 7/2172 vom 29. April 1974 erfolgte und mit den gemeinsam von der Koalition im Bundestagsausschuss für Arbeit und Sozialordnung beschlossenen Änderungsanträgen behandelt wurde. SPD und FDP verhehlten die Schwierigkeiten beim Zustandekommen des Gesetzes nicht. Jeder wisse, so Olaf Sund für die SPD, dass es in der Koalition unterschiedliche Ansichten gab und das Gesetz Kompromisse beinhalte. »Entscheidend ist aber dies: Die Koalition hat allen Widerständen zum Trotz eine gemeinsame Lösung gefunden, und diese Lösung

---

231 Siehe Niederschrift der Präsidialsitzung vom 26. Januar 1976, in: BDI-Archiv, A 234, Bl. 4 f.

232 Vgl. Die Mitbestimmungs-Situation nach dem Koalitions-Kompromiß. Einführungs-Ausführungen für die Präsidialsitzung am 26. Januar 1976, in: ebd.

233 Notiz über ein Koalitionsspitzengespräch unter Vorsitz des Bundeskanzlers mit Brandt, Wehner, Genscher, Mischnick und Friedrichs am 9. März 1976 vom 10. März 1976, in: HSA, 1/ HSAA007172, Bl. 4.

bringt die Mitbestimmung entscheidend voran.«[234] Die Widerstände nannte er jedoch nicht beim Namen. In Bezug auf die leitenden Angestellten stellte Sund, gewissermaßen symptomatisch für den gesamten Prozess, fest: »Das Mitbestimmungsgesetz ist auf Kooperation angelegt, und der Zwang zur Zusammenarbeit und zur Einigung gilt in besonderem Maße für die Arbeitnehmerbank.«[235] Schmidt (Kempten) (FDP) schlug den Bogen zu den liberalen Ideen von Friedrich Naumann und hob auf das Selbstbestimmungsrecht der Arbeitnehmer ab, das von der FDP im Sinne der Urwahl in Betrieben bis 8.000 Mitarbeitern durchgesetzt worden war. Auch das Delegationsrecht der Gewerkschaften sei auf ihr Betreiben hin gestrichen worden. Norbert Blüm kritisierte die Gewerkschaften für ihre einseitige Unterstützung der SPD und bot erneut an, mit wechselnden Mehrheiten eine paritätische Mitbestimmung im Bundestag zu beschließen, was – natürlich – zum Scheitern verurteilt war.

Besonders im Fokus der zweiten Lesung standen die zahlreichen Anträge vonseiten der CDU/CSU, die sich vor allem auf das geplante Wahlverfahren bezogen. Die Union trat weiterhin für die Urwahl ein, erlitt jedoch wie zu erwarten war eine Niederlage, auch, da sie nicht imstande war, einen eigenen Gesetzentwurf vorzulegen. Sie hob aber in der Debatte stark darauf ab, dass die Koalition sich der Idee des Doppelstimmrechts angenommen hatte, wenngleich sie inhaltlich nicht mit den Hamburger Beschlüssen der CDU übereinstimmte. Ebenfalls stand das alleinige Vorschlagsrecht der Gewerkschaften für die externen Aufsichtsratsmitglieder im Fokus eines Änderungsantrags der Opposition, genau wie eine Senkung der Quoren für die Wahlen zum Aufsichtsrat, die aufgrund der politischen Konstellation am Ende überaus kompliziert ausfielen. Doch aufgrund der inneren Zerrissenheit der CDU/CSU-Fraktion zwischen wirtschaftsliberaler und christsozialer Orientierung eignete sich das Gesetz mitnichten, die Regierungsfraktion vor sich herzutreiben und die Koalition zu spalten. Die Disziplin in der Fraktion reichte dafür nicht aus, was jedoch keine Relativierung des ehrlichen Bemühens von Katzer und Blüm um eine Verbesserung der Mitbestimmung der Arbeitnehmer in freier Ausübung unabhängig von ihren Gewerkschaften bedeutet.[236]

Bundesminister Arendt unterstrich in der dritten Lesung den Konsensgedanken des neuen Gesetzes, das sich ganz in die Tradition der Mitbestimmung in Deutschland einfüge.

»Schon in der ersten Aufbruchphase nach dem zweiten Weltkriege konnten zwei Teilregelungen verwirklicht werden: die Montanmitbestimmung und die Eindrittelbeteiligung nach dem Betriebsverfassungsgesetz aus dem Jahre 1952. Aber erst in diesen Tagen, fast 25 Jahre nach den ersten Anfängen, kann der Mitbestimmungsgedanke einen breiten Durchbruch erzielen. Daß dies erst jetzt geschieht,

---

234 Deutscher Bundestag: Stenographische Berichte 7. WP, Band 97, S. 15997.
235 Ebd., S. 16002.
236 Vgl. Frese: Anstöße, S. 251 f.

ist um so erstaunlicher, als doch über die Notwendigkeit einer Mitbestimmung schon lange eine breite Übereinstimmung besteht oder hätte bestehen müssen.«[237]

Eben darum ging es im Verlauf der gesamten Auseinandersetzung. Die Übereinstimmung, dass die Mitbestimmung an sich eine gute Idee sei, hätte in der Diktion von Arendt und der SPD zwischen Gewerkschaften und Arbeitgebern bestehen müssen. Sie bestand aber nicht. Deswegen musste die Mitbestimmung, so Arendt, ausgebaut werden, um die Bereitschaft der Arbeitnehmer, mit den Unternehmen fair zusammenzuarbeiten, für die Zukunft zu sichern. »Faire Zusammenarbeit kann auf Dauer nur auf der Grundlage der Mitbestimmung und eines Minimums an Vertrauen gedeihen.« Dabei räumte Arendt in einem Atemzug ein, dass es bei der Mitbestimmung um das »Eigelb«, also um die Befehls- und Bestimmungsrechte im Unternehmen ging und die Ablehnung deswegen so stark war. »Was aber erschreckt, ist dies: daß es bis heute die mächtige Front der beharrenden Kräfte verhindern konnte, den schon längst fälligen Schritt in der Mitbestimmungsfrage zu tun.«[238] Die gefundene Lösung bezeichnete der Minister, der keinen Hehl aus seiner Enttäuschung machte, als eine politische, in der verfassungsrechtliche Aspekte berücksichtigt worden seien. Das rechtliche Übergewicht der Anteilseigner sollte man aber nicht überbewerten, es sei schließlich eine völlig praxisfremde Vorstellung, dass die zwei Blöcke sich ständig unversöhnlich gegenüberstünden. Dasselbe träfe auf den Arbeitsdirektor zu, der gerade in größeren Unternehmen vom Vertrauen der Arbeitnehmerseite getragen werde, auch wenn er formalrechtlich keiner besonderen Bestellung bedurfte. Insgesamt könne dieses Gesetz dazu beitragen, die Beziehungen zwischen Kapital und Arbeit auf eine auf »Kooperation und Mitverantwortung«[239] beruhende Basis zu stellen, wenn sie denn so ausgefüllt würden.

Wolfgang Mischnick betonte in seinem Statement komplementär die Stärkung der Bürgerrechte des Einzelnen, die mit der Mitbestimmung vervollständigt würden. Die CDU/CSU-Fraktion entschloss sich am Ende, dem Gesetz aufgrund der Verbesserungen beim Wahlrecht, bei den leitenden Angestellten und beim System der Pattauflösung, zuzustimmen, auch da sie für sich beanspruchte, dass die Koalition viele ihrer Ideen übernommen hatte, was bei Licht betrachtet nicht zutraf. Am Ende der hitzig geführten Debatte stimmten in namentlicher Abstimmung 391 Abgeordnete für den Entwurf, 22 stimmten mit Nein, einer enthielt sich. Von der SPD-Fraktion stimmte allein Norbert Gansel mit Nein und gab dazu eine persönliche Erklärung ab. Die weiteren Neinstimmen kamen fast komplett vom Wirtschaftsrat der CDU.

Die wichtigsten Bestimmungen des am Ende beschlossenen Gesetzes über die Mitbestimmung der Arbeitnehmer lauten: Die Mitbestimmung gilt in Aufsichtsräten von Großunternehmen in Deutschland in Unternehmen, auch zu Konzernen verbun-

---

237 Deutscher Bundestag: Stenographische Berichte 7. WP, Band 97, S. 16077.
238 Ebd., S. 16078.
239 Ebd., S. 16082.

denen Unternehmen, mit mehr als 2.000 Mitarbeitern. In ihnen muss ein Aufsichtsrat aus mindestens zwölf und höchstens 20 Personen gebildet werden, der formal paritätisch aus je der Hälfte der Mitglieder von Arbeitnehmern und Anteilseignern zusammengesetzt ist. Auf der Seite der Arbeitnehmer nehmen zwei bis drei externe Vertreter der im Unternehmen vertretenen Gewerkschaften Platz, die sich der Wahl stellen müssen. Um die verfassungsrechtlichen Problematiken zu umgehen, entschied die Koalition, dem Aufsichtsratsvorsitzenden im Falle der Stimmengleichheit ein Doppelstimmrecht einzuräumen, das sowohl bei der Bestellung des Vorstands als auch bei Sachentscheidungen gilt. Er wird zwar im ersten Wahlgang im Aufsichtsrat mit einer Zweidrittelmehrheit bestellt, kommt diese jedoch nicht zustande, entscheiden die Anteilseigner mit Mehrheit über den Vorsitzenden, die Arbeitnehmer mit Mehrheit über den Stellvertreter. Es ist demnach im Gesetz intendiert, dass die Anteilseigner die Mehrheit im Aufsichtsrat erhalten. Dem Vorstand gehört ein sogenannter Arbeitsdirektor an, also ein für das Personal- und Sozialwesen zuständiges Vorstandsmitglied, das jedoch demselben Wahlverfahren wie die anderen Vorstandsmitglieder unterliegt.

Das Wahlverfahren der Vertreter der Arbeitnehmer im Aufsichtsrat an sich fällt aufgrund der Koalitionsarithmetik denkbar kompliziert aus. In Unternehmen mit weniger als 8.000 Mitarbeitern gilt die Urwahl, es sei denn, die Arbeitnehmer beschließen auf Antrag von einem Zwanzigstel der Arbeitnehmer die Wahl durch Wahlmänner. In Betrieben mit mehr als 8.000 Mitarbeitern wird durch Wahlmänner nach dem Prinzip der Verhältniswahl gewählt. Dabei verfolgte der Gesetzgeber die Ziele, zum einen den im Unternehmen vertretenen Gewerkschaften nicht ein unmittelbares Delegationsrecht zuzugestehen und den leitenden Angestellten ihr garantiertes Mandat im Aufsichtsrat auf der Seite der Arbeitnehmer zu sichern. Dieses Ziel wird durch entsprechende Quoren für die Wahlvorschläge der Wahlmänner von 100 Angehörigen der jeweiligen Gruppe Arbeiter, Angestellte und Leitende Angestellte oder einem Zehntel erreicht. Die in dem jeweiligen Unternehmen vertretenen Gewerkschaften können ihre Vertreter nicht direkt entsenden, sie müssen sich ebenso zur Wahl stellen wie die unternehmensangehörigen Vertreter. Die Wahl erfolgte auf der Grundlage von Wahlvorschlägen, die bei den Arbeitern und Angestellten von einem Fünftel oder 100 Angehörigen der jeweiligen Gruppe bzw. bei den leitenden Angestellten von einem Zwanzigstel oder 50 leitenden Angestellten unterzeichnet sein müssen.[240] Die Arbeitnehmerbank war in der Ursprungsfassung des Gesetzes von 1976 in Arbeiter, Angestellte und leitende Angestellte unterteilt, was im Zuge der Novellierung des Betriebsverfassungsgesetzes im Jahr 2001 mit der endgültigen Schaffung eines einheitlichen Arbeitnehmerbegriffs auch im Mitbestimmungsgesetz behoben wurde. Ferner ersetzte der Gesetzgeber im Laufe der Zeit das Wort »Wahlmänner« durch »Delegierte« und senkte die Quoren für die Vorschlagsberechtigung auf ein Zwanzigstel bzw. 50 Arbeitnehmer einer jeweiligen Gruppe, Arbeitnehmer oder leitende Angestellte.

---

240 Vgl. BT-Drs. 7/2172.

4.2 Reaktionen auf das Gesetz

Für den DGB war die Schlacht geschlagen. Die Möglichkeiten, im Rahmen des Gesetzes auf die Zusammensetzung der Aufsichtsräte Einfluss zu nehmen, wurden als eher gering eingeschätzt, gerade in Bezug auf die leitenden Angestellten. Da sie in einem natürlichen Interessengegensatz zu den Arbeitnehmern standen, kam es für den DGB nun darauf an, eine klare Abgrenzung zwischen leitenden Angestellten gemäß § 5 Abs. 3 Betriebsverfassungsgesetz und Arbeitnehmern in leitender Funktion zu treffen, denn auch in den seltenen Fällen, in denen ein gewerkschaftlich organisierter leitender Angestellter vorgeschlagen wurde, erschien es zweifelhaft, dass er gewählt wurde, da er im Widerspruch zur Rolle der leitenden Angestellten als ganzer stand. Diese waren abhängig vom Vorstand, also dem Gremium, das sie im Aufsichtsrat kontrollieren sollten. Sie würden sich demnach, so der DGB, immer zuerst dem Vorstand verpflichtet fühlen.[241]

Auch nach Inkrafttreten des Mitbestimmungsgesetzes blieb Vetter bei seiner Ablehnung und kündigte an, den Prinzipien der Montanmitbestimmung treu zu bleiben und alles zu tun, damit die volle paritätische Mitbestimmung noch erreicht würde. Darüber hinaus brachte er, ob ernst gemeint oder nicht, die überbetriebliche Mitbestimmung in Form von paritätisch zusammengesetzten Wirtschafts- und Sozialräten wieder ins Spiel.[242] Die anstehenden Wahlkämpfe um die Aufsichtsratssitze wollte man in einer harten Auseinandersetzung und mit vollem Einsatz führen, auch wenn dadurch eine politisch aufgeheizte Situation entstünde.[243] Doch die Ablehnung der Gewerkschaften war nicht einhellig. So äußerte sich die GTB zustimmend zum neuen Gesetz[244] und auch die DAG begrüßte die Regelungen »uneingeschränkt«, nicht zuletzt aufgrund der Gruppenwahl und des Verhältniswahlrechts.[245]

Durchaus in Verbindung zum Bundestagswahlkampf 1976 schlug Vetter in einer Pressemitteilung am 30. Juni direkt vor dem Inkrafttreten des Gesetzes konziliantere Töne an, richtete bei aller Kritik seinen Dank an jene, die den DGB in dieser Frage unterstützt hatten, und stellte fest, dass das neue Gesetz die Stellung der Arbeitnehmer deutlich verbessern würde. Man werde sich in den nächsten Jahren daransetzen, alle Möglichkeiten auszuschöpfen, die es biete. »Wir hoffen, dass die Arbeitgeber und ihre Verbände in gleicher Weise wie wir bereit sind, das Gesetz loyal zu praktizieren

---

241 Vgl. Vorlage der Abteilung Angestellte vom 19. Februar 1976, in: DGB-Archiv im AdsD, Sekretariat Martin Heiß, 5/DGCS000009.
242 Vgl. ND 84/76 vom 26. März 1976.
243 Vgl. ND 102/76 vom 8. April 1976.
244 Vgl. Schreiben des Hauptvorstands der GTB an Herbert Wehner vom 19. Dezember 1975, in: AdsD, SPD-Fraktion 7. WP, 2/BTFG000606.
245 Vgl. Schreiben der DAG an Herbert Wehner vom 19. Dezember 1975, in: AdsD, SPD-Fraktion 7. WP, 2/BTFG000606.

und im Geiste der Mitbestimmung mit den Arbeitnehmern und ihren Gewerkschaften konstruktiv zusammenzuarbeiten.«[246]

Danach sah es aber zunächst nicht aus. Der BDI unterstrich, das Gesetz schaffe

»sehr ernst zu nehmende Probleme für die Funktionsfähigkeit der Unternehmen. Es bedeutet zusammen mit den bereits bestehenden Mitbestimmungsrechten durch das Betriebsverfassungsgesetz und den rechtlichen und faktischen Einflußmöglichkeiten der Gewerkschaften eine nachhaltige Gefährdung des Kräftegleichgewichts in den Unternehmen und letztlich in der Gesellschaft.«

Bis zur Entscheidung über die Verfassungskonformität durch das Bundesverfassungsgericht wollte man sich mit dem ordnungsgemäß verabschiedeten Gesetz arrangieren, gleichwohl jedoch das Letztentscheidungsrecht der Eigentümer in jedem notwendigen Fall im Aufsichtsrat einfordern, um den vermeintlichen Machtzuwachs der Gewerkschaften zu unterbinden.[247] Die BDA unter Hanns-Martin Schleyer kündigten an, das Bundesverfassungsgericht zur Klärung der Verfassungskonformität anzurufen, was den DGB noch am selben Tag dazu veranlasste, die Konzertierte Aktion zu verlassen, die 1976 ohnehin keine besondere Bedeutung mehr hatte.

Die Presse in Deutschland vermerkte vor allem, dass es nach den jahrelangen Auseinandersetzungen endlich gelungen war, einen Kompromiss zu finden. So bemerkte *Die Zeit*: »Ein wenig rührt der Friede wohl von der allgemeinen Erschöpfung, mehr aber gewiß von der Einsicht her, daß nichts so heiß gegessen wird, wie es gekocht wurde.«[248] *Die Welt* wähnte weiterhin einen weit in die Parteispitzen verankerten gewerkschaftlichen Machtanspruch, indem sie schrieb, dass die »Koalition den ersten Regierungsentwurf und unter maßgeblicher Mitwirkung des Verfassungsministers direkt am Grundgesetz vorbei formulierte. Hier hat die Opposition durch einen Aufmarsch von Verfassungsexperten die Umkehr erzwungen.« Wenig überraschend für ein konservatives Blatt beurteilte *Die Welt* die Bestrebungen von SPD und DGB trotz aller Abstriche im Gesetzgebungsverfahren zum Mitbestimmungsgesetz als auf die Überparität der Gewerkschaften hin gerichtet.[249] Dass am Ende die veröffentlichte Meinung nicht ganz mit den damaligen Realitäten einherging, bewies auch der Kommentar der FAZ, in dem es hieß: »Die SPD, seit Jahrzehnten auf die totale Parität fixiert, fühlt sich um einen vollen Erfolg geprellt.« Das Gesetz schwäche zudem die Position des Eigentümers und mache die Gewerkschaften noch stärker, ohne den sozialen Frieden zuverlässig zu fördern.[250] Die Paritätsverfechter, so meinte die FR,

---

246 ND 186/76 vom 30. Juni 1976.
247 Siehe BDI (Hg.): Jahresbericht 1975/76, Köln 1976, S. 111-114 (Zitat S. 113).
248 Die Zeit 14/1976, S. 1.
249 Siehe Die Welt vom 18. März 1976, S. 6.
250 Siehe FAZ vom 19. März 1976, S: 1.

müssten nun allerdings über die Vereinbarkeit ihrer Forderung mit dem Charakter der Wirtschafts- und Gesellschaftsordnung nachdenken, deren wesentliche Säule die Eigentumsfreiheit sei.[251] Gewissermaßen in weiser Voraussicht schrieb die SZ,

> »die Manager- und Gewerkschaftsgeneration des Jahres 2000 wird die Chronik der Mitbestimmung wohl nur mit Kopfschütteln lesen können. Wegen dieses Gesetzes haben ›die damals‹ sich so aufgeregt? Es wird dann so sein, wie es uns heute mit der Betriebsverfassung geht. Man spricht kaum noch darüber, seitdem dieses Gesetz in den Alltag entlassen wurde.«

Ideologiearbeit sei nicht das Mitbestimmungsgesetz selbst, sondern dessen Entstehungsgeschichte.[252]

4.3 Vertagte Probleme: Die Wahlordnungen zum Mitbestimmungsgesetz

Die komplizierten und detailreichen Inhalte des Gesetzes über die Mitbestimmung reichten allein nicht aus, um die Materie abschließend zu regeln, im Gegenteil, sie klammerten sogar einen der brisantesten Punkte aus. Zusätzlich mussten nach § 39 die dazugehörigen Wahlordnungen erlassen werden, die insbesondere das Verfahren zur Wahl der leitenden Angestellten definierten. Im politischen Prozess wurde diese Frage weitgehend beiseitegeschoben, da sie zum einen den ohnehin schon komplexen Sachverhalt noch einmal verkompliziert hätte und eine enorme Sprengkraft besaß.

Der DGB war sich über den politischen Zusammenhang im Klaren und versuchte, noch während der parlamentarischen Beratungen einen Termin im BMAS zu bekommen, auf dem er über den Stand der Dinge unterrichtet werden wollte. Die Anfrage wurde jedoch abschlägig beschieden, angeblich da dieser Wunsch die abschließenden Arbeiten hätte beeinträchtigen können, wenngleich andere Einzelgewerkschaften schon in informellen Konsultationen befragt wurden.[253] Der DGB erfuhr jedoch, dass die Grundzüge der Wahlordnungen in einem politischen Verfahren festgelegt werden sollten, um das BMAS in seinem Gestaltungsspielraum einzuschränken. Sprecherausschüsse für leitende Angestellte sollten auf diesem Wege jedoch nicht etabliert werden.[254]

---

251 Siehe FR vom 18. März 1976, S. 3.

252 Siehe SZ vom 18. März 1976, S. 4.

253 Vermutlich bat Vetter aus diesem die Vorsitzenden im DGB-Bundesvorstand darum, ihm Mitteilung zu machen, wenn sie zu Gesprächen über die Mitbestimmung im BMAS eingeladen waren. Vgl. Kurzprotokoll über die 6. Sitzung des DGB-Bundesvorstands vom 3. Februar 1976, in: DGB-Archiv im AdsD, Abt. Vorsitzender, 5/DGAI000537.

254 Vgl. Aktennotiz für Heinz-Oskar Vetter vom 16. Februar 1976, in: DGB-Archiv im AdsD, 5/DGAI001228.

Streitpunkt war die Bestellung der Wahlvorstände, die nach Wunsch von Arbeitsminister Arendt nach dem Vorbild des Betriebsverfassungsgesetzes von den Betriebsräten vorgenommen werden sollte. Ferner, und dies schien besonders strittig, sollte die Wählerliste ebenfalls vom Wahlvorstand erstellt werden, der sie in Arbeiter, nicht leitende Angestellte und leitende Angestellte unterteilen sollte. Das BMWi und das BMI, beide unter liberaler Leitung von Hans Friedrichs und Genscher, forderten besondere Vorkehrungen dagegen, dass vermeintliche Manipulationen der Listen durch die Wahlvorstände zuungunsten der leitenden Angestellten unternommen würden. Sie schlugen vor, dem leitenden Angestellten im Wahlvorstand ein Vetorecht einzuräumen, mit dem er einen Mehrheitsbeschluss des Wahlvorstands über die Zuordnung eines Angestellten zu der leitenden oder nicht leitenden Gruppe hätte zurückweisen können. Dieses Veto sollte nur durch ein Arbeitsgericht kassiert werden.

Arendt verwies darauf, dass ein solches Veto im Zuge einer Rechtsverordnung nicht zu verwirklichen sei, sondern dass es dafür einer Änderung anderer Gesetze bedürfe. Ein Mitglied eines Wahlvorstands könne nicht ein Arbeitsgericht anrufen, wenn er nicht von einer Entscheidung unmittelbar persönlich betroffen sei, er könne nicht zugleich Antragsteller und Antragsgegner sein. Aus dieser Situation ergäben sich Blockierungen bei der Aufstellung der Wählerlisten für die Wahl der Angestellten und leitenden Angestellten. Zur Lösung schlug Arendt drei Wege vor, zum einen ein suspendierendes Veto des Wahlvorstands mit nachfolgender endgültiger Entscheidung, zweitens eine Orientierung an den Grundsätzen der Wahl zum Betriebsrat oder drittens eine unverzügliche Bildung eines Wahlvorstands, der sofort eine Liste erstellen sollte, gleich, ob im Unternehmen Wahlen anstanden oder nicht. Es wäre zwar machbar gewesen, die Wahlen auch ohne Wahlordnungen durchzuführen, allerdings hätte dies zu Abgrenzungsproblemen geführt. Angesichts der rechtlichen Unsicherheiten und der Unerfahrenheit mit dem Gesetz wäre eine Klagewelle durchaus wahrscheinlich gewesen. Da eine Ressortabstimmung nicht zu erzielen war, musste das Thema Gegenstand von Koalitionsgesprächen werden.[255]

Die Hartnäckigkeit der FDP in dieser Frage kann in erster Linie auf die intransigente Haltung der FDP-Bundestagsfraktion mit ihrem wirtschaftspolitischen Sprecher Otto Graf Lambsdorff zurückgeführt werden, der sehr genau darauf achtete, dass der Erfolg der FDP in Sachen leitende Angestellte nun in der Umsetzung nicht durch die Hintertür relativiert und das Ergebnis der Gesetzgebung nicht durch das BMAS »unterlaufen« wurde. In dessen Plänen, den Wahlvorstand durch den Betriebsrat zu bestellen, sah Lambsdorff die Gefahr, dass leitende Angestellte »chancenlos manipuliert«, der politische Erfolg der FDP kassiert und ihre Glaubwürdigkeit erheblich leiden würde. Der Betriebsrat hätte, das war nicht von der Hand zu weisen, gegenüber den leitenden Angestellten keinerlei Kompetenzen inne. Deswegen schlug

---

255 Vgl. Schreiben von Walter Arendt an Helmut Schmidt vom 2. Juli 1976, in: Privatbesitz Hermann Rappe.

Graf Lambsdorff vor, dass im Kollisionsfall die betreffende Person entscheiden sollte, ob sie zu der Gruppe der Angestellten oder der leitenden Angestellten gehöre, was auch im BMWi und im BMI so vorbereitet wurde und die Zustimmung der ULA und der BDA fand. Die Begründung für dieses Vorgehen liest sich wie eine Fortsetzung des politischen Kampfs um die Mitbestimmung und unterstreicht auch im Nachgang den unbedingten Willen des wirtschaftsliberalen Flügels der Partei, bei der Mitbestimmung nicht übervorteilt zu werden. Die in den FDP-Ministerien entwickelte Lösung böte »langfristig Sicherheit für Mitbestimmung in unserem Sinn«, schlösse »sachfremde Majorisierungen und Manipulationen aus«, ließe »im Streitfall den Einzelnen entscheiden (liberal)«, lege die »Anfechtungslast auf die Seite unserer politischen Gegner, was praktisch sehr wichtig ist«, und durchkreuze nicht zuletzt »die Konfliktstrategie von DGB und SPD«, die Lambsdorff dem politischen Gegner zuschrieb, wobei es in diesem Fall eher die FDP war, die einen Konflikt beschwor.[256] Der Vorschlag sollte offiziell erst in einem Spitzengespräch eingebracht werden[257], um noch während der Sommerpause eine Verständigung über die offenen Fragen zu erzielen. »Eine Nichteinigung über die Wahlordnungen, die der Öffentlichkeit in der Schlussphase des Wahlkampfs mit Sicherheit bekannt würde, kann sich für die Koalition nur negativ auswirken.«[258] Diese indirekte oder vielleicht auch unverhohlene Drohung mag die Differenzen belegen, die sich zwischenzeitig in der Koalition in Sachen Mitbestimmung, und vielleicht auch allgemein, eingeschlichen hatten. Das Vertrauen in eine konstruktive Zusammenarbeit schwand zusehends bereits vor der Bundestagswahl am 3. Oktober 1976.

Auf Bitten von Herbert Wehner, der Zweifel an der Redlichkeit Genschers hegte[259], überprüfte Hermann Rappe als erfahrener Mitbestimmungspolitiker den Zusammenhang und riet dringend davon ab, das Thema vor der Bundestagswahl zu behandeln. »Ein Knüller, den die FDP bei dieser Verhandlung noch vor dem 3. Okt. haben möchte, wäre selbstverständlich für uns im gewerkschaftlichen Bereich vor dem 3. Oktober ein dicker Kritikpunkt.« Auch Rappe erschien es unumgänglich, dass die leitenden Angestellten einen Vertreter in den Wahlvorstand entsenden sollten, da der Betriebsrat nicht über sie abstimmen konnte. Die von Arendt vorgeschlagenen Lösungen in puncto Wählerlisten schienen recht weit zu gehen. Unter der Voraussetzung, dass die Parteispitzen nichts weitererzählen, plädierte Rappe für eine Verschiebung der Frage, was dann auch geschah.[260]

---

256 Siehe Schreiben von Otto Graf Lambsdorff an Hans-Dietrich Genscher, Hans Friedrichs und Wolfgang Mischnick vom 13. Juli 1976, in: AdL, A40-413.

257 Vgl. Vermerk für Herrn Mischnick vom 21. Juli 1976, in: ebd.

258 Fernschreiben von Hans-Dietrich Genscher an Helmut Schmidt vom 30. Juli 1976, in: Privatbesitz Hermann Rappe.

259 Vgl. Schreiben per Eilboten von Herbert Wehner an Hermann Rappe vom 10. August 1976, in: ebd.

260 Vgl. Schreiben von Hermann Rappe an Herbert Wehner vom 16. August 1976, in: ebd.

In den Koalitionsverhandlungen nach der Wahl spielten die Wahlordnungen dann im Kontext der gesamten Sozial- und Steuergesetzgebung eine Rolle. Vor allem in Bezug auf die im Wahlkampf versprochene Rentenerhöhung zum 1. Juli 1977 sowie weiterer rententechnischer Verbesserungen und ein sogenanntes Kostendämpfungsgesetz in der gesetzlichen Krankenversicherung pochte die FDP auf einer Umsetzung ihrer Forderungen zu den Wahlordnungen und drohte offen, hier gerade Graf Lambsdorff, mit einem Scheitern der Vorlagen des neuen Bundesarbeitsministers Herbert Ehrenberg. Aus diesem Grunde übernahm die SPD, so Hermann Rappe, die komplizierten Wahlordnungen, die in erster Linie den Minderheitenschutz, also die leitenden Angestellten, schützen.[261]

---

261 Vgl. Interview mit Hermann Rappe, in: Mitbestimmung 3/2006, S. 22-25, hier S. 25. Otto Graf Lambsdorff bestritt jedoch im Interview im selben Magazin den Zusammenhang zum Kostendämpfungsgesetz, vgl. ebd., S. 42.

VIII   Schlussbetrachtung

Warum Mitbestimmung? Diese Frage stellt sich weiterhin nach eingehender Betrachtung des Gesetzgebungsprozesses zum bis heute mit leichten Änderungen gültigen Gesetzes über die Mitbestimmung der Arbeitnehmer von 1976. Sie muss deswegen am Anfang eines Resümees so knapp und provokant aufgeworfen werden, da es scheint, als hätten gerade die Gewerkschaften und die SPD zum Schluss des Verfahrens aus dem Blick verloren, welches Ziel sie überhaupt im Sinn hatten. Erweitert man diese Frage, warum es diese Mitbestimmung wurde, zeigt sich die gesamte Komplexität und Vielschichtigkeit des Entstehungsprozesses des Mitbestimmungsgesetzes.

* * *

Verstanden sich die Akteure als Teil eines korporatistischen Arrangements und waren sie abseits aller Bekundungen in der Öffentlichkeit bereit, über eine gemeinsame Lösung in der Mitbestimmungsfrage zu sprechen? Dieser Leitfrage lag die Arbeit zugrunde. Sie kann kurz und knapp mit einem Nein beantwortet werden, ein Nein, das nicht unbedingt zu überraschen vermag. Denn die Mitbestimmung im Aufsichtsrat von Unternehmen, egal welcher Größe, rührt an den Grundfesten wirtschaftspolitischer Überzeugungen und Weltanschauungen. Im Gegensatz zur Mitbestimmung der Betriebsräte, der auch wirtschaftspolitisch streng einer liberalen Schule folgende Theoretiker und Praktiker in Politik und Wirtschaft eine rationale Logik einräumen können, greift die Unternehmensmitbestimmung in zentrale Bereiche des Eigentumsrechts ein. Wenn man diesen Punkt betont, so geht es dabei zunächst nicht darum, ein eigenes Statement abzugeben oder die Rechtsprechung des Bundesverfassungsgerichts infrage zu stellen, das in seinem Urteil von 1979 zu dem Schluss kam, dass die Mitbestimmung im Unternehmen verfassungskonform ist.[1] Doch die nach wie vor virulente Konflikthaftigkeit der Mitbestimmung resultiert im Kern aus dem Widerspruch zur Eigentumsgarantie, die die Grundlage einer marktwirtschaftlichen Ordnung ist. Die Mitbestimmung im Aufsichtsrat ging – und geht noch heute – aus Sicht eines Unternehmers, vor allem eines Eigentümer-Unternehmers klassischer Schule, einen Schritt zu weit. Der Ausbau der Betriebsverfassung, der in dieser Arbeit nur am Rande betrachtet wurde, verlief im Gegensatz dazu relativ konfliktfrei, da es eine grundlegende Übereinstimmung zwischen Arbeitgebern, Gewerkschaften und den politischen Parteien über dessen Notwendigkeit gab.

---

1   Vgl. BVerfGE 50 290.

Die Unternehmensmitbestimmung muss davon getrennt betrachtet und bewertet werden. Zwischen Arbeitgebern und Gewerkschaften gab es keine offiziellen Kontakte hierzu, im Gegenteil, sobald in der Presse Gerüchte auftauchten, beide hätten sich über das Problem der Mitbestimmung unterhalten, wurde dies umgehend dementiert. In gemeinsamen Spitzengesprächen sprach man das Thema nicht an. Vor und nach diesen Spitzengesprächen, so berichten einige wenige Quellen, unterhielten sich DGB und BDI/BDA zwar über die Mitbestimmung, jedoch ohne das Terrain dabei nennenswert aufzulockern. In der Konzertieren Aktion kam eine Debatte über die soziale Symmetrie, zu der auch eine Debatte über die Mitbestimmung als Teil des sozialen Ausgleichs zwischen Kapital und Arbeit gehört hätte, zum Verdruss der Gewerkschaften nicht zur Sprache. Die Biedenkopf-Kommission, an der Arbeitgeber und Gewerkschaften gleichberechtigt mit den neutralen Wissenschaftlern hätten teilnehmen können, tagte ohne ihr Zutun. Beide Seiten lehnten eine Einbindung in die Gesetzesfindung genauso ab wie den zuvor geäußerten und in die gleiche Richtung zielenden Vorschlag von Karl Schiller, eine »Royal Commission« zur Mitbestimmung zu gründen. Die Idee von Schiller kann eher als Randnotiz angesehen werden, denn die Mitbestimmung fügte sich nicht in die Vorstellungen des Wirtschaftsministers über eine rationale Politikführung ein und zeigt demnach auch keinen Bezug zur »Verwissenschaftlichung der Politik« unter keynesianischen Vorzeichen. Es gibt keinen Beleg dafür, dass in ihr ein höherer Zweck rationaler Politikführung intendiert war bzw. sie in ein solches Konzept eingebunden wurde. Schiller zog sich aus dem Prozess zurück, nachdem seine Ideen keinen Anklang gefunden hatten.

Die Frage, in welcher Institution oder besser von welchem Leitgedanken sich die Akteure haben leiten lassen, ist nicht einfach zu beantworten. Aufseiten der Gewerkschaften spielt eine als Pfadabhängigkeit zu begreifende Tradition der Mitbestimmung gewiss eine Rolle. Diese Tradition bezieht sich jedoch auf eine gewerkschaftspolitische Forderung nach Mitbestimmung der Arbeiterschaft im Allgemeinen, weniger nach Mitbestimmung im Aufsichtsrat im Speziellen. Die Frage ist, wann diese Tradition einsetzte. Erste Gedanken zur Mitbestimmung wurden in Deutschland in der Mitte des 19. Jahrhunderts formuliert. Sie bezogen sich allein auf die Selbstverwaltung der von den Arbeitern zu verwaltenden Sozialkassen und auf konkrete Probleme auf der betrieblichen Ebene. Gerade christliche Denker propagierten diese Ideen, die jedoch weniger auf ein echtes Gleichgewicht von Arbeit und Kapital zielten. Eine Mitbestimmung in der heutigen Form erschien undenkbar und wurde auch von den sozialdemokratisch orientierten Freien Gewerkschaften nicht unterstützt, die sich an sozialistischen Zielrichtungen orientierten und den politischen Kampf gegen den »Herr-im-Haus«-Standpunkt führten. Krisen- und kriegsbedingte Entwicklungen führten zu einem stetigen Ausbau der Mitbestimmung von Arbeitern und Angestellten auf der betrieblichen Ebene, die in den Arbeiterausschüssen des Gesetzes über den vaterländischen Hilfsdienst kumulierten. In der Weimarer Republik reüssierten nach der Verabschiedung des Betriebsrätegesetzes die Betriebsräte, deren genaue Kompetenzen vage blieben. Von den Unternehmen größtenteils bekämpft, krankten die Betriebsräte auch an dem ambivalenten Verhältnis der Gewerkschaften zu ihnen. Die Freien Gewerkschaften versuchten, mit dem Konzept der Wirtschaftsdemokratie eine Brücke zwischen den Sphären des Endziels Sozialismus und dem revisionistischen Weg zu schlagen, das sich jedoch gerade gegenüber den Betriebsräten merkwürdig stumm verhielt, deren Rolle sie eher mit Argwohn einschätzten. Da Naphtalis Idee der Wirtschaftsdemokratie auf der gesamtwirtschaftlichen Ebene ansetzte und sich an sozialistischen Überzeugungen orientierte, spielte es nach dem Zusammenbruch des Dritten Reichs in der Bundesrepublik – deren wirtschaftspolitisch liberale Ausrichtung in den ersten Jahren nach ihrer Gründung, allen sozialistischen Anwandlungen auch der CDU zum Trotz, schnell festigte – keine bedeutende Rolle. Mehr noch, es galt dem DGB nicht als Richtschnur in den Verhandlungen zum Mitbestimmungsgesetz. Selbstverständlich nahmen die Vertreter der Gewerkschaften Bezug auf diese Ideen, doch eine Unternehmensmitbestimmung kam bei Naphtali nicht vor. Es hatte einen anderen Bezugsrahmen.

Nach dem Ende des Krieges verbanden die Gewerkschaften unter ihrem omnipräsenten Chef Hans Böckler das Ziel der Wirtschaftsdemokratie erstmals, aufgrund der Erfahrungen von Krieg und der tiefen Verstrickung der Industrie in das NS-Regime, mit dem aktiven Drängen in die Aufsichtsräte von großen Unternehmen. Die Arbeitnehmer sollten »durch ihre gewerkschaftlichen Organisationen« vertreten sein. Es war die britische Besatzungsmacht, die mit der Einbindung der Arbeitnehmer in die Aufsichtsorgane der Montanindustrie ab 1947 dann einen Denkpfad legte, den zwar Böckler schon formuliert hatte, aber an dessen Umsetzung niemand nur im Ansatz dachte. Dies galt dann als Vorbild für das Montanmitbestimmungsgesetz von 1951, das nach dem Willen der Bundesregierung zunächst bilateral von den Arbeitgebern und den Gewerkschaften hätte verhandelt werden sollen, was allerdings auch daran scheiterte, dass die restaurativen Kräfte der Industriellen an Rhein und Ruhr sich wieder gesammelt hatten. Im Ergebnis entstand die paritätische Mitbestimmung im Konflikt, nicht im Konsens. Ihr Aufbau vollzog sich vor dem Hintergrund besonderer Bedingungen des Korea-Booms und der Westintegration und konnte bereits ein Jahr später, 1952, bei der Verabschiedung des Betriebsverfassungsgesetzes nicht wiederholt werden.

An dieser Stelle liegt im historischen Verlauf der eigentliche Denkpfad eines Strebens nach Mitbestimmung im Aufsichtsrat von Großunternehmen seitens der Gewerkschaften. Dieser Gedanke wurde im Kern 1947 gelegt. Die Forderungen nach einer Ausweitung auf die gesamte Wirtschaft mussten sich jedoch an den Gesetzgeber richten. Spätestens seit der Auseinandersetzung um die Montanmitbestimmung und den anschließenden Folgejahren musste den Gewerkschaften klar sein, dass eine freiwillige Regelung nur zu kleinteiligen Ergebnissen und einer zersplitterten Mitbestimmungslandschaft führen konnte. Zudem zeigte sich kein Arbeitgeber, von wenigen Ausnahmen abgesehen, bereit, von sich aus die Arbeitnehmer an den maßgeblichen, wirtschaftlich relevanten Entscheidungen im Unternehmen zu beteiligen. Deswegen strebten sie nach einer gesetzlichen Regelung. Obgleich es auch im DGB vereinzelte Stimmen gab, die eine tarifliche Einführung der Mitbestimmung überlegten, schien es seit den späten 1950er-Jahren klar, dass nur der Gesetzgeber diese Frage endgültig lösen konnte. Alternative Wege wurden zwar angerissen, aber aufgrund der Aussichtslosigkeit nicht weiterverfolgt.

Die »irenische« und sozialpolitische Funktion der Mitbestimmung war dem Verlauf ihrer Entstehung nicht intendiert. Sie wurde nur von den politischen Parteien aufgegriffen und nach außen vermittelt. Gerade die SPD unterstrich die positive Bewertung der Mitbestimmung in dieser Hinsicht klarer als der DGB und betonte, dass auch eine unterparitätische Mitbestimmung zu einer Kooperation von Anteilseignern und Arbeitnehmern führen werde. Dem DGB hingegen war der Gedanke, dass die Mitbestimmung im Betrieb und im Unternehmen eine friedensstiftende Rolle spielen könne, stets merkwürdig fremd, wobei Ludwig Rosenberg dieses Argument unter Verweis auf die konfrontative Politik der Gewerkschaften in anderen Ländern klarer in der Politik einbrachte als es sein Amtsnachfolger Heinz-Oskar Vetter tat. Vetter lehnte den Partnerschaftsgedanken stets ab und unterstrich die Bedeutung der Mitbestimmung als Kontrollinstrument wirtschaftlicher Macht. Das Modell der Partnerschaft in der Wirtschaft scheidet als Leitbild aus, insbesondere seit den frühen 1970er-Jahren, als die Auseinandersetzung konfrontativer geführt wurde, zumindest vonseiten der aktivsten Gewerkschaften im DGB und vom Dachverband selbst. Auch die IG Chemie hatte bis in die frühen 1970er-Jahre noch gänzlich andere Vorstellungen über ihre Rolle in der Wirtschaft. Im Gegenteil, der DGB kämpfte gegen die »Partnerschaftsideologie« an, die sich jedoch in die soziale Marktwirtschaft denkbar symbiotisch einfügt. Denn obwohl es dem DGB mit der Mitbestimmung im Aufsichtsrat auch um Kontrolle wirtschaftlicher Macht ging, wohnt dem Willen nach paritätischer Mitbestimmung der Wille nach Mitentscheidung inne. Ein Mitentscheidungsrecht in einem auf Profit ausgerichteten Unternehmen bedeutet eben die Anerkennung der kapitalistischen oder besser marktwirtschaftlichen Wirtschaft als solcher. Diese Anerkennung scheint im Rückblick implizit klarer in den Forderungen des DGB mitzuschwingen, als es nach außen transportiert und von den Arbeitgebern kommuniziert wurde. Auf gewerkschaftlichen Kundgebungen musste sich der DGB diesen Vorwurf von linken Gewerkschaftern und jungen Studierenden anhören und wusste keine rechte Antwort darauf, dass er die Marktwirtschaft im Kern anerkannt hatte. Die Arbeitgeber ihrerseits dachten ohnehin in den Kategorien Ordnung und Kohärenz der Mitbestimmung mit dem marktwirtschaftlichen System, das außer Kraft gesetzt würde. Sie lehnten eine Mitbestimmung in den Aufsichtsräten von Beginn an ab. Ihre Verbände betonten, gewissermaßen als konziliantem Ausgleich, den Wert der betrieblichen Mitbestimmung, obgleich sich nicht alle Unternehmen und Unternehmer dieser Auffassung anschlossen und sich dementsprechend verhielten und heutzutage verhalten.

Die friedensstiftende Funktion der Mitbestimmung scheint eine Zuschreibung zu sein, die in wissenschaftlichen Kategorien von Liberal und Coordinated Market Economies erfolgt. Ihr Bezug auf das Facharbeiterbewusstsein in den Neuen Industrien, der chemischen und der Elektroindustrie des jungen 20. Jahrhunderts, vermag sich im Verlauf des Gesetzgebungsprozesses nicht zu spiegeln. Ein aktiver, aus der breiten Arbeiterschaft heraus entstandener Wille, der an die Funktionäre ihrer Gewerkschaften herangetragen wurde, sich für den Ausbau der Mitbestimmung starkzumachen, war nicht das zündende Moment der Entwicklung zum Mitbestimmungsgesetz. Ihre ex post getroffenen positiven Zuschreibungen beziehen sich hauptsächlich auf die Mitbestimmung in den Industrieunternehmen der chemischen Industrie, der Metallverarbeitung oder der Automobilindustrie. Die neuere sozialwissenschaftliche Forschung[2] machte jedoch unterschiedliche Typen aus und zeigte, dass Mitbestimmung vom Typus her desto besser funktioniert, je weniger der Kostenfaktor Arbeit im Produktionsprozess ins Gewicht fällt. In kapitalintensiven Unternehmen des produzierenden und verarbeitenden Gewerbes, in denen die Betriebsräte häufig über einen eigenen Stab verfügen und sich entsprechendes Wissen aneignen können, läuft die Zusammenarbeit in der Regel reibungsloser, während sie in Dienstleistungsbetrieben idealtypisch konfliktbehafteter ist. Dabei scheint jedoch, so belegen es zahlreiche Indikatoren, die Mitbestimmung in Deutschland in der Vergangenheit kein Hinderungsgrund für ausländische Investitionen gewesen zu sein, wie es die Arbeitgeber während der Verhandlungen als Gegenargument angeführt hatten. In diesem Sinne verhält sich die Mitbestimmung zum Kapitalismustyp der Coordinated Market Economy und den Korporatismuskonzepten ambivalent. Selbstverständlich beziehen sich diese nicht allein auf die Mitbestimmung, sondern stellen Idealtypen von Ökonomien her, in denen die Mitbestimmung ein Teil einer Bandbreite an Charakteristika darstellt, aber einen entscheidenden. Sie fügt sich dennoch nicht harmonisch hinein, sondern bleibt eine Art produktiver Fremdkörper.

* * *

Der entscheidende Grund, warum es in der Frage der Mitbestimmung keinen Konsens geben konnte, lag in dem Ziel der Parität als dem Kern der gewerkschaftlichen Forderung. Die Parität an sich war nicht verhandlungsfähig und ließ keinen Spielraum für Kompromisse. Dieses Ziel galt absolut, es konnte daran keine Abstriche geben, wollte man eine gleichgewichtige Mitbestimmung, die eigentlich Mitentscheidung heißen müsste, erreichen. Alles oberhalb dieser Forderungen wäre als Sozialismus gebrandmarkt worden, hätte in der Tat die Wirtschaftsordnung fundamental infrage gestellt und wurde vom DGB nicht angestrebt. Alles unterhalb galt jedoch als Niederlage, als unechte Mitbestimmung. Deswegen musste der DGB so verbissen

---

2   Siehe Jansen: Mitbestimmung in Aufsichtsräten.

an diesem Ziel festhalten. Dies zeigte sich auch in der Ablehnung des Vorschlags der CDA, die sich für eine Einführung des angloamerikanischen Board-Systems in Deutschland einsetzten, das nicht dem deutschen dualistischen Modell entsprach und für niemanden, auch nicht für die CDU, wirklich infrage kam. Der DGB lehnte jegliches Entgegenkommen ab. Man hätte jedoch spätestens zu Beginn der 1970er-Jahre damit rechnen können, dass eine reine Parität nicht zu verwirklichen war. In der Frage der Mitbestimmung in der S. E. zeigte sich bereits, dass die FDP unter maßgeblichen Einfluss des damaligen Innenministers Genscher nicht mit sich reden lassen würde und alles bekämpfte, was einem Präjudiz der Parität gleichkam, genau wie der DGB alles ablehnen musste, was dieses Ziel infrage stellte. Die Arbeitgeber um die BDA blieben ihrer bis zum Schluss durchgezogenen Linie treu, keinen Vorschlag zu unterbreiten und keinen Zentimeter zurückzuweichen. Die Gewerkschaften und der DGB hingegen wollten nicht für eine missglückte politische Lösung verantwortlich gemacht werden. Ihnen galt die Parität als zentrales Anliegen und sie schoben dieses Problem an die Politik ab, die sich nur widerwillig dessen annahm. Die Theorieferne der Debatte seit den frühen 1970er-Jahren erklärt sich auch zu einem Großteil daraus, dass die Mitbestimmung eine politische Frage wurde; recht bald, nachdem die Gewerkschaften sie zum Ziel erkoren hatten.

* * *

Was bedeutete die Mitbestimmung für die politischen Parteien und für die Koalitionsregierungen auf Bundesebene? Wie lässt sich die Mitbestimmung mit der These vereinbaren, in den 1970er-Jahren hätte die sozialliberale Koalition ein »sozialdemokratisches Jahrzehnt« eingeläutet bzw. die Vorläufer dessen aus der Zeit der Großen Koalition umgesetzt? Wieso beschäftigten sich die Parteien über einen solch langen Zeitraum von mehr als zehn Jahren mit der Mitbestimmung? Die Entstehungsgeschichte des Mitbestimmungsgesetzes zeigt wie wahrscheinlich kein zweites Reformvorhaben, das mit der sozialliberalen Koalition in Verbindung gebracht wird, die Schwierigkeiten und internen Diskrepanzen sowohl der Koalitionäre als auch der Gewerkschaften in ihrem Verhältnis zur SPD. Die Auseinandersetzungen und auch das Desinteresse der SPD an einer eigenständigen Lösung der Frage reichen zurück bis in die Mitte der 1960er-Jahre. Schon zu diesem Zeitpunkt zeigten sich erste Konflikte und atmosphärische Störungen zwischen der SPD und den Gewerkschaften.

Gerade in der Frage der Mitbestimmung, dem angeblichen »Kernbereich partizipatorischer Reformen« zeigte sich, dass mitnichten von einer Einheit von Partei- und Gewerkschaftsinteressen gesprochen werden kann. Die Unternehmensmitbestimmung war für die SPD sowohl in der Koalition mit der CDU/CSU als auch mit der FDP ein Zankapfel und ein Problem. Die SPD blieb realistisch, ihre Protagonisten wussten genau um die politischen Gegebenheiten und Möglichkeiten und waren zu keiner Zeit, weder Anfang 1966 noch zum Ende 1975 hin bereit, ihre Regierungsbeteiligung zugunsten der Wünsche des DGB aufs Spiel zu setzen. Trotz der positiven Beschlüsse der SPD auf ihren Parteitagen und dem grundsätzlichen Bekenntnis im Godesberger Programm entwickelte die vermeintliche Bündnispartnerin schon in der Mitte der 1960er-Jahre, als sie noch nicht an der Bundesregierung beteiligt war, keine Leidenschaft für die Unternehmensmitbestimmung. Schon der Fraktionsvorsitzende Fritz Erler bremste den DGB in seiner Mitbestimmungsforderung aus. Der Kurs der SPD war klar in Richtung Volkspartei abgesteckt, was ein zu offensives Eintreten für die Anliegen des DGB erschwerte. Hinzu kam die Ablehnung von CDU/CSU und FDP, mit denen die Sozialdemokratie Bündnisse eingehen musste, wenn sie regieren wollte. Aufgrund dieses Kurses, der zur Regierungsbeteiligung führen sollte, entfremdeten sich der DGB und die SPD noch vor ihrem Eintritt in die Große Koalition. Differenzen und Klimaverschlechterungen traten bereits Ende 1965 offen zutage.

So wurde dem DGB-Bundesvorstand klar, dass er nur durch eine massive Öffentlichkeitskampagne nach außen und nach innen überhaupt eine Chance haben könnte, die Mitbestimmung im Aufsichtsrat politisch durchzusetzen. Deswegen war der Kampf um die Öffentlichkeit nicht in erster Linie ein Kampf um die öffentliche Meinung, sondern ausschließlich ein Kampf um die Politik. Sie sollte vom Anliegen des DGB überzeugt werden, nicht die Mitglieder. Sämtliche Aktionen, die in nie da gewesener Form im DGB geplant, koordiniert und überwacht wurden, waren einzig und allein auf dieses Ziel gerichtet. Doch die SPD registrierte sehr genau, dass der DGB trotz des massiven Einsatzes keinen nennenswerten Druck in der Arbeitnehmerschaft zugunsten der Mitbestimmungsforderung erzeugte, konnte sich aber den Forderungen des DGB auch nicht ganz entziehen, hätte dies doch einen Affront gegenüber den Gewerkschaften bedeutet. Bei der Gründung der Großen Koalition musste das Thema ausgeklammert werden, da der Koalitionspartner CDU nicht nur keine geschlossene Position vorweisen konnte, sondern auch kein Interesse an einer Neuregelung hatte, die über das Maß des Bestehenden hinausging. Somit machte sich die SPD eher widerwillig die Ideen des DGB zu eigen, nicht ohne eigene Akzente zu setzen und aus wahlkampftaktischen Motiven heraus damit zu punkten. Dabei hatte sie den großen Vorteil, dass sie sich auf den Gesetzentwurf des DGB vom März 1968 beziehen konnte, der der SPD insgesamt nicht annehmbar und durchsetzbar zu sein schien. Somit gelang es ihr, sich zeitgleich zu positionieren, sich vom DGB abzugrenzen, ein demokratisierungsempathisches Profil zu entwickeln und die CDU mit ihrem Kanzler Kiesinger vor sich herzutreiben, der die Mitbestimmung bereits 1968 ein »altes Problem« nannte. Der DGB hingegen offenbarte ein Selbstbild von Omnipotenz, das nicht der Realität entsprach, blieben doch die Vorstellungen, dass beide Seiten alles intern diskutieren, um dann gemeinsam im Sinne des DGB an die Öffentlichkeit zu treten, reines Wunschdenken. Der Mangel an Absprache wurde immer wieder beklagt. Dass letztendlich nur die Einberufung der Biedenkopf-Kommission erreicht wurde, zeigt, dass die Unternehmensmitbestimmung für die Politik im Grunde nur ein Problem und nicht eine Chance zur Profilierung darstellte.

Ähnlich war die Lage beim Zustandekommen der sozialliberalen Koalition. Allem rhetorischen Aufbruch zum Trotz wusste man sich in der Frage der Unternehmensmitbestimmung nicht zu helfen und wollte erst mal abwarten, was die Vorlage des Expertenberichts erbrachte. Zudem musste die FDP noch ein eigenes Konzept erarbeiten, schließlich hatte sich die Partei gerade erst auf den intern umstrittenen Weg der Öffnung zu sozialpolitischen Themen gemacht und griff die Forderungen nach Demokratisierung in der Gesellschaft auf. Ein Erfolg zu Beginn der 1970er war jedoch allein, dass nichts ausgeschlossen wurde, ansonsten blieb es beim Alten.

Der erste Koalitionskompromiss vom Februar 1974 bildete dann einen Zwischenschritt, der aus Sicht der Gewerkschaften besser ein Endschritt gewesen wäre, ging die geplante Regelung doch deutlich über das hinaus, was letztendlich beschlossen wurde. Das Letztentscheidungsrecht der Hauptversammlung in der vierten Instanz, das nach einem komplizierten Prozess gegriffen hätte, wäre womöglich in den seltensten Fällen zum Einsatz gekommen, davon war die SPD überzeugt. Der kleinere Koalitionspartner kam den Forderungen der Gewerkschaften ohnehin weit entgegen, da die Vertretung der leitenden Angestellten gesichert war und der wirtschaftsliberale Flügel der Partei noch nicht den Einfluss gewonnen hatte, den er darauf entwickeln sollte. Der DGB konnte sich jedoch nicht damit abfinden, da auch diese Regelung eben nicht paritätisch war. Womöglich lässt sich diese Ablehnung nur aus der ebenso scharfen Ablehnung der Arbeitgeber heraus begründen. Jedenfalls blieb man im DGB überzeugt, dass man mehr erreichen konnte, rechnete aber wohl nicht mit den massiven Problemen, die im weiteren Prozess durch die Frage der verfassungsrechtlichen Bewertung des Gesetzentwurfs entstehen sollten. Die Frage, die jetzt in den Vordergrund trat, lautete, wie »bei formaler Parität effektive Parität verhindert werden« könne, wie es ein zeitgenössisches Zitat aus den Verhandlungen zusammenfasst.

Seitdem die juristische Debatte sich verselbstständigt hatte und neben der Frage des Eigentumsrechts seit den frühen 1970er-Jahren die Frage der Gegnerunabhängigkeit aufkam, versuchten zahlreiche Gutachten die Konformität zum GG zu verifizieren oder zu falsifizieren. Dabei kommt es weniger auf den Inhalt der Gutachten an sich an; auch das Dezember-Hearing des Bundestagsausschusses für Arbeit und Sozialordnung belegte nur die Bandbreite der Debatte und ließ der Politik sämtliche Spielräume. Wichtiger ist der Eindruck, den die Frage der Verfassungskonformität auf die Liberalen hinterlassen hatte. Die Mitglieder der Fraktion wurden verunsichert und der wirtschaftsliberale Flügel um Otto Graf Lambsdorff nutzte die Gelegenheit, eine unterparitätische Mitbestimmung durchzusetzen, ohne dabei ein großes politisches Risiko einzugehen. Denn vergleichbar mit theologischen Argumenten lassen sich verfassungsrechtliche Bedenken schwer angreifen, da man das GG genauso wenig für ein einfaches Bundesgesetz ändern kann, wie das Christentum seine Werte für die Mitbestimmung opfern würde. So glich der Kampf um die Verfassung einem Kampf gegen Windmühlen, zumal er technisch, detailliert, verwirrend und für die Gewerkschaftsmitglieder wie auch die breite Öffentlichkeit beim besten Willen nicht nachvollziehbar geführt wurde. Der DGB nahm diese Frage vielleicht etwas zu spät in den Blick und konnte dann die Diskussion nicht mehr entscheidend beeinflussen, obwohl es bemerkenswert ist, auf welchem Niveau der DGB-Bundesvorstand mit seiner Abteilung Gesellschaftspolitik überhaupt argumentieren konnte. Hier arbeiteten juristisch ausgebildete Sekretäre für Heinz-Oskar Vetter, die allesamt durch ihr Wissen und ihr Können eigene Gutachten und Analysen anfertigten, die den Professorengutachten in nichts nachstanden.

Der DGB bekam so in gewisser Weise die Quittung dafür, dass er sich aus den Verhandlungen zurückzog und die Politik allein entscheiden ließ. Er musste damit leben, dass ein politisches Ergebnis folgen würde, wollte sich dann jedoch nicht mit dem Resultat abfinden. Die Mitbestimmung jedenfalls bereitete allen Parteien Probleme. Dabei standen die Chancen der FDP am besten und sie nutzte sie zur Profilierung. In der FDP griff in erster Linie eine Parteilogik, das heißt, die Partei entwickelte ihre eigenen Vorstellungen zunächst in kleineren Parteigremien und dann auf dem Parteitag in Freiburg, und zwar unabhängig von den Ideen des DGB. Dadurch, dass es eine, wie man immer betonte, eigene und sachgerechte Lösung der FDP war, achteten ihre Vertreter natürlich darauf, dass diese am Ende erkennbar blieb. Doch die FDP war intern gespalten zwischen den sozialpolitischen Modernisierern und den Bewahrern klassischer wirtschaftsliberaler Werte, die zu Beginn der 1970er-Jahre die Oberhand erhielten und die Freiburger Thesen im Rückblick nur als ein kurzes Intermezzo erscheinen lassen. Die SPD hingegen wurde, von eher randständigen Bekenntnissen auf Parteitagen der 1960er-Jahre abgesehen, vom DGB eingenommen und trug dessen Mitbestimmungsforderung in die Partei hinein, hier galt gewissermaßen eine Vorstandslogik. Die CDU, zwischen liberalem und christsozialem Flügel hin- und hergerissen, wurde auf Drängen der CDA hin ebenfalls von dem »Problem« erfasst und rang jahrelang um eine konkrete Lösung. Dabei hatte sie von allen Parteien im Grunde die besten Voraussetzungen, konnten sich ihre Vertreter doch mühelos auf den Partnerschaftsgedanken der christlichen Soziallehre berufen. Doch die Frage der Parität zog einen Riss durch die Flügel der Partei.

Der Wandel der FDP, der mit den Freiburger Thesen der Liberalen ihren Abschluss fand, war allerdings eine Grundvoraussetzung dafür, dass in der SPD/FDP-Koalition überhaupt über die Mitbestimmung gesprochen werden konnte. Dabei legten die Liberalen Wert darauf, als eigenständige Kraft sichtbar zu sein, um bei ihrer Kernklientel der leitenden Angestellten mit der Mitbestimmung Boden gutzumachen. Diese Personengruppe bildete ein politisches Eigen- oder Sonderbewusstsein heraus und hatte sich von dem Mitbestimmungsgedanken erfassen lassen, bezog ihn jedoch, wie die Forschung zum Wertewandel richtig notierte, allein auf sich selbst und stellte ihn im Gegensatz zum DGB in keinen gesamtgesellschaftlichen Kontext. Ohne die Unterstützung der FDP hätten sie allerdings keine Chance gehabt, in den Aufsichtsräten vertreten zu sein. Der DGB schwankte zwischen der kompletten Ablehnung der Forderungen der leitenden Angestellten und der Integration dieser Gruppe in die gewerkschaftliche Strategie und fand keine rechte Lösung. Man erkannte schnell, dass der vermeintliche Sinn und Zweck die Unterwanderung der Parität im Aufsichtsrat sein sollte, wobei dieser Einwand in der Absolutheit nicht zutraf. Der FDP war zunächst wirklich daran gelegen, den leitenden Angestellten eine Mitsprache zu bieten. Erst im Verlaufe der Ausgestaltung des Gesetzes und seiner Konkretisierung schälte sich heraus, dass sowohl die Partei als auch die ULA das Ziel verfolgten, den Einfluss der Gewerkschaften auf die leitenden Angestellten zu unterbinden. Beide verunglimpften DGB-treue leitende Angestellte als nicht sachgerechte, gar »unsinnige« Kandidaten. Deswegen konnte der DGB sein Ziel, den Betriebsräten die Wahl der leitenden Angestellten in den Aufsichtsrat zu übertragen, nicht im Ansatz durchsetzen. Sogar das an sich günstige Urteil des Bundesarbeitsgerichts vom März 1974, mit dem zum ersten Mal der Kreis der leitenden Angestellten klar definiert wurde, änderte nichts an der Sachlage, da sich FDP und ULA bereits festgelegt hatten. Die FDP befand sich dabei in der günstigen Situation, dass sie die Interessen einer relativ kleinen Gruppe offensiv vertreten konnte und dabei gleichzeitig den vermeintlichen Impetus der Unternehmensmitbestimmung, die Demokratisierung der Gesellschaft, voranbrachte. Sie stand jedoch auch unter einem Erfolgsdruck, da die leitenden Angestellten eine Mitbestimmung in ihrem Sinne erwarteten. Die Gewerkschaften wollten das nicht akzeptieren, einige Stimmen im DGB waren zum Schluss sogar bereit, auf die Parität zu verzichten, zumindest äußerten sie sich entsprechend.

Die Mitbestimmung fügt sich auch deswegen nicht in die sozialliberale Ära nahtlos ein, da ihre Vorläufer älter sind, die Forderung der Gewerkschaften an sich auf die späten 1950er-Jahre zurückgeht. Dies allein ist nicht außergewöhnlich, sondern trifft auch für andere Forderungen nach Demokratisierung in Wirtschaft und Gesellschaft zu. Die Mitbestimmung im Aufsichtsrat ist aber dennoch weder ein Produkt des bereits seit 1973 erlahmenden Reformeifers der sozialliberalen Koalition noch in ihrer nicht paritätischen Form einer »konservativen« Wende in den frühen 1970er-Jahren. Ihre Grundkonstanten standen seit der Mitte der 1960er-Jahre fest, danach bewegte sich die Argumentation von allen Seiten kaum. Die Aufsichtsratsmitbestimmung steht gewissermaßen über diesen Kategorien. Sie muss vor dem Hintergrund ein Teil einer Neubewertung der Jahre 1969 bis 1976 und darüber hinaus bis 1982 sein.

* * *

Wie passt die Mitbestimmung nun zum Demokratisierungsaufbruch, der gemeinhin mit den 1968ern konnotiert wird, dessen Vorläufer jedoch auf die Mitte der 1960er-Jahre zu datieren sind? Die Antwort kann im Fall der Unternehmensmitbestimmung, und nur für diese wird an dieser Stelle eine Einschätzung abgegeben, denkbar kurz ausfallen: Sie hatte mit dem Aufbruch in Wirtschaft und Gesellschaft der Bundesrepublik nicht viel zu tun. Die umfangreichen Evaluationen der Werbemaßnahmen des DGB zeigten, dass die Bevölkerung und die Gewerkschaftsmitglieder nur schwer vom Nutzen der Mitbestimmung im Aufsichtsrat überzeugt werden konnten. Das lag weniger daran, dass es in den späten 1960er-Jahren eine grundlegende Skepsis gegenüber der Forderung nach mehr Mitbestimmung gab, im Gegenteil, sie fügte sich in den Wunsch einiger Kreise der Gesellschaft nach Mitsprache nahtlos ein. Interessanterweise entdeckte der DGB erst um 1968, dass dieses Argument griff, zuvor verkaufte man die Mitbestimmung als ein Anliegen der Arbeitnehmer, das sie nicht war. Zu technisch und zu kompliziert gedacht, konnten die wenigsten Mitglieder der Gewerkschaften und Befragten in Evaluationen benennen, was der DGB überhaupt plante. Zudem war die Unternehmensmitbestimmung, wenn überhaupt, nur ein Anliegen des typischen Gewerkschaftsmitglieds, das als Betriebsrat oder ehrenamtlich in der Gewerkschaft aktiv diese Forderungen verorten konnte. Studierende und die junge Generation wurden von der Mitbestimmung nicht oder nur in Ausnahmen erfasst. Die Unternehmensmitbestimmung fügt sich nur scheinbar in den Demokratisierungsdiskurs dieser Generation ein. Sie wurde zwar von Studierenden aufgegriffen, steht aber dennoch neben der Debatte, da sie von den Funktionären der Gewerkschaften geplant und vorangetrieben wurde.

Will man anhand der Mitbestimmung im Aufsichtsrat das Verhältnis von Politik von oben und Partizipationsstreben von unten ausloten, so lässt sich demnach festhalten, dass es sich um eine Demokratisierung von oben handelt. Demokratisierung wurde vom DGB nicht im Sinne der Wirtschaftsdemokratie als Gesamtmodell aufgefasst, das mehrere Stufen umfasste, sondern konzentrierte sich allein auf die betriebliche und unternehmensbezogene Ebene. Dabei geht es nicht darum, den Vorsitzenden und Strategen der Gewerkschaften unredliche Absichten zu unterstellen, sie waren wirklich davon überzeugt, dass die Mitbestimmung ein guter Gedanke sei, um den Einfluss der Arbeitnehmer auf die Wirtschaft zu stärken, wenn auch die Mitbestimmung im Aufsichtsrat wenig bis gar nichts mit einer Partizipation der breiten Masse zu tun hat. Man kann ihnen auch keinen Willen zu mehr Machteinfluss unterstellen, wie es von den Arbeitgebern propagiert wurde. Die Quellen geben keinen Hinweis darauf, dass es den Gewerkschaftsvorsitzenden darauf ankam, ihren persönlichen Einfluss zu erweitern, zudem wollten sie parallel zu den Initiativen der Mitbestimmung auch die Aufsichtsratstantiemen begrenzen. Korrekt ist jedoch, dass es dem DGB und seinen Gewerkschaften darauf ankam, ihre Rolle gegenüber den kleineren Richtungs- und Standesorganisationen zu behaupten. Doch insgesamt betrachtet trifft der Gedanke der Demokratisierung als Leitgedanke bei der Entstehung des Mitbestimmungsgesetzes nur bedingt zu.

⁎

Die Frage nach dem Einfluss der Akteure auf die Öffentlichkeit ist eng mit der Frage verbunden, wie die Akteure im Sinne des akteurszentrierten Institutionalismus verortet werden können, denn das Ausmaß der Wahrnehmung eines Akteurs in der

Öffentlichkeit als auch auf die zu beeinflussenden weiteren Akteure wird entscheidend davon bestimmt, welche Öffentlichkeit man hinter sich weiß. Das war sowohl den Gewerkschaften als auch den Arbeitgebern recht bald nach Beginn der Auseinandersetzung in der Mitte der 1960er-Jahre klar und die Gewerkschaften starteten die bereits erwähnten Öffentlichkeitskampagnen. Als die Arbeitgeber erkannten, welche Gefahr diese Offensive barg, zogen sie mit Anzeigen und Plakaten nach.

Doch diese Anstrengung allein reichte nicht, um sowohl in der Öffentlichkeit, also in der Arbeitnehmerschaft als auch im unternehmerischen oder künstlerischen Bürgertum als Akteur wahrgenommen zu werden, der eine legitime Forderung erhebt beziehungsweise, aus Sicht der Arbeitgeber, legitimerweise zurückweist. So versuchten beide Seiten in der Mitte der 1960er-Jahre sehr intensiv, die Kirchen für ihre Position zu gewinnen, wobei der DGB hierbei aufgrund seiner Nähe zu prominenten Geistlichen wie Oswald von Nell-Breuning oder auch zur Evangelischen Kirche in der günstigeren Lage war. Sowohl die Arbeitgeber wie auch der DGB versuchten, für ihre Haltung einen neutralen und theologisch sanktionierten Beweis zu liefern, der nicht angegriffen werden konnte, um sich so Unterstützung für ihre Argumentation zu holen. Nachdem die Forderungen des DGB jedoch die politische Sphäre erreicht hatten, schien ein Kontakt zu den Kirchen, die ihre Positionen auch gefunden hatten, nicht länger von Bedeutung für die Akteure zu sein. Beide Seiten brachen ihre Hinwendung zur Kirche in Sachen Mitbestimmung spätestens ab dem Moment ab, als die EKD 1968 ihr »Sowohl-als-auch«-Papier zur Mitbestimmung herausgebracht hatte. Ab dem Moment mussten die Akteure auf die Position der Kirchen keine Rücksicht mehr nehmen.

Dies ist auf den ersten Blick umso erstaunlicher, als eine Konsenslösung den Ideen entsprochen hätte, für die sich die christlichen Kirchen anknüpfend an ältere Ideen nach 1945 starkmachten. Sie formulierten den Gedanken der Partnerschaft in der Wirtschaft aus und bezogen ihn auf das Individuum, das sich in gottgewollter Ordnung im Kollektiv organisieren sollte, um mit dem Arbeitgeber für beide Seiten zu tragfähigen Konfliktschlichtungen im Betrieb zu gelangen. Hier liegen die Grundlagen eines korporatistischen Denkens auf betrieblicher Ebene, das diesen Namen verdient. Für die Gewerkschaften ging es jedoch zugleich neben der Mitbestimmung über wirtschaftliche Entscheidungen auch immer um die Kontrolle über Machtansammlungen in der Wirtschaft, auf die die christlichen Kirchen keine Antwort geben wollten, da sie die Prärogative der Eigentümer nicht infrage stellten. Das war die Trennscheide zwischen Kirchen und Gewerkschaften.

Dieselbe Konstellation trifft auf die Diskussion um die Mitbestimmung in Europa bzw. der EWG zu. Die Sorge um gute Kontakte zu den Kirchen und eine einheitliche Position der Gewerkschaften in der EWG im Sinne der Ideen des DGB ist eng verbunden mit der Sorge um das Ansehen in der Öffentlichkeit, das für die Wahrnehmung als kollektiver Akteur unerlässlich ist. Seit der Mitte der 1960er-Jahre hatte der DGB mit viel Aufwand versucht, die Idee der Mitbestimmung auch innerhalb der europäischen Gewerkschaften zu verbreiten und die sozialistischen Partner in Frankreich und Italien von ihrer Notwendigkeit zu überzeugen. Es scheint jedoch in der Rückschau, als seien die zahlreichen vom DGB finanzierten Besuche auf europäischer Ebene, die Einladungen ausländischer Gewerkschafter, die Betriebsbesuche und Konferenzen nicht in erster Linie gedacht, die breite Masse der Arbeitnehmer von der Mitbestimmung zu überzeugen, sondern die Vertreter der Gewerkschaften in der EG sollten überzeugt werden, nicht im Ausland Entscheidungen zu treffen, durch die der DGB in der innerdeutschen Diskussion einen Schaden genommen hätte. Die europäische Debatte als Teil der Öffentlichkeitsarbeit oder als Teil der Kampagne zeigt insofern Parallelen zu den Kontakten mit den christlichen Kirchen um 1965 bis 1968. Beide wurden in erster Linie verfolgt, um in Deutschland das Ansehen der Gewerkschaften und ihrer Forderungen zu heben.

Die Auseinandersetzungen um eine einheitliche europäische Rechtsform für Unternehmen zeigten, dass bereits zu Beginn der 1970er-Jahre die Bedeutung der europäischen Integration der Wirtschaft zunehmend wichtiger wurde. Ludwig Rosenberg erkannte frühzeitig den Einfluss europäischer Richtlinien auf das nationale Sozialstaatsgefüge und versuchte entsprechend die Gewerkschaften der EWG zu einen, was damals – wie heute – ein überaus schwieriges Unterfangen darstellte. Zu unterschiedlich sind die jeweiligen Traditionen und Vorstellungen von der Funktion der Gewerkschaften in den einzelnen Ländern, zu wenig konnte der DGB in Europa mit seinen Vorstellungen andere überzeugen und zu komplex waren auch in den 1970ern die politischen Interessenlagen in Deutschland und anderen Ländern der EWG. Allerdings wurden die Ideen von Arbeitnehmervertretern in den 1970er-Jahren im Gegensatz zu späteren Zeiten zumindest berücksichtigt und fanden Eingang in die politischen Beratungen. Nicht zuletzt aufgrund der gewerkschaftlichen Forderungen kam es zu keiner Einigung auf europäischer Ebene für eine europäische Handelsgesellschaft und das Projekt lag ungefähr 20 Jahre lang brach. Die Grundkonstanten des Streits um den Ausbau der Unternehmensmitbestimmung in Europa dürften noch heute dieselben sein wie zu Beginn der 1970er-Jahre. Genau wie zu Beginn der Vertiefung der europäischen Integration sind sich die Gewerkschaften uneins und die Arbeitgeber lehnen eine Mitbestimmung kategorisch ab. Dabei könnte gerade eine effektive Mitbestimmung auf Unternehmensebene eine Alternative zu den oftmals schlecht funktionierenden europäischen Betriebsräten darstellen. Die Interessen der Arbeitnehmer könnten im Aufsichtsorgan einer europäischen Handelsgesellschaft oder S. E. effektiv zum Tragen kommen.

* * *

Zu einer umfassenden Einschätzung der Akteurskonstellationen gehört neben der Außenwirkung die Untersuchung der Akteure nach innen. Sie gibt Rückschlüsse auf die innerverbandliche Schlagkraft und die Stringenz des Auftretens. Die Arbeitgeber in BDA und BDI befanden sich während der Auseinandersetzungen in einer besseren Position. Die Auffassungen von Dachverbänden und Mitgliedern waren von einigen Ausnahmen abgesehen weitgehend deckungsgleich. Sie sprachen mit einer Stimme und mussten nicht viel Ehrgeiz in der Sache entwickeln, außer Geld für Öffentlichkeitskampagnen zu sammeln. Sie traten gegenüber den politischen Parteien geschlossener und verbindlicher auf. Insofern mag es für die Analyse vielleicht kein tief greifender Mangel sein, dass die internen Kommunikationsprozesse in der BDA nicht und im BDI nur lückenhaft überliefert sind, schließlich entsprach das Verhalten der Arbeitgeber als kollektivem Akteur den Erwartungen, lehnten sie doch die Mitbestimmung rundweg ab und hätten sich bestenfalls mit einer Drittelbeteiligung arrangieren können. Gemessen an diesem Ziel muss man ihrem Bemühen natürlich Versagen konstatieren, doch dieses Urteil wäre zu kurz geraten. Führt man sich den Gesetzentwurf der Koalition vom Februar 1974 vor Augen und vergleicht ihn mit dem letztendlich verabschiedeten Gesetz, wird deutlich, dass die Arbeitgeber mit ihrer konsequenten Weigerung, ein eigenständiges Gesetz vorzulegen, richtiglagen. In der heißen Auseinandersetzung um die Mitbestimmung hatten die Arbeitgeber den entscheidenden Vorteil, dass sich ihr Kernanliegen in der Frage der Verfassungskonformität konzentrieren ließ. Die Verfassungsfrage regelte die Dinge zu ihren Gunsten. Sie nutzten diesen Umstand überaus geschickt und legten keinen eigenen Entwurf vor, an dem sich alle Akteure hätten abarbeiten können, sondern konzentrierten sich darauf, den Koalitionsentwurf beständig zu kritisieren und auf die Bedenken hinzuweisen. Somit trieben sie die FDP vor sich her und erzeugten eine Unruhe, die am Ende für eine klare und eindeutige Lösung sorgen musste, in der die »formale Parität« wirklich nur auf dem Papier galt. Das Doppelstimmrecht des Aufsichtsratsvorsitzenden und der garantierte Vorsitz im Aufsichtsrat für die Anteilseigner waren beide im Gesetzentwurf von 1974 nicht vorgesehen und sind im Vergleich zu dessen komplizierten, aber der Parität nahekommenden Regelungen ein Rückschritt, der ohne die Verfassungsdiskussion so nicht entstanden wäre. Das Gleiche gilt für die Einführung der Urwahl.

Komplexer sind die Zusammenhänge auf der Seite der Gewerkschaften. Der Dachverband DGB setzt sich aus mehreren kollektiven Akteuren, den Einzelgewerkschaften, zusammen, die je für sich in der Mitbestimmung eigene Ziele verfolgten. Da der DGB aber in der Mitte der 1970er-Jahre unter der Ägide von Rosenberg und Vetter noch die Kollektivvertretung der Arbeitnehmerinteressen für sich beanspruchte und auch zurecht für sich beanspruchen konnte, gelang es ihm zunächst, eine gewisse Verbindlichkeit der Entscheidungsfindung zu erzielen. Das Wort des Vorsitzenden und seines Stabs hatte Gewicht. In der Frage der Mitbestimmung musste der DGB aber durch seine Werbemaßnahmen erst zu einem Kollektivakteur heranwachsen, ohne die keine politische Partei das »heiße Eisen« Mitbestimmung angefasst hätte. Erst nachdem er mehr oder weniger glaubwürdig von sich hatte behaupten können, für die Interessen der Mitglieder einzutreten, nahm sich die Politik des Themas an. In das

Bild fügen sich die Hinweise von Vetter ein, dass die Meinung eben jener Mitglieder ab dem Zeitpunkt nicht mehr weiter von Interesse war, als das Thema die politische Sphäre erreicht hatte.

Zwischen den Vorständen und den Mitgliedern herrschte indes Distanz. Die großen Demonstrationen und Kundgebungen zugunsten der Mitbestimmung können nur schwerlich als Beleg für den Willen der Arbeitnehmerinnen und Arbeitnehmer herangezogen werden, verfügte der DGB doch über die Macht und die Mittel, solche Kundgebungen zu organisieren, für die entsprechende Beteiligung zu sorgen und die Ergebnisse zu publizieren. Zu dem Willen, Geschlossenheit zu erzielen, können auch die Bemühungen auf europäischer Ebene gezählt werden, die Gewerkschaften der EWG ins Boot zu holen, die jedoch mit der Mitbestimmung nur wenig anfangen konnten, da sie in ihren Augen gleichzeitig eine Anerkennung der kapitalistischen Verhältnisse bedeutete, die sie nicht mittragen wollten.

Wichtiger für das Scheitern des DGB – wenn man die Kategorien Erfolg und Scheitern heranziehen möchte – war die Uneinheitlichkeit der Gewerkschaften untereinander. Ein erster Dissens zeigte sich bereits in der konzeptionellen Phase. Differenzen gab es zwischen dem DGB und der IG Bergbau, die eine Beibehaltung der Montanmitbestimmung für unbedingt notwendig erachtete, und der IG Chemie. Letztere verfolgte einen eigenständigen Weg und sah im Bereich der chemischen Industrie die Gelegenheit als günstig an, da der Vorstand eine Kontrolle über die Konzentration in der Wirtschaft erhalten wollte, die sich vor allem in der Rekonstruktion der IG-Farben-Vorgänger versinnbildlichte. In diesem Duktus wollte man in der Öffentlichkeit punkten, verkannte aber völlig, dass die Zeit für eine Mitbestimmung in der chemischen Industrie in der Mitte der 1960er-Jahre noch nicht reif war, da es vollständig an politischem Rückhalt fehlte. Der DGB war strikt dagegen, da er in seinem Ziel einer einheitlichen Mitbestimmung für alle Arbeitnehmer das Anliegen als hinderlich ansah und intervenierte bei der SPD, um ihre Unterstützung für die IG Chemie zu unterbinden, die die politische Lage völlig falsch eingeschätzt hatte. Hier konnte sich der DGB gegenüber der Chemiegewerkschaft durchsetzen.

In der Verhandlungsphase zeigten sich die Gewerkschaften und der DGB gleichfalls uneinig. Vor allem die maßgeblichen Vertreter der industriell wichtigsten Einzelgewerkschaften wie der IG Chemie und der IG Metall sendeten unterschiedliche Signale an die Politik. Im DGB-Bundesvorstand stimmten sie in der Regel im Sinne des Vorsitzenden und drängten ihn sogar teilweise zu einer harten Linie, um dann gegenüber den Politikern genau das Gegenteil zu vertreten und ihre Unterstützung für einen Kompromiss mit der FDP zuzusichern. So bildeten sich im Verlauf zwei Seiten heraus, ein starrer, als kompromisslos geltender DGB auf der einen und kompromissgewillte Einzelgewerkschaften auf der anderen Seite. Der DGB hatte die Schwierigkeit zu bewältigen, zwischen den einzelnen Gewerkschaften zu vermitteln und musste gleichzeitig die eigene Position in die politische Sphäre einbringen.

Der Politik spielte dabei ein weiterer Umstand in die Hände, der im gesamten Verlauf eher implizit von Bedeutung war. Auf Drängen der IG Bergbau stand die Montanmitbestimmung von Beginn an nicht zur Debatte. Das kann durchaus als ein frühes und entscheidendes Moment der Schwäche der Gewerkschaften und des DGB angesehen werden, gaben sie doch so ihr größtes Mobilisierungspotenzial freiwillig aus den Händen. Zwar wäre ein politischer Streik, und es gab Ideen zugunsten eines Streiks, nicht rechtens gewesen, doch hätten andere Maßnahmen der Arbeitsniederlegung in der Eisen- und Stahlindustrie mit ihrer langen gewerkschaftlichen Tradition und ihrem hohen Organisationsgrad durchaus beeindruckende Wirkungen erzielen können. Ohne dieses Druckmittel wären Streiks in der übrigen Wirtschaft, ob rechtens oder nicht, ohnehin zum Scheitern verurteilt gewesen. Die Politik registrierte diesen Umstand sehr genau. Nicht umsonst sah die FDP von ihren ursprünglichen Plänen, die Montanmitbestimmung in einer allgemeinen Mitbestimmung aufzulösen, sehr bald ab. Rückblickend mag das vielleicht ein maßgeblicher Faktor gewesen sein, der zu dem aus der Sicht der Gewerkschaften verwässerten Gesetz beitrug. Da der DGB bis zum Schluss an Maximalforderungen festhielt und gerade Vetter nicht von seiner Linie abwich, musste das Gesetz seine größte Enttäuschung überhaupt sein, wie er auch zugab. Vielleicht schwang in dieser Aussage auch die persönliche Enttäuschung über den fehlenden Rückhalt in der Politik und in den eigenen Reihen der Gewerkschaften mit.

Dazu passt ins Bild, dass diejenigen Gewerkschafter, die ein politisches Amt in der Koalition innehatten, sei es als Minister oder als Abgeordneter, bis auf wenige Ausnahmen die Linie der SPD mittrugen. Das Diktum vom Gewerkschaftsstaat relativiert sich so entscheidend, offenbar sind Gewerkschafter oder Interessenvertreter im Allgemeinen, die ein politisches Amt annehmen, in Deutschland in erster Linie diesem Amt verpflichtet. Dass dies nicht unproblematisch war, zeigt das Beispiel von Walter Arendt, der sich sichtlich schwertat, den Kompromiss zu vertreten und bereits Anfang 1975 an Rücktritt dachte. Die Widersprüche, in die sich vormalige Gewerkschafter bzw. Verbandsvertreter durch die Übernahme eines politischen Amts begaben, konnten eine persönlich hohe Belastung darstellen. Nicht zuletzt deswegen nahmen die Fraktionsspitzen gegen Ende des Prozesses das Heft in die Hand und handelten die maßgeblichen Inhalte weitgehend ohne Zutun des Arbeitsministers aus, der dadurch demontiert wurde. Anhand des Verlaufs seiner politischen Karriere, Arendt trat 1976 nach der Bundestagswahl vom Amt des Bundesarbeitsministers zurück, lässt sich exemplarisch zeigen, welche Mühen hinter den Protagonisten des Mitbestimmungsgesetzes lagen. Zwar lag der Rücktritt von Arendt nicht in dem Mitbestimmungsgesetz begründet, aber das Tischtuch zwischen ihm, dem Bundeskanzler und anderen SPD-Politikern war zerschnitten. Am Ende des Gesetzes waren alle Beteiligten erleichtert, dass es endlich beschlossen war.

* * *

Eine Bewertung des Gesamtkomplexes Mitbestimmung auf Unternehmensebene muss zwangsläufig zwiespältig ausfallen, sie ist zu komplex für ein einfaches positives oder negatives Urteil. Insgesamt gesehen scheint die Zähmung des Kapitalismus oder besser gesagt der Marktwirtschaft das Hauptanliegen der Mitbestimmung im Aufsichtsrat zu sein, einem Demokratisierungsanliegen kommt sie weniger gleich. Will man sich dafür starkmachen, sollten die Rechte der Betriebsräte gestärkt werden. Die Unterscheidung zwischen Kapitalismus und Marktwirtschaft ist in dem Fall von hoher Bedeutung. Denn einem finanzmarktgetriebenen, auf schnelle Rendite und hohe Dividenden zielenden Kapitalismus hat die Mitbestimmung nicht viel entgegenzusetzen, schon gar nicht in einer unterparitätischen Form wie in Deutschland. In einer Marktwirtschaft hingegen – Marktwirtschaft in diesem Sinne gleichgesetzt mit dem Unternehmensziel, Produkte zu entwickeln, herzustellen und auf einem Markt abzusetzen – können sich durch ihre »Zähmung« durchaus Vorteile ergeben, zwar nicht unbedingt für den einzelnen Unternehmer an sich, aber für ein Gesamtsystem der Wirtschaft, das auf Stabilität setzt. In jedem Fall ist die Mitbestimmung vielschichtig, sie ist eine Theorie, ein gewerkschaftspolitisches Anliegen und ein politisches Thema zugleich. Als politisches Thema kann man sie als eine Art funktionales Äquivalent einer schärferen Kontrollgesetzgebung von Unternehmen ansehen – und ähnlich einer Gesetzgebung, die in der Realität nicht immer greift, hat auch die Mitbestimmung Defekte.

Der Kampf um die Mitbestimmung war vor 40 Jahren ein Kampf der Kräfteverhältnisse von Kapital und Arbeit und ist es noch heute, jedoch innerhalb eines gemeinsamen Ordnungsrahmens, der durch die Mitbestimmung nicht aufgehoben wird. Ob man sie positiv oder negativ einschätzt, bleibt nicht zuletzt eine Frage der persönlichen Erfahrungen mit ihren Ergebnissen. Die jüngste Forschung trug zu einer differenzierteren Sichtweise bei und auch in einem Zeitzeugenprojekt befragte gewerkschaftliche Praktiker[3] kamen zu unterschiedlichen Einschätzungen ihres Einflusses innerhalb des Aufsichtsrats. Mitbestimmung war umstritten und wird es bleiben. Will man für ihren Ausbau eintreten, muss man sich vor Augen führen, dass die Konflikte und die Durchsetzungsmöglichkeiten, ja auch die politischen Voraussetzungen, heute vergleichbar mit denen vor bald 40 Jahren sind. Will man eine effektive Mitbestimmung erzielen und zugleich den Versuch unternehmen, den Finanzmarktkapitalismus zu kontrollieren, sollten die Größenordnungen Umsatz und Bilanzsumme wieder Eingang in die gewerkschaftlichen Forderungen nach einer Erweiterung der Mitbestimmung finden, können doch heute große Akteure aus der Finanzwelt mit weit weniger als 2.000 Mitarbeitern den Wirtschaftskreislauf entscheidend beeinflussen. Auch die Idee eines Rechtsformenzwangs für Großunternehmen könnte wieder an Aktualität gewinnen. Doch eines steht fest: Ohne eine überzeugende Antwort auf die Frage einer effektiven, von den Arbeitnehmerinnen und Arbeitnehmern transnational

---

3   Siehe unter www.zeitzeugen.fes.de.

getragenen Mitbestimmung in Europa wird jede Initiative für mehr Mitbestimmung wenig Aussicht auf Erfolg haben.

Anhang

Abkürzungsverzeichnis

Abt.	Abteilung
a. D.	außer Dienst
ADGB	Allgemeiner Deutscher Gewerkschaftsbund
AEG	Allgemeine Elektricitäts-Gesellschaft
AFL-CIO	American Federation of Labour and Congress of Industrial Organizations
AdL	Archiv des Liberalismus
AdsD	Archiv der sozialen Demokratie
AfA	Arbeitsgemeinschaft für Arbeitnehmerfragen
AfsB	Archiv für soziale Bewegungen
AG	Aktiengesellschaft
ARD	Arbeitsgemeinschaft der öffentlich-rechtlichen Rundfunkanstalten der Bundesrepublik Deutschland
ASF	Arbeitsgemeinschaft Sozialdemokratischer Frauen
BA	Bundesarchiv
BAG	Bundesarbeitsgericht
BDA	Bundesvereinigung der deutschen Arbeitgeberverbände
BDI	Bundesverband der deutschen Industrie
BfG	Bank für Gemeinwirtschaft
Bl.	Blatt
BJM	Bundesjustizministerium
BMAS	Bundesministerium für Arbeit und Sozialordnung
BMWi	Bundesministerium für Wirtschaft
BT-Drs.	Bundestags-Drucksache
BzG	Beiträge zur Geschichte der Arbeiterbewegung
CDA	Christlich-demokratische Arbeitnehmerschaft Deutschlands
CDU	Christlich-Demokratische Union Deutschlands
CGB	Christlicher Gewerkschaftsbund Deutschlands
CME	Coordinated Market Economy
CSU	Christlich-Soziale Union
DAF	Deutsche Arbeitsfront
DAG	Deutsche Angestellten-Gewerkschaft
DDP	Deutsche Demokratische Partei
DGB	Deutscher Gewerkschaftsbund
DIHT	Deutscher Industrie- und Handelstag
DKP	Deutsche Kommunistische Partei
DM	Deutsche Mark
DP	Deutsche Partei
EAG	Europäische Aktiengesellschaft
EBFG	Europäischer Bund Freier Gewerkschaften
EFTA	Europäische Freihandelsorganisation
EGB	Europäischer Gewerkschaftsbund
EKD	Evangelische Kirche in Deutschland
EVG	Europäische Verteidigungsgemeinschaft
EWG	Europäische Wirtschaftsgemeinschaft
EWI	Europäische wirtschaftliche Interessengemeinschaft
FAZ	Frankfurter Allgemeine Zeitung
FR	Frankfurter Rundschau
FDP	Freie Demokratische Partei
GBV	Geschäftsführender Bundesvorstand des Deutschen Gewerkschaftsbundes
GdED	Gewerkschaft der Eisenbahner Deutschlands
GG	Grundgesetz

GmbH	Gesellschaft mit beschränkter Haftung
GMH	Gewerkschaftliche Monatshefte
HBV	Gewerkschaft Handel, Banken, Versicherungen
HR	Hessischer Rundfunk
HSA	Helmut Schmidt Archiv im AdsD
ICF	Föderation von Chemiegewerkschaften und Fabrikarbeiterverbänden
IfSS	Institut für Selbsthilfe und Sozialforschung e. V.
IG	Industriegewerkschaft
IG Bau	Industriegewerkschaft Bau-Steine-Erden
IG Bergbau	Industriegewerkschaft Bergbau und Energie
IG Chemie	Industriegewerkschaft Chemie, Papier, Keramik
IG Metall	Industriegewerkschaft Metall für die Bundesrepublik Deutschland
KAB	Katholische Arbeitnehmer-Bewegung
KND	Kurz-Nachrichten-Dienst der BDA
LME	Liberal Market Economy
MdB	Mitglied des Deutschen Bundestags
MSDP	Mehrheitssozialdemokratie
NGG	Gewerkschaft Nahrung, Genuss, Gaststätten
NGISC	North German Iron and Steel Control
NKV	Nederlands Katholiek Verbond
NPD	Nationaldemokratische Partei Deutschlands
NRW	Bundesland Nordrhein-Westfalen
NSDAP	Nationalsozialistische Deutsche Arbeiterpartei
NVV	Nederlands Verbond van Vakverenigingen
OECD	Organization for Economic Cooperation and Development
ÖGB	Österreichischer Gewerkschaftsbund
OgW	Organisation der gewerblichen Wirtschaft
ÖTV	Gewerkschaft Öffentliche Dienste, Transport, Verkehr
PDA	Pressedienst der Deutschen Arbeitgeberverbände
PV	Parteivorstand
RDI	Reichsverband der deutschen Industrie
RIAS	Radio im amerikanischen Sektor Berlin
SDS	Sozialistischer Deutscher Studentenbund
S. E.	Societas Europaea
SGB	Schweizerischer Gewerkschaftsbund
SPD	Sozialdemokratische Partei Deutschlands
SPP	Sozialpolitischer Pressedienst
SZ	Süddeutsche Zeitung
TUC	Trade Union Congress
ULA	Union der leitenden Angestellten
UNICE	Union der Industrieverbände der EWG-Staaten
USA	United States of America
USPD	Unabhängige Sozialdemokratische Partei Deutschlands
VDMA	Verband Deutscher Maschinen- und Anlagebau
VSWG	Vierteljahrschrift für Sozial- und Wirtschaftsgeschichte
WBA	Willy Brandt Archiv im AdsD
WWI	Wirtschaftswissenschaftliches Institut der Gewerkschaften
ZAG	Zentralarbeitsgemeinschaft
ZdK	Zentralkomitee der deutschen Katholiken
ZfG	Zeitschrift für Geschichtswissenschaft

Verzeichnis der ungedruckten Quellen und Archive

Archiv der sozialen Demokratie der Friedrich-Ebert-Stiftung, Bonn

DGB-Archiv im AdsD
Abt. Gesellschaftspolitik
Abt. Mitbestimmung
Abt. Vorsitzender
Abt. Werbung
Sekretariat Bernhard Tacke
Sekretariat Günther Stefan
Sekretariat Martin Heiß
SPD Bundestagsfraktion, V.–VII. Wahlperiode
Protokolle über Sitzungen der Fraktion
Protokolle über Sitzungen des Fraktionsvorstands
Arbeitskreis Rechtswesen
Arbeitskreis Wirtschaftspolitik
Arbeitskreis Sozialpolitik
Arbeitsgruppe Wirtschaft
SPD-Parteivorstand
Sitzungen des Parteivorstands
Sitzungen des Präsidiums
Büro Alfred Nau
Helmut-Schmidt-Archiv im AdsD
Willy-Brandt-Archiv im AdsD
Nachlass Walter Arendt
Nachlass Herbert Wehner

Archiv für soziale Bewegungen, Bochum

Bestand Industriegewerkschaft Chemie, Papier, Keramik

Archiv des Liberalismus, Gummersbach

Bundesparteitage, 1968–1970
Bundeshauptausschuss, 1969–1971
Nachlass Wolfgang Mischnick, 1968–1976
Nachlass Walter Scheel, 1973–1975

Bundesarchiv, Koblenz

B136: Bundeskanzleramt, 1966–1975
B122: Bundespräsidialamt, 1969
B149: Bundesministerium für Arbeit und Sozialordnung, 1965–1970
B106: Bundesministerium des Inneren, 1970–1975

Archiv des Bundesverbands der Deutschen Industrie, Berlin

Sitzungen des Präsidiums, 1974
Geschäftsführerkonferenzen, 1974
Büro der Hauptgeschäftsführung, 1970–1976

Verzeichnis der gedruckten Quellen und Literatur

Quelleneditionen

Buchstab, Günter (Bearb.): Kiesinger: »Wir leben in einer veränderten Welt«. Die Protokolle des CDU-Bundesvorstands 1965–1969 (Forschungen und Quellen zur Zeitgeschichte 50), Düsseldorf 2005.

Bundesverband der Katholischen Arbeitnehmer-Bewegung (KAB) Deutschlands (Hg.): Texte zur katholischen Soziallehre. Die sozialen Rundschreiben der Päpste und andere kirchliche Dokumente, 4. Aufl., Kevelaer 1977.

von Kieseritzky, Wolther (Bearb.): Der Deutsche Gewerkschaftsbund, 1964–1969 (Quellen zur Geschichte der deutschen Gewerkschaftsbewegung im 20. Jahrhundert 13), Bonn 2006.

Marx, Stefan: Die CDU/CSU-Fraktion im Deutschen Bundestag. Sitzungsprotokolle 1966–1969. Erster Halbband Dezember 1966 bis März 1968 (Quellen zur Geschichte des Parlamentarismus und der politischen Parteien 11/V), Düsseldorf 2011.

Mertsching, Klaus (Bearb.): Der Deutsche Gewerkschaftsbund 1969–1975 (Quellen zur Geschichte der deutschen Gewerkschaftsbewegung 16), Bonn 2013.

Mielke, Siegfried/Rüthers, Peter (Bearb.): Gewerkschaften in Politik, Wirtschaft und Gesellschaft 1945–1949 (Quellen zur Geschichte der deutschen Gewerkschaftsbewegung im 20. Jahrhundert 7), Köln 1991.

Mitglieder des Gerichtshofs (Hg.): Entscheidungen des Bundesarbeitsgerichts, Bd. 26, Berlin/New York 1980.

Müller-List, Gabriele (Bearb.): Montanmitbestimmung. Das Gesetz über die Mitbestimmung der Arbeitnehmer in den Aufsichtsräten und Vorständen der Unternehmen des Bergbaus und der Eisen und Stahl erzeugenden Industrie vom 21. Mai 1951 (Quellen zur Geschichte des Parlamentarismus und der politischen Parteien, Vierte Reihe, Bd. 1), Düsseldorf 1984.

Rahner, Karl/Vorgrimler, Herbert: Kleines Konzilskompendium. Sämtliche Texte des Zweiten Vatikanums, 34. Aufl., Freiburg i. Br./Basel/Wien 2007.

Tüffers, Bettina (Bearb.): Die SPD-Fraktion im Deutschen Bundestag. Sitzungsprotokolle 1966–1969 (Quellen zur Geschichte des Parlamentarismus und der politischen Parteien 8/IV), Düsseldorf 2009.

Gedruckte Quellen

Arbeitskreis Mitbestimmung (Hg.): Wirtschaftliche Mitbestimmung und freiheitliche Gesellschaft. Eine Stellungnahme des Arbeitskreises Mitbestimmung bei der Bundesvereinigung der Deutschen Arbeitgeberverbände, 2. Aufl., o. O. 1966.

BDA (Hg.): Stellungnahme des Arbeitskreises Mitbestimmung zum Entwurf eines Gesetzes über die Mitbestimmung der Arbeitnehmer, Bundestagsdrucksache 7/2172, o. O. 1974.

Ders.: Jahresbericht 1973/74, Köln 1974.

Ders.: Jahresbericht 1975/76, Köln 1976.

Bundesvorstand des Deutschen Gewerkschaftsbundes (brit. Besatzungszone) (Hg.): Die Gewerkschaftsbewegung in der britischen Besatzungszone. Geschäftsbericht des Deutschen Gewerkschafts-Bundes (britische Besatzungszone) 1947–1949, Köln o. J.

CDU Deutschland: Niederschrift des 13. CDU-Bundesparteitags 1965 in Düsseldorf, Bonn 1965.

Dies.: Niederschrift des 18. CDU-Bundesparteitags 1971 in Düsseldorf, Bonn 1971.

Dies.: Niederschrift des 22. CDU-Bundesparteitags 1973 in Hamburg, Bonn 1973.

Dies.: Die CDU diskutiert die Mitbestimmung. Die Aussprache über die Mitbestimmung auf dem Berliner Parteitag der CDU im November 1968, Bonn o. J.

Dahrendorf, Ralf: Politik der Liberalität statt Bündnis der Unbeweglichkeit. Rede zum 19. Bundesparteitag der Freien Demokraten in Freiburg am 30.1.1968. Nachdruck aus liberal 2 (1968).

DAG-Bundesvorstand (Hrsg:): Thesen zur Mitbestimmung, Hamburg 1968.

DGB-Bundesvorstand (Hg.): Protokoll Gründungskongress des Deutschen Gewerkschaftsbundes, München 12.–14. Oktober 1949, Köln 1950.

Ders. (Hg.): Protokoll des 6. ordentlichen Bundeskongresses vom 22. bis 27. Oktober 1962 in Hannover, Köln 1962.

Ders. (Hg.): Protokoll des außerordentlichen Bundeskongresses des DGB vom 21. bis 22. November 1963, Köln 1963.

Ders. (Hg.): Protokoll des 7. ordentlichen Bundeskongresses vom 9. bis 14. Mai 1966 in Berlin, Köln 1966.

Ders. (Hg.): Protokoll des 10. ordentlichen Bundeskongresses vom 25. bis 30 Mai 1975 in Hamburg, o. O. 1975.

Ders. (Hg.): Geschäftsbericht 1954–1955, Düsseldorf o. J.

Ders. (Hg.): Stellungnahme des Deutschen Gewerkschaftsbundes zum Regierungsentwurf eines Aktiengesetzes und eines Einführungsgesetzes zum Aktiengesetz, Düsseldorf 1960.

Ders. (Hg.): Änderungsvorschläge des Deutschen Gewerkschaftsbundes zum Regierungsentwurf eines Aktiengesetzes und eines Einführungsgesetzes zum Aktiengesetz, Düsseldorf 1961.

Ders. (Hg.): Aktienrechtsreform und Mitbestimmung. Stellungnahmen und Vorschläge, Düsseldorf o. J.

Ders. (Hg.): Mitbestimmung – eine Forderung unserer Zeit, Bielefeld (1966).

Ders. (Hg.): Entwurf eines Gesetzes über die Mitbestimmung der Arbeitnehmer in Großunternehmen und Großkonzernen (Mitbestimmungsgesetz), Düsseldorf 1968.

Ders.: Mitbestimmung. Mündigkeit '69, Wiesbaden 1969.

Ders. (Hg.): Mitbestimmung jetzt – und keine halben Sachen. Referentenmaterial zur Mitbestimmung, 2. Aufl., Düsseldorf 1974.

Ders.: Stellungnahme des Deutschen Gewerkschaftsbunds zu den BT-Drucksachen 17/2122 und 17/1413 vom 04. Mai 2011, URL: http://www.dgb.de/themen/++co++12a6e6b6-7a20-11e0-7eb6-00188b4dc422 (abgerufen am 10.12.2016).

Deutsches Industrieinstitut: Mitbestimmung in der Diskussion III. Unternehmer und unternehmerische Organisationen zur Mitbestimmung, Köln 1969.

Evangelische Kirche im Rheinland (Hg.): Der Mensch im Kollektiv. Vorträge und Bericht der ersten Arbeitsgruppe des Essener Kirchentags 1950 (Schriftenreihe Kirche im Volk 6), Mülheim a. d. Ruhr 1950.

Evangelische Aktionsgemeinschaft für Arbeitnehmerfragen: Mitbestimmung. Forderungen, Einwände, Erwägungen. Bericht über die Verhandlungen zum Hauptthema der Vollversammlung der Evangelischen Aktionsgemeinschaft für Arbeitnehmerfragen in Deutschland am 23. April 1966 in Duisburg-Wedau, Bad Boll 1966.

Exekutivsekretariat der EWG: Denkschrift der Kommission der Europäischen Wirtschaftsgemeinschaft über die Schaffung einer Europäischen Handelsgesellschaft (Sonderbeilage zum Bulletin 9/10-1966), o. O. o. J.

Flach, Karl-Hermann/Maihofer, Werner/Scheel, Walter: Die Freiburger Thesen der Liberalen, Reinbek b. Hamburg 1972.

Generalsekretariat des Zentralkomitees der Deutschen Katholikentage (Hg.): Gerechtigkeit schafft Frieden. Der 73. Katholikentag vom 31. August bis 4. September 1949 in Bochum, Paderborn 1949.

Hilferding, Rudolf: Organisierter Kapitalismus. Referat und Diskussion auf dem sozialdemokratischen Parteitag in Kiel 1927, o. O. o. J.

IG Chemie-Papier-Keramik (Hrsg:): Die Einstellung der Arbeitnehmer zur Mitbestimmung in Großbetrieben des Organisationsbereichs der IG Chemie-Papier-Keramik. Kurzfassung der Untersuchungsergebnisse einer Repräsentativbefragung des Instituts für Selbsthilfe und Sozialforschung e. V. Köln, Hannover 1966.

IG Metall für die Bundesrepublik Deutschland (Hg.): Protokoll des 9. ordentlichen Gewerkschaftstages, Frankfurt a. M. o. J.

Kommission zur Modernisierung der Unternehmensmitbestimmung: Bericht der wissenschaftlichen Mitglieder der Kommission mit Stellungnahmen der Vertreter der Unternehmer und der Vertreter der Arbeitnehmer, o. O. 2006.

Müller, Eberhard: Der Mensch im Kollektiv, in: Evangelische Kirche im Rheinland (Hg.): Der Mensch im Kollektiv, S. 27-38.

Ders.: Zur sozialethischen Begründung der Mitbestimmung, in: Evangelische Aktionsgemeinschaft für Arbeitnehmerfragen (Hg.): Mitbestimmung, S. 15-22.

Rauscher, Anton (Hg.): Mitbestimmung. Referate und Diskussion auf der Tagung katholischer Sozialwissenschaftler 1968 in Mönchengladbach (Veröffentlichungen der Katholischen Sozialwissenschaftlichen Zentralstelle Mönchengladbach), Köln 1968.

Rosenberg, Ludwig: Das Mitbestimmungsrecht der Arbeitnehmer in Deutschland. Eine Darstellung für ausländische Freunde, Düsseldorf o. J.

Ders.: Wir fordern die Erweiterung der Mitbestimmung. Referat anlässlich der Kundgebung »Mitbestimmung« der IG Chemie, Papier, Keramik am 6. Oktober 1965 in Dortmund, o. O. o. J.

Sachverständigenkommission zur Auswertung der bisherigen Erfahrungen mit der Mitbestimmung: Mitbestimmung im Unternehmen. Bericht der Sachverständigenkommission, Stuttgart u. a. 1970.

Sachverständigenrat zur Begutachtung der gesamtwirtschaftlichen Entwicklung (Hg.): Jahresgutachten 1965/66, Stuttgart/Mainz 1965.

Ders. (Hg.): Jahresgutachten 1966/67, Stuttgart/Mainz 1966.

SPD-Parteivorstand: Protokoll des Parteitags der SPD vom 23. bis 27. November 1964 in Karlsruhe, Hannover/Bonn 1964.

Ders.: Parteitag der SPD vom 17. bis 21. März 1968 in Nürnberg, Hannover/Bonn o. J.

Ders.: Parteitag der SPD vom 11. bis 14. Mai 1970 in Saarbrücken, Bonn 1970.

Ders.: Parteitag der SPD vom 11. bis 15. November 1975 in Mannheim, o. O. 1975.

Ders. (Hg.): Grundsatzprogramm der SPD. Beschlossen vom außerordentlichen Parteitag der SPD in Bad Godesberg vom 13. bis 15. November 1959, [Köln] o. J.

Studienkommission des Deutschen Juristentages: Untersuchungen zur Reform des Unternehmensrechts. Teil I (Berichte der Ausschüsse I und II), Tübingen 1955.

Zonenausschuss der CDU für die britische Zone: Ahlener Programm, 3. Februar 1947, URL: http://www.kas.de/upload/themen/programmatik_der_cdu/programme/1947_Ahlener-Programm. pdf (abgerufen am 10.12.2016).

Darstellungen

Abel, Jörg/Ittermann, Peter (Hg.): Mitbestimmung an den Grenzen? Arbeitsbeziehungen in Deutschland und Europa, München/Mehring 2001.

Abelshauser, Werner.: Vom wirtschaftlichen Wert der Mitbestimmung. Neue Perspektiven ihrer Geschichte in Deutschland, in: Streeck/Kluge (Hg.): Mitbestimmung in Deutschland, S. 224-238.

Ders.: Kulturkampf. Der deutsche Weg in die Neue Wirtschaft und die amerikanische Herausforderung (Kulturwissenschaftliche Interventionen 4), Berlin 2003.

Ders.: Deutsche Wirtschaftsgeschichte seit 1945 (Schriftenreihe der Bundeszentrale für politische Bildung 460), Bonn 2005.

Ders.: Der wahre Wert der Mitbestimmung, in: Die Zeit 39 (2006).

Ahland, Frank: Ludwig Rosenberg. Der Bürger als Gewerkschafter, Witten 2002.

Ahrens, Ralf/Gehlen, Boris/Reckendrees, Alfred (Hg.): Die »Deutschland AG«. Historische Annäherungen an den bundesdeutschen Kapitalismus (Bochumer Schriften zur Unternehmens und Industriegeschichte 20), Essen 2013.

Dies.: Die Deutschland AG als historischer Forschungsgegenstand, in: dies. (Hg.): Die »Deutschland AG«, S. 7-28.

Albert, Michel: Kapitalismus contra Kapitalismus, Frankfurt a. M. 1992.

von Alemann, Ulrich. (Hg.): Partizipation – Demokratisierung – Mitbestimmung. Problemstand und Literatur in Politik, Wirtschaft, Bildung und Wissenschaft. Eine Einführung (Studienbücher zur Sozialwissenschaft 19), Opladen 1975.

Ders./Heinze, Rolf G. (Hg.): Verbände und Staat. Vom Pluralismus zum Korporatismus. Analysen, Positionen, Dokumente, Opladen 1979.

Dies.: Auf dem Weg zum liberalen Ständestaat? Einführung in die Korporatismusdiskussion, in: dies. (Hg.): Verbände und Staat, S. 38-49.

von Alemann, Ulrich: Liberaler Korporatismus? Die Diskussion der FDP um ein Verbändegesetz, in: ders./Heinze (Hg.): Verbände und Staat, S. 118-138.

Ambrosius, Gerold: Staat und Wirtschaft im 20. Jahrhundert (Enzyklopädie deutscher Geschichte 7), München 1990.

Ders./Kaelble, Hartmut: Einleitung: Gesellschaftliche und wirtschaftliche Folgen des Booms der 1950er und 1960er Jahre, in: Kaelble (Hg.): Der Boom 1948–1973, S. 7-32.

Andersen, Uwe/Woyke, Wichard (Hg.): Handwörterbuch des politischen Systems der Bundesrepublik Deutschland, 5. Aufl., Opladen 2003.

Andresen, Knut/Bitzegeio, Ursula/Mittag, Jürgen (Hg.): Nach dem Strukturbruch? Kontinuität und Wandel von Arbeitsbeziehungen und Arbeitswelt(en) seit den 1970er-Jahren (Reihe Politik- und Gesellschaftsgeschichte 89), Bonn 2011.

Angster, Julia: Konsenskapitalismus und Sozialdemokratie. Die Westernisierung von SPD und DGB (Ordnungssysteme. Studien zur Ideengeschichte der Neuzeit 13), München 2003.

Anzenbacher, Arno: Christliche Sozialethik. Einführung und Prinzipien, Paderborn u. a. 1998.

Archiv der sozialen Demokratie (Hg.): Bestandsübersicht, Bonn 2006.

Armingeon, Klaus: Die Regulierung der kollektiven Arbeitsbeziehungen in der Europäischen Union, in: Streeck (Hg.): Staat und Verbände, S. 207-222.

von Auer, Frank/Segbers, Franz (Hg.): Sozialer Protestantismus und Gewerkschaftsbewegung. Kaiserreich, Weimarer Republik, Bundesrepublik Deutschland, Köln 1994.

Bahnsen, Uwe: Karl Schiller, Hamburg 2008.

Ballerstedt, Kurt: Unternehmen von besonderer gesamtwirtschaftlicher Bedeutung unter Berücksichtigung des Konzernrechts, in: Studienkommission des Deutschen Juristentages: Untersuchungen zur Reform des Unternehmensrechts, S. 7-58.

Bamberg, Ulrich u. a.: Aber ob die Karten voll ausgereizt sind ... 10 Jahre Mitbestimmungsgesetz 1976 in der Bilanz (Mitbestimmung in Theorie und Praxis), Köln 1987.

Baring, Arnulf: Machtwechsel. Die Ära Brandt-Scheel, Stuttgart 1982.

Baums, Theodor/Frick, Bernd: Co-determination in Germany: The impact of the Court-Decisions on the Market Value of Firms, in: Economic Analysis 1/1998, S. 144-161.

Benelli, Guiseppe/Loderer, Claudio/Lys, Thomas: Labour Participation in Corporate Policy-Making Decisions: West-Gemany's Experience with Co-Determination, in: Journal of Business 60/1987, S. 553-575.

Benz, Wolfgang (Hg.): Die Geschichte der Bundesrepublik Deutschland. Bd. 2: Wirtschaft, Frankfurt a. M. 1989.

Berghahn, Volker: Unternehmer und Politik in der Bundesrepublik Deutschland, Frankfurt a. M. 1985.

Ders./Vitols, Sigurt (Hg.): Gibt es einen deutschen Kapitalismus? Tradition und globale Perspektiven der sozialen Marktwirtschaft, Frankfurt a. M./New York 2006.

Ders.: Das »deutsche Kapitalismus-Modell« in Geschichte und Geschichtswissenschaft, in: ders./Vitols (Hg.): Gibt es einen deutschen Kapitalismus?, S. 25-43.

Ders.: Industriegesellschaft und Kulturtransfer. Die deutsch-amerikanischen Beziehungen im 20. Jahrhundert (Kritische Studien zur Geschichtswissenschaft 182), Göttingen 2010.

Bethge, Dietrich: Arbeitsschutz, in: Hockerts (Hg.): 1966–1974 (Geschichte der Sozialpolitik seit 1945 5), S. 277-330.

Beyer, Jürgen: Pfadabhängigkeit. Über institutionelle Kontinuität, anfällige Stabilität und fundamentalen Wandel (Schriften aus dem Max-Planck-Institut für Gesellschaftsforschung 56), Frankfurt a. M./New York 2006.

von Beyme, Klaus: Institutionelle Grundlagen der deutschen Demokratie, in: Kaase/Schmid (Hg.) Eine lernende Demokratie, S. 19-39.

Bieber, Hans Joachim: Zwischen Kasernenhof und Rätesystem. Der schwierige Weg zu gesetzlichen Regelungen industrieller Mitbestimmung in Deutschland vom 19. Jahrhundert bis 1933, in: Nutzinger (Hg.): Perspektiven, S. 11-125.

Bispinck, Reinhard/Schulten, Thorsten/Raane, Peter (Hg.): Wirtschaftsdemokratie und expansive Lohnpolitik. Zur Aktualität von Viktor Agartz, Hamburg 2008.

Bocks, Philipp: Mehr Demokratie gewagt? Das Hochschulrahmengesetz und die sozial-liberale Reformpolitik 1969–1976 (Reihe Politik- und Gesellschaftsgeschichte 94), Bonn 2012.

Boettcher, Erik u. a.: Unternehmensverfassung als gesellschaftspolitische Forderung. Ein Bericht, Berlin 1968.

Borowsky, Peter/Vogel, Barbara/Wunder Heide: Einführung in die Geschichtswissenschaft I. Grundprobleme, Arbeitsorganisation, Hilfsmittel (Studienbücher Moderne Geschichte 1), 5. Aufl., Opladen 1989.

Borsdorf, Ulrich u. a. (Hg.): Gewerkschaftliche Politik: Reform aus Solidarität. Zum 60. Geburtstag von Heinz O. Vetter, Köln 1977.

Ders.: Deutsche Gewerkschaftsführer – biografische Muster, in: ders. u. a. (Hg.): Gewerkschaftliche Politik, S. 11-41.

Brakelmann, Günter/Greschat, Martin/Jochmann, Werner: Protestantismus und Politik. Werk und Wirkung Adolf Stoeckers (Hamburger Beiträge zur Sozial- und Zeitgeschichte 17), Hamburg 1982.

Breisig, Thomas (Hg.): Mitbestimmung – Gesellschaftlicher Auftrag und ökonomische Ressource. Festschrift für Hartmut Wächter, München/Mering 1999.

Bretschneider, Joachim: Lohnpolitik und Konzertierte Aktion: Der Standpunkt der Arbeitgeberverbände, in: GMH 20/1969, S. 329-337.

Briefs, Götz (Hg.): Mitbestimmung? Beiträge zur Problematik der paritätischen Mitbestimmung in der Wirtschaft, Stuttgart 1967.

Bührer, Werner: Geschichte und Funktion der deutschen Wirtschaftsverbände, in: Schroeder/Weßels (Hg.): Handbuch Arbeitgeber- und Wirtschaftsverbände, S. 43-65.

Ders.: Unternehmerverbände, in: Benz (Hg.): Die Geschichte der Bundesrepublik Deutschland 2, S. 140-168.

Buschak, Willy: Der Europäische Gewerkschaftsbund und die Europäischen Gewerkschaftsverbände, in: Optenhögel/Schneider/Zimmermann: Europäische Gewerkschaftsorganisationen, S. 9-19.

Christmann, Alfred: Wirtschaftliche Mitbestimmung im Meinungsstreit (hg. v. Otto Kunze), 2 Bde., Köln 1964.

Czada, Roland: Konjunkturen des Korporatismus: Zur Geschichte eines Paradigmenwechsels in der Verbändeforschung, in: Streeck (Hg.): Staat und Verbände, S. 37-64.

Däubler, Wolfgang: Das Grundrecht auf Mitbestimmung und seine Realisierung durch tarifvertragliche Begründung von Beteiligungsrechten, 2. Aufl., Frankfurt a. M. 1974.

Demirović, Alex: Demokratie in der Wirtschaft. Positionen, Probleme, Perspektiven, Münster i. Westf. 2007.

Detje, Richard/Sauer, Dieter: Vom Kopf auf die Füße stellen. Für eine arbeitspolitische Fundierung wirtschaftsdemokratischer Perspektiven, in: Fricke/Wagner (Hg.): Demokratisierung der Arbeit, S. 55-85.

Diefenbacher, Hans/Nutzinger, Hans G. (Hg.): Mitbestimmung: Probleme und Perspektiven der empirischen Forschung, Frankfurt a. M./New York 1981.

Ders.: Empirische Mitbestimmungsforschung. Eine kritische Auseinandersetzung mit Methoden und Resultaten, Frankfurt a. M. 1983.

Ders./Nutzinger, Hans G. (Hg.): Mitbestimmung in Europa. Erfahrungen und Perspektiven in Deutschland, der Schweiz und Österreich (Konzepte und Formen der Arbeitnehmerpartizipation 4), Heidelberg 1991.

Dietz, Bernhard/Neumaier, Christopher/Rödder, Andreas (Hg.): Gab es den Wertewandel? Neue Forschungen zum gesellschaftlichkulturellen Wandel seit den 1960er Jahren (Wertewandel im 20. Jahrhundert 1), München 2014.

Ders.: Wertewandel in der Wirtschaft? Die leitenden Angestellten und die Konflikte um Mitbestimmung und Führungsstil in den siebziger Jahren, in: Ders./Neumaier/Rödder (Hg.): Gab es den Wertewandel?, S. 169-197.

Dittberner, Jürgen: Die FDP. Geschichte, Personen, Organisation, Perspektiven. Eine Einführung, 2. Aufl., Wiesbaden 2010.

Doering-Manteuffel, Anselm: Westernisierung. Politisch-ideeler und gesellschaftlicher Wandel in der Bundesrepublik bis zum Ende der 60er Jahre, in: Schildt/Siegfried/Lammers (Hg.): Dynamische Zeiten, S. 311-341.

Eberwein, Wilhelm/Tholen, Jochen/Schuster, Joachim: Die Europäisierung der Arbeitsbeziehungen als politischsozialer Prozess. Zum Zusammenhang von nationaler und europäischer Ebene am Beispiel von Deutschland, Frankreich, Großbritannien und Italien, München/Mehring 2000.

Ellwein, Thomas: Krisen und Reformen. Die Bundesrepublik seit den sechziger Jahren (Deutsche Geschichte der neuesten Zeit vom 19. Jahrhundert bis zur Gegenwart), München 1989.

Faulenbach, Bernd: Die Siebzigerjahre – ein sozialdemokratisches Jahrzehnt?, in: AfS 44 (2004), S. 1-37.

Ders.: Das sozialdemokratische Jahrzehnt. Von der Reformeuphorie zur Neuen Unübersichtlichkeit. Die SPD 1969–1982 (Die deutsche Sozialdemokratie nach 1945 3), Bonn 2011.

Fehlberg, Frank: Protestantismus und Nationaler Sozialismus. Liberale Theologie und politisches Denken um Friedrich Nauman (Reihe Politik- und Gesellschaftsgeschichte 93), Bonn 2012.

Feldman, Gerald D.: Armee, Industrie und Arbeiterschaft in Deutschland 1914 bis 1918, Berlin/Bonn 1985.

Ders./Tenfelde, Klaus (Hg.): Arbeiter, Unternehmer und Staat im Bergbau. Industrielle Beziehungen im internationalen Vergleich, München 1989.

Fraenkel, Ernst: Deutschland und die westlichen Demokratien, 6. Aufl., Stuttgart 1974.

Frese, Birgit: Anstöße zur sozialen Reform. Hans Katzer, die Sozialausschüsse und ihre Vorschläge zur Schaffung einer partnerschaftlichen Wirtschaftsordnung, Düsseldorf 2000.

Frese, Matthias: Betriebspolitik im »Dritten Reich«. Deutsche Arbeitsfront, Unternehmer und Staatsbürokratie in der westdeutschen Großindustrie 1933–1939 (Forschungen zur Regionalgeschichte 2), Paderborn 1991.

Frick, Bernd: Mitbestimmung und Personalfluktuation. Zur Wirtschaftlichkeit der bundesdeutschen Betriebsverfassung im internationalen Vergleich, München/Mering 1997.

Ders./Kluge, Norbert/Streeck, Wolfgang: Die wirtschaftlichen Folgen der Mitbestimmung. Expertenberichte für die Kommission Mitbestimmung der Bertelsmann Stiftung und der Hans-Böckler-Stiftung, Frankfurt a. M. 1999.

Fricke, Werner/Wagner, Hilde (Hg.): Demokratisierung der Arbeit. Neuansätze für Humanisierung und Wirtschaftsdemokratie, Hamburg 2012.

Dies.: Einführung, in: dies. (Hg.): Demokratisierung der Arbeit, S. 9-15.

Frings, Joseph Kardinal (Hg.): Verantwortung und Mitverantwortung in der Wirtschaft. Was sagt die katholische Gesellschaftslehre über Mitwirkung und Mitbestimmung?, Köln 1949.

Funder, Maria: Stand und Perspektiven der Mitbestimmung. Von der institutionenorientierten Mitbestimmungs- zur Industrial-Relations-Forschung. Eine Literaturstudie, Düsseldorf 1995.

Fürstenberg, Friedrich: Thesen zur Geschichte und Gegenwartslage der Mitbestimmung, in: Nutzinger, (Hg.): Perspektiven, S. 193-202.

Gehlen, Boris: Unmögliche Sozialpartnerschaft? Unternehmer und Gewerkschaften in der Weimarer Republik. Zur Lernfähigkeit von Organisationen, in: Walter (Hg.): Geschichte der Arbeitsmärkte, S. 263-285.

Gerum, Elmar/Steinmann, Horst/Fees, Werner: Der mitbestimmte Aufsichtsrat. Eine empirische Untersuchung, Stuttgart 1988.

Geyer, Martin H. (Hg.): 1974-1982. Bundesrepublik Deutschland. Neue Herausforderungen, wachsende Unsicherheiten (Geschichte der Sozialpolitik in Deutschland seit 1945 6), Baden-Baden 2008.

Gilgen, David/Kopper, Christopher/Leutzsch, Andreas (Hg.): Deutschland als Modell? Rheinischer Kapitalismus und Globalisierung seit dem 19. Jahrhundert (Reihe Politik- und Gesellschaftsgeschichte 88), Bonn 2010.

Dies.: Globalisierung und immaterielle Produktion als Herausforderung für Institutionen und Unternehmen: Werner Abelshauser – sein Werk und die Festschrift, in: dies. (Hg.): Deutschland als Modell?, S. 7-24.

Göggelmann, Walter: Christliche Weltverantwortung zwischen sozialer Frage und Nationalstaat. Zur Entwicklung Friedrich Naumanns 1860–1903 (Schriften der Friedrich-Naumann-Stiftung, Wissenschaftliche Reihe), Baden-Baden 1987.

Görtemaker, Manfred: Kleine Geschichte der Bundesrepublik Deutschland (Schriftenreihe der Bundeszentrale für politische Bildung 380), Bonn 2002.

Grebing, Helga: Gewerkschaften: Bewegung oder Dienstleistungsorganisation – 1955 bis 1965, in: Hemmer/ Schmitz (Hg.): Geschichte der Gewerkschaften, S. 149-182.

Dies. (Hg.): Geschichte der sozialen Ideen in Deutschland. Sozialismus – Katholische Soziallehre – Protestantische Sozialethik. Ein Handbuch, 2. Aufl., Essen 2005.

Greifenstein, Ralph/Kißler, Leo: Mitbestimmung im Spiegel der Forschung. Eine Bilanz der empirischen Untersuchungen 1952–2010 (Forschung aus der Hans-Böckler-Stiftung 123), Berlin 2010.

Gurdon, Michael/Anoop, Rai: Codetermination and Enterprise Performance: Empirical Evidence from West Germany, in: Journal of Economics and Business 42/1990, S. 289-302.

Hachmeister, Lutz: Schleyer. Eine deutsche Geschichte, München 2004.

Hall, Peter/Soskice, David W.: Varieties of capitalism. The institutional foundations of comparative advantage, Oxford 2001.

Dies.: An Introduction to Varieties of Capitalism, in: Hancké (Hg.): Debating Varieties of Capitalism, S. 21-74.

Hancké, Bob (Hg.): Debating varieties of capitalism. A Reader, Oxford/New York 2009.

Ders.: Introducing the Debate, in: ders. (Hg.): Debating Varieties of Capitalism, S. 1-17.

Ders./Rhodes, Martin/Thatcher, Mark: Beyond Varieties of Capitalism, in: Hancké (Hg.): Debating Varieties of Capitalism, S. 273-300.

Hans-Böckler-Stiftung (Hg.): Der Kampf um den Kompromiss. 30 Jahre Mitbestimmungsgesetz (Mitbestimmung 3/2006), Frankfurt a. M. 2006.

Dies. (Hg.): Mehr Demokratie in der Wirtschaft: Dokumentation der Jubiläumsveranstaltung vom 30.8.2006. 30 Jahre Mitbestimmungsgesetz von 1976, Düsseldorf 2006.

Dies.: Ergebnisse der »Biedenkopfkommission« – Regierungskommission zur Modernisierung der deutschen Unternehmensmitbestimmung, URL: http://www.boeckler.de/pdf/bb_ zusammenfassung_BiKo_deutsch.pdf (abgerufen am 10.12.2016).

Dies.: Böckler-Impuls 3/2014.

Hassel, Anke: Die politische Regulierung industrieller Beziehungen, in: Schmidt/Zohlnhöfer (Hg.): Regieren in der Bundesrepublik Deutschland, S. 315-331.

Dies.: Die Schwächen des »deutschen Kapitalismus«, in: Berghahn/Vitols (Hg.): Gibt es einen deutschen Kapitalismus?, S. 200-214.

Hausmann, Hartmut: Die Freiburger Thesen, in: Mischnick (Hg.): Verantwortung für die Freiheit, S. 215-228.

Heinze, Rolf G.: Verbändepolitik und »Neokorporatismus«. Zur politischen Soziologie organisierter Interessen (Studien zur Sozialwissenschaft 46), Opladen 1981.

Hemmer, Hans O.: Betriebsrätegesetz und Betriebsrätepraxis in der Weimarer Republik, in: Borsdorf, (Hg.): Gewerkschaftliche Politik, S. 241-269.

Ders./Schmitz, Kurt-Thomas (Hg.): Geschichte der Gewerkschaften in der Bundesrepublik Deutschland. Von den Anfängen bis heute, Köln 1990.

Ders.: Stationen gewerkschaftlicher Programmatik. Zu den Grundsatzprogrammen des DGB und ihrer Vorgeschichte, in: Matthias/Schönhoven (Hg.): Solidarität und Menschenwürde, S. 349-367.

Ders.: Das große Angebot an die Gesellschaft, in: Mitbestimmung 3/2006, S. 26-31.

Henning, Friedrich-Wilhelm: Die Industrialisierung in Deutschland 1800 bis 1914 (Wirtschafts- und Sozialgeschichte 2), 5. Aufl., Paderborn u. a. 1979.

Herbert, Ulrich (Hg.): Wandlungsprozesse in Westdeutschland. Belastung, Integration, Liberalisierung 1945–1980 (Moderne Zeiten. Neue Forschungen zur Gesellschafts- und Kulturgeschichte des 19. und 20. Jahrhunderts I), Göttingen 2002.

Hergt, Siegfried (Hg.): Mitbestimmung. 35 Modelle und Meinungen zu einem gesellschaftspolitischen Problem, 2. Aufl., Opladen 1974.

Herrmann, Volker/Gohde, Jürgen/Schmidt, Heinz (Hg.): Johann Hinrich Wichern – Erbe und Auftrag. Stand und Perspektiven der Forschung, Heidelberg 2007.

Hildebrand, Klaus: Von Erhard zur Grossen Koalition. 1963–1969 (Geschichte der Bundesrepublik Deutschland 4), Stuttgart 1984.

Ders.: Das Dritte Reich (Oldenbourg Grundriss der Geschichte 17), 6. Aufl., München 2003.

Hockerts, Hans Günter (Hg.): 1966–1974. Bundesrepublik Deutschland. Eine Zeit vielfältigen Aufbruchs (Geschichte der Sozialpolitik in Deutschland seit 1945 5), Baden-Baden 2006.

Ders.: Rahmenbedingungen: Das Profil einer Reformära, in: ders. (Hg.): 1966–1974 (Geschichte der Sozialpolitik seit 1945 5), S. 1-155.

Holl, Karl/Trautmann, Günter/Vorländer, Hans (Hg.): Sozialer Liberalismus, Göttingen 1986.

Höpner, Martin: Unternehmensmitbestimmung unter Beschuss: Die Mitbestimmungsforschung im Licht der sozialwissenschaftlichen Forschung (MPIfG Discussion Paper 04/8), Köln 2004.

Ders./Müllenborn, Tim: Mitbestimmung im Unternehmensvergleich. Ein Konzept zur Messung des Einflusspotenzials der Arbeitnehmervertreter im mitbestimmten Aufsichtsrat (MPIfG Discussion Paper 10/3), Köln 2010.

Hörisch, Felix: Unternehmensmitbestimmung im nationalen und internationalen Vergleich. Entstehung und ökonomische Auswirkungen (Policy-Forschung und vergleichende Regierungslehre 8), Berlin 2009.

Huber, Ernst Rudolf: Grundgesetz und wirtschaftliche Mitbestimmung, Stuttgart u. a. 1970.

Ingenbleek, Anja: Die britische Gewerkschaftspolitik in der britischen Besatzungszone 1945–1949 (Düsseldorfer Schriften zur Neueren Landesgeschichte und zur Geschichte Nordrhein-Westfalens 84), Essen 2010.

Inglehart, Ronald: The silent Revolution in Europe: Intergenerational Change in Post-industrial Societies, in: American Political Science Review 65/1971, S. 991-1017.

Ders.: The silent Revolution. Changing Values and Political styles among Western Publics, Princeton 1977.

Institut für Marxistische Studien und Forschungen (Hg.): Mitbestimmung als Kampfaufgabe. Grundlagen, Möglichkeiten, Zielrichtungen, Köln 1972.

Jahn, Hans Edgar (Hg.): CDU und Mitbestimmung. Der Weg zur Mitbestimmungsformel der CDU auf dem Parteitag 1968, Stuttgart 1969.

Jähnichen, Traugott: Patriarchalismus – Partnerschaft – Partizipation. Ein Überblick über die Mitbestimmungsdiskussion in der evangelischen Sozialethik, in: von Auer/Segbers (Hg.): Sozialer Protestantismus und Gewerkschaftsbewegung, S. 271-287.

Dies.: Partnerschaft oder Partizipation. Protestantische Impulse zur Diskussion um die Mitbestimmung, in: Nutzinger (Hg.): Perspektiven, S. 127-150.

Dies.: »Behalten wir die Menschenrechte im Industrialismus?« – Das Wirken Friedrich Naumanns für gewerkschaftliche Partizipationsrechte, in: BzG 43 (2001), S. 40-52.

Dies./Friedrich, Norbert: Geschichte der sozialen Ideen im deutschen Protestantismus, in: Grebing (Hg.): Geschichte der sozialen Ideen, S. 865-1103.

Jansen, Peter: Europäische Regulierung und verbetrieblichte Anarchie. Perspektiven der Mitbestimmung im neuen Europa, in: Nutzinger (Hg.): Perspektiven, S. 305-333.

Jansen, Till: Mitbestimmung in Aufsichtsräten, Wiesbaden 2013.

Juling, Peter: Programmatische Entwicklung der FDP 1946 bis 1969. Einführung und Dokumente (Studien zum politischen System der Bundesrepublik Deutschland 19), Meisenheim am Glan 1977.

Junkes, Joachim/Sadowski, Dieter: Mitbestimmung im Aufsichtsrat: Steigerung der Effizienz oder Ausdünnung von Verfügungsrechten, in: Frick/Kluge/Streeck (Hg.): Die wirtschaftlichen Folgen der Mitbestimmung, S. 53-88.

Jürgens, Ulrich u. a. (Hg.): Perspektiven der Corporate Governance. Bestimmungsfaktoren unternehmerischer Entscheidungsprozesse und Mitwirkung der Arbeitnehmer (Schriften zur Governance-Forschung 8), Baden-Baden 2007.

Kaase, Max/Schmid, Günther (Hg.): Eine lernende Demokratie. 50 Jahre Bundesrepublik Deutschland (WZB Jahrbuch 1999), Berlin 1999.

Kaelble, Hartmut (Hg.): Der Boom 1948-1973. Gesellschaftliche und wirtschaftliche Folgen in der Bundesrepublik Deutschland und in Europa (Schriften des Zentralinstituts für sozialwissenschaftliche Forschung der Freien Universität Berlin 64), Opladen 1992.

Ders.: Sozialgeschichte Europas. 1945 bis zur Gegenwart, München 2007.

Kausch, Michael: Wirtschaftsdemokratie durch Mitbestimmung: Genese und Darstellung eines politisch-ökonomischen Konzepts in der deutschen Wirtschaft, Frankfurt a. M. 1981.

Kipping, Matthias: Zwischen Kartellen und Konkurrenz. Der Schuman-Plan und die Ursprünge der europäischen Einigung 1944-1952 (Schriften zur Wirtschafts- und Sozialgeschichte 46), Berlin 1996.

Kißler, Leo: Die Mitbestimmung in der Bundesrepublik Deutschland. Modell und Wirklichkeit, Marburg 1992.

Ders./Greifenstein, Ralph/Schneider, Karsten: Die Mitbestimmung in der Bundesrepublik Deutschland. Eine Einführung, Wiesbaden 2011.

Kleinschmidt, Christian/Plumpe, Werner: Unternehmen zwischen Markt und Macht. Aspekte deutscher Unternehmens- und Industriegeschichte im 20. Jahrhundert (Bochumer Schriften zur Unternehmens- und Industriegeschichte 1), Essen 1992.

Klotzbach, Kurt: Der Weg zur Staatspartei. Programmatik, praktische Politik und Organisation der deutschen Sozialdemokratie 1945-1965 (Die deutsche Sozialdemokratie nach 1945 1), Bonn 1996.

Ders.: Die deutsche Sozialdemokratie und der Schuman-Plan, in: Schwabe (Hg.): Die Anfänge des Schuman-Plans 1950/51, S. 333-344.

Klüber, Franz: Die Mitbestimmung im Urteil des II. Vatikanischen Konzils, in: GMH 17 (1966), S. 193-196.

Kocka, Jürgen: Organisierter Kapitalismus oder Staatsmonopolistischer Kapitalismus? Begriffliche Vorbemerkungen, in: Winkler (Hg.): Organisierter Kapitalismus, S. 19-35.

Ders.: Geschichte und Zukunft der Mitbestimmung (exklusiv online), in: Magazin Mitbestimmung 4/2006, URL: http://www.boeckler.de/20163_20168.htm (abgerufen am 10.12.2016).

Kommission Mitbestimmung: Die Entwicklung der Mitbestimmung als Institution, in: Streeck/Kluge (Hg.): Mitbestimmung in Deutschland, S. 239-254.

Köstler, René: Das steckengebliebene Reformvorhaben. Rechtsprechung und Rechtsentwicklung zur Unternehmensmitbestimmung von 1922 bis zum Mitbestimmungsgesetz 1976, Köln 1987.

Kotthoff, Hermann: Lehrjahre des Europäischen Betriebsrats. Zehn Jahre transnationale Arbeitnehmervertretung, Berlin 2006.

Krätke, Michael R.: Gelenkte Wirtschaft und Neue Wirtschaftsdemokratie. Viktor Agartz' Vorstellungen zur Neuordnung der Wirtschaft, in: Bispinck/Schulten/Raane (Hg.): Wirtschaftsdemokratie und expansive Lohnpolitik, S. 82-106.

Kürschners deutscher Gelehrten-Kalender, 11. Ausg., Berlin 1970.

Lasserre, René: Mitbestimmung und Betriebsverfassung in Deutschland und Frankreich. Elemente eines historischen und soziologischen Vergleichs, in: Pohl (Hg.): Mitbestimmung und Betriebs verfassung, S. 23-40.

Lauschke, Karl: Mehr Demokratie in der Wirtschaft. Die Entstehungsgeschichte des Mitbestimmungsgesetzes von 1976, Düsseldorf 2006.

Ders.: Mehr Demokratie in der Wirtschaft. Die Entstehungsgeschichte des Mitbestimmungsgesetzes von 1976. Dokumente, Düsseldorf 2006.

Ders.: Die halbe Macht. Mitbestimmung in der Eisen- und Stahlindustrie 1945 bis 1989, Essen 2007.

Lecher, Wolfgang/Nagel, Bernhard/Platzer, Hans-Wolfgang: Die Konstituierung Europäischer Betriebsräte – Vom Informationsforum zum Akteur?, Baden-Baden 1998.

Lecher, Wolfgang: Verhandelte Europäisierung: Die Einrichtung Europäischer Betriebsräte – Zwischen gesetzlichem Rahmen und sozialer Dynamik, Baden-Baden 2001.

Lehmbruch, Gerhard.: Wandlungen der Interessenpolitik im liberalen Korporatismus, in: von Alemann/Heinze (Hg.): Verbände und Staat, S. 50-71.

Ders./Schmitter, Philippe C. (Hg.): Patterns of corporatist policy making, Beverly Hills 1982.

Ders.: Die Große Koalition und die Institutionalisierung der Verhandlungsdemokratie, in: Kaase/Schmid (Hg.): Eine lernende Demokratie, S. 41-61.

Leminsky, Gerhard: Demokratisierung und Gewerkschaften, in: Borsdorf u. a. (Hg.): Gewerkschaftliche Politik, S. 219-239.

Ders.: Gewerkschaften und Mitbestimmung in Deutschland: Historischer Rückblick und Handlungsprospekt für die Zukunft, in: Abel/Ittermann (Hg.): Mitbestimmung an den Grenzen?, S. 39-68.

Loritz, Karl-Georg: Mitbestimmung und Betriebsverfassung in Deutschland aus juristischer Sicht, in: Pohl (Hg.): Mitbestimmung und Betriebsverfassung, S. 57-78.

Loth, Wilfried: Der lange Weg nach Europa. Geschichte der europäischen Integration 1939–1957, 3. Aufl., Göttingen 1996.

Lütjen, Thorben: Karl Schiller (1911–1994). »Superminister« Willy Brandts (Reihe Politik- und Gesellschaftsgeschichte 76), Bonn 2007.

Martens, Helmut: Neue Wirtschaftsdemokratie. Herausforderungen und Anknüpfungspunkte im Zeichen der Krise von Ökonomie, Ökologie und Politik, Hamburg 2010.

Matthias, Erich/Schönhoven, Klaus (Hg.): Solidarität und Menschenwürde. Etappen der deutschen Gewerkschaftsgeschichte von den Anfängen bis zur Gegenwart, Bonn 1984.

Mävers, Gunther: Die Mitbestimmung der Arbeitnehmer in der Europäischen Aktiengesellschaft (Studien zum ausländischen, vergleichenden und internationalen Arbeitsrecht 12), Baden-Baden 2002.

Mayer, Tilman: Jakob Kaiser. Gewerkschafter und Patriot. Eine Werksauswahl, Köln 1988.

Ders./Paqué, Karl-Heinz/Apelt, Andreas H. (Hg.): Modell Deutschland (Schriftenreihe der Gesellschaft für Deutschlandforschung 103), Berlin 2013.

Mayntz, Renate/Scharpf, Fritz W. (Hg.): Gesellschaftliche Selbstregelung und politische Steuerung (Schriften des Max-Planck-Instituts für Gesellschaftsforschung 23), Frankfurt a. M./New York 1995.

Dies.: Der Ansatz des akteurszentrierten Institutionalismus, in: dies. (Hg.): Gesellschaftliche Selbstregelung, S. 39-72.

Meine, Hartmut (Hg.): Mehr Wirtschaftsdemokratie wagen!, Hamburg 2011.

Meulemann, Heiner: Werte und Wertewandel. Zur Identität einer geteilten und wieder vereinten Nation (Grundlagentexte Soziologie), Weinheim/München 1996.

Milert, Werner/Tschirbs, Rudolf: Von den Arbeiterausschüssen zum Betriebsverfassungsgesetz. Geschichte der betrieblichen Interessenvertretung in Deutschland (Schriftenreihe des DGB-Bildungswerkes 6), Köln 1991.

Dies.: Die andere Demokratie. Betriebliche Interessenvertretung in Deutschland, 1848 bis 2008 (Veröffentlichungen des Instituts für soziale Bewegungen 52), Essen 2012.

Mischnick, Wolfgang (Hg.): Verantwortung für die Freiheit. 40 Jahre F.D.P., Stuttgart 1989.

Mittag, Jürgen/Zellin, Maren: Grenzen in der Koordination europäischer Gewerkschaftspolitik: Die Episode der Abteilung Europäischer Integration des DGB, in: Mitteilungsblatt des Instituts für soziale Bewegungen 42/2009, S. 165-185.

Möller, Martin: Evangelische Kirche und Sozialdemokratische Partei in den Jahren 1945–1950. Grundlagen der Verständigung und Beginn des Dialoges (Göttinger Theologische Arbeiten 29), Göttingen 1984.

Mommsen, Hans: Klassenkampf oder Mitbestimmung. Zum Problem der Kontrolle wirtschaftlicher Macht in der Weimarer Republik (Schriftenreihe der Otto Brenner Stiftung 9), Köln/Frankfurt a. M. 1978.

Müller, Gloria: Mitbestimmung in der Nachkriegszeit. Britische Besatzungsmacht – Unternehmer – Gewerkschaften (Düsseldorfer Schriften zur Neueren Landesgeschichte und zur Geschichte Nordrhein-Westfalens 21), Düsseldorf 1987.

Dies.: Strukturwandel und Arbeitnehmerrechte. Die wirtschaftliche Mitbestimmung in der Eisen- und Stahlindustrie 1945–1975 (Düsseldorfer Schriften zur Neueren Landesgeschichte und zur Geschichte Nordrhein-Westfalens 31), Essen 1991.

Müller, Werner: Zur Mitbestimmungs-Diskussion in der Nachkriegszeit, in: Weber (Hg.): Gewerkschaftsbewegung und Mitbestimmung, S. 75-94.

Müller-Jentsch, Walther.: Die deutsche Mitbestimmung – Ein Auslaufmodell im globalen Wettbewerb?, in: Nutzinger, (Hg.): Perspektiven, S. 287-303.

Ders.: Mitbestimmungspolitik, in: Schroeder (Hg.): Handbuch, S. 505-534.

Naphtali, Fritz: Wirtschaftsdemokratie: Ihr Wesen, Weg und Ziel (hg. v. Rudolf F. Kuda), 4. Aufl., Köln/Frankfurt a. M. 1977.

Nell-Breuning, Oswald von: Kirche und Kapitalismus (Wirtschafts- und sozialpolitische Flugschriften), Mönchengladbach 1929.

Ders.: Mitbestimmung (Theorie und Praxis der Gewerkschaften), Frankfurt a. M. 1968.

Ders.: Streit um Mitbestimmung (Theorie und Praxis der Gewerkschaften), Frankfurt a. M. 1968.

Ders.: Mitbestimmung – Wer mit Wem?, Freiburg/Basel/Wien 1969.

Ders.: Wie sozial ist die Kirche? Leistung und Versagen der katholischen Soziallehre (Schriften der katholischen Akademie in Bayern), Düsseldorf 1972.

Nolan, Mary: »Varieties of Capitalism« und Versionen der Amerikanisierung, in: Berghahn/Vitols (Hg.): Gibt es einen deutschen Kapitalismus?, S. 96-110.

North, Douglass C.: Institutionen, institutioneller Wandel und Wirtschaftsleistung (Die Einheit der Gesellschaftswissenschaften. Studien in den Grenzbereich der Wirtschafts- und Sozialwissenschaften 76), Tübingen 1992.

Nutzinger, Hans G. (Hg.): Perspektiven der Mitbestimmung. Historische Erfahrungen und moderne Entwicklungen vor europäischem und globalem Hintergrund, Marburg 1999.

Oechsler, Walter A.: Globales Management und lokale Mitbestimmung – Hat das deutsche Regelungssystem eine Zukunft im internationalen Wettbewerb?, in: Breisig (Hg.): Mitbestimmung, S. 29-45.

Oelinger, Josef: Wirtschaftliche Mitbestimmung. Positionen und Argumente der innerkatholischen Diskussion, Köln 1967.

Optenhögel, Uwe/Schneider, Michael/Zimmermann, Rüdiger (Hg.): Europäische Gewerkschaftsorganisationen. Bestände im Archiv der sozialen Demokratie und der Bibliothek der Friedrich-Ebert-Stiftung, Bonn 2003.

Otto, Bernd: Der Kampf um die Mitbestimmung, in: Vetter (Hg.): Vom Sozialistengesetz zur Mitbestimmung, S. 399-426.

Pernthaler, Peter: Qualifizierte Mitbestimmung und Verfassungsrecht (Schriften zum Öffentlichen Recht 202), Berlin 1972.

Pirker, Theo: Die blinde Macht. Die Gewerkschaftsbewegung in Westdeutschland. Teil 1 – 1945–1952: Vom »Ende des Kapitalismus« zur Zähmung der Gewerkschaften, München 1960 (Nachdruck Berlin 1979).

Plumpe, Werner: Die Betriebsräte in der Weimarer Republik: Eine Skizze zu ihrer Verbreitung, Zusammensetzung und Akzeptanz, in: Kleinschmidt/ders. (Hg.): Unternehmen zwischen Markt und Macht, S. 42-60.

Ders.: »Liebesbotschaft gegen Klassenkampf«? Christliche Gewerkschaft und betriebliche Mitbestimmung in der Weimarer Republik, in: von Auer/Segbers (Hg.): Sozialer Protestantismus und Gewerkschaftsbewegung, S. 149-171.

Ders.: Betriebliche Mitbestimmung in der Weimarer Republik. Fallstudien zum Ruhrbergbau und zur Chemischen Industrie (Quellen und Darstellungen zur Zeitgeschichte 45), München 1999.

Pohl, Hans (Hg.): Mitbestimmung. Ursprünge und Entwicklung (Zeitschrift für Unternehmensgeschichte, Beiheft 19), Wiesbaden 1981.

Ders. (Hg.): Mitbestimmung und Betriebsverfassung in Deutschland, Frankreich und Großbritannien seit dem 19. Jahrhundert (Zeitschrift für Unternehmensgeschichte, Beiheft 92), Stuttgart 1996.

Potthoff, Heinrich: Wirtschaftsdemokratie. Grundlagen und Konsequenzen, in: GMH 36 (1985), S. 139-151.

Priddat, Birger P.: Leistungsfähigkeit der Sozialpartnerschaft in der Sozialen Marktwirtschaft: Mitbestimmung und Kooperation, Marburg 2011.

Primel, Kim Christian: Heaps of work. The ways of labour history, in: H-Soz-u-Kult 23.01.2014, URL: http://www.hsozkult.de/literaturereview/id/forschungsberichte-1223 (abgerufen am 10.12.2016).

Profittlich, Sonja: Mehr Mündigkeit wagen. Gerhard Jahn (1927–1998). Justizreformer der sozial-liberalen Koalition (Reihe Politik- und Gesellschaftsgeschichte 85), Bonn 2010.

Raehlmann, Irene: Der Interessenstreit zwischen DGB und BDA um die Ausweitung der qualifizierten Mitbestimmung. Eine ideologiekritische Untersuchung (Schriftenreihe Stiftung Mitbestimmung 6), Köln 1975.

Raisch, Peter: Mitbestimmung und Koalitionsfreiheit. Die Vereinbarkeit der paritätischen Mitbestimmung mit der durch Art. 9 Abs. 3 Grundgesetz garantierten Koalitionsfreiheit. Rechtsgutachten im Auftrag des Bundesministers für Arbeit und Sozialordnung (Schriftenreihe des Bundesministers für Arbeit und Sozialordnung 22), Stuttgart u. a. 1975.

Ranft, Norbert: Vom Objekt zum Subjekt. Montanmitbestimmung, Sozialklima und Strukturwandel im Bergbau seit 1945 (Mitbestimmung in Theorie und Praxis), Köln 1988.

Rat der EKD (Hg.): Sozialethische Erwägungen zur Mitbestimmung in der Wirtschaft der Bundesrepublik Deutschland. Eine Studie der Kammer für soziale Ordnung, Hamburg 1968.

Rauscher, Anton (Hg.): Handbuch der Katholischen Soziallehre. Im Auftrag der Görres-Gesellschaft zur Pflege der Wissenschaft und der Katholischen Sozialwissenschaftlichen Zentralstelle, Berlin 2008.

Rehling, Andrea: Die konzertierte Aktion im Spannungsfeld der 1970er-Jahre: Geburtsstunde des Modells Deutschland und Ende des modernen Korporatismus, in: Andresen/Bitzegeio/Mittag (Hg.): Nach dem Strukturbruch?, S. 65-86.

Remeke, Stefan: Gewerkschaften als Motoren der europäischen Integration: Der DGB und das soziale Europa von den Römischen Verträgen bis zu den Pariser Gipfelkonferenzen (1957–1974), in: Mitteilungsblatt des Instituts für soziale Bewegungen 42/2009, S. 141-164.

Richardi, Reinhard: Arbeitsverfassung und Arbeitsrecht, in: Ruck/Boldorf (Hg.): 1957–1966 (Geschichte der Sozialpolitik seit 1945 4), S. 153-194.

Ders.: Arbeitsverfassung und Arbeitsrecht, in: Hockerts (Hg.): 1966–1974 (Geschichte der Sozialpolitik seit 1945 5), S. 225-276.

Ders.: Arbeitsverfassung und Arbeitsrecht, in: Geyer (Hg.): 1974–1982 (Geschichte der Sozialpolitik 6), S. 235-266.

Rödder, Andreas: Die Bundesrepublik Deutschland 1969–1990 (Oldenbourg Grundriss der Geschichte 19), München 2004.

Ders.: »Modell Deutschland« 1950–2011. Konjunkturen einer bundesdeutschen Ordnungsvorstellung, in: Mayer/Paqué/Apelt (Hg.): Modell Deutschland, S. 39-51.

Roos, Lothar: Die Sozialenzykliken der Päpste, in: Rauscher (Hg.): Handbuch der Katholischen Soziallehre, S. 125-142.

Rosche, Jan-Dirk: Katholische Soziallehre und Unternehmensordnung (Abhandlungen zur Sozialethik 27), Paderborn u. a. 1988.

Ruck, Michael/Boldorf, Marcel (Hg.): 1957–1966. Bundesrepublik Deutschland. Sozialpolitik im Zeichen des erreichten Wohlstandes (Geschichte der Sozialpolitik in Deutschland seit 1945 4), Baden-Baden 2007.

Sattler, Friederike: Rheinischer Kapitalismus. Staat, Wirtschaft und Gesellschaft in der Bonner Republik, in: AfS 52/2012, S. 687-724.

Sautter, Udo: Deutsche Geschichte seit 1815: Daten, Fakten, Dokumente. Bd. II: Verfassungen, Tübingen/Basel 2004.

Schanetzky, Tim: Sachverständiger Rat und Konzertierte Aktion: Staat, Gesellschaft und wissenschaftliche Expertise in der bundesrepublikanischen Wirtschaftspolitik, in: VSWG 91/2004, S. 310-331.

Ders.: Die große Ernüchterung. Wirtschaftspolitik, Expertise und Gesellschaft in der Bundesrepublik 1966 bis 1982 (Wissenschaftskultur und gesellschaftlicher Wandel 17), Berlin 2007.

Scharpf, Fritz W.: Interaktionsformen. Akteurszentrierter Institutionalismus in der Politikforschung, Opladen 2000.

Scheibe, Moritz: Auf der Suche nach der demokratischen Gesellschaft, in: Herbert (Hg.): Wandlungsprozesse in Westdeutschland, S. 245-277.

Schildt, Axel/Sywottek, Arnold (Hg.): Modernisierung im Wiederaufbau. Die westdeutsche Gesellschaft der 50er Jahre (Reihe Politik- und Gesellschaftsgeschichte 33), Bonn 1993.

Schildt, Axel/Siegfried, Detlef/Lammers, Karl Christian (Hg.): Dynamische Zeiten. Die 60er Jahre in den beiden deutschen Gesellschaften (Hamburger Beiträge zur Sozial- und Zeitgeschichte 37), Hamburg 2000.

Schildt, Axel: »Die Kräfte der Gegenreform sind auf breiter Front angetreten«. Zur konservativen Tendenzwende in den Siebzigerjahren, in: AfS 44 (2004), S. 449-478.

Schmid, Frank A./Seger, Frank: Arbeitnehmermitbestimmung, Allokation von Entscheidungsrechten und Stakeholder Value, in: Zeitschrift für Betriebswirtschaft 68/1998, S. 453-475.

Schmidt, Eberhard: Ordnungsfaktor oder Gegenmacht. Die politische Rolle der Gewerkschaften, Frankfurt a. M. 1971.

Schmidt, Manfred G./Zohlnhöfer, Rainer (Hg.): Regieren in der Bundesrepublik Deutschland. Innen- und Außenpolitik seit 1949, Wiesbaden 2006.

Schmidt, Reinhard H.: Stakeholder-Orientierung, Systemhaftigkeit und Stabilität der Corporate Governance in Deutschland«, in: Jürgens u. a. (Hg.): Perspektiven der Corporate Governance, S. 31-54.

Schmidt, Walter: Einleitung, in: Studienkommission des Deutschen Juristentages: Untersuchungen zur Reform des Unternehmensrechts, S. 1-4.

Schmitter, Philippe C.: Still the Century of Corporatism?, in: Review of Politics 36/1974, S. 85-131.

Ders.: Interessenvermittlung und Regierbarkeit, in: von Alemann/Heinze (Hg.): Verbände und Staat, S. 92-114.

Schneider, Andrea H.: Die Kunst des Kompromisses. Helmut Schmidt und die Große Koalition 1966–1969, Paderborn u. a. 1999.

Schneider, Michael: Unternehmer und Demokratie. Die freien Gewerkschaften in der unternehmerischen Ideologie der Jahre 1918 bis 1933 (Schriftenreihe des Forschungsinstituts der Friedrich-Ebert-Stiftung 116), Bonn-Bad Godesberg 1975.

Ders.: Die christlichen Gewerkschaften 1894–1933 (Reihe Politik- und Gesellschaftsgeschichte 10), Bonn 1982.

Ders.: Unternehmer und soziale Demokratie. Zur unternehmerischen Argumentation in der Mitbestimmungsdebatte der sechziger Jahre, in: AfS 13/1983, S. 243-288.

Ders.: Demokratie in Gefahr? Der Konflikt um die Notstandsgesetze: Sozialdemokratie, Gewerkschaften und intellektueller Protest (1958–1968) (Reihe Politik- und Gesellschaftsgeschichte 17), Bonn 1986.

Ders.: Demokratisierungs-Konsens zwischen Unternehmern und Gewerkschaften? Zur Debatte um Wirtschaftsdemokratie und Mitbestimmung, in: Schildt/Sywottek (Hg.): Modernisierung im Wiederaufbau, S. 207-222.

Ders.: Evangelische Christen und Christliche Gewerkschaften im Kaiserreich, in: von Auer/Segbers (Hg.): Sozialer Protestantismus und Gewerkschaftsbewegung, S. 78-91.

Ders.: Unterm Hakenkreuz. Arbeiter und Arbeiterbewegung 1933 bis 1939 (Geschichte der Arbeiter und der Arbeiterbewegung in Deutschland seit dem Ende des 18. Jahrhunderts 12), Bonn 1999.

Ders.: Kleine Geschichte der Gewerkschaften: ihre Entwicklung in Deutschland von den Anfängen bis heute, 2. Aufl., Bonn 2000.

Ders.: In der Kriegsgesellschaft. Arbeiter und Arbeiterbewegung 1939 bis 1945 (Geschichte der Arbeiter und der Arbeiterbewegung in Deutschland seit dem Ende des 18. Jahrhunderts 13), Bonn 2014.

Schneider, Olaf: Demokratie – Sozialismus – Sozialpartnerschaft: ein historisch-ökonomischer Vergleich der Stunde Null zwischen Deutschland und Österreich, in: Diefenbacher/Nutzinger (Hg.): Mitbestimmung in Europa, S. 23-55.

Scholz, Rupert: Paritätische Mitbestimmung und Grundgesetz. Verfassungsrechtliche Fragen zur gesetzlichen Einführung der paritätischen Unternehmensmitbestimmung (Schriften zum Öffentlichen Recht 257), Berlin 1974.

Schönhoven, Klaus: Die Vision der Wirtschaftsdemokratie. Programmatische Perspektiven der Freien Gewerkschaften in der Weimarer Republik, in: Weber (Hg.): Gewerkschaftsbewegung und Mitbestimmung, S. 33-55.

Ders.: Wendejahre. Die Sozialdemokratie in der Zeit der grossen Koalition 1966–1969 (Die deutsche Sozialdemokratie nach 1945 2), Bonn 2004.

Ders.: Aufbruch in die sozial-liberale Ära. Zur Bedeutung der 60er Jahre in der Geschichte der Bundesrepublik, in: Geschichte und Gesellschaft 25 (1999), S. 123-145.

Ders.: Herbert Wehner und die Große Koalition (Reihe Gesprächskreis Geschichte 69), Bonn 2006.

Schröder, Michael: Verbände und Mitbestimmung. Die Einflussnahme der beteiligten Verbände auf die Entstehung des Mitbestimmungsgesetzes von 1976. Eine Fallstudie, München 1983.

Schroeder, Wolfgang: Katholizismus und Einheitsgewerkschaft. Der Streit um den DGB und der Niedergang des Sozialkatholizismus in der Bundesrepublik bis 1960 (Reihe Politik- und Gesellschaftsgeschichte 30), Bonn 1992.

Ders.: Die gewerkschaftspolitische Diskussion in der evangelischen Kirche zwischen 1945 und 1955, in: von Auer/Segbers (Hg.): Sozialer Protestantismus und Gewerkschaftsbewegung, S. 221-243.

Ders./Weßels, Bernhard (Hg.): Handbuch Arbeitgeber- und Wirtschaftsverbände in Deutschland, Wiesbaden 2010.

Ders.: Geschichte und Funktion der deutschen Arbeitgeberverbände, in: ders./Weßels: (Hg.): Handbuch Arbeitgeber- und Wirtschaftsverbände, S. 26-42.

Ders. (Hg.): Handbuch Gewerkschaften in Deutschland, 2. Aufl., Wiesbaden 2014.

Schubert, Klaus: Neo-Korporatismus – und was dann?, in: Woyke (Hg.): Verbände, S. 9-36.

Schwabe, Klaus (Hg.): Die Anfänge des Schuman-Plans 1950/51. Beiträge des Kolloquiums in Aachen, 28.–30. Mai 1986 (Veröffentlichungen der Historiker-Verbindungsgruppe bei der Kommission der Europäischen Gemeinschaften 2), Baden-Baden 1988.

Sick, Sebastian: Corporate Governance in Deutschland und Großbritannien. Ein Kodex- und Systemvergleich (Schriften der Hans-Böckler-Stiftung 71), Baden-Baden 2008.

Siegelkow, Rainer: Wirtschaftsdemokratie, in: von Alemann (Hg.): Partizipation – Demokratisierung – Mitbestimmung, S. 118-137.

Sohn, Karl-Heinz: Gegen den totalen Konflikt, in: Der Volkswirt 35 (1968), S. 24 f.

Stegmann, Franz Josef/Langhorst, Peter: Geschichte der sozialen Ideen im deutschen Katholizismus, in: Grebing (Hg.): Geschichte der sozialen Ideen, S. 597-862.

Stein, Ekkehart: Qualifizierte Mitbestimmung unter dem Grundgesetz. Zur verfassungsrechtlichen Problematik einer allgemeinen Einführung des Montanmodells (Theorie und Praxis der Gewerkschaften), Köln/Frankfurt a. M. 1976.

Stollreither, Konrad: Mitbestimmung. Ideologie oder Partnerschaft? (Schriftenreihe Mensch und Staat), München 1975.

Streeck, Wolfgang: Organizational Consequences of Neo-Corporatist Co-operation in West German Labour Unions, in: Lehmbruch/Schmitter (Hg.): Patterns of corporatist policy making, S. 29-82.

Ders.: (Hg.): Staat und Verbände (Politische Vierteljahresschrift, Sonderheft 25/1994), Opladen 1994.

Ders.: Einleitung des Herausgebers. Staat und Verbände: Neue Fragen. Neue Antworten?, in: ders. (Hg.): Staat und Verbände, S. 7-34.

Ders.: Korporatismus in Deutschland. Zwischen Nationalstaat und Europäischer Union (Theorie und Gesellschaft 45), Frankfurt a. M./New York 1999.

Ders./Kluge, Norbert (Hg.): Mitbestimmung in Deutschland. Tradition und Effizienz, Frankfurt a. M./New York 1999.

Ders.: Institutions in history. Bringing Capitalism back in (MPIfG Discussion Paper 09/8), Köln 2009.

Ders.: Re-Forming Capitalism. Institutional Change in the German Political Economy, Oxford 2009.

Sturm, Stephan: Sozialstaat und christlich-sozialer Gedanke. Johann Hinrich Wicherns Sozialtheologie und ihre neuere Rezeption in systemtheoretischer Perspektive (Konfession und Gesellschaft 23), Stuttgart 2007.

Süß, Winfried: Sozialpolitische Denk- und Handlungsfelder in der Reformära, in: Hockerts (Hg.): 1966–1974 (Geschichte der Sozialpolitik seit 1945 5), S. 153-221.

Testorf, Christian: Welcher Bruch? Lohnpolitik zwischen den Krisen: Gewerkschaftliche Tarifpolitik von 1966 bis 1974, in: Andresen/Bitzegeio/Mittag (Hg.): Nach dem Strukturbruch?, S. 293-315.

Teuteberg, Hans-Jürgen: Geschichte der industriellen Mitbestimmung in Deutschland. Ursprung und Entwicklung ihrer Vorläufer im Denken und in der Wirklichkeit des 19. Jahrhunderts (Soziale Forschung und Praxis 15), Tübingen 1961.

Ders.: Ursprünge und Entwicklung der Mitbestimmung in Deutschland, in: Pohl (Hg.): Mitbestimmung, S. 7-73.

Thannisch, Rainer: Die ökonomische Effizienz der Mitbestimmung: Eine Betrachtung vor dem Hintergrund der aktuellen politischen Diskussion, URL: http://www.einblick-archiv.dgb.de/hintergrund/2005/14/text01/ (abgerufen am 10.12.2016).

Theiner, Peter: Friedrich Naumann und der soziale Liberalismus im Kaiserreich, in: Holl/Trautmann/Vorländer (Hg.): Sozialer Liberalismus, S. 72-83.

Thome, Helmut: Wandel gesellschaftlicher Wertvorstellungen aus der Sicht der empirischen Sozialforschung, in: Dietz/Neumaier/Rödder (Hg.): Gab es den Wertewandel?, S. 41-67.

Thum, Horst: Wirtschaftsdemokratie und Mitbestimmung. Von den Anfängen 1916 bis zum Mitbestimmungsgesetz 1976 (Schriftenreihe des DGB Bildungswerkes 12), Köln 1991.

Ders.: Mitbestimmung in der Montanindustrie. Der Mythos vom Sieg der Gewerkschaften (Schriftenreihe der Vierteljahrshefte für Zeitgeschichte 45), Stuttgart 1992.

Trautmann, Günter: Einleitung: Der soziale Liberalismus – Eine parteibildende Kraft?, in: Holl/ders./Vorländer (Hg.): Sozialer Liberalismus, S. 9-16.

Uertz, Rudolf: Das Ahlener Programm, in: Die Politische Meinung 1/2010, S. 47-52.

Vetter, Heinz-Oskar (Hg.): Vom Sozialistengesetz zur Mitbestimmung. Zum 100. Geburtstag von Hans Böckler, Köln 1975.

Vilmar, Fritz: Politik und Mitbestimmung. Kritische Zwischenbilanz – integrales Konzept, Kronberg 1977.

Vitols, Sigurt: Das »deutsche Modell« in der politischen Ökonomie, in: Berghahn/ders. (Hg.): Gibt es einen deutschen Kapitalismus?, S. 44-63.

Ders.: Ökonomische Auswirkungen der paritätischen Mitbestimmung: Eine ökonometrische Analyse. Gutachten im Auftrag des DGB Bundesvorstandes, Bereich Mitbestimmung und Unternehmenspolitik, Berlin 2006.

Ders.: Das »neue« deutsche Corporate Governance-System: Ein zukunftsfähiges Modell?, in: Jürgens u. a. (Hg.): Perspektiven der Corporate Governance, S. 76-93.

Ders.: Beteiligung der Arbeitnehmervertreter in Aufsichtsratsausschüssen. Auswirkung auf Unternehmensperformanz und Vorstandsvergütung (Hans-Böckler-Stiftung, Arbeitspapier 163), Düsseldorf 2008.

Ders./Kluge, Norbert (Hg.): The sustainable Company. A new approach to Corporate Governace, Brüssel 2011.

Ders./Heuschmidt, Johannes (Hg.): European company law and the Sustainable Company. A stakeholder approach, Brüssel 2012.

Voelzkow, Helmut: Neokorporatismus, in: Andersen/Woyke (Hg.): Handwörterbuch, S. 425-428.

Volkmann, Hans-Erich: Der DGB, Adenauer und der Schuman-Plan, in: ZfG 44/1996, S. 223-246.

Vorländer, Hans: Der Soziale Liberalismus der F.D.P. Verlauf, Profil und Scheitern eines soziopolitischen Modernisierungsprozesses, in: Holl/Trautmann/ders. (Hg.): Sozialer Liberalismus, S. 190-226.

Walter, Rolf (Hg.): Geschichte der Arbeitsmärkte. Erträge der 22. Arbeitstagung der Gesellschaft für Sozial- und Wirtschaftsgeschichte (VSWG Beiheft 199), Stuttgart 2009.

Warlich, Carsten: Die Entstehung des Mitbestimmungsgesetzes 1976 (Reihe Rechtswissenschaft 14), Pfaffenweiler 1985.

Wassenberg, Arthur F. P.: Neo-Corporatism and the Quest for Control: The Cuckoo Game, in: Schmitter/Lehmbruch (Hg.): Patterns of corporatist policy making, S. 83-108.

Weber, Hermann (Hg.): Gewerkschaftsbewegung und Mitbestimmung in Geschichte und Gegenwart: Ergebnisse einer polnisch-deutschen Tagung (Mannheimer Schriften zur Politik und Zeitgeschichte 9), Düsseldorf 1989.

Ders.: Die Industriegewerkschaft Chemie, Papier, Keramik und die Mitbestimmung, in: ders. (Hg.): Gewerkschaftsbewegung und Mitbestimmung, S. 125-136.

Wehler, Hans-Ulrich: Der Aufstieg des Organisierten Kapitalismus und Interventionsstaates in Deutschland, in: Winkler (Hg.): Organisierter Kapitalismus, S. 36-57.

Ders.: Deutsche Gesellschaftsgeschichte. Dritter Band: Von der »Deutschen Doppelrevolution« bis zum Beginn des Ersten Weltkriegs 1849–1914, München 1995.

Weinzen, Hans Willi: Gewerkschaften und Sozialismus. Naphtalis Wirtschaftsdemokratie und Agartz' Wirtschaftsneuordnung (Campus Forschung 261), Frankfurt a. M./New York 1982.

Weipert, Axel (Hg.): Demokratisierung von Wirtschaft und Staat. Studien zum Verhältnis von Ökonomie, Staat und Demokratie vom 19. Jahrhundert bis heute, Berlin 2014.

Weisbrod, Bernd: Arbeitgeberpolitik und Arbeitsbeziehungen im Ruhrbergbau. Vom »Herr-im-Haus« zur Mitbestimmung, in: Feldmann/Tenfelde (Hg.): Arbeiter, Unternehmer und Staat, S. 107-162.

Wickenkamp, Rolf: Unternehmensmitbestimmung und Verfügungsrechte. Die paritätische Aufsichtsratsbesetzung nach dem Mitbestimmungsgesetz von 1976 im Licht der ökonomischen Theorie der property rights (Untersuchungen des Instituts für Wirtschaftspolitik an der Universität zu Köln 54), Köln 1983.

Wienke, Dieter: Europäische Sozialcharta/Europa-Betriebsräte, in: Pohl (Hg.): Mitbestimmung und Betriebsverfassung, S. 145-152.

Wildermuth, Ulrich: Von der FDP zur F.D.P, in: Mischnick (Hg.): Verantwortung für die Freiheit, S. 194-214.

Windolf, Paul: Mitbestimmung im Institutionen-Wettbewerb, in: Jürgens u. a. (Hg.): Perspektiven der Corporate Governance, S. 55-75.

Winkler, Heinrich August (Hg.): Organisierter Kapitalismus. Voraussetzungen und Anfänge (Kritische Studien zur Geschichtswissenschaft 9), Göttingen 1974.

Ders.: Zu Hilferdings Theorie des Organisierten Kapitalismus, in: ders. (Hg.): Organisierter Kapitalismus, S. 9-18.

Wolfrum, Edgar: Die Bundesrepublik Deutschland 1949–1990 (Gebhardt Handbuch der Geschichte 23), 10. Aufl., Stuttgart 2005.

Woyke, Wichard (Hg.): Verbände. Eine Einführung, Schwalbach a. Ts. 2005.

Zöllner, Wolfgang/Seiter, Hugo: Paritätische Mitbestimmung und Artikel 9 Abs. 3 Grundgesetz, Köln u. a. 1970.

Zugehör, Rainer: Die Zukunft des rheinischen Kapitalismus. Unternehmen zwischen Kapitalmarkt und Mitbestimmung (Forschung Soziologie 180), Opladen 2003.

Danksagung

Die Entstehung einer Doktorarbeit wird von vielen Menschen begleitet und unterstützt. Ich möchte allen voran Prof. Dr. Michael Schneider für seine hervorragende Betreuung und seine wertvollen Ratschläge danken. Ohne Michael Schneider wäre diese Arbeit sicherlich nicht in ihrer vorliegenden Form entstanden. Ich danke herzlich Prof. Dr. Tilman Mayer für die Erstellung des Zweitgutachtens sowie Prof. Dr. Volker Kronenberg für die Übernahme des Vorsitzes der Prüfungskommission. Prof. Dr. Karl Lauschke gab wichtige Impulse zur Anlage der Arbeit. Ich danke der Friedrich-Ebert-Stiftung (FES), die durch die Vergabe eines Stipendiums die finanzielle und ideelle Grundlage für einen erfolgreichen Abschluss gelegt hat. Stellvertretend für die Mitarbeiter_innen der Abteilung Studienförderung der FES danke ich Frau Dr. Ursula Bitzegeio für den fachlichen Austausch und die mir zahlreich offenbarten Möglichkeiten, am akademischen Diskurs teilzunehmen. In der FES, der ich seit vielen Jahren verbunden bin, halfen die Mitarbeiter_innen des Archivs der sozialen Demokratie, die auch kurzfristigen Anfragen stets hilfsbereit und zuvorkommend nachkamen. Ich danke den Fachreferent_innen ebenso herzlich wie den Magazinern des Archivs für ihre Hilfe. Ferner danke ich allen weiteren am Entstehungsprozess beteiligten Archivar_innen der genannten Archive. Ich danke Dr. Anja Kruke und Dr. Meik Woyke für die Aufnahme der Arbeit in die Reihe Politik- und Gesellschaftsgeschichte ebenso wie dem Verlag J. H. W. Dietz Nachf. für die gute Zusammenarbeit. Zu guter Letzt, aber sicher nicht als Letztes, danke ich meinen wunderbaren Eltern dafür, dass sie mir ein Studium und die anschließende Doktorarbeit ermöglicht haben. Dies ist alles andere als selbstverständlich und ich weiß ihre Unterstützung mehr als nur zu schätzen.

Über den Autor

Christian Testorf, geb. 1981, Dr. phil., studierte in Bonn Verfassungs-, Sozial- und Wirtschaftsgeschichte und Politische Wissenschaften. Er arbeitet als Referent in der Friedrich-Ebert-Stiftung.